がんサバイバー　365+5日の記録

目次

第2章　１０１～２００日目

第3章　201〜300日目

第4章　301〜

2月17日／YouTubeでこれから話す内容＃３０４
2月18日／コツコツ継続＃３０５
2月19日／初の外来治療＃３０６
【雑学】コンビニの蛍光灯
【雑学】北野武の名言
【雑学】降水確率０％
【雑学】ピカソのフルネーム
2月20日／ある女性からのメッセージ＃３０７
【雑学】火事の時に使った水道料金
2月21日／がん遺伝子パネル検査＃３０８
【雑学】国民栄誉賞
2月22日／情報発信を整理して音声配信を再開しました
＃３０９
【雑学】身近な8：2の法則
2月23日／読書は情報の取捨選択能力を高める＃３１０
【雑学】ウインナーとソーセージの違い
note「熊谷翼／大腸がんステージⅣ／」
2月24日／どんな自分になりたいですか＃３１１
2月25日／習慣化させる＃３１２
【雑学】食べ放題であまり食べられない理由
【雑学】人生を80年とした場合
2月26日／点滴治療をしてきました＃３１３
【雑学】ガソリンまんたん
2月27日／棲み分けをして行動をする＃３１４

【音声】Instagram集客だけに特化するのは危険
【音声】情報発信を始める前に
【音声】情報発信の下心は？
【音声】情報発信から収入を作る方法
【音声】早く行動に移して結果を知る
【雑学】ジャンケンの必勝法
【音声】発信媒体をチェックしよう
2月28日／いつでも会える？＃３１５
2月29日／去年の今頃＃３１６
【音声】語れる領域があるなら発信しよう
【雑学】歴史上の偉人の意外な身長
【雑学】日取りの常識・非常識
3月1日／変わりたいけど変わらない自分＃３１７
【音声】ＳＮＳコンサルタントが消えては増えています
＃情報発信の基本
【雑学】コアラの睡眠時
3月2日／相談されたことを実行するかどうか＃３１８
【音声】視覚情報は統一＃情報発信の基本
3月3日／癌の先の目的や目標を考える＃３１９
【音声】あなたは何者なのかを伝えよう＃情報発信
3月4日／コツコツ積み重ねたら結果は出る＃３２０
【雑学】東京の地下鉄が曲がりくねっている理由
3月5日／「継続する習慣作り」＃３２１
【音声】Instagramの最新の状況とアルゴリズム＃情報発信

注：本書をまとめるにあたっては、著者・熊谷翼氏執筆のブログ、note（ノート）の記事を、できるだけ忠実に文面に起こしました。体調の変動が著しく、文字の打ち間違い等もあることをご理解願います。

はじめに

翼「久しぶりの打ち合わせ楽しみですね！ワクワクします。

場所はどうします?:盛岡市内であればどこでもいきます！」

山崎「今回は久々にソラカフェ(山崎智樹の会社)にしますか！

次回はタスクさんのフィールドにしましょう！」

翼「ありがとうございます、いいですね！

山崎さんを連れていきたい場所もあるんです。飯も行きたいですね！」

山崎「おー、めちゃくちゃ楽しみです。では4月19日(金)11時から！　ソファ席にしときます！」

２０２４年4月12日

右記は、２０２４年4月12日、タスクさんとの共同企画、そして僕からの企画提案における打ち合わせ予定の事前やりとり。彼が電話だと声が出しにくそうだったので、ダイレクトメールでのやり取りでした。

しかし。

4月16日(火)朝5時15分に「急遽入院することになったから一旦リスケ(日程変更)で」、と。

タスクさんからその時は「山崎さん以外他の打ち合わせもまだないから、退院したら打ち合わせをしよう」と話した後、

25日の彼のＳＮＳ投稿にて、最後の入院となったこと、そして退院後の打ち合わせがもうできないことを知りました。

僕とタスクさんは、
一緒にお酒を飲みにいくことも頻繁にご飯を食べにいくことも、もちろん遊び歩くことも特になかったけれど、お互いの大きな企画の時には必ず声を掛け合う関係性だった。親友はたくさんいただろうし、僕は弱みを見せ合えるような友人でもないし、ビジネスを熱く一緒にやってきた仲でもないけれどお互いに尊敬する仲として未来を創る『同志』だと今も思っている。
もっとふさわしい、他の方を差し置いてこの大切な彼の書籍の「はじめに」、を書くことには最後まで申し訳なさもあるけれど、彼との企画の一つであったこの本を創ることにスタートから関わった身として、少しだけ前座を務めさせていただくことにします。

「どうもー山崎さん！ちょっと相談があるんですけど」「おー、タスクさん、お元気ですか？」
彼と僕のやりとりは決まってこういう10年。メールやＳＮＳでのやり取りよりも、いつも電話で。内容のほとんどは人材育成の講演や企画についてだ。

彼の主戦場である高齢者を対象とすることが多い「福祉の領域」、僕の学生を対象とする「教育の領域」は普段交わりにくい領域でもあるため10年後の2025年に我々2人が思い描く岩手の未来を作っていく中心になろう！だなんて話もしていて、一緒にイベントのダブルファシリテーターを務めたり、司会進行を務めたり、ワークショップを学生と一緒に参加してもらったりとしました。

学生目線で若さ(青さ)全開の僕とは違い、常に冷静に、笑いを挟み、傾聴して頷く本当に慣れている様と引き出しの多さ、経験値の多さに圧倒され、それでいてこの本の表紙にもあるような自信たっぷりの姿を目の当たりにすると正直肩を並べているとは思ったことがない状況でした。

それくらい自信に溢れ、自分が世界を作っていくんだ、という姿に憧れのようなものを持っていたのだと思います。

僕らの大好きな中村典義さんがタスクさんを例えて言った、
「広い道の真ん中をドヤ顔で歩く勇気を持つ生き方を伝える」人間。

この書籍はまさしくタスクさんが
『広大な道のど真ん中をドヤ顔で歩く勇気を持った生き方』そのもの。
歩いた先に見ていた「メッセンジャーとしての場」を作ろうとしていました。

弱音を吐く時、冷静さを欠く時、強気を演じる時、相談すらできない時こそ

自らが心に火を灯す役割を担い、その火がどんどん広がっていくことを目指したい、と。

変わらず細々とお互いの企画やり取りをしている中、ガン宣告の報告をSNSで知り、2023年11月12日、オンラインで直接話を聞きました。

手を振る僕を久しぶりに見て、・・・冷静でいつも自信たっぷりの彼が、何筋もの涙を流しました。

宣告のタイミングから現状の病状、取り組んでいること、辛かったこと。それらを聞いた翌日、すぐに火がつく連絡が来ました。

「山崎さん、ヘルプマークもうちょっと広がらないですかね。実は病院帰り、体調的にも精神的にもきつい状況でバスに乗ったときのことなんですが、具合が悪いなーと座っていたら『若いんだから立ちなさい』と指摘されまして。まぁそりゃピアスをつけて短髪の髭を生やしたにいちゃんが座っていることに対して勇気を出して注意してくれたんだと思うんですよ。ヘルプマーク(※)を付けてるんだけどなぁと思ったけれど、認知が低いんだろうな、と。仕方ない、説明するのもちょっと辛いな、と本当に本当に体もきつかったんだけど、何も言わず立ったんですよ。見た目にはわかりにくいけどきつい、こういう辛い思いをしてる方のために何かできないですかね」

(本人は笑いながら言いましたが)

なんとかします!と強く答えた時のことを今でも夢に見ます。

※ヘルプマーク
東京都福祉保健局により2012年(平成24年)に作成されたピクトグラムである。義足や人工関節を使用している患者、内部障害や難病の患者、または妊娠初期の女性など、援助や配慮を必要としていることが外見では分からない人々が、周りに配慮を必要なことを知らせることで援助を得やすくなるよう作成された。現在は全国の自治体にも拡がっている。
(Wikipediaより)

「どうもータスクさん!ちょっと相談があるんですけど」「お、山崎さんどうしました?」

全世界のガン患者を含めたくさんの方の相談に乗ったり、「助けて!って言ってもいいんだよ!」という言葉をインターネット上にどんどん発信していき、彼の目指すメッセンジャーとしていよいよ宣告から1年だという時のたくさんの企画会議の提案に電話をかけた後のまま、時が止まりました。

でも、彼につけてもらった僕の火はまだ灯ったままです。

ぜひこの書籍を読んだあなたに、タスクさんのメッセンジャーとしての役割を担う仲間になっていただけると幸いです。

共に火をつける役を担い、共に伝えていきましょう!

長くなりましたが、最後に。

彼の企画する講演はいわゆる「前座」を大切にしていた。

「拍手の仕方」や「うなづき方」まで観客を一体にするような、そういう前置き、「はじめに」を大切にする男だった。

僕もタスクさんの講演で前座としてステージに立ち、時にはホワイトボードの前で会場を温める役も一緒に担ったことはとても勉強になったし、不十分でたくさんフォローしてもらったその経験は今でも誇りである。


ぜひ本編では、役者不足であった僕のこの「前座」をフォローしてもらおうと思う。

やはり、まだまだ彼の役割はこれからも必要だ。

その役をこの書籍はきっと、担っていくと信じています。

それでは、
これからの拍手喝采のステージ中央に、自信満々の彼がいることを想像しながら
彼の勇気の物語を聞いてください。

SoRa Stars 株式会社／ドリーム・シード・プロジェクト
盛岡市議会議員　山崎　智樹

第1章　0～100日目

0／明日が始まり

（2023年4月19日22時03分）

明日（2023年4月20日）が、何事もなく過ぎ去れば、この投稿も消しているはず。

もしも、今日（2023年4月19日）に考えている通りの結果なら、この投稿はずっと残っていると思う。

「明日が怖いか？」この質問にはこう答える。

「怖いのは1％。残りの99％は、これからの人生がどうなるのか楽しみ（ワクワク）でしかない」これは強がりでも現実逃避でもなく事実だ。

ここまでの話で、「なんの話？」って思われる人もいると思うので、これまでの話を思い出しながら綴っていこうと思う。

2023年3月下旬くらいに、胃痛？張り？があって、その時には「食べ過ぎたかな…」「消化不良かな…」と、あまり気にはしていなかった。県外の出張から戻ってきても、胃のあたりが押されているような感覚で違和感が続き、近所の胃腸科内科を受診。（2023年3月31日）

受診して問診とエコー検査をして、その後に「紹介状を書くから総合病院へ向かってください」と言われ、そのまま総合病院へ。（この時入院するかも⁉と思って家に帰って充電器とPCを取りに行きましたが、入院はしませんでした笑）

総合病院では、問診と次回以降の検査の説明を受けて、あとは血液検査と尿検査をして終了。（あとで分かるのが、この血液検査も大事だった！）

胃周辺の不快感なので、CT検査や胃カメラ検査をして、4／10に検査結果をもとに診察。

その結果、「胃周辺は異常なし。大腸付近のCT検査の結果と血液検査の結果があまり良くない。」ということでした。「ん⁉」と思って、先生に率直に聞きました。「それって、腫瘍とかですか？癌の可能性ありますか？」って。

色々聞いた結果は、「病理検査をしないとハッキリは分からない。」って、まぁそうだよね、ハッキリ言えないよねっ

て思いながらも、次の大腸検査の説明を受けて、説明全部終わってから、

「4／20には消化器外科と(今は消化器内科受診中)一緒に、今後の治療方針などのミーティングがあるので、そのあとに説明をします。家族と一緒に来てください。」ってさ…**これ確定じゃない⁉その言い方は⁉**って思いましたわ(笑)

そこで、受け入れましたよ(癌の可能性をね)「キューブラーロスの死の受容過程(障害受容過程)」ってのがあるけど、(図があるので検索してみてください。)俺は一瞬で受容までいきましたわ…(笑)

受容し切ったので、「治療方法は?」「ステージの違いと生存率は?」「標準治療と抗がん剤治療は?」「最新治療と保険外治療は?」「一時保険金はいくら下りるのか?」(がん保険かけてて良かった案件)「入院費用は保障されるのか?」「高額医療費控除は?」「マイナンバーカードと保険証を連携させていると?」「傷病手当は?」などなど…これは4／10から、2日前くらいまでに調べたり考えたことです。

明日、全ての結果が分かるわけですが、もしかすると、「癌じゃありませんように」って祈ることもできたのかもしれないけど、俺は「癌なのは分かったから、これからどうするの?」という感じです。

最近、家族ともLINEで話すことが増えましたが、**「神様は、乗り越えられる試練しか与えない」「人はそれぞれ役割がある」**って話してます。

あとは、母親と妹がポジティブ過ぎて(笑)。

なんかさ、「迷惑ばっかりかけててごめん」って気持ちにも最初はなったけど、今はもう乗り越えるしかないな!って思ってます。

とりあえず、明日どんな結果が出るかは今は分かりませんが、癌だと思っているし、あとはどう乗り越えるか?だけなので、またこのnoteに書き残したいと思います。

「介護コンサルタント」改め「39歳がん告知の介護コンサルタント」

最後まで読んでいただきありがとうございます!

DAY1 2023・4・20

(2023年4月20日22時58分)

今日朝9時15分の予約時間で、消化器内科へ行き、担当医から、**S状結腸癌、多発性肝転移の告知**を受けました。(4月10日の診察で言われた通りでした。)

ちなみに、ステージⅣです。(大腸がんだけならⅡ〜Ⅲらしいけど転移してるから)

そして、そのあとに治療方針や大学病院への紹介などの話を聞いて、その後に消化器外科へ。YouTuberのジョーブログさんに似てる外科医から、

・癌の状態

・今後の治療方針
・大学病院への紹介
・遺伝子検査の説明

妹が買っててくれた！

数日前から無性に寿司が食べたかった

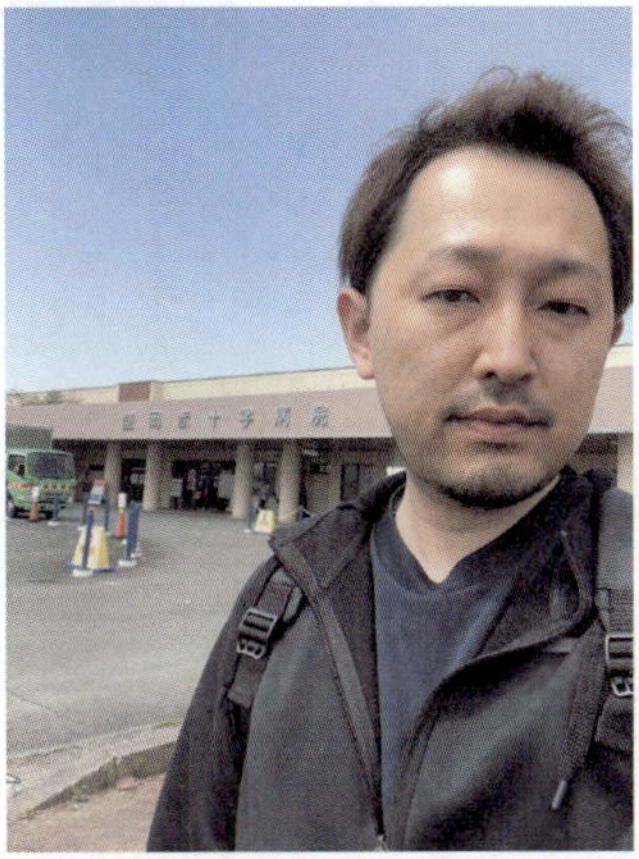

受診後の自撮りです。
無加工自撮りのニーズある？笑

このあたりの話を聞いて、あとは手続きなどをして今日の受診は終わりました。終わったあとは、最近無性に食べたくなっていた寿司を食べてきました！

平日お昼の寿司は良いですね！

音声配信も今日からは、癌のことが中心になると思います。今まではコンサルとか講師として、情報発信をしてきましたが、これからは、がん患者としての発信になります。あまり実感わかないけど。

そして、この音声配信20分くらいで、途中で言葉につまってしまって、うまく話せていないんですが、この配信の中で、「大丈夫ですか？」「力になれることがあれば協力します」って連絡をくれることに対して、「それってどうなの？」みたいな話をしていますが、心配してあげてるのに、そんなこと言うなよー！って声も聞こえてきそうですね(笑)

実際に、昨日のnoteへの投稿と、インスタのストーリーでのカウントダウン投稿で察した人、あとは音声配信を聞いてくれた人たちから、LINEやメッセージをいただいてます。本当にありがたいです！　心配してくれて気遣ってくれて、本当にありがたいですよ。

けどね、「体調大丈夫ですか？」って聞かれたら、心配させたくないから「大丈夫！」って、送るしかなくないですか？

「手術はできるの？」「これからまた検査なの？」「治療方針は？」って、これを一から順に説明するのしんどいですよ？

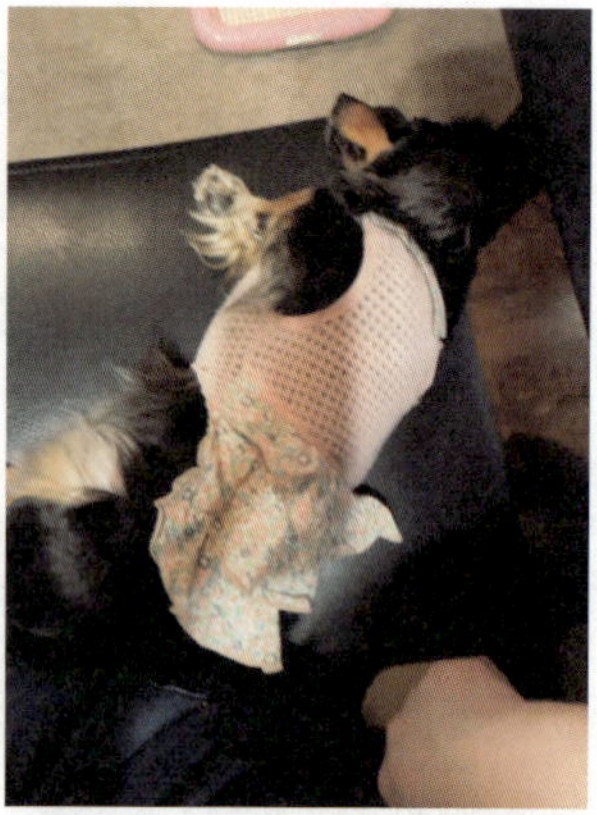

リボンはいつも通り

そして、これ送ってる人は自分一人だと思っているかもしれませんが、さすがにしんどいので既読無視すると思います。「協力できることは協力しますからね！」って、こちらは何を頼ったら良いか分からないし、その人の気持ちを潰すわけにもいかないから、「ありがとうございます！」って返すしかないです。

そして、ネガティブな言葉とか、自己中なコメントとかは本当スルーさせてもらいますけど、ポジティブな言い回しとかもいらないです。

「あなたは一人じゃないから」「頑張りすぎたんだよ」「休みなさいって事なんだよ」励まそうとしてる気持ちも分かるし、前向きにしてくれる気持ちも分かる。けど、響かない。俺もガンになる前はそうだったと思う。当事者の気持ちはそこまで考えてなかったと思うし、介護や治療を受ける人の痛みとか苦悩とかって、上辺だけの情報だけで知ったかぶりしてた。障害を持っている友達もいたし、子供がハンデを持っている人もいたし、介護現場の利用者もいたけど、さっき書いたようなことを平気で言ってた自分がいたのを思い出した。

「何かあれば言ってください」「困ったら声をかけてください」「大変ですね、辛いですね」って伝えて、家に帰ったらその人のことは忘れてビール飲んで、週末には友達と飲みに出かけて彼女と遊んで、仕事に行ったら、「大丈夫ですか？」「頑張りましょうね」ってさ。そんなのは相手には伝わってるよね。って思った。

当事者？患者？になって、気付くことは多くて、本当なら病気になる前に気付きたかったけど、なったものは仕方ないのでね。

だから、誰かの気付きになれるように、これからも情報発信をしていこうと思います。

読んでくれたら、いいね！やコメントもらえると励みになります。コメントは**「また次回も見ます！」**だと嬉しいです。人って必要とされると頑張れるみたい！

じゃまた！

DAY2 2023・4・21

(2023年4月21日18時32分)

昨日の夜(告知された日の夜)はさすがに寝付けなかった。「もう少し生きたい」「家族に迷惑ばっかりかけて」そんなことが頭をよぎるたびに泣いてた。結局、2~3時間くらいしか寝れなかったかも。

そして今日は講師の会議があったので、早めに家を出てスタバ寄って、散歩をしながら向かいました。散歩しながら、SNSのフォロー外しました。SNSの暗号通貨とか投資系の投稿は、全く興味が消えてしまったので。(先月までは勉強してたのにね)

講師の皆さんには、がん告知を受けたことや、今後仕事を休む可能性があることを話しました。会議の後は、一人ドライブをしながら帰ってきました。帰ってきてから、少し休んで記事を書いています。昨日の記事にも似たようなこと書きましたけど、治療方法聞いて、ステージ聞いて、気の利いたこと言えないなら聞かないで欲しい。

散歩することが増えてきました

「大丈夫だよ」「信じてる」って、家族や親しい人に言われるなら分かるけども。

そして、インスタとFacebookに投稿した記事で、「美味しいご飯もご馳走してください!」って書いて、結構連絡きたんです! ありがたい⁉

けど、「いつか行きましょう」「タイミング合えば行きましょう」「治ったら行きましょう」これマジで無いから!(笑)

あなたには「いつか」はあっても、俺には数ヶ月先も保証されていないし、「タイミング」は今しかないかもしれない

し、「治る」保証もないんだよね。
だから、ご飯行ける人は「候補日時」も教えてください！
未来は分からないので、会える時に会いたいです！　あまりお腹が空いていないので、今日はスープとか軽めのものにしようかと思います。
ではまた！

後輩から御守りいただきました。

DAY3　2023・4・22

（2023年4月22日23時58分）

がん告知から3日目！　音声配信はお伝えしていましたが、

←こちらです←

（stand.fm〈音声配信プラットフォーム〉「癌と共存しながら気付いたことや学んだこと」
https://stand.fm/channels/607590f6be8d4428b9abde4e）

今日からYouTube配信も始めました！

←こちらです←

（YouTube〈動画共有プラットフォーム〉「熊谷翼ーがんサバイバーたすくー大腸がんステージⅣ」
https://www.youtube.com/@KumagaiTasuku）

なんだよ！　宣伝かよ!!ってなりますが、宣伝です！（笑）
フォローお願いします！
見てなくてもグッドボタンもお願いします！（笑）

←もう1回貼っておきます！（笑）←

（YouTube〈動画共有プラットフォーム〉「熊谷翼ーがんサバイバーたすくー大腸がんステージⅣ」

音声配信の録音をするタイミングで、動画を撮影することで、二つのSNSで発信できる！っていう、単純な理由もあるんですが、もう一つ理由があって、それは**逃げられなくすること**です。

これから抗がん剤治療が始まります。ネット記事を見れば見るほど怖いです。辛すぎて治療を諦める人や、自ら命を断つ人もいるみたいです。

吐いて、味覚も変わって、食べられなくなって、肌も変化して、体調崩しやすくなって、眩暈がして、手足が痺れて、うつになって、髪が抜けて…いやいや、キツいって!! ダイエットすら、ジム通いすら、禁酒すら続かなかった俺にはキツいって！
※今は禁酒に成功しています✌
そりゃあ逃げたくなるよ！ 逃げたらその苦しさ辛さから開放されるんだもん！ なんなら、治療を諦めてお酒もタバコも再開だってできる！ 逃げるとか諦めるって言葉は、不適切かもしれないけど、そっちに気持ちが行くのは分かる！

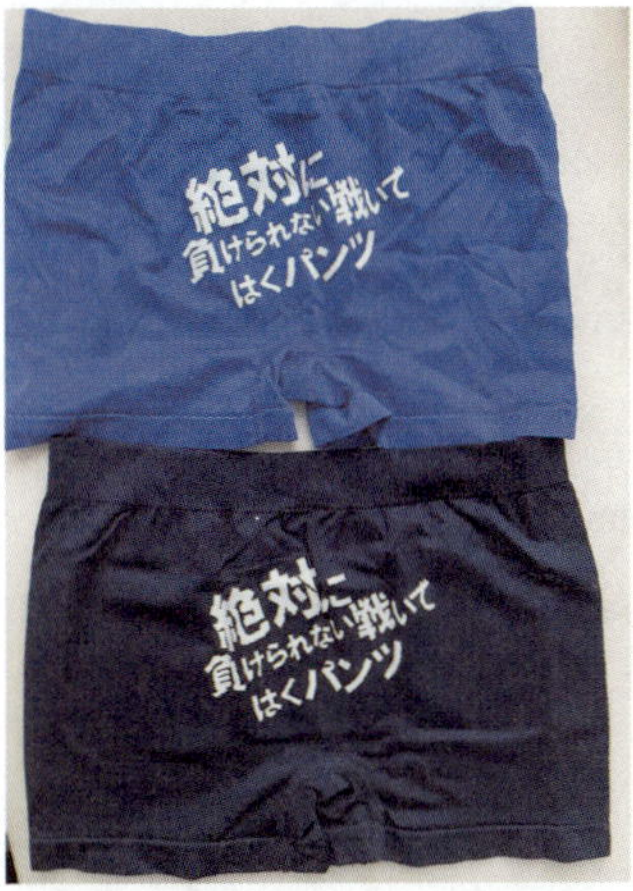

妹からもらったパンツ貼っとく。

怖いし辛いし孤独だし。先も見えないし希望も消えるし。だから発信を始めた⁉ 元々、情報発信をしてたってこともある。講師をしてるってこともあるかもしれない。
けど、健常な時の情報発信とは訳が違う！ 頭はツルツルになり、肌はボロボロになり、焦点が合わなくなったり、吐いたり震えたり…その状況になっても逃げない!! そのために情報発信をする！ 発信ができない日もあると思う。けれども発信をした以上は、YouTubeも始めてハードル上げた以上は、ダサくてもみっともなくても逃げない！ 情報発信をしなければ、逃げることも隠れることもできるかもしれないけど、みんなが応援してくれて、信じてくれているから、逃げない!!
たくさんコメントをもらって、メッセージをもらって、数年ぶりの人から数十年ぶりの人から、初めましての人まで巻き込んでしまっての、総力戦だから🔥🔥
独立して失敗して、東京から帰ってきた時に、全てをリセットしてゼロからやり直して、**40代に人生を賭けた勝負をしよう!!**って心に決めたけど、ちと早かったよ…(笑)
誕生日7月で40歳だし、40歳で勝負する！って言ってないし、40代だから49歳でも良かったと思うけど(笑)。そんなことは言ってられない！(笑)少しフライングして始まってしまったから、もう勝負するしかない!!
著作権的に自粛するけど、ここにスラムダンクの円陣の絵とか貼りたい！ それか映画のオープニングの5人並んで

「湘北高校」っやつ!!ってことで、勝負は始まってしまった…!!

あなたはどうする？　画面越しに評論家になるか？　観客になって応援するか？　チームメンバーになって一緒に戦うか？　いずれにしてもチャンネル登録が先だ！

現在のサポーター440名🔥🔥🔥🔥

ではまた！

DAY4　2023・4・23

（2023年4月23日22時50分）

どうも、熊谷です。今日は朝から散歩をしました。散歩をしていて、少し胃のあたりと右脇腹が痛んだので、ゆっくり歩きました。（空腹の散歩は良くないかも？）

鳥の堂の帰りにキジがいました！　岩手県の鳥はキジです！　やっぱり鳥の堂というだけあって、キジも向かうんですかね(笑)。

散歩の後に、ヤクルトとヨーグルトとルイボスティーを朝食に、そのあとは断捨離したり、SNSのコメント返信など。がんの告知を受けてから、本当たくさんの方の応援が力になってて、そして気分転換にもなってて、たぶんボーッとしてたら、色々考えて鬱になると思う。だから、メッセージと

朝の太陽が気持ち良いです

スマホを置いて自撮り

かコメントは、とても嬉しいです！

告知の初日？２日目？に、「大丈夫？」とか聞くんじゃない！って、吠えていましたけど（笑）、あれは今も思います！（笑）

あとは、冗談を言い合う関係性でもないし、こっちから話振ってもないのに、SNSの発信を見て聞いて、笑わせようとして？　緊張をほぐそうとして？　あえての？

「車乗らなくなったらください」って平気で言う奴とか、**「今のうちに地毛カツラ作っとけよ！」**ってLINE送ってくる奴とかね。

奴って言ってるけど、奴で良いでしょ？（笑）こういう奴らもいますよね、世の中には。

副作用の脱毛の話をしたらさ、美容師やってるお兄さんに言って情報教えてくれる人もあるし、医療用ウィッグなどの

初めて来たお寺

たしか、鳥の堂とか書いてました

キジは鳥の堂に向かってました

岩手の鳥

助成金についてのリンクを教えてくれる人もいる（本当ありがとうございます！）。

せっかくだから、絶対着けないようなウィッグで遊ぶのもありか!?ってので、お互いの話の中で冗談を言ったり盛り上がるのはわかるよ。

まぁ、色んな人がいますねって改めて感じました。そして、自分は気をつけようと思いました。相手との距離感とか空気とか。そして冗談の内容とか。

過去には笑わせるために、相手を傷つけたこともあると思う。（からかったりしてね）関係性がないと、それは相手を傷つけるだけだからね、気をつけましょう！

（YouTube「ステージ４がん告知から４日目／大腸がん／多発肝転移／BRAF遺伝子変異／がんサバイバー」

https://www.youtube.com/watch?v=uoRPHwFHYNo）

YouTube は最後切れちゃいました。

妹がくれた必勝マグカップ
名前付き

　4月20日、21日は、正直、心は不安定だった。4月22日、23日は、ゆっくり過ごしたおかげで、心も身体もゆったりで、SNSもまったりだったと思います。


いよいよ、明日4月24日は大学病院へ！　話だけとかマジでやめてくれよ！　具体的スケジュールと治療内容の説明してくれよ！　そのために行くんだから、ゆっくりまったりしたくはないからな！

　大学病院って、待ち時間とか書類作成も時間かかるんだよね…明日は朝イチ予約だけど、診断書とか告知書とかも、今後は書いてもらわないと、だけど、1ヶ月かかるみたいでね、書いてもらうのに。そこも、明日聞いとこう。紹介元に書いてもらうことは可能か。給付金とかは早い方が助かるじゃん？　そんなことも想定しながら、また明日！

また明日！って言えるのは…当たり前じゃねーからな!!

（by 加藤浩次）

DAY5　2023・4・24

（2023年4月24日21時46分）

note の投稿も続けられています。いつも読んでいただきありがとうございます！
　今日の stand.fm や YouTube でもお伝えしましたが、次回の受診は26日になりました。
（stand.fm「次回は26日に受信します！＠がん告知から５日目」

https://stand.fm/episodes/64464adf39dbc2bf33b85140）
（YouTube「治療スケジュール決定！がん告知から５日目／進行大腸がん／多発肝転移／ステージ４」
https://www.youtube.com/watch?v=LiRx7GwTX9E）

今後の流れとしては、入院をします。

←CVポートというものを身体に埋め込む手術を行います。点滴しやすい装置を身体に埋め込むと思っていただければ。（画像は検索してみてください。）

←２～３日経過し問題がなければ、抗がん剤投与（３日くらい入れるとか言ってたな…）

←１週間くらい様子見。副作用とかが大丈夫なら退院。

←①１週間は普通の生活。

←②通院もしくは入院で抗がん剤治療投与。投与と様子見で１週間程で退院。

←①②の繰り返し。これが半年～１年続きます…！（長い!!）けどね、医師から「半年～１年は続くよ」って言われた時に、**１年は生きれるんだ**✨って、心がキラキラ✨しました！　生きれる!!よっしゃ!!って。

当然、治療経過や治療薬の反応がどうなるのか？分かりませんから、反応を見ながらセカンドオピニオンなども検討しています。まず今は、診察をしてくれた医師の皆さんや、看護師や相談員の方が、かなりのスピードで検査からここまで

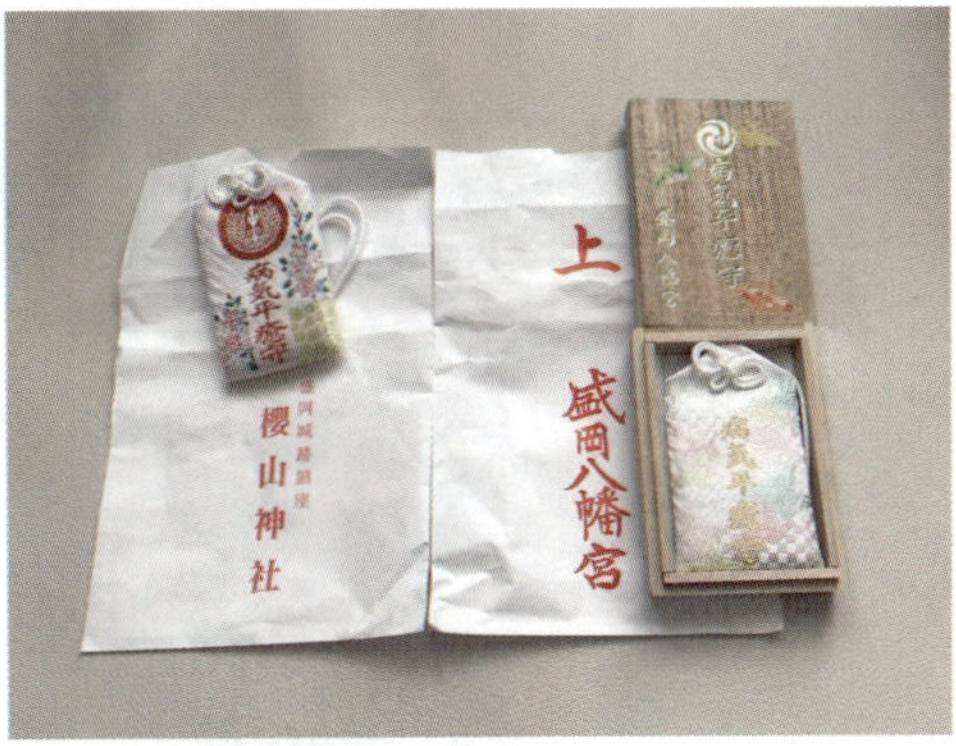

ありがとうございます！

の状況に、持っていってくれたので、とりあえずは抗がん剤治療頑張ります！

ゴールデンウィーク明けからの入院になると思うので、ゴールデンウィーク期間会える方は会いましょう！

仕事もするので、ゴールデンウィーク全て休みではないですが、入院前の準備と、抗がん剤治療前の時間ということで、お休みをもらう日もあることは、今いる施設の代表には話しをし了解を得ました！

ちなみに、仕事は辞めずに治療と仕事は可能な限り両立します。講師は少しお休みですかね。

ということで、近況報告 note ですね！

ではまた！

DAY6 2023・4・25

（2023年4月25日19時15分）

がんの告知を受けた日を初日として、今日で6日目。なんか、落ち着いてきましたね？（笑） 分かりますか？（笑）
コメントやメッセージも、落ち着きまして（そりゃそうだ）平穏な生活をしています。そりゃあ、最初聞いた時はビックリするし、心配で連絡もしたけどさ、「なんや？ YouTube撮ってるのか？」「意外と元気そうやんけ！」「ん？音声配信とか日記もやっちょるのか！」「なんか元気で安心したわ！

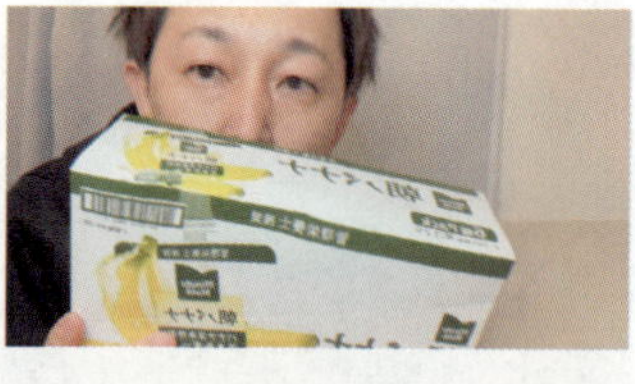

朝ごはん用のバナナゼリー

ほなの！」って感じじゃないですか？今！（笑）
その気持ち分かります。僕もです！「本当に癌なのかな？」って疑うくらい。けど、身体の中は違うみたいです。日に日にお腹の張りみたいな圧迫感と、両脇腹の痛み（特に右は前も後ろも）が増すようになってきました。痛み止めを飲んでいるのに痛いです。息を吸っても痛む感じで、くしゃみとか怖くてできないくらい。
これは4月10日くらいから出てきた症状ですね。（初回受診から約10日後、宣告日約10日前）
あとは、便が細く弱々しい？感じになってきましたね。今までは、朝起きたら出ていましたし、便秘になることは一度もなかったです。今も便秘にはなっていませんが、朝に出るものも今までよりは細い。（便が出なくなったら大腸の手術のようです。）

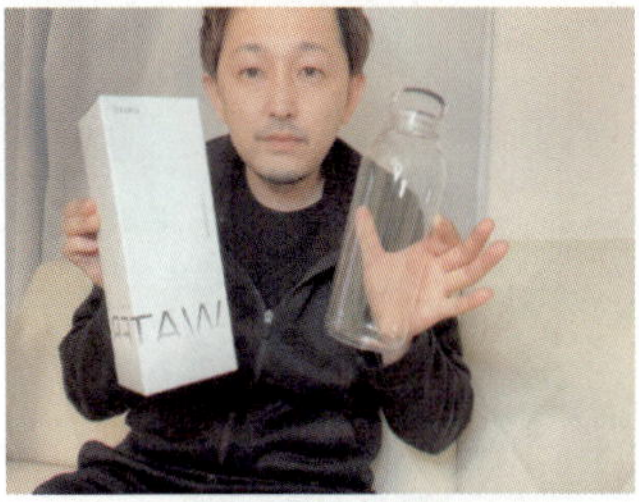

ウォーターボトル

アクエリアス24本

そういえば、昨日の担当医から聞いたのが、この年齢での大腸がんの症例は少ないようです。まぁそんな感じで、身体の変化はあるものの、仕事にも行って普通の生活を送っています。

明日で入院スケジュールとか決まるので、そうなると準備とか含めてバタバタになるのかな。そして抗がん剤治療か。やっぱりこわいな。まぁなるようにしかならないね！

(YouTube **「治療スケジュール決定！がん告知から 5日目／進行大腸がん／多発肝転移／ステージ4」**
https://www.youtube.com/watch?v=LiRx7GwTX9E)

さて!!　YouTubeやスタンドエフエムでも話していましたが…

(Amazon **「ほしい物リストを一緒に編集しましょう」**
https://www.amazon.co.jp/hz/wishlist/ls/3FUBFS89TMKS3?ref_=wl_share)

熊谷翼への寄付！応援！支援ということで、支援物資が早速届きました！　本当にありがとうございます!!　写真でご紹介します!!　顔が疲れているので…美肌加工をしています！(笑)

ほんとにありがとうございますー!!

そして、支援物資お待ちしていますー!!

※欲しいものリストの推奨者の先輩からの支援物資は絶対に見せるな！ってことで載せません。

本当にありがとうございます！

これからもよろしくお願いします！

ではまた明日！

たくさんありがとう！告知から7日目

(2023年4月26日22時58分)

こんばんは！

ステージⅣ男の熊谷翼です。

「マルチタスク」とか、「日々のタスクをこなす」とか、いちいち俺のことかと気になるんですが、何か良い対処方法ありますか？

ちなみに、小学校の同級生で仲の良かった○関君は、大学生くらいの時に、**「パソコンにタスクを終了させて良いです**

か?って出てきたんだけど、どうしたら良い⁉」って、連絡がきて、人生の終焉を覚悟したこともあります。確か2000年付近で、2000年問題とかあったあたりです！ ちなみに、「終了させずに電源を強制終了させろ！」で、命が今日まで延びております。

さてと、**今日は報告が3つ**あります‼

まず1つ目！ **本日からタイトル変えました！** 以上！ たいした理由はないので次行きます！

2つ目！ **5月1日にCVポート増設の手術になりました！** 日帰り手術です！ 分かりやすいように下に写真貼り付けてます！

本日受診時に、#breakingdown 風に自撮りをした（プラス美白加工）写真をもとに、赤い印をつけました！ 赤い部分に2センチくらいの物体を入れ込む手術です。手術のみで、GW明けに入院してすぐに抗がん剤治療できるようにってことでしたので、入院は5月8日の週になります。これが報告2つ目です！

赤いところに埋め込みます

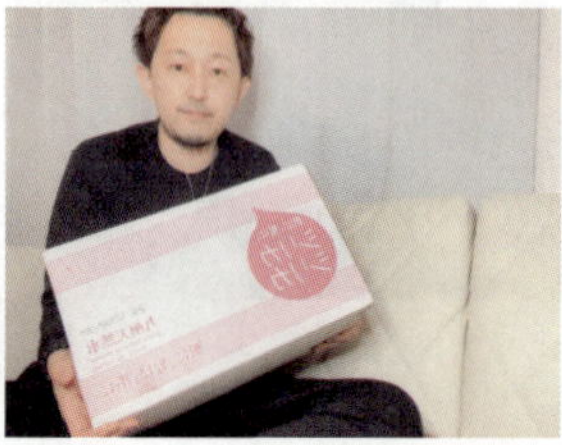
水！シリカ！入院用！

最後3つ目‼ これは報告というより感謝なのですが、**支援物資がたくさん届いております！** 本当にありがとうございます！

図々しいよな…セコイよな…ダサいよな…っていう価値観こそ、ダサいしセコイ‼ 堂々と、「助けてください！支援してください！応援してください‼」って言うことは潔くて素直で気持ちが良い！ もっと早くこういう生き方をしていたら良かったとも思うけど、過去を振り返っても仕方ないから、今からは堂々と頭を下げて感謝をする！ 図々しく甘えながらあやかりながら生きる‼

さてと、本日届いた物です！ みなさま、本当にありがとうございます！

青森の同級生から！青森たくさん！！

マスクとティッシュ！これも入院用！

そして、まだまだ届きそうです。なぜなら、リストから物が消えているから！（笑）

（Amazon「ほしい物リストを一緒に編集しましょう」

https://www.amazon.co.jp/hz/wishlist/ls/3FUBFS89TMKS3?ref=wl_share）

そして、ありがたいことに、「リストに物を追加してください！」「支援をさせてください！」「センスある笑いのある物も入れてください！」って、最後の何よ‼（笑）ハードル高いわ‼（笑）ってことで今日も生きてます！（夕食後は右脇腹が痛かったです、座り方かな。横になりながらnote書いてますが今は痛みはないです！）

ではまた明日！

YouTubeのサムネイルも変えてみました！

支援者（応援者）461名‼

ありがとうございます‼

（YouTube「支援物資ありがとうございます！がん告知から7日目／大腸がん／多発肝転移／BRAF遺伝子変異／ステージ4」

https://www.youtube.com/watch?v=eD-JGakWWLE）

奇跡起こしますよ？がん告知から8日目

（2023年4月27日23時15分）

【支援物資】ありがとう！
心より感謝します‼　本日到着分です‼
先輩の「こういう時に素直に甘えろ馬鹿タレが！」の一言から始まった、支援物資（Amazonの欲しい物リスト）
（Amazon「ほしい物リストを一緒に編集しましょう」
https://www.amazon.co.jp/hz/wishlist/ls/3FUBFS89TMKS3?ref_=wl_share）
こんなに皆様からの支援（応援）が届くとは思っていませんでした！「甘える」「図々しく」「あやかる」これは、ダサ

好きな場所で飲んできました！
（ノンアルね！）

フェイスタオル

フカフカ毛布

栄養ゼリー

マスク＆ティッシュ　２個目

除菌シート＆身体拭くシート

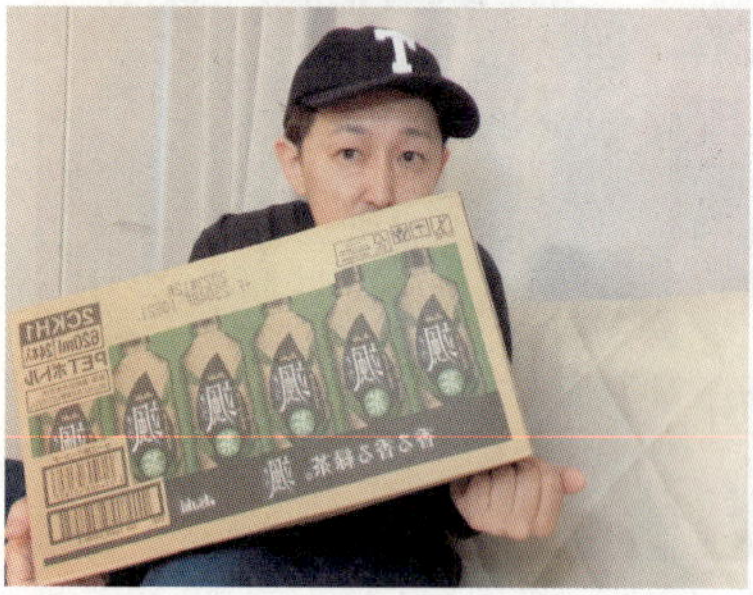

お茶!!

いことでも、セコイことでも、みっともないことでもない。そして素直に、応援して欲しい！　まずは、して欲しい！って、伝えることは大切だと気付かされました。みなさんから、ちゃんと届いています！　応援メッセージ！　励ましの声！　物資！　時々気合いの入った激励！

告知から1週間が経ちました。まだ実感がわかない時もありますが、治療が始まる前に、時間を作ってくれた人たちと会いながら、思い出話しやこれからのことを語っていきたいと思います。

この1週間で分かったのは、【みんなが奇跡を復活を信じている】ということ。そして、【熊谷翼ならやってくれるでしょ?】って当たり前に言ってくれること。会ったり、メッセージや電話で、そういう言葉を聞く度に、【やってやるよ】って、心の底から力が湧いてきます。

本当にありがとうございます！　奇跡の復活お楽しみに！

ではまた明日！

がん保険は不要?がん告知から9日目

（2023年4月28日07時23分）

告知の約1ヶ月前は、何も知らずに先輩とフグ刺しを食べていました。まさかね、これから先に**がん告知**が待ってるとは思わない。ましてや、**ステージⅣ**って。。。

フグ刺し

ひれ酒

まさか自分が癌になるとは思わなかったし、ましてや今の年齢、今のタイミングで癌になるとは思わなかった。テレビでがん患者の特集があったり、がん保険のCMが流れていても、自分とは無関係の話と思っていました。おそらく僕の投稿を見ている人も、そんな感じじゃないかなと思います。

「熊谷さん、癌になったんだ〜。」ってくらいで、（もちろん心配や応援をしてくれる人もいる！）自分ごとにはなってないんじゃないかな？

もちろん病気や自分の身体の心配はあるけども、それ以外にも、例えば、お金のこと！　治療費とか入院費とか！　癌なら先進医療費とか！　今後のお仕事のこととかお金問題は必須。僕は、民間のがん保険と医療保険に入っていたけど、保険の見直しも必要かも！　特に40歳手前の人も。寝ていれば治る病気ではないし、入院すれば治る病気でもない。保険金でも給料でも、今後のお金の見通しはつけなきゃいけないけど、そんなこと、癌になる前まで考えたこともなかった！だから、考えるきっかけになったら嬉しいです！

　若い人のがん保険は要らないっていう声もあるけど、確かに不要論もある。保険料の支払いだけで発症しないこともあるから。けれども、安いやつでも良いなら入ってた方が、僕は良いと思います!!

　不要なのは、1年間働かなくても生活できるお金と、500万を全て生活費と治療代に充てられる人。簡単にいうと保険料を払わずに、それを貯蓄や投資に回して増やしている人は不要で、それが苦手な人は毎月保険料を積み立てましょうってことだから、自分の収入や資金とタイプによるんだと思います。

　YouTubeで話して欲しいことは、コメント欄へお願いします!!

https://youtube.com/@KumagaiTasuku

フォローとグッドボタン👍お願いします。

（YouTube「熊谷翼―がんサバイバーたすく―大腸がんステージⅣ」
https://www.youtube.com/@KumagaiTasuku）

今日もたくさんありがとう！がん告知から10日目！

（2023年4月30日02時50分）

まずは、支援物資の写真からでした！

　本当にありがとうございます！入院生活に必要なものや、体調不良時の備えなど、皆様の支援のおかげでたくさんの備えができました！　この前は、100円ショップに行って、思いつくものを買いました！

　あとは、荷造りをしながら、不足分は買い出しします！（GWで混雑しているから支援は本当あり

タオル追加分！

栄養ゼリーはほんと助かる！

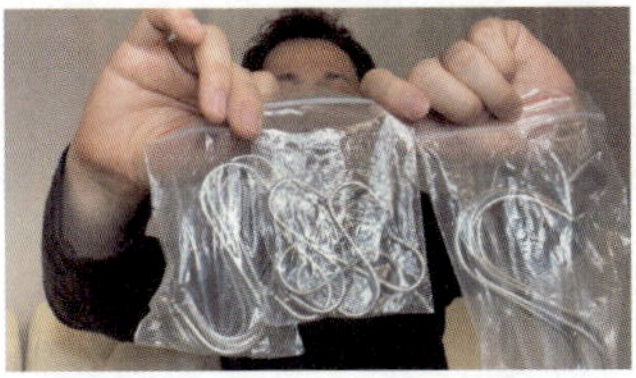
ベッド周りの味方！

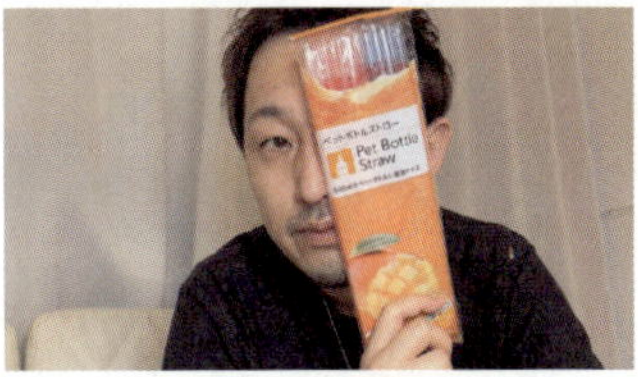

入院時に寝ながらペットボトルの水を飲むストロー

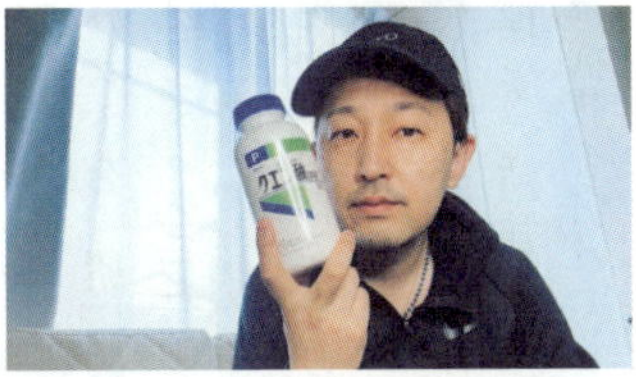
クエン酸良いみたい！

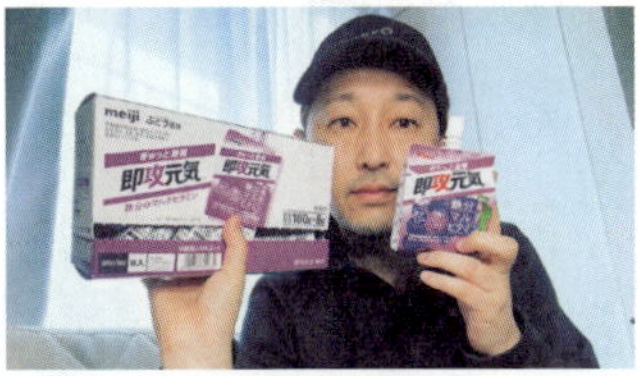

鉄分バージョンのゼリー

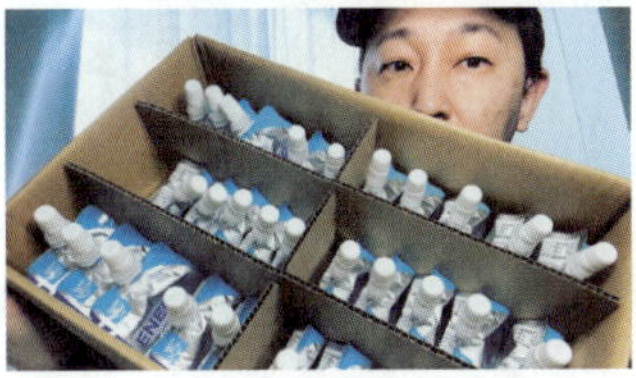
栄養ゼリー箱買い！

ハンド＆フェイスクリーム！保湿大事！

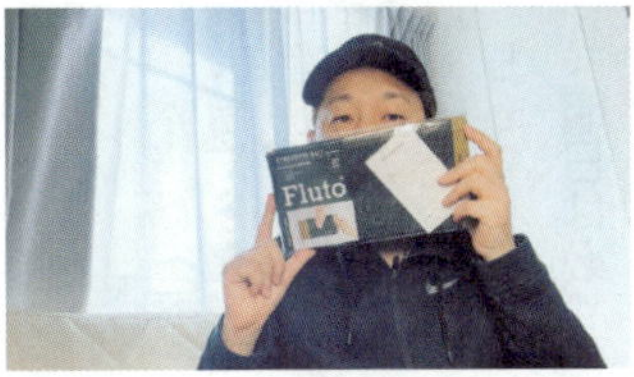

エチケット袋で外出も安心！

自撮り棒!!

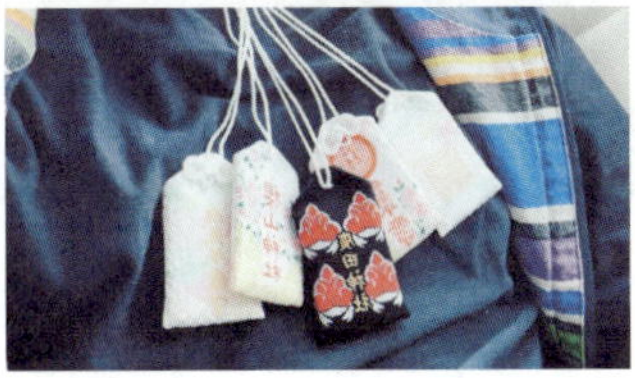
お守り！今日も増えました！

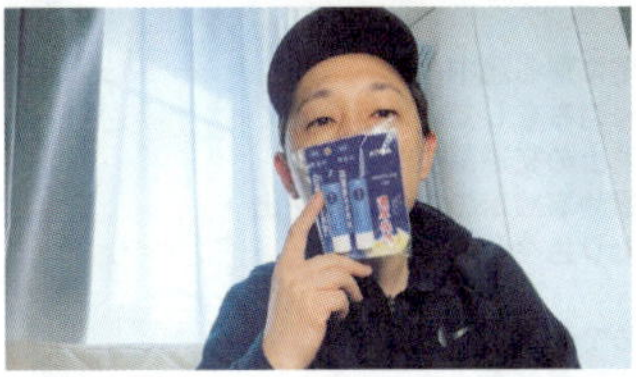
リップクリームでツヤツヤ唇！

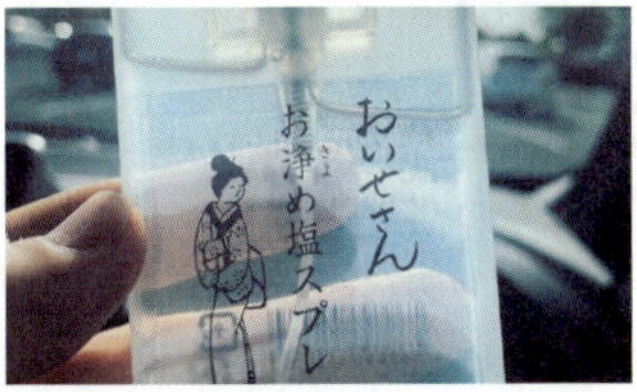

これめっちゃ良い匂い

がたい！）

　現在の支援物資は、入院生活のＱＯＬ向上リストになっています。

（Amazon「ほしい物リストを一緒に編集しましょう」https://www.amazon.co.jp/hz/wishlist/ls/3FUBFS89TMKS3?ref_=wl_share）

　いかに快適に、なおかつ時間をどう使うか？　おそらく最初は、読書とＰＣの生活になると思います。２回目、３回目の入院の時には、資格とか勉強をしたなと思います。今漠然と思うのは、お金や保険の勉強です。特に保険!!　今時点での考えは、保険は選択肢を広げてくれるし、貯蓄が少ない人は保険に頼るのは、とても大切と思います。そういう勉強をしていきます！

　ということで、明日は実家に帰ります！　ではまた！

11日目／明日はＣＶポート増設手術！

（２０２３年４月30日22時41分）


　タイトル少し変えました！（告知日からのカウントを前にしました）タイトル上の写真にあるように、今日は久しぶりに実家でＢＢＱしました！　美味しそうな食材をたくさん用意してくれていました！

（Instagram「熊谷翼@kumagaitasuku・Instagram写真と動画」https://instagram.com/kumagaitasuku/）

　あとでインスタにアップするので、フォローお願いします！

　本当は、ＢＢＱ後に音声と動画配信をとろうと思っていましたが、インスタのストーリーに書いた通りに、交通事故に遭遇しまして（僕は何も被害はないです）予定時間がズレてしまったので、お休みさせていただきました！　ここ数日は、先輩や友人との時間に充てていたので、配信が数日なくすみません！


明日は必ず配信しますね！

　理由は、手術があるからです！　手術の報告をしたいと思いますので、今日は前日の気持ちを綴って眠りにつきたいと思います。いよいよ明日から、治療（#breakingdown）が始

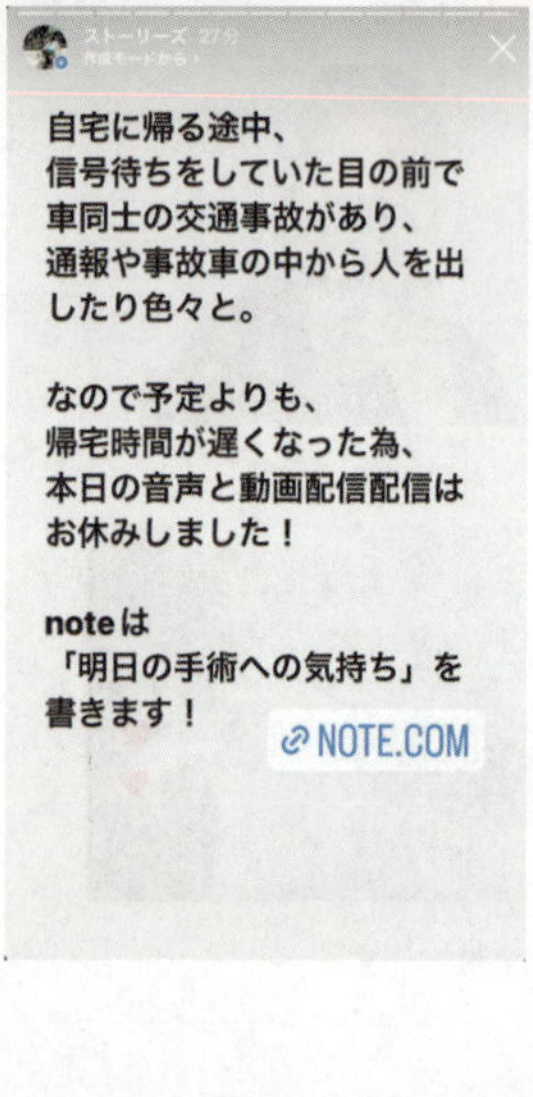
ストーリーズ 27分
自宅に帰る途中、
信号待ちをしていた目の前で
車同士の交通事故があり、
通報や事故車の中から人を出したり色々と。
なので予定よりも、
帰宅時間が遅くなった為、
本日の音声と動画配信配信は
お休みしました！
noteは
「明日の手術への気持ち」を
書きます！
NOTE.COM

闘志むき出しの熊谷選手

まります！
※治療のことをbreakingdownと呼んでいます。
ちなみに明日は初戦。相手は格下のCVポート増設！大方の予想は、試合時間はそれほど長くはないものの、試合前のボディチェックと　診察があり、試合後のボディチェックと診察があり、トータルは2時間程度で、普通に戦えば熊谷選手が勝つ予想です。

今回は無観客試合とのことで、応援や差し入れは出来ません。前日に熊谷選手は家族でBBQをして体力を蓄えていたそうです。以上、breakingdown前夜の放送でした！

なぜか、こんな感じの書き方になってしまいました、ごめんなさい！　手術は確かに怖いです！　少なからず命に関わりますからね。何事も絶対やゼロはなんで。
※ネガティブではないです！
怖いし痛いのも嫌ですが、それ以上に厄介な相手を倒さないといけないので、明日の手術くらいで、オタオタしていられません。その先があるので。5年後とか10年後を考えると、不安にもなるし、あるいは遠すぎて分かりにくくなったりしますが、毎日を積み重ねていくことが、僕ももしかしたらこれを読んでるあなたにも必要で、先を見過ぎで不安になったり怖くなったり曖昧になることとってあるから、それならあまり先だけを見すぎずに、【今日】を毎日積み重ねていけば良いのではないかなって個人的に思っています。

今日を昨日よりがんばる！　昨日より少しだけでも良いからがんばる！　昨日より少しだけでも良いから…成長する！行動する！考える！決める！認める！

そんな感じの積み重ね方をしていけば、5年後とか10年後を見据えなくても、良くなっていくんじゃないかなって思います。遠くや上だけを見過ぎで、失ってしまったり疲れてしまうことってあるから、一歩ずつ、一個ずつ、一日ずつ。それで良いんだと思います。

僕は明日は今日より少しがんばります。

あなたはどうですか？

また明日！

12日目／CVポート埋め込み（増設）痛みは？費用は？時間は？術後は？

（2023年5月1日23時22分）

いつもありがとうございます。

本日、CVポート埋め込み（増設）してきましたので、レポート的に報告をしたいと思います。

CVポートとは、点滴や抗がん剤治療の際に行う点滴などを、このポートのシリコン状の部分に刺して行う為のものです。ポートを心臓近くに埋め込み（心臓以外もあるそうです）ポートに繋がっている管を静脈に入れることで、ポートに刺した点滴がそのまま身体に送られるもので、腕などで行う治療よりも濃い濃度のものを入れることができたり、毎回腕に注射をしなくても良くなります。

痛みについて

手術中は局所麻酔をしました。押されている感覚と時々チクっとはしますが、痛みが強い時には麻酔を追加してくれるようです。むしろ麻酔の針を筋肉あたりに刺した時の方が痛かったです。

費用について

手術費用が15万円くらいでした。3割負担なので53000円くらいを、帰りに支払いでしたが、診察後に別の科の診察があったので、手術のみならもう少し安いのかもしれません。

僕の場合は通院で手術をしましたので、入院だと入院費用が別途かかります。支払いは機械で行いましたが、総合病院も大学病院も現金かクレジットカード支払いを選択できました。

時間について

手術自体は10～15分くらいで終わりました。その前にベッドに寝て血圧や酸素飽和度の装置を着けたり写真を撮ったりして、そのあとに手術をして写真を撮って終わりました！感覚的には30分くらいでした。

術後について

写真は文章最後のリンクの後に載せますので、興味のある方だけ見てください。ガーゼは貼らずにボンドをつけたようなので、傷口が見える感じになっています。手術をして診察をして1時間後の写真と8時間後の写真です。

夕方くらいまでは、それほど痛みはなく手術後は写真で見ても、切ったのかな？くらいです。違和感はありましたが、気にはならなかったです。手術後7時間後くらいから痛みが出てきました。痛みは鎖骨の下をつねられている感じです。

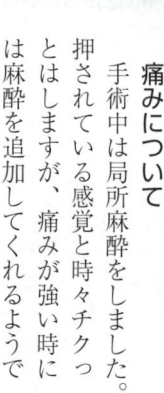

（実際ポートは鎖骨の下にあります）

右胸筋を動かす時や右上腕（肘より上）を動かす時にズキッとするので、腕は動かせるけど前腕（肘から下）だけを動かす感じです。振動が伝わると痛いかなーという感じなので、このnoteもベッドに寝ながら

打ってます！

（YouTube「**【近況】CVポート埋め込み（造設）手術をしてきました！大腸がん／多発肝転移／BRAF遺伝子変異**」
https://www.youtube.com/watch?v=h2tqmQHOz7g）

YouTubeを撮影していて一回右腕を上げた時があって「痛っ！」って言いました！（夕食後薬に痛み止めが入っているので幾分痛みは和らいでいるとは思います。）

痛みはそれくらいですが、術後から皮下出血が起こっていて、3週間くらいで治るそうですが、その範囲が時間が経つごとに広がっています。写真を見ると分かると思います。

おそらくこの投稿は、これからCVポート埋め込みをされる方が、検索をした時に見ていただけるとと思うので、参考になれば嬉しいです！　思ったよりは痛くはなかったし、（もっと痛いイメージでした）術後の痛みも思ったよりは大丈夫！（薬が効いてるからかな?・）

なので、あまり心配せずに、むしろCVポート埋め込みをして、このあとの治療が大事なのでね！　点滴治療や栄養補給などの負担軽減のために、CVポート埋め込みをするわけですから、メリットデメリットを検索するよりも、早く手術をして早く治療をするのが一番だと思います。一緒にがんばりましょう！

以上、CVポート埋め込み（増設）レポートでした。

【Instagram】

（instagram「熊谷翼@kumagaitasuku・Instagram写真と動画」
https://instagram.com/kumagaitasuku/）

日々の発信はこちらです。

【告知日から毎日投稿しています】

（note「ステージⅣがん告知/熊谷 翼/KUMAGAI TASUKU」
https://note.com/kumagaitasuku）

日記とつぶやきです。

【音声配信】

（stand.fm「癌と共存しながら気付いたことや学んだこと」
https://stand.fm/channels/607590f6be8d4428b9abde4e）

アプリダウンロードで他のアプリを開きながら聴けます。

【YouTube】

（YouTube「熊谷翼ーがんサバイバーたすくー大腸がんステージⅣ」
https://www.youtube.com/@KumagaiTasuku/）

フォローとグッドボタン👍お願いします。

◆LINE登録◆ 質問相談やお問い合わせは、LINEからお気軽にお問い合わせください。

（「LINE Add Friend　QRコードでLINEの友だちを追加」
https://line.me/R/ti/p/@301ukjex?oat_content=url）

【支援物資リスト】

（Amazon「ほしい物リストを一緒に編集しましょう」

https://www.amazon.co.jp/hz/wishlist/ls/3FUBFS89TMKS3?ref_=wl_share）

　Amazonで購入していただくと僕の自宅に届きます。

【出版】

「『未来の自分を喜ばせる45のルール』１２００円」（Amazonランキング２部門5位獲得）（https://amzn.to/3nI7BW6）

　では、写真を２枚載せておきます。

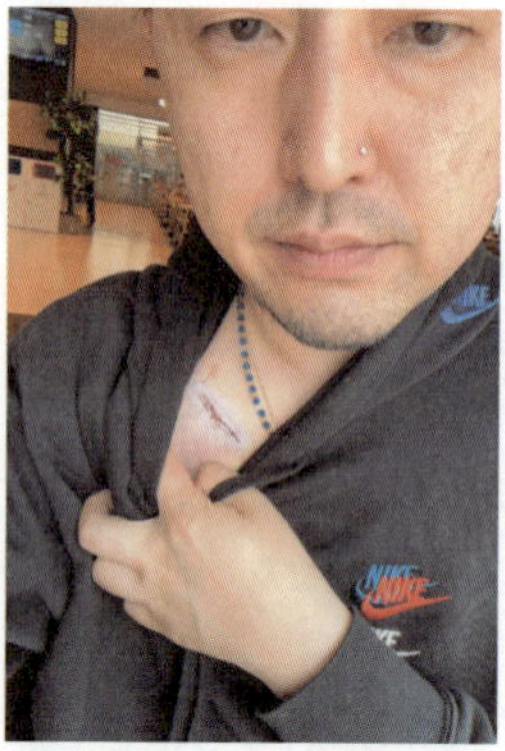
術後１時間後

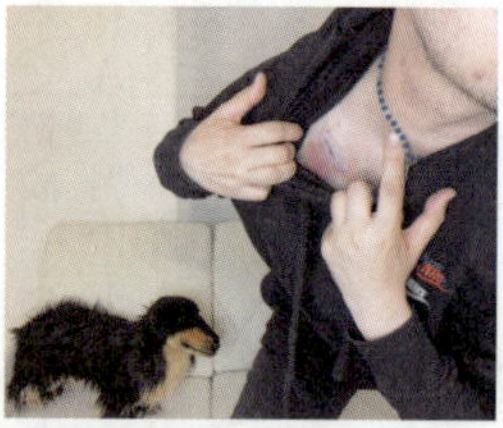
術後８時間後

13日目／中学メンバーで集まりました！
（２０２３年５月３日00時28分）


　日付をまたいでしまっても、寝る前なので昨日（５／２）としてカウントしています。

　今日は朝から事務長の仕事をして、入院の準備などをして、夜は、中学の同級生の呼びかけのもと、激励会ということで、後輩と当時の指導者が集まってくれました！

　中学の３年間で重なっていない後輩も来てくれて、ほんと、ありがとうございます！

　顔出し許可取ってないので、雰囲気こんな感じで！

　がん告知きっかけで集まることが、増えてきた最近。こん

同級生とLINE通話中

なに仲間や友達や後輩がいるんだったら、お酒が飲める時にもっと集まって飲みたかったな！って、つくづく思います。

（思っても仕方ないからこれから集まれば良いよね！）

仕事の愚痴も出ないし、給料の不満も出ない！ 今やってることや、趣味の話や仕事の話…ほんと楽しい時間!!

今回会ってくれた（集まってくれた）人だけじゃなく、タイミングが合わなかった方もいると思うので、会える時には会いたいので、治療スケジュールにもよりますが、会いましょう！集まりましょう！

がん告知を知って、みんなを驚かせてしまったけど、普通に元気な僕を見て更に驚かせてしまって！（笑）

がん告知きっかけで集まれて（会えて）良かった！ また会いたいから治療頑張ります！

人の繋がり（縁）って大事!!って、100万回聞いたけど、今ほど思ったことはなかった！

これから一段ずつ繋がりを再構築していこう！

積み重ね！積み上げ！

今日もありがとうございました！

また明日！

14日目／本当に大切なもの

（2023年5月4日00時29分）


いつもありがとうございます！

タイトルの通り、

「本当に大切なものって普通の生活では気付きにくいし、気付いても当たり前になっちゃってるよね。そして、その当たり前が当たり前のように続くと思うよね。」

友達とご飯に行ったり、好きな物が食べられたり、話をしたり聞いたり、次の予定を立てたり、数ヶ月先のことを考えたり、相手の顔が見られて、相手の声を聞けて、LINEをしたり、電話をしたり、歩いたり、車の運転をしたり、コンビニに立ち寄ったり、コーヒーを買ったり、お菓子を食べたり、目が見えて、耳が聞こえて、手足が動いて、味が分かって、働く場があって、給料をもらえて、休みをもらえて、家族がいて、友達がいて、仲間がいて、大切な人がいて、着たい服を選べて、要らない物を選べて、欲しい物を選べて、当たり前だと思っていたけど、当たり前じゃないんだって。

頭では分かっていたことだけど、「死」を覚悟した時に、普通の生活が

どれほど幸せなのかって、今の身体や環境は当たり前じゃないんだ！って、気付かせてくれた「癌」に今は感謝をしています。

頭で分かっていても、腹の底に落ちるような(腑に落ちるというらしい)ずしっと重くて揺るがない、人生で大切なことを今この状況で、気づかされています。癌にはなりたくなかったし、ステージⅣより軽めの方が良かったけど、これくらい重くないと、僕は気付けなかったのかもしれないです。だから今はこの試練に感謝です。

身を持って感じ気付いたことを、発信する役割なんだと思って、これからも発信を続けます。治療中は長文も書けなくなるかもしれませんが、書けるだけ幸せですからね。

いつもありがとうございます！　たくさんありがとうございます!!

種！

USB ポート

↓支援物資はこちらから↓
(Amazon「ほしい物リストを一緒に編集しましょう」
https://www.amazon.co.jp/hz/wishlist/ls/3FUBFS89TMKS3?ref_=wl_share)

お守り

延長コード

がん関連の本

塩⁉

アクセサリー

ノースフェイスのサンダル

同級生から

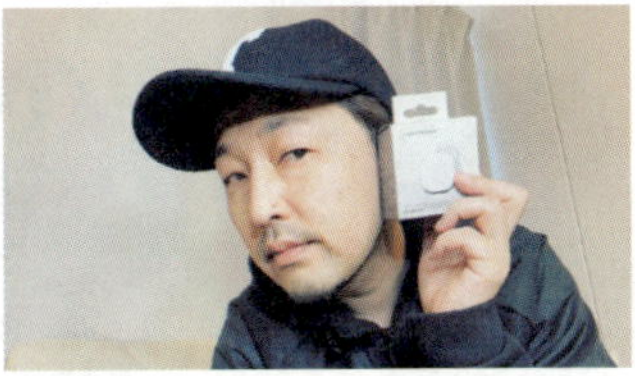

ワイヤレスイヤホン

先生から

母ちゃんから

後輩から

15日目／今日はゆっくり過ごしました。

（2023年5月4日21時14分）

今日はずっとゆっくり過ごしました。

朝起きて近くの神社に参拝して、洗濯や片付けをして、SNSでのコメントを返したり、Amazon プライムでスラムダンクを観たり。みなさんからの支援物資を、入院用のキャリーバッグに詰めたり。

音声や YouTube 配信をしようと、思っていた日でしたが、まったり過ぎて今の時間になってしまったので、お休みしました。

入院日が近づいてきて、気持ち的にもやはり不安があったりして、モヤモヤしていますが、まずは自分の心と身体のことを第一に考えたいと思います。音声や動画配信は、パワーを使うのでできる時にしますので、ご理解くださいね！

支援物資届きました！　ありがとうございました！

（Amazon「ほしい物リストを一緒に編集しましょう」
https://www.amazon.co.jp/hz/wishlist/ls/3FUBFS89TMKS3?ref_=wl_share）

→支援物資はこちらからお願いします→

今日もありがとうございました！

ではまた明日！

5月31日販売ですって!!

安眠グッズ

栄養食品

お水追加分！

カロリーメイト

コーンスープ

16日目／あと3日で入院です！

（2023年5月5日22時42分）

今日は他県から、大学の同級生たちが来てくれました！

GW期間中、大切な休みを、家族、夫婦でわざわざ来てくれて、ほんとありがたいです。久しぶりの再会でも、学生時代と変わらずに、近況報告などをして、また集まることを決めて解散しました。

２人とも本当ありがとう!!

お土産&支援物資もありがとう！

電話してくれた同級生もありがとう!!

あと３日で入院（抗がん剤治療）です。身体の調子自体は変わらないですが、痛みや不快感はあります。あとはお腹いっぱい食べると、その後からの張りと違和感あって、すこーし食事量が減ったような気がします。病は気からと言われますので、あまり気にせずに無理せず過ごします。入院自体は不安はないですが、抗がん剤治療の副作用がどう出るのか?っていう不安はありますが、考えても答えが出ないことで不安になっても仕方ないので、とりあえずは、なるようになるし、ならなくてもなんとかできるだろうし。

いよいよ本番が近いですが、みなさんからの支援物資を明日明後日で詰めて、みんなのパワーを詰め込みますね！

いつもありがとうございます！

また明日！

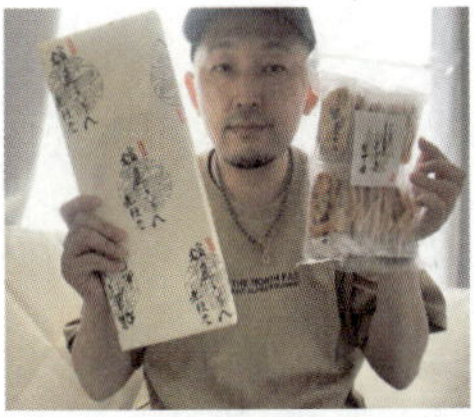

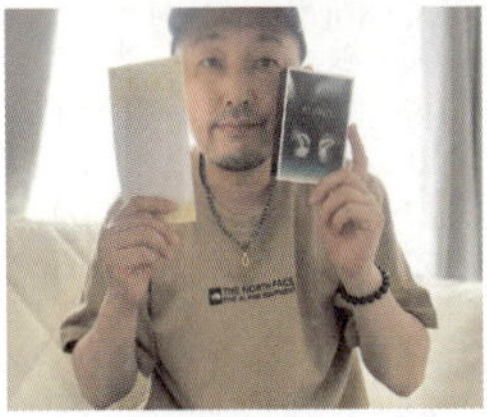

17日目／未来に何を描くか？

（2023年5月6日22時53分）

「人生のゴールは何か」
「ワクワクするような未来を描いているか」

答えは今のところ出ていません。今まで「趣味は仕事」「仕事は趣味」そう思ってやってきました。生きがいややり甲斐は、与えられた役割や仕事だと思ってきました。けれども、癌になってから「今までのまま」で良いのか?という疑問も湧いているのも事実です。過去が間違いなのでもなく、今までに後悔をしているわけでもなく。未来が閉ざされたわけでもなく、ネガティブになっているわけでもなく、単純に未来が曖昧になっていたことに気付いただけ。

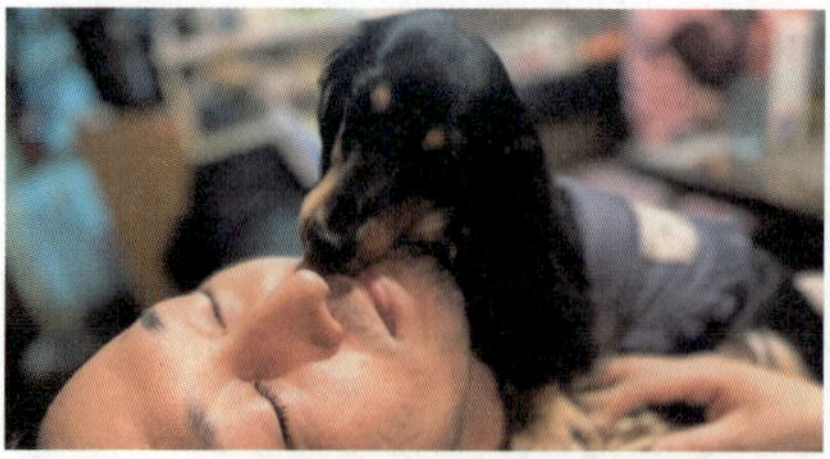

趣味と言えることもないし、何かに夢中になることもない。ゴルフをしようと思ったことも、ソロキャンプをしようと思ったこともあるけど、ワクワクするのは道具を見たりしてる時だけで。それよりも、稼働率を上げるとか、売上を上げるとか、そっちの方がワクワクしてた。

けれども、本当にそれが僕の人生で良いのか？　もっと視野を広げてたくさんの選択肢があっても良いのではないか？　そんなことを考えていた最近で、それを真っ直ぐに指摘してくれた従兄弟。この先の未来やゴール、そこからの逆算の今。

ワクワクする未来、なりたい自分、大きなビジョン。

「これをやる！こうなる！」って、心から思うものは何なのか。今はまだ答えは出ないけど、この答えが出たら癌はいなくなるだろう。だって、それを成し遂げるためには癌は不要だから。癌や治療に固執していたな。それだと癌が治っても腑抜け状態。せっかく神様が与えてくれたチャンス!!

癌の先に何があるのか？　どんな未来を描くのか？　目先や狭い視野ではなく、リミットを外して大きく広く深く!!
可能性を否定せず、失敗を怖がらず、知らないことから逃げない!!

癌と闘うのではなく、自分の未来との約束。その通過点なんだな。この入院治療は、精神と時の部屋(ドラゴンボール)だな！　楽しみだ!!

今日もありがとうございます！

支援物資をいただきましたので、写真にて報告させていただきます。

なお、8～14日までは入院になりますので、今後の支援は15日以降(～1週間程の期間)でお願いします。

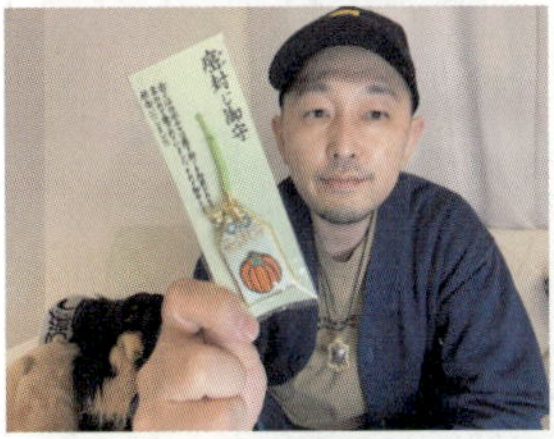

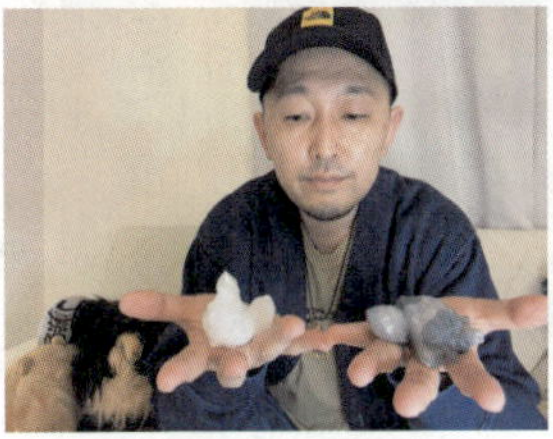

18日目／明日入院

（2023年5月7日22時49分）

4月20日に癌の告知を受けました。

(stand.fm「ガンの告知を受けました。」
https://stand.fm/episodes/6440f27261aa0b31cb48cafc)

その10日前の4月10日の時点で癌ということは、医師の話で分かりました。転移の可能性も聞いていたし、それらを調べるとステージⅣになることも分かっていました。

4月20日に告知をされることは分かっていたから、早く治療方法を教えて欲しい！　そう思って4月20日を迎えました。この時に一番辛かったのは、告知を一緒に聞いていた両親に対する申し訳なさでした。

大人になってからも、やりたいことをやって、散々迷惑ば

熊谷ファミリー

かりをかけてきて、やっと安定したかと思ったら、癌告知。その申し訳なさしかありませんでした。親より先に死ぬ可能性があることも辛かった。癌や治療は頭では理解していても、両親や妹に対しての申し訳なさで、20日、21日の夜は寝れませんでした。夜はセンチメンタルに考えていましたが、昼は結構他人事のように割り切って、治療と生活(仕事)の両立をどうするか?を考えました。まずは今まで通りの生活をしながら、1週間おきの入院治療で進みそうなので、ここはクリア！

色々書くノート

あとは、がん保険に入っていたので一時金が入るのと、治療費なども保険でカバーできそうなのでクリア。

→

ここも保険の内容など何回も見ました。結構心配になるところだと思います。告知日当日に音声は撮り、このnoteや動画配信は告知3日目から始めました。支援物資のお願いもその直後くらいからですね！

※ここらへんは過去の投稿を見たり聞いたりしてください。

告知から5日目あたりまでは、他者へのストレスもありましたし、自分の気持ちが不安定でしたが、本音を曝け出して言いたいことを言ってたように思います。

(YouTube「『あの時はごめん！』／がん告知から3日目／大腸がん／ステージ4／多発肝転移」
https://www.youtube.com/watch?v=I0RdHUZGYJI)

発信をしたタイミングから、たくさんの応援メッセージをいただきました！　支援物資もたくさんいただき、県外からも会いにきてくれたり、激励会をしてくれたり、ビデオ通話をしてくれたり。

数年ぶりから、数十年ぶりの人まで、また再会ができて良かった！

ありがとうございます！

そして、明日5月8日から抗がん剤治療が始まります。なんとか荷物をまとめて、いろんな人のアドバイスを受けて、物を詰め込んだ結果、キャリーバック2つになりましたが、

まぁ仕方ないでしょう！（笑）

ここからがスタートですが、昨日の記事に書いたように「未来」についても、焦らずぼんやりと考えようと思います。明日からの治療が未来への通過点だと思って、楽しみなことを考えながら、治療をしていこうと思います。何度も困難を乗り越えてきた！　ゼロから立ち直ってきた！　できないことはない！　自分の可能性を信じて！

この投稿が、未来の僕の力になっていますように!!

Ps.入院中は、音声配信、動画配信は、おそらく難しいのでインスタとnoteを更新します。

よろしくお願いします。

（Instagram「熊谷翼@kumagaitasuku・Instagram写真と動画」
https://instagram.com/kumagaitasuku/）
（note「ステージⅣがん告知／熊谷 翼／KUMAGAI TASUKU」
https://note.com/kumagaitasuku）

19日目／入院しました！

（2023年5月8日16時59分）

本日5月8日に入院をしました！

朝に診察をして、今後のスケジュールと抗がん剤治療の説明と同意。抗がん剤治療の副作用色々とあるけど、嘔吐は抑えられるらしいから良かった。そのあとに入院の手続きをして入院！

まずは良かったです！

病棟に移動してお昼ご飯を食べて、（ご飯は美味しかったです）ベッド周りをカスタマイズ!!

抗がん剤治療は明日から開始です。何種類かの薬と副作用

神様同士で喧嘩をしませんように！

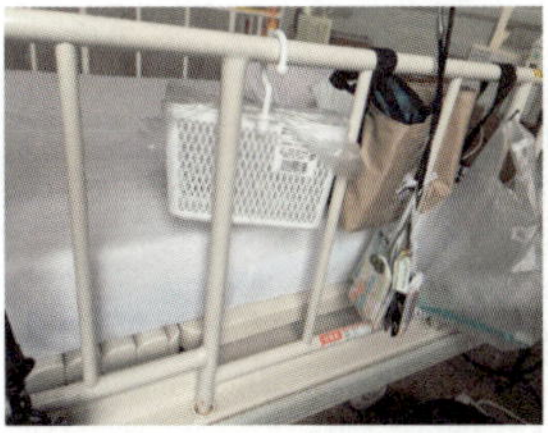
色々と位置を変えたり…

景色が良くて良かったです！

を抑えるものとか、色々とあるみたいですが、治療内容に関しては詳しくは載せられないので。

とりあえず、明日（数十分から数時間）で終わるものと、46時間かけて入れるものがあるらしく…副作用によっては更新できない時もありますが、それはそれでご理解ください。いつもは、noteを書いて気持ちを整理して、愚痴を吐き出して寝落ちするパターンでしたが、夜はゆっくりと休もうと思うので、入院中はこの時間の投稿になりそうですね。

施設の利用者様とか、入院中の患者様が、食事を楽しみにしてる理由が分かったわ！　何にも楽しみもワクワクもない!!　スマホとかテレビ以外に五感が刺激されることがない!!　風が冷たいとか美味しそうな匂いとか嫌な奴の声とかね！

とにかく、刺激が少ないから、食事メニューへのワクワクもあるし、匂いとか味とかへの楽しみが増すよね!!

この楽しみを業務的に片付けて、「早く食って」みたいな出し方されたり、食べてる途中なのに（もしかしたら、ゆっくり楽しんでるかもしれない）「はい、時間なので」って言われたら不信感というより、キレるよ。食事が大事というか、五感への刺激は大事!!

それではまた明日！

20日目／抗がん剤治療開始

（2023年5月9日19時51分）


本日（5／9）いよいよ抗がん剤治療始まりました！

治療の詳細や薬剤などは、院内の情報や個人情報となりますので、撮影や発信は僕個人だけとしています。

治療方針や内容も、僕なりの解釈ですので、間違いや主観が入ることもあります。

後の病気の進行や副作用によって、投稿出来ない時もあるかもしれませんが、ご了承ください。

今日の話の前に昨夜の話を…

消灯は21時でした。その前に寝る準備はして、僕は遮光カーテンはしない派（爆睡したい日以外は）なので、それで寝て6時には自然に起きましたね。いつもより1時間早いです。（普段も基本は自然に起きます）

朝ごはんは8時なので、それまでは陽を浴びたりフロア

自撮り棒が便利！！

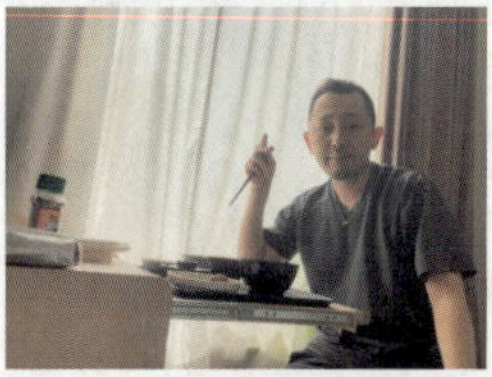
朝ごはんを食べる習慣身につきそう

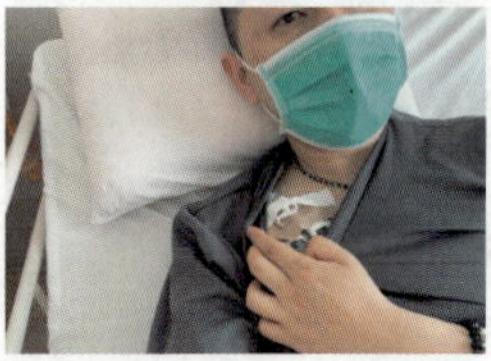
CVポートに管をつけて準備

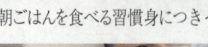

朝靄ありますね

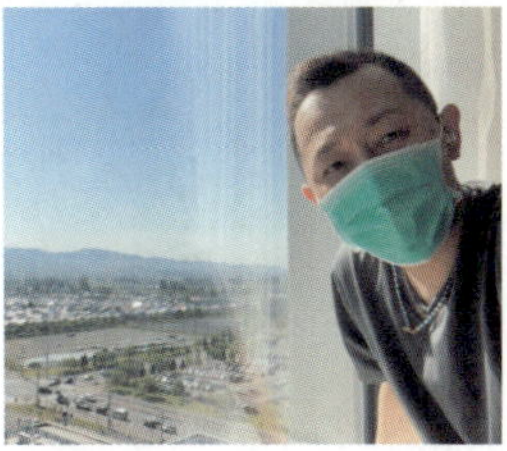

朝ごはん後にカフェオレ飲んでリラックス

ジュレ美味しい！！ありがとうございました！

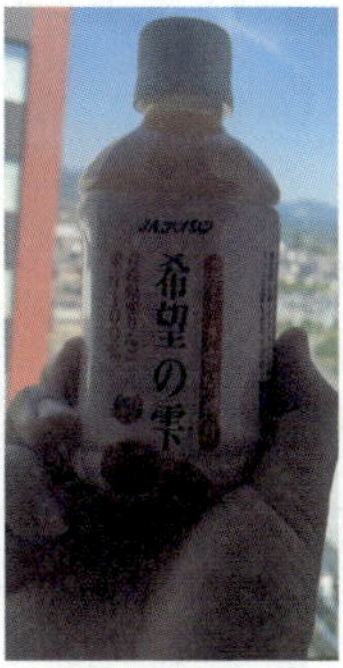

ジュース美味い！！カスミありがとう！

ふりかけは入院に必須だね！！ともありがとう！

を散歩したりして朝食。窓際は朝から日差しが入りまくって、暑いくらいですが、朝から気持ち良いですね！

そして、9時過ぎから抗がん剤治療の準備！

CVポートに初めての針!! チクッとしましたが、腕に何度も刺されるよりはマシか!!(僕は腕の血管出にくくて点滴しにくいようです)あとは両手使えるのが神ですね!! トイレでも、スマホも、ご飯も、管が腕に付いてると結構不便だけど、これは少し気を付けたら両手は自由なので楽ですね！ 10時30分から抗がん剤治療開始!!

ざっくりの説明で申し訳ないですが、全部で５パターンの点滴ですが全て抗がん剤ではなく、副反応のための点滴もあったかと思います。

①90分点滴 ②30分点滴 ③１２０分点滴 ④10分点滴 ⑤46時間点滴(今これ) ④⑤まで終えてから、やっとベッドから離れてリフレッシュ!!

大きな副反応はなくジュースまで飲んで、違う病室の爺さんが俺の部屋に来て、爺さんをナースセンターに届けに(日本語合ってる?)行った時に、身体の怠さというか重さは感じましたね。

トイレは大丈夫でしたが、そのあとに手を洗って気付いたのが、冷感刺激と手のしびれです。冷たい水に触れていると段々指先が痛くなります。冷やしたペットボトルを触っても、

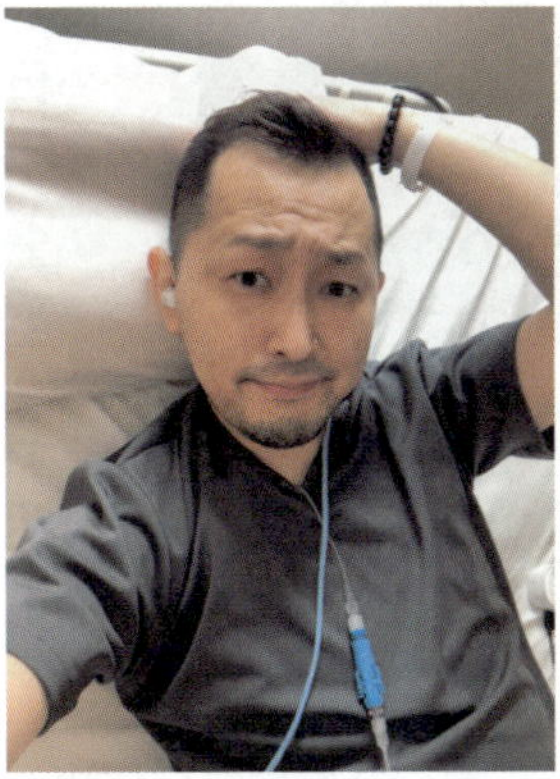

風船みたいな46時間点滴を繋げて生活

そんな感じになりました！

あとは冷たい飲み物を飲んだら、冷たい物を余計に喉が冷たく感じていました。冷たいものはしばらくダメですね。あとはスマホもですね。情報発信は自分で決めたことなのでやっていますが、個々への返信は遅れるか出来ないので、改めてごめんなさいね！

そのために、インスタとかFacebookとかnoteで発信してるのでね。「SNS投稿してるなら返信できるでしょ？」「写真撮れるならメッセージ読めるでしょ？」って思う人いると思う、正直。

けどね…告知されたあたりの発信でも話してるけど、1人2人じゃないからね！ LINEやメッセージやコメントくれている人は。そこは、ご理解ください!!

あとはこのタイミングで勧誘とか、人間性疑うのでやめてください!!(笑)

夕飯もしっかり食べました！

ではまた明日！ 明日は一階に行ってカフェオレ買おうかなー。副作用なく歩けたら良いな。

おやすみなさい!!

21日目／どう生きるか？

（2023年5月10日 19時20分）


抗がん剤治療2日目です。

副作用で一番予想される吐き気はないです。（吐き気止めの点滴をしたから）副作用で出ているのは、昨日からの冷感刺激（手足が冷たいものに触れると痛みます）今朝からの声枯れ（声がかすれてます）そんな感じですね。ご飯も食べられているし。けれど基本はベッドの頭を上げて座ってるので、体力は落ちてそうな気がします。

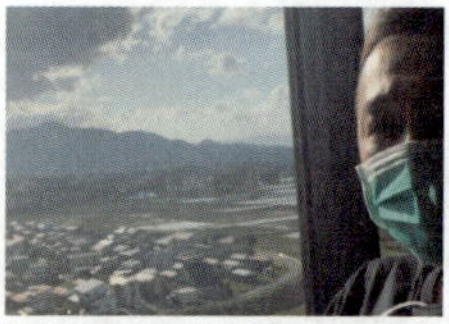

明日（5／11）のお昼に46時間の点滴が取れるので、その後にシャワーをします！（今は体拭きだけ）副作用がそこまで強くないので、翌日（5／12）は様子を見て、翌々日（5／13）に退院予定です。

今後も入退院を繰り返すと思いますが、図々しいですが…会う相手とタイミングは、僕に権限を持たせてください。

「会える？」「いつならいい？」「どこならいい？」

どんなに仲が良くても、その日のメンタルで会いたくない時もあるし、家族であっても、今日は1人にさせて！って思う時もある。

逆に僕からの「今日どう？」「明日空いてる？」くらいの誘いを受けてくれる。あるいは「無理！」「予定ある！」「19

朝カフェにハマりつつある

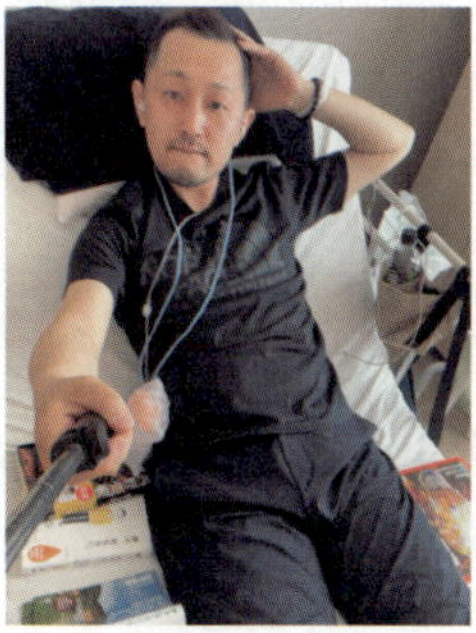

今日は読書 DAY

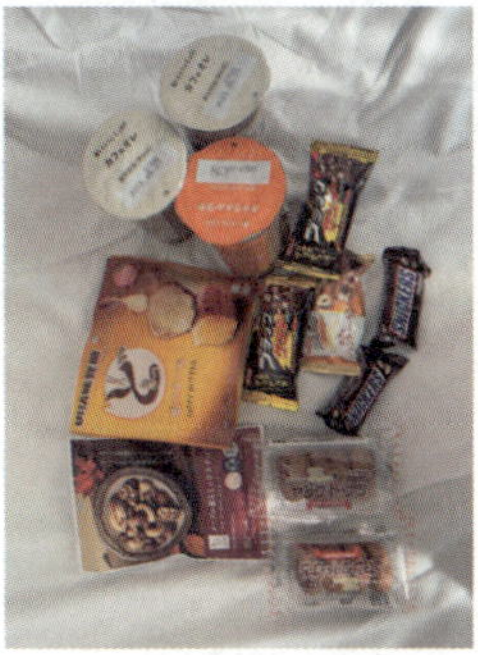

朝からお菓子も買ってきました！

時ならＯＫ」くらいフランクに断ってくれる。その方が僕にとっては気楽で良いです。気持ちを楽にしたいから、ガチガチに決めたくはないし、義務感で会うのも嫌。あとは急に会いにくるとかは…困るね。（店を開いてるわけではないからね笑）

　事前に予定していて、最終的にその日の気分で返事ができるくらいの関係性でお願いします！

※家族を含め全員です！（笑）

→

これから図々しく生きます！（笑）

　嫌なものは嫌！　好きなものは好き！

　いくら治療をしても、元の生活、元の習慣、元の価値観に戻るなら、元が変わらないから、結局は治らないor治っても再発をするでしょう。

　介護の仕事をしていて、「死」を理解していても、それは第三者的だった。身近な親族が亡くなった時に、二人称（僕と爺さん（婆さん））での死の理解（生きてる時の思い出とか、死んで悲しいとか）になって、癌告知をされて、初めて一人称（僕）で「死」を理解した。理解したと言うより覚悟をした。「死線」を見たと言うらしい。

　そして今日は、本を４冊ほどつまみ読みして、お菓子もつまみ食いして、色々と考えたり振り返った。

（Facebook「ステージⅣから復活・がんサバイバー　たすく」https://www.facebook.com/kumagaitasuku）

　ビジネスっぽい投稿はFacebookで→

　話を戻しまして…「癌と戦う人生を生きるのか？」「癌を治す人生を受け入れるのか？」**答えはＮＯＷ**

「笑顔で楽しい人生を生きたい！」「心からワクワクすることを見つけたい！」**こっちがＹＥＳ!!**

　詳しくはまだ描けていないけど、これからいろんな場所やモノを見ていきたい。親父の実家でのんびり暮らしながら、病気とか福祉とかの御用聞きをするのもありだな。あとは海

夕方はラウンジで夕陽を見て。あとはドクターヘリ！

外に行くのもありだ。その前に好きな沖縄や九州もまた行こう！　まだまだ日本だって行ったことのない場所ばかり。海外なんてほとんどない‼

ここ数年は休みは月2～3回の休みで、走り回ってきた。それで癌になったってことは、（仕事だけが理由ではないけど）そういう生活（仕事、環境、食事、ストレスなど）を見直さないと、また繰り返すよね。

「今のままじゃマズイよ‼」って、身（癌）を持って教えてくれたんだから、ここで、新しく変えていかないとね！

まずは食生活と運動と冷たいものは避けて。あとはワクワクするようなことを想像して。

ではまた明日！

22日目／食欲低下？

（2023年5月11日18時37分）

昨日の夜は、寝不足でして…。（同室者のイビキはまぁ大丈夫なんですが、唸り声がね…）。

お昼までは、それでも体調はいつも通りでしたが、夕方くらいから不調…入院して初めての食欲低下。

酢の物みたいなのは食べられましたが、ご飯は口をつけられず。味噌汁も残しました。これが寝不足によるものなのか？　抗がん剤の副作用なのか分からないです。

46時間の点滴も、予定時間より終わるのが遅くなったのも、影響としてあるのかどうか？とりあえず、今日はもうスマホもシャットダウンして休みますね！

23日目／胆嚢炎（たんのうえん）？

（2023年5月12日18時44分）

昨日の投稿を読んでもらえましたか？

（「22日目／食欲低下？」P.58参照）

寝不足からの食欲低下ってことで、昨日は20時には寝たと

思います。イヤホン付けて、安眠音楽流して、寝ました、おそらくすぐに。

そして…夜中の1時。（今日の1時ってこと）目が覚めた次の瞬間から、右脇腹痛（肋骨下）と右肩痛。特に右脇腹は激痛過ぎて、息を吸うだけで痛い。横になるのも辛くて、ベッド状に座ってうずくまってました。コール鳴らして痛み止めの点滴。2時くらいには効いたのかな、寝落ちしてました。そして目覚めた6時にまた激痛…。

6時には痛み止めの内服薬で落ち着きましたが、薬が切れると痛みが再発する繰り返し。胆嚢炎（たんのうえん）の可能性があるってことで、血液検査とCT検査をしました。

癌転移した肝臓が、胆嚢を圧迫してるようなことを話してました。あとは抗がん剤によって癌細胞と身体が戦ってるとも。自分の身体なのにね、戦うってのも変な感じだけども。必要なものは残るし、不要なものは消えると思って、戦わずに受け入れるしかないからね。

退院延長になったけど、家帰ってからこの激痛には耐えられなかったな。抗生物質と痛み止めで様子を見て、そこからの退院となりそうです。

今日も早く寝ます！

ではまた！

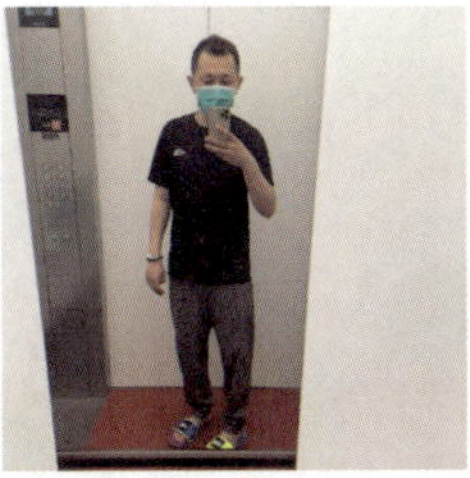

検査には歩いて行けました

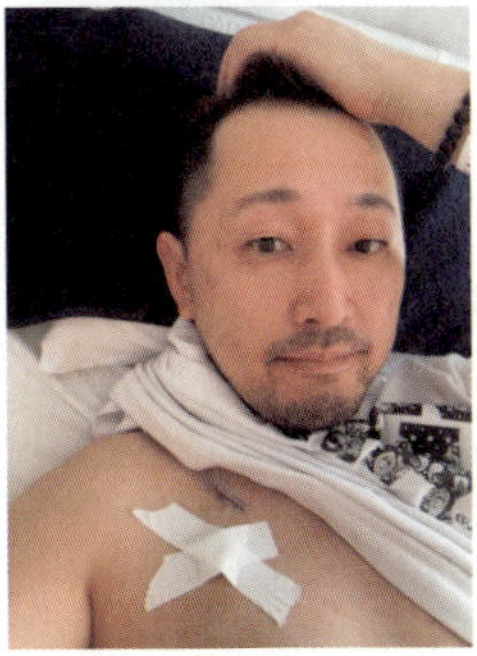

CVポート大活躍！
傷も小さくなってきた！

24日目／自分で命を断つな！

（2023年5月13日19時01分）


まずは今日1日のことを報告して、思ったことをツラツラと。

昨日の記事でも書きましたが、肝臓の圧迫を受けて胆嚢炎（たんのうえん）となり、胆嚢の炎症ってことだけど胆嚢のノウ、難しくない⁉ 漢字。

炎症を抑える抗生物質の点滴（1日3回）をして、あとは肝臓の注射とか色々とやってもらいながら、21時頃には寝たと思います。そして、深夜1時くらいに目が覚めたら…右脇腹激痛!! マジで痛い。肺が動くと痛いから、1センチくらいしか息を吸えない。寝返りも困難で身体を動かすと右脇腹を刺された感じになる。刺されたことないけど…。ナースコールでヘルプを呼んで、痛み止めの点滴!! 奇跡の水で

妹からシャツとパンツ

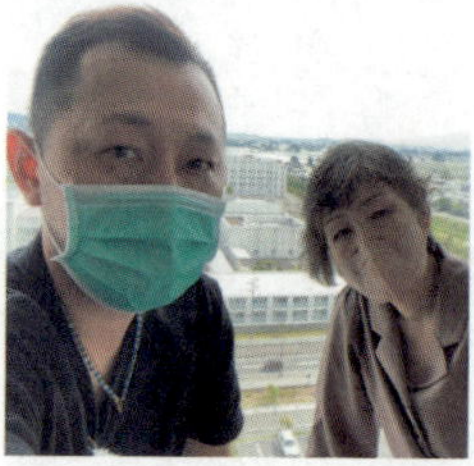

母親と！

す、ほんとに。そして、寝落ちからの朝5時過ぎに再び激痛!! 右脇腹と右肩(肩はまだ耐えられる)朝の痛み止めは内服薬だったけど、ほぼ効かなくなったので、朝に点滴をして、医療麻薬を使用することになりました。抗生物質を1日3回、痛み止めや肝臓の点滴をしながら、今日は終わりました。

ちょうど痛みが治った時に、母親も来てくれました。妹からシャツとパンツももらって、妹にパンツを買ってもらう兄…(笑)気分転換になった、ありがとう!

抗がん剤の副作用で声がなかなか出なかったけど、痛み止めを飲んで脇腹痛を抑えている人を、無意識に笑わせようとする母親…(笑)さすがですね…(笑)

そして…

中学同級生からの連絡。小中の同級生が亡くなった。って。元気そうに楽しそうにしていたのにね。責任感があって、周りの目を気にして、周りを頼れないプライドがあったのかな。理由は分からない、悩みも分からない。けれども、自ら自分の命を終えてはいけない。生きるのは辛いし大変。だけど自分で死ぬ勇気があったのなら、逃げてもいい、負けてもいい、ダサくてもいい、迷惑をかけてもいいから、やり直して、誰かを頼って、生きて欲しい。これは、俺も自分に言っている。死にたくなる気持ちも分かるし、今回の病気の前にも死ぬことを考えたこともあるし、今回も。死ぬ勇気がなかったのかもしれないけど、死ぬ怖さがあったのかもしれないけど、それでも、やっぱり自ら死んじゃだめだ!! 死んだらやり直しがきかない。辛さを味わうこともできない。楽しさも悔しさもバカバカしさも。「ありがとう」も「ごめん」も生きているからできるのに。

死者に鞭打って申し訳ないけど、死ぬ勇気と覚悟があるなら生きろ!!

生きるのが怖くても辛くても生きろ!!

どうせいつかは死ぬんだから、自己中に生きろ!! 俺は生きる!!

どうせいつかは死ぬんだから、それまで生きる!! 図々しく生きる!!

ゆうき、天国では図々しく生きろ!!

25日目／なんにもない日曜日

（2023年5月14日15時44分）

今日は日曜日で（入院していると曜日は関係ないですが）

今日は目的もなく思いついたことを書いていこうと思います。

初めての入院

今回の入院治療は、1週間の予定でした。月曜日から次の月曜日の予定でした。物心ついてから入院をした記憶がないので、初めての入院生活。必要なものも分からず、みなさんに教えてもらい支援物資も持ち込んで、初めての割に入院常連感が出ていたように思います。S字フックやゴミ袋やストローとか。飲み物もゼリーもおかげさまで助かりました！

そして、月曜日に入院をして火曜日から抗がん剤治療開始。副作用も薬によって抑えられていたので、早ければ金曜日に退院できる予定でしたが、初めてなので念のため土曜日の退院にしてもらいました。と思って、抗がん剤治療が終わった夜からの不調。睡眠不足？食欲低下？副作用？　何が影響したのかは分かりませんが、胆嚢炎のため治療。抗生物質3日目になり、痛み止めを使いながらなんとか耐えている土日。今日も朝から痛み止めを入れながら過ごしました。今日は映画と読書をしながら、痛みに時々苦悶しながら（朝は発熱あったりで）そんな日曜日です。

昨日の記事を読んでくれた人は、分かると思いますが、昨日は同級生の知らせもありました。先輩からのベトナム話しもありました。（ベトナム行ってみたい！というか住みたい！）あとは沖縄も行くぞ！　生きていると、良いことも良くないことも、楽しいこともつまらないことも、興奮することも我慢することも、色々とあると思うしあるんだけど。俺はもう我慢とか人の目とか気にしないで、素直に自分を大切に生きていくことを決めた！

生きることが辛くても大変でも、死んだら終わりだ。せっかくだから、辛いことも楽しいこともムカつくことも、ひっくるめて生きる!!　痛み止めを打とうが抗がん剤をしようが、生きてる方が大変だけど、生きてることを感じたほうが楽しい!!

人はいつか死ぬんだから、死ぬことを怖がらずに、好奇心

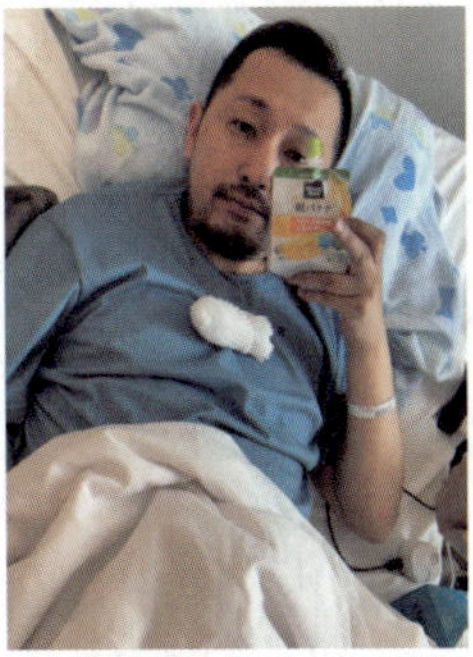

今日の朝発熱しました。

シャインマスカット食べたい！

を持って生きよう!!（出来なくても良いからイメージと目標を持って）
早く退院したーい!!
美味しいもの食べたいーー!!
（Amazon「ほしい物リストを一緒に編集しましょう」
https://www. amazon.co.jp/hz/wishlist/ls/3FUBFS89TMKS3?ref_=wl_share）
（facebook「ステージⅣから復活・がんサバイバー たすく」
https://www.facebook.com/kumagaitasuku ）

26日目／肝機能良くなってた！

（2023年5月15日20時22分）

（TikTok「熊谷 翼（Kumagai Tasuku）（@KumagaiTasuku）」
https://www.tiktok.com/@kumagaitasuku）

こんばんは！
YouTubeにアップした動画を、TikTokにも載せていたら、5000回以上観られていました…！なぜ!?（笑）ってことで、TikTokの方もこれからゆったりと投稿をしていきますので、よろしくお願いします。毎日欠かさずに投稿しているnote。今日もよろしくお願いします！

今日は比較的ぐっすり眠れた気がしました。朝6時に抗生剤の点滴を開始して、そのあとに採血をして。嬉しいことに、**採血結果（肝機能）の数値が良くなっているようです。** いるようですってのは数値見てないので！ 担当医から教えてもらいました。（嘘じゃないよね？笑）これサラッと書いてますが、本当に嬉しいことでした!! 4月に総合病院で行ったCT検査、5月13日に現在の病院で行ったCT検査は、転移している肝臓癌が大きくなっているようです。**癌は進行している。**

そして、血液検査も入院時5月8日に行いましたが、それ以前にやっていた時よりも数値は悪化。癌は進行している。認めたくはないですが、癌は進行をしていて、転移した肝臓は悪化をしている。これが昨日一昨日くらいまでの事実です。

癌は進行している。

その事実を受け止めるしかない。そして抗がん剤治療の結果を信じるしかない。これが最近までの僕のメンタル状態でしたが、昨日と今日、担当医と話をして、昨日の血液検査の数値が以前より良くなっている。今日の血液検査の数値が昨日より良くなっている。

今日は雨でしたが、
たまには雨も良いですね♪

抗がん剤治療によって、肝臓の癌が周辺に悪さをしたり、自分の身体や正常な細胞が癌を抑え込もうとしたり、そうやって身体に変化が起こってる、と。

右脇腹の激痛があってから、昨日今日と採血をしたり、CTを撮ったり退院が延びましたが。**結果的に、良かった!!**ってことです。

肝機能の数値も改善されて、(抗がん剤や薬が効いた!!)胆嚢炎による痛みも(痛み止めも)今後の治療に反映されるだろうし。**結果、良かった!!**ってことです。

ポジティブな言葉や人や情報に目を向ける！　俺の状況を知っているのに、え!?って人はいるし、状況を知っていなくても、人としてどうなの!?って人もいるし。今まではそういうのも我慢して、なんなら遠回しに諭すようにしてきたと思うけど、もうそういうのにエネルギーは使いたくないから、無理なら無理！　ごめんなさい！だ。自己中に図々しく生きる！　それでも助けてくれる人や理解してくれる人がいるって分かったから、それで良い!!

よーし!!　明日も楽しむぞ!!

(stand.fm「入院して1週間が経ちました！癌告知を受けて26日目です。」https://stand.fm/episodes/6461a14d79786001a3783cd5)

治療が原因で声枯れがあって、話すのも結構疲れるようになって、全然違う人の話し方になってたけど…それもそれで今しかないから録音してみました！　聞いてみたら、そんなに変わりなかった…！(笑)

違いに気付いた人は熊谷マスターだ👍

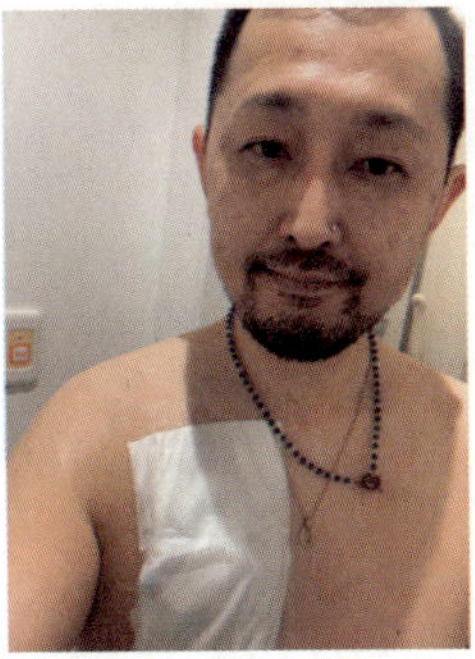

入浴シーン😮

27日目／激痛も落ち着いてきた？かな。

(2023年5月16日20時02分)

YouTubeを観てたら、すっかり今日の投稿を忘れていました！

明日は採血もありますが、痛みも無いわけじゃないけど激しさは落ち着いて、痛みは薬でコントロールできるし、肝機能も問題なければ、週末に退院できるのかな～と思っています。夕方くらいから、痛みはだいぶ良くなってきました！

とは言っても、0～10で10が最高に痛いところでいうと、5～7は行き来してますけど、8～9にいかなくなったから我慢できるって感じです。3日前くらいまでは、目覚めたら

今日も朝から３回の抗生剤投与。

9でしたから…。

この話の流れで、面会に来ていた奥さん(旦那さんが入院かな)が、旦那さんに対して、「どう?仕事休んで一日中寝てて」みたいに、冗談っぽく話してたけど、(旦那も「そうは言っても有給消化だからな」って答えてたけど)入院って、寝てるだけ、楽してる。って見えてるんだな〜とも思った。なんか悲しいというか、そう見えてるのが、なんかね…!(笑)確かに、寝てるし休んでるよ!　仕事もバタバタ動いてはしてない(PCやスマホでしてる人もいるけど)けどさ、さっき話したように寝起きで激痛が起こったり、その数時間後にまた激痛が起こり、お腹は便秘をしたり下痢をしたり。手は痺れたり、今は舌も痺れたりしてる。誰とも話さないから、喉の筋力は落ちて声は出ないし、副作用で更に声は出ないし、食欲も落ちたり体力落ちたり。家族のことや友人のことや、治療費や給料の心配をしている人もいると思う。みんな色々抱えながら、早く家に帰るために治療してるんだよね。患者側になって初めて分かったけどさ。**「あなたは寝てて良いね」「病気を言い訳にできて良いね」「こっち(動いてる方)は大変なのに」「あなたを考えて悩んでるのに」**それは無しにしよう。

その何倍も何十倍も、悩んで考えて、自分のことも相手のことも(相手の立場になって)何回も何十回も考えてる。病気が治ることも最悪の事態も、治療費の計算も足りないことも、これからの未来の不安も可能性も、何回も何十回もシュミレーションをしている。ベッドでテレビを見ていても、ご飯を食べていても、一人でずっと考えて悩んでて夜も寝られなくなって、それでもずっと考えてる。

おそらく隣のベッドの人も向こうの部屋の人も。俺からしたら、仕事をしていた方が楽!　余計なことを考えなくて良いし、時間が早く過ぎるし。病気がなければ、こんな副作用や辛さはなかったんだろうな、とも思うし。

病んでるわけでも、落ちてるわけでもないけど、こっちも

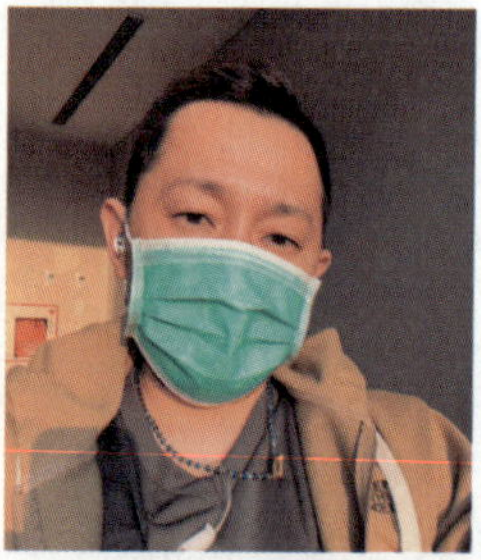
夕陽を浴びてる熊谷

ラウンジからの夕陽

楽じゃねーーよ!!ってのが、伝わったら嬉しいです。
では、また!

28日目/目の前で起きていることに必ず意味や価値はある

(2023年5月17日16時33分)

昨夜は21時頃に寝て、寝てるところで22時の抗生剤の点滴をしてもらい、23時に外してもらいました。(この時は半分起きて半分寝てる)夜中0時に目が覚め、その時に右脇腹7~8の痛みがあり痛み止め内服。朝6時前に目が覚めて、その時も6~7の痛みがあり痛み止め内服。その後朝6時から抗生剤点滴。朝7時に採血。その後に朝食と朝食後薬。朝食後からは、痛みも落ち着き、本を読んだりSNSとか買い物とか。昼食後は少し休んで、14時から抗生剤点滴があって、その後にシャワーをしたり。

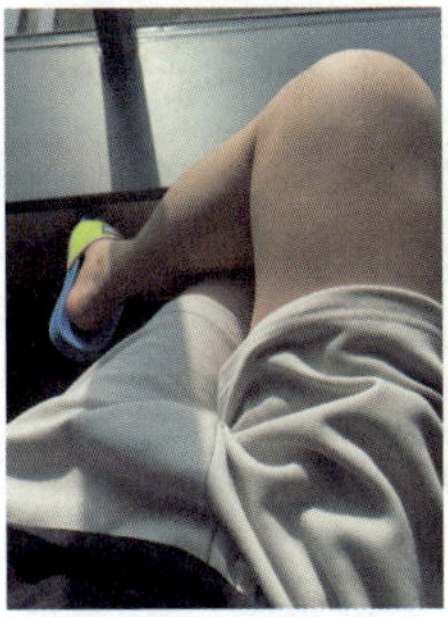
シャワー後にラウンジでひと休み

そして今記事を書いてます。いつもは、夕食後に書くことが多いのですが、書く時間によっても、まとめ方とか文章が変わるのでね、今日はこんな感じで。8日に入院して、1週間で退院の予定が…明日で10日。胆嚢炎とかもあり、仕方はないんですけどね。(むしろ家にいる時じゃなくて良かったけど)

今は炎症の数値や薬(痛み止め)の調整などをしているようで、それが落ち着いたら退院となりそうですが、またすぐに抗がん剤治療で入院です。**(退院したら絶対ラーメンを食べる!!あとは寿司!!笑)**

当初の予定だと、今週は仕事をしていたのですが、これも何かの理由があるのでしょうね。仕方ないです! 計画通りいかないこともあるし、予定通りにはいかないし、それにイラついても仕方ないし。**何かの意味はあるはずで。**

予定通りいかない今回の入院の意味や、予定通りに仕事ができなかった意味や、胆嚢の炎症にも意味があるし、退院が延びた　ことによって考えたこともあるし、スムーズにいってたら気付けなかったこともある。**全てには意味があるから、この病気になったのも意味があるし、今起きていること、これから起こることにも意味がある。**

なんで!!どうして!!って原因を追及しても事故じゃないんだから意味はないし、それなら、**神様は俺にどんな意味(価値)を与えてくれたんだろう?**って考えるようにする。これらは、予定だけではなくて、人間関係も、仕事も、売り切

ネギは！？

れてた欲しいものも（笑）

今日の昼食のめんつゆにネギが付いてこなかったのも理由があるはずだ！（笑）

意味があるんだ！

そう思うだけで、前進できるし、前進するメンタルを保つことができる。

うんうん。全ては試されているし、起こるべくして起こっている。

癌も何かの意味でしかないし、その価値に気付かなければ、更に違うことが目の前に現れる。そう思っている。

ではまた！

29日目／何も浮かばない。

（2023年5月18日19時55分）

今まったく何も思い浮かんでません…。

実はこの前の時間に少し寝てしまったんです。夕食の後18時半頃から1時間ほど。眠気がとんでもなかったので、「起きてから note は書こう！」って決めて。ところが起きてみて、今…全く何も思い浮かびません（笑）。

たしか、今日はお財布を拾って届けたり、旅行サイトを観たり、映画を観たり（Amazon プライム）、本を読んだり、いろいろとインプットはあったはず…けれども、全く思い浮かびません…。

ということで、諦めて寝ます！（笑）さっき寝たので眠いわけでもないんですが、寝れそうなので寝てみます（笑）。

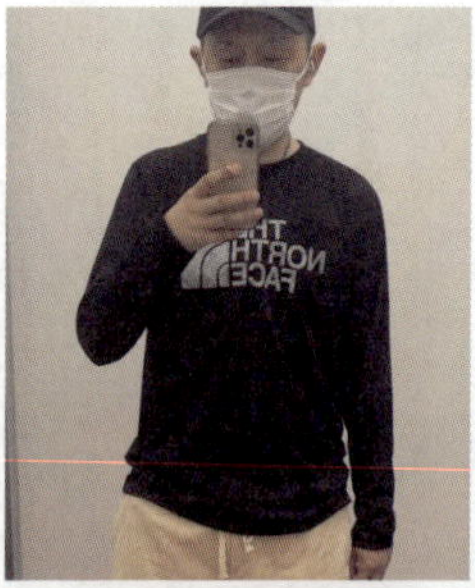

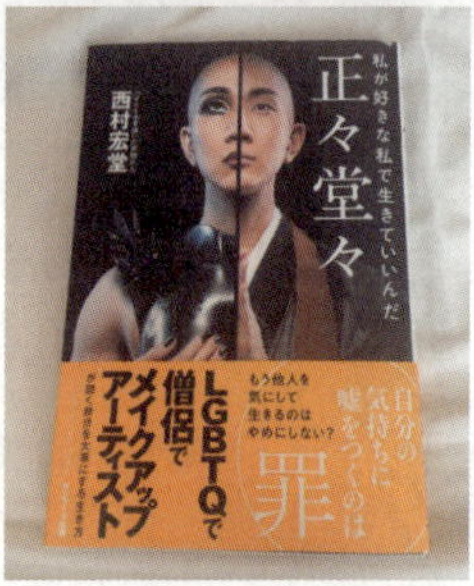

30日目／今日は写真多めです！

（2023年5月19日19時14分）

こんばんは！

昨日は爆睡してました！　結局、夜だけで10時間くらいは寝たと思います。入院してから、こんなに眠れたのは初めてだと思います。なかなか熟睡できず、なおかつ睡眠時間も少なくなっていたので、眠れて良かったです。

さて、今日は写真がたくさんなので、写真とともに。まずは朝から採血をしました。そして、今日も抗生剤の点滴をして。点滴はほぼCVポートからですね。抗がん剤も抗生剤も肝臓の薬とかも。

ヤクルト1000も院内で買えます!!　そして、一息つく時のタリーズに寄ったり。

そして、何気なく始めてたTikTok…TikTokの再生数が伸びていて、というかこれが普通なの!?　YouTubeしか知らないから、再生数みて驚きました!!

恐るべし…TikTok…TikTokは謎です…。

（TikTok「熊谷　翼（Kumagai Tasuku）（@KumagaiTasuku）」

https://www.tiktok.com/@kumagaitasuku）

そしてLINEはしていたけど、施設の技能実習生。なかなか病気のことを詳しく話していなくて、体調不良で休みって

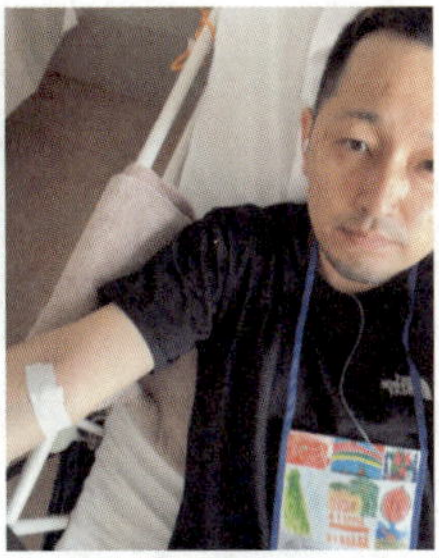

採血は痛いから嫌だ！

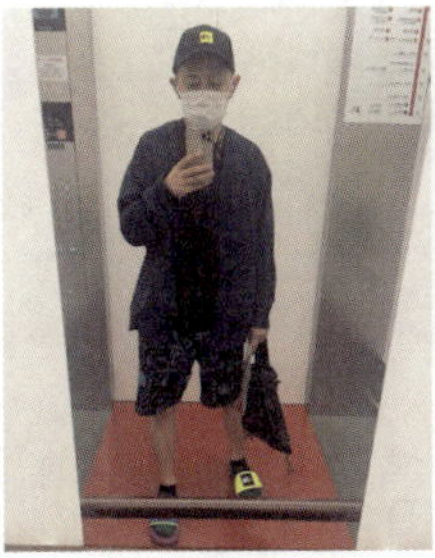

ヤクルトの買い出し！！

技能実習生の2人！

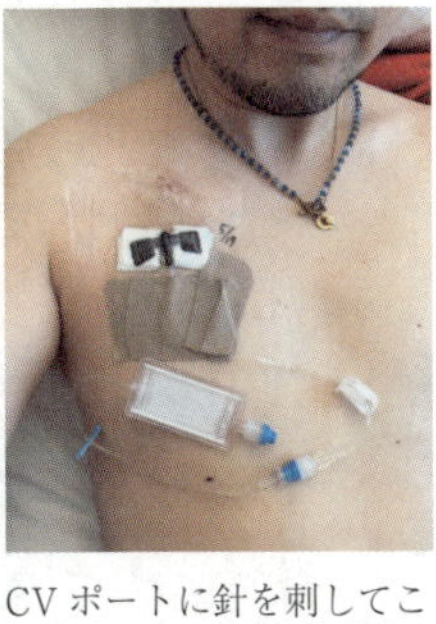

CVポートに針を刺してこれは常につけておきます。

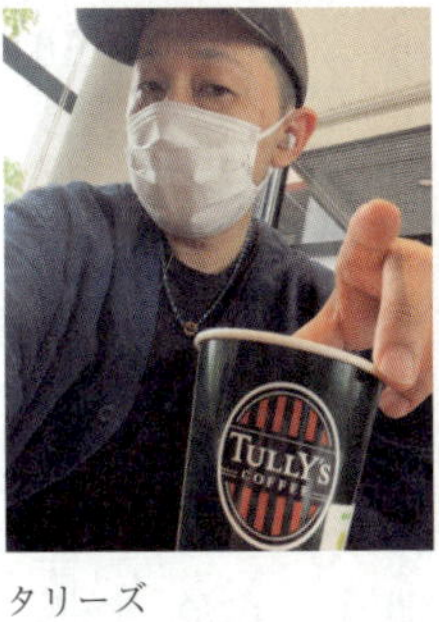

タリーズ

のだけを聞いていて、「いやいや休みすじゃない!?」ってことで、今日は2人とも仕事が休みだったようで、電話をかけてきてくれました。ありがとう！

そして、母親と妹が面会に来てくれました！ありがとう!!ということで、今日は話をしたり人に会ったりして、楽しい一日でした。明日は土曜日。本当なら退院して食事会があったのに…と悔やんでも仕方ないので、国内旅行のプランや夏服とかも見ながら、今年の夏は旅行にどんどん行きます!!

オススメの場所あったら教えてください！

ではまた！

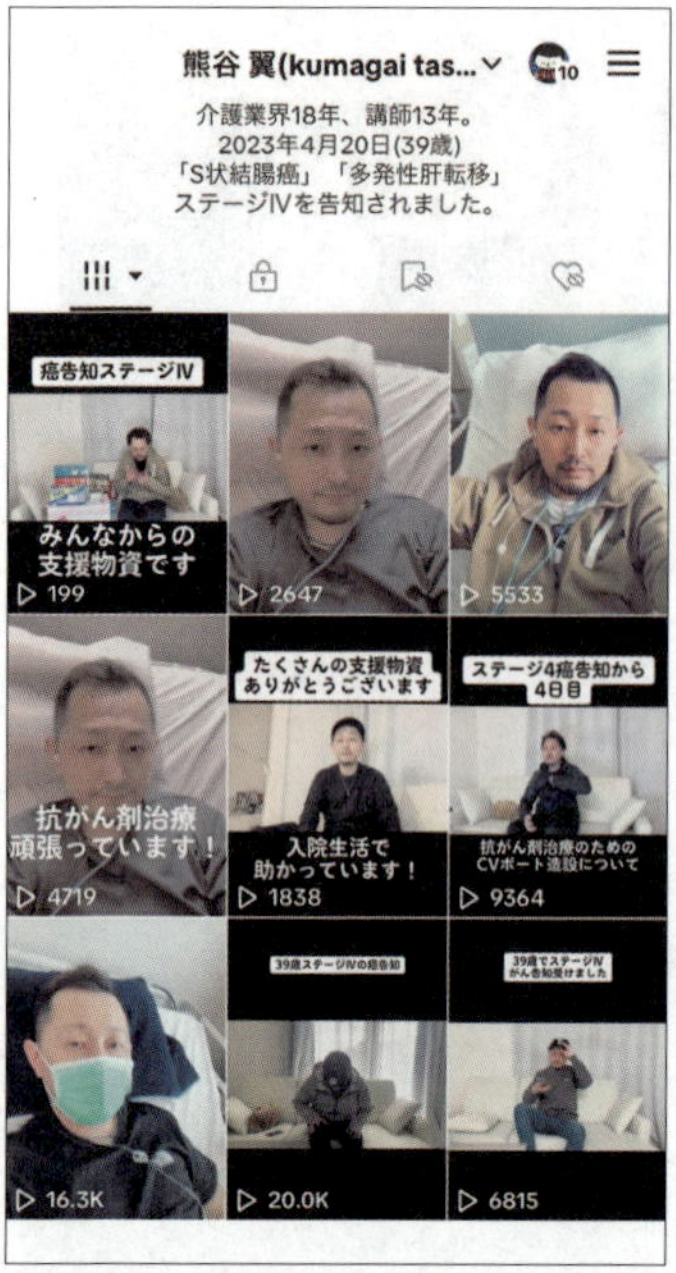

再生数も回ってます!

31日目／告知から1ヶ月が経ちましたね。

（2023年5月20日19時37分）

癌告知から31日目。1ヶ月ですね。4月20日に告知を受けました。その10日前の、4月10日にはすでに癌の可能性があり、インスタでカウントダウンをしていました。そのあたりから、周りの人も「ん?なんか様子が変だぞ?」となり、20日の癌告知からのカミングアウト。

（「DAY1 2023・4・20」P.22参照）

初日は怒りでしたね。言葉や行動の節々にストレスを感じるようになっていました。頭は冷静にいれたけど、心はだいぶショックだったんだろと思います。今思うと告知日からの3日間は、自殺をしていてもおかしくない精神状態だったかもしれません。（鬱よりも少しハイになってたように思います。）

すごい小さいこと細かいことまで気になって、（それは今でも）言ってることの本音と建前がよく分かるようになりました。2日目の記事も、心が荒ぶっている感じがしますね。告知を受けた20日、翌日の21日は、頭は冷静だけども、家族や未来のことを悲観的に思うようになっていて、夜もずっと泣いていました。（心配してLINEしてくれた人もありがとう！）

（「DAY2 2023・4・21」P.25参照）

そして、3日目の記事。ここら辺から、情報発信を本格的にスタートしました。気持ち的には、受容して癌を売りにする（言い方悪いけど）方向に、自分のストレスや思考をズラした感じです。

（「DAY3 2023・4・22」P.26参照）

この日以降は、今までやっていた情報発信や仕事を、一度置いて。今の心境や状況を伝えるようにしました。今後はどう進めるのかは、今もまだハッキリしていない部分もありますが、治療の合間の時間や、治療後の時間や、克服する前の時間や、克服したあとの時間を、今までと同じように、過ごす（こなす）で良いのか？と、色々考えてはいます。

やりたいこと!!って、ハッキリはしないけど、楽しいことは知らないことやしたいことはあるし、今までは仕事や時間やお金を言い訳にして、やらなかった（行かなかった）ことも、癌になった（死を意識した、生きている時間を意識した）ことで、時間を流すのは絶対にしたくはないし、意義あるものにしたいと思っている。

→なんとなく、10日経過後くらいから、だんだんとそんな雰囲気になってきたような気もするけども。過去の記事もタイトルも、そのままに残して、また3ヶ月後、1年後に振り返りたいと思います。

ではまた明日！

今日は午前と午後にテラスでお茶しました。

32日目／来週から抗がん剤治療

（2023年5月21日19時09分）

今日は入院して初めて、YouTube用に撮影しました。（ショート動画はアップしていました）

（YouTube「がん告知から1ヶ月経過／S状結腸癌／多発肝転移／ステージ4／副作用／BRAF遺伝子変異」

https://www.youtube.com/watch?v=oYb4-JEZT5Y）

チャンネル登録と、グッドボタンを押してもらえると励みになります！

チャンネル登録1000人を超えると、

生配信が出来るので1000人を目指します！

さて、今日は外のベンチでコーヒーを飲んだり、本を読んだり、breakingdown8を観たり、動画撮影をしたり、アバターを作ったり（これ自動生成）日曜日なので、日曜日らしくゆったり過ごしました。

（TikTok「熊谷 翼（Kumagai Tasuku）（@KumagaiTasuku）」https://www.tiktok.com/@kumagaitasuku）

平日は、体調をみながらですが、なるべくグダグダしないようにしています。昼寝やベッド上での生活が長くなると、体力も落ちて、それ以上に生活リズムが崩れるのでね。

誰もいないから自撮り

点滴がないとこうなるよね。

どれかがTikTokのプロフィール画像になります。

なので、このnoteも基本は夕食後です。朝は窓から入る日差しで目覚めるようにして、体内時計が狂わないようにしています。

（最上階近くの窓側なので自宅にいる時より日差しが入るのが早いので朝起きるのも早いです笑）入院生活でも、メリハリは大切だと思っているので、頭も使って体も使って（軽い筋トレ）、いつでも復帰できるようにしておいてます。

明日から抗がん剤治療2周目です！　副作用が強くなるとか、蓄積していくとか、調べると色々出てきますが、自分の身体ですし、自分の細胞ですし、自分が作った癌なので、向き合いながら、不要なものは排出する身体にしていきたいと思います。

ではまた！　新しい1週間も楽しみを見つけていこう！

33日目／なんか一個見つけた！

（2023年5月22日19時48分）

始まりました！

今週は、抗がん剤治療Week!!　（略してKW）←ダメだこれは。GW的な!?　ゴールデンウィーク的なね!!(笑)

ってことで、今日は朝に採血!!

以上。

今日は少し肌寒い

明日から抗がん剤治療です。10時くらいから夕方まで点滴して、最後に46時間点滴ぶら下げて。木曜日に抗がん剤は終わって、あとは副作用がどうなるか⁉です。

前回は、声枯れと、手の冷感刺激（しびれ）、若干のだるさ。胆嚢の炎症＝胆嚢炎が出ました。（これは副作用ではなさそうですが）

今回はどうなるのか…。

色々検索すると、2回目がキツイとか、抗がん剤が蓄積してくると…とか、髪が抜け出すとか、色々書いてありました。

確かに髪は、抗がん剤治療開始後1～2週間後から抜けたりするみたいです。（抜けてきたらどうしますか？見ます？写真や動画で？）

とまぁ、2回目なので流れは分かって、副作用もイメージつくので、初回ほどの不安はないです。ゼリーもあるし、水分もあるし、準備はオッケー‼

今日は、朝から楽しくて笑うことばっかりでした！

行きたいところも見つかって、やりたい方向性もあって、ほんと俺って流されやすいな～と思いつつ、けど決めたことへの行動スピードは早くて、すぐに検索したりアポを取ったりして、タイミングとか引き寄せも相まって、会いたい人に会えることになりました‼価値観とか人生変わると思う‼

すぐには行けないけども。

TikTok アバター

最近特に、アジア圏の情報が入ってきたり、子供とかの支援の情報とか、今までとはまた違う情報が入ってきたり、久しぶりの連絡があったりで、良い刺激をもらってます！

友達にも送ったけど、「まだ死んでられね〜」です!!

まずは癌治療と免疫力上げて、KW（コウガンザイウィーク）を楽しみます〜〜!!

ではまた!!

Ps.昨日遊びで募集したTikTokアバターはこちらになりました！

また少ししたら遊びましょう!!

（TikTok「熊谷 翼（Kumagai Tasuku）(@KumagaiTasuku)」

https://www.tiktok.com/@kumagaitasuku）

【特別回】キッカケ／抗がん剤治療2クール目開始／

（2023年5月23日05時36分）

【抗がん剤治療／2クール目】
本日から#抗がん剤治療 2クール（2週）が始まります。
気になるのは#副作用 ですが、「考えてもどうなるか分からないこと」を悩んでも、答えは出ないし時間の無駄なので考えないようにしています。
→
これって副作用の話だけじゃないと思うけど。どんだけ考

えても、未来のことや個人差のあることや価値観は、いくら自分が考えて思い描いて準備をしても、結局は相手次第（状況や運やタイミング次第）だから、考えて落ち込んだり悩んでも、あんま意味ないんだよね。

全く意味がないかと言われたら、考えることは大切だから意味はあるけど、考えても答えが出ないことを「悩みの種」にしても、考えても考えても無駄な時間とエネルギーだよね。そうは頭では分かっていても、《やっちゃうのが人間だもの》俺も考えました。考えても答えなんて出ないし、出せないことをずっと。

その理由も実はあるんですよね。だから悩むことや考えることは無駄なんだけど、その原因を探るのは大事なことかも。

伝わります？伝わってます？

例えば俺の場合は、

【病気】とか【仕事】【未来】について考えて悩んでいたけど、その根本って何かな〜って追求した時に、結局は、『自分に向き合いたかった』『自分の頑張りを認めて欲しかった』『仲間の存在を確認したかった』『友達と再会したかった』『自分の可能性や楽しみに気付きたかった』だから悩んで考えて落ち込んで。表面的なことは【病気】であっても、根本は何かな？って考えたら、それって病気が関係することでは

ないし、今からできることばかり。
そして、【病気】はその【キッカケ】でしかない。キッカケに気付かなければ、違う形でキッカケが現れるだろうし、過去もたくさんキッカケは現れてたんだと思う。同級生の死も何かのキッカケなんだと思っている。あとは、爺さんや婆さんの死や、利用者の死や、死だけじゃなくても、うまくいかなかったことや、トラブルももしかしたら、人生を考えるキッカケだったのかもしれない。

#がん細胞って、毎日5000個が体内で作られているそうです。(一説によるとね)その細胞のほとんどは、自分の身体が排出したり良性にしていくんだけど、ストレスとか疲れとか、あとはさっき話したキッカケみたいなものに気付かないと、自分の身体の中ではエラーが起きてきて、少しずつがん細胞が排出できずに溜まっていく。調べたところによると、(これも一説によると)蓄積されたがん細胞が、2000万個になると、がん細胞の直径が5ミリとなり、CT検査で発見できるサイズになる。腫瘍とか良性悪性の話もあるけど、分かりやすく説明をすると、がん細胞が2000万個でがん認定。がん細胞は毎日5000個作られる。がん細胞は何かのキッカケで増えたり減ったりする。生活習慣とかストレスとか持病とか、色々あると思うんだけど、単純計算すると、《2000万個÷5000個=4000日》がん細胞が蓄積されて4000日(約11年)になると、がんとして現れるってことですね。この4000日ってのも、生活習慣とかストレスで加速したりもするだろうけど、そこは医者でも研究者でもないから分からないし、まだまだ俺も勉強不足なんだけど、少なからず、俺の身体も昨日今日がんになったのではなくて、蓄積されてたってこと。(この1~2年で加速したのかも?)
とはいえ、がんになったものは悩んでも無駄なので、がん細胞が消えなかった理由(さっきのキッカケを含めて)ここを考えるのは大事だと思っている。伝わります??
『なんで病気になったんだよー』って嘆くよりも、『何が原因なんだ?』って多方面から検討するのは大事で、そこに戻さないようにしていくことがより重要だと思っている。(またがん細胞を作る生活になるからね)
例えば、自分を例に挙げると、
・酒の飲み過ぎ(飲まなきゃ良い)
・果物や野菜の摂取不足(補えば良い)
・月に2~3日の休み(休めば良い)
・教える立場になりがち(環境を変えれば良い)
・相談や愚痴を聞きがち(断れば良い)
・弱音を吐けない(吐けば良い)
あとはさっき書いたように、
・自分と向き合いたい
・仲間に会いたいとかもあるはず。
キッカケって、一つじゃないし正解もないし、だからキッカケで悩むことはないよ。自分を苦しめるものでもない。けれども自分を認めて、『辛かったな、頑張ったな』って。『労わってやらなくて、ごめんな』って。特に、がん(癌)って病気は、治るかどうなのか分からない病気で、だからこそ【死】を覚悟して、♯死線を見た とかも言われるくらい、自分の人生や生き方や未来について考えさせられる。
※強制的に。
　そして、自分のことだけじゃなく周りの人や家族のことも。これは逆に、周りの人も家族も、生き方や人生について考えさせられる。
※強制的に。
→
　この時に気づかないと、また違う形でキッカケが現れる。僕の場合は【がん】だったように。けれども今気付かないと……

　だからこそ、『今気付いて良かった！気付かせてくれてありがとう、がん細胞』って気持ちです。

　最後まで読んでいただきありがとうございます！

２０２３年４月20日(39歳)
「S状結腸癌」「多発肝転移」ステージⅣを告知されました。
５月１日CVポート造設
５月８日抗がん剤治療開始。
５月22日抗がん剤治療２クール目開始。

フォローやシェアやコメントなど、毎日の励みになっています！ありがとうございます！


【Instagram】

(Instagram「熊谷翼@kumagaitasuku・Instagram写真と動画」

https://instagram.com/kumagaitasuku/)

　日々の発信はこちらです。

【Facebook】

(Facebook「ステージⅣから復活・がんサバイバー たすく」

https://www.facebook.com/kumagaitasuku)

　呟き多め！特に入院中は！

【告知日から毎日投稿しています】

(note「ステージⅣがん告知/熊谷 翼/KUMAGAI TASUKU」

https://note.com/kumagaitasuku)

　日記とつぶやきです。

【音声配信】

(stand.fm「癌と共存しながら気付いたことや学んだこと」

https://stand.fm/channels/607590f6be8d4428b9abde4e)

　アプリダウンロードで他のアプリを開きながら聴けます。

【YouTube】

(YouTube「熊谷翼ーがんサバイバーたすくー大腸がんステージⅣ」

https://www.youtube.com/@KumagaiTasuku/)

　フォローとグッドボタン👍お願いします。

【TikTok】
（TikTok「熊谷　翼（Kumagai Tasuku）（@KumagaiTasuku）」
https://www.tiktok.com/@kumagaitasuku）
フォローとハート　お願いします。

【支援物資リスト】
（Amazon「ほしい物リストを一緒に編集しましょう」
https://www.amazon.co.jp/hz/wishlist/ls/3FUBFS89TMIKS3?ref_=wl_share）
Amazonで購入していただくと僕の自宅に届きます。

【Twitter】
https://x.com/kumagai_tasuku
あまり投稿していません（笑）

【出版】

〈『未来の自分を喜ばせる45のルール』　1200円」

（Amazonランキング　2部門5位獲得）

（https://amzn.to/3nI7BW6）〉

34日目／抗がん剤治療2クール目

（2023年5月23日19時49分）


今はスマホスタンドを使いながら、文章を打っています。

これをベッドの横の柵（サイドレール）に装着して、スマホを両手の指でタッチして、文章を打っていますので、今日は報告だけして休みますね！

午前中から、2回目の抗がん剤治療が始まりました。2回目なので流れもわかるし、気持ち的には余裕がありましたね。初回は知らないことへの不安が大きかったですし、副作用への怖さもありました。ということで、シャワーもできなくなるので、治療前に体を清めまして…

いざ、2回目!!!　ということで、最後の写真のを46時間繋げて、その後に治療終了です。アレルギー反応はありません。

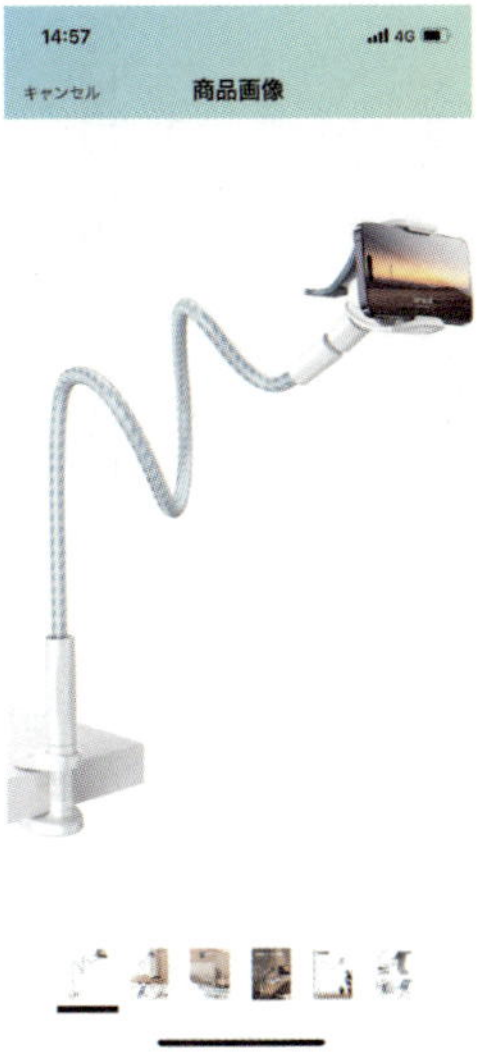

これも支援物資！
ありがとうございました！

午前の部

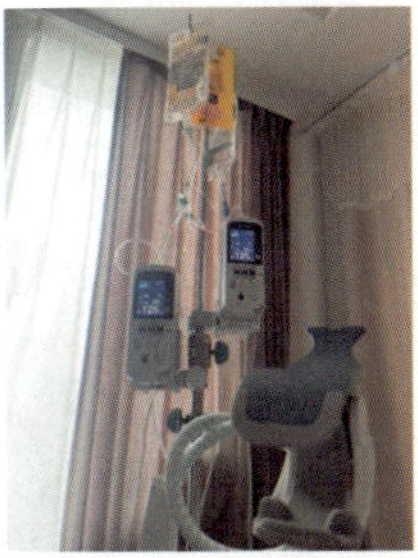
午後の部

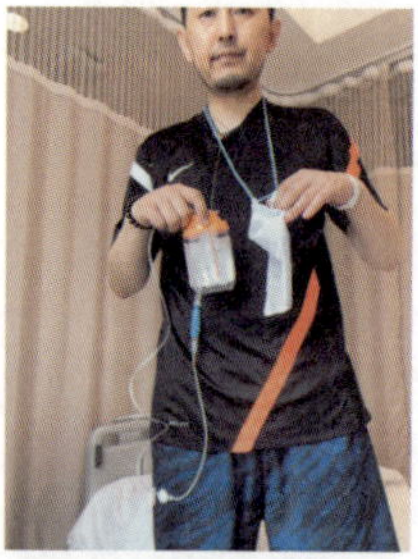

46時間の部

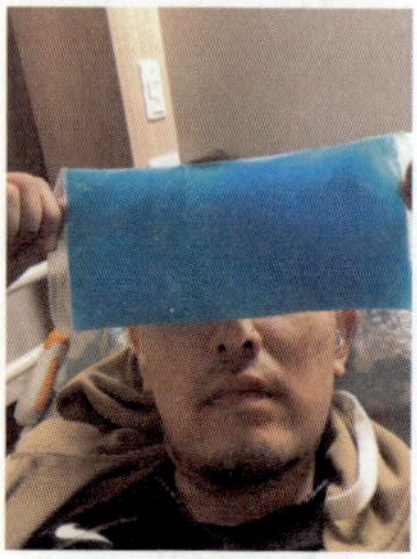

火照ってるけど熱はなくて血圧は150/100

今時点の副作用は、
・体の火照りが若干
・冷感刺激
・手の痺れ？疲れ？スマホ持ちながら打つと筋肉痛みたいになってきて力入らなくなります
・声枯れも若干

あとは、寝て起きてどうなるかですね。

抗がん剤治療の副作用は、打って1～2時間後から2日目がピークという情報もあります。

あとは2回目から副作用が蓄積されて強くなるという情報もあります。脱毛や吐き気なども可能性としてあります。何が来るか分からない怖さが、この病気の怖さなんでしょうね。個人差がある。薬との相性による。その時による。

→

色んな情報にこう書いてあって、全ては人による。そうです（笑）。ビビっても仕方ないので、来るもの拒まず去るもの追わずの精神で、明日を迎えたいと思います。

アイスノンを頼んで、映画を観ながら寝落ちしたいと思います！あ、いまアイスノンを看護師さんに頼んだけど、声が出ないですね…あとは口の中が渋い感じになってます…では、また！

そしてアイスノン頼んだけど、指先痛くなる副作用忘れて激痛…。

35日目／方向性が決まってきました！（2023年5月24日20時26分）

2023年5月24日（水） がん告知から35日目

こんにちは。

入院中に、「直筆サインの練習」「日常英会話の勉強」「講演会レジュメ《39歳の介護施設事務長が癌になった4月20日（仮）》」を始めて、いよいよ何者か分からなくなった、「事務長兼介護コンサルタント熊谷」改めて「夢見るニート熊谷」です。

さて、先にお伝えしておきますが体調は良いです。ご心配ありがとうございます。

仕事の話やビジネスの話など、今日のような記事を書く時は、「絶好調」だと思ってください！ 体調は良いし、目はバキバキ

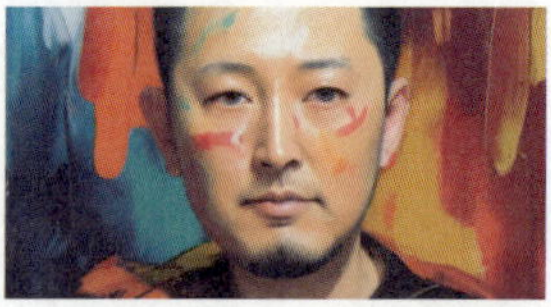

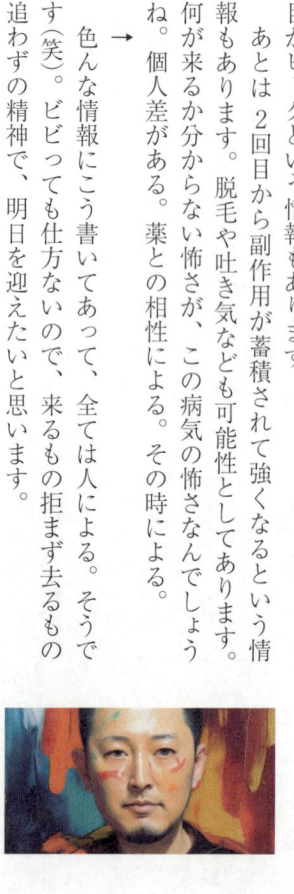

してて、頭はフル回転して、心はリラックスしてます。

ということで、ご存知の方もいると思いますが、今後このnoteを含めて、情報発信が今まで以上に増えると思いますので、先にお伝えしておこうと思います。

熊谷翼の取り扱い説明書「トリセツ」ってやつです。

まずは、さっきの「仕事モード」の時は絶好調というのが、最重要トリセツなので、この時に「無理せずに」とか「身体を休めて」というのは禁句です。

よろしくお願いします！（笑）
→
しかも面白いことに、この記事を書き始めた時には、「トリセツ」の話も、上のオープニングトークも思い付いていません。スマホをピコピコとし始めた時に、言葉が？指が？動いているので、頭に文章（下書きみたいなのがあるわけではないです）が、勝手に降りてきて話すタイミングと同じように文字を打ってます。LINEとかの返信と同じように、２０００～３０００文字の文章が出てきているってことです。
#ドヤっ
そんな感じで、頭も身体も調子が良いんです。ちなみにこの状態は自然には作れませんし、かと言って意図的にも完璧には作れません。色んなのが重なった時に、「ゾーンに入る」感覚です。このゾーンに入ると、頭を使ってゼロから何かを生み出すモノは、絶好調に進みます。（noteとかレジュメとか出版とか音声とか）台本も下書きもない状態から生み出すってのは、心と身体と頭が整わないと、それなりのものしかできません。
※僕のnote記事も告知日から３日くらいは熱量が高い！
あれは自分の心と身体と頭が、スイッチが入って、なおかつインプット（脳に情報が入って）して、それをアウトプット（言葉で伝える）したくなり、その質というか熱量が、あぁいう文章になってるんだと思います。
※ちなみに今日もスイッチは入っていますが、心と頭の状態は冷静に仕事モードなので、こんな感じの書き物になっているんですね。
時々、笑わせようとしてる回もあるけど、あれもそういうモードの一つで調子が良い時です。
#笑いの調子は分かりません
ちなみに今は、これをリピートで聴きながら書いています。リラックスモードと、なんか心が動いているような不思議な感覚です。

正確には#AppleMusicで聴いてますが、YouTube貼っておきます！　久しぶりに聴いたけどライブバージョンも良いですね！

ＰＶは毎回泣いちゃうんで観てないです。

((YouTubeより「ケツメイシ『友よ～この先もずっと・・・』

(15th Anniversary『一五の夜』～今夜だけ練乳ぶっかけますか？～)

https://www.youtube.com/watch?v= MPTj7lg86Mc」))

さてさて、もう一つのトリセツとして、僕はこうやって文章をダラダラと一筆書きをしています。見直しもしないので打ち間違いもあると思うし、「話し言葉」「丁寧言葉」が混ざることも。あとはこれ！

←

「僕」「俺」の使い方です。

※文章や音声で「私」を使うことはほぼ無いと思います。

「僕」が「僕」と言っている時は心は冷静で穏やかです。

「俺」と言ってる時は気を許している時や相手の時だけです。

※仕事の時には「私」か「僕」ですが、気を許した相手には「俺が!?」みたいに自然と出ちゃいます。

なので、そんな感じで、文章的には間違いもあるんですが、これは本でもなく日記ですし、スマホピコピコしながら、音楽聴いたりYouTube観たり、外を観たりコーヒー飲みながら、考えごとをしながら、ふくらはぎの運動をしながら、書いてるので気楽に呼んでください！

※「打ち間違いありましたよ~(ドヤっ)」はウザいです。

ということで本題です。こういったオープニングトークはいかがでしょうか？　好評なら続けます。

これは、お笑いコンビ「キングコング」西野亮廣さんのオンラインサロン記事の出だし丸パクリです。(内容ではなく書き方を)#西野亮廣エンタメ研究所

前からやってたら良いじゃん？「なんで今?」ってこともあるでしょうし、読んでいる人にとっては、「別にあまり変わらんやん」そんなに重要ではないけど案件ですが。僕にとっては結構重要かつ「負荷がかかるぞ?」という案件です。オープニングトークを入れる3つの理由です。

1．日にちの確認ができる

これは日々仕事をしている方やカレンダーの確認をしている方は不要だと思いますが、僕の家にはカレンダーも時計もありません。病室にもありません。なので日にちの確認のために最初に日にちを載せました。

2．アイスブレイクができる

これは講師などをする人は知ってる技法ですが、急に本題に入っても聞く側(読む側)が準備ができていない時があるので、場の雰囲気を柔らかくして(氷を溶かして)受け入れやすくなってから本題に入るという技法を入れて、記事に入りやすくしてもらおうかと思いました。

3．インプットをしないと書けない

1、2は大した理由にはなりません。重要で負荷がかかるのは、ここです。オープニングトーク用のインプットをしないといけないし、記事を書く用のインプットもしないといけない。

もちろん、入院中は日々の状況報告がメインになると思いますが、退院後はインプットがないとアウトプットができない。それらは読み手の皆さんが分かることだと思います。**「あ、今日の熊谷は何もインプット(学んでいない)してないな」って。**

正確にはインプット量が足りて無いな、ってなると思います。(本一冊読んで書けることってそんなに無いですから)そのあたりのプレッシャーも自分にかけながら、書き物としレベルを上げようと思っています。

#実は出版狙ってます

そんな感じで、やりたいことややってみたいことを、入院中にずっと考えてて、(そのことはインスタとかにアップしています)

(Instagram「**熊谷翼@kumagaitasuku・Instagram写真と動画**」
https://instagram.com/kumagaitasuku/)

その方向性として「仕事(ビジネス)」を、熊谷はどう捉えるか?ってことですね。それが今日のオープニングに繋がるんですが、実はここだけの話…(っていう話ってここだけで終わらないの何w?)介護コンサルタントとしてではなく、《今の熊谷として》講演をしてほしいという依頼が3件。ありがとうございます!

実は入院前に1件ありましたが、まだまだ話すこともまとまっていないし、心身状況も変わるし、あとは抗がん剤治療の副作用や免疫力のあたりで、まだ分からないことがあるので、保留させていただいているんですが、今後も依頼はあるだろうし、SNSのリンクまとめなども全てひっくるめて、ホームページを作ろう!っていう方向です。

この方向性ってのが、今の自分のワクワクを増やしていて、

#昨日は2時間くらいしか寝てないけど元気

やりたいことが見え始めてきてて、そのための行き方もイメージできるようになってきてて。

だからこそ情報発信も、より丁寧にお届けしようと思いました。ってここまで書いて1時間くらいかかるので、体調が良く無い時とか、家族や友人との時間の時には、サラッと書かせてもらいますが、そこは、ご理解くださいね。

#そう思うと西野亮廣さんってめっちゃ凄いわ

#毎日何があっても2000~3000文字書いてるんだから

#ちなみにここで2500字

そんなこんなで、こんな感じでこれから記事を書いていきます。また変わるかもですけど。そのうちタイトルも変えようかなーとも思ってます。告知日からのカウントダウンにしてますが、日にちの後ろに書いておけば良いかなーと。その

あたりも、ＳＮＳとかで意見ください！
賛成も反対も意見もらえると修正して不満に繋がらないので、いただけるとありがたいです！　よろしくお願いします！！

ではまた明日!!　明日で抗がん剤治療は終了！　明後日、採血とか採尿をして（今日もしたけど）数値や副作用が大丈夫なら退院です。

#今日で入院16日目

36／最低60点ー最高80点

（2023年5月25日19時54分）
2023年5月25日（木）　がん告知から36日目

こんにちは。TikTokで作ったアバター（自分の写真を3〜4枚選ぶと、あとは勝手に似たような顔の写真？絵？を作ってくれる）に、どっぷりハマってる「中年おじさん」改め「中高生男子・熊谷」です。

さて、おかげさまで、抗がん剤治療も順調です。少しの副作用だけで、体調も食欲も大きく変わりないので、週末にはやっと退院ができると思います。（今のところは）本来は7日間の入院予定でしたが、抗がん剤治療を終えた夜中から炎症による激痛があり、帰宅をせずに2回目の抗がん剤治療となりましたが、今回は大丈夫！と信じて！

（「23日目／胆嚢炎（たんのうえん）？」P.58参照）

最後は宇宙に行ったで、オイ！！

さて、今日の本題はここからです。

昨日から、**「がん患者の呟き」**から、**「がんを背負った新しい熊谷」**という形に、頭も心もシフトしています。病気のことや治療のことだけを、綴るのも良いとは思うんですが、この先、この病気をきっかけ（ベース）に、どうやって生きていくか？　仕事をしていく（お金を稼ぐ）か？を考えた時に、闘病日記って自分らしくないな。ってことで。今まで経験してきたことも、これから経験することも、今まで蓄積してきた知識も、これから得る知識も、今まで感じてきたことも、これから生まれる価値観も、全て含めての、「シン・熊谷翼」の方が、自分らしくて良いな、って思ってます。ってことで、前置きが随分長くなりましたが、今日の本題です。

全力のモノを不定期で出すか。
ギリギリ合格を毎日出すか。

昨日の記事を見ていない方は、まずは昨日の記事を読んでから続きを読んでください。

（「35日目／方向性が決まってきました！」P.76参照）

昨日の投稿から、少しタイトルやらオープニングトークやらを追加？修正？をしています。本当であれば、そこまで力を入れるなら、目次を入れるなり、太字を追加するなりもできます。

例えば、今はこの記事をスマホで書いてますが、おそらく自宅であればパソコンです。文字を打つスピードは断然パソコンが早いですが、入退院があったり今後のことを考えると、スマホで完結した方が良さそう。（最近は動画もスマホ完結です）

なので、目次や太字も最低限だけで、スマホで負担少なく書けるようにしておいた方が良さそう。

＃続けるためには

あとは、昨日の記事や今日の記事を書く時間や熱量を、毎日保てるか？となると疑問です。去年とか書いていた僕の記事を「完璧」とすると、毎日連発させるには、時間もそうですが体力が必要になる。スイッチが入った時にだけ、全力を出したものを出すか？となるわけです。全力で書いたものを不定期で出しても、読んでくれる人や、有料記事を購入してくれる人は、一定数はいます。（過去の僕の投稿は不定期です）

ただ、見てくれる人はそもそも少ない。認知度も上がらないし（アクセス数が低い）そもそも見にきてくれない。**「あ〜、たまに熊谷がスイッチ入った時に書いてるアレでしょ。」って感じで。**それって意味あるのかな？

誰のために何のために書いて公開してるの？　自分のためだけなら、わざわざSNSでシェアしなくて良いし。書くのは好きだけど、それって誰かに読まれる。って前提があるからだと思っていて。そして、それに気づいたのは今なんですよね。がん告知を受けてから（最初はがん患者の呟きとして）投稿を再開して。気付けば36日目。毎日更新してました。（音声とYouTubeは不定期）

そして、毎日更新して気づいたこと！　というか、毎日声が届くんです。（ハートマークもその一つ）

『毎日見たい！』『毎日読んでます！』って人が、いてくれたってこと。**『仕事の休憩中に読んでいます』『家事の合間に読んでいます』『寝る前に読んでいます』『更新時間が遅いと心配になります』『毎日どんな内容なのか楽しみです』『本音が出ててそれでファンになりました』**

ご紹介できないほど、本当たくさんのメッセージをいただいています。もしかしたら、今これを読んでるあなたも、その一人なのかもしれません。そのあなたが欲しいのは、**全力を出した不定期の「完成品」なのか？**

もしも僕が僕のnoteに興味を持って、毎日読んでいたとしたら、**「完璧じゃなくて良いから毎日読みたい」「気付きやキッカケがあると嬉しい」**って、思うんじゃないかな〜って。

そして、「続けて欲しい」って絶対思うはず！

今日の本題の回収に入りますが、続けるためには続けられる準備が必要で、**「できる時」**と**「できない時」**を作らないように設計をする必要がある。それは、ダイエットでも勉強でも仕事でも。

なので、僕は完璧は求めない。それよりも続ける。**読んでくれている人のために続ける。**

そして、続けた先にこの読み物が、どうなっていくのかも楽しみ。続かせるためには力んだらダメ。１００点を狙ってはダメ。80点を狙って、60点でも良いから続けること。**【最低60点／最高80点】**ってメンタルで取り組めば、仕事もプライベートもストレス少なく生きられるんじゃないかな?と思う今日この頃。完璧を目指すから疲れる。完璧を求めるから潰れる。ほどほどの気持ちがあるから許せる。ほどほどの期待だからイラつかない。それくらいで良いよね。#今までの熊谷は１００点満点狙いの完璧主義者でした。

もうやめよう!完璧は。疲れる。しんどい。というか身体が無理と言ってくれたんだね。そう思うと、このタイミングで「癌」になったのも、自分のためだったんだね、ありがとう!

もしかしたら、こういう発信をすることも含めて、癌になったのかもしれないな。と思うと、癌にはなりたくはなかったけど、癌になってよかったとも思うよ、ありがとう。

ではまた!

37／悔やんで恨んで嘆いても「何も変わらない」（２０２３年5月26日20時53分）

２０２３年5月26日(金) がん告知から37日目

声がかすれてしまって(抗がん剤治療副作用)徳永英明ボイスになってたんですが、テラスで歌を口ずさんでいたら、「ワインレッドの心」を歌う玉置浩二ボイスだったことに気づいた「安全地帯・熊谷」です。

さて、２回目(クールとかサイクルとか言うらしい)の抗がん剤治療も終わりました。ＣＶポートの針?管?もありがと

うございました！（針は1週間で交換）
　これはまだ針が刺さっている状態ですが、現在は抜いてあります。ガーゼの上の部分の手術後も、だいぶ綺麗になりました。このCVポートのおかげで、点滴の時に毎回腕に刺さなくても良いですし、両手も使えるし、かなり助かりました。

最初は、こんなの（CVポート）を入れなきゃいけなくなったのか…と、落ち込んでもいましたが、今はありがたいなと思いました！　看護師さんの負担も少ないだろうし。（採血も3日に1回くらいするので両腕アザだらけです笑）
　病院や病棟や入院患者のことを、発信することは出来ませんが、初めて患者側になってみて感じることもたくさんありました。同じ癌患者でも、落ち込んでいる人や受け入れできていない人もたくさん見てきました。家族が面会に来た後に泣いている人もいたし、「なんで俺が」「なんで今なんだよ」って、泣いてたり、看護師さんに気持ちをぶつけている人もいました。
　その気持ちも分かるし、自分もその気持ちも少しはあったし、決して悪いことでもなく、分かるよ。って思いました。
　否定するつもりもちろんないし、癌になった人（死を覚悟した人）じゃないと、分からない気持ちってあると思うので。

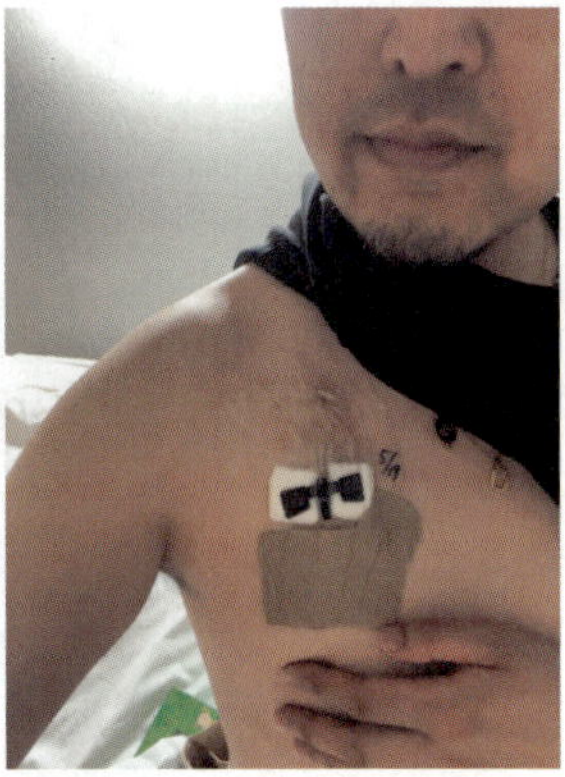

お見苦しい裸体ですが大事な部分は隠しています

　こう言うと、「癌になった人が偉いんじゃない」とか、「病気じゃない人も大変だ」「家族や周りの人も辛いんだ」って、声も容易に想像がつくけど、その気持ちも分かります。すっごいよく分かる。自分の気持ちもそうだけど、周りの人の立場になって考えたし、家族の立場でも考えたし、後輩や同僚の気持ちも。それも分かった上で、一つだけ思うことがある。**それで何が変わる？**　悔やんで恨んで嘆いて、それで状況が変わるなら、誰だってする。心無い言葉に聞こえるかもしれないし、病気や状況を受け入れできない状況で、この言葉は酷かもしれない。いや、酷だ。「悔やんで何が変わるの？」「恨んで解決するの？」「嘆いて助かるの？」家族に言われてもキツい。どんだけ仲良い人に言われてもシンドイ。
　自分でそこまで気持ちを運んでいかないと。気持ちを上げるとか強くするって、なんとなく意識的？無理矢理？な感じ

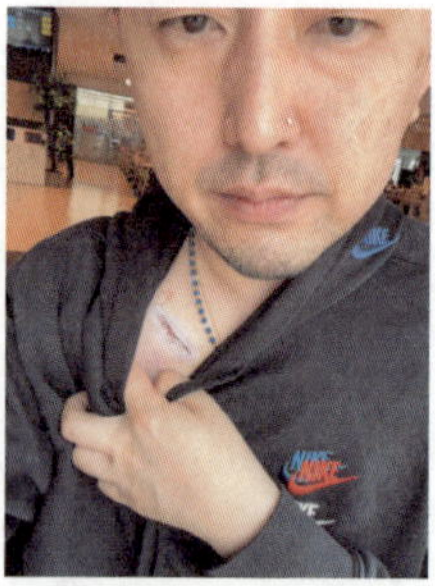

手術２時間後

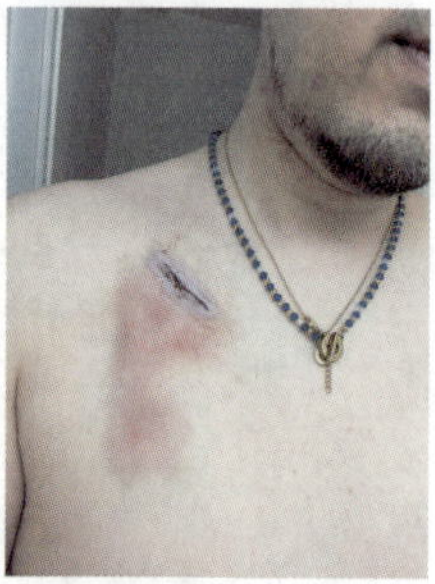

手術２日後

がしてる。それよりも**「運ぶ」**って表現の方が適している気がする。

　これは病気だけじゃなくて、嫌なことがあったり、逃げ出したいことがあった時に、それを乗り越えようとするのはキツイけど、その状況の気持ちを、他にズラす。というイメージ。（伝わるといいな）

　今の状況は丸い箱で、その中のメンタルだけを、四角い箱に移す（運ぶ）イメージ。丸い箱は今で、病気や仕事や学校で嫌なことがある。その中にメンタルが入っている。（箱の中にチョコが入ってる）

　四角い箱は未来。病気や仕事や学校はあるけど、まだどうなるか分からない箱。その箱にメンタル（チョコ）を入れる。丸い箱の状況では確かに、メンタル（チョコ）は溶ける。辛いしキツイし逃げたいから。

　でも、四角い箱（未来）は、箱しかない。まだどうにでもなる。そこにメンタル（チョコ）を移す（運ぶ）んだけど、その時には、どんなメンタル（チョコ）を入れたい？　ドロドロに溶けたメンタル（チョコ）を入れたら、どうなるか分からない四角い箱（未来）も、ドロドロ、ぐちゃぐちゃになりそうじゃない？　まだ、四角い箱（未来）は、何も起こってないし、始まってないのに。最初から、自分が悔やんで恨んで嘆いて（ドロドロメンタル）たら、たぶん四角い箱も同じようになる。ベタベタになった丸い箱を綺麗（乗り越える）にするのは大変だけど、まだ真っさらな綺麗な四角い箱。自分の気持ちで変わりそうじゃない？

　せっかく新しい箱があるのに、今までと同じメンタルのままなら、もったいなくない？せっかく新しい箱（未来）を始められるのに。

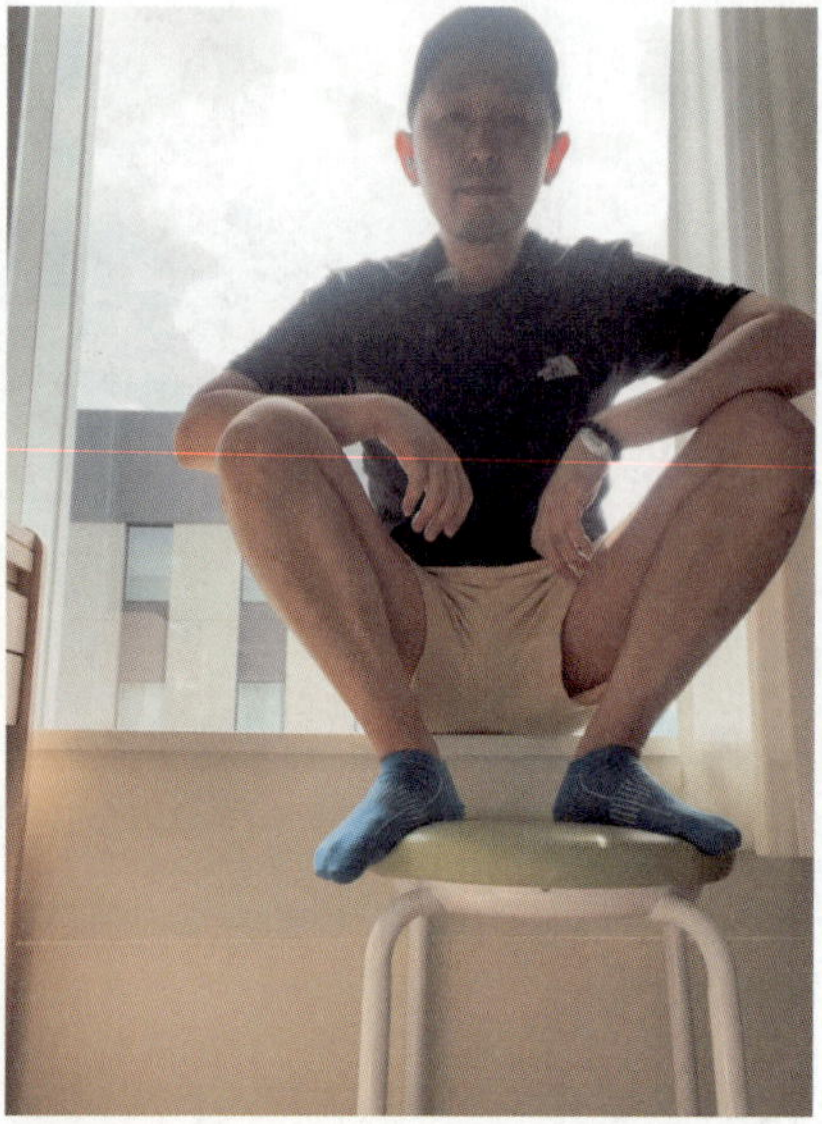

猿みたい。

俺は四角い箱、新しい未来の箱に、悔やんでも仕方がない。恨んでも変わらない。嘆いても始まらない。やってみなくちゃ分からない。諦めなきゃ希望は叶う。俺は俺を信じる。っていう気持ち（メンタル）を運んだ。

あなたはどうする？

ではまた！

38／退院しました。

（2023年5月27日15時57分）

2023年5月27日（土）　がん告知から38日目

こんにちは。熊谷翼です。

やっと（5／8に入院）退院することができました。

＃寿司が美味い

たくさんの応援ありがとうございました！　とは言っても、今回の入退院で終わりではなく、治療は今後も続いていきます。（今回の入院では2回の抗がん剤治療を実施）がんを告知されてから、ほぼ毎日情報発信をしてきました。（フォローやいいね！やメッセージありがとうございます！）

けれども、あくまでも2回の抗がん剤治療が終了したというだけで、がん治療が終わったわけではありません。（けれども退院は嬉しい）

▼抗がん剤治療の効果は？

実際のところ、全ての数値を確認していないので、そこは担当医からの報告となりますが。

腫瘍マーカー（癌の数値）と、肝機能（転移した肝臓の数値）は、改善している（抗がん剤が効いている）ということでした。

「本当か!?」って疑う気持ちもありますが、疑ったところで（占いと同じ）何も変わらないので、「良い方向に向かってるんだ」と信じ込んで進むしかありません。

（「占いに左右されるのではなく、良い方向に持っていくための材料」と、ゲッターズ飯田さんが話していました）

母ちゃんの退院祝いみたいになってる

熊谷ファミリー

先ほどの数値のところを、もう少し具体的に話すと…
①3月末に胃の不快感で受診
←
②4月に総合病院紹介
・胃カメラ検査、CT検査
・大腸カメラ検査、CT検査
・血液検査
・遺伝子検査
←
③大学病院紹介
・血液検査
・CVポート造設

大学の友達

・抗がん剤治療
こういう流れで来てましたが、②で検査した時よりも、③で検査した時の方が悪化(進行)していました。その②の時よりも、腫瘍マーカー、肝機能が改善されていて、③で検査した時よりも改善してきている。要は、**「抗がん剤が効いている」**ってことです。

ちなみに、抗がん剤治療は全員に効くわけではないことも、調べていましたから、その不安もありました。確かに、実感として痛みや不快感は、今よりも入院直後は体調や顔色は良くなかったかも。

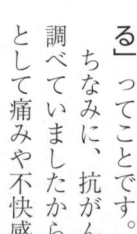

仕事バリバリの友人兼先輩

あとは、初めての治療への不安とか、(不安って知らないもの、初めてのことになると大きくなるよね)もしかしたら、「これが最期になるのかも」って気持ちも、正直なところありました。(もしかしたら、会ってくれた皆んなもそうだったかも)痛みや不安があったけど、こうやってみんなが時間を作ってくれて、駆けつけてくれて、痛むや不安が消えたのは事実です。

写真には載せていない人もいるし、会えなくてもメッセージをくれた人も。支援物資をいただいた方も。

あとは、あえて連絡をせずにそっと見守ってくれていた人や、休みの日にお参りに行ってくれた人も。その一つ一つ、一回一回が、治療への背中を押してくれて、知らない不安に立ち向かう勇気をくれました。これからもまだ続く治療ですが、痛みも薬によってですが緩和され、不安もほとんどありません。

今は、**この経験をどう活かすか？　この先どう生きていくか？**だけを考えています。抗がん剤治療は、2週に1度のサイクルです。

①1週目　抗がん剤治療

②2週目　自宅生活&検査

中学のコーチと同級生と後輩

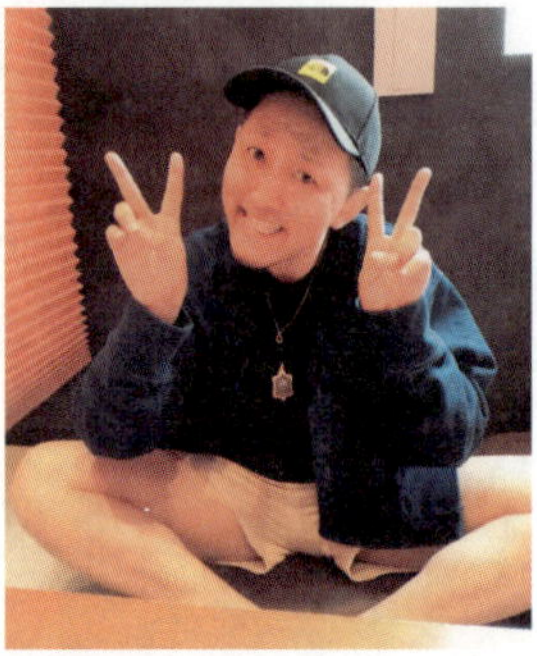

無理矢理のピースポーズ

③3週目　抗がん剤治療
④4週目　自宅生活&検査
という流れになります。

来週からは、体調をみながら仕事にも復帰をする予定です。

まずは今日は退院報告でした！

それではまた！

39／竹中俊さんお話会に参加してきました。

（2023年5月28日21時05分）

2023年5月28日（日）　がん告知から39日目

こんにちは。

入院中に購入して、今日初めてつけたアンクレットをどこかに落とし、アンクレットを半日で紛失しました熊谷です。


さて、今日は、**「スクロールから始まる新しい世界」**という、いつもとは一味違う内容になるかと思います。（現時点で頭の中には、文章は1ミリも浮かんだいないので、どうなるのかは分かりませんがよろしくお願いします。）

▼偶然なのか？必然なのか？
入院中の5／22に、何気なくインスタをスクロールして（次々と違う記事を見ていて）、その時に、オススメ投稿（熊谷が興味ありそう）に、#竹中俊さんのページが現れたんです。


（Instagram より〈「竹中 俊／NP孤児院生活・フリーランス社会活動家（@takenakashun）•Instagram photos and videos」〉https://www.instagram.com/takenakashun?igshid=MzRlODBiNWFlZA%3D%3D）

（竹中 俊｜Shun Takenaka lit.link（リットリンク）

竹中俊さん

竹中俊さん

→https://lit.link/takenakashun))

竹中さんのインスタとホームページはこちらから。

どんな人かというと、ネパールで孤児院の運営や、大阪西成区の支援をして、その活動の様子などを講演会などで伝えている活動家。（ざっくりですいません）たまたまオススメで出てきただけでしたが、退院したら絶対話を聞きたい！と思って、講演会（お話会と表現されています）のページを見つけて、ビックリ!!　5／28（今日）に地元に来るではないですか!!　これは!!　と思ったんですが、申込締切は5／21まで。見つけたのは5／22。

とりあえず、主催者様に連絡を入れまして…（無理なら当日行ってみて無理を言って入れてもらおうかな…）と考え返事を待っていたら…案の定、「締切を過ぎ、定員も一杯なので受付できません」との連絡が入りました。せっかくの機会で、諦めたくはないので、「ダメもとで当日行くか!!」って決めて、インスタを閉じました。数時間後にインスタを開いたら、主催者様からメッセージが届いていて、「ＯＫ」とのこと。やったーー!!と思って、今日お話を聞いてきました。（ＯＫが出たのは主催者様が僕のインスタやプロフィールをみて「ぜひ、参加して欲しい」と思ってくれたようでした。ありがとうございました）

ということで、竹中俊さんのお話会に参加をしてきました。

▼じゃあ、今日からあなたは何をする？

お話の内容は、「自然災害」「環境問題」「貧困問題」「差別問題」世界で起こっていること。日本で起こっていること。

竹中俊さんのインスタより

見えないところで起こっていること。身近で起こっていること。世界という広い視点。目の前の子供という身近な視点。

ここで起こっている現実に対して、「あなたはどう行動しますか？」という問題提起。答えは分からないし、正解も分からない。けれども、一人の力では難しいことも、一人一人の力を合わせたら可能なこともある。感動するエピソードや、考えさせられるエピソードの背景にある、様々な問題や社会の変化。「じゃあ、あなたはどんなアクションをするの？」って問われている気がして、思いついたことや、可能性についてメモをしながら、お話を聞いていました。こども食堂は全国的に増えたけど、子供の問題が減らないのはなぜか？など…まだ形も方向性も決まっていませんが、今までの自分にはなかった視点をもらえて、早速帰宅をしてから色々と調べています。新しいチャレンジの可能性が広がり、（自分がやるのではなく支援をするというサポート的なことも含め）新しいキッカケとなる日になりました。

でも、このキッカケの始まりは…偶然見つけたインスタの投稿。これは偶然だったのか？それとも必然だったのか？僕は必然だと思っていて、今回のイベントを見つけたことも、参加できたことも、少し話が逸れるけど、僕が病気になったことも。

全ては必要なタイミングで、必要なことが起こると思っていて、それをタイミング（キッカケ）と思えるか？が、すごく大切だし、それを必要なことなんだ！って信じることが大切に思います。

そして、「なんとかなる！」「自分はタイミングが良い！」と思っていると、なぜか、今回のようにタイミングが合ったり、ＯＫをもらえたり、（そもそも予定通り退院できたし副作用も無し）このように運が良い循環をしていくと実感しています。

最近の、運の良さやタイミングは、たくさんのエピソードがあって、それらは僕の新しい講演の話に盛り込もうと思っていますので、お楽しみに！

竹中俊さん、主催者様、ありがとうございました！

ではまた！

40／仕事復帰しました！

（２０２３年５月29日21時56分）

２０２３年５月29日（月）　がん告知から40日目

タリーズで、「ソイラテ」を頼むと、レシートとは別に「豆」の札を渡されるのですが、あれどんな意味があるんですか？　紙ではなく札（プレート）である意味を教えてください。熊谷です。

▼仕事復帰しました！

さて、今日から、仕事復帰をしました。

とは言っても短時間。予定では10時から16時くらいを考え

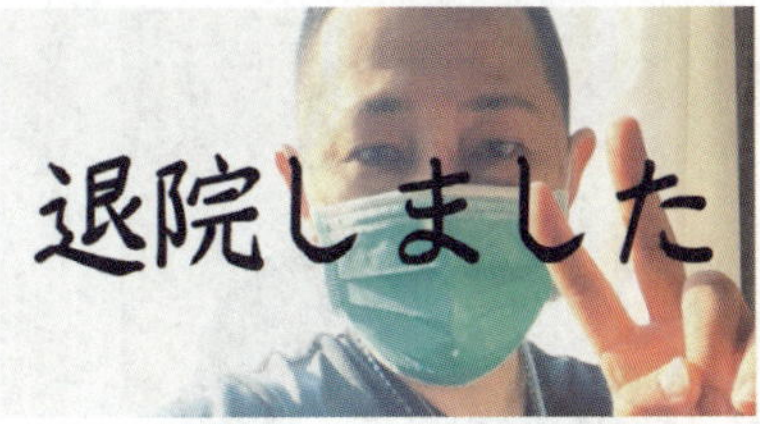

ていたけど、朝から予定外に。まずは朝6時くらいに、右脇腹の痛みが発症。(前日夜から違和感はありました)痛み止めを飲んで寝るも、なかなか治らず。その後、朝食後と8時の定時薬を飲むも、痛みは(少しは良くなったけど)残るため、午前中は休んで様子見。午後からは落ち着いたので、午後から仕事復帰しました。

仕事内容は、月末の事務処理なので、身体を動かす(体力を使う)ことは少ないですが、それでも4時間弱の作業だけでも疲れました。(その時は体力的に大丈夫だったので17時30分まで仕事をしました)帰ってきてソファで一休みして、それから夕飯(あまりお腹は空いていないけど)、そのあとに、支援物資の写真と、音声&動画を撮りました。

(支援物資の写真は最後に貼り付けます)

(YouTube「**【近況】退院し仕事復帰しました！／S状結腸癌／多発肝転移／ステージ4／抗がん剤治療**」
https://www.youtube.com/watch?v=wHcnTznUHBY)

(stand.fm「退院し仕事復帰しました！」
https://stand.fm/episodes/6474837dcec0ed7d83fb76bc)

退院明けだからか？ 仕事の疲れか？ 顔が疲れているのを確認してください！(笑)

▼まずは日常に戻りました

入院前・入院中に色々と考え、これからのことや、生き方や在り方や、夢や希望など、色々と考えましたが、まずは日常に戻りました。この日常も当たり前ではないんだと実感しながらも、自分が患っているモノや、背負っているモノや、使命みたいなモノに、蓋をすることはもちろんありません。今は日常生活を取り戻しながら(体力を戻しながら)、次のステージへ行くための、土台作りを考えていきます。僕の寿命はいつなのかは分からないし、あなたの寿命は分からない。けれども限りはあるわけで、その限りある一回きりの人生を、「普通」とか「周りがそうだから」で、片付けたくはないし、そんなツマラナイ人生は嫌。けれども、やるなら応援をされる自分でいたいし、応援してくれる人たちと進みたい。

今は、支援物資という形で僕が支援を受けているが、この出口が僕ではなく「困っている人」でも良いだろうけど、見知らぬ困っている人には支援をしたくはない。

そのあたりを、どうやったらうまく回せるかが最近の悩み。自分のことより、何をしていくかで悩んでいるのが最近。なかなか整理がつかないけど、いずれこの病を何かに変えていくキッカケにしないと、もったいないから今日も考えながら寝ます。

明日の朝は痛みがでなきゃ良いな。

おやすみなさい。

▼支援物資の写真を貼り付けます。
たくさんの支援ありがとうございます！物資もリニューアルしたので、追加の支援もお待ちしております。

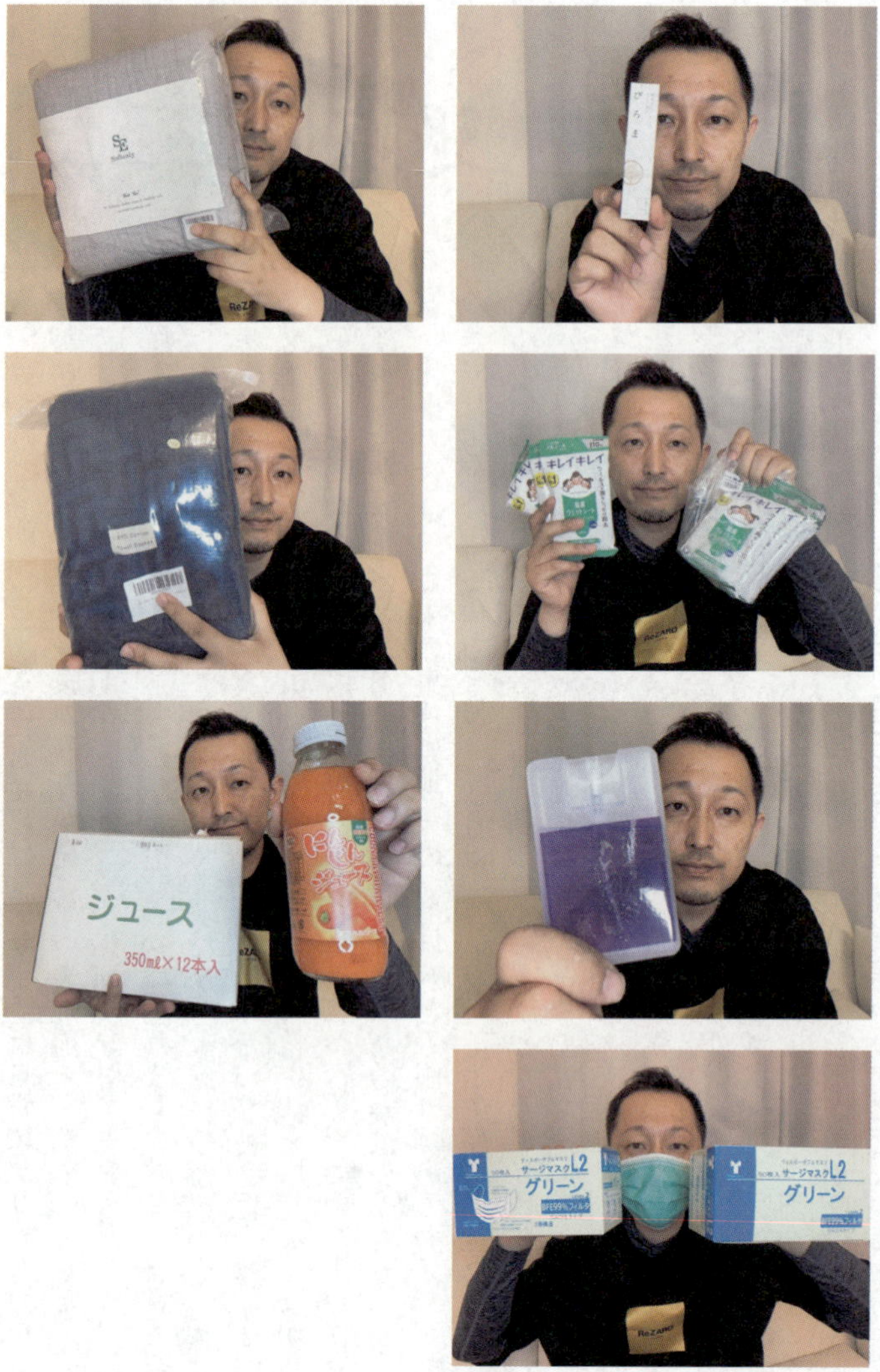

41／古い情報や価値観を更新してますか？

（2023年5月30日21時10分）

2023年5月30日（火）　がん告知から41日目

こんばんは。

今日は朝から不調だったので、今日の報告会になります。

「抗がん剤治療後の症状」について書きます。

▼2回目の抗がん剤治療を開始（3日間）して、今日で1週間です。

今日は朝から不調で、4時頃に手足の指が痒くて痒くて…（寝ながらも掻いていたと思います）入院中からだったので処方してもらった薬を塗りこんで、落ち着いてからまた寝て…次は6時くらいから微熱（37・0℃〜37・5℃）。起きてからの痛みや、朝の薬を飲んだ後の眠気が落ち着く、10時には仕事に行こうと予定していましたが、微熱が続いていたのでお休みしました。

皮膚の痒みに関しては、

・抗がん剤そのものの影響

・抗がん剤による皮膚組織の変化など他にも要因が色々とあるようですが、この2つが考えられるとのことでした。

（主治医より）

発熱に関しても、

・抗がん剤そのものの影響

・がん細胞と正常細胞との摩擦（戦い）による炎症

・白血球の減少による感染症など

これらも他の要因もあるようですが、一時的（夕方には平熱になりました）でしたので、おそらく上の2つで感染症ではないと思います。（抗原検査によりコロナは陰性でした）

▼更新されるがん治療

抗がん剤治療後や、退院したあとによく聞かれたのが、「副作用どうだった？」です。聞いてくる人の多くは、「吐き気は？」って聞かれます。（抗がん剤治療副作用のイメージはコレよね！）僕もそういうイメージでした！

主治医に言わせると、「それは10年前のがん治療ね」だそうです。（ちなみに主治医も担当医もめっちゃ優しいです）担当医に言わせると、（言わせてないけど！自分から話してたけど！）

「がん治療はものすごいスピードで更新されていて、世界標準（がんの標準治療）も、薬も5年前とは変わっている」そうです。

（ncc.go.jp より「国立がん研究センター」）

https://www.ncc.go.jp/jp/information/pr_release/2021/0210/index.html?fbclid=IwAR20GAgo_W8yQfUq86XKClF2_31XrYKB2sRQ_-QkqDixKEs6NbxOOmO6YaY

【ステージ４大腸がんの新たな標準治療を検証】

「切除不能転移を有するステージ４大腸がんに対して原発巣切除を先行しても生存改善は認められず。」

国立研究開発法人　国立がん研究センター

これは、２０２１年2月10日に、国立研究開発法人国立がん研究センターが発表したものです。これを簡単に言うと、「大腸がんは、今までは切れそうなら切ってたけど、切っても切らなくても生存率は変わらないし、むしろ切ってから機能不全や感染によって死亡する可能性もあるから、切らずに治療するのが良いよ。データも取ったし。」といったところ。
※個人的見解ですので詳細はご自身でご確認を！

これ約2年前に発表されて、世界的に大腸がんの治療は切らない方が良いね！（それを標準治療としよう！）となったわけです。さらにこの記事の最後には「展望」として、こう書かれていました。

「今回の臨床試験で、これまで十分な根拠がないまま広く行われていた化学療法施行前の原発巣切除に対して歯止めをかけ、原発巣は非切除のまま化学療法を先行する治療が第一選択として推奨されます。」「同様の臨床試験は世界中で実施されていましたが、今回、世界に先駆けてわが国から発信する科学的エビデンスであり、本試験の結果により、日本だけでなく米国のガイドラインでも新たな標準治療に書き換えられ、全世界の研究者や臨床医に重要な情報が提供されるとともに、大腸がん患者さんにさらに有効な治療が提供されることが期待されます。」

国立研究開発法人　国立がん研究センター

世界に先駆けたわけですね、「国立がん研究センター」様。ありがとうございます‼

こうやって日々研究や情報分析をして、治療方針や薬が更新されているのが、「がん治療」なんですって。（僕もがんになってから初めて色々調べました。）ネットで調べると、ポジティブなものからネガティブなものまで、様々あります。全てを信じていないし鵜呑みにもしないし、必要な情報だけを得るようにしています。抗がん剤治療の副作用も、調べると沢山出てくるし、薬によっても違うし、そもそも個人差もあるので、一概には言えません。あくまでも僕の現時点では…という話をさせてもらいますが、みなさんがイメージする

・吐き気
・脱毛

この副作用は今のところはありません。（吐き気止めの点滴も抗がん剤と一緒にやりました）

▼けれども副作用は体調変化はあります。

これが全て副作用かは分かりません。そもそもの体調不良かもしれませんし、がんの症状かもしれません。（ちなみに腹部の違和感や痛みは、がん症状なので入れていません）

あくまでも、抗がん剤治療を２回行って、今の不調をお伝えしますが、本当に辛い時には受診するので、心配はしないで欲しいです。

・身体の疲れやすさ、だるさ(これは一番かもしれません。)
・口の中の渇き、口内炎(治療から今も続いてます。)
・手足の痒み(汗が出せなくなったりして水疱になります)
・手指の疲れやすさ(スマホでずっと文字打ちすると痺れます)
・声枯れをする(治療から1週間くらいはあります。今も前とは違います。)
・冷たいものをより冷たく感じる(手、喉)(治療から5日くらいはありました)
・微熱が出る(治療後数日して入院中もありました。今朝も。)
・眠気が襲ってくる(食後や入浴や内服後は睡魔どころじゃなく眠いです。疲れやすさも影響しているのかな。)
・発汗しやすい(汗をかきやすくなりました。)

こういった症状が、抗がん剤治療中からその後に、身体の変化として出てきました。先も書きましたが、現時点で日常生活はできているし、仕事も可能な範囲で復帰しているので、心配はしないでください！そういうつもりで書いてはいないので。

けれども、「副作用大丈夫？」と聞かれる方の中には、「吐き気がないなら良かったね」と言う方もいて、先に書いたように、『吐き気止めがあるから吐き気は抑えられるけど、吐き気がないなら良かったってどういう意味？』って思う黒熊谷がいるので、書かせていただきました。『副作用は吐き気だけじゃねーから!!』(ふぅ。これが言いたかった！笑)

僕も含めた医療素人の多くが知っている【がん治療】【副作用】の常識って、かなり古いものなのかもしれないですね。

それは、【がん治療】【副作用】に限ったことではなくて、例えば、【AIやロボット】や、【教育】とか、【定年まで働く】などなど、昔の知識や価値観で物事を解釈するのは、とても危険で時代遅れで怖いことなんだと思います。今回僕は、がん治療や副作用って、イメージしてたのと違うんだ～ってのを、リアルに体験しているんですが、それって、言い換える(置き換える)と、あらゆる出来事や社会がそうであって、変えなきゃ(更新しなきゃ)いけないのは、自分の知識や価値観なんだな～と。

それではまた！

今日は何の写真も撮っていないので…過去の懐かしい写真を。

42／周りの期待を意識しすぎない

（2023年5月31日22時04分）

2023年5月31日（水）　がん告知から42日目

映画スラムダンクのグッズが劇場では買えず、悔しがっていたところに予約販売が、1月頃にリリースされて、フィギアやレコードを買いました。そして、今日5月31日はサウンドトラックCDの販売日。購入してから気付きました。CDもレコードも聴く機械が無いことを。

今の時代にあえてのCDやレコードのリリースなのでしょうが（レコードは100%インテリア用）なんならレコードプレイヤーもセットで販売して欲しかった熊谷こと「スラムダンク衝動買いおじさん」です。

＃あきらめたらそこで試合終了だよ

三井を何度も甦らせるLP

さて、昨日は発熱があり療養をしていましたが、今日は発熱なく体調も良く短時間ですが、仕事復帰2日目でした。身体を使うような仕事ではなく、PCでの仕事がほとんどなのですが、現時点では3時間が良いところで、そのあとは結構ぐったり。体力が落ちたこと（疲れやすさ）を実感します。（これは副作用なのか入院による体力低下なのか）

帰ってきて、夕飯を食べて薬を飲んで、ソファの位置を変えて（なんで今日!?）SNSをアップして、三井寿のレコードを眺めて、Amazonでレコードプレイヤーを検索して、お風呂に入って、今に至ります。（早く寝ろ！）

▼noteを書くことで1日の整理ができる

去年？一昨年？は、stand.fmを毎朝更新していました。（stand.fm「癌と共存しながら気付いたことや学んだこと」https://stand.fm/channels/607590f6be8d4428b9abde4e）

過去の投稿を消したものもありますが、（本当はリニューアルするつもりで）まだ過去のも残っています。

stand.fmの毎朝投稿の前は、YouTubeで毎日投稿をしていた時もあります。（今は削除しています）

YouTubeはアップロードされるまでに時間がかかるので、その後にアメブロの音声配信をして、そこからstand.fmに移行した経緯があります。やる！となったらやるタイプで、それぞれ3か月から1年くらいはやってたと思います。stand.fmは1年続けました。（1年だけは毎日やってみることにしていました。今は不定期です。）始めた時はモチベーションが高いんですが、だんだんと気持ちが冷めてきたり、疲れちゃったりしてサボるのが人間です。ましてや、毎日の体調もあるし予定もあるし、続ける(習慣にする)までが結構大変で、続けてしまえば後は毎日のことなので、やるだけなんですね。何かを続けたい時には、習慣にすることが大切で、日常の習慣の中に入れ込めば結構続きます。

あとは、僕の場合は YouTube から stand.fm に移行したのは、アップロード(公開)する手間がかからなかったためで、楽なもの、手間がかからない方法を選ぶのも一つです。そして、何のためにやるのか?ってことで、この note は、「その日の整理」であって、気持ちの整理や行動の整理に使っています。時々、思うことだったり、誰かへのメッセージを書くこともありますが、それはその伝えたいことが、1日頭の中にあったから文章になってるんだと思います。(書く時には台本もないので)

note を続けられているのは、

・基本は夕食後のゆっくり時間

・1日の頭の整理として

と1日の流れの中に組み込んで、目的を持つことで続けられています。

▼期待に応えようとしない

毎日 note を書いていたり、時々の YouTube や stand.fm 発信をしていると、読んでくれる人、見てくれた(聞いてくれた)人から、「良かった」「勉強になった」って思われたい気持ちも出てくるんだけども、確かに仕事として(お金をもらって)やるとしたら、そういうのは必要と思うけども、あくまでも個人的な発信なのだから、期待に応えようとしすぎなくて良い。そうすると疲れてしまうし、プレッシャーで続かなくなってしまう。(過去の YouTube 発信とかはそうでした。)周りの人の期待を意識しすぎると、かえって疲れてしまうし、どう思われているかを気にしすぎて、不安になったりもする。(これは他のことでも共通として)意外と他人は自分にはさほど興味を持っていないことも覚えておくと気が楽になると思う。

僕は期待に応えるとか、ちゃんとしなきゃ!とか、自分にプレッシャーをかけることはやめた。もしかしたら、そうやって無意識のうちに、ストレスを抱えていたかもしれないから。

▼またまた支援物資も届きました!

今後の治療予定は、今週通院があって(血液検査等)、来週は入院しての抗がん剤治療(3回目)なので、この生活もあと4日。来週からはまた入院生活(5日間くらいの予定)そろそろ準備をしておこうと思います。ありがたいことに、支援物資も届いています。

ありがとうございます!

自宅でも入院中も大切に使わせていただきます。(使わせていただいております。)

みかんジュース

野菜スープ

(Amazon「ほしい物リストを一緒に編集しましょう」
https://www.amazon.co.jp/hz/wishlist/ls/3FUBFS89TMKS3?ref_=wl_share)
→
支援物資はこちらのリンクから

たくさんの支援ありがとうございます！ホント助かります。かれこれ30名以上から支援をいただきまして、総額にすると結構な金額になると思います。(ありがとうございます)

1人で治療をしている感覚は全くなくて、家族もそうだし、こうやって支援をしてくれる人や、友人や仲間や仕事関係の人たちや、メッセージやコメントをくれる人たち、多くの人の理解や協力があって、今も前向きに治療ができています。いつまでとか、これをやったら終わり。ってのが見えない、長い治療になりますが、これからも応援してくれると嬉しいです。

最後に…スラムダンクの話に戻りますが、三井寿は、「あきらめの悪い男」です。

そして、逆境(負けている時)に燃える男です。

おやすみなさい！

また明日！

43／泥にまみれた30代

(2023年6月2日08時28分)

2023年6月1日(木)　がん告知から43日目

こんばんは！

『こんばんは』と言うことで、夜に記事を書いたと錯覚させる作戦を使っている熊谷です。

▼退院祝いをしてもらいました

昨夜(記事的には今夜)は、10年くらいの付き合いになる先輩兼友人に、ご飯に連れて行ってもらいました。10年くらい前となると、独立をして2年くらいが経過し、経験や人脈やタイミングや運が重なり、まさに、「うなぎ登り」「飛ぶ鳥を落とす勢い」の時でした。

先輩とはその頃に知り合って、その後からは、法人設立時の理事になってもらったり、セミナー開催や、秋田、東京、鹿児島、沖縄などに一緒に行きました。

僕が全力で介護業界のために動いてた頃を知っている一人であり、その裏で涙まみれゲロまみれになっていたのを知っている数少ない証言者でもあります(笑)。

▼**梯子を外された過去**

僕が地元で勢いをつけてきたタイミングで、ある有名コンサルタント(以下、T氏)との出会いがありました。(そのあたりで先輩とも出会っています。)29歳から30歳くらいでした。

そのT氏との出会いによって、僕の30代の人生は大きく変わりました。プラスになったことも多少はありますが、それ以上のマイナスがありました。

詐欺や嘘や裏切りによって、多くの仲間と多額のお金(借金含む)を失いました。(あとで知ったのは、僕と同じような被害を受けていた方も全国的にいらっしゃいました。介護業界の為に実名で告発しようかと思っていた時もありましたが、個人のことなので個人で処理しました。)

家族や友人を含むたくさんの人に心配や迷惑をかけながらも、僕には「進む」しか選択肢がなく、それがさらに悪い方向に向かっていき、最後には、当時は先生と思っていたそのT氏から逃げるように離れました。

逃げるように帰ってきた地元では、仲間も離れ仕事もなく、ゼロからのスタートでした。32歳頃だったと思います。その頃は仕事はないけど、お金が必要(借金返済)でした。

はじめは、出資した友人の介護施設を手伝いました。

その後、オープンして半年して倒産しました。原因は友人(代表)の会社のお金を横領し資金ショートした為です。出資金は未だ戻ってきていませんが、この出資金は本当に最後のお金だったので、悔しかったです。後に聞いた話では、僕の出資金は友人ではなくT氏が受け取っていたとの話も聞きましたが、真実は分かりません。

そのあとも、返済のためのお金が必要(毎月20万)で怪しい商材を売ったり、マルチ商法をやったりもしました。(2〜3年で辞めました!)

他にも知り合いのところでアルバイトをしたりと、もうとにかく日銭を稼ぐことで必死でした。

SNS集客のコンサルの仕事がうまくいくようになり、各地のセミナーやコンサルをして、生計を立てながら、300人規模の講演会主催や、イベント集客のコンサルなどもしました。

「SNSによる人材獲得」をお伝えして、介護施設からのコンサル依頼やセミナー依頼も増え始めました。

介護講師、介護コンサル、SNS集客コンサルを仕事の軸にできたのが、34歳くらい(2年くらいはもがきました)

35歳くらいからは、事業運営を任せられる(コンサル的に会社内部に入る)ことが増え、事業(介護施設)運営をしながら、講師やコンサルをする形にしました。(その形が正解でした。この後にコロナがやってきて講師やコンサルの収入は80%減になります)

20代で働いていた会社の代表から、通所介護事業所の管理者をお願いされ(その後に譲渡する話)引き受けたもののコロナを理由に譲渡されず。(実際は譲渡ではなく売りたかったみたい)

その方も信用している人だったので、裏切られた形になってショックではありましたね。

そして今に至る。というわけです。(だいぶサラッと解説しました)

▼30代を経験して40代はどう生きるか

いろんなことがあった30代ですが、そういったことも含めて付き合ってくれているのが、最初にお伝えした先輩です。良い時も良くない時も知っているし、落ちて這い上がってきた時も知っているし、「T氏の元から離れて、もういいんだ!帰ってこい!」と言ってくれたのも彼です。

いろんな思い出や苦悩を知っているからこそ、一緒の時間は安心感がありますね。(僕は沖縄でゲロまみれになったそうですが、記憶にございません。笑)

そんな先輩が退院祝いで、ご飯に連れて行ってくれて(入院前も!!)昨夜は帰ってきた後に、色々とぼんやり思い出したり考えたりして、noteを更新せず(書いてないことは気付いてたよ)ぼんやり考えながら寝落ちしました(心地よい寝落ち)

未だ40代をどう生きるかは明確ではありませんが、「がん」を理由にして諦めたくもないし、「がん」を全ての中心にも

スラムダンクにかけて「三井の寿」いただきました。
飲まずに飾ってお酒が飲めるようになったら、このお酒で乾杯をします。

したくはない。

あくまでも、自分の考えや価値観や方向性の一部に、「がん」があるのであって、「がん」の為に生きることはしたくはない。それだけはハッキリした昨夜でした。先輩ご馳走様でした！

ありがとうございました！

Ps.今日はこのあと検査のため通院ですが、その後に地元紙の取材があるようです。

44／遺伝子変異

（2023年6月3日00時03分）

2023年6月2日(金)　がん告知から44日目
※一部6／6に腫瘍マーカー数値を訂正しました。

こんばんは。

今の「こんばんは」は本当の「こんばんは」で、今朝の「こんばんは」は偽の「こんばんは」で、朝も夕も「こんばんは」を初めて使った熊谷です。
#昨日の記事は今朝書きました

▼異常な検査結果

がん告知以降、比較的ポジティブに生きてきました。

発信もnoteは毎日、音声や動画は体調と気持ちが良い状態の時に。

なので、先にお伝えしておきますが、今日の内容は若干ネガティブになるかもしれませんが、治療に対する気持ちは前向きですので、そのあたりはご理解ください。また、様々な情報を検索すると思いますが、それ以上に僕は情報収集をしていての今なので、悲観せずに応援してくれたら嬉しいです。（ハートやコメントは励みになります）
まずは、今日は検査と診察がありました。
今日の検査後に、担当医と今までの検査結果の報告と比較。そして今後の治療（抗がん剤）の説明がありました。
検査結果は、
・4月に総合病院で行った検査結果
・5月に大学病院で行った検査結果
（1回目の抗がん剤治療終了後）
・退院前5月26日に行った血液検査結果
これらの、
・腫瘍マーカー
・肝機能
・CT画像
を見ながらの説明を受けました。

「腫瘍マーカーは、癌の進行とともに増加する生体内の物質

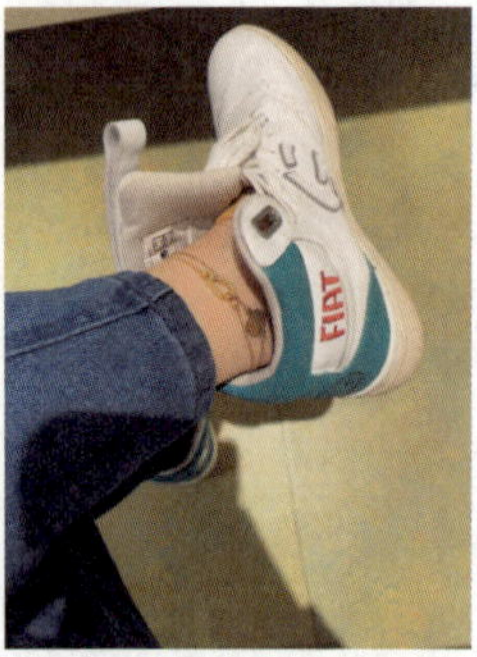

お気に入りのsangacio「にゅ」

のことで、主に血液中に遊離してくる物質を抗体を使用して検出する臨床検査のひとつである。また、生検で得られた検体や摘出された腫瘍の病理組織標本を免疫染色し、腫瘍の確定病理診断や組織型の鑑別に用いられるなど臨床検査の場で多く使われる。」

ウィキペディアより

まず、衝撃だったのが、肝機能と、腫瘍マーカーの数値がとんでもない異常数値だったことでした。

4月20日の告知の際にも数値を見ましたが、その時はサッパリ覚えていませんでしたが、今日は暗記するレベルでしっかり見てきました。

詳しくは、「肝機能　正常値」「腫瘍マーカー　異常数値」とかで検索してみてください。色んな数値が出てくるので大変ですけど、まぁ具体的数値とか数値が合ってるとかよりも、僕の数値の異常さを知ってもらえれば良いです。笑　＃異常さって

肝機能の数値は【50】までが正常で、（普通は0〜5だそう。お酒を飲んでると20〜25。31を超えても要注意。）

それを超えると異常（なんらかの病気や癌の可能性がある）ということなんですが、

僕の場合は、

4月で【350】

5月で【420】

（数値はざっくりこれくらいってことで。）

腫瘍マーカー（CA19-9）の数値は【37】までが正常で、それを超えると異常。

僕の場合は、

4月で【66000】

5月で【130000】

（これも数値はざっくり）

※数値合っていました！（7／5訂正）

聞いていて（目で確認して）数値がヤバすぎて、『これヤバくないですか？』って笑ってしまいました。

4月の数値もとんでもない異常なんですが、4月の検査から1ヶ月も経たずに、5月の検査結果は更に増えて、腫瘍マーカーは【桁】がひとつ増えてます。当然ながら、お酒も辞めたのにこの数値です。

担当医からは、『異常なスピードで増えている』『治療が1ヶ月遅れたら手遅れになっていました』と…。

▼担当医の言葉と、新たに発覚した遺伝子変異

その時に、総合病院で4月20日に、がん告知をされた日。

その時の担当医から、

『今の状態での根治(切除)は難しいです。』『今は根治治療ではなく延命治療を優先しないといけません。』『1日でも早い治療をおすすめします。』と言われた意味をようやく理解しました。

その時は、『なんで治そうとしないんだ!』『可能性があるなら根治を目指すべきだ!』と、心の中で思いましたし、同席していた両親も同じ気持ちだったと思います。

けれども、この4月の数値を見ただけでも異常。さらに、4月のCT画像(レントゲン写真みたいな)には、肝臓への転移がポツポツと(多発)ありました。

今は根治よりも**「生きること」**を優先して、生きながら**「可能性を探る」**決定だったんだと腑に落ちました。(ありがとう、YouTuber ジョーブログ先生!!)

(「DAY1 2023・4・20」P.22参照)

→この記事にジョーブログ先生出てきます(笑)。

そして、このCT画像は【4月】と【5月】のがありました。**【4月】**のCT画像では、**ポツポツあった癌の転移**は、**【5月】**のCT画像では、**肝臓を覆うほどびっしりと広がっていました。**(放射線治療や重粒子線治療はポイントに照射する治療なので、僕の肝臓は不可)

数値にもビックリしましたが、この画像にもビックリ!!

この原因は、総合病院で行った遺伝子検査の結果(最近結果が出まして)で判明しました。

「BRAF遺伝子変異」です。

「BRAF遺伝子変異は、細胞増殖の指令の伝達に関わるBRAF遺伝子の異常です。BRAFの600番目のアミノ酸はバリン(V)と呼ばれる必須アミノ酸ですが、これが変異によってグルタミン酸(E)に変わると、増殖しろという命令が出し続けられ、がんが無秩序に増殖し続けます。」

がん情報サイト「オンコロ」より

この遺伝子変異により、急激にがん細胞が増えた可能性が高い。ということ。ちなみに大腸がんで、この変異に該当(陽性)となるのは、**全体5%前後**とのこと。

#RAF遺伝子変異S状結腸癌

#多発肝転移

確かに1ヶ月経たずにコレなら…と、最初に行った病院の先生の**「肝臓に異常」**と見立ててくれて、すぐに紹介状を出してくれたこと。紹介状を受け取り、すぐに胃(最初は胃の不快感から受診しました。)と肝臓検査の日程を調整してくれて、告知をしてくれた先生。その後に、**「すぐに治療をすべき」**と判断し、すぐに受け入れしてもらえるように紹介先の大学病院の元同僚医師にコンタクトを取ってくれた先生(ジョーブログ先生)そこから、すぐにCVポート造設と、抗がん剤治療を進めてくれた現在の担当医。心より感謝です。

これが1ヶ月遅ければ、僕の命は半年持たなかったかもしれません。いや、もっと短い可能性もあったかも。

▼新しい治療薬を含めた抗がん剤治療

希少な遺伝子変異が分かり、さらに難易度が上がってきたわけですが、落ち込んでいる暇もなく情報収集をしたところ、2018年頃までは、BRAF遺伝子変異への効果的な治療は無かったそう。

ところが、様々な治験の結果、世界的にBRAF治療が提言され、国内では2020年11月に保険認可された薬もあり、それを今後の治療では使っていくそうです。（改めて治験者や研究者には感謝です。）担当医からも、**『急速に増加する原因が分かれば、そこへアプローチが出来るので良い知らせと思ってください』**とのことでした。副作用もまた変化するかもしれないし、手のしびれや、喉のしびれ（声枯れ）も、今以上に長引くかもしれないとは言われました。（それくらい余裕です！ゲロ吐くのも沖縄で先輩のお気に入りの靴に吐きましたので、余裕です！（笑）

ちなみに、**胆嚢の炎症**がありましたが、

（「23日目／胆嚢炎（たんのうえん）?」P.58参照）

これも、**『急速に増速するがん細胞と抗がん剤治療がぶつかり強い反応を起こしたと思われる。』**とのことで、これも納得でした。

そりゃあ、がん細胞からしたら「どんどん増やせ〜」って、倍以上に増やし続けてきたところに、治療薬がドーン！って急に入ってきたら、「おいおい、邪魔するな！」って抵抗しますよね。（うんうん、がん細胞の気持ちも分かるけど、ごめんね。僕の身体には不要なんだわ。）

最後になりますが、先ほど、肝機能と腫瘍マーカーの数値の話をしました。（CTは何回も撮れないので（放射線を浴びるので）血圧検査の数値で推移を見ていくようです。）

肝機能
【4月】350
【5月】420

腫瘍マーカー
【4月】66000
【5月】130000

これに、直近の数値も入れてみます。

肝機能
【4月】350
【5月】420
【5月26日】340

腫瘍マーカー
【4月】66000
【5月】130000
【5月26日】110000

イエイ!!
どっちも下がっていました！

先輩がくれた三井の寿

つまり…今の治療(抗がん剤)が効いているという何よりの証拠。(他にも要因はあるかもだけど)BRAF対応の薬も追加されると…楽しみですね!!楽しみでしかない!!! 今は担当医と薬を信頼して、あとは自分のメンタルと体調(疲れ)を安定させて。うんうん。良い感じです。

異変を放っておけば、数ヶ月の命だったかもしれないし、治療が遅れたら、半年の命だったかもしれない。でも今は治療薬も治療方法もまだある。次の打ち手もある。それ以外の選択肢もまだある。なにより、治療が出来るだけ有難い状況。手遅れにならずに良かった。抗がん剤が効いて良かった。

次の治療薬も効いてくれよ!!

ではまた!

45/未来の困難を乗り越えるため

(2023年6月4日 01時12分)

2023年6月3日(土) がん告知から45日目

映画スラムダンクのサウンドトラックが届きました。

#映画 5回は観たと思う

音楽を聴いて映画のストーリーを楽しめるし、勇気も貰えるし入院中も聴けるし。と思ったけどCDプレイヤーが無いことに買ってから気付いた熊谷です。

#レコードプレイヤーも無い

※レコードの音楽をスマホに入れる方法ありますか?

▼誰かに伝える、○○に活かす視点

昨日の投稿を見ていない方は、(結構長文ですが)先に読んでもらってから、続きを読んでください。

ここに出てくる数値やBRAF(ビーラフと言う)に関しても、ある程度覚えてアウトプット(話せる)出来るようになりました。

『それ意味あるの?』ってことですが、昨日の数値は別として、本を読む時も何かの情報をインプット(覚えたり知ったり)する時には、誰かに伝える(アウトプット)ことを前提にしています。これは一種の職業病みたいなところもありますが、講師やコンサルとして誰かに伝えるネタ（情報）として読んだり聞いたりしています。

そうすることにより、作者（著者）が伝えたいメッセージを考察することもできるし、何より内容を覚える（インプット）することが出来る。

これを読んでいる人のほとんどは、伝えることを仕事とはしていないと思いますが、家族や子供や同僚に伝えることはあるだろうし、伝えなくても活かすことは誰もが出来ること。

むしろ、本を読んで**今の自分に活かす（プラスにする）**ことをしなければ、本を読んだ時間もお金も無駄になりますし、そもそも何かを得ようとして、その本を選んだはず。

けれども、途中で本を読まなくなったり、読んでも内容を忘れたりします。
※面白く無い、参考にならない時は僕も途中でやめますが、

サウンドトラック

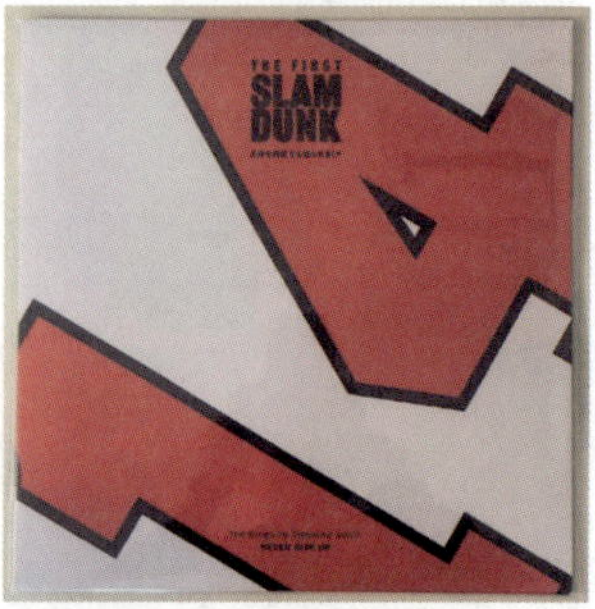

三井寿を何度も甦らせるLP

そういうことではなくて。
せっかく選んで「何かを得よう」とするのなら、誰かに伝える。○○に活かす。という意識があると、よりインプットしやすくなると思います。あとは、たくさんの本（情報）に触れると、何を伝えたいのか？　本質はどこか？　ということが、なんとなく分かってくるようになります。（そうなったらその本は最後まで読まなくて良い）
本（情報）は読み切るよりも、何を伝えたいのかを読み解くことが大切で、その読み解いた事を何に活かすのか？の時点が、さらに大切になってくると思います。
話を戻すと、僕が数値などをすぐに覚えた（ざっくり）のは、これをnoteに書いたり（アウトプット）、今後の講演などで話すという目的があったからです。（○○に活かす）

▼講演の依頼が増えています

講演で話す？というところですが、ありがたいことに「がん」になってから（告知されてから）講演の依頼を3件いただいています。

なんとなく、想像がつくと思うんですが、**「がん」「時間」「人生」「メンタル」**このあたりのテーマで話をして欲しいという依頼です。

講演依頼というのは、大体は「話して欲しいテーマ」があって、今までだと、
・稼働率向上
・人材獲得

というノウハウ系だったり、
・リーダースキル
・プレゼンテーションスキル
・ライティングスキル
というスキル系だったり、
・介護保険制度
・科学的介護
・介護技術
・国家試験対策
という介護系がだったりしました。
これが、告知を受けてから依頼内容が変わってきたんですね。

そして、まだ何をテーマにできるかは模索中でありながらも、依頼が来ている。

※入院前にも実は講演をしました。
入院前の講演はあくまでも治療に対する「モチベーション」や「時間の大切さ」を、僕は「病気」を軸に話しましたが、その話を「みんなにも転用できる話だよね?」って形にして、聞いてくれる側の人には「仕事」や「プライベート」に活かせるように話しました。今はまた状況も変わっていますし、それこそ数値なども出てきているので、リアルに「メンタルの保ち方」や、何に「時間」と「エネルギー」を使うか?という価値観も変わってきています。まだ「がん」を克服はしていないので、「克服した人」が話す「夢は叶う」的な、ハッピーエンドな自己啓発にはならないものの、メンタルなどの話から、自己啓発系にはなる気がします。夢を叶えた人の「夢は叶うんだ」系ではなく、辛いことがあるけど、こうやってメンタルを保ちながら、目の前の出来事の意味を考えるようになったという、**「メンタルマネジメント」**(スキル系)と、**「病気になったから気付けたこと」**(自己啓発系)が、混合するような内容になると思います。

※こんなテーマが聞きたい!というのがあればコメントやメッセージください!参考にします!

▼過去のインプットがここで活きる

『あ〜、ここで繋がるんだ』って思ったのが、過去に読んできた本の内容や一文。「がん」になってから、自分のメンタルを保つ時や、言葉を発する時などに、過去に読んだ本の内容が出てきたり、「これ、どっかで学んだことだな」って振り返ることが、とても増えました。過去にインプットしていたことが、次々と蘇るような感覚で、**「必要な時に必要な言葉が現れる」**ってことを実感しています。(これも何かの一文にあったと思う。)

『そうか、そういうことだったのか』『あ〜、あの著者も言ってたな(書いてたな)』本を読んだ時には、『ふ〜ん、良くある話だなぁ』『どこかでもこんな言葉聞いたなぁ』『今の俺には関係なさそうだけどな』と思っていた内容も、今なら『分かる!』『確かに!』『そういうことか!』って思い出せるようになっていて、もしかすると、このnoteの内容も、

僕が今後行う講演も、その時には、『ふ〜ん』だったとしても、何かのタイミングで、『熊谷も言ってたなぁ』になるんだと思います。講演では、そこに実践的に使えるスキルとして、メンタルマネジメントも入れるかなと。

※今の前向きなメンタルにどうやってなれたのか

今は必要のない言葉であっても、関係のない内容であっても、必ずどこかのタイミングで必要となるし、降ってくる（おりてくる）かもしれないけど、それは、そもそもインプットをしていないと、出てくることはない。

※このあたりも講演内容に入りそう

僕が告知をされて、それでも短期間で受容ができて、前向きに治療や生活をして、こうやって公開して支援を募ってるのは、過去の学び（インプット）があったから。全く本を読まずに過ごしてきたなら、今のメンタルにはなれなかったし、病気のことだけに執着（フォーカス）して、落ち込んで悔やんでいたと思うし、治療を諦めたり人生を諦めたり、最悪のケースもあったかもしれない。

自分を守るのは知識と学びで、

自分を救うのはメンタルで、

それは、過去の学び（インプット）も大事だし、もっともっと大事なのは、今の学び（インプット）は、自分の将来に起こるかもしれない、辛いことを乗り越えるために必要だと。

そのためには、学び始めることが大事だし、続けることが大事だし、

誰かに伝えるため。

未来の自分の困難を乗り越えるため。

って考えたら、もっと学びの質と量が変わってくると思います。

ではまた明日！

46／「変わろう」と思ったタイミングが「変われる時」です。

（2023年6月5日00時11分）

がんの告知から46日目　※本日2470文字

こんばんは。

コンビニで買い物をした時に、エコバッグは車にあるんだけど、車内から持ってくるのを忘れて、会計をしている時に気づいた時…どうしてます？　待たせて取りに行きます？　待たせるのは悪いから袋をお願いします？　それとも両手で抱えて持ち帰ります？

＃僕は袋をお願いしちゃいます

▼来週から抗がん剤治療（3回目）

さて、まずは近況報告から。来週からまた入院をしての治療が始まります。経過（数値などの詳細）は昨日の記事でも書きましたので、お読みください。

（「**45日目／未来の困難を乗り越えるため**」**P.105参照**）

ありがたいことに、支援物資も届いていましたので、入院前に届いたものは、また改めてインスタとnoteにて、報告（投稿）をさせていただきます。ありがとうございます。

（**Instagram「熊谷翼@kumagaitasuku・Instagram写真と動画」**

https://instagram.com/kumagaitasuku/）

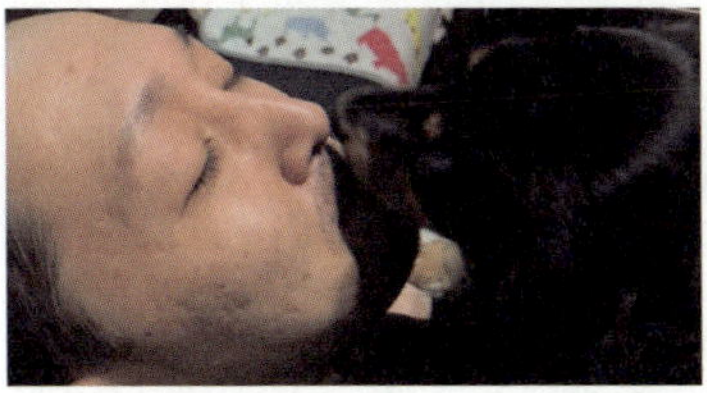

おそらく今回から、新しい薬が追加されての治療となります。遺伝子変異によって、とんでもないスピードで増えていった「がん」。それによる肝機能の低下。

（「**44／遺伝子変異**」**P.101参照**）

なんとか抑えたい！そして改善したい！いや、抑える！改善するに決まってる!!　薬の変更や追加による副作用も心配ですが、どうなるか分からないことに不安になっても、状況は変わらないので受け入れるしかない。

手のしびれ（冷感刺激）喉のしびれ（冷感刺激、声枯れ）は、以前よりも長く残る可能性があると言われましたので、しばらくアイスコーヒーは飲めません。

#その前に飲んでおきます

副作用などに関しては、またその時に報告したいと思いますので、とりあえずは来週から3回目の抗がん剤治療です。

▼アドバイスが欲しい時には「アドバイスください」と伝える。

『ご飯に誘って良いのか分からずにいました』と、何人かに言われたことがありました。今までご飯（飲み）には行ってたけど、「がん」になってからは、『熊谷さん、行きましょう』とは言いにくいし、『お酒飲めないのに申し訳ない』となってるんだと思います。

僕の体調や治療のことを気遣ってくれたんだと思います。

※行けない時は断るので誘ってくれてOKです

それは、有難いし優しさだと思うんですが、でも、僕は以前からそうでしたが、家族や近い友人、先輩（上司や年上）以外は、僕から誘うことはほぼありません。

例えば、同じ職場、同じ仕事をしている仲間であれば、コミュニケーションをとるために（悩みや愚痴を聞くために）行くことはありますが、それはあくまで同じ環境にいるからという前提があるから。

その時には声をかけるし誘うこともあるし、誘われても応じるようにしています。（ゆっくり話は聞いてあげたいし）

※コミュニケーションやアドバイスの場

じゃあ、そうじゃない人は?ってなりますが、「誘われないと行きたいのか分からないよね」です。

だいたい僕は、「話や意見を聞きたい!」「こんなことを考えてるから聞いてほしい」って思ったら先輩に声をかけるし、「楽しい話をしたい」「飲んで歌いたい」って思ったら昔からの友人に声をかける。でもこれって、ほとんどの人がそうなんじゃないかな?と。

そして、どちらかと言うと、「話や意見を聞きたい」で声をかけてもらうことが、普通の人よりも僕は少し多いかもしれないんです。(コンサル的なこともあって)

ほぼ知らない人であれば、それこそコンサルティングになるでしょうし、多少知っている人であれば飲みの席のアドバイスみたいになると思いますが、声をかけてくれないと(誘われないと)会いたいのか、アドバイスを欲しいのかが分かりません。

まとめると、アドバイスが欲しいなら、**『アドバイスをください!』と言う。**です。

▼評価を決めているのは誰か

これは何も飲みの誘いの話だけではなくて、会社でも友達でも何かのコミュニティでも一緒で、今はなかなか昔のようにはアドバイス(指導や注意)がしにくい世の中。アドバイスを求めていない人に、アドバイスをするとパワハラと言われる時代。僕もそうだし先輩達も、後輩へアドバイスをするということに、抵抗が生まれているんですね。

ある意味では、今の若者(若者に限らないけど)は可哀想でもある。アドバイスをされずに社会で生きていくわけだから。

だからこそ、**『アドバイスをください』『指導をお願いします』**は伝えないと、誰もアドバイスをしてくれない。
※『アドバイスありがとうございました!』も必ず添えてね
アドバイスや注意を受けないことは、ある意味ラッキー(気楽)と思うかもしれないけど、

「アドバイスをされない」=「小さなミスに気付けない」

「小さなミスに気付けない」=「評価が落ちていることに気付かない」

という図式が社会や会社にはあるわけで、その評価が給料という形で支給をされています。
※頑張った対価というより、辞めないで欲しいですの額だと僕は思っています。
評価が落ちている人の一言目は、**「こんなに頑張っているのに給料が安い」**です。

二言目からは上司と会社への愚痴です。「自分は評価が低い」のに愚痴ります。というより低い人が愚痴ります。

もう少し話しを戻すと、自分が「小さなミス」を繰り返して、それに気付いていないのに、愚痴ります。

自分の評価(給料)を上げたいのなら、愚痴っていないで、「アドバイスをください!」「指導をお願いします!」です。

周りから(愚痴り合う仲間達から)、『あいつゴマすってる』って言われても無視です。評価が低いまま転職を繰り返

しても同じことの繰り返し。「変わろう」と思ったタイミングが「変われる時」です。

そして最後に、僕からのアドバイスです。アドバイスを受けた後には…

『言いにくいことを言ってくださりありがとうございました！また気付いたことがあれば小さなことでも教えてください！よろしくお願いします！』

これも言いにくいことを言ってくれた人へ、感謝を伝えてくださいね。誰も嫌われたくはないですからね。

それでもそれを覚悟でアドバイスをくれるわけですから。

その覚悟と気持ちに感謝をしたいですね。

Ps.中小零細、個人事業の経営者様は、こちらの記事リンクを社内メールに流すことを許可します。

ではまた！

47／SNS発信の現状報告

（2023年6月5日23時17分）

2023年6月5日（月）がん告知から47日目　※本日1742文字

実家のリボン（ミニチュアダックス）に、熱烈な愛情表現をされて、若干唇が腫れてしまった熊谷です。

＃口と鼻と頬と顎を舐めまわされた後に頬に顔を擦り付けてきます

▼抗がん剤治療3サイクル目

さて、今週は治療の週です。（来週は休薬の週です）

→**（「44／遺伝子変異」P.101参照）**

（読んでいない人は読んでくださいね）

この投稿でもお伝えしましたが、BRAF遺伝子変異が陽性となりました。今回その薬を使うのか？　様子を見るのか？　は、分かりませんが、少なくても2回目までの抗がん剤と、1種類は変更になります。（それと追加してBRAFの薬が追加されるかどうか）

「BRAF遺伝子変異」で検索を

すると、古い記事だと「現時点で治療が確立されていない」とありますが、2020年11月から治療薬が日本でも認可され（世界の標準治療が確立され）、「現時点では治療が確立されている」となります。（情報は最新のモノを！）

僕も自分が「がん」になって、初めてこんなに情報を集めましたが、がん治療も（世界基準で）治験が行われ、1～2年で新たな治療や薬が認められ、例えば、抗がん剤治療の副作用でイメージしやすい、「吐き気」なんかは、「吐き気止め」の点滴により、（僕は）全く吐き気はありませんでした。（これも少し前なら違ったそうです）

仮に現在行なっている僕への治療で効果が、あまりないような時には、薬の変更や追加をして、それでも難しいようであれば、また別の手段を一緒に考えてくれる（実際にはいくつかの治療法や病院を教えてくれました）そうです。（切除、放射線治療、重粒子線治療は現時点では不可です）

いずれ、BRAF遺伝子変異への効果が出ることのみを、現時点では信じるしかありません。

▼インスタで本を譲渡しています

話は変わって、今日のInstagramを見てくれた人なら、『ん？投稿の感じがライト（軽く）になったな』『書籍をお譲りします？』と思ったでしょう。

（Instagram「熊谷翼@kumagaitasuku・Instagram写真と動画」https://instagram.com/kumagaitasuku/）

話が前後しますが、「書籍の譲渡」は以前もやっていて（去年くらい）、そろそろ本が溜まってきたので再開って感じです。今日だけで10冊ほどは行き先が決まったので良かったです。（行き先がなければ処分します）書籍代も頂かないですし送料も僕の負担（レターパックで送ります）なので、タダで本を読むことができるので、読みたい方はぜひ！

※支援物資のお礼として再開しました！

それと、「投稿のライトさ」については、今までだと投稿は話をまとめて投稿。日々のことはストーリーで。って感じでしたが、見てくれている人が、毎日ストーリーをチェックはできないので、とりあえずライトな投稿を増やそうかな。と思ってやってみています。（がんとか治療の話だけだと正直重いし、「いいね」しにくい！笑）

あとは鍵をかけて非公開にしようかと思ったりしたけど、それはまた様子を見ながらで。

▼それ以外の発信もそれぞれ棲み分ける

ということで、インスタはそんな感じです。

Facebookはリンクが貼れるし、リンクをシェアできるので、Facebook限定、インスタ限定の投稿も出てくると思います。（現時点でそれぞれで投稿してるしてないはあります）（インスタ限定にするなら鍵をかけようと思ったわけです。）

あとは、YouTubeとstand.fmの棲み分けですが、最近は同時に録音録画をしていましたが、それは辞めてみようと思います。YouTube限定、stand.fm限定で、少し走らせてみようかなと思います。（入院中や外出中は基本どちらかにな

るので）
YouTubeやstand.fmは、顔や声を見たい聞きたい人のニーズがありますが、それ以外に「熊谷はどんな人？ニーズ」を、解消するために、今までは使っていたので、（コンサルや講演前に必ずリサーチに使われる。このnoteもそう）
最近は近況報告ベースになっていますが、ここも少しテコ入れが必要そう。YouTubeは近況報告、stand.fmは学びや気付き、その棲み分けも必要だな。と。
そんな感じで、3回目の治療を控えて、SNS発信の現状報告の回となりました。
#これを話そうとは1ミリも思ってなかったけど
支援物資ありがとうございました！

水素水ありがとうございました！

ではまた明日！
（YouTube「【近況】抗がん剤治療3回目（3サイクル）／S状結腸癌／多発肝転移／BRAF遺伝子変異／ステージ4」https://www.youtube.com/watch?v=ZQPoolEB2jc）

48／今考えていること

（2023年6月6日20時14分）

2023年6月6日（火）　がん告知から48日目　※2143文字

「6月6日に雨ザーザー降ってきて」って歌ありましたよね？　小さい頃に歌ってた歌。なのにその歌詞もリズムも全く思い出せず、今日は何度か「雨ザーザー降ってきて」で、立ち止まっています。熊谷です。
▼スキ（♡）ボタンを押してください
日中にnoteを書こうと思いましたが、なかなか進まず…書こうと思ってもスイッチが入らず…結局夜に回すことにしました。日中は本を読んだり、テラスで陽に当たったりしています。

僕の場合は夜もしくは朝が、文章を書いたり（ゼロから創る）するのは、良さそうです。

そんなこんなで、昨日の記事に書いたように、入院中には時間があるので、SNSの発信について考えたり、普段はなかなかできない細かい設定などの調整を進めています。

日中はサングラスないと長居できない！気がする。

noteの記事にスキ(♡)をすると、僕のコメント付き写真が現れます。フォローをしても同じように現れます。シェアをすると?コメントを書くと?と、機能が色々あるので設定を進めています。ちなみにコメントと写真は複数設定していて、ランダムに現れるようです。

今後読者さんを増やしたいので、(今後、この書いている内容をもとに執筆や講演活動をしたいので)参考になった投稿はシェアしてもらえると嬉しいです。

#よろしくお願いします

▼退院をしている期間で講演(講師)活動再開?

いま考えているのは、講演の内容なのですが、**「がん」になってからの学びと気づき**というそのままのテーマでいこうかと思います。**「がん告知」から、「現在」に至るまでの学びや気づき**を、今はスマホのメモやノート(紙の)に書いています。

あとは、毎日書いているこのnoteでの、反応の良い内容も参考にしています。体力のことも考えて、60分1本の講演内容を考えていますが、60〜90分の講演を、7月、8月くらいにはやりたいなと思って進めています。

移動はなかなか不安もあるので、オンラインになるか? あるいは動画提供になるか? はたまた地元で行うか? いずれ、SNS発信だけではなく、リアルな場での発信もしていこうと思います。

▼どのような形になるのかはまだ不明

講演をするにしても、何かの活動をするにしても、協力をしてくれる方や、サポートが必要です。(本当はマネジャーが欲しいです)宣伝にしろ、受付にしろ、会場セッティングにしろ、(主催をするとなると)色々とすることが増えます。(講師として)呼ばれる形であれば当日のその時間に行き、話をして帰れば良いのですが、(今もその依頼が3件きています)そもそも(僕の)スケジュールに不確定要素があることと、移動に不安があるのでこのパターンの講演は難しい。であれば、先ほど話した自主開催?もしくは動画撮影?となります。いずれやってみてになるでしょうけども。

もしかすると、宣伝や当日のお手伝いなどもお願いする時もあると思いますので、その時はよろしくお願いします!

今は講演の内容を考えたりすることが楽しくて、人前で話をしているイメージをしながら、伝えたいことやエピソードを構想しています。

こういうように(全く別のことに労力を使っている)考えていると、治療のことや不安なことも(もちろん思い出したりはするけど)減ってくるし、そこだけ(「がん」だけ)に注目してしまうと、そのことで頭がいっぱいになってしまう。職場でもありませんか？

いつも同じ人のを責めていたり、いつも同じ人の目線を気にしていたり、結局は、**「その人」だけに着目しちゃっている。**だから気を遣うし、疲れるし、責めてしまう。それって自分(相手)にも原因はあるだろうけど、固執してしまっている自分(相手)に気付かないと、『なんで私こんなにイライラするんだろう』『仕事に行くのが嫌だなぁ』となってしまう。

▼メンタルの勉強って押し付けはできない

メンタルのスキルやマネジメントって、それ以外のスキルなどと違って、「学びたい状態」の人に伝えないと、押し付け感がモロに出ちゃうんですよね。(押し売り感の方が合ってるかも)自分が悩んだり落ち込んでいる時に、求めてもいないのにアドバイスくれる人いませんか？(それです、押し付け感&押し売り感)

これって、アドバイスの内容は(ほぼ)正しいけど、それ以前に「辛い」「悔しい」「ムカつく」って、感情(メンタル)だから、アドバイスは要らないんだよね。

こんな感じで、メンタルって不安定で、押し付け&押し売り感が少しでも出されると、嫌いになるんだよね。

だから、メンタル系の話って、興味や学ぶ意欲がない人(タイミング)に話すと、すっごい嫌がられる。

『そういえばそうだったなぁ〜』って、自分なりに振り返った時に、僕の話しではメンタルマネジメントやスキルに関しては、テクニック的な要素としては伝えない。(伝えるなら2部にするとか別日にして「メンタルに特化した内容」でやれば良い)「がん告知」から、僕はこう受け取って、こう捉えて、こういう気付きがありました。

もしも、メンタルの保ち方を学びたい人は、別日に！みたいな感じになるかなぁと。今はそんなことを考えていました。

ということで、明日から3回目の抗がん剤治療です！

ではまた明日！

49／抗がん剤治療3サイクル(3回目)

(22023年6月7日19時07分)

2023年6月7日(水)　がん告知から49日目　※1996文字

こんにちは。

友人から届いたブラックサンダー。今まではノーマル味しか食べたことがなくて、(基本的にノーマルが好き)今回、「バナナのサンダー」「至福のバター」をいただき、食わず嫌いもいけないし、いただいたモノだからと思って食べたら…

これは…美味い!!どちらも美味すぎる!!

というか、ブラックサンダーって、いろんな味があるんだね。友達からもLINE来て色んな味があることを知って、しかもAmazonでもあるみたい!ということで早速リストに入れてみました!

普段はノーマル味しか食べない熊谷氏。

←熊谷に他の味を食べさせたい方はよろしくお願いします!

(Amazon「ほしい物リストを一緒に編集しましょう」
https://www.amazon.co.jp/hz/wishlist/ls/3FUBFS89TMKS3?ref_=wl_share)

▼抗がん剤治療が開始

さてと、3サイクル目(3回目)の抗がん剤治療が始まりました。その前に、以前書いた記事の内容に誤りがあり訂正しました。

←こちらの記事になります。

(「44／遺伝子変異」P.101参照)

6月6日の腫瘍マーカー…

9000でした!!!　(243・2倍…)　やったーー!!

抗がん剤治療をして、約1週間休薬をして、数値が下がっている(効いている)ということで、今のこの治療(薬も)継続するということでした。

薬によって効かない可能性もあるし、飲み合わせによる効果や副作用もあるから、現在の治療をとりあえずはずっと(効かなくなるまで)続けることになりました。以前書いた、「BRAF遺伝子変異」に対する阻止薬は、現在の治療継続が困難な場合(薬が効かなくなってきたら)に、次の手として使うことにするそうです。(次の手があるのも安心するよね)ってことで、抗がん剤治療は、今までの治療を継続することになりました。

▼副作用が今までより強いかも？

副作用について、詳しく知りたい方は、こちらのページの真ん中くらいに書いてあります。僕が使用している治療薬の一つです。

〈kegg.jp より（(医療用医薬品：オキサリプラチン（オキサリプラチン点滴静注液50㎎「ニプロ」他）） https://www.kegg.jp/medicus-bin/japic_med?japic_code=00065870〉

副作用として、この全てが出るわけではなく、かと言って個人差があるので、出ないとも言えない。その中で、共通して出やすいものもあるようですが、僕の場合ってことで、今回の治療による現時点での副作用をお伝えします。

手の冷感刺激

これは前回より始まるのが早く、そして痛みも強いです。(僕も色々テストしているのですが)冷蔵庫の中のペットボトルを 1秒持つと手がビリビリします。氷をずっと持っている感覚、静電気がずっとビリビリきている感じです。冷たいものじゃなくても、置き型の消毒スプレーでもビリビリします。洗面所の水は使えないないので、お湯が出るまで出しっぱなしにしてます。エアコンで冷えたドアの棒もビリつきました。

手の震え

これは前回まではなかったですが、手の疲れなのか？しびれなのか？分かりませんが、時々手が震えます。

指先から肩の関節の違和感

これも前回まであまりなかったですが、上肢(腕)と手指(手と指)の関節を動かすたびに、モヤ〜と痛みというか違和感。痛くはないけど疲れている？鈍い感じです。手の震えと手の違和感は、同じ括りになるかなぁと思いますが、今まではあまりなかったので、今回だけなのか？あるいは治療薬が蓄積されてなのか？(冷感刺激は蓄積されるようです)

声枯れ

これは毎回ありますね。今回も今まで同様にあります。

喉のしびれ

これも冷感刺激の一つなのか？声枯れとセットで毎回出ますね。手の冷感刺激よりも遅く症状としては出ますが、今までより早く出た感覚です。冷えている飲み物は、シャーベットを飲んでいる感覚です。その前に冷たいのは手で持てないので、マグカップなど取手付きのコップ使用。そして、咽せやすくなるので注意が必要。あとは、身体のだるさや疲れやすさはあるので、関節の違和感も疲れやすさなのかもしれません。

結論としては、**1〜2回目よりも3回目の副作用が、早く現れて強めに出ている。**です！　吐き気や脱毛はありません。副作用のピークは、治療開始直後から24時間と言われているので、明日の様子も含めて、状態に関しては明日報告しますね！　ということで、今日はこのあたりで！

また明日！

▼支援物資はありがたく使わせていただいております

水素水もありがとう！

アップルジュース！

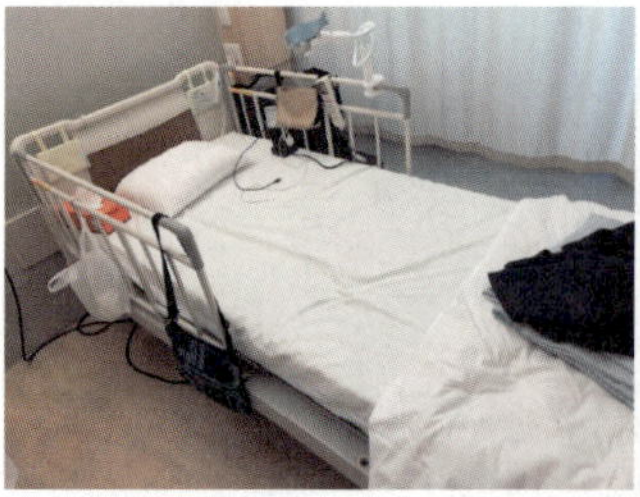
コード関連、スマホスタンド、S字フック、掛け布団等

ノドグロのふりかけ！

白神山地の水

ティッシュとフレグランス！必須持ち物！

50／この経験を誰のために活かすか？（2023年6月8日20時33分）

2023年6月8日（木）　がん告知から50日目　※2472文字

入院をするたびに、少しずつ日焼けをしてきて、「入院をしている方が健康的な食生活と日光浴生活な熊谷です」

黄疸なのか？皮膚障害なのか？日焼けなのか？という疑問は残りますが…。

▼抗がん剤治療2日目

まずは昨夜（夜中ですね）発熱はないんですが、熱がこもる？寝苦しい？じんわりと汗をかく感じ？そんな感じでした。

（現在19時20分で36・9℃）

これは前回とかもありましたし、血圧が上がってるのも影響しているのかな？と思ってもいます。

（最低血圧が90～100）

→

じんわりとした頭痛もあり、これも血圧の上昇に起因する

入院して顔が日焼けしてる人

テラスは岩手だけに岩をモチーフにしてるのかな

ようです。そんな感じで寝苦しい夜は今日も続きそうです。（病院のアイス枕借りたり、持参の冷えピタとか冷却剤も使ってます）頭と体幹は火照っているけど、手足は冷えに弱くてエアコンが効いていると、手足がピリピリしてきます。だから日中はテラスにいたりしてます。

冷感刺激（冷たいものを触れると痛い）という話は昨日もしましたが、これが今日は手の痛みが昨日より強く出てます。

あとは喉の冷感刺激（しびれ？　シャーベットをゴクゴク飲んでる感覚）は、以前もありましたし、昨日も今日もありましたが、今日は、下と唇にも出るようになりました。（ピリピリする感覚です）これは今回初でした。

→

これについては、病棟薬剤師に報告しました。（冷感刺激や頭痛の件も、悪化するようなら痛み止めや血圧の薬の追加や変更があります）

あとは、手の疲れやすさが今までより大きいです。本を読んだりスマホを使ったあとに、じ～んと手が疲れた感じになります。（筋肉痛になりそうな感覚）

こんな感じで黙々と。

ベンチに座ってたら虫が草を背負って歩いてた

それ以外には、顔がちょっと浮腫んで、目が常に眠い感じで。（朝食後と昼食後は特に眠い）

あとは、便秘気味です。特に抗がん剤を使っている時には、便が硬く出にくくなり量が少なく、スッキリと出ないので下剤を服用しています。（便秘って辛いものなのね…）

▼副作用もありますが調子は良いです

疲れやすさと眠気と、手とかの痛みや疲れもあるんですが、スイッチが入る時があるんですね。

心身…特に心がスイッチ入る時があるんです。（みなさんもありませんか？本を読むぞ！とか掃除するぞ！って気合い入るモード！それです！）

今日の午前はそれでした！

朝からテラスでコーヒー飲みながら、陽にあたったのもあるかもですが。（それ以前に朝からテラスに行ける心身だった！ってのもある）今日は10時から13時くらいの間で、本4～5冊をメモを取りながら読みました。（いつもはあまりメモとか取らずに本に線引きとか付箋するんですが、郵送企画をしてるので）体調にもよりますが、好きなことや興味のあることに時間を使えるのは、ほんと貴重です。

この時間をもしかすると与えられたのかもしれないですね。有難いです。（というより無理矢理作られた？笑）

「余白」が足りなくなってたのかもしれないですね、**人間的にも時間的にも「余白（余裕）」**が。

ベンチに座ってたら、その近くに虫が。自分の体よりもたくさんの葉っぱ？を背負って、歩いていました。近くには綺麗な花も咲いていました。ここ数十年は無かったです。

ベンチにいる虫に気付かないどころか、小さな花に気付くこともなかったし、ベンチに座ってコーヒーを飲んで、音楽を聴いてリラックスして、気付いたら1時間経ってて…

数十年こんな時間は無かった。作れなかったのか、作らなかったのか。

「がん」になったから、作れたのか。

「がん」になったから、気付いたのか。

おそらくですが、「がん」がきっかけをくれました。

「がん」にはなりたくはなかったけど、「がん」になって良かったんだと思う。

最近、僕が口にする言葉です。（そのうちタイトルなどに使います）

誰のために？
昔作ってもらったバナーです。

「がん」によって、気付いたことと気付かされたことばかり。

告知を受けてからの【50日】と、告知日の10日前を含めての【60日】で、

再会できたこと、
感謝できたこと、
謝れたこと、
誤解が解けたこと、
新しい出会いが生まれたこと、
応援してくれる人がいたこと、
時間は貴重なこと、
行動すれば変わること、

気付いたこと、気付かされたこと、学んだことばかり。これに気付けずに死ぬところだったわ！（笑）

▼誰のために「自分の体験を活かす？」

僕がこの体験を、自分のために活かすのか？　近しい人のために活かすのか？　もっともっと多くのために生かすのか？

「誰のために活かすのか？」

ぼんやりとですが、この答えが自分の中で出始めているんですね。

例えば、「ご飯に行くとして」僕の経験が相手に活きないとするなら、（相手は愚痴を言いたいだけ）そもそも会わなくて良い。

「お話会をするとして」僕の経験を参加者（そもそも主催者）が活かそうとしないのなら、（話術とか内容の問題は熊谷にあるけど）そもそもお呼ばれしなくて良い。興味本位で治療話を聞きたいのなら、noteやインスタを見てもらえると良いし、僕の考えとか気持ちも、noteやSNSを読んだらなんとなく分かる。（だったらそこで完結するよね。って話で）
それ以上に、リアルに面も向かって話を聞きたい人は、連絡をくれるし僕も会うようにしてる。あとは、僕が会いたい人には僕から連絡もする。

→

ごくごく当たり前のことを言ってる気もするけど、僕はたくさんの人に会いすぎたのもあると思う。（それが良い面ももちろんあった。）けれども、今は自分の命の時間と力を、【誰に使うか】は選ぼうと思う。偉そうに聞こえるかもしれないけど、**前向きな話や希望に満ちた話以外に興味はない。**どうせ会うなら、これからの希望とか未来とか、楽しみとか野望とか、そんなワクワクする話を聞きたいし、そんな時間にしたい。

相手のその未来の可能性の中に、僕の小さな気付きが活きてくれたら、何よりの幸せだと思っている。

今日も最後までありがとうございました！

51／50日が経過して変わったこと変わらなかったこと（2023年6月9日19時12分）

2023年6月9日（金）　がん告知から51日目　※1413文字

今日の午前中は雨模様。

入院中の一つの楽しみであるテラス時間は、午後からホットコーヒーを飲みながら。

雨上がりのせいか少し肌寒く、下剤の効果かトイレが近く、

コーヒーのせいかトイレが近く。トイレで落ち着いてから、テラスでソワソワする。ナニ時間？を過ごした熊谷です。
ちなみに入院中に日焼けしました！（笑）

▼50日が経過して変わったこと、変わらなかったこと

さて、今日でがん告知を受けてから51日目。

告知をされた時には、「根治治療」ではなく「延命治療」と言われましたが、数値も下がり希望の光が見え始めています。

振り返ると、4月10日に癌

少し日焼けしました。

の可能性を伝えられる。その日からInstagramのストーリーでカウントダウン（見てる人はなんのカウント？という疑問）。4月20日に両親同席の上で、がん告知を受ける。そして今。まとめると数行の出来事です。けれどもこの数行には、ほんとたくさんの葛藤や不安があり、それは僕だけでは無く、家族や友人や大切に思ってくれている皆さんも同じように。

4月20日からの50日で、どんな変化があって、何が変わらなかったか。そのあたりを書き出してみたいと思います。

変わったこと

・使う時間への意識
・一緒にいる人や場所への意識
・健康（食事）への意識
・感謝の気持ちの深さ
・当たり前の日常への意識
・仕事への意識
・自分の経験への意識
・応援してくれる人の存在
・友人や仲間への感謝
・死への意識

変わらなかったこと

・自分の価値
・家族の存在
・友人や仲間の繋がり

思いつくまま書き出してみましたが、変わったことは**「意識」**とか**「捉え方」**なんだろうなと、箇条書きにしている途中で気付きました。

そして、変わらなかったことは、「がん」になったとしても、揺るがなかった（変わらずに）人。もちろんこれは全員ではなく、今回のことをきっかけに、「人」についても更に勉強にもなった。本当にいろんな人がいるんだなと、改めて。ほんとに。（箇条書きにしたけど、沢山ありすぎて消しちゃいました）

人って本質は、なかなか変わらないんだな〜。まぁ自分は自分で生きよう！そう思えた50日でした。

良い意味でも悪い意味でも、他人に関心が無くなったとい

うか、自分のことをもっと信じよう！って気持ちが強くなりました。

▼3サイクル目の抗がん剤治療が終了

サイクルってのが、抗がん剤治療期間＋休薬期間で、1サイクルみたいなので、一応来週（休薬期間）が終わって、3サイクル終了となります。3サイクルが終了して、再来週は4サイクル目の抗がん剤治療です。ワンツー、ワンツーみたいな感じです。（例え合ってる？）

次回から少しずつ、入院治療から自宅治療にシフトをしていく方向です。現段階でも、処置が必要な副作用や体調不良はないので、これであれば自宅での抗がん剤治療も可能とのことで。（初回の胆嚢炎の恐怖がいまだにありますが…）

そんな感じで、抗がん剤治療にも慣れてきましたが、（慣れて良いものなのか？）抗がん剤治療は開始してから約1か月。（初回5月8日開始）大きな体調不良や副作用がないことが幸い。白血球の数値もそこまで落ちていないけど、感染症とかにも気を付けながら、休薬期間は療養メインでは無く、仕事や日常のできることから再開していきます。疲れやすさやしんどさも我慢せずに、1週間の休薬期間を有意義に過ごして、また4サイクル目の抗がん剤治療に向かいたいと思います。

それではまた明日！

52／退院しました！

（2023年6月10日21時10分）

2023年6月10日(土)　がん告知から52日目　※1616文字

おかげさまで、今日無事に退院しました。

退院しましたが、「がん治療」の退院って、皆さんが思っているイメージと違うのかな？と思うので、早速、今日はそ

退院日の朝にテラスで一息

んな話をしたいと思います。

▼退院直後から今の体調

まずは、今の僕の状態をお伝えしますが、心配をしてもらう為ではなく、事実を知って欲しいので書きます。（キツい時には発信も休みます！）

退院をして、母親とランチに行ってきました。

（Instagram「熊谷翼 @kumagaitasuku・Instagram 写真と動画」https://instagram.com/kumagaitasuku/）

この投稿を見る限り、「元気そう！」「退院おめでとう！」って気持ちになると思うし、僕も「退院したぞー！」って気持ちなので、その投稿も嘘偽りはないです。けれども、**【退院＝体調が万全】ではない。**ってのが、がん治療の辛いところなのかな。と思いました。

退院をしてから、実際に今（落ち着いたのも踏まえて）の体調は…

・暑いのか寒いのか分からない
・熱はないけど火照る
・急に汗が出る
・手足の先が痺れる（冷感刺激、エアコンの風でも）
・腕や足の露出してる部分が冷えやすい（けど身体は火照る）
・食欲がわかない（お昼にしっかり食べたから？笑）

こんな感じで、ランチをして帰ってきてから少し寝て、夕方に熱めのお風呂に入って身体のダルさは少し抜けて、あとは水分やゼリー補給をしながら、横になって休んでいるという状態。実際（僕は）、抗がん剤を入れている時よりも、抗がん剤を入れ終わってからの1～2日が、しんどかったりします。

※今は大丈夫ですからね、ご安心を。

▼あくまでも治療薬の投与が終わっただけ

がん治療には、投薬期間と休薬期間があって、（人により期間の長さは違いますが）僕の場合には、それぞれ1週間ずつ。体調の崩れや副作用も強くはないので、投薬期間の入院日数は今後減るかもしれませんが、投与期間は約3日あります。（今回は6／7～9）昨日で投薬が終わって、体調の崩れもないので退院となったわけです。

ここが、先ほど書いた**【退院＝体調が万全】**ではない。ってところで、一般的な病気や怪我での入院は、**【良くなったから退院】**だと思うんですね。（全てがそうではないですが）

僕の退院イメージは、**「良くなった」「治った」「回復した」**です。

そしてこういうイメージの方も多いんじゃないかな～と思うし、これは間違いではないと思うんですね。ただ…（マウントを取るようで申し訳ないですが）がんの場合（他の病気もあると思います）は、違っていて、投薬が終わって、アレルギー反応とか炎症とか副作用に対して、処置するほどのことはないから退院なんですね。サイクルの話もしましたが、投薬と休薬が終わってはじめて、今回（僕の場合は）3サイクル目が終了となるわけです。

※何度も言いますが「心配してくれー」って話ではないです。

あくまでも投薬が終了して、投薬中に大きな変化はないので退院ができた。ってことですが、最初に書いたように、身体の変化はやっぱりありますね。（そして蓄積されてるのが冷感刺激…手足のチクチクと露出部分の冷えです）体に薬を入れて、（がんであろうが）細胞を破壊するわけなので、身体のバランスとかは崩れてしまうよね。というのが投薬期間後の状態です。

なので、他の人もそうなのかもしれませんが、休薬期間の後半の方が、体調自体は良かったりもします。（発熱や血圧上昇による頭痛もありましたが、これは白血球が少なくなってるのもあるかもしれないみたいです）休み休み書いていたら、同じようなことを何度か書いている気もするんですが、言いたいのは、「退院おめでとう」は素直に嬉しいです！けれども、退院したから万全ではない！ってことも、知ってくれると嬉しいです。（こういうのはnoteや音声でしか発信できない本音の部分です）

ということで、ちょうどウトウトしてきたので、このまま寝落ちしちゃおうと思います！

おやすみなさい！

また明日！

←母ちゃんの絵を載せておきます！

53／言葉のチカラ

（２０２３年６月11日21時33分）

２０２３年６月11日（日）　がん告知から53日目　※１８０４文字

突然ですが…

退院し自宅に戻ってきて【嬉しいこと第一位】は、寝返りが自由にできることです。

シングルベッドなのはまだ大丈夫だけど、両側とも壁との距離があるから、すっごい不安感と孤立感なんだよね。（分かりますか?）

▼誰かのチカラになっている

４月20日の告知を皮切りに（皮切りに?）様々なＳＮＳで情報発信をしています。

←ちょいと並べます

（YouTube「【近況】化学療法（抗がん剤治療）／３サイクル終了→退院／ＣＶポート／大腸がん／多発肝転移／癌治療」
https://www.youtube.com/watch?v=YOTsl4b9gO4）

（Instagram「熊谷翼@kumagaitasuku・Instagram写真と動画」
https://instagram.com/kumagaitasuku/）

（Facebook「ステージⅣから復活・がんサバイバー　たすく」
https://www.facebook.com/kumagaitasuku）

（note「ステージⅣがん告知/熊谷　翼/KUMAGAI TASUKU」
https://note.com/kumagaitasuku）

（stand.fm「癌と共存しながら気付いたことや学んだこと」
https://stand.fm/channels/607590f6be8d4428b9abde4e）

こんな感じで、まぁ色々と発信させてもらってます。元々、情報発信などをしていましたし、講師やコンサルをしているので、発信自体はしていたのですが、**４月20日を境に投稿内容は大きく変わりました。**

そして、４月20日から始めた新たな投稿も、最初の頃は、思ったことをそのまま、起きていることをそのまま投稿していました。（今もほぼそうですが）病気のことを話したり、仕事のことを話したり、メンタルのことを話したり、頭にきたことを話したり。とりあえず、思ってることを話そう！残そう！って思ってました。（今もその気持ちです）フォローの数とか、再生回数とか気にせずに、**「僕の言葉や声を残すこと」が目的**になっていました。（いつ死ぬか分からない不安も

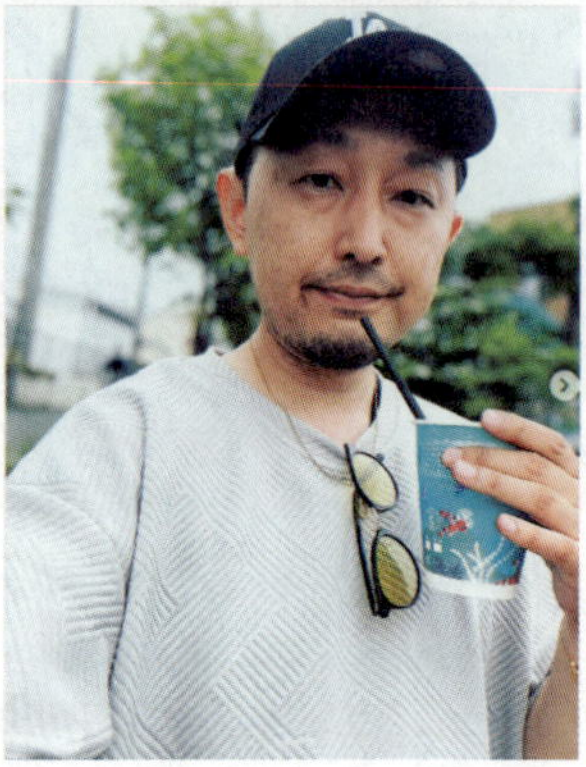

あったと思います）
そんな中で、チラホラと声が届くようになったんです。
『勇気をもらいました』
『自分の悩みなんて小さいものでした』
『ポジティブになれます』
そんな声を直接、あるいは間接的に届くことが増えてきました。（応援メッセージや支援物資もその一つ）
「がん」になって、講師やコンサルの肩書き?仕事?は無くなって（休んで）、今まで伝えてきたノウハウも、今まで活かしてきた経験も使えなくなって、ただの「熊谷翼」「がん患者」になって…、それでも、**自分は誰かのチカラになってるんだ。**って、自分が生きていることや発してることが、誰かの勇気になったり励みになったり、背中を押されたり踏みとどまったり。『そっか。この先何をするか?どう生きたいのか?あれこれ考えてたけど、これで良かったんだ。』って。

▼誰かの応援者になる

『どうやってポジティブになれたのか知りたい』
『病気を受け入れられた理由を知りたい』
『この経験で得たことを知りたい』
そんな声も届いています。（コメントやメッセージどんどんください）
そんなに必要とされるとは思ってもいなかったけど、**必要としている人が一人でもいるなら、届けよう!伝えよう!**と。
今ももちろん発信はしているけれども、メッセージとして形に残していく。必要な人に届くように。
そこは、ある程度整理も必要だし準備も必要で、まだこの先になることもあるけれども、まずは第一段階として、「インスタ」の通常投稿に「メッセージ」を添えることにした。（今日の投稿から。その前は母ちゃんの絵描き歌w）
理由は、インスタが一番見られていて、『こういうことを聞きたい』とか、『勇気をもらった』って声を多くもらっているから。なので、インスタは少しだけメッセージ性を強くしつつ、クサいと嫌だからほんのり笑いも。↑笑いなさいよ?noteは、このまま今まで通りに。YouTubeは、今は近況報告、後にお話会（講演会）の動画を。stand.fmは、少しメッセージ性を強く、近況報告は弱めに（入院時は近況報告入り）。そんな感じで、今日考えていました。（リンクサイトも作成中）
人生でやりたいこと、今のうちにやっておきたいこと、ワクワクすること、色々考えたけど、**「誰かのチカラになりたい」**それが答えでした。世の中には、僕と同じように治療をしている人や、僕以上に大変な人もたくさんいるけど、言葉や文字で伝えられるってことに、僕はワクワクするし楽しいし、それが、誰かのチカラになってるって気づいたら、もっともっとチカラになりたい!
綺麗な景色を見るよりも、素敵な思い出を作るよりも、**一歩踏み出せずにいる人や、過去のことを後悔している人や、目の前のことで不安になっている人の、【キッカケ】になり**

たいと強く思えた。

それが一人でも多くの人のチカラになったら、僕の人生も良い人生だし、後悔もない。言葉のチカラによって、成長もしてきたし乗り越えてきた。勇気も決断も行動も、全ては**言葉を自分のモノにしてきたから**。自分のモノにしてきた言葉を、次は僕が伝えていく。そういう人生にしていくよ。

最後まで読んでいただき、ありがとうございました！

また明日！

54／好きだった先生の話

（2023年6月12日22時20分）

2023年6月12日（月）　がん告知から54日目　※2038文字

Instagramに投稿した今日の写真。

「顔ヤバい」ですが、載せようと思って今まで載せていなかった、「がん告知」を受けた後に病院を出た後の写真。

(Instagram「熊谷翼@kumagaitasuku・Instagram写真と動画」https://instagram.com/kumagaitasuku/)

とにかく酷い顔だ。診察室では冷静にいたけど、親が泣いているのを横目に懸命に泣くのを堪えて冷静にいた。

診察室を出て待合室で書類とかを待っている時に、初めて泣いた。溢れる涙っていうのを初めて知った。親に対しての申し訳なさが大きかったけど、いろんな感情が込み上げてきた。

その時のことを思い出すたびに涙は出るし、2日くらいは夜はずっと泣いて、ほとんど寝てなかったと思う。（たぶん僕の家族も大切な人たちも）

「起きたことを悩んでも仕方がない」って、頭では理解はしてて、診察室で告知を受けた時にもその気持ちが強かった。けれども、**頭と心は一致しない時もある。**むしろ、2日で前を向けたのは、（誰と比べるわけじゃないけど）早かったんじゃないかなと今は思う。

そんないろんな感情が込み上げて、告知をされた日の辛さを思い出して、頭と心が一致しない（前を向けなくなる）のが怖くて、載せていなかった写真が、あの酷い顔だ。

うん。でも今は大丈夫！乗り越えられている。

▼昨日ふと思い出した顧問の先生

好きだった顧問の先生が3、4年前に亡くなった。膵臓がんだった。めちゃくちゃ怖くて、竹刀を持って廊下を歩いていて、(竹刀が折れたら竹の定規を持って)入部した直後から、先輩達がしばかれているのを見て、(今なら速攻でクビ)もう本当に問答無用に怖い先生だった。(日本語合ってる?)

けれど、その印象が180度変わる出来事があった。先生の車に部活の荷物を詰め込む時に、先生の車のトランクを開けて荷物を詰め込んでいたら、**「初心者向けのバレーボール」「バレーボールのルールブック」「バレーボールの指導ブック」**を見つけた。(あ、中高はバレーボール部でした)

そう。先生はバレーボール経験者ではなかったから、ルールや指導法をこっそり勉強してたんだ。(確か野球部って先輩から聞いたような)指導者としては当たり前なのかもしれないけれど、その当たり前を誰に知られないようにやってたのが、僕にとってはめっちゃカッコよく見えた。

あとは誰に対しても厳しかった。贔屓とかなく誰に対しても。先生自身にも厳しかった。そして硬派で曲がったことが嫌いだった。それもカッコ良かった。その先生がいた最後の大会で、先輩達は県でベスト4になった。けれども春には転勤となり、実質、1年間だけしか指導を受けられなかった。その後、中高を卒業して大学に入った時に、その先生から連絡がきた。

「休み期間だけでも練習に来て欲しい」と。それからまた先生と再会することになり、先生と一緒に指導をすることができた。その時は、昔のような厳しさはなくて、お父さんみたいな優しさがあった。1年くらい一緒にやって、それからは僕も社会人になって、指導は辞めた。

それからは数十年会わずにいた。

▼この人の生き方を生きよう

数十年振りに会ったのは訃報が届いてから。

先生は、ガリガリに痩せていて、それでも昔よりも優しい顔になって眠っていた。話を聞くと、亡くなった4月に校長になったそうだ。校長になり、始業式に出たのが教員生活の最後だったそう。

おそらく、癌が進行をしていて、膵臓がんだから気付いた時には手遅れだったのかもしれない。始業式に出てそのあと1週間くらいで亡くなったそうだから、死ぬことも分かっていただろう、痛みもあっただろうし、身体的には相当キツかったと思う。

それでも始業式に出て挨拶をした。最後まで教員を全うしたかったんだと思う。そして全うした。先生のことだから、病院なんて後回しで、学校と家庭のことを優先していただろう。そして、「校長になる!」って決めてたんだろうな。じゃなきゃ死ぬ1週間前に壇上に上がるって無理だと思う。

その話を聞いた時、『やっぱりカッコいい先生だった』って、自分のことじゃないのに誇らしくなった。そのことを昨日ふと思い出した。

そして、**「俺も先生の生き方を生きよう！」**って決めた。

知らないことでも努力をして、曲がったことを良しとせず、自分のことよりも相手のことが大切で、死ぬことが分かっていても、それでも卑屈にならず胸を張って、自分の役割を全うしようと。先生の生き方のカッコよさを引き継いで、死ぬ直前まで**「伝える役割を果たそう」**と決めた。

最後に…先生から昔言われたのが、「お前の名前貰っても良いか？」って聞かれたことがあって、その時は良く分からなかったけど、先生の息子さんは僕と同じ名前。

火葬の時に初めて息子さんとも話をした。

「お互いお父さんの分まで強く生きようね！」って。

昨日突然思い出したのは、先生からの励ましだったのかなぁ、それとも悩んでた教え子への後押しだったのかなぁって嬉しくなった昨日でした。

先生、ありがとうございます！

先生の生き方で、先生の分まで生きます！

55／お話会を開催します。

（2023年6月13日23時16分）

2023年6月13日（火）　がん告知から55日目　※1959文字

今朝は右脇腹の痛みがあり（胆嚢かな…）午後から出社しました。仕事ができる身体って有り難いですね！

さて、一昨日くらいから同じ内容の話をしている気がしますが、今日もそんな話になりそうです。（頭の中がそれで埋まってるので）
今日はS君とご飯を食べながら、話をしたこともあり、やはり「伝える」ことを進めていこうと思いました。
それでは、今日もお付き合いください。

▼お話会（講演）を開催します

今日、S君と話をしていて、「伝える方法や内容」はどうしたら良いか？という話になりました。会って話すと（相手によるけど）、色んなヒントや気付きが生まれるから良いですね！
さてさて、お話会という言葉を選んだのは、「少人数で地域に足を運んでお話ししたいな」という希望からです。
そういえば、27歳で独立した時も、公民館を借りて地域の人たちが参加する研修会をしていました。（親もサクラで参加していました）参加者の方からは、「こういった草の根活動が花開く時が来る」と言われました。（花開いたのはそれから2、3年後です）
けれども、その時は参加者全員と共有しているというか、共存しているというか、そんな感覚でした。（だから、それを再開する形）
仕事が増え、話す地域や規模も変わり、SNSでの発信をしていく中で、（それも大切なこと）参加者との関わりは希薄化していきました。講師（コンサル）として、いろんな地域にも行きましたし、講師（コンサル）として稼がないといけないので、より参加者が多いところや、より沢山の地域や、より講師料がもらえる仕事を選んでいたのも事実。それが間違いだとは思ってはいないし、その時はそれが正しかった。

けれども、**【今の熊谷】**は、伝えたい。病気のことも、その時の気付きや不安も、それを仕事（生活）にどう活かすかも。

そして、SNSで拡散をさせるよりも、面と向かって伝えたい。話をしていてそう思いました。

講師をはじめた当初の思いは、**「参加した一人一人にしっかりと伝えたい」**だったはず。と。（初心を思い出した）

なので、お話会という（小規模をイメージするような）名前で、（50人を超えたら「超お話会（仮）」）講演活動をしていきます。（もちろんSNSでの発信もしますし、体力が回復したらエリア関係なく動きます）

▼話す内容はどうしよう?

今日の話はここからが本題で、結論から言うと、**「話す内容」をみんなの意見を参考にして作り込みたいです!**です。どんな話を聞きたいか？　これは以前も聞いたと思いますが、構想段階ではなく、すでに60分尺での内容を作り始めています。（そこから30分、90分の3パターンを）

一つのテーマに絞ることは難しいですし、実際のところ今の経験談だけでは、僕だったら聞かないかな〜と思います。

なので、僕が常に思っていたり話していること、

・行動する

・ポジティブに捉える

をベースにしながら、病気をきっかけに

・気付いたこと

・学んだこと

・失ったもの

そこに参加者の層に合わせて、例えば、「介護職向け」「高齢者向け」「一般向け」の３パターンくらいで組めば良いかなぁと。

・メンタルマネジメント

・介護の仕事の話

・キャリアアップなどなど

このあたりは参加してほしい対象者を絞れば、**聴きたい話＋気付き**が得られるかなと。

『そんなことを公開しなくても良いのでは？』ってところなんですが、「がん」をきっかけに、情報発信をして、「がん」をきっかけに、こうやって繋がれているので、『あ〜、あの時言ってたのがこうなったのかぁ』『最初の頃やってたことが、今はこうなったのかぁ』って思ってもらえる方が、一緒に作っている感覚、一緒に生きている感覚になるじゃないですか。

だから、僕が考えていることも、構想も、全部お伝え（ネタバレ）していこうと思います、今後も。

実際にお話会をするとして、現時点では、

・一般向け
・介護職向け

が妥当かなぁと思います。

そして、介護職向けのお話会の先には、介護職のメンタルケアやキャリアアップの相談が出来たらベストだな、と。一般向けは、草の根活動としてライフワークとして、できたら嬉しいなぁ。ということで、聴きたい内容を僕のＳＮＳのメッセージで教えてください！

そして、「参加しても良いよ！」「うちの会社でぜひ！」という方も、メッセージください。今月中には内容をまとめて、来月にはプレお話会をします。８月から近いエリアを回りたいと考えていました。

ちゃんとノンアルです！！！

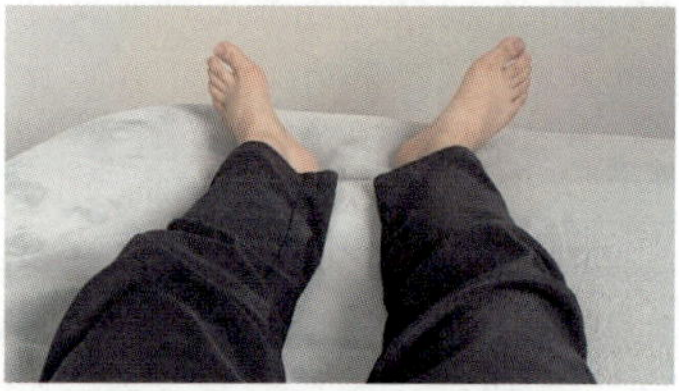

ということで、まとまりがないかもしれませんが、帰ってきて寝る準備をして、殴り書き（一筆書き）でここまできましたので、ご了承ください。僕の中ではかなりワクワクしています！　新しいことにチャレンジするって楽しいですね！

それではまた明日！

56／プライドって？

（２０２３年６月15日00時18分）

２０２３年６月14日（水）　がん告知から56日目　※１８１８文字

「ステージⅣの癌」って紹介をされても、『いまいちパンチ力に欠けるよなぁ～』が最近の口癖です。熊谷です。

＃そういう問題じゃないだろ

＃一般的には十分ハードパンチだぞ

▼話を聞くって大事だよね

→

タイトルの大きさ通常サイズ（太文字のみ）にしてみました。大きいのとどちらが良いですかね？　ＳＮＳのメッセージで教えてください。

さて、今日の結論は、**「色んな人の話しを（素直に）聞くのは大事」**だね。です。

以上です。

おやすみなさい！ＺＺＺ

はい、続きです。

最近というか、（パンチ力に欠ける）癌になってから、飲み会はほぼなくなり、2人もしくは3人での会食（お茶）が増えました。（当然会う相手は誰でも良いわけではないですが）前向きな話や、将来（未来）の話や、病気の経過や、仕事の話などをします。

愚痴や不平不満は（病気に対しても）無く、僕は色んな話が聞けて視野も広がるし考えも深くなるし、アドバイスももらえるし。相手は、僕の話を聞いて何かしらのプラスになってるから、「またね」が近いタイミングで実現するんだと思います。

僕は、結婚の経験もないし、出産の経験も子育ての経験も無いので、（相手によっては）『それは経験してない人の意見ね！』ってことは、直接なり間接なり（noteやSNSで）はあって、そこは「ごめんなさい」とは思います。言葉を切り取ればお互いに、都合の良い部分は肯定するし、不都合なことは否定したくなるし。僕もそうだし、おそらく相手も。

けれども、お互い相手のことを思って話している根本は忘れちゃいけないな。って改めて思います。お互いに貴重な時間を作っているわけだから、少なくとも「ありがとう」の気持ちは必要。（noteやSNSを見てくれている皆さんも、ありがとうございます）

立場や環境や経験が違うと、見え方や考え方が違うから、自分の物差しで相手を測ってしまうと、「自分と合ってるから正しい」「自分と合ってないから間違い」ってなってしまう。考え方は違うのは頭では分かっているんだから、まずは**「素直」**に聞くこと。できるなら行動に移してみること。それを「がん」になってからは、意識してするようになりました。（今までは素直さが足りなかった!!）

素直に聞くことで、気付かなかったアドバイスももらえるし、違う視点の意見ももらえる。

今までは、自分の考えが全てだと思って、他人のアドバイスは少ししか聞いていなかった。（少しは聞いてた）

でも、他人のアドバイスを否定してたら、アドバイスをくれる人はいなくなるよね。

当たり前なんだけど。

だから、今は素直にまずは話を聞くようになった。（言い訳とか自分の考えとかって、ただの自分のプライドにしか過ぎないよね）

▼プライドって何？

プライドって大切なものではあると思うし、僕もプライドを持って仕事をしてきた。仕事をしてきた自分にプライドがあったのかもしれない。それは自分の中では大切なことだから、捨てろとか不要とは言わない。けれども、相手に対しては、そのプライドは不要だよね？っていうのが最近の考え。（合ってるとか間違いはないよ、個人の感想だから）あくまでも自分はそう思ってるよ。

けれども相手が『プライドは超重要』って言われたら、

久しぶりにTAKAのギャラリーに立ち寄った

『そうか～超重要なのかぁ、なんでそう思うのかな?』って、思えるようになった。今までは、『は?要らないし！』って言って論破してました…(ダサっ)いろんな意見や考え方を聞けるようになって、それだけじゃなく「なんでそう思ったのか」まで、知りたくなって、
　そうすると、**「答えは一つじゃない」「いろいろあって良いんだ」「正解か不正解なんて無意味じゃん」「答えを今出さなくても良いんだ」**って、心がすごく軽くなる感覚になるんだよね。
※尊敬語とタメ口が入り乱れております…ご了承ください。
　プライドって大切なモノだけど、時には邪魔にもなるし、相手にとっては不要なモノにもなる。

　だから、しがみつくモノでもないし、見せびらかすモノでもないし、そっとカバンに入れておく「お守り」みたいなモノと僕は捉えてはいる。答えが出にくい難しい問題を解いているようだけど、僕なりの答えは答えにならないような、さっきの表現になってしまうかな。

　みなさんにとって「プライド」って、どんなモノですか？こんなことを考えながら寝落ちしますね。

　おやすみなさい！

57／モチベーションを高めたい人へ（２０２３年６月15日22時17分）

２０２３年６月15日（木）　がん告知から57日目　※２４９２文字

　Instagramにアップしましたが、教え子（正確には妹の教え子）から、プレゼントをいただきました。今時のＪＫはオシャレなモノをチョイスしますね！

（Instagram「熊谷翼@kumagaitasuku・Instagram写真と動画」https://instagram.com/kumagaitasuku/）

　最近は体調のことを書いていないので、体調のことを聞かれることもありますが、今週は休薬期間で、日常生活を送っています。仕事にも体調をみながら行っていますし、ご飯やお話をしに出かけたりもしています。

　副作用は、手の冷感刺激が若干残っていて、冷えたモノを

触ると少し痛いです。あとはエアコンの冷房で腕などが冷えると、疲れがぐっと出る感じがあります。（でも暑いのは嫌）朝（午前中）は、血圧が高かったりすると（元々は低め）頭痛があったり、胆嚢なのかな？の痛みがあったりすると、微熱も出たりして、朝のコンディションはその時にならないと分からない感じです。（今朝はとにかく眠くて疲れが残ってた）

まとめると、朝～午前中の体調はその日じゃないと分からないが、調子の悪い時には無理せず休んでいます。といったところです。

さて、今日のお話に入ります。

▼モチベーションやメンタルは自分ではなく周りが作る

『モチベーションの上げ方を教えて欲しい』『メンタルをポジティブにする方法を教えて欲しい』というメッセージや、お話会で話して欲しいという希望が、来ていたので、僕の考えを整理するためにも、書いていこうと思います。

まずは結論から言うと、**「今の状態は周り（環境）が作っている」**です。職場や学校や家庭や友人の中に、**『モチベーションが高い人はいますか？』『ポジティブな人はいますか？』**

これに『はい』と答えられる人は、おそらくモチベーションやメンタルは高く保たれるはずです。

※もしも周りにそういう人はいるけど『いいえ』と答えた人は、その人との距離が遠いか、あるいは敬遠しているかもしれません。

『そんなことはない！』と思う方は、あとは自分がモチベーションが低いと思っているだけで客観的に見たら高いのかもしれません。

※ここでは詳細にお伝えできないので話が聞きたい方はメッセージをください。

話を戻します。

先ほどの質問、職場や学校や家庭や友人の中に、『モチベーションが高い人はいますか？』『ポジティブな人はいますか？』この質問に『いいえ』と答える人は、自分もモチベーションが低かったり、ネガティブになりやすかったりします。

周りの人たち（環境）は、自分へ良くも悪くも影響を一番与えます。

・パートナー（配偶者、恋人）
・職場（学校）

・近い友人（よく会う人）
・住んでいる地域

この4項目は特に、上から順に自分に影響を与えています。**「自分が変わろう」**と決意しても、周りに流されてしまう（影響を受けてしまう）んですね。

※よっぽど強靭なメンタルがない限り。僕が「がん」になって、メンタル的に克服したのは（受容できたのは）、周りの人たちが**「熊谷なら絶対治る！」**と、根拠のない自信と応援をしてくれたから。

逆だったらどうでしょうか。

『もうダメじゃん』『根治不能って死ぬってことじゃん』『なんだもっと早く検査しなかったの』『ステージⅣの5年生存率って17％なんでしょ、長くは生きられないじゃん』

※調べ先により変動あり（19％のデータもあり）

こんなのを、周りの人たちから言われ続けたら、おそらく僕はネガティブになって、毎日「がん」の怖さと「死」の絶望を考えてばかりいたでしょう。

前向きに生きるとか、ご飯に行くとか、仕事復帰するとか無理だったと思います。

ましてやSNS発信なんて愚痴だけ吐いてたと思います。

▼誰といるかが大切

「パートナーと離れろ」「友達と縁を切れ」「会社を辞めろ」「引っ越せ」とは言いません。

けれども、自分を変えるには一番効果はあります。僕はそうしてきましたし、これからもそうすると思います。

こんなことを言うと、『熊谷は簡単に人の縁を切る』と思われるだろうし、実際にそう言う人もいます。

でも仕方なくないですか？

『自分にプラスの影響を与える人と一緒にいたくないですか？』『なんでわざわざ自分をマイナスにする人（達）と一緒にいる必要があるんですか？』『誰の人生なんですか？』って思います。

そして、モチベーションを高めたいのなら、ポジティブになりたいのなら、せめて、マイナスに人とは距離を置きましょう。ネガティブな人とは距離を置きましょう。そして、周りの人（達）の中から、モチベーションが高い人、ポジティブな人を見つけて距離を近づけましょう。

気を付けたいのは、「声が大きい人」「仕事熱心な人」が、モチベーションが高い、ポジティブとは言いません。

真にモチベーションが高い人は、「常に淡々とこなしている（継続している）人」であり、真にポジティブな人は、「相手にポジティブを求めません。ネガティブを受け入れた上での解決法を教えてくれます」「常に淡々とこなす」ためには、自分を律する力（モチベーション）が必要であり、「ポジティブを求めず、ネガティブを受容できる」のは、自分もネガティブだったからこその受容と、そこからの変換の仕方が分かっている。

自分の周りにはそういう人がいますか？　今までそういう

視点で人を見ずに、相手のミスや短所ばかりを見ていたかもしれません。自分の周りにいなければ、それは自分が今までマイナス思考で生きてきたことを認めて、新しい人(環境)と出会う行動をしてみると良いと思います。自分の周りにいるのに距離を取っていたのなら、それはあなたが変わりたくないと思っているからで、この先も変わりたくないのなら今のままだし、変わりたいのなら勇気を持って関わりを増やしていくこと。すでに、自分の周りにそういう人がいるのなら、その人から多くのことを学ぶべきで、その姿勢がまた相手にとってもプラスになると思います。「人はいつからでも変われる」「変わらないのは変わろうとしていないだけ」

結局は、「行動」で自分もメンタルも人生も、プラスに捉えられるか、マイナスに捉えるか。が、決まると思います。

今日も最後までありがとうございました!

また明日!

ホワイトセージ

58/自分軸を持つ

(2023年6月17日03時35分)

2023年6月16日(金) がん告知から58日目 ※1983文字

おはようございます。と言って昨日の投稿を取り戻しています。寝落ちしてました。熊谷です。

梅雨のせいか?雨のせいか?そのせいでの気温の変化のせいか?

体調がイマイチになったり、調子を取り戻したり、そんな最近の体調です。(来週からまた入院をして抗がん剤治療4サイクル目のスタートです。1週間早いな。)

▼気付けば1週間が終わる

先週退院して、休薬期間の1週間ももう残りわずかです。早いです。早いです。(大事なので2回)

『この休薬期間に何をしてたかなぁ』『何が成長したかなぁ』と、ふと考えてみました。

この休薬期間は、今までの休薬期間よりも、人に会いました。話を聞いたりしているうちに、自分の考えの整理ができたり、新しい気付きがあったり、過去の経験が今に活きていることを実感できたり。

今はそういう時間が貴重で楽しい!そんなこと実感できました。会ってくれた

皆さん、ありがとうございました！

自分の中の成長は確実にありますが、それは今週の成長もあるし、過去から今の中にもあります。

今週はインプットをたくさんできました。本も論文も沢山読みました。（本を送れずにいる方、ごめんなさい。気長にお待ちください！）

その中でも、

「自分軸を持つこと」「相手は変わらないこと」


よく聞く言葉だし、頭では理解はしていて、何度も読んだり書いたりしている言葉でも、**【腑に落ちる】**のはタイミングがあって、そのタイミングは今週でした。

「がん」になってから、この病気のことも治療法も沢山調べました。情報もたくさんいただきました。けれども、それをどう捉えて何を選択をするのかは、自分で決めなければいけない。決める時には、自分の知識や経験や感覚が全て。

これが「自分軸」になるわけですが、いつも他人任せ、自分では決められない人は、自分の身体のことも治療法のことも決められなくなる。あるいは自分で決めたことなのに、その決定を疑ったり不安になったりする。

「自分軸」は自分でしか作れないし、それは過去の経験や学びからしか作られないし、他人任せにして勉強不足だと、「軸」が無いまま、他人のせいにして生きることになってしまうなぁと。この「がん」で改めて実感しています。（過去に本を沢山読んできて良かった！）

「過去の経験」「過去の学び」が、今のメンタルや考え方や捉え方に活きていて、沢山読んだ本の一文を今になって思い出したり、その時の言葉が腑に落ちたり。

この経験や学びがなければ、今の状態にはなっていなかった！と言い切れます。

（最近相談DMが沢山きますがほぼ全員が本を読んでいない）

▼本が自分を作っていく

これは僕の経験からですが、僕は言い切れます。

【本が自分を作った】

27歳で独立した時に出会った方に、『同年代よりも沢山本を読みなさい』と言われて、ブックオフで１００円の本を沢山買って、読んでは売ってを繰り返しました。（時々Amazon）
当時は、多い時には月に30冊、少なくても月に20冊は読みました。今までの累計は１０００冊を越えています。読んだ量を競っても何にもならなくて、１冊で人生が変わる人もいます。
要は**「本に書かれていることをどう活かすか」**であって、沢山読んでも読んだだけでは意味がないし、知識をつけても行動に移す勇気がなければ何も変わりません。本が人生においてそんなに重要なのか信じられないのなら、そういったタイトルや内容の本を読んでみるべきだし、本を読むのが苦手なら、そういうタイトルや内容の本を手に取ってみる。
行動に移す勇気がないのなら、そのタイトルや内容の本を読んで行動をしたら良いと思います。

結局人は自分に都合の良い言い訳をして、今まで通りに過ごしてしまうんです。僕もそういう時もありましたし、「がん」になる前は、正直ゆるく、ぬるく生きていた時もありました。

けれども今は、**来年が来ることを保証されているわけでもなく、5年生存率も17～19％。**

学ばずに成長せずにいたら、おそらく先は長くはないでしょう。休む時もあります。サボる時もあります。そんなに自分に厳しくはできません。自分も自分には甘いです。

けど…自分の未来を決めるのは自分で、自分の未来を作るのは自分です。親でも仲間でも同僚でもなく、自分の未来は自分でしか作れない。

「がん」は、こんなにも、自分を成長させてくれて、勉強させてくれて、気付きを与えてくれて、過去を振り返らせてくれて、**「がん」にはなりたくはなかったけど、「がん」になって良かった。**

おかげで、今まで以上にもっと大きくなれて、もっと強くなれて、もっと人の役に立てます。

難が有って、有り難う。難が無ければ、無難。これからもまだまだ、乗り越えることはあると思いますが、僕は乗り越えていきます。

あなたはどうしますか？

いつもありがとうございます。

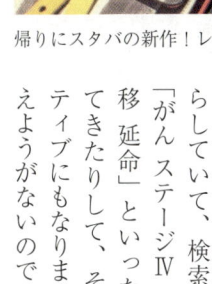

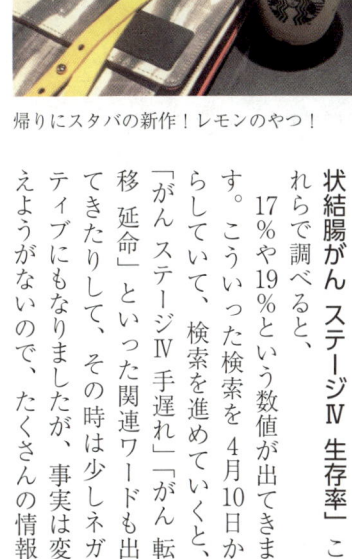

59／5年生きる確率19％、5年以内に死ぬ確率81％

（2023年6月17日23時29分）

2023年6月17日(土)　がん告知から59日目　※2580文字

今日は朝からお腹の調子が悪くて、（便秘になったりゆるくなったりします）結局夜まで何も食べられずに、夜にお寿司を食べてきました。

＃本日一食目がお寿司

※今はお腹の調子は良くなってパンパンに膨れています

さて、今日は**「5年生存率19％」**を、どう捉えているか？という話をします。（お寿司でお腹が苦しいのにこのテーマ）

※前向きな話です

帰りにスタバの新作！レモンのやつ！

▼いろいろ調べたら生存率17～19％

「大腸がん ステージⅣ 生存率」「S状結腸がん ステージⅣ 生存率」これらで調べると、

17％や19％という数値が出てきます。こういった検索を4月10日からしていて、検索を進めていくと、「がん ステージⅣ 手遅れ」「がん 転移 延命」といった関連ワードも出てきたりして、その時は少しネガティブにもなりましたが、事実は変えようがないので、たくさんの情報を読みました。

検索をすると、サイトや論文やレポートやらが、何万件と出てきます。最近は余命宣告というよりは、**「〇年の生存確率」**という言い方が一般的のようです。**僕の5年の生存確率は17～19％。**（調べるデータにより異なります）17～19％（これ以降は19％を使います）って聞くと、低く感じます。よね？

これはあくまでもデータなので、必ずそうなるとは言えないし、少ない確率に入ることも十分あり得ます。
そういえば無勉強で、試験前日に飲み会をしていて、合格率18％の国家試験に受かったことがありました…（マウントはとっていません！笑）
19％の確率で5年は生きられるそうなんです。僕の場合はステージが高いので。ここで、ふと質問です。
『あなたが5年後まで生きている確率は？』と聞かれたら何％と答えますか？

▼死ぬ可能性は誰もがある
5年後に生きている可能性は、１００％とは言い切れないと思うんです。

僕の場合も、放っておいたら「がん」で死ぬと思いますが、それ以外にも、不慮の事故に遭う可能性もあるし、他の病気や感染症になる可能性もある。

そうなると、「がん」で死ぬ確率もあるけど、他のことで死ぬ確率もゼロとは言い切れない。


4月30日に交通事故を目の前で目撃して、警察に連絡をしながら、車から人を出したりスマホを探しに行ったりしていましたが、その時に巻き込み事故にあっていたかもしれない。

（「11日目／明日はＣＶポート増設手術！」P.40参照）
→事故のことはここでも少し書きました。（手術前日に事故に遭遇しました）
どこでいつ死ぬか分からないんです。頭ではそれは理解していても、前の僕もそうだったし、おそらく、あなたも「自分が死ぬこと」は、どこか他人事で、「自分にはあまり関係のないこと」になっていると思うんです。

これが間違いとかいうつもりはなく、（僕もそうだったし）少なくとも「死」はどこか他人事だった。けれども、僕が「がん」になったことで、僕の発信を見たり読んだりしてくれている人は、今までよりは「死」を意識するようになったんじゃないかなぁ。そうだったら情報発信をしていて良かったなぁと思うんです。

いつかは死ぬ。

それがいつかは誰も分からない。僕の場合は過去のデータが出ているから現実的なだけで。

▼「死を怖がる」のではなく「どう生きるか」
人はいつ死ぬかは分かりません。僕もいつ死ぬかは分かりません。

「がん」になって（その発信を見て）初めて、他人事から自分事になっただけで、それまでは意識をしていなかっただけで。

5年生きる確率19％5年以内に死ぬ確率81％

もちろん、この数字を見たら『おぉ、なかなかの数字だなぁ』と思います。

（もっとビビりなさい）

けれどもデータは結構古くて、2002〜2006年とかも多くて、実際の最新のデータ（2023年）ってのは分からないので、あくまでも参考数値にしかならないと、僕は思っています。

そして、『19％なら無理な数字じゃないな』とも、結構本気で思ってます。（過去の経験って大きい）

確率ゼロなら諦めますが、（BRAF遺伝子変異も数年前までは治療法ゼロ）ゼロでなければ可能性はあります。

実際、腫瘍マーカーも下がっていますし、良い方向に治療と運が向けば難しくはない数字です。

そして、この数字を見て「死を怖がる」のか？それとも「どう生きるか」を考えるのか？

死を怖がっても解決はしません。確かに怖いです。それは見えないし想像がつかないから。体験したことのないことは怖いです。いくら考えても悩んでも解決はしません。

そして、誰もがいつかは死にます。これは事実です。なので怖がってもいつかは死ぬんです。

「がん」になった（情報を見た）から、死ぬことを考えただけで、答えは出ないんです。

どんだけ考えて怖がっても。

それより大事なことは、今をどう生きるか。当たり前のように、来年がきて、5年後がきて、10年後がくると思ってた考えが、「当たり前じゃないんだ」って気付いた。気付いたなら、当たり前にくると思ってた明日に感謝をして、「今」を「今日」を大切に丁寧に過ごす。

「ありがとう」「ごめんなさい」を素直に言いながら、自分が会いたい人に会い、不平不満ではなく希望や未来を語る。

自分を必要としてくれる人に会い（伝え）、その人の力になり、その人の未来を共に考える。

未来は当たり前にくるものではなく、一日一日の積み重ねで、その積み重ねは、前向きなキラキラしたモノを積み重ねるのか、不平不満のドロドロしたモノを積み重ねるのか。

他人のせいにして、会社のせいにして、社会のせいにして、一日一日を積み重ねていくのか、他人に求めず自分が変わる、会社に貢献をして、社会で困っている人の役に立つ、一日一日を積み重ねていくのか。どんな一日を積み重ねていくのかは今日からできるし、その積み重ねの先に積み重ねた未来がある。

確率を気にしてビビる一日よりも、どんな未来を迎えるかを考える一日にしたい。

どう生きていくのか？って、何かのキッカケがないと考えないことだと思うからこそ、僕の発信を見た人が、「どう生きていくのか」を少しでも良いから意識してくれたら嬉しいなぁと思います。

今日も最後までありがとうございました。

また明日！

Ps.Instagram は「公開」「非公開」をスイッチしながら投稿をするので、フォローをすると「非公開」に切り替わってでも見ることができます。

(Instagram「熊谷翼@kumagaitasuku・Instagram写真と動画」https://instagram.com/kumagaitasuku/)

60／メンタルを安定させる

(2023年6月18日15時04分)

2023年6月18日(日)　がん告知から60日目　※1894文字

こんにちは。
今日はいつもの投稿時間とは違って、お昼寝時間に書いていています。なので、のんびりと思っていることを、まとまりなく書きたいと思います。

▼頭の中やメンタルの整理として書いている

いつもnote に書いているのは、自分の頭の中で考えていることの整理のためです。「仕事」のことだったり、「がん」のことだったり、「メンタル」のことを書いていますが、『これを伝えたい！』って思って書く時も時々ありますが、ほとんど毎日は頭の中に残っている、「悩み」「疑問」「答え」みたいなものを整理しながら書いています。

書いていると言うより、話している(伝えている)という感覚です。

今までは、音声配信でそれをしていましたが、告知を受けてからnote をメインにしているのは、書きながら(話しながら)頭の整理になるから。

頭の整理ができることによって、メンタルの整理(安定)に繋がることも知っていたので、日記代わりに書いています。
※メンタル安定したい人は日記を書くことをオススメしますよー
日記なので、毎日話している内容は統一感がないし、日によって口調も違うと思いますが、それは頭(メンタル)の整理をしているからで、僕のメンタルが安定するのは、書き終えて投稿ボタンを押してから。

毎日起こる気持ちの変化や、さまざまな情報で、頭の中がグルグルすると、「不安」や「悩み」や「怖さ」が大きくなって、それによってメンタルが不安定になるのが怖い。心身機能と言われるように、身体は心に影響を与えるし、その逆も。

だからこそ、心の状態を安定させておくことで、身体の状態を安定させたい狙いもあったり。

こういうのも、過去の知識と経験からくるわけですが、このnoteを読んで、『なるほど〜』って初めて知る人もいると思いますが、そういう『なるほど』が知識となり、そこから行動をすることが経験になると思うので、「知らなかった」からダメではなくて、**「知った今から行動をする」**ことが重要だと思います。

▼4サイクル目が始まります

明日からまた投薬期間に入ります。今回で抗がん剤治療4サイクル目(4回目)です。

SNSやnoteでは、いつも平気な顔をしていますが、やっぱり治療前や点滴前は、『**副作用が出ないかなぁ**』『**炎症が起こらないかなぁ**』っていう不安はあります。

僕のことを、**【強メンタル】【神メンタル】**と思っている方もいると思いますし、僕も自分のことをそう思っています。だけど…『**熊谷も「不安」になることもあるよ。**』ってことです。不安になって良いし、怖くなって良いと思っています。それが心身的にも人間的にも当たり前なんで。

だけど、そのままにしていたら、心身もメンタルも弱っちゃうから、不安や怖さを客観視して(日記に書いたりして)『あぁ、知らないことがあると不安になるのか』『こういうので怖くなるのかぁ』って、**自分の気持ちの揺れ動きを分析(客観視)**していけば、不安になっても許せるし、怖くなっても許せるし、緊張しても許せる。**人として当たり前の心の働き**なので。

そうやって、自分の心の動きを第三者的に見て受容して、『さて、どうするか!』と行動をする。

うまくいってもいかなくても、振り返って、メンタルを受容して、また行動する。

行動=チャレンジもまた、メンタルを安定させていくので、モジモジ悩んでいるだけでは状況は変わらないし、頭の中をグルグルさせているだけでも寝れなくなるだけ。何かにチャレンジをしていれば、没頭できるし、そのチャレンジの悩みが生まれるので、自分のことで悩んでいる自分がどっかに行く。

それもまたメンタルを安定させる。四六時中グルグルするよりも、その悩みから解放されたり忘れたりする時間(行動)を作るのも、メンタルを安定させますからね。

※家事や仕事でバタバタしてる時には自分の悩みを忘れます

よね

僕の行動の一つは、このnoteを書くこと。あとは、入退院前には洗濯ラッシュだし、ご飯に行ったり、ネットショップで何を買うか悩んだり。これもチャレンジ（行動）だから、他人と比べて凄いことや大きなことを考えがちだけど、そうではなくて悩みを忘れる行動がチャレンジ。

他にプラスでできるなら、日記を書いたり、本を読んだり、副業を始めたり、勉強を始めたりすると、行動したことが、更に自分の知識や経験になるので良いと思いますよ。

6月ももうすぐ終わります。２０２３年も半分終わります。あっという間に時間は過ぎますが、自分のことも大切にして過ごしてくださいね。

僕も自分を大切にします。

素敵な日曜日をお過ごしください。

（２０２３年6月19日22時41分）

61／がんさんのおかげ

２０２３年6月19日（月）　がん告知から61日目　※１３２８文字

僕が履いている「にゅ」のスニーカーは、ニューバランスではありません。via SANGACIO（ヴィア・サンガチオ）です。熊谷です。

（via.sangacio.comより「via SANGACIO」https://via.sangacio.com/）

にゅ

▼いよいよ？４サイクル目

待ちにに待ってるわけでもないですが、抗がん剤治療の４サイクル目（４回目）がスタートします。１、２回目は胆嚢の炎症もあり、３週間の入院中に行いましたが、３回目は１週間弱の入院で、今回もその予定です。

だんだんと入院期間を短くしていき、46時間点滴は自宅で様子を見ていく方向です。（今回でそうなるのかは不明）入院の方が副作用や予期せぬこと（以前の、胆嚢炎のような）があった時には、入院の方が安心ですが、逆に入院時のストレスもあるので、どちらも良し悪し。２、３回目は炎症も薬で落ち着く程度だったので、炎症の心配はないのかな。と思いつつ、少しだけ不安だったりします。（激痛すぎたので…。けれども出産の痛みは、この痛みのの１億倍って友達に聞いたので、世のお母さんを尊敬しております。）男は痛みに弱くてダメですね。

ちなみに、熊谷は高い所もダメですし、ジェットコースターなんて失禁します。唐辛子系の辛いのもダメです。甘いのは好きです。

最近は差し入れでもらった、このチョコが神がかりすぎてハマってます。

話を戻しますけども。

4回目の今回は、おそらく1泊ほど短くなって、自宅療養となるのかなぁと思います。抗がん剤治療をしている時は比較的良いですが、終わった後の数日は体調がイマイチだったりします。

おそらく、「抗がん剤」が体内に入って、「がん細胞」と「良い細胞」とで、いろんなことがあるのでしょう。どちらも僕の細胞なので、「やっつける」という表現は避けたいですが、減ったり増えたりしてるんでしょう。

僕の身体に必要なモノは残って、不要なモノは排出されると思っているので、自分の細胞に対して、失礼だけども「がん細胞」は必要ないので、サヨナラしたいです。できれば「がんさん」とは永遠の別れをしたいです。

実家のリボン

帰る時には不貞腐れてた。

#がんにさんを付けるヤツ

▼がんさんのおかげ

がんさんには、永遠の別れを告げたわけですが、心の整理もあるのでしょう。すぐにはお別れにはならないようですが、がんさんのおかげで成長できたことも確か。特にメンタルは、がんさんのおかけで、今までの10倍くらい強くなりました。

ありがとうございました！

最近では、メンタルの強さを整理できるようになってきて、「どうやって気持ちを安定させてきたか」なんかは、ちゃんと整理をして理屈も踏まえて、お伝えできるくらいになりました。お話会用に、話す順番などを決める必要はありますが、それを抜きにしても、「○○だから△△」のように、

原因と理由
理由と対策

みたいなことが、分かってきたところです。（どこかの本には書いてありそうだけど）でも、それを実体験できているからこそ、伝えたい気持ちが日に日に強くなっています。

とりあえず今回の入院期間は、お話会の台本作りをしながら、がんさんとのお別れをしていきたいと思います。

それではまた明日！

62／メンタルは意識の問題

（2023年6月20日22時22分）

2023年6月20日（火）　がん告知から62日目　※2071文字

実家近くのキムチ屋さんが、マツコデラックスの番組で紹介される?された?そうですが、そもそもキムチだけで商売になっているってのが凄くないですか?　キムチだけですよ?　キムチ僕は辛くて食べられませんが…

▼明日（6／21）から4サイクル目の投薬治療

改めまして、抗がん剤治療4サイクル目の週でございます、本日は、血液検査などをして、問題なし！と判断されたので、明日からは投薬治療です。前回の入投薬治療後の記事を見返すと、副作用が強く現れているので、今回も前回同様もしくはそれ以上の副作用が予想されます。

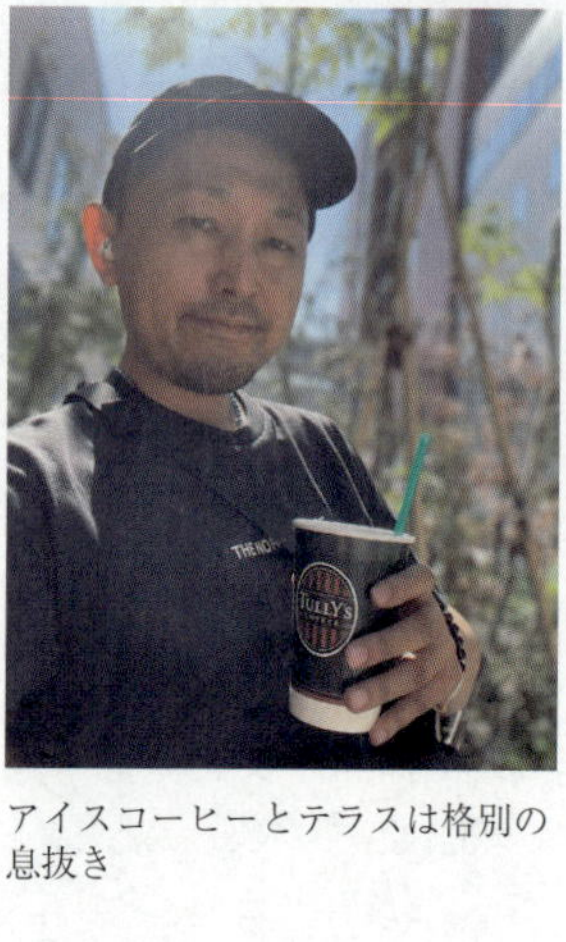

アイスコーヒーとテラスは格別の息抜き

前回退院後の記事
←（「52／退院しました！」P.123参照）

特に手の冷感刺激は、この時期は辛いかもしれないですね…冷たい飲み物を飲みたくても、手の痛みと喉の違和感で、飲めない切なさがありそうです。（なので前もって飲んでおきました）

明日は10時過ぎから点滴治療が始まって、（何種類か打ちます）最後は46時間点滴をぶら下げて…なので、テラスの息抜きは朝に行けたら行きます。

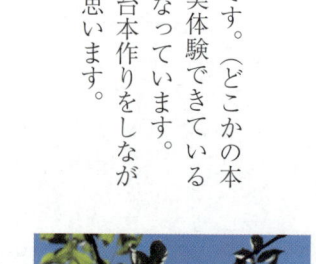

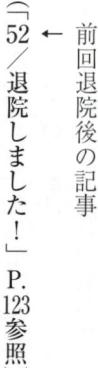

明日の午後に46時間点滴開始なので、そこから46時間後、23日（金）のお昼くらいに点滴は終わりです。（1時間くらい遅くなります、毎回）

→

それまではシャワーできません。（病棟ではシャワー入れ

ますが、点滴取れないので我慢します）
そんな感じで、少し慣れてきた抗がん剤治療。（慣れて良いのか？）入院中は時間があるので、ＳＮＳ（特にInstagram）で、同じように「がん」になった人を探したり、投稿を読んだりしています。（情報はたくさんあるので、流されないようにしないとね！）ちなみに僕のInstagramも、入院中はストーリーの投稿が多めです。
※フォローや「いいね」は励みになります。
（Instagram「熊谷翼@kumagaitasuku・Instagram写真と動画」https://instagram.com/kumagaitasuku/）

▼告知後の1週間くらいから変化

そんなこんなで、抗がん剤治療4サイクル目が、ゆるやかに始まりました。
ちなみに、今回は今まで入院していた病棟とは違うので、看護師さん達も初対面。（前回まではある程度同じ看護師さん）
少しの緊張感はありましたが、馴れ合いみたいになるよりは、良いのかもしれませんね。
僕のnote（この投稿）を、告知日から読んでいただいている方や、遡って「1」から読まれた方なら、なんとなく分かるかもしれませんが、「がん告知」を受けた時から、ＣＶポートの増設手術、そして抗がん剤治療の開始あたりまでは、（4月20日〜5月8日あたり）どこかこの治療を、「戦い」と思っていました。（今も少なからずその気持ちもありますが、その時は「戦い」としか思っていなかった）
昨日の記事にも書いていますが、「不要なら排泄される」と表現をしましたが、最初の頃は、**「やっつけてやる！」「がん細胞をぶっ潰す!!」**って、気合十分でしたが、今はどちらかというと、**「要らなくなれば無くなるんだし、そんなに気張らなくて良いよ〜」**といった具合。
投稿内容や治療に対する捉え方も変わってきたと思います。どこで変わったのかは整理できていませんが、でも、最初とは変わったのは今では分かります。
そして今は、
・今後開催のお話会の内容（【癌になりたくはなかったけど、なって良かった（仮タイトル）】）をブラッシュアップさせていますし、
・お話会の問い合わせもきているので、そちらの返信もしな

がら。
・がんの知識ももっとつけたいし、
・それ以外の知らないことも知りたいし、
・興味がある本（すでに買った本）も読みたいし、
・ＳＮＳ投稿も楽しみたいし。

やりたいこと、やることに集中していると、「がん」のことを忘れてるんですよね（笑）。『あ、そう言えば癌でした…僕。』って、ＳＮＳとか投稿してて思い出したり（笑）。

これって（前にも書いた気がするけど）、とても良いことだと思っていて、嫌なこと（僕ならがん）にだけ、集中していると、悩んで悔やんで恨んで妬んで…ってなって、メンタルも良い方向には進まないと思うんです。

だからこそ、意識的にでも良いから、
・好きなこと、
・やりたいこと、
・興味あることに、

こういったことに、集中する時間を作ることが、メンタルを安定させると僕は思いますし、実際に安定しています。（僕なら日記のようにnoteを書いたり、本を読んだり）無理矢理、ポジティブにならなくても良いし、（がんを敵として戦わなくても）むしろ敵としてみたり、『ポジティブでいなきゃ〜〜！』って思うほど、がん（嫌なこと）に集中（固執）しまくってる。そう思います。

そこに集中する＝執着しても、あまり良くない感じがしてきたので、（どのタイミングかは分かりませんが）だから、今の感じがとてもメンタル的には良いですね。

メンタルの安定って、何に意識をするかの意識の問題で、元の性格とか育ちとかは、そんなに関係ない。というのが最近の答えです。要は、**知識と意識と習慣**で、メンタルは安定するってことですね。

仮説段階ですが、そんなことをお話し会ではしたいと思います。

（8月くらいからかな、依頼は各ＳＮＳのメッセージからお待ちしております。）

ではまた明日！

63／岩手日報掲載（6月21日）

（2023年6月21日18時18分）

2023年6月21日（水）　がん告知から63日目　※1999文字

こんにちは。

今日（6月21日）から4回目の投薬治療開始しました。

なんとなく今までよりも、手足の動きにくさと冷感刺激の症状が、早く出ている感覚があります。身体のだるさ、熱っぽさ（熱はないです、アイスノンしてます）手足の動きにくさ、手のピリピリ（冷たいものを触ると。冷感刺激）エアコンの風で腕と足も冷えてる？眠気と眩しさ（明るさに弱い？）吐き気はありません。

初日はそんな感じですが、水分、ご飯、モグモグタイムはできていますし、ベッド上で本を読んだり、今日はSNSのコメントやメッセージへの返信で、この時間になりました。

ということで、ご存知の方もいらっしゃると思いますが…

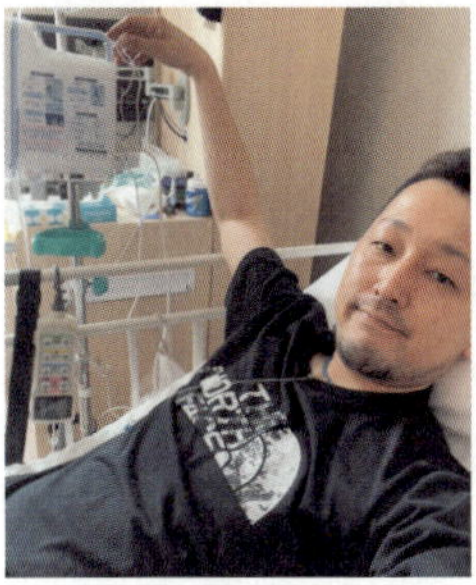

抗がん剤治療投薬開始

あるいは記事を見てこのサイトに来ていただいた方もいると思います。そして毎日読んでくれている方も、皆様ありがとうございます。

▼岩手日報へ掲載されました。

2023年6月21日（水）【岩手日報】へ、私、熊谷翼の記事が掲載されました。

記事内容は、4月30日の帰宅中に遭遇した交通事故。

目の前で交通事故が起こり、すぐに警察要請や車内に残っていた方を救出。

事故を起こしたどちらも大きな怪我もなく、その後は警察の聴取を終えて帰宅をした。（後日、女性の方からお礼の連絡を頂きました。）

という、特に大きな見出しになるような出来事ではなく、時々起こる交通事故の1件だったと思います。

僕が**「ステージⅣのがん患者」**だった。という背景があったので、記事になった要素は大きいのかなぁと思いますが、がん患者だろうが健康だろうが、**「目の前で起こったこと」**なら助けに行くし、**「困っているなら助ける」**という気持ちは小さい頃からあるので、（小学校の登校時にお婆さんが困っていて助けていたら学校に遅刻。そのことを言ったら『嘘をつくな』って担任に言われたけど、その後にお婆さんから感謝の連絡がきて、遅刻は取り消されました。）

今回の件で注目をされたとしても、それは幼い時から行ってきた中（自然な行動）の1件だったので、家族以外には事

岩手日報　2023年（令和5年）6月21日（水曜日）

病顧みず 守った命

がん「ステージ4」紫波・熊谷翼さん(39)

交通事故の女性救出

日常発信「誰かの勇気に」

今を生き、命を守った―。「ステージ4」のがんと闘う熊谷翼さん(39)＝紫波町北日詰＝は、矢巾町で交通事故現場に遭遇し、運転席に閉じ込められた女性を救出した。がんの治療開始を翌日に控え、腹部に断続的な痛みを感じる自らの身を顧みず、とっさの行動に出た。20年近く身を置く介護の現場で今も働きながらの闘病生活。命の重みを実感し「日々、できることはないか」との思いを強くする。

盛岡市内の実家でバーベキューを楽しみ、帰宅途中だった午後7時ごろ、国道4号で車同士の事故を目撃した。信号で停止中、目の前で右折中の車と直進する車が衝突。周りの車が次々と通り過ぎて行く中、悩むことなく助けに向かった。がんの治療スタートを翌日に控えた、4月30日のことだ。

直進車の運転手は自力で脱出した。だが、もう一方の車から人が出てこない。交通量の多い事故現場。「病気もあり、命について考えることも増えた」。安否が気になり、すぐさま声をかけて意識やけがの有無を確認した。

幸い、乗っていた女性に大きなけがはないようだった。ところが車内に白い煙が充満し、運転席のドアが変形して開かない。熊谷さんは痛みが走る体を気にすることなく、力を目いっぱい込めてドアをこじ開けて救出した。

「帰宅の連絡がないため家族で心配していた」と母の久子さん(65)。「事故の状況を聞いた時、助けに行くのは息子らしいなと感じた」と優しいまなざしを向けた。

熊谷さんは3月下旬ごろから胃の痛みを訴え、複数の医療機関で検査。4月20日にS状結腸がん、多発肝転移と告げられた。「根治不能」のステージ4。時折、おなかにどうしようもないほどの激痛が走ることもあった。それでも「目の前で起きたことには全て意味がある。人ごとにせず、助けに行くのは自然なことだった」と振り返る。

紫波町内の有料老人ホーム事務長などの仕事を続けながら、入退院を繰り返して抗がん剤治療に励む日々。病気をきっかけにインターネット投稿サイト「note(ノート)」で毎日の投稿も始めた。病気に限らず、友人と過ごした日々や生活で感じた思いなどを等身大でつづっている。

「最初は不安でネガティブな言葉を記述することも多かったが、今は治ると確信している」。毎日の発信は病気への考え方も変えた。「がんになったことにも意味がある。自分の行動や考えの発信が誰かの勇気や希望につながってくれればうれしい」と願っている。

「助けに行くのは自然なことだった」。交通事故現場で女性を救助した熊谷翼さん（左）と母久子さん

熊谷翼さんが投稿している「ノート」の画面。がん告知を受けてからの思いを発信している

故の詳細は伝えていないし、ドヤることもなかったですね。

(ね？たぶんほとんどの人が事故を知らない)

「事故対応があったので動画配信はお休み」って程度はお伝えしましたが、『その時の事故がこれだったのか！』って、毎日投稿を見てる人の方がビックリかもしれません。僕も取材されるまでは、半分くらい忘れていましたし。

運転をしていて、『あ～、このあたりで事故があったなぁ』って、思い出すくらいで。抗がん剤治療が始まって、しばらくしてから今回の取材は決まりました。

取材に関しても、人の繋がりから生まれたもので、(事故に遭遇したタイミングもそうですが)取材タイミングも、ちょうど退院のタイミングと合って、(忙しいところ、取材してくれた記者さん、ありがとうございました！めっちゃ良い人だった！)何が言いたいかというと、「感謝」や「タイミング」や「運」が良いと思っていると、本当に良い循環になっていくなぁと。過去の投稿にも書いていますが、自分が「がん」だけを見つめて、ネガティブになっていたなら、この記事はなかったと思います。

そして、この記事によって、初めて僕のことを知ってくれた方、中高の学校の先生、同級生、友人、知人、先輩、仲間、仕事の大先輩、大社長などなど、本当にたくさんの方と、新しく(改めて)ご縁を繋げていただきました。

記事の最後にも書いてあるように、たった一つの記事で「勇気」や「希望」を持ってくれた方「自信」や「誇り」を感じてくれた方、「命」や「死」を自分事として考えてくれた方、そういう方がいてくれたら、僕の希望がこの記事で一つ叶いました。

夕方に気分転換

これからも、誰かの「勇気」や「希望」になれるように、情報発信をしていきます。
最後まで、読んでいただきありがとうございました！
ではまた明日！
※体調次第で明日退院予定です。治療も順調です！

【プロフィール】

１９８３年７月生まれ。岩手県盛岡市出身。

22歳▼時給７００円アルバイトとして介護業界へ。

27歳▼介護コンサルタントとして独立。

35歳▼管理者や事務長として施設運営に携わりながら、研修やコンサルティングを行う。
39歳▼ステージⅣがん告知を受ける。
現在は「がん」によって得た「気付き」や「メンタルを安定させる方法」などを、noteやお話会にて伝えている。
コンサルティング▼人材獲得、稼働率向上
書籍▼「未来の自分を喜ばせる」45のルール
資格▼社会福祉士、介護福祉士

64／最初から強かったわけではない

（2023年6月22日21時55分）

2023年6月22日（木）　がん告知から64日目　※2488文字

本日（6月22日）に退院しました。退院と言っても自宅治療なので、明日の昼過ぎまでは46時間点滴付いていています。30分とか15分とか2時間とかの点滴を終えて、最後にこの46時間点滴（ゆっくり浸透?）が終われば、投薬が終わります。

副作用は、点滴開始直後に現れる（可能性がある）アレルギーショックみたいなのは、今回も僕はなかったので、投薬自体は順調です。手足のピリピリや、だるさや、火照りはありますし、3回目よりも早く現れ強く現れてる気はしますが、生活にはさほど支障がないので、**入院期間を短くして入院ストレスを軽減し、自宅治療をする。**という方向に今回から移りました。そのあたりのことは、帰宅後にYouTube撮りましたので、15分お時間ある時に是非！

（YouTube「【近況】化学療法（抗がん剤治療）4サイクル目↓自宅治療／CVポート／がんサバイバー」
https://www.youtube.com/watch?v=ucHznIz8DAM）

一部の人に好評なシリーズ！

▼治療を思い返してみる

←初めての入院前のnote
（「18日目／明日入院」P.51参照）

文章も今と比べるとまとまっていなくて、読みにくいところもありますが、僕のその時の葛藤や不安が伝わるかなぁと

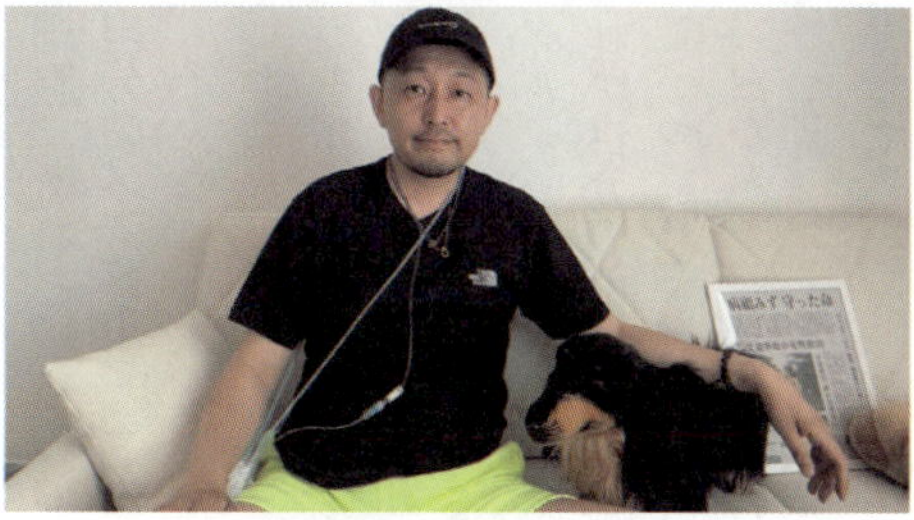

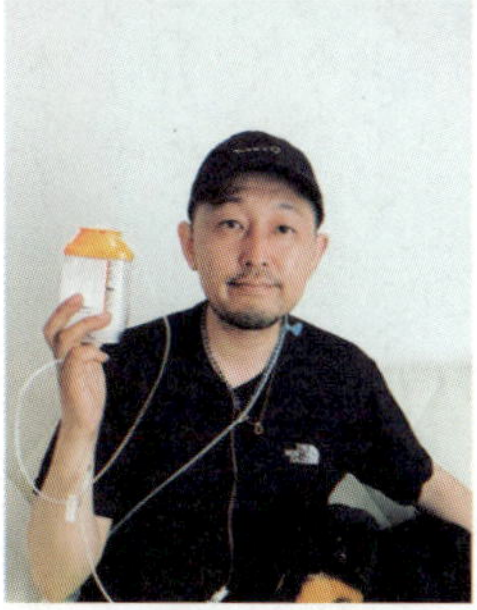

46時間点滴

思います。この投稿以前は、不安だったり他者へのストレスだったり、友達との再会だったり、色々書いていましたが、治療に関して踏み込んだ話は、おそらくここらからだったと思います。

治療開始後は、治療についての詳細や、現状報告がメインでした。最近は、治療にも副作用にも慣れて、体調も大きな崩れはなく、**「がん」「ステージⅣ」「根治不能」**を、**どう捉えて乗り越えてきたのか？**という、メンタル的な投稿が多くなってきたなぁと個人的に。

4月20日に告知を受けて公表をした時には、やっぱり精神的に辛くて、心配してかけてくれた言葉に苛立ったり、優しさを感じなかったりもありました。その当時は、1人で「がん」に立ち向かっていってたので、表面的な心配や励ましが、逆にストレスに感じてしまっていたんですね。

がん告知から3日目のあとですね、先輩のアドバイスがあり、『こういう時に頼らないからダメなんだ！』と。

←そのとこの動画です

（YouTube「**ステージ4がん告知から4日目／大腸がん／多発肝転移／BRAF遺伝子変異／がんサバイバー**」

https://www.youtube.com/watch?v=uoRPHwFHYNo）

このあたりから、僕自身も変わったように思います。**「辛さ」「怖さ」「寂しさ」**を、自分1人のことにしないで、分かってくれる人に伝えようと。

そして、応援してくれる皆んなで、このピンチを乗り越えていこう！　そう思えるようになったんですね。1人で戦うことをやめて、皆んなで戦おうと決めました！「breaking down 初戦」とか言ってましたね(笑)。

けれども、初回の治療で炎症が起こったり、がんを克服した人の本を読んだり、友達が自殺をしたり、いろんな出来事が最初の入院で起こって、**今起こっていることには何かの意味があるんだから**、戦う必要ってあるんだっけ？って思うようになってきたんですね。

（**「28日目／目の前で起きていることに必ず意味や価値はある」P.65参照**）

このノートが僕を強くした

『俺は戦うために病気になったわけではない』『元々は俺の細胞。それと戦うのは違う』『戦うのは癌細胞じゃなくて、自分のメンタル』『この経験を誰に活かすのか？』

そんなことを、入院中に動画に出てきたノートに書いていったんですね。あとは、本で学んだ言葉や気付き。ツラツラと…副作用で手に力も入らないから、今読み返すと「ん？」って文字もありますが（笑）。

そこから、自分に起こっている現実や、その時の心（メンタル）の動きを客観的にみるようになって（今まで以上に）それが自分の中にも腑に落ちてきて、noteでの最近の発信に繋がっているんだと思います。

だから、昨日6月21日の**岩手日報の記事**にも、繋がったんだと思います。（出来事は4月30日ですが、取材は6月2日でした）「がん」と戦うことをやめて、「がん」から学びや気づきを得て、みんなに伝えよう！って決めた矢先の取材でした。

これもまた取材のタイミングが、僕が1、2回の抗がん剤治療を終えて退院した後に、母親経由で取材依頼があって、取材は6月2日の通院後でした。

その日は通院時に、僕自身に**「希少な遺伝子変異が見つかった時」**なんですね。そして記事を読んでもらえると分かりますが、**僕の肝機能や腫瘍マーカー数値、CT結果（レントゲン写真）**を、初めてしっかり確認した時**（進行を実感した時）**でもあるんです。

一般的にメンタル落ちそうな気もしますが、この時の診察では**「命を救われた状況を客観的に理解できた日」**でもあるんですね。詳しくは記事を読んで欲しいですが、**「治療が遅かったら僕の命は短かったかもしれない。」「全てのタイミングが照らし合わせたように繋がっていた」**という（思い込みもあると思いますが）奇跡というか、**『運が良い』『タイミングが良い』『生かされてる』**って思ったんです。

その後の取材でした。なので予定時間よりも話してしまいました、ごめんなさい。それでも記者さんのおかげで素敵な記事になって、そこからご縁が広がって、感謝しかありません。ありがとうございました!!

（「44／遺伝子変異」P.101参照）

※取材のことは書いていませんし、投稿の日付は更新が日を跨いだので、6月3日付けになっています。

この44日目のあたりから、僕の投稿内容も少しずつ、「未来」のこととか「やりたいこと」の話が増え、メンタル安定の記事も増えてきました。

最初から強かったわけではなくて、（もちろん本もたくさん読んで情報もかき集めました）色んな経験や学びや過去のことも含めて、少しずつ理解をして整理をして受容をして、今こういう**「言葉」**が出てきてるんだなぁと、振り返っています。

このnoteは「台本」があるわけでもなく、「題目」から決めているわけでもなく、スマホで挨拶文を打ち始めてから、話すように出てきた言葉を文字にしているだけです。

今日こうやって振り返る記事になったのも、過去の自分からの変化や、昨日の記事によって思い出したことが、重なったんだと思います。

いつもまとまりのない文章なんですが、何か一つでも「あなたの気付き」になってくれたら嬉しいです。

身体は火照って少しのダルさがありますが、自宅でゆっくり寝れる幸せを噛み締めて、休みたいと思います。おやすみなさい。

最後まで読んでいただきありがとうございました。

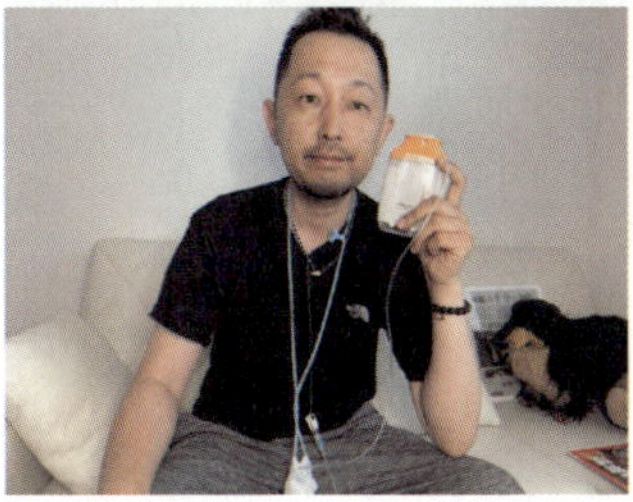

Instagram より

65／選択と決定は知識による

（2023年6月24日00時01分）

2023年6月23日（金）　がん告知から65日目　※2681文字

こんばんは。4サイクル目の投薬が終わりました。

今回は初めて、点滴を自分で抜くところまで！

うまくいったし、大きな体調変化もないので、このパターンが良いかなぁ、と。（点滴を付けていても日常生活はできるから）

副作用は多少ありますが、ご飯も食べて元気ですので心配せずに。

さてと、今日は**「選択肢がいくつあるか」**というテーマで書いていこうと思います。

▼選択肢が無いと行動が出来ない

タイトルそのままで、ほんとその通りなんですが。

例えば、**「賃貸派」「持ち家派」**という議論があるじゃないですか？

実際このどちらの意見も分かるので、ここでは僕の意見は伏せておくとして、大事なのは、**「賃貸」を選べること。「持ち家」を選べること。**であって、それぞれの理屈は、その人なりの解釈や状況も違うので、答えはどちらでも良い。

けれども、『絶対に賃貸しかあり得ない！』『持ち家一択!!』という、決めつけ？我欲？は、もったいないなぁと思うんですね。今の状況なら「賃貸」の方が良いかもね。ここなら「持ち家」の方がアリかもね。という、どちらのメリットデメリットも知った上で、『じゃあどうしようかな？』と、それぞれを比較して、あるいはそれ以外の選択肢も増やして、『マンスリーの方が良いかも』『ホテルの方が安いかも』みたいに、**選べる幅（知識）を持っておくこと。決定できる（知識）を持っておくこと。**

この違いで、行動や結果は変わってくるよな…と、改めて感じています。

※価値観は違うので、どちらが正しいと言いたいわけではなく。

今回の僕の病気にしても、治療方法はいろいろあって、情報ももらったり、検索したり問い合わせたり。

そういう選択肢の中から、今は「抗がん剤治療」と決めています。（もちろん今の状態では出来ない治療法もあるわけで）

今の状態よりも改善したら、また新しい選択肢は出てくるだろうし、考えたくはないけど、抗がん剤が効かなければ、違う選択肢が出てくる。

選択肢を広げるのも知識（情報）だけれども、決めることも知識なので、やはり知識をいかに増やすかっていうのは、病気に限らず、家でも、仕事でも、人間関係でも、メンタルでも、子育てでも…知識は必ず必要になってきます。

知識がないと選択肢が増えないので、「どれか一択に賭ける！」みたいに、博打みたいなことになります。博打も時には必要なこともありますが、なるべく安定を望む仕事や生活だったら、尚更、選択肢（知識）は必要だと思います。

スーパーで野菜を買う時にも、値段とか、重さとか、鮮度

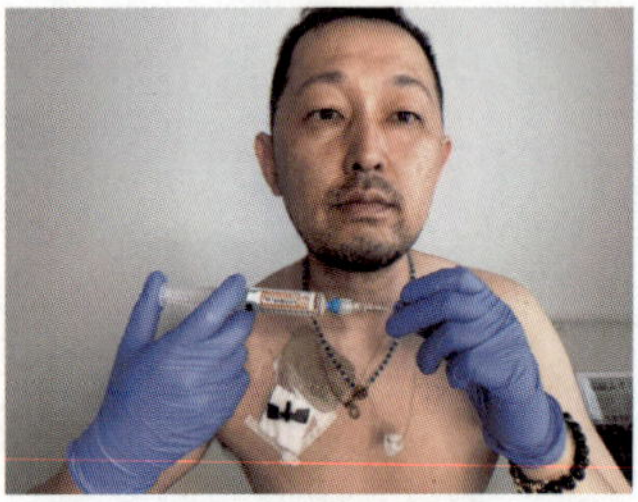

針を抜く前の注射

とかで決めるのも、これも知識があるから出来ることですよね。(僕は手前にあるやつを適当に取ります。傷んでる時もあったり、他所と比べて高かったりも。「無知による弊害」)

選ぶのも知識なら、決めるのも知識なんですよね。

▼情報は溢れてる

「がん」と公表してから、たくさんの方から情報をいただきました。「○○が効くよ!」「○○は避けた方が良い」「○○療法が良いらしい」「○○をやってはいけない」連日届いていました。

もちろん僕を心配してくれてのことで、本人たちは悪気もないと思うし、ただ治して欲しい一心だったと思います。

情報はありがたいです。けれども情報はめちゃくちゃあります。そして、「賃貸」「持ち家」の話のように、その双方にメリットデメリットはあって、それらを天秤にかけた時に、**今は何が必要なのか?**を決められないといけない。今はコレ、ダメならコレ。良くなったらコレ。みたいに決めないといけない。

けれども情報だけを集めて、決めることをしないと、(と言うよりは)決められる知識を持たないと、情報に飲み込まれてしまう。(情報の中にはネガティブなモノもたくさんあるから)

僕が何かを決める時には、(仕事でもそうだけど)**優先順位**を決めていて、

・今すぐできること1位、2位、3位
・後にやった方が良いこと1位、2位、3位
・今の状態での1位、2位、3位
・悪化した時の1位、2位、3位
・向上した時の1位、3位、4位

みたいに優先順位をメリットデメリットを比較して、決めていく。

おそらく選択肢の中から、何かを決める時の判断材料は、・時間・お金・将来・現状・家族(パートナー、友人)このあたりで、この判断材料にまたメリットデメリットがあって、ここでも優先順位を決めていく必要がある。

こんなこと考えて生きてくの『メンドクセー』って、思う人ももちろんいると思います。(その方を否定はしません)

結局は、**「優先順位を整理する」メリットデメリット、「メンドクセーと投げ出す」メリットデメリット**を比べて、どちらが自分の人生にプラスになるのか?という価値観なだけであって、僕が、『知識を広げよう』『選択肢を広げよう』『決定できるようにしよう』と言っても、一定数は、『メンドクセー』『時間がない』『考えるのが疲れる』と感情が先走ってしまう。

ここもまた、**「知識を広げる」メリットデメリット、「感情が先走る」メリットデメリット**になるんですけどね。

これはもう価値観なので、**僕はそうやって整理をして考えた方が、自分にとってプラスになると学んで実体験をしたので、優先順位やメリットデメリットを考えるようになった。**

ということで、押し付けることもないし、一個人の考えですよ。とは言いたい。

けれども、この記事を読んでいただいた誰かが悩んでいて、この記事がそのヒントになれば、それでよし！と思っています。

こうやって、理屈っぽく論理っぽく考えたり話していると、『全部そうやって考えているんですか？』って聞かれることもありますが、人間だからそんなことはあり得ない。

生活や仕事や、今で言うと「がん」のことは、整理して考えてはいます。でもそれ以外では、衝動買いもするし、酔っ払って景気が良くなることもあったし（今は禁酒中）、パチンコやスロットで負けたり、イラついて汚い言葉を吐いたり…

僕も感情が先走ってしまうこともあります。（ありました？）でもそれって、後から冷静になると、無駄だったり勿体無いことだったりするんですよね。（僕の場合は？かもしれないけど）

だから、ある程度の整理はしながら、（窮屈になるのは嫌だから）少しは緩めに（自分に甘いw）優先度を決めて、それが転けても次がある！みたいにしておくと、心が安定して生きやすくなるなぁと。

特に「がん」になってからは、更にそう思うようになりました。**「知識は裏切らないし味方になる」**ね。

今日もありがとうございました！

日頃の感謝といつもの言葉を伝えに

66／正正堂堂

（２０２３年６月25日09時12分）

２０２３年６月24日（土）　がん告知から66日目　※１５３７文字

６月24日付けですが６月25日に書いています。

朝から右脇腹と右肩痛があり、夜にはその痛みが強くなり微熱もあった為、note の更新はお休み（６／25へ延期）としました。

おはようございます。

昨日は朝から右脇腹と右肩痛があり、その痛みが強くなってきて、微熱もあり投稿をお休み（延期）しました。

痛みに関する詳細はこちら←

（ganclass.jp より**「がん治療～がんによって起こりうる痛み―がんを学ぶ―ファイザー」**）

https://www.ganclass.jp/treatment/pain/pain01）

おそらく、「内臓痛」だと思われます。（臓器の炎症やがんの浸潤・圧迫などによって生じる痛み）

この痛みは抗がん剤治療をする一カ月前（4月）は、ずっとありました。（右脇腹と右肩の痛み。）医師の話によると肝臓が炎症を起こしたり圧迫されて、皮膚に触れることにより痛むが出るとか。

抗がん剤で進行は抑えられているものの、やはり「ガンさん」も抵抗をされているのだと思います。

※応援はしたくはないけど気持ちは分かる

そんな昨日でございました。今朝は洗濯をして、朝参拝をして元気です。

▼「全てを受け入れます」

僕は神社仏閣が好きで、関東にいた頃は色んなところを回りました。埼玉県秩父のお寺回りもしました。

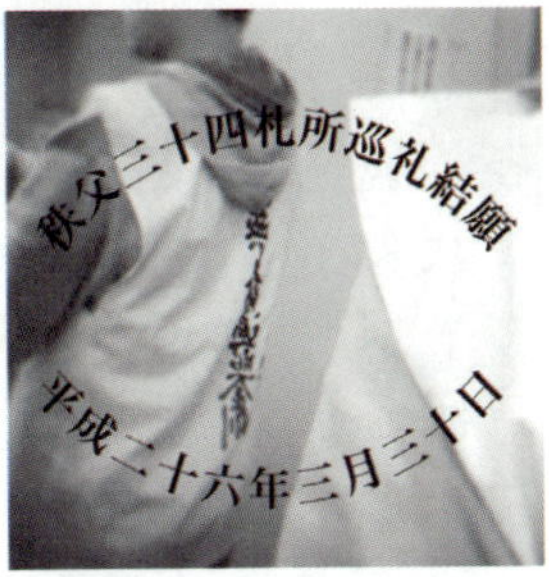

秩父巡礼

靖国神社

「日頃の感謝を伝える」というのを教わり、参拝の時には**「いつもありがとうございます」**とだけ伝えています。

『困った時だけお願いに来て願掛けして、「お願いします」って言われても、神様だって仏様だって人間だって、助けないだろう？』

『だから日頃（今あるもの）の感謝を伝えるだけで、それ以上は望まないんだよ』

これは師匠から教わったことで、『確かにそうだな！』と腑に落ちて、今もその教えを守っています。（師匠は天国にいます）

そして、「ガンさん」が現れて（ガンさん呼びで行くの？ｗ）付け足した言葉が**「全てを受け入れる」**です。

癌になったことでの

・怖さや不安
・痛みや辛さ
・家族や大切な人との関係
・仕事やお金
・過去や未来
・希望と失望…

色んなことを、思ったり感じたり悩んだり。怖いし、不安だし、親より早く死ぬかもしれない、大切な人達との時間も短いかもしれない、仕事もフルパワーでできないし、収入も減って治療費はかかるし、過去の出来事の反省もするし、未来の希望はあるけど、生きられているのか？と自問するし、

3年後、5年後生きられてるのか？

こういうモヤモヤしたものが、4月10日からずっとあって、けれども**「全てを受け入れよう」**って決めて、4月20日の告知の時には、**『はい。受け入れます。』**って、正々堂々と受け入れた。

その時に親は泣いていたけど、俺は「正々堂々」と言えたと思う。（成長した息子を見せてやったゼ！）

▼**正正堂堂**（正々堂々）

恐れたり怯おびえることなく立ち向かうさま。また正しい態度で立派であること。悪びれたところがなく、やりかたも正しいこと。

学研　四字熟語辞典より

態度や手段が正しくて立派なさま。▽「正正」は軍旗が正しく整うさま。「堂堂」は陣構えの勢いが盛んなさま。「正正の旗、堂堂の陣」の略。

三省堂　新明解四字熟語辞典より

今まではどうかは分からないけど、少なくても癌と分かってからは「正正堂堂」で生きようと。悩みや不安や恐怖も、病気も痛みも全てを受け入れて、それでも「正正堂堂」と生きようと。

正しさの判断は個々それぞれだし、価値観も違うから、正解不正解はそれぞれ違う。

それでも、与えられた「がん」には、正正堂堂と向き合おうと思う。

争いではないけど、自分が自分を見失わずに、考えても答えが出ないことで悩まずに、

凛として堂々と自分に向き合っていたら、どんな人生や最期になろうとも、「正正堂堂」と生きたことは、誰かの勇気や希望になる。

だからこれからも、「正正堂堂」と。

2023/06/24熊谷翼

12、3年前の沖縄渡嘉敷島

67／変わりたいなら会いに行く

（2023年6月25日21時17分）

２０２３年6月25日(日)　がん告知から67日目　※１９０７文字

こんばんは。

「モスチーズバーガー」を食べる時に、「スプーン」も付け

てもらう人いますか？
※僕はスプーンを付けてもらいます

さて、今日は**「いつも同じ人と一緒にいると変わらない」**というテーマで書きたいと思います。

▼同じメンツと一緒にいても刺激がない

最近というか、がん告知を受けてからは特に、声をかけてもらって、ご飯を食べに行ったり話をする時間が増えました。もちろん、体調や予定もあるので、全てに応じることはできないのですが、それでも、告知前より会う人は増えました。

それまで、ご飯に行くとすると、職場の後輩（部下）に声をかけて愚痴を聞いたり、時々仲の良い友人や先輩と。コロナ前は、セミナー後やコンサル後に、参加者やクライアントと、懇親会的なものも比較的ありましたが、コロナによりリモートになり、コロナにより懇親会は自粛され、ほとんどは、後輩（部下）か親しい人のみとの接点しかなくなりました。仲の良い友人や先輩との話は、仕事の話や現状やこれからの話で、聞いていると気付きもあるし楽しい。だから今もなお続いています。

モスチーズバーガーは好きな食べ物ランキング第5位

一方で、職場の後輩（部下）との食事は、飲みニケーションと言えば聞こえは良いですが、会社に対する愚痴、経営に対する愚痴、給料に対する愚痴、他のスタッフへの愚痴。もちろん、今後のことや希望みたいな話にもなりますが、結局は誰かの（何かの）愚痴なんですかね？
※僕の周りだけですかね？

ストレスが溜まらないように、同じ会社内なら「これも上司の仕事」と思って、声をかけて食事に連れて行っていました。（10年以上前から飲みニケーション推進派）

今は、コロナも落ち着いて飲み会なども普通に行われ、もしかすると皆さんも職場の人と飲みに行くかもしれませんが、それを否定しているわけではないです。

言いたいのは、毎回同じメンツだと刺激がないよね？　何も変わらないよね？

ということは、成長もしないよね？です。

▼変わりたいなら会いに行く

コロナ前までは、いろんな人とお会いしてきました。コロナ後は、近しい人や職場の人だけになりました。

思い返してみて、そして、今の状態（学びやメンタル含め）を振り返ると、**『いろんな人の話は気付きがあるな』**と。

『誰彼問わず会いなさい！』と、言いたいわけではなく、少なくても**「現状を変えたい」**のなら、**人に会うべきで会いに行くべき**です。それも、**初めての人や久しぶりの人**です。
※いつも一緒の人は安定感はあるけど現状はあまり変わらないです。
そこでの出会いや話が、プラスになるかは分からないし、マイナスになるかも分からない。

けれども、会いに行かなければ**「プラスかマイナスかも分からない」**何も変わらないってことです。

僕も色々話を聞いて、参考になることもあるし、そうじゃないこともある。気付きや学びや「すげ〜」って刺激をもらうこともあれば、そうじゃないこともある。

それは、受け取る自分のタイミングじゃない時もあるし、受け取れる自分じゃないこともあるし、そもそも知っていたり経験してることも。

でも、それはそれで良くて、**『あ〜、俺も前はそういう悩みあったなぁ』**って思って、**『ん?あの時はどうやって乗り越えたんだ?』**って自分の整理をしたら良いだけ。

そうやって刺激をもらえる人がすでにいるのなら、その人との時間を増やした方が良いし、いないなら会いに行くべき。

『誰にあったら良いか分かりません』と聞かれたら、
・自分の興味のあることで成功している人
・自分が刺さった本を書いている人
・SNS発信で共感する記事を書いている人など、
『会ってみたい!』って人に会いに行く勇気さえあれば、意外と会えたりします。講演会とかもあるし今はライブ配信とかもあるし。(1対1じゃなくてもね)
いつも一緒にいる人は、それは仲良しで良いと思うけど、「現に今の自分が変わってない」のならパワーにはなりにくい。「自分を変える」パワーはないよね? ストレス発散、愚痴の言い合い、それも大事。否定はしていない。
けれども、現状を変えたいのなら、変えてくれるパワーを持っている人が、見つかるまで会いに行く。
※実際に会ったら違う場合もあるから、そしたらまた探せば良い。
僕もいろんな人に会ったから、超有名な人でも詐欺してる人もいたり、本を書いていても話の内容が薄かったり、講演会で良いこと言ってても態度が最悪だったり。それを知れたのも(学べたのも)経験だし、それも自分の刺激(成長)になる。

もしも自分を変えたいのなら、まずは勇気を出して連絡を取るところから。

2023/06/25熊谷翼

68/質問相談募集します!

(2023年6月26日22時56分)

2023年6月26日(月) がん告知から68日目 ※2408文字

すき家のタコライスにどハマりした夏。

ということでハマってます。2日連続食べました。サイズは「ミニ」が僕にはちょうど良いです。

ちなみに、「モスチーズバーガー」に、スプーンを付ける人は何人かいて、（メッセージありがとうございます）うちの母ちゃんも付ける派でした！（笑）

さてと、今日はいつもの感じではなく、noteの内容を一部変えますよ！というテーマで、僕が今考えていることを共有する回にしたいと思います。

▼答えて欲しいことを教えてください

ありがたいことに、InstagramやFacebookで、ちょこちょこと相談をされるようになりました。

（Instagram「熊谷翼 @kumagaitasuku・Instagram 写真と動画」
https://instagram.com/kumagaitasuku/）
（Facebook「ステージⅣから復活・がんサバイバー たすく」
https://www.facebook.com/kumagaitasuku）

基本的には、一回の返事で返せるような時には、一回の返事で返すようにしています。経過をみなきゃいけないことや、売上や集客的なことに関しては、元々コンサルをしていたので、コンサルの案内を出させていただくわけですが、**『費用は出せない』『そこまでガッツリじゃなくて良い』**って思いもあると思うんですね。僕もそうなんで。

すき家のタコライス

『聞きたいことはある』『書いて欲しいことはある』けれども、『お金を払ってまでではない』といった感じで。

あとは、『相談するとお金かかりそう』『こんなこと聞いちゃダメかな』って思うことも。

当然、著名な方やお忙しい方などは、（返信の）時間を使うわけだから、お金を払うべきだとは思う一方で。

何者でもない僕なのに、ハードルを高く感じさせてもいけないよな。と。

ということで、**【毎週日曜日の記事は質問相談に答える回】**として、noteで自分なりの答えを書きたいと思います。

名前や個人情報が分かることは非公開で、質問内容と答えを「noteに書く」材料として、質問を提供してもらうのでお金も頂戴しない。

　そういう建て付けなら、コンサル費用のことは考えずに、**「サクッと聞きたい方」「どんな答えが返ってくるかを知りたい方」「自分の考えと答え合わせをしたい方」**こういう方にとっては、気軽に質問や相談ができるし、（数によっては全てに答えられない条件付きで）僕としても、書く材料にもなるし、自分の考えを整理する（新しい考えに気付く）良いきっかけになると思うので。

　ということで、書いて欲しいこと（答えて欲しいこと）を、Instagram か Facebook のメッセージで募集します。

　質問相談と分かるように、文章の最初に【相談】とか【質問】と付けてくれると分かりやすいです。

　note に取り上げる場合には、「note にてお答えします」と返信させていただきますね。
※数が多い時には載せられない場合があります。
※メッセージへの返信が遅れる場合があります。
※僕個人のプライベートな質問にはお答えできかねます。
※期間や（返信）回数が複数回になる場合には、コンサルの案内を差し上げる場合があります。
※知識が無い分野への質問にはお答えできない場合があります。その時は「ごめんなさい。お答えできかねます」と返信させていただきます。

▼初回は 7月2日（日）からスタート

新しい試みなので、質問相談が無ければ終了します（笑）。


　これはノーリスクなので、「思い付いたから、やってみよう」ってことなんですが、僕は結構思い付いたら行動しちゃうんですね。

　頭で考えてからってこともありますが、頭で考えても分からないことは、**「とりあえずやってみる」**そもそも独立もそんな感じだったし、コンサルやるのもそんな感じで、引っ越しもビジネスも、基本は「やってみよう」からのスタート。

　うまくいかなければ、修正をして、それでダメなら辞めたら良い。辞めたら失敗じゃなくて、「うまくいかない原因が分かった」から、成功に一歩近付ける。

頭で考えているだけでは、失敗もないけど、成功もない。

むしろ行動しないことが、失敗に繋がっていると思っているので、結構行動なんですね。

　そして行動に移すと、メンタルも安定する。**挑戦している時の方がメンタルは安定する。**というデータもあります。（確か）データの出所も根拠も、ド忘れしましたが…

　けど、挑戦（行動）している時と、何もせずボーッとしてる時を比べたら、ハラハラドキドキはするだろうけど、メンタル的には健全な気がしますよね。（いろんな事を考えるから目の前の小さな不安は消える）ギャンブルもそんな感じがしますね。（負けたらイラつくけど）

　今回の【質問相談募集】は、大した挑戦ではないので、サクッと始めましたが、
　新しいことを始める（挑戦する、行動する）ってのは、やっ

ぱり楽しいし、どんな感じになるのか?楽しみです。

※全く質問が無い時には、7月2日のnoteは、オープニングトークのみで終わるかも知れません(笑)。

どうなるか分かりませんが、聞きたいことがあればお気軽に送ってくださいね。

※質問や背景が具体的だと答えも的を射やすいです。

ここらへんはいけるで!って内容を箇条書きで。

#急に関西人

〇〇に〝ついて〟の、〝ついて〟は省略します。

・がん治療
・治療費
・副作用

・メンタル全般
・ポジティブ思考
・ネガティブの対処法
・人間関係

・目標設定
・ライティング
・コーチング
・リーダーシップ
・マネジメント
・スピーチ、プレゼン

・介護知識
・介護技術
・制度
・国家試験

質問相談一例

これ以外の質問相談も可能です。
むしろ『ん〜…そうだなぁ…』と、書きながら答えを導くことが楽しそうなので。

7月2日の投稿がどうなるのか?楽しみにしておきましょう。

質問相談よろしくお願いします。最後までありがとうございました!

※ちなみに7月3日の週から5サイクル目です!
※タイトルと最後の写真に過去の写真を使う時があります

2023/06/26熊谷翼

テーブルの上に上がるリボン。
まだ1歳にもならない時かなぁ〜

【熊谷 note の説明】 太字は強調、「」は強調、『』は話し言葉、丁寧語と話し言葉は混同。修正無しの一筆書きなので誤字脱字あり。

69／反省は大事だけど落ち込むな！

（2023年6月27日21時42分）

2023年6月27日（火） がん告知から69日目 ※2170文字

昨日の投稿を読んでいただけましたか？

（「**68／質問相談募集します！**」**P.162参照**）

質問相談を募集しましたが、今の時点で「ゼロ」です。

『ゼロですよーー！』

日曜日の投稿はこのオープニングだけで、終わるかもしれません。（振りじゃないよ？）よろしくお願いしますね！お願いついでにもう一つ。

『僕、7月4日に誕生日なんです…！』

（Amazon「ほしい物リストを一緒に編集しましょう」

https://www.amazon.co.jp/hz/wishlist/ls/3FUBFS89TMKS3?ref_=wl_share）

誕生日ですからね。うんうん。誕生日ですよ!!（念押し）

さてさて、今日は **「反省は大事だけど落ち込むのは違うよね」** というテーマで、最近ミスをした人の背中を押す（さする）回にしたいと思います。

▼ミスは次に繋げれば何も問題はない

『はい、その通りです』人がやってることなんで、ミスって起こるんです。どんなに注意をしていても。そのミスが続くのは、マズいんですが、ミスそのものは「ミスする原因を探る」たまには必要で、ミスが起こらないと大きな事故を引き起こす可能性もある。

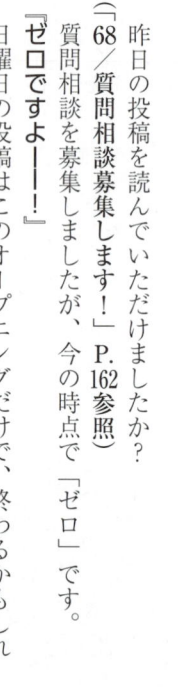

大切なことは、

・ミスに気付くこと
・ミスを修正改善すること

時々（いや、結構聞く話）ミスした人を叱ったり、（凡ミスや2度目のミスは叱るべき）犯人探しをする人が社会にはいるようです。その人はそれが趣味なので、ガン無視で良いと思いますが、「ミス」に対してどう改善するか？は、とても大切で **「2度目のミスが起こらないシステム作り」** は超重要です。

人が起こしてしまうミスは、ほとんどがシステム（構造や仕組み）に問題があって起こります。本人の不注意だとしても、本人が注意できない環境や仕組みがある。という考えです。

そもそも人の上に立つ人は、この程度のことは分かっていると思うんですが、（なんか今日は口が悪くないか？）ミスが起こりやすい環境、仕組みを改善するために、ミスしたことを明らかにする必要はあります。（ミスした人を責めるとか無知もいいところで）もちろん、ミスした本人も２度目がないように、自分自身を振り返る（反省する）ことは大切ですけど、そこで落ち込むのはお門違いも甚だしいぜ!!（ぜ!?今日はいつもと違う熊谷です）

ミスが起こったのは、**ミスが起こるシステム**だったこと。そして、そのシステムを改善しない限りは、また同じミスが起こる。ミスは事故やトラブルだけではなくて、例えば離職率が高い職場もそう。離職するシステムを改善しない限りは、いつまでも離職は続く。

ミスを防ぐためにはシステムの改善です。人員配置を変えたり、休憩や体制を見直したり、コミュニケーションやリーダーシップが機能しているかを確認したり、環境や配置を変更したり、一つのミスでも、引き起こされる原因は多数あると思います。それらが重なってミスが生まれる。（凡ミスや本人の不注意でない限り）ミスした本人の責任ではなく、会社（学校）や環境や周りのメンバーや、タイムスケジュールや体制などの、システム自体の見直しが必要です。なので、ミスした人を責めるというのは、**『お門違いも甚だしいぜ!』**になるんです。それでも、ミスした本人は落ち込んだりしちゃうんですね。分かります、気持ちは。

▼落ち込むのは気持ちは分かるけど不要です

ミスした自分が恥ずかしいとか、悔しいとか、申し訳ない。って気持ちがあるから、反省をして落ち込むのかもしれません。落ち込みたい気持ちも分かりますが、僕はある大物お笑い芸人の言葉を聞いて、『確かにそうだよな』って思ったことがあります。**『落ち込むのは自信過剰』**落ち込むのは自分はもっとできると思っているから。本当の実力を自分で認めて、今できる最大限を出してダメなら、**『自分のベストを出してダメだから仕方ない』**と割り切ることができる。いつまでも落ち込むのは、自分の実力を過信しているからだ。と。

これは、明石家さんまさんが仰っていた言葉です。さんまさんは、「自分の実力はたいしたことはない」だから、**「今の精一杯を出し切れば、それで良い」**と話されています。

あの超大物でさえ、出来ないこともあるし失敗もある。けれども、今の精一杯を出したら落ち込むことはない。

「反省をして次に活かす」を、再現されているんですね。自分が精一杯やっていて、そこでミスが生まれたり結果が出なければ、落ち込むのではなく反省が必要です。反省とは、原因を探る作業です。
さっきのミスの話と同じで、
・なぜミス（結果が良くない）が生まれたか？
・システム（環境や仕組みなど）にエラー（不具合）はなかったか？
・自分はベストを尽くしたか？
・尽くせなかったらそれは何が原因だったか？
（寝不足？疲れ？準備不足？コミュニケーション不足？など）

そうやって、ミスを分析して次が起こらないように、1人反省会をするんです。それだけでいいんです。落ち込む必要はない！　システムを変えて、それもうまくいかなかったら、また改善すれば良いだけ。（うまくいかないことが分かって良かったじゃん！）

メンタルは自分で整えていくものです。整えるためには、割り切り／切り替えです。スキルではなく考え方（スイッチ）の切り替えです。

気温や湿度が上がってきました。体調には気をつけて下さいね。今日もありがとうございました！

2023/06/27熊谷翼

70／自分に入れたモノで自分は作られる

（2023年6月29日01時04分）

2023年6月28日（水）　がん告知から70日目　※1718文字

今時期、夜寝る時は窓開けてます？
エアコン付けてます？この微妙な気温。どうしています？
あと、靴下を干すときは足先に洗濯バサミ？くるぶしに洗濯バサミ？それ以外？

さて、今日のテーマは**「ゴミ箱にモノを捨てるからゴミになる」**というお話をします。

▼何を入れるかで意味が変わる

よく分からないテーマっぽいですが、結論を言うと、**「箱の中に入れるモノのによって箱の意味は変わるよね」**

だから、**「自分の中に何を入れるかによって自分の意味も変わるよね」**です。（頑張って解釈してください）

空の箱があります。そこに丸めた紙を入れます。そうすると、その箱はゴミ箱という意味を持ち、箱の中身はゴミという意味を持ちます。

空の箱があります。そこにお気に入りのアクセサリーを入れます。そうすると、その箱はアクセサリー箱（ボックス）になり、その中身はアクセサリーという意味を持ちます。

宝石を入れると宝石箱になるし、勉強道具を入れると勉強道具箱になります。

箱は最初からゴミ箱の意味ではなく、ゴミを入れるからゴミ箱の意味を持ちます。

（ついてきてますか？）

もちろん、最初からゴミ箱としてアクセサリー箱として、売られていますが、ゴミ箱を別の用途に使うこともあるだろうし、アクセサリー箱も同様に。

意味を持つのは、そこに何を入れるかであって、僕は、アクセサリー箱にスキンケアグッズを入れてるから、意味はスキンケアセット箱になるし、ゴミ箱は水を入れて、屋外用のバケツ代わりに使っていたりします。

そして、取手のついたバケツは、自転車のサドルカバー兼椅子として使っています。今は例として、箱を出していますが、箱を自分に置き換えて考えて欲しいんですね。自分という箱に何を入れてきたか？これからは何を入れていくのか？

（物理的な食べ物飲み物ではなくて）

▼入れるモノは自分で決められる

箱（自分）に、ネガティブな声を集めて入れたら、どんな箱（自分）になるでしょうか？

箱（自分）に、愚痴や不平不満の声を集めて入れたら、どんな箱（自分）になるでしょうか？

箱（自分）に、過去の失敗や嫌な思い出を集めて入れたら、どんな箱（自分）になるでしょうか？

箱（自分）に、希望や勇気の言葉を集めて入れたら、どんな箱（自分）になるでしょうか？

箱（自分）に、感謝や恩返しを集めて入れたら、どんな箱（自分）になるでしょうか？

箱（自分）に、前向きになる言葉を集めて入れたら、どんな箱（自分）になるでしょうか？

箱（自分）の大きさや見た目は、なかなか変えられないけど、中身はいつだって変えることができます。

水を入れても良いし、宝石を入れても良いし、ゴミを入れても良い。何を入れるかで箱の意味が決まるように、何を入れるかで自分が変わります。

ポジティブにもなれるし、ネガティブにもなれる。人に優しくもなれるし、人の悪いところが気になる人にもなれる。感謝をできる人にもなれるし、当たり前だと横柄になることもできる。

入れたモノで自分は決まるし、入れるモノで自分は変わることができる。

入れたモノは戻らないけど、入れるモノは選ぶことはできる。

どんな自分になりたいか？

どんな自分なら幸せか？

今の自分を
作っていく
変われるのは自分でしか
変われない

それは他人が作るものではなく、自分が自分に何を入れていくか。だけ。無理矢理詰め込む必要はないし、いきなり縁を切ることもない。けれども変わりたいなら、少しずつ入れるモノ（言葉）を変えていく。理想の自分の考えを持つ人に会いに行くのも良い。本を読むのも良い。YouTubeやSNSを見るのも良い。

少しずつ少しずつ変わっていくことによって、それが心地良くなり、次第に自分は変わっていける。

僕は元々、人見知りで、ネガティブで、勉強嫌いで、サボり魔。そんな僕が、講師をやって、ポジティブになって、勉強好きになって、毎日noteを書いている。

人はいつからでも変われる。

何度でも変わることができる。

今日も最後まで読んでいただきありがとうございました！

2023/06/28熊谷翼

71／スタバのコーヒーが高い理由（2023年6月30日00時55分）

2023年6月29日（木）　がん告知から71日目　※2487文字

雑学を一つ。

「ベートーベンの肖像画」

学校の音楽室などに飾ってある、ベートーベンの肖像画。ひどく不機嫌な様子で描かれているが、これは、その日に家政婦が作った料理がとてもまずかったため。だそうです。

※雑学をオープニングに使うのアリですか？

さて今日は

「スタバのコーヒーが何故高いのか？」というテーマで書いていきたいと思います。なんとなく答えは分かりそうですが、それを自分にも転用していきましょうね。というオチになります。

▼スタバのコーヒーの本当の値段

どうでしょうか。勘の良い人なら分かりやすい質問だったかと思いますが、深掘りしていきますね。

スタバのコーヒーが高い理由

・美味しいから

・映えるから

・濃厚だから　などなど

理由はたくさん出てくると思います。

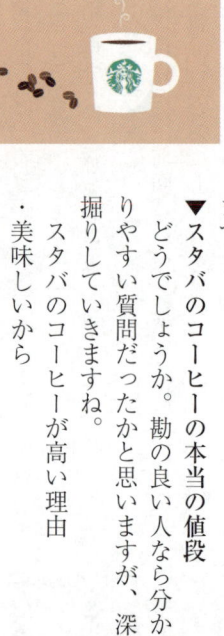

確かに美味しいし映える。スタバを飲みながら歩いてると、ちょっとオシャレな感じがするし、仕事できる感じも出てくる(気がする)。

どれも正解な気もしますが、答えの前に**原価(率)**についてお話ししますね。

原価とは本来の値段。原価率とは販売価格の何%が原価なのか。

例えば、コンビニのコーヒーは、

・セブンイレブン
・ローソン
・ファミリーマート

揃って大体**「原価率50%」**です。コーヒーが100円だと、50%=50円がコーヒー(豆)の本当の値段(原価)になります。『50円で売れよー!』って話ですが、これは人件費や光熱費、家賃、カップ代なども入るので、原価+経費などが入った価格で販売するわけです。(販売価格)

※もっと具体的な詳細もありますが、カットしますね。価格や原価率の話をしたいわけではないので。

原価率を理解してもらった上で、我らがスターバックスの話をしますね。

スタバの、コーヒーは大体400~500円。僕が大好きフラペチーノは500~650円程。

原価率いくらだと思いますか?

ヒント!! コンビニは機械でお客さんに作ってもらうので、人件費は抑えられ回転率(お客さんの出入り)は早いです。(機械の前で混むことがほぼない)

さて、正解ですが、

「スタバのコーヒーの原価率は10%です。」
「フラペチーノは20~30%です。」

▼原価率10%なのに高価格のワケ

『原価率低すぎ!』
『ボロ儲けじゃん!』
『コンビニの方が高い豆を使っているのか!』

色々ご意見あると思いますが、今日の話は**「スタバが何故高いのか?」**なので商売の話はカットします。ただし、スタバのコーヒーは安く作られているのは事実です。

フラペチーノはホイップなども入るので少し原価率が上がっていますが、それでもコンビニと比べると原価率は低いです。

これは、コンビニは人件費などが抑えられるということなど、様々理由はありますが、その話はカットして…

今日のテーマである**「スタバのコーヒーが高い理由」**について書きます。

答えは、**「空間と価値を提供しているから」**です。

他のコーヒーショップに比べて、スタバの店内はオシャレなのに落ち着ける雰囲気じゃないですか?

ソファやテーブルや照明などを含めて、オシャレなデザインで、なおかつリラックスできるように設計されています。

（立地や店舗により異なりますが、一般店舗の話です）

スタバに行くと、仕事をしていたり、打ち合わせをしていたり、友達同士で会話をしていたり。

その場（空間）を提供しているんですね。

僕はたまに、ドトールやタリーズにも行くんですが、コーヒーの価格はスタバより安いです。ですが、店内の雰囲気や環境は、シンプルになっています。

（そういうもの込みで価格が決まります）

スタバが提供しているのは、**「空間の価値」**で、その空間を味わいたいお客さんが、高いコーヒーを求めているんですね。

それにプラスして、価格と認知度が高い、スタバという**「ブランドの価値」**があるからこそ、ついつい写真を撮ったり、ドトールではなくスタバでパソコンをパチパチするんですね。（仕事できる感が上がりません？できるかは別として、スタバでパソコン開いてたら、できる人に見えるのは確か）

スタバは「空間（価値）」と「ブランド（価値）」を提供しているから、コーヒーの価格が高い。ということになります。

▼相手が価値ある人だと自分を認めてくれる

シンプルな見出しになりましたが、見出し通りで、人（あなた）は、人（相手）に対して、どんな空間や価値を提供していますか？

人の価値を高いとか安いとか、そういう話をしたいのではなくて、相手が価値ある人だと自分を認めてくれるのは、

・学歴
・外見
・役職
・年収

とかではなくて、（それも多少はあるかもだけど）大抵は、

・居心地の良さだったり、
・話を聞いてくれるとか、
・アドバイスをくれるとか、

そういうことだと思うんですね。そして、そういう人は、

また会いたくなるし、それって価値がある。価値が高まってる。ってことだと思うんですね。

だから、『そういう自分を目指したいですね』って、締めたいんですけども、一定数は、『私は価値のない人間です…』って、思う人(言う人)がいるんですが、そういう考えの人と、あなたは付き合いますか？一緒にいたいですか？相手の立場になれば一瞬で答えは出るはずです。

価値のない人間はいないけど、自分の価値を高めようとしない人には、誰も近づいてこないよね？というお話しです。

スタバは価格が高くても、その空間やブランドの価値を求められる。あなたも、相手が求めているものを、そして、今日からできる(すぐにできる)簡単なことから提供する。

・話を最後まで聞いてあげる
・話に共感する
・必要があればアドバイスをする
・安心感を与える
・前向きな言葉を使う

そうすると、あなたの価値は高まっていくと思います。その逆にはならないようにしたいですね。(僕も！)

最後まで読んでいただきありがとうございました。

2023/06/29熊谷翼

72／メンタルは割り切るスキル

(2023年7月1日00時39分)

2023年6月30日(金)　がん告知から72日目　※2577文字

今日はスタッフのお子様が(スタッフと一緒に)会社に来てくれて、誕生日プレゼントを届けてくれました。自分のお小遣いで買ってくれたそうです。本当にありがとう!!

記事の最後には、今日の夜にお祝いしてもらった写真や、最近届いた支援物資の写真を載せます。

ちなみに…7月4日誕生日です!!

(図々しく)

←誕生日プレゼントor支援物資はこちらから
(Amazon「ほしい物リストを一緒に編集しましょう」

https://www.amazon.co.jp/hz/wishlist/ls/3FUBFS89TMKS3?ref_=wl_share)

今日は、**「あなたのことを他人はそこまで気にしていない」**というテーマでお話しします。『そんなに気にするなよ』っていうお話しです。

▼集合写真で最初に見る人は？
みんなと写真を撮った時に、一番最初に誰の顔を確認しますか？

「自分」ですね。

自分がどんなにオシャレをしても、メイクを完璧にしても、カッコつけていても、自分は他人より自分を先に見るし、他

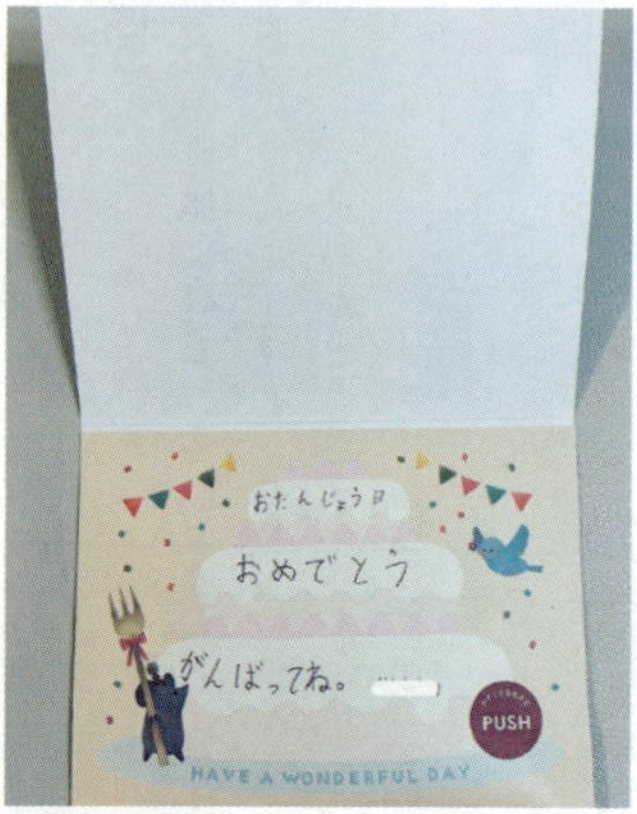

人はあなたのことよりも自分のことを見る。

極論、あなたの服やメイクや髪型が乱れていても、他人は自分のことしか見ていないし、あなたも他人の乱れまで気にしないと思う。（時間が経てば全体を見るけれども）

だから、そこまで自分のことを気にする必要はないし、他人は自分のことを中心に見て考えるし、あなたのことはそこまで気にしていない。

あなたも、自分の写真映りは気にしても、他人の写真映りはそこまで気にしない。相手の目を気にする人は、自分が相手に(他人に)どう映っているのか?どう思われているか?を気にしてしまい、それがさらに大きくなると、相手に嫌われないように、自分に負荷をかけて無理をしてしまう。

▼誰のために生きてるの?

誰のために生きているのかと問われた時に、

・子供のため
・家族のため
・親のため
・パートナーのため

って答えが出てくると思うのですが、ここに書いている人だって、血のつながりはあったとしても、それぞれが自分を持っている他人です。自分の子供を溺愛する気持ちも分かりますが、子供は子供で考えを持っているし、子供は子供の人生がある。親がどうこう言うことではないし、（子育てやサポートは絶対必要だけど）子供からどう思われるか?を気にしていても、子供は自分のことを中心に考えているし、子供にとって親の存在は大切だけれども、親の言いなりではないし、子供も親の目を気にし過ぎては、自分の生き方ができない。

誰のために生きているのか?
誰のための人生かって答えは、「自分」であって、他人のために生きるのは違う。

もちろん役割として、親だったりパートナーだったりの役割を果たすのは当たり前の上での話。放棄しろとか手放せという話ではなく、役割は果たすけれども、「どう思われるか?」「嫌われないか?」は気にしなくていい。自分の人生なんだから、自分が思う理想の生き方をしたら良いし、他人の目は気にし過ぎなくていい。

相手の反応や言動を気にして、

・自分の思ったことを言えない
・自分がしたいことをできない

って人がいるけれども、（僕もそうでした）そこまで相手は気にしてはいないし、気にしてできないって、自分の人生なのに勿体無いと思う。

▼がん告知をされた後

僕は元々は、メンタルがネガティブだった。心配性で不安がって、「石橋を叩いても渡らない」タイプ。
けれども、22～23歳から独立心が湧いてきて、勉強をするようになって、そこから少しずつ、メンタルがポジティブになっていった。

今では、ポジティブというよりも、「安定」「ニュートラル」にあって、上がってもなく下がってもなく、一定のメンタルを維持できるようになった。

がん告知を受けた後も、悲しさや辛さはあったけども、その気持ちも長くは続けずに、（たまに思い出したりはします。人間だもの。）**『自分の人生なんだから自分の生き方をしよう』**ってネガティブな感情を割り切って、（ネガティブな気持ちを否定せずに、横に置いておく感覚）気持ちを割り切った時に、**「他人の目を気にするな」**って、先輩からアドバイスももらった。確かにその通りで、支援物資のお願いも、他人の目を気にしていたらできないし、note の投稿もSNS投稿もそう。

こういうことをすると、一定数のアンチは生まれるけれども、『そういうもんだよね』と割り切って続けている。

写真の例もそう、子供のこともそう、地域の人や会社の人や周りの人に、どう思われても、**『自分の生き方だ！』**って言えれば、気持ちが楽になるし、前半でも書いたように、他人はあなたのことをそこまで気にしていない。
（だからアンチは逆に気にしてくれてありがとう！と思う。）

自分の生き方とか、自分らしさって見つけるのが難しいけど、**『こういう人にはなりたくはないな』『こういう生き方はしたくはないな』**を、見つければ良い。
そして、その逆はあなたの理想の生き方に繋がる。

僕は、介護の仕事をしていた時に、多くのご利用者から聞いた、『もう少し若かったら』『あの頃に戻れるなら』**って言う老人にはなりたくはないな**って思った。

要は**「やらない後悔をして生きたくはない」**と思った。それが22～23歳。だから独立心が湧いた。
「やらない後悔」より**「やって後悔」**しようと。それが僕の生き方の一つ。

そんなに難しく考えなくても、「なりたくない自分」「こういう人は嫌だな」の反対が「あなたらしさ」の答えで、他人と比べて立派な目標を立てる必要はない。

他人の財産や地位を気にする必要もない。「あの人はあの人」「私は私」と、気持ちを割り切りながら、**『自分はこう在りたい』**を強くしていくと、ちょっとやそっとのことでは動じない自分になることができる。

【メンタルは割り切るスキル】と思って、他人の目を気にし過ぎず、自分は自分って言い聞かせていると、ポジティブでもネガティブでもない、【安定のゾーン】に入っていく。

その安定のゾーンさえ見つけたら、自分の心は安定して、他人にも優しくなれるし、自分にも優しくなれる。

他人と比べるのはやめて、割り切りながら、嫌な人にならないように生きていきましょ。

今日もありがとうございました！

2023/06/30熊谷翼

←誕生日プレゼントと最近届いた支援物資の写真です！

皆様ありがとうございました！

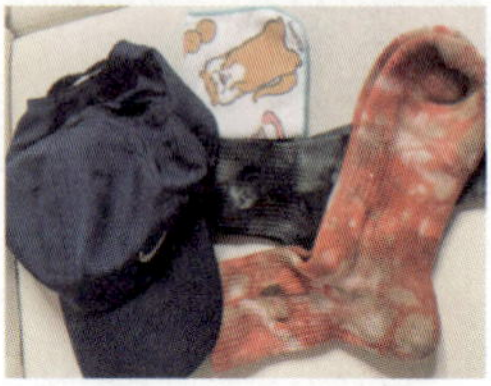

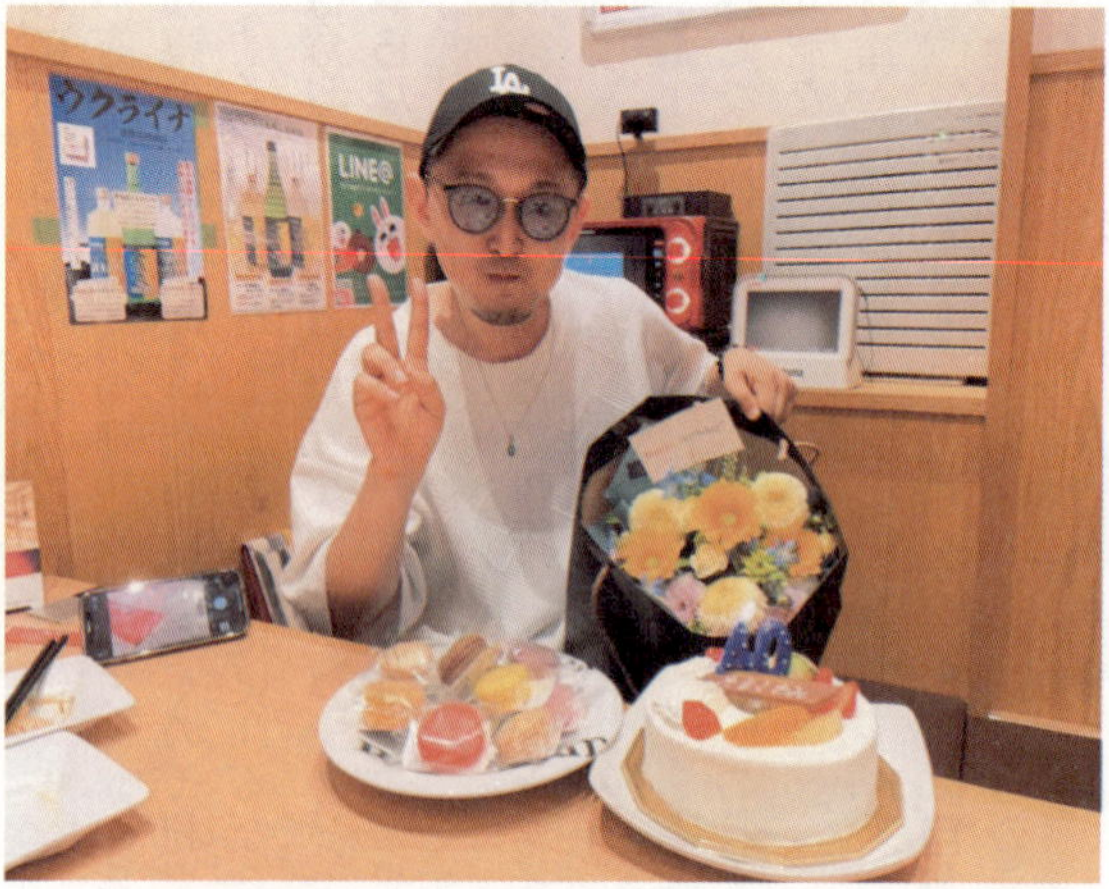

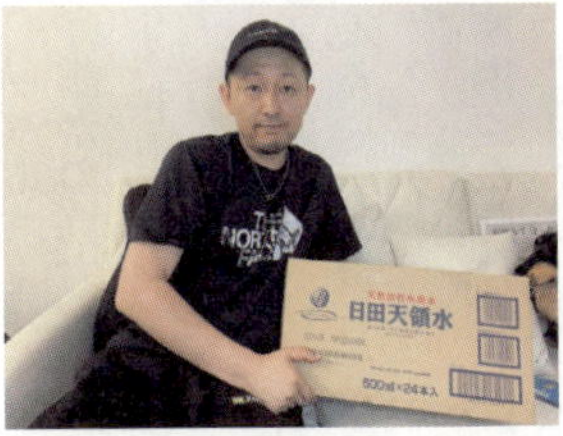

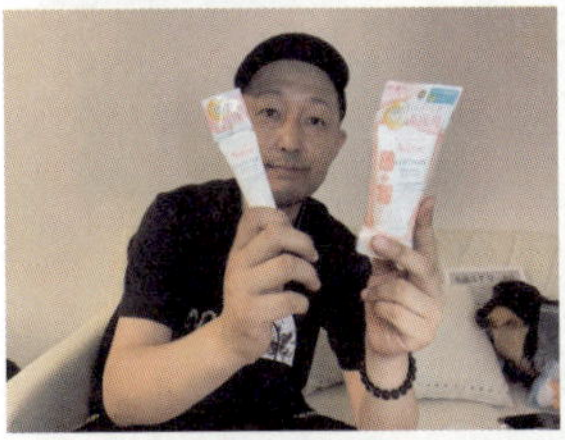

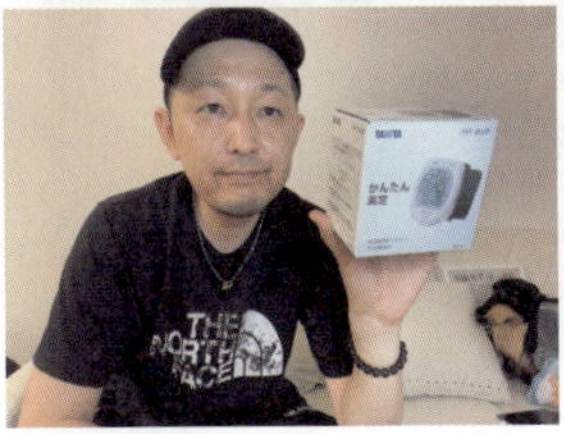

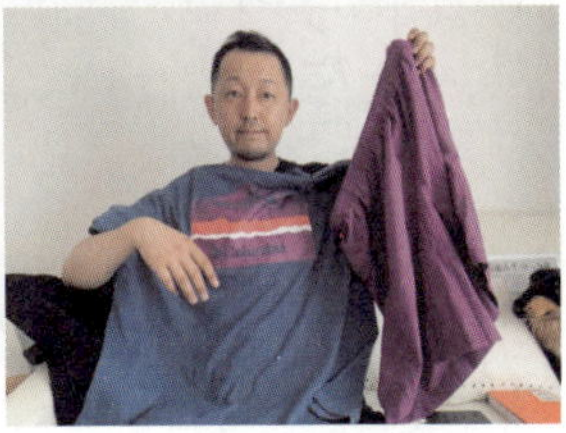

73／誰と一緒にいるか

(2023年7月2日22時34分)

2023年7月1日(土) がん告知から73日目 ※1974文字

予定(お誕生会兼ご飯会)が、立て込んでおりまして、投稿が遅れました。

お祝いしてくれた皆様ありがとうございました!

(Amazon「ほしい物リストを一緒に編集しましょう」https://www.amazon.co.jp/hz/wishlist/ls/3FUBFS89TMKS3?ref_=wl_share)

誕生日プレゼントは、7／4まで受け付けております。7／4以降は必要物資の支援(支援物資)を受け付けますので、何卒よろしくお願い申し上げます。

(365日受付中でございます)

▼応援してくれる仲間

支援物資(誕プレ)のお願いをすると、一定数の方からは批判されると分かっています。

『自分の金で買えよ!』『他人に買わせるなよ!』

その一方で応援してくれる方も多いです。

『色んなことにお金がかかるから支援する!』『頑張って欲しいから(お

世話になったから）』『シンプルに応援してます！』（感覚的に応援95％：批判５％）

直接批判の声が届くことはないですが、まぁそれでもあるだろうなぁと思っています。それでも、こうやって支援物資のお願いを図々しくしているのは、**応援してもらう仲間**を増やしたいからです。

何かを始めたりする時には、（例えば今後行うお話会など）1人ではできません。

誰かの協力が必要不可欠だし、誰かの応援が必要不可欠。（支援してくれるしてくれないは別として）

メッセージでも、SNSのコメントでも、支援物資でも、なんでも良いんだけど、応援をしてくれる人が周りにいる、あるいは応援してくれる人を増やす。って、とても大切なこと。

▼困った時はお互い様

（もちろん応援してもらいっぱなしはダメで）

自分が応援側になる時には、（できる限りで）応援はしていくし支援をする。

お金なのかモノなのか、SNSのシェアなのか、自分のできる範囲で応援をする。自分もしてもらったら返したくなるし、（返報性の原理）結局のところは**「困った時はお互い様」**の気持ちって、とても大切だな〜と思います。

前に神社の話をしたけど、「困った時に〝だけ〟お願い」をしても、いやいや、自分の時だけかいっ!!ってなるし、これは人でも同じことが言えるのかな。**誰かに優しくしたことが、巡り巡って自分に返ってくることもあるし、誰かの味方（助けた）をしたことが、巡り巡って自分を味方してくれる。**

そういう感覚がある人は、与えている人だと思うし、そういう感覚がない人は、与えずに求めてばかりいる人なのかもしれない。相手に与えることは、数を競うことでもないし、自慢することでもないし、（でも、自分のことはヨシヨシ良くやった！って褒めた方が良いですよ）それでも必ず巡り巡って、自分に返ってくるし（悪いことも）そう考えると相手が求めている応援を、自分なりにした方が良さそう。偽善者と言われても応援した方が良いし、自分がいつか応援してもらう立場になるかもしれない。

その時に誰の応援もしていない人が、応援されるかな?と考えたら、今のうちから身近な人の応援（協力）をした方が良い。

見返りを求めないで、純粋に相手のことを深く知ることで、困っているなら助ける。そういう人たちと繋がっていたいし、そういう人たちと今後の人生は歩みたい。

不平不満愚痴を言う人たちと付き合うか？『何か協力できることない？』って言ってくれる人たちと付き合うか？

誰と付き合うのかは自分で決められるし、誰と距離を置くかも自分で決められる。同級生だから、同じ会社だからってことは関係ない。自分にも相手にもお互いに、プラスの影響を与え合う関係が友達だと思うし、マイナスの影響しかない人とは、ハッキリ言って距離を置いた方が良い。好きとか嫌いとか、そういう上っ面じゃなくて、プラスの影響を与えてくれる人の近くにいた方が良いし、そうすることで自分もプラスの人間になっていく。

そして少しずつ、周りにもプラスの影響を与えることができたら、プラスを求めてる人が近づいてくるし（人だけではなく環境や運）マイナスの影響を与える人には、マイナスの人などが寄ってくる。

そうならないように、一緒に過ごす人、ご飯に行く人、LINEをする人は選んだ方が良い。誰にでも良い顔をする必要はないし、誰とでも仲良くする必要もない。好かれようとしなくて良いし、相手の目も気にしなくて良い。プラスの影響を受けて、自分らしくいれる相手を見つければ良いだけで、**自分を作るのは【周りの人】であって、自分が影響を受ける人は【周りの人】**だから、誰と一緒にいるのか？は考えた方が良いし、一緒にいたい人を見つけたのなら、その人の応援を自分ができることで始めたら良い。

そうすると、一人二人と仲間が増えてきて、一人ではできないこともできるようになる。

最後まで読んでいただきありがとうございました！

2023/07/01熊谷翼

74／質問相談に答えました

（2023年7月2日23時47分）

2023年7月2日(日)　がん告知から74日目　※2027文字

毎週日曜日はSNSのDMに届いた、「質問相談」にお答えします。シリーズです。

(質問相談が来なくなった時点で打ち切り中止)

個人情報以外の相談内容は一部公開されますが、それでもよろしければ質問相談受け付けています。(熊谷の主観で答えます)お待ちしております。

それでは始めましょうか。

Q．イライラしているスタッフやお客様が多くなっているように感じます。

穏やかにさせる言葉や、対処法や心理を教えてください。

A．まずは他人を変えることは不可能です。なので、イライラしている人を変えようとしても相手は変わりません。

イライラしている原因は分かりませんが、本来、私たちの脳は「感情を割り切れる」ようにできています。イラっとしても好きな人から連絡が来たら嬉しくなるし、BBQを楽しんでいても、焼肉のタレをシャツにこぼしてシュンとします。イラつきも嬉しさも、感情というよりも、その深層心理には、

『謝ってほしい』
『慰めてほしい』
『認めてほしい』

という欲求があると思います。

マズローの欲求段階説のように、人には欲求があって、そのどれもが満たされていると、「自己実現」の欲求があり、さらにその上には「貢献欲求」があるとされています。

が！

おそらくスタッフさんも、お客さんもどこかの欲求が満たされていなくて、イラついた行動になるんだと思います。

イライラの行動の理由は、**『謝ってほしい』**『**慰めてほしい**』**『認めてほしい』**

具体的に言うと、**「マウントを取って優位な立場でいたい」**んだと思います。（マズローで言うところの４つ目の承認欲求）

仕事や家庭や友人関係で、認められている実感がないから、マウントを取って無理矢理、認めさせて承認欲求を満たしているんだと思います。

少し厳しいことを言うと、**『自分の機嫌くらい自分で取れ！』『仕事や成果で認めさせろ！』**なのですが、

それができないから、（誰でもすぐにできる）イライラして相手に気を遣わせてマウントを取って、承認欲求を満たしているんですね。

お客様相手の場合には、イライラの原因は分かりませんが、**相手の承認欲求（相手の存在を認める）を満たす言葉**をお伝えすると良いかと思います。

※参考までに、僕がコンサルなどで目上の人とお話しする時に使っている「さしすせそ」

「さすがですね」
「しらなかったです」
「すごいですね」
「せっかくなので教えてください」
「そうなんですね」

特に男性には有効です。

あとは、とても大事なのは**「自分は自分」**と割り切って、相手の感情やイライラ行動にメンタルを持っていかれないようにしてください。じゃないと、イライラの人を相手にしたあとに、自分も『慰めてほしい』欲求でイライラしちゃって、周りの人から嫌われます。

『自分はこの人とは違って、器を大きく』って、呪文を唱え

ながら接してくださいね。

Q．時間が不規則になると、ご飯が食べられずに体に力が入らずフラフラに。病院では過労と言われ、薬はなく寝て直してみましょうと言われました。対象法はありますか？

A．まず先に僕は医師ではないので、治療法や医学的なことは言えません。あくまでも主観です。

その上でお答えしますが、僕も夜勤などをしていた時は不規則時間でしたし、悩んだり考えごとをしていて寝れなかったり。ということもありました。その時にしていたのは、「太陽の陽を浴びる」「無理のない範囲で身体を動かす」です。

睡眠は人の身体の調子やバランスを保つ上で、とても重要で食事よりも重要とも言われています。なので、**「眠れるような行動」**が大切で、先ほど書いたように、陽を浴びて身体を動かす。陽を浴びることにより体内時計が正常になりますし、ある精神科医はうつ病は薬を飲むよりも、陽を浴びる(1～2時間)方が病気は治りやすい。と話されている論文がありました。

陽を浴びると体内時計が整い、ストレスを取り除いてくれるようです。

※主観です。

あとは軽い運動(軽く汗をかく程度)ができたらしてみてください。運動によって身体が程よい疲れを感じて眠りやすくなりますし、汗をかくことによりストレスが軽減されるのは、色んな本にも書かれています。

※主観です

質問の答えとしては、ご飯を食べるよりも睡眠を取ること。

食欲がない時は栄養ゼリーなどで栄養補給をしながら、陽を浴びること(疲れている時は尚更)そして、軽い運動をする。

あとは、心地よく眠れるように安眠グッズですね。

とにかく時間を分けても良いから、睡眠時間を確保しましょうね。

今回は以上となります。

質問相談は、Instagram か Facebook のメッセージで受け付けています。

ホームページより飛んでください。

(**熊谷翼｜kumagaitasuku**　www.kumagaitasuku.com)

➞(※現在アクセスできません。)

最後まで読んでいただきありがとうございました。

2023/07/02熊谷翼

75／誕生日の前日に思うこと

(2023年7月3日23時56分)

2023年7月3日(月)　がん告知から75日目　※2518文字

昨夜投稿をした「質問相談」シリーズ。質問をコピペして文章を少し修正して、その質問に対して、何を調べるわけでもなく、言葉を打ちながら(話すように)回答しました。

僕なりの解釈で、僕の主観での回答ですが、メンタルやコミュニケーションと身体について、お答えしましたので、お時間ある時に参考にしてもらえたらと思います。

（**「74／質問相談に応えました」**P.179参照）

そんなこんなで、明日（7月4日）は僕の誕生日です。40歳になるわけですが、今日は誕生日を前に思うことを、ツラツラと書き留めたいと思います。

▼まさかの「がん告知」

27歳で独立をして、それから色んなことを経て（すごいざっくり）それらも全て消化して、**新たなチャレンジをしよう！40代で人生を賭けたチャレンジをしたい！**

そう考えていました。

その前段階となることも、（コロナが落ち着いてきたのもあって）準備を進めて「さぁ、動こう！」と、前のめりになっていた時に「がん告知」

「人生には3つの坂がある」

上り坂、下り坂、まさか。という話は、結婚式のスピーチでオジさんが話すくらいに思っていましたが、**「まさか」**って本当にあるんだなぁと。（リアルエピソード）僕が人生を賭けたチャレンジは、「がん」と向き合う人生になり、それは「がん」というよりも、自分自身と向き合う人生になりました。

何度か言ってますが、

『がんにはなりたくはなかったけど、がんになって良かった』っていうのは本心で、「がん」になったことで、再会できたり、『ありがとう』や『ごめんね』が言えたり、絆が強くなったり、集まってくれたり…

そして、自分を見つめ直すことができたし、人生の目的もハッキリしたし、何より自分を認めて正直になることができた。もしかしたら、「がん」にならなければ、今書いたようなことは起こらなかった（気付けなかった）かもしれないし、この投稿も、新聞記事も、これから起こることも、全ては無かった。

たまたま「がん」になったのかもしれないし、選ばれて「がん」になったのかもしれない。

どちらにしても、僕が**「ステージⅣのがん患者」**であることは間違いはない。（時々自分でも忘れるけど）

最初は「がん」と戦って勝とうと思っていたけど、時間が経つにつれて、自分の細胞である「がん」と戦うことはやめた。僕にとって必要なものなら残るだろうし、不要になれば無くなるだろうし。そう割り切って考えるようになった。

だから、「がん」であることに囚われることもないし、他の人が「死」の話題を口走っても何にも思わない。

（言った方は『あっ！まずい…』みたいになるけど、僕は何にも思わないから気にせずに）

それくらい割り切ることができていて、僕の細胞も半分は「がん」であることを忘れていると思う。というか割り切って違うことに意識がいってると思う。

※『考えないように！』『意識しないように！』って、強く思えば思うほど考えてしまうし、その考えは不自然だからメンタルも身体も疲れちゃうから、割り切るのが一番良いです。

割り切る時には熱中（集中）できることを探した方が良いです。

2023年4月20日告知日。

この日は自分にとって嫌な日にもなるだろうし、生き方や考え方を変えたら、自分の人生を変えてくれた日にもなる。僕は、この日を境に新しい人生をスタートしたし、こうやって今も元気に生きている。

そしてメッセージを送ることができている。最初に書いた、僕が進めようとしてた一つは、**「メッセンジャー」**（メッセージを伝える人）になること。もうなってるじゃん!!（イェイ！）

▼がんが教えてくれました

今まで経験したきたことも、学んできたことも、過去の失敗（失敗という言葉は好きじゃないけど）も、全て今の、メンタルや考え方に影響していて、過去の様々なことも、今となっては糧になっているんだなぁと、しみじみ思っています。（過去には死にたいくらいの時もあったし、死にかけた時もあったけど）

僕が「がん」と告知された時、たくさんのメッセージが届きました。本当にありがたかったけど、『大丈夫だから』と言われても『何を根拠に？』って思ったし、『出来ることは協力するから』って言われても『何を協力してくれるの？』ってイラついてました。

僕もそういうメッセージを送ってたなぁと、反省もしたりしました。優しい（心配してる）フリってのが分かってしまって、心からのメッセージって読めば分かる。そんな感覚も良いのか悪いのか感じ取れるようになっていって。（その時はかなり繊細だったと思います。今はイラついたりしないですよ）

繊細な人の気持ちも分かるようになったし、同じ病気の人や障がいがある人の気持ちも、終末期の人や辛い気持ちの人のことも、少しだけ分かるようになりました。たぶんそれは、教える側にいた僕自身に、足りなかったことなんだと思います。（お前何も分かってないじゃんよ！って）それも「がん」が教えてくれました。

病気のことも時間があれば勉強をして、メンタルのことも勉強をして、独立した時に、がむしゃらに勉強をした時みたいに、たくさん本を読んだり検索をして勉強をしています。それも「がん」があったからです。（ベッド上にあぐらをかいて本数冊とノートを広げてガリ勉してます）

そんな感じで、僕は今日も元気に過ごしています。

39年間生きられたことに感謝をして、産んでくれた母親に感謝をして、見守ってくれている父親に感謝をして、口は悪いけど優しい妹に感謝をして、顔中舐め回すリボンに感謝をして、出会ってくれたみんなに感謝をして、繋がってくれているみんなに感謝をして、40歳を迎えたいと思います。

　まさか誕生日に、抗がん剤治療5サイクル目開始となるとは、夢にも思わない、想像すらしてないことでしたが、これも何かの「意味」があると思って、バースデー治療はネタに仕込んでおきます。

熊谷ファミリー

最後まで読んでいただき、
そしていつも応援してくれてありがとうございます。
2023/07/03熊谷翼

76／給料もらって勉強しないとか何様なの？
（2023年7月4日23時38分）

2023年7月4日(火)　がん告知から76日目　※3546文字

まずは本日(7月4日)は、40歳の誕生日です。(でした。)

誕生日メッセージ、プレゼント、支援物資、誕生日会(激励会)…

ありがとうございました！

幸せな気持ちで40歳を迎えて、前向きな気持ちで入院しました！

(YouTube「おかげさまで40歳の誕生日を迎えることができました。」

https://www.youtube.com/watch?v=6fSa_RZvDZA)

ということで…

5サイクル目の抗がん剤治療が始まりました。

治療に関してや、今の心境は昨日の記事に書いたので、そちらをどうぞ。

（「75／誕生日の先日に思うこと」P.181参照）

▼自分では何もせず他人のせいにして他人の時間を奪う人

昨日は昨日で思うことがあって、内容がまとまってたかは定かではありませんが、（過去を振り返らない男）**「メッセージを伝える」「メッセンジャーになる」**とお伝えしました。

講師の仕事をしていたから、コンサルの仕事をしていたから、**「伝えたいんだな」**って思う人もいるかもしれませんが、**「伝えたい思い（当時は介護職のモチベーションアップ）」**があったから講師になったんですね。**「離職率低下と給料アップ」**をしたいからコンサルタントになったんですね。

そもそも、講師もコンサルも、その仕事を選んだのは自分であって、お願いされたわけでも、スカウトされたわけでもないんですね。（講師は紹介はありましたが）

元々は何も経験値のない、「大卒社会人経験５年」という状態から、それでも**「伝えたい」「変えたい」**気持ちがあったから、講師、コンサルの仕事を始めたんです。講師の仕事していたから話すのが上手くなったのもありますが、元々は話すスキルなんて持ち合わせていなかったし、話すのが（伝えるのが）上手いから講師になったわけではありません。

コンサル経験がないのにコンサルタントとして独立して、そこからコンサルタントとして成果を出していくわけですが、最初からそのスキルやノウハウがあったわけでもなく。

このnoteも、書くのが得意だから書いてるのではなく、**書いているから得意になっていく**んですね。

なんでこの話をしているかというと、よく相談とかをされた時に、**『とりあえず始めてみたら？』**と答えると、**『まだ知識がないので勉強をしてから…』『経験がないので経験を積んでから…』『もっと自分に自信をつけてから…』**って返ってくることが多くて、これって「言い訳」で、やらない為の口実なんですよね。

こうやって何年も先延ばしにしてきた。**『やりたいことはあるのに…』**とボヤいて、子供や仕事やお金や時間のせいにして、結局はやる勇気がないだけなのに、そう思われるのが嫌だから何かのせいにする。

『子供がまだ小さいから…』『時間がなくて…』『もう少し余裕ができたら…』

だったら、相談しないでほしいし、そのタイミングになってから相談して欲しい。

あなたは相談する側だけども、こちらはあなた以外からも相談をされている。返答して返ってきた返事が、前のような返事だと、申し訳ないけど**『俺の時間を返して！』**って思う。

あとは、**自分で調べもせずに聞いてくる人。**今は検索をすれば、ほとんどの答えも、参考も、相場も、レイアウトも、流行りも、オススメも、出てくるのに自分では調べずに聞いてくる人。調べたら良いし、調べ方が分からなければ、その調べ方を調べたら良いのに。

その上で、質問するのであれば、

『○○を参考にやってみたら、○○と○○をやってみましたが、うまくいかないです。何が原因だと思いますか？』

→これが質問の基本です。

仕事でもありえそうなのが、『パソコン操作を教えて』『zoomの繋げ方を教えて』『外部に流す文書の書き方を教えて』『コミュニケーションが上達する方法を教えて』『○○技術を向上させたい』

これはほんの一例ですが、『**検索しろ！**』です。そして『**調べて学んで身につけろ！**』です。いちいち聞いて『**他人の時間を奪うな！**』です。

質問です。

ある勉強をしているあなたは、「特別講義」を受講するために3万円を払って講義を受けました。その日の講師は新人らしく、話し方も下手だし、質問しても返答は曖昧で、『まだ不慣れで勉強不足なので…』と、言い訳をしながら講義を進め、何を伝えたいこともよく分からず、退屈でつまらない時間が過ぎたまま講義が終了。

この講義を受けて、あなたはなんの不満も持ちませんか？

さらに質問を続けます。

あなたは、久しぶりに友達とランチに行きました。その時に先日受けた「特別講義」の話を友達にしたところ、友達も過去に同じ「特別講義」を受けたそうです。

友達の話を聞くと、その時の講師は、知識が豊富で、何を質問しても的確に答えてくれて、話し方も上手で、笑いあり深い話ありで、あっという間に時間が過ぎてしまった、と。

友達は、その講師の顔や話を時々思い出して、仕事や自分に活かしてる。と、あなたに教えてくれました。

友達の話を聞いて、『え、その講師がよかったんだけど』って損した気分になりませんか？

▼他人にクレームをつけているけど、あなたは？

講師の仕事を始めた時から、

自分で調べて、

自分で練習して、

自分で技術を高めて。

その繰り返しをしています。今もずっとです。

当たり前の話に聞こえる人もいると思いますが、仕事をする上では当たり前のことです。それで、お金をいただくわけですから当然のことです。（その当たり前、当然が今は薄れてきているようです）

先ほどの質問に話を戻します。僕も新人講師の時はもちろんありました。新人だろうとベテランだろうと、受講する方には関係ありませんし、料金が変わるわけでもありません。

当然、受講された方は、講師を比較し評価をします。（当たり前ですが）だからそれぞれの講師は努力をします。

努力をしなければ、受講者に損をさせ、自分の評価は下がるからです。評価が下がれば、時給は下がり、そして最後は契約終了です。

これは講師を例にしましたが、お店でも同じですよね。新人が作ったモノも、ベテランが作ったモノも料金は一緒で、（美容院とかは違ったりするけど）お客さんは、お店を比較するし、損した気分になったら2度と行かないし、腹が立ったらクチコミサイトにクレームを書く。

お店は評判が悪ければ、お客さんが来なくなり、店を閉めるしかありません。不味いご飯、下手な商品なんて売れません。そりゃそうですよね。お金を払う側（お客さん）と、お金を受け取る側（提供者）の関係がある以上、お金を受け取る側は、調べるのは当たり前、勉強するのは当たり前ですよね。

そして、会社から給料をもらっているのに、調べることもしないで、勉強やスキルを上げることもしないのに、『給料が安い』とかいう資格はない。

厳しいことを言うと、給料を払っているのに、**なぜ、あなたの為にパソコン教室をしないといけないのか？　なぜ、調べてもいない人に一から説明しないといけないのか？**

会社は、**あなたの子守りや介護をする（お世話をする）場ではなくて、サービスや商品をお客さんに提供する場**です。

自分がお客さんになった時には、評価をしてクレームをつけるということは、自分も提供側になれば、お客さんがあなたを評価するし、給料を払う会社があなたを評価する。その部分が、スッポリ抜けている人が多くない??

という誕生日の日に、ガッチリと仕事のお話をさせていただきました。でも、なんてことない当たり前の話です。

給料もらってるんだから勉強くらいしろ！　提供側にいるんだから技術は磨け！　知らないことくらい調べろ！

こんなことを今は上司の立場の人は言えません。パワハラと言われるのを恐れて、後輩を叱ることや指導することは少なくなっています。

ブラック企業と言われるのが嫌で、社長も何も言えない中小企業はたくさんあります。『**叱られなくてラッキー**』と思う人もいると思いますが、叱られないと言うことは、自分で

光に弱くなったのか眩しいのがキツくて、店内でもサングラスしてます。ご理解ください。

気付いて修正しないと評価されないということ。

指導されないと言うことは、自分でトライアンドエラーを繰り返していかないと成長しないということ。

なにかあれば、すぐに「パワハラ」という時代だからこそ、自分で**自分を客観視すること**は大切になってきますね。

もしも自分を客観視できない人は、上司や先輩に『**指導してください！**』『**ミスがあれば叱ってください**』と伝えた方がよい。

上司や先輩は教えてくれないのではなくて、**教えることにも躊躇する時代**になった。ということ。

だからこそ、成長したい人はチャンスが大きい。先輩の力を借りながら、自分でも自分を見つめ直したら、すぐに周りとの差はつくと思う。

結局のところは、**「学び」と「行動」**しかないですね。

最後まで読んでいただきありがとうございました。

2023/07/04熊谷翼

77／数値改善!!!

（2023年7月5日18時01分）

2023年7月5日(水)　がん告知から77日目　※3156文字

朝食後にテラスでアイスコーヒーを飲み、その後にシャワーをして、シャワー後に再度テラスにて一息つく。（わざと口を悪く言うと）患者のくせに優雅な時間を過ごしています（笑）

がん（腫瘍）の数値も下がっていました！（イェイ）
緩やかにというよりも、めっちゃ下がっていました！（イェイイェイ）
※このあと詳しく書きます。
（「44／遺伝子変異」P.101参照）

過去のこの記事の数値を1桁間違っていたと思っていましたが、間違っていなかったので再修正しました。

今までの数値の経過は、前の記事で確認をしてから、今日の記事を読んでもらえると、スムーズかなぁと思います。

ということで、嬉しい報告です！
※副作用で手の冷感刺激と動かしにくさがありますが、頑張って書いているので（打っているので）、あたたかい気持ちで読んでいただき、ともにガッツポーズをしてくれたら嬉しいです。

▼数値改善してます（イェイ）
過去の記事で、腫瘍マーカーの数値をお伝えしていましたが、あれは診察を受けながら、見て聞いて覚えた数値なので、ざっくりとした数値でした。

そしてそれ以降の数値は、報告していなかったので、今日はその数値（キッチリ）をご報告します。

その前に、ざっくりと今までの経緯説明を。

3月後半に胃の不快感が続き、近くの胃腸科内科を受診。

エコー検査の結果、総合病院紹介。

4月から、胃カメラ、CT、血液検査を実施。悪性腫瘍(がん)の疑いがあり(4月10日)、大腸カメラ、CTを実施。

(後に遺伝子検査実施)

4月20日がんの告知。

「S状結腸癌」「多発肝転移」「ステージⅣ」「根治不能」というセット付。

大学病院へ紹介、5月1日に、CVポート造設手術。

5月8日から、抗がん剤治療開始。

6月2日に、BRAF遺伝子変異陽性確認。(遺伝子検査の結果)

現在は、抗がん剤治療5サイクル目。

２０２３年7月5日時点

現在までは、こういう経緯で進んでいまして、有難いことに抗がん剤も効いています。がん告知をされたあたりに会っていた人には、**『4、5月より元気そう』**って言われるんですが、副作用とか調子の波はありますが、確かに元気は元気です!

それは、**数値が改善されている**のもあるし、**抗がん剤が効いている安心感**もあると思うし、それらを含めて**メンタルが安定している**から。だと思います。(あとはテラスの日焼けで健康的に見える笑)

自分を鼓舞するために、根拠のない自信を持ったり、無理矢理モチベーションを上げても、やっぱりそれは不自然で疲れるし続かない。(割り切るメンタルは必要で、それについては過去記事のどこかに書いてます)
「がん」のことを割り切るメンタルで、メンタルは安定していたものの、やっぱり**数値(根拠)ほどの安心材料**はない。
(逆を言えば不安材料にもなりえる)

僕を応援してくれている人も、その数値を見ることで、本当に良くなっていることが分かって安心できると思う。

「根治不能」と医師に言われた告知日。

『それって一般的にはでしょ?』

『俺には奇跡を起こす可能性がある』って、告知を受けた後から自分を信じてきた。


いや…家族も友人も知人も仲間も信じてくれていた。

だから、ちゃんと数値をお伝えして(全てではないけど)安心してもらいたいなと思います。

▼「腫瘍マーカー」「CEA」「CA19-9」

腫瘍マーカーとは
がんは、身体のあらゆる部位に出来ますが、がんの中には〝腫瘍マーカー〟とよばれる物質を作り出すものがあります。体液(おもに血液)の中に含まれる〝腫瘍マーカー〟を測定することで、がんの有無や進行度、治療効果などを、ある程度は把握することができます。

森外科医院様サイトより抜粋

このnoteやSNSでも、**「腫瘍マーカー」**という言葉を使っちゃうのですが、簡単にいうと**「がん物質の数値」**です。

その中にも、色々と種類があって、がんのできた場所によって、どの種類の腫瘍マーカーの数値に焦点を当てるか？ということですが、僕の場合は、**「大腸」「肝臓」**にがんがあるので、**「CEA」「CA19-9」**の数値を注視するとなります。

CEAとは

がんが存在する可能性を示す代表的な腫瘍マーカーの一つである。CEAは胎児がいることを示す早期の受精卵細胞と共通する物質であることから、がん胎児性抗原とも呼ばれる。

《CEA正常値0〜5》

森外科医院様サイトより抜粋

CA19-9

膵臓がん、胆道がん、胃がん、大腸がん、卵巣がん、前立腺がんなどで、高値となる。糖鎖抗原の一種であり、がんを発症していない人(正常者)でも、微量に検出される。特に膵管、胆嚢や胆管、胃、唾液腺、結腸、前立腺などの上皮細胞に多くみられ、これらの組織ががん化することで、大量に作り出されるため、血液中の検出値が上昇する。

《CA19-9正常値0〜37》

森外科医院様サイトより拝借

森外科医院様々でございます。

さてと、難しい言葉が出てきましたが、こういう言葉も僕にとっては新鮮で、しかも自分の細胞のことなので、色々と調べています。

　過去の記事でも書いたと思いますが、**「無知」**だと選択肢が少なくなるし、理解ができないと不安を引き起こすこともある。正確な情報は、流れてくるSNSなどの情報(受け身ではなく)自分から取りに行かないと正確な情報は得られません。

『難しい〜』『頭悪いから…』って言い訳して逃げずに、情報は取りにいきましょうね。**無知は不安を増やし選択肢を狭くしますよ。**

　さてと話を戻しまして。

数値の報告です。

(あくまでも数値なので)

CEA(正常値0〜5)

4月24日「２４２」

5月15日「４５９」
※最大正常値の91・8倍
5月19日「３５７」

6月6日「１４１」

7月4日「45」(やったぜ!!ガッツポーズ!)

4月から5月まで(1ヶ月経たずで)倍近く増えているのが遺伝子変異のせいです。(原因が分かって良かったですが、今は薬の変更をせずに今の抗がん剤治療継続です。)

まだまだ異常数値ではありますが、抗がん剤治療の回数を重ねて数値が改善されています。

そして、もう一つの腫瘍マーカーである、

「CA19-9」

これは最初にリンクを貼った**「遺伝子変異」**の記事でも載せていた、とんでもない数値のやつです…（苦笑）
※その時に書いたざっくり数値ではなくキッチリ数値です。
心の準備良いでしょうか?老眼鏡の用意は良いでしょうか?電卓の用意は良いでしょうか?
CA19-9（正常値0～37）
4月24日「62658」
5月15日「147882」

朝からタリーズの水出しアイスコーヒー

※最大正常値の3996・8倍
5月19日「129823」

6月6日「90811」

7月4日「36738」（っしゃ!!ガッツポーズ!）

今もまだ最大正常値の992・9倍なのですが。（数字がバグってるw）

それでも先月より、どちらの数値も50%以上も改善されていて、40歳になって初めてガッツポーズをしました!（40歳2日目に拳を握りました!）

ちなみに、**肝機能も「138」**まで下がっていました。（4月「350」、5月「420」）正常値は50未満だけど…

イェイ!!

ということで、誕生日翌日に良い報告が出来て良かったです。副作用が強くなければ、明日から自宅での点滴治療に切り替わります。

応援や支援をしてくれる皆様のおかげで、前向きに治療ができています。

本当にありがとうございます!!

2023/07/05熊谷翼

Ps. note記事をstand.fmで、音声配信できるようになったようなので、そちらも準備をしていきますね。

78／主導権は自分

2023年7月6日(木)　がん告知から78日目　※5288文字

(2023年7月6日21時32分)

しゃっくりが止まりません！

これは副作用でしょうか？生理現象でしょうか？血圧上がっているせいでしょうか？散歩をしたからでしょうか？

必殺技を使って、しゃっくりを止めてやりました！

※水を普段飲む反対側から(鼻に水が入るかも！みたいに)飲みます。「水を反対側から飲む」で検索してみてください。

40年間の秘伝の技です！

さて、今日は**「情報を選ぶ」**というテーマでお話ししていこうと思います。

▼「がん」で亡くなった人のニュース

(Yahoo!ニュースの記事紹介「モーニング娘。やAKB48らを育てたダンス界の巨匠、夏まゆみさんが、6月21日にがんのため、亡くなった。61歳だった。」※現在はアクセスできません。)

皆さんの中でも、病気を患っている方や、障がいを持たれている方は、**「自分と同じ病気(障がい)」**の有名人のニュースは、気になるところだと思います。

僕も、**「がん」のニュース**は無意識のうちに見てしまっています。**見ないように(遠ざけるように)意識する。**ってこともできるのかもしれませんが、それはそれでストレスかかって疲れちゃいますね。見ないように見ないようにって考えすぎて、返ってそれって意識してることになるよね？と。

そして、そういうのは周りにも伝わるから、「がん」の話題を持ち出しにくいし、状態を聞くのも気を遣う(遣わせてしまう)それって、お互いにとって、あまり良い状態ではなさそうですよね…。

(「77／数値改善!!!」P.188参照)

だからというわけでもないですが、僕は全て公開して、しかも割り切ってるから「がん」の話題もオッケー！

※最近は同じ患者さんからの相談も受けてる。(僕の場合は、全員にいちいち説明するのが面倒だから、公開してるという「めんどくさがり」の一面もありますが)「がん」で亡くなった有名人のニュースを見て思うのは、**『この人もがんだったのかぁ』**くらい。自分に重ね合わせて悩むこともないし、落ち込むこともない。

(Yahoo!ニュースの記事紹介「**【MLB】**大谷翔平の新記録を阻む"8/1000"米メディアは否定的も…想定覆す「究極の異常値」※現在はアクセスできません。)

例えが正解かは分からないけど、「大谷翔平選手がホームランを打ったニュース」と同じ感覚。**『お～、〇〇号打ったのかぁ』**だけ。

大谷選手と自分の給料を比べて落ち込むことはないし、ルックスを比べて悩むことはない。彼は彼、俺は俺だ。

もちろん大谷選手は、地元出身であり日本中いや世界中のスーパースターだ！

けれども、彼に「がん闘病」を語ることはできないし、僕の「経験」を語ることもできない。そもそも比べたところで、彼は彼、俺は俺だから重ねる意味がない。

※これが気持ちの割り切り

この割り切りをしていれば、自分にマイナスにもなりそうなニュースも、**『この人はこの人、自分は自分』**となるし、不安を煽るような情報が来ても、**『それもあるかもしれないけど、俺が信頼してる情報はこれ』**となる。

だから、芸能人が亡くなったニュースを見ても、**『大変だっただろうな。お疲れ様でした。安らかに。』**と思うだけ。自分とはステージも進行も体力も違う。治療法も違うだろうし、今の自分は抗がん剤治療がビックリするほど効いている！

だから比べる必要もないし、重ねることすら不要なこと。

(今更ながら大谷選手の例は良かったのか？不安だけれども笑)

▼情報に左右されない

「がん告知」をされてから、(公表してから)たくさんの情報もいただきました。いただいた情報は確認させてもらって、『なるほど〜』と思うことばかり。西洋医学、東洋医学の違いもあると思いますが、現時点では、

・腫瘍切除不可(保険内)
・放射線治療不可(保険内)
・重粒子線治療不可(保険外)
・化学療法(抗がん剤治療)可能(保険内)
・遺伝子治療可能(保険内！

他にできることは、

・免疫治療(自由診療)
・無農薬療法(自由)
・サプリメント(自由)
・温泉療法(自由)などなど

たくさんの情報を見ましたし、看護学生以上に自分でも勉強をしました。(保険についても)

※ここからは賛否が分かれそうですが…

まず、**「がん治療」**というものは、世界規模で研究や治験を繰り返しています。そして、世界基準で治療方法が標準化され、過去の治療法より(廃止ではないが)、現在の世界基準によって、治療法や薬が決まっています。

例えば、僕が陽性になった**「BRAF遺伝子変異」**これは2020年11月(うる覚えです)に日本で認可されていますが、米国でも同時期に認可されています。

※日本は2種、3種の薬剤を選択可能

※米国は3種のみ

あとは、僕は肝臓に転移していますが、肝臓の癌を切除す

る治療は現在はあまり行われていないとか。（肝不全を起こすと取り戻せないため）

他にも、食べているのに体重が減り、食欲も落ちていく**「がん悪液質」**。これももしかしたら僕も該当しているかもしれません。（食べているのに体重が5％落ちると該当）

※がん患者の40％が体重減少を認め、ステージが上がると80％に該当。

この**「がん悪液質」の治療法は今までなかった**んです。いくら高カロリーのモノを摂っても、「がん」が筋肉や脂肪を分解してエネルギーにするので、食べても食べても痩せてしまう。

そして、食欲も落ちて、痩せて体力が落ちると、抗がん剤治療や手術すらできなくなる。

どうしようもなかった症状でしたが、２０２１年に**「アナモレリン」**という治療薬が認可されました。これは、筋力を維持し食欲低下を抑える治療薬です。

※スポーツマンが摂るとダメなやつ

まぁ、このように論文やら書籍で最新のものを勉強していてます。（何を選ぶかは自分次第）

僕の治療（保険適用）は、現時点では、化学療法（抗がん剤治療）です。世界の症例を見ても、僕の状態では、大腸がんは排便が出来なくなるまでは温存。肝臓は抗がん剤治療で小さくする。

これが標準であり、これ以外は標準から外れるので、**僕はこの治療を第一選択としています。**けれども、いただいた情報の中には、

『抗がん剤は身体に悪い』

『医者もがんになったら抗がん剤はやらない』

『抗がん剤は病院と医薬品メーカーの稼ぎ口』

『抗がん剤治療をやめたら治った』

『〇〇サプリメントで治るらしい』

『〇〇温泉で治った人がいる』

『〇〇を食べると治るようだ』

『無農薬野菜を食べるとがんが消える』

他にもたくさん情報をいただいています。勘違いされたくはないのですが、僕はこれらの情報は否定していません。

むしろ、**『そうなんだ』**と思っていますが、**『その情報も合ってると思うけど、俺は抗がん剤治療を第一選択』**という考えです。

理由は治った人と科学的根拠（症例）が、圧倒的に多いから。

たしかに、**「抗がん剤」は身体には良くない**です。それは明らかです。

看護師さんも防具みたいなの着けてセッティングしますしね。（万一、自分にかからないように）活性化している分裂細胞を破壊するわけで、それで**「がん細胞」**を壊していくわけですが、**「良い細胞」**も壊していきます。それが副作用に現れるんですね。

「がん細胞」は増殖を続けるために活性化してますし、「良

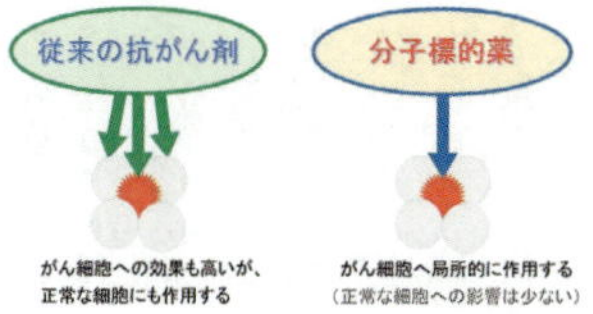

ドクターヒラオカのがん茶論より
（日本赤十字社和歌山医療センター）

い細胞」は免疫を上げたり皮膚組織なども皮が再生されますよね？（活性化してます）

そういう「悪いのも」「良いのも」全部壊すのが、抗がん剤治療です。

※遺伝子検査により遺伝子治療や分子標的薬もあります。

分子標的薬は２０００年から認可され始め、従来の抗がん剤治療から大幅に副作用などが軽減されました。

イタリア人医師が、**『自分ががんになったら抗がん剤はやらない』**と、書籍？インタビュー？で話したことが、**「医師は抗がん剤はやらない！」**という情報に繋がっています。けれども、僕の今の状態で「抗がん剤治療」をしない選択。して、**他に生き残れる根拠ある治療法**は何でしょうか？

そして、それは日本で世界で何万人の人が助かり、治療費はどれくらいかかり、自分がもし「同じ状態」になっても、自信を持ってその治療をするのでしょうか？（批判ではなく疑問です）

１本40万円する「キノコの粉末サプリ」　それで何万人が助かったのでしょうか？

確かに助かった人はいると思います。

けれども、それが本当に科学的根拠があれば、医薬品として販売するか、治療薬として処方されませんか？

入るだけで「がん」が消える温泉　年間何百人の人が助かったのでしょうか？　逆に亡くなった方や、皮膚組織の悪化を引き起こした例はないのでしょうか？　平均何日後から効果が出るのでしょうか？

無農薬野菜　確かに身体には良いと思います。無農薬野菜だけを食べるとして年間の食費はいくらになるのでしょうか？　本当に１ミリも農薬を使わない野菜は、日本にどれほどあるのでしょうか？　無農薬野菜を食べる際の調味料などは、何でも良いのでしょうか？　油や化学調味料が「がん」を引き起こす確率や、どれほどの量で「がん化」するかの平均値はいくらでしょうか？　**ステンレス製の調理器**は「がん化」するのは、どれくらいの年月使えば引き起こすのでしょうか？　またステンレスの構造やメーカーによる割合のデータは取れているのでしょうか？

宗教　『「がん」が消えた人がいる。』『治らなくても死ぬ時にあの世に苦しまずに行ける』と、いわゆる勧誘を数名から受けました。宗教は否定しませんし、何かを信じるとかお参りするのは好きです。ただ特定の宗教ではないだけで、神社仏閣は好きです。

けれども、お祓いしてもらって消える割合はあるのでしょうか？　年間何人を救っているのでしょうか？

他にも、保険外や自由治療の情報ももらっていて、今の治療が足踏みしたら、その治療を試すことは十分あり得ます。あとは、現在行われていない過去の治療法をすることも選択肢に入っています。

もちろん、状態が変化して先進医療（重粒子など）を、受けられる状態になれば検討しますし、パネル遺伝子検査も候補にあります。情報は今は必要なくても、後に必要なものもあれば、今も後も必要ないものもあります。

そこの選択は自分でしなければなりませんが、**そのためには自分で徹底的に調べて、揺るがない決定をする強い自分になること**が必要です。

▼なんか理屈っぽくなって、ごめんなさい

でもね、先に、これだけは言わせてください！

みんな僕のことを心配して、情報やら勧誘をしてくれているんです。それはありがたいことです。ほんとに。
※必要な時には僕から詳しい話をお伺いします
ただ、僕は「割り切り」とか「情報分析」とか、「がん」になる前から勉強して鍛えてきましたけど…

それでも告知された時には動揺したし、（家族はそれ以上に）混乱しました。

その時は冷静な判断がつかなくなっている。突然「がん」と言われた人は、なおさらだと思う。僕以上に動揺して混乱して冷静さを失う。

そういう時に、あなたを思ってたくさんの情報が届く。もちろん善意の気持ちで送られてくるのがほとんど。けれども（キツイことを言うけど）そうじゃない人や情報も混じっていたりする。僕はなんとなく、そういう人や詐欺しそうな人は、感覚的に分かるようになって（過去の経験で）うまく距離を取るようにしている。

さっき書いた、「サプリの購入（マルチ商法）」をさせるために、「心配を装ってランチの誘い」をされたり。
※物は確かに良いと思うけど最初から商品説明してくれたら良いのに、それを隠して誘われるのがね…
※必要な時にはこちらから連絡します
「宗教の勧誘」のために、「休みの日や空いている日を確認」されたり、「良い物だからタダで使ってみて」と言われて、その後に「商品の購入（マルチ商法）」をお願いされたり。10件くらいはありましたよ、僕は。
情報もたくさん来る。
「医師が抗がん剤治療を勧める」
←
けれども友人からの情報だと、
←
「抗がん剤は毒だから、やったらいけない」

←どうしたらよいの！と迷ってしまい、
←治療が遅れたり、効果が不明なものに大金を使ったり。
※がん保険入っていると一時金が出たりするので（保険にもよりますが）それを狙ってくる人もいますよ。
それで治るならハッピーエンドですが、治らずに、治療が手遅れで手をつけられない。というケースも結構あります。

そういった冷静な判断が難しい時に、たくさんの情報の中から、自分で選択しなくてはならない。これは「がん」に限ったことではなく、**普段から「知識」を入れることだったり、「調べる習慣」をつけておかないと、**あれもこれも言われるがままに信じて、時間もお金も無駄にしてしまう。

ましてや「がん」だと命を削ってしまいかねない。

僕は本で調べて、ネットで調べて、国立がんセンターの論文などを読んで、分からなければ担当医に聞いて、それでも分からなければ根拠や論文を教えてもらって。

そうやって、**今は「抗がん剤治療」優先！**と決めました。

情報は情報として、ありがたく受け取って、根拠を調べ、**必要なモノは選択肢**に入れる。

そして必要なタイミングで決める。

そうやって、選ぶことも決めることも、最終的には自分しかいません。

家族や友人ではなく自分が決めるんです。他人任せはやめて、自分の時間もお金も命も、**自分が主導権を握ってください。**

自分の人生の主導権を握って、後悔ない人生にしましょうね。

今日は５０００文字を超える長文!!

最後まで読んでいただき、ありがとうございました！

2023/07/06熊谷翼

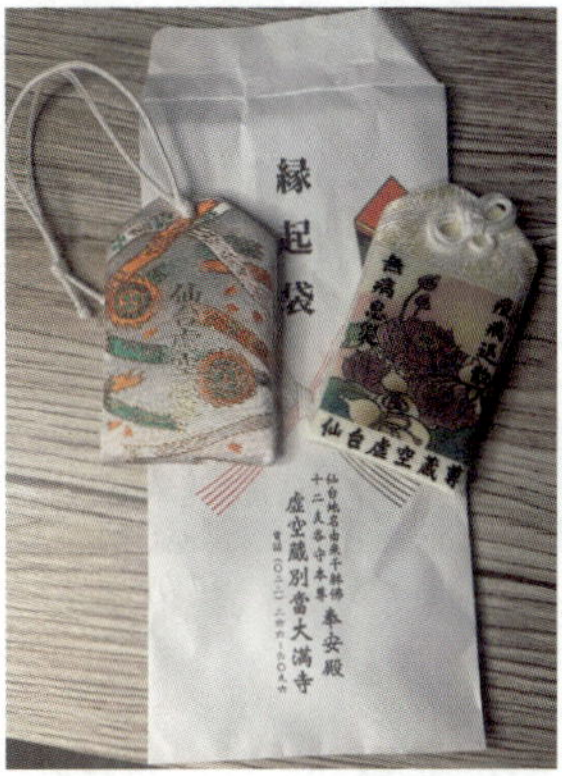

お守りありがとうございました！

79／お話会の原稿（ラフ版①）

（２０２３年７月７日22時51分）
２０２３年７月７日（金）　がん告知から79日目　※３００３文字
先ほど親父から電話がありました。
『note 読めないんだけど…』って。（エラーになるそうで、

アップデートとかかな？）

ということで、親父は毎日読んでいるそうです。（変なことは書けない…今更か。）

さてと、今日は**「お話会の原稿を書く」**というテーマと言うか、原稿（ラフ版①）を今から、ツラツラと書きたいと思います。

全ては書けないので、残った続きは明日かな！

ネタバレになる部分もあるし、変更になるところもあると思いますが、今日頭の中で浮かんだフレーズとかもあったので、記憶と整理のために書いていきますね。僕が話していると思って、読んでもらえたら嬉しいです。

落とし所やエピソードはまだ曖昧なので「ビシッと」決まらない文章になるかもですが、この原稿がどう磨かれていくのか？今後もお楽しみに。

ということで、書いていきましょうかね！

▼「キセキを起こす可能性は誰にでもある」

僕はまだ**「キセキ」**を起こしてはいない。

けれども**「キセキ」を起こす可能性はある**し、それは僕だけではなくて「あなた」にも可能性がある。

「キセキ」って言われても、普段の生活ではそんなモノ考えないし、何か目標ややりたいことがあって、**『それが叶うのはキセキが起こらないと無理だな〜』**って呟くくらい。

本当は、**小さな「キセキ」の積み重ねで「今」があって、**何気ない当たり前の毎日の中にも、**「キセキ」を起こす可能性やキッカケはあって、**でも、毎日の慌ただしさと、目の前の現実でいっぱいになって、**「本当はやりたかったこと」「諦めたくはなかったこと」**そんな夢や希望は、いつの間にか忘れてしまって。

いや、忘れたんじゃなく、見ないように考えないようにして、**「そんなことは私には無理なんだ」**と言い聞かせて、今日もまた、そして明日も毎日同じことを繰り返して、それが**「自分の人生なんだ」**って言い聞かせる。**本当はもっともっと可能性があるのに。「キセキ」を起こす可能性はあるのに。**

今は、やりたいことが見つからなくてもいい。今は、夢や希望がなくてもいい。

けれども、今日の話を聞いて、**「私、これやってみようかな」**と、一歩を踏み出すキッカケになれば嬉しいです。

（自己紹介）

1983年7月生まれ。岩手県盛岡市出身。

22歳▼時給700円アルバイトとして介護業界へ。

27歳▼介護コンサルタントとして独立。

35歳▼管理者や事務長として施設運営に携わりながら、研修やコンサルティングを行う。
39歳▼ステージⅣがん告知を受ける。
▼「根治不能」「ステージⅣ」

今日は僕の話をさせていただく場なので、僕の話を、特に**「がんになっての学び」**を中心に話を進めていきます。

僕は、**2023年4月20日に「がん」**の告知を受けました。**「S状結腸がん」**いわゆる大腸がんと、**「多発肝転移」**肝臓の複数箇所に転移がある状態で、**「ステージⅣ」**であり**「根治不能」**と、診断を受けました。

その時には、両親も同席し担当医の話を聞きました。両親は泣いていました。

告知の10日前、4月10日の時点で、担当医から**「がんの可能性が高い」**と言われ、それも家族には話していましたが、実際に言われると…

やっぱりしんどいものがありました。

僕がしんどかったのは、「がん」になったことよりも、**「また親に迷惑をかけてしまうかもな」「親を悲しませてしまった」「親より早く死んでしまうな」**っていう、申し訳ない気持ちがしんどくて…。

今思い出しても、いつ思い返しても、講演の原稿を書いている時にも、やっぱりしんどくなります。僕は診察室では、冷静を保っていましたが、やっぱりキツかった。

診察室を出て、ロビーで待っている時には、涙は止まりませんでした。その日の夜も次の日の夜も、ほとんど眠れなかったし、ずっと泣いていました。

・**告知をされた診察室**
・**両親の姿**
・**ロビーで溢れた涙**

ずっと思い出して泣いて、また思い出して泣いて、その繰り返しで朝を迎えて。告知された日の夜、そして次の日の夜にまた、思い出すというか、蘇ってくるんですね。それでまた泣いて。精神的にもごちゃごちゃしてて。

そして、その時あたりから、右脇腹の痛みも出るようになって、(転移している肝臓が炎症や膨張を起こして、脇腹や背中を刺激して痛くなる)泣いていても痛いんですよね。痛む止めを飲んでもすぐに痛みは引かないし。だんだんと、泣く感情より痛みの方に意識が向くようになって、ふと冷静になったんですよね。

僕が毎日更新している「note」にも時々書く、**「気持ちの割り切り」**良いのか悪いのか？　痛みによって、悲しい感情を割り切れたんですね。

『俺はなんでこんなに泣いているんだ？』って。そこから、泣いている理由を考えてみましたが、答えはシンプルでした。**『生きたい』**過去にも色んな嫌なことがありましたし、**「死んだ方がマシ」**と思った時もありました。けれども、ハッキリとその時に思いました。**『生きたい』**

僕が泣いていたのは、**「生きたいのに生きられないかもしれない」「親より早く死ぬかもしれない」**っていう、ただの妄想。

　自分の妄想を、勝手に自分で決めつけて、まだこの先どうなるのかも分からないのに、もう人生終わった気になって。**「根治不能」**と言われたから、**「もう治らないんだ、死ぬんだ」**と決めつけて。悲しい感情から、だんだんと自分に対しての怒りの感情になっていって…

『死ぬって誰が決めたんだ？』『治らないって根拠はあるのか？』『ステージⅣになったら全員死ぬのか？』

　結局は…**全部、自分が自分の中で決めつけた妄想、空想。**

　そう思ってたら、バカバカしくなってきて、(たぶん痛みも消えてた)それからは、スマホで、**「大腸がん ステージⅣ生存率」**とか、**「がん完治」「がん克服」**とか入れて、朝まで検索して検索して検索して。

　見つけた本はAmazonで注文して、YouTubeも見て、論文も読んで、気付いたら朝になって、目はバキバキで(笑)まだ起こりもしない、起こってもいないことに、不安になって想像だけで辛くなって…

　どうなるのかも分からないのに自分で決めつけて、それで悲しくなって…

『想像で泣いてバカじゃん!!』『お前、なに勝手に決めつけてんだよ！アホ！』って自分にイラついて、**『まだこの先のことは分からない』『どうせいつかは死ぬんだ』**って、マイナスの感情を割り切ったら、プラスの思考に変わってきてて。外も明るくなってきたから、近所の神社に行って、周りに誰もいなかったから、**『全てを受け入れます』**って宣言して。(ヤバい奴…)

　たぶんまだその辺りは、情緒不安定だったけど、けれど、神社の帰り道で、**『生きたい』『可能性はある』『キセキは起こせる』**って、何回も何回も呟いてというか口から出てて…(ヤバい奴)

　そして、**『「がん」と向き合ってキセキを起こそう！』『自分を信じよう！』**って、自分自身に言い聞かせて、自分自身に期待をして、『よし！やったるで～』って変な関西人になって。

　告知3日目あたりから、僕の気持ちは少しずつ**「キセキ」**に近づいてきました。

　告知日から今も続いている「note」そのほかの「YouTube」や「スタンドFM」の発信も、3日目から始めました。
▼戦う相手は「がん」じゃなくて自分のメンタル
▼偶然の連続「キセキは起きていた」
▼がんにはなりたくはなかったけど、がんになってよかった
　原稿の続きは、また明日書きますね。今書いていると朝になる(笑)
　最後まで、ありがとうございました！
2023/07/07熊谷翼

80／お話会の原稿(ラフ版②)

(2023年7月9日23時35分)

2023年7月8日(土)　がん告知から80日目　※3941文字

朝4時から調子があまり良くなくて、下腹の痛みと右脇腹の痛みと炎症？と、寒気と発熱があって。

投薬が終わると、数日調子がイマイチになるんですが、今までの中でも、割と調子が良くなかった。

けれども、「がん細胞」と「周りの良い細胞」と「抗がん剤」がそれぞれ動いていると思うと、弱ってられないな！と思う日でもありました。

→

昨夜ここを書いて、スマホ画面(明るさ)に気持ち悪くなったので、寝させていただきました。

さて、今日は前回の原稿の続きを書いていきたいと思います。昨日の記事から、読んでもらえると話が繋がると思います。

(「79／お話会の原稿(ラフ版①」P.197参照)

それでは、早速！

▼戦う相手は「がん」じゃなくて自分のメンタル

治療前と、治療開始してしばらくは、**「がんと戦う」**ことを考えていました。

「がんは悪」「倒すべき相手」として、**『負けられない』**とか、**『がんに勝つ！』**とか言って気合いを入れてました。

『breaking down』とか、『初戦』『2回戦』とかも言ってましたね。

それがいつからか、考え方が変わってきました。

「がん」は何故出来たんだろうか？「何故」このタイミングだったのか？

そう考えるようになった時に、**「がん」は何か気付きを与えてくれたんじゃないか？**　そう思うようになりました。

「がん」になる前は、週1回から2週に1回くらいの休みで働いていました。

もしかしたら『休みなさい』っていうお知らせなのかな？

「がん」になる前は、毎日まぁまぁお酒を飲んでいました。もしかしたら『身体を壊すよ』っていうお知らせなのかな？

「がん」になる前は、運動や食事に気を遣うことはしていませんでした。もしかしたら『健康的にしなさい』っていうお知らせだったのかな？

「がん」になる前は、同級生や長い友達とは会わずにいました。もしかしたら『会える時に会っておきな』っていうお知らせだったのかな？

「がん」になる前は、協力をお願いしたり、弱い部分を出さずにいました。もしかしたら『素直に吐き出しな』っていうお知らせだったのかな？

他にもたくさんあります。

「がん」をキッカケに、気付いたことや思い出したこと。

「がん」をキッカケに、再会したり謝ることができたり。

そう考えたら、「がん」はキッカケを与えてくれていて、40歳前のこのタイミングでなったのも、人生を後悔しないために（お爺さんになる前に）「お知らせ」という形で、「がん」が現れたのかな…と考えるようになりました。

「がん」ができたから、その部分に悪いものが集まって、身体中に広がらずに済んでいるし、何より、「がん」はそもそもは、自分の細胞が増殖する時に、変異（コピーエラー）を起こしたもの。要するに「がん」も自分が作り出した自分の細胞。自分の細胞に対して、「やっつけろ」としたところで、そもそもそれは自分を攻撃していること。

それよりも、「がん」がキッカケで気付いたことに感謝をして、今の自分の身体に感謝をして、あとは自分の身体に任せるだけ。必要なものは残るし、不要になれば消えるし、「がん」も僕の気付きや得るものが足りなければ残るし、足りたのなら消えていく。だからそれまでは、**共存**をしていこうと決めた。

おそらくこの話は、皆さんにも代用できる話で、自分にケを与えていたのかもしれない。


「不利なこと」「マイナスなこと」が、実は皆さんにもキッカケを与えていたのかもしれない。

「ピンチはチャンス」とはよく聞くけど、たぶん本当で、「ピンチ」が何の意味を持つのか？　どんなことに気付いて欲しいのか？　たぶんそれに気づけないと、同じようなレベルの「ピンチ」が、何回もやってくる。

もしかすると、過去最大級の「ピンチ」を迎えた僕ですが、ここで何も得ないと、また同じような「ピンチ」かやってくるだろうし、今の「ピンチ」を乗り越えたら、次はもう少し大きめの「ピンチ」が来るかもしれない。

過去には、お金や裏切りや詐欺にあったり、人間関係を壊してきた僕が、なんとか今に繋がってるのは、それを乗り越えてきたからであって、「ピンチ」から逃げていたら、もしかすると「がん」にはならなかったのかなぁと、妄想したりするけど（笑）

僕の話だから、「がん」と言っているだけで、皆さんにも大なり小なり悩みやピンチはあって、でもそれは、「ピンチ」という名のチャンスであったキッカケなのかもしれない。

なぜ起こったのか？　何を伝えたいのか？　自分が気付き変わるために必要なことは？

そう考えると、目の前で起こってることが、決してマイナスばかりではないはずです。

▼偶然の連続「キセキは起きていた」

今回がん治療をするにあたり、思い返したりすると、たくさんの偶然が重なっていました。

それは**「キセキ」**と言うと、大袈裟かもしれないけど、**「キセキ」って小さな積み重ね**で、しかもそういう**「偶然」**を**「必然」**と捉えるかによっても、自分自身のメンタルにも影響をしてくる。勘違いでも大袈裟でも良いから、自分に都合の良い解釈はとても大事。たまたまかもしれない、僕の都合の良い話をしましょう。

僕は3月末に胃痛のため近所の病院に行き、4月20日は「がん告知」。通常、紹介をされ検査やら何やらやると、結果(告知)が出るまで、1～2ヶ月かかるそう。

僕は、近所の病院に行ってエコー検査とかをして、その先生の知り合いが総合病院にいるということで、すぐに総合病院を紹介され、そのまま行ったんですね。(おそらく肝臓要チェック!と書かれていた)

最初は胃痛の訴えで受診したので、その翌週には胃の検査とCT検査。胃は軽い胃炎でしたが、大腸に腫瘍がありそう。とのことで、さらに翌週に大腸カメラとCT検査。結果はご存知の通り。告知されるまで20日でした。そして、その総合病院の紹介で、大学病院に行き、ゴールデンウィーク明けから治療ができるよう、5月1日にCVポート増設。5月8日から抗がん剤治療。

そして今に至るわけですが、今思い返すと、**「偶然」とは言えないような巡り合わせがたくさんありました。**
※個人情報や診療内容に関わるのでnoteでは簡略化します。

①まず最初に行った病院で、「胃薬」だけを出されていたら「がん」に気付けずにいた。
②最初に行った病院の医師の知り合いが総合病院にいて、当日すぐに紹介をして診察と検査予定を決めることができた。
③胃の検査だけではなく、大腸と肝臓の検査もすることができた。
④大学病院であれば結果が出るまで1～2ヶ月かかる(予約などで)。
⑤総合病院の内科医と外科医のミーティングで、大学病院への紹介を検討し、朝の時点で大学病院へ連絡を入れていた(僕の返事一つですぐに治療ができるように)。
⑥総合病院の外科医と大学病院の担当医が元同僚ですぐに治療方針が決まった。
⑦大学病院で行った遺伝子検査により、後にBRAF遺伝子変異が分かった(治療が遅れたら手をつけられなくなっていた)。
⑧同級生と教え子(どちらも大学病院看護師)に入院中に遭遇(これは治療とは関係ないけど)。
⑨抗がん剤は30%程度しか効かない
他にも、
・抗がん剤が効かない場合の別の治療法が複数パターンある。
・日本で唯一のパネル遺伝子検査も受けられる。など、どれか一つが違う方向にいっていたら、①②が違う結論を出していたら、もしかしたら…。

そう考えると、**「偶然」**というよりも**「必然」**だし、どれか一つでも噛み合わなかったらと思うと、まさに**「キセキ」**だと思う。

一つ一つは、大きなことではなくても、それが重なっていくと、**「キセキ」**は起こせるかもしれないし、その小さな点と点が、実は**「小さなキセキ」**で、それに気付ける（プラスに捉えることができると）、点と点が線になり面となり、大きな**「キセキ」**に繋がるんだと僕は確信しています。

だから、僕は**「キセキ」**を信じているし、**「キセキを起こす可能性はある」**と信じています。

▼がんにはなりたくはなかったけど、がんになってよかった

僕は**「がん」**になって、今まで生きてきて経験したことのないことや、感じたことない感覚や、考えたことのない価値観など、この数ヶ月で、10年分くらいの経験値をいただきました。特に、考え方、捉え方、メンタルと括りますが、メンタルの安定が、今の状態を作り出しいることも分かりました。

目の前で起こったことの、意味や原因を探ることは大切ですが、悔やむのは違う、逃げることも違う。現実を受け止め、意味や原因を受け止め、その上で**「どう行動するか」**という、メンタル状態にしないと、クヨクヨしてイライラして、考えても答えが出ないことに悩んで、ずっと引きずって生きていくことになります。

自分の不得意なことや欠点ばかりに目を向け、マイナスのことやピンチのことばかりで頭がいっぱいになっては、絶対に明るい未来はやってきません。

僕は「がん」のことを、**「考えても答えは分からない」**って割り切って、**「何か気付きがあるはずだ」**と、捉えるようになってから、みるみる数値も改善されています。たぶんお会いした方や、直接お話を聞いてくれた方は、**「ステージⅣ」**の人だとは思わないと思います。

日によって体調のや副作用の変動はありますが、それも**「何かの意味がある」**と思って、深く考え過ぎずに、それよりもお話会のことだったり、これからしたいことを考えています。現実を考えると、仕事のことや将来のことやお金のことなど、悩みはたくさん出てきます。

だから、現実の問題は割り切って、（ちゃんとすることはして）あくまでも**「今」**は**通過点**であって、目標でもゴールでもないことを、自分に言い聞かせながら、生きています。

今回のお話が、聞いてくれた方の、「キッカケ」になれば、僕にとっても励みになるし嬉しいです。

以上

2023/07/09熊谷翼

81／質問相談に答えましたvol.2

（2023年7月10日00時18分）

2023年7月9日(日)　がん告知から81日目　※1321文字

毎週日曜日はＳＮＳのＤＭに届いた、「質問相談」にお答えします。シリーズです。（質問相談が来なくなった時点で打ち切り中止）

個人情報以外の相談内容は一部公開されますが、それでもよろしければ質問相談受け付けています。（熊谷の主観で答えます）

お待ちしております。

それでは始めます！

Q. 好きな色はなんですか？

A. ブルーとグリーンとイエロー

Q. 好きな香りは？

A. ムスク系

Q. 社会福祉士で良かったことは？

A. 仕事上で言えばキャリアアップができることと、知識がある程度あること。

資格を取るための試験勉強だと、すぐに忘れてしまったりすると思いますが、制度も社会も変化していくので、情報や勉強は常にアップデートさせないと、資格ばかりの人になってしまうので、アップデートは社会福祉士に限らず、有資格者としては当たり前のことかなと思います。

Q. どうやって文章を考えていますか？

A. 思い浮かんだまま話すように書いています。

それだと抽象的なので、少し具体的に説明します。今は思い浮かんだまま書いているのは事実ですが、最初からできたわけではありません。

書き方（話し方）は、**「自分の呟き」「誰かに届ける」**で違いがありますが、前者は、「言いたいことだけを言う」なので、能力がなくても短文さえ書ければ、誰でもいけると思います。（ツイートとかポエムとか）

後者は、やはり勉強やスキルが必要です。

・文章構成
・起承転結
・例え話
・エピソードトーク
・台詞
・ターゲット設定　など、

最初に書いてた頃は、（noteよりも以前の話）伝えたい人を決めて、その人に向けて書いたりしていました。（10年ほ

ど前は）

あとは、構成も基本の構成（起承転結）で書いたりしていましたが、毎日読まれている方もいるので、毎回同じ構成にならないようにしています。（いろんな本があるので参考にして書くと良いです）

それ以外では、オープニングトークを入れたり、例え話を入れたり、台詞を入れたりして、読む側が重くならないようにしています。他にもまだありますが、一番大事なことは、**「書くこと」**です。仕事もそうですが、**「質」**より**「量」**です。そして、**「質」**より**「スピード」**です。

毎日２０００～３０００文字書いていますが、それを毎日書くことで言葉や構成も上達できますし、それを悩みながら書くんです。最初は時間もかかると思いますが、「スピード」は大事です。

どんだけ立派な文章でも、何時間もかけてたら**「量」**がこなせなくなります。**「スピード」**と**「量」**あとは、**「継続」**ですね。

時々、話し方や文章の質問を、講師やリーダーから質問されますが、まず「やってない」「続けていない」「量」をこなさないとレベルは上がらないし、「継続」しないと忘れてしまう（衰える）けれども質問者の多くは、「質」を先に上げようとする。『うまくないので…』と言って、「質」が上がるまでやろうとしない。

逆で、「やり続ける」から「質」が上がるのであって、それは「量」に比例します。

下手なのは「量」が足りていないだけです。（あとは知識不足）

「量」をこなしましょ！

僕も頑張ります！

以上です。

2023/07/10熊谷翼

82／のんびりと近況報告

（２０２３年７月10日19時36分）

２０２３年７月10日（月）　がん告知から82日目　※１１５５文字

最近蒸し暑くて、エアコンの「ドライ」にするのですが、冷感刺激のせいかな？　腕や足から冷えが全身に伝わって、調子を崩したりお腹が痛くなります。蒸し暑いのに寒いし、上着を着る以外に良い方法ありませんかね？

いま仕事用に、「アームサポート」をamazonで探していますが、季節柄ほとんどが「冷感」「冷感」じゃないアームサポート（メンズ）を、amazonで見つけたらスクショを送ってください！

ということで、今日は「のんびり近況報告」をしたいと思います。昨日まで原稿投稿（２回）だったので、箸休め的なnoteにします。

▼お話会の現状

お話会でお伝えする内容のラフ版は、以前の note にありますので、それを磨いていきますが、会場手配やチラシ準備がまだなので、（誰か手伝って）そちらを進めながらになるので、一般公開は少し先になりそうです。

併せて、現在「支援ページ」を作っていて、その中には「お話会会場費」を入れて、お話会のスポンサーを個人でもしてもらえるようにします。許可を得た場合には、『本日のお話会は○○さんがスポンサーです』みたいにしていこうと思います。こちらも決まったらお知らせします。

▼新しいSNS「スレッズ」

インスタアカウントから入ることができて、中身は「インスタ版のツイッター」僕はツイッターよりも、インスタで繋がっている人と関われるので、ツイッターよりも使うと思います。新SNS「スレッズ」は、「日常の呟き」をメインに、インスタでは投稿しない普通のことをメインに投稿していきます。日常の呟きを見たい方は是非フォローしてくださいね！

ということで、のんびりと書きました。

今日はこのあともう寝ます！

2023/07/10熊谷翼

▼退院してからの現状

退院してから、体調を大きく崩すことはなく過ごしています。大きくなので、実際は小さい体調不良はありましたて、（仕事も含め）休み休み過ごしています。

副作用としては、回数を重ねるごとに、冷感刺激が強いのと期間（消えるまで）が長い。そして、指先足先だけだったのに、エアコンのせいか？腕や足などから冷えを感じます。

※でも血流良くて（血圧上がって）汗はかく

※エアコン調整が大変

冷えを感じやすいので、「冷感」対応のシャツなどは、寒くなってお腹が痛くなったり、熱っぽくなったり。あとは、今日時点で喉の冷感刺激も残っているので、冷たい飲み物は違和感があります。

副作用はそんな感じで、あとは時々炎症？による痛みが若干あり、これは痛み止めを飲んでも治らない時には、休むしかなし、酷い時には病院に連絡をして指示を受けます。

そんな感じで、最近は「冷え対策」をしないとな。ってところです。冬とかどうなるんだろ…

※考えても仕方ないけど

83／「依存」「期待」は自己中

（2023年7月11日21時04分）

2023年7月11日(火)　がん告知から83日目　※1546文字

暑いですね、暑い。

暑いんだけどエアコンの風が、腕や手のピリピリを増やしてしまい、冷えると不調になるという…難しい夏を迎えています。

新しいSNS「スレッズ」（#threads）、noteやインスタでは投稿しない「日常」メインで投稿をしています。

(https://www.threads.net/@kumagaitasuku)

よろしくお願いします。

ということで、今日のテーマは、**「人に依存するな」**というお話をしていきます。

▼不安な人やイライラしている人

「不安になりやすい人」や、**「イライラしやすい人」**は、人に依存し過ぎなんじゃないかな〜と、僕は感じます。

今日のお話は、**「人に依存するな」「人に期待するな」「期待するから怒りがわく」**

ということなんですが、人に依存し過ぎてたり期待していると、相手が思ったような反応をしなくて不安になったり、相手が思ったような行動をしなくてイラついたり。

相手にはほぼ関係ない、自分の方に原因があるのに、「不安になりやすい人」「イライラしやすい人」結構多いなぁ〜と。

旦那や妻、子供やパートナー、友達や同僚だろうと、全員、自分以外は他人なわけで、自分以外の人をコントロールしたがるのが、**「依存する人」「期待する人」**仕事で、後輩に仕事を任せて、**『期待してるよ！』**と言っても、裏では、想定内のリスクは考えているし、想定内のミスは考えているし、実際にはうまくいってもミスしても良いレベルの仕事から与えていくのが普通で、（最初から責任が重いのを任せられない）あとは、どう取り組むのか？　どのくらいのスピード感で処理するのか？　の姿勢は評価の判断としては見るけど、（今後の仕事を任せられるか）それで思い通りやらなくても、不安にはならないしイラつかない。

期待ってそれくらい、軽いくらいで良いと思うんです。じゃないと不安になるしイラつくから。

話が前後しましたが、**「依存体質」**の人も、相手の反応や言動にいちいち反応して、その反応で不安になったり喜んだり。

でもその不安は、自分が作り出しているものだし、喜ぶ反応だって、**『こうだったら嬉しい』**を自分で作り出して、それに当てはまれば嬉しいし、当てはまらなければ不安になったり落ち込んだり。

▼ただの自己中だよね

相手に対して、『こうだったらいいのに』って、依存して期待して、その反応で一喜一憂するって、それってただの「自己中」ですよね。自分の思い通りにしたいだけ。思い通りにならないと不安になって。

自己中を否定しているわけではないけど、（自分もそうだし誰もが自己中だろうから）

けど、相手を思い通りにしようとするのは違くない？ 例え子供だったとしても。子供に親の言うことを聞かせたいとか、親の言うことを聞かないとか、それって親の思い通りにさせたいだけで、子供の思いは聞いてあげてるの？って思ってしまう。子供は親のおもちゃでも思い通りに動かすロボットでもないからね。

※ちなみに『うちの子が勉強しないのよ』ってたまに聞くけど、『あなたがしてないからでしょ』って答えます。

なんで親がしてないのに、やらなきゃいけないの？って子供も思うし、子供はちゃんと見てますからね。挨拶とか言葉遣いとか、子供は親の鏡って言いますからね。

話を戻します。

結局、子供だろうが大人だろうが自分以外は他人です。他人を思い通りにしよう思うこと自体「変」です。あなたは他人の思い通りになるのは嫌がるのに、あなたは他人を思い通りにさせたいのは「変」。そこに気付けないと、どんどん人が離れていってしまいます。

子供は距離ではなく気持ちが離れます。

『思い通りになれ』『言うことを聞いて』その発想自体をやめていきましょうね。

2023/07/11熊谷翼

84／目の前のことは自分で決められる

（2023年7月12日22時15分）

2023年7月12日(水)　がん告知から84日目　※2104文字

蒸し暑い日が続いていますが、体調はお変わりないですか? 僕は「蒸し暑さ」と「冷房」と「身体の冷え」のバランスを取るのに苦労しています。

身体が昨日よりは今日は良いのですが、(おそらく治療後に次第に良くなるパターン)冷感に身体が敏感になりチクチクとした痛みと、下腹部の違和感が連動して起こりました。

それでも身体も部屋も暑いので、アームサポートを着けたりして調整しています。

僕の近況はそんなところですが、僕の好きな食べ物ランキング9位に入る「そうめん」の雑学をしてから本題へ。

「冷麦」と「そうめん」の違い

原材料はどちらも小麦と塩だが、そうめんは丸棒状で太さ0・8〜1・3ミリ、角棒状では0・7〜1・2ミリ。

一方の冷麦は、丸棒状で1・3〜1・7ミリ、角棒状で1・2〜1・7ミリのものを指すと、日本農林規格(JAS)によって決まっているそうです。(へぇ〜)

ということで、今日はいつもの投稿とは少し変え、僕が過去に教わったお話をお届けします。(知っている方もいると思いますので、その方は知らない方に教えてあげてください)

▼バカパ王とボンノパ

その昔、アフリカに**バカパ**という王とその家臣**ボンノパ**がいました。

王はボンノパという家臣を信頼し、どこに行く時もボンノパを連れて行きました。

ボンノパは何が起きても動じず、いつも『**これでいいのだ**』と呟いていました。バカパ王はその言葉が好きでした。

ある日、手に怪我をした王に向かって、ボンノパは『**これでいいのだ**』と呟きました。

さすがに王も怒ってしまい、ボンノパを捕まえて牢屋に入れました。

数日後、王は狩に出て森の中である部族に捕まりました。

その部族は、儀式で火炙りにする生け贄として、王を捕らえました。

しかし、彼らは王の手の怪我に気づき、傷物は『**傷物は生贄には出来ない**』と放免されました。

帰った王はすぐさま、ボンノパを牢屋から解放して、『**私は酷いことをしてしまった。私が怪我をしたことは、あれで**

良かったんだ。この罪をどう償えばいい？』と、王はボンノパに聞きました。

ボンノパはいつものように、『これでいいのだ』と答えました。

『もし牢屋に入れられてなかったら、私は王と一緒に狩りに行っていたでしょう。そして一緒に捕まり、怪我をしていない私は生贄になっていたでしょう。』と答えました。

その時に王は悟りました。「起きたことは、すべてこれでいいのだ。実はうまくいっているんだ。」と。

▼自分で選んで決められる

事実は一つですが、解釈は無数です。

今、目の前で起こっていることが、自分にとってプラスなのかマイナスなのかは、自分で決めることができます。ボンノパは、全ての出来事はプラスなんだ。と解釈をして、口癖のように、『これでいいのだ』と言葉にしています。

もしかすると、自分に言い聞かせていたのかもしれません。いずれにせよ、事実をどう解釈するのかで、自分にとっての意味は変わってきますし、『これでいいのだ』と、口癖にしていたからこそ、目の前の出来事もプラスになったのかもしれません。

解釈と意識は、自分の中の思考であって、自分でしかコントロールはできません。プラスの解釈と意識で、目の前の出来事はプラスになるし、マイナスの時には、マイナスに。

目の前で起こることは、コントロールはできませんが、（リスク回避はできても）目の前で起こったことの解釈は、コントロールできます。

自分への言い聞かせでもいい、勘違いでも威勢でもいい。「起こったことは自分にとってプラス」という意識と解釈を持つことで、目の前のことや、一見すると嫌な出来事も、何かの意味があったり、自分にとってのチャンスだったり、自分を見つめ直す機会だったり、自分を高める時期だったり、相手との違いを理解する機会だったり、相手への当たり前に感謝をするタイミングだったり…


目の前のことを、どう捉えるのかは「あなたの自由」

そして、どんな自分でこれから生きていきたいのかも、選ぶのも決めるのも「あなたの自由」


相手のせいにして、自分を正当化するのも自由。

相手の意見を聞いて、自分を見つめ直して変わるのも自由。

子供や時間、お金のせいにして、後回しにするのも自由。

子供や時間、お金のために、行動に移すのも自由。

社会や会社のせいにして、自分が変わらないのも自由。

社会や会社に感謝をして、自分から変えていくのも自由。

愚痴や不平不満も言うのも自由。

希望や目標を語るのも自由。揚げ足を取るのも自由。

協力をするのも自由。

他人が動くまで見て待っているのも自由。自分から行動するのも自由。

芸能人のスキャンダルを面白がるのも自由。

自分の在り方を見つめ直すのも自由。『そんなの私には無理』と決めつけるのも自由。

『私だって変われる』と決めつけるのも自由。

全て自分で決められる。

今日から変えられる。

Ps.このお話から、バカボンのパパが生まれたという説もありますが、解釈は自由ですね。真相は赤塚不二夫氏しか知らないまま。バカパ・ボンノパ『それでいいのだ』の口癖あなたはどう解釈をしますか？

2023/07/12熊谷翼

85／大卒新入社員の離職

（2023年7月13日22時47分）

2023年7月13日(木)　がん告知から85日目　※3869文字

今日は午後からCT含む検査をしてきました。
結果は来週の入院時に分かると思います。（結果が出たら報告します）
来週から6サイクル目に入ります。入院に飽きてきた感は否めませんが…(笑)
体調もまずまずで、副作用(冷感刺激)も治ってきました。手足の先が黒ずんでいるのが気になりますが、これもまた治すためには仕方ないですね。

ということで、（どういうことで？）今日のお話に入りたいと思います。
今日は少し前に記事が出ていた、**「働きたい若者から成長する機会を奪う、ゆるいブラック企業」**についてお話ししていきます。

▼大卒新入社員の離職

当社も新卒のスタッフがいますし、みなさんの会社にもいるかもしれません。

あくまでも、数値は**「大卒新入社員」**となっていますが、今の若手は(全員ではないが)こういったことを考えている人もいるから、(特に中小企業で新卒採用をしている会社は)しっかりと**ヒヤリング**をして、どのように新卒スタッフを育てていくか、採用決定者(中小企業ならトップ)が、丁寧に育成(成長)ステップを考える必要があると思います。

（特に中小企業のトップ）は、脱サラをして起業をした人が多いと思いますが、自分のサラリーマン時代と、**「今の時代はハッキリと違う」**ということを、念頭に置いておく必要があります。

『俺が若い頃は〜〜』『私の時代は〜〜』これはもう通用しません。この価値観を（特に中小企業のトップは）捨てないと、人がどんどん辞めていく会社になります。（時代背景もあると思いますが）

自身が新卒で入社した時、**「退職」**することは、そこまで考えていなかったでしょう。それは昭和時代の、**「定年まで勤め上げるべし精神」**があるからで、今の令和時代は、働く場所や環境は様々あるから、**「嫌になったら辞めて次に行きます」**です。（個人で稼ぐことも容易になってきました）

これは年齢も若干関係あるかもしれませんが、「若者は」という括りにはならないと感じます。特に人手不足の業界は（ほぼ全て）、転職先はたくさんあるし、条件さえ妥協すれば選び放題。（改正になりそうですが、お祝い金をくれる紹介会社も）

今の時代と、働く人のニーズをしっかり把握をしないと、まずいです。

昭和時代の**「全員右に倣え」**は通用せず、令和時代の**「個々の価値観」**を把握をする。

50人未満ならトップが、50人以上なら指導者が、まずは自分の古い価値観を捨てないと、今の時代に人は定着しません。

（おそらく、この投稿を見てる多くの人が雇われていると思いますが、ほぼ全員が「頷いてる」と思います。）

さて、話を戻して質問をします。

『大卒新入社員は3年で何割が辞めると思いますか？』

『正解は、3割です』予想より多いですか？少ないですか？僕の主観ですが、多いと思った方は昭和の価値観が強いかもしれないです。『え？そんなもん？』と思った人は、令和時代の価値観かなぁと個人的に思います。（データはありませんので、主観）

ちなみに…**『1年以内に1割が辞めます』**

▼大卒新入社員が辞める理由

さて、次に考えていただきたいのが、**「辞める理由です」**ランキングとしては、5位までありますので、少し考えてもらって良いですか？

…お金？

…人間関係？

…そろそろ答えを出しますね。

先にお伝えしますが、これは若者がそうとか、大卒新入社員の全員がという話ではないです。（あくまでも一部）けれども、これは現実にデータとしていることも事実です。

『自分の社員はそんなことはない』

『うちの会社に限って』

というセリフは通用しないことも理解していただきたいです。あなたの会社の、若手社員や新卒者は、あなたの思いとは違う【かも】しれません。

ちなみに、今回の話で「注目して欲しいランキング」は後半でお伝えします。今の時代背景を、見事に反映しているなぁと思っていますので、後半にまとめながら発表します。

この理由（ランキング）の是非は置いといても、これが現代の事実であることを、トップや指導者は知っておかないといけません。

では…

第5位（15・9％）「人間関係」

30代以降だと上位にくるものの、新卒者のランキングだと下位になっています。
※これが上位だと思っていた人は価値観要注意です！
第4位（26・1％）

第3位（27・3％）は後ほど…

第2位（29・5％）「休みが取りにくい」

これも意外と思う方もいるかもしれませんが、「**仕事とプライベートは別**」という考えも、今はスタンダードです。

『**仕事なんだから残ってやれよ**』

『**若手なんだから休まないで手伝えよ**』

これらは今の時代はタブーです。

また、会社の飲み会やイベントは、「**仕事**」なのか「**プライベート**」なのか、ハッキリせず強要するとハラスメントに該当する可能性もあります。（あくまでも本人の捉え方によるので、ヒアリングは必須ですね。僕は飲みニケーション派なので歓迎です！が、これも昭和時代の考えかも…）

そして…

第1位（40・9％）「昇給の見込みがない」

これはまぁ妥当ですね。給料が上がる見込みがなければ、他の仕事を見つけるのは当然ですが、昭和時代の「若手なんだから給料は安くて当然」は、今の時代では通用しないとも言えます。

中小企業の3割は、「**昇給させてあげたいのにあげられない**」と苦しい経営状況だと、働き手は諦めて次を探します。

（特に中小企業は）**愛社精神＝社長についていきたいか。**です。

大手企業や有名企業、地元の有名企業や公務員は、ブランド（自尊欲求）があります。

『**ここで働いているんだぜ！ドヤっ！**』です。

中小企業はそれがありません。ましてや給料が上がらないとなると、働く意味を見失う人もいます。

『**それでも、社長も頑張っているし、俺も社長のためにもう少し頑張ろう！**』

これがないと、中小企業は自滅していくでしょうね。

実際に、「**採用は出来るけど離職が多い**」という、中小企業は4割ほどありますが、理由はシンプルに**社長（役員）**です。

（逆にずっと働き続ける社員が多い会社もありますが、ほとんど全ての会社の社長は、面倒見が良くて社員から愛されています。）

▼知っておきたい第3位、第4位

では、早速ランキングの第3位、第4位です。

第3位(27・3%)「成長や昇進の見込みがない」

第4位(26・1%)「成長につながる仕事や責任ある仕事を任せてもらえない」

いかがでしょうか?

「成長」です。

この理由を思いついた人は、今の時代のニーズを理解されていると思います。(全ての人がこのランキングではありません)

さて、質問ばかりしていますが質問です。

あなたの会社は…

『成長できる環境ですか?』

『成長する機会(場)を与えていますか?』

『成長意欲がある社員が多いですか?』

人は人の影響を、特に接している時間の長い人の影響を受けます。1日の労働時間を8時間とすると、家族と過ごす時間よりも、社員と接している時間の方が長いかもしれませんが、その社員の影響を受けるのが人です。

そして、成長する機会(責任ある仕事)を作ってあげるのが、中小企業ならトップ、大企業なら指導者です。

50人未満の会社なら、社長自らヒアリングをして、指導方法や成長機会を考えて、本人と相談しながら進めていくのが良いかもしれません。(『採用したから、あとはやっておいて』は絶対にダメ!)**成長できなければ辞めます。成長する仲間がいなければ辞めます。成長する機会を与えられなければ辞めます。**50人未満の会社なら、トップがその気になれば、明日から変えることができます。(大企業は、このあたりも踏まえて教育プログラムや研修導入がすごい!)

中小企業などでよくあるのが、研修に参加させて終わり。という投げっぱなしパターンです。あとは、指導者(リーダー)に任せっぱなしパターン。

先にも書いたように、中小企業の顔は社長であり、愛社精神は社長に対してです。愛社精神がなくなれば、あとはランキングにあるように、自分の価値観と合わなければ、すぐに人はいなくなります。

特に今の時代は、**「成長できる」**かどうかも、辞める理由に入っています。おそらく昭和時代には、ありえません。

※僕が若手の頃も考えたことすらありません。

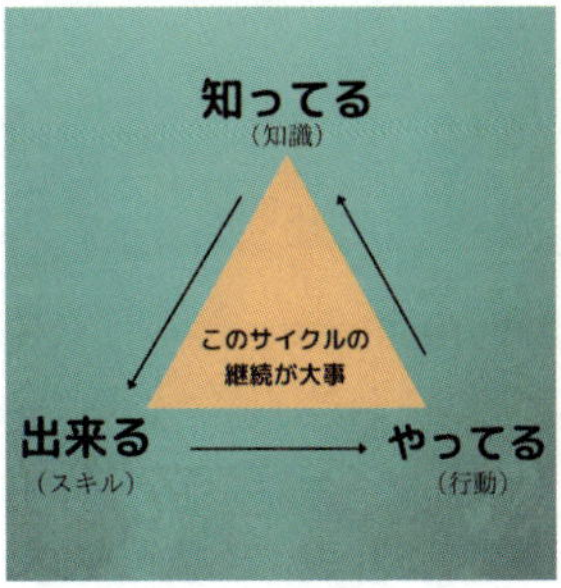

知ってても出来ても続ける(やってる)のは、ごく一部の人ですね。会社も個人も。

最後に、僕が実際コンサルさせていただいた会社や、知人友人、関係者から、実際に見聞きした会社社長（規模問わず）のお話をして終わります。愛社精神が湧いてくるような社長さん達です。

ある会社では、朝夕に必ず社長がトイレ掃除と床拭きをしています。

ある会社の社長は、社員とその家族の誕生日を覚えていて、その日はお休み、もしくは早く帰宅させるそうです。（本人、家族にはお花をプレゼントするそうです）

ある会社では、社員が帰る時に社長が必ず『また明日もよろしくお願いします。』と、立って挨拶をするそうです。

ある会社では、雨の日は社員全員を早めに帰宅させ、残った片付けや掃除は、社長が全て行うそうです。

ある会社では、社員全員の入社日を覚えていて、入社日を迎えた社員に対して、社長が感謝状を渡して感謝を伝えるそうです。

ある会社では、社員の子供の運動会や文化祭には必ず顔を出して、親（社員）よりも、はしゃぐ社長がいます。

ある会社では、自分のお金で研修に通い、社員に共有し行きたい社員へは、経費ではなくポケットマネーで参加費を出してくれる社長がいます。

素敵な社長さん（会社）もたくさんいます（あります）ね。

2023/07/13熊谷翼

86／腑に落ちなくても生きていればいい（2023年7月15日00時00分）

２０２３年７月14日（金）がん告知から86日目　※２８３５文字

今日は仕事終わりに、妹が指導をしている中学の夜練習へ。明日から県大会本番。引退した3年生やOG達もたくさん来てくれて、この5年間で素晴らしいチームを作ったなぁと、兄ながら妹に関心しました。

優勝して東北大会、全国大会へ進んでほしいです。応援しています！

さて、昨日はゴリゴリに仕事の話をしたので、今日は、とある話をしていこうと思います。

昨日の記事はこちらから
（「85／大卒新入社員の離職」P.212参照）

▼「95歳の老人の詩」

もう一度人生をやり直せるなら…

今度はもっと間違いをおかそう。

もっとくつろぎ、もっと肩の力を抜こう。

絶対にこんなに完璧な人間ではなく、もっと、もっと、愚かな人間になろう。

この世には、実際それほど真剣に思い煩うことなど、殆ど無いのだ。

もっと馬鹿になろう、もっと騒ごう、もっと不衛生に生きよう。

もっとたくさんのチャンスをつかみ、行ったことのない場所にももっともっとたくさん行こう。

もっとたくさんアイスクリームを食べ、お酒を飲み、豆はそんなに食べないでおこう。

もっと本当の厄介ごとを抱え込み、頭の中だけで想像する厄介ごとは、出来る限り減らそう。

もう一度最初から人生をやり直せるなら、春はもっと早くから裸足になり、秋はもっと遅くまで裸足でいよう。

もっとたくさん冒険をし、
もっとたくさんのメリーゴーランドに乗り、もっとたくさんの夕日を見て、
もっとたくさんの子供たちと真剣に遊ぼう。

もう一度人生をやり直せるなら…

だが、見ての通り、私はもうやり直しがきかない。

私たちは人生をあまりに厳格に考えすぎていないか?

自分に規制を引き、他人の目を気にして、起こりもしない未来を思い煩っては、クヨクヨ悩んだり、構えたり、落ち込んだり…

もっとリラックスしよう、
もっとシンプルに生きよう、
たまには馬鹿になったり、無鉄砲な事をして、
人生に潤いや活気、情熱や楽しさを取り戻そう。

人生は完璧にはいかない、だからこそ、生きがいがある。

～ピータードラッカー 享年95歳 ～より

▼頭ではわかっていても腑に落ちない自分。

先ほどの詩は、**「マネジメント」**で世界的に有名な、**ピータードラッカー**氏の詩です。

日本では、**「もしドラ」**がブームになりましたが、その**「マネジメント」の神**とされる方です。
※今後、オススメ本の紹介とかも時々入れようかな。
さて、話を戻しまして、いかがだったでしょうか? 途中、裸足で歩くとかメリーゴーランドとか出てきて、少し日本文化とは違うテイストもありますが、それでも、詩の全体を見ると、**「もっと、これがしたかった」**を感じると思います。

そして、**「もっと楽に（シンプルに）生きたらよかった」**も。

世界的著名である方ですら、後悔とまではいかなくても、自

分の人生を振り返ると、やり直しをしたくなることがある。

僕も40年間生きてきて、過去を振り返ると、やり直したいことはたくさんあります。

けれども、ボンノパの話ではないですが、**『これでいいのだ』**とも思います。ボンノパのお話、これも**「オススメ記事」**です。

(**「84/目の前のことは自分で決められる」P.210参照**)

あの時にうまくいかない経験があったからこその今があるし、あの時に悔しい思いをしたからこその今のメンタルがある。全てはうまく回っていると思うと、気持ちは落ち着くし、クヨクヨしなくなる。話が矛盾しているようだけども、この矛盾する曖昧なグレーな心境も、心なので行き来して当然。

『後悔しない人生を』『今しかできないことを』とは良く聞く言葉で、自分もそれは頭では理解しているけれども、どうも腑に落ちない。(話している人の影響も多少はあるかもしれませんが)おそらく僕が伝えたところで、あなたにはあまり響かない。

僕が**「がん」**になって、少しの説得力を持ったとして、**『後悔するな!』『今を精一杯生きろ!』**と伝えたところで、あまり刺さらない。(僕自身に対しても)言われたところで、**『そんなん言われなくても知っとるわ!』**がオチ。

けれども、頭では分かっているんだけど、実体験や自分の身に迫るモノがないから、実感が湧かずに腑に落ちない。

言葉は理解できるし、内容も**『確かにそうだよな』**となっても、腑には落ちない。けれど、それで良いんだと思います。腑に落ちない自分も自分なんです。

頭では理解していても実感が湧かない自分を、否定も批判もする必要はなくて、**『分かっちゃいるけど腑に落ちない』**を、分かっていれば良いんだと思います。いずれその日はやってくるんです。病気をした時なのか、老いた時なのか、死ぬ時なのか、それは誰にも分かりません。

けど確かなことは、**「今日も生きている」**色々あったけど、嫌なこともあったけど、頭にくることもあったけど、悲しいことがあったけど、辛いことがあったけど、それでも、**「今日も生きている」**生きている自分を認めることは、なんとなく腑に落ちます。(僕は)

良いことがあった日、嬉しいことがあった日は、自分を見つめ直さなくても、自分の心の声を聞かなくてもいいんです。うまくいく波動(雰囲気)なので、勝手に自分自身を認めちゃっているので。

大切な時は、マイナスな時。さっき書いたように、嫌なこと、ムカつくこと、辛いこと、起こらないようにしていても、生きていれば、どこかのタイミングで起こります。

その時に、自分を否定せずに、**『それでも今日も生きているじゃん!自分!』**って思うだけで、自分に自信が出たりやる気になったり、落ち込むのをやめたり、『風呂入って寝る!』と、気持ちの切り替えができたりしていきます。

良い言葉、良い話を、無理矢理自分に入れる必要もないし、他の人が『なるほど～』と腑に落ちていても、それは他人であって、自分は自分。関係ない。自分も「今」がタイミングじゃないだけで、いつかは実感できるし、腑に落とすことができる。

焦る必要もないし、周りと比べる必要なんてない。

生きていればそれだけでいい。

前に進めなかった日があっても、生きていればいい。

泣いて過ごした夜があっても、生きていればいい。

生きてさえいれば、タイミングは必ずやってくる。

焦る必要はない。遅れてもいい。間に合わなくてもいい。

生きてさえいれば、それでいい。

そう思うだけで、自分に対して優しくなれるし強くなれる。

自分らしくとか言われて、自分らしさが分からなくてもいい。

過去の写真より

そんなの生きていれば、いつか分かるタイミングがやってくる。

だから、**明日も生きていよう。**『生きてさえいればいい。』

そう何度も言い聞かせていると、**「生きているって、素晴らしい」**って思える日が、必ずやってくる。

毎日毎日、素敵な日じゃないかもしれない。素直に喜べない日もあるかもしれない、死にたくなるような思いもするかもしれない。今すぐ解決しなくていい。逃げてもいい。生きてさえいれば、必ず良い方向に向かうタイミングがやってくる。

明日も生きよう。

2023/07/14熊谷翼

87／誹謗中傷で人は死ぬ

（2023年7月15日22時59分）

2023年7月15日(土)　がん告知から87日目　※3140文字

こんばんは。

車を運転していて、追い抜こうと思ったら、急に加速する人。ハザード付けずに進路変更する人。やたらと車間距離を詰めてくる人。なんとなく、20年前より増えたなぁと感じます。地域の性格とかもあるのかなぁと思ったりしましたが、地域関係なく「イライラ」している人が増えたんでしょうね。

車間距離は「心の広さ」とも言われますが、全くその通りで、車の運転が荒い人とって性格が荒いのか? イライラをぶつけたいのか? いずれにせよ、そういう人とは距離(車間も心も)を取ろうと思います。

さて今日は、「相次ぐ誹謗中傷」というテーマでお伝えします。主観で書きますが、この記事への誹謗中傷は「顔出し名前出し」をしてから、行ってください。

▼芸能人の死

数日前に、芸能人の方が自殺をされました。

テレビニュース(テレビは観ないけどおそらく各局で取り上げてたはず)や、ネットニュースで、おそらくこの記事を読んでいる方も知っているはず。

この自殺の要因として、「誹謗中傷」があったとのこと。

本当のところは、本人しかわからないので、憶測で話すのは良くないので原因を突き止めるのが主題ではなくて、有無は関係なく、**ネットでの誹謗中傷があまりにも、残酷で酷いものになっている。**という話をしたいと思います。

Twitter や Yahoo! ニュースのコメント欄では、毎日何かしらの誹謗中傷が書かれています。小さな地元の記事に対してもです。

そして、誹謗中傷をする人のほとんどが、顔を出さず名前も出さず、いわゆる**匿名**で書いているんですね。

卑怯じゃないですか?

自分のことは誰か分からないようにして、顔も名前も出している人を叩く。叩いてスッキリして、自分のコメントに酔いしれて、良い気分になって。

これは心理的な作用も大きいようで、**「人は集団から外れることを恐れる習性」**があります。

けれども、**「目立たないと周りから認められない(子孫を残せない)という習性」**も持ち合わせています。

なので、**「集団から外れずに目立つ方法」**は、多くの人(集団に混ざって)とともに、誰かを批判(目立つ)です。(会社とか学校のイジメもそうです)

(大人になっても誰かをイジメるとかって、何を食ったらそうなるのか知りたい。)

「いいね」や賛同意見が集まると嬉しいし、かつ、目立てる。

賛同意見が集まるので、自分の承認欲求も高まる。

だから芸能人やYouTuberなどに、アンチコメントをするのは、**「習性」**もありますが、それ以上に**「自分より成功してる」**からって理由もあります。

自分は…こんなに頑張っているのに、いろんなことを我慢してるのに、あの人は…ズルい！(ムカつく)となるんですね。(羨ましいんですね)

他人なのに、そして他人の苦労も知らないのに、自分と比較してイラついて誹謗中傷をする。(無知こそ怖いものはない)

メンタルとか人間関係の勉強をしている人は、他人にイラつくこともないだろうし、そもそも**「他人は他人」**と割り切れているだろうから、他人にキレる人って、そもそも知識不足、勉強不足だと思っています。

さきほど習性の話もしましたが、テレビは視聴率をとってナンボです。(スポンサーが付いてるから)ニュース番組と言いながら、芸能人のスキャンダルばかり取り上げるのは、視聴率が取れるから。

それはイコール、日本の一般大衆が好きなネタってこと。不倫にしたって不祥事にしたって、あなたに関係なくないですか？

本人の問題だし、夫婦の問題だし、関係者の問題であって、他人が入る筋合いもないのに、合いの手を入れるように、どんどん割り込んで入ってくる。

芸能人のスキャンダルに対して、テレビに向かって意見してるのは、それで優越感を味わいたいから。自分と比較して、羨ましい人がスキャンダルを起こして、『ザマァ見ろ』って笑っているんです。(何を飲んだらそういう性格になれるんですかね)本当に恐ろしいですよ、日本人の民度の低さ。

自分のことは棚に上げて、日々アンチ活動に励んでいる人が、自分の親じゃなくて、ほんと良かったと思います。

毎日誰かの悪口を言って(書いて)それを見てニヤニヤして。**『言ってやった(書いてやった)』**と、自分で自分に酔いしれて。

そして、それで人が死んだら、何もなかったかのように、コメントを消したりアカウントを消したりして逃げる。顔も出さない、名前も出さない、面と向かって意見できない卑怯者が、人を殺す可能性がある。いや、自分の発した言葉で、誰かが死ぬかもしれない。**傷つくんじゃなくて、死ぬんですよ。言葉で。**

あなたはたった1回の発言だったとしても、それが10人100人となったら、「一般大衆がそう思ってるかも」って、思っちゃうのも理解できますよ。ましてや、メンタルが落ちてる時に。

僕のnoteを読んでいる方は、理解力や判断力がある方だと思うんです。長文を読めるってことは、**「言葉」**も**「文脈」**も**「意図」**も理解して、読んでくださっているので、だから、こういう話もできるんです。逆にTwitterとかの短文投稿は、

「言葉」しか理解できない人が多いから（※主観）リンクなど以外は投稿しないようにしています。

YouTubeも、Twitterと似ていて、「言葉」「文脈」「意図」を文字で理解できない人が多いように思います（※主観）。そして長文を読めない。なので、**「言葉」「文脈」「意図」**が分かる人にだけにしか、こういう話はできません。（アンチが現れて「熊谷翼　評価」とか書くんです）

▼それでもまだ「他人を批判しますか？」

テレビに向かって文句を言う人、ネットニュースのコメントで批判する人、その気持ちも分からなくもないけど、それなら家族とご飯を食べながら愚痴ればいい。わざわざ書かなくても。芸能人のスキャンダルにコメントしたいなら、友達と飲みに行って話せばいい。わざわざ他人の問題に踏み込まなくても。

でもきっと…それができないんでしょうね。

家族（夫婦）関係がバラバラ、友達がいない、お金がない。愚痴を聞いてくれる相手もいないでしょう。理由は、**「自分がアンチ活動に励む人間」**だから、周りの人が距離を取っていくんですよね。それにも気付かずに、アンチ活動をして、気付いた時には周りには誰もいない。

たぶんそれに自分は気づいているはず。気づいているのに気づかないフリをしてるだけ。他人を批判するのは、目立ちたいだけなんですよね？　目立つ理由は、構って欲しいからですよね？..心配して欲しいんですよね？ヨシヨシして欲しいんですよね？

アンチ活動をする人って、心が病んでいて、その「SOS」だったりする。その「SOS」を出しても、周りには人がいなくなってるから、匿名ばかりのSNSで良いから目立って、「いいね」がもらえたら安心するんですよね？

けれど、自分が助けて欲しいと言っても、周りからは人が離れて助けてくれない、自分を作った自分が変わらないと、いつまでも誰も助けてくれない。

助けて欲しいなら『助けて』と言えばいい。困っているなら『困った』と言えばいい。

わざわざアンチ活動をして、周りの人を遠ざけるより、身近な人に素直に「SOS」を出せばいい。身近に人がいないなら誰かを応援して、仲間を作ればいい。同じ時間を使うなら、アンチ活動じゃなくて、**誰かを応援する人になればいい。**

応援をする人には応援をしてくれる人が集まる。

応援をする人の周りには応援をしてくれる仲間がいる。まずは、自分が誰かの応援団になって、応援していれば、あなたを応援してくれる人が現れるはず。

同じ時間を使うなら、同じ時間を生きるなら、

誰かの誹謗中傷じゃなく、応援をしていこう。

2023/07/15熊谷翼

88／日曜日は質問相談に答える日

（2023年7月16日22時23分）

2023年7月16日（日）　がん告知から88日目　※1372文字

こんばんは。

妹が指導している中学校バレー部の応援に行ってきました！　見事に優勝!!　おめでとう!!

生徒も父母の皆さんも、おめでとうございます！　次は全国へ!!

さて、今日は日曜日なので、普段の投稿はお休みして、Instagram、Facebook に届いた質問相談にお答えします。

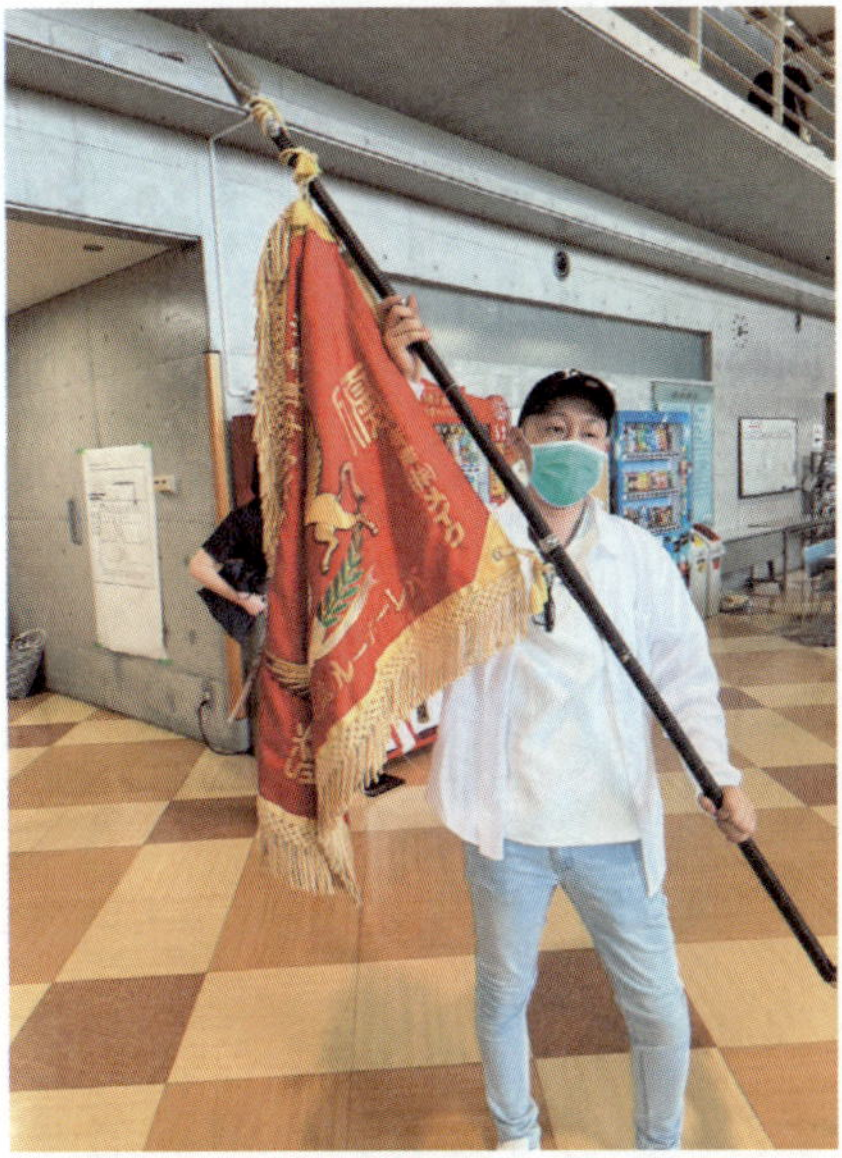

俺は何もしてないけど優勝旗

（Instagram「熊谷翼@kumagaitasuku・Instagram写真と動画」

https://instagram.com/kumagaitasuku/）

（Facebook「ステージⅣから復活・がんサバイバー　たすく」

https://www.facebook.com/kumagaitasuku）

→

Instagram と facebook にて、来週以降の質問相談受け付けています。

▼それでは、どうぞ。

Q．なかなか一歩踏み出す勇気が出ません。本当はやりたいことがあっても、現実のことでいっぱいになって、それを言い訳にしてしまっています。

A．一歩踏み出すって、何か大きなことをするだけが一歩ではないと思います。

「勇気が出ない」と知れたこと、現実のことを「言い訳」にしていることに気付けたこと。それも一歩です。歩幅は他人と比較する必要はありません。まずは現実のことを客観的に見れたわけですから、その忙しさをどう捉えて、やりたいことに繋げるか？を考えることも、一歩になると思いますから、**すでに二歩は進んでいる！**と、思うことが大切です。

自分はダメだとは思わないことが大切です。

Q．同じ「がん患者」です。まだ「がん」を受け止めることができずにいます。

どうやって受け止め、今の心境に至ったのかを知りたいです。

A．受け止めること（期間）は、他人（熊谷）と比較しない方が

良いと思います。

僕の知り合いでも「がん」になって、いまだに受け止められない人もいますし、数年かかった人もいます。そして、受け止めることが正解ではないとも思います。

受け止めきれない自分を受け止める方が大切で、『今自分はこういう不安があるんだ』と、自分の心の声を聞いてあげてください。

決して焦らず比較せず。**「自分は自分」「他人は他人」**です。

ちなみに僕は、「ステージⅣ」で「5年生存率が17％」です。

最初は落ち込みましたが、よく考えると健康であっても、『5年後に生きているか？』と聞かれたら、絶対とは言い切れないと思います。ってことは、「健康でも5年後の生存確率は100％」じゃないんだし、「人はいつか必ず死ぬ」わけだから、

それまで、やりたいことをやろう！と思えたら、少し気持ちが楽になりました。

僕の過去の記事を遡ると、最初の苦悩がわかると思います。

Q．やりたいことや夢が見つかりません。熊谷さんの投稿に勇気をもらっていますが、自分がやりたいことが分からずにいます。

A．夢がなければ、夢を追いかけている人の近くで、その人の夢を応援すると良いと思います。

夢を追いかけている人の周りには、夢を応援する人達がいます。

「今の夢は〇〇さんの夢が叶うこと」って、すごく素敵だと思います。他人の夢を応援して、夢を追いかけている人、応援している人の近くにいると、自分の夢が見えてくるかも知れません。それまでは、応援をするのが良いと思います。応援をする人は応援される人になれますからね。ちなみに、夢が見つかったら、期限を決めると、**それは「夢」ではなく「目標」**になります。

ちなみに僕は、**「2024年に出版&全国お話会をすること」**が目標です。ぜひ応援してください。

今回はここまでです。

今日も最後まで読んでいただき、ありがとうございます！

2023/07/16熊谷翼

89／人と会う価値観の変化

（2023年7月17日21時43分）

2023年7月17日(月)　がん告知から89日目　※2972文字

こんばんは。

今週から抗がん剤治療6サイクル目です。また先週行った検査結果も分かると思いますので、分かり次第報告をさせていただきます。

もうすぐで、がん告知から100日になります。そして、

このnoteの投稿も連続100日になります。特に記念的なこともありませんし、お祝いするのも変な感じですから、いつも通りに時が過ぎるんだろうなぁと思っています。

ということで、オープニングトークが「100日(回)」の話になったので、今の心身状態を今日は書きたいと思います。

▼身体の状態

今年の4月20日に、がん告知を受けました。(一生忘れません)5月8日から抗がん剤治療が始まり、現在6サイクル目に入ったところ。

2ヶ月の治療効果は、CT検査の結果で分かります。(血液検査は数値下がってます)告知から今日で89日目ですが、時間が過ぎるのはあっという間ですね。

過去の投稿でも書きましたが、僕には「遺伝子変異」が見つかり、それにより急速にがん細胞が増えていました。治療が遅かったら、手をつけられなかったかと思うと、**「運が良かった」**と思いますが、その時に思った**「時間を大切にしよう」**も、ここのところ、すっかり抜けています。
けど(言い訳をすると)、自分のしたいことはできているし、やりたいことも進んでいる。無駄と感じる時間も、この89日の中にはあったけど、それでも夜になると**「今日も生きてた」**と、ぐっすり(入院以外では)眠れています。(最低8時間、何もないと12時間寝てます)
抗がん剤を抜いた後には、体調が乱れるのは毎回ですが、食事も摂れているし、調子が良い時は散歩をしたり外出をして、がん告知前の生活は、できていると思います。(仕事はほどほどですが)
食欲(お腹すいた感)は、落ちてきて体重も3~4キロ落ちましたが、今は減ってはいないので、なるべくキープするように、お腹が空いてなくても、食べられるものは食べるようにしています。
身体のことは、これくらいかな。

▼心の状態

まずは、僕のメンタルのことは、過去記事にも書いていますし、なんとなく大丈夫そうと感じると思いますので、メンタルのことは置いておいて。

「価値観」について書きたいと思います。今後も変化すると思いますが、

・告知前後(4月20日頃)
・抗がん剤治療前(5月1週目)
・数値改善(6月中旬~下旬)
・現在

振り返ると、このような経過とともに、「心境」「価値観」は変わってきていると感じます。

【時間】

告知前後は「死」が常に頭の片隅にあって、自分に価値ある時間しか無意味と思っていました。治療前も「死」は覚悟をしていたので、「来年」や「また今度」は無い。と思っていました。治療が進み数値が改善してくると、（理由はそれだけでは無いですが）自分のしたいこと、楽しいことに時間を使うようになりました。そして先の計画も考えられるようになってきました。

【人間関係】

告知前後は、人と会いなくなかったです。なんならLINEとかも疲れました。心配してくれているのは分かっていても、返信や近況報告をたくさんの方にするのは、正直なところかなり疲れました。（なのでSNS等で近況報告をしました。読んでくれたら分かると思って。）治療前は、「死」が頭の中にはあったので、仲の良い友達とは会っておきたいな。と思ってたので、会えない人もいましたが、会えて良かったです。（数値が改善したら安心したのか会う人は減ったけども（笑）。）

治療が始まってからは、治療と仕事の交互の生活で、時間と体調にもよりますが、自分にとってプラスになるような、「人」や「場所」や「出来事」に、「時間」を使うようになりました。（時々無意味な時間もありますが、それはそれで）

※無意味な時間とは

誰かと会ったけど無意味だった。ではありません。SNSを見たらネガティブ投稿だったり。（ネガティブになることは否定してないけど、わざわざ書かなくて良くない？ 誹謗中傷も。）下調べせずに興味がある映画の時間が合わずに帰ってきたり。インスタとかツイッターで、日常とか思ったことの発信は、自分も楽しみにして見ているんだけど、その反面、ネガティブ投稿とか、メンヘラ投稿とか見ると、（構ってほしい、心配してほしいっていう気持ちが見えると）すっごい嫌な気分（無意味な時間）になります。（分かる人いますか？）

特に最近は、その気持ちが強くなってて、なんか疲れちゃうんですよね。自分もネガティブ投稿をしてないか？と聞かれたら、していた時も（することも）あるけれども、毎回の投稿が、「構ってほしい」「心配してほしい」だと、見ている方からすると疲れちゃいますよね。

相談質問を受けるのは、全然苦にならないし、そこで気持ちを吐き出してもらう分には、全然大丈夫なんですけどね。治療を始めてから、病院内でも様々な患者さんを見たり、あとは自分の心境の変化があったりして、SNSの話で言うと、「構ってほしい」「心配してほしい」を言えばいいのに、強がったり隠したりして、でも言葉からはそういうのを読み取れると言うか、読み取れるように（匂わせ？）しているのが、『なんで？』って思う。

例えでSNSの話をしたけど、社会でも病院でも会社でもね。『直接言えばいいじゃん』『隠さず言えばいいじゃん』なんでわざわざ、SNSで匂わせたり、愚痴ったり、誹謗中傷するのかが分からない。（これも愚痴になるのか？）

さすがに時間をお互いに作って会う人は、**「普通」**に話をしたいし、お互い**「また会いたい」**にならないと意味ないし。相手もだけど、自分も時間も体調もあるから、いつでも良いわけじゃない時間を使うわけだから、そこはお互いプラスになるような時間にしたい。

「相談をしたいので会いたい」と言う方は、**「僕のプラス」**にはなり得ないので、コンサル料金をもらってお会いする形だけど、それって「時間」を売るわけだから当然と思ってる。

お話会もそうで、**「無料なら行きます」「安ければ行きます」**は、話す側の**「時間」**に対して失礼だと思う。

そういう人には来てほしくないし、**『だったら自分で勉強するなり体感するなりして』**って思うのは普通の感覚ですよね？　最近は、こんな感じで**「嫌なことは嫌」**と、強く思うようになってきて、それは、今までは我慢してたことだったんだと最近思った。

講師やコンサル（あるいは上司や先輩）として、我慢をしながら人に会ってたこともあって、（コンサル料金をもらわない場合もあって）そういうのも無意味な時間だよなと思って。

お金の話をしたけど、**「時間」**はお金では買えないけど、**「お互いに会いたい」**同士でなければ、**「お金を頂戴する」**のは必然と思う。

僕は、キングコングの西野亮廣さんや、ホリエモンさんや、YouTuber のヒカルさんやジョーブログさんが好きだが、会うためには交通費や参加費を払う。

それは相手の時間を使っているわけだから当然で、**「相手の時間」「自分の時間」**は、無意味にならないようにっていうのが、最近の価値観の変化かなぁと、振り返っています。

「お互いに会いたい」「また会いたい」と思われる人にならなきゃだし、会う時はそういう時間にしなきゃ、相手と自分の**「命の時間」**に失礼ですね。

2023/07/17熊谷翼

90／振り返りと断捨離

（2023年7月18日21時19分）

2023年7月18日（火）　がん告知から90日目　※2406文字

こんばんは。

次回の抗がん剤治療（入院）が、地元の夏祭り真っ只中で、次々回の抗がん剤治療（入院）は、お盆真っ只中という、**【夏の終わり】**を今すでに感じている熊谷です。

さて今日は、**「振り返る」「消去する」**ことは必要ですね。というお話をしていきます。

よろしくお願いします。（21時消灯です）

▼振り返る
入院期間は、当然ながら普段よりも自分に使える時間が多いです。というか睡眠時間以外は自分に充てられる時間です。

テラスにある植物

今日は、スマホ内のデータ**（メモ機能）**を確認したり、SNSの過去投稿で不要なものは消去したりしていました。スマホ内にある「メモ」これよく使うんですが使っていますか？
　僕は何かの下書きとして使ったり、パソコンでいう「Word」として使ったり、あとは気付きや学びの「メモ」として使います。その「メモ」を振り返っていましたが、やはり**過去を振り返る時間も必要だな~**と思いました。
　ただ、過去を振り返った時に、
・落ち込む
・嫌なことを思い出す
　とかであれば振り返ることは避けたほうが良いかもですね。

僕が**「必要」**と感じたのは、この頃より**「成長」してるな！**と感じられるから。（というか成長を実感するために見る）実際のことなんですが、今から9~10年前にSNS集客のコンサルとして、SNSの情報発信に力を入れていました。その当時の文章とか文脈とかね。今思うと、浅いな。って思ってしまったり。その後にも、日刊メルマガを出していた時もありますし、コラムを書いていたこともありました。

　結局、10年前くらいから書いてるんですね。そして、とりあえず1年くらいはほぼ毎日投稿してた。内容はともかく、毎日投稿している自分のことは褒めたいと思いました。


　こんばんは。今日も、お疲れ様でした。今日僕は施設研修とコンサルをしてきました。初めて行ったんですが、とても心地よく研修ができました。【居心地いい】ってとても大切で、何が良かったのかを書こうと思います。まずは、僕が到着した時には、スタッフが外で出迎えてくれました。そして、ウェルカムボードまで作ってくれていました。あとは、研修時の飲み物を、2種類用意してくれていました。そこまで、気遣いをしてくれるスタッフですから、研修の雰囲気や意欲は、言うまでもないと思います。

　そんなに難しいことをしている訳ではないと思いますが、おそらく僕はこの施設を周りの人にお勧めしますよね？実際に、施設名は公表していませんが、今、話しちゃってます。

　ほんの少しだけ、相手のことを喜ばせる気持ちや、相手が心地よくなることを実践するだけ。これは、今日の施設に限らず、人間関係でも同じと思います。周りの人がオススメしたくなる人になろうと思いました。僕も勉強になりました。

以上です。

2020年7月7日投稿のコラムより

▼消去する

過去のメモや投稿を振り返って、**「あの時より成長しているな」**と実感できて、自分で自分のことを評価するということは、とても大切なのでやってみて欲しいです。（SNSの過去の投稿が出でくる機能に感謝！）

そして、それと同じように不要なメモ（データ）や投稿は**「消去」**することも大切だと思います。データがたくさんあると動作が遅くなるよね。ってこともありますが、例えば、僕の場合だと、メモは覚えたことや身についたことは消します。（不要ですからね）SNS投稿も、「今の僕」には必要のない投稿も消します。9～10年前はビジネス投稿をゴリゴリにしていました。その当時のことを否定もしないし、あの頃はあの頃で頑張っていましたが、今の僕とはギャップがあるので消しました。（消しきれず残っているものもあるとは思いますが）

わざわざSNS投稿を消す理由ですが、それは**「見られている」**からです。

現在の投稿はもちろんですが、過去の投稿も見られます。それは個人間だけではなく、企業でもチェックをしているところもあります。SNSは、履歴書よりも正確にその人のことが分かりますからね。（誹謗中傷とかアンチ活動とか）

もちろん非公開（鍵アカ）にしていれば、見られることはないですが、どこからどう漏れるか分からないですからね。（デジタルタトゥー）

ですので、今の自分の思考や感性と違うものは、「消去」をして全然良いと思います。過去の自分が恥ずかしいという気持ちはなく、単純に今の自分とは違うから消す。むしろ残っているほうが、僕にとってはマイナスにもなり得るので、消しています。（整理な感じですね）

▼断捨離は定期的にした方が良いかも？

SNS投稿にしても、データにしても、服にしても、人間関係にしても、自分にとって必要がなくなれば、**「断捨離すべし」**と思います。服とか本とか謎の紙袋とか、いつまでも残しておいても使わないわけだし、だったら**「捨てる」**方が良いし、（売れるのは売るのもいいね！）申し訳ないけど、人間関係も自分にとって、あまり良い関係性ではなくなったら、**「断つ」**か、せめて**「離れる」**。

『なんか違うな？』と思いながら、ズルズル関係を続けても、お互いにとって良くは無いし、Facebookの友達とか、LINE登録してる人であっても、今現在やりとりしていなければ、整理するのも良いのでは？と、賛否あるかもですが、僕は思います。新しい人と出会うためには、今のままでは出会うことはできないし、新しいチャンスや可能性を広げたいなら、今のままではやってこないし、自分の身の回りのことを、整理して、捨てるのは捨て、断つのは断ち、離れるのは離れ、そうやって、スッキリさせていくことで、新しいキッカケが

テラスより

生まれると思います。
そのために、過去を振り返りながら、必要あるものだけを残し、不要なものは断捨離をする。詰め込みすぎ、溜めすぎは、身体にも心にも良くないですからね。

2023/07/18熊谷翼

91／SNSのフォローと投稿（2023年7月19日21時04分）

2023年7月19日(水)　がん告知から91日目　※2587文字

こんばんは。
昨日今日は雨のため、入院中の息抜き場所のテラスに行けず。そのためか、2日続けてパンを購入。病院食とは別でパンを食べる(お菓子も食べる)という、わんぱく坊やになっている熊谷です。
※「食欲」は落ち体重も落ちていたのですが、久しぶりに「食欲」出てきました。
体重が落ちてしまうと治療もできなくなったり、そもそも体力落ちてしまうので、しかも**「がん悪液質」**となると(もうなってるかも?)食べても減ってしまうので。食べられるのはとても大切!と思って食べてます!
※**肉食いたい！焼肉!!**久しく行ってないな…食欲落ちてたから。

入院中はパン屋さんとか
カフェの誘惑に負ける

病院でコーラとか飲むな！
笑

※ちなみに今日から体重1・7キロ増加(笑)これは…ちと増やしすぎたかな(笑)。

このまま入院中の日常というか、入院中は**「インプット量がヤバい」**というお話をしますね。

▼知らなかった「人」「思考」で溢れてる

入院期間中は「食欲」とともに、「知りたい欲」が増加します、僕の場合。時間を気にせずに、自分の興味のあることに没頭できるからだと思います。周りには誘惑も少ないので、集中できるのも良い環境ですね。

今回の入院で、

■「threads」「Instagram」の勉強をしました。(投稿やリールやQ＆A配信もかなりの時間と数で勉強させていただきました)

■その中で「threads」経由で、尊敬する活動をしていたり、深い思考の方を発見してフォローして、投稿やらリールでさらに、その人の「価値観」や「思い」を深掘り。

※ここで気付いたのは**「過去記事を見て判断する(される)」**ってこと。相手のも自分のも見るし見られる!!

昨日の投稿でも話したけど、過去の自分と今が違うなら過去の投稿は「消去」する。って話。

(**「90／振り返りと断捨離」P.227参照**)

■Instagramやthreadsだけではなく、noteやイベントページなど参考にできそうなものは隅々までチェックをしました。

■今回は本は2冊だけでしたね、読了は。それよりも旬な「threads」と、「threadsとInstagramを連携させた目的」の深掘りが、今回の入院での学びです。threadsについても書きたいのですが、それは別で書くのが良いかな…と思ってます。noteはあくまでも**「日常とメンタルと時々仕事。」**のスタンス。

▼気付き、学び、キッカケは目の前にある

いろんな方の投稿をみたり、いろんな方を発見したり、久しぶりな方の投稿を見たり、久しぶりな方の力になりたい！と思ったり、やっぱり、〝いつも〟同じ人たちとだけいたり、〝いつと〟同じ人の投稿ばかり見ていると、視野(世界)が小さくなっていますね…無意識のうちに、知らないうちに。

やっぱり、せっかくのSNSというツールだから、仲の良い友達はもちろん！

- **刺激をもらえる人、**
- **学べる人**
- **尊敬できる人**
- **新しい発見や気付きを教えてくれる人**
- **視野が広い人**
- **他者貢献、利他的な人**
- **やりたい(なりたい)自分の先を行ってる人**

そういう人たちをフォローして、刺激(気付き、学び、キッカケ)をもらうのは、めちゃくちゃ良いな！って。(無料で刺激もらえるって凄くない！?)

▼あなたの投稿も見られていますよ。

プラスの刺激をもらえる反面、その逆もありますね。

・愚痴
・不平不満
・悪口、陰口
・他人のせい、社会のせい
・落ちたり上がったりの乱高下

自分にとってマイナスの投稿や言葉も、無意識に入ってきます。フォローしている人が、こういう投稿をしていたら、ミュートにするかフォローを外しましょう。

むしろ、**『仲良いから…』『付き合い長いから…』**それは関係ない！**あなたのことをマイナスな気持ちにさせるような人は、友達でもなければ仲間でもない。**確かに以前は友達（仲間）だったかもしれない。けれど、今は違うなら違う。

それに**「たかがSNS」**だ。フォローをするかどうかは個人の自由。フォローを外すかも個人の自由。

僕の仲の良い先輩や友人は、以前から（今はたまに）SNS投稿も大してしてないし、僕の投稿も見てるか見てないか（今は見てる）知らないけど、別にそんなの関係なく仲は良い！

本当に仲良い人は、**『あの投稿見てくれた？』**とも言わない、**『フォローしてね』**とも言わない。見たくなったらフォローするし、見たくなくなったからフォロー外すは、普通の流れだと思うし、（普通の感覚にしないと自分が疲れるよ？）

フォロー外されて文句言う人、『なんで外したの？』とか詰めてくる人、いそうな気がするけど、その人とは、そもそも距離を置いた方が良いと思いますよ。付き合いが長くても、付き合いが濃くても、利己的な人（自分中心）は、今後関係を続けても「あなた」が疲れるか潰れる。

利己的な人は「自分中心」を隠して、利他的なことをアピールする。

利他的な人は「自己中心」を晒して、利他的なことを見えないところでする。

こういう話をすると、**『自分はどうなの？』**っていうブーメランが飛んでくるから、ある意味、noteに書いていることは、自分に対してのメッセージでもあり宣言でもある。

自分はまだまだな人間だし、だらしないところも弱いところもあるけど、こうやって書いていくことで、自分を強くできるし、振り返ることができる。

あなたはどう？

・自分にマイナスな人のフォローを外す勇気はある？
・自分にプラスな人をフォローする勇気はある？
・自分にマイナスな人と距離を置く勇気はある？
・自分にプラスな人に会いに行く勇気はある？

こうやって書いていくと、

・マイナスに使うエネルギーやストレスは大きく思い。
・プラスに使うのマイナスよりストレス無くできそうだし、なんならサクッとノリでいけそう。

僕の Instagram ストーリーより

だったらまずは、**プラスの人を探したりフォローをしよう。**

そうやって、自分の周りの人を、**「プラスの波動や雰囲気」**を持ってる人にしたら、それだけで楽しくなるし気持ちは上がるし、メンタルも安定してくる。

そして、最後に…自分が他人の投稿を見ているということは、あなたの投稿も見られている。ＳＮＳは自由だけど、「見られている」意識は必要ですね。

そして、threads アカウントを消すと Instagram アカウントも消える。これはすっごい良い機能ですね！
※匿名のアンチ活動や誹謗中傷しにくい

2023/07/19熊谷翼

92／CT検査結果と情報選択（2023年7月21日01時06分）

2023年7月20日（木） がん告知から92日目 ※5617文字

こんばんは。
今日退院しまして、いつも通りに母ちゃんの迎えで、ランチに行ってきました！
今日は「ひっつみ&そば」＋「天ぷら」
そう言えば…母ちゃんはＳＮＳへの顔出しＯＫだったのかな？ ちゃんと許可取らずに、note にも Instagram にも載せてたけど…（笑）
Instagram に載せるための写真撮影って言ってるし、「退院したの俺な！」シリーズは、数名のファンがいるから…まぁいいか！（笑）
Instagram と Facebook では、先にお伝えしましたが、今日は**「CT検査の結果」**というテーマでお伝えします。

▼CT検査結果と今までの経過

CT検査結果からお伝えしますが、**【転移肝臓の癌が半分ほど消えていました】**目視ですけどね、5月と比べて半分！4月と比べるとまだ同じくらいか少し多いかな。くらいですが、5月は肝臓ほとんどを覆っていたので、一面雲で時々晴れ間みたいな感じが、晴天の中に少し雲がある！程度でした。良かったです。ホッとしました。ありがとうございます！

ここから今までの経過と、検査結果が出るまでの前後を報

天ぷらの破壊力により満腹すぎて夕飯はゼリーのみ

告したいと思います。（何度も読んで知っている方は、スクロールしてくださいね）

■２０２３年３月下旬より下腹部の違和感あり
■２０２３年３月31日より「医療機関受診・紹介・検査」
■２０２３年４月20日「Ｓ状結腸癌・多発肝転移・ステージⅣ・根治不能・延命治療」を告知
■２０２３年５月１日「ＣＶポート」造設手術
■２０２３年５月８日「抗がん剤治療」開始
■２０２３年６月２日「ＢＲＡＦ遺伝子変異」陽性を告知
■２０２３年７月17日抗がん剤治療６サイクル目

２０２３年７月20現在までの経過こんな感じの経過です。

少し具体的なことも踏まえて、（改めて）お伝えしますね。

まず僕は、**「S状結腸がん」**いわゆる**「大腸がん」**です。

（kenko.pref.yamaguchi.lg.jp より「健康やまぐちサポートステーション（（大腸がん・大腸がんとは？・・））」

https://kenko.pref.yamaguchi.lg.jp/jumyou/gan/daichougan.html）

「S状結腸がん」は、カメラで確認したところ、２／５くらいが癌化しているものの、正常な部分もあることから切除はせず。排泄が出来なくなったら、「Ｓ状結腸」を切って「下行結腸」と「直腸」を繋げる方向です。
※切除をしても体内や血液にも癌細胞が混ざっているので再発の可能性もあり、活かせる臓器は最後まで活かすのが、現在の標準治療とのこと。（あくまでも僕の解釈です）

今のところは、下剤も使用していますが、排泄はできているので大丈夫そうです。(抗がん剤を使うと、出にくかったり固くなったりするので調整しながら下剤を使っています。休薬期間は使わなくても排泄できています。)

この**「S状結腸がん」が原発巣(元のがん)**で、そこから転**移(血液にのって飛び火)した場所が「肝臓」**でした。

(ach.or.jpより「大腸がん:外科・消化器外科」上尾中央総合病院 https://www.ach.or.jp/disease/colorectal-cancer/)

告知前の4月10日から、こうやって色々調べたんですが、転移がなければもちろん良かったのですが、**「転移が肝臓だけに留まっていた」**っていうのも、キセキですよね。発見が遅ければ、肝臓から更に転移していた可能性があるので。

図にもあった**「血行性転移」**という転移の仕方で、大腸から肝臓にも「がん」が広がりました。大腸のがんの部分を取っても、血液にがんが残っている以上、再発や転移の可能性があるから、切らずに全身を薬で管理するのがベストだよね。

というわけで、治療方針としては**「化学療法」**いわゆる**「抗がん剤治療」**となりました。

ちなみに…放射線治療は、多発肝転移(肝臓内複数の場所に転移)しているので、不可。先進医療の重粒子線治療も不可。(国立がんセンター確認済み)

そしてこの転移した**「肝臓」**のがんが、あまりにも急増していました。腫瘍マーカー(がんの数値)はこちらの記事で。

(「77/数値改善!!!」P.188参照)

肝臓がんが急増した理由の一つは、**「BRAF遺伝子変異」**によるものでした。個人病院で最初の診察、その後に紹介された総合病院で、胃や大腸の検査をし、病理検査でがんが分かった際に『遺伝子検査もした方が良い』(3割負担で2、3万だったかな)とのことで、お願いしました。総合病院から紹介をされ、がん治療は大学病院で行うこととなり、抗がん剤治療中の6月2日に、**「BRAF遺伝子変異陽性」**と聞きました。

『だからこんなに急増したのか』という原因が分かった日でもあります。

※この遺伝子変異への治療は現在は行っていません。現在の抗がん剤が効かなくなった場合(ずっと効いてて欲しいんだけど)の次の治療法として、遺伝子変異阻害薬が使われます。抗がん剤にしろ、阻害薬にしろ効果は100%ではないし、副作用もどう出るのか分からないので、**「現在行っている抗がん剤治療が有効なら、効かなくなるまで続ける」**これも標準治療の方針です。(僕の解釈)

※がんの標準治療は日本だけではなく世界共通

▼肝臓が生命線

毎日酒を飲んで、ハイボールのウイスキーも杯数を重ねるごとに濃くなって、肉や加工品や外食ばかりしていて。今思うと、僕の「大腸」「肝臓」から、『もう休ませてくれ!!死ぬーー!!』って、お知らせだったんだと。ほんとごめんなさい。そして、伝えてくれてありがとう。大腸と肝臓だけで踏みとどまってくれて、ありがとう。そう思います。

「がん」が治ったら、お酒は飲みたいです。治ったら乾杯しましょうね！（無茶な飲み方はせずに１～2杯だけね。）

僕の場合は、この**「肝臓」**が生命線です。図にもあったように、転移した肝臓から更に血液にのって、肺などに転移する可能性があります。感覚的には、**『もう肝臓は癌でいっぱいにしたから、違う臓器に侵攻しようぜ』**（by.癌さんの気持ち）

そこに「抗がん剤」が入り、そして「抗がん剤」が効いたことにより、なんとか「肝臓」は正常になろうとしている。

抗がん剤治療前は、抗がん剤が効かなかったら次の治療法がある。とは分かっていても、怖さはあったし、薬もたくさんあるわけではないから、その不安もあった。

※本当ありがとう！

数値は下がっていても、実際の写真（CT検査結果）を見るまでは、１００％確証は持たなかった。**だから、昨夜は嬉しかった！**

朝の外来診察前と、1日の業務を終えた後に、必ず担当医が病室に来てくれる。朝は忙しいだろうからと思って、夜に来てくれた時に、**『朝はCTの結果も良いと聞きましたが、画像見れますか？』**と聞いたら、快く引き受けてくれて、**『すぐ見れます！じゃこっちに！』**と、スタッフステーション横の診察室で比較画像を見せてくれて。そのあと病室に戻って、**「本当に良くなってる」**って嬉し泣きでした。

4月20日に告知をされ、4月と比べて5月の数値が倍以上になり、癌の範囲も広がり、6月に入り数値は下がり始め、7月に入り数値はかなり下がり、**「良くなっている」**って思っていたところに、**「ほら、ちゃんと良くなってるでしょ」**って、証明書をもらった気分でした。

『よくやった俺！』『応援してくれている、みんなやったぞー！』『まだ生きられる！生きて良いんだ！』って、昨日の記事を書き終わった後は、嬉しくてなかなか寝れなかったです。**『自分一人ではここまでこれなかったな』『公開して助けてもらって良かったな』『辛いも嬉しいも共有できて良かったな』『嫌な思いをさせた人もいるかもしれないけど、今はこの生き方じゃないと俺は潰れてたな』『誰かの勇気になりたい。とか言ってたけど、自分の勇気に自分がなりたかったんだな』**

体調や治療を優先してくれた人たち、会社、講師の皆さん、支援物資を送ってくれた皆さん、SNSで「いいね」「コメント」「メッセージ」をくれる皆さん、遠くから見守ってくれている友達や従兄弟や親戚の皆さん、ご飯に誘ってくれる先輩や友達、そしていつも支えてくれる家族とリボン。

「がん」になってから、図々しく、自己中になり、気分屋になりましたが、それでも、理解してくれて応援してくれて、僕の気持ちを優先してくれて、心から感謝します。

本当にありがとうございます。これからもよろしくお願いします。

※ここで終わるとキリが良いんですが、「忠告」的なことも書き足していたので、興味のある方は続きをどうぞ。

▼情報は武器にもなり命取りにもなる

4月10日からは、ほぼ毎日朝方までスマホやパソコンで、情報を集めていた。**「肯定的」「否定的」**問わずに。

情報（知識）が、僕を不安にさせたこともあるけど、不安な情報の根拠や背景まで調べ上げた。

「一意見としては正しい」ことも、**「それは個人の意見」**も、切り取られ都合の良い部分だけが、インターネット上には拡散されていて、あるいは、**「これで癌が治った」「病院の治療をせずに治す方法」**という、サプリメントや製品や機械も、世の中には溢れている。

冷静じゃなければ…抗がん剤が効かなければ…治療方法の選択肢が少なくなったら…あらゆる情報を鵜呑みにしてしまう怖さも感じた。

どの情報も間違いではないかもしれないけど、**「切り取り」「個人の意見」**が大いに関係していることも踏まえて、情報収集はしてほしい。全てを鵜呑みにせず、疑いながら、そして情報は自分で探す。ネット、ニュース、本が全て正しいとも言い切れない。

だからこそ、自分の**「目」「思考」「感覚」**が大事になる。

もしも不安なことや迷うことがあれば、SNSで連絡をしてほしい。

【ネットニュースを信じて抗がん剤治療を拒否し、症状が改善せず亡くなった人】

【がんに効くというサプリメントや浄水器を購入したものの亡くなった人】

【がんは悪霊が付いているからと宗教に勧誘され、がん保険の一時金など全ての資産を費やし、治療費が払えなくなった人】

確証も持てない情報に不安を感じて、**「お金」「時間」「命」**を落としている人がいることも知ってほしい。ネット記事も、間違いではないと思うが、**「一意見」であり「個人の主観」**もある。「正しい」こともあるが、**あなたの今の状況で「正しい」と言えない**こともある。サプリメントなどで癌への有効性があるのなら、**認可薬として認められているはず。**

僕もがん告知から、たくさんの情報をもらった。もちろん参考にしていることもたくさんあるし、情報をいただけることはありがたい。

けれども、鵜呑みにせず何を優先するのかは、明確にしておかないと、混乱し冷静さを失い、**「お金」「時間」「命」**を失う可能性もある。

抗がん剤の有効確率は30％程度。効かない方が確率としては高い。**「抗がん剤治療は身体に悪い」**と言われるのは、このことだし、確かにその通り。身体にとっては毒でしかない。

だから効果が認められない可能性もあるので、**「○クール」**と治療回数(期間)が決められている。その回数で効果がなければ、薬の変更をするか、抗がん剤治療を中止するしかない。

効かないことが分かった場合は、抗がん剤治療は身体に負担をかけるだけなので、推奨されないのも標準治療方針にある。

【抗がん剤は身体に悪い】のはその通り。だから効かなければ中止になる。

【抗がん剤治療は製薬メーカーの金儲け】は、その通り。

毎年のように新しい認可薬を作るためには、どれだけの研究と治験を繰り返してきたのか。その努力や治験を受けてくださった人のおかげで、僕らは認可薬(保険適用)で治療を受けられる。

研究費も治験も製薬も、そのための経費も人件費も莫大なコストをかけている。莫大なコストをかけても認可されなければ全て水の泡。その数も膨大な量だと思う。だから認可された薬にその分を上乗せしても(してるか分からないけど)当然だと思う。

製薬メーカーが儲けた金で、新しい研究や薬を開発してくれているからこそ、今の僕の薬も保険適用で使えているし、**「BRAF遺伝子変異」**の治療薬も2020年11月に認可されているし、**「がん悪液質」**の治療薬も2021年に認可された。だからもっと儲けてたくさんの命を救ってほしい。

「陰謀論」はたくさん出回っているから、そのうち書くかもしれないけど、イタリア人医師が**「自分が癌になったら抗がん剤は使わない」**と発言したことを切り取って、「医師は抗がん剤治療をしない」と、あたかも医師全員の意見のように出回っているし、さっき書いた「身体に悪い」とか「金儲け」も、確かにそうなんだけど、その根拠とか背景までは出回らない。

そして、

「がん告知」を受けた冷静じゃない本人や家族がその情報を鵜呑みにして、「お金」「時間」「命」を失う危険性もある。

熊谷翼調べ

良いものは良いと思うし、僕も取り入れているものもあるし、参考にしているものもある。いただいた情報の中で、必要なものの優先順位を決めて、**「治療効果がなければ使う」「調子が悪くなったら試す」**と優先順位を決めることが必要だ。情報提供者には、**『必要になったらこちらから情報を求めます』**と伝えておけばそれで良い。断ることも必要だ。

「がん保険」の一時金給付を狙って、高額なサプリメントやドリンクを売りつける人(マルチ商法)や、宗教に勧誘する人も実際にいる。心配した連絡をもらってランチに誘われたら、「マルチ商法の勧誘」ってこともある。

「私の周りの人に限ってそんなことはない」と、思い込んでいると痛い目にあう。これは本当に！だから疑ってほしい。
※僕は告知された日から宗教勧誘、マルチ商法勧誘されてます。ランチの話も事実です。
僕がこういうことを書くことによって、本人もそうだし、周りの友人や家族も注意を払うことはできるはず。伝える側も悪意があるわけではない。本当に助けたいから守りたいから伝えている。その気持ちは否定できないし、サプリメントやドリンクも良いものではある。宗教も個々の信仰なので個人の自由。だからこそ、受け取る側が冷静に慎重に、情報は受け取らないといけない。
自分で判断がつかなければ、ＳＮＳでメッセージをくださいね。

2023/07/20熊谷翼

93／インスタライブもやってみようかな？（２０２３年7月22日00時51分）

２０２３年7月21日（金）　がん告知から92日目　※２３９２文字

今日は朝から体調が良かったので、洗濯、掃除をして、朝ラーメンをしてウォーキングをして、美容院に行って買い物をして、完熟マンゴーを丸ごと食べて…
全部点滴繋いだまま…（笑）
本当は今日点滴が取れるはずが、入院中に僕の寝相の悪さから？点滴がうまく流れていなくて、明日の夕方点滴終了です。点滴取ってからが体調がイマイチになるので、どうなるかな…。
(Instagram「熊谷翼@kumagaitasuku・Instagram写真と動画」
https://instagram.com/kumagaitasuku/)
さて、今日は今考えていることを、ツラツラと書きたいと思います。**「お話会をインスタライブでやるのはどう？」**です。

▼インスタを活用しての情報発信

今までは、Instagramはプライベートの発信がメインで行ってきましたが、**「がん告知」**から少し発信内容が変わり

ウォーキングで日焼けしました。

ました。見てくれている方も、**『病状はどうなんだ？』『学びや気付きになる投稿があるな』**みたいに捉えている方が多いよう。それは、このnoteの影響もあると思います。

noteを毎日投稿して、インスタでもnoteの宣伝をして、フォロワーさんも少しずつ増えてきて、「新聞記事」からもフォロワーさんが増えました。

(Instagram「熊谷翼@kumagaitasuku・Instagram写真と動画」https://instagram.com/kumagaitasuku/)

おそらく皆さんが求めているのは、プライベートのリア充ではなくて、このnoteの投稿のような、

・自分にプラスになるようなこと
・がんのこと
・メンタルのこと

などを、知りたい（求めている）ように感じます。というか、日に日にその感じが大きくなっているように、**【発信者としての役割を感じています。】**

今までは、力を入れてこなかったInstagramですが、ここにきて背中を押されているような感覚があって、テーマに書いたように、**「Instagramでのライブ配信」**を検討しています。

今の所内容としては、

・お話会に合わせてライブ配信をする
・話したいテーマが浮かんだ時に配信をする

かなぁと思います。

お話会はリアルに顔を見ながら話せる反面、時間や移動の制限があります。ライブ配信はアーカイブを残せば観ることができますし、リアルで聞きたい方はお話会に来てもらえれば良いかと。

YouTubeは今のまま「現状報告」を中心に、時々お話会の内容を投稿できれば良いかと。

「文字による発信」は「note」
「音声による発信」は「standfm」
「動画での発信」は「Instagramライブ」

そんな方向で考えています。

おそらく最初は、1～2人の視聴になると思いますが、

「note」を書いている人となりが分かれば良いですし、「YouTube」も僕の声や顔を知ってもらうのが目的なので、**「インスタライブ」も認知のために活用**しようかと。

▼情報発信者としてのフェーズが変わってきた

フェーズとは、段階、局面、側面、様相、位相、相、段階的に行う、などの意味を持つ英単語。日本語の外来語としては、現象や活動、計画、事業などを時系列や状態の変化に応じて区切った段階、局面という意味で用いられることが多い。

（「IT用語辞典 e-Words」https://e-words.jp/）より

誰に言われたわけでもなく、自分で自分を振り返ってみて、現在地を考えてみると、発信者としての熊谷翼を求められている。そう思います。（勘違いであってもそう思います）

最初の頃は、「病状」の心配をされていた方も、僕の発信を見てくれて、次の発信や言葉を待っている。**『ふむふむ、なるほど』『あ〜分かるわ〜』『これすごい大切なこと』**みたいに、読み手が、**「病状」**の心配から、**「学び」「気付き」**に変わってきているなと、僕も感じています。

ただ、noteに関しては文字数が結構多いので、以前も書きましたが、アンチや文句を言う人は、基本読まないんですね。Twitterなどの短文投稿は、アンチが生まれやすい。

そして動画も…こっちは顔出し名前だしでやっていても、匿名でアンチ活動をされる方はいて、なので、Twitterはリンクだけを貼って投稿はしていませんでした。

〜独り言〜

新しいSNSのthreadsは、インスタ連携しているので、アンチ活動はTwitterよりは起こりにくい。

そして、Instagramも基本匿名ではやらないので、ライブもありかなと。

〜独り言終了〜

あとは、僕のメンタルでしたね。さすがにアンチの声を無視できるほど、他人からの愚痴や誹謗中傷に耐えられるメンタルではなかったので、アンチが生まれにくい、noteで情報発信をしていました。

今は数値も状態も改善してきて、それによって自分に自信もついたので、noteだけでの発信は勿体無いな…そんなこ

ウォーキングでふくらはぎ筋肉痛…

とを、ウォーキング中にグルグルと考えいました。noteやインスタの素材(写真、画像)も、今後変わっていきます。(タイトルのところの写真とか)

自分が撮った写真だと偏ってしまうのと、初めてみる人に興味を持ってもらうため、色々とやっていこうと思います。本来、こういったことは書かずにやっても良いのかと思いますが、**「がん」**のことだけでなく、**「こんなこと考えてます」「こうやって試行錯誤してます」**ってのも、知ってもらえると僕も生きやすいし、「がん」のことばかり書いても意識がそっちにいっちゃうのでね…

なので、僕が発信者として、少しずつ変化をして、**「出版」「全国お話会」**ができる人になりますね。

その時には、『**あの頃からnote読んでたよ〜**』って、言ってもらえると嬉しいです。

僕の人生…誰か1人を守るために生きる。身近な人のために生きる。ではなくて、「不安」「孤独」「辛さ」を抱えている人の、勇気になるために生きる。

その思いが日に日に強くなっています。ってことで、今日は「インスタライブ」やろうかなぁと、ウォーキング中に考えてたことを、書き出しました。

岩手県はそろそろ梅雨明けかな？

朝夕の気温差が大きいので、体調には気をつけてくださいね。

2023/07/21熊谷翼

94／「あなたが良い」と言われる自分になる

(2023年7月22日21時25分)

2023年7月22日(土) がん告知から94日目 ※2212文字

こんばんは。

今日は朝にウォーキングをして、お昼あたりに抗がん剤の点滴を外しました。これによって投薬期間は終わり、休薬期間に入りました。(毎回、休薬期間に入った直後から数日体調が崩れるので、今日は早めにベッドイン)

ということで、今日のテーマは、**「腕が良いかより対応が良いかで決める」**というお話をします。

▼知人が病院を決めた理由

今やどの飲食店に行っても、味のクオリティは高いし、「まずい」という経験はほぼありません。病院も、どの病院に行っても一定程度レベルの治療は受けられますし、サービス提供をするお店の差はほぼありません。一昔前までは、「あそこのご飯が美味しい」「あの店はまずくてダメだ」みたいなのもありましたが、今はほぼどの店も美味しい。さらには口コミサイトやレビューがあるので、行く前に事前情報も入れられる。飲食店も病院も。

そうなると、お客さん(患者さん)は、クオリティよりも、サービスの質や接客態度でお店を決めるようになる。**「あなたのお店だから来たんだよ」**と。

僕の知人で**「がん」**になった方がいます。

「がん」の治療までかなり時間がかかったようです。体調を崩し最初に行った病院からの紹介で、他の病院に診察に行った際に、医師の態度があまりにも悪かったそうで。

その医師は**「がん治療の権威」**のようでしたが、患者の目を見ず、パソコン画面だけを見て話し、態度も言葉も感じが悪かったそうです。知人は、**「権威」**という言葉を、紹介してくれた医師から聞いて、心底安心したそうです。「がん」と告知され、治療は「権威」がいる病院で行った方が、安心するでしょう。と紹介されたそう。

～独り言～

「がん告知」をされたあとの最大の不安は、治療についてです。「権威」がいる病院と聞けば誰でも不安は少し消えるでしょう。

～独り言終わり～

治療の不安も「権威ある医師」がいるなら、「安心できる」と思って診察をしたら、横柄な態度と、患者を労わることない言葉。知人は**「それでも偉い先生だから」**と我慢していたそうです。ただ、その病院で治療をすることはなかったそうで…治療方針や方向性の話になった時に、不安なことや分からないことを医師に聞いたそうです。

そうすると、**『私の言った通りにやればいいから』『あなたは素人なんだから病院に任せてください』**と言われ、知人は、この医師に**「自分の命を預けたくはない」**と思い、その病院にセカンドオピニオンの紹介をお願いし、後日、別(セカンドオピニオン)の病院へ。別の病院の担当医は、不安なことや悩みを聞いてくれ、治療方針についても分かりやすく教えてくれたそうです。知人はその病院で、治療を受けることを決め現在も治療中です。

知人が病院を選んだ理由は、**「凄い先生がいるから」**ではなく、**「話を聞いてくれる先生がいるから」**です。

この知人は、SNSで連絡をいただいた方の実話です。

◀ この話は病院に限ったことではなく、サービス提供側は抑えておくべきことだなぁと感じています。

「他よりも安いよ！」「他よりも美味いよ！」「こっちの方が近いよ！」「レビュー高評価だよ！」「最新の技術を取り入れてるよ！」「いまの流行りだよ！」「こっちの方が効率が良いよ！」「他とは資格も経験値も違うよ！」こうやって、僕らは**「比較」**や**「機能」**を、売りにしています。

けれども、買う側(受け取る側)になると、**「多少高くても友達店主の店に行く」「レビューが高くなくても居心地が良い居酒屋に行く」「映えなくても、感じの良いスタッフさんがいる喫茶店に行く」「効率が悪くても馴染みのお店に頼む」**みたいに、僕らが買う側に回る時は、(全てじゃないにしろ)**誰から買うか？誰の店に行くか？どんな対応をしてくれるか？**

これで結構決めていると思います。(僕だけですか？)僕は、飲みに行く時は(今は飲めないけど)、ほぼ決まったお店です。

朝のウォーキング

・同級生の店

・受講生の姉弟の店

・友達の紹介で仲良くなった店主の店

５ヶ所くらいですが、どのお店も居心地が良いし、お金を使うならココ！って決めてます。めちゃくちゃ凄い料理が出るわけでもなく、（美味しいですよ）サービスが素晴らしいわけでもなく、（店主もスタッフも優しいですよ）言いたいのは、**「味」**や**「雰囲気」**の良いお店は、他にもあるんです。だけど、行く店は決まっている。その理由は、**「居心地が良い」**のと、**「店主に会いに行く」**から。

〜独り言〜

今思い出したけど、お店に行った翌日に、店主から「昨日はありがとうございました」の、LINEが届くのも僕としてはポイント相当高いかも。お礼の連絡がこないお店は、確かに行ってない…。あとお礼の連絡が無い人とは次は行かない。

〜独り言終わり〜

今は社会でもSNSとかでも、**「他と比べて」**とか、**「最新の」**とか、機能や製品やノウハウやらで宣伝してるけど、だいたいどこをみても差はそこまでないし、結局のところは、**「あなたから買いたい」「あなたのお店が良い」**って思ってもらえる自分になることが重要ですよね。

僕も、**『熊谷さんに話を聞いてほしい』『熊谷さんだから応援したい』**そう思ってもらえるように、自分磨きと発信をしていこうと思います。（昨日のインスタライブの話も、僕を知ってもらうため）

（「93／インスタライブもやってみようかな？」P.239参照）

よぉし、８月から「インスタライブ」「お話会」やるぞーー!!

応援よろしくお願いします。

2023/07/22熊谷翼

95／毎週日曜日は質問相談に答える日

（２０２３年７月24日00時48分）

２０２３年７月23日（日）がん告知から95日目　※３０７６文字

こんばんは。

今日は朝から右脇腹の痛みがあって、（がんの痛み）午前中はゆっくりして、午後から回復しました。点滴を抜いた後は、

体調が不安定になりやすいですが、これも治療の効果かなぁと思っています。（痛み以外は調子は良いです）

さて、毎週日曜日は、「質問相談に答える日」ということで、今回も質問相談が届いているので、お答えしていきたいと思います。（質問相談が来なければ企画終了）

質問相談はコメントかメッセージかインスタで。

（Instagram「熊谷翼@kumagaitasuku・Instagram写真と動画」https://instagram.com/kumagaitasuku/）

Q．化学療法中です。8月に大阪から福岡にライブに行くのですが、大丈夫ですか？

A．『ごめんなさい。大丈夫かは分かりません。』

ライブ良いですね！

絶対に行った方が良いと思うので、その準備として担当医に聞くのが一番かと思います。まず化学療法中とのことで、薬や病態は違えど、「がん治療中」という点では同じなので、僕の場合で答えますね。

まず僕の場合は、何度か治療をしてみて、体調変化のサイクルが分かっています。投薬期間は大きな副作用はありません。（初回は大変でしたが…）

あとは、休薬期間の後半も体調は安定しやすいです。逆に、投薬期間後は痛みや炎症が起こりやすく、これが2～3日あります。なので、何か予定を入れる時には、投薬期間中（退院後の自宅での点滴中）か、休薬期間の後半に予定を入れています。（美容院とか買い物とか）

なので、質問者さんも、そういったサイクルが分かっていれば、お出かけも可能と思いますが、出かけた先で、体調が悪くなる可能性もあるので、その時どうするかも担当医と相談をするのも良いと思います。治療だけに専念するより、楽しみや生きがいは大事だと思うので、その楽しみをどう過ごしたいかを、担当医に相談するのは良いと思います。

急に重い副作用はないと思いますが、「痛み」は出る可能性があるでしょうし、移動での疲れも出ると思うので、そのあたりの準備をしていれば良いかなぁと思います。（医師ではないので曖昧な回答でごめんなさい）僕も、もう少し状態が改善したら、旅行などにも行きたいと考えているので、その時は「痛み」と「疲れ」を考慮した準備と計画を立てると思います。

Q．集団に対し1日かけて指導しています。手順や内容を最後の到達確認の際に全く理解してない方がいます。教えてる自分が悪いのか、相手が覚えられないのか、目安となる線引きとかってありますか？

A．この質問は講師の仕事をしている後輩からなので、今後の成長のために少し厳しく答えようかなぁと思います。（愛の鞭）

『相手が理解（習得）していないのは、教えてないことと一緒』まず、自分とは理解度も考え方も違う相手に教えるって大変だよね。こっちは懸命に教えていても、相手は理解していなかったりもする。けれども、教えたのに出来ていないいってことは、それは「教えていない」「伝えているだけ」何かを教える時には、基本的に2パターンあって、「ティーチング」と、「コーチング」の2つ。

「ティーチング」は、できるように「教える」

例）バレーボールのレシーブの仕方などを手取り足取り教える。（僕は元バレー部です）

「コーチング」は、できるように「導く」

例）どうやったらレシーブが上達すると思う？考えてみて。

初心者や新人には、まずは「ティーチング」

例）新人社員に名刺の渡し方や、仕事の仕方を教える。

慣れてきたり自分で考えられるようになったら、「コーチング」

例）どうやったらもっと効率的に動けるか考えてみて。もっと満足度を上げるためには何が必要か案を出してみて。

質問に戻ると、「教えたのに出来ていない」ということは、その人の理解力を教える側が把握して、分かるまで教えないといけない。個別指導はこのあたりは簡単にできるけど、集団指導は十人十色。だからこそ、教える力が鍛えられるし試される。出来ないことを出来るように教えるから、講師や教師は「先生」と呼ばれるのであって、「教えたのに出来ない」「言ったことが伝わっていない」は、教える側の力不足、知識不足。

※それは自分基準で相手を判断しているだけ

あらゆる角度から出来ない原因を探って、「出来る」状態に持っていくのが指導者であって、自分が出来ているのは当然で、出来る状態に持っていくのが教える側の責任。

※それで給料もらってるんでしょ？

『伝えたのに…』（言葉を発しただけ）『教えたのに…』（伝えただけ）これらは指導者の言い訳にしかならない。

そして集団指導で、一番良くないのは、「出来る人」や「平均的な人」に照準を合わせること。10人いて、5人は「出来る人」、3人は「まぁまぁ（平均）」、2人は「出来ていない人」だとすると、2人の「出来ていない人」に照準を合わせて、出来るように教えることが必要。

※お金を払って学んでいるのに「教わったのに出来なかった」は、「他の人が出来ていなくて（自分は出来ていて）退屈だった」満足度が下がる。

出来ていない人が出来るようになるために、「時間配分（調整）」をしたり、出来ている人が「退屈」しないように、出来ている人への「課題」を与えたりしながら、その現場をコントロールする力を、教える側は持つべきで、「書いてあることを読む」ことは誰でもできるし、「自分が出来ていることを伝える」ことは誰でもできるし、「理解が早い人に出来るようになってもらう」ことは誰にでもできる。出来ない人が出来るようにしてあげるのが指導者（ティーチャー、コーチャー）であって、そのための専門知識の習得は当たり前で、「伝え方」「指導の仕方」「場のコントロール」「時間管理」など、あらゆる勉強をして、それを実践できる人が教える立場の責任だと思います。
この話は、講師ではなくても、部下や後輩がいる人には転用できる話だと思います。

～独り言～

ちなみに、仕事（給料をもらっている）であれば、自ら習得して、分からないことは自ら聞く（それが給料に反映される）のが当然と思っているので、自ら聞いてこない人に僕は教える気はありません。（聞かないってことは理解していると思っているので）自分の知識や能力を上げたいのなら、仕事をもっと覚えたいのなら、自ら頭を下げて「教えてください」ってのが、給料をもらっている人の常識だと思います。

けれども、**「教えてください」**って、お金を出して教わりにきている人へは、（ここの質問相談は無料だけれども、コンサルとか講師とかはね）こちらから色んなアプローチをして、できるようにしてあげないと、詐欺、ぼったくり、騙したのと同じだと思っています。

～独り言終わり～

教える側が一番勉強になります！

自分の未熟さを理解して、教える側が学び続けるしかないです。

（書籍紹介『世界一わかりやすい 教える技術』向後千春著、1848円、技術評論社）

Q．メンタルを安定させる方法や、自分に自信を持つ方法を、直接学びたいです。講座や研修などはありますか？

A．『直接学びたい場合は、個別コンサルをオススメしています。』

現時点で、（要望は何件か頂いていますが）講座や研修は（体調を考慮し）行っていません。

講座や研修あるいはお話会は、今後予定をしていますが「自分が学びたいこと」と、こちらが「伝えたいこと」は、合わない可能性もあるので、**本気で自分自身を「変えたい」**のであれば、個別コンサルが良いと思います。

詳細はSNSもしくはホームページの「お問い合わせ」から連絡をお願いします。

※期間は6ヶ月（月に1度の面談（直接orビデオチャット）とLINE相談）

（「熊谷 翼 | kumagaitasuku」https://www.kumagaitasuku.com）

→（※現在はアクセスできません。）

今回は以上となります。

来週の質問相談もお待ちしています。

2023/07/23熊谷翼

96／仕事のモチベーション

（2023年7月25日 00時23分）

2023年7月24日（月） がん告知から96日目 ※3573文字

こんばんは。

今日は明け方から右脇腹痛があり、あとは背中の方も…仕事は休んで静養していました。

明日は痛みがなければ良いなぁ…

さて、今日は**「休日を仕事のモチベーションにしない」**というテーマでお話しします。

▼好きなことを仕事にするか、それとも…

好きなことを仕事にできたら、一番良いですよね。

僕は教えることが好きなので（自分も勉強になる）27歳で独立して、コンサルの仕事で収入を得ていました。（初年度は年間売り上げ6万円）

収入を得ていたと言えれば、格好がつくんですが、言った通り初年度は6万円の売り上げ。営業も回ったし、企画研修もしたりと、忙しいのに、仕事の依頼が来ない。

仕事をしたいのに、仕事の依頼が来ない。

せっかく独立したのに、お先が真っ暗でした。独立して半年後に東日本大震災で、せっかく契約ができた会社とも契約破棄…

なんとか、収入を確保しなければと、自分が好きな**「教える」**ということで、**「講師」**のアルバイトを始めました。給料をいただきながら、好きな**「教える」**こともできるし、**「教える」「伝える」**腕を上げることもできて、僕にとっては一石三鳥くらい。（さらに高時給）

いくつかの機関に所属をして、講座や研修があれば講師の依頼が来る。といった感じで、波はあるものの収入は入り、ギリギリ生活は保てました。

そのあとから、コンサルや独自研修の依頼が増え、全国を回れるくらいになり、（岩手県庁の仕事もあり）法人を2社作り、その後に東京へ…

という感じで、**「好きなこと」**を仕事にするのは、（僕の場合はコンサル）なかなか大変でした。（講師の仕事も好きな仕事）

一般的に考えると、**『何のために仕事をしているのか？』**と聞かれれば、**『生活のため』**と答えるのではないでしょうか？（それももちろん大事なこと）

けれども、**『好きなことだから』**と答えられないとなると、**「我慢」**をしながら、**「生活」**のために仕事をしているのと同じ。それだと、モチベーションも上がらないし、質も上がらないし、もっと良くしていこう！ もっと給料を増やそう！とは、なかなかなりにくい。

『そりゃあ、給料は増えた方が良い！』とは思うけど、給料を上げるための行動を起こすモチベーションは起こらない。**『それって勿体無いな』**と思います。それは、昨日と同じ今日を繰り返しているのと同じに感じてしまうから。

詳細なところは違っても、大きく見たら大体同じ。昨日と今日は同じ、去年と今年は同じ、その繰り返しをして歳をとってってのは、**『僕は嫌だなぁ』**と。特に「がん」になってからは尚更。

どうせやるなら、どうせ時間を費やすなら、モチベーションは高くいたいし、質も上げたいし、もっと良くしていきたいし、もっと給料を増やしたい。

けれどもその源となる、**「好きな仕事」**というエネルギーがないと、モチベーションも上がらない。**「好きなこと」**を仕事にするのは、なかなか難しいとは思いますが、**「仕事を好きになる」**はできると思うんです。今している仕事の**「好き」**なところ、**「やりがい」「楽しみ」**を見つけること。

それすらなければ、今の仕事は辞めて転職すれば良いし、その時には**「好きになりそうな仕事(会社)」**を選ばないと、**「我慢」**をしながら働くことになります。

▼仕事の中に好きなことを見出す

僕は「教える」ことが好きで、(正確には教わりたい人に教えること)コンサルや講師の仕事を続けていますが、(現在は個人事業として)**「運営」**も好きなので、責任者や事務長の仕事もしています。

事務の仕事が得意なわけではないですが、(退屈だし目も肩も疲れるし)運営を担う仕事に事務的な仕事があるので、(顧客管理、シフト作成など)事務的な仕事も好きです。というか、**好きになるように自分で、目標や期限を決めてやっています。**

例えば…毎月のシフト作成は、スタッフの予想より早く出すこと(○日までに出す)と、誰に言われたわけでもない自分で決めた期日までに完成させて達成感を得たり、文書作成を依頼されたら、「○分以内」と決めて、早急に作って『もうできたの!?』と言われる(思われる)ことで、達成感を得たり、仕事の優先順位を決めて、期日を決めて、ミスがないようチェックをして、(それでも落ちはあるけど)**「誰よりも早く正確に」仕事をする。**と自分で決めて自分の役割の仕事をしているので、事務的な仕事も「好き」というか**「楽しんで」**やっています。

そうやって、自分なりのルールや目標を決めると、目の前の仕事が**「ただのやっつけ仕事」**にならずに済む。けれども、何の目的も目標も期日もないと、**「こなすだけ」「日々同じ業務」**を繰り返すだけになる。

そうなると、**『この仕事好きなんだっけ…』『何のために働いているのか…』って、**自分でもよく分からないまま、それでも毎月の給料のために、**「昨日と同じように」**会社に行き、**「昨日と同じように」業務をこなし、「昨日と同じような」1日を終える。**それを毎年繰り返して、**『人生それで終わっちゃうよ?いいの?』**って、言えないけど思っています。

▼休日を仕事のモチベーションにしてはいけない

『明後日休みだから頑張ろう!』『今度の休みは○○に行くから仕事頑張ろう』

そう思っていると、「休みの次の日」に仕事に行きたくない。憂鬱だ。と…

夏休み明けの子供みたいになっちゃいます。（日曜日のサザエさんが始まると憂鬱になる人、多いみたい）休みの計画や楽しみはもちろん大事です。

けれども、それを仕事のモチベーションにすると、休み明けの仕事が憂鬱になるし、休み前の仕事は疎かになりがち。仕事のモチベーションは、仕事場で見つけるのが一番で、仕事の中で、やりがいや楽しみを見つけないと。

僕の場合だと…

『○日までにシフトを終わらせる』『○日の○時までに入力は終わらせる』『明日は○○を終わらせて、□□に取り掛かる』これが仕事のモチベーションになってます。

何でも良いと思うんです。

『お客さんを笑わせよう』『○○は終わらせて引き継ごう』『明日は、来月の□□を準備しておこう』みたいに、目標や期日を決めることが、仕事のモチベーションに繋がって、それを達成したら嬉しいし、そうすると次の目標を立てて、それを達成するのが楽しみになる。

仕事ってそういう循環で回さないと、「休み」「仕事」の繰り返しで、どんどん気力も体力も消耗してしまう。

今の仕事が好きじゃなくても、**「好きになる可能性」**はあって、好きじゃないのは「なんとなく」仕事をしてるから。

目標や期日を決めると、勉強しなきゃいけないことも出てくるし、習得しなきゃいけないことも増えてくる。

今の時代に、『パソコン苦手で…』なんて言ってられない。（それは単純に努力不足）仕事において、『やったことなくて…』なんて言ってられない。（給料もらってるのにサボってただけ）

習得しなきゃいけない技術に対して、『研修（勉強）をする機会がなくて…』なんて言ってられない。（YouTube でも本でも勉強材料は腐るほどある）

僕も22歳から社会人になって、パソコンなんて使えなかったけど、勉強して練習して覚えて。（ワード、エクセル、パワポだけじゃなく、チラシ作成や動画編集も）技術も知識も、身につくまで（教えられるところまで）勉強して練習して。

シフト作成も23歳の時に、自分から立候補して作らせてもらって、何十回も何百回も作って、家に持ち帰って作って。

そうやって、「すべての仕事をできる」ようにやってきました。自分で目標を決めて（今年は○○と□□を習得する）やってきました。

目標を決めると、分からないことが出てくる（分かる）し、知らないことに気付けるし、出来ないことが分かります。

それを習得（克服）していく姿勢は、給料をもらう立場なら当たり前に必要で、ボランティアのお手伝いじゃないなら、自分の知識と技術を振り返って、「あの人の仕事も覚えよう」**「あの人の仕事もできるようにしよう」**としないと。

「時間なので来ました」「なんとなく働いています」は、自分の命の時間を無駄にしているし、そんな姿勢で働いて**『何が楽しいの？』**って思ってしまいます。

「なんとなく」でやってるなら、**「給料が低い」**と文句を言う筋合いはないし、**「生活のために」**と言うなら、**「会社」**の文句を言うのは筋違い。

「給料が低い」と言えるのは、あの人の仕事も、この人の仕事もできるようになって、「いなくなったら困る」と思われる存在になってから。

「会社の文句」を言えるのは、会社のために行動して、宣伝して営業して、売り上げを作った人が言えること。

僕はそう思って仕事をしているし、それが仕事のモチベーションになってるんだと思います。

『あなたは仕事が好きですか？』

2023/07/24熊谷翼

（書籍紹介『神モチベーション「やる気」しだいで人生は思い通り』星渉著、１５４０円、ＳＢクリエイティブ）

97／挑戦は辞めることから始まる

（2023年7月25日23時50分）

２０２３年7月25日（火）　がん告知から97日目　※２７６３文字

いつもありがとうございます。

「フォロー」「ハート（いいね）」よろしくお願いします。この投稿が参考になったらシェアしてもらえると嬉しいです。

こんばんは。

井上尚弥選手、強いですね！　４団体チャンピオンを返上し、階級を上げてチャレンジャーとしての挑戦、そして勝利し、新たな階級での２団体チャンピオン。

チャレンジの次元が違いすぎなんですが、捨てない（切らない）と、新たなチャレンジはできないことも学びました。

ということで、今日のテーマは**「挑戦は辞める（切る）ことから始まる」**です。

▼井上尚弥選手から学ぶこと

今日のテーマは、井上尚弥選手（以下、井上選手）のボクシング中継を見ていて、考えさせられたことです。

もちろん試合内容も凄かった（素晴らしかった）のですが、今日の試合（挑戦）をするために、**獲得したタイトルや、チャンピオンであり続ける階級を捨て、新しい階級（以前よりも重い階級）に挑戦する凄さ**を、学ばさせていただきました。

あなたが同じ立場ならできますか？　今の僕ならできないと思います。

少し説明をしますが、ボクシングには団体が複数あって、階級（体重別）も複数あるのですが、井上選手は、ある階級で、複数ある団体全てのベルト（チャンピオン）を持っていました。

そして、そのベルトを返して、以前の階級よりも一つ上（体重が重い階級）に移り、挑戦者として（２団体）現チャンピオンに挑戦をしたのが今日の試合でした。

■以前の階級にいれば、チャンピオンとしていられたのに、それを返上すること。
■階級を重くするということは、前の自分よりも体格や筋肉が大きい相手との試合になること。
■階級を変えると、チャンピオンではなくチャレンジャーとなること。

【それら（負けて全てがゼロになる可能性）を受け入れた上での挑戦】

■負けたら当然バッシングやアンチも生まれるでしょう。
■負けたら次の試合（挑戦、ファイトマネー）を組むのも難しくなるでしょう。
■階級を上げるとなると今まで以上のトレーニングが必要になるでしょう。
■トレーニング内容も変わるでしょうし、筋力をつけるためのハードトレーニングも。

挙げるとキリがないくらいに、失うものや、やったことのないことも大きいはず。それでも、現状に満足せずに**「挑戦」**をする。井上選手と自分を比べると、異次元過ぎて比べるのも失礼なんですが、それでも、井上選手から学んだのは、**「挑戦する覚悟」**と、挑戦をするためには**「辞める（切る）」**こと。

▼「辞める（切る）」ことでしか前に進まない
・何かを始める時
・新しい挑戦をする時
・自分を変えたい時など

現状から**「変化をする（求める）場合」**には、まずは**「捨てる（切る）」**ことをしないと、変化はできません。
当たり前のことを言っていますが、これがなかなかできないんです。（僕も）

「収入」を上げたいのなら、今の働き方や仕事を辞めないと始まりません。

「新しい出会い」が欲しいなら、今付き合っている人との関係を辞めないと始まりません。

「健康」が必要なら、お酒やタバコ、お菓子や添加物を辞めないと始まりません。


もう少し踏み込むと、**「安定したメンタル」**にしたいのなら、今の思考や価値観を辞めないと始まりません。

「自分を高めたい」のなら、テレビやネットサーフィンを辞めないと始まりません。

「自分の可能性を広げたい」のなら、同じ毎日の繰り返しを辞めないと始まりません。

「チャンスが欲しい」なら、毎回同じ人たちと会うことを辞めないと始まりません。


こう言うと、**『でも…』『だって…』『どうせ…』**と言い訳をしてしまいます。

結局、変わりたいのに変われないのは、**「コンフォートゾーン」**を抜け出すことが難しいんですね。
コンフォートゾーンとは、「快適な空間」を意味する語である。**心理学などでは、ストレスや不安が無く、限りなく落ち着いた精神状態でいられる場所を指す。**

ウィキペディアより

コンフォートゾーンは「ぬるま湯」とも言われています。ぬるま湯に浸かりながら、新しい変化や挑戦は無理です。

(書籍紹介『GREAT LIFE 一度しかない人生を最高の人生にする方法』スコット・アラン/〔著〕弓場隆/訳、1870円、ディスカヴァー・トゥエンティワン)

辞める(切る)というのは、簡単にはいきません。今までその居場所が付き合いが行動が、居心地が良かったわけですから。

なので、『でも』『だって』『どうせ』が出てきてしまう。だからこそ、それでも**「変わりたい」**のか? という自分への問いかけが必要です。

そして、多くの人は、昨日と同じ今日を過ごします。それを否定しているわけではありません。**「変わりたいのなら捨てるべき」**という話しです。

僕は、自分をもっと高めたいし、もっと多くの人に勇気や行動を起こして欲しいし、もっと影響力(発信力)を大きくしたい。

そのためには、**「捨てる(切る)勇気」(やらないことを決める)**も必要になってきます。

変わりたいのに変われない、成長したいのにできない、チャンスが欲しいのにやってこないのは、社会が悪いわけでもなく、会社が悪いわけでもなく、自分が、今までと同じことを繰り返しているからで、何かヒントやアドバイスを受けても、『でも、だって、どうせ』を口癖にして、コンフォートゾーンにいるからです。

まずは…**『でも、だって、どうせ』を辞めましょう。愚痴や不平不満の人との付き合いは辞めましょう。テレビやネットサーフィンをする時間を辞めましょう。**

これらを続けていても、自分の成長にも利益にもなりません。**変わりたいのなら、まずは辞める(切る)ことです。**

今日、井上選手の試合を観て改めて僕自身も学びました。『お前もテレビ観てるじゃん!』と言われそうですが、普段は観ません。(というかテレビ自体ないです)

(興味のある番組「YouTube」や映画は観ます。)

『いやいや、観てるじゃん!』ってなりますが、ダラダラと観ることはないです。(言い訳に聞こえたら、それはそれで)

僕も完璧ではないし、サボることもあるし、自分に甘くなって、辞めたいのに辞められないこともあります。

※だからこそ井上選手が異次元過ぎる

今、僕の現状だから今のポジション(立ち位置や影響力)であって、ここから大きくするためには、

・アンチへの心の反応をやめる
・空いている時間をやめる(配信や学びにシフト)
・反応に対しての不安や怖さをやめる

この辺りかなぁと思います。

もっと大きな人間になっていきますので、今後も応援をよろしくお願いします！

『あなたは今の現状で満足していますか？』

『あなたは自分を変えたいですか？』

2023/07/25熊谷翼

（書籍紹介『心の壁の壊し方ー「できない」が「できる」に変わる3つのルール（Kizuna Pocket Edition）』永松茂久／著、1430円 きずな出版）

98／自分の「枠」で相手を評価するのはイライラの原因

（2023年7月26日23時20分）

2023年7月26日（水） がん告知から98日目 ※2903文字

いつもありがとうございます。

「フォロー」「ハート（いいね）」よろしくお願いします。この投稿が参考になったらシェアしてもらえると嬉しいです。

こんばんは。

暑いのにエアコンで冷やすと、下腹部や体調がイマイチになり、けれどもエアコン付けないと、暑いし寝れないし…

バランスが非常に難しい夏を迎えています。エアコン付けて長袖を着るのが良い感じです。

さて、今日は**「枠に〝はめる〟とストレス」**というテーマで書きたいと思います。

▼普通って普通ではない

自分が他者に対して、何かを依頼した時に、**『こうなるだろう』『こうしてくれると良いなぁ』**って思ってたら、結果は全然違っていて、**『え!?なんでこうなる!?』『え、普通こうじゃん！』**って、**イラついた**ことありませんか？

あるいは…他者から何かを頼まれて、自分なりに考えて行った後に、頼まれた相手から、**『え、なんでこうなった？』『普通こうするよね？』**って言われて、カチンときたことありませんか？

僕はこのどちらも経験がありますが、両者に共通するのは、**頼んだ側が「枠」にはめている。**ことです。頼んだ側の思った通りにして欲しいのなら、指示が伝わっているか？理解しているか？を、相手に確認をしてやってもらえば済む話。仕事とか技術的なことは、指示不足（コミュニケーション不足）によって、「思ってたのと違う」が起こってしまうので、その不足を改善すれば良いのですが…

難しいのが**「思考」**や**「価値観」**と言った、目には見えないモノです。

「普通はこうだよね？」の普通は、あなたの頭の中の普通であって、相手の普通ではありません。

「この時にはこう考えるのが普通」「スタッフならこう考えるのが普通」「新人はこうするのが普通」「旦那（妻）はこうあるのが普通」といったように、目には見えないモノを**「普通」**というモノサシではかっているのは、自分であって、相手のモノサシとは違う。

「普通」って普通じゃないんですね。「普通」ってあなたの意見(思考)に過ぎないんですね。

その普通と言われる「枠」(モノサシ)で、相手の行動や思考をはめ込むと(はかってしまうと)そうじゃない行動(思考)が発生すると…相手にイラっとしてしまうし、相手からはムカつかれてしまう。

※良いことないです

答えとしては…**「枠」にはめたいのなら、しっかり伝わっているかを確認しながら指示をすべき。**

思考や価値観は、相手とコミュニケーションをとって、両者の「普通」(基準)を合わせておくべきです。

▼スタッフ評価の基準

例として、僕が勤めている会社で、役員と僕とで**「スタッフ評価」**をすることになった時に、まず初めにしたのは**「基準」**を合わせたことです。

スタッフの頑張り(評価)を、

■ある人は「シフトに穴を空けずに、かつ夜勤などに対応しているスタッフ」を高く評価する。

■ある人は「明るく働き、周りとコミュニケーションをとっているスタッフ」を高く評価する。

■僕は「仕事を捌いて(割り振りして)、現場を安定させられるスタッフ」を高く評価する。

三者三様の基準なので(それも良いのですが)、評価がバラけてしまうし、(ここは僕の普通ですが)働く立場(給料をもらう立場)であれば、シフトに穴を空けないのは普通だし、コミュニケーションをとるのも普通だと思っているんですね。

そもそも、「仕事を頑張る」のは当たり前だと思ってるし、「時間内」にやるのは当たり前と思っているし、「やる気くらい自分で上げろ」と思っているし、「現場の仕事はできて当たり前」と思っているので、その上で評価される人は、**「現場を仕切れる人」**要は**「リーダーシップ」**がある人と、僕自身は思っているんですね。

そしてこの**「リーダーシップ」**も、声の大きい人(発言力のある人)ではないし、威張る人でもないし、経歴や資格でもないし、**「時間(期限)と仕事内容と配置(スタッフ)のバランスを考えられて、仕切れる人」**だと僕は思うんですね。

(それ以外にも「指導」とか「売上を考える」とか色々ありますが省略)

なので…**『私はこんなに頑張ってるのに』**と言われれば、給料もらってるんだから当たり前でしょ?と思うし、**『夜勤もやって頑張ってる』**と言われれば、そういう勤務条件で採用されたんだから当たり前でしょ?と思うし、**『みんなの話を聞いて上司に伝えてるのに』**と言われれば、そんなの当たり前でしょ!です。

これはもちろん、僕の「普通」「当たり前」なので、他者とは違うこともあり得ますし、役員とも違います。

だからこそ、「基準」を合わせないと、評価ポイント自体がズレてしまいます。

※好き嫌いで評価するのもやめようね。とお話ししました。

▼自分は好き嫌いで人を判断していませんか？

スタッフ評価の話をしましたが、人は誰でも**「自分と同じ意見」**の人は親しく思えるし、**「自分を肯定」**してくれる人は好きになるし（恋愛じゃないよ）**「自分の思った通りに動く」**人を評価します。

でもそれって本当に、親しいの？好きなの？評価してるの？と、特に人の上に立つ人は気をつけないといけません。**自分のご機嫌とりを高く評価し、自分のイエスマンを高く評価することになり**、反対に、**逆の意見を言う人を低く評価して、自分の思い通りにならない人を低く評価します。正論を言ったとしても評価する側との意見が違えば、低く評価されかねない。**

※ご機嫌とりやイエスマンを高く評価する人が、評価側にいると本当の評価はされません。

だから、評価をする人（立場的に上の人）は、好き嫌い（枠）で評価をしてはいけない。自分の信念（軸）を持ってない人は評価をしてはいけない。

でもこれって会社以外の個人レベルでもそうですよね？

自分が相手を評価（判断）する時。好き嫌いで決めてませんか？

自分と同じ意見の人を高く評価し、意見が合わない人のことは嫌いに分別していませんか？

自分の思ったことをしてくれた人を好きになり、自分の思い通りにならない人をダメな人と思っていませんか？

そして、自分の思った通りの言動をしない人に、イラついていませんか？

自分が相手（他者）に対してイラつくのは、自分の枠（評価基準）に当てはめているからで、自分の枠を外して、相手の思考や価値観を聞けば、ストレスも減ると思います。

結局のところ、相手に対してイラつくのは、**受容の器が小さいからで、『そういう考え（価値観）もあるのか』『自分の価値観だけで判断しててごめん』**そう思える器があれば（自分の枠にはめなければ）相手（他者）にイラつくこともないし、相手からイラつかれることも減ると思います。**器って大事ですよね。**

誰かの悪口を言ってたり、自分に合わない人を低く評価していたり、『ほんと器小さいな』と思いながら、そういう人とはなるべく関わらないように距離を取ってます。（これも僕の枠（評価）の話ですが）

器って、生まれ持っての性格や、経験から生まれるものではなく、**「自分との違いを受け入れられる素直さ」**だと思っています。今日から器を大きくしていきましょうね！

今日も最後までありがとうございました！

2023/07/26熊谷翼

（書籍紹介『一流の人間力』井上裕之／〔著〕１７６０円
ディスカヴァー・トゥエンティワン）

（書籍紹介『13歳から分かる！７つの習慣 自分を変えるレッスン』（スティーブン・Ｒ・コヴィー／原作）、１４３０円 日本図書センター）

99／告知から今までを振り返って

（２０２３年７月27日23時33分）

２０２３年７月27日（木） がん告知から99日目 ※３４５６文字

こんばんは。

エアコン設定で「28℃」だと暑くて「27℃」だと時々寒く感じて、「26℃」以下だと上着がないとダメ。「27・５℃」設定を求めています。熊谷です。（ちなみにエアコンは「しろくま」です）

さて、今日は〝がん告知から99日目〟です。特に記念日でもないんですが、１００日目を明日に控え、今（３ヶ月前から振り返って）思うことを、書いていきたいと思います。（明日は決意みたいな内容になると思うので、今日は振り返り会です）

▼がんの告知

今年の４月20日に、「がん」の告知を受けました。正確には４月から検査を色々やって、４月10日の時点で、その時の担当医から『**腫瘍があり腫瘍マーカーの数値も異常**』と言われ、『**がんですか？**』と僕が聞いた時に、（担当医が言いにくそうな顔をして）『まだ今後の検査結果を見ないとハッキリとしたことは言えませんが、**大腸がんの可能性と肝臓への転移の可能性が高い**です。４月20日には家族の方も一緒に結果を聞きに来てください。』そう言われて、僕は「**がん**」であること（可能性が高い）を知りました。

その時はまだ、自分事というより第三者的な感じでしたが、今思うと心の〝**防衛機制**〟が働いていたのかもしれません。

言われた時は、『がんになったのか…』くらいの気持ちで、そのあとからは、「大腸がん」「治療方法」「生存率」など、ずっと検索をしていました。（ネガティブな情報もたくさんありました）

そして、４月20日に両親同席のもと、「**がん告知**」を受けました。僕はもう１日でも早く「治療」をしたくて、「治療方法」を知りたくて知りたくて、４月10日からウズウズしていたのですが、いざ、両親とともに話しを聞くと、（両親に）今までたくさん迷惑や苦労をかけてきたのに、追い討ちをかける（告知が）感じになって、『親不孝者だなぁ』と「自分自身が嫌」になった感覚は、今でも忘れられません。

告知の前日から、noteを書き始めました。今読み返しても、少し興奮状態ですね。（ウズウズのせいです笑）

（「０／**明日が始まり**」P.21参照）

▼抗がん剤治療

ちょうどゴールデンウィークもあり、初回の治療は、看護師が揃ってから（休みの人も多いから）、ゴールデンウィーク

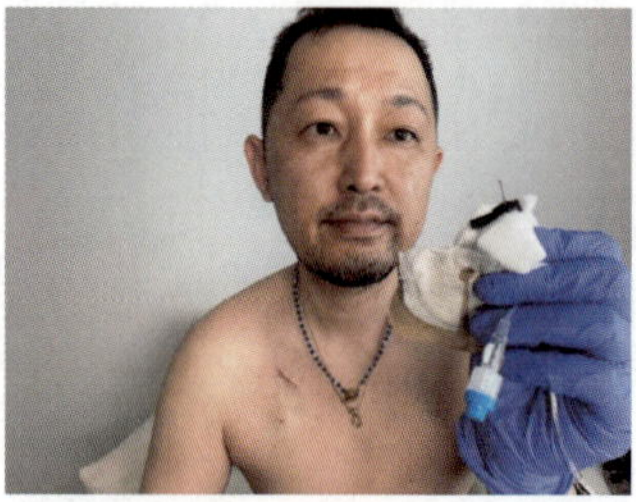

点滴を抜いたあと

明けすぐに治療ができるように、5月1日にCVポート造設の手術をして、5月8日から化学療法（抗がん剤治療）を開始しよう。というスケジュールになりました。

（togoiryou.com より**〈「CVポートｰがん治療ならNPO法人日本統合医療推奨協会」CVポートの登場により、これまで入院が必要だった抗がん剤治療も通院で受けることが可能となりました。〉**
https://www.togoiryou.com/oyakudati/tisiki/cv-port/）

5月8日から始まった抗がん剤治療も、最初は副作用の心配よりも、「効果があるのか」が不安でした。（ハゲるのは覚悟して髪も短くしてウィッグも調べてました）

抗がん剤も人（状態等）によって合う合わないがあり、谷調べだと30％程度の人しか効かないと…。（効かない抗がん剤は身体に毒なのでサイクル数を決めている）

僕の場合は、肝臓転移が複数（点々がたくさん）あるので、外科的治療や放射線治療は対象外でした。（重粒子線治療も不可）

6サイクルやって効かない場合は、他の抗がん剤を使用して、それでも効かなければ治験とかになると…。（治験って新薬のテストだから効くかは不明）だから抗がん剤が効くかどうかは、大きなポイントでした。（良かった〜涙）

効いているかどうかは、血液検査の腫瘍マーカーを基に確認して、2〜3ヶ月に一度CT検査で大きさを見ます。

（「26日目／肝機能良くなってた！」P.62参照）
（「44／遺伝子変異」P.101参照）
（「77／数値改善!!!」P.188参照）

腫瘍マーカーや肝機能の数値が、4月、5月よりも大幅に改善され、肝臓のがんも小さく少なくなっていました。抗がん剤が効いているのか？　水素やクエン酸が良かったのか？　メンタルが良かったのか？　日頃の行いが良かったのか？　みんなの応援が良かったのか？

何が良かったのかは分かりませんが、（全部良かったんだと思ってます）結果として良くなっているのは事実です。心配していた抗がん剤も効いてくれて、副作用もあるけど、吐いたり誰かの世話がないと生活できないこともないし、休みながらも仕事にも復帰できて、今日もこうやって、noteを書いて寝ることができる。過去の自分に言ってやりたいし、これから「抗がん剤治療」をする方にも伝えたい。

「希望はある!!」「道は開ける!!」って。

▼SNSでの発信

「がん」になってから、Instagramなどで質問相談を受けることが増えました。（コンサル時代よりも…笑）

(Instagram「熊谷翼@kumagaitasuku・Instagram写真と動画」https://instagram.com/kumagaitasuku/)

「これから初めての治療が始まる」「遠出や外出ができるか」「家族(パートナー)ががんになった」「将来が不安」「メンタルが崩壊しそう」「治療費が心配」などなど、ほんとにたくさん！

僕が答えられる範囲で答えていますが、（治療や副作用については担当医に相談してね）質問相談の多くが**「不安」**なんですね。そりゃあそうですよね。「がん」じゃなくても将来のこと(どうなるか分からないこと)を考えたら不安になりますし…日々の不安ごとに加えて、

・がんの進行の怖さ
・治療費の負担
・収入の減少
・副作用の怖さ
・家族への心配
・メンタル維持の不安
・生きられるかの不安など

挙げるとキリがないほどに**「不安材料」**は、たくさんあります。

僕の実体験から言えることは、

『どうなるか考えても答えが分からないことは、考えても無駄な時間。それなら、楽しみや目標を考えた方が、時間は有意義になる。』

そして、**『なるようになるし、いつか人は必ず死ぬ。』**厳しいというか冷たいかもしれませんが、これが真実だと思います。**「がん」だろうと、健康だろうと、「命の時間」は限られている。**（終わりはいつなのか分からないけど）

そして、**「がん」で死ぬかもしれないし、事故で死ぬかもしれない。**5年先に生きてる保証は、「がん」だろうと健康だろうと無い。

だったら、**悩む時間より有意義な時間の方がいい。**（僕は悩んだら映画を観に行きます。スラムダンク終わらないでくれ〜）今まで無駄な時間を過ごしてきたなら、これからは有意義な時間を増やせば良い。（無駄な時間も無駄だと思わなければ良い）変な話しだけど、「がん」になったおかげで、僕は開き直れたし、**「どうせ、いつか死ぬんだし」**って。

だからこそ、「いつか死ぬ」んだから、**気が合わない人との時間は作りたくないし、不平不満や誹謗中傷に時間は使いたくない。不安や悩みを解消してくれることに時間を使って、満足度が上がることに時間を使って、知識やメンタルが向上することに時間を使って、より快適に過ごせることに時間を使っている。**（時間と言ってるけどお金もですね）

そして、**「自分がこの経験をどう活かすか？」**を考えた結

果、今はＳＮＳでの発信（今後はライブ配信やお話会）で、「がん」になった人へも、そうではない人へも、がんのことだけではなく、メンタルや仕事論など、僕の考えを伝えたいと思って発信をしています。

「死ぬ」話しをして心配になる人もいるかもしれないですけど、「がん」や病気や障がいで、「死ぬかも」って死に対する恐怖を感じた（死線を見た）人は、いつも「死ぬ怖さ」と「生きている喜び」を、心の奥に持っています。

不謹慎でも不安にさせたいわけでもなく、「死」と隣り合わせで生きているからこそ、死に関する話も出てくるんですよね。だから心配とかしなくて大丈夫ですし、どうせいつか死ぬんだから、自分から死のうとも思っていませんからね。（でも、死にたくなる人もいるし気持ちはすごく分かるから、その前に相談くださいね。）

自分の考えを伝えるために発信をしているし、誰かの勇気になれるように発信をしていますが、「がん（死）の怖さ」によって（がんだけじゃなく）メンタルが保てなくなって死にたくなる人を救いたい気持ちもあって発信をしています。学校や会社や家でも嫌なことはありますよね。不安や悩みも近い人には相談できないことも…。

僕は24歳の頃、同棲していた彼女からＤＶを受け続けて、自殺未遂（川へ飛び込み）をしたことがありました（その時の意識も記憶も曖昧でした）が、ＤＶを受けていたことは誰にも相談できませんでした。（受診した時に医師に初めて話して精神病棟に緊急入院したことがあります）誰にも相談できないことも、相談してください。（現に数人相談を受けています）

僕の生き方は、**困っている人のために時間と経験を使うこと**です。

2023/07/27熊谷翼

（「熊谷 翼 | kumagaitasuku」https://www.kumagaitasuku.com）
→（※現在はアクセスできません。）
いつもありがとうございます。

「フォロー」「ハート（いいね）」よろしくお願いします。この投稿が参考になったらシェアしてもらえると嬉しいです。

１００／これから始めること

（2023年7月28日23時55分）

２０２３年7月28日（金）　がん告知から１００日目　※２２５１文字

こんばんは。

早速ですが雑学を一つ。

鳥の卵の多くが楕円形なのは、もし卵が転がってしまっても、元の位置に戻って来るようになっている為と、言われている。なので、木の穴に卵を産んで、転がる心配のないフクロウの卵は、球形をしている。

さて、今日はがん告知から１００日目です。記念日でもないですが、ノンアルチューハイを飲みました(笑)。

昨日の投稿で、今までの振り返りをしたので、今日は「これから」のことを書きたいと思います。

☞昨日の記事

(「99/告知から今までを振り返って」P.257参照)

▼今を生きられていることもキセキ

がん告知を受けて、「死」を近いものに感じて、治療をして今に至ります。治療途中で発覚した「BRAF遺伝子変異」の影響で、とてつもないスピードで進行し、1、2ヶ月治療が遅ければ手がつけられなかったかもしれない。余命宣告になっていたかもしれませんでした。

(「44/遺伝子変異」P.101参照)

最初の受診から、1ヶ月ちょっとで治療開始ができたのも、キセキですし、そのキセキにはたくさんの必然と運の良さがあって、この何かがなければ、僕の状態はもっと深刻になっていたかもしれませんし、大袈裟ではなく事実を書くと、

「生きていなかったかもしれません」

ほんとに、数々の偶然(必然)が重なって、家族や皆さんの応援や支援があって、自分で自分を信じることができて、一歩一歩ですが、良い方向に向かっています。

ただ、一部の腫瘍マーカーは、正常値の1000倍近くあるので、まだまだこれからのところもあります。抗がん剤が効き続けてくれることを願って、来週からは7サイクル目の抗がん剤治療に入ります。今は数値も下がり安心していますが、治療はこれから治るまで続くので、長い道のりにはなります。

4月20日の告知の際には、**『根治不能、延命治療を優先』**と言われました。今はまだ根治治療ではなく、延命治療。この治療で良い方向に向かっていくことで、根治治療の可能性が生まれます。まだまだ先は長いですが、もしかしたら「生きられていなかった」ことを考えると、今生きられていることにも感謝です。明日が来ることにも感謝です。

▼これから始めること

【インスタライブ】 8月1週目は、抗がん剤治療のため、入院治療と自宅治療になります。早ければその週の土曜日もしくは日曜日から、インスタライブを始めようと思います。

インスタライブは、

・僕が思っていること

・質問相談(事前に集めます)

・コメントの読み上げ

このあたりの内容で進めていきます。アーカイブも次回ライブまでは残しながら、不定期開催をします。(事前告知はします)

これがうまく活用できれば、お話会もインスタライブから始める可能性もあります。というのも、お話会の会場や時間を事前に決めて、当日の体調がどうなるかは、その時にならないと分からないので、そのリスクをインスタライブだと回避できますし、インスタライブであれば、延期もしくは中断

も可能なので、その線が今は良いかなと思っています。

【個別コンサルティング】

こちらも数名から、問い合わせがありまして、個別でのコンサルティングを受けたいということで、

・単発

・3ヶ月（月1回の面談）

この2パターンでの募集を、8月中にしようと思います。

内容としては、

・現在の悩みや不安

・今後のしたいこと

・メンタル

・目標達成

・スピーチスキルなど、

その方の状況に合わせてコンサルをさせていただきます。

2時間の単発は月に2~3名、3ヶ月は1名ずつの募集となると思います。（決済はオンラインか振込）

こちらも日程や金額は、改めてお伝えしますが、開始は早くて9月からになると思います。

【お話会】

お話会は、さきほどインスタライブのところでも書きましたが、当日の体調に不安があるので、現時点では未定です。もう少し体調が安定すれば良いのですが、当日のキャンセルで参加者の方の時間を奪うのは申し訳ないので、焦らずに準備をしていこうと思います。

県外からも数件ご依頼がありましたが、赴くことは現時点では不可能なので、zoomなどのオンライン対応をしていただけると、キャンセルリスクは減ります。（当日の体調不良でも自宅からであれば配信は可能ですので、ご検討ください）

こんな感じで、これから始めるのは、

・インスタライブ

・コンサルティング

まずはこの2つをメインに走らせます。

その後は、書籍並みの原稿をnoteにて販売予定ですが、こちらはまだ執筆を始めたばかりです。

インスタライブはまぁ良いとして、コンサルティングは、今までは「集客」「人材」がメインでやってきていたので、「メンタル」「目標達成」に重きを置いてやるのは、今回からです。理由は、お分かりの通り「がん」で、それによって多くの気付きや学びがあって、実体験や過去の経験を直接教わりたい方へ、直接教えたい気持ちが強くなりました。

一人一人に合わせた、現状の改善策を一緒に考え、一歩踏み出す勇気を与え、一緒に困難を乗り越える、パートナーのような存在と思ってもらえると良いかもしれません。

もちろん、SNSでの質問相談は無料で、今まで通り行いますので、何かあればSNSのメッセージで。より具体的に、直接教わりたい方はコンサルへ。

このようなことを、8月中に動き出しますので、「なんか

始めたぞ」と見守っていただけると嬉しいです。

僕は「がん治療に専念」ではなく、可能な限り「困っている人へ専念」したい。

その一歩目となります。

よろしくお願いします。

2023/07/28熊谷翼

☜フォローよろしくお願いします。

(Instagram「熊谷翼@kumagaitasuku・Instagram写真と動画」https://instagram.com/kumagaitasuku/)

第2章　101～200日目

101／原稿書いてます

（2023年7月30日01時18分）

2023年7月29日（土）　がん告知から101日目　※2273文字

こんばんは。

今日は久しぶりに支援物資が届きました！（めちゃくちゃ嬉しい！ありがとうございます！）

癌に効果あるらしい！

最近は、飲料とリラックスグッズをリストに入れていて、リラックスグッズが特に最高で、調子が悪い時とか入院の時とか、めちゃくちゃ重宝してます。（飲料もめちゃくちゃ助かります）

告知日から、本当にたくさんの支援ありがとうございます！　30名以上の方から支援をいただいております。LINEギフトカードやタリーズ、スタバのギフトカードも本当助かります！ありがとうございます！

支援物資はこちらから👉

（Amazon「ほしい物リストを一緒に編集しましょう」https://www.amazon.co.jp/hz/wishlist/ls/3FUBFS89TMKS3?ref_=wl_share）

99、100回目の投稿（前回、前々回）は、告知からの振り返りと、これから始めることについて書きました。

振り返ると、「100日経ったんだな～」と実感が湧かないですが、それでも治療予定を確認すると、自分は「がん」なんだって思い出しています。

そんなに深刻に捉えていない自分が、良いのか悪いのか分かりませんが、「そう言えばがんでした」くらいで、付き合っています。

めっちゃいい匂いでした！

夜はこれから「よもぎ茶」飲みます！
癌に効果あるらしい！

さて、今日は「書籍っぽいのを出します」というお話しです。(こんなことをやってるよ！の回です)

▼そう言えば「書籍」を出していました。

『「未来の自分を喜ばせる」45のルール』熊谷翼著、1200円、電子書籍になりますが良ければ是非！

8、9年前くらいですかね？ 独立して数年が経って、地元で法人を二つ作って、そのあとに東京に行ったものの、詐欺られ裏切られ、どん底から這い上がる時に、いろんな人からの教えを思い出して、なんとか這い上がりました。

ちょうど、土の中に埋まったところから、ようやく顔を出した(マイナスからの復活)頃に、お声をかけていただき、いろんな人からの教えをまとめたのがこの書籍です。

一気に2日くらいで書き終えました。(確認はしてもらったけど誤字もあるかもしれません)

その当時は、

・自分が糧にしてきたこと
・師匠から学んだこと
・講演家や著者から学んだこと
・自分の経験の上で学んだこと

これらを思い出しながら(当時の悔しさや踏ん張った覚悟みたいなものを)睡眠もあまり取らず、夢中で書いた記憶があります。

これからまた復活してやる！ みたいな意地とナニクソ魂しか、その時の僕にはなくて、と言うのも…マイナスの状態で東京から戻ってきたものの、地元に戻ってきたら業界関係者ほぼ全員にシカトされ、僕が立ち上げた会社の一つ(社団法人)も知らないうちに、元理事に奪われ(立ち上げ費用やそれまでの事務所代などを返還してと連絡しましたが、スルーされました。現在も運営しているみたいなので折を見て返してもらおうと思います)さらにその社団法人の理事をしていた方(仲良くしていた方)が、会社を立ち上げるということで、僕も役員として出資をしましたが、出資金だけではなく融資金も全て散財され、会社はあっという間に破産し出資金もパー。

その後に、SNS集客やイベント集客のコンサルや主催をしながら、それ以外にもいろんなものに手をつけて、収入になりそうなものは片っ端からやりました。それほど追い込まれていました。(金銭的にも)

そしてなんとか、コンサルで軌道に乗り始めた時に、書籍のお話がありました。(結構ざっくり話しましたが、しんどかったです)

▼今書きたいものを書きたい

結構しんどいこともありましたが、その後からは介護関連の仕事も増えていき、(コロナの影響で主軸を変えながら)順調にきていた時に、次は「がん」発覚です。

ここまでが、30歳から39歳までに起こったことです。東京で裏切られ、地元にも裏切られ、なんとか這い上がって、ようやく順調にいき、さて再挑戦するぞ！のタイミングで「がん」。
気持ち的にはマジで「が〜ん。」でした（笑）。（いや、ほんとに笑）
でも、告知されてもそんなにショックはなかったんですね。病気になるよりも、人から裏切られたり詐欺られる方がキツかった。信用してた人だったから尚更。（東京の人はメディアにも出ている有名コンサルタント）
・東京のコンサルタント（一緒に仕事をしてました）
・地元の友人（社団法人の元理事）
・地元の社長（20代に働いていた会社）
疑うことなく信用していた僕にも非がありますが、嘘をついて人を騙すのは良くないですね。

僕にとっては、「がん」になったことよりも、辛く悔しい思い出が今話したことです。その経験があるからこそ、「がん」に対しては、それほど辛さとか困難を感じないのかもしれません。自分の身体のことなので、自分が自分で責任を取れるからかもしれません。

ただ、心の奥で沸々とするものがあって、初めて書籍を書いた時の感情というか、ガッツリと書きたいな。と思って、今すでに書いています。

とは言うものの、原稿を2回白紙にしたので、まだ出来上がってもいませんし、納得いかなければまた白紙にします。初めて書いた時には、**「たくさんの方からの教え」**でしたが、今書きたいことは、**「僕からの教え」**です。

なんか偉そうですが、どこかに書き残しておきたい気持ちが、日に日に大きくなっていて、出版の話はまだ来なそうなので（笑）note に書いて、それを販売したいと思っています。

今はその原稿の構想や、実際にパソコンをパチパチとする時間が、僕にとっての楽しみにひとつで、やっぱり**「伝える」**ことが好きんだなぁと改めて思っています。

まだまだ完成まではかかりますが、近況報告（過去の出来事もプラスして！）でした。

いつも応援していただきありがとうございます！

2023/07/29熊谷翼

102／質問相談に答える回

（2023年7月30日22時24分）

2023年7月30日（日）　がん告知から102日目　※1201文字

こんばんは。

今夜は久しぶり家族でご飯に行ってきました。父親には「にゅ」の靴をあげて、お揃いになりました ー！

さて今日は、Instagram のDMでいただいている質問相談にお答えします。
Q．職場で気の合わない人がいて、その人の言動でメンタルがやられます。何か良い方法はありますか？
A．「割り切ります」

奥があげたやつ。過去の白リミテッドの限定復刻版。

仕事なので必要最低限の挨拶やコミュニケーションは必要だと思います。その上で、その人の言い方、言葉遣い、態度、仕草…そのいちいちを気にしてる方が疲れると思うので、**「自分は自分」「相手は相手」**と割り切りましょう。気の合わない人に無理に合わせる必要も、合わせてもらう必要もありません。合わない人とは合わないので、「そこをなんとか合わせなきゃ」とか、「いちいち気にしている」と疲れますよね。

「そういう人なんだ」で割り切ります。

自分の枠に当てはめて、相手に期待することもストレスになるのでやめましょう。

(「98／自分の「枠」で相手を評価するのはイライラの原因」P.254参照)

Q. 話をしたり伝えたり報告する時に、緊張してしまいうまく話せません。どうしたら伝わりやすくなりますか？

A.「結論から先に話しましょう」

うまく話す必要もないですし、うまく話すことを意識する必要もありません。まずは、結論から伝えることで、こちらが伝えたいことが相手にも伝わりますので、結論から伝えましょう。

その上で、**更にということであれば、「いつ」「誰が」「どこで」「なにを」「なぜ」「どのように」の、【5W1H】**を意識すると、話が横道にそれずに話せると思います。

さらにさらに、相手に説明をする時には、小学一年生でも分かる例え話を入れると伝わりやすいです。ポイントは小学一年生です。よく専門職の方は「専門用語」を使いますが、他業界の方や新人は、難しい言葉が二つ続くと、わからなくなってしまいます。

その結果、それ以上聞く耳を持ちませんので、知らず知らずのうちに専門用語(業界用語)や、カタカナ英語や略語は、小学一年生でも分かる言葉で伝えてあげることです。

※今の説明も専門用語は入れていません。

Q. 入院中の退屈な時間は何をしていますか？

A.「本を読んだり新しい企画を考えたり事前準備をしています」

僕自身のことですが、入院期間が短くなったので、そんなに退屈する時間はないですが、それでも検査や治療以外の時間は、本を読みます。あとは新しいことを考えたりして、その検索や準備をしています。

質問者さんも、何か新しいことを始めてみよう！　と思うと、そのための勉強や準備に時間を使えるので、あまり退屈しなくなるかもしれません。（主観です）

今日はここまでです。質問はInstagramのメッセージで随時受け付けています。

聞きたいことがあればお気軽にメッセージをください。

（Instagram「熊谷翼@kumagaitasuku・Instagram写真と動画」https://instagram.com/kumagaitasuku/）

いつもありがとうございます！

2023/07/30熊谷翼

103／誰の人生を生きている？

（2023年8月1日00時40分）

2023年7月31日(月)　がん告知から103日目　※2391文字

こんばんは。

コンビニで並んでる時に、気配を感じて後ろを振り返ると、後ろの人がめっちゃ近くて(おじさん)、少し前に出ても距離を詰めてくる人、あれなんなんですかね？恐怖です。

さて、今日は「誰の人生を生きるのか」という、大きめのテーマでお話しします。(頭に思い浮かんだテーマがこれでした)

▼ある学生からの相談

『誰の人生を生きてるの？もう誰かの人生を生きて無駄にする暇なんかない』

スティーブ・ジョブズ

いつもnoteを書くのは、1日の終わりと決めていて、ベッドに横になり、**「さて、今日は何について書こうかな」**と、思った時に頭に浮かんだのが、スティーブ・ジョブズの言葉でした。

「人生」って壮大なテーマ過ぎて、僕なんかは語れないのですが、**誰の人生を生きているのか？**の問いかけはとても大切に思います。

「誰かのために生きる」と、**「誰の人生を生きる」**は違う意味なので、誤解のないようにお願いします。

「誰かのために生きる」が、**「自分の人生なんだ！」と思うのはオッケー**だけど、

「誰かに言われた」「誰かを気にして」「親に言われたから」「旦那(妻)に言われたから」「先生に言われたから」生きるのは違うよね。という解釈です。

とある、学生から『**学校を辞めようか悩んでる**』と、相談をされた時に、僕は『**良いんじゃない？やりたいこと、好きなことをやれば**』と答えました。

その学生は『**え!! 良いんですか!?**』と。僕は『だって、〇〇の人生でしょ？』って。

友達に相談をしたら、『**就職するために学校は出た方が良い**』『**お金を出してもらった親に悪いから辞めるな**』『**中退だ**

と履歴書が悪い印象になるから辞めるな』などと言われ悩んでいたそうです。（確かに僕も学生時代に相談されたらそう答えていたと思います）

けれど、いろんな経験をしてきて、そして「がん」になって思うのは、**「やりたいことをやった方が良い」「やって失敗した後悔より、やらなかった後悔の方が後に残る」**です。

僕がその学生に話したのは、**『やりたいことがあるなら辞めたら良い』『やりたいことを見つけたいのなら辞めたら良い』『自分で自分の人生を作っていくなら辞めたら良い』『嫌々、学校に行ってるなら辞めたら良い』『自分の気持ちが分からないなら辞めない方が良い』『自分の気持ちが決まったら勇気を持って親に話しなさい』**と。

親にもまだ相談できず（反対されると思って）、友達はせっかく入った学校だし辞めない方が良いという意見だし、『熊谷さんはどう思いますか？』って。

僕はその学生の未来の責任は取れないし、安易なことも言えないけど、話していて感じたのは、**【誰かに背中を押して欲しい】**という雰囲気。

自分の気持ちは、だいたい決まっている。

けれども、勇気もないし味方もいないから、誰か味方になってくれる人を探していた。そんなふうに感じました。

その学生が、今後どうするのかは分かりません。

けれども、中学や高校を卒業する時に**「自分の未来」**を描くなんて難しいし、その時に**「描いた未来が変わる」**ことも当然ある。

まだ社会や未来のことを理解できでない時に、自分の一生を決めるのは難しいし、どうしても親や先生の意見も入ってくる。

「ほんとにやりたいことなのかな…」「これを一生続けるのかな…」って、疑問を持つことも出てくるし（不安はもちろん）**「違うかも！」**ってことも当然出てくる。

「違うかも」って気付けたことが、なによりの成長だと思っていて、（もちろん「これで合ってる」って確信も成長）怖いのは、何も考えていないこと（気付いていないこと）。

「違うかも」や、**「これで良いんだ」**は、自分の未来や人生を、考えているから出てくることで、何も考えていないと、そもそも悩みすら出てこない。

だからその学生には、**『悩みが出ることはすごく良いこと（行動している）なんだよ』**と付け加えました。

相談をしてくれた学生には、親ではなく自分の人生を歩んで欲しいです。応援しています！

▼自分は誰の人生を生きているか？

相談や質問をいただけるのは、僕の学びや気付きにも繋がっていて、僕自身にも**「誰の人生なんだよ？」**と、問いかけてくれたように感じました。

「親」でもなく、「友人」でもなく、「妻」でもなく（独身です）「がん」でもなく、自分の人生です。

自分の人生に、**必要な人**として「親」がいて「友人」「妻

「（旦那）」がいて、**必要な経験**として「がん」「裏切り」「失敗」があって、決して主役ではない。

主役は自分自身なんだ。って、改めて強く思いました。僕は独身ですが、結婚して子供ができたら、妻や子供に尽くすと思います。それは、僕のエネルギーにもなると思います。

けれども、**僕の人生の主役は自分**であって、**子供の人生は子供が主役**です。（親が決めた親の言いなりではありません）自分の価値観や見識だけで、子供の未来を狭くするのは勿体無いし、自分ができなかったことを子供に託すこともしたくはありません。それは親のエゴだと思うし、親の所有物ではない。

僕は結構、子供と話す時にも対等に話すし、「子供」と括らないようにしています。子供だから分からないみたいな決めつけはしないし、子供に話すような話し方もしません。（職場スタッフの子供からは「たすく」と呼ばれてタメ口です。それは良い関係だと思ってるから子供を叱らないでね！対等ってこういうこと！）

子供を見下したり、子供扱いしない。そして、子供の未来を決めつけない。子供は子供の人生。親は親の人生です。相談されたこと、そして、その親のことを思い出して、今日はこんな話になりました。

相談してきた学生を応援したいし、（辞めても辞めなくても未来を考えたことが素晴らしい）その親には子供の人生を尊重させて欲しい。「願いが届くと良いな」と心から思っています。

2023/07/31熊谷翼

104／数値さらに改善!!

（2023年8月1日20時37分）

2023年8月1日（火）　がん告知から104日目　※2910文字

（YouTube「**【近況】** 7サイクル化学療法（抗がん剤治療）／BRAF遺伝子変異／進行大腸がん／がんサバイバー／多発肝転移／副作用」

https://www.youtube.com/watch?v= px3UT10EDKc）

こんばんは。

今日はテラスで動画を撮りました。前回は雨のためテラスに行くことができなかったので、今回はアイスコーヒーを飲みながら日光浴をしました。
※冷たい飲み物が違和感なく美味しく飲めるのは、治療前の数日だけ。

本を何冊も読んだり、日光浴をしたりと、ゆっくりする時間は普段はなかなか取れないので、入院期間も良い休息（リフレッシュ）の時間になっています。（そういう時間が必要だったのかなと毎回思います）

さて、今日は「近況報告」ということで、血液検査の結果（腫瘍マーカー数値）を書きたいと思います。結論から言うと「下がってます！」（イェイ）

▼腫瘍マーカー数値

今日の血液検査の結果が出ました。

腫瘍マーカーなどは月に1回ほどの検査なので、今日を楽しみにしていました（内心、ドキドキ）。

その前に、前回までの検査結果については、過去の投稿を読んでいただき、その後に今日の投稿を読んでもらえると、話が繋がると思います。
（「77／数値改善!!!」P.188参照）

初めてこの記事を読まれる方もいると思いますので、数値の報告の前に、これから出てくる「腫瘍マーカー」「CEA」「CA19-9」これらの説明を載せておきますね。

腫瘍マーカーとは

癌の進行とともに増加する生体内の物質のことで、主に血液中に遊離してくる物質を抗体を使用して検出する臨床検査のひとつである。また、生検で得られた検体や摘出された腫瘍の病理組織標本を免疫染色し、腫瘍の確定病理診断や組織型の鑑別に用いられるなど臨床検査の場で多く使われる。

ウィキペディアより

CEAとは（基準値5以下）

体内に腫瘍が出来ると、健康なときはほとんど見られない特殊な物質がその腫瘍により大量に作られ血液中に出現します。このような物質が血液中にどのくらい含まれているかを調べるのが腫瘍マーカー検査です。CEAは大腸がん、胃がんなどの消化器系がんの腫瘍マーカーです。

https://is.gd/2gYas7 より

CA19-9とは（基準値37以下）

身体にがんができると、体内に特殊なたんぱく質を作り出します。このうち、体液中に存在し測定可能なものを腫瘍マーカーといいます。CA19-9は膵臓の疾患などを調べる腫瘍マーカーのひとつで、血液検査によって調べます。

https://is.gd/fGEiHx より

僕は、大腸がん（S状結腸がん）と肝転移があり、「CEA」

「CA19-9」この二つの数値を参考に、抗がん剤が効いているか。がんの進行はどうか。を確認しています。（2〜3ヶ月に1度はCT検査）

では、報告します。

「CEA」基準値5以下

4月24日　242・0

5月15日　459・0

5月19日　357・0

6月6日　141・0

7月4日　45・2

8月1日　27・4

「CA19-9」基準値37以下

4月24日　62658・0

5月15日　147882・0

5月19日　129823・0

6月6日　90811・0

7月4日　36738・0

8月1日　19987・0

以上が数値です。数値は下がっていました!!!!（涙）

下がっていると信じていたけど、本当に下がっているデータを見ると、『よっしゃ!』ってなりますね（嬉）。正常値まではまだまだありますが、一歩一歩着実に。抗がん剤が効いてくれて嬉しいです。（耐性ができると効かなくなるかもしれない可能性があります）

あとは何度も言ってますが、抗がん剤は3割程度の人にしか効かないので、このまま効き続けてくれますように。（願）

それ以外にも、重曹クエン酸を飲んでいたり、酵素を飲んでいたり、そういうのも効いてるかなと思っていますし、なんと言っても、**「メンタル」**ですね。どの本を読んでも、動画を見ても、**「どんな治療法や食べ物よりもメンタル」**と。これは本当実感します。

▼今起こっていることは何のメッセージ?

「がん」と戦うことを辞めた。（敵として見ない）

「がん」は自分の細胞と受容した。（自分が作り出した）

「がん」が何故〝今〟出現したのか?（何が目的だったのか）

「がん」を体験し自分はどう在りたいか（使命や人生の目的）

※「がん」の部分を、自分の悩みや嫌なことに当てはめると自分事になると思います。

「がん」を**「病気」**として捉えるのではなく、（病気なんだけども）**「がん」**を**「メッセージ」**として捉えることで、

これは**「なんのタイミングなんだろう」「自分はこの体験でどう変化（成長）できたのか」「どんな意味があるのだろう」**そう捉えることで、（何度も話していますが）

「がん」になったことは不幸ではなく有難いことになって、**【がんにはなりたくはなかったけど、なってよかった】**って感謝できるようになりました。これを読んでいるあなたも、「がん」の部分を、自分の悩みや不幸だと思っていることを

当てはめてみてください。

そして、そのことを敵として見ずに、**その嫌なことは何故出現したのか?どんなメッセージがあるのか?これを体験してどのように変化(成長)できるのか?**

そう考えられれば、その出来事に感謝ができると思います。すぐには感謝までいかないと思います。僕も何日も何日も、**『なんのメッセージなんだろ…』『身体を休ませろってことか…』『自分を大切にしろってことか…』『どう在りたいのか考えろってことか…』**

こうやって、何回も何回も考えました。すぐに【感謝】までいったわけではないです。何度も何度も、自分に問いかけて、納得いく答えが出るまで問い続けて…

そして、

【感謝】できるまでになりました。

他人のせいにしたり、敵として見ていると、おそらく克服できないと思います。(僕の場合は「がん」だけど)今目の前で起こっている、自分にとって嫌なこと、ムカつくこと、それって起こるべくして起こっていて、しかも今のこのタイミングで起こっていて、それを「自分への意味付け」として捉えるか、「ムカつくこと」で片付けるか。

それによって、「人間力」「器」を大きくできるか、小さいままでいるのか。って決まると思います。そして、嫌なこと、ムカつくことにも【感謝】ができるようになったら**無敵**ですよね。(敵が敵じゃなくなりますよね)

目の前で起こったムカつくことも、あなたが原因で作り出したこと。それを他人のせいにするか?自分への意味付けとして捉えるか。がんになったことも、自分が作り出したこと。

それに執着して妬んで恨むのか?自分への意味付けとして捉えるのか。

どちらの方が、良い方向に進むのかは明確ですよね。(こういうことも「がん」になったからこそ、知識として知ってはいても体現して分かったことです。だから感謝ですね。)

学んだ知識を話すよりも、実際に自分が体感して体現した経験を話す方が説得力ハンパないですよね。(それを得られたのも「がん様」のおかげです。お陰様過ぎて「様」が付きました笑)

がんにはなりたくはなかったけど、がんになってよかったです!!有難う!!

2023/08/01熊谷翼

テラスでのアイスコーヒーは最高ですね！明日からは副作用の影響で冷たいものは舌と喉がピリピリして美味しさが分からなくなります。

明日からは副作用の影響で冷たいものは舌と喉がピリピリして美味しさが分からなくなります。

105／人の振り見て我が振り直せ

（2023年8月2日20時10分）

2023年8月2日（水）　がん告知から105日目　※1882文字

こんばんは。

今日は**「入院中に感じたこと」**を、ツラツラと書いていきますので、そのまま内容に入っていきますね！

入院中は、人間観察が楽しくて（勉強になって）いろんな人がいるなぁと。初対面だけど、声をかけて励ましあったり、（朝のテラスで年配女性と）見ていて反面教師になる方もいれば、「この人すごいわ！」って人もいます。（テラスで筋トレしてる人もいた）

なんか膝が焼けてないか？

実際にあったのは…コンビニのクーポン券が使えずに、本社？ポイント会社？数社に、クレーム連絡をして、店舗にもクレームを入れて、看護師さんにドヤっている方もいました。（今日の出来事。ドヤったあと一人でめちゃキレてたw）

決められている時間を守らない人もいれば、（消灯や入浴時間など）決められているルールを守らない人もいる。（居室内の電話禁止とか面会時間とか）

※今回ではないですよ

看護師と清掃員への態度が違ったり（横柄）「俺は病人だぞ！」みたいな人もいました。前にも書いたかもしれませんが、毎日面会に来てくれる妻に愚痴ばかり言ってる人、看護師に依存して何もかもやる気がない人、（ずっとお菓子食べてゲームしてる）こう書いているだけで、嫌な気持ちになりますね。不快。読んでいる方もそうですよね、きっと。ごめんなさいね。

病気の受容ができていなかったり、不安があったり…それは分かるんです。それは当然と思っています。

まぁ、伝わっていると思いますが、僕が話したいのは、

- **誰かのせいにしてたり**
- **誰かの文句や愚痴を言ってたり**
- **世話をしてくれている人へ横柄だったり**
- **よく分からないドヤ感だしてたり**

そういう人にはならないようにというか、自分のことも客

観視して気をつけないと、**「他の人からは見られているからね！」**って、改めて気持ちが引き締まりました。

#病院に行って気持ちを引き締めるタイプ

僕は入院中は、「ベッド上で本を読む」「音声コンテンツで勉強する」が基本ですが、（あとはお菓子を食べています）どうしても、さっきのような方がいると、集中できなかったり、空気がなんかズーン…みたいになるので、なので、テラスやカフェに行って（場を回避して）リフレッシュしています。（晴れた日のテラスは無心になれるので最高）

あとこれも仕方ないことなんですが、緊急入院などで家族の方が（診察結果待ち）、病棟のラウンジなどで待たれていたりするんです。この時の空気も重いものがあって、（そりゃそうなんですよ。告知された後のうちの親もそうだし）それを非難も否定もしないのですが、一人の患者からすると、そのラウンジの空気も（時によりますが）すっごい重くて場を離れることがあります。

何が言いたいかと言うと、**「環境」「空気」「近くにいる人のメンタル」**は、**「99％自分に影響を与える」**ってことですね。

そして、なんか**「重い空気」**だったり、**「ん？」と思う人**が近くに来たら、**場を離れる（回避する）**のは大事だと体験として思います。テラスやコンビニに行くとか、イヤホンの音量を上げて音楽を聴くとか、そうやって、**自分にマイナス（負）になりそうな空気感とかは、感じられるように**していた方が、良いと思います。

じゃないと疲れるし、**無意識的にネガティブを引き寄せ**ちゃいそう。（知らないうちに、自分も態度悪くなったり、クレーム言ってドヤってたり）やばいやばい。そうならないように、マイナスな場所や人からは距離を取った方が良いですね。

会社や学校では、最低限のコミュニケーションを取って深入りしないようにしましょう。**一緒に愚痴ったりしないようしましょうね。**

周りから見たら社内で働く人の愚痴を陰で言うって気持ち悪いよね。本人に直接言う勇気もなくて、陰でジメジメと話しているのが陰口。（ナメクジみたいな生き物と同じ）ってことで、**「人の振り見て我が振り直せ」**とはまさにその通りで。この言葉は誰でも知ってる。小学生でも知っているかも。けれど、知っているのと実践しているのは違う。

「知ってる知ってる」って言う人は、だいたいできてない。

「あぁ…確かにそうだよな、できてないな」って言う人は、結構できてたりする。

「知ってる」

↓

「できる」

↓

「やってる」

これって、何事にも鉄板の流

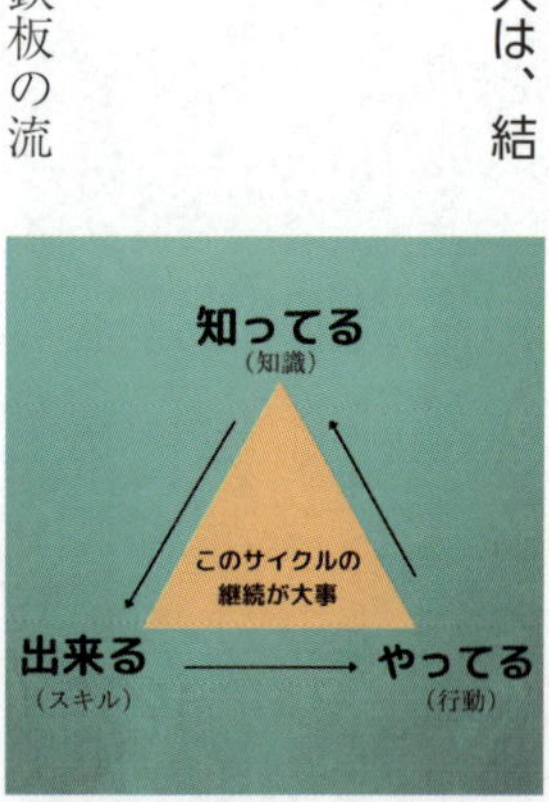

れだと思ってます。

ということで、他人にイラつくことなく、**「人の振り見て我が振り直せ」**で、学ばせてくれて感謝です。と思って、いろんな人間観察をしています。

明日で退院して自宅治療予定です！

今日も最後まで読んでいただきありがとうございます！

2023/08/02熊谷翼

106／抗がん剤治療の内容と副作用（初公表）
（2023年8月3日22時26分）

2023年8月3日（木）　がん告知から106日目　※2744文字

こんばんは。

今日から自宅治療となりました。退院明けはいつも通り母親とランチをして、あとはゆっくり過ごしました。（点滴をつけての生活は明日の夕方まで）

昨日も治療の話でしたが、今日は**「化学療法」**と**「自宅治療」**の話をさせてください。

近況報告も含みます。

早速本題へ！

▼化学療法（抗がん剤治療）について
今まで公表していなかった（効果が出るまでは出さずにいました）僕が現在行っている化学療法（抗がん剤治療）について、先に公表します。現在行っている療法は、**「ベバシズマブ＋FOLFOX療法」**（ベバシズマブ＋オキサリプラチン＋レボホリナード＋フルオロウラシル）スケジュールは、**2週間に1回の点滴**です。（重度または緊急性が高い場合は点滴治療になるようです）
点滴の順番は、

■ベバシズマブ（治療薬）
○点滴時間
90分（1回目）
60分（2回目）
30分（3回目以降）※今はここ

■パロノセトロンデキサート（吐き気やアレルギーの予防薬）
○点滴時間15分

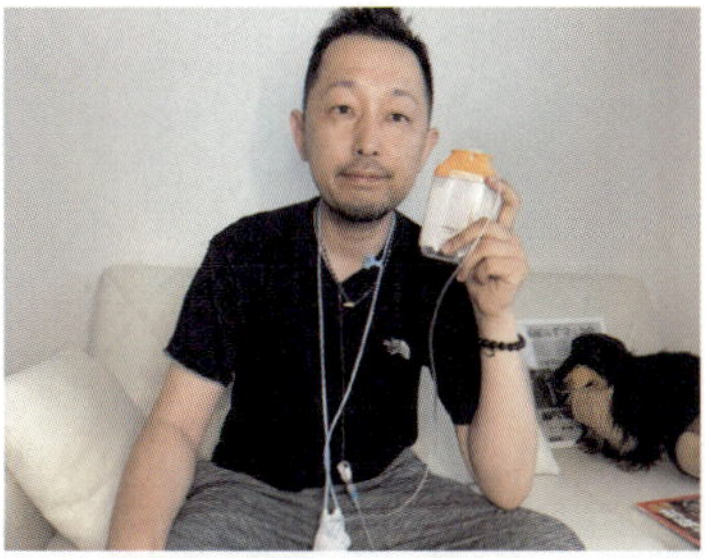
46時間点滴

■レボホリナート（フルオロウラシルの効果増強薬）
○点滴時間120分
■オキサリプラチン（治療薬）
○点滴時間120分
■フルオロウラシル（治療薬）（急速静注）
○点滴時間3分
■フルオロウラシル（治療薬）（持続点滴）
○点滴時間46時間
※自宅治療でつけている点滴
ここまでが化学療法（抗がん剤治療）です。
※あくまでも僕が行っている化学療法なので、効果や症状、部位などにより薬は変更や追加がされます。

▼化学療法（抗がん剤治療）の副作用

化学療法（抗がん剤治療）にて、予想される**副作用**と発現時期についてです。
※この副作用もこの薬の組み合わせによるものです。薬の種類により副作用が変わります。
（例えば現在使っている薬の副作用には「脱毛」がないように、発生部位により薬が変わるので、副作用の種類や強さも変わります。）

また、副作用で実際に僕に出現しているものや、出現していないものを分かりやすく表記しました。
◎治療中に必ず出ている症状
○治療中に良く出る症状
△現時点であまり出ない症状
※あくまでも僕の場合です。参考までに。それも踏まえて、現在行っている化学療法（抗がん剤治療）の副作用の種類です。
■点滴開始～1週間
○投与時過敏反応
投与中あるいは投与数時間後にかゆみ、息が苦しい、発熱、汗が出るなど様々な症状が出た場合、すぐに近くの医療スタッフを呼んで下さい。
※発熱と発汗があります。
△吐き気、食欲不振
吐き気止めのお薬がある場合、使用しましょう。
◎しびれ（冷感刺激）
冷たい水やものに触れると痛みが出ることがあります。できるだけ冷たいものを避けましょう。

症状は数日で自然に軽減することが多いですが、症状が残る場合はお知らせ下さい。※手腕足の冷感刺激があります。
△白血球、好中球減少
感染症にかかりやすくなります。37・5℃以上の発熱が出た場合、近医の受診又はすぐにご連絡ください。抗生剤のお薬を予め渡されている場合は、使用しましょう。
◎高血圧
治療のお薬によって血圧が上昇することがあります。

毎日血圧測定を行い、日誌等に記載をお願いします。日誌は受診時にお見せください。
※血圧の拡張期（下の血圧）がある100を超える時があります。

■数週間〜数ヶ月

△口腔粘膜炎
口腔内、唇、口角などに炎症が起きます。口腔内を清潔に保ちましょう

○皮膚障害
手足が乾燥したり、赤く腫れたり、皮が剥けることがあります。保湿剤やステロイドの軟膏のお薬がある場合は使用しましょう。
※手の皮が剥けることが過去にはあり、乾燥は毎回あります。

◎しびれ
手足のぴりぴりとしたしびれ、感覚が鈍くなるなどの症状が起こることがあります。
※冷感刺激とともに、ピリピリはあります。

△創傷治癒遅延
傷が治りにくい状態になります。歯科治療などを受ける際、事前に主治医または薬剤師にご相談ください。

○出血
鼻や歯肉から出血がみられたり、痰に血が混じることがあります。
※鼻血が出やすくなります。

■その他の副作用
△涙目になる◎疲れやすい○味覚障害△動悸、息切れ◎色素沈着△強い腹痛

以上が、僕が現在行っている化学療法（抗がん剤治療）の副作用です。こうやってみると、結構、副作用が出てるなぁと思いますが、副作用以外の体調は良好です。

▼自宅治療中の今

ランチをして、自宅で掃除をしたり、注文していた棚を作ったり（疲れたから途中棄権）、ゆっくり過ごして、20時にベッドに来てSNSを覗いて、noteを書いています。

現在の状態は、手足のだるさ（動かしにくさ）があり。
※昨日よりは良いです。火照ってきたので、熱を測ると36・9℃。
※治療から1週間くらいは微熱が出やすいです。
※冷えピタ貼ってます。

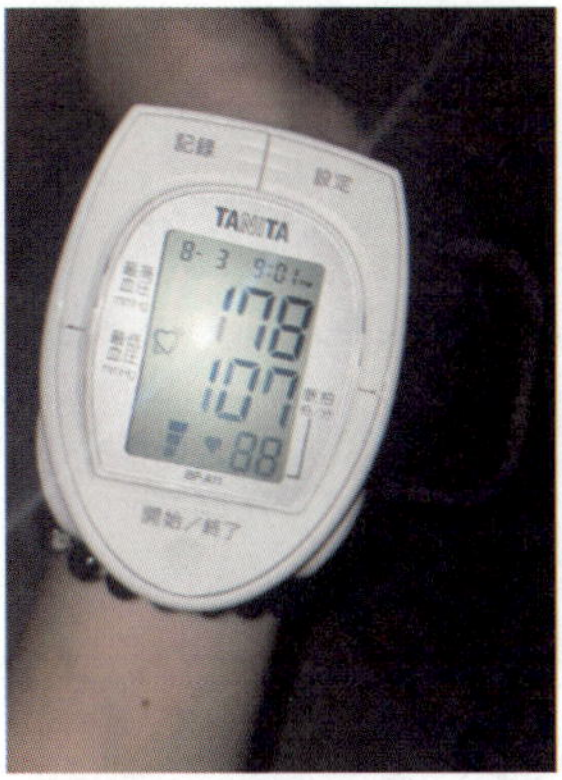

朝に血圧の薬を飲んだんですが、これです。

👉冷えピタ支援お願いします!!（願）
（Amazon「ほしい物リストを一緒に編集しましょう」
https://www.amazon.co.jp/hz/wishlist/ls/3FUBFS89TMKS3?ref_=wl_share）

そして、やはりというか…火照ったり身体がだるかったり、頭がモヤモヤするのは、高血圧の影響かなぁと…。

21時で178／107でした。

血圧の下（拡張期血圧）が高いのは、末梢に血流を増やすためと言われていますが。末梢血管抵抗なのかな…

末梢血管抵抗とは

末梢血管（毛細血管）に血液が流れ込む際に受ける抵抗が強い場合、血液が流れ難くなるため、血圧が上がります。

また、1回の拍動を強くすることで末梢血管に血液を流そうとするために、血圧が上がります。

https://is.gd/IEh8dJ より

いずれ、この高血圧も「副作用」として片付ければそれまでなのですが、僕は「なぜ?」と思うのが強いみたいで、色々と調べます。納得するまで。納得しない場合や、負に落ちない場合は、次回の治療の時に担当医に質問をします。

『下の血圧が高いのは、末梢血管抵抗なんですかね?』みたいな感じで。他にもご飯を食べてはいるのに、体重が4~5キロ落ちた時には、**『がん悪液質ですかね?』**と聞きました。

今はまだそれではないようで、治療中の食欲低下が影響しているのではないかと。

母親とランチ

食べて増えるようであれば可能性は低い。と言われて安心もしました。知らないことがあると不安だし、やっぱり治療をする以上は知識も必要だし、知識が自分を守る可能性もあるので。

なので、治療法や副作用（その原因や対処法）も、入院中や自宅治療中には調べています。（担当医や看護師にも凄い勉強してるね!と言われるほどです。てへ笑）

微熱と高血圧はありますが、これはいつものことなので、明日にはだいぶ体調も回復するだろうと思います。

明日以降、予定がいくつかあるので、体力を落とさないよう（散歩は中止）に、過ごしていきたいと思います。

それでは、おやすみなさい。

今日もありがとうございました！

2023/08/03熊谷翼

107／自宅治療終わりました

（2023年8月4日22時57分）

2023年8月4日（金）　がん告知から107日目　※543文字

地元の夏祭りも今日まで。

今年は行けませんでしたが、インスタなどで、賑やかな写真をたくさん見て、やっと夏が帰ってきた感じがしました！

（コロナ自粛明け）

来年は、僕も体調万全で夏祭りを楽しみたいと思います。

ビールも飲みたい！

さて、昨日は化学療法（抗がん剤治療）について、詳しく書きました。

まだ読まれてない方はこちらから👉

（**「106／抗がん剤治療の内容と副作用（初公表）」P.279参照**）

今日まで、点滴治療でしたので、その経過について書きたいと思います。（今日は短めです）

▼自宅治療が終わりました。
今日まで46時間の点滴をつけての自宅治療。意外と、点滴をしている時は体調も悪くはないので、美容院に行き、そのあとはゆっくりしていました。

夕方に点滴が終了して、点滴を外し…その後から、身体のだるさと高血圧。（頭のモヤモヤも）

点滴を外した後からのこの不調も、薬の影響のようです。

点滴中はお風呂やシャワーもできないので、点滴終わりに、浴槽にお湯をためてゆっくり入ったものの、上がってからは立ちくらみで休む。

一つの行動をしては、休んで。の繰り返し。これも良くなる兆しだと思って、焦らずゆっくり過ごしたいと思います。

ということで、今日は明日に備えてこのへんで。

いつもありがとうございます！

2023/08/04熊谷翼

108／仕事（給料）があるのは当たり前じゃないから

（2023年8月5日22時02分）

2023年8月5日（土）　がん告知から108日目　※1826文字

こんばんは。

昨夜は体調がイマイチだったので、noteはサクッと書いて、休ませていただきました。今日はいくぶん良い感じです。

（エアコンの冷えで疲れやすくなってるかも）

そして、今日は妹が指導している中学校のバレーボールチームが、**東北大会ベスト4に入り、全国大会出場**を決めま

した！　おめでとう！

ということで、東北大会の応援に、福島県いわき市まで来ました。ホテルがなかなかなく、双葉町の方にホテルをとりました。

そう…東日本大震災で壊滅的な被害を受けた、福島原発の近くです。震災のことも、色々と思い出しますが、震災のことではなく、その当時のことを、今日は振り返りたいなと思います。

▼2010年10月独立

大学卒業をギリギリでもぎ取って、（単位が足らず4年生になってから1年生の授業を受けたりしてたよ）

大学はなんとか卒業できたのですが、（なんとか卒業するレベルの学校ではないです）就活ができなかったので、卒業後に地元に戻り、5月から介護のアルバイトから社会人がスタート。（時給700円のアルバイトでした）

それから、なんとか仕事の価値とやりたいことを、見つけながら、**27歳の時（2010年10月）に、介護コンサルタントとして独立**をしました。

その当時は、介護コンサルタントという仕事は珍しく、特に地方では『**コンサル？怪しい…**』と言われ、（若さもあり）ほぼ仕事がなかったことを覚えています。

なので、講師の仕事や、自主開催の勉強会をしながら、なんとか日銭を稼いでいた頃…

ようやく、コンサル契約や年間研修契約が決まったのが、2011年1月2月。新年度（4月）から、ようやくコンサルタントとして、仕事に入れると思っていた矢先に、東日本大震災。コンサル契約は白紙になり、（契約先が沿岸地方だった）自主開催の勉強会も保留に。（参加者がそれどころじゃない）独立をした2010年10月から、翌年9月末までの売上は、**【6万円】**でした。

▼仕事をしたくても仕事をもらえない

その当時、「**仕事をしたくても仕事がもらえない**」という状況が続きました。**働きたいのに働けない。**（普通の会社員なら無い感覚）僕はその状況というか環境を、27～28歳で味わったので、今も「**仕事があるのが当たり前**」「**給料がもらえるのは当たり前**」と思って仕事をしている人を見ると不思議な感覚になります。『**ボーナスはいつ入るのかな…**』『**ボーナスが下がった…**』その発言がどうも引っかかるんですよね。『**もらえる前提で仕事をしてるけど、ボーナス分の利益はどれくらい作り出したの？**』って、思うんですよね。

僕が22歳から働いた会社は、立ち上げの時から働いていたので、5年間ボーナスはありませんでした。給料は時給

700円のアルバイトから、ヘルパー2級を取って月給12万円の社員へ。27歳で独立する時の、手取りは13～14万円くらいだったと思います。

それでも、その会社のキャパやスタッフ人数や、売上を見れば、そのくらいの給料になるし、利益を利用者人数だけで算段している以上、これ以上は給料が増えないこともわかっていたので、安月給にもボーナス無しにも文句は言ったことがないし、むしろ当たり前だと思っていたし、給料を増やすなら転職か独立しかないと思って、独立をしました。（独立後に仕事がなくて独立を後悔しましたが）

給料がもらえるのは当たり前じゃないし、給料を増やしたいなら利益を生まないと増えない。それが無理なら文句は言うことではないし、ボーナスって利益が余っているから分配するのであって、もらえる前提で働いている人が多すぎる。

新卒や新人ですら、「ボーナスは…」って発言するほど。（あなたは会社の利益をどれくらい生んだの？）現場のことだけをしていて、決められたルーティンワークだけをしていて、営業にも行かないで、決められたシフトで動いているだけで、「給料」や「ボーナス」に文句を言うのも、もらえるのが当たり前だと思うのも、都合が良すぎ。当たり前じゃないからね。

双葉町では、建築関係や原発関連のお仕事をされている方が多いようです。震災で会社も仕事も家族も家も失って、それでも生きていくために仕事をする。（もちろん、やりがいや目標もありながら）仕事があるのは当たり前じゃない。給料がもらえるのも当たり前じゃない。

感謝をしながら、与えられた役割（仕事）に従事したいですね。

2023/08/05熊谷翼

109／質問相談に答えます

（2023年8月6日19時20分）

2023年8月6日（日）　がん告知から109日目　※1203文字

こんばんは。

妹が教えているチームは、東北大会3位となりました！改めておめでとう！

さて、今日は日曜日なので、届いている質問相談に答えていこうと思います。（書き終えたら寝ます。）

Q．がんの症状も落ち着いてきているようですが、現在の状況を教えてください。

A．「腫瘍マーカー、腫瘍（CT）どちらも改善されています」

数値や抗がん剤治療については、過去の記事を参考にしてほしいですが、毎回、検査をするたびに改善されています。

「がん」が小さくなる（減る）ということは、身体への痛むや作用も減りますが、抗がん剤治療による副作用もありますので、数値が下がったから、身体の状態が良いか？と言うと、それはまた別になってくるかなぁと思います。
（「104／数値さらに改善!!」P.273参照）
（「106／抗がん剤治療の内容と副作用（初公表）」P.279参照）

Q．最近感じたことで嬉しかったことはなんですか？

A．答えに当てはまるか分からないですが、「次があるって、良いなぁ」って思いました。

それこそ、妹のチームを応援しに行きましたが、準決勝で負けてはしまいましたが、「全国大会出場」は決まっていたので、「次」はあるんですね。「負けたけど次がある」って、

良いチームを作ったな。と心から思いました。

すごく幸せだな〜って感じました。これは大会だけではなくて、普通の生活でもそうだと思うんですね。

「明日がある」「次の機会（順番）がある」「来週、来月、来年がある」これって、当たり前じゃないし、（僕は「がん」になってから、次の日が来ることがめちゃくちゃ幸せに感じるようになりました）次があるって、どんだけ恵まれてるんだよ！　当たり前に生きられてることって、当たり前にしていたら気づかないよねって思いました。

Q．がん治療にかかる費用を教えてください。

A．これはあくまでも僕の場合なので、治療や病院が変われば（あとは年収）また変わってくると思うので参考程度に。

まずは入院治療ですが、最初は19日くらい入院していて、今は2泊3日を隔週で入院しています。あとは高額療養費制度があるので、一般層は毎月の上限8万ちょっとになります。（年収により違います）あと、高額療養費制度は、入院と外来は別なので、入院で8万、外科治療で8万（歯科も別）なので、ここも調べておいてください。（同年で上限を何回か繰り返すと、上限が低くもなるので、調べてみてください）

僕の場合だと、毎月10万円程度（入院費用（食事込み））かかります。（＋持ち込みの飲食物など）あとはCVポート手術（外科）は3割負担で5万円程でした。入院前の検査などは、月をまたいでいたので高額療養費対象にはならず、10万円くらいはかかったかなぁと思います。あくまでも参考までにです。

今回の質問相談は以上になります。
今日は住んでいる地域で、花火大会があるようですが、早めに身体を休めようと思うので、花火の音だけを聞きながらおやすみなさい。

2023/08/06熊谷翼

110／メンターやコーチが付いていますか？

（2023年8月7日23時09分）

2023年8月7日(月)　がん告知から110日目　※2555文字

こんばんは。
最近は抗がん剤の副作用の「高血圧」に悩まされています。下が「110」とかってとんでもないですね…。一応血圧の薬もらって飲んでも、下が「90台」…。自分の正常血圧が分からなくなってきましたよー。(涙)
さて、今日は**「あなたにはメンターやコーチがいますか?」**というテーマで書いていこうと思います。

▼メンタリング、コーチング

メンタリングとは、
新入社員や後輩に対して、上司による指示とは別に、先輩社員が助言・指導する行為や人材育成手法のこと。指示や命令によらず、**メンター**と呼ばれる指導者が、対話による気づきと助言により、被育成者たるプロテジェないしメンティー本人と、関係を結び自発的・自律的な発達を促す方法である。

ウィキペディアより

コーチングとは、
運動・勉強・技術などの指導をすること。英語 coach の動詞のうち**コーチ**する意味の現在分詞。促進的アプローチ、指導的アプローチで、クライアントの学習や成長、変化を促し、相手の潜在能力に働きかけ、最大限に力を発揮させることを目指す能力開発法・育成方法論の仮説に基づいた手法の一つ。

ウィキペディアより

メンター(メンタリング)と、コーチ(コーチング)についての説明を貼りました。似たような内容ですが、**コーチング**はプロジェクトの進め方や、目標達成に向けて必要なスキルや技術の習得など、実務に関するテーマに対して用いられることが多いです。一方で、**メンタリング**はキャリアや人間関係の悩みなども含まれ、両者は対話のテーマが異なります。
簡単に言うと、僕の妹は中学校のバレーチームの**「コーチング」**をしていて、僕は仕事や家庭や病気で悩んでいる人の**「メンタリング」**をしている。そういう解釈で構いません。
自分の悩みの種によって、**「コーチング」**や**「メンタリング」**という技法が変わり、他にも、**「ティーチング」**や**「コンサルティング」**もあります。

ティーチングは、
相談者(相手)に答えを与える形で指導して、ティーチャーが身につけている知識や技術を指導します。
コーチングは、
相談者(相手)が自身の強みや悩みを自覚して成長し、目標達成に向けてどう進むべきかを相談者(相手)が見出せるように指導します。
コンサルティングは、
相談者(相手)が抱える課題を洗い出し、具体的な解決手段を提案して課題をクリアできるよう指導をします。難しい言葉も出てきていますが、妹の例で言うと、「全国大会出場」や「この試合に勝つ」という目標のためにどうしていくか?の指導がコーチングであり、そのために必要なバレーボールの「知識」や「技術」の指導がティーチングになるわけです。
なので、妹は**コーチ**であり**ティーチャー**ですね。僕の場合は、「悩み」などのメンタル的なサポートは、**メンタリング**であり、個人事業や法人からの「集客」や「人材確保」のアドバイスは、**コンサルティング**になりますね。
僕はメンターであり、コンサルタントになるわけです。
▼あなたにはメンターやコーチがいますか?
僕の場合は、メンターがいて、コーチがいて、マスターがいます。(マスターは師匠ですね)実際に会える人だけに限らず、尊敬する著者の本がメンターになり、コーチになっていたりもします。(ティーチャーも)

実際に僕の話だと、**「コンサルティング」**のティーチャーもいれば、**「伝え方」**のティーチャーもいます。**「悩んだり落ち込んだりした時」**のメンターもいれば、**「仕事を増やす」**ためのコーチもいます。

そして、**「価値観」**や**「人としての在り方」**を教えてくれるマスター(師匠)もいます。

さて…**あなたにはどんな人が指導をしてくれますか?**

会社や学校で、知識や技術を教えてくれる先輩はティーチャーですね。他にはいますか? 友達や家族ではない、尊敬できるメンターやコーチなど。

もしも、**いないのならこれからは是非見つけて欲しいです。いるのなら、その教えをしっかり実践しましょうね。**

僕は、コーチは、ナビゲーター(車のナビ)だと思っています。目的地に正確に早く着くためには、コーチは必要です。

行きたい目的地により、資格取得のティーチャー、ウェブのティーチャー、メンタルのメンター、集客のコンサルタントなど、目的地がある程度ないと、そもそも自分にはどんな人が必要なのか?分からなかったりします。たくさんの人がいれば良いわけではなく、僕の場合はティーチャーはあくまでも、知識や技術を教えてくれる人なので、必要なことを習得したら卒業です。(本やYouTubeなどでもティーチャーはいます)コーチは数人いて、メンター、マスターは一人ずつです。

あれもこれも!となると、『あの人は〇〇って言ってたのに、この人は逆のことを言っている』みたいに混乱してしまったり、お金や時間を分散させてしまうので、なるべく少ない人数の方が良いと思います。分けて考えられるようになれば、複数人いても良いと思いますが、僕の経験上、**メンターやマスターは一人に絞った方が良いです。**(考え方や捉え方などの目には見えないことなので正解が無数にあるので)

いずれにしても、自分一人では抱えきれないことや、自分ではゴールに辿り着けないことも、メンターやコーチがいることで、行き方が分かったり、ヒントがあったり、答えを自分で導き出すこともできてくると思います。自分一人で頑張りたい人は、それでも良いと思いますが、自分一人ではどうにもならないこともありますし、何より**「指導をしてくれる人が自分の人生にいる！」**ということは、なによりの励みと支えになると思います。僕自身がそうだったので…

27歳で独立をしてから知った著者が、僕のメンターであり、東京で失敗した後に出会った白髪の人が、僕のマスターです。

それから、自分のやりたいこと、なりたいことに繋がる、コーチやティーチャーに出会い(探し)ました。うまくいっている人のほとんどが、コーチが付いているそうです。

うまくいっている会社は、コンサルタントの能力を活用していて、心が安定している人のほとんどが、メンターやマスターがいるそうです。自分一人では越えられないことも、誰かの力を活用したら状況も変わるかもしれませんね。

2023/08/07熊谷翼

111／自信が無いのは行動をしていないから

(2023年8月9日00時02分)

2023年8月8日(火)　がん告知から111日目　※1849文字

『なんで血圧高いんだろ…』

『なんで微熱出たりするんだろ…』

『なんで食欲とか落ちるんだろ…』

って思った後に、「がん」だったことを思い出すくらいに、自分が「がん」ってことを忘れているんですが、キューブラーロスの受容過程ってのがありますが、受け入れて、次の段階は「忘れる」ですね。

今日は過去にFacebookに投稿した記事を、加筆してお届けします。「自信」についてのお話です。

▼自信がない

『**自信がない。**』よく聞く言葉です。

これに対して、『**自信は後からついてくる**』なんて言われた経験や、耳にした事はあるのではないでしょうか?

確かに間違った返答ではありませんが、自信のない方からすると的を得た答えでもありません。

「**自信がない**」

僕がこの言葉を言われた時に答えることは、『**それは目標が明確になっていないからではないですか?**』と答えると思います。『ん?』と感じる方もいるかもしれませんので、例をあげて説明します。

あなたが**車を運転をして遠出**をするとします。目的地を決め出発します。少し進むと直進と曲がる道に分かれており、あなたは直進しました。少し進むと、『さっきの道で曲がった方が良かったかな…』と不安になります。しかし、更に進むと看板があり直進で正しかったということが分かります。

あなたは、**直進で間違っていなかったという自信**がつきます。そこから更に進むと、また直進と曲がる道があります。そこでも直進をします。

ところが、しばらく走っても看板が出てきません。あなたは、焦りと不安で地図を何度も見返すかもしれません。

それでも『**直進で正しいはずだ**』と自分に言い聞かせて進むと、直進で正しかったという看板があり、先ほどよりも大きな自信がついていることでしょう。そのことを繰り返しながら、目的地へ到着をします。自信というのは、**【目的地＝目標】**を明確に定めないと、自信がつかない。何となく、『あの辺に行きたいな～。』といって目的地は決めないですよね？

たいていは、

・**何時に**
・**どこに**
・**誰と**
・**何をしに**
・**どのように**

ということで目的地を決めるはずです。目標もより詳細であればあるほど、行動がしやすくなります。

【運転＝行動】

目標を明確に定め、行動に移していなければ自信はつきません。**自信がないということは、行動をしていない**ということです。ここでの行動とは、目的地までの運転を意味します。車が動いていない状況では、迷うことも進むこともありません。だから自信がないのです。そして、行動することを怖がる人もいます。あるいは、「自分に都合の良い条件が揃ったら行動に移す！」という人もいます。

しかし…先ほどの例で考えると、条件が揃って運転をするということは、全ての信号が青で揃った時にスタートをするということです。（例として）

車に乗ったことのある方なら分かると思いますが、そんな状況はあり得ません。その状況を待っていたら、進めないどころかスタートすら出来ません。私たちは目的地が決まると、信号があることを分かった上で、目的地を目指します。時には止まることも、徐行することも、迂回をすることもあります。それでも、目的地が明確であれば辿り着くのです。目標が明確であれば達成できるのです。ガソリンがなくなったらどうしよう、道に迷ったらどうしよう、車が故障したらどうしよう、、。ドライブへ行く時には、そのようなことは考えません。

それは事前に、

・ガソリンを入れたり

・道を確認したり
・車のチェックをするからです。
人生でも同じです。
・目標を明確に定め、
・事前に準備をし、
・行動に移して自信が深まっていき、
・目標を達成する。
自信がないということは、**目標がなく行動に移していないだけの人の、言い訳に過ぎないと思っています。**目標と行動は大事ですね。後悔は行動したあとにすれば良いし、行動したあとに改善(修正)すれば良い。行動していない人(できない人)は、目標(目的地)が無く、行動できていない。

『自信がないんです~』は、**目標設定・行動・経験(失敗)・改善(修正)**をしていない人の、言い訳だと思っているんですが、それって言い過ぎですかね?

僕のメンタリングを受けているクライアントさんは、いつもこんな感じで叱咤激励をしていますが、もう少し優しくした方が良いかな…(笑)

2023/08/08熊谷翼

112／体調不良により近況報告のみ

(2023年8月10日20時04分)

2023年8月9日(水) がん告知から112日目 ※219文字

こんばんは。

この記事は翌日に書いています。

今までは友達とご飯に行ってて、投稿が遅れることはありましたが、昨日は風邪(発熱)症状が治らずにいたので、投稿は翌日に持ち越しました。

そして、次の投稿で書きますが、コロナ陽性になってしまいました。なってしまったものは仕方ないですが、治療に影響が出なければ良いな…と思っています。

ということで、この投稿はこのへんで!

2023/08/09熊谷翼

113／コロナ陽性になりました

(2023年8月10日20時16分)

2023年8月10日(木) がん告知から113日目 ※444文字

こんばんは。
前回の投稿でもお伝えしましたが、2日くらい前から発熱があって、(微熱は良く出る)
『血圧も高いし副作用かな?』と思っていたら、いつもと

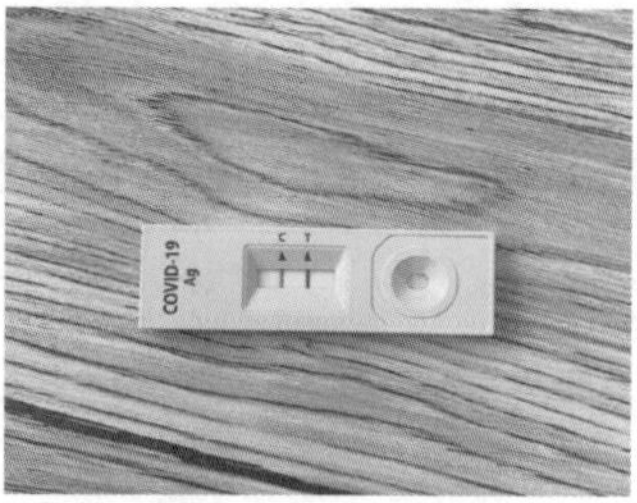

くっきりはっきり出てる！

は違う熱の出る感じ…

そして、夜には「暑い寒い」の繰り返し…風邪かな？と思って、念のため抗原検査を2日前からするも陰性。今朝も陰性。日中から喉の痛みと痰が出るのが増してきて、「なんか熱以外も症状出てきたぞ」「寝る前に抗原検査をやっておこう」と思って、やったら…陽性。

初めて、コロナ陽性になりました。熱は下がり(まだ暑い寒いはあるけど)喉の痛みは強いですが、なったものは仕方ないです。寝て治すだけ！

あとは、「来週からの治療に影響が出なければ良いな？」「コロナの症状が悪化しなきゃ良いな？」それだけですね。

今のところは、熱は落ち着き(顔は熱い)喉の痛みがあるだけ。

とりあえずは寝ます。アクエリアスとか追加しました！

(重いものほど助かります)

(Amazon「ほしい物リストを一緒に編集しましょう」https://www.amazon.co.jp/hz/wishlist/ls/3FUBFS89TMKS3?ref_=wl_share)

2023/08/10熊谷翼

114／コロナ近況報告

(2023年8月11日22時18分)

2023年8月11日(金)　がん告知から114日目　※644文字

こんばんは。

今日の投稿も近況報告になります。昨日の続きです？

(「113／コロナ陽性になりました」P.291参照)

昨日寝る前は、熱はなく喉の痛みが強かったのですが、寝てからが大変でした…(写真ボヤけているのはすみません。)ガッツリと熱が出ました。エアコンは寒くて、でも暑くて、エアコンつけて…を繰り返し。

朝方(熱が出て)からは、とにかく寒くて喉が痛くて痛くて、唾も飲み込めずティッシュに出して。(そしてむせる。誤嚥性肺炎ってこうやってなるんだろうなと…)喉がやばくて、水も飲めないし汗だくだし、窓開けて外の空気を入れて(気温30℃近くても涼しいくらいで)

やっと10時頃に熱は下がりました。(と言っても微熱です

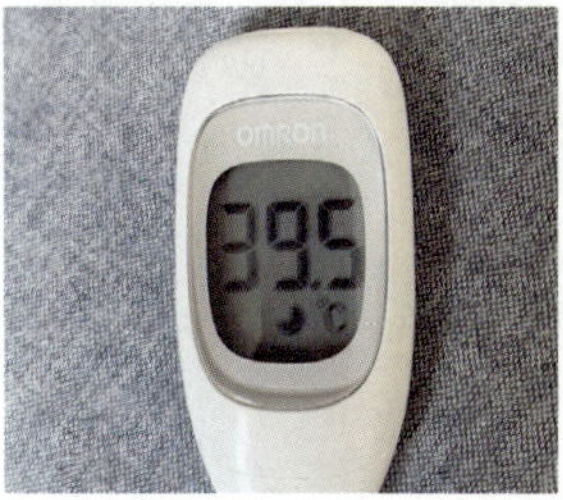

が)そこから喉の痛みも引けてきたので、水分摂って高校野球観ながら夕方まで寝て。

喉の痛みはまだあります。今夜また熱出なきゃいいな?と。ワクチン打った後も高熱出たから、5回目から打つのやめたんだよな~。1回も打ってない妹と症状同じなら、打たなくてよかったんじゃないか?とか、夜に熱出るのって身体が免疫を作る時間だからかな~。とか、熱出たついでに癌も少しは減ってくれると熱が出た甲斐あるよな~。とか、癌は42℃以上で減っていくから熱出すよりサウナの方が良いな?。とか、くだらないことを考えられるくらい、頭と気持ちはいつも通りですが、なるべく頭を使わずに休みたいと思います。

熱あがらないでくれー!!

おやすみなさい。

2023/08/11熊谷翼

115/明日から投稿再開します

(2023年8月13日00時14分)

2023年8月12日(土)　がん告知から115日目　※176文字

こんばんは。

コロナの症状もだいぶ落ち着いて、熱も下がりました。(血圧が高いのは抗がん剤の副作用かな)

(「114/コロナ近況報告」P.292参照)

ご心配をおかけしました。たくさんのメッセージもいただき、申し訳ないです。ありがとうございました。

今日も頭を休ませて、明日には全回復させて、投稿も再開したいと思います。

2023/08/12熊谷翼

116／質問相談に答えました

（2023年8月14日00時34分）

2023年8月13日（日）　がん告知から116日目　※1080文字

こんばんは。

闇金ウジシマ君、池袋ウエストゲートパーク、高校野球のトリプル視聴で、すっかりこの時間になりました。

コロナの症状も落ち着き、今日から通常投稿に戻ります。今日は日曜日なので、（コロナ陽性とお盆とで曜日感覚がない）
・Instagram のＤＭ
・Facebook のメッセージに届いた、
質問相談にお答えする日です。

（Instagram「熊谷翼@kumagaitasuku・Instagram写真と動画」https://instagram.com/kumagaitasuku/）

（Facebook「ステージⅣから復活・がんサバイバー　たすく」https://www.facebook.com/kumagaitasuku ）

Q．最近読んだ本でオススメを教えてください。

A．いろいろありますが、一冊に絞ると**「物語思考」**です。著者のけんすうさんの解析も元々面白いですが、「やりたいことを見つけなくてはならない」という、思って仕事をしている人には読んで欲しいです。僕の思考や価値観も変化しました。
（書籍紹介『物語思考「やりたいこと」がみつからなくて悩む人のキャリア設計術』古川健介著、1650円、幻冬舎）

Q．「こういう人は苦手」というタイプがあれば教えてください。

A．
・何かしらの学びや勉強をしていない人
・『俺〇〇と同じ学校』みたいに、他人の凄さを自分のことのように話す人
・「分かってよ」「構ってよ」が強い人
・調べれば分かることを都度聞いてくる人
『あまりいないなぁ？』と思いながらも、書いていたらまだ思い付きそうなのでこのへんで。

Q．職場や家庭内でモラルハラスメントを、仮に熊谷さんが受けていたとしたら、その方にどう対処しますか？

A．その人自身のことは「変わらない人」と割り切ります。
仕事であれば、必要最低限のコミュニケーションだけをします。「変えよう」「理解してもらおう」と思っても、モラハラする人はＤＶする人と同じで本人は変わらないので。上長に相談をし、配置換えなど距離を置いてもらうようにします。

無理なら転職します。

家庭ってことはパートナーですかね？　結婚未経験なので断言はできませんが、僕なら距離を置いて、それでも相手が変わらないようなら別れます。

基本変わらないと思ってるので、距離を置いてる期間に、様々な情報を集めたり専門家にコンタクトを取ります。

モラハラする人に、時間とメンタルを費やすのは勿体無いので、そういう人を近付けない。
近くにいるなら距離を取る(割り切る)ってのは、冷たいように聞こえるかもしれませんが、自分を守るためには大切だと思います。
今回は以上となります。
次回の日曜日まで、いつでも良いので質問相談送ってくださいね。(小さなことでも、くだらないことでも良いです)
ちなみに、
【調べたらわかること】には、**『ご自身でお調べください』**としか、お答えできません(返信でも)ので、ご理解ください。
それでは、おやすみなさい。

2023/08/13熊谷翼

Ps.こちらもオススメ☜
(書籍紹介『グッド・ライフ 幸せになるのに、遅すぎることはない(&books)』ロバート・ウォールディンガー/著 マーク・シュルツ/著 児島修/訳、1870円、辰巳出版)

117/資格取得後こそ勉強!

(2023年8月15日 00時47分)

2023年8月14日(月) がん告知から117日目 ※2719文字

いつもありがとうございます!
熊谷 翼(くまがい たすく)です。
コロナの症状もだいぶ落ち着きましたが、味覚がイマイチなのです。これはコロナの影響なのか? それとも抗がん剤の副作用なのか? どちらにしても、味音痴になっているので、食感と香りがある食べ物を欲しています。(今のところの優勝はリンゴ)
さて、今日は**「資格を取ってからが勉強本番」**というテーマで書きたいと思います。

▼資格は「知識と能力の物差し」
冒頭の**「本日のテーマ」**のところで、結論は言っているわけですが…資格取得をするために勉強をされる方は多いです。
一方、資格取得後に勉強をする人は決して多くはないです。
例えば…**「社会福祉士」**という国家資格。(僕は2013年「第25回」にて合格)
この国家資格は、**ソーシャルワークの専門職として、**

- **地域共生社会の実現**
- **多様化・複雑化する地域の課題に対応**
- **他の専門職や地域住民との協働**
- **福祉分野をはじめとする各施設・機関等との連携**

といった役割があります。

つまるところ、「社会福祉士」を取得している人は、**「それらの知識や能力を持ち合わせているよね？」**と、社会や会社からは判断されます。（少なくても僕はそう判断します）というかその前に、国家資格受験うんぬんの前に、**『ソーシャルワーカーの能力はあるんだよね？』『ソーシャルワークを実践している（していく）んだよね？』**と個人的に思っています。

ソーシャルワークとは、

社会に対しては①社会変革、②社会開発、③社会的結束を、個人に対しては①エンパワメント、②解放を促進する実践を意味する。また、その実践を発動・継続する根拠は①社会正義、②人権、③集団的責任、④多様性の尊重であり、その対象は、①社会の様々な構造、②実践を必要とする人々である。

ウィキペディアより

資格を取得するということは、**「知識と能力」**を持ち合わせている証を取得するということだと思っているし、僕は「落ちたら福祉業界から足を洗う」と決めて受験申し込みをしました。（カッコ良い意気込みですが、申し込んだのを忘れていて前日は飲み会でした）

（志望動機は様々あるのは分かるけど）

個人的には、**『就職に有利だから』『取れるなら取っておいた方が良いから』**って目的だけなら、かえって取らない方が良いんじゃないかと思っています。

理由は、さっきも書いた通りで、**「あなたの能力基準（物差し）」**として、その資格があるからです。

就職（転職）に有利に働くのは、**【仕事を見なくても能力基準の線引きが、国家資格にはあるから】**です。

仮に、僕の会社に「社会福祉士」を持っている人が採用されたら、**『ある程度、僕が話すことは噛み砕かなくても理解できるよね』『制度（改正）関係は説明しなくても分かっているよね』**と、能力基準のラインがあります。

その時に、**『分かりません、知りません』と返ってきたら、『え？社会福祉士持っているんだよね？』**って、意地悪とかじゃなく素直に思うし言うと思います。

けど、その方への評価は下がりますよね？**『あ、勉強していないんだ』**って。

だから、安易な気持ちなら受けない方が良いし、受けるなら合格した後の周りの物差しが、今とは変わることは理解した方が良いです。

▼資格を取得したなら勉強しよう

社会福祉士を例に挙げて書きましたが、**「秘書検定」**の資格を持っていれば、**『ある程度のマナーや、上司への言動も理解してるよな』**ってラインを引きます。出来ていない時には**『え〜！資格無意味じゃん！』**って思います。（履歴書埋めるために取ったの？）

2回目ですが、資格が就職（転職）に有利なのは、**「能力基準」**があるからで、面接だけでは、その人の能力は分からないから、資格欄を見て**「この程度はできるよな」**と、見当がつきやすいから有利なだけです。
だから、資格がない人よりも、資格がある人の方が信用されやすい。(能力基準が(各々の中で)あるから)
でも逆に、資格がない人よりも、資格がある人が**「仕事ができない」**ことが分かった時の、**騙された感は大きいです。**(このあたりは管理者クラスなら分かるはず。誰も教えてくれないけど。)
だから、安易な資格取得は、かえって自分の首を絞めます。
そして、それでも資格取得を目指すなら、**資格取得後も勉強はした方が良い。**
僕は、受験勉強はしたことはないですが、関連の勉強(読書)はいつもしています。(自慢じゃないよ、当たり前のこと)
福祉とか介護の勉強より、メンタルとか経済とか、今だと身体のことの方が興味はある。(もちろん、この勉強もしているよ)
福祉や介護の勉強は、法律なども入ってくるからややこしいし、ワクワクするようなものでもない。
それでも勉強はし続けている理由は、(講師という理由もあるけれど)1番大きいのは何度も出てくる**「能力基準」**です。勉強(読書)は**「能力基準」**の**「知識」**の方で、**「能力」**となると、勉強(読書)したことが**「できる」**ようになる必要がある。

社会福祉士の例でいくと、

「知識」として、
・高齢者制度やサービス
・障がい者制度やサービス
・児童制度やサービス
・母子(父子)制度やサービス
・社会の課題
・地域の課題や地域差による課題など
最低ここは話通じるよね?と思います。

「能力」として、
・伝えるスキル
・パソコンスキル
・ライティング(書く)スキル
・ビジネスマナー
・コミュニケーションスキルなど
最低ここらへんのスキルは標準装備だよね?と思います。

これらは社会福祉士としての、必要最小限装備で、最低ラインの**「能力基準」**だと思っています。

その上で○○分野に特化していたり、○○が得意というのはあっても、**「知らない、できない」**だと、(能力基準より下だと)**履歴書に騙された感は半端ない**です。

「マッサージの資格あります」って言ってて、知識も技術もなかったらお金払いたくないですよね?

「看護師です」って言って、治療について理解してないし採血も下手なら、「違う看護師にして！」って思いますよね？

資格が大事（就職に有利）じゃなくて、資格は能力基準であって、その能力基準を、（最悪でも）落とさないように勉強は必要だし、資格を持っているということは、他人で同じ資格を持っている人と比較されるわけで、いつまでも最低ラインの能力だと、勉強していない（サボっている）のはすぐバレます。

だからこそ、資格取得後は更に勉強をする必要があるし、（どの資格でも、民間でも国家関係なく）資格取得後も勉強（成長）を続ける人が、その資格者としてのプロフェッショナルだと思います。

今日も最後まで読んでいただき、
ありがとうございました！

2023/08/14熊谷翼

118／終戦記念日

（2023年8月16日 01時30分）

2023年8月15日（火） がん告知から118日目 ※1145文字

こんばんは。

今日は終戦記念日でした。

僕は東京に行くと必ず靖国神社へ参拝へ行きます。その隣にある遊就館も。8年前？9年前？には、鹿児島の知覧へも行きました。（特攻の地）

靖国神社

今日は、靖国神社や知覧へ行った時に感じた想いについて書きます。

▼先人が何を思っていたか

僕は「右とか左とか」言いたいわけではなく、日本を守るために戦った人のことを、**「僕らはちゃんと胸に刻まなければならない。」**ということを言いたいだけです。右でも左でも良いです。

けど、「戦争があった。そして敗戦した。」という、教科書的なことだけではなく、戦争の歴史や悲惨さ、そして、日本を守ってくれた先人達の想いと感謝を忘れてはならないと思っています。靖国神社隣の遊就館。あるいは鹿児島の知覧。ぜひ一度は行って欲しいと思います。

そこには、特攻で亡くなった人の遺書や家族への手紙が展示されています。15～16歳という若さで、日本を守るために体ごと敵艦に向かっていったことを直に知ることができます。

日本は敗戦国となり、アジアを守るために日本が戦った大東亜戦争という名称が「太平洋戦争」に変えられ、各国が日本には非がないと言うにもかかわらず、東京裁判では日本は戦争責任を命じられ、A級戦犯として25名が有罪となり、7名が死刑となった。日本憲法も法律も教科書（教育）も全て、ＧＨＱ主導で行われた。農産物も食べ物もアメリカ主導。アメリカで作った小麦を消費するため、学校給食ではパン食が始まり、社会の教科書ではアメリカの歴代大統領を覚え、体育では体育座り（奴隷の姿勢）が推奨される。（他にもたくさんあるけど）敗戦国となった日本は、アメリカの言いなりに成り下がりました。

そういう歴史すら学ばない人が増えてきて、戦争があったことも昔話だと思っている人も、「自分には関係ない」と無視する人もいる。**日本を守るために戦った人がいるというのに。**

特攻隊なんて良くないに決まってる。戦争なんてダメに決まってる。

けれど、日本をアジアを守るために、日本が日本人が戦ったことは忘れてはいけない。特攻に飛び立った人は、**「未来に日本が素晴らしい国になりますように」**と、手紙に日本人に託して飛び立った。本当はもっと生きたかったはず。喜んで特攻に行く人なんて一人もいない。

手紙には日本や親への感謝が書かれているが、本当は死にたくはなかったはずだ。（手紙は検閲される為、そんなことは書けない）

けれど、日本を守るために飛び立った。そういった先人たちのおかげで、今の日本があるし、今の私たちの生活がある。**今ある日常は当たり前ではなく、先人たちが守ってくれての日常だと思う。**

それを忘れてはならない。

2023/08/15熊谷翼

（書籍紹介『人生に迷ったら知覧に行け　流されずに生きる勇気と覚悟　新装版』永松茂久著、１５４０円、きずな出版）

119／T-UP（ティーアップ）スキルは標準装備です

（２０２３年８月16日　22時10分）

２０２３年８月16日（水）　がん告知から１１９日目　※１８２４文字

こんばんは。

本日をもちまして…〝好きな食べ物ランキング〟に、変動があったことをご報告いたします。

さて、今日は**「ティーアップ力」**というテーマで書きたいと思います。

▼ティーアップって？

「Ｔ-ＵＰ」ティーアップ。ゴルフでも〝ティーアップ〟が

第6位にランクインしました！

ありますが、今回はビジネス用語のほうです。

T－UPとは

褒める、良い意味で少し持ち上げることを指します。自画自賛、自慢話になることも。自分以外の誰かに褒めてもらう方がはるかに効果的！　人を紹介する場面では、紹介したい人のことをティーアップして紹介すると聞く人に、その人の魅力や良さが強く伝わりやすくなります。

https://is.gd/cjIyGs より

人や商品などを紹介する際などに、褒めたり持ち上げてお伝えをします。これを自分でやっちゃうと、痛いヤツになりますが、第三者からしてもらうと、それを聞いた相手はあなたのことを、より良い印象を持つことになります。ビジネスシーンなどで、上司が部下や商品を紹介する際に使われたり、誰かと誰かを繋げるときに、お互いの共通の人が、それぞれのT－UPをして紹介したりします。

さて、あなたが部下や後輩を紹介する時や、誰かに社内の人の話をする時はどうでしょうか？うまくT－UPできているでしょうか？

▼T－UPができる人は周りから好かれる

これは技術が必要ですから、書いて話して練習をしてみてください。

・会社の社長を外部の人へ紹介する
・直属の上司を外部の人へ紹介をする
・部下を外部の人へ紹介する
・旦那、妻などのパートナーを友人に紹介する
・大事な友達を知人に紹介する

この時のT－UPを考えてみてください。

ウケを狙って、茶化す人や馬鹿にする人がいますが、（お互いが知っている関係なら良いけど）まだ相手のことをしらないうちに、**ふざけてしまうと、ふざけたあなたの評価も下がります。**『あ～、この人はそうやって人を見下してるんだ』となるので注意が必要です！

T－UPがうまくなると、T－UPをされた方も気分が良いし、T－UPを聞いた相手も、**「そこまで見てるんだ」とあなたの評価も上がります。人間関係が思うようにいかない人は、他人のことをT－UPせずに、揚げ足ばかりとる発言が多かったりします。**（聞いている人はその場では共感してくれても、あなたとの距離は取ります。自分も言われるから。）

他人のことをT－UPする人には、周りの人もついてきます。

『人の良いところを見れる人だ』『他人のことを悪く言わないから安心できる』そう周りから思われるようになります。後輩とご飯に行った時に、後輩の知人と会った時に、『**うちの会社の上司です**』とだけ紹介された時があります。（それはそれで必要最低限の紹介です）

別の後輩とご飯に行った時に、同じように後輩の友人に会った際に、『**講師やコンサルとかもしてて、分からないことを聞くとなんでも答えてくれる信頼できる上司です**』と紹介されました。少し照れ臭い感じはありましたが、その紹介を聞いた後輩の友人は、その後も話が盛り上がり場の雰囲気もとても良くなりました。

そして、T－UPされた僕自身が、その後輩のことを更に面倒を見るようになるのは、言うまでもありません。

もしも、上司から嫌われているかも？上司からの評価が低いかも？と思っている人は、その上司のT－UPではなく、悪口ばかりを言っているのかもしれません。給料をもらって働いている以上、好き嫌いとか、合う合わない、モチベーションが上がらないってのは二の次で、どんな上司だろうと、あなたの上司であることには変わりはありません。あなたの評価を決めるのは、その上司です。上司からの評価は、あなたの仕事以外の言動も影響します。

それは上司だけではなく、周りの同僚からの評価も同じです。愚痴や文句ばかり言う人の評価が良いわけありません。そういう人は表向きには周りも話を聞いてくれるかもしれませんが、影では嫌われています。わざわざ会社に来て給料をもらっているのに、その会社や上司の文句を言っている人が、会社や上司から好かれるはずもなく、周りで聞いている人からも好かれるはずもありません。

T－UPのスキルは仕事をする人においての標準装備です。身につけておかないと、自分の評価が下がります。（会社だけではなく、地域や集まりなどでも）

2023/08/16熊谷翼

120／悩みがあるのは普通の状態（2023年8月17日 23時42分）

2023年8月17日（木） がん告知から120日目 ※2068文字

こんばんは。

ものすごく久しぶりに、（最近はほぼ肉を食べないので）焼肉定食を食べたら、肉が美味しすぎてリピートしそうです。

ちなみに、コロナの症状はほぼなくなりました。喉の痛みも熱もないです。みんなめっちゃ心配してくれる！と思ったら、そう言えば「がん」でした…すっかり忘れてました（笑）。（毎日noteを書くときに思い出しています）

さて、今夜は「**悩みがあるのが人生**」というテーマで書きたいと思います。
結論は**「悩みがあるのは悪いことじゃない！」**です。

▼飢えで悩み肥えて悩む

数日前に終戦記念日がありましたが、戦時中や戦後は、食糧がなくて、(あるいは食糧を買うお金がなくて)多くの日本人は飢えに苦しんでいました。白米なんて超高級品で、粟や芋を主食にしていた時代です。その当時に〝**ダイエット**〟なんて言葉はありません。現代は多くの日本人は、食糧に困らない生活を送ることができています。食費が無いという事情はあるにせよ、**食べ物が無い！**という時代ではありません。食べ過ぎたりカロリーを摂り過ぎた人たちは、お金を払ってダイエット器具を買ったり、ジムに通ったりしています。約80年前は飢えに悩んでいた時代から、現代は肥えたことが悩みになる時代です。

食べ物の話を例にしましたが、社会にしろ経済にしろ、仕事にしろ教育にしろ、時代の変化とともに悩みの中身も変化してきています。一昔前は、家にカラーテレビがあることは珍しく、カラーテレビがある家を羨ましがっていた時代から、現代はテレビを観ずにスマホでYouTubeを観る時代になりました。一昔前は紙に文を書いて(何度も書き直して)送っていたのが、今はLINEで即時に連絡を取る(送信取り消しも可能)ことができます。その時代時代で価値観や生活は変わり、おそらく〝悩み〟の中身も変わっていったはずです。

▼結局、悩む

時代は変わって、社会は変わって、生活は変わっても、悩みが消えることはなさそうです。

学生時代は…

・テストの点数で悩んだり、
・運動のことで悩んだり、
・好きな人のことで悩んだり、
・進路のことで悩んだり。

もっと細かいことだと、

・髪を切った日はみんなの反応に悩んだり、
・友達の些細な言葉で悩んだり、
・部活の練習のことで悩んだり。

その悩みは、社会人になると…

・給料のことで悩んだり、
・同僚や上司のことで悩んだり、
・転職や転勤のことで悩んだり、
・結婚のことで悩んだり、
・子供のことで悩んだり、
・ローンのことで悩んだり、
・年金のことで悩んだり、
・病気のことで悩んだり、
・老後のことで悩んだり。

歳を重ねて、悩みの中身は変わっても、想像するに〝**悩み**〟自体は消えなそうです。

ということは、**悩みがある今の状況は普通**で、「悩みなんてない！」って状況の方が、もしかすると普通じゃないのかもしれませんね。むしろ〝**悩み**〟があるから、解決(改善)しようと行動をして経験値が上がったり、勉強(経験)をして過去の悩みを乗り越えたり、そう思ったら新たな悩みが生まれたり。

でも新たな悩みは歳を重ねても時代が変わっても出てくること。人それぞれ悩んでいて、悩みの大小はあっても、生きているうちは悩みがあることが普通なのかもしれませんね。

そう考えると、『悩んでいるのが馬鹿馬鹿しい！』ではなくて、「なんで私はこんなに悩みが多いんだろ…」「悩まずに生きたいのに…」っていう、**『悩みがあることに悩むのが馬鹿馬鹿しい！』**になりそうです。悩みはあって普通。悩んで普通。だったら、悩みがある自分は全然オッケーってことですね。自分は自分の悩みがあるし、億万長者は億万長者の悩みがあるし、芸能人は芸能人の悩みが人それぞれあって、良し悪しは比較できないけど、悩みながらも生きている。悩んでいるけど今日も生きている。

その感覚があると、悩みはあっても「人生悪くない」って、思えるんじゃないかなぁって僕は思います。人それぞれに悩みがあって、僕は「がん」のことで悩んだ時があって、食べ物や生活習慣などにも悩んだけど、悩んだところで良くなるわけじゃないから、**悩むことを諦めて(割り切って)**、なるべくストレスがかからないように、生き方を少しだけ変えてみたら、良い方向に進んでいっています。

今は「がん」のことでは悩むことは少なく、今1番の悩みは〝本棚〟を作る気になれないことです。(小さい悩みでしょ笑)他人の悩みって小さく見えて、自分の悩みは大きく見えるけど、**『私はこれで悩んでる！』**って、家族や友達に話してみると、意外と自分の悩みより、他人の悩みの方が深かったりします。(比較するもんじゃないけど)

とりあえず、**「がん」になった僕は、「がん」のことで悩むのを諦めました。**

悩んでも答えは「がん」だから(笑)。

悩んでも答えが出ないことや、答えがわからないことは、**悩むことを諦めて、違う悩みを見つけましょう！**

小さなくだらない悩みを見つけると、意外とその前に悩んでいたことって、消えていたり小さくなるもんです。

2023/08/17熊谷翼

121／悩みがあるって幸せなこと

(2023年8月18日23時33分)

2023年8月18日(金)　がん告知から121日目　※1490文字

『夏がそろそろ終わりますね』とは聞くものの、夏の終わりっていつですか？

お盆？暑さ？夏休み？が終わる頃？

ちなみに今年の夏は、祭り期間は入院をしていて、お盆期間はコロナになって、どうにも夏らしさは〝暑さ〟だけが、僕の夏になりそうです。

さて、昨日は**「悩みがあるのは正常だよ」**というお話をしましたが、

（「120／悩みがあるのは普通の状態」P.301参照）

今日も「悩みがあるって幸せだね」という、〝お悩み〟シリーズでお届けします。

▼悩みがあるって最高

僕は4月に「がん告知」を受けまして、今に至っています。

告知前、そして告知後は、それなりに悩みました。

『どんだけ生きられるのかな』『治るのかな』悩んでも答えが出ない悩みを、朝から次の日の朝まで悩んで悩んでいた数日。

おそらく普通ではないメンタルだったからか、2日悩んで悩むことを辞めました。（とは言っても思い出して悩むこともありました）悩んで悩んで悩み切って、出した答えは…

『悩めるって幸せなことだなぁ』です。

悩めるってことは、生きてるから。死んだら悩めません。

「がん」の発見が遅れて、進行がとんでもなく進んでいたら、「悩む」前に「死んでいた」かもしれない。

生きているから悩めるし、時間があるから悩めるし、悩みがあるってことは生きている証。

悩み切った結果、そう思えるようになりました。

そして、**『生きていれば何とかなる』**とも思いました。「悩みがない人生は最高だ」と思うけど、昨日の記事にも書いたように、歳をとっても、お金を稼いでも、何かしらの悩みは個々にあって、それをクリアしても新たな悩みは生まれそう。

生きているうちは悩むんでしょうね。でも悩めるって、羨ましいことですよ。

僕が入院治療をするときには、同じように「がん患者」がいます。弱っていたり、薬の効果がなかったり、悲観的だったり、先は長くなかったり、そんな患者さん（雰囲気ですけど）もいます。そういう患者さんの悩みは、**「あとどれくらい生きられるか」**だと思うんですね。

「進行＝死」の病気である以上、自分の最期のことは嫌でも頭に浮かびます。悩むことは「生死」のことが大きくて、あとは治療費とか葬儀のこととか…『人間関係が…』『将来の不安が…』『ローンをどうするか…』僕もそうでしたが、生死をリアルに考えなきゃいけなくなった立場から言わせてもらうと、**『そんなことは生きていればどうにでもなる！』『そんな小さな悩みは悩みにならない』『そんなことで悩める今が羨ましい』**そう思います。（思いました）

悩んでいると、自分の悩みは他人の悩みと違って大きくなって、自分一人が大変な思いをするだろうけど、それは生きられているから感じられる感情であって、**「数年で死ぬかもしれない」**と言われたら、今まで悩んでいたことすら愛おしくなるくらい、〝**生きたい**〟って思った。

「たくさん悩みたい」「悩みを解決したい」「だって生きてるから実感が湧くから」**自分の悩みすら有り難くて、他人の悩み相談も有り難くて、「生きてるなぁ」「生かされてるなぁ」**って思うんですよね。

そして、悩みを聞くと**「そういうことで悩めるって幸せだよ」**って、毎回思うんですよね。(本人にとっては一大事なんだけど)生きられているから悩めるし、悩みがあるから行動できる。**悩みたくても、生きたくても、それができない人もいるんだよ。**ってことは、頭のどこかに入れてて欲しいなぁって思います。

そして、悩みがあっても、悩めることは「生きられている幸せなことなんだ」ってことも、忘れないで欲しいなぁと思います。

「悩み最高！生きられてる証!!」

2023/08/18熊谷翼

122／サクッと近況報告

(2023年8月19日 22時44分)

2023年8月19日(土)　がん告知から122日目　※939文字

こんばんは。

地元代表の花巻東高校が、仙台育英に敗れましたが、最後の粘りは素晴らしかったです。

お疲れ様でした。感動をありがとうございました！

さて、昨日、一昨日と「悩み」について、連続投稿をしたので、今日はゆったりと今の**近況報告**をしたいと思います。

▼コロナ陽性で化学療法は来週から

8月10日にコロナウイルス陽性となり、10日間は期間を空けるという病院側のルールにより、来週から化学療法となります。今までは隔週での治療だったので、ちょうど1週間空いたので、血液検査(腫瘍マーカー)の結果が気になるところです。来週、腫瘍マーカーの数値がわかったらお伝えしますね。(毎回検査するわけじゃないから、来週やるのかは分からないです)

コロナウイルスの症状も、発熱と喉の痛みがありましたが、今は回復しています。(ご心配をおかけしました)

本丸の「がん」の症状ですが、薬の効果によって、腹部の痛みもほぼなく、血圧が高いくらいで、体調も良い感じです。抗がん剤治療によって、また微熱や痛みが出てくるとは思いますが、いつもの程度であれば良いな～と。

お腹が空いた感覚はあるものの、食欲の「欲」が薄く、食べてはいるんですが、「がん」になってから、5～6キロほど体重が落ちました。普通なら痩せられてラッキーなのですが、体重が落ちて体力が落ちると、抗がん剤治療自体が出来なくなります。(身体が耐えられない)

あとは、白血球(免疫力)の数値が下がったり、肝臓の数値が上がると、抗がん剤治療ができなくなるので、体重が落ちないように、免疫力が落ちないようにしていかないといけません。排泄の方も順調です。排泄(大の方)がうまくいかなくなると、大腸を切っての手術になりますが、なるべくなら温存した方が良いとのことで、当たり前にしている排泄も、当たり前じゃなくて出ると有難い気持ちになっています。

そんな感じで、がんの状況は数値を見ないと分かりませんが、身体の感覚的には悪くはなっていないと思うので、このまま免疫落とさずに、来週の治療を迎えたいと思います。

今日はいつもより、サクッとした感じですが、たまにはこんな感じも。

おやすみなさい。

また明日！

2023/08/19熊谷翼

123／質問相談に答えました

(2023年8月21日 00時30分)

2023年8月20日(日)　がん告知から123日目　※1050文字

こんばんは。

いつもnoteを読んでいただきありがとうございます。

昨日の投稿で「500」スキ♡(いいね)を達成しました。いつも応援ありがとうございます。これからも、お付き合いをよろしくお願いします。

さて、今日は日曜日なので、InstagramとFacebookのメッセージにて届いている〝質問相談〟に答えていきたいと思います。
質問相談は、InstagramかFacebookにて☜
(Instagram「熊谷翼@kumagaitasuku・Instagram写真と動画」
https://instagram.com/kumagaitasuku/)
(Facebook「ステージⅣから復活・がんサバイバー たすく」
https://www.facebook.com/kumagaitasuku)

Q. 抗がん剤治療の副作用で辛いことは何ですか?

A. 副作用は人(薬)により変わるので、あくまでも僕の場合ですが…
・手足、舌、口の冷感刺激(冷たいものに触れると痺れた感覚になります)※1週間くらいで消えます
・手足のピリピリと動かしにくさ(手足がピリピリと痛みがあり、動かしにくさがあります)※1週間くらいで消えます

・高血圧（下が１００を超えることが多いです）抗がん剤治療後ずっと続いています
　このほかには、
・微熱
・食欲低下
・身体のだるさ
　これは抗がん剤治療後3～5日くらい、出たり出なかったりです。

Q．いつもインスタやnoteを見て応援しています。何か私にできることはありますか？

A．応援ありがとうございます。投稿への「いいね」や「シェア」をしていただけると嬉しいです。更に！ということであれば、「支援物資」のサポートをしていただけると、とても助かります。
※飲料は買いに行くと重くて大変なので、とても助かります。

ハロウィンの飾りが売られ始めましたね

（Amazon「ほしい物リストを一緒に編集しましょう」
https://www.amazon.co.jp/hz/wishlist/ls/3FUBFS89TMKS3?ref_=wl_share）

Q．友達で悩んでいる人がいます。熊谷さんを紹介したいのですが、よろしいでしょうか？

A．ありがとうございます。紹介していただいて構いません。
僕の簡単なプロフィールも載せておきます。


【プロフィール】

１９８３年7月生まれ。岩手県盛岡市出身。

22歳▼時給７００円のアルバイトで介護業界へ。

27歳▼介護コンサルタントとして独立。

35歳▼管理者や事務長として施設運営に携わりながら、研修やコンサルティングを行う。

39歳▼ステージⅣがん告知を受ける。

　現在は「がん」によって得た「気付き」や「メンタルを安 定させる方法」などを発信している。

　コンサルティング▼人材獲得、稼働率向上
　メンタリング▼個別対応（問い合わせはＤＭにて）

書籍▼「未来の自分を喜ばせる」45のルール
資格▼社会福祉士、介護福祉士

　今回の質問相談は以上となります。

　お盆、夏休みもそろそろ終わりですね。まだまだ暑いですので、体調にはご留意くださいね。

2023/08/20熊谷翼

124／偏った情報で決めない

（2023年8月21日 23時51分）

2023年8月21日（月） がん告知から124日目 ※2095文字

こんばんは。

今時期の寝る時は、「冷房」ですか？「除湿」ですか？答えを教えてください！

さて、今日は**「たくさんの情報があるけど、その中で何を選ぶのか？」**というテーマで書きます。

▼選択をできる自分になる

Instagram や TikTok などで、コメントやメッセージをたくさん頂いています。応援メッセージが多いですが、なかには良心的な気持ちで、**「治療アドバイス」**をくださる方もいます。

「○○治療が良いよ！」「抗がん剤治療は○○だよ！」治してほしい！治ってほしい！

そんな気持ちから、治療法やサプリや生活習慣に至るまで、アドバイスをいただいています。

情報は情報として受け取り、**〝必要と思ったものは取り入れる〟**スタンスで、**「自分の考え」**と**「自分の感覚」**を大事に、情報に溺れないようにしています。

現在、抗がん剤治療をしていますが、抗がん剤治療に否定的なコメントもいただきます。抗がん剤治療を辞めて、別な治療法を勧めてくださる方もいます。

食事のアドバイスをくださる方もいれば、断食を勧めてくださる方もいます。「表もあれば裏もある」みたいな感じで、様々な情報が集まってきます。（僕の話を例に出していますが、みなさんにも転用できると思います）

「良い」という情報もあれば、「良くない」という情報もあって、**〝何を選ぶか〟**は自分で決めないといけません。その時に、情報全てを鵜呑みにしてしまうと、矛盾が生じてきます。（ご飯を食べながら断食をするみたいな）

僕の場合は、「がん」の情報が集まってきますが、（情報をくださるのはありがたい）例えば、〝抗がん剤治療はダメ〟と言われたから、『抗がん剤治療を辞めます』はできますが、**〝別の治療で良くなる根拠がどこまであるのか？〟**ということを自分でも調べないといけません。

「キノコのサプリが良い」という情報を得て、どれだけの人が治ったのか？（実際数十人いたとして…飲んでいる他の何千人の人は？）このことを徹底的に調べる必要があります。（あとは費用対効果も）

〝○○療法が癌に効果がある〟と言われて、「なぜそれが医療保険外なのか？」も調べる必要があります。（僕も飲んでいますが）〝クエン酸〟や〝重曹〟を飲んで、実際どれだけの人が改善したのか？ 情報はたくさんあります。（もちろんほとんどが良い情報です）大事なのは、その中から自分は何を選ぶのか？その理由は？ 情報全てを鵜呑みにしてしまうと、情報に溺れてしまいます。

実際に聞いた話ですが、「キノコのサプリが良いと言われて頼んだら1瓶40万円だった」「抗がん剤治療は辞めた方が良いと言われ、保険外治療に切り替えたが、状態が悪化したため、再度抗がん剤治療をお願いするも、身体の状態が悪く抗がん剤治療ができなくなった」「保険外治療が効果あると言われ、1回〇〇万円の治療を数回行うも、がんは広がった」などなど、「良い」と言われた情報であっても、それは一部の人の声を切り取られたものもあり、信憑性が低いものもあります。当事者自らが体験した効果があったものは、信用できそうなんですが、YouTubeやInstagramなどの情報は、一部が切り取られていることが多く、本当に「良い情報」なのかは、自ら納得するまで調べるのが1番だと思っています。

▼「〇〇　評判」で調べる知人

今はネットや本などの情報が溢れていて、〝真実〟が複数あったりします。そんな中、知人はどうやって情報選択をしているか聞いたところ、『「〇〇評判」で調べる』と答えました。まぁそれも良いとは思うんですが、基本ネットに口コミを書く人って、僕は信用していないんですね。

商品に対してでも、ニュースに対してでも、人に対してでも、評論家みたいに口コミを書く人がいますが、「ところで、あなたはそれなりの実績があるんですよね？」と疑いたくなる、匿名投稿者の口コミ(評判)を、情報選択のツールとして使うのは、危険な香りがします。(個人の主観を鵜呑みにしてしまう)ネット検索は否定しませんが、あらゆる視点から(良いも悪いも)検索をしないと、自分の主観が答えになってしまうことも、珍しくはありません。**(否定的な意見は検索しない人が多い)**

なので、僕の場合は、抗がん剤治療のメリットとデメリットも理解をした上で、**〝今は抗がん剤治療を選択〟**しているし、それが絶対良いとは限りません。

ただ、「S状結腸がん」「多発肝転移」の状況で、**改善する見込み(実績)**が一番高いのが、抗がん剤治療であって、先進医療や保険外治療であっても、改善する実績が多いのなら、そちらにシフトする選択肢もあります。

なので、情報は情報として受け取り、状況により**〝何を選ぶか〟**が大事になってきます。一番は当事者に聞くのが良いですね、僕の感覚的には。何を選ぶのかは自分で決めないといけませんが、その選択肢が偏っていると、そもそも選択した決定が誤りの場合もあります。

自分にとって、不都合な情報もきちんと理解をして、自分なりの正義を持って、決定をしていきましょうね。

2023/08/21熊谷翼

125／8サイクル目を前に思うこと

（2023年8月22日 23時54分）

2023年8月22日（火） がん告知から125日目 ※2267文字

こんばんは。

夜寝る時の「冷房」か「除湿」か？の答えを、いまだに持ち合わせていません。誰か教えてください！ちなみに「除湿26度」で寝ています。

さて、今日は治療のことを書いていきます。**「抗がん剤治療8サイクル目」**です。

▼告知日と今

入院治療が始まる前には、必ず4月20日のことを自然と思い出します。告知を受けた時の感覚や、同席していた親のことや、先のことを考えられなくなったことなど…抗がん剤の影響で脱毛すると思い、髪を思い切り短くしたことや、身の回りの靴や服を処分したり、定期購入していたものを全て解約したり。（思い込みで）

先のことは考えられず、そんなに長くない残りの時間をどう過ごすか？そんなことを、告知の10日前から告知後2日間は考えていました。

（**「0／明日が始まり」P.21参照**）

告知の頃は、ちょうど桜が咲いていて、「来年は桜が見られるかな…」と、センチメンタルになっていた自分も懐かしいですが、その時は本気でそう思っていました。

先は長くないと思い込み、靴や服を友人に売ったりあげたり、（その後に新しい靴を買いました笑）もう必要ないやと、定期購入やフェイスケアなども辞めました。（その後に再開しました笑）

残りの人生をどう生きるか？

この答えが出るまでは、頭の中はグルグルしてて、心の中はモヤモヤしていました。（自分の体験をもとに

『伝える人になる』と、自分の中で整理ができた頃から、生き方が楽になったように感じます。（今はまだ企画検討中）

お話会やインスタライブも、内容や進め方を探っていますが、これらは、告知日あたりでは、考えられなかったことでした。（先が見えなかったから）

▼次（先）があるって当たり前じゃない

（これから）やることや、やりたいことって、先があるから考えられることであって、「近いうち死ぬかも」と思っていた時には、考えられないことでした。

なので、今色々考えていることって、すごく楽しくて、明日がある。来月がある。って、とても幸せなことだなぁと、つくづく思います。（次の予定を立てられるのは当たり前じゃない）

これは、腫瘍マーカーの数値が安心材料になっていて、「まだ大丈夫」と確信できているからこそで、治療がうまくいっていなければ、先を見ることはいまだにできていなかったと思います。

なので、「数年先」のことは、今は考えられなくて、考えられるのは「2、3ヶ月先のこと」までで、それ以上先のことは考えられないのが現状です。

あまり考えないようにしていますし、書くのもあまりしたくはないのですが、がんの進行や、治療薬が効かなくなることも、今後考えられることなので、そのあたりの不安もあったりするのが事実です。現実にはさせたくはないので、考えないようにしていますが、今は元気ではあっても、「がん」であることは事実です。

今は元気だし、会った人には驚かれるくらいだし、（がんであることを感じさせない）その状態がこれからも続くことが望み。要は、**「普通に生きられている状態が、僕の望み」**普通に仕事ができて、普通に遊びに行けて、普通に生活できているのが、どんなに幸せなことなのかは、「死」を覚悟した人にしか分からないかもしれないし、僕自身も「がん」になる前は、**『そんなことが幸せ？』**って思っていたけど、（体調が思わしくなかったり、不調になる不安があって）仕事をしたくても出来なかったり、遊びに行きたくても行けなかったり、朝起きて体温と血圧測定から1日が始まり、それから1日3回薬を飲んで、隔週で点滴をして、冷たいものが持てなかったり飲めなかったりして、むせやすくなったり、しゃっくりが出やすくなったり、手足の動きが鈍くなったりピリピリしたり、高血圧で頭がモヤモヤしたり、微熱が出て鼻血が出て、こういうことが何もない生活を、今まで39年間はしていて、普通に生活できるのが当たり前だと思って、週1回休みがあるかないかで仕事をして、夜は酒を飲んで時々飲みに行って、それが当たり前に出来ていた生活が、今年の3月後半からの不調によって、当たり前に出来ていた何もない暮らしが、「がん」とともに生活することになって。

それでも、「生きられている」ことが幸せなことで、薬を飲もうが、血圧が高かろうが、酒はドクターストップされようが、生きられるのなら、それでいい。

「もう少し生きたい」「まだ死にたくない」4月20日の告知日に、泣きながら強く思った自分に言いたい。

『そろそろ秋になるけど、まだ生きられてる』って。来年の夏がどうなっているのか？は、想像つかないし考えられないけど、39年間〝当たり前に生きてきた1日〟より、来ることが〝当たり前じゃない1日〟を積み重ねて、また来年も、「冷房」か「除湿」かを悩める夏の夜を迎えられたら、めちゃくちゃ幸せ。その前に、来年の正月を迎えられたら、こっそり泣くと思う。告知された時には、来年のことは考えられなかったし、（後で分かったけど）BRAF遺伝子変異があって、発見や治療が数ヶ月遅かったら、手をつけられなかったかも。って状態が、5月6月だったから、心の隅で『年越せるかな…』って思ってた。今となっては、年越しも当たり前じゃなく、幸せなことだし奇跡的なこと。

『あ〜早くおせちが食いたい』『餅もたらふく食べたい』あと4ヶ月？5ヶ月？あるけど、それまで数値も下がり続けて、今の生活を維持できたら嬉しいな。

自分を信じて、「がん」になったことを感謝して、8サイクル目行ってきます！

2023/08/22熊谷翼

126／バタバタ忙しいって幸せなこと

（2023年8月23日 20時21分）

2023年8月23日（水） がん告知から126日目 ※1958文字

こんばんは。

慶應義塾高校 〝甲子園優勝〟おめでとうございます！仙台育英高校 〝準優勝〟おめでとうございます！

両校とも選手も応援も監督も、素晴らしすぎて感動しました。慶應義塾高校の優勝で、**〝新しい高校野球〟**が始まりそうですね。

そして、両校の監督さんの考えや言葉が素晴らしくて、〝現代の指導者〟としての〝あるべき姿〟のように感じました。

「生徒自ら考えて動けるチーム」が、この夏、全国大会で躍動し、「監督の顔色を伺い動くチーム」は、地方大会で敗退。

時代や社会の変化に、**〝部活〟**も**〝指導者〟**も変化していかないと、強豪校であっても取り残されるように感じた、この夏の高校野球でした。

さてと、今日の投稿は、（昨日は間違えて7サイクル目とお伝えしましたが…）**「8サイクル目の治療が始まりました」**という内容で書いていきます。（抗がん剤は明日から）

☞治療内容はこちらから☞

（「106／抗がん剤治療の内容と副作用（初公表）」P.279参照）

▼明日が来ることは当たり前ですか？

昨日の投稿時点では、今回の治療が「7サイクル目」だと思っていましたが、過去のインスタ投稿を見てたら、前回が7サイクル目だったようで、タイトルなどを修正しました。

昨日の投稿は、僕の本音（本心）の弱いところや、不安だったことを、そのまま書きました。
※昨日の投稿を読んでいない方は、先に読んでから続きをどうぞ？
（「125／8サイクル目を前に思うこと」P.310参照）

（時々）自分でも、明日が来ること（朝を迎えられたこと）を、**〝当たり前〟**に思ってしまうこともあります。**「明日やろう」**って先延ばしすることも…それが悪いってことではなく、**〝当たり前〟**に感じたり**〝先延ばし〟**できること自体が**【幸せ】**なこと。『明日の準備しなくちゃ』『明日はお弁当作らなきゃ』これって、めちゃくちゃ幸せなことだよね。**明日が来ることを疑うことなく、明日のことを〝当たり前〟に考えられるって、めちゃくちゃ幸せ。**もしかしたら、僕と同じ病棟（病院）にいる人の中には、**「明日が来るかどうか不安で眠れない人（家族）もいるはず」**だから。

・薬の効果を願っている人(家族)
・手術の成功を願っている人(家族)
・最良な検査結果を願っている人(家族)
・今回の治療に一生の望みを賭けている人(家族)

こういう人(家族)たちが必ずいて、そんな人たちに対して、**「大丈夫！明日は当たり前にやってくるから」**と、安易に声をかけることはできない。明日が来るかどうかは分からないし、例え、明日が来たとしても、薬の効果や手術の結果、検査結果が、良くない方向に進んでいたら、今までに味わったことのない、なんとも言えない空虚感を味わう日になるから。(僕が告知をされた日のように)

あくまでも想像でしかないけど、間違ってはいないと思う。そういう人たちが、希望と不安を持って来ているのが病院だから。だからこそ、**「明日が来ることに何の疑いもない」**って、とても幸せなことだし、明日の準備にバタバタできるって、それほど幸せな時間はないと思う。そこには「生死の恐怖」が無いわけだから。

▼明日が来ることに感謝

明日のことで忙しかったり、明日の準備に追われるって、確かに大変なことだと思うし、朝のご飯やお弁当作りや、掃除に洗濯も大変なこと。ほんと、世のお母さん達(なかにはお父さんも)はすごい！　家事に子育てに本当尊敬しかない！　僕は独身だし子供もいないけど、今となってはそういう生活が逆に羨ましい。

そう話すと**『じゃ代わってやってみ?』**って、嫌味っぽく言う人もいるんだけど…

明日のこと、家事のこと、子供のこと、目の前のことで、いっぱいいっぱいになれるって**【幸せ】**じゃん。**『代わってみ?』**って言うなら、**あなたも『代わってみなよ?』**って思う。

・薬の効果を願っている人(家族)
・手術の成功を願っている人(家族)
・最良な検査結果を願っている人(家族)
・今回の治療に一生の望みを賭けている人(家族)

こうやって今を過ごしている人がいる。

【自分だけが大変】【自分だけが忙しい】って僕らは思いがちだけど、**【大変なこと】【忙しいこと】**が、あるってこと自体、羨ましいって思う人だっているし、それをしたくてもできない人もいる。そう考えられるようになったら幸せだし、家族や他人にも優しくなれるんじゃないかな。って思う。

〝無いものねだり〟をしないで、**〝明日が来ることだけでも幸せ〟**って思える**【心】**を持ち合わせていたら、あるいは**【意識】**をしていたら、それだけで他人に優しくなれるし、目の前の出来事に感謝(意味を見つけられる)できるようになりますね。僕もまだまだ忘れることもあるから、こうやって入院治療をすることで、思い出させてくれる(改めて考えられる)時間をもらって、それも感謝だなぁと思います。

今日も最後までありがとうございました！

2023/08/23熊谷翼

127／8回目の化学療法

（2023年8月24日 20時13分）

2023年8月24日（木） がん告知から127日目 ※763文字

こんばんは。

本日から化学療法開始です。先にお伝えしますが、手指が動かしにくく力が入りにくいので、今日の投稿は短くなると思います。（スマホが重い…）

▼久しぶりの抗がん剤治療

本来は現在行っている化学療法は、先週行う予定でしたが、コロナ感染により今週に延期しました。それ自体は全然良いんですが、今までは1週間ごとの、化学療法期間と休薬期間の繰り返しでした。今回初めて、2週間の休薬期間後の化学療法（抗がん剤）なので、副作用とか身体のダルさとか、「久しぶり〜」って感じです。このままいけば、明日からは自宅療養になりますが、あまりしんどくならなければ良いなぁ？。

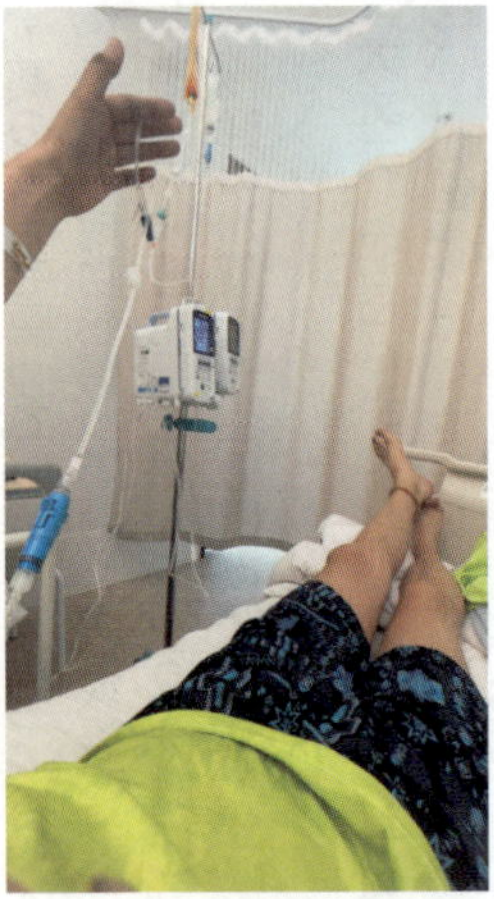

今の状態を書いておくと、

・むせやすい（自分の唾液でむせます）
・身体が火照ってるが手足の先は、冷たさを感じると痺れる
・唇、口内、舌、手足先と冷たさで痺れる（冷感刺激）
・手指が動かしにくい
・夕飯の他にメロンパンを食べて腹が苦しい（笑）

今の状態はこんな感じです。

まぁ普通にこの症状が来たらしんどいですが、「抗がん剤治療」って思ってるから、この症状も平気なのかもしれないですね。冷静に考えると、一個ずつもまぁまぁしんどいですからね。でもまぁこの〝しんどさ〟を感じられるのも、生きられているからですからね！

あとは、先週はお盆があるからってことで、1日治療がズレて、今回もそのズレたままの延期になってたので、今夜か明日、担当医が様子見に来た時に、話したいと思います。

※毎日、担当医が顔出してくれるのはありがたい！（話が分かりにくいと思うけど、治療期間や日にちも相談できるよ！って話ね！）

そんな感じで、今日はそろそろ寝たいと思います。（寝れずに夜中に何回も起きるパターンだと思うので）

おやすみなさい！

2023/08/24熊谷翼

（Instagram「熊谷翼@kumagaitasuku・Instagram写真と動画」
https://instagram.com/kumagaitasuku/）

128／がんが気づかせてくれたんだね。

（2023年8月26日 00時07分）

2023年8月25日（金） がん告知から128日目 ※2534文字

ただいま！

入院治療を終えて、自宅へ戻ってきました。現在は自宅治療中（46時間点滴中）帰ってきて休んで、バスケW杯を観ながら果物食べて…身体が火照ってきたので、（血圧上がってきたかなーと思ったら）やっぱり上がってました。（138／106 P110）

下の血圧もさることながら、脈の早さよ…血の巡りが良くなっていて、身体は火照ってます。

さて今夜は、「8サイクル目の近況報告」を書きたいと思います。

▼無事に化学療法実施できました

まずは、8月10日にコロナウイルス感染しましたが、その影響はありませんでした。今回は腫瘍マーカーの検査はありませんでしたが、治療の基準に必要な数値はクリアしていたので、無事に化学療法を実施できました。（保険適用での腫瘍マーカー検査は月に一回）

『コロナにかかって熱が出るっていうのは、免疫がしっかり反応しているから、身体の状態は良い証拠』と、担当医が（励ましかもしれないけど）そう言ってくれて気持ちがポジティブになりました。（やっぱりそういう一言で患者は安心する）（嘘だったとしても！）先生とか上司って、相手のモチベーションを上げるのが仕事だよね？って改めて思いました。

いつもは、1週おきの化学療法ですが、コロナ陽性により、今回は2週おいての化学療法。副作用とか酷くならなきゃいいなぁと、不安がありましたが、今のところは、副作用は今までと変わりはない感じです。（強くも出てないし弱いわけでもない）身体が火照っていて、けれども部屋を冷やし過ぎると、手足がピリピリするという、なんともならない状況で、冷えピタを貼って凌いでいます。（冷えピタは最高の発明品！）

そんな感じに、昨夜と今夜は寝ています。（こんな感じなので熟睡はできず）あとは、明日の午後に点滴を抜くんですが、そのあとから不調になりやすいので、さてどうなるか？ですね。

▼人間観察と反面教師

今回の入院中も、いろんな人を見て（人間観察）、改めて色んな人がいるなぁと勉強になりました。**（共有の場所だから）トイレや洗面所やラウンジを汚したままにしてる人。「病室内は電話禁止！テレビはイヤホン！」って、書いてあるにも関わらずに、電話する人やテレビ（ラジオ）を大音量で聴いている人。自分でできるはずのことまで、（下膳するとかカーテン開けるとか）全て看護師さんにやらせる人。エレベーターでボタンを押して開けててくれた人に何も言わない人。清掃員や看護助手（介護士）を見下している人。**（言葉悪

いけど）

こういう人たちって毎回というほどいるんですが、その度に思うのは、**『こういう人にはならないようにしよう』『これだと治るものも治らないし神様は味方しない』**そう反面教師にしています。

みんな僕より年上の先輩方なんですけどね…10代ならまだ「若いから」で片付けられるかもしれませんが、（若いからで片付けられるのは10代まで）（病気の影響もあるかもしれないし、病気を受容できていないのかもしれないけど、それでもさ！）

僕よりもだいぶ年上の方がですからね…**『何食ったらそんな人間性になるんだ？』**って、首を傾げながら思うと同時に、反面教師にさせてもらって、**「ありがとうございます」**って。相手と自分を比較することではないし、相手はそれが普通なんだから、自分の価値観で決めつけるのは良くない。

だから、首を傾げながら**「不思議な人だな」**って思うだけ。**『この人は今まで注意も躾もされてこなかったんだなぁ』**って、なんだか可哀想な気持ちになることもあるけど。

そういう自分も、完璧ではないし、ましてや治療をしに行ってるから、手をかけてもらうこともあるけど、（当たり前のことだけど）**自分から挨拶はして、してもらったらお礼を伝えて、できれば名前も覚えて、顔を覚えた人には、自分から話しかけて、**（今回は3サイクルあたりまで行ってた病棟）そうしてると、向こうからも話しかけてくれて、**「髪染めました？」**とか、**「新聞見ましたよ！」**とか、**「お久しぶりですね！」**とか、**「数値下がってて嬉しいです！」**とか。

そうなってくると、病院行くのも楽しくなってくるし、**『今回は〇〇病棟だから、〇〇さんいるな』**みたいに、会話するのも楽しみになってくる。治療しに行ってるんだけど、それ以外の楽しみも（人間観察含め）あって、**『ん？がんにならなきゃ出会わなかったんだよな』『これも何かの縁なんだな』**って感じて、だからこそ、挨拶と感謝は自分からしていこうと。今までの自分に足りなかったことも、入院中に気付かされたり、勉強になったりで、これもまた**「がんに感謝」**ですね。（こんなに「がん」に感謝する人いるのかな？）

「がん」にならなければ…出会わない人もいたり、連絡をもらうこともなかった人もいるし、気付きや学びもなかったし、毎週母ちゃんとランチすることもなかったし、友達や仲間の有り難さにも気付かなかったし、酒がなくても生きていけるし（飲みたいけど）、**noteも毎日書いてないだろうし、noteやSNSで初めて知り合った人もいるし、支援してくれる優しい人もいるし、生死を考えることもなかったし、人生や役割を考えることもなかったし、自分の身体（休むこと）を大切にすることもなかったし、**40歳になる3ヶ月前、そして、40歳になって1ヶ月のトータル4ヶ月で、だいぶ人間として成長させてもらいました。

「がん」にならなければ気付かなかったこと、「がん」にならなければ繋がらなかったこと、「がん」にならなければ考

えなかったこと、ほんとは、**「がん」**にならなくても、できるはずなんだけど、僕の場合は、自己中で周りのことを振り回して迷惑かけて、それでも突き進んで、今みたいな考えはできなかったから、身体が**「がん」**を作り、**「きっかけ」**をくれたんだと思う。

「気づけーー！」「繋がれーー！」「考えろーー！」って。だから、**「ありがとう」**と**「ごめんね」**は、ちゃんと伝えていこうと思うし、応援してくれる人を大切にして、自分も誰かのチカラになれるように、これからも発信していこうと思います。

僕は一人じゃないし、あなたも一人じゃない！

2023/08/25熊谷翼

（「熊谷 翼｜kumagaitasuku」https://www.kumagaitasuku.com）

→（※現在はアクセスできません。）

129／24時間テレビは嫌いです

（2023年8月26日 23時26分）

2023年8月26日(土)　がん告知から129日目　※2177文字

こんばんは。

今日の夕方に46時間点滴終えました。これで8サイクル目の投薬期間が終わって、明日から休薬期間になります。点滴を終えてから調子が悪くなりやすいんですが、今日のところは大丈夫でした。微熱と高血圧と、いつもの（副作用）冷感刺激と手のピリピリくらいです。

（「106／抗がん剤治療の内容と副作用（初公表）」P.279参照）

さてと、今日は賛否ありそうな話をします。あくまでも個人的な考えとして読んで頂けたらと思います。

▼「24時間テレビが嫌い」

僕は長らく、介護や福祉の業界を中心に仕事をしてきました。そこで関わるのは、高齢者や障がい者（児）が多いです。僕の友人にも、障がい者はいますし、僕の友人の子供が、障がいを持っていたりもします。

障がいがある人のサポートとして、募金を集めたり寄贈をしたり、車椅子体験などの活動もしていました。おそらく、一般の人よりは、障がいのある方との接点は、多い方だと思っています。

まずは、そのことを踏まえて今日のお話ですが、**「障がい者（児）が特別な才能を持っているように見せているテレビ」「障がい者（児）の頑張りで感動を演出しているテレビ」**僕には24時間テレビが、そのように見えてしまいます。

現実問題として、車椅子で街に出たらほぼ全員に無視されます。お店に行ってもスタッフが手伝うどころか、来店拒否されることも多いです。僕は車椅子で街を移動していた時に、すれ違いざまに舌打ちをされたこともあります。

あからさまに、距離を取られたこともありますし、買い物に行って届かない商品があっても、お客さんも店員さんも助けてはくれませんでした。そういう経験をした、障がい者(児)は怖くて街に出られません。

あなたが、最近出かけた場所に、車椅子の人は何人いましたか？ おそらくほぼゼロだと思います。そのことが異常じゃないですか？

そういう現実があるのに、障がい者を特別扱いするように演出して、視聴者が感動する。その前にやることあるよね？**僕らも募金をする前に障がい者のことを知る必要があるよね？**って思います。街に(外に)出られない理由として…

・手伝う人がいない
・他人の目が怖い
・バスやタクシーが利用しにくい
(タクシー券ももらえますが、通院をしたらほぼなくなります)
・車椅子で入れるお店が分かりにくい
・趣味や娯楽に繋がるような支援はヘルパーはできない等

もしも、自分が事故などで障がいを負ってしまったら…家にずっと引きこもりたいですか？ やりたいこと、行きたいことを我慢して生活できますか？

障がい者や福祉のことを知ってもらう為に、感動とか頑張りをテレビとして流すのは、確かに認知には繋がると思いますが、そもそもズレてる。当事者は感動話なんて望んでいなくて、今よりも生活しやすいように、今よりも楽しめるようにして欲しいだけ。

▼募金って全額寄付されていない

これも問題だと思うんですが、24時間テレビと言えば募金です。番組の最後に、募金額が発表されますが、その下には、**「募金は経費を除いた分を寄付します」**と、書かれています。

募金した額全てが寄付されるわけでもなく、出演している芸能人はボランティアではなくギャラあり。歌は一曲5～10万円、司会は200万円、ランナーは100～200万円というギャラも、一部では報道されています。

『え?ギャラは募金しないんだね』って違和感あるのは僕だけですかね？

そして、福祉車両などの寄付先は、社会福祉法人となっています。税金が免除され、プール金(お金がストックされている)がある、社会福祉法人に寄付されます。株式会社や合同会社のような、民間の福祉施設には寄付はされません。

これも不思議すぎて…確かに社会福祉法人は福祉事業を行う法人(会社)です。株式会社などの民間会社は営利目的です。営利目的の法人には寄付はしないというのは分かりますが、社会福祉法人の方が、税金免除され、同じ福祉事業をしているのに?なぜ？

「愛の共同募金」ができるのも、社会福祉法人のみです。民間会社は募金もできません。なぜ？

調べると調べるほどに不思議な番組が、24時間テレビなんですよね。(あくまでも主観です)

募金や寄付の話は置いておいて、話を戻すと…

「障がい者（児）を見せ物にするな！」と思っています。感動を引き出して、サライ歌ってそれで終わりじゃないですか？

そこから、障がい者の支援やサポートに繋がっていない。24時間テレビに出てくる才能を持った人たちは、最初から才能があったわけではなく、（一部の人はいるかもだけど）障がい者になったから、残っている機能を努力で活かして、目が見えなくてもピアノが弾けたり泳げたり、口で絵を描いたり走ったり。**それって才能じゃなく努力。**その努力がなぜ必要だったのか？まで、掘り下げて考えて欲しい。

そして、その努力をしたとしても、ほとんどの人が生活に困っている。働く場所がないからだ。就労支援事業所もあるが、1ヶ月働いて数千円しかもらえない。

月給15万もらえる仕事に就くことすら厳しい。そういう厳しい現実を取り上げないといけないし、募金集めるくらいなら、働ける場所を作らないといけないし、感動を集めるなら、当事者の声を集めてハンデがあっても、可能な限り思い通りの生活ができるように支援をしていく方が重要だと思う。

2023/08/26熊谷翼

130／質問相談に答えます

（2023年8月27日 23時52分）

2023年8月27日（日） がん告知から130日目 ※852文字

こんばんは。

バスケット日本代表、ワールドカップ初勝利おめでとうございます！ 凄い試合だったー！ 一人で興奮してました（笑）

さて、今日は日曜日なので、InstagramやFacebookに届いた質問相談に答えていきます。病気のことやメンタルのことなど、お気軽に質問相談してください。お名前は伏せてお答えします。

（Facebook「ステージⅣから復活・がんサバイバー たすく」
https://www.facebook.com/kumagaitasuku）

Q．初めての抗がん剤治療が始まります。効果があるか不安で心配しています。何かアドバイスはありますか？

A．「考えても答えが出ないことで悩むのは割り切りましょう」僕は医師ではないし、仮に医師であっても〝抗がん剤〟が、効くかどうかはやってみないと分かりません。効果があれば使われた〝抗がん剤〟は継続するでしょうし、効果がなければ〝抗がん剤〟を変更すると思います。効くかはやってみないと分からないし、変更した薬が合うかも分からない。

なので、悩んだところで答えは〝やってみないと〟なので、今の時点で悩むことは割り切って考えて、効果がない場合の〝次の治療〟の内容を、医師に確認しておくと僕は安心しました。

今の〝抗がん剤〟が効かなければ…

別の抗がん剤治療

↓

効果がなければ、また別の抗がん剤治療

↓

効果がなければ、転移した肝臓への直接注射

↓

効果がなければ、治験

僕の場合は、このような流れなので、これを知っておくと**「まだ打ち手がある」**と安心すると思います。

Q．YouTubeではなくnoteで情報発信をしている理由はありますか？

A．「出版」を目指していること、過去の出来事を振り返れること、この2点が理由です。

Q．仕事復帰は大変ではないですか？

A．ありがたいことに、会社や社長やスタッフの皆さんが病気のことを理解してくれていて、体調に合わせて休んだり休憩しながら、可能な範囲で仕事をさせてもらえているので、今の所大変なことはないですが、申し訳ない気持ちはあります。

以上となります。

今日も最後まで読んでいただき、ありがとうございました！

131／サポート団体立ち上げます（2023年8月29日00時40分）

2023年8月28日（月）　がん告知から131日目　※1923文字

こんばんは。

いつも投稿を読んでいただき、ありがとうございます。数日前に「24時間テレビは嫌い」という投稿をしました。

（「129／24時間テレビは嫌いです」P.317参照）

色々な意見をいただきましたが、改めて思うのは、24時間テレビ（募金）をやっていても、〝街にはハンデがある人の姿がない〟です。これが現実です。興味関心を持ってもらうのは大事、募金も必要。けれども、ハンデある人の生活が変わらないのなら、根本（現実）は変わっていない。ハンデって障害だけではなくて、シングルマザー（ファザー）もそうかもしれないし、保護犬とかもそう。なんとかやっていける人なら大丈夫だと思うけど、ハンデがあってキツい…という声をなんとかしたい。

ということで、過去にやっていた障がい者（児）の支援から再開したいと思います。

▼バリアフリーのバリアは段差だけじゃない

僕は自分が「がん」になって、病気とともに生きることをしています。体内の病気ですが、手足が不自由でもなければ、自分の意思で外に出ることもできます。仕事も遊びも（セーブしながらですが）自分の意思でできています。その当たり

前が「がん」になって、ありがたいことだと知りました。今の状況になって感謝しているのは、たくさんの応援や支援物資です。みなさんから応援され励まされ、お見舞いや支援物資をいただき、**「俺は一人じゃない」**って強く思えました。それが今の生きる原動力になっています。

そして、これからのことを色々と考えていた時に、過去に行っていた活動を再開しようかな！と思うようになってきました。過去には、ハンデがあって学校に行けない方へ、募金を集めてパソコンを寄贈したり…。自分のやりたいことや夢の達成に向けて必要なものを寄贈したり…。車椅子体験をしたり…。

その頃の思いは、24時間テレビと同じように、一般の方へ福祉への興味関心を寄せること。けれども、今の僕の心境からすると、**「俺も大変だから気持ちは分かるから、一緒に乗り越えよう！」**です。以前はもしかすると、対等な立場ではなく、**「してあげる側」**と**「してもらう側」**だったかもしれません。けれども今は病気やハンデは違えど、「抱えているもの」はあって、悩みは違えど共感できることも多いです。僕はありがたいことに、身体は動くし情報発信も出来ています。そのチカラを、困っている人に使えたら、**「いつ死んでもいいや」**って思えるようになってきました。ハンデがある人が困っているのは、段差や凸凹のバリアだけではなく、制度や情報不足のバリア、資金や援助不足のバリア、認知度、理解力不足のバリア、人手不足のバリア　など、これらのバリアが解消されて、**【バリアフリー】**と言えます。このバリアフリーを解消するのは意外と簡単で、**【人】**がいれば解消できます。車椅子を押す人、情報を教えてくれる人、支援してくれる人、人がバリアフリーに直結しています。その**【人】**を動かすのは**【心】**です。『障がいのこと分からない』『何を支援したら良いか分からない』『なんだか怖い』そういう気持ち(心)が、行動をストップさせてしまっている。

けれども、24時間テレビは見るし募金もする。心はあるんです。そして行動先さえあれば支援もしてくれる。だったら、その窓口(橋渡し)をしよう！って思いました。

▼支援団体を立ち上げます

せっかく地元にいるし、地元の誰か一人のチカラになろうと思います。こういう活動は一時的ではいけないと思うので、これから詰めないといけないこともたくさんあります。

方向性としては、

・障がい者(児)への支援
・シングル家庭への支援を想定しています。

支援内容としては、

・情報の提供
・情報の発信
・必要な物資の支援
・公的サービス外のボランティア支援

今の構想としては、このように考えています。

そして、活動費は寄付と僕のお話会の売り上げを充てる予定です。物資の支援は募金（寄付）の想定です。まずは人集め。賛同してくれる方や、メンバーとして一緒に活動をしてくれる方、事務局として経理や情報発信をしてくれる方、インスタかFacebookでメッセージをください！
※ボランティア活動になります
そして…自分や自分の家族でハンデがある方や、シングル家庭の方で、
・〇〇が欲しい
・〇〇に困っている
・〇〇をして欲しい
そのような要望もインスタかFacebookで。

できることできないことありますが、

「〇〇があれば夢に近づく」

「〇〇が解消されたら子供が安心する」

みたいに、ハンデがある人や子供のバリアを、まずは地元の一人からサポートしたいと思います。今はまだ構想段階ですが、決まったことがあればまたnoteに書きます。

2023/08/28熊谷翼

１３２／サポート団体について

（２０２３年８月30日 00時52分）

２０２３年８月29日（火）　がん告知から１３２日目　※２３６６文字

こんばんは。

唐揚げが（１、２個）食べたいけど、お店で頼むにしては食べきれないし、（油物はお腹痛くなる）冷凍の唐揚げじゃなく、揚げたての食べたいんだけども。どうしたらいいですか？笑
さて、今日も昨日の話の続きを、メモ代わりに投稿させてください。（メモに使うな！）

まずは昨日の投稿から読んでください。

（「１３１／サポート団体立ち上げます」P.320参照）

▼早速、相談やら意見やらいただきました

まずは、メッセージの返信が遅れてしまっています。申し訳ないです。そして、ＳＮＳへのコメントもありがとうございます。返信が遅れてもいますが、大目に見てください。よろしくお願いします。
さて、昨日の投稿で**「サポート団体を立ち上げる」**と、半分は**「思いつき」**半分は**「過去を更新する」**その気持ちで、昨日は思ったまま書きました。まだ姿形はありませんし、メンバーも方法も〝これから〟なんですが、ビジョンは決まっていて（決めていて）
【心のバリアフリー】です。
ハンデがある方（障がいや病気など）のサポートはもちろん

のこと、「ハンデがある方に対しての気持ちのバリアも外していこう！」「バリアは段差だけじゃないゾ！」「誰かがサポートできたら大半のバリアは解消できるゾ！」「健常者とか障がい者とか、そういう括りをやめようぜ！」すなわち、僕らの心がバリアを作っているし、**僕らの心がバリアを解消させる。と結論づけています。**（熊谷博士の言葉より）

実は、24時間テレビは嫌いって記事を書いてから、悶々と考えていた（思い出していた）んです。

（「129／24時間テレビは嫌いです」P.317参照）

10年以上前かな、サポート活動をしていたのは。原因は色々あるけど、一過性の活動になってしまい、あの頃に**「希望」**を見たハンデのある方の**「失望」**は、想像すら怖くてできませんでした。そういった過去のことや、（途中でやめてしまった）24時間テレビの「障がい者ショー」みたいなものに、ある種の怒りみたいなものを持って、（僕も今の状態になったのもあるかも）**「俺が死ぬまでやるし、死んでも継続できるサポート団体」**の立ち上げを、一人で決めました。（先輩や仲間にはこれから相談します）（やると決めた時の順番の無視発動）ってことで、まずは同志を募るところから…（メッセージくれた人は即メンバー入り笑）まだ形はこれから考えようと、ゆっくりしていたところに、（昨日の投稿だからまだ反応は無いでしょと）「私の知人のハンデがある子供が…」「こういう団体があると救われます…」「私も協力します」「自分はシングル家庭で正直、食べるものや子供の学校で使用する物などで生活費はいっぱいいっぱいです…」「○○のような仕組みを取り入れてみては…」今のところで、7件のメッセージをいただきました。ありがとうございます。と同時に、**「やらないといけないな！」**と。

▼運営に関して現時点での考え

ここからは、運営に関することですが、

●個人情報やお金や物資を扱うことになるので、事務局は僕以外の人にも入ってもらう。

●募集の仕方は検討するも、必要な物資に関しては、「Amazon リスト」「募金」を使う。（僕の支援物資の感じです）

●僕のお話会（インスタ投稿）のテーマは、「がん」と「バリアフリー」の話として、講師費や参加費を募金として納める。

●熊谷がスピーカー（発信）をして賛同者や支援を受けたい人を募る

●Facebook グループにて支援の報告や募金の内訳などを報告する

●支援の仕組みが回り始めたら社団法人を作る

頭の中でぼんやりと考えている運営のイメージです。基本的には、**「誰かが誰かのサンタさんになる」**イメージ。その時には、**「支援者からのお礼メッセージ」**もプレゼントし、**「支援された方からのお礼メッセージ」**でお返し。（その後の成長した姿とか見たら泣く）

なので、支援を受ける方は、事前に僕やメンバーがインタビューをして、(顔出しや個人情報は本人に確認をとり)その内容をnoteとインスタで公開。

「たすく君は、○○という障がいがあり、なかなか外には出られませんが、将来はプログラマーとして仕事をしたい夢があり、そのためにパソコン(定価12万円)が必要です。たすく君の夢のために1口1000円からの募金を募り、達成したら即購入しお届けします」みたいな感じに。

そうなると、「夢」や「目標」のように、【応援シロ】があると良いかもしれないですね。(生活に困ってます…だけよりも)その〝応援シロ〟の部分を、僕らが引き出して発信をする。(クラウドファンディングのアナログ版)

僕らは直接対面で話を聞き、(時にはインスタライブ)応援したい人と繋げて支援をする。

そういう形が良いかなぁと現時点では。あとは啓蒙活動として、車椅子体験や交流会などの企画。兎にも角にも、一緒に活動してくれるメンバーを集めなきゃ！

▼メンバー集まれ！

僕一人で最初はスタートします。というかしています。実際に支援をするとなった時には、
・インタビューをしたり
・物資を運んだり
・動画や写真を撮ったり
・報告や発信をしたり
色々とやることがあります。

支援を受ける側の人が、1人2人なら僕一人でもできそうですが、より多くの人へ…となると、一人では限界があるし、そもそもずっと続けるためにはメンバーが必要。仕事の合間や休みを、ボランティアとして動いてもらいますし、無償なのにアレコレとやることはあるので、僕からお誘いはできないんですが、
・一緒に活動をしてくれる方
・在宅で情報発信や画像を作ってくださる方
・支援をしてくれる方
・支援を受けたい方 ご一報ください。
どうなるか分からないチャレンジを、軌道修正しながらやります！

24時間テレビではできない、直接的な支援を〝一人一人〟と向き合ってやっていきます。

どうぞよろしくお願いします。

2023/08/29熊谷翼

133／自分の指標と行動

(2023年8月31日 00時17分)

2023年8月30日(水) がん告知から133日目 ※1846文字

こんばんは。

「唐揚げを(1、2個)食べたい」を変更して、「油淋鶏を(1、

2切れ)食べたい」です。
唐揚げ丸々に香味料をかけるんじゃなくて、ほどよくカットされているやつに香味料ソースがかかってるやつね!(夜中に食べ物の話をしてるやつ)
さて、24時間テレビに端を発して、昨日、一昨日は「サポート団体」の話をしました。まだ内容とかはこれから詰めなきゃで、僕の身体も一つなので、〝急いで〟ではなく〝着実〟に進めていきます。
※動きがあれば報告します
※メンバー募集中です
ということで(どういうことで?:)今日は自己啓発的な話をしたいと思います。「メモや録音って使えるよね」という話です。

▼とりあえずメモる

仕事でもそうですが、どちらかというと普段の話なんですが、タメになった話や言葉を、自分事にするために、あるいは情報発信の参考にするために、スマホのメモに残しています。(自分だけのLINEグループを作って、そこに書くことも)
僕は結構忘れやすいタイプで、なおかつ色々と考えていると、「あれ?:さっきタメになった話ってどんなだっけ?:」と、思い出すのに無駄な時間を使ったり、数日経つと忘れてたりするので、メモや録音で残すようにしています。もう亡くなりましたが、師匠と会う時には許可を取って(ここ大事!)録音レコーダーを起動していました。(話すこと全てがタメになった)
せっかく相手が対話や本で、大切な話やタメになる話をしてくれているのに、数日経って忘れるとか、もったいないし、話を聞いていた時間(本を読んだ時間)が、無駄になるじゃないですか。
だから残しておきたいことはメモする習慣にしています。(スマホとかでメモ機能使う時には相手に一言伝えてからね)
僕のスマホにあるメモ機能は、古いのだと2013年のメモです。今から10年前…個人事業から会社を作ったあたりです。

時間効率/マインドブロック/どこにフォーカス?:成果?/死に金生き金/growモデル/サブリミナルメッセージ/すっぱいブドウの論理

こんな感じで、話の内容全てをメモしているわけではなく、単語や短い言葉でメモしています。(それだけで思い出せないなら少し長めに)

限界を決めるのは自分/優れた人材に甘い話をする必要はない/褒められることと自分が満足することとの比較/間違えてもいいが最後の決断だけ正しければいい/いい人でいたい?自分に素直でいたい?/タライの水/太陽の光/何を求める?どんな愛?/こころが届く/心の位置/自分を知ると正直になれる/素敵ですね↓貸してください/音だけの会話/欲しいものはあげなさい/決意のレベルは個人差/リンカーン↓信念の深さ/あなたは何になりたい

の？／あなたは何をしてる時に喜びを感じるの？／NOを言う／こんなこと言ったら／傷つくのが怖い↓それで怒られたり嫌われたりが怖い／自分を好きになる↓味方／ワクワク／子供の頃は？／ヤル気は続かない／人間の大半の悩みは他人と比べてる／あんたにはあんたの役割／命を何のために使う？／肚をくくる／自分の着地点は？／金かけずに手間かける

２０１３年メモの一部

全部はお見せできませんが、こんな感じで「言葉」や「要約」をして、メモをしていました。（このメモは師匠と会った時のですね）

▼自分の指標

自分自身が悩んだり迷った時などには、過去のメモを見るようにしています。そこには、たくさんの方の経験から生まれた言葉や、何度も聞いた言葉であっても忘れていることや、できていないことを知ることができます。

〝自分〟を動かすのは**〝自分〟**だし、**〝自分〟**をジャッジするのも背中を押すのも**〝自分〟**です。

そこに**「自分に甘い」**ジャッジや決定をすると、行動そのものが変な方向に行ってしまう可能性がある。その「指標」として「過去の学び」が、**「自分の指標」**になると思っています。**今の自分は、自分が最良と判断し行動した結果の集大成。**その集大成に不満なら、明日からの行動を変えていかないと、今年と来年の自分はほぼ同じだし、行動を変えるためには、考え方（捉え方）を変えていかないと、行動が変わらない。（＝去年の自分と同じ）

僕は今の自分に満足していないし、もっとできること、もっと辞めること、もっと進むことができるはずだから、自分にとってプラスになる「言葉」を集め吸収して行動に移す。（サポート団体もその一つ）もっともっと…人生一度きり。貪欲に自分の指標を高くして、行動に移していきますね。

一緒に進みましょう！

2023/08/30熊谷翼

134／インスタ運用の悩み（2023年9月1日01時16分）

2023年8月31日（木）　がん告知から134日目　※1656文字

いつも読んでいただきありがとうございます。

今朝起きたら、「除湿27℃」付けっぱなしで寝ているはずが、「暖房20℃」に切り替わってました…暑くはならなかったけど、誰？操作したのは？（笑）

もともと寝相悪いんですが、寝ながら枕元にあったリモコンを押していたようです…

さてと、今日は**「インスタライブどうなった？」**という、今、検討していることを書きたいと思います。時々やってくるビジネス（収入をどう作るか？）の話なので、興味ない方はスルーで構いません。

▼インスタの使い方を検討中

(「100/これから始めること」P.260参照)

この記事でも書きましたが、「インスタライブやるよー」と書いて、約1ヶ月近く経ちました。お待たせしております。(待ってましたか?笑)

この記事を書いてから、インスタ運用を色々と模索していて…その理由は、「サブスクリプション」です。そうです!「サブスク」です。Instagramにもサブスクが登場して、発信者として色々出来るんですが、その中に**「サブスク登録者限定配信」**が、できるようになったんですね。(僕のインスタのサブスク登録(課金)をしてくれると、公開投稿とは別に限定投稿が見られる)

そう…ここで悩んでいました。悩んでも答えの出ないことは割り切ろう精神の熊谷が、2ミリほど悩んでいました(笑)。

悩みと言っても、ネガティブな感じではなくて、「お!これ良いな!」「どう使えるかな?」という悩みです。

▼誰にでも見られる=全て(本音)は制限される

インスタもそうですし、このnoteもそうですが、誰でも見られる設定にしています。それは、「僕自身のことや言葉や思いを伝えたい」という思いがあるからなんですが、一方で、「誰もが見れるから全て(本音)は出せない」という鬱憤みたいなものもあるんですね。

要は、言いたいことの8割くらいしか言えてないし、リアルなことは誰が見ているか分からない場では出せずにいるんです。『サブスクにしても誰が見てるか分からないじゃん』ってこともありますが、その線引きとして有料課金が有効かと思っています。

わざわざ、噂好きな人や揚げ足取りが、課金してまで僕の投稿は見ないでしょ? 以前(最近は配信が止まっている)スタンドエフエムという音声配信をしていました。

(stand.fm「39歳でステージⅣのがんになりました。」https://stand.fm/channels/607590ff6be8d4428b9abde4e)

ここでも、有料配信もしていましたが、有料配信は気持ちが楽で良いんですよね。僕の思ったことを素直に話せるんです。なんか、その感じを思い出していて、悩みに繋がったわけです。今まで通りの投稿やインスタライブと、登録者限定の投稿やインスタライブと、分けて発信できるのは、僕にとってもやりやすい。(24時間テレビのこととか全部話したかった)

(「129/24時間テレビは嫌いです」P.317参照)

質問相談も実は、公開できるものしか書いていなくて、(本人には直接メッセージで回答しています)僕の本音を出しちゃうと、誤解されたり切り取られるのが嫌で、あとは回答が長くなるようなものも、あえて出していなかったりもします。

そういうのも「なんだかな～」と、モヤっとしていた部分ですが、限定投稿ができると、なるべく本音ベースを出せる。

サポート団体の立ち上げなども、そこに至るエピソードや、運営についてなど話したいことは、山ほどあるけど制限をしていたりもします。

そういった制限なく、がんのことも、収入やお金のことも、仕事やこれからやる活動のことも、メンタルや不安なことも、公開していないプライベートのことなども、ありのままのというか、制限をかけずに発信ができるのは、「良いな」と思っています。

※僕に入るサブスク代の使い道も発信できる

そんな感じで、「インスタをどう活用していくか」を考えていて、インスタライブはその方向性が決まったら、始めようと思っています。ちなみに、サブスクをやるとしたら、毎月５００~６００円くらいを想定していますので、始まったら登録してくれると嬉しいです！

９月も暑そうですが、お互い体調には配慮していきましょう！　僕はお腹の調子がイマイチですが…(笑)

ではまた明日！

2023/08/31熊谷翼

１３５／新しいチャレンジは生きている実感（２０２３年９月２日 02時18分）

２０２３年９月１日(金)　がん告知から１３５日目　※１６０９文字

いつもありがとうございます。

最近はバスケット日本代表戦が楽しみで、この前の試合なんかは、「リアルスラムダンク」みたいに思えました。『かっこいいなー』『バスケいいなー』って、女子みたいになって観ています。

明日は最終戦です！　勝ってオリンピック出場権を獲得して欲しい！　と、意気込みながら今日のお話へ…

今日は**「今思っていること」**をぼんやりと書き連ねます。

▼チャレンジをしないと腐る

最近の投稿を見てもらえると分かると思いますが、**「サポート団体を立ち上げる」「インスタのサブスクをやる」**みたいに次々と新しいチャレンジを考えています。

(「１３１／サポート団体立ち上げます」P.320参照)
(「１３４／インスタ運用の悩み」P.326参照)

「やる！」と決めてから、「どう進めていくか」を考えるタイプなので、まずは「やる！」と決めて、じゃあ、そのためには何が必要か？が、今考えているところです。考えてから「やる」ことを決めようとすると、どうしても決められない可能性が出てきます。やらない(やれない)「言い訳」が出てくるんですね。新しく始めることには時間も人もお金もかかるし、そもそもうまくいくかは分からない。(けど)やってみないと、うまくいくかどうかも分からない。だから、**とりあえずやってみよう!**が、僕のスタイルです。

やらないでモジモジして、**やらなかった後悔**を残すよりも、とりあえずやってみる!なんですが、過去の経験上、うまくいかないことが圧倒的に多いです。介護コンサルとして独立した時も、コンサルとしては2年くらい、うまくいかず…コミュニティを作ったり、会社を作ったり、福祉ラボを立ち上げたり、セミナーをしたり…

とりあえず、やってみた結果うまくいったことよりも、うまくいかなかったことの方が多く、うまくいかない可能性を潰しながら、新しいチャレンジをして、それでもうまくいかずに、また修正を重ねての繰り返し。

コロナという不可避な事情もあり、オフラインよりもオンラインが主流となり、オンラインも有料から無料が主流となり、今まで人を集めてセミナー(勉強会)をしていたスタイルは不可能になり(外出自粛や3密対策)、オンラインの有償に切り替えても、次第に無償セミナー(勉強会)が一般的となり、個人で依頼を受けている講師業の多くは、コロナによってほぼ壊滅しました。(コンサルタントも同様に)

※無償セミナーができる会社は他で利益を作っているから無償でできるけど、講師は講師業で利益を作っています。

時代や社会の変化にも対応しないといけない、なんとも言えない数年間でした。(学んだこともたくさんあります)僕の場合は、講師として所属している会社があるので、なんとかなりましたが(本業の会社もあるので)、それでも個人で受託するコンサルや講師の仕事の新規依頼は90%減になりました。

※今まで10件きてたけど1件しか来ないみたいに

そんな感じで、うまくいっていたことも、うまくいかなくなることもあって、そして「がん」もあり、今まで通りのことだけをしていては、収入も、充足感も不足するのは事実で、

今までは治療に集中してきましたが、ある程度経過も良好になってきて、**「新しいチャレンジをしないと自分が腐る」**というのが、今の心境です。

結局、何かやってないと気が済まないんですね。うまくいったり、いかなかったりを、体験して修正して、〝喜んで悩んで悔しがって〟そういうのを欲しているんだと思います。

おそらくこれからも、何かを思いついたら発信もするし、始めると思うんです。

うまくいかないことも多いですが、それでも、そのチャレンジから学ぶこともあるし、そのチャレンジ自体が自己重要感を上げる。なので、新しいチャレンジを始めたら、応援してもらえたら嬉しいです。「がん」のことを忘れるくらい、チャレンジをして喜怒哀楽を味わって、生きている楽しさを実感していきたいです。

2023/09/01熊谷翼

136／9サイクル目が始まります

（2023年9月4日 00時25分）

2023年9月2日(土)　がん告知から136日目　※2287文字

投稿が遅れました！

9月2日分の投稿を9月3日に投稿しています。よろしくお願いします。

早速本題に入りますが、来週から9サイクル目に入るので、「今の心境」を書きたいと思います。

▼今は抗がん剤治療を選択している

来週から、化学療法(抗がん剤治療)の9サイクル目に入ります。基本的に化学療法は、〝4サイクル〟や〝8サイクル〟と、サイクル数が決められていて、そのサイクル期間で、(検査をしながら)使用している抗がん剤が、効果があるかないかを確認し、効果があれば継続、効果が無ければ変更や中止となります。過去の投稿でも書きましたが、〝抗がん剤〟は身体にとっては**「毒」**です。悪い細胞だけではなく、良い細胞にも影響があるので、本来、抗がん剤は使用しない方が良いんです。僕の点滴を付けたり交換する時には、看護師さんはグローブを付けガウンを着て行います。皮膚についても影響があるからってことですが、それを血管に直接入れるわけですから、身体に良いモノではないことは、誰でも分かります。

僕のSNSには、**『抗がん剤は良くない』『抗がん剤は止めて違う治療をすべき』『医師が癌になったら抗がん剤はしないと発言した本がある』**と、コメントやメッセージが届きます。僕からすると、**『その通り、抗がん剤は身体には良くない』**と思っています。でも同時に、**『外科治療、放射線治療ができない僕の癌に対して(エビデンスをもとに)効果のある治療を教えてください』**とも思います。

コメントやメッセージをくれる方は、僕のことを心配して連絡をくれています。悪気がないことも分かっています。そのことには、本当に感謝です。ただ…(告知時点での)僕には治療法は限られている中で、抗がん剤治療を選択しています。それ以外は(効果の不明確な)民間療法しかありません。先進医療の重粒子線治療も、(今の)がんの状態では受けられませんし、それ以外の治療や免疫療法も調べましたが、**「これで知人は治りました」「この治療(サプリ)で治りました」**という、数人の声は掲載されているんですが、数人が助かった背景に、どのくらいの人が助からなかったのか？ここも明確にされていないと、踏み切る(決める)ことは難しいです。(もちろん効果が期待できるものは取り入れています)

抗がん剤治療は(外科や放射線治療も)論文や報告書も検索すると出てきます。

しかし(特に)民間療法やサプリなどは、「あくまでも個人の感想です」であって、データや報告書は一切出てきません。

※効果があるなら保険適用されるか論文も出るはず

美容院や居酒屋を決めるのとは訳が違って、「命」が懸かっているし、「費用」もかかります。安易になんでもかんでも取り入れることは不可能です。現時点での僕は「抗がん剤を選択した」「抗がん剤の効果が無ければ治療の選択肢は少なくなっていく」という状況ですので、抗がん剤が効くことに希望を持つしかできません。

①今の抗がん剤が効かなくなれば別の抗がん剤になります。
②変更した抗がん剤の効果がなければ遺伝子変異阻害薬は変更になります。
③遺伝子変異阻害薬が効果がなければ、転移した肝臓に直接抗がん剤を入れる治療を試します。
④それでも効果が無ければ治験を試します。
⑤民間療法や免疫療法を試します。
「抗がん剤治療を選択しない」となると、③④⑤の治療しか残りません。

そして、この①～⑤のどれもが、「効果の保証は無い」んですね。特に⑤に関してはデータもほぼない。SNSや口コミでは確かに効果はあっても、実際それらが論文発表されていなければ、日本だけではなくアメリカなどでも取り上げられていない。「それに命を懸けられるか」の選択になります。

僕としては、エビデンスやデータがあって、「生存率」が高いものを選択していきたいと思っています。抗がん剤治療の抗がん剤も、抗体ができると効果が無くなる場合がありま す。※それが一番避けたいので書くのも躊躇する

僕は(告知10日前から)色々調べて、その結果「今は抗がん剤治療を選択している」それが現状です。

▼中には悪化を期待している人もいる

「元気そうじゃん」「数値も下がって良いじゃん」と思ってくれる人がいる一方で、僕の悪化を期待している人も、SNSを見ている人の中にはいるだろうなぁと、思っています。(実際は分かりませんが)

そう思う理由は、他のがん患者さんのSNSをフォローしていますが、どんどん悪化していくスリルを楽しんでいる人が、一定数いる。そう読み取ったからです。

確かに、何も抱えていない人(ごく一部)からすると、「何もない日常」の投稿は退屈で、「改善」の投稿もまた退屈なんだと思います。逆に、「悪化した状態」は自分の想像では描けないスリルみたいなものを感じて、それを楽しむ人がいるんだろうなと。(人の不幸を楽しむ人)

おそらくそれは、僕の投稿を見ている人の中にも(ごく一部)は、含まれているのかもしれません。

そういう人については完全無視ですし、そういうコメントやメッセージはブロックをします。もちろん、ほとんどの方が応援してくれていると思っているし、その応援があるから、毎日noteを投稿したり、治療も前向きに受けられるので、本当応援がチカラになるってことを実感しています。

※スポーツ選手のインタビューで「応援がチカラになりました」って本当！

これからさらにインスタライブなどで、情報発信量が増えますが、**「相手のことを応援し合える文化」**を、作れたら嬉しいなぁとも思っています。

2023/09/03熊谷翼

137／【最終回】質問相談に答えます

（2023年9月4日 00時47分）

2023年9月3日(日)　がん告知から137日目　※1202文字

日曜日に、昨日の分の投稿もしている、ダブルヘッダーでございます。よろしくお願いします。早速本題へ。

質問相談は今回で終了します。

※質問相談はいつでも受け付けています。

理由としては、「サブスク登録者特典」として、質問相談に答えるライブ配信を付けるからです。まだ、インスタのサブスクは始めていませんが、頂いている質問相談の中には、深い内容も含まれていたりするので、それは「公開」ではなく、「限定公開」の方が良いと決めました。

※もちろんご本人の承諾を得て

ということで、noteでの質問相談回は今回がラストとなります。

Q．熊谷さんがいつもモチベーションを上げる時にどうしているかを教えてください。

A．「モチベーションが上がらないことはしない」

これ回答になっているか微妙ですが、モチベーションが上がらないってことは、気合いを入れないと取り組めないことや、やる気が起こらないってことだと思うんですが、僕は仕事にしろ、飲み会にしろ（禁酒ですが）モチベーションが上がらないことはしません。（簡単にはいかないかもですが）モチベーションが上がらない仕事はしませんし、上がらなければ就職しないか転職をします。モチベーションが上がらない人とは付き合わないので、誘いを受けても飲み会などとお断りします。家の中のことはモチベーション関係なくしなきゃいけないと思いますが、外のこと（仕事や人付き合い）は、そもそもモチベーションが上がるような仕事や人付き合いをするし、モチベーションを下げるような仕事や人とは距離を取ります。

Q．がんになっても外出や旅行に行けますか？

A．「状態によります」

副作用などの状態が良ければ、今までと変わりなく生活ができます。調子が良ければ外出はもちろん、旅行も可能だと思いますが、主治医と相談をし、念の為の薬を出してもらうとか、万が一体調を崩した時の対処は、予め決めておくと安心だと思います。

Q．サポート団体の投稿を見て、参加協力したいのですが、仕事がシフト制なので毎回の参加は難しいですが、それでも協力できますか？

A.「大歓迎です」

毎回(毎月)参加をする必要もなければ、強制ではないので、興味のある内容の時や、シフトで休みの日(希望を取れた日)などに、フラッと協力してもらえれば、それだけでもとても助かるし嬉しいです。どうしても現時点では、ボランティア活動になるので、自分のタイミングとフィーリングで、無理なく協力いただけたらと思います。

以上となります。

今後受け付けた質問相談の回答は、サブスク登録者限定のインスタライブで行います。インスタライブについてや、インスタのサブスクについては、各自調べていただいて、開始した時には応援をしていただけると嬉しいです。

いつもありがとうございます！

月曜日からも体調に留意しましょうね。

2023/09/03熊谷翼

138／ポジティブ、ネガティブは自然なこと

(2023年9月4日 23時52分)

2023年9月4日(月) がん告知から138日目 ※1050文字

こんばんは。

いつもありがとうございます。今週から9サイクル目の化学療法です！副作用酷くなきゃいいな?。

(「136／9サイクル目が始まります」P.330参照)

さて、今日は「外圧によってメンタルは左右する」から気をつけてね。という話をします。

▼自分の周りの出来事がメンタルに影響する

宝くじが当たったり、ハワイ旅行が当たったり、欲しかったものをプレゼントされたり、褒めてもらったり、そういう外圧が加わると、嬉しいというポジティブなメンタルになりますよね。その逆で…文句を言われたり、うんこを踏んだり、車をぶつけたら、ブルーな気持ちというネガティブなメンタルになりますね。

嬉しいは嬉しい、ブルーはブルーで、過敏になりすぎずに、素直に受け取れる人って、素敵だなと思います。外圧は必ずあるわけなので。自分は常にニュートラルの状態にいるわけではなく、外圧によって、ポジティブになったり、ネガティブになったりしています。

なので、ポジティブもネガティブも、どっちもあっていい事なので、「ブルーな気持ちになってはいけない!」「ポジティブでいなくては!」って思うほど辛くなりますから、気楽にいきましょうね。

そういった波があって、メンタルは正常なのでね。

▼周りをネガティブにする人

時々何でもかんでもネガティブに捉える人がいます。褒められているのに、「それ嫌味ですか?」みたいに返答したり。朝からため息ばかりついたり、『はぁ、疲れた?』って仕事

前から口に出したり。(仕事後も)
そういうのを見聞きするたびに、『**あー、この人は、自分をネガティブにするだけじゃなくて、周りの人のこともネガティブにしちゃうんだなー。**』っ思って僕は距離を置いてます。

外圧によって、ポジティブにもネガティブにもなるのは、自然なことなので良いんですが、〝**対人**〟や〝**周囲の人**〟がいる時、ましてや〝**仕事**〟でネガティブな言葉を聞いた、他の人はハッキリ言って疲れます。ネガティブな言葉は吐き出さないように、あるいは相手を選んで吐き出すようにしないと、周りの人は何も言わなくても、確実に嫌われます。

『はぁ…』ってため息ばかりの人、『疲れた』が口癖の人、『めんどくさい』が第一声に出る人、『なんで私がやるの』と無責任の人、確実に嫌われます。そのネガティブな言葉を外圧として、周囲の人は受け取ります。

逆にポジティブな言葉を発してたら、周囲の人はどう受け取るでしょうか? ポジティブやネガティブになるのは自然なことだけど、周囲に人がいる時には、発する言葉には気をつけたいですね。

2023/09/04熊谷翼

139/自分に制限をかけて可能性を諦めている(2023年9月5日20時16分)

2023年9月5日(火) がん告知から139日目 ※1756文字

こんばんは。

今の時間で、すでに眠気が来ています…消灯は21時00分です。さてと…今日は「**小さい頃の夢**」という、思い出?過去の記憶?を振り返りながら、書いていこうと思います。(需要あるのか?(笑)…ラストには締めます)

▼サッカー選手になりたかった
小学校の1年か2年から、スポーツ少年団でサッカーを始めました。両親は、父がテニス、母がソフトボールとバスケをしていたので、両親の影響では無いんですが…なんで始めたんだろ? キッカケはよく分かりませんが、土日はもちろん平日も何日かは練習があって、学童保育とスポ少の両立をしていた記憶です。小学4年の頃かな…Jリーグが始まって、テレビでサッカーを観る機会が増えた結果、「サッカー選手になりたい!」って夢見てました。

ちなみに…ヴェルディ川崎推しから始まり、小学5、6年の頃はベルマーレ平塚推しへ。(ちょうど中田英寿選手が加入した頃かな)三浦知良に憧れ、武田修宏に憧れ、ジーコやリトバルスキーに憧れて。

でも、小学5年あたりには、「**自分はサッカー選手にはなれない。**」って、思っていました。周りと比べて、足が速いわけでも持久力があるわけでもなく、背が高いわけでもキック力があるわけでもなく。同じ学年は20人くらいいたと思いますが、現時点でこのメンバーの中で上位にいないと、「無理」でしょ。って。

なので、ハッキリ覚えていますが、小学6年の夏の練習試合の休憩中に、僕と同じくらいのレベルの同級生と「中学入ったら部活何やる？」って話してました。サッカーは今でも好きです。観るのも好きだしやるのも好きです。

けれども周りと比べて、プレイヤーとしては上には行けないと、小学5年の時には感じていました。それと同時に、「サッカー選手になりたい」と夢見てた、あのフワフワしたワクワク感も、現実を客観視して諦めていました。好きだったサッカーも、その当時は好きにはなれなかったですね。サッカーは好きだけど、上手くないと続けられないという葛藤…ちなみに中高はバレーボール部に入りました。

▼自分に制限をかけるのか？

幼い時には、何の疑いもなく（考えたわけでも絞り出したわけでもなく）**「なりたい自分」**や**「夢」**を、妄想したり想像していた気がします。「○○になれたら楽しいだろうなぁ…」「○○になって活躍している自分の姿を妄想したり…」20歳くらいまでは、そうだったかな…

だんだんと、意識しないうちに、現実を見るようになって、周りの人と偏差値や能力を比べて。**『自分にできることは、これくらいかな。』**って制限をかけて。

いつしか、**自分の出来る範囲**、**自分の知っている範囲**、**自分の動ける範囲**で決めるようになっていて、自分で制限をかけているのに、**他人（活躍している人）**には嫉妬をして、「**あの人は特別だ（運が良かった）**」と、**チャレンジしなかった自分を正当化**して。

10歳くらいまでは、もっと自由に制限なく**「自分の可能性は無限」**って思っていたのにな…。周りと比べて、世間を気にして、失敗を恐れて、その結果、小さい自分になっていて…。

大人になれば…**ローンがあるから、子供がいるから、もう歳だから、時間がない**しって、ここでも言い訳をして。制限をかけて言い訳をして、〝たった一度しかない人生〟なのにね。病気になったり、90歳になったりしたら、さらに様々な制限がかかって、行動することが難しくなるのにね。「今より若い日はない」ってよく聞くけど、ホントそうだよな？って思う。時間にゆとりができたら、子

育てがひと段落したら、お金に余裕ができたら、ハッキリ言ってそんな日は来ない。そう思う。

時間はいつだって無いし、子育てが終わったら親の介護が始まるし、お金はいくら稼いでも悩みは出てくる。**「人生一度きり」「今日も一生に一度きり」**毎回入院するたびに、「命」「健康」の有り難さを実感します。日々の暮らしでは忘れちゃったりするけど、**今の「命」があるのは当たり前じゃないし、今の「健康」や「心身」は当たり前じゃない。**今日の自分がいるのも当たり前じゃない。明日が来るのも当たり前じゃない。

そう思ったら、自分に制限をかけているのがバカバカしい。言い訳をしているのがアホくさい。

あなたはどう思いますか？

2023/09/05熊谷翼

140／「セコイ」「コスイ」「ズルイ」

(2023年9月6日 19時14分)

2023年9月6日(水) がん告知から140日目 ※1395文字

いつもありがとうございます。

今日から抗がん剤投与が始まり、明日朝まで何もなければ、明日退院。そのあとは、自宅治療となって8日(金)の夕方に、抗がん剤治療が終了します。

(「106／抗がん剤治療の内容と副作用(初公表)」P.279参照)

☞副作用についてはこちら☜

現在は**〝46時間点滴〟**を行なっていますが、手指の動かしにくさがあって(足も力入らずフラフラ)、頑張ってスマホを持って文字を打っています。(スマホ重い…)ってことで、今日は**「9サイクル目の化学療法(抗がん剤治療)」**というテーマで、今思っていることをツラツラと書きます。

▼春に告知をされ、もうすぐ秋です

(「0／明日が始まり」P.21参照)

☞この投稿が「エピソードゼロ(始まり)」です

いやぁ…時間が過ぎるのは早いのか、遅いのか。**「治るのか？」「治療効果があるのか？」**4月10日からはそればかり考えていました。(今だから冷静ですが、その頃は)自分の時間を奪われることにイラついて、価値のない時間を過ごすことにイラついて、当事者(僕)に対して根拠のないアドバイス

にイラついて、薄っぺらい言葉や声にイラついていました。（もしかしたら過去にも僕もしていたかもしれません）

とりあえずの応援とか励ましとか、浅い知識でのアドバイスとか、（頼んでないのに）自撮り写真を送ってきたりとか…ここには書けないこともあります。（限定のインスタライブで）

相手の気持ち、置かれている状況を、リアルに考えられないと、相手から嫌われるのはもちろん、こっちの押し付けになってしまって、次第に見返りを求めてしまう。（それを本人は気付けていないから）

『こんなに心配してるのに分かってくれない…』『支援している自分のことをSNSに載せてない…』『みんなから応援されているから、自分からの応援はもういいよね…』最初（僕への支援や応援）は、**「心配な気持ち」**から始まったのに、なんか**モヤモヤしてる人**がいるなら、それは**〝自分のエゴ〟**や**〝期待〟**が乗っかっているんじゃないかなぁと思うので、一度、冷静に整理してみてくださいね。応援してもらっている人に、こう言う話をする人もいないと思うけど、大切な話なのでね。**「〇〇をしてあげたからお返しを求める」**声に出していなくても、無意識的に求めている人いますよ。（過去の自分はそうだったかもしれないけど）こういうのが心の中にあると、というか、分かる（見える）人には分かりますよ！**「セコイ」「コスイ」「ズルイ」**男でも女でもいます。経営者でもお金持ちでもいます。僕は「セコイ」「コスイ」「ズルイ」人間にはなりたくはないし、友達にいて欲しくもないし、そういう人とは会いたくはないし距離は取りたい。（この話はインスタライブ用に取ってたけど）

どうしても、生きていれば状況は変わります。お金も必要、人脈も必要、時間もタイミングも必要…見返り求める時もあり得ます。分かります。

でもそれは、あくまでも一瞬であるべき。それが普通に、当たり前に、長年も積み重ねられると、自分では気付かないうちに、**「セコイ、コスイ、ズルイ」**人になってたりしますよ。

※「まさか自分は？」と言う人ほど（笑）。

時々は自分を振り返って、他人に期待しすぎていないか？　見返りを求めていないか？　自分のエゴを他人に乗っけていないか？　ダサい人間になっていないか？　チェックしていきましょうね！

2023/09/06熊谷翼

冷たい飲み物は来週までは飲めないです

141/9サイクル目の現状報告

(2023年9月8日 00時14分)

2023年9月7日(木) がん告知から141日目 ※1851文字

こんばんは。

昨夜なかなか眠れずに、妊婦さんのブログやnoteを見ていたら…

「ご飯も水も身体が受け付けない時でもマックのポテトは食べられる」と、何人かが書いていましたが、マジですか?

さて、今日は自宅に帰ってきましたので、**「化学療法9サイクル目の現状報告」**を、まったりとお届けします。

▼日常が幸せ

まず言いたいのは、**「家の寝室は良い」**です。

エアコンも自分好みにできるし、(夜は窓開けられる。病院は窓開きません。)ベッドが広いから落ちる心配なく寝返りできるし、真っ暗で寝れるし(プラネタリウム購入検討中)何より1人だから静かで良い！

当たり前のことかもしれないですけど、帰ってきた日の夜の1番の楽しみは**「寝ること」**

やっぱりね…病院はゆっくりは休めないから。抗がん剤やってるから更にだと思うけど、身体がだるい中…音も気になるし、明かりも気になるし、室温も自分1人には合わせられないし、ベッドは狭いし…(かと言って個室は高いしね)と、愚痴っても仕方ないですけどね、病院なので。

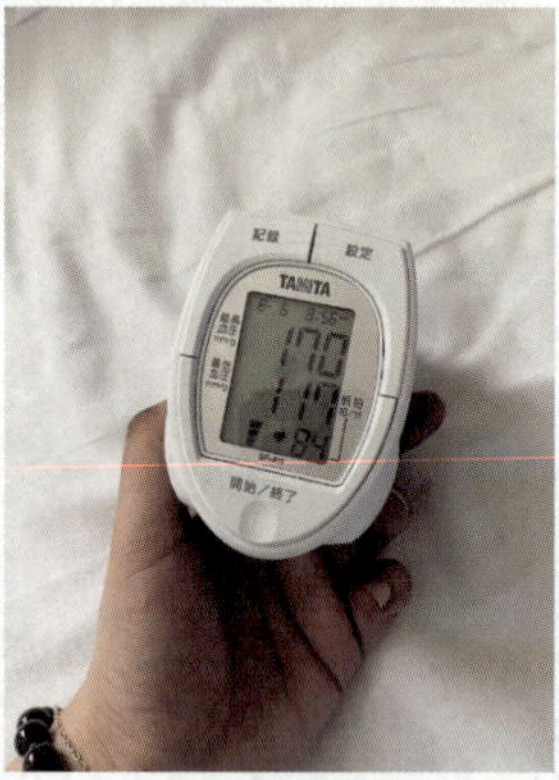

そして、入院しているからこそ、普段の日常がいかに「幸せか」に気付ける。家の寝室で寝れるのは幸せだし、食べたい物を食べたいタイミングでってのも幸せだし、周りの目も気にしなくて良いし、21時過ぎでもスマホ触れるし、本も音楽もYouTubeも好きな時に。

当たり前の日常のことですら、**「幸せ」**に感じるけど、これが当たり前になっちゃうと、**「感謝」**も**「有り難み」**も消えちゃいますよね。

僕の好きな食べ物ランキングの上位に、**「目玉焼き(半熟+醤油付)」**があるんですが、(夕飯はこれで満足します)病院では出ないし(半熟卵は出るけど)僕の好きな食べ物ランキングの第二位に、**「モスチーズバーガー」**が君臨してますが、食べようと思えばいつでも食べられる。

この環境にって、**「当たり前」**じゃないんだよね?。**「食べられる」**けど**「今は食べない」**という選択できることが、

「当たり前」ではなく「幸せ」なんですよね。
病院の中でも出来ることはあるけど、やっぱり制約や集団生活ってのもあるから、そこから帰ってくると、普通の「日常」が「幸せ」に感じられる。(出張や遠征から家に帰ってきて「やっぱり家が一番」って感覚ですね)良い経験をさせてもらってるし、忘れないように入院治療は今後も続けます。
※来年は冬季間は入院治療で、夏季間は外来治療の計画(僕の中で)
→来年のことを考えられることも幸せ

▼今のところの近況

そんなこんなで、明日の夕方16~17時まで抗がん剤投与中です。(風船みたいな46時間点滴)昨日から投薬していますが…やはり投薬初日の夜は、身体が火照って(けど手足は寒い)、だんだんと手足の動きが悪くなり、身体はダルくなり、手足先の冷感刺激があり、唇や舌も冷感刺激がありという感じ。

朝起きて…看護師さんへの返答時に声が出ないことに気付き、歩くのも85歳のお爺さん並みに。

冷たいものは持てないし、口の中でビリビリするので、朝食のヨーグルトも常温並みにしてから。歯磨きや手を洗う時にも、水から湯に変わるまで待って(湯ボタン押しても最初は水)お昼を食べて帰ってきて、眠くはないけど身体はダルくて火照る。けどエアコンで冷やしすぎると手足が痛む。靴下履かないとフローリング歩けないし、冷えピタ貼って靴下履いて長袖着て、火照ったら長袖脱いで…みたいな繰り返し。それでも、自宅だから気が楽で良いですね。(幸せ)

気になるのは、(毎回なんだけど)点滴を抜いた後。点滴中(抗がん剤を入れている時)の、副作用はそこまでキツくはないけど、僕の場合は、点滴を抜いた後の副作用がキツくて…

特に高血圧。これはもう朝にならないと分からないし、薬を飲んで下がったとしても、頭痛とダルさとで…これがしんどい。

そして、抗がん剤投与が終わった後の炎症。(僕は「がんの抵抗」と呼んでいます。抵抗しないで共存したら良いのに…)

がん的には、薬が入っている時には耐え忍んで、薬が終わってから生存活動を再開する。(がん的って言い方ある?笑)

がんの気持ちも狙いも分かるから、点滴を抜いた後の痛みも、少しだけ納得している自分。

とりあえずは吐き気は今回もないし、(食欲は波があるけど)今も少し肝臓?胆嚢?の痛みがあるけど、まぁそこまで心配するような副作用は今のところはないです。

ということで、今夜から明日の昼まで爆睡したいと思います。おやすみなさい。

2023/09/07熊谷翼

142／優しくない人

（2023年9月9日 01時20分）

2023年9月8日(金) がん告知から142日目 ※1857文字

今日も生きています！

がんに感謝！日常に感謝！

今日は点滴を外したので、2日～3日？ぶりに、お風呂に入りました。がんになってからは特に、夏場でもなるべく湯をためて、お風呂に浸かるようにしています。

【がん細胞は39・3度で死滅する】コロナになって39・5度まで行ったから、多少は減ってくれていると嬉しい！

さて、今日は「なんで相手のことを思いやれないの？」というテーマで書きたいと思います。

※自戒を込めて

▼相手の立場に立つ

このテーマで書こうと思ったのは、「なんて優しくないんだろ」って、最近ふと思うことが増えてきたからです。

▼前の車がいきなりブレーキを踏む

車を運転していて、前の車がいきなりブレーキを踏んで…「えっ‼」って。前の車は曲がろうとして、ブレーキを踏んだんですけど、「優しくないな～」と。

後ろに車がいるのは分かっているはずで、ウインカーを付けて、「そろそろ曲がりますよ」って教えてくれたら、後ろの車も事前に準備ができますよね。（当たり前のことを、ゆっくり話してます）気付くとこれ結構あるんですが、僕のエリアだけなんですかね…。

▼断る選択肢は？

友人や知人からお誘いを受けた時…（お誘いは嬉しいのは前提の話）

『○○日は空いていますか？』『今度、都合の良い日時はありますか？』『○○に行きませんか？』

その前に…

『お寿司を食べに○○日に行きませんか？』『○○を渡したいので、都合の良い日時はありますか？』『○○を見たいので、○○に行きませんか？』

こっちじゃないのかな？誘い方って。（家族や恋人や近しい友人なら別だと思うけど）（仲の良い友人や先輩からのスケジュール確認は「ご飯」って分かってる間柄だから問題無し）

何をするのかも、目的も分からないのに、（断る余白もなく）唐突にお誘いをされると、「優しくないな～」と。

そして、断る余白を作ってないから、断る側としてはそれだけでも労力を使う。（相手のことを考えたり文章を考えたり）

お誘いする時には、「可否」どちらも選べるようにしないと、（断る側の労力も考えてあげないと）お誘いを受けたのに嫌な気持ちになるし、お誘いした方も、断られると嫌な気持ちになるんじゃないかな…。

『○○日の○時から、ご都合つくようなら、○○店のお寿司を食べに行きませんか？急なお誘いなので、断ってもらって構いませんので、タイミングが合えば是非！』決まった後の返信で、『当日、都合が悪くなったらドタキャンも全然ＯＫですからね』

→

これなら、日時もお店（料金の相場）も分かるし、断りやすいし、あとはタイミングと、食べたい（行きたい）気持ちの波で決めてもらえる。ありません？気分が乗らない時。僕は最近は〝体調〟もあるので、ドタキャンをする可能性もある。（実際何回かあります、ごめんなさい！）むしろ、『**ドタキャンしても大丈夫だからね〜**』って、誘ってくれる友人（先輩・後輩）は本当優しい。

書いてて思い出したけど、『奢るので、ご飯行きましょう』って、言われたこともありました。（どういう意味？）がんになったから、誘ってくれたんだと思いますが、その誘い方ってどうなの？（笑）仲の良い人から、（誘い文句で）『今度は私が出します』なら分かるけど…。

講師やゲストとしてお招きをされて、懇親会で「お代は結構です」ってことはあるけど、それとは全然違う話だしね…。（奢るので行きましょうが不思議でならない）（ご飯代は財布に入ってますので、ご安心を）

▼優しさは意識で作れる

他にも思い出せば色々あるんですが、話伝わりましたかね？　どのパターンにしても、「相手」のことを少し考えたら分かることで、さっきのお誘いの話の続きで、〝**断る**〟側になった時にも、**「次回」**にするのか？**「意思」**をハッキリ伝えるのか？ってことも大事だと思います。そうじゃないと、『ん？また誘っても良いのかな…』『これは違う場所（食べ物）なら良いのかな…』と、相手に労力を使わせてしまうので。

少しだけ相手の立場になれば、「優しさ」は生まれるはずなのに、優しくない人が多いな？と最近特に思います。最初にも書きましたが、決して僕が優しい人ではなく、自戒を込めて書いています。

優しい人になれるように、相手の立場に立って立ち振る舞えるように、こうやって書いて意識して忘れないように。そう思っています。

今日もありがとうございました！　ようやく（風呂上がりの）汗も引いて、安眠できそうです。

おやすみなさい。

2023/09/08熊谷翼

143／休薬期間に入りました

（2023年9月9日 22時44分）

2023年9月9日(土)　がん告知から143日目　※1002文字

いつもありがとうございます！

イライラすることにも感謝！

うまくいかないことにも感謝！

こんばんは。

毎日毎日バキバキの投稿は、読んでいる側もしんどいと思うので、今日は「投薬期間後の現状報告」を書きます。

▼腹痛あり

今朝から、下腹部の痛みがありました。〝キリキリ〟する痛みと、〝キューン〟となる痛みの繰り返し。昨夜、窓を開けて寝てお腹を冷やしたか？あるいは、下剤の影響か？（抗がん剤をやると便が固くなって出にくくなる）お昼前くらいまで、その痛みが続きました。

そしてそこから、右脇腹（肝臓？胆嚢？）の痛みと、左脇腹（S状結腸？）の痛みもありました。

「0」が全く痛みなく、「10」が耐えられないくらいの最悪とすると、「2〜3」くらいなのですが、左脇腹の痛みは今まであまりなかったので、「なんだろう」って感じです。（右脇腹痛は投薬が終わると出てきます）この痛みが出てくると、『やっぱり俺って癌なんだ』と実感します。（考えたくはないけど）想定とすると、

←「「痛みが強くなる」
←「寝ている時間が増える」
←「体力、食欲が落ちる」
←「抗がん剤治療が出来なくなる」

これは悪いシナリオですね。こうならないように、【食べて動いて免疫を上げて】なんですが、やはり痛みがあると、『痛みが酷くなったら…』と、少しネガティブにもなります。

痛みは薬で緩和されますが、実際、医療麻薬も使っているのでね。（よくよく考えたら、ステージⅣだもんな）今は痛みは「1」くらいはありますが、これはいつもあることなので、心配しないでくださいね。

▼副作用もいつも通り

金曜日に点滴を抜いて、そこからは9サイクル目の休薬期間です。この休薬期間に、高血圧になったり、体調が優れなかったり、腹痛があったりします。手足の冷感刺激もまだ強いですし、口と舌もまだ。なんとなくですが、冷感刺激が治るのが遅くなっている（残る期間が長くなっている）ように感じます。（これ冬はヤバそうだ）
手足の動かしにくさは良くなって、色素沈着も良くなっています。体重もキープ出来てるので、体力の方も大丈夫そうです。
（「106／抗がん剤治療の内容と副作用（初公表）」P.279参照）
まずはこの土日はしっかり寝て、副作用が酷くならないことを願うばかり。コロナウイルスや、インフルエンザが流行

しているみたいなので、気をつけながら週末過ごします。
みなさんも、体調には気をつけてくださいね。

2023/09/09熊谷翼

144／日曜日はまとまりのない話を

（2023年9月11日 00時22分）

2023年9月10日（日） がん告知から144日目 ※1332文字

こんばんは。

バスケットW杯！ドイツ優勝!! バスケット面白すぎる！（走れないけど）バスケットやりたい！（走れないけど）

さて、これまで毎週日曜日は、Facebook や Instagram に届いた質問相談を、（相談者に許可を取り公開できそうなもののみ）note に書いてきました。今後は、インスタライブ等で、お答えしていくために先週？で、質問相談回は終了しました。

かと言って日曜日なので、ゴリゴリしたお話はお休みしたいので、ツラツラと頭に浮かんできたことを書きたいと思います。狙いも内容も考えていないので、シッチャカメッチャカになる可能性もありますので、ご了承ください。では。

▼昨日今日の体調

なんだか身体の様子が、今までと比べて少し違います。副作用なのか？身体の変化なのか？分かりませんが、今までの投薬期間後とは少し違います。これが良い方向の兆しなら嬉しいですし、悪いことはあまり考えないようにしますが…

時々自分でも「がん」であることを忘れていて、「がん」は「進行性の病気」であり、僕は「ステージⅣ」であることも、忘れていたりします。（根治不能と言われたことも）note を書く時や、ふとした時に『がんだった』って思い出すんですが、ここ数日は痛みがあったり、出血があったりして…『大丈夫！良くなる兆し！』って、自分に言い聞かせています。

今朝は血圧も高くて、安定した体調を羨ましく思ったり。それでも、本を読んだり YouTube で勉強したり、今後の活動のことを考えたりしていて、そういう目標みたいなものが、明日や来月や来年に生きているイメージに繋がっています。（まだ死ぬ気はないです）取り留めのない話はまだ続きます…。

▼ふとした時

今年の夏は、地元の夏祭り期間は入院で、お盆はコロナで、「夏」を感じることは少なかったですが、時々散歩をして暑さだけは感じました。ずっとエアコンをつけていると、身体が冷えてしまって、外の暑さが身体を戻す感じで、ちょうどよかったです。（けれども暑い）

夏祭りや海には行けませんでしたが、「夏の暑さ」をゆったりと感じ、こんな夏の過ごし方も今までなかったな～と。今までは、「仕事」「時間」を優先して、というか何よりも最優先をしていて、「ゆっくり」とか「のんびり」ってことは、ほとんどしてこなかったように思います。

3月～4月?くらいかな…

休みの日の日中に、眠くなることが増えてきてて、今思うと「身体を休めなさい」の合図だったのかなぁと。（そのあとに、がんが分かりましたからね）

あのまま休まずに、（月の休みは2～3日）ずっと動いていて、お腹の違和感も無視していたら…今頃はどうなっていたのやら…これも全て必然なんだなぁと感じています。その時には分からない気付けないことでも、時間が経つと気付かせてくれたりして、ふとしたことが、何かのメッセージなんだろうな。と思います。

僕の毎日の投稿が、誰かの「ふとしたメッセージ」になってるかもしれない！って思って、また明日からも書き続けたいと思います。

インスタライブとサブスクは10月スタートします。その話はまた後で。

それでは、また明日！

2023/09/10熊谷翼

145／動きながら考える

（2023年9月12日 00時13分）

2023年9月11日(月) がん告知から145日目 ※2537文字

こんばんは。

この時期の夜はエアコン?外の空気?悩ましいところで、今のところは「除湿27度」なんですが、朝方は寒くなってしまう今日この頃…（オフタイマーで一発解決じゃないかな?）

さて、今日は**「思考」**と**「行動」**の話を書きたいと思います。
※ゴリゴリの回です。
▼行動が思考を変える
タイトルに書いた、**「行動が思考を変える」**が今日の結論です。この一文だけを読んで納得する方もいると思うし、『ん?どういうこと?』って人もいると思います。現状に満足されていない方に向けたお話を、ゆっくりお伝えしていきます。

よくよくあるのが、「思考」が「行動」を変えるパターン。確かにこれも間違いではなくて、考えてから行動することも多いはず。『あれもしなきゃ、これもしなきゃ』みたいな。日常のことや、いつもやっていることは、考えてから（無意識的に）行動をしていることが多い。家のことや仕事や学校など…考えてから動くパターンが多いはず。

けれども、**「考えすぎて行動に移せないこともあるよね」**

ということを伝えたいんです。特に、自分の成長や挑戦に繋がるようなことは。

『○○をしたい！』と思っても、その次の瞬間から、『でも…○○だから』『今は○○だから』『落ち着いて（準備ができて）から』と考え（言い訳）がどうしても邪魔をしてしまう。これは僕もよくあります。過去にはたくさんありました。

それでも、本当にやりたいことや、体験してみたいこと、挑戦してみたいこと、味わってみたいこと、**「行動」に移してから「考え」てみませんか？**（僕の場合）最近だと、『サポート団体をする』とか、『インスタライブやサブスクをする』ってお伝えしましたが、頭で考えると、やらなくて良い正当な理由も浮かぶんです。『俺がやらなくても良いんじゃないかな』『ライブをして観てくれる人がいなかったらどうしよう』『サブスクで課金してもらうのは抵抗がある』色々と考えが先行してしまって、『やる！』って言う前に、考えていたら、おそらくやっていないと思います。（まだ始まってはいないけど）

それでも、新しいことをしてどんな成果（失敗）が出てくるのかは興味があるし、チャレンジしての悩みや楽しさを味わいたいし、新しい考えや価値観が生まれる可能性の楽しみもある。普通の日常は幸せだけども、やっぱり〝苦悩〟とか〝悔しさ〟とかがあったほうが、楽しいし面白い。「がん」は治ってはいないけど、（体調の変化や副作用はあるけど）がんに対しての苦悩とかはないから、新しい刺激を求めているのかもしれません。

その時に「思考」から始めちゃうと、『やらないほうが無難だよね？』に行き着いてしまうので、『ますはやります！』と「行動」してから、それから『さて、どうするか？』と「思考」する。もしも自分でブレーキを踏んでるなら、まずは「行動」して、それから「考える」というより、「動きながら考える」のが良いと思います。

独立した時も、いろんなお仕事でも、人間関係でも、自分で最初に考えた通りにはならないし、途中でも考えた通りに進まないし、その時に**「動きながら考える」**ができないと、途中で挫折したり諦めることに繋がってしまうから、そうならないようにするためにも、動きながら考える「癖」を身に付けた方が、良いと思います。

▼**親の責任**

こういう話をすると、『私には関係ないし～』『私は挑戦とか苦悩とか避けたいし～』と思う方もいると思うんですが、あなたはそれで良いとしても、あなたの子供は？家族は？友達は？　子供から相談を受けた時や、子供が悩んでいる時に、『ちゃんと考えてから行動しなさい！』って伝えると、（確かにそれも必要なんだけど、ルールとかね。）萎縮して親の顔色を伺って、自分の可能性に蓋をする子供になってしまいます。

10年くらい前に、（キャリアコンサルタント）として、大学生に対しての就職の授業をした時。

30人くらいのゼミ（クラス）で、「希望する就職先候補」を見つけてくることを宿題として出した時に、ゼミの１／３（10人くらい）は、自分で決めずに親が決めた候補先を持ってきました。

さらに、その候補先から優先順位をつけることをした時には、30人中５人が『親に聞かないと決められない』と。

実際に応募するわけでもなく、面接するわけでもない段階で、「自分で決められない」子が数人いたわけです。（自分で行動ができない）子供が悪いわけではなく、親の反応を見て、親に叱られないように、親の期待に応えるように、親が決めた通りに20年生きてきたんだと思います。

その時には、（説教ではなく）『親が決めた友達と遊ぶのかい？』『親が決めた人と付き合うのかい？』『親が決めた人と結婚するのかい？』『親が決めた人数の子供を産むのかい？』『親が決めた仕事を続けるのかい？』『親が決めた人生を歩むのかい？』そんな話をしました。たぶん相当に熱がこもっていたと思います。（なんだか悔しさとか可哀想という気持ちが）

親に決めてもらうことが悪いことではないし、親に相談やお願いをすることもある。

けれども、**自分の生き方や仕事やパートナーを選ぶのは、親じゃなくて自分。**親が『自分の人生だからな』って伝えてあげることが、子供にとっては真の自立に向かうし、その時に様々な価値観や思考やノウハウを伝えられたら、子供にとっては最高にプラスになるし、子供は親の道具でもないし、親の夢を託す存在でもない。

子供はよく見ています。『勉強しなさい！』って言いながら、親は勉強をしていないことを。

『友達と仲良くしなさい！』と言って、会社や同僚の悪口ばかりを話していることを。

『頑張りなさい！』と言って、仕事の楽しさを教えてくれないことを。

【自分がやってないじゃん！】とは、子供は言えません。言えないけど分かっています。頑張って勉強しても、愚痴を言いながら仕事をしなきゃいけなくなるなら、頑張る意味ないじゃん。って。親の行動は子供がよく見ています。上司の行動は部下がよく見ています。

「動きながら考える」は、挑戦する人の姿勢であり、人生を楽しんでいる人の姿勢なんじゃないかと、思います。

2023/09/11熊谷翼

146／マルチ商法や宗教の勧誘について（２０２３年９月13日 00時06分）

２０２３年９月12日（火） がん告知から１４６日目 ※２１５１文字

今日も投稿にアクセスしていただき、ありがとうございます！ スタバの新作フラペチーノを飲みたいのですが、手足の冷感刺激（ピリピリ）が、まだ残っているので飲めませんし、そもそも冷たいカップを持てません。良い方法を教えてください…（新作はまだ売ってるよね？）
さて今日は、「勧誘するなら最初に言って」というお話を書きます。（マルチ商法や宗教を否定しているわけではなく、勧誘の仕方についてのお話です）

▼製品も宗教も信じるのは本人の自由

再度書きますが、マルチ商法や宗教のことを、否定するための投稿ではなく、『勧誘目的なら会う前に言ってよね』というお話しです。では、本題へ。

僕が「がん」になってから、応援メッセージの他に、製品の案内や宗教の勧誘が届きます。製品は（内容を見る限り）素晴らしいモノですし、宗教は（個人の）思想の自由なので、否定はしませんし、むしろ信じるモノがあることは、良いとも思っています。サプリメントや美容に関する製品も、必要があれば僕から聞くし情報を集めます。

宗教に関しては、特に信仰心もないんですが、神社仏閣は好きですし、お寺を巡ることも過去にはしていましたし、彼女がいればクリスマスも雰囲気を味わいます。（神様も仏様もキリスト様もごちゃ混ぜ）ピンチになれば、神様にもお願いをするし、（昔はパチンコをしていて「神様頼む」って安易に神様にお願いをしてやってました笑）

お葬式では仏様に手を合わせます。（キリスト様が生まれたとされるクリスマスは親父の誕生日でもあります）

※夏に生まれたという説もあり

そんな感じで、どの神様！というほどの信仰心はなく、信仰をするよりも、『いつも守っていただきありがとうございます】『今年一年無事に過ごすことができて感謝しています』と、感謝を伝えるようになりました。（10年前くらいから）

「がん」の告知日には、（その時はまだ告知される前）近所の神社に行って、『神様、おじいちゃん、おばあちゃん、守護霊様（付いているか分からないけど）』『**いつも見守っていただきありがとうございます**』『**全てを受け入れます**』と、伝えて病院に向かいました。（お願いも願掛けもしていない）

※そう言えば来年は厄年

話が逸れ始めてきたので戻します。

▼『ランチしませんか？』

（マルチ商法だろうとなかろうと）良い製品があること（情報）を、教えてもらうのはありがたいし、それを使うかどうかは、時期やタイミングやお金の事情もあるのですが、最初のメッセージから、「製品の説明」や、「マルチ商法であること（ないこと）」を、伝えてくれる人は親切だなぁと思います。マルチ商法の製品であっても、『これはマルチ商法の製品です』と、最初から伝えてくれる方は親切ですし好感を持ちます。製品を買うかどうか、ビジネスとして扱うかは抜きにして。

宗教にしても、『こういう思想（宗教）があります』『案内だけさせてもらい勧誘はしません』という方は、人として出来ているなぁと思います。マルチ商法も宗教も、10人くらいか

ら連絡が届いていますが、なかには、こういう親切な方もいます。（断る余白を作ってくれている）

逆に…（過去の投稿でも書いたような…）マルチ商法や宗教の勧誘ということを、隠して接触（会おうと）しようとする方もいます。

※隠すのはお互い時間の無駄だし、自分の評判を下げてしまいます。

メッセージで、色々と心配してくれると思ったら、マルチ商法の勧誘だったり､宗教の勧誘だったり…『ずるいなぁ…』と思うのは、『〇〇日空いていますか?』『一緒に行きたいところがあります』『ランチしませんか?』こういったメッセージを送って、こちらが理由や場所や目的を聞いても、『それは会ってから』『きっとプラスになる情報だと思います』『身体のことが心配で』みたいにハッキリ言わないんですよね。（このメッセージのやり取りも時間の無駄）

もちろん、目的や意図が分からない時には会わないですし行きません。こちらから、『何かの勧誘でしたら会う前に教えてくださいね』って…

【なんでこっちから言わなきゃいけないの案件】

これ…1人2人じゃないんですよね。情報としては受け取るけど、その情報に乗るかは僕の判断だけど、それって会わなくてもできるじゃないですか。それを、わざわざ遠回りをして（隠して）会って、『実は…』と勧誘されても、こっちは引くし、その人のことを嫌になるし、空気が悪くなることも（考えたら）分かるじゃないですか？　そんな残念な気持ちになるのとはないと思うんですよね…（お互いにとって）

（過去にも投稿したのに）またこの内容を書いているということは、最近もそういうことが数回あったからなんです。心配をしてくれることはありがたい。情報提供もありがたい。けど、目的があるなら最初に言って欲しいです。（というか最初に言わないとダメなんじゃない?特定商取引法的にも）

入退院があって副作用があって、体調が安定して会える日（時間）は、かなり限られるんです。

その時間を無意味なものにしたくはないし、メッセージのやり取りも時間が取られるので、勧誘目的なら最初に教えてください。

よろしくお願いします。

2023/09/12熊谷翼

147／誰と付き合うかで自分が決まる

（2023年9月13日 23時12分）

2023年9月13日（水）　がん告知から147日目　※2478文字

こんばんは。

今日もお越しいただきありがとうございます！

最近、顔のシミが消え出しました。洗顔料?化粧水?抗がん剤?兎にも角にもありがとうございます!
さて、今日は**「誰と付き合うかで自分が作られる」**というテーマで書いていきます。時々現れるスパルタ回です。

▼自分の機嫌を自分で取れない人

『やる気が出ない?』『私のこと心配して?』って言葉を口には出さなくても、そのニュアンスの言動をとる人がいます。(僕の友達にはいません)
【自分の機嫌くらい自分で取れよ】って、そういう人が現れるたびに思います。会社に出勤してきた途端、『疲れた?』と口に出したり、『はぁ』とため息をついたり。『○○さん、どうしたの?』って、構ってほしいんでしょうけど、小学生じゃないんだから、**【自分の機嫌くらい自分で取れよ】**やる気がないなら来なきゃいいし、疲れてるなら休めばいいし、そもそも給料もらっていて、やる気がないとか疲れたとか、だったら会社に頼らず「自分の力で稼げよ!」って、そういう人を見るたびに思います。(関係性がある人には言います)
イラつくことはあるし、家に帰ればやることもあるし、仕事の疲れも、人間関係のストレスもあるのは分かります…が!!
それって自分だけじゃないよ?周りの人も同じ状況だよ?でも当の本人は分からないんだな?。自分のことだ!とはならないんだよな?。(たぶん、誰かを想像して頷く人いると思う)
これ仕事だけじゃなくて、パートナーがこんな感じだったら、関係はうまくいかないですよね。きっと。(しかもマウントも取りたがるし)これを読んでいる方は、そうじゃないと思いますが、『私のことかも』って思ったら意識したら良いし、『あの人のことかも』って思ったら距離を置いた方が良い。

【人は他人の影響を受ける】特に長い時間(期間)一緒にいる人の影響は。家族や恋人や同僚や友達。長い時間一緒にいる相手が…「愚痴を言う人」だったら、自分も「愚痴を言う人」になっていくし、「自己成長の意欲が高い人」なら、自分も「自己成長」を意識するし、「お金の運用に興味のある人」なら、自分も「お金の勉強」をするし、「スポーツが好きな人」なら、自分も影響されて運動や観戦をする。『長く付き合っているカップル同士、顔が似てくる』って、聞いたことありませんか? というか実際に似てくるしね。それは外見だけではなく中身も。『興味なかったことが相手の影響で好きになった』ってのことも良くある話。(趣味や歌手や食べ物など)
カップルに限らず、長い時間一緒にいると相手の影響を受けるんですね。誰と長い時間を一緒にいるか(いたいか)は、自分で決めることができます。
そして、長い時間を一緒にいる人は、**【自分の写し鏡】**とも言われますし、長い時間を一緒にいる数人の平均年収が、自分の年収とも言われています。誰と付き合うかで、自分が決まってきますね。
ちょっと話題を変えて…

▼文章投稿をしている理由

毎日noteを書いているんですが、動画でも音声でも毎日投稿は出来るんですが、文章を選んでいる理由があります。文章として残したい、後で振り返りたい、書籍にしたい、こういう理由もありますが、（少しいやらしい話しをすると…）**「文脈を読み取れる人と付き合いたい」**という下心があります。（付き合うって恋愛じゃなくてね）

最近はYouTubeやリール投稿など、動画を観る機会が増えたこと、X（旧Twitter）などの短文投稿により、**文字は読めるけど、文脈は読み取れない。**という人が増えています。

どういうことかと言うと、話の一部だけを理解して、（その前後や意図を読み取れず）違った意味で解釈する人が増えている。ということ。これは文章に限らず、話をしていても同様に。一部だけを切り取って、誤解をしたり批判をしたりする。講師の仕事をしていても、そういう受講生もいました。話の前後は飛ばして「一部の言葉」だけを切り取って批判をする方が。（1人2人じゃないよ）

実例として…あるお爺さんと話をしていて、お爺さんに『うるせー』と言われたけど、そのお爺さんにとってみたら、他人に話したくないことを、こっちが察せずに聞いたからなんだよね。みたいなエピソードを話した時に、**【講師が『うるせー』と汚い言葉を使うのは良くないと思います】**って、アンケートに書かれたことがありました（笑）。

こういう感じで、言葉は理解できるけど、文脈は理解できないという人が一定数いて、それは仕方ないことだと思っていますが、そういう人は僕の意図や考えを理解できないと思うので、付き合いたくはないとも思っています。

長文や本を読めない人、文脈を読めない人ほど、批判などのアンチ活動をするので、それもあって、このnoteに好き勝手書いたりしています。昨日の記事のことなどは、アンチ活動をされる方は読まないでしょう。

けれども、動画や音声で伝えると、一部を切り取られる可能性があるので、「本音」は文章投稿にしています。「表情を見たい」『声を聞きたい』との声もあるので、今後Instagramでライブをしますが、おそらく公開型のものは当たり障りなく病状説明になると思いますし、サブスク（課金）の方で、noteに書いているような本音トークをすると思います。『そういうこともあって文章投稿しているよ』というお話でした。

※寝る前に読んで寝落ちしてます！という方も数名いるようです（笑）。

話が逸れたように感じるかもしれませんが、**【誰と付き合うかで自分は決まる】**ので、（偉そうに聞こえるかもしれませんが）僕の発信を受ける側の人を、僕が（範囲を）決めているということ。

短文投稿や、YouTubeやTikTokで受け取る側と、note（文章投稿）や、Instagramの文章投稿で受け取る側の人は、全然違います。全くと言っていいほど違います。（コメントやメッセージの質が）どういう人になりたいか？は、どういう人と付き合うか？で決まりそうですね。

2023/09/13熊谷翼

148／勉強をしない日本人

（2023年9月15日 00時26分）

2023年9月14日(木) がん告知から148日目 ※2026文字

今日も訪問していただき、ありがとうございます！ 明日もよろしくお願いします！

そして、阪神ファンの方おめでとうございます‼

さて、ここ数日はゴリっと書いたので、今日はのんびりと書こうと思います。テーマは「社会に出てからの勉強」です。

それではどうぞ！

▼学ばない人

学生時代の勉強（テスト）は、今思うと〝**記憶力**〟によって差が出ていたと思います。国語と数学は、読解力や分解みたいな思考的でしたが、社会、理科、英語は〝記憶〟そのもの。

僕は〝戦国時代から明治維新〟の歴史が好きだったんですが、中学の社会のテストはほぼ赤点。**「なぜ戦を仕掛けたのか」「どうやって明治維新に繋がったのか」**こういった歴史（ミステリー）は好きなんですが、テストとなると「記憶力の勝負」（何年に何があったかとか）僕はことごとく負けていました…僕のことを良く知っている方はご存知かと思いますが、『そうだっけ？』『前にも話した？』ということがザラにあります。（記憶力は弱いです）たぶん小さい頃から、読解力とかはあったと思うんですが、記憶力は弱かったので、記憶力勝負のテストはそんなに良い点数を取れませんでした。（中高の頭の良さ＝記憶力の良さと個人的主観）

記憶力に頼るテストよりも、作文とかの方が好きでした。あとは図工とか。中高の成績は「いたって普通」でしたが、社会に出てから（特に30代に入ってから）は、中高で成績が良かった人よりも、賢くなっている気がします。

実際に30代を過ぎてから、（中高で成績が良かった人に）会って話しても、**『え？なんでこれが分からないの？』『全然賢くないじゃん』**と、思うことが増えました。（マウントは取っていません）おそらく…と言うか絶対に…**「社会に出てから勉強してないな」**と。

※仕事に必要な知識な技術を覚えることは、当たり前のことで、それは勉強ではないです。

それよりも、「政治経済」「社会」「人間関係」「お金」「メンタル」「自己成長」のような社会に出たら必要なこと。

ところが例えば、「政治」の話をすると、二言目には、政治家への批判だったり、日本経済への不満だったりが出てきます。最近だと「ガソリン高騰」への愚痴とか…（愚痴とか言うなら自分が政治家になれよ！って）

（Threads「熊谷 翼｜大腸がんステージ4｜抗がん剤治療中｜」https://www.threads.net/@kumagaitasuku/）

僕が少し前から興味があるのが、「web3」「NFT」「暗号通貨」なんですが、話が通じる人があまりいない。(だからSNSで繋がった人と話している)いまだに、『暗号通貨って怖いじゃん』って言う人もいる笑)。(
話が通じなくても聞いてくれる人はまだマシで、聞かずに『私、分からないから』と、知ろうともしない人とは、正直あまり関わりたくはない。
→
「学ぶ気ゼロ」の人とは、一緒にいても楽しくないし、自分も得ることがない。

▼学べる人との時間を大切にしたい

「知識がある人と関わりたい」のは当然あるけど、それは難しい(新しい)ことだけとは限らない。例えば僕は…「アニメ」「芸能人」「アイドル」「ゲーム」「今の流行」とかの知識がほとんど無い。だから、こういう「知らないこと」を教えてくれる人と関わりたい。

言いたいのは、僕が持っている知識よりも、更に知識を持っている人と関わりたい(学びたい)し、知らないことや詳しくないことに、知識がある人と関わりたい(学びたい)。「時計」「ブランド」「ファッション」も詳しくなりたい。「カラー」「風水」「パワースポット」とかも知りたい。「歴史」「宗教」「神社仏閣」も意味や目的を知りたい。知らないことはたくさんあるから、それを教えてくれる人なら小学生だろうとお爺さんだろうと、「教えてください」という気持ちになる。小学生の興味のあることとか、今流行りの遊びとかも、知らないことだらけ。

今は30代の時より更に、「学びたい」「知りたい」欲求が高まっていて、(特に最近)逆に言うと、学びがない人との時間は勿体なく感じる。大人だろうと子供だろうと、お互いに学び合える関係は最高だし、それが自分のパートナーや子供なら尚更。社会に出てからの学び(勉強)を、ほとんどの人がしていない。様々な調査結果があるが、日本人の平均読書数はゼロに近いし、日本人の平均勉強時間も無いに等しいくらい。
※「日本人 勉強しない」で検索してみてください

海外との格差は広がっているし、海外の人は勉強をしています。(アジアの中でも日本は下位です)

【勉強しない日本人】
総務省統計局が２０２２年に発表した社会生活基本調査(令和3年度調査)によれば、日本の社会人の勉強時間は平均13分でした。 先進国の中でワースト1位

子供には『勉強しなさい』って言って、親ほぼ全員は何も勉強をしていない(笑)。ご飯を食べながら「あれやこれや」討論をしたり、お互いの情報提供をしたり学び合う海外の人。ご飯を食べながら「愚痴」と「不平不満」で盛り上がる日本人。
ちょっとヤバくないですか?

2023/09/14熊谷翼

149／がんにも悩みにも感謝
（2023年9月15日 23時13分）

2023年9月15日（金） がん告知から149日目 ※1330文字

今日も読んでいただき（これから読むんです）ありがとうございます。今日は朝起きての血圧が【180／120】投薬が終わると高血圧になりやすいんですが、それにしても下の血圧高すぎ！（笑）今日は薬を飲んでゆっくりしました。

薬を飲んで血圧は下がるけど、頭のモヤモヤと身体のだるさがあって…明日はどうなんだろ…いつも寝る前は明日の体調が気になります。（夕方に体調落ち着くのなんでだろ）

さてと…今日は、「がんにも悩みにも感謝」というテーマでお届けします。

▼がんも対人も考え方は同じ

大学の同級生とLINEをしていて、とあるLINEの返答に、（熊谷は）『**ステージ5、6くらいないと…**』『**ステージ4は余裕だわ**』と、超絶メンヘラポジティブな返答をしました。でも率直にそう思っています。

もちろん、最初に書いたように日々の体調は、起きてみないと分からないし、排泄（大きい方）も、硬かったり出にくかったり、（結腸がんと抗がん剤の影響）体重や筋力も落ちたり、（ついでに）収入も落ちたり…色々と変化もあるし、一般的に見たら（聞いたら）、『大変そう…』『辛そう…』って思うだろうし、確かに客観的に見たら、そうだろうと思います。

もっともっと進行したり、転移をしていても【ステージⅣ（4）】なので、僕はまだ軽い方なのかもしれません。（もっとしんどい人はたくさんいる）

病状や副作用は、部位や転移先によっても変わるから、これは比較はできませんが、ただ、メンタル的に、【**全く落ち込んでいない**】ってことを、お伝えしたくて。

戦うことをやめて、怖がることをやめて、責めることをやめて、そしたら、メンタル的にもかなり楽になりました。（これは人間関係も同じかな？）がん（相手）を…意識するから疲れるし、敵対視するから相手も同じように敵対視するし、怖がるから相手も距離を置くし、攻める（責める）相手も攻めて（責めて）くるし、書いてみると、がんも人間関係も似たようなところありますね。

結局は、自分が「**がん（相手）**」と、どういう関係性でいるのが良いかってところが、答えのような気がして…僕は、がんになってから…これまでになかった気付きや価値観を得たし、周りの人の応援や支援の有り難さを感じたし、家族の絆も深まったし、自分自身を振り返ったり見つめ直すことができた。だから「**がんには感謝をしている**」のが本音で、がんにはなりたくはなかったけど、がんになって良かった。と、ホント心から思います。（大変なことはあるけれど）

この投稿を読んでくれている方の中にも、病気だったり、障がいだったり、心身の不自由があって、遊びに行きたくても行けない。仕事をしたくてもできない。そんな人もいると思います。「仕事が大変だ」「人間関係が難しい」そういう悩みが羨ましいとさえ思う人も。（仕事を増やしたいのに体調が左右するのが僕の不満）当たり前の暮らしや、当たり前の仕事（学校）や、当たり前の人間関係の中で起こる、不安、不満、葛藤など…それって、「羨ましい悩みでしかない」人もいる。

そして、その**悩みの種は気付きや学びを与えてくれる。**

【感謝】しかないと僕は思います。

2023/09/15熊谷翼

150／投稿150日を振り返って

（2023年9月17日 01時30分）

2023年9月16日（土） がん告知から150日目 ※1629文字

今日もありがとうございます！

何かのタイミングで、スマホの画面表示を「消えない」ように、設定変更をしていて（普段は2分とかで勝手に消える設定）「消えない」設定に変更したことを忘れていて、ふとした時に…『あれ？なんでずっとついているんだろ？』って、そこで設定変更を戻していないことに気付くことありませんか？（僕は月に2回くらいありますが、今日がその日でした）

さて今日は…〝記念すべき？〟150回目の投稿になるので、**「noteを連続150日投稿して気付いたこと」**を、テーマに書きたいと思います。（着地点は見えていないので、文脈の乱れはあると思います）

それでは。

▼過去の投稿も振り返りながら

今回が「がん告知」から、「150回目の投稿」になります。

とは言っても、その前「がん告知の前日」の投稿があるので、正確には151投稿ですが、「告知日」からの投稿として150回目です。

（「0／明日が始まり」P.21参照）

告知日前日の投稿と、告知日の投稿を載せました→

（「DAY1 2023・4・20」P.22参照）

今思うと、「書き記しておいて良かったな！」と思います。文章が荒れてたり、誤字があったり、苛立っていたりもありますが、それもまたリアルだし、その時の自分を振り返ることで、今の自分は確実にその時よりも成長していると、実感が湧きます。

告知日の投稿なんかは…（笑）応援してくれる人に対して文句言ってるし…（笑）でもこれも本音で、「どんなに良い言葉も響かない」「心配してくれていても響かない」そんなメンタル状況だったな…と。（あの時はごめんなさい）

（「DAY2 2023・4・21」P.25参照）

2日目の投稿もまだ前日の告知を引きずっていて…3日目から投稿内容に変化が出て、明らかに「割り切ってる」感じが出ている。受容できているというより、無理してでも割り切ってる感じだったのかな…。4日目からは、「治療」に向けて気持ちが前向きになっていました。僕の感覚だと、「2日目で受け入れて3日目からは進んだ」と思っていましたが、文脈的のもそんな感じで気持ちが前に進んだように思います。比較することでもないし、比較対象もないですけど、一般的にみたら気持ちの切り替えは早いと思います。その気持ちの割り切り?切り替え?が、「治療にも良い影響を与えた」と、自分では思えていて、あの時に落ち込んだり悔やんだり、(もちろんその感情もあったけど)その時間が長かったら、進行とか数値にも影響はあったのかもしれないな~と。休み休みだけど、仕事にも行けていて、(休みばかりで申し訳ないですが)仕事に行けなければ、もっとメンタルが落ちていたかもしれないです。

告知日から投稿を始めて、(途中でやめるかもとは思ったけど、とりあえず始めて)今では毎日の日課になっていて、投稿を読んでくれる人がいて、それもまた自分の活力になっていて。投稿の途中から、「仕事」「人間力」「メンタル」…投稿の内容が、近況報告から違う内容になっているのも、「がんを受容できているからこそ」で、治療が進み、抗がん剤の効果が分かってきて、がんが小さくなってきて、そうすると更に、バキバキな投稿になったりしていて(笑)。

弱気になって悲観的になっていた数日から、今までの?それ以上の?自分になっていて、最近では「がん」の話はほぼしなくなり…(来週から10サイクル目です)

情報発信をどうしていこうか?サポート団体をどう進めるか?みたいに新しい方向に進み出している。どんな状況になっても、割り切って、切り替えて、受け入れて。そうすることで、状況は変わるし前向きになるし、新しいことにチャレンジもできる。そんなことを、過去の投稿を見ながら思いました。150日生きられたことよりも、告知から150回の投稿を続けられたことの方が嬉しくて…「もしかしたらヤバいかも」と、悲観してた過去の自分も、先が見えなかった過去の自分も、「よく乗り越えてきました」と。まだまだ人生は続きそうです。

来年も再来年も続くといいな~。

2023/09/16熊谷翼

151/日曜日なので気楽に書きました

(2023年9月17日 22時49分)

2023年9月17日(日) がん告知から151日目 ※2039文字

今日も訪問していただき、ありがとうございます!

世間は三連休なんですね…

家にはテレビがないですし、ニュースはスマホで読むので、自分が必要とする情報以外は入ってこないのも、どんなもんなんでしょうね?

音楽は聴くので、最近の曲もなんとなく分かりますが、ドラマとか俳優とかは全然分からない。世間の話題や芸能人のスキャンダルも知らない。そんな人間です。

さて、今日は日曜日なので、今、頭に浮かぶことを（文脈無視で）ツラツラと書きますので、何のためにもならない回となります。

▼なんだか子育ての話になりました

→

この右のタイトルも、いつも書いてから付けています。noteを書く時は、基本は頭に残っていることを、文字に起こしているんですが、それでも、「今日は何をテーマにしよう？」は、考えているので、生活の中で気になったことや、参考になった言葉はメモをして、それを自分なりに書いています。日曜日は、そういう「情報収集」モードも解除して、ゆっくり過ごしているので、今日のテーマは現時点でも思い浮かんでいません。日曜日は、そんなまったり回です。と、ここまで何のアテもなく書いていますが、最近、教え子に会いました。6年前は高校の外部コーチをしていて、その時の女子生徒です。もう仕事も〇年目とかになって、教育係なども担当していて、すっかり大人の女性になっていました。教育係を担当して、〝教える難しさ〟〝個々のポテンシャルの違い〟にも、悩んでいて、しっかりと社会人でした。（『よしよし、がんばれー』）

中学高校時代は分からなかったことも、今になると分かることも増えてきて、「あの時に指導者が言ってたことは、こういうことだったんだ」「あの時の厳しさが今に生きている」と、成長をして初めて気付くこともあったようで、感性というか素直さというか、すごく良いな？と話を聞いていて思いました。学生時代の指導者を毛嫌いする人もいれば、（僕は中1の時にしかマトモな指導はされていない）感謝をする人もいて、過去の思い出や、今の自分と照らし合わせて、**「成長度合い」を高くしてくれた**指導者ほど、（厳しくても理不尽でも）感謝されるなぁと。

これは、指導者に限らずに、親や上司もそうだと思います。「自分のことをどれだけ成長させてくれたか」最近は（僕が指導していた頃もそうでしたが）厳しくするとすぐに親が出てくる。競争させるとすぐに親が出てくる。親の思い通りに進まないとすぐに親が出てくる。と、最悪なシナリオ（親現れる）が増えていて、子供にとっては（過保護すぎて）可哀想だなぁ。成長できなくて可哀想だなぁとつくづく思います。厳しさがパワハラと表裏一体なだけに、指導者は指導をすることを躊躇します。その人（子供）にとって、厳しくしなきゃいけない場面でもできない。

「Z世代」の特徴として言われる、「理解するまで動けない」「自分が良ければ他はどうでも良い」は、指導者（親も含め）が指導できずに、至ってしまった部分もあると感じています。

※上司にご馳走になったら「ご馳走様でした。」を言いなさいよ。から教えないとできない人もいます。あとはそもそも

「飲み会に行くのは仕事ですか?給料発生しますか?」と聞いてくる人もいます。それを〝当たり前〟と捉えるのも、〝おかしい〟と捉えるのも、育ってきた環境や指導された内容にもよるので、何が正解というのはありませんし、自分の価値観や考えを押し付けるのも良くないですが、ただただ「可哀想」と思います。(教えてくれないってことは成長できないからね)

そう言えば、5~6年前に指導していた時に、生徒を厳しく叱責した時がありましたが、他県の先生からは、「それができて羨ましいです」「教員がやったら問題になってしまうので」と、言ってたことも思い出しました。厳しさは時に必要だと思いますが、今の時代は「パワハラ」で片付けられてしまって、教員も親も「子供から嫌われない」ように、腫れ物に触るように子供に接しているんですね。(もちろん全員がそうではないですが)

僕は結婚もしていないし、子供もいないですが、自分の子供ができた時には、どう子育てをするのか?たまに考えたりもします。答えは出ていませんが、なんでもかんでも怒鳴り散らかすお母さん(スーパーとかでも)みたいなのは嫌ですが、間違った行動をしたら、「ダメな子ね」ではなくて、行った行動に対して注意をする。それだけは決めています。子供自身を否定しない。行動に対して注意をする。

そんな甘くないよ…と思われるかもしれませんが、親の思い通りに子供を動かすようなことはしたくはないし、親のエゴを子供に押し付けるのもどうかなぁと思っています。

なんだか、あてもなく書いていたら、子育ての話になってしまいましたが…(笑)

『こういう子育ての仕方もあるよ』

というのがあれば、ぜひコメントやメッセージで教えてください。

2023/09/17熊谷翼

152/10サイクル目の抗がん剤治療

(2023年9月18日 23時47分)

2023年9月18日(月) がん告知から152日目 ※896文字

いつもありがとうございます! 明日から記念すべき10サイクル目!

#記念なのか?

いつも寝る時には、頭と両脇にそれぞれ枕を(3つ)使っているんですが、朝起きると両脇の2つは、ベッドから消えていて…頭の方と足の方に落ちています。誰か投げていますか?

さて、今日は「10サイクル目の抗がん剤治療」というテーマで書こうと思います。

▼10回目の抗がん剤治療が始まります

早いもので入院は9回目、抗がん剤治療(化学療法)は10回目になります。
初めての抗がん剤治療はこちらの投稿←
（「20日目／抗がん剤治療開始」P.54参照）
結構自撮りが多いですね（笑）。
入院生活や治療風景を伝えたかったんだと思います。今は入院にも治療にも慣れてしまいました。隔週での入院なので、病院に行くと帰ってきた感覚にもなります。#良いのか悪いのか　最初の頃は、治療自体や副作用に不安を感じていましたが、今はもう慣れた部分が多いので、不安は全くありません。（採血が痛くなければ…）抗がん剤も10回目になるんですね…5月から始まった治療ですが、抗がん剤が効いてくれてるのが嬉しくて、効果がずっと続いてくれることを願うばかり。腫瘍マーカーの数値も分かると良いな?。ドキドキしながら聞いて、下がってたら拳を握り『ヨッシャ!!』って。毎月数値を聞く前は、そればかり想像しています。（分かったら報告しますね）手足の冷感刺激が、ピリピリはないものの違和感はあって、「治療を重ねると残る」と言われた意味が分かってきたように思います。足の冷感刺激が強くなると、歩いても力が入らなかったりするみたいで、それだけは避けなければ！　あとは、体重も落とさないようにしないと！『痩せて良かったじゃん』は、（親しい人以外）冗談でも言わないでくださいね。体重減少は治療にも体力にも影響しちゃうので。（腕と足の力が落ちている＝筋肉が落ちている）
治療が進むにつれて、体調や副作用も変化があるけれども、あともう少しで、数値も正常値になって、がんも消えてくれるだろうから、それまでは絶対に、自分を信じて疑わないぞ!!
2023/09/18熊谷翼
支援はこちらからお願いします←
（https://www.amazon.co.jp「Amazon ほしい物リストを一緒に編集しましょう」）

153／インスタの応援よろしくお願いします。（2023年9月19日 20時41分）

2023年9月19日（火）　がん告知から153日目　※808文字

こんばんは。
入院すると院内のコンビニで、お菓子を買ってしまうのなんでですかね?しかも結構多めに。笑
さてと、今日は「これからやること」の整理回です。以前に〝やります〟と言っていたことを整理したいと思います。
▼今日はインスタの勉強をしていました
入院中は、普段の生活とは違って、制約があったり集団行動だったりで、ほとんどの時間が「自分時間」本を読んだり、インスタやYouTubeを観たり（勉強目的）、色々と考えたりと、僕にとっては入院も良い時間になっています。

特に、インスタやYouTubeでの勉強は、普段はなかなか

できないので、（スマホやＰＣをずっと観る時間がないので）とても良い機会です。

勉強をしたり、色々と自分で検討した結果…以前に話した、**「インスタライブをする」「サブスクをする」**これらを一旦保留にしようと思います。

理由は、**「通常投稿」で、僕の価値観を伝えていくことを優先する。**です。

もちろんそのために、**「インスタライブが必要」**と思っていましたが、もう少し僕の価値観をお伝えしてからの方が、伝える側（僕）も観る側（フォロワー）も、良いのかなぁと思いました。（サブスクも同様に）

（「１３４／インスタ運用の悩み」P.326参照）

以前の記事で書いたことの気持ちは変わらないですが、それよりももう少し投稿頻度を上げようと。**「僕の発信がまだまだ足りていない」**ってのが答えですね。

現在のフォロワーさんに読んでもらうこともそうだし、「がん」や「不安」などの、

悩みを持っている方の勇気になりたいと思って、情報発信をしていますが、まずはその発信頻度（インスタ）を上げようと思っています。

そして、読んでくれる方（フォローしてくれる方）が、増えてきたらライブやサブスクを始めようと思います。

そんなことを、今日は「インスタの勉強」をして思いました。

ということで、インスタの応援をよろしくお願いします。

2023/09/19熊谷翼

（「熊谷 翼｜kumagaitasuku」https://www.kumagaitasuku.com）

→（※現在はアクセスできません。）

１５４／10回目の抗がん剤投薬

（２０２３年９月20日 19時02分）

２０２３年９月20日（水） がん告知から１５４日目 ※３３１文字

こんばんは。

今日の投稿は短くなります。ご了承ください。

さて早速本題に入りたいと思います。「10回目の抗がん剤治療」というテーマです。

▼過去1番…

今日から投薬が始まり、今は48時間点滴をつけています。

身体の怠さは今回が過去1番です。

それに加えて、謎の腰痛（ずっとベッドだから?）があって、夕食後からは目を閉じて休んでいる状況です…（食欲もないです）薬の副作用がこれにプラスなので、今日はもうこのウトウト状態から寝てしまおうと思っています。＃寝た方が楽じゃないか説　ということで、今日から10回目の投薬が始まったけど、一番怠いです…という報告でした。

明日には良くなっていると良いな…

2023/09/20熊谷翼

155／10サイクル目の2日目

（2023年9月22日 00時32分）

2023年9月21日（木） がん告知から155日目 ※2438文字

こんばんは。

突然ですが…寒くないですか!?

病院いた時は気付かなかったんですが、退院して外に出た時に『さむ!!』って。薄手のパーカー着てましたが、帰ってきてからは、裏起毛のスウェットに着替えましたよ…

そして、冷感刺激で手足がピリピリする時に、この寒さはキツイ…冬はヤバそうだ…。ということで、今日は「10回目の抗がん剤治療2日目」として、書いていきます。（昨日はダルくてダウンしてました）

▼9月の腫瘍マーカーは数値変わらずでした

正確な数値は聞いていません。増えてたり減ってなければ、担当医も特別伝えてこないだろう…とは思っていたけど、やっぱり気になるので昨日聞いてみました。腫瘍マーカーの血液検査自体は、9サイクル目が始まる前にやってました。

その結果は…**「8月と横ばい」**ということでした。（詳しい数値は聞いていません。分かりやすいタイプです笑）**6月からはグングンと下がっていたので、ちょっとガッカリしました。正直。**けれども…**「上がっていないのは幸い」**だと気持ちを切り替えました。

おそらく、担当医も「上がってないのは良い結果」と、思っていての冷静な「横ばい報告」だったのかと。数値を聞く時は、いつもヒヤヒヤドキドキです。下がっていれば、それは嬉しいことだけど、上がっていたら、薬の抗体ができたかも？薬の変更あるかも？次の薬は効果あるのか？と不安な気持ちにもなる。そう考えると、「横ばい」ってのはセーフ!!ですね。

9月の検査結果は、8月の治療の効果が反映されると思いますが、8月はコロナになったのもあって、隔週で行っていた治療が1週間延期になったのも影響しているのかもしれません。（そう言い聞かせてる）

コロナになったのがどうとかではなく、長い治療になるだろうから、今後も下がったり横ばいだったりするだろうから、数値にあまり一喜一憂しないでおこうと。（それでも下がっていれば一喜してしまうけど）

横ばいや仮に上がったとしても、落ち込むことはやめようと思いました！〝**どうせ良くなるんだから落ち込んでも仕方ない**〟

▼今までで一番しんどかった夜

ってことで、数値は横ばいでしたが…今回の抗がん剤治療は10回目。実は、昨日は結構しんどかったです…11時くらいからスタートして、16時に46時間点滴を刺して終了。いつもは、46時間点滴に切り替わったら、テラスに行ったりコンビニに行ったり出来ていましたが、身体がダルくて手足を動かすのも大変で、ずっとベッドで過ごしました。（なぜか腰痛もでてきて…）

夕飯も食欲なく、（その前にポテチ食べたから？）とにかく身体を動かすことがしんどくて、トイレに行く時は98歳のお爺さん並みの速度で歩いていましたし、腰も曲げないと歩けない状態でした。
#あと少しで杖が必要だった
そういう状態にプラスして、いつもの副作用での冷感刺激や、手指の動かしにくさもあり（今も少し）、スマホが重くてずっと持てなくて、文字を打つのも指がなかなか動かなくて、昨日の投稿は短くなりました。
#あれでも30分くらいかかりました…
寝て起きてダルさは良くなりましたが、寝不足気味です。抗がん剤の副作用で身体が火照るので、アイスノンを借りて、それでも手足は寒いからタオルケットをかけて、（布団は暑いから）結局寝落ちしたのは1時くらいかな…4時に目が覚めて8時まで二度寝しました。（睡眠時間8時間を切ると僕は寝不足になります）
最近は眠いけど寝れないことも増えてきて、（暑かったり寒かったり）季節の変わり日や湿度と気温に、かなり身体が敏感になってるのが分かります。
#特に手足
靴下履いて腹巻き巻いて手袋して寝る日がやってきそうですので、良いのがあれば教えてください！
#支援物資に追加しますのでどなたか支援をお願いします🙇

今回ほどの身体のダルさは、初めてだったので（今日は良くなったけど）次も想定しておかないとなぁと思いました。
そして、今日は夕方くらいから、下腹部痛があって…キリキリする痛みと、キューっとする痛みのダブルスで。コンビか？ 答えはおそらく、腸に残っていたブツでしたね…抗がん剤をするとブツが硬くなって、なかなか出てこない。投薬期間は下剤を飲んでいるけど、それでもブツが一本にまとまらないので、1日に何回か（特に昼過ぎから）トイレにこもります。すぐには出ないので時間がかかるし、出たと思ってもチョコボール3つくらいってのもザラで…抗がん剤の影響と、元々のS状結腸がんの影響でしょうね。下剤を使ってでも出るようにしないと、手術になるのでそれは避けたい。ヨーグルトを食べたりヤクルト飲んだり、水も結構飲むけれども、それ以外に良い方法あれば教えてください！ 今までは、朝起きたらしっかり出てたのに、3月くらいから下痢になったりしてたのは、癌の影響だったのかな～と今思えば。あとは抗がん剤治療をしてからは、硬いし出ないし…お尻切れるし…（涙）
僕は元気は元気だし、インスタ投稿とかは、シンドさは出さないようにはしてるけど、昨夜は身体のダルさと、数値の横ばいってので、少ししんどかったです…
そして…肝臓あたりをチクチクする痛み（がん性疼痛）下腹部のキリキリする痛み（がん性疼痛&便秘）手足の冷感刺激（副作用）このあたりの3セットは、その日により症状が違うけど普段からあって、（5月とかは痛みがヤバかったけど）さらに、高血圧とか微熱が加わってくるのが、正直な僕の今の状態です。

　余計な心配をさせたくはないので、あまり公にはしていませんし、生活に支障が出るほど辛い状態ではないですが、これが〝がん〟なんだなぁと実感をしながらも、痛みとかがなかったり、友達と会ったり何かに夢中になっていると、**〝がん〟**ということを忘れてる（笑）。

　長い付き合いになるでしょうから、良い関係でお付き合いしたいものです。（いきなりお腹痛くなるのはやめてほしいです）

2023/09/21熊谷翼

156／10サイクル目の3日目

（2023年9月23日 00時35分）

2023年9月22日（金）　がん告知から156日目　※1356文字

　こんばんは。

　良い匂いが好きなんですが、気付けば至る場所に芳香剤があって、リビングはアロマ焚いていて、時々、匂いたちが喧嘩をしています…

　さて、今日は「10サイクル目の3日目」ってことで、昨日、一昨日に引き続き、近況報告をします。（結構、気にしてくださっている方が多いので）
#投薬期間は近況報告にします。
　とりあえず先にお伝えしますが、〝元気〟です！

◀

　どこから話そうってところですが、昨日も排泄の話をしましたが…
#自分の排泄状態を公にする人
（「155／10サイクル目の2日目」P.360参照）

　下剤を飲むと、便は出やすくなって、腸内のほぼ全てのブツが出る感じがしますが、それと引き換えに下腹部のキリキリした痛みが、どうも苦手で今夜は飲みませんでした。このキリキリした痛みは、下剤の影響なのか？食べると痛むのか？（時々ある）どっちなのか分からないんですが、とりあえずあの痛みは嫌いです。油っぽいものを食べると、胆嚢が反応して、消化に時間がかかりそうなものを食べると、下腹部痛があり…

　下腹部痛は、冷えたりも影響あるのかな？
#やっぱり腹巻き必要かな
　出なきゃ出ないでも下腹部痛があるし…なんとか良い落とし所を見つけたいところです。身体のダルさは抜けて、今日は少し外出もしました。（点滴をつけて）右脇腹（肝臓付近）の痛みもなくて、血圧も落ち着いていて、体調的には良い感じでした。（下腹部のキリキリを除いては）夕方に46時間点滴を抜いて…点滴後の1番の楽しみである〝お風呂〟少し熱めにして汗かいてスッキリしました。
調子が良ければサウナも良いんですが、のぼせやすくなっているので、なかなか「サ活」ができずにいます。風呂上がりは汗がひくまで、YouTubeを見たり本を読んだり、ソファでゆっくり過ごしました。という小学生の夏休みの日記みたいな投稿…(笑)
点滴が抜けて、お風呂で温まって、すっかりリラックス気分です。点滴を抜いたあとから、抗がん剤に耐えた〝がん〟達が、いつも動き出すんですよね…おとなしくしててもらいたいけど、〝がん〟も生きるためには必死だろうから…これから予測される症状は…
・右脇腹付近のチクチクする痛み(5月くらいは背中と肩まで痛かった)
・高血圧、微熱
これくらいかな…あとは今もある下腹部痛と冷感刺激。抗がん剤3日目ですが、唇と舌は冷たいもの(コンビニで売ってる冷たいものとか)で痺れます。手も水道水の温度でビリビリと痛みますし、エアコンの冷気で、手足が痺れた感覚になり動かしにくくなります。お店の消毒液の温度でもビリビリします。

あとは、照明などの明るさも凄く眩しく感じるし、粘膜が弱っていて、お尻は痒みと痛みがあるし、鼻をかむと鼻血が出ます。(これも抗がん剤をするといつも現れる症状)これらにプラスして、右脇腹痛と高血圧などがこれから出てくるのが、毎回のパターンです。

それでも今日は調子が良い日でした。明日も調子良くいたいですね。

これから休薬期間になるんですが、抗がん剤治療後は免疫が下がり続けるので、(ピークは次の抗がん剤治療前日)風邪とかインフルエンザに気を付けながら、過ごしたいと思います。

みなさんも、季節の変わり目の体調変化に気をつけてくださいね。いつもありがとうございます!

2023/09/22熊谷翼

157/高血圧で不調

(2023年9月24日 00時05分)

2023年9月23日(土) がん告知から157日目 ※769文字

いつもありがとうございます!

今日は〝**高血圧**〟が現れて、朝から不調で昼過ぎまで起きられませんでした。(頭痛、めまい、手足のしびれ)高血圧って、なってみて分かるけど、血圧高くなるだけじゃなくて、身体にも影響あるんだね…って、つくづく思います。

昨日までは近況報告をしていまして…今日は内容を変えて書こうと思っていましたが、朝からの不調によって、思考もお休みしているので、今日も今日の近況報告会にしたいと思います。

▼身体が不調だと頭も働かない

いつもnoteを書く時には、特にテーマを決めずに書き出して、その時に「頭に浮かんだこと」をテーマにしています。調子が良いと、頭に残っている言葉やフレーズから、文章を書いていけるんですが、やっぱり身体が不調だと、何も思い浮かばなくて…というよりも、日中に何もインプットができていなくて、（本や音声配信からの勉強ができず）結局、頭のどこにも「話しの種」がないんですね。気づきも学びも無かった一日…今日はそんな日でした。（仕方ないですけどね）

さてと、最初にも書いたように、今日は起きた時から〝不調〟起きて分かるんですよね。「あ、今日は辛い…」って。身体が動きにくいし、ベッドから起き上がるのも辛いし、歩くのも腰を曲げないと歩けないし。なんとか、2階の寝室から一階のトイレに行って、薬を飲んで、また寝て。昼過ぎくらいまで寝て、血圧は落ち着いても身体はイマイチ。そのままベッドで、サッカーの試合を見たりしながらウトウト。今日はそんな一日でした。（あ、ブツは出ていない…下剤飲んでないからかな）

「明日は調子良い日だと良いなぁ?」ということで、短めの投稿ですが、休んで回復したいと思います。

いつも読んでいただきありがとうございます！

2023/09/23熊谷翼

158／選択ミスを後悔しない（2023年9月24日 22時11分）

2023年9月24日（日） がん告知から158日目 ※1178文字

こんばんは。

日本女子バレー惜しかったですね…敗因よりも相手が強かった。今日はバレーの試合を観ながら、自分の体験も踏まえてのお話をしたいと思います。

「違う選択肢を選べばよかった後悔」というテーマです。

▼その選択は?

物事でうまくいかなかった時に、『あ〜、あっちにしておけば良かった』『最初に思った方を選べば良かった』そうやって〝選択ミス〟したことを、〝後悔〟してしまうことがあります。けれども、その〝選択ミス〟を選んだのも自分だし、仮に選択した結果が良ければ、〝あっちにしておけば〟や、〝最初に思った方を…〟という後悔はありません。それは、後悔ではなく「うまくいかなかった言い訳」であって、こじつけです。うまくいかなかった原因を、自分の〝選択ミス〟にして、あるいは何かのせいにして、片付けてしまおうと。

けれども事実として大切なのは、〝選択〟したところで、うまくいかなかった原因を考えることです。それは、単純に〝選択ミス〟ではなくて、結果が出なかった原因があるはずで、その原因を次に活かさないと、また「選択ミスのせいにする」癖が抜けません。僕も過去には「選択ミス」を理由に、自分のことは棚に上げて、イラついていたこともありました。選んだ場所(こと、もの)で結果を出せば済む話で、結果が出なかった原因を、「選択ミス」という曖昧な理由付けにすることはよくありません。(自戒を込めて)

どう考えても、「選択ミス」であれば、その選択ミスをした原因を突き止めないと、再度選択ミスは起こるし、それが、たまたま起こった、偶発的なものであれば、諦めることも必要です。なかなか自分が思ったようには事は進みませんし、それが他人や環境を含めるなら、自分の思い通りには99%いきません。

自分の理想的なイメージを持つ事は大切ですが、そうならなかった時に、安易に「選択ミス(他のせい)」ではなく、なぜ結果を出せなかったのか。なぜその選択をしたのか。それは偶然か、必然か。その部分をきっちり考えて、割り切れることは割り切り、やり切れることはやり切って、同じような状況になった時に、同じミスが起こらないようにするだけです。

行動をしていれば、チャレンジをしていれば、ミスも偶然も起こり得ます。

その原因の大半は自分にあって、自分がうまくできなかったことを、都合よく「何かのせい」にするのではなくて、自分自身が反省をして、次に活かす分析をしていきましょう。(自戒を込めて…2回目)

僕も10月から、色々と修正をしたり、方向転換をしたり、チャレンジをしたりお願いをしたり…その選択がうまくいかなければ、分析して修正して、うまくいくまでやり続けます。

27歳で独立した時も、10月でした。

10月って動き出したくなる月なんですかね？(笑)

2023/09/24熊谷翼

159／インタビュー歓迎

(2023年9月25日 23時26分)

2023年9月25日(月) がん告知から159日目 ※1326文字

こんばんは。

突然ですが…一言だけ言わせてください。飲食店にある筒状の箸入れに、ギュウギュウに箸を詰めるのをやめていただけませんか？ 箸が取れなくて、ようやく一本取れたと思ったら何本かついてくるし。よろしくお願いします。(直接言えずにいます。)

さて、今日は**「インタビュー歓迎」**というテーマで、告知的なことを書きたいと思います。

▼インタビューを受けています

がんの告知を受けてから、インタビュー(DMやzoomなど)を、受ける機会が何件かあります。**『え？インタビューして良いの？』**と、思われている方も中にはいると思うので、目的が明確であればＯＫですよ！というお話しです。

インタビューと言っても、公になるような（テレビや新聞など）媒体からは、オファーがありませんが（受けた際は報告します）、個人からのオファーは何件か。

オファーがあったのは…

・**がん患者本人**
・**がん患者家族**
・**学校の先生**
・**大学生**
・**部活の指導者**

がん患者さんや家族からの質問は、おおよそ検討がつくと思いますが、先生や学生や指導者からって、想像がつかないかもしれないですね。（僕も最初はそうでした）

学校の先生は、授業で「命」や「人生」を伝える際の、エピソードトークとして使わせて欲しいと。告知された時からの心境や、ポジティブに捉えるメンタルなど。

大学生は、「入院生活」や「がんになってからの人間関係の変化」などを、卒論のテーマにしていて、実際に入院をしていたり、がん患者さんにインタビューしてるそう。

指導者は、逆境（がん）からのメンタルの整え方や、伝え方（文章）を教えて欲しいと。

▼インスタライブ始めます

明らかに興味本位（冷やかし、茶化し）で聞いてきたり、治療法などについて論じてくる方は、無視させていただきますが、僕の体験や考えが、何かの（誰かの）参考になるのなら（目的が明確なら）、インタビューや質問相談にはお応えしています。

もしかすると、直接インタビューをすることはなくても、他の方の質問やインタビューを聞いて、『私も聞きたかったことだ』とか、『あ、それ気になる』ってことがあるかもしれないので、インスタライブでインタビューに答える会をやっても良さそうですね。（質問相談回答と併せて）

ということで、不定期開催とはなると思いますが、（開催前はストーリーで告知します）インスタライブを10月から始めますね！

※こっそり観られる方も多い気がするのでアーカイブを残す形で

あとは、お話し会もインスタライブかYouTubeにて行うように準備をしています。（今は会場などの検討中です）コロナがまた流行しているので、当分はお客さん抜きでの開催となると思います。

ということで、10月から新しいことを始めるために、準備をしています。「誰か」のチカラになれたら嬉しいです。応援してください！

▼最後に

今日は比較的、体調は良かったです。血圧もやや高めでしたが、不調になるほどではなく、昨日は排便がなく（予兆はあるけど出ない）今日はすんごく硬くりょうも少なかったの

で、夜に下剤を飲みました。（明日は下腹部痛決定です）
それでは、おやすみなさい。

2023/09/25熊谷翼

160／他人のせいにする人＝学ばない人

（2023年9月27日 00時36分）

2023年9月26日(火)　がん告知から160日目　※2524文字

いつもお読みいただきありがとうございます！
初めての方もありがとうございます！
この時期の朝夕の車のエアコン。「AC」オンで26℃設定だと寒いし、かと言って「AC」切るとモワッとするし。27℃設定にすると生暖かくなるし…なかなかうまいこといかないものですね。（長袖羽織って26℃にしてます）
さてと、今日は**「誰かを責めて逃げるな」**というテーマで書いていきます。いつもの思いつきテーマです。着地点は現時点では定まっていません。

▼同じミスを繰り返して他人のせいにする人

何か失敗をした時…例えば、仕事で自分がミスをした時に、**『○○さんも同じミスをしたことがある』『上司から教えてもらってない』**など、誰かの（何かの）せいにして、**「自分はミスってない」**と逃げる人がいます。素直にミスを認めて、『次から気をつけます』と口だけではなく、ミスの分析をして、リスク回避をして同じミスを起こさなければ済む話。
ところが、今までそれをせずに、他人のせいにしてきたから、同じようなミスを起こした時に、平然と他者のせいにする。（そういう対応しかしてないから毎回他人のせい）
『素直じゃないな～』（素直に認めたら済むのに）
↓
『もったいないな～』（成長するチャンスなのに）
↓
『また同じこと繰り返すと思うな～』（それで評価落としちゃうな）
見ててこう思っています。そして、こういう方に限って、自分から学ぼう（覚えよう）としない。聞かれればなんでも教えるのに聞かない。（タダで学べるのに勿体なさすぎ）というか学ぶ気がそもそもない。**『私は今のままでいいです』**とか言う。（今のままって〝**レベル1**〟にもなってないんですけど）

▼学ぶ人と学ばない人

先輩や上司がいるのなら、あるいは自分よりも知識や技術が優れている人がいるのなら、**『教えてください!!』**と言えば、大抵の人は教えてくれるのに教わらない。特に先輩や上司なら、**『飲みながら教えてください!!』**って言えば、コミュニケーションは取れるし、酒代は出してくれるし、教えてくれるし〝**一石三鳥**〟にもなるのに、自ら教わらない。本来自分の知識や技術を高める時には、**お金を払って学ぶ**んですよね。ところが**会社からお金を貰っているのに学ばない。**ある意味「すごいなぁ」と思います。**（そのレベルで給料低いとか何故言える？）**

（自慢話ではないですが）僕は講師やコンサルをしています。起業もしましたし、「介護分野」の講師・コンサル、「集客」の講師・コンサル、（実際に自分でも３００人集客を３年やりました）「メンタリング」のコンサルをしています。教える時には〝講師料〟をいただいています。マンツーマンでは〝コンサル料〟をいただきます。

けれども、同じ社内の人に教える分には、〝お金はもらいません〟けれども自分から学ぶ人はいない。外部の人はお金を払って学びにくるのにです。**なぜ学びに来ないのか？**は、『自分から聞きにくいから』『時間がないから』言い訳は山のように出てくると思いますが、根底には**「今のまま（レベル０）でいい」**があるからだと思います。

そして、「今のまま」でいいと思っている背景には、**「外の世界を知らない」**もう少し噛み砕くと、**「他の会社（事業所）やスタッフのレベルを知らない」**です。飲食店スタッフとして働いているのに、スタバの接客を知らないってありえないですよね？

※ちなみに人材確保術もスタバはとても参考になります

おそらく、**『今のままってことはレベル０ですよ？』**って言うと、「キーーッ」ってキレると思いますが、それは**「自分は並のレベルにはいる」**と思い込んでいるんですね。（外の世界を見ていないから）外（他）の世界を見てきた人は、その会社や経営者やスタッフのレベルは分かるんです。（もちろん、僕のレベルも）

僕からすると…**『仕事が遅いなぁ』『仕事が雑だなぁ』『そもそも仕事じゃなく作業だからソレは』**って思うことがありますが、

本人的には…**『私は仕事が早い』『私は仕事が丁寧』『私は仕事ができる人』**って思ってたりするんですよね。（聞いていなくても分かる）

（僕レベルの話で申し訳ないですが）今までスタッフとして働く人を、２００名以上は見てきましたし、研修やコンサルで関わってきたので、（会社は40社以上）「この人は自分をどう評価しているか」「成長意欲があるか」なんとなく分かるんですよね。

話を戻すと、教われる環境にあるのに、**教わろうとしない「自己評価が高い人」**が、**自分のミスを他人のせいにする**傾向にあるなぁと感じています。（あくまでも２００名以上を見てきた主観です）

学ぶ人は、自ら学び素直に学んでいます。

「自分はまだまだ（無知）だ」と、自分の足らなさを客観視できているからこそ。（側から見るとレベルは高い人が多い）あなたはどうですか？あなたの同僚はどうですか？あなたの上司はどうですか？あなたの会社の経営者はどうですか？

余談ですが…僕は〝人材育成〟でも法人に関わりますが、

「学ばない人が多い会社」は**「離職率」**が高いです。この話はコンサル内容にもなるのですが、簡単にお伝えすると…

「1年以内に離職する人が多い」のは、「社内の雰囲気が悪いから」「3年以上働いた人が離職していく」のは、「(個人も会社も)成長が望めないから」「1年以内」の場合は、元々いるスタッフが性格悪いor陰湿orその職業に自分が合わなかった。

「3年以上」の場合は、経営者やリーダーが無勉強or無能力or無向上心(経営者なら無野心)離職率が高い層により、対策は変わりますが、ベテランさん(能力が高い人)が辞める理由は…**「給料が上がる見込みがない」「自分が成長できる見込みがない」「会社が大きくなる見込みがない」**だいたいは、この3つです。

今日の話が、何かの参考になれば嬉しいです。

▼最後に…

それと、(下剤の影響により)下腹部痛が朝から…昼過ぎにようやく落ち着きました。(キリキリした痛み嫌い)体重が落ちてきているので、今の体重はキープしたいところです。
(がん悪液質の影響)

それでは、また明日!

2023/09/26熊谷翼

161／10月になりますね

(2023年9月27日 21時19分)

2023年9月27日(水) がん告知から161日目 ※1319文字

こんばんは。

平日の昼間から、本屋さん(アダルトの)に行く人の、エネルギーを分けて欲しいと思っています。というより車モロバレするよな?(笑)その強靭なメンタルも分けて欲しい。

昨日の投稿は、緩く書き始めたものの、終盤につれ結構ガチガチになったので…今日はゆるりと「10月に向けて思うこと」を書いていこうと思います。

←昨日の投稿はこちらから
(**「160／他人のせいにする人＝学ばない人」P.367参照**)

▼もうすぐ10月

気付けばもうすぐ10月に入りますね。がん告知を受けたのが4月20日。その時には「10月を迎える」イメージは1ミリもなく、ただただ「がん」のことだけを考えていました。
(**「0／明日が始まり」P.21参照**)

10月中には告知から半年になります。毎年毎年「一年は早いなぁ」と思っていたけど、今年はすっごく「遅く」感じていて、「一日」の時間の進みもゆっくりに感じます。ベッドで休んでいたり、体調が良ければ仕事や散歩に行きますが、39年間してこなかった**【ゆっくり過ごす】**をしているせいか、時間がゆったり過ぎているように思います。来週には**11サイ**

クル目の治療。併せて血液検査とCT検査も行うので、「がん」の進行や治療効果が分かります。

#ドキドキしかしない

ちなみに…10月3日の15時から、インスタライブをやる予定です。

インスタアカウント

https://www.instagram.com/kumagaitasuku/

※リンクが反映しないのでコピペで検索お願いします

10月を迎えると、だんだんと〝年越し〟や〝来年〟のことを考えていくのでしょう。

「来年はどんな年になるのかなぁ(厄年)」4月には「死も覚悟」をしていて、来年のことなんて考えられなかったし、インスタライブとか頭になかったけど、身体が細胞が頑張ってくれていて、**「まだやれるよ」**と言ってくれている気がしています。

冬の寒さが身体にどう影響するかは分からないけど、未来(先)のことを少しだけ考えられるようになったことが嬉しいです。

まだまだ、副作用とか普段の体調は安定しないですが、それでも「まだやれる」のだから、その時にやれることをやっていこうと思います。

#バキバキに仕事したいなぁ

健康とか、身体が思い通りに動くって、当たり前じゃないってことを、つくづく感じています。健康であれば、身体が不調なく動くのであれば、今まで以上に仕事をして稼ぎたいなぁと思っています。それが今のところの目標です。

健康なあなたは何を頑張っていますか?身体が思い通りに動くあなたの目標は何ですか?

▼最後に…

今日は朝から高血圧…普段の朝は、胃?腸?がモヤモヤしていて、手は痺れていて、歩くのは膝に手をつけて爺さんみたいに歩いて。

そこに高血圧が加わると、頭がモヤモヤして、あぶら汗が出て、呼吸は早くなって、立ちくらみがして…そんな朝でした。(これが日常的です)スッキリ元気に目覚めたい!なんか良い方法やドリンクみたいなものとかありますかね?

#教えてください

栄養ドリンクは肝臓に良いそうで、あとは水を毎日3リットルくらい飲むので、お水やお茶不足です…優しい方からの支援もお待ちしています。

※枕はそのうち買う予定でリストに入れてました(笑)

(Amazon「**ほしい物リストを一緒に編集しましょう**」

https://www.amazon.co.jp/hz/wishlist/ls/3FUBFS89TMKS3?ref_=wl_share)

2023/09/27熊谷翼

162／10月から始めること

（2023年9月28日 23時33分）

2023年9月28日（木）　がん告知から162日目　※1830文字

こんばんは。

突然ですが…threads（スレッズ）やっていますか？ Twitter のインスタ版です。

（Threads「熊谷翼（@kumagaitasuku）・Threads でもっと語ろう」https://www.threads.net/@kumagaitasuku/）

こちらでは、不定期に適当な呟きをしています。こちらでの文脈とは違い、日常思ったことを呟いています。最近呟いたのは、「回転寿司に行ったら隣の人が酢飯の《80倍》酸っぱい匂いがした」です。何も得ない投稿に興味のある方はどうぞ（笑）

さてと今日は、「10月に向けて進めていること」というテーマで書きます。

それではどうぞ。

▼①新規インスタアカウント

「10月から新しいチャレンジをするぞ！」と、意気込んでいた僕ですが…その第一弾として、新規インスタアカウントの作成です。

←インスタのリンクはこちらからコピペで。

https://instagram.com/kumagai.mental/

こんな感じの投稿をしていく予定です。今はまだ色々とテストも兼ねているのですが、僕が「がんになって得たこと」を、文字で簡単に発信していきます。

この note 投稿の他に、インスタ投稿用の画像作成もしていますが、これが楽しくて楽しくて。今までは個人のインスタにも、「がんエピソード」を投稿していましたが、それとは別に、「学び」に繋がる投稿だけをするアカウントです。

よろしくお願いします。

▼②LINE 開設

こちらも10月から運用開始をするものとして、「LINE での発信」です。個人 LINE とは別の「ビジネス LINE」ですね。友達登録をすると、僕からの情報発信が LINE で届きます。例えば…インスタライブの案内や、イベントの告知など…あとは問い合わせにも対応できるので、「案内＆問い合わせ窓口」として運用します。10月に入ってから公開します

新しいインスタアカウントの投稿より

こういう投稿をするアカウント

ので、そちらもよろしくお願いします。

▼③活動支援サイト開設

『まだあるんかい!!』ですが…とりあえず現時点で公開できるのは、この③を含めて3つだけ。

この「活動支援サイト」は、以前からお願いしていた「Amazonの支援」とは別で、簡単に言うと、活動資金を集めるためのサイトです。（情報発信含め）今後活動を続けるにあたり、正直なところやっぱり「お金が必要」です。会場を借りてお話会をするにしても、（オンラインでするにしても）

会場費はかかりますし、参加費を徴収できれば良いですが、そうなるとお手伝いや消毒などの備品代もかかります。インスタ投稿の作成も、自分でやっているとはいえお金はかかっています。LINE開設も（無料でもできますが）有料プランで開設をします。

そうなると、活動を継続するには資金が必要で、これまでは自腹で行っていましたが、（がんになり収入は減っています）

そこも今後の継続を考えると、今のうちから準備をしておかないと、「いずれ活動が終わる」と思っています。趣味程度でやれば良いかもしれませんが、僕としてはこの「情報発信」をしっかりとお届けしたい。

そのためには「活動（継続）資金」は必須だと。サイトについては現在BASEで準備中ですが、支援いただいたお金は、（お話会の参加費のように）事業所得として計上し、きっちりと確定申告をしますので、適当に使うことはありません。

こちらも準備が整い次第、改めての説明となりますが、活動を応援してくれる方や、インスタライブや動画をみてくれた方が、参加費として支援をしてくれるような仕組みができると、活動を継続することができるし、逆に集まらなければ、「ニーズが無い」と分かるので、その時には情報発信も検討する基準にもなります。

こちらも10月からよろしくお願いします。

▼最後に…

今のところは、この3つを準備しています。これらが軌道に乗ったら、以前話した「サポート団体」の方にも着手します。「情報発信」→「活動費を作る」この流れがないと、どんなに良いことも続かないので、まずは今は3つをなんとか形にしたいです。

話は僕の近況報告に変わりまして…（興味あります？笑）今日は比較的体調も良くて、血圧も落ち着いていました。でも冷たい飲み物とかは、まだ唇が痺れるし、手足の冷感刺激も弱くはなったものの残っているので、抗がん剤治療を続けるごとに蓄積しているような感じですね。（くるぶしソックスは足がピリつくので履けません）

#ファミマソックス神

明日も体調安定してると良いなぁ〜。

おやすみなさい！

2023/09/28熊谷翼

163／5年生存率16％

（2023年9月29日 23時40分）

2023年9月29日（金） がん告知から163日目 ※1972文字

いつもお読みいただきありがとうございます！

昨日先輩がLINEで、『最近の熊谷くんと重なって見える』と、YouTube動画が送られてきました。

↑お時間ある方は是非！

（YouTube「**【NBA】デリック・ローズの物語。度重なる怪我を乗り越え、全世界に希望と勇気を与えた奇跡のパフォーマンス。彼はなぜ試練を乗り越えることができたのか。**」

https://www.youtube.com/watch?v=_daz8-FFHfE&t=10s）

デリック・ローズ

デリック・マーテル・ローズ

（Derrick Martell Rose，1988年10月4日—）は、アメリカ合衆国イリノイ州シカゴ出身のプロバスケットボール選手。NBAのメンフィス・グリズリーズに所属している。ポジションはポイントガード。NBAシーズンMVPの史上最年少受賞者である。

Wikipedia より

独立してからの僕を近くからも遠くからも、見ていてくれた先輩なので、**〝地に落ちた〟**ことも知っているし、そこから**〝這い上がってきた〟**ことも知っていて、今はまた**〝がん〟**を患っても、新しいことをしようとしていることに、**「重なった」**と思われたのかと。（色々とあったんです…）

それにしても、デリック・ローズ選手はカッコ良過ぎる。

さて、今日は「生存率」について、書いていこうと思います。（暗い話ではなく、問いかけです）

それでは。

▼5年生存率

改めてになりますが…僕は「S状結腸がん」の〝ステージⅣ〟です。（肝臓に転移しています）それを基に生存率を調べると…

大腸がんの5年生存率は【18・7％】

結腸がんの5年生存率は【16・5％】

出典：大腸がん（結腸がん・直腸がん）治療—国立研究開発法人 国立がん研究センター、大腸がん 2013—2014年5年生存率—国立研究開発法人 国立がん研究センター

どの**〝がん〟**であっても、**〝ステージⅣ〟**となると**16％**前

後です。出典先のデータが古いので、現在はもう少し改善されているとは思いますが、とは言え、16%くらいってことです。　100人いたら84人は、5年経たずに死ぬってことで、おそらく、ほとんどの〝がん患者〟さん（家族）は、この**〝生存率〟**への不安や恐怖を、背負って生きています。**『5年以内に死ぬ可能性が高い』**って、考えたら不安になるし怖くないですか？（鬱になったり自殺する人もいます）

でもさ!!　視点を変えて考えてみたら…そんな恐れることでもないのかもしれない。

▼5年後に生きている確率

僕が、5年後に生きている確率は16%です。では…**『あなたが5年後に生きている確率は？』**どうでしょうか…**『100%に決まってる!!』**と、自信を持って言えたでしょうか？　そう言う僕も、100%とは断言できないし、がんで死ぬ確率は84%だけども、事故に遭うかもしれないし、他の病気になるかもしれない。

そう考えると、**「5年後に生きている確率は100%とは言い切れない」**がんじゃなかったとしても、100%とは言い切れないと思っています。（言い切るメンタル強い人もいると思うけど）

結局言いたいことは、がんだろうと、健康だろうと、**「5年後に生きているかどうかは、誰も分からない。」**ってこと。冷たい言い方かもしれないけど…**考えても答えが出ない。不安になっても状況は変わらない。考えても無駄だし、不安になっても意味がない。**そう割り切っています。

僕の場合なら、5年後に生きているかもしれないし、5年以内に死ぬかもしれないし、それは自分も医者も分からない。

分かることは**「今は生きている」**ということ。僕は医者に、**『治療は半年から1年はかかる』**と言われて、泣くほど嬉しかったです。（母親が隣にいたから泣かなかったけど）

告知前に色々と調べていて、生存率ももちろん知っていたから、**『1年は生きられるんだ〜』**って、すぐ死ぬわけじゃないって分かって、素直に嬉しかったんですよね。生きていることが当たり前、明日が来ることが当たり前、僕も告知から半年になる現在は、明日が来ることが当たり前になりつつあって、（それはそれで幸せですが）

時々、左脇腹（結腸）と右脇腹（肝臓）の痛みが出て、その度に、『あ、生きているのは当たり前じゃないんだ』と、気付かされます。

痛みが〝当たり前じゃないこと〟を、思い出させてくれながら、普通の生活を普通にできている**【今を生きている】**なら、それで良いじゃん！って。

人間最後には必ず死ぬし、いつ死ぬかは分からないけど、僕は5年以内かも？と思って生きているから、

死ぬ時は後悔はあまり残らないんじゃないかな～と思っていて、それはそれで幸せだな～と。突然死ぬよりも覚悟できてるし。（延命治療はしたくないです！）

だから、今できることや、始めたいことにはチャレンジして、失敗しても成功しても、やることに意味があって。

「がんのことだけを考えて生きる」ではなくて、**「今と未来を楽しんで生きる」**生き方をしていきますね。

あなたはどうですか？

生きていることが当たり前になっていませんか？

2023/09/29熊谷翼

164／新しいInstagram

（2023年10月1日 00時14分）

2023年9月30日（土） がん告知から164日目 ※1663文字

こんばんは。

家の中にムカデ？が侵入していました。心よりご冥福をお祈りいたします🙏

さてと、今日は「クマガイメンタル」という、新しいInstagram のアカウントの解説？をしたいと思います。インスタを知らない親父には、意味の分からない回になります。（親父もこの note 読んでます笑）

▼新しいインスタは「メンタル専門」

（https://instagram.com/kuma.mental/）

※10月3日アカウント名変更しました。

アカウント名を、「クマガイメンタル」にしている通りに、メンタル分野に特化したアカウントになります。今までも、〝メンタルマネジメント〟に関しては、個人の方へコンサルをしてきました。

（詳細はメッセージか、kumagaitasuku@gmail.com まで）

SNSでは、時々メンタルについての投稿をしてきましたが、**「もっと知りたい」「note の言葉が響いた（染みた）」**という感想を、コメントではなくメッセージや LINE で頂いています。

※みんな照れ屋だからコメントは残さない（笑）

個人のアカウントでは、投稿の統一が難しいので、新しいアカウントにて、「メンタル」についての投稿をしていきます。

▼ポジティブとネガティブ

メンタルと言っても、本来は対象者によって扱うスキルは異なります。

例えば…めっちゃ落ちてる方へは、カウンセリングやヒーリングだし、モチベーションを上げたい方へは、コンサルティングやコーチングだし、モヤモヤしている方へは、メンタリングやメンタルマネジメント。だから、その人の今の状況により、**「響く言葉」**も違って当然で、新しいインスタの投稿も、**「全員からの共感」は〝求めていない〟**ある方にはは響くし、ある方は当たり前のことじゃん！ってなるし、それで良いと思っている。置かれている状況が変わって、分かることもあるし響くこともあるし、意図や背景が分かることもある。

置かれた状況で変わるのがメンタルだし、不安定なのもまたメンタル。その不安定なメンタルを整える時には、安定した(いつもと同じ)モノに触れることで、自分がポジティブなのか?あるいは悲観的にネガティブになっているのか？それが分かってくる。

#メンタルの指標

僕の変わらない投稿を見て、**『はぁ?偉そうに』**って思ったとしたら、メンタルは不安定だろうし、**『あ〜、なんか泣けてくる』**となっても、メンタルは不安定。**『そうよね！その通り！』**となれば、メンタルはポジティブになっている。ネガティブも悪いモノでもないし、ポジティブだから良いってわけではない。

大事なのは自分のメンタルが、上がってるのか下がっているのか、ニュートラルなのかを知ること。

#メンタルの指標を自分で知ること

そういう狙いもあって、(自分も含めてね)メンタルアカウントを作りました。

個人コンサルをしている方への、メンタル指標も兼ねています。(そこがキッカケだったりしています)

メンタルは不安定で当然。大事なのは自分の「今のメンタルを知ること」ネガティブを悲観することはないし、無理にポジティブにする必要もない。(疲れるし)

『あ〜、こういうことがあるとネガティブになるんだぁ』『この人といると前向き(ポジティブ)になれるんだぁ』って、自分のメンタルの動きを知ることが大切。(僕が元々ネガティブだったから気付けたこと)

ちなみに、一緒にいてネガティブになるような人とは、距離を置いた方が良いです。人は他人の影響をモロに受けますから。

▼最後に…

今日も最後まで読んでいただきありがとうございました！

今朝は下の血圧が100超で、薬を飲んで少し寝たら、血圧も体調も復調したので職場へ…雨のせい?寒すぎて午後からは休んでいました。

この気温で手足の冷えがヤバいので、冬はスキーウェア着て過ごさないと…?(笑)

それではまた明日！

2023/09/30熊谷翼

165／来週から11サイクル目

（2023年10月2日 00時31分）

2023年10月1日(日)　がん告知から165日目　※1467文字

こんばんは。

今日は実家で久しぶりのBBQ！

前回は〝4月30日〟CVポート手術の前日であり、新聞記事になった出来事があった日。あれから5ヶ月が経って、家族からはその時より「顔色が良い」と。（自分は毎日見てる顔だから顔色も分からないけど）久しぶりにお肉を食べて、良い時間でした。

さてと…今日の内容は**「11サイクル目を前に」**というテーマで、今の心境を書きたいと思います。（4月30日からの回想も込みで）

▼抗がん剤治療が始まるまで

最初にも話した通りに、今日は実家でBBQをしました。

『前回は4月30日だったね』という会話から、告知10日後にBBQをする家族も、なかなかポジティブだと振り返りながらも、告知をされた4月20日から10日。あの時は体調も優れず(がんの痛み)、この先の不安と心配をしていたのが正直なところです。『考えても答えが出ないことを考えるな！』と、発信しているにも関わらず、「とは言え…考えちゃうよね…」って。でもそういう気持ちを、吹き飛ばそうとBBQを企画してくれて、（たぶん家族も不安を紛らわそうと）あの日から、がんの治療が始まったと思います。

（「11日目／明日はCVポート増設手術！」P.40参照）

「がん治療」をbreaking downとか言って、この頃は「がん＝敵」として見ていた頃。なんだか懐かしいです。

（「12日目／CVポート埋め込み(増設)痛みは？費用は？時間は？術後は？」P.42参照）

ゴールデンウィーク明けすぐに治療ができるよう、手術だけ先に手配してくれた担当医にも感謝。この時にはまだ「BRAF遺伝子変異」を知らず…後に、がん細胞を無秩序無限に生成する指令を出す、「BRAF遺伝子変異」の陽性が分かりました。

※ちなみに陽性になるのは全体の5％

僕の身体の細胞の一部が、「BRAF遺伝子変異」を起こし、がん細胞をとんでもないスピードで、大量に作り続けた結果…大腸から肝臓に転移して、さらに増殖しまくって、それが脇腹や肩や胃へ痛みを広げ…そこでようやく異変に気付いた。って流れですね。#気付くのがもう少し遅かったらヤバかった

そして、化学療法(抗がん剤治療)が始まりました。

▼11サイクル目突入

最初の抗がん剤治療をした時に、胆嚢炎を起こしました。急速に増殖するがん細胞と、抗がん剤がぶつかって、肝臓近くの胆嚢が炎症を起こした。

（「23日目／胆嚢炎(たんのうえん)？」P.58参照）

この時は息も出来ないくらい痛かった。（というか息も出来なかった）
→
これを同級生に話したら、お産はそれより痛いって言っていて、母親って偉大だな…と思いました。

話を戻して…この時以降は、胆嚢炎も起こらなくなったので、安心して治療をしています。（胆嚢炎を起こした時は入院延長で、そのまま2サイクル目に突入）来週からは「11サイクル目」こう振り返ると早いんですが、1日は長く感じる。不思議な感覚…寒さのせいか？副作用が残っているのか？手足のピリピリ（冷感刺激）は、完全には取れずに次回の治療に入るのは初。

だんだんと、この冷感刺激が残るのかな…
#考えても仕方ない
今回は、血液検査（腫瘍マーカー）とCT検査もあるので、がんの状況が分かります。分かり次第、報告しますね。『良くなっていると良いな』11回目の抗がん剤治療！ファイト！
▼**最後に…**
僕の今後の活動資金を集めるためのサイトを作りました。その説明は明日の投稿にてさせていただきますが、一応リンクを貼らせていただきます。併せて、Amazonの支援リンクも貼らせていただきます。まだまだ治療は続きますが、新しく「がんでの気付き」を発信したい。

どうぞよろしくお願いします。

2023/10/01熊谷翼

（「熊谷翼オンラインショップ KUMAGAI TASUKU SHOP」
https://tasuku.official.ec/）
（Amazon「ほしい物リストを一緒に編集しましょう」
https://www.amazon.co.jp/hz/wishlist/ls/3FUBFS89TMKS3?ref_=wl_share）

166／応援&支援サイトについて（2023年10月3日00時47分）

2023年10月2日(月)　がん告知から166日目　※2978文字

こんばんは。

アジア大会!!ソフトボールにバスケに陸上に、日本人大活躍!!ホントすごい!!　みんな凄いけど…僕はやっぱり「池江璃花子」選手。
※誕生日一緒です
白血病（血液のがん）を克服するだけでも大変なのに、トップアスリートとして戻ってくる凄さ。試合に出ているだけで勇気をもらえます。

（tokyo-np.co.jp より「『死にたい』日々乗り越え五輪へ／白血病から復活わずか1年／池江璃花子涙の奇跡：東京新聞TOKYO Web」https://www.tokyo-np.co.jp/）

僕も頑張ろうっと！　さて今日は、「**応援&支援サイト**」

熊谷翼「応援＆支援」

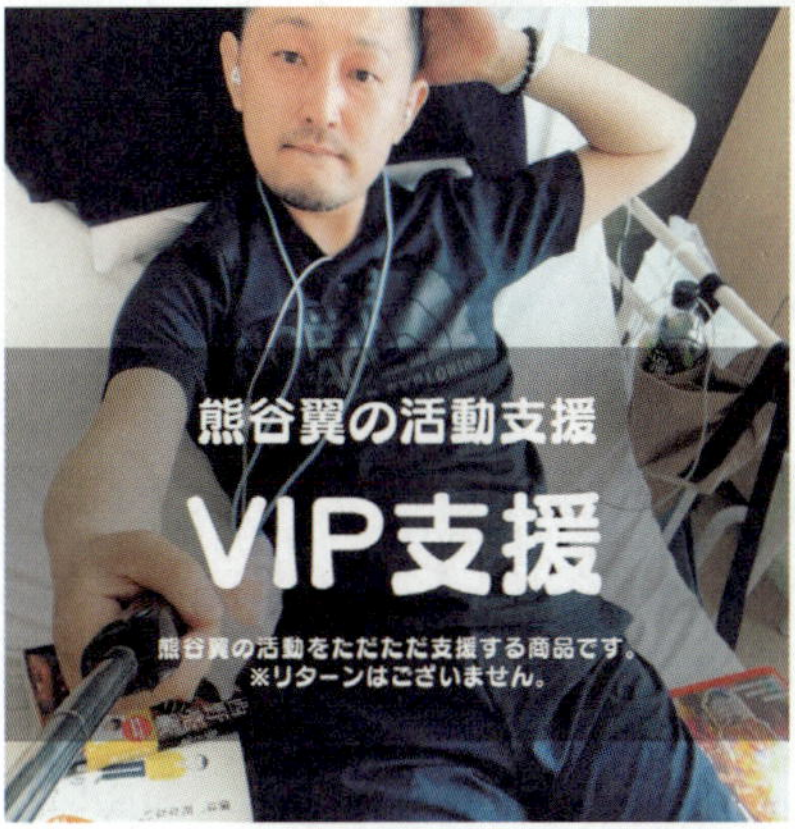

クリックすると商品ページに飛びます（5000円支援）

クリックすると商品ページに飛びます（1000円支援）

クリックすると商品ページに飛びます（10000円支援）

について、僕の考えや思いを書きたいと思います。

▼サイトについて

（「熊谷翼オンラインショップ KUMAGAI TASUKU SHOP powered by BASE」 https://tasuku.official.ec/）

→ こちらが「応援＆支援サイト」です。BASEというネットショップにて、商品（支援）を販売している形になります。

現在は、3パターン（金額の違い）の支援を販売しています。これらはどれも、商品（支援）でありますが、リターン（商品）はありません。支援（購入）をしていただいた資金を、僕の活動経費に充てさせていただく為のサイトです。購入（支払い）方法は、クレジットカード、振込、携帯決済などがありますので、ご支援をいただけたら嬉しいです。それよりも、『なぜ応援サイト？』と思われる方が多いと思うので、僕の考えと思いを次に書いていきます。

▼応援する人とされる人

現在、Instagram や note にて、情報発信をしています。誰に言われた訳でもなく、自分で進んで始めました。最近では、Instagram で新しいアカウントを作り、情報発信をしています。

（「164／新しい Instagram」P.375参照）

『自分で勝手にやってる』と、言われればそれまでですが、**「誰か一人の気付きや勇気になれば」**と思って、note や Instagram で発信をしています。今後も発信の幅を広げようと準備をしていますが、それには資金が必要になります。実際に今後必要となるのは…

①Instagram 投稿素材の使用料
②Instagram 認証費
③LINEアカウント指定費
④会場費
⑤機材、備品費
⑥スタッフ交通費
⑦応援（支援）の文化を広げる

① Instagram 投稿素材の使用料

サポート団体は「応援される人」と「応援する人」の架け橋（マッチング）のサポートをします。

Instagram の利用は無料ですが、投稿する際に使用する画像などは、月額課金をして作成をしています。

新しい Instagram アカウント

② Instagram 認証費

Instagram の認証（青色のチェック）を得たいと思っています。本人認証とも言われていますが、月額課金が必要になります。

③ LINE アカウント指定費

フォロワーさんとのやりとりや、質問相談、お問い合わせなどは、公式 LINE を開設して行う準備をしていますが、そのアカウント名を指定するためには、月額課金が必要になります。

④**会場費**

お話会の開催（オンライン）をするにあたり、会場にて行う準備をしていますが、会場費が必要となります。

⑤**機材、備品費**

今後の発信や配信内容により、機材が必要となる場合があります。また、お話会のリアル開催となれば消毒液などの感染対策としての備品が必要になります。こちらは資金の余裕が出てからの検討になります。

⑥**スタッフ交通費**

お話会の開催などをする際には、ボランティアスタッフを募集しますが、「せめて交通費は出してあげたい」逆に言うと「交通費が算出できる見込み」が立ってから、リアル参加のお話会は開催予定です。

⑦**応援（支援）の文化を広げる**

以前、サポート団体を立ち上げるお話をしました。誰かのサポート（支援）をするための団体ですが、サポート（支援）をするためには、サポート（支援）を受けないと継続できません。

主宰者や協力してくれる方が、自腹を切ってサポートをする方が、「ボランティア精神」に溢れていて、共感されやすいかもしれませんが、それは長くは続きません。#被災地のボランティアがその例　サポートをする側がきちんと資金（物資）調達をして、初めて第三者へのサポートが成立しますし、その資金（物資）が継続しないと、活動自体がストップしてしまいます。（一回限りのサポートはサポートではない）

そう考えると、サポート団体を立ち上げたは良いものの、「自腹が切れなくなったら終わり」それでは団体として機能不全なので、「応援（支援）される団体」となるべきで、その為には〝**僕自身**〟応援される人にならないと始まらないし、僕の周りの人が〝**応援する文化**〟を持たないと、続いていかない。『他人のことより自分のことで精一杯だよ』『他人の活動にお金を払うとかあり得ない』僕の周りの人が、こういう考えだとサポート団体は理想論を語っただけになるし、『〇〇円だったら応援しよう！』『頑張ってるから応援するぞ！』という人達が増えない限り、サポート団体は成立しない。その為には、主宰の僕が応援される人になって、応援する文化を広めないといけないな、と。

そして…**熊谷自身の投資**

僕のSNSを見てもらえると分かると思いますが、ほぼ全て「メッセージ」を込めています。**「誰かの役に立ちたい」「誰かの勇気になりたい」**その気持ちが大きいです。

ただ、こういった発信を継続する時間や労力は、本来なくても良いことですし、個人コンサルのクライアント様もいるので、「お金を払って学んでいる人」がいる中で、無料で（しかも課金をしてまで）情報発信をする意味は本来ありません。「勝手にやっているだけ」と片付けられるほど、薄っぺらい発信はしていませんし、発信するための種（インプット）のための、学びや読書も毎日続けています。その情報発信を、応援（支援）して欲しいです！いや、応援してください。
僕が応援（支援）されることで、情報発信の質と量はさらに増えますし、「応援の文化」が出来てくることで、新しくサポートを受けられる人が増えていきます。ハンデがある人や夢を諦めかけている人のサポートを早くやりたい！
こんな感じで、例えば…「夢はウェブ関係の仕事をしたい熊谷翼さんを応援」彼はハンデがあり仕事は、自宅で出来るものに限られるものの、パソコンの購入が難しく仕事が出来ずにいる。そんな彼をサポートします。こんな感じです。（ざっくりですが）
これを地域密着でやっていきたい！その為にはまずは僕が頑張らないと！『早く実現させたいな～』『情報発信は自分の金でやれ』と言われたら、その通りで自分のお金でやります。（というか、今もやってます）僕は「情報発信の次のステップ」を考えていて、そのためには応援が必要なんです。（1人ではできないし続かない）というお話でした。賃金は上がらないし、物価は高くなる一方だけど、「普通に仕事」が出来て、「普通に生活」が出来ることを、夢見ている人も沢山いることを忘れてはいけない。仕事があって生活が出来ているのは、〝恵まれている〟って知らなきゃいけないし、〝当たり前〟と思ってはいけないと思う。

▼最後に…

今朝は血圧高めでしたが、まぁまぁな体調でした。陽が落ちると一気に寒くなりますね…手足がピリピリで、動きも鈍くなりました。朝夕は、靴下も上着も、すでに冬物を着用しています。みなさんも、寒くしないようにしてくださいね。いよいよ11サイクル目!!

2023/10/02熊谷翼

167／血小板低下（骨髄抑制）

（2023年10月3日 21時05分）

2023年10月3日（火） がん告知から167日目 ※1212文字

こんばんは。
新しいInstagramのアカウントですが、「一新」しましたので、お時間ある際に覗いてみてください。
（https://instagram.com/kuma.mental/@kuma.mental)

@kuma.mental

僕の顔は一切出さずに、「熊谷」からの「熊」をメインにしました。投稿も全て作り直しました。よろしくお願いします。
さて、今日からしばらくは、**「11サイクル目の近況報告」**をしていきますね。それでは。

▼血小板低下と骨髄抑制

血液検査の結果、「腫瘍マーカー」は緩やかに低下していました。※前回も同じく横ばい
今回初めての結果が、**「血小板」**の低下でした。これは抗がん剤治療の副作用で、**「骨髄抑制」**と言われるものです。この副作用が出たのは初めてですね。

骨髄抑制とは

多くの抗がん剤（細胞障害性抗がん薬や分子標的薬）、放射線による治療でみられる副作用です。細胞障害性抗がん薬は、分裂・増殖の盛んながん細胞に働きかける作用が強い一方で、同じく分裂・増殖の著しい健康な骨髄細胞にまで作用してしまいます。分子標的薬も同様に骨髄抑制を引き起こすものがあります。放射線療法では、放射線の当たる部位や照射量によって、骨髄抑制がみられる場合があります。骨髄抑制によって起こる副作用は、白血球・赤血球・血小板など、どの血液成分がダメージを受けたかによっても異なります。例えば、赤血球が影響を受けると「貧血」が、白血球が影響を受けると白血球減少・好中球減少などに伴い「感染症」が、**血小板が影響を受けると「出血」**がみられるようになります。これらの副作用は、吐き気・嘔吐や、見た目にもはっきりと症状がわかる脱毛などの副作用とは異なり、自分では症状を自覚しづらい点に注意が必要です。

https://www.ganclass.jp/confront/associate/marrow
Pfizer Japan Inc. がんを学ぶより

僕の場合は、**「血小板低下」**でしたので、出血しやすくなっている状態。抗がん剤治療の可否は、明日決めるそうです。（「たぶん大丈夫」とは言ってたけども）抗がん剤ってそもそも、分裂が活発な細胞に強く影響するので、（がん細胞も良い細胞も無関係に）なので、骨髄も細胞分裂が非常に活発なため、抗がん剤の影響を受けやすいようです。（熊谷全力調べ）
その結果として、骨髄が血液を正常に造ることができなくなって、それが**「骨髄抑制」**ということです。今日もまた一つ勉強になりました。ということで、明日もまた近況報告をさせていただきますね。
血小板低下も大丈夫そうなら、明日から抗がん剤治療です。

▼最後に…

今日は朝起きて体調イマイチで、血圧も高く…二度寝したら寝坊しました…（笑）
そのあとからは体調はまずまずでした。それでは、また明日。
おやすみなさい。

2023/10/03熊谷翼

(lit.link「熊谷翼／がんサバイバー」(リットリンク)
https://lit.link/kumagaitasuku)
(Amazon「ほしい物リストを一緒に編集しましょう」
https://www.amazon.co.jp/hz/wishlist/ls/3FUBFS89TMKS3?ref_=wl_share)
(「熊谷翼オンラインショップ KUMAGAI TASUKU SHOP powered by BASE」https://tasuku.official.ec/)

168／11サイクル目突入

(2023年10月4日 19時38分)

2023年10月4日(水) がん告知から168日目 ※659文字

こんばんは。

入院中に、「インスタ投稿用の素材」を、10個くらい作ろうと意気込んだものの…なかなか頭が働かず…やっぱり身体動かしたり刺激がないと、なかなか頭も働かないですね。

さて、今日から無事に「化学療法」が始まりましたので、今日も近況報告をしていきます。

▼11サイクル目スタート

(YouTube「【近況】化学療法(抗がん剤治療)／11サイクル目／がんサバイバー／大腸がん／ステージ4」
https://www.youtube.com/watch?v=pTPsfdwNppw)

→昨日撮影した動画です。

昨日の投稿でもお伝えしましたが、「血小板の低下」ですが、治療には影響が無いだろうとのことで。今日から無事に、「11サイクル目」がスタートしました。無事にスタートして、「ホッ」としています。お昼あたりからスタートして、夕方17時前くらいに最後の点滴を刺して終了。現時点では、手の痺れと冷感刺激が出ています。(手の痺れは前回から残っています)

あとは身体全体の怠さがあって、このあとから身体が火照るのかな…最近気付いたのが、(冷感刺激は唇や舌にも出ているんですが)味覚鈍化もありそうです。あとは舌触りが良くないと食欲低下したりと、なんとなく味覚の変化もありそうな最近です。

というところで、顔も含めた全身の筋肉の動きが鈍くなり、身体は重く怠くなり、手足は刺激に弱くなり…いつも通りの副作用が次第に出てきました。

あと、CT検査に関しては、来週なら外来で行うことになりましたので、進行状況などの報告は来週になります！

▼最後に…

この後は、男子バレーの試合を観ながら、寝落ち出来たらしたいと思います。(昨夜は3時頃まで眠れず…)
それでは！また明日！

2023/10/04熊谷翼

◆SNSでのコメント、メッセージ。支援、寄付、心より感謝しています。ありがとうございます！

169／攻め切る

(2023年10月5日 23時34分)

2023年10月5日(木) がん告知から169日目 ※1746文字

こんばんは。
女子バスケット惜しかったですね…あと2点…最後のシュートが決まっていれば同点延長!? それは結果論ですが、最後まで攻め切った戦いは素晴らしいし、感動もしたし学びにもなりました。
#僕もちゃんと攻め切ろう
ということで、本題に入る前にお知らせです。YouTubeアカウントですが、「あと1人」で登録者**【500名】**になります。弱小アカウントですが、コツコツ投稿をしていくので、**【お気に入り登録】**をよろしくお願いします。
(YouTube「**熊谷翼ーがんサバイバーたすくー大腸がんステージⅣ**」
https://www.youtube.com/@KumagaiTasuku/)
そして、音声配信の「stand fm」こちらの登録者が「あと1人」で**【100名】**になります。こちらも併せてよろしくお願いします。
(stand.fm「癌と共存しながら気付いたことや学んだこと」
https://stand.fm/channels/607590f6be8d4428b9abde4e)
ということで本題です。バスケ女子に触発されまして、今日のタイトルは**「攻め切る」**です。

▼やるぞ!!

『何を攻め切るんだ?』『がんに対してか?』**いいえ、違います。**
答えは**【発信を攻め切る】**です。冒頭の挨拶を少し変えたのも、攻め切るためです。
#攻めます
9月に入ってから、情報発信について、アレやコレやと勉強をして、色々と考えていました。現在メインにしているのは、
・note
・Instagram
がんになる前は、
・stand fm
・Instagram
サブ的に、
・YouTube

・TikTok
こんな感じでした。

現在フォロワーの数で言うと…
・熊谷翼 Instagram【1260】
・くまメンタル Instagram【25】
・熊谷翼 YouTube【499】
・熊谷翼 standfm【99】
・熊谷翼 TikTok【126】
・熊谷翼 Twitter【222】
・熊谷翼 threads【74】
フォロワーの数で言うと、自慢できる数字ではないかもしれませんが、逆に言うと、**〝こんな僕のアカウントをフォローしてくれている人が、〝こんなにもいる〟**と思えたんですね。YouTube や stand fm は、ほとんど不定期配信でしたが、それでもフォローしてくださっている。

確かに…フォロワー1万人とか憧れますし、「すげー」って思うけど、それはそれ。俺は俺。もちろん参考にしたり勉強させてもらってはいます。けれども、僕のフォロワーさん**【1人1人】**を、数で括ったらダメだ。**1人1人に届けないと！全員に響かなくてもいい!!**

フォロワーさん誰か1人の「勇気」や「学び」になれば良い。バスケを観ててそう思うようになりました。
#バスケ観戦からの転用
ですので、今後は各SNSでの発信を、これまで以上に広げていきます。あとは冒頭の挨拶は、今日のようにアカウントのお知らせなどをしていきますので、ご理解くださいませ。1人1人を大切にしながら、1人ずつでも発信が届く人を増やしたい。そう思っています。

僕はあと何年生きられるか分からない。

だから、ここで手を抜かずに、しっかりと思いや考えを伝え切りたい。そして残していきたい。もしもどこかのタイミングで死んでしまっても、僕の思いや考えが残っていれば、それもまた**〝誰かのチカラ〟**になるはずで。**だったら元気な今やらなきゃ！今を全力で生き切る！**攻め切る！ いつ死んでも後悔ないように、攻め切る！最後のホイッスルが鳴るまで！
※まだ死なないけどね！
▼最後に…
バスケ観戦から自分のモチベーションに転用して、鼻息荒くなっていますが…抗がん剤治療2日目でございます(笑)。

そちらの近況報告を…今日配信の stand fm でも話しましたが、今までの2日目と比べると断然調子は良いです。お昼は親父とラーメン食べにいきましたが、チャーハンまで食べ切りました！

その後は自宅でゆっくりしていましたが、血圧が160／100になっていたので、薬を飲んで休みました。高血圧の方はそこまで不調じゃなかったですが、手の冷感刺激が今まで以上ですね…おそらく外気温が低いせいですね。

室内はエアコン(暖房)で、冬物パーカーを着ていますが、外出時は手袋が必要なくらいです。ちょっとこの寒さと冷感刺激への対応が、今からの季節の課題になりそうですね。とはいえ、体調は良いのでご安心くださいね。

昨日、一昨年と、あまり眠れなかったので、今夜はカーテンを閉め切って明日の昼まで寝ます!(いつもは前回にして朝陽で起きるようにしてる)

おやすみなさい!

2023/10/05熊谷翼

(TikTok「熊谷 翼(Kumagai Tasuku)(@KumagaiTasuku)」https://www.tiktok.com/@kumagaitasuku)

170/メンタルを学びたい人を募集します

(2023年10月7日 22時38分)

2023年10月6日(金) がん告知から170日目 ※2079文字

こんばんは。(現在、10月7日です)

昨夜(10月6日)は男子バレーを観ながら寝落ちしてしまったので、昨夜分の投稿をこれから書きます。本題に入る前にお知らせです。

僕の Instagram のアカウント @kumagaitasuku メンタル Instagram @kuma.mental どうぞよろしくお願いします。

さらに投稿が活発になりますし、様々なお知らせもしていきます。

さてと、Instagram の投稿が活発になる。だったり前回の投稿で「攻める」ということを書きましたが…それらに関連するお話になります。

今日のテーマは**「メンタルを学ぶ」**という内容です。

▼メンタルを学びたい人が増えています

note や Instagram での発信を、がん告知を受けてから、ほぼ毎日投稿しています。それまでは、コンサルやコーチングの内容でしたが、自分が〝がん患者〟になってからは、がんのことやメンタルの発信が増えました。そんな中…**『メンタルに関する発信(だけ)を受け取りたい』『メンタルの勉強をしたい』**との声を以前から複数いただいています。そう言った反応を受け取りながら、Instagram や note での発信をしてきましたが、note は「直前まで書く内容を決めていない」ので、どうしても〝メンタル以外〟の発信もしてしまう。Instagram もメンタルのことだけとは限らない。受け取りたい側が、読まなくても良かった投稿も開いてしまう。

そういうことが起こっているのも事実で、だからこそ、『メンタルの内容だけ』という声が上がっているんだと思います。「ここはなんとか考えよう」と、色々と時間とお金を投資して学んで検討して、**【メンタルを学べる】教材**(コンテンツ)を作りました。

「教材」と聞くと、「勉強!?」と思われると思いますが、僕からのメッセージが LINE に届くようになります。それを読んでもらって、「ふむふむ」となったり、「疑問」を持ってもらったり、分からないことは「質問」してもらう。そんな形での「メンタルの学び」を提供していきます。

案内はこれからになりますが、流れとしては「入会費（提供費）」をお支払いして、公式LINEに登録をする。そうすると、メッセージや動画が届くので、それを自分のタイミングで見て、分からないことはLINEでそのまま質問をしていただく。そういう流れで準備をしています。

▼誤解を恐れずに本質を届ける

noteやInstagramで発信していると、より「深い」ことや、誤解」を恐れずに話したいこともあります。「本質的」なことは、誤解やアンチを生むので、（それがストレスや労力になるのを避けてきた）今までは遠回しにしてきましたが…僕の命の時間は、いつまで続くかは分からないのが正直なところで、**「伝えたいことを伝えないまま」「教えたいことを教えないまま」**それでいいのか？と、それも病状が安定してきたからこそ、その思いが強くなってきました。必要としている人へはきちんと届ける。そして嫌なことがあっても、僕と同じように乗り越えられるメンタルを作る。そう思っている方へ、「僕がメッセージを発信できる限りは届けよう」そう思っています。

このメッセージを読んで、**「メンタルを学びたい方」**は、案内を出すまで心の準備をしていて欲しいです。今は、メッセージや非公開動画の準備も進めていて、目標としては10月10日に、案内が出来るように準備中です。noteやInstagramよりも、より〝本質的〟なメッセージを準備しています。夏から準備を進めていて、やっと書くことが出来て、（あとは男子バレーもオリンピックを決めて）少しだけホッとしています。

今は講師やコンサルの仕事もセーブして、「伝えたい」「教えたい」でもそれが出来ないもどかしさがあります。そして、がんを経験しているからこそ、**「伝えたいメッセージ」**も以前とは違っています。

お話会やコロナの状況など、色々と検討してきましたが、〝のんびり〟と準備はしていられませんでした。手伝ってくれる仲間や、準備を進めてくれていた人の、労力を時には無駄にしてしまいましたが、僕の命の時間も限られています。〝のんびり〟と〝状況が改善したら〟を待てません。だからこそ、今できる方法で、「必要な方に早く届ける」ことをしていきます。

▼最後に…

最後まで読んでいただきありがとうございます。「今できること」を、先延ばしせずにやっていきます。これからもよろしくお願いします。

体調は…投薬が終わってから、高血圧が続いています。それに加えて、手・唇・舌の冷感刺激が今まで以上に強いです。手袋を着けないと外は出歩けないし、車も運転しにくい状態です。早く改善されれば良いんだけど…ここ数日は日常使い

できる〝手袋〟を探していますが、時期的にまだお店にないんですよね…(困りました)

Amazonでも探しているけど、実際買うと素材とか厚さとか違うので…良いものがあれば教えて欲しいです！

それではまた！

2023/10/06熊谷翼

171／学びが可能性を広げる

(2023年10月7日 23時49分)

2023年10月7日(土)　がん告知から171日目　※2142文字

こんばんは。

今日2記事目です(笑)。昨日寝落ちしてしまったので…ということで、先ほど書いた投稿はこちらです。

(「**170／メンタルを学びたい人を募集します**」P.387参照)

関連する内容になるかもしれませんが、今回のテーマは「最近勉強していること」です。早速どうぞ。

▼『**熊谷さん勿体無いです…**』

とある方から言われました。この言葉をきっかけに勉強をして、前回の記事にも書いた「**メンタルの学びを提供する**」ことにしました。勿体無いと言われた理由はいくつかあって…

・がんと共存している人の発信

・今までの経験も含めて体験値が高い

・分かりやすい言葉や表現

それらに【**価値**】があるのに…と言われました。僕自身は〝がん〟になってから、「**誰かの勇気になれば**」と思って、noteは毎日書いて、Instagramも不定期に更新してきましたが、必要な人には、きちんと【**価値提供**】をした方が良い。と、アドバイスを受けました。その時には、『僕の投稿にも価値があるのかぁ』と、ぼんやりした気持ちでしたが、がんになっただけではなく、その状況の捉え方やメンタルのバランスは、『**熊谷さんにしか出来ない価値提供**』と。講師やコンサルをしていたのなら尚更、そこはしっかりと【**仕事**】にした方が良いです。と。

確かにその通りで、「ぐうの音」も出ませんでしたね…(笑)

体調がイマイチだから講師はできない。移動とかが必要なコンサル(僕は直接指導派)は、状態が改善しないと難しい。そう思っていた時に、その方からのコンサルを受けて、【**新しい価値提供**】＝【**新しい仕事**】これを始めることにしました。それが前回書いた、「メンタルの学び」を提供するに繋がります。僕にとって【新しい仕事】になります。

※案内はこのnoteで10月10日予定

▼**アドバイザーの有り難さ**

実は…夏あたりから色々と勉強をしていました。(収入も減っているので〝がん保険金〟の一部を使いながら)その勉強した内容も、自分なりに落とし込んで結果が出たら、それもまた【価値提供】をさせていただくので、そこで詳しくお伝えさせてください。

なので「何の勉強？」は、詳しくは話せませんが、**【今の自分】をバージョンアップさせるには、やはり勉強やアドバイザー（コンサルタント）は、必要だなと改めて思いました。**

※ちゃんとしたコンサルタントにね！

※昔騙されましたから僕は！

本を読んで学べることも多いですが、**【実体験】**や**【結果】**を基に、**【今の状態（状況）】**に合わせて、「さて、どうしていくか？」を、僕の状況や経験を活かした答えを、アドバイスをしてくれる人はやっぱり必要でした。**「今までやってきた経験」**と、**「今の状況や価値」**を掛け合わせて、そこに僕が知らない（やってこなかった）スキルやノウハウをプラスして、**【最良な道】**をアドバイスしてくれる。

そういう存在が「あなたにはいますか？」そう質問している僕は「いませんでした」正確に言うと、〝**がん**〟になってからいませんでした。応援してくれる人はたくさんいてくれて、とても有り難かったし助かりましたが、**「がんになった僕に価値がある」**ということを、（言葉だけではなく）教えてくれる人はいなかったんですね。

そして、その「価値」をキチンと「提供」しましょう。と、教えてくれる人も。何が言いたいかというと、つくづく**「勉強して良かったな」**と思います。勉強というよりも、**「探究（探求）」**していて良かったなと。じゃないと、このアドバイザーとの出会いもないし、読書だけでは出会えていない。がんになって、情報発信の勉強をさらに追い求めて、今まで学んでこなかった「Instagram 運用」「価値提供」を学びまくって、その結果、新しいチャレンジをすることに。これは、あなたにも転用できることで、**「今のままで良い」**と思ったら、伸び代はそこまでで、**「新しい学びをしない」**となれば、理想の自分や生活になることはない。僕も「今までの学び」だけをしていたら、自分の価値にも気付かなかったし、今までの培ったスキルや知識は活かせても、それは「今までいた場所」でしか活かせない。（介護分野の講師やコンサル）

それが嫌だと思って、モヤモヤしてて、色々と模索をしていて、でも**「学び続けていた」**から、新しい可能性が生まれたわけで。

自分の可能性を広げるのは、〝**探究心**〟と〝**アドバイザー**〟だよな…と心の底から実感している今日でした。そして、〝がん〟になって体調がイマイチでも、**【向上心】**を持っていた自分を褒めたいです。

※これからが新しいチャレンジの本番

▼最後に…

結局のところ…**「理想的な生き方」**や、**「人生楽しんでいる人」**って、**「日々、学びや出会いがある人だよな…」**それが、最近の僕の結論です。楽してそうで遊んでそうでも、その裏では人一倍に学んで経験している。**本質的**なことを言えば、**「毎日、忙しい（大変だ）…」「やることが多くて嫌にな**

る」そう言っている人ほど、**学んでいないし、学ぶ時間もお金も無いと言う。**
※それでもスマホゲームはするしYouTubeは観るし、コンビニで買い物はする。
結局、「どうなりたいか」がないと、学ぶこともないし可能性すら生まれない。せっかくの一度きりの人生。

可能性を増やして理想的な自分で生き切りたいですね。

2023/10/07熊谷翼

172／命の時間を何に使うか

(2023年10月8日 23時20分)

2023年10月8日(日) がん告知から172日目 ※1338文字

こんばんは。

日中でも冷感刺激(特に手)があって、寒さなのかな…手先から爪先まで痛みというか違和感があって、手袋を着けているんですが、スマホもうまく操作できないし、スマホケースを変えたから、余計にスマホもしっくりこないし…さて、どうしたものか…

さてと、本題に入る前にお知らせさせてください。不定期ではありますが、音声配信もしています。何かをしながら〝ながら聴き〟をオススメします。

(stand.fm**「学んでいるから可能性が広がる」**

https://stand.fm/episodes/6522a92deb3f4a0cb0cee387)

ということで、今日のテーマは**「進むしかない」**というお話をします。最近は〝気持ち新たに〟なっているので、ガッツしたお話が多いですが、読んでもらえると嬉しいです。

▼メッセンジャーとして時間を使う

ここ最近は、「よ～し、やるぞ～!」と、スイッチが入っています。

(「169／攻め切る」P.385参照)

(「171／学びが可能性を広げる」P.389参照)

その原点というか、背景にあるのは**「命は有限」**であること。特に僕の場合は、**【5年生存率16%】**という壁があるので、**「命の時間には限りがある」**ということを、身を持って感じています。もちろん、治す気でいるし、16%なんて〝ただの統計〟にしか思っていません。けれども、〝死ぬ可能性〟が高いのも事実。だから〝のんびり〟と来年を待つことはしたくはないし、(のんびりする時間は必要だけども)**〝今できること〟**で、**〝残せること〟**はやっておきたいなと…。その気持ちが強くなっています。

「命の時間」がいつまでかは分からないけど、日本男子バレーが、オリンピック出場を決めましたが、その背景には、がんで亡くなった〝藤井選手〟の思いがあるように、僕も誰かの背景というか、メッセージを残していきたい。その気持ちが強くなっています。**「命の時間」**がいつまでかは分からないけど、届けられるうちに届けたい。その気持ちから、毎日noteを書き続けていたり、Instagramも新しいアカウントを作ったり、今準備中の「メンタル講座」を作ったり…。もちろん〝生きる〟前提なんだけど、死んでも〝後悔〟なくやり切って逝きたい。

そして、それまでに残したメッセージや思いが、誰かのチカラになってくれたら最高じゃん！って、最近は思うようになってます。死ぬことへの〝恐怖〟や〝不安〟はなくて、死ぬまでに**〝何を残すか〟**が大事だと思っていて、そして、寝たきりになったとしても、最期までメッセージを伝える人、**メッセンジャー**でありたいと。最近はその気持ちが強くて、どこで「スイッチ」が入ったのかなぁと、思い返していたんですが…自分でも良く分からない（笑）。

最近のアジア大会やW杯などでの選手の活躍やその背景だったり、数値が横ばいだったことも少しはあるのかも。

いずれにせよ、**「生きられている時間」**を、**「メッセンジャー」**として使うと決めたので、（自然と腑に落ちたので）今後の発信をお楽しみにしてください。よろしくお願いします。

▼最後に…

冒頭に話した通り、手の冷感刺激は今までで一番強く残っている感じがします。抗がん剤治療をすると蓄積していく。と、言われてはいましたが、まさに。

治療薬を変更して、その副作用を抑えることも出来るようですが、治療薬が効くかはまた別問題で…悩ましいところですが、まずは今週水曜日にはCT検査と診察があるので、その結果を見ながら先生と相談します。

それでは、おやすみなさい。

2023/10/08熊谷翼

173／自分でやってから意見言いませんか？

（2023年10月9日 23時33分）

2023年10月9日（月） がん告知から173日目 ※1999文字

こんばんは。

本題の前に〝弱小YouTubeアカウント〟について、お話しさせてください。〝弱小〟とは言うものの…みなさんお一人お一人がチャンネル登録をしていただきまして、**【登録者500人】**となりました！ありがとうございます！

（YouTube「**登録者500人!! ありがとうございます!!**」
https://www.youtube.com/watch?v=T4sZz28TT8M&t=2s）

ということで、今日の本題に入ります。今日は**「やってから言ってね」**というテーマでお話しします。YouTubeやInstagramなどの投稿に関するお話しです。

▼YouTube登録者500人

改めて、YouTube登録者の皆様、ありがとうございます！まだ登録をしていない方は、よろしくお願いします。僕もそうですし、もしかしたら皆さんの中にもいるかもしれませんが、YouTuberさんのYouTubeや、Instagramを観ていると、「登録者○○万人」とか結構ありますよね。単純にすごいなぁ〜と思うわけですが、その数字の感覚を、僕らは〝基準〟にしてしまっているのも否めないです。

なので、YouTuberの登録者を知っている方からすると、「僕のYouTube登録者500人」って言っても、『全然大したことないじゃん！』って。感覚が麻痺しちゃってるんですよね。Instagramのフォロワー数にしても。一人、また一人と、登録をしてくださって、その積み重ねで「500人」です。YouTuberさんは、それを「○○万人」と積み重ねてあるわけだから、ほんとすごいと思うのですが、登録者を一人の応援者として見なきゃいけなくて、単純に〝数〟として〝数字の一部〟として見るのは、絶対にしちゃいけないなぁと思うわけです。だから登録者500人に誇りを持ってますよ！

▼自分でやってみ？

ただ…アンチというか、分かっていない人がたまに出てきて、YouTubeやInstagramに関して、色々と言ってくる人もいるんですよね。想定される内容としては、「YouTube登録者500人って…」「インスタフォロワー1000人って…」「インスタの投稿、アレって…」みたいなことですね。前には支援を募った時に、「支援を募るのは…」って、言われたことがありました。なんか恥ずかしい？みっともない？と、思われたようです。まぁ、SNSにしても支援にしてもですが、言っちゃって良いですかね？

今日のタイトルなんですけど…『じゃ、自分もやってみ？』やってる人から言われるのは理解できます。やったことある人からのアドバイスは聞きます。**自分でYouTubeをやってみてください。インスタでフォロワー増やしてみてください。支援を募集してみてください。**話はそれからです。やってない人に言われるのは理解できないし、「俺はやらないけど」って逃げてる人の意見は意見にもならないです。

※意見を言われる前に想定して言っておくけど

僕は自分でやってたから分かるんです。YouTubeを始めても登録者は増えないし、良いことを言ってもインスタのフォロワーは増えないし、支援なんてしてくれる人はいない。その状況も経験してきたからこそ、500人の登録者は嬉しいんです。（インスタのフォロワーさんも）やってないのに、頑張っている人を批判しすぎ。やったことないのに、評論家ぶる人が多すぎ。なんで素直に応援できないんだろう？って思う。スポーツを見ながらとか、ニュース記事についてとか、政治家についてとか、家でも居酒屋でも、評論家とか批評家多すぎないですか？『じゃあ、自分がやれよ？』『自分はできるんだね？』って、いつも思う。

やってきた人なら分かる。やってる人なら分かる。やってもいない人は意見する権限ないと思う。素直に応援したら良いのに。なんの分野でも、やってない（やれないなら）、意見を言わずに応援をしてください。やって結果が出てから、堂々と意見やら批判やらをしてください。よろしくお願いします。

▼最後に…

少し熱くなったように感じたかもしれませんが、全然熱くなってはいません。ただ少しだけ、揚げ足を取るような人を「残念だなぁ」と思うだけです。応援してあげたら応援された方も嬉しいし、お互いに良い関係になるのにね。

さてさて、今日は朝から不調でした。血圧は正常でしたが、午前中はベッドから起きられず…お昼すぎにヨーグルトを買いに出ましたが、あとはずっと休んでいました。（天気かな？副作用かな？）

なんとなく、身体の調子が夏に比べて落ちているように感じます。体重も体力も落ちている気がします。副作用の冷感刺激も相変わらず…これからの時期が重要な気がしてなりません！応援よろしくお願いします。それと…明日は新しく開設した、「LINE講座」についてお知らせします。ページだけ貼っておきます。

（「**熊谷翼オンラインショップ KUMAGAI TASUKU SHOP powered by BASE**」https://tasuku.official.ec/）

１０００円から「活動支援」も出来ますので、よろしくお願いします。

2023/10/09熊谷翼

☜あとは支援物資も貼っておきます

（Amazon「**ほしい物リストを一緒に編集しましょう**」
https://www.amazon.co.jp/hz/wishlist/ls/3FUBFS89TMKS3?ref_=wl_share)

１７４／メンタル講座開設（２０２３年10月10日 14時47分）

２０２３年10月10日（火） がん告知から１７４日目　※１３８９文字

こんにちは。

今日は朝から不調で、事務長仕事は休んでずっとベッドで休んでいました。（最近体力落ちてるかな？天気もあるかな？）身体はイマイチですが、頭と気持ちはいつも通りなので、横になりながら、新しい〝**講座**〟と〝**コンサル**〟の準備をしていました。今までの講師やコンサル仕事を、ベッド上でもできる形に変換しました。（国家資格受験対策講座は11月にnoteで販売します）

ということで、今日は以前お伝えしていましたが…

（「**１７０／メンタルを学びたい人を募集します**」P.387参照）

こちらの先行募集を開始します。今日のお話は「メンタル講座」についてです。

▼LINEで学ぶメンタル講座

僕は〝がん〟になってから、過去の経験も、現在の経験も全て、〝捉え方〟が変わりました。自己啓発系の本は、300冊は読んできたと思いますが、（全ジャンル累計2000冊は確実に超えてます）

本で学んだ知識よりも、〝がん〟で学んだリアルの方が、当たり前ですが「とんでもなくて」まだ〝がん〟を克服はしていないですが、必要な方に〝メンタル〟の使い方や割り切り方などを、お伝えしたく講座開設しました。

「くまメンタル LINE 講座｜熊谷翼オンラインショップ powered by BASE」 https://tasuku.official.ec/items/79107408 **※現在はアクセスできません）**

note や Instagram でも、発信はしていますが、直接

「LINE」でメッセージが届くことで、僕のメッセージを身近で感じてもらえますし、見逃しもなくなります。あとは自分の時間やタイミングで読めますし、毎回集まったりシェアをしたりの面倒もない。完全に【受け取り型】で、メッセージを噛み締めて?もらえたら…と。「メンタル講座」はコレ以外には開設しません。僕の労力や時間も限られていますし、今後最悪な状況になったとしても、ベッド上からメッセージを送れます。

→

そう言うと、ちょっと怖く感じるかもしれませんが、「最期まで発信者でいたい」思いから、このような形での講座となりました。【生死】に直面している僕が伝えるメッセージは、綺麗事を並べた本やSNSよりも、【本質的】であると思うし、誤解を恐れずに本質的なメッセージを伝えたいからこその講座となります。

「SPECIAL PRICE くまメンタル LINE 講座｜人生はメンタルで左右される」 https://tasuku.official.ec/items/79107408
※現在はアクセスできません）

今後も note や Instagram での発信は続けます。

Instagram
プライベートアカウント ☞ @kumagaitasuku
メンタルアカウント ☞ @kuma.mental
コンサルアカウント ☞ @kumagai_tasuku
（新しく作りました）

時間を作って、「講座」や「コンサル」の説明記事は書きますが、まずは最初に、毎日投稿しているこの場で、「講座開設」のお知らせをさせていただきました。
※先行募集は5名限定で、その後は募集ごとに入会費が上がります。
→
宣伝っぽい(笑)。
▼最後に…
27歳からやっていた、講師やコンサルの仕事が出来なくなって、(体力的に立ちっぱなしで話すのはキツイ)それでも「伝えたい」「教えたい」気持ちはあって、〝がん〟が良くなって復帰できることも想定して、逆に〝進行〟しても出来ることを想定した結果、この講座開設となりました。新しい試みなので、不手際もあるかもしれませんが、なんとか〝形〟になればと思ってます。形になれば、難病や障がいや癌の方で、僕と同じように「伝えたい」人の、モデルケースになれるので、その形を作ってバトンを繋いでいきたいと思います。

いつも応援ありがとうございます！

2023/10/10熊谷翼

(「熊谷翼オンラインショップ KUMAGAI TASUKU SHOP powered by BASE」https://tasuku.official.ec/)

175/がん進行か？

(2023年10月11日 23時46分)

2023年10月11日(水) がん告知から175日目 ※1910文字

こんばんは。

まず最初にお知らせをさせてください。メンタル講座と、インスタコンサルの2つのコンテンツを作りました。(ベッド上でも出来ることをしたい！)ご自身はもちろん、周りの方で興味ありそうな方がいましたら、お声かけしていただけると嬉しいです。

よろしくお願いします。

「SPECIAL PRICE くまメンタル LINE 講座」人生はメンタルで左右される」https://tasuku.official.ec/items/79107408
※現在はアクセスできません)
「ゼロからインスタを始めて収益化・6ヶ月限定 LINE コ

ンサルティング」 https://tasuku.official.ec/items/79107408
※現在はアクセスできません）

それと…投稿の最後に、「支援物資」のサイトと、「寄付」の振込先を、毎回貼り付けることにしましたので、どうぞよろしくお願いします。

さてと、早速本題に入りたいと思います。**「検査をした結果報告と心境」**です。

▼腫瘍マーカーとＣＴ結果

隠しても仕方がないので、結論からお話しすると、**「結果は望んだものではない」**です。細かい数値に関しては、明日以降に書くとして…まずは、**腫瘍マーカー**です。

10月最初の入院時の結果ですが、8、9月よりも上がっていました。7月はがっつりと下がり、8、9月は横ばいでしたが、10月に入り**上がりました。**

そして、ＣＴ結果ですが…前回が7月でしたが、7月と比べて、**〝小さくなっている箇所〟**もありましたが、**〝広がっている箇所〟**もあり、全体としてみると、**増えています。**あとは、**肝機能**の数値も**上がっていました。**腫瘍マーカー、ＣＴ、肝機能も、劇的に上がっている（増えている）わけではなく、最悪だった、4、5月に比べたら低いんですが、最近はずっと下降していた（薬が効いていた）ので、その分、期待していたところもありました。

ただ、最近は不調が続いて、下腹部痛だったり、左右の脇腹の痛みが出てきたり、（今も時々チクチク痛みます）していたので、なんとなく「良くはなっていないかも」とは思ってはいたし、「転移してなきゃいいな」と思っていたので、転移がなかったことは良かったな。と。

▼骨髄抑制

そして、前回の入院時も、今回の血液検査でも、**「血小板」の低下**があり、**「白血球」の低下**もありました。（注射しました）これらは、**「骨髄抑制」**で、抗がん剤によって骨髄の細胞も、やられちゃってる。ってことです。

骨髄抑制とは

がん治療の副作用やがんそのものによって骨髄の働きが低下している状態をいいます。薬物療法で使われる一部の薬や放射線治療により、骨髄が影響を受けると、血液細胞をつくる機能が低下します。血液細胞のうち、白血球が減少すると感染症、赤血球が減少すると貧血、血小板が減少すると出血などが起こりやすくなります。

国立がん研究センター「がん情報サービス」より

今回は、「白血球の低下」もあったので、注射をして（明日も）数値を見るそうです。（感染しやすくなるから）白血球の低下も、最近の不調の原因かもしれないし、がんの進行かもしれないし、副作用かもしれない。という、原因がハッキリしないんですが、まずは検査結果としては以上です。

※次回の抗がん剤治療から薬を変更して様子見するそうです。

（今の薬に対してがん細胞が抗体ができてる可能性があるため）

▼最後に…

『まぁ、少しの進行で良かったな』と、**思うしかないよね？**って言うのが心境です。「明るい材料」と言えば、

・転移がなかった

・劇的な悪化ではない

というところですが、やっぱり**「がんなんだ」**と改めて、思い知らされました。そして、やっぱり**「進行する（薬への抗体ができる）んだ」**と、身をもって知りました。なかなか一筋縄ではいかないし、ずっと順調ともいかないものですね。最近は、経過も順調だったので、新しいチャレンジをしよう！と、色々と模索したり投資したりしていましたが、「がんの進行」によって、気持ち的に少し萎縮したのも正直なところ。ネガティブになった自分も認めて、ここからまた新しい治療薬に期待しながら、萎縮せずに生きていこうと思います。まだ死にたくはない！（そう思うたびに正直、涙が出ます）

悲しいとか悔しいとかじゃないんですが…「生きたい!!」っていう気持ちになると何故か。〝当たり前〟に生きて、〝明日〟がくることも当たり前だったけど、（最近は順調だったから特に）やっぱり、生きられていることは〝嬉しい〟

明日は今日より冷静だと思うので、数値とか書きますね。

#今日はメンタル休ませる

2023/10/11熊谷翼

☞Amazonでの支援物資はこちらからお願いします。

（Amazon「ほしい物リストを一緒に編集しましょう」

https://www.amazon.co.jp/hz/wishlist/ls/3FUBFS89TMKS3?ref_=wl_share）

☞寄付はこちらからお願いします。

［銀行］PayPay銀行［銀行コード］0033［支店］はやぶさ支店［店番号］003［口座番号］**※現在使用されていません。**

［名前］クマガイタスク

※手数料のご負担させて申し訳ないです。

☞リンクまとめはこちらから

（lit.link「熊谷翼／がんサバイバー」（リットリンク））

https://lit.link/kumagaitasuku

176／結構ショックだったみたい

（2023年10月12日23時03分）

2023年10月12日（木）　がん告知から176日目　※1433文字

こんばんは。

最初にお知らせさせてください。この【note】を、マガジンという形でまとめてきましたが、投稿記事が多くなった為、【0～100日】【101～200日】と分けました。分けましたが…記事一つ一つを選択していかなきゃいけないので、まだ全然追いついていません。（20日分くらいまで）診察待ち

などの時間に整理しますので、長い目で見守ってください。よろしくお願いします。

さてと、昨日の記事で「数値は明日」と書きましたが、昨日の発言は撤回して、「数値は気持ちが落ち着いたら」として、今日は、ただぼんやりと今思っていることを書きたいと思います。#気持ちの整理も兼ねて

では。

▼**オチもなく一筆書きで**

一昨日の検査結果を受けて、自分自身**「ショック」**が大きかったようで、メンタルを安定させたり、新しいことに取り組んで気を紛らせたり、割り切ったりしていましたが、ふとした時に涙が出てきて…4月10日に初めて〝がん〟の可能性を言われた時、4月20日に〝がん告知〟をされた時、その時と同じように、ふとした時に涙が出てきます。その根底には**「まだ生きたい」**があって、さらにその根底には、家族への想いや、友達先輩との楽しい時間や、自分がまだまだやりたいことなど、**「生きているからこそ出来る」**ことを、まだやりたい気持ちなんだと思います。仕事も以前のように、月に1、2回の休みでバリバリやりたいし、飲み会や新しい出会いも楽しみたいし、親より早く死にたくはないし、どれもこれも〝**当たり前**〟にやってきたことを、〝**当たり前**〟にできなくなることを思うと、辛いというか切なくなるんだと。

(自分の気持ちを客観的に見て)

あとは、体力とか身体の変化もあるかな。体重も減りましたし、筋力も体力も確実に落ちました。なんかそんな自分に悲しくなるのもあるかな…「痩せてラッキー」って冗談で言うけど、心の中では、もっと低下していく不安があって。体重も体力も落ちると、治療そのものができなくなる不安。

【数値が改善されていなかった】だけなのに、色んな葛藤や不安や思いが、ぐちゃぐちゃになっていたのが昨日と今日。無理に意識的にセーブをかけることはやめて、その時の気持ちは素直に全部出して、泣く時は泣いて、ようやく少し前進。

告知から半年が過ぎて、来週から新しい治療薬になって、「第2ステージ」が始まります。新しい治療薬にトライできるのも、半年で数値も下がって、まだまだ身体は持ち堪えているからこそ。ここからまた一歩ずつ。

▼**最後に…**

明日仕事の人、仕事したいのに出来ない僕の分まで、がっちり仕事してください！(笑)明日飲み会がある人、飲めない僕の分まで浴びるほど飲んでください！(笑)明日休みの人、思う存分ダラけてお休みを満喫してください！(笑)

僕も早くその生活をするぞーーー!!

待ってろ仕事！待ってろ飲み会！待ってろ休日！

2023/10/12熊谷翼

☞Amazonでの支援物資はこちらからお願いします。

(Amazon「ほしい物リストを一緒に編集しましょう」

https://www.amazon.co.jp/hz/wishlist/ls/3FUBFS89TMKS3?ref_=wl_share)

☞寄付はこちらからお願いします。

［銀行］PayPay銀行［銀行コード］0033［支店］はやぶさ支店［店番号］003［口座番号］**※現在使用されていません。**

［名前］クマガイタスク
※手数料のご負担させて申し訳ないです。
◎後藤先輩　ありがとうございます！
◎坂下さん　ありがとうございます！
☞寄付（支援）に関しての音声配信です（約24分）
（stand.fm「寄付（支援）の募集を始めました『癌と共存しながら気付いたことや学んだこと』」
https://stand.fm/channels/607590f6be8d4428b9abde4e）
☞リンクまとめはこちらから
（lit.link「熊谷翼／がんサバイバー」（リットリンク））
https://lit.link/kumagaitasuku）

177／白血球数値改善

（2023年10月13日 23時12分）

2023年10月13日（金）　がん告知から177日目　※1703文字

こんばんは。

今日は金曜日なんですね…あれ？13日の金曜日だ。

これって、テレビで「ジェイソン」を観た世代じゃないと伝わらないのかな…？

ちなみに…こういうのもありました！

キリストの最後の晩餐に13人の人がいたことから、13は不吉な数とされた。また、キリストが金曜日に磔刑に処せられたとされていることから、13日の金曜日が不吉であるとされるようになった。

ウィキペディアより

さて、今夜も数値に関しては保留です。

メンタル的には大丈夫ですが、ベッドで横になりながら書いているので、数値が書いた紙を、カバンから取り出すのが「面倒くさい」という理由です（笑）。ご了承ください。

今日のテーマは、「白血球などの数値改善」という、近況報告回です！

▼骨髄抑制の数値改善
抗がん剤の副作用で、骨髄抑制が出ていました。

骨髄抑制とは
がん治療の副作用やがんそのものによって骨髄の働きが低下している状態をいいます。薬物療法で使われる一部の薬や放射線治療により、骨髄が影響を受けると、血液細胞をつくる機能が低下します。血液細胞のうち、白血球が減少すると感染症、赤血球が減少すると貧血、血小板が減少すると出血などが起こりやすくなります。
国立がん研究センターより

11サイクル目に入る時に、「血小板」の低下があって、それが11サイクル目が終わって、休薬期間に入ってもそのままで。

（「167／**血小板低下（骨髄抑制）**」P.382参照）

さらに、最近では「白血球（好中球）」も下がっていて、「肝機能」は上がっていて…「血小板」が下がると出血が止まりにくく、毎朝鼻血出てます。「白血球（好中球）」が下がると、感染症にかかりやすくなります。（最近の不調はこれもあるかも）「肝機能」が上がると、肝臓の働きが下がったり、抗がん剤治療ができなくなったりします。

この3つが最近は良くない数値でしたが、注射を数日やった結果、全て改善していました。「血小板」の数値を上げる目的が、「白血球」の数値も劇的に改善して、なぜか？「肝機能」数値も改善してました。肝機能の数値だけ覚えてる。**【59】**まだまだ異常数値だけど（50を超えると異常）4月は**【350】**5月は**【420】**でしたからね。よくもまぁ、肝臓も頑張ってくれてます。ほんとに。

☞詳しい数値はこちらから
（「44／**遺伝子変異**」P.101参照）

腫瘍マーカーは**【22000】**くらいだったので、まぁそれでも、5月とかは**【147000】**くらいでしたからね。まだ全然良い数値です。（とんでもない異常数値だけども）

（「104／**数値さらに改善!!**」P.273参照）

とりあえずのところは、現状維持を合格ラインにしながら、一日一日を意味ある日にするだけですね。

▼最後に…
ここ数日もそうですが、〝がん〟になって相当メンタルを鍛えられました。あとは、〝死〟や〝生きる意味〟も、毎日考えさせせられます。人の悪口やイジメや芸能人のスキャンダル話とか、そんなことやってて何の意味があるのか？揚げ足取ったり、手のひら返したり、それを評論したり。そんなことに、時間や労力を使えて羨ましいとさえ思う。
#皮肉
誰かを見下したいのかな？誰かを攻撃対象にしたいのかな？（Yahoo!ニュースのコメント欄とかまさに）相当ストレス溜まってて、誰かを的にしてストレス発散してるんだろうけど、（社内のイジメや愚痴とかも）ストレス溜めてる原因って、他人じゃなく自分の生き方だよね。〝当たり前〟に、朝起きてご飯食べて仕事して寝て。その繰り返しの中に、「価値」とか「意味」はあるんかな？「死ぬかもしれない！」って、ならないと変われないのなら、僕の投稿とかを見て、早く何かに気付いて欲しいな。当たり前じゃないってことを。

2023/10/13熊谷翼
「みっともない」「恥ずかしい」そんな小さいプライドは捨てて、支援や寄付をお願いしております。

☞Amazonでの支援物資はこちらからお願いします。

（Amazon「ほしい物リストを一緒に編集しましょう」

https://www.amazon.co.jp/hz/wishlist/ls/3FUBFS89TMKS3?ref_=wl_share）

☜寄付はこちらからお願いします。

［銀行］PayPay 銀行［銀行コード］0033［支店］はやぶさ支店［店番号］003［口座番号］**※現在使用されていません。**

［名前］クマガイタスク
※手数料のご負担させて申し訳ないです。
☜リンクまとめはこちらから
（lit.link「熊谷翼／がんサバイバー」（リットリンク））
https://lit.link/kumagaitasuku

178／がん当事者へ「助けて」と言おう
（2023年10月14日 22時42分）

2023年10月14日（土）　がん告知から178日目　※2361文字

こんばんは。

寄付やコーヒーチケットをいただいております。心から感謝します。必ず恩返しします！　ありがとうございます。

先輩や知人から、情報もいただき、ありがたいです。選択肢が増えることは良いことですね。感謝です！

さて、今日は「寄付（支援）を呼びかけてみて」というテーマで書いていきます。よろしくお願いします。

◀
（「175／がん進行か？」P.396参照）

この日から、寄付や支援のお願いを、「note」や「Instagram」に載せました。必要な物の支援を募ったのは、告知から3日目か4日目から。

**（YouTube「ステージ4がん告知から4日目／大腸がん／多発肝転移／BRAF 遺伝子変異／がんサバイバー」

https://www.youtube.com/watch?v=uoRPHwFHYNo）**

たくさんの方から支援いただき、本当に感謝感謝でした。

そのあとも、約2ヶ月ほど支援が届きました。支援物資の他にも、コーヒーチケットなども…本当にありがとうございました！

頂いた物資は全て、Instagram にて報告させていただきました。

そして今日の本題ですが、数日前から「寄付」を募りました。寄付を募る背景としては、**【やっぱりお金はかかるよね】**です。綺麗事も抜きで話すと、日々の生活費に治療費が加わるわけで、もう少し噛み砕くと、収入が減って治療以外にも必要なものは増えて、それに加えて治療費がかかっています。治療費は、保険金で今まではなんとか回ってましたが、先ほど言ったように、必要な物が増えてきて、それも保険金を使っていましたが、保険金も限りはあるわけで。「何が必要なんだ!?」ですが…まずは「水」です。自宅には水素水生成機がありますが、身体（がん）に良いとされるシリカ水も飲用して、1日3リットルくらいは飲んでいます。あとは最近だと「冷え対策」です。今の時期で（日中に）手袋を着用しています。これは副作用の冷感刺激が強くなり、冷たいものに触れなくても常に痛いです。（今までは触れたら痛かった）これは足先にもきていて、少しでも冷えると痛みが増して痺れます。なのですでに、冬用支度をしています。今までは必要としてなかった、（結構細かい）物が必要になってきています。栄養ドリンクとか入浴剤とか。

（Amazon「ほしい物リストを一緒に編集しましょう」https://www.amazon.co.jp/hz/wishlist/ls/3FUBFS89TMKS3?ref_=wl_share）

身体に良いものを取り入れようと思うと、やっぱり〝お金〟は必要になっていて、だからこそ、支援や寄付は本当にありがたい。（その分を他に回せるので）僕の投稿とかをみてもらえるとわかると思いますが、贅沢三昧もキャバクラに行くことも、ありませんので、気が向いた時に、少しだけ余裕がある時に、ご支援（ご寄付）いただけると助かりますし、何より「応援されている」っていうことを実感できて、「よし！まだまだだ!!」と強く思えます。応援されているって、物凄いパワーなんだと思います。

だから僕が克服して復活したら、応援したくださったみなさんに、ご恩を一生をかけて返していきたいです。たぶん、それが僕の第二の人生。**〝生かされた命の使い方〟**なんだと思います。（その一つがサポート団体）

▼がん患者当事者へ

数日前に寄付のことを載せてから、高校の先輩達から寄付を頂戴し、本当ありがとうございました！ T先生からもコーヒーチケットを頂き、ありがとうございました！

みっともないかもしれないし、人に助けを求めるのはダサいのかもしれないけど、それでも声をあげないと、**「助けて欲しいのかが分からない」**そう思っています。同じように闘病生活されている方から、お金の相談を何人からもされています。その度に**「声を上げること」**をアドバイスしています。実際、恥ずかしいですよ。勇気も入ります。

けれども、収入が減った上に、治療代や薬代は結構な負担です。しかもそれは毎月かかります。高額療養制度はあっても、毎月何万円とかかりますし、入院と外来、歯科はそれぞれの限度額なので、入院の限度額、外来の限度額が、それぞれかかる場合もあります。そうなると何十万円です。治療費を残すために、カップラーメンばかり食べているという人もいます。「がんなのに！ですよ？」それに加えて、僕と同じように今まで必要なかった物が必要となり、治療費と生活費で苦しくなって、自殺を考えているという相談もきます。死ぬたくなるくらいなら、恥ずかしいとかダサいとか、小さなプライドは捨てて、「助けてください」「支援してください」「寄付をお願いします」そう言い続けて、それでも味方がいなければ、次のことを考えよう。相談された時には、そう答えています。

だから、この投稿も当事者は、おそらく読んでいるはずです。僕がもうすでに、みっともないこと、ダサいことをやった！　けれども誰も文句は言ってこないし、（思っているかもだけど、そんなの知らん）実際に応援してくれる人もいる！
だから、勇気を出して「助けて」と言おう‼
あとは可能なら、自分の得意なことを活かして、僕と同じようにコンサルとか講座を考えよう！（収入を増やそう）
生きられているんだから、頭下げて頭使って乗り越えよう！少しでも参考にしてくださいね。

▼最後に…

後半は当事者へのメッセージで、少し熱くなってしまいました。病気だけでも大変なのに、お金の問題があるのも事実です。

ハッキリ言って、趣味とか好きなことに充てられる余裕はない人がほとんどです。そのことを多くの人に知っていただき、困っている人がいたら助けてあげて欲しいです。

そして、がん以外でも病気療養中の方で、困っている人がいたら、「声を上げる」勇気を教えてあげてください。僕のこの投稿が参考になれば幸いです。

2023/10/14熊谷翼

みっともなくダサいけど…寄付のご協力を始めました。

☞寄付はこちらからお願いします。

［銀行］PayPay銀行［銀行コード］0033［支店］はやぶさ支店［店番号］003［口座番号］**※現在使用されていません。**

［名前］クマガイタスク
※手数料のご負担させて申し訳ないです。

179／がん当事者へ「一緒に乗り越えませんか？」

（2023年10月16日 00時37分）

2023年10月15日（日） がん告知から179日目 ※2748文字

こんばんは。
最近の寒暖差に身体がついていけません。それよりも寒さが厳しいですね。重ね着したら身体は暖かいのですが、手足の先が冷たくて痛くて…早速ホッカイロ買いました。今年の冬は必需品になりそうです。#今までほぼ使わず
さてと、今日は昨日の投稿の続きというか、メッセージや感想を何件か頂いたので、それも踏まえて書きたいと思います。まずは昨日の投稿を読んでいない方は、読んでからお進みください。
（178／がん当事者へ「助けて」と言おう」P.402参照）

▼周囲の反応を気にするのやめませんか？

昨日の記事を投稿して、当事者の方、数人からメッセージをいただきました。

『「助けて」と言いたいけど、言えない自分の背中を押してくれました』

『当事者になって分かるお金のことを、なかなか周りの人は分からないので伝えてもらって良かったです』

『「寄付」などを募る勇気もなく、生活は苦しく生きている意味さえ分からなくなっていたので、とても響きました』『熊谷さんのように発信してくれて、当事者の方は病気だけではなくお金でも大変なことを知り、知人で当事者がいるので、「支援をさせてくれ！」と連絡をしました』

他にもまだ届いています。

みんなそれぞれ、自分の「価値観」や「プライド」があって、そこに「恥」や「情けない自分」を加えてしまうと、周りからの目が気になって、なんて言われるかを気にして、結局、自分だけで悶々と悩んでしまっている人も多いことを知りました。

そのことを否定するつもりもないし、むしろ僕もそうだったから、よく分かります。周りの目や反応を気にして、ダサいところは見せないように、自分だけで解決しようと39年生きてきました。自分だけでは解決できずに、友達や先輩や家族に助けてもらいました。結局…周りからどう思われるか？を、気にして生きてきたように思います。がんになってからも、最初はそうでした。

告知から2日目〜3日目〜に、先輩から怒られてから、僕は、**「恥」も「情けなさ」も「プライド」も捨てました。**それは、一気にできたわけではなくて、日に日に、だんだんと。です。先輩に怒られた時よりも、今の方がプライド無いですからね(笑)。

プライドが無いって言うと、〝軸〟が無いように感じますが、〝軸〟や〝信念〟はありますしブレません。捨てたプライドは、**「周りからの目線や評価」**です。そんなんあっても、がんが治るわけでも無いし、お金が増えるわけでも無い。悪く言う人もいるだろうし、僻む人もいるだろうけど、そんな人僕には関係ない。

大事なのは「自分」でしょ！**「生きる」**ことでしょ！

▼一緒に乗り越えませんか？

クヨクヨするのも分かる。お金のことで悩むのも分かる。病気のことで不安が募るのも良く分かる。だから、そういう人ほど僕の投稿を見てて欲しい。僕は少しだけ前を歩くし、プライド捨てて行動してみるから、自分が真似できそうなことからやってみて欲しい。うまくいかないなら、相談にも乗るし一緒に乗り越えていこう。(お金は要らないよ)やってダメなら違う方法を試せば良いし、うまくいきそうなら続けたら良いし、うまくいったら他の人に教えたら良い。せっかく？病気になったことで、こうやって繋がれたわけだから、みんなで一緒に乗り越えていこう！

まずは「明日」を無事に迎えよう。

2023/10/15熊谷翼

【100円から】寄付のご協力を始めました。

☞寄付はこちらからお願いします。

(［銀行］PayPay銀行、［銀行コード］0033、［支店］はやぶさ支店、［店番号］003、［口座番号］**※現在使用されていません。**

［名前］クマガイタスク）
※手数料のご負担させて申し訳ないです。

（２０２３年４月20日（39歳）
「Ｓ状結腸癌」「多発肝転移」「ステージⅣ」「根治不能」を告知されました。
５月１日：ＣＶポート造設、
５月８日：抗がん剤治療開始、
６月２日：ＢＲＡＦ遺伝子変異陽性、
現在：抗がん剤治療11サイクル目）

フォローやシェアやコメントなど、毎日の励みになっています！ありがとうございます！

【講座やコンサルはこちらから】
https://tasuku.official.ec/）
【熊谷翼 Instagram】
https://www.instagram.com/kumagaitasuku/
【くまメンタル】
https://www.instagram.com/kuma.mental/
【thregds】
https://www.threads.net/@kumagaitasuku
【Facebook】
https://www.facebook.com/kumagaitasuku
【告知日から毎日投稿しています】
https://note.com/kumagaitasuku/
【音声配信】
stand.fm はこちらから　https://is.gd/K8oiDn
アプリダウンロードで他のアプリを開きながら聴けます。
【YouTube】
https://youtube.com/@KumagaiTasuku
フォローとグッド お願いします。
【TikTok】
https://is.gd/AhqXQO
フォローとハート お願いします。
【支援物資リスト】
https://is.gd/rE3LRJ
Amazon で購入していただくと僕の自宅に届きます。
【リンクまとめ】
https://lit.link/kumagaitasuku
【Twitter】
https://x.com/kumagai_tasuku
【Ameba ブログ】
https://ameblo.jp/kumagaitask/
【出版】
〈『未来の自分を喜ばせる45のルール』１２００円」（Amazon ランキング ２部門５位獲得）（https://amzn.to/3nI7BW6）〉

【プロフィール】

1983年7月生まれ。岩手県盛岡市出身。

22歳▼時給700円アルバイトとして介護業界へ。

27歳▼介護コンサルタントとして独立。

35歳▼管理者や事務長として施設運営に携わりながら、研修やコンサルティングを行う。

39歳▼ステージⅣがん告知を受ける。現在は「がん」によって得た「気付き」や「メンタルを安定させる方法」などを、noteやお話会にて伝えている。コンサルティング▼人材獲得、稼働率向上
書籍▼「未来の自分を喜ばせる」45のルール
資格▼社会福祉士、介護福祉士）

180／応援し合える文化

（2023年10月17日 00時49分）

2023年10月16日（月） がん告知から180日目 ※3429文字

こんばんは。

朝夕はかなり寒くなってきましたね。今日は昼あたりまで寝ていて、ヨーグルトを食べて、そこから16時前まで寝ていました。（今夜は寝れるかな）

さてと今日は、**「応援する応援される文化」**というテーマで書きたいと思います。一昨日、昨日の投稿の〝その先〟のお話です。

※先に、一昨日、昨日の「当事者へ」の記事を読んでいただくと話がスムーズかと思います。

（**「178／がん当事者へ「助けて」と言おう」P.402参照**）

（**「179／がん当事者へ「一緒に乗り越えませんか？」」P.404参照**）

▼応援されるのってズルイ？

前にもこんな内容のことを書いた気がしますが、改めてと言うか新しくと言うか。結論から言うと、**「応援した人が次には応援されて、応援された人が次には応援して、応援し合える文化（風潮）が広がると優しい社会になるよね」**です。

その典型例として、クラウドファンディングがありますが、まだまだ世間一般の理解が追いついていない気もします。僕がやっている「Amazonリスト」も、まだまだ「人様に買ってもらってる」感が否めません。そして、寄付も…。そこにあるのは、（僕への個人的な感情は抜きにして）応援（支援）される側を「ズルイ」「セコイ」と、捉えてしまう感情がどこかにあるのかな…と感じています。「頑張って欲しい！」「応援したい！」って気持ちが大きい人は、**「（損得抜きで）応援（支援）したいからしている」**だと思うんですが（僕はそうです）、そこまでの気持ちがない人は、「他人からお金を集めて」とか、「他人から買ってもらって」という、**応援をされている人が「得をしている」**と、思っているのかなぁ。あるいは、自分もこんなに大変なのに、「あの人だけ得して（応援

されて)ズルイ」って、気持ちがどこかにあるのかなぁと思っています。それが答えとは言い切れませんが、クラウドファンディングにしても、寄付にしても、「得してる」「あの人だけ」「ズルイ」そんな気持ちがあるような気がしてなりません。

▼寄付や募金していますか?

クラウドファンディングや、寄付の文化が、日本で広がらないのは、理解不足の前に、先ほど書いた**「感情」**が先行していると、僕は思っていて(主観です)、だから、「24時間テレビ」のように、障がい者を見せ物にして、(僕にはそう感じます)感動物語を使って「同情」を誘わないと、「募金」が集まらない。

『そんなことはない』と言われるなら、『24時間テレビ以外で応援や寄付はしましたか?』と聞くと、ほとんどの人はしてないと思うし、むしろ他人を応援する人は、「24時間テレビだから」とか、「チャリティーイベントだから」ってのを抜きに、頑張っている人、頑張ろうとする人を応援していると思う。

▼応援の形

この流れで書いちゃいますが、「応援」って、『頑張ってね』『何かあったら協力するよ』の言葉だけじゃなくて、**「形」**に残すことが、**「本当の応援」**になると思うんです。一番分かりやすくて、一番助かるのが「お金」ですね。(みんな「銭ゲバ」扱いされるのが嫌で表立って言わないけど)次には

世界中から届く衣類の山

「必要な物資」です。(コレもある意味ではお金と同等)

※ここで重要なのは必要な物です。

(話が少し逸れますが)東日本大震災の時に、被災地に沢山の千羽鶴が各地から届きましたが、それらは**「ゴミ」**にしかなりませんでした。『人の想いをなんだと思ってんだ!』『みんなで作ったんだ!』そう思われる方もいると思いますが、冷静に考えてくださいね。

被災して一番必要な物は「お金」であり、次には「不足している物(食料、生活品など)」です。

※不足している物は〝本人にとって〟です。

千羽鶴は、(気持ちは嬉しいけど)全国各地から届いて、倉庫のスペースを使って、あげくゴミ処理まで被災地にさせていました。衣類も全国各地から届きましたが、大きな体育館

のスペースを塞ぎ、サイズなどを仕分ける人の労力を使い、中には洗濯もしていないカビ臭い服も大量にあり、あげくほとんどがゴミとなり、焼却処理まで被災地が行いました。（寄付をして本人が必要な服を買うか、Amazon リストで本人が欲しい物を支援した方が良くないですか？）

※僕は岩手県出身で被災はしていませんが、震災時は地元にいました。千羽鶴や衣類に関しては、携わった人の声を書いています。

衣類に関してさらに言えば…（さらに話が逸れます）「発展途上国へ着なくなった服を届けよう」ってメッセージ聞いたことありませんか？「発展途上国　衣類　末路」で、検索をしてみてください。

被災地に届けられた衣類は、大きな体育館に運ばれ、その中から着れるような（汚れなどが少ない）ものを、サイズや男女別に選別をして、その後に被災地各地に届けるも、結局はほとんどが余ってゴミになりました。（体育館のスペースも、仕分けや届ける人の時間も労力も無駄じゃない？）

※被災者はそんなことは口には出しません。

千羽鶴にしても衣類にしても、『善意で送ったのに』『こっちの気持ちを無駄にして』と言われるのがオチだからです。（話を戻します）**応援（支援）**をするのなら、**「形に残す」**と書きました。もちろん、お金での**「寄付」**や、本人が必要な物の**「支援」**が、とても助かりますし、僕もとてもとても助かっています。

これらは「お金」がかかりますが、「お金」をかけなくても、**「応援を形」**にすることはできます。（いろんな例があると思いますが）

僕の場合だと、とても嬉しいです。**「SNSのシェア」**や**「フォロー」「いいね」**が、とても嬉しいです。Facebook や Instagram、このnote も毎日のように投稿をしています。それらを「シェア」してもらえるだけで、情報発信者としては嬉しいんです。

あとは、公開・非公開問わず「お話しする機会」を、作ってくださるのも有り難いです。僕のことや発信を知ってもらえる機会であれば、無料でもお受けしています。お金を使わなくても、応援はできるし、応援したい気持ちがあれば、相手が喜ぶことを想像できると思います。

※僕の応援をして！という話ではないです。（してもらえたら嬉しいです）

長くなってきたので、話をまとめながら結論へ。

▼最後に…

応援する人のことを、結構長く書いちゃいましたが伝わりましたか？　**「応援してるよ」の気持ちは嬉しいけど、「形にしてくれたら、さらに助かる！**ということを伝えたかったです。（物は必要な物を聞いてから）

そして、もう一つ大事なことは、**「応援をしてもらう人」**は、今まで誰かの**「応援をしましたか？」**です。正直、僕はこの質問をされたら「ＮＯ」です。沢山の応援をしてもらっていますが、**「過去にそれだけの応援をしてきたか？」**と、問われると胸を張って「はい」とは言えません。（少しはしてきたのかもしれませんが…）

もっとたくさんの応援をしてきていたら、僕はもっと応援されていたと思います。**「応援をされる人」は「応援をしてきた人」**そう思っていますというか、これはそうだと言いきれます。見返りを求めての行動は話が違いますが、〝返報性の原理〟を改めて実感しています。**「もっと応援できただろう」**って。

だから今の僕にできることは…応援してくれる人達へ、「恩返し」をすること。応援してくれる人達が、「挑戦」や「困難」に立ち向かっている時には「応援」をすること。「恩返し」も「応援」も、クラウドファンディング、寄付、募金、支援、シェア、いいね…形に残してやれることは沢山ある。**応援した人が応援される。応援された人が応援する。「応援し合う」文化**を作ることは難しいけど、そういう風潮とか社会になれば、病気でも障がいでも挑戦でも、みんなで応援しあって、みんなにとって温かいし優しい社会になると思う。

そういう発信をされている方や、そういう想いを持っている方は、僕が知らないだけで沢山いると思うけど、僕の周りでも、そういう文化が広がっていけば良いな。と思っているし、損得抜きで、「応援し合える文化」というメッセージを、僕は伝えていこうと思っています。

2023/10/16熊谷翼

☞Amazonでの支援物資はこちらからお願いします。
（Amazon「ほしい物リストを一緒に編集しましょう」
https://www.amazon.co.jp/hz/wishlist/ls/3FUBFS89TMKS3?ref_=wl_share）
☞寄付はこちらからお願いします。
［銀行］PayPay銀行［銀行コード］0033［支店］はやぶさ支店［店番号］003［口座番号］**※現在使用されていません。**
［名前］クマガイタスク
※手数料のご負担させて申し訳ないです。
☞リンクまとめはこちらから
（lit.link「熊谷翼／がんサバイバー」（リットリンク））
https://lit.link/kumagaitasuku

181／腫瘍マーカー数値報告（2023年10月17日20時59分）

2023年10月17日(火)　がん告知から181日目　※1301文字

こんばんは。

182・5日で告知から、ピッタリ半年になります！

182・5日って…明日？明後日？（笑）

さて今日は、**「12サイクル目が始まります」**ということと、**（やっと）「腫瘍マーカー数値」**について書いていきます。

これから数日は、化学療法の近況報告や経過報告になると思います。よろしくお願いします。

▼12サイクル目から薬が一部変更

今日の血液検査などの数値が異常がなければ、明日から化学療法が始まります。今まで使ってきた薬に対して、がん細胞が抗体を持ち始めたため、薬の効きがあまり良くないため、今回から薬の変更があります。（細胞って凄いですね。身体に毒（抗がん剤）が入っても抗体を作って防衛するわけですから）今回からの（前回までも含め）抗がん剤は、

・ラムシルマブ
・イリノテカン
・サイラムザ

この3剤となります。以前の薬よりも、副作用の冷感刺激は抑えられるようです。ただし、吐き気は以前の薬よりも強く出る可能性があるようです。それ以外にも副作用は、人により変わってくるので、まぁ明日になってみてですね。今も担当医が様子見に来てくれました。『どうですか？』って。ホントこういうのが安心しますね。あとは、今回の薬も効果が出てくれたら良しですね。

あ、そうそう腫瘍マーカーの数値ですが…

【CEA】
4／24［242・0］　5／15［459・0］
5／19［357・0］　6／6［141・0］
7／4［45・2］　8／1［27・4］
9／5［34・8］　10／3［36・6］

【CA19-9】
4／24［6265 8・0］　5／15［14788 2・0］
5／19［129823・0］　6／6［90811・0］
7／4［36738・0］　8／1［19987・0］
9／5［19714・0］　10／3［23975・0］

10月が少し上がってきていますね…次は11月に検査して腫瘍マーカー数値が分かります。過去の投稿でも、数値や【CEA】【CA19-9】について書いていますので、よかったら参考にしてください。

（「44／遺伝子変異」P.101参照）

▼最後に…

ということで、何もなければ、明日から12サイクル目の治療開始です。新しい薬になることによって、不安がないかと言えば嘘になるけど、考えても心配しても、答えは分からないので、まずは自分の身体を大切にして、明日を迎えられることに感謝をして過ごしたいと思います。朝にはテラスに行って、リラックスしようかな～。そんなことを考えながら、そろそろ消灯時間です。

あ!!　今日、講演の打ち合わせをしたので、もう少ししたら案内すると思いますので、応援やシェアをお願いしますね。

それでは、おやすみなさい。

2023/10/17熊谷翼

☜ Amazonでの支援物資はこちらからお願いします。
（Amazon「ほしい物リストを一緒に編集しましょう」
https://www.amazon.co.jp/hz/wishlist/ls/3FUBFS89TMKS3?ref_=wl_share）

☜寄付はこちらからお願いします。
［銀行］PayPay銀行［銀行コード］0033［支店］はやぶさ支店［店番号］003［口座番号］**※現在使用されていません。**
［名前］クマガイタスク
※手数料のご負担させて申し訳ないです。

☜リンクまとめはこちらから
（lit.link「熊谷翼／がんサバイバー」（リットリンク））
https://lit.link/kumagaitasuku

182／12サイクル目の化学療法はキツかった

（2023年10月19日 21時54分）

2023年10月18日（水） がん告知から182日目 ※2473文字

こんばんは。

10月18日分を翌19日に書きますが、18日の気分ホヤホヤで書きますので、何ら支障はございません。ご安心くださいませ。

最初にご案内させてください。もう少ししたら情報公開となりますが、11月に公開（zoom）講演会へ登壇（予定）します。
（zoomで登壇って言うのか？）

案内公開の前に、zoomの使い方をマスターしておいてください。

あとはFacebookも僕に友達申請をしてください。何かと今後Facebookグループなども使うかもなので。
（https://www.facebook.com/kumagaitasuku）

告知はFacebook（＋threads）とインスタになりますが、インスタはストーリーでしかリンク飛べないので。（noteでも告知しますね）

ご準備よろしくお願いします。（参加費は応援だと思ってください）

今までは企業研修の一環や、コミュニティイベントの一環で【非公開】でお話しする機会が多かったので、今回のように公開講演は、あまり機会が多くないかもしれないので、是非よろしくお願いします。

※今回のように公開講演を主催していただける方も大募集です。

さて、それでは本題へ。

▼「新薬12サイクル目はキツかった」です。

日の出前

まずは昨日の投稿より
（「181／腫瘍マーカー数値報告」P.410参照）
さて、本日18日に投薬開始されました。結論から言うと「キツかったです」もう少し具体的に言うと、「新薬の副作用が今までとは違った」ということです。治療スケジュールも合わせて書きますね。検査結果などを踏まえて、お昼あたりから投薬開始になりました。
今回からの抗がん剤は、
・ラムシルマブ（フルオロウラシル）　※イリノテカン　※サイラムザ（順不同）この3剤となり※印が新たに変更になった薬です。
投薬開始後は、

①吐き気やアレルギーを抑える点滴（15分）
↓
②サイラムザ（60分・治療薬）
↓
③イリノテカン（120分・治療薬）
③レボホリナート（120分・④の増強剤）
↓
④フルオロウラシル（3分・46時間・治療薬）

ざっとこんな流れでした。

今回キツかったのが、というか初の薬なので、副作用の程度もわからないからキツかったと思うんですが…

②サイラムザ
これを入れてから『あ～抗がん剤が入ってる…』って感じでしたが、だんだんと全身のダルさが出てきました。まぁこの程度なら…くらいのダルさです。（微熱が出てる時くらいの感じですかね）
そして、

③イリノテカン
これが入り始めてから「吐き気の気配」が…。
（Threads「熊谷翼（@kumagaitasuku）・Threadsでもっと語ろう」https://www.threads.net/@kumagaitasuku/）
吐きそうなムカムカ感と、口に指を突っ込んだら🤮🤮🤮しそうな感じが、点滴中の2時間ずっと…。#吐き気止めの効果絶大
あとは、いつもなら最後の点滴に切り替わって、夜寝る時に出ていた「身体の火照り」が、イリノテカンを入れ始めてから出ました。「吐きたい手前」と「身体の火照り」、身体が火照った後の「身体の冷え」と。
#何かの歌詞になりますかね
#いとしさと切なさと心強さと～
#吐きたい手前と身体の火照りと身体の冷えと～
まぁこんな冗談も言えない状況で、ベッドでずっと寝たふりをして耐えてました。スマホを触るのもしんどいし、画面ずっと見てると酔う感じで…。

何とか終わって、

④フルオロウラシル

これはいつも使ってる薬なので安心？副作用もダルさと高血圧くらいなので慣れました。この点滴に切り替わったあたりで夕食。
よりによって、病院食の中では〝**当たり**〟であろう〝**すき焼き風煮**〟一口食べて終わりました…（涙）
食欲が出ないに加えて2時間続いた…「マジで吐いちゃう5秒前」
#マジで恋する5秒前（今日はどうした!?笑）
この影響で食べれる気が全く起きず…そのあともモヤモヤしてたんですが、1時間くらいしてから1階のコンビニにヨタヨタ歩いて行って、ゼリーとか買って（なぜかチョコパイも買ってた）（こういう時にPayPay支援は重宝してます！ありがとうございます！）

それらをチビチビと？無理矢理？お腹に入れて、お腹に入ると全身が熱くなり、血流が良くなって？　火照って落ち着いて火照ってを繰り返しながら、なんとか栄養ゼリーは飲んで、あとは寝たふり。なかなか眠れないんですが、寝たふりをして1～2時間の睡眠を何回か繰り返し、
※夜泣きとかあるとこんな感じなのかな？
世の子育て世代を尊敬します！

3時くらいからは眠れなくなって、（ダルさは少し抜けていて）ラウンジ行って日の出を待ってたら、眠くなってきてベッドに戻り…6時くらいからまたウトウトして、7時半くらいにまた目が覚めて…朝食のヨーグルトだけ食べて、薬飲んでまたウトウトして…看護師さんに挨拶をする時に、声が出ないことを知って、9時に起きて歯磨きとかしてる時に、今まであった副作用の「冷感刺激」はなくて、（それでも蓄積してるのが未だに消えてないから痛いのは痛い）退院の準備をして、診察をしたり、検査の日を決めたりして。そして退院しました！
※翌日の分まで書いてしまったのは、18日分の投稿を19日に書いているから（笑）。
続きは19日分で書きますね！

それでは！

2023/10/18熊谷翼

（Amazon「ほしい物リストを一緒に編集しましょう」

https://www.amazon.co.jp/hz/wishlist/ls/3FUBFS89TMKS3?ref_=wl_share）

☞寄付はこちらからお願いします。

［銀行］PayPay銀行［銀行コード］００３３［支店］はやぶさ支店、［店番号］００３［口座番号］**※現在使用されていません。**

［名前］クマガイタスク
※手数料のご負担させて申し訳ないです。
☞寄付金の使い道（２０２３年10月19日時点）
現在の治療とは別に、今後予定している治療薬の効果が低い場合の治療方針を検討するため、「がん遺伝子パネル検査」を実施予定です。

※寄付金はその費用として使わせていただきますが、想定以下の検査費用の場合には今後の治療費に使用させていただきます。
30万円（現在の寄付金5.5万円）ほどの費用を想定しております。
※現時点では保険適用外の可能性です。
※治療の選択肢が無くなると保険適用ですが、その前に選択肢を広げておきたいです。
※治療薬が合致する確率は10～20％ですが、やれることはやっておきたいです。

よく分かるがんゲノム医療とC-CAT
「がん遺伝子パネル検査とは」がんの特徴を調べ、一人ひとりに合った治療法の手掛かりを見つける検査です
国立がん研究センター「がんゲノム情報管理センター」
https://for-patients.c-cat.ncc.go.jp/
☞熊谷翼リンクまとめはこちらから
（lit.link「熊谷翼／がんサバイバー」（リットリンク））
https://lit.link/kumagaitasuku

183／宣伝と副作用と悪化と感謝

（2023年10月20日 00時25分）

2023年10月19日（木） がん告知から183日目 ※4550文字

こんばんは。

今夜2連続投稿です。前回の投稿からどうぞ！

（「182／12サイクル目の化学療法はキツかった」P.412参照）

最初にお知らせをさせてください。

「さんりく・大船渡ふるさと大使」で、シンガーソングライターの**【濱守栄子さん】**ご存知でしょうか？

遠い空の上で・・・

（YouTube濱守栄子【国道45号線】MV MrKabayanchannel）

（CD紹介「遠い空の上で・・・」濱守栄子、1762円）

（https://eikohamamori.com/「濱守栄子オフィシャルサイト」

濱守栄子さん 3rd アルバム
「遠い空の上で…」

大船渡市出身シンガーソングライター／さんりく大船渡ふるさと大使／希望郷いわて文化大使）

　普通のOLからシンガーソングライターになり、日本一周をして1000万円の義援金を集めて被災地に寄付をしたり、二度目の日本一周をして大人の夢を応援したり。と、とんでもないパワーを持った方なのです。そんな【濱守さん】が、無料の【マインドアップ学園】をLINEで立ち上げております。無料で濱守さんのエネルギーの源を感じられそうですね。（いつまで無料かは分からないので今のうちに入会を！）

👉以下一部、濱守さんのFacebookよりコピペ

◆◆◆◆◆◆◆◆◆◆◆◆◆

お金も時間も、まさに【フリースクール！】夢をもち、輝きにあふれている大人のためのマインドアップ学園。

◆◆◆◆◆◆◆◆◆◆◆◆◆

Amazon 読み放題で読めるなんてお得すぎる！

明後日21日まで【0期生】を募集しています。夢を叶えたい人是非、入学してくださいね(*´艸`)

11月には、さっそくあるゲストをお呼びしてあるイベントを企画中です!! 涙、、涙、、の時間になること間違いなし!!

0期生のみんなと一緒に作り上げようと思ってますので是非、一緒に盛り上げてくださいm(_ _)m

あなたの参加を楽しみにしています！

【ダイヤモンドマインド学園】はオープンチャットになってます！

こちらからご入室ください↓↓↓

(line.me より (「ダイヤモンドマインド学園」ダイヤモンドマインド学園は、夢を叶えるマインドを無料で学べる学園です。 毎日頑張っているあなたへ°)) https://line.me/ti/g2/Ht_3fWDT1-YfKMZXX6HxhNWCxfEzkngexb7_AQ?utm_source=invitation&utm_medium=link_copy&utm_campaign=default)

　前回の投稿に、

【公開講演】の案内を書きましたね。まだ公開前なのですけども… マインドアップ学園のね… 11月のイベント…ゲスト……。（情報は今はここまで）

※マインドアップ学園の方は、公演の参加費が…無料という噂も。（あったりなかったり）

まぁどちらにしても、ちゃんと成果や実績のある方が行っ

ていて、なおかつ無料で学べる機会やコミュニティはほぼ無いです。（リスクゼロなので行動の一歩踏み出しましょ！）

さてと、前回に引き続き「12サイクル目の副作用」について書きますね。よろしくお願いします。

▼12サイクル目の副作用

まず結論としては、「一夜明けたら、さほど酷くはない」です。

ホッとした方は、【濱守さん】のLINEチャットへご入会をして、おやすみくださいね。21日までが【0期生】入会期限です。

「初めまして同士」だから人見知りでも大丈夫！

※これだけ告知するのは【濱守さん】からも支援を頂いたり、声をかけて下ってくれた恩返し（応援）です。みなさんも「応援」し合いましょ！

情報シェアも参加も〝応援の形〟です！

さてさて、話は戻りまして…今回の治療の副作用ですが…

◆冷感刺激

今まで辛かった**「冷感刺激」**は無いですね。この冷感刺激は「蓄積される」と言われてはいて、確かに治療をするごとに、冷感刺激が抜けずにいて、ここ最近は次の治療まで冷感刺激が抜けずにいて、なんなら今もまだ抜けてはいません。

ただ、**〝冷たいものに触れた時の痛み〟**や、**〝冷たいものを飲んだ時の違和感〟**は、今回は無くて、これは治療薬変更の効果ですね。

※手足の冷感刺激が酷くなると、特に足が麻痺したようになり歩けなくなる。あとは手の先が氷を触っている時と同じ冷たさと痛さがあるので、動かしにくくなる。これ以上、その薬を使うとそういった症状も出るのだ、それもあっての薬変更でもあります。

寒さも影響してか？手先の痛み、足のピリピリはまだありますが、冷たいものへの刺激が無くなったのは良かったです。

#冬越せそうです

◆吐き気

今回の薬で前回よりも副作用として強くなると言われたのが「吐き気」です。投薬後がピークだと良いんですが、今もまだムカムカしている感じはありますが、今の感じは前の治療薬の時と同じくらいなので、まぁ大丈夫そうかなと。

※一応、嘔吐袋は枕元に。

※これも支援品です！ありがとうございます！

◆高血圧

今朝までは高血圧の症状は無かったですが、いつも投薬期間が終わってから出てくるので、これは明日以降の出現するかもしれないですね。

※血圧計も支援品です！ありがとうございます！

◆便秘

便秘というか固くなって出にくい副作用がありましたが、今回の治療薬は逆に緩くなるそうで…確かに柔らかくはなった！

これが下痢になることもあるそうなので、トイレは頻回になりそうですね。

※大変になったらリハビリパンツを支援物資に加えます！

◆味覚変化？

これは2ヶ月前くらいから「ん？」と思っていたんですが、味や香りが弱いものを舌で感じなくなってきた感覚があって、鼻からの匂いで味を理解するような。なので病院食はあまり進まないし、ふりかけや納豆でご飯を食べている感じです。これは最近酷くなっている気がします。食べられない時は、栄養ゼリーや一口サイズの栄養バーやカロリーメイト食べてます！

※これも支援品です！超助かりました！

◆口腔粘膜炎

これは今回の薬で副作用として出やすいようです。今はまだその症状は出ていません。

◆倦怠感

これはまぁ1週間くらいは続くでしょう。想定内です。朝はしんどくて歩く時はお爺さんです。

※寝室が2階でトイレが1階で手すり掴んで降りてます(笑)

ざっと副作用はこんな感じですね。あとは主症状の〝がん性疼痛〟は、右脇腹が時々〝チクリ〟とする感じで、肝臓の癌が疼いているのが分かります(笑)。頭痛が出ているんだけど、これは偏頭痛なのか？高血圧なのか？微妙なところですが大丈夫でしょう。このくらいは。簡単に書いている(言っている)ようで、健康な人からすると「大変」に思いますよね。昔の僕ならそう思っています。

けど仕方ないんです。この状態は。自分の身体の元気な細胞(細胞分裂が活発な良性・悪性細胞無関係)に薬を入れて、細胞分裂を抑えて、さらに〝がん細胞〟のみを壊す薬を入れて、それで身体がなんともないわけなくて、(良性細胞も悪性細胞も)細胞達はてんてこ舞い。「また新しい薬がきたゼ〜！」「なんとか生き残るゾ〜！」とやっているから、嘔吐したり下痢したりして、その薬を体外に出そうとする。(それを抑えるための46時間点滴なのかな)身体にとっては〝毒〟とも言われている〝抗がん剤〟さらには痛み止めで〝入り麻薬〟も飲んでいる。身体に良いわけない。身体に良いモノを取り込んでも、なんとかトントンかマイナスなのかなぁ。

それでも、現時点では、その薬を入れないと〝悪性細胞優位〟になって、身体全体が〝悪性〟になっていく。薬が効かなくなると次の治療薬や治療方針になるけども、それも無限にいるわけでは無くて。その可能性を探るために、「遺伝子パネル検査」を今後する予定です。寄付金のお願いにも文章を添えましたが、この大学病院で治療を始めて最初の方に、こういった検査もあることを聞きました。

「選択肢があるならやりたい！」と。これは通常の遺伝子検査よりも、かなり精密で、僕の癌には「この薬」と判断されるモノ。正確ではないかもしれませんが、治療手段がない場合のパネル検査は保険適用。治療手段がまだある場合の検査は保険適用外の認識でいます。
※違ったら教えてください！
※支援金も保険適用外で想定しています。
ただし、大腸がんや肝臓がんの「保険適用薬」は少なく、合致する「保険適用薬」が当てはまるかは分からない。可能性は10～20％。保険適用薬に該当しならなければ、保険適用外の治療（1回100万とかの）や、治験になるのが最終手段。
その前にも、ＢＲＡＦ阻害薬や、リザーバー動注化学療法（福岡県久留米市に行くか？）の選択肢はありますので、選択肢が狭くなる前に、パネル検査をしておきたいのが、僕と担当医の総意です。
☞久留米に行くなら担当医が段取りつけてくれるそうで。（まだこの先の話ですが）
（YouTube「**【医師出演】肝臓がんに対するリザーバー動注化学療法はどのように行なわれるか**」
https://doctorbook.jp/contents/152）
新しい薬での、化学療法が始まりましたが、この薬で〝**がんが消える**〟のがベストですが、ベストにならない時のことを想定して準備しておくことも大切で…自分のことなのに第三者的なのが、自分でも不思議ですが、そこは担当医ももちろん想定はしていて、次の段階やその先も見据えているので、僕も患者ながらも、今とその先を見据えながら治療をしています。

▼最後に…
僕の場合は、「治す」より「生きる」が優先なので、治療をしながら、「治せる兆し」を作ることしかできなくて、そのためには、自分の細胞を信じるしかないし、自分の可能性を信じるしかない。

〝今〟の心が〝未来〟を作るから、今を大切にしてその積み重ねしかないな。と。治療が順調に進んで、数値も驚くほど回復して、横ばいになって、少し悪化して、この繰り返しなんだろうけど、〝**悪化**〟したことによって、自分の価値観や考え（マインド）が、またさらに高まったのは事実で。**「今のままだと良くないよ」**の、メッセージだと思って受け取っています。

それから講座を開設したり、支援金のお願いをしたりして、今までの治療生活から、さらに前進する一歩を行動に移して、その結果、応援してくれる人が現れた。

※実はこの支援金の募集は、自分の為が一番なのですが、当事者の為でもあります。前にも書いた気がしますが、当事者は治療費のことも心配になるんですね。その相談は10件を超えました。
「俺がやってることを真似してやって！」「熊谷に言われて始めろと言われた！」と、
・周りからどう思われるか怖い
・お金の話をすると引かれる

・他人の力に頼りたく無い
「そんな小さなプライドより命を優先しようよ」「生きて恩返ししようよ」そんな話もできるようになりました。
#アンチは無視
#死を覚悟したのなら生きよう

自分のこの半年の〝**生き方**〟や〝**在り方**〟も振り返ることができて、自分が行動をしたことで、周りの人や当事者の価値観も少しずつ変わってきて、**「今のままだと悪化する」**ってメッセージを、自分のエネルギーに変えて、どんどん可能性を広げることができてきた実感があります。順調にいくと気付かないことや、忘れることもあって、それに気付けたから**「悪化」にも感謝**ですね。（もう悪化は要らないけど）

こういう話で良ければ、お茶会レベルでも話しますので、企画検討される方はご連絡くださいね。〝いつか〟は無いと思って生きましょうね。

2023/10/19熊谷翼

☞Amazonでの支援物資はこちらからお願いします。

（Amazon「ほしい物リストを一緒に編集しましょう」https://www.amazon.co.jp/hz/wishlist/ls/3FUBFS89TMKS3?ref_=wl_share）


現在の治療とは別に、今後予定している治療薬の効果が低い場合の治療方針を検討するため、「がん遺伝子パネル検査」を実施予定です。30万円（現在の寄付金5.2万円）ほどの費用を想定しております。
※現時点では保険適用外の可能性です。
※治療の選択肢が無くなると保険適用ですが、その前に選択肢を広げておきたいです。
※治療薬が合致する確率は10~20%ですが、やれることはやっておきたいです。

☞寄付はこちらからお願いします。

（［銀行］PayPay銀行［銀行コード］0033［支店］はやぶさ支店、［店番号］003［口座番号］**※現在使用されていません。**

［名前］クマガイタスク）
※手数料のご負担させて申し訳ないです。

☞リンクまとめはこちらから
（lit.link「熊谷翼／がんサバイバー」（リットリンク）
https://lit.link/kumagaitasuku）

note「熊谷翼／大腸がんステージⅣ／」

（2023年10月20日 02時30分）

がん患者当事者の方のnote（寄稿）を一つのマガジン（集約）にしようと思っているのですが、寄稿してくださる方（共同運営）いますか？

複数の当事者の声を読めるのは、読者としての検索負担を減らして、多くの方に声を届けることが可能と思って企画しました！

コメントいただけると嬉しいです！

184／投薬を終えての近況報告

（2023年10月20日 21時32分）

2023年10月20日（金） がん告知から184日目 ※2250文字

こんばんは。

退院翌日は、やることを結構決めているんですが、車が動かなくってしまったので（車が入院）、「これも何かの意味があるのかな」と、久しぶりに、たっぷり本を読んでオンライン講座視聴して、丸一日学びの日となりました。

さてと、昨日の投稿は、〝過去一番〟くらいの文字数の投稿になりましたので、

（「183／宣伝と副作用と悪化と感謝」P.415参照）

今日はまったりと、**「投薬が終わっての近況」**を書きたいと思います。

▼副作用や体調など

今日の夕方に、〝12サイクル目〟の投薬が終わりました。投薬が終わっての1番の喜びは、風呂に浸かれることで、点滴を抜いてスグに風呂の準備をして、小学生の友達から届いた入浴剤（amazonリストの支援物資）で温まりました。

「ありがとう!!」

◆高血圧

話は前後して、朝起きた時。血圧が170／100くらいで、何度か測っても同じくらいでした。これは副作用の高血圧ですが、いつもは投薬が終わってから、上がることが多

かったんですが、今回は46時間点滴が入っているうちから、上がっていたので、今までとはまた少し違う感じですね。(明日はどうなるか?)

※高血圧の時だけ血圧の薬を飲んでいます

高血圧だと、頭がモヤモヤして身体も不調なので、(常に高血圧の人ってこんな感じなのかな?)薬を飲んで休んで、落ち着いたところで外出しようとしたら、車は動かず。(バッテリーが完全にダメみたいでした)身体もそこまで動かないので、(マラソン走った後みたいな感じ。走ったことないけど。)ソファとベッドの2拠点で、最近できていなかった読書を。(やっぱり読書は良いですね)

◆冷感刺激

体調的には、朝から変わらずという感じでしたが、冷感刺激は今回からはなかったものの…今までの蓄積からか…手の指先がずっと痛い。氷を触っている感じがずっと。今日は寒かったのもあるのかな?家ではエアコン付けて寒くないようにして、それでも痛いから手袋つけてて。なんとなくは、冷えからくると言うより、今までの蓄積からの痛みのような感じがします。痛いけど指は使うし、指が痛くない生活がどんだけ快適だったか…(この文字打ちも頑張っているんです涙)

◆味覚障害

やっぱりこれも副作用ですね。味もそうなんですが、食感も鈍くなっている感じがしていて、いつも食べているプレーンヨーグルトですら、「え?味が全くない?」ヨーグルトにかけてたフルグラも、「え?こんなに味がしなかった?」という感じ。

病院食の白米が食べられなくなったのも、味と食感に違和感あって、納豆とかふりかけの味や匂いがないと、白米なのか?何なのか?分からない感覚。酢飯とか味がついていないと、白米だけでは食べられない感じですね。(これも蓄積されてたのかな?)副作用としては、この程度で今までと大きくは変わらないかな。もっと酷くなるかもと思っていたけど、

リボンに良く似たぬいぐるみ

ありがとう！友達！

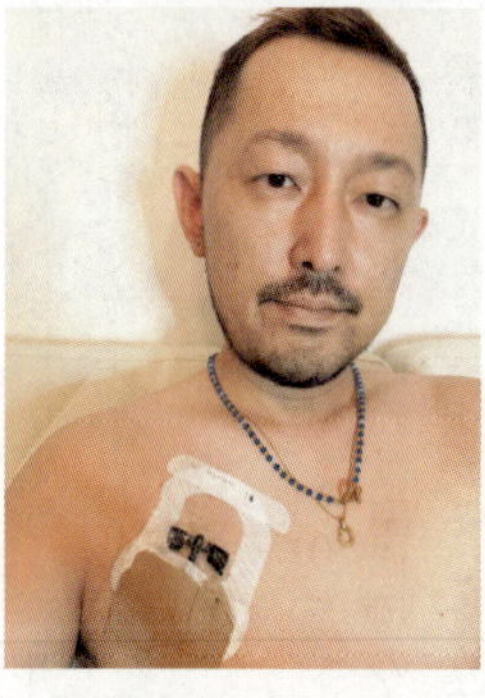
この針抜くのも慣れましたね

下痢もないし吐き気もないし。
あとは時々脇腹にチクっと痛みが走る時はあるけど、これは〝がん細胞〟の反撃だから仕方ない。薬を飲むほどの痛みではないから、まぁこれもいつも通りかなと。（4、5月は毎日ずっと痛くて薬飲んでも痛かったです）
そんな感じで、大きな副作用もなく安心しました。今日、点滴を抜いたので、いつも点滴を抜いてから、不調になりやすいので、明日からどうなるか？ってところはありますが、とりあえずは大丈夫そうですね。

▼最後に…
僕のサブ Instagram にも投稿した「言葉」が、最近特に身に染みていて…

（【くまメンタル🐻】https://www.instagram.com/kuma.mental/）

自分で書いていて、「ほんと、その通りだよな」って。この言葉を思い出したのは、数値が少し悪化した時で、自分の中でも、今までを振り返ったり、今後の治療のこととかを想定してた時に、この言葉を思い出したんですね。

「今の心」の在り方が「未来」を作る。

最近は毎日、この言葉が事あるごとに降りてきて、こういう意識というか在り方になれたのが、すっごい良かったなぁと思います。言葉では理解してても、腑に落ちることはあまりないですからね。腑に落とすと自分ごとになるけど、頭だけの理解では他人ごとですから。だから早いか遅いかはどうでも良くて、この歳で「在り方が確立した」のは良かった。危うく何も考えずに爺さんになるところでした。皆さんの座右の銘は何ですか？　ぜひコメントやＤＭに書いて欲しいです。

いつもありがとうございます！

2023/10/20熊谷翼
◆ＳＮＳでのコメント、メッセージ。支援、寄付、心より感謝しています。ありがとうございます！

185／目の前で起きた出来事をどう意味付けするか

（2023年10月21日 20時51分）

2023年10月21日(土) がん告知から185日目 ※2926文字

こんばんは。

昨夜から合わせて15時間くらい寝てました。朝目覚めて薬だけは飲みましたが、身体が全然動かなくて(高血圧もあり)そのあとまた寝て15時くらいから、やっと身体も動くようになりました。入院の疲れなのか？寒さなのか？気圧なのか？ 模様替えをしようと思っていたけど、調子の良い時にボチボチとですね。(完全に自分を甘やかしています)

さてと、本題に入る前に「お礼」をさせてください。

ナガヤス様［PayPay 銀行］、リフ様［PayPay 銀行］、アサヌマ様［PayPay］、イトウ様［PayPay］、マイタ様［PayPay 銀行］、ゴトウ様［PayPay］、サカシタ様［PayPay］、ヨシダ様［PayPay］、アサヌマ様［PayPay］、サカシタ様［PayPay］

ご支援いただき、心より感謝します。ありがとうございます。ギフトカードや支援物資も、本当に助かっています。ありがとうございます。生きて必ず恩返しをさせていただきます。

さてと今日は、**「目の前で起こったことの意味」**というテーマで書きたいと思います。講演やセミナーで話している内容の一部ですが、整理も兼ねて書きます。

▼目の前で起こった出来事の意味は？

起こった出来事は、何かしらの意味（メッセージ）があると思うと、不運な出来事もプラスに変えられる。

頭ではそれを理解していたけど、〝がん〟になってからは、実践というか、実体験で、理解できるようになりました。嫌なこと、ムカつくこと、最悪なこと、それらが起こったら、それは「頭にきます」誰でも。

僕もイラつくことはあります。感情的になるし、書いているし、でもそこで感情は脇に置いて、**「コレって何のメッセージなんだろ？」**って、思えることで、怒りのボルテージは下がるし、（アンガーマネジメント）どういう意味があるか？を考えることで、新しい気づきを得たりする。僕の場合…がんになったことを、どんだけ責めても悔やんでも、過去の出来事のせいにしても、状況は変わらない。

〝がんになったのには、何かメッセージがあるんじゃないか？〟そう考えると、プラスに方向に気持ちが変わっていきました。どんなにイラついても、何かのせいにしても状況は変わらない。変えられるのは、そこに「意味を見出せるか」だと思います。

・上司から注意をされた
・ミスをした
・病気になった
・子供が勉強をしない

些細なことであっても、そこには「意味」があって、起きた出来事の〝せい〟にしても状況は変わらず、起きた出来事の〝意味〟を分からないと、いつまでも同じ状況が続いたりもします。以前、個人のメンタルコーチングをしていた方からの相談で、**「子供が引きこもりで部屋から出てこない」**という相談を受けましたが、なぜ引きこもるようになったのかを掘り下げていった結果は、「親が過保護になりすぎていた」「親が口を出しすぎていた」でした。ご飯ができたら部屋の前に置いていたそうですが、それを辞めて手紙を書きました。「あなたの人生だから、自分で決めて自分の責任のもとで自由に生きてください。親からは何も押し付けません。」と。「勉強をしなさい」「片付けをしなさい」「なんで、○○なの?」と全てに口を出していたことが、子供の意思や希望を消していたことに気付いたんですね。そこからは、とても仲の良い親子関係になったそうです。〝子供が引きこもり〟という出来事は、どんな意味があるのか?

そして、それを解決していくためには、**やはり自分がその意味をプラスに転換**していく気持ちが必要に思います。

▼人のせいにして生きていきますか?

他人のせい。学校や会社のせい。先生や上司のせい。社会や環境のせい。家族や生まれた環境のせい。誰でも、〝自分のせい〟だとは思いたくないんです。自分が〝悪者〟のように思えてくるから。だから何かのせいにして、自分は悪くない。自分は正しい。と思ってしまう。でもそれって本当にそうなのでしょうか? ミスをしたのは?注意をされたのは?不運な出来事が起こったのは?がんになったのは? 他人のせい?学校や会社のせい?先生や上司のせい?社会や環境のせい?家族や生まれた環境のせい? 自分のせい(責任)ですよね。そう思いたくなくても、そう思える強さを持たないと、いつまでも何かのせいにしてしまいます。

そして…何かのせいにする人は、ずっと誰かのせいにして生きていきます。給料が上がらないのは、会社や社会のせいだ! 自分が大変なのは、国や政治家のせいだ! 自分が認められないのは、環境や上司のせいだ!

こういう話聞きませんか? 居酒屋とかで(笑)

20代前半までならまだ分かります。その気持ちは。人のせいや何かのせいにしてるけど、あなたは勉強をしたり意識を変えたり、そういう努力はしたんですか?と、喉元まで出てくるけど、いつも飲み込みます。勉強もしない。本も読まない。意識も変えない。自分を変えない。というより、(人のせいにしてるから)**自分が変わらなきゃいけないと気付いていない。「相手は変えられない」「自分を変えよう」**が、頭では理解していても、とはしない。

自分の力で変えられるのは、〝自分の意識〟しかなくて、入院とかをしていると、他の患者さんもたくさんいるんですが、病気になったことを人のせいにしてる人もいます。僕は医師でも研究者でもないので、断言はできませんが、一つ言えるのは、「人のせい、何かのせいにしているうちは、病気も良くならないよな…」と。

今の自分は自分が作ってきているし、今の意識や価値観は

自分が作ってきたものだし、この先の自分を作るのは今の自分。

〝がん〟になる前に、この考え方を実践できてたら、もっと良かったんだと思うけど、それを悔やんでも何にもならないので、〝がん〟になってから、意識も捉え方も更に変えるようにしてきました。そうなってからじゃなく、もっと早くから気付けば良かった後悔を、他の人にはしてほしくはないので、講演や情報発信でお伝えしています。（誰か一人にでも届けば良いので）

自分に災難が起こらないと、なかなかスイッチが入らないのも分かるし、僕もそうだったんで。だけど、その時にスイッチをプラスに入れないと、状況は良くはならないから、そのスイッチだけは間違わないようにして欲しいです。

2023/10/21熊谷翼

◆SNSでのコメント、メッセージ。支援、寄付、心より感謝しています。ありがとうございます！

186／支援の目的の一つは当事者への手本

（2023年10月22日 23時33分）

2023年10月22日(日) がん告知から186日目 ※3681文字

こんばんは。

今まで書いた記事を、分かりやすく【0~100日目】【101~200日目】と、別けようとしたは良いものの、記事の仕分けが進んでおりません。こういうシンプルな作業は、ついつい飽きてしまって…長い目でお待ちくださいませ。

※がん患者さんの投稿を集めたのも作りたいので、賛同者募集中です！

さて、本題に入る前にお知らせをさせてください。facebookの方で、新たにグループを作ります。僕がthreadsやインスタで、時々〝タメになるようなメッセージ〟を書いていますが、それをfacebookグループにて投稿をする形。毎日最低1投稿はします（不調の時はごめんなさい）ちょっとした〝気付き〟や、僕の今の〝心境〟や〝愚痴〟みたいなことを、投稿していきます。noteやインスタでは、ある程度オープンな投稿をしていますが、そうではなく〝表では言いにくい本音〟を書いていこうと思います。あとは時々「明日ご飯行け

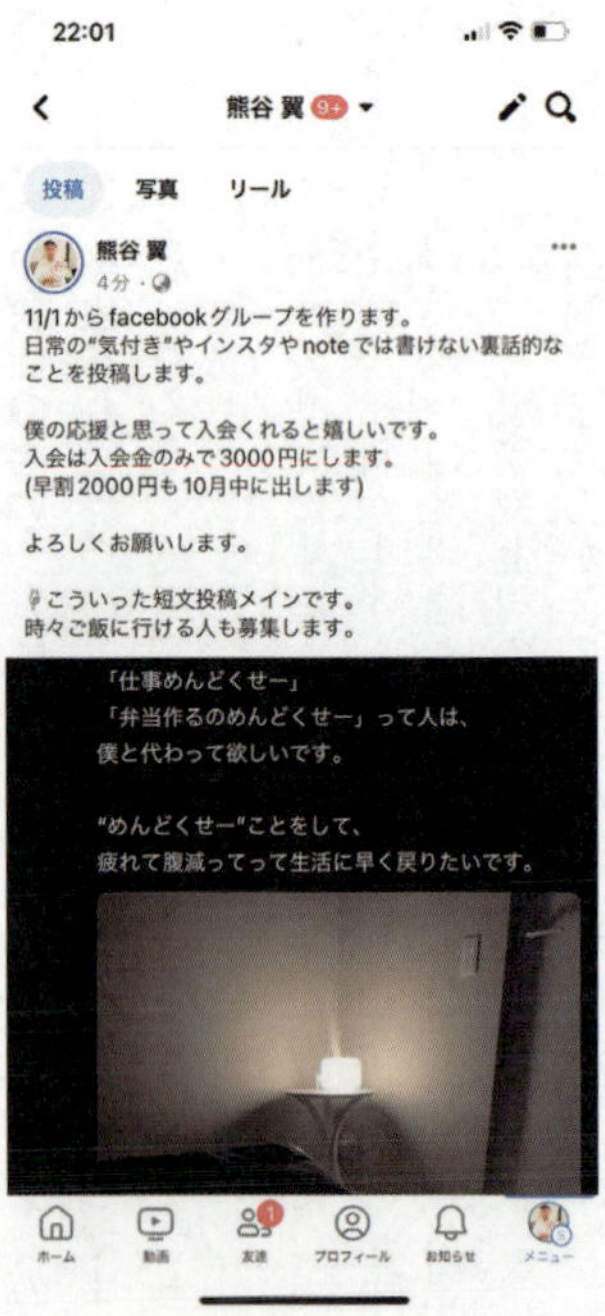

る方～?」の募集もします。応援のつもりでグループに入っていただき、僕の呟きを覗いてもらえると嬉しいです！（料金は入会金のみにします）今月中に早割の案内をしますので、何卒よろしくお願いします。

はい、では今日の本題です。「がん（病気）を言い訳に塞ぎ込むか?」というガチめなテーマで話をします。ちなみに先ほど言ったfacebookグループでは、こう言ったガチめな投稿もドンドンします。（お金のこととか本音とか弱音とか表ではなかなか言えないじゃん）それではどうぞ。

▼支援の目的

以前も書いた気がしますが、最近の近況も含めて改めて。最近僕の投稿では、「支援」「寄付」「講座」のように、お金（物資）をつくる（募る）投稿が増えました。これらの目的は2つあって、1つは自分の為。もう1つは当事者の為です。嘘をついても綺麗事を言っても仕方ないので、正直に書きますが（何度か書いていますが）生活費以外に治療費や薬代、それ以外に結構な費用がかかります。正確に言うとかかり続けます。数ヶ月だけであればゴールが見えますが、がん治療はゴールが見えませんし、治療以外にも、身体に良いものや寒さ対策など、気候と副作用と体調に合わせて、必要なモノが変わってきます。自分の収入や保険金で、何とかやっていますが、この先も続くことを考えると、少しでも治療費や検査費などの不安をなくしたい。不安がストレスになってしまったら元も子もない。自分が果てて治療終了ならば納得しますが、お金が果てて治療終了は後悔しか残らないと思うんです。なので、恥や見栄を捨てて支援や寄付を募っています。（本当にありがとうございます）

（集まるごとに）応援されていることを実感して、「まだまだ生かされている」と思い、今日も副作用と付き合っています。金額も本当有り難いのですが、それ以上に応援されていることが有り難すぎます。

そして、講座や新しく開設するfacebookグループ、今後増えてくる講演やお話会なども、応援（支援）を募ることが一番の目的です。（併せて僕のことを知ってもらう為でもあります）ですので、応援していただけると嬉しいです。

さて、今日話したいのは僕のことよりも、次がメインです。実は当事者（がん患者さん）からの相談が10件を超えました。大きく分けると2つで、1つは「どうやって受容できたのか?」というメンタルに関すること。そして、もう1つが「治療費が大変」というお金に関すること。その相談への回答も含めて、（前にも話した気はするけど）改めて僕の考えをぶつけたいと思います。

▼恥やプライドは捨てたらどうですか?

「収入が下がり毎月の治療費がキツイ」「生活でもギリギリなのに治療費が重荷」「治療費を残すためにカップラーメンばかり食べている」「生きている意味が分からなくなった」実際に相談された一部です。（許可は取っています）高額療養

費制度はあるものの、それでも毎月〇万円は治療費だけでかかる。（年収により負担額は変わります）

そして中には、「治療に専念した方が良いよ」と会社から言われた人もいます。事実上の解雇ですね。（会社からしたら人件費がかかるから分からなくもないけど）そうなると傷病手当はもらえますが、今までの給料の6割だけ。そこに生活費にプラスして治療費。ほんとは、調味料も天然のものを使ったり、毎日浴槽に浸かって体を温めたり、水や食べ物にも気を遣いたいけど、お金がないからできないんです。お金がないというより、この先どのくらいかかるか分からないから、不安になるんです。治療によっては、保険適用外の治療や治療薬もあります。治療はしたいけどお金を考えて出来ないってことが起こっているんです。

※これはリアルに起こっているので、いつかは読者さんにも起こるかもしれません。

そういった相談を受けて、お話を聞いて、それなら、**『僕と同じことをしてください』**と伝えています。**自分の状況をSNSで話して、教えられることがあるなら講座を作って、Amazonリストを作って支援を募って、寄付のお願いを募って。**と。

何故、それを躊躇するんですか?何故、周囲の目を気にするんですか?何故、やってもないのに無理だと決めつけるんですか?　治療費のことで不安になって、食費を削るためにカップラーメンを食べて、この先の治療費のことで死にたくなって、そんな状況を変えたいなら、自分が変わるしかないのに。

なんでそこで、周囲の目を気にするんですか?

文句言ったり馬鹿にする人は出てきますよ。そういう人は鼻から応援する気もないし、それが友達だったなら、そんなの友達じゃない。

生きている意味が分からなくなる。

確かに…治療をして良くなりたいのに、治療費のことを考えて食費削って、病気のことよりもお金のことの方が不安が大きくなったら、そりゃあ、生きている意味が見出せなくなりますよね。

分からなくもないけど、だったら生きる意味を見つける前に、自分の病気のことを発信して、今の苦労や辛さを発信して、必要な物資や募金をお願いしましょうよ。応援してくれた人への恩返しを、生きる意味に繋げましょうよ。病気を克服することが一番だけど、苦労しながらも生きていることを示すことも、恩返しになりますよ。**それが生きる意味では足りないですか?生きる意味は大きなものじゃないといけないんですか?**

言葉が強くって荒くなってしまって、ごめんなさい。けど、実際に苦労している人から相談をされて、僕ができるのはアドバイスや、どうやったらその人に支援が集まるかを考えることしかできなくて、（facebookグループに招待したりシェアしたりも今後やっていきます）なんとかしたいけど…

けれども…**本人(自分)が「変わらない」と、状況は「変わらない」**恥やプライドや、見栄や周囲の目なんか気にしてたら、状況は変わらない。変わるべきは自分なんです。そこを変えない限りは変わらないです。だから、どうか変えてください。

そして、一緒に乗り越えましょう。こうやって他人同士が繋がったのも、お互いが何かの意味があるし、意味があるなら〝無意味〟にせずに、ここから状況を変えていきましょう。

よろしくお願いします。

▼**最後に…**

支援や寄付を募っているのは、一番目は、自分の為、二番目は、当事者に姿勢を見せる為です。『俺は恥を捨ててやってるよ?』『楽しく生きてるよ』『あなたはどう?』って。

これが正解かは分かりませんが、僕の〝**在り方**〟と〝**生き方**〟が、誰か一人の参考になって手本になってくれたら嬉しいし、治療費じゃなく〝がん〟に向き合える生活に、変わっていけたら良いなと、心から思っています。今日は久しぶりに家族でご飯を食べに行きました。相変わらずの両親と妹でした。

朝晩はだいぶ寒くなってきましたね。寝室には加湿器も準備しました。(加湿器とアロマは大学の同級生から。ありがとう!)寒さと高血圧とダルさのトリプルパンチで、午前中はなかなか身体が動きにくいですが、うまく付き合いながら仕事もやっていきます。

今日もありがとうございました。

おやすみなさい。

2023/10/22熊谷翼

◆SNSでのコメント、メッセージ。支援、寄付、心より感謝しています。ありがとうございます!

187/嘲笑って生きますか?

(2023年10月23日 23時31分)

2023年10月23日(月) がん告知から187日目 ※2547文字

こんばんは。

うまい棒って1本じゃ終わりませんね…昔は食べなかったサラミ味とかも美味しい! 何味がオススメですか?僕は基本はめんたいこ?紫のやつです。

本題に入る前にお知らせをさせてください。facebookグループを作ります。こちらには「日々の気づき」などを、投稿していく予定です。(時々、ご飯のお供も募集します)今週中に案内を出しますので、応援がてらご参加ください。よろしくお願いします。

さてと、今日の本題に入りたいと思いますが、昨日は「癌当事者」の方から、相談を受けていたことに対する本音のアンサー投稿になりました。公ではあまり話さないけど、とても大切な「お金」の話です。

（「186／支援の目的の一つは当事者への手本」P.426参照）
応援や支援が気軽にできる社会になると、みんなに優しいですよね。さて、今日は自戒を込めて、**「井の中の蛙」**というテーマで書きたいと思います。

▼本を読むことで自分を知った

僕は読書が日課で、毎日（時間は日により）様々な本を読みます。

最近読んでオススメの本はこちら。

（書籍紹介『1秒で答えをつくる力　お笑い芸人が学ぶ「切り返し」のプロになる48の技術』本多正識／著、1650円、ダイヤモンド社）

（書籍紹介『頭のいい人が話す前に考えていること』安達裕哉／著、1650円、ダイヤモンド社）

僕は飽きやすいので、5冊くらいを同時進行（つまみ読み）で、その時の気分で読む本が変わります。僕が本格的に本を読み出したのは、独立前の27歳で、そのあたりからセミナーなどにも恐る恐る参加し始めました。本を読むキッカケをくれたのは、友達が経営してた居酒屋のカウンターで隣に座った経営者で、『成功したいのなら同年代より圧倒的に本を読みなさい』と言われたことがキッカケです。それまでは、年に数冊しか読まなかったのですが、そこから年間200冊以上は読むようになりました。それまでは、福祉や介護の本ばかりでしたが、「色んなジャンルを読んだ方が良い」「最初は自己啓発とビジネス本」と言われて、正直27歳の頃は「自己啓発」というジャンルすら知りませんでしたが、永松茂久さんの著者で、「自己啓発」に衝撃を受けました。

（書籍紹介『斎藤一人の道は開ける』永松茂久／著、1650円、現代書林）

永松茂久さんのことは、その時は全く知りませんでしたが、一気にファンになってしまい、（年齢的にもお兄ちゃん世代）そこから永松さんの本を片っ端から読んで、家庭でも学校でも教わらなかった「自己啓発」という学びを深めていきました。今や大ベストセラー作家の永松さん…本屋でたまたま目

右が永松茂久さん。左が青木一弘さん。

に入ったけど、そうじゃなかったら会うこともなかったのかも。

そもそも、カウンターで経営者と話をしなかったら、僕はそこまで本を読んでいないし、永松さんを知ることもなかったし、もしかしたら今の居場所にもいなかったかも。ビジネスのことも知らなかったし、心理学や話し方も分からなかったし、本を読むことで、知識だけじゃなく思考力や判断力も身についていったと思っていて、それと同時に、自分の「無知」「知識・実力不足」も、知るというか認めざるを得なくなりました。「知らない」と、自分の知識や実力を測ることもしないし、そもそもその必要性すらも感じない。テストの点数や、仕事の早さや出来だけで自分を自己評価して、自分の能力や実力は「仕事（テスト）の出来」が、全てだと思い込んでしまう。これが今日のテーマの、**「井の中の蛙大海を知らず」**です。

▼嘲笑って生きるか？もがいて生きるか？

本を読むことで「無知」を知り、行動することで「実力不足」を知り、挑戦することで「苦労や試練」を知りました。アルバイトから始めた介護の仕事。講師（コンサルタント）として独立したのが、27歳。講師をやって初めて、「伝えること」「教えること」の、実力が無いこと知りました。コンサルをやって初めて、「ビジネス知識」「プレゼン」「クロージング」の、実力がないことを知りました。

会社を作って初めて、「利益を作る」「経営管理」「人を見分ける」実力がないことを知りました。

介護の仕事をずっとしていたら、気付かなかったことや学ばなかったことも、「独立」という行動を起こしてみて、初めて**「自分の知識と実力が低い」**ことを知りました。それは今も同じで、**『自分は全然だなぁ…』**と思うことばかり。

知識も技術も実力も、全然まだまだで、だからこそ、今日も本を読んだり動画や音声で学んで、少しでも多く、少しでも早く、身につけられるようにと思っています。

おそらく…いつも同じ人と会って（連絡を取り合って）、狭いコミュニティの中にいて、会社の愚痴を言い合う人といて、人の失敗を笑う人といて、他人の夢を笑う他人といて、夢も目標もない人と一緒にいたら…〝今〟も〝これから〟も、僕は成長することはないでしょうね。まぁ同じ職場なら立場上、話を聞くことはあると思いますが、そうじゃなければ一緒にいることはまず無理ですね。（コンサルとして報酬を貰ってもしんどいですね）でもそういう人を責めるつもりはなくて、おそらく「外の世界を知らない」と思うから、

もっと「外の世界」を知った方が良いよ。と、思ってしまうくらいです。（他人は変えられませんからね）そう考えると、「外の世界」を知らない方が幸せかもしれませんね。自分の知識や実力が足りないことを知らずに、（むしろ自分はできていると思って）学んでいる人を「意識高い系」と嘲笑って、平気で他人の夢をバカにする。その方が、ある意味で幸せなのかも？しれませんね（笑）。

行動して挑戦すると、自分の知識不足に悔しくなるし、自分の実力不足に情けなくなるし、周りからはバカにされる。

けれど…行動して挑戦した人は、他人に優しくなれるし、**他人の夢を応援できるし、自分のことも大切にできる。**

一度きりの人生。**他人を嘲笑って生きるのか？挑戦してもがいて生きるのか？**

僕は死ぬまで、もがき続けたいと思います。

2023/10/23熊谷翼

☞Amazonでの支援物資はこちらからお願いします。

(Amazon「ほしい物リストを一緒に編集しましょう」

https://www.amazon.co.jp/hz/wishlist/ls/3FUBFS89TMKS3?ref_=wl_share)

☞寄付はこちらからお願いします。

［銀行］PayPay銀行［銀行コード］0033［支店］はやぶさ支店［店番号］003［口座番号］**※現在使用されていません。**

［名前］クマガイタスク
※手数料のご負担させて申し訳ないです。
(現在の寄付金88，110円)
☞リンクまとめはこちらから
(lit.link「熊谷翼／がんサバイバー」(リットリンク))
https://lit.link/kumagaitasuku)

188／facebookグループ開設（2023年10月24日21時55分）

2023年10月24日(火)　がん告知から188日目　※2049文字

こんばんは。

今夜はなんだかイマイチで…お腹がモヤモヤするような。サウナに行ったから疲れたのか。単純に眠いのか。なんだか、はっきりしない感じなので、今日の投稿はお知らせだけをサクッとして休みますね。本当はしっかり書きたいところですが…それはまた明日以降に。

▼facebookグループ開設
ということで、今夜はお知らせだけをして休みます。本日からfacebookグループを開設しました。

☞こちらをクリックするとfacebookグループへ飛びます。

(Facebook「LIVE KUMGAI TASUKU Findus on 熊谷翼**【応援】**コミュニティ」

https://www.facebook.com/groups/ 3285054555119422/?_rdr)

日々の気付きなどを投稿する**【非公開】**のコミュニティです。参加費は初回のみ3500円で、10月31日までは早割で2000円です。

このグループを作った動機なども含めて、しっかりと案内をしたいのですが、そちらは改めて。紹介文を貼りますので、読んでいただけると嬉しいです。

【facebookグループ開設】

【早割】10月31日まで。2000円。(通常3500円)

いつもありがとうございます。

facebookグループを新たに開設しました。このグループで「日々の気付き」などをシェアします。

noteやインスタでは書けなかったこと(細かいこと)を日々投稿し、参加者の「生きるヒント」になれば幸いです。

(時々、ご飯のお供を募集します)

✓熊谷翼を応援したい方
✓毎日の投稿をまとめて確認したい
✓日々の生活に「学び」が欲しい方
✓嫌なことを乗り越える「メンタル」を手に入れたい方
✓応援し合える仲間と出会いたい方

ぜひご参加ください。

参加には1回限りの入会費必要です。サイトでのチケット購入もしくは銀行振込となります。

チケットサイト

☞ https://tasuku.official.ec/items/79575994
(**facebookグループ参加チケット｜熊谷翼オンラインショップ powered by BASE**)

インスタからの申し込みや銀行振込は、直接メッセージをいただければ対応させていただきます。

ご購入後は〝facebookグループ〟に、参加申請をしてください。facebookグループ☞ https://is.gd/SdUGaC

※購入確認後にグループ申請許可がおります。

(**Log into Facebook｜Facebook「LIVE KUMGAI TASUKU Findus on 熊谷翼【応援】コミュニティ」**
https://www.facebook.com/groups/328505455119422/?_rdr)

購入費は全額、治療費に充てさせていただきます。〝応援〟のつもりで、購入していただけると嬉しいです。

◎最初の購入のみで追加費用はありません。
◎ご飯会をする際は割り勘となります。
◎このサイトでの決済が難しい場合は銀行振込となりますのでメッセージかコメントをください。

熊谷翼まで直接ご連絡ください

☞ https://www.facebook.com/kumagaitasuku
(**Log into Facebook「ステージⅣから復活がんサバイバーたすく」熊谷翼**
www.facebook.com)

～入会までの流れ～

①購入ページより「購入」する
※お支払い方法はクレジットカード、携帯決済、後払い等ございます。
↓
②facebookグループ☞ https://is.gd/SdUGaC

「参加申請」をしてください。
※購入時の氏名とfacebook名が違う場合にはそのこともお伝えください。
↓
③確認完了後にfacebookグループ参加許可。
不明点やご質問は、公式LINEでも受け付けております。
公式LINE☞https://lin.ee/AmNhnTq
※一度の入会金のみで月額費用はございません。（追加費用もございません。）
※お支払い後の返金には対応できかねます。※お支払い方法やサイトでの購入に不安な方も、公式LINEか熊谷翼facebookまでお問い合わせください。
公式LINE☞https://lin.ee/AmNhnTq
（LINE Add Friend　QRコードでLINEの友だちを追加）

以上となります。

お腹もモヤモヤして、手先も痛覚が敏感になってピアスも持てないくらいで、日々の体調も落ち着かないですが、うまく付き合いながら過ごしたいと思います。寒いのでお互い風邪などに気をつけましょうね。

2023/10/24熊谷翼
◆SNSでのコメント、メッセージ。支援、寄付、心より感謝しています。ありがとうございます！

189／やるの？言い訳するの？

（2023年10月25日 23時46分）

2023年10月25日（水）　がん告知から189日目　※4009文字

こんばんは。

今日も朝から血圧高く…

血圧低くなる人もいるみたいですが、僕は特に最低血圧（拡張期）が高くなります。薬を飲んで落ち着いてからじゃないと、まともに歩くこともできずフラフラ。15時くらいから、身体も動くようになりましたが、手先の痛みがかなり酷いです。今までは冷感刺激（冷たいものに触れると痛い）今は指先に当たる物すべてが痛いです。

（ピアスとか缶コーヒーのタブとか指先を使うのが痛い。スマホは先というより指の腹で打てるからまだ大丈夫！）そんな最近です。

さて、昨日もお知らせいたしましたが、（昨日は不調でお知らせのみの投稿でした）

facebookグループを開設しました。

（「188／facebookグループ開設」P.432参照）

有難いことに、すでにお申込みや参加された人が、現時点で3名。（どちらかと言うと応援の意味での参加が強いかな？）

本当に感謝、感謝です。ありがとうございます！

11月1日からは、参加費が上がりますので、応援してくれ

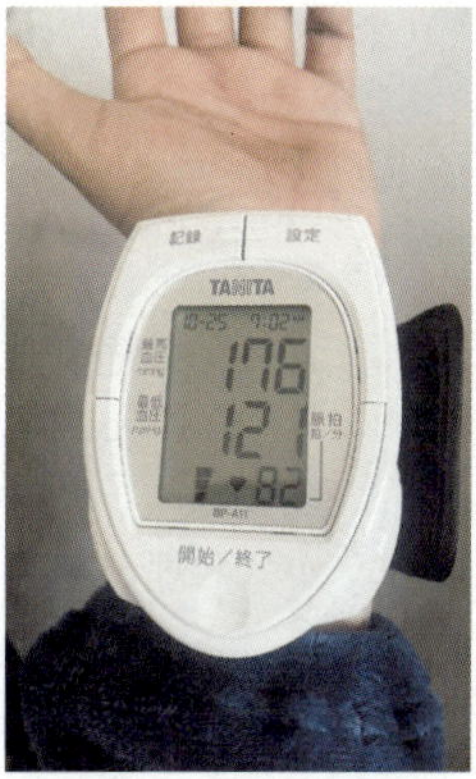

る方は、今のうちによろしくお願いします。（費用は初回のみです）

※ちなみに今日は「優しくない人」はいるし、色んな人がいると知りました…ということを書きました。（綺麗事ではなく少し毒がある投稿もします）

さて、こちらnoteの本日のテーマは、**「やってみないと始まらない」**という、何度も使い回されたフレーズを、僕の実体験をもとに書いていきます。

▼頭では理解していてもやらない人多数

突然ですが…**『ビットコインがここのところ急上昇しているのを知っていますか？』**

おそらく知っている人で、なおかつ購入していない人であれば、『あ〜買っておけば良かった』となっているはずで、（ただ今後（数十年で）上昇する可能性が高いので、今買っても遅くはない）買わなかった後悔をしたりします。

「買わなきゃどうなるのか分からない」案件ですね。（それでも今からも買わない人が多数のはず）

『YouTube、Instagramも、もっと早くやっていれば（ビジネスとしてやっていれば）良かった〜』と思う人も多数いるはずです。

これは、**「やってみなきゃ分からない」案件**です。（ちなみに今からでも始められるのに始めない人が多数のはず）僕のこのnote、インスタでの発信、新しい開設したfacebookグループ、支援や募金など、これらも**「やってみなきゃ分からない」案件**です。

話を少し一般化すると、

・就職、転職
・新しい仕事、資格
・初めて行く飲食店や観光地
・自己投資、ビジネス投資
・マッチングアプリ、お見合い
・結婚、離婚など

これらも、**「やってみなきゃ分からない」案件**、**「行ってみなきゃ分からない」案件**です。勇気を出して一歩踏み出したり、ダメ元でチャレンジしてみたりして、うまくいったりいかなかったり。**やってみて（行ってみて）初めて、分かることがほとんどです。**

そして、うまくいかなかった時は、**「うまくいかなかったパターン」**を知ることができたという収穫があるので、次からはそのパターンを踏まなきゃいいだけ。

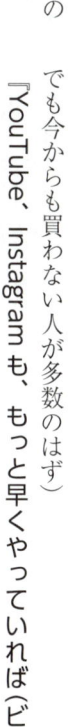

『失敗ではない。うまくいかなかった方法が分かっただけだ。』という名言（エジソンだったかな？）を、誰もが聞いたことあるはずで、頭では理解はしている。その言葉や意味は理解しているけれども、いざ行動に移す人は1割くらいしかない。やってみなきゃ分からない。のは知ってて、それでもやらない。そして、やらなかったことを後に後悔する。

なぜ？

▼メンタル講座はお蔵入り

結局のところ…**うまくいかなかった時が怖いし、うまくいかなかったら恥ずかしいし、うまくいかなかったら周りから笑われるし、うまくいかなかったことを考えたら、今のまま現状維持で我慢しよう。**そうやって、ビビったまま縮こまったままなのに、周りでうまくいった人がいたら、**「俺だってできたはずだ」**と、その人を批判したり評価する。**「運が良かっただけ」「あれくらいなら誰でもできる」**ってね。口が悪いかもしれないけど言っておきます。**「運を味方につける行動をしてきたんだよ」「誰でもできることを他の人はビビって誰もやらなかったんだよ」**怒られるかな？笑でもこれが事実ですよね。うまくいくと周りの人は、**「運が良かった」「うまくやりやがった」**とか言うけど、人知れず「うまくいかなかったこと」があったはずだし、なんなら10回20回うまくいかなくて、ようやく**最後の1回がうまくいった！**ってことも、ザラにあると思うんですよね。あとは〝**修正**〟ですね。うまくいかなかった原因を探って、微調整をしたり大幅に方向転換したり。その背景もやってる人は分かるはず。やらない人は一生分からないと思う。

※やってみての修正ほど重要なことはないと思うくらい

僕の話を例にすると…「介護コンサル」で売り出したのが13年前。営業しようが何しようが相手にされませんでした。それよりも「介護講師」のニーズが高いことを知って、講師のアルバイトをしながら、自分でも研修などを開いて、そこから施設研修契約。施設研修からコンサル契約へ。その施設からの紹介で別の施設研修契約、そしてコンサル契約へ。

※これもコンサルや講師や研修をやらなかったら分からなかったこと。

最新の例で言うと…「メンタル講座」これは無しでしたね（笑）。

問い合わせはあったものの、購入（契約）まではいかなかったです。（購入されなかったことが悪いのではないです）うまくいかなかった（購入されなかった）理由を、色々と考えてみました。

・告知がnote中心
・メンタルの学びって何？
・講座費用が高いかなぁ
・講座を受けたいんじゃなく応援したい

他にも様々な要素や原因はありそうですね。そして、新しく開設したfacebookグループです。

・参加費を抑えた

・メンタルや気付きを学べる
・noteなどの投稿もfacebookグループで確認できる
・応援購入しやすくなった
・facebookやインスタを使っている人に告知ができている
これは「メンタル講座」をやってみないと分からなかったことで、「メンタル講座」をやらなければ、おそらくfacebookグループも作っていませんでした。僕のSNSやnoteを見てくれている人の多くは、「応援したい人」で応援シロがあるから、応援の形が支援や参加や寄付になっていて、講座やコンサルを受けたいわけではない。(中にはいると思うけど)
なので、facebookグループ名も、[熊谷翼【応援】コミュニティ」にしています。応援してくれている人の集まりで、絶対に良い人しかいないグループです。
※参加申請や購入のたびに、応援されている実感が湧いてめちゃくちゃ嬉しいです。ありがとうございます!
グループ作ってよかった。それが正解かは分かりませんが、なんとなくそう感じて講座から修正をしました。(メンタル講座はお蔵入り。またいつか出しますが)
うまくいかなかったら修正をする。うまくいくまでやる。デス!
※でもここまで裏側を話して良いものか…(笑)
裏側も知ってもらってた方が、良いのかなぁと思っていて、今こうやってfacebookグループを作ったのも、僕の発信を読んで学んで欲しい気持ちもあるし、僕のことを応援(認知)して欲しい気持ちもあるし、少しでも治療費や生活費を増やしておきたい。その気持ちや経緯もすべてお伝えして、裏も表もない状態にして、**みんなと一緒に〝がん〟に向き合っていきたいな。**

心からそう思っていて、なので出さなくても良い裏側とかまで書いています。
※facebookグループではもっと細かいところも書く予定です。(経緯じゃなく気持ちの部分ね)

▼最後に…
結局、やらなきゃ分からないんです。それは皆んな頭では分かっているんです。けれども次には、**「やらない言い訳」**を流暢に話します。
・子供が大きくなったら
・お金が貯まったら
・今の仕事に慣れたら
・みんながやり始めたら
・来年になったら
おそらく一生やらないです(笑)。
・子供が大きくなったら親の介護
・お金が貯まっても別のことに使う
・今の仕事に慣れたら次の役割が始まる
・みんながやり始めたら遅いと諦める
・来年になったら忘れてる

こんな感じになる（なってる）のかなぁって（笑）。

これを読んでいる全員に、「行動しろ！」「挑戦しろ！」って、言いたいわけではなくて、これを読んでいる一部の人で、**「本当はやりたいことや、やってみたいことがある」**人への後押しがしたくて。


この先の命が保証されているわけではないし、いつどんな状態になるか分からない。今よりも明日は歳を重ねるわけだし、言い訳をしていたら後悔する年齢になってしまう。僕の場合は、5年以上生きられる保証はないし、何もせず今までの生き方をしていたら、悪性腫瘍が身体中に広がる。会いたい人に会えるのはいつまでか分からないし、友達と会うのが、その時が最後になるかも知れない。応援してくれる人と繋がることも、会いたい人や友達に会うのも、やりたいことをやるのも、やってみないと分からないことも、僕には【命の保証】がないから、後悔はしたくはない。けど…あなたの【命の保証】もないわけで。

それなら、やらなかった後悔を残さない**〝生き方〟**を、選択して生きた方が、今よりもっと**〝生きている実感〟**を得られると思いますよ。

僕はこれからも行動します。

2023/10/25熊谷翼

【早割】は10月31日まで！ facebook グループ（熊谷翼応援コミュニティ）
（facebook グループ参加チケット―熊谷翼オンラインショップ powered by BASE）
※現在3名申込
ありがとうございます！
◆SNSでのコメント、メッセージ。支援、寄付、心より感謝しています。ありがとうございます！

190／最近の状態

（2023年10月26日 23時36分）

2023年10月26日（木） がん告知から190日目 ※3244文字

こんばんは。

先に愚痴らせてください。『下っ腹痛い、血が出る、手先痛い』はい、ありがとうございます。スッキリしました。

血は（便が硬く）切れ痔になってて、結構多めに血が出てます…。（小板低下してて止まらないのかも）

切れ痔なら良いんですが、他の合併症とかなら嫌なので、明日病院に相談してみます。先にお知らせをさせてください！

新しく開設したfacebook グループ！おかげさまで5名の方から申込がありました！ ありがとうございます。早期割引は10月中。あとは残り10名でサイト申し込みは終了です。

（「188／facebook グループ開設」P.432参照）

昨日は、少し熱くなってしまったので、今日はゆったりと近況報告をしたいと思います。

▼えっと…次が13サイクル目？

来週から始まる化学療法は、［13サイクル目］になります。もう何回目か曖昧になりつつ、13回やってもまだまだ先は見えないのと、それでも数値は最初よりは下がっている事実と。**先が見えない不安と、数値改善の希望とが、常に交差する生活を続けています。**（おそらく〝がん患者当事者たち〟も）

学校や仕事で体験する〝**先**〟とは違っていて、学校や仕事であれば何度かやっていると〝経験〟から、ある程度の結果を予測できますし、一つ一つを終わらせれば最終的に終わる事がほとんどです。〝**がん**〟の場合は、どうなるのかの〝**先**〟を誰も予測できなくて、良くなるか悪くなるかの2つしか答えはないのに、**「どうなるか分からない」**が本当のところです。

それは、今まで何百人、何千人と見てきた医師でさえも、**「どうなるか分からない」**ものですから、当事者自身は**「可能性を信じる」**という、どこか宗教的で、スピリチュアル的なことしかできません。

もちろん、そのために必要な栄養素を摂ったり、なるべく身体に良いものを取り入れたりしますが、それが結果に繋がるかは、**「誰にも分からない」**のが答えです。

「努力は報われる」という言葉は嘘で、「努力は報われるかもしれない」が真実です。

これをやったら絶対100％ってことは、この世にはなくて、昨日の投稿のように、**「やってみないと分からない」**が世の中の答えであると僕は思っていますし、〝がん〟になってそれが正解だと思っています。僕はバレーボールをしていましたし、指導もしていましたが、「サーブを打ってみないと決まるかは分からない」「試合に出てみないと活躍できるかは分からない」結局、やらなきゃ始まらないし分からない。

治療もそうで、前回から変更された〝抗がん剤〟ですが、効くかどうかは分からないし、やってみないと良いも悪いも分からない。

効果があれば継続で、効果がなければ次の治療。それを治療法が尽きるまでやるのが、がん治療なんですね。あっけらかんと他人事のように書いていますが、これが事実だから受け入れるしかない。効果があるか不安になるのも分かるし、その先の治療法があるのか効くのかも心配になるし、それ以外に治療費や生活費の心配も出てくるけど、結局のところは、やってみないと分からないんですよね。

治療もやってみないと分からない。寄付もやってみないと分からない。だったら、やってみたら？

それが答えで真実です。

▼最近の状態は？

◆朝

最近の変化は、朝が全く起きられなくなりました。目は覚めて薬も飲むしトイレも行きます。けれども、それがかなりしんどい。身体の動き全てがしんどいって意味での、起きられないです。8時間以上は寝ているので睡眠不足では無いと思いますが、体力が低下してるのもあるのかな。

◆高血圧

最近は毎日、血圧も高くて、頭はモヤモヤ、身体はフラフラ。上は140～170で、下は100を超える日がほとんどです。（身体がシンドイのは高血圧も影響あるかな？）血圧の薬を飲んでそこから二度寝しています。

◆便

そして、新しい抗がん剤の副作用で下痢になりやすい。と、言われていましたが、それは無く。今までよりはマシですが、抗がん剤の影響（薬が3種ある）で便は硬くなり、おそらく切れ痔になっていて出血。もしかすると血小板が低くなっているから、余計に出血が止まらないのかも…

◆痛覚、冷感刺激

あとは、手先の痛みですね。抗がん剤が変更になったおかげで、冷たいものに触れると痛い（冷感刺激）は、ほぼ無くなりました。

ただ、手先は触覚が過敏になっているのか？尖ったようなものに触れるだけで痛い。（刺すような痛みです）寒さが原因かと思っていましたが、寒さではなさそう。それでもホッカイロで手先はいつも温めて、外出時は服にもホッカイロは貼っています。ピアス、薬が入ってる包みの角、ネックレスの留め具、納豆容器の角など、素材は特に金属系の角（尖った）ものは、痛くて痛くてネックレスとか付けられない。そしてこの過敏さが、唇、口、舌、喉にも広がってきている感じがして、炭酸飲料が唇に触れると痛いし、熱いものや少し辛いものだと、しばらく口の中が熱いまま。（水を飲んでもおさまらない）文章だと伝わりにくいですが、皆さんが想像している5～10倍痛いと思ってもらえれば良いのかな。手の痛みは特に。缶コーヒーのタブが痛くて開けられません。（指先も爪も痛い）この痛みは蓄積なのか？副作用なのか？

◆食欲、その他

食欲はほどほどというより、空腹感はあまり感じないので、そういう時はヨーグルトや果物。食欲が出てきた時には、主食副食という感じで食べています。パンやお菓子は、嗜好品としてほどほどに。食欲ない時は、栄養バーみたいなものがすごく助かりますね。

▼最後に…

そんな感じで、4月5月よりは数値は低下していますが、体力も低下してきているように感じます。あとは副作用が少しずつ変わってきたり強くなっているので、そこは次回担当医と相談して、お薬を追加してもらったりしようかと。とにかく、今の抗がん剤が効いてくれて、この冬を乗り越えて、そして春になったら告知から1年！　春になったら、同級生と会ったり、旅行したりしたいな～。

そんなことを考えながら寝落ちします～。

おやすみなさい。

2023/10/26熊谷翼

◆ＳＮＳでのコメント、メッセージ。支援、寄付、心より感謝しています。ありがとうございます！

191／明日もくるよね？

（2023年10月27日 22時23分）

2023年10月27日(金) がん告知から191日目 ※1190文字

こんばんは。

やっぱり…キレてました…お尻…下剤を飲んでって言われたけど、下剤は下っ腹キリキリ痛くなるし、飲まないと硬い便で出血するし、どちらも嫌なんだけども。

さてと、先にお知らせをさせてください。とりあえず…11月12日の夜21時から空けておいてください！ そして…その日までに3000円をご用意ください！

ゲストとしてお話をさせていただきます。

☞オンラインページはこちらから

(topartist.life より「トップアーティストライフ―命の授業～生き方と在り方は自分で決められる～」

https://topartist.life/inochi/)

詳細については明日書きます。なんだか今日は頭が働かないので、昨日に引き続き「近況報告」をします。

※昨日よりまったり息抜き回です

▼今日はいつもより、ゆったりです

最近はなんだか、眠い。というか寝てる。朝起きて血圧計って薬飲んで二度寝。二度寝しても血圧下がってないことが増えてきて、またそこから寝る。1日10時間くらい寝ても、それでも眠い。睡眠不足は身体の天敵と言われるけど、不足はしていないはず。それでも眠いのは、身体がもっと休みたいのかな？ 体力落ちてるのかな？ 軽い運動やサウナが影響してるかな？

いずれ、夜も眠いし朝も眠いし、起きてもまた寝ている。身体からの休めのサインだと思うけど、寝るのがほんの少し怖かったりもするんだよね。「目が覚めるよね？」って。そ

の気持ちが強くなると、夜中に目が覚めたりして…入院中はそれが結構何回も。大丈夫なんだけど、すぐにどうなることはないけど、それでも明日がくることが不安になったりもするけど、そうなると「生きたい」んだな。って、自分の気持ちをヨシヨシしてあげる。

悩んでも不安になっても仕方ないことだけど、そういう時は**「自分が自分の味方」**になって、なんでも認めて褒めて許す。「強さ」とか、「冷静さ」とかを、周りからは言われるけど、強さは自然とそうなるものではないし、冷静さは何もしなくて身につくものではない。過去の悔しさや裏切りがあって、妬みや非難があって、緊張や恐怖を何度も乗り越えて、ようやく身に付いてきたこと。そんな自分でも、まだまだ弱いし怖いし不安だし。それでも今までなんとかやってこれた。これからだってまだまだなんとかなる。毎日毎晩そうやって、自分を勇気付けて寝ています。

明日は絶対やってくる！

おやすみなさい。

2023/10/27熊谷翼

◆SNSでのコメント、メッセージ。支援、寄付、心より感謝しています。ありがとうございます！

192／11月12日オンライン講演あります！（2023年10月29日 00時19分）

2023年10月28日(土) がん告知から192日目 ※2586文字

こんばんは。

今日も朝から血圧高く…鼻血は出るわ、お尻からも出血するわ、手足の痛みは引かないわの一日でした。（最近毎日こんな感じ）明日は何も無いので、便が硬くならないように下剤を飲んで、下っ腹の痛みに耐えようと思います。

さて今日は、**「講演のお知らせ」**をメインテーマで、書きたいと思います。よろしくお願いします。

▼一般公開の講演は久しぶりです

「さんりく・大船渡ふるさと大使」「日本一周をして義援金1000万円を寄付」「二度目の日本一周で大人の夢を加速」「書籍はAmazon8部門ランキング1位」

シンガーソングライターの濱守栄子さん。

濱守栄子さんからお声をかけていただき、今回の一般講演が実現しました。

(lit.link「濱守栄子」シンガーソングライター／ライター／コンサル／さんりく大船渡ふるさと大使／ベストセラー作家lit.link（(リットリンク)）」https://lit.link/eikohamamori)

シンガーソングライターでありながら、1000万円の義援金を被災地に寄付したり、夢を叶える後押しをしたりと、まぁ一言で言えば、**「とんでもない行動力の人」**ですね。そ

お会いした時のツーショット

んな濱守さんとは、２０１８年に地元・盛岡のイベントでお会いして、その時に台湾に贈るメッセージも書いていただきました。

講演会の詳細ページのリンクです。

☞https://topartist.life/inochi/

☞詳細ページはこちらをクリック

※是非とも読んでいただきたいです。

(topartist.life より「トップアーティストライフ―命の授業～生き方と在り方は自分で決められる～」https://topartist.life/inochi/)

☞詳細ページの書かれている一部を抜粋。

翼さんと出会ったとき、私は今のような「ダイヤモンドマインド」ではなく音楽も中途半端、夢もない、好きなピンクの服も着れない（苦笑）そんな状況のときでした。そんな私にとって書籍を出版されており、ステージでお話しする翼さんはキラキラしていて、とても憧れの方でした。彼が出版した「未来の自分を喜ばせる」45のルールという本を何度も拝見し、勇気とパワーをいただき「私もいつかこんな本を出版したい」と出版への夢をくれたのも翼さんでした。

☞書籍はこちらです（現在、電子書籍のみです）

（『未来の自分を喜ばせる45のルール』Kindle版１２００円）

☞詳細ページから一部抜粋。

病顧みず 守った命

がん「ステージ4」 紫波・熊谷翼さん(39)

交通事故の女性救出

日常発信「誰かの勇気に」

岩手日報　2023年6月21日付
岩手日報社の許諾を得て転載しています

そんな翼さんが、私の母と同じ病気であるということがその新聞に書かれてあり、何度も目を疑いました。

それから、彼のYouTubeやブログを拝見し私でも何か役に立てることはないかと欲しいものリストを購入して支援していました。

でもふと、思ったのです。本当にそれだけでいいのかな⁉︎と。

翼さんは現在、インスタやnote等、様々な媒体で「一人でも多くの人に自分の可能性に気づいて欲しい。そして行動をして欲しい。」と自身の経験を元に発信しています。

そんな翼さんの使命ともいえる活動を、一人でも多くの人に知ってほしい。母にできなかったことを、翼さんにしたい。翼さんを応援したい。

そんな思いから、「命の授業」として熊谷翼さんのオンライン講演会を開催することを決断しました。

☞全文はこちらから
(topartist.lifeより「トップアーティストライフ―命の授業～生き方と在り方は自分で決められる～」

https://topartist.life/inochi/)
▼応援を形にする人
(「180/応援し合える文化」P.407参照)

☞以前の投稿でも書きましたが、

「応援する人が応援される」「応援は形にする」まさに濱守さんは、それを体現している方。たくさんの方に応援されてきている濱守さんは、たくさんの方を応援している。応援は思っているよりも、伝えた方が良いし、伝えることより形に残すのが大事と、過去の投稿にも書きました。(物資でも寄付でもSNSのシェアでも)

是非とも、応援してください！

シェアはもちろん、日曜日の夜ですから都合はつけやすいと思いますので、講演会参加の応援もお願いします！　がんになってから何度か講演の機会をいただきましたが、その全てが一般公開ではなく、企業やコミュニティの方が対象でしたので、一般公開の講演の機会は貴重です。今後も公開・非公開問わず、講演依頼はSNSのメッセージなどで受付ておりますが、現在予定されている一般公開はこの機会のみ。寄付も支援もほんとありがたいですが、今回の講演参加もありがたいです。zoom受講になりますので、zoomの準備をして、応援を込めてご参加ください。

「命との向き合い方」「時間との向き合い方」「自分との向き合い方」そこから変化した「生き方」その根底となる「在り方」

講演をしながら(僕が)涙するかもしれませんが、それくらいに「命と向き合う」講演になります。惰性で生きる人には必要のない案内だと思いますが、自分の人生の可能性に気付きたい方には、絶対に聞いて欲しいと思っています。「死線を見た」僕が届ける嘘偽りのない、リアルな〝がん患者当事者〟のお話になります。

よろしくお願いします。

▼最後に…

これからも講演当日まで、SNSでは告知をしていきます。noteでも冒頭や最後にお知らせさせていただきます。

理由は、

・初めて目にする方もいるから

・一人でも多くの方に情報は届けたいから

参加するかは個人の自由です。

参加費をケチる人もいれば、参加時間をケチる人もいると思います。それは個人の自由です。僕がゲストだから告知をしていますが、「がん当事者」が講演をしていることが、そもそも少ない。あるかもしれないけど、僕のところまで情報が届いていない。なかなか当事者本人が話す機会は少ないですからね。だから必要な方に届けたいと思っています。あなたには必要がなかったとしても、あなたの周りには必要としている人がいるかもしれない。ですから、この記事やチラシや詳細ページのシェアをしていただけると助かります！

そして、大々的ではなくても講演（お話会）を主催してくださる方もお待ちしております。

※SNSでのメッセージをください。（参加者5人以上の参加で承っております）

応援よろしくお願いします。

2023/10/28熊谷翼

【11／12（日）21時～】オンライン講演会

（topartist.life より「トップアーティストライフ一命の授業～生き方と在り方は自分で決められる～」

https://topartist.life/inochi/）

【早割】は10月31日まで！ facebook グループ（熊谷翼応援コミュニティ）

※現在5名参加

ありがとうございます！

◆SNSでのコメント、メッセージ。支援、寄付、心より感謝しています。ありがとうございます！

193／日曜日の夕方は下腹部痛で休んでいました

（2023年10月30日 22時53分）

2023年10月29日（日） がん告知から193日目 ※1510文字

こんばんは。

本日分の投稿は体調不良のため翌日に更新しております。よろしくお願いします。

ということで、（2投稿するため）早速本題に入りたいと思います。

今回は「近況報告」、次回は「13サイクル目に向けて」と続けて書いていきます。

▼日曜日の夕方

日曜日は、朝起きていつもの高血圧で、そのあと昼あたりまで休んでいました。その後に、昼食を食べに行って軽く買い物。夕方くらいから下腹部痛があり、それがだんだんと痛くなり、野球の日本シリーズを楽しみにしていたのに、19時くらいには痛みの方が勝り、そのままベッドで野球中継を流しながら寝ました。

こういう時は、もう寝るしか対象のしようがなくて、下腹部痛が何が原因なのかなんて、どうでもよくなります。あと考えると、

・昼食のメニュー？
・ホッカイロ貼ってたけど冷えたのか？
・がんの痛みなのか？
・前日に飲んだ下剤の影響か？

おそらく、昼食に食べたもの(脂)や、下剤の影響が濃厚ですが、そんなことは、食べないと飲まないと分からないんですが、油物や肉などは、胆嚢に負荷をかけるため、極力避けてるけど食べたくなったりします。そんな感じで、昨夜は投稿を休んで寝ましたが、3時くらいに目が覚めて、それからは眠れずに、朝の6時くらいに再度寝ました。ここ最近は、手足の先の痛みがあって、冷感刺激ではなく知覚過敏かな？　それが唇や舌にも影響して、炭酸飲料は唇が痺れるし、歯磨き粉で唇が痺れるし、舌先が痺れる感じがして、味覚障害も出てきました。甘みをあまり感じにくくなりました。香りや旨味？でなんとか味は分かりますが、舌先にチョコを乗せてみても、チョコの香りくらいしか分からなくなっていました。新しい抗がん剤では、「口内炎ができやすくなったりする。」と、言われていたので、口内炎は出来ていないけど、口腔内の変化がある抗がん剤なんだと思います。スイーツが好きだったけど、あまり味が分からないから「断スイーツ」ですね。(悲しい)

また痩せそうです(笑)。

痩せることは悪いことでもないようで、(いろんな情報の中では)むしろ余計な栄養を摂るの良くないってことで、たくさんの情報から都合の良い解釈をしていますが、4月からは7キロくらいは体重は落ちたかな。脂肪もだけど筋肉も落ちましたね。食事量が減ったからか？がん悪液質なのか？　考えても仕方ないですが、支援してもらったカロリーメイトとかを、つまみ食いしながら体重が落ちないようにしています。最近は朝は動けず、昼過ぎくらいから身の回りのことはできる。調子が良ければ外に出られるけど疲れる。15時過ぎくらいから調子が良くなる。そんなサイクルになってきていますね。

また来週から入院治療なので、副作用とかがどうなるか分からないですが、夜に眠られるならそれで良しとします。(入院中は睡眠不足になりがち)

2023/10/28熊谷翼

【11/12(日)21時～】オンライン講演会

（topartist.lifeより「トップアーティストライフ―命の授業～生き方と在り方は自分で決められる～」

https://topartist.life/inochi/）

【早割】は10月31日まで！facebookグループ（熊谷翼応援コミュニティ）

（facebookグループ参加チケット―熊谷翼オンラインショップ powered by BASE）

※現在6名申込

◆SNSでのコメント、メッセージ。支援、寄付、心より感謝しています。ありがとうございます！

194／13サイクル目に向けて

（2023年10月30日 23時54分）

2023年10月30日（月） がん告知から194日目 ※2235文字

こんばんは。

本日2投稿目です。（昨日の分も書きました）

今日は朝3時に目が覚めて眠れなくなり、4時あたりから観葉植物の手入れをしたり、ゴミを集めたり、コインランドリーに行ったり。ひと段落した6時に寝落ちしてお昼に起きて、夕方前くらいからお風呂に行って。今日はここ最近では一番体調が良かったです。（この体調が続けば良いのに）

サウナが好きなんですが、抗がん剤やって体力落ちてからは、無理せずに1サイクル。それが今日は疲れも出ず2サイクルいけたので、めちゃくちゃ嬉しかったです！

（サウナ後にご飯も食べられて…感動しました）

※当たり前に出来てたことなんだけどね。今となっては感動レベル。

さて今日は、**「13サイクル目に向けて」**というテーマで、書いていきます。

お知らせ飛ばして早速本題へ！

▼新しい抗がん剤2回目

今週から13サイクル目に入ったわけですが、気になることと言えば…前回から変更となった「抗がん剤」

（「182／12サイクル目の化学療法はキツかった」P.412参照）

→

薬が変更になったということは、〝薬の効き〟や〝副作用〟も変わってきて、一番はその〝副作用〟です。前回は初回だから？（と願いたい）今まで（吐き気止めの点滴のおかげで）出なかった〝吐き気〟が前回はありました。もちろん、吐き気止めの点滴をした上での〝吐き気〟あれが一番しんどかったなぁ…。（思い出しただけで憂鬱）今回も同じように吐き気があるのか？前回とは違う副作用が出てくるのか？ 11サイクル目までは、副作用で冷感刺激があったんですが、12サイクル目からは、知覚過敏と味覚障害。どっちが良いとかはなくて、どっちも結構辛いんですが、それらがどうなるのか？ 口腔内が荒れると言われたけど、それも次第に酷くな

オロポって知ってますか？

るのか？　考えても答えは分かりませんが、一つ分かるのは**【今がベスト】**ってことで、今より副作用が良くなることは考えにくい。それでも受け入れて耐えるしかないのは、**【抗がん剤の効果】**を信じているから。告知日の10日前に、「がんの可能性が高い」と言われてから、様々な情報を調べました。

（書籍紹介**『共同体なき死』**真鍋厚著、彩流社、２５３０円）

（書籍紹介**『がんが自然に治る１０の習慣』**ケリー・Ａ・ターナー他著、佐々木加奈子訳、プレジデント社、２０９０円）

（書籍紹介**『5年生存率7％未満のがんステージ４を宣告された私が８年たっても元気な理由』**泉水繁幸著、ユサブル、１５４０円）

（書籍紹介**『がんが消えていく生き方』**船戸崇史著、ユサブル、１７６０円）

がん関連の本は20冊は読んだと思います。中には教科書（看護師向け）も読みました。入院中もがんに関する本を持ち込んで読んでいて、分からないことは担当医に質問もしていました。（学校じゃないんだぞ！）

「抗がん剤は良い」という情報もあれば、「抗がん剤は毒」という情報の方が多かったかな。「現代のがん療法は進歩している」という情報や、「西洋医学そのものが良くない」という情報も。

「非代替療法が良い」という情報と、「非代替療法は科学的根拠は無い」や、「科学的根拠は製薬会社側の利権」という情報と、「科学的根拠があるから保険適用される」と。本もネットも、情報は溢れていて、これ以外にも「がんに効く〇〇」となれば、とんでもない量の情報がある。**「正解」「不正解」は選んだ自分が決める**しかなくて、自分が選んだ理由を、「ネットに書いてあった」「本に書いてあった」「〇〇さんが言ってた」これはあまりにも他人事、他責すぎる。転職やビジネスやランチ先を決めるなら、それでもまだ良いかもしれないけど、**「命がかかってる」**から。

抗がん剤治療を選択して死んでも、非代替療法を選択して死んでも、1回１００万の注射を選択して死んでも、３００万の治療器を選択して死んでも、きのこサプリを飲んで死んでも、これは**「全部自分が決めた」**ってならないと、成仏されないよ、きっと。

だから情報を集めたし読んだし、今もネットと本から、情報を集めて自分なりの道理を整えている。標準は何か？標準はどうやって標準になったか?

そういった〝がん治療の歴史〟や、製薬会社や大学病院の〝論文〟などから、根拠と辻褄を理解しながら、「じゃあ何を選ぶか?」を考える。そこには、感情や流行は不要で、ある意味では、この「道理の整理」の仕方も、がんになったからこそ研ぎ澄まされた感じはある。

そうやって情報整理をして、担当医からの現状報告や治療説明を受けて、「今の治療」を決めている。言いたいことは、「がん治療」に限らず…周りに流されるな。ネット検索に流されるな。SNSや素人に流されるな。著書やサプリや宗教に流されるな。

「自分を持て」「決めたなら全て自分の責任」自分で決めておいて…世間のせい、人のせい、会社のせい、家族やパートナーのせい、性別や環境のせいにする人が多過ぎる。

まぁ、なんというか…

『命も人生も賭けたことない人なんだろうなぁ』って、ある意味、その無難な生き方が羨ましくもあります。

自分で決めたことくらい、自分の責任で生きていきましょうね。

2023/10/30熊谷翼

【プロフィール】

1983年7月生まれ。岩手県盛岡市出身。

22歳▼時給700円アルバイトとして介護業界へ。

27歳▼介護コンサルタントとして独立。

35歳▼管理者や事務長として施設運営に携わりながら、研修やコンサルティングを行う。

39歳▼ステージⅣがん告知を受ける。

現在は「がん」によって得た「気付き」や「メンタルを安定させる方法」などを、
noteやInstagramにて発信している。

コンサルティング▼人材獲得、稼働率向上
書籍▼「未来の自分を喜ばせる」45のルール
資格▼社会福祉士、介護福祉士

195/13サイクル目が始まります

(2023年10月31日 19時21分)

2023年10月31日(火) がん告知から195日目 ※1613文字

こんばんは。

入院のたびに、駄菓子を欲してしまうのは何故?なのでしょうか。

普段はお菓子もほぼ食べないんですが、(食後のスイーツは時々)ベッドにいる時間(何もしない時間)が長いから?何故でしょう?

本題に入る前にお知らせをさせてください。

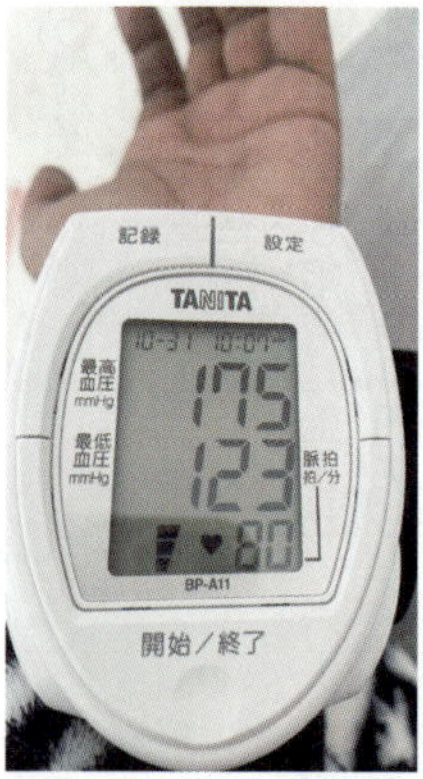

今朝の血圧

◆講演〔11／12 21時〜〕
（topartist.life より「トップアーティストライフ―命の授業〜生き方と在り方は自分で決められる〜」
https://topartist.life/inochi/）
◆facebook グループ
※本日まで参加費2000円（11／1より3500円）
（facebook グループ参加チケット―**熊谷翼オンラインショップ powered by BASE**）

さて、今日からしばらくは、治療に関する投稿が続くと思います。

今日は**「13サイクル目が始まります」**というテーマです。よろしくお願いします。

▼13サイクル目が始まります

今週から化学療法（抗がん剤治療）13サイクル目が始まります。動画も撮りましたので、グッドボタンもよろしくお願いします。

（YouTube「**【近況】13サイクル終了／化学療法（抗がん剤治療）／大腸がん／BRAF 遺伝子変異／多発肝転移／入院**」
https://www.youtube.com/watch?v=5D7_fqFldac）

前回（12サイクル目）から、新しい抗がん剤に変更しました。

※サイラムザ
※イリノテカン
・フルオロウラシル

※印が新しい変更になった薬です。

それ以外に、副作用を抑える薬として、

・パロノセトロン
・デキサート
・ポララミン

フルオロウラシルの効果増強の薬として、

・レボホリナート

これらを点滴にて注入していきます。新しい薬によって、副作用も異なり、前回は、

・吐き気
・身体の火照り

が今までよりも強くなりました。吐き気に関しては、今回から点滴以外に内服薬を出してもらうことにしました。

（「182／**12サイクル目の化学療法はキツかった**」P.412参照）

最初の薬から、身体がダルくなり…二つ目の薬（イリノテカン）の時には、吐く前段階の、喉から胸にかけてのムカムカと、〝唾液が出てブツが出そう〟という状態が、2時間続きました。そして、身体の火照り。11サイクルまでは、副作

用は点滴である程度抑えられていましたが、（それでも冷感刺激とかはありました）12サイクル目からは、顕著に副作用が出てきているので、ダウンしていなければ行いますし、ダウンしていれば明日の投稿は、翌日に回します。

体調自体は昨日に引き続き良い感じですが、血圧は朝が高く、これも新しい抗がん剤の副作用のようです。

あとは、手足の先の痛みに関しては、抗がん剤の蓄積による末梢神経痛ということで、お薬を出してもらうことになりました。

あとはお尻のお薬も。

▼最後に…

味覚障害もあってか、夕飯はあまり食べられなかったです。（駄菓子のせいもあるか？笑）というか、最近はしっかり食べるのは、昼か夜のどちらかで、昼食べたら夜はそこまで食べないし、昼食べなければ夜に食べる。という感じなので、そもそも3食きっちり食べられない。これは仕方ないことです。食べないと心配されるけど、朝は今までも食べないし、お腹が空かないから1食くらいしか食べないし。（3食ちゃんと食べないとダメ！それは違いますね）

今日はこの後は、日本シリーズを観ながら、21時消灯です。寝られると良いな。

それではまた明日！

2023/10/31熊谷翼

寄付のご協力を始めました。よろしくお願いいたします。

☞寄付はこちらからお願いします。

【銀行振込】

［銀行］PayPay銀行［銀行コード］0033［支店］はやぶさ支店

［店番号］003［口座番号］※現在使用されていません。

［名前］クマガイタスク

【電子マネー】

☞寄付金の使い道（2023年10月19日時点）

現在の治療とは別に、今後予定している治療薬の効果が低い場合の治療方針を検討するため、「がん遺伝子パネル検査」を実施予定です。

※寄付金はその費用として使わせていただきますが、想定以下の検査費用の場合には今後の治療費に使用させていただきます。

30万円（現在の寄付金88110円）ほどの費用を想定しております。

※現時点では保険適用外の可能性です。

※治療の選択肢が無くなると保険適用ですが、その前に選択肢を広げておきたいです。

※治療薬が合致する確率は10～20％ですが、やれることはやっておきたいです。

196／13回目の化学療法(抗がん剤治療)

(2023年11月2日 16時51分)

2023年11月1日(水) がん告知から196日目 ※1771文字

こんにちは。

昨日は寝落ちしましたので、昨日(11月1日(水))分の投稿を、今日(11月2日(木))に投稿しています。では、早速本題に入ります。

▼13回目であり2回目の抗がん剤治療

最初にお伝えしておきますが、「化学療法」と言ったり「抗がん剤治療」と言ってますが、正確には「化学療法」なんですね。

けど、**「化学療法」＝「抗がん剤治療」**って、一般的に(僕もあまり知らなかった)あまり知らなかったりするので、分かりやすく「抗がん剤治療」と書くことが多いです。

これは読者さんが分かりやすいようにと思ってのことなので、重複したりバラバラに書いてたりしますが、ご理解くださいませ。

さてと、そういうことで(どういうこと？)13サイクル(13回)目の抗がん剤治療でした。12サイクル目から、抗がん剤の2種類が変わったので、トータルでは13回目ですが、新薬になってからは2回目です。

※効果は次回以降の入院時に分かります。

※来週は内視鏡などの検査があるので、その結果も次回入院時に分かります。

☜前回の治療に関する投稿は以下のリンクから

※読んでない人は先に読むことをオススメします。

(「182／12サイクル目の化学療法はキツかった」P.412参照)

(「183／宣伝と副作用と悪化と感謝」P.415参照)

(「184／投薬を終えての近況報告」P.421参照)

改めまして、13回目(2回目)の投薬治療開始です。お薬はこちらです。

※サイラムザ

※イリノテカン

・フルオロウラシル

※印が新しい変更になった薬です。

イリノテカンの副作用で、前回は吐き気が酷かったので、(吐く5秒前を2時間キープしてた)点滴の吐き気止めの容量を増やしてもらい、飲み薬も出してもらいました。そのおかげで、今回は吐き気はほとんど無し。胸のあたりのムカムカはあったけど、そんなのは全然余裕。吐き気が無いだけで、こんなに楽な気持ちになれるんだぁ〜。ってことで、5時間ほどで点滴のほとんどが終わり、あとは46時間点滴をぶら下げるだけ。夕食はそんなに食欲ないので、下のコンビニで買った納豆と卵をかけて、ご飯のみ。それから、ベッドに入って…noteを書こうと思ったら…眠気がハンパない。抗がん剤ではなく、最近酷かった**【手足の先の痛み】**(末梢神経痛)のための薬のよう。ちなみにこの痛みは舌先、口内にも広がってます。
※今までの11回の抗がん剤の蓄積だそうです。
　ということで、全てのことは諦めて寝る体制へ。20時に飲む薬を看護師が持ってくるのを待って、その後にすぐに寝落ちしました。

　ちなみに翌朝8時まで爆睡していました。

2023/11/01熊谷翼

【11/12(日)21時から】オンライン講演会
(topartist.lifeより「トップアーティストライフ ―命の授業～生き方と在り方は自分で決められる～」
https://topartist.life/inochi/)
facebookグループ(熊谷翼応援コミュニティ)
(facebookグループ参加チケット|熊谷翼オンラインショップ powered by BASE)
※現在7名参加

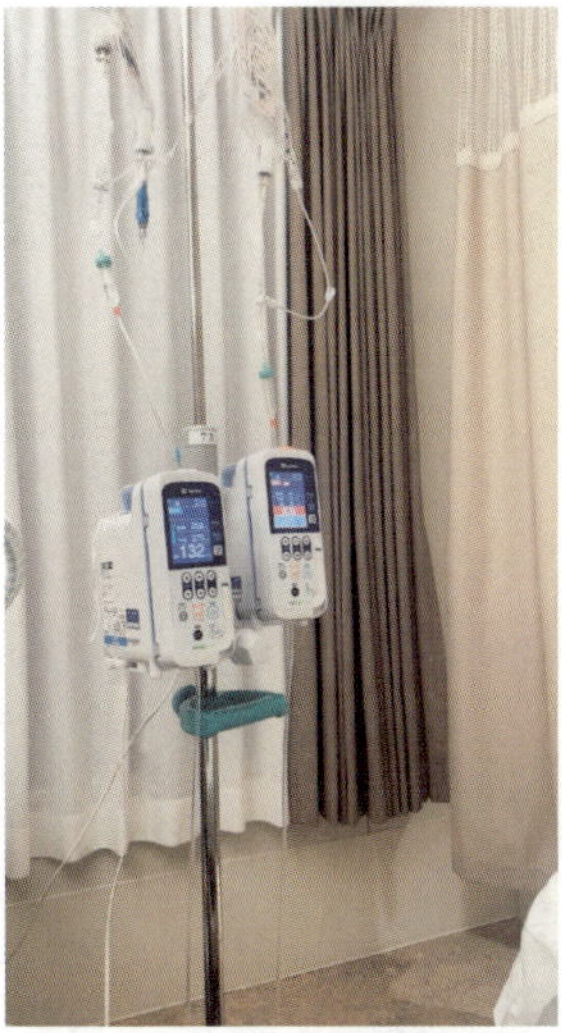

ありがとうございます！
☞寄付はこちらからお願いします。
［銀行］PayPay銀行［銀行コード］0033［支店］はやぶさ支店
［店番号］003［口座番号］※現在使用されていません。
［名前］クマガイタスク
※手数料のご負担させて申し訳ないです。
(11/1現在の寄付金98110円［PayPay・銀行振込含む)

「遺伝子パネル検査」をする予定です。

☞Amazonでの支援物資はこちらからお願いします。

(Amazon「ほしい物リストを一緒に編集しましょう」

https://www.amazon.co.jp/hz/wishlist/ls/3FUBFS89TMKS3?ref_=wl_share)

☞熊谷翼リンクまとめはこちらから
(lit.link「熊谷翼/がんサバイバー」((リットリンク))

https://lit.link/kumagaitasuku)

ナガヤス様[PayPay銀行]、リフ様[PayPay銀行]、アサヌマ様[PayPay銀行]、マイタ様[PayPay銀行]、ゴトウ様[PayPay]、
イトウ様[PayPay]、タカハシ様[PayPay]、アサヌマ様[PayPay]、ヨシダ様[PayPay]、サカシタ様[PayPay]
その他、

Amazon欲しいものリスト、タリーズギフトカード、スタバギフトカード、Amazonギフトカード、LINEギフトカード
ご支援いただき心から感謝しております。お会いした(見かけた)時には声をかけてください。深々とお辞儀をさせていただきます。
※頭を叩くでも撫でるでも何でもしてください。

#S状結腸がん #BRAF遺伝子変異 #多発肝転移 #ステージ4 #延命治療 #がん #癌 #若年性がん #大腸がん #肝機能 #腫瘍マーカー #抗がん剤治療 #がんサバイバー #言葉の力 #メンタル #ポジティブ #ポジティブ思考 #コーチング #メンタリング #自己啓発 #メンタルマネジメント #熊谷翼 #生きる #当たり前に感謝

いいなと思ったら応援しよう! 熊谷翼/大腸がんステージⅣ/よろしければサポートをお願いします! いただいたサポート代は全額書籍購入費に使わせていただきます。

チップで応援する

197/化学療法2日目

(2023年11月2日 20時03分)

2023年11月2日(木) がん告知から197日目 ※4622文字

こんばんは。

昨日はnoteを書かず寝落ちをして、退院して夕方に昨日の分を書きました。

(「196/13回目の化学療法(抗がん剤治療)」P.452参照)

しゃっくりを響かせながら書きましたので、先に読んでいただけると、スムーズかと思います。よろしくお願いします。

本題の前に先にお知らせをさせてください。

11月12日(日)21時から、一般公開のオンライン講演があります。

「がんのこと」「メンタルのこと」はもちろん、「在り方」「生き方」についてお話しします。〝今の自分〟や〝未来の自分〟にモヤモヤしている方は、〝自分の可能性〟に気付き、〝行動に移す勇気〟を貰えるきっかけになると思います。一般公開講演の機会は、今はあまり無いので貴重な機会になります。

迷っている方は是非、一歩行動を。

(「192/11月12日オンライン講演あります!」P.442参照)

宣伝にお付き合いいただき、ありがとうございます。毎回読んでいただいている方には、「またかよ案件」なのですが、初めて読んでくださった方もいると思うので、大切な案内は

何度でもさせていただきます。ご理解いただけると嬉しいです。

さて、今日の投稿も13サイクル目の治療に関する内容です。治療の投稿に飽きた方は、僕の【threads(スレッズ)】を覗いてください。

(Threads「**熊谷翼** (@kumagaitasuku)・Threads **でもっと語ろう**」https://www.threads.net/@kumagaitasuku/)

何の学びも得もない呟きをしています。ちなみに最新の呟きはこちらです☜

threads(スレッズ)画像貼り付け(キャプション：得もしないスレッズ)

フォロワーが日に日に増えている謎はありますが、今後も「学びのない投稿」をして参ります。その逆にあるのが、この【note】であり【Instagram】です。こちらは［仕事モード］［意識高い系］で、お届けしておりますので、たまには［抜け殻モード］［無意識系］の【threads】で、くだらない僕を見てください(笑)。

※threadsの案内をする気は全く無かったのに、なぜか流れで書いちゃいました。すみません。

さて、本題です。昨日から始まった「化学療法13サイクル目」今日は化学療法の2日目の近況報告を書きます。よろしくお願いします。

※しゃっくりが止まりません…(涙)

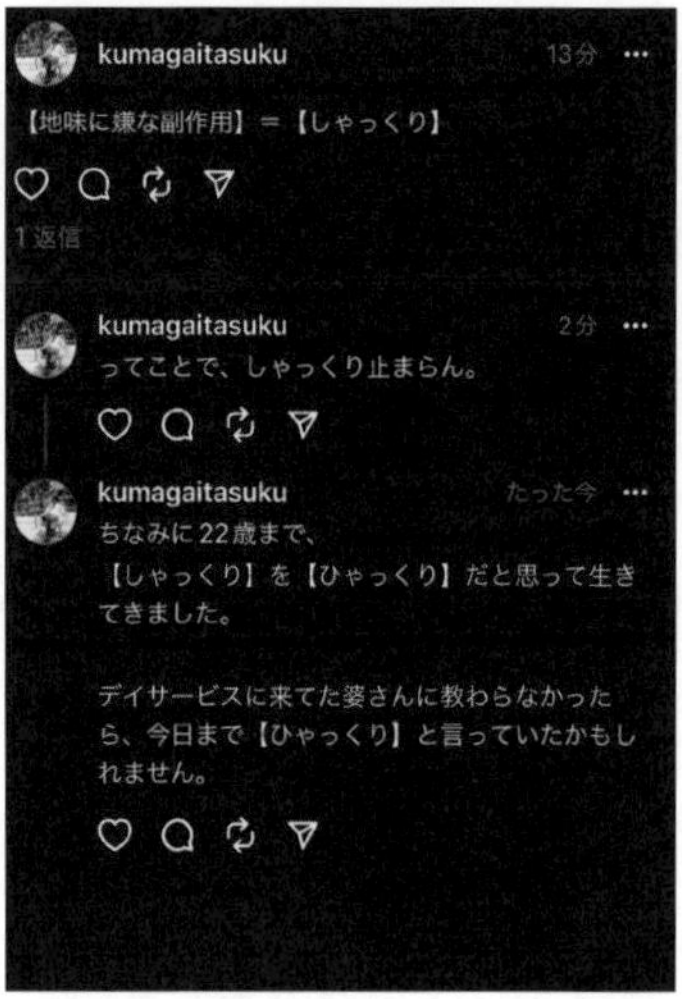

得もしないスレッズ

▼13サイクル2日目

昨日の昼から始まった投薬治療。新しい治療薬となって2回目。前回の記事で書きましたが、副作用の吐き気を抑えてもらうように、薬を追加してもらって、なんとか吐き気も抑えて、アレルギー反応や大きな副作用なく、新しく末梢神経痛の薬を出してもらい、その影響から？なのか夜は爆睡。(20時から8時まで)看護師さんが朝食を持ってきた7時に一瞬目覚めましたが、その後にまた寝て、8時に薬を持ってきた看護師さんにゆすられて起床。(ゆすられて起床するのも悪くないですね。久々でした。何の話!?笑)

出されていた朝食の、ヨーグルト(これは希望を出してます)と、ロールパン(これも希望して)を食べて、薬を飲んで、またベッドでウトウト。窓側のベッドだったので、カーテン全開にして外を見てウトウト。9時になったら、コーヒー買ってテラス行こうかと思ったけど、朝は9時過ぎに担当医の先生が回診に来てくれるから、(毎日朝夕に来てくれます。退院日だけではなく)それを待ちながらウトウト。(荷物整理は5分で終わるから焦らない)

※入院慣れ過ぎ案件

入院した日の日中も、入院した日の夜も、治療の日の朝も、治療の日の夜も、担当医の先生が、毎回顔出してくれて、話も聞いてくれて優しくて、分からないことは教えてくれて調べてくれて、本当ありがたい。

※なかには話を早く終わらせたい。

俺忙しいんだよね？　俺医者だからね。感を出す医者もいる中、ほんと恵まれた良い先生に。だから敬意を持って先生と呼ぶ。敬意がない医者は医者。医者が偉いとか立派だからとか、確かにたくさん勉強して努力してきたと思うよ。そこは尊敬するけど、僕らもそれぞれの道で努力してきてるからね。医者だけじゃなく経営者とかインフルエンサーとか会社の先輩でも、立場は違えど、

「人対人」で接してくれる人は〝本物〟

話が少し逸れますが思い出しちゃったんで、師匠との話を書きます。僕の師匠は(もう死んじゃったけど)、東京で挫折して地元に戻ってきた時に、知人の紹介で『凄い人がいるから絶対に会った方が良い！』と勧められて会いました。

※東京で裏切られて人間不信になってたのにパーティーに行くアホです。でも直感はあった！

※東京のコンサルは有名だからって下心もあって着いて行って裏切られた。直感は最初から無かった。

最初に会ったのはパーティーかなんかで、その時に何故か「今度2人で話そう」となって、別日に2人で会うことに。その時は人間不信に陥っていたけど、金も人脈もゼロだから失うものは無いしなぁと、だったらどんな人か、本当に凄い人なのか、試しに話してみよう！と思って会いました。

そして、会ってみたら…『え？凄い人って聞いてたけど、パーティーとは違って？違い過ぎて普通のオジサンじゃん！』そう思いました。最初に衝撃だったのが、師匠(当時65歳くらいかな、今だと72、73歳)が、着ていた服に[DUNLOP(ダンロップ)]って書いてあって、タイヤメーカーですよね？ホームセンターとかに売ってる服ですよね？靴もダンロップじゃないですか！めっちゃ凄い人って聞いてたけど…って(笑)。

僕は最初の外見を気になりながらも…師匠が話し始めました。今まで会ってきた経営者や先輩と違って、学歴も聞かない、経歴も聞かない、資格も聞かない、年収も聞かない、最初に聞かれたのが、**『熊谷翼は、どんな人になりたい？』**だった。今思うと師匠の戦略？だったのかもしれないけど、その質問は衝撃だった。

それまで周りを無視してでも、突き進んできた自分を悔や

んで反省して、希望なんて想像すらできない時期に、この問い。

『今は何も思い浮かびません』と、正直に答えたら、師匠は笑いながら、**『熊谷翼の背中（後ろ）には何千何万もの人が見えてるよ、俺には。それくらいの人に〝希望を与えられる力〟を持っているのが熊谷翼だよ。』**って話してくれました。

その時にはその意味が、全然分からなかったけど、その素質やチャンスがあるという意味だったのかな。師匠とはそれから5時間ほど、一対一で話しましたが、師匠はアイスコーヒーを一口も飲まず、氷も溶けて溢れ出しているのに、そんなの無視して、僕に様々なことを教えてくれました。ちなみに、お互い話しやすくなった頃合いに、『〇〇さんが凄いって紹介されたんですよね…』って何気なく聞いたら、師匠は笑いながら、『凄いって基準は何だろうね？収入？高級品？一流企業？』って聞かれて…『凄いって聞いたら、今の僕の基準は収入ですかね…』と答えて。

そしたらまた笑いながら…**『俺は個人で年〇億は稼いでいるけど、俺にとって一番大事なのは〝家族〟と〝自分〟』『お金はゼロからでも増やせるけど、家族との時間と、自分は失ったら取り戻せない。』『だから凄いのは稼いでる人じゃなくて〝家族〟と〝自分〟を一番に大切にしている人が凄い人』『それでも〝家族〟や〝自分〟を幸せにする為には〝お金は絶対必要〟』『〝お金よりも大切なモノはある〟けど、〝お金がないと大切なモノを守れない〟から、お金は必要』**

こういう話のやり取りをずっとして、僕の質問にドンドン答えてくれて、とんでもない人だったな。と。それからというもの僕は師匠の付き人みたいになった。
※見かけで人は分かりませんね…普通のオジサンかと…
そのあとも、会う機会ができたら一対一で、時間の許す限り教えをいただいて、そのうち「師匠が話す前に話す言葉（内容）が分かる」までになりました。5時間話した初対面の3年後くらいかな…師匠から言われたのが、『そろそろ守破離の「離」をした方が良い。俺の教えはほぼ全て習得しているし、教えることはもう無い。あとは**自分で「新しい道」を拓きなさい。』**と。

それからは、師匠の訃報を知るまで連絡を取り合うこともありませんでした。もしかしたら師匠の優しさだったのかもしれません。自分の体調不良の心配をかけたくなかったのかな…と。


話が逸れましたが、**「人対人」で接してくれる人は本物。**

師匠も今の担当医の先生も、そう思います。本物です。
※偉そうに言ってすみません。

▼退院後の近況
退院して声を出した時に気付いたのが、「声枯れ」ですね。これも副作用です。最近はそんなに酷くなかったんですが、薬の影響か？あとは乾燥もありそうです。院内はかなり乾燥してます。あとのところは、今まで通りって感じですね。

◆手足先の痛み（末梢神経痛）
これは過去の抗がん剤の蓄積。唇や口の中、舌先まで出ていて、味覚障害もあります。
※チョコの味や甘さが分からなくなりました。
◆高血圧
これは明日に46時間点滴を抜いて、その後（明後日）からかな？
◆倦怠感
これはもう毎日ですね。
◆お尻からの出血
ようやく止まりました。中と外の両方が痔になってました。これも抗がん剤の影響で便が硬くなった結果。
※ヤクルト一本分は出血してました。
※血が止まらないのは血小板低下。
これも骨髄への抗がん剤の影響。２日目は今までも不調になることは少なかったので、今回もまぁまぁな感じです。46時間点滴を明日の夕方に外すので、そこからまた体調変化があると思います。また明日も近況報告になると思います。このあとは日本シリーズ観ながら、寝落ち態勢に入ります。
※薬はこれから
最後まで読んでいただきありがとうございました。

2023/11/02熊谷翼

【11／12（日）21時から】オンライン講演会
（topartist.life より「トップアーティストライフ―命の授業～生き方と在り方は自分で決められる～」
https://topartist.life/inochi/
facebook グループ（熊谷翼応援コミュニティ）
（facebook グループ参加チケット―熊谷翼オンラインショップ powered by BASE）
◆SNSでのコメント、メッセージ。支援、寄付、心より感謝しています。ありがとうございます！

198／抗がん剤投薬3日目

（2023年11月3日 22時34分）

2023年11月3日（金） がん告知から198日目 ※2352文字

こんばんは。

今日は朝からすごく調子が良くて、この note のアプリを開いて、「198」の数字を打つタイミングで、『そう言えば…癌だった』と思い出しました。

それくらい忘れていましたね（笑）。あとは今日は母親の誕生日でした！ 誕生日おめでとう!!

本題に入る前にお知らせを2つさせてください。ますば「11月12日のオンライン講演会」のお知らせです。

☞詳細はこちらから
（topartist.life より「トップアーティストライフ―命の授業～生き方と在り方は自分で決められる～」

https://topartist.life/inochi/）
もう一つのお知らせは、**「facebookグループ」**のご案内です。こちらは**【熊谷翼【応援】コミュニティ】**

僕のnoteの記事やYouTubeなどの投稿を全て投稿するので、イチイチ「note」や「インスタ」や「YouTube」を行き来しなくて良い利点と、グループにしか投稿しない「思ったこと」を見れるようになります。とは言っても「応援」の意味が大きいグループになりますので、応援していただける方は、

☞こちらの投稿を読んで頂けたらと思います。

（記事内容は不調によりサラッとしております）

（「188／facebookグループ開設」P.432参照）

さて、今日の本題に入りますが、今日で13サイクル目の投薬期間が終わりましたので、**「抗がん剤治療3日目の近況報告」**をしたいと思います。よろしくお願いします。

▼抗がん剤投薬3日目

昨夜は22、23時くらいに寝たと思いますが、今朝は5時に目覚めました。その目覚めもスッキリ起きて、（今までないくらいに）身体も血圧も調子が良かったので、『このまま寝るのはもったいない』と活動開始。洗濯をして、掃除をして、一息ついてから久しぶりにウォーキングして。

☞15分ほどの雑談動画です。

（YouTube「**【近況】大腸がん／多発肝転移／BRAF遺伝子変異／がんサバイバー**」

https://www.youtube.com/watch?v= GMYUon0g8SA）

足の筋力が相当落ちていて、足裏もフワフワして地に足が着いていない感覚で、これも抗がん剤の蓄積による副作用。冷感刺激から始まっての末梢神経痛ですね。（これ1、2ヶ月続いたら、本当に歩けない）今は末梢神経痛の薬を飲みはじめて、効果は1週間後くらいから徐々にってことなんで、手足の痛みが軽減できれば、だいぶ生活はしやすくなりますね。（ピンセットをつまむことすら、痛くて冷たくて使えないです）ウォーキングの後は、横になって休んで、午後には買い物に出て、そのあとからは緑達のお世話。あとはサンタ

も買ってきた。１００円ショップに行くと、ついつい、こういうの買っちゃうのは僕だけしょうか？（笑）そんなことをしてたら、46時間点滴も空になったので、点滴を抜きました。もう5回目くらいかな？針を抜くのもだいぶ慣れました。点

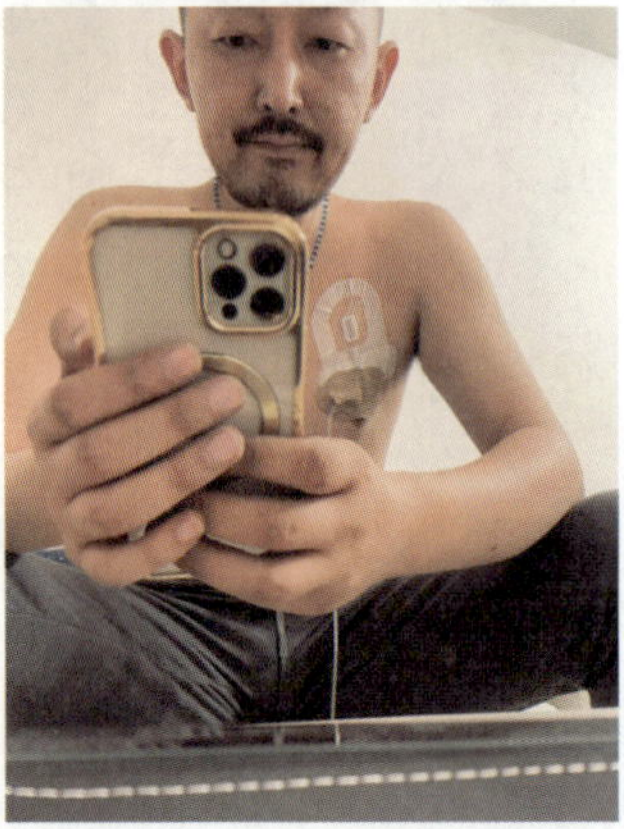

左胸のCVポート

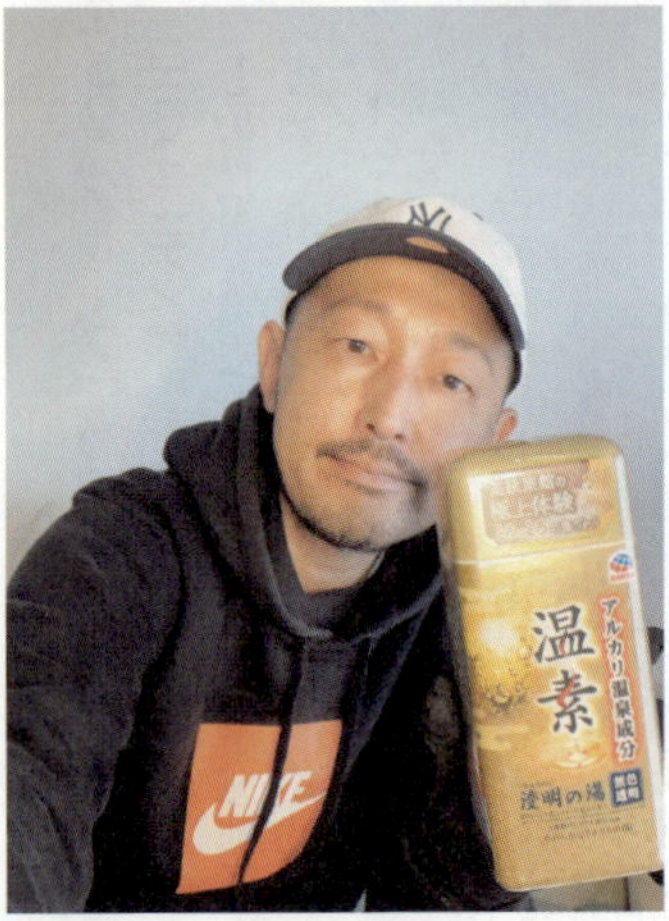

小学生からの支援！

滴を抜いたのが17時くらいですが、そこからも体調は変わらず調子良かったです。夕食を食べて、点滴終わりの一番の楽しみである「お風呂」病院はシャワー浴なんですよね。だから、浴槽に浸かれることが、どれだけ幸せか。お風呂に浸かって、冷えた身体を温めてくれるアノ瞬間…『あ～気持ちぃぃ』これが点滴後の一番の楽しみであり幸せ。今日の入浴剤は、小学生の友達から支援してもらった入浴剤。『最高でした！』『ありがとう！』

風呂上がりもポカポカで、少しまったりして今に至ります。

▼最後に…

今日で13サイクル目の抗がん剤投薬は終わりで、明日から休薬期間に入るんですが、いつもだと、投薬期間が

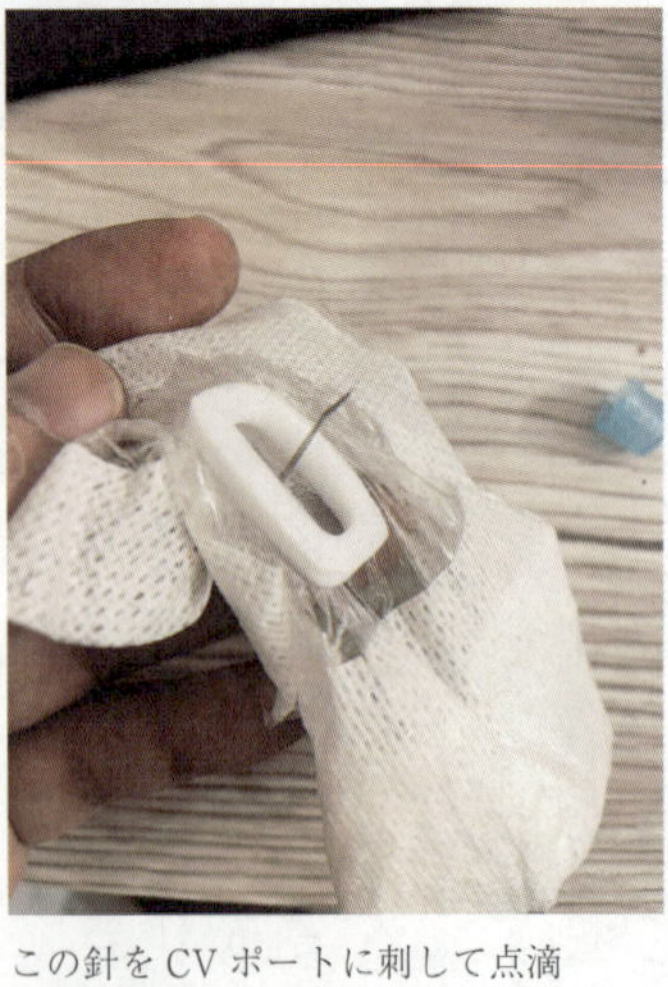

この針をCVポートに刺して点滴に繋げます

終わってから、「高血圧」「倦怠感」「痛み」が出てくるんですよね…。

そして、前回から抗がん剤も変わって、今回が2回目なので、どんな副作用が出るか？　他に関連する症状が出るか？　正直、これはまだ分からないところもあって。今分かるのは、「高血圧」「倦怠感」「痛み」が出てくるかなぁくらいです。今日くらい調子良ければ最高なんですが、あまり期待せずに、現状を受け入れながら過ごしたいと思います。

ということで、とりあえず投薬3日目でしたが、意外と絶好調な体調でした！　明日はどんな日になるのか？楽しみにしながら寝たいと思います。

今日も最後まで読んでいただき、ありがとうございました！

また明日！

2023/11/03熊谷翼

【11／12(日)21時から】オンライン講演会
(topartist.lifeより「トップアーティストライフ 一命の授業～生き方と在り方は自分で決められる～」
https://topartist.life/inochi/)

facebookグループ(熊谷翼応援コミュニティ)
(facebookグループ参加チケット｜熊谷翼オンラインショップ powered by BASE)

◆SNSでのコメント、メッセージ。支援、寄付、心より感謝しています。ありがとうございます！

199／がん進行してる？（2023年11月5日 22時51分）

2023年11月4日(土)　がん告知から199日目　※1575文字

こんばんは。

野球を観て寝落ちをしていたため、11月4日分を11月5日に書いています。

ということで、早速本題に入りたいと思います。

ここ数日の眠気についてです。

▼体力不足？進行？

前日(11／3)は、体調が良くて朝から動いていたんですが、今日(11／4)は朝から不調。血圧が高いのもあるかもしれませんが、(血圧が落ち着いたのが15時過ぎ)なんだか、足に力が入らず、フワフワしたような感覚と、とにかく疲れやすい。ベッドやソファから立ち上がって、お茶などを入れて、元の場所に戻って「ふぅ。」トイレに行って戻ってきて「ふぅ。」という感じで、ちょっとの動きなのに、疲れやすくなったなぁ…と。

夕飯もお風呂も18時前に終えて、ソファで野球を観ていましたが、ソファに座っているのも疲れてきて、ベッドで横になりながら野球観戦。そして、寝ちゃっていました。寝落ちするってことが、今まであまりなかったんですが、今回の入院中では一回あって、帰ってきてからも。

薬の影響なのか？体力の低下なのか？症状が進行している

のか？

あまり気にしなくても良いのかもしれませんが、やっぱり少しの変化も気になるし、一番は「進行」「転移」が気になるところ。体重が今までは減っていってて、最近は現状維持していたのが、ここ数日で少しずつ増えてる。単純な増加なら良いんだけども、「腹水」だと、これまた心配。腹水は、進行や転移があると出てきやすい症状で、腹水があると末期がんに移行します。
※実は10月に若干の腹水が見つかったんですよね。
それもあって、体重には気をつけていますが、最近の体重増加と疲れやすさ(眠気)ちょっと気になっています…。

ちなみに、来週は大腸の内視鏡検査があるので、その時にでも「体重」のことを聞いてみようと思います。内視鏡検査で、大腸がんが広がっていないことを願います。

2023/11/04熊谷翼

【11／12(日)21時から】オンライン講演会
(topartist.lifeより「トップアーティストライフ―命の授業～生き方と在り方は自分で決められる～」
https://topartist.life/inochi/)
facebookグループ(熊谷翼応援コミュニティ)
(facebookグループ参加チケット―熊谷翼オンラインショップ powered by BASE)
◆SNSでのコメント、メッセージ。支援、寄付、心より感謝しています。ありがとうございます！

200／告知から200日目

(2023年11月6日 00時09分)

２０２３年11月5日(日)　がん告知から２００日目　※２９４１文字

こんばんは。

本日で、がん告知から２００日目となりました。

記念日というのは違和感ありますが、それでも告知から**「２００日は生きられて良かった」**と思っています。

そして、２００日(正確には２０１日)このnoteを書き続けてきたことは、「良かったな」と思っています。近況報告として、自己啓発として、当事者の悩みや勇気として、「誰かの役に立っていた」ことが、最近になって形になって分かるようになりました。

『誰かの勇気になりたい』『行動を後押ししたい』そんな気持ちで始めた情報発信。そこから勇気を持って行動に移した方の、noteを貼りますね。お時間のある時に読んでください。

「がん当事者の現実」を知って欲しいです。

(note記事紹介「第2の人生☘」)

さてと、今日も早速本題に入りたいと思います。「告知から２００日」というテーマで、着地点を決めずにツラツラと書きますね。

▼告知から２００日目

「阪神タイガース日本一おめでとうございます」普段は野球はあまり観ませんが、今回の日本シリーズは全部観ました。

関西対決ってこともあってか、世間的にもとても盛り上がっていたと思います。〝日本一〟が決まる最終戦。観ないわけにはいきません。試合が始まる前までに、夕飯や身の回りのことを済ませて…

ところが、あまりにも身体が疲れて(しんどくなって)ベッドで横になって寝てました。目が覚めて途中からは観ましたが…ここ2日のところで、明らかに以前より疲れやすく(眠く)なっています。寝不足?と思っても、昨日は12時間寝ているので、寝不足はあり得ない。(昼寝もしているので)体力が落ちているのか?疲れやすくなっているのか?　なんですが、体力が落ちたり、疲れやすくなるのは、自然なことではなく進行も考えられます。考えたくはないことですが、現実的に客観視をすると。

今日は調子が良ければ、サウナに行こう!と準備をしていました。

サウナチャンスを逃した…

サウナに入って(日中に)外気浴をして、大きな風呂に入って…でも、そこに行くことすら難しいと思い諦めました。車で数十分の場所に行くのもしんどい。あとはサウナも風呂も体力的に無理だろうと。退院してから、急に体重が増えました。がんになってから初めて増えたんですが、その増え方にも疑問があって。

〝腹水〟なのかな?と。10月のCT検査で、若干の腹水はあったんですが、ここ2日で、体重が増えお腹も張っている感じがあって、腹水の可能性はあるのかなと。腹水の原因は様々なので、がんの進行と決めつけはできません。

※塩分の摂りすぎでもなるので、退院後に食べたポテチとうまい棒が原因と僕は思い込んでいます(笑)。

とはいえ、ここ数日の明らかな眠気(疲れ)は、薬か?体力か?分かりませんが、以前までとは状態が変わってきていますし、体重増加、腹水?に関しても、進行も頭に入れておかないといけません。目を背けたら、その一瞬は気が楽にはなりますが、解決もしないし受容もできないので、現実的にどうなのか?客観的にどうなのか?情報を集め、分からないことは医師に確認して、「現状の自分」を正しく把握したいと思います。ちょうど、週明けに大腸の〝内視鏡検査〟があります。

※下剤祭り…

そこで、大腸のがん(S状結腸癌)の進行確認と、細胞を取り出しての病理検査があります。

※募金をお願いしていた〝遺伝子パネル検査〟の検討もあります。
腫瘍マーカーの数値は、告知日よりも1／3程度下がっていますが、下がってあるとはいえ、「異常」数値であることは明確で、他の当事者の方の発信をみてたら、腫瘍マーカーが僕の1／10くらいだったりで、(それでも異常)僕の数値は結構ヤバいんだな…と最近知りました(笑)。

そして…ここ数日改めて思ったのは、会えるなら会う、行きたいなら行く、欲しいなら買う、やりたいならやる、それができるのは、すごく幸せなことだなぁって。
※サウナすら行けないですからね…
※じゃじゃ麺食べても味覚障害で味しないし…
行きたいところに行けて、食べたいものの美味しさを分かるって、『当たり前じゃないんだよー！』って言いたい。
※言ってるけど(笑)
身体が8時間動いて、味覚もあって、手足の痺れや痛みがなくて、そんなの当たり前！と思っているだろうけど、それは**「今〝僕が望んでいる〟状態」**調子が悪くても、少しは外に出るようにしてるけど、車を運転している人、歩いているおばあちゃん、子供と散歩しているお母さん、荷物を運んでいる人、飛び込み営業している人、「羨ましいなぁ」「早く俺も動きたいなぁ」が本音。

これからの冬を乗り越えて、4月20日になったら告知から365日。その時までに、**「今よりも状態を良くすることが目標」**そして、**「友人や仲間に会いに行くことが目標」「仕事に完全復帰できることが目標」**今までなら、すぐに達成できる**〝簡単な目標〟**が、今の自分には**〝大きな目標〟**になっていて、それでも、その**〝楽しみ〟**があるから頑張れる。
▼最後に…
結局…楽しみとか幸せって、目の前の**〝当たり前〟**の中にあるんだな。と。頭では分かっていても、それが本当に腑に落ちるのは、自分に「難」が起こった時ですね。

難有りに感謝ですね。

2023/11/05熊谷翼
◆SNSでのコメント、メッセージ。支援、寄付、心より感謝しています。ありがとうございます！

第3章　2001〜3000日目

201／ここからが本番かも

（2023年11月6日 22時23分）

2023年11月6日（月）　がん告知から201日目　※1373文字

こんばんは。
今日は朝からしんどかった…。
そして、今は踏ん張り時なのかもしれない。
早速本題に入りますね。

▼状況（状態）が変わったかもしれない

昨夜、下剤を飲んで、（最近は下剤を飲んでもお腹は痛くならなかった）そして今朝からは、下腹部痛（お腹がキリキリ）と、お尻の痛さ（切れ痔）とで、冷や汗は出るし、トイレに行っても腹痛は治らないし、横になってもお腹は痛いしで、朝から昼過ぎまで、ベッドとソファでもがいていました。水でも食べ物でも、何か口に入れるとお腹が痛くなる。そんなことを繰り返して、夕方にやっと固形物を摂りました。とは言っても、明日は内視鏡検査があるので、食べられるものは制限されていて、今夜も下剤を飲みましたが、明日も朝5時から下剤祭りです。

そんな感じで、うろたえながら夕方になりましたが…気になるのが「お腹の張り」要は**「腹水」**です。調べていないので分かりませんが、10月には若干あったんです、腹水。これが、土曜日あたりから「ん?」と思って、体重もそこから増えているし、（5キロくらい）お腹も張ってきて、丸くなってきて、これは「腹水」だろうと。腹水で検索すると…「余命」とか「末期」という言葉が出てきます。僕もこれまで、看取りを何度かしてきたので、当然、癌や腹水の知識もあります。腹水が起こることは、プラスではありません。むしろ、起こってほしくないことかもしれません。が、そうなったら仕方ないことです。退院してからの最近は、疲れやすく足もフワフワしてて…

なんとなく、今までとは違う感覚だったのですが、抗がん剤も変わり、それが効いているかどうかは、次回の入院の時にしか分かりませんが、腹水も出現し始めたとなると…いよいよ「ここから」なのかもしれません。

昨日の投稿で、「目標」を書きましたが、あれも書くことを決めていたのではなく、自然と出てきたんですが、当たり前のことが、当たり前にできることが、ほんと羨ましく思えてきました。

『抗がん剤が効いていれば良いなぁ』『腹水も良くなると良いなぁ』今はただそれだけを考えています。

▼最後に…

noteやインスタなどでは、できる限り「前向き」「ポジティブ」な投稿を心がけてきました。それは見てくれる人もそうだし、僕自身も前向きにいたいから。これからも前向きにいきます。

それでも実際は、副作用だったり、体力低下だったりで、しんどくなっていることも事実としてあります。（手先が痛くてミカンの皮むきも大変です）今後の発信では、現状のしんどさや、副作用、不調のことも書いていきます。
※実際の状況を
決してネガティブではなく、リアルな現状を知ってもらった方が、今後のことを考えると良いのかなぁと。とりあえず、明日は朝早くから下剤を飲まなきゃなので…このあたりで。

おやすみなさい。

2023/11/06熊谷翼

202／大腸内視鏡検査報告

（2023年11月7日 20時43分）

2023年11月7日（火） がん告知から202日目 ※1870文字

こんばんは。

今日は大腸の内視鏡検査でした。朝から、（なんなら前日の朝から）下剤による下腹部の痛みと戦いながら、『絶対、下剤は飲みたくない』と、心から思いました。そして、内視鏡検査も『やりたくない』と、毎回思っています。（お腹グリグリされる感覚が…）

さて、本題に入る前に一つご案内とご協力を。

【11／12（日）21時から】オンライン講演会。3分で案内を読めますので、3分だけお時間をとって読んでいただけますか？


☜こちらの画像を押すと案内にいきます。

（topartist.life より「トップアーティストライフ 一命の授業 〜生き方と在り方は自分で決められる〜」https://topartist.life/inochi/）

そして、もう一つのご協力です。今回行った内視鏡検査にて、がん細胞を摘出し、その細胞から「がん遺伝子パネル検査」を行います。

がん遺伝子パネル検査とは
次世代シークエンサーという装置を使い「がん関連遺伝子」を一度に解析しますがん遺伝子パネル検査は、がんの発生に関わる複数の「がん関連遺伝子」の変化を一度に調べる検査です。次世代シークエンサーとよばれる機械を使った新技術が使われています。
がん遺伝子パネル検査では、患者さんのがん組織や血液からDNAなどを取り出し、「がん関連遺伝子」に変化があるかどうかを解析します。検査の対象となる遺伝子のセットのことを「パネル」とよびます。パネルには通常、複数の遺伝子が含まれ、使用する検査によって調べる遺伝子の数や種類が異なる場合があります。がんに関わる多くの遺伝子を調べることで、1種類の遺伝子だけに絞った従来の検査ではわからなかったような変化が見つかることがあります。また、その患者さんが持つ遺伝子の変化の組み合わせが明らかになることで、患者さん一人ひとりにふさわしい治療を行うことにつながると期待されています。

おしえてがんゲノム医療より

これから更に、治療費や治療に関連する費用が想定されます。そこで応援してくださる方からの、募金や支援をお願いしております。(500円から)どうぞよろしくお願いします。

☞寄付はこちらからお願いします。

【銀行振込】

［銀行］PayPay銀行

［銀行コード］0033

［支店］はやぶさ支店

［店番号］003

［口座番号］**※現在使用されていません。**

［名前］クマガイタスク

※手数料のご負担させて申し訳ないです。

【電子マネー】

(11／1現在の寄付金98110円［PayPay・銀行振込含む)

☞Amazonでの支援物資はこちらからお願いします。

(Amazon**「ほしい物リストを一緒に編集しましょう」**

https://www.amazon.co.jp/hz/wishlist/ls/3FUBFS89TMKS3?ref_=wl_share)

本日の本題に入らせていただきます。今日は**「内視鏡検査」**でしたので、その報告と現在の体調について書きたいと思います。脱水かな？いま37・9℃あるので、文章がイマイチになるかもしれません。

▼大腸内視鏡検査

昨夜から下剤を飲み、朝4時くらいから腹痛にうなされ、冷や汗なのか？あぶら汗なのか？を垂れ流し、朝5時からは朝用の下剤と腸管洗浄剤を飲み、ピーピーしてました。もうそれだけでグッタリ…以前は自分で病院まで行けたんですが、父親に送迎お願いしました。ありがとうございます。病院に行くまでもコンビニ寄ってピーピーで、病院着いても3回くらいピーピーでした。そして、内視鏡検査。切れ痔になっているので、カメラを入れる時の痛みに悶絶しながら、お腹の中をグリグリと。僕の癌があるS状結腸だけではなく、転移(広がり)の可能性があるので、「奥まで全部」ってことで、グリグリと。この気持ち悪さと、キリキリとする時々の痛みと、ガスなどが出る恥ずかしさ？と、嫌ですね…内視鏡検査(笑)。

そして…検査結果です。

▼最後に…

「がんが小さくなり腸内が綺麗になっていました」ががんが消えたわけではないですが、がん自体がかなり小さくなり、出血などもほぼありませんでした。大腸がんの方は良くなっています！(やったー!!)

あとは、「肝臓転移のがん」と、最近出現した「腹水」です。腹水に関しては、利尿剤を出してもらったので、それで効果が出れば良いなぁと思っています。あとは、前々回から変更した抗がん剤を、次回から別の薬に変更予定です。腹水が、がんによるものか？薬によるものか？分からないので、薬をＢＲＡＦ遺伝子変異の阻害薬に変更して、様子をみようとなりました。

※こちらに関しては来週の入院の時に詳しく

まずは、（原発巣）のがんが小さくなっていて良かったです。帰ってきてから休んでいて、少し熱も出ました。疲れと脱水かな？

今日はこのあたりでお休みします。

みなさんも、早く休んでくださいね〜

2023/11/07熊谷翼

☞熊谷翼リンクまとめはこちらから

（lit.link「熊谷翼／がんサバイバー」（リットリンク））

https://lit.link/kumagaitasuku)

203／ヘルプマークが必要？

（2023年11月8日 23時00分）

2023年11月8日（水） がん告知から203日目 ※2486文字

こんばんは。

僕の家にはテレビがなくて、ほぼ全ての情報をスマホとパソコンから入手しています。スマホやパソコンでネット検索している人は分かると思うんですが、Google や Yahoo の広告や記事は、（インスタや facebook もそうですね）僕に合いそうなものを選んでオススメしてきます。そして、その広告や記事を読んだりすると、さらに重ねるようにオススメしてきます。

「閲覧履歴＝オススメ」になってくるわけですが…（一般的に考えたら、婚活、車、時計などが独身男性向けだと思うのですが）最近の僕へのオススメは「美肌」です。

※がん治療をしながらパックをしています（笑）。

さて、今日は早速、本題に移らせていただきます。

※すぐに本題に入る時は不調の時ですので、お見知りおきを。

※昨夜に続き夜になって微熱です。腹水のせいかな？

今日のテーマは「俺もヘルプマーク必要かも」という、皆さんにも考えてほしいテーマです。それではどうぞ。

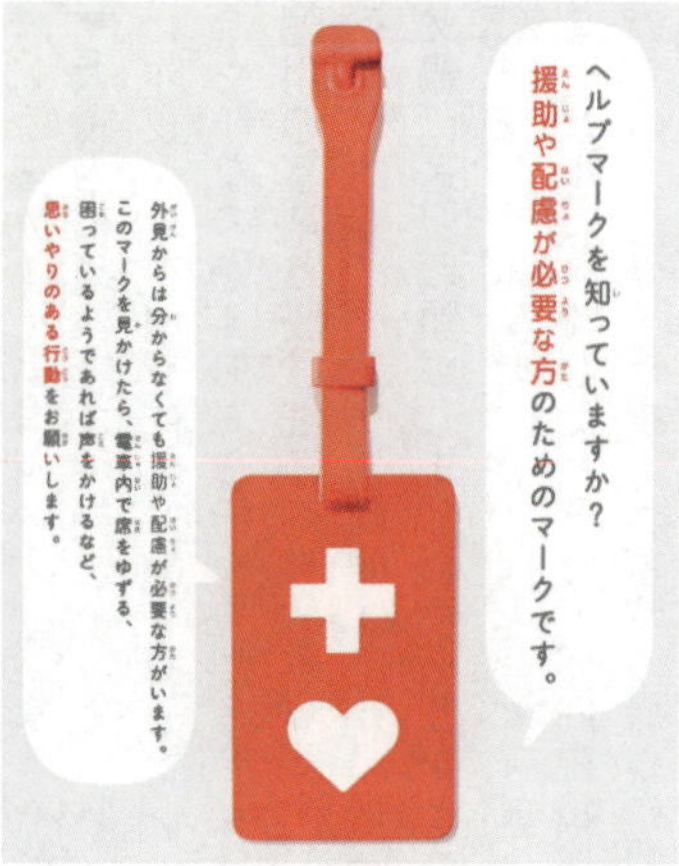

▼ヘルプマーク知ってますか?

ヘルプマークは、

東京都福祉保健局により2012年に作成されたピクトグラムである。義足や人工関節を使用している患者、内部障害や難病の患者、または妊娠初期の女性など、援助や配慮を必要としていることが外見では分からない人々が、周りに配慮を必要なことを知らせることで援助を得やすくなるよう作成された

Wikipediaより

私は、見た目では分からないかもしれないけど、何かしらの援助や配慮が必要ですよ。というもの。これらは、各都道府県の窓口に行けば、口頭申請と簡単なアンケートでもらえます。(地域で違いがありますが市区町村窓口です)

こういったことは、福祉や介護のお仕事をしている人は、当たり前に知っていても、身近でヘルプマークを使っている人がいなければ、そういうものがあることを、知らない人も多いんじゃないかなぁ。って。知らないことがダメではなくて、ヘルプマークを使っている人がいなかったり、ヘルプマークを見たことがなかったり、情報が届いていなかったり。なので、知らないことを責めるために書いているわけではありません。

そして、突然ヘルプマークの話をしたのにも訳があるんです…ただ、その登場人物を責めたいわけでもありません。

※僕がヘルプマークを使っていなかったので

ただ、読んでいる方に考えて欲しいのは、**「あなたが登場人物ならどう思ったか」**そして…**「目の前の人は配慮が必要な人かもしれない」**と、思うだけで、社会は少し優しくなるんじゃないかなぁ。と。

▼ヘルプマークがあれば良かった?

※改めて書きますが登場人物を責める気はありませんので、ご理解ください。

数日前に内視鏡検査に行きました。検査が終わってから、お腹の張りが気になるので、予約はしていないけど、臨床腫瘍科に行きました。当日受付はいつ呼ばれるか分かりません。

※1時間半くらい待ちました

大学病院なので原則は予約制。予約であっても待っている人はたくさん。症状を伝え、当日受付を済ませて、「どこ座ろう」と周りを見渡しても、どこもほぼ満席。そして僕は、内視鏡検査後なので、どうしてもトイレ近くが良い。なので窓口のスタッフに話して、『あそこにいるので呼ばれたら声をかけてください』と伝え、臨床腫瘍科の窓口から少し離れた、トイレ近くの席に座りました。普段からの疲れやすさプラスで、内視鏡検査の疲れと、その後のトイレ。

立って待つことは不可能だったので、トイレに行く時はカバンを置いて席を確保し、トイレへ。(5~6回行ったかな)

何回目かのトイレに行った時に、目の前に現れた70代くらいの男性から言われました。

『若いんだし、何回もトイレに行くなら立ってろ。こっちは

座りたくても座れないんだ。』

と言われました。一瞬**「え?」**ってなりましたけど、僕は**『どうぞ』**と言って席を譲り、もう少し遠くのトイレに近い席に座りました。
※呼ばれたのは、その1時間後くらい。
争っても仕方がないし、確かに見た目は周りより若い。臨床腫瘍科の席なら〝がん患者〟?って思うけど、違う場所にいたら、それは分からない。

そして、ヘルプマークもない。それなら、男の人の言ったことは間違いではない。
※だから責めるつもりはないです。僕が「座りたい」と示していなかっただけ。
この件では無いんですが、見た目で判断されるというのはあります。一見、元気そう。例えば実際にあったのが、宅配を近くのドラッグストアに指定してて、(500㎖の水24本×2)車に一人で乗せるのはキツそうだったので、お店の人に**『手伝ってもらっていいですか?』**って聞いたら**『え、、!?』**って言われたこと。
※『え、、』の理由はわからないけど、ヘルプマークを付けていたら、それはなかったかもしれない。
まぁ他にもあるんですが…歩くのが遅くなって、そして疲れやすいからすぐ座りたくなって、(なんなら横になりたい)重いものを待つのも難しくなってきたし、手先を使うことも痛くてしんどいし、光(特にLED)が眩し過ぎるからサングラスを着けたり。**でもそれって、周りの人は分からない。**

一般的に見たら、周りにいる40歳と同じ。しかも、僕自身

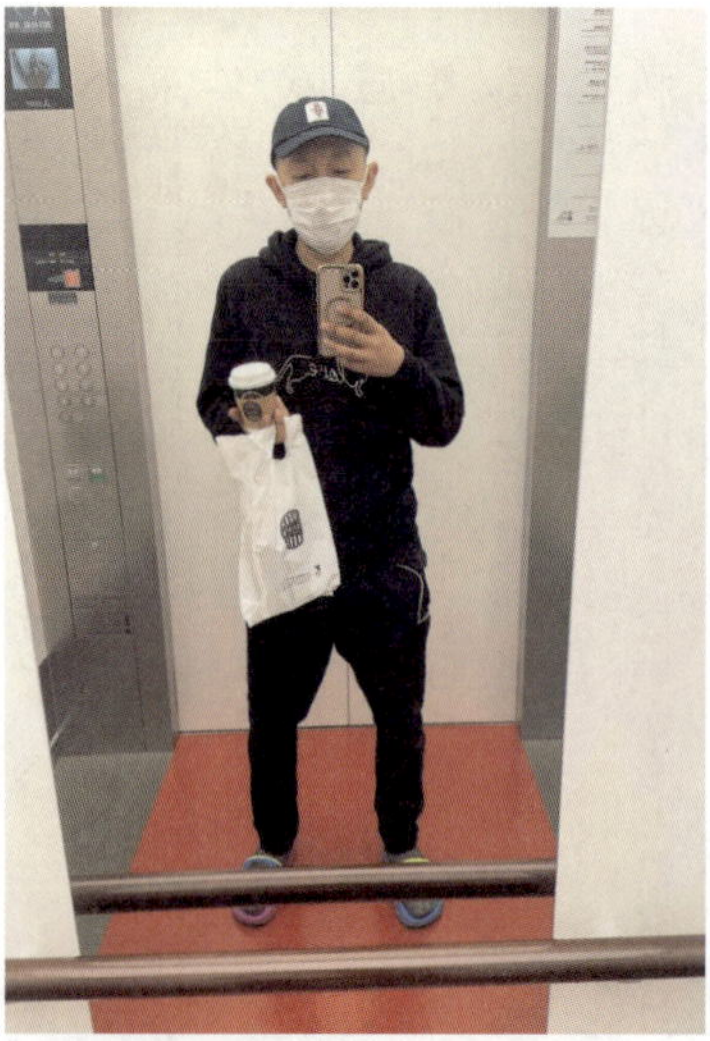

前回の退院時

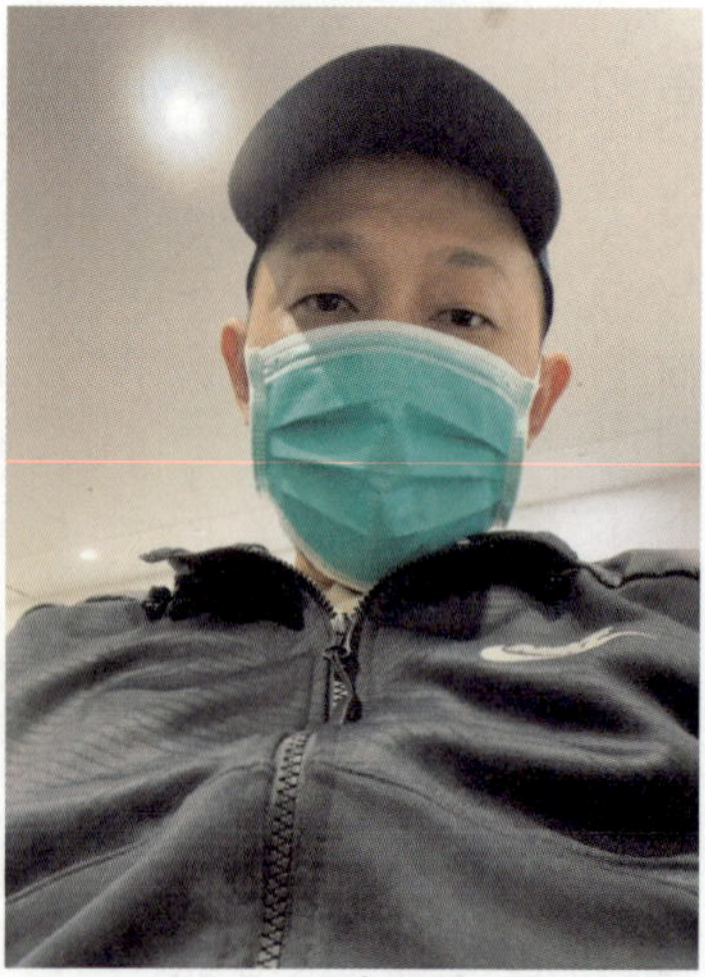

少しイラっとしておりますー笑

が「病人に見られたくない」って気持ちがどこかにあったのもそう。けれど、周りの人たちを誤解させているのは自分で、知らせていないのは自分。「配慮して欲しい」って伝えていないのに、相手にイラつくのは筋が違う。そして今後のことを考えたら、（電車や旅行とか）あった方が良いな。と。本当は嫌だったけど、調子が良い時に、ヘルプマークもらいに行こうと思います。
※大腸がんが小さくなっていて、喜んだ写真をインスタにあげたかったけど無理だった。
　みなさんの周りでも、ヘルプマークを身に着けている人はもちろん、着けていない人でも配慮が必要な人はいるかもしれません。そして、ヘルプマーク自体を知らない方もいると思うので、教えてあげてくださいね。

（fukushi1.metro.tokyo.lg.jpより「助け合いのしるしヘルプマーク」

https://www.fukushi1.metro.tokyo.lg.jp/helpmarkforcompany/）

2023/11/08熊谷翼

☞熊谷翼リンクまとめはこちらから
（lit.link「熊谷翼／がんサバイバー」（リットリンク））
https://lit.link/kumagaitasuku

204／ヘルプマークの普及率

（2023年11月10日 00時18分）

2023年11月9日（木） がん告知から204日目 ※3040文字

こんばんは。

最近歩くのがやっとです。腹水の影響で真っ直ぐは立てず、腰を曲げて3分くらいで疲れ果てます。利尿剤を飲んで、1、2回はトイレは増えましたが、お腹の張りは変わらないですね。（前回退院時から体重プラス3～5キロ）足も少し浮腫んできたかなぁ…

　そして、夜になると微熱。退院後は次第に復調してくるのですが、今回初めて今までにない不調が続いています。

　さて、先にお知らせさせてください。
※何度も何度もすみませんが、コレが大事！

役場隣の商業施設オガール

クレープは歩いたご褒美です

11月12日21時より、オンライン講演のゲストとして登壇します。


☞ぜひ、詳細ページを読んでほしいです。

(topartist.life より**「トップアーティストライフ―命の授業～生き方と在り方は自分で決められる～」**

https://topartist.life/inochi/)

よろしくお願いします。さて、本題に入ります。最近は近況報告が増えてしまっていますが、体調変化(不調)があれば、**近況報告**。体調が良ければ、その時に**伝えたいこと**。今夜は、そのどちらも書くような気がします。

#ハイブリッド型投稿

本題に入る前に、昨日の投稿を読んでから、読み進めてもらえると理解しやすいと思います。

(**「203/ヘルプマークが必要?」**P.470参照)

昨日の話の続きになりますので、よろしくお願いします。

▼ヘルプマークを受け取りました

ここ最近そうなんですが、腹水によって動くのが大変です。寝返りも立ち上がりも階段も。そして少し動いただけで疲れるし息切れ。お腹が出ていて、真っ直ぐ立つことも辛い。今日は、昼食とヘルプマーク受け取りのために、歩いたりもしましたが、距離で言うと50メートル歩くのが限界で、座って一休みしてから、また移動。

結局200メートルくらいの距離で、3回休みながら進みました。腰も曲げているので痛くなるし、けど真っ直ぐ立てないし…

#悩みどころ

ということで、本日**「ヘルプマーク」**を受け取りました。
※念のため電話で確認してから行きました
ヘルプマークが目的か?クレープが目的か?

#めちゃうま

それはさておき…
ヘルプマークを受け取るまで
自分が住んでいる市区町村窓口に電話確認
↓
担当課を確認(障がい福祉課がメインだと思います)
↓
『ヘルプマークの配布希望です』と担当者へ伝える
※名前も病気も理由も聞かれません(全国統一ルール)
↓
簡単なアンケートを記入
↓
ヘルプマーク受け取り

時間で言うと5分くらいですかね。そんなにしなかったかな。って感じです。受け取ったついでに聞いてみました。

『結構、普及(配布)されてるものですか?』と、担当者に聞いたところ…**『たまにあるくらいですね(月に数人)』**とのこと。

▼そもそも認知度低いんじゃない?

早速、色々と調べました。

☜障がい者総合研究所様の記事が分かりやすいので貼りますね。

(note.com より「**ヘルプマークの認知度・利用状況に関する調査((第二回))**」https://note.com/gp_info/n/n23a29293682)

☜日本財団の記事は2019年なので古いですが…

(nippon-foundation.or.jp より「**SOSを聞き逃していない？電車で目にするヘルプマークの意味とは**」https://www.nippon-foundation.or.jp/journal/2019/25806)

これらを見ると、

◆「認知度は上がった」けど、実際に中身までは分かっていない。

◆「使用者は増えた」が「微増」

◆「使ったけどやめた」人もいる

大体こんなところかなぁと思うんですが、「**使わない**」ことに関しては本人の自由なので、それは全く問題はない。

「**認知度は上がった**」っていうのは、仮説として『**あ〜このマーク知ってる**』くらいだと思うんですね。

※中身までは知らない

「**認知**」**はしているけど**「**理解**」**はしていない。**

#これで良いのかなぁ

そして、「**使用者は微増**」という結果。まぁこれは、たくさんの人が使えば良いってわけでもなく、「本人の問題」であり「本人の判断」なので、この数字の意味は分かりませんが、「**使いたいけど使えない**」**人を作らない**ことは必要です。

特に無くさなきゃいけないのは、「**周りの理解がないから着けても意味なかった**」

※これは問題です

色々調べていて、僕の特徴である「とりあえず行動してみる」が発動してしまって、「**普及啓発活動は俺の役目かもしれない！**」と、鼻息フンフンになり、「**普及啓発活動**」をしている団体を調べました。普及協会は2つありました。(探せばもっとあるのかもしれませんが)なんで2つあるの？って疑問がありましたが、僕のイメージでは「認知症サポーター養成講座」(全国の企業や団体に出向いての出張講座など)

☜認知症サポートキャラバン

※これがイメージでした

(caravanmate.com より(「**認知症を知り地域を作る**」キャンペーン『**認知症サポーターキャラバン**』**認知症サポーターキャラバンの活動をご紹介します。**))

https://www.caravanmate.com/)

ヘルプマーク普及を行っている2つの普及協会。その中の一つであり、この**ヘルプマーク発案者**の(発案ありがとうございます！)

山加朱美(やまか・あけみ)都議会議員が、代表を務めるNPO法人の活動をホームページでみました。

(helpmark-japan.or.jp「**【公式】特定非営利活動法人(NP**

O法人〉〉日本ヘルプマーク普及啓発協会」
https://www.helpmark-japan.or.jp/〉
率直な感想で申し訳ないですが…**「見にくい」「活動実績が分かりにくい」**それに加えて、**「代表＝議員本人のページに誘導される作り」**意図的では無いにしろ、そう感じましたし、率直に分かりにくい。
※アンチではないです
トップページをスクロールすると、下の方には企業などが行った、ヘルプマークに関するニュース記事のリンクはあるものの…この法人が行なっている活動は、僕は見つけられませんでした。
本人のホームページでも、対談動画や新聞記事しか載っておらず…
※見つけた方、コメントで教えてください。
活動実績は見つけられませんでしたが、左上にメニューバーがあり、「普及活動サポーター」と書いてあり、「LINE登録してね」ってことで登録。登録すると…

ヘルプマーク普及啓発応援隊サポーターにご登録頂きありがとうございます(clapping hands)今日から、ヘルプマークを身に着けている方を見かけたら暖かく見守って頂き(four-leaf clover)もしその方が助けを必要とされていたら優しい配慮をお願いいたします。(sparkle)ヘルプマークは全国47都道府県で無料配布されています。正しい普及啓発に今後ともお力添えお願い致します。一期一会に感謝申し上げます♥

LINE 登録後のトーク
(絵文字は文字になっている部分あります)

『ん?これだけ?』と思い、**『〝普及啓発活動〟を手伝いたい』**と送りました。それについての返信…

メッセージありがとうございます♥
申し訳ございませんが、このアカウントからは個別に返信することはできません
(sparkle)

メッセージを送った後の返信
※絵文字は文字になっています

☞ LINE の全文です

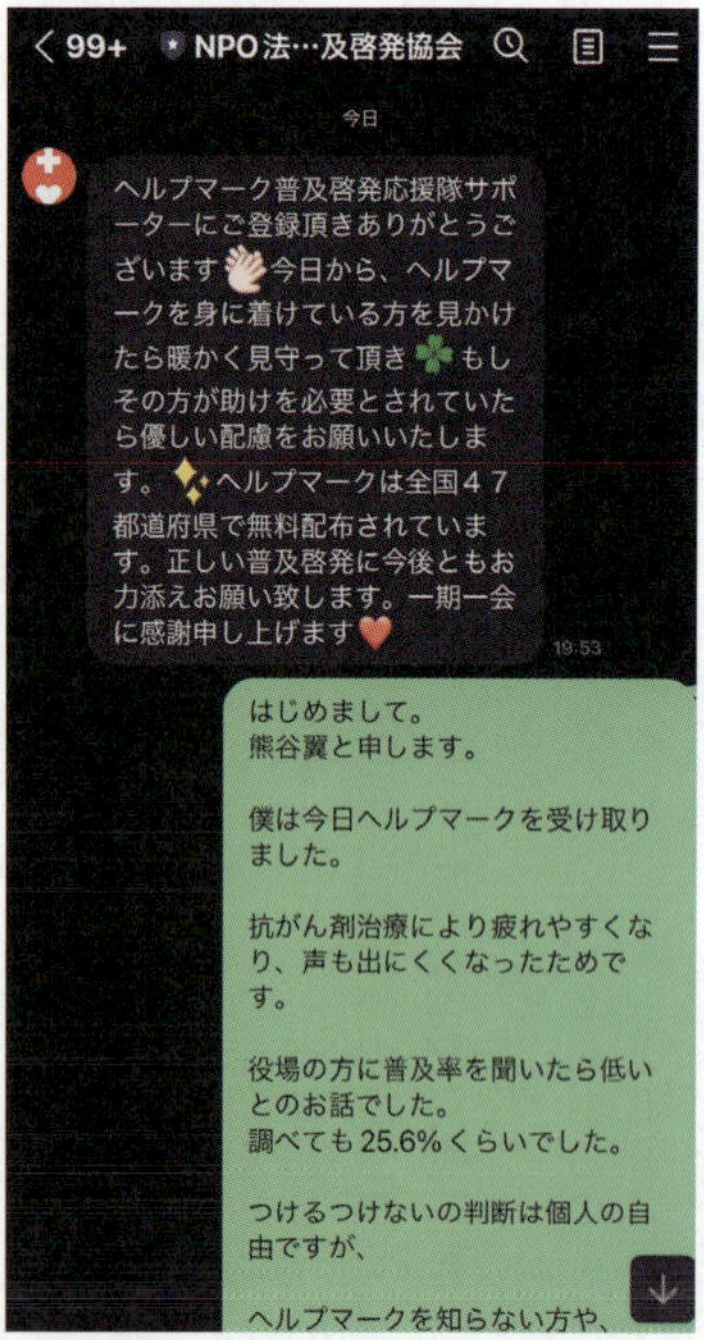

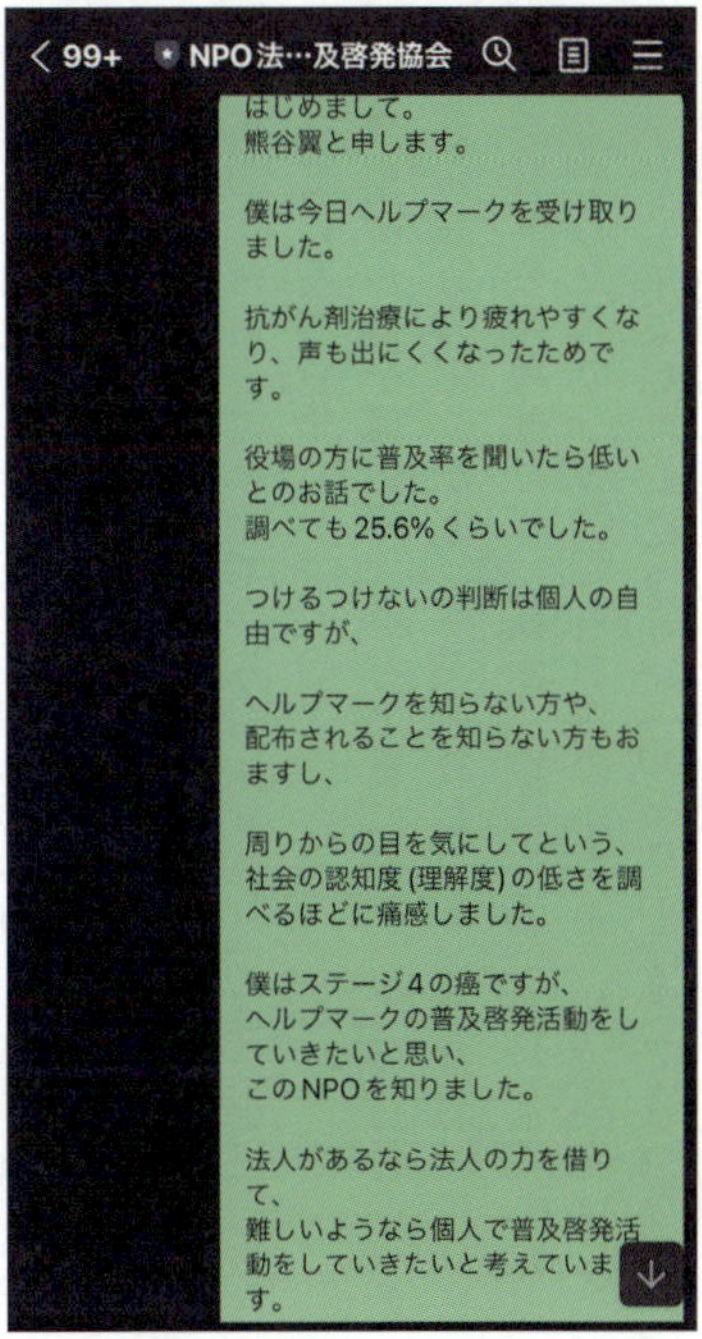

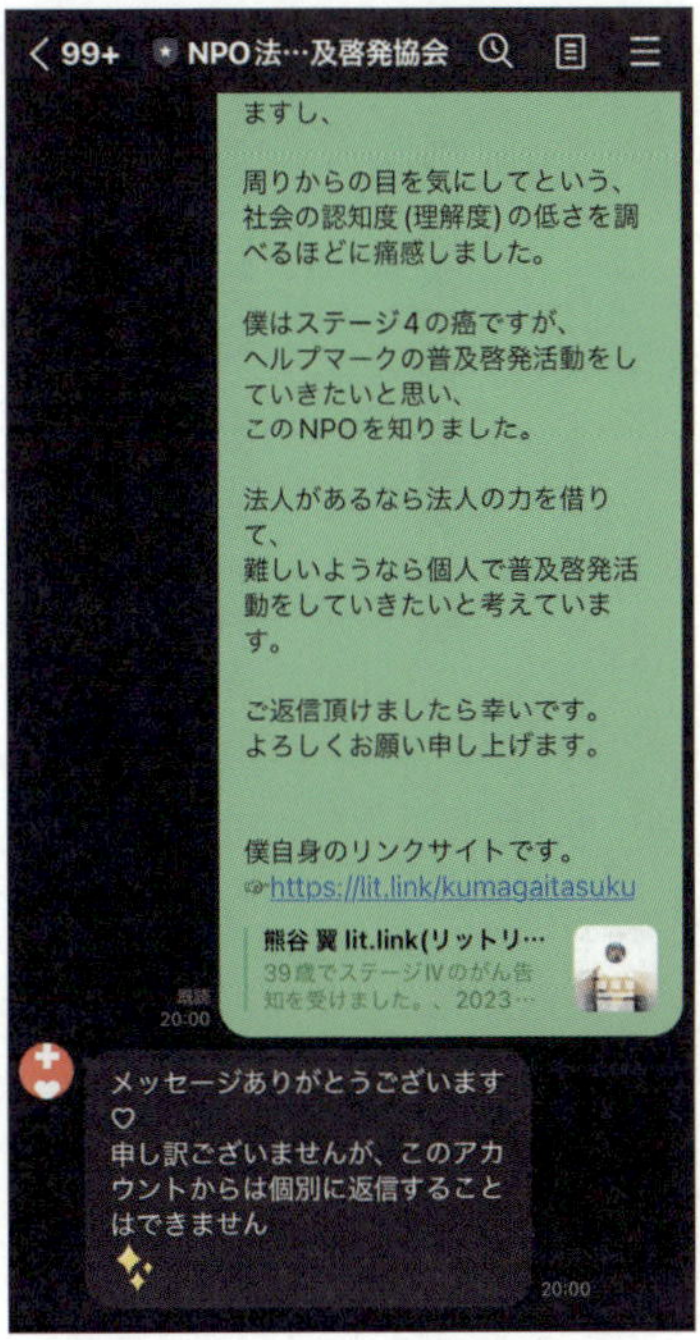

鼻息フンフンしていたので、なんか残念な気持ちになりました。

※アンチでも批判でもありません

この協会が考える

「普及活動サポーター」は、「優しけ見守って配慮しましょうね」「ヘルプマークの正しい理解をしましょうね」ということなので、これがどうこうではなくて、この協会の普及活動の手段はコレってだけです。そして、**LINE登録者＝普及活動サポーターは、【249人】**でした。多いか少ないかは判断つきませんが、僕の主観で言えば「少なくない?」です。

もう一つの協会も見ました。

(**skart-tokyo.com より「一般社団法人ユニバーサルヘルプカード協会」**https://www.skart-tokyo.com/)

イベントや活動をしてることは、ホームページで確認しましたし、様々な支援をしていることも分かりました。(ホームページが賑やかです)こちらの協会は、ホームページでの情報が缶詰め状態なので、ゆっくりと確認したいと思います。

※インスタのフォロワーは2500人くらいでした

▼最後に…

インフルエンサーが、ヘルプマークの説明をしたら、結構認知度は上がりそうですが、ブランディングもあるでしょうからね。インフルエンサーの足元にも及びませんが、「50人くらいには届くだろう」と思って、僕も今後は、ヘルプマークの普及に向けて、自分なりに発信をしていこうと思います。
2023/11/09熊谷翼

☞熊谷翼リンクまとめはこちらから
(lit.link「熊谷翼／がんサバイバー」(リットリンク))
https://lit.link/kumagaitasuku

205／腹水で過去最高体重

(2023年11月12日 00時51分)

2023年11月10日(金) がん告知から205日目 ※1668文字

こんばんは。今日は全てを飛ばして、本題に入ります。

#ぶっ飛ばしていくぜ
#2投稿するからだぜ

▼腹水で体重が過去最高に

人様に腹を見せる日が来るとは…(笑)

※日付が11月11日になっているのは、11月10日分を11月11日に書いている為です。

13サイクル目を終えて、11月2日に退院して、11月5日くらいからお腹の張りがあって、そこからポッコリお腹に。5月から体重が減り始めて、抗がん剤の影響で食欲も落ちたり、お酒もやめたのでその影響もあるのかなぁ。体重68キロだったのが、半年で63キロになり。(60キロ手前まで減った時には焦りました)体重減少は、がんによる体力低下や筋力低下

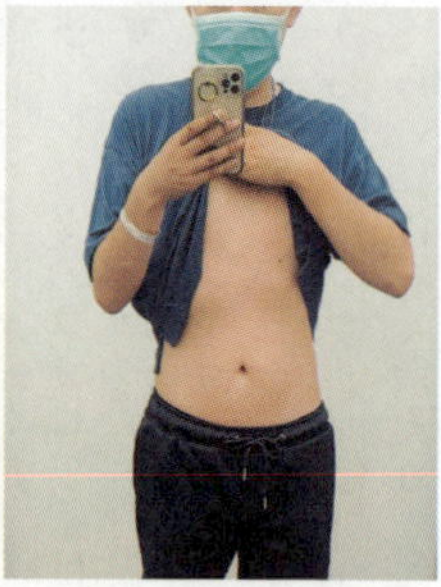
9月20日

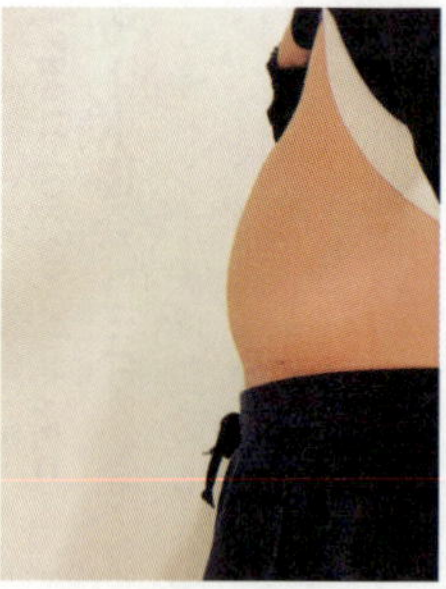
11月11日

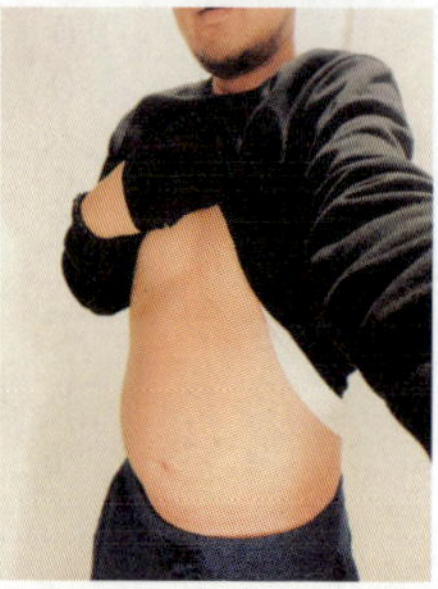
11月11日

があるので、減らないように食欲がなくても、食べれる時に食べていました。(それでも減る時は減る)そんな感じで告知から半年経ちましたが、今回の腹水です。お腹に水が溜まっているので、今は69キロあたりになっています。利尿剤を飲み始めたのが11月8日。それでもすぐに効果は出ず、少しずつトイレの回数は増えましたが、それでも体重は少しずつ増えていく…。次回入院の時に担当医と相談ですね。

▼次回からまた治療薬が変わります

腹水の症状が出たのは仕方がないので、これはこれで治療をするしかない。原因が、「がん」なのか？「体内バランス」

なのか？これは分からない。「腹水」で検索すると…「末期症状」「余命1、2ヶ月」と書いてあったりして…

でもそれは事実でもあるんです。僕も専門領域知識として経験としてわかっているので。でもそれは、「がん」が原因の場合で多いことです。僕の場合は、身体も動くしご飯も食べられるので、おそらく抗がん剤により、身体の細胞やタンパク質とかの成分が、バランスを崩して、結果として尿の排出や、体内の水分の排出が、うまくいかなくなったと仮定しています。吐き気止めとかも強くした影響もあるかも？

おそらく、担当医もそう考えていると思っていて、次回の治療薬を変えるのも、その為だと思います。この投稿の後半で書いた「ＢＲＡＦ遺伝子変異」がん患者の5％しかならない遺伝子変異。

がんは元々、何かの原因で遺伝子変異が起こって、良性細胞が悪性細胞になるんですが、僕の場合は、5％の人しかならない遺伝子変異が起こったこと。「よくもまぁ5％を引き当てたな」と思うんですが(笑)

その**「ＢＲＡＦ遺伝子変異」**の阻害薬。「これを次回からやろう！」と。今の抗がん剤の効果はまだ分からないけど、腹水の症状が出たから、他の治療薬を試そう！ってことですね。1〜11サイクルまでの薬。12〜13サイクルまでの薬。14サイクルからは阻害薬。更には、「がん遺伝子パネル検査」も実施。

※支援いただいた皆様ありがとうございました！

12サイクルから薬が変わり、「ここからが本番だぞ！」と思っていましたが、抗がん剤＋阻害薬になる次回からが本番の気がしてきました。効果があることを信じて、大腸がんが小さくなったことを自信にして、ここから「転移した肝臓」と「ＢＲＡＦ」と向き合います。

応援してください！

ここからが本番です。

2023/11/10熊谷翼

【11／12(日)21時から】オンライン講演会
(topartist.life より「トップアーティストライフ ━命の授業〜生き方と在り方は自分で決められる〜」
https://topartist.life/inochi/)
facebook グループ(熊谷翼応援コミュニティ)
(facebook グループ参加チケット ━熊谷翼オンラインショップ powered by BASE)
◆ＳＮＳでのコメント、メッセージ。支援、寄付、心より感謝しています。ありがとうございます！

206／タダより高いモノはない

（2023年11月12日 03時00分）

2023年11月11日（土） がん告知から206日目 ※3524文字

いつも読んでいただき、初めての方は「ようこそ」お越しいただき、ありがとうございます。告知日の前日から書いています。

「がん治療の状況を知ってもらう」「気付きや学びを得る」「勇気やエネルギーが湧く」そんな投稿をしています。今後も応援がてら読んでもらえると嬉しいです。

ということで…今回の投稿は**「今思っていること」**を、ボンヤリと書く「学びもエネルギーもない」熊谷の呟き回になります。よろしくお願いします。

#最初の話しはどこ行ったw

最初にお知らせをひとつだけ。明日開催の講演会。

※最後の案内です

(topartist.life より「トップアーティストライフ ― 命の授業～生き方と在り方は自分で決められる～」
https://topartist.life/inochi/)

➡案内ページ

（「192／11月12日オンライン講演あります!」P.442参照）

日曜日の夜…貴重な時間に貴重な話をします。「涙あり学びあり笑いあり」の講演です。明日です!よろしくお願いします。

▼今日の熊谷

昨夜（11／10）は、腹水の影響で〝息切れ〟〝疲れ〟〝圧迫〟〝苦しさ〟色々と重なり…会食予定もキャンセル。夜には3日?連続の微熱もあり、note 投稿もお休みして寝ました。（22時くらいかな）

そして、今日は昼過ぎに身体の火照りで起きました。38・0℃の発熱。14時間睡眠。38℃なので、当然、身体のだるさ。体力が落ちている中での発熱は、身体は動かないし、起き上がっても目眩。鼻をかむと鼻血（これは毎日）。クラクラしながら、2階の寝室から階段の手すりを両手で握り、トイレに行って、寝室パート2になりかけている1階リビングでゴロン。発熱は免疫を上げるし、何かしらの意味があると思っているから、解熱剤は使わずに自然と下がるのを待って、16時くらいにやっと37・0℃。38℃まで上がったおかげ?なのか、そこから身体も動きやすくなって、なぜだか腹水の張りも今までより楽になった! そのあとは、買い物に行って、消化に良さそうなものを夕飯に。

※支援で頂いた野菜スープ。

こういう時にめっちゃ助かってます。ありがとうございました!

そして、2日ぶりにお風呂に入って汗かいて。

心身ともにスッキリした夜。

▼今思うこと

1日の出来事全てを話して、前回の投稿では、お腹も出し

て…隠すことがなくなっていますｗ
大腸内視鏡検査の結果…「がんは小さくなっている」
ＣＴ検査の結果…「転移はないが肝臓のがんが増えている」
腫瘍マーカーの結果…「少しずつ上がってきている」
次回から治療薬の変更…「ＢＲＡＦ遺伝子変異阻害薬を投薬」

今後の治療の選択肢…「がん遺伝子パネル検査の結果次第」今はこんな感じの状況です。

パネル検査で適合する保険内治療薬が見つかる可能性10～20％程度。見つかっても見つからなくても、次、またその次と治療の選択肢を増やすことが重要で…

選択肢が無くなった時点で治療終了。あとは保険外治療を探すだけ。でもこれも出来るものはやるつもり。

※こうなると家族からの支援や皆様からの支援が必要

久留米の病院の治療となれば、交通費や滞在費も考えないと。健康な時には何も思わないし気付かないけど…

健康な時には、仕事をする身体も、遊びに行く身体も、ぐーたらする身体も、全部「無料」「タダ」なんだよね。コメント食費とかそういうのは別の話。自由に動かせる身体、仕事ができる身体、遊びに行ける身体、ぐーたら怠ける身体、全部タダで手に入れているって、まさに**「タダより高いモノはない」**耳も手も足も身体も、買ったわけではなくて、生まれてきた時にタダで手に入れたモノ。

※出産費用とかは別の話

「タダより高いモノはない」の答えだよね。自分が授かった身体は。

『そんなことないよ～』と言う人がいたら、お金を支払うから…『僕の身体と交換してくれるのかな?』『大腸と肝臓を交換してくれるかな?』**「目はいくらなら売りますか?」「耳は?口は?足は?いくらで売ります?」**

売らないですよね?法律とか関係なく売りたくないですよね? タダで授かったのに、売りたくはない。**「タダより高いモノはない」**ですね。ただただ生きるために、仕事をするために、遊びに行くために、グータラ怠けるために僕(当事者)らは、毎月何万円とお金をかけているんですよね。**「生きるため」**に毎月、毎回。**「生きるための治療」**をするために、ＣＶポートを入れました。

※治療費15万円→3割負担で5万円。

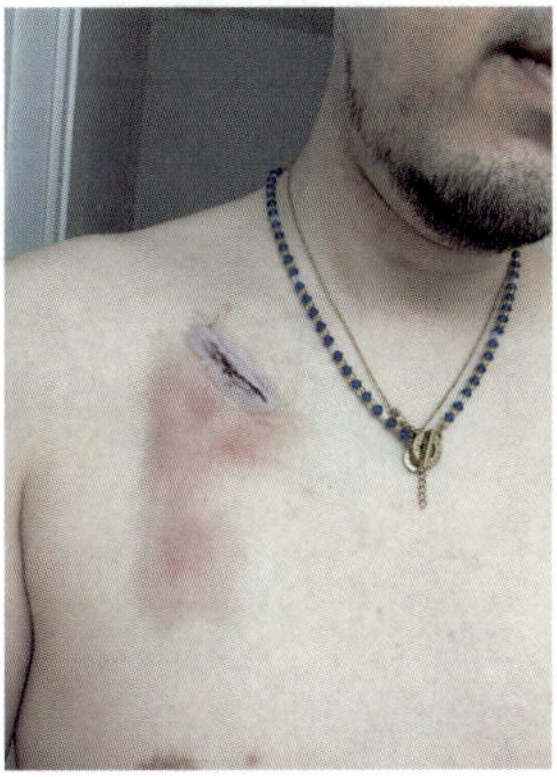

CV ポート造設手術の数日後

タダで授かった身体を維持するために、5万円で埋め込みをして…毎月の治療をして。

「お金がかかってる」って話ではなくて…**あなたの身体、自由に動かせる身体、仕事も遊びも怠けもできる身体、「その身体を大切にしてね」**って、これが言いたかったんです。

がんになってから、自分の身体のことを考えるようになりました。

「身体を労われ！」「身体に良いモノを食べろ！」「身体も心も休ませろ！」「酒もほどほどにしろ！」

これが僕にはできていなかったから、強制的に〝がん〟になったと思っています。

※神様からのメッセージ

今、身体が自由に動くなら、今のうちから自分の身体や心を労ってください。洋服を買う前に、多少高くても無添加や自然の食品を買ってください。ブランド物を買う前に、多少お金を使ってでも心身に良いことをしてください。趣味にお金を使う前に、がんや医療保険を、しっかり検討してください。遊びに行く前に、検診を受けてください。家や車を買う前に、働けなくなること、収入が減る可能性があることを想定してください。

僕は遅かったけど、がんになってから気付きました。健康な読者さんなら、遅くはない。けど後回しにしたら後で後悔する。病気の方や、がん当事者の方は、気付きや学ぶためのメッセージとして、病気やがんになったと思ってください。

※病気やがんを責めても意味がない。

母ちゃんが必死で産んでくれて、紆余曲折しながら生きてきた俺。行動して失敗して裏切られて騙されて生きてきた俺。仕事も順調で、ここらから更に！というところで、がん発覚。体力も落ち、副作用の影響で、仕事も、遊びも行けない日が多くなり、今は、横になっている時間が1日を占めている。それでも、その身体を維持するため、生きるために治療をする。「何のために生きているのか分からない」「生きる意味が分からなくなった」当事者からの相談が、日に日に増えてきた。「何のために生きるんだろう？」僕も考えたり分からなくなることもある。

でもその時には、家族や支援者のことが浮かんでくる。「その人たちの(応援)期待に応える為に生きる」ではなくて…「生きる姿を見せて、きっかけを与える」誰かのためじゃなく、自分のために生きる。その生き方や在り方が、誰かの何かのきっかけになれば最高の生きる意味。

よーし！明日も生きるぞ！

2023/11/11熊谷翼

【11/12(日)21時から】オンライン講演会
(topartist.life より「トップアーティストライフ」命の授業
～生き方と在り方は自分で決められる～」
https://topartist.life/inochi/)
facebook グループ(熊谷翼応援コミュニティ)
(facebook グループ参加チケット」熊谷翼オンラインショッ

プ powered by BASE)
◆SNSでのコメント、メッセージ。支援、寄付、心より感謝しています。ありがとうございます！

207／講演会終了

（2023年11月13日 01時45分）

2023年11月12日（日） がん告知から207日目 ※1285文字

こんばんは。

早速本題へ入ります。
#稀に見る最短
▼体調の報告
今日もお昼くらいに起きたんですが、38・3℃の発熱。なんでしょう?腹水からかな?咳も鼻水も風邪症状はなくて、ただの発熱。寒くなったり汗がめちゃくちゃ出たり、夕方には微熱に落ち着いたので、今日が本番！講演会の準備をしました。
▼講演会が終わって
まずは…45名以上のお申し込みありがとうございました。

そして…ご参加いただいた皆様、ありがとうございました。

初めましての方も、ご無沙汰の方も、友人も、大好きな方も、日曜日の貴重な時間を使っていただいて、心から感謝です。

本当にありがとうございました。

話す前に参加者の顔を見ていて…初めましての方の多さや、久しぶりの再会の講師仲間や、数年前にダブルホープと言われていた友人や、大好きな結婚プロデューサー…参加してくれた人たちの顔を見ただけで…（涙）。

話をしていても、その時のことを思い出して…（涙）。話したいことや伝えたいことが、うまく言葉にならなかったり、準備していた内容を話せずにいたり、**「気持ち」「感情」**は伝えられた。今の100%は出し切った！

けど、メッセンジャーとしては、まだまだ。**まだ未完成。未完成だけど、今日の話が今の100%。**たくさんの方が共感してくれて、メッセージやコメントをくれて、**「みんなに応援されている」**これだけで勇気が湧く。がん告知をされて、がんの話を人前で（オンラインだけど）話すのは〝初〟。今までも講師やコンサルとして、人前では何百回何千回と話してきたけど、「自分のこと話すのは初めて」**「がん」「告知」「治療」「メンタル」「辛さ」「自分」**これらを話すことは、相当なメンタルが必要だと改めて。嫌なことも、辛かったことも、思い出さないといけないから。大丈夫かなぁと思っていたけど、無理だった。感情が溢れて…（涙）。

このことも乗り越えて、もっと聞いている人たちのエネルギーになるようなメッセンジャーに。そう思ったから**「未完成」**それでも今日がスタート。メッセンジャーとして、新しいスタートが切れた日。その場に立ち会った人たちには感謝しかない。

本当にありがとうございました。

そして…大好きな方に言われたこと。

『がん患者でありながら道の真ん中を堂々と歩くメッセンジャーになってほしい』と。

僕のFacebookには、その方と出会った時のことが投稿されています。探してみてください。市議会議員の投稿もあります。

(Facebook「ステージⅣから復活・がんサバイバー　たすく」

https://www.facebook.com/kumagaitasuku)

その言葉を聞いて、今日の講演も今の僕も、まだ「未完成」未完成がダメじゃなくて、未完成だから可能性がある。いいじゃん！未完成！やることがまだまだある！まだ死んでいられない！

▼最後に…

改めまして、今日の講演会に参加された皆様、心よりありがとうございました。今日の講演をキッカケに、また熊谷翼が変わると確信しました。

メッセンジャーとしての〝在り方〟

メッセンジャーとしての〝生き方〟

ここからまた進化する熊谷翼を、よろしくお願いします。

2023/11/12熊谷翼

☜熊谷翼リンクまとめはこちらから

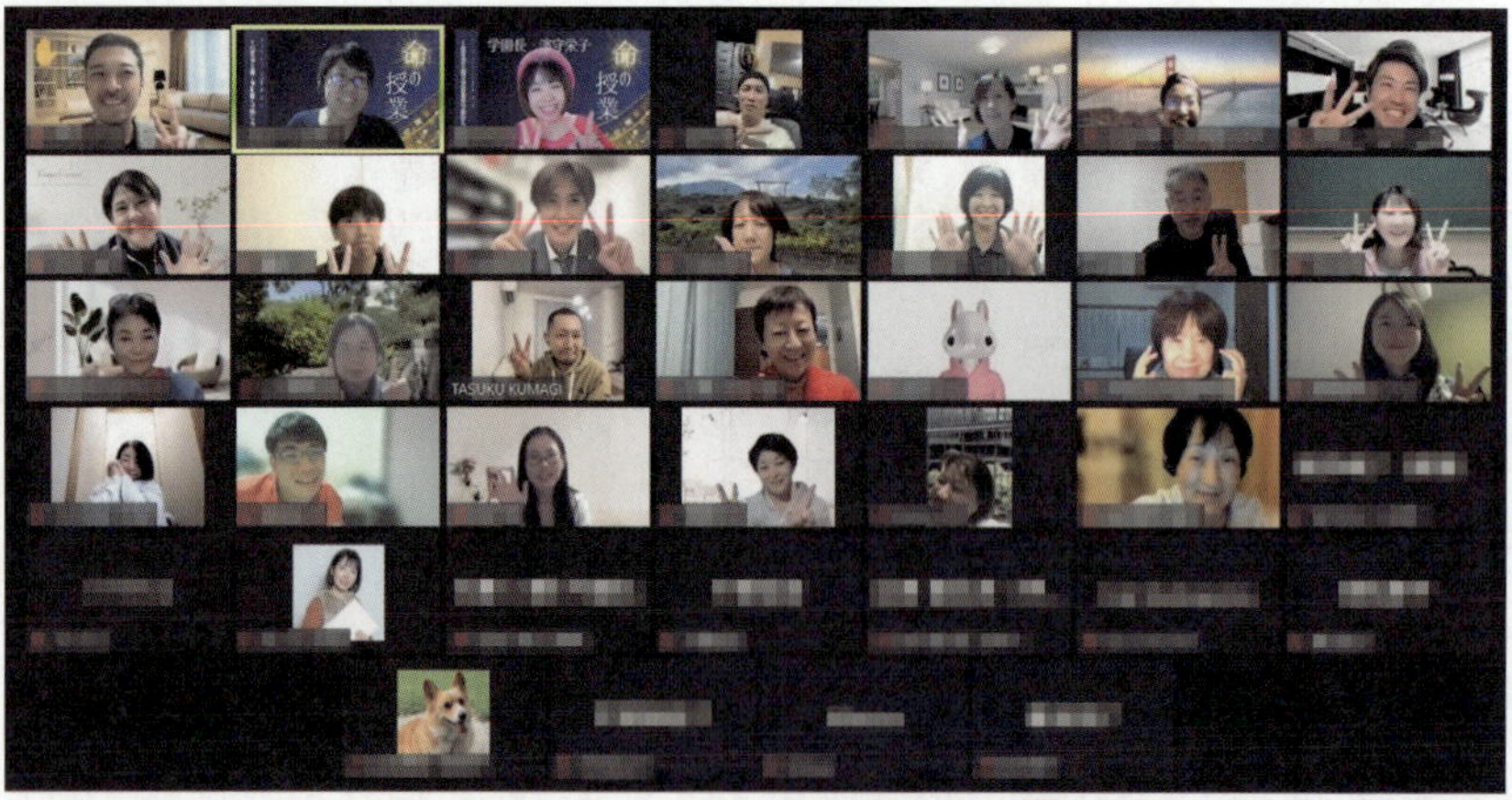

講演終了後の全体写真

（lit.link「熊谷翼／がんサバイバー」（リットリンク））
https://lit.link/kumagaitasuku）
◆ＳＮＳでのコメント、メッセージ。支援、寄付、心より感謝しています。ありがとうございます！

講演会後の懇親会（当時の写真）

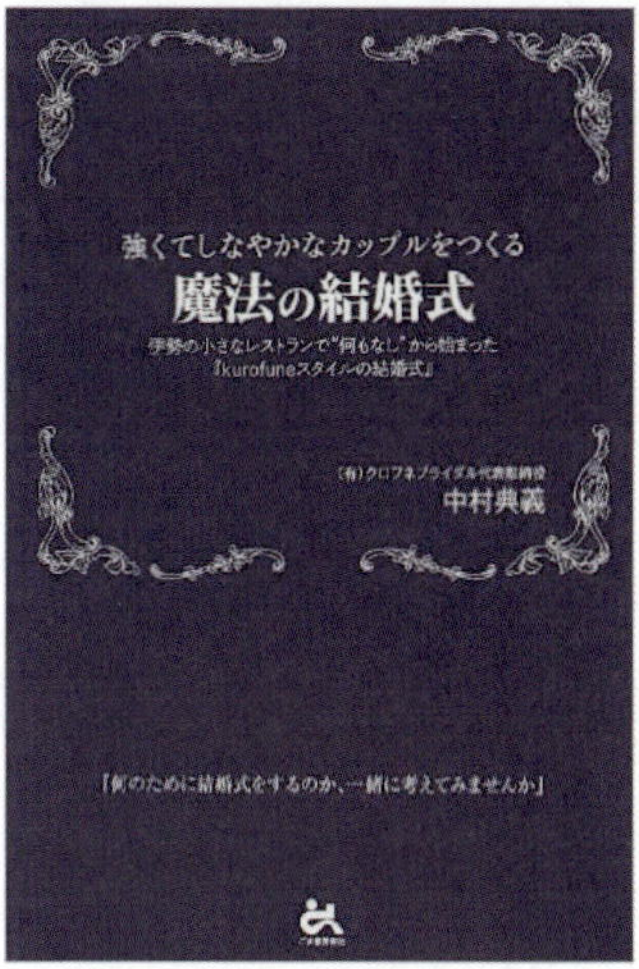

208／「応援（支援）を受ける」という選択肢

（2023年11月13日 22時46分）

2023年11月13日（月）がん告知から208日目 ※2087文字

こんばんは。

昨夜の講演会後から、たくさんのメッセージやコメントをいただき、本当にありがとうございます。返信が遅れている方もいますが、必ず返しますのでお待ちください、ご参加いただいた皆様、心から有難うございました。僕の友達の小学生と、そのお母さんから支援物資いただきました。ありがとうございました。

#ティッシュは毎朝鼻血が出るので助かります

このように、amazon リンクから購入していただくと、購入者のお名前（変更可能）で、僕のところに届きます。「個人情報は僕には一切届きません」

最近追加したのは、

・毎日室内でも着用している手袋

・栄養バーです。

ぜひ、よろしくお願いします。

（Amazon「ほしい物リストを一緒に編集しましょう」
https://www.amazon.co.jp/hz/wishlist/ls/3FUBFS89TMKS3?ref_=wl_share）

さて、昨日の講演会を終えて、支援についての話がうまく話せなくて、僕が支援を受けることは、当事者にもプラスになる！

そこがうまく話せなかったので、そのことを書きたいと思います。今日のテーマは、**「他者からの支援（応援）を受ける当事者が1人でも増えますように」**

▼支援と寄付とお金

まず最初に**「支援」**についてです。

昨夜の講演会でもそうですし、日頃の発信でも「支援」について、お伝えをしたりお願いをしています。これは**「僕のため」**はもちろんです。ただ、もう一つ**「当事者のため」**でもあります。綺麗事に聞こえちゃうと思うし、実際に恩恵を受けているのは僕なので、そこはその通りです。じゃあなぜ「当事者のため」ってことですが、僕のSNSには10名を超える当事者からの相談が来ています。

※当事者の方はどんどん相談しにきてください。お金は不要。元気になったら「うまい棒」送ってください！

以前も投稿しましたが、がん当事者からの相談で多いのは、**「メンタル」**と**「お金」**です。メンタルに関しては、「今後の発信内容のテーマ」だと、昨夜アドバイスをいただいたので、それは今後お伝えするとして…。

問題なのが**「お金」**なんですね。

これは日本人の慣習や歴史もあって、なかなか公にできなかったり、寄付を募ると『お前だけズルい！』って人が現れたり、(じゃあ自分もやればいいじゃん！)なかなか表沙汰にはしたくはない。

けれど苦しい…

でも言えない…

高額療養費制度もあるし、市区町村や自治体の補助金や貸付もある。それでも収入が減ったり、治療費以外の出費で大変な当事者は現にいる。なので、相談に来た方には、僕と同じように「プライド」「恥」を捨てて、自分の今までと現状を伝えて、支援を募る。(不思議なことに文章読むだけで、嘘か本音か伝わります)**行政の支援だけでは足りない部分を、他者からの支援(他者からの応援)を募る。**そのモデルケースとして、僕が先立ってやって、違う手段を試してみたりして、(amazon、寄付、facebook グループ)**「こういうやり方もあるよ」**って見せることができる。

※そして、支援されると…

『応援してくれる人がいるんだ！』『孤独じゃないんだ！』と、心が安定する。お金や物でも、もちろん満たされるけど、一番は**「自分の心が満たされる」**当事者には、この気持ちを感じて欲しいし、やるかどうかは本人次第だけど、**【支援募集という手段】もあるよ！**と、当事者に伝わると良いなと思っています。なので、「自分のため」は、そりゃそうなんだけど、ほんの少しは**「当事者のため」**なんです。

勇気を持って行動に移した〝みわ〟さん。

(note 記事紹介「第2の人生☘」)

投稿を読んで共感していただけたら、１００円で良いのでPayPay 送ってあげてください。たった１００円でも「応援されている！」って勇気が湧きますから。

▼最後に…

今はクラウドファンディングも、一般的になってきて、「応援する」「支援する」ってことも、フランクになってきた時代。ただ、クラファンはどちらかと言うと、「夢を応援してくれ！」が圧倒的に多くて、あとは「新しいビジネスを応援してくれ！」ですね。持続的よりも単発的。僕の応援(支援)をしてもらうために、クラファンも検討しましたが、単発的よりも持続的じゃないとダメ。単発的なものは、何かをする時には良いけれども、僕の治療や今後の活動のためには、継続的じゃないともちません。他にも様々な方法があると思うので、そのあたりは教えていただきたいです。

今は発信をしながら、治療入院に必要な資金支援や、療養生活に必要な物質支援を受けています。今後は何か活動する時には、改めて応援をお願いすると思います。この形がベストとは思っていなくて、他にも様々な手段などがあると思うので、そのあたりも意見などをいただきながら、考えたいと思います。僕一人のことであれば、そこまで考える必要もないんですが、当事者で困っている人の「1つの選択肢」は、提案していきたいなと思っています。これからも引き続き応援してください！

明日から14回目の抗がん剤治療です。薬も変わったりするので、明日から数日は治療報告の投稿になると思います。

よろしくお願いします。

2023/11/13熊谷翼

☞熊谷翼リンクまとめはこちらから

(lit.link「熊谷翼／がんサバイバー」(リットリンク))

https://lit.link/kumagaitasuku

画像作ってみました

209／腫瘍マーカー報告と今後の治療方針（2023年11月14日 22時10分）

2023年11月14日(火) がん告知から209日目 ※2065文字

こんばんは。

入院中(治療前)は、何故か写真を撮ることが多いです。そして何故か、病院勤務の同級生とばったり会います(笑)

#数十秒違ったら会わないのによく会うw

YouTube撮りましたー！ 観なくても良いので！「グッド👍」ボタンだけでもお願いします！

(YouTube「**【近況】抗がん剤治療から分子標的薬へ変更となります！／進行大腸がん／多発肝転移／BRAF遺伝子変異／ステージ4/AYA**」

https://www.youtube.com/watch?v=0te8Mm6MN5Q)

さて、今日の本題は「**14サイクル目は結構変わる**」です。

▼今までの流れのおさらい

専門用語とかをなるべく使わずに、そして分かりやすく説明したいと思います。って題目の「BRAF」って時点で、「えっ？」かもしれませんが…名称としてそこは変えられないので、覚えておいてください。とりあえず今までの流れをざっくりと。

「BRAF遺伝子変異(V600)」

↓

600番目の遺伝子が変異し〝がん細胞〟増殖開始

← 大腸がん患者の〝5%〟しかならない

← この600番目の変異が起こると、エネルギー補給をしなくても、〝がんを無限に作る〟指令を出せて、実際にがんは爆発的に増える。

← 3月中旬からお腹への違和感

← 4月20日がん告知

← 4月24日から5月15日の期間だけで、〝がん細胞〟が倍以上に増殖。

※この時はまだ〝BRAF〟の結果は知らず

ラウンジからの普通の写真

映え写真

← 後に〝BRAF遺伝子変異〟が判明し一同納得

※爆発的に増えていた原因が分かった

← 11回目まで効果があった抗がん剤に、〝がん細胞〟が抗体を持ち始めたため中止

← 12回目から新しい抗がん剤を使い治療

← 13回目の治療後から腹水が出現

← 14回目(今回)から治療・薬の変更

ざっくりこんな経過です。

▼BRAFさん、よろしくです!

今までは、「がん細胞全体」に対しての治療でした。今回は、「変異遺伝子」=「BRAF遺伝子」へ、直接アプローチする治療となります。あくまでも遺伝子なので、「阻害薬」となります。点滴含む阻害薬を、**「変異した遺伝子に狙い撃ち」**になります。

これがどういう結果になるかは分かりませんが、〝がん〟を無秩序に作り出す原因は、〝BRAF遺伝子〟です。その〝BRAF遺伝子〟に効果のある薬を、やってみて、さぁどうなるか。

あ!! 朗報です!!!!

→腫瘍マーカーは下がってました!!!（イェイ）
前回（12、13回）の抗がん剤も効果あり!!ってことですね。
（50％の確率）
#5％引いてるから50％は行けると思ってた。
前回の抗がん剤が効いたので…**〝腹水〟の状態が落ち着いたら、再度、〝抗がん剤治療〟ができる。**（今回のも抗がん剤治療だけど分かりやすく阻害薬）**阻害薬の効果を見ながら、抗がん剤治療と切り替えができる。**
※阻害薬効果が高ければ続行して、腫瘍マーカー上がってきたら抗がん剤治療に切り替えみたいな感じです。
さらに、**「がん遺伝子パネル検査」**で、さらに詳細な遺伝子情報を調べます。
→
この結果に適合する治療薬があれば…奇跡！
※適合する確率10～20％
※ご支援ありがとうございました！この話を担当医と午前中にしました。半年を過ぎましたが、今までで一番安心しました。
【次がある】って当たり前じゃないことを、〝がん〟になってから気づいたけど、今日は**【次】**を受け取りました。
・効果があった抗がん剤
・効果が期待できる阻害薬
・遺伝子パネル検査
この3つを引っ提げて、ここからの治療が始まります。

▼最後に…
ここ最近は、**〝腹水〟**もあり絶不調でした。
※治療を始めて過去一番の不調
※今日同級生に会った時に「妊娠6ヶ月くらい」と言われました。
※生理痛と妊婦を経験しました。
※世の中の子供を産んだ母には崇拝しかできません。
今週は、ベッドから離れている時間は、1日1、2時間くらいでした。
※2時間はいってない気がする
動くとすぐに息が上がりドラッグストアで入り口から店の奥まで辿り着かなかったので、買えなかったものはコンビニで。微熱が数日続いたあとは発熱が2日続いて。洗濯をしても干せない。トイレだけで息が上がる。寝返りができない。床からの立ち上がりは時間がかかる。もうキリがないですね。

そんな中での12日の講演。
話をしても息が上がるし、声はかすれているから大きい声を出し、それで体力も結構消耗して、打ち合わせ含めて2時間半、椅子に座り。今の体力、思い、熱意全て出しました。そして参加者の方には失礼ですが、技術的には過去一番下手くそな講演でした。
#ごめんなさい
感情が溢れてしまって、あれは講演家としては失格です。

それでもあれが今の全てでした。ただ…その全てを出し切ってから、自分の中でも何かが変わり始めました。
※メッセンジャーとしての覚悟みたいなもの
そして、今回の治療や阻害薬について。ここからが本番と思っていた本番は、「段取り八分、仕上げ二分」段取りがかなり心強くて安心しました。明日は腹水の方の検査になりまして、BRAFさんは明後日になります。

では、おやすみなさい。

2023/11/14熊谷翼

☞熊谷翼リンクまとめはこちらから
(lit.link「熊谷翼／がんサバイバー」(リットリンク))
https://lit.link/kumagaitasuku)

210／腹水と肝臓と切り札と。

(2023年11月16日 06時33分)

2023年11月15日(水) がん告知から210日目 ※1712文字

こんばんは。
→
ここまで打って寝落ちした19時15分。続きを書き始めた翌朝5時07分。(おはようございます)早速本題にいきます。
今日のテーマは**「切り札」**です。

▼腹水&肝臓CT検査結果

〝腹水〟の検査のために、CT検査を行いました。(肝臓の状態や転移の可能性も含め)
まず…**転移はありませんでした!** **〝腹水〟**は、安全に針で水を抜くほどではないため、引き続き利尿剤の使用。
※腹水の原因が、肝臓の〝がん〟?体内バランス?かは分からないが、肝臓の可能性あり。**〝肝臓〟**は前回のCTと比べて、**〝がん〟**は広がってはいませんでした。(現状維持)ただ…**〝肝臓〟が縮小している。**とのこと。**「肝臓縮小」**↓**「肝硬変」**の症状なので、**〝がん〟**は広がってはいないが、〝がん〟により**〝肝硬変〟**の症状が出始めたのかもしれない状況。「かも」ってのは、治療を進めないとなんとも言えないんですね。
まぁなんとなく、肝臓疼いてるもんなぁ最近(笑)。

▼腫瘍マーカー

皆様が気になる「腫瘍マーカー」ですが…

「肝臓の数値」は微増「腫瘍マーカー数値」は横ばい。

ということで、「断定」はできないけど、前回まで使った**「新しい抗がん剤」**は、適合している可能性がある。(いぇい)
※ただし今回からは別の治療
〝肝臓〟の数値が上がっていることと、先ほど書いた、〝肝臓の縮小〟から「肝硬変疑い」となったわけです。
→
腹水なければ3ヶ月は気付かなかったかも。

※ある意味ラッキー!?
▼てなわけで「切り札」投入
（「209／腫瘍マーカー報告と今後の治療方針」P.488参照）
前回の投稿でも書きましたが、今回は「抗がん剤」ではなく「阻害薬」です。細胞に対して「癌が増えない」ように、「がんを増やす」指令を止めるのが【阻害薬】
僕の場合…「がんを増やす」指令が、パワハラ鬼軍曹で…「飯食わなくて良いから無制限に増やせ!」と、鬼軍曹のもとエネルギーを使わずに、〝がん細胞〟が働いて〝新しいがん〟を増やしている状態。
※これがBRAF遺伝子変異→通称：鬼軍曹
#テストに出ます
4月24日と5月15日の数値をみれば明らかで。
※腫瘍マーカー
4月24日「62658」
5月15日「147882」
※最大正常値の3996・8倍
1ヶ月経たずに倍に増えている原因は、BRAF遺伝子変異だったということ。現在は、20000台を行ったり来たり。
※27を超えると異常数値です。
ということで、今回からの治療は、「原発巣（げんぱつそう）」の「鬼軍曹」を直接狙い撃つ!という方法になります。

『肝臓じゃないんだぁ〜』って思いましたが、結局は、原発巣から肝臓へ転移したので、
◆がんの最初の場所であり指令を出している、原発巣の指令を止める（阻害）治療。
※今までは増えていた〝がん〟への治療。これからは増やす指令を出していた細胞への治療。
この治療が「切り札」で、大腸がん患者の5%しかならない「BRAF遺伝子変異」に、なったからこそ出来る治療法。

薬のことは、明日調子が良ければ書きますが、「飲み薬」と「点滴薬」の併用になります。抗がん剤→阻害薬（分子標的薬）になるので、副作用も同じようなものもあれば、別に発現するのもあり、そのことはまた後で書きますね。

皆様への宿題は、【分子標的薬】という言葉です。調べておいてください!
#テストに出ます
それでは!

2023/11/15熊谷翼
◆SNSでのコメント、メッセージ。支援、寄付、心より感謝しています。ありがとうございます!

211／14サイクル開始&退院延長
（2023年11月16日 20時17分）
2023年11月16日(木)　がん告知から211日目　※1225文字

こんばんは。と、打って昨夜は寝落ちしました。今夜はなんとか大丈夫です！

ということで、早速本題に入りましょう。

▼退院が延びました。

タイトル通りです。「退院が延びました」って聞くと、「体調悪化」を予想するかと思います。今回はそういったことではなく、**「治療と反応を細かく見ながらやっていく」**とのこと。

ということで、一週間程退院が延長となりました。

#1週間は予想外

退院延長の理由は、**「肝臓への治療」「腹水への治療」「新薬の効果」**となりますね。**「肝臓への治療」**は、昨日の投稿を先に読んだほうが話が分かりやすいと思います。

（「210／腹水と肝臓と切り札と。」P.491参照）

この話を踏まえての話しですが、（重なる話もあると思いますが）〝肝臓の収縮〟は、抗がん剤の影響により、収縮していると。CT検査では、以前にかなり減った状態を維持。〝がん〟増えてはいないが残っている部分が強固。肝臓が小さくなり、他の臓器も影響を受けて、お腹に水が溜まっている状況。

なので、**「腹水への治療」**も必要ですが、針を刺して水を抜くほど溜まっていないので、他の臓器を痛めることも考えられるので、利尿剤で様子見をするしかない。

そして、今回から新しく始まった**「阻害薬治療」**この薬の中にも、副作用として〝肝機能低下〟を起こす薬があり、そこで〝肝臓〟への治療も必要ということで、今もやってますが肝機能のための点滴。

※現在は肝数値も肝機能も大丈夫

どれかだけとか、一つずつというのが難しく、**「肝臓」「腹水」「原発巣」**この3つの、それぞれの反応を見ながら進めていく必要があるようで、そのための退院延長となりました。なので、あまり心配せずに。

▼最後に…

今回の薬の副作用で、代表的なのが〝皮膚疾患〟と〝下痢〟皮膚疾患は、最初は顔にニキビや発疹が出やすくなり、あとは手など発疹や炎症が起こりやすくなるようです。

※乾燥は天敵！

今日のところ大きな副作用ないです。細かいのでいうと、眠気、火照り、発汗、声のかすれですね。夜から飲み薬も始まったので、副作用はむしろこれからなのかもしれないです！

それは明日に報告しますね！　とりあえずは寝たふりします。

おやすみなさい。（眠れないけど目を瞑る）

2023/11/16熊谷翼

◆SNSでのコメント、メッセージ。支援、寄付、心より感謝しています。ありがとうございます！

「IWATE DOWN」が着たい！（2023年11月17日15時41分）

いつも応援ありがとうございます。
※支援金額33000円　11／27時点
まずは僕の口が開く前に…「IWATE DOWN」を知って欲しいです。**「100年着れるダウン」**(iwatedown.jpより「What is IWATE DOWN100年 **孫の代まで引き継ぎたくなるもの。**」https://iwatedown.jp/about/）「カッコいいダウン」「品質の良いダウン」「サスティナブルなダウン」ってのはお分かりいただけたと思います。

次に続くのは…「販売ページ」「デザイナー」
(iwatedown.base.shop より「IWATEDOWN powered by BASE」https://iwatedown.base.shop/)

IWATEDOWN × HERALBONY 2023.10.27
異彩を纏った100年続くダウンジャケット
株式会社やよいディライトが立ち上げたブランドIWATEDOWNは、株式会社ヘラルボニーと共同し、待望の第二弾となるダウンジャケットを制作いたしました。
2023年10月27日より各店舗、オンラインショップにて予約販売を開始いたします。IWATEDOWNはこれまで自社でデザインや制作を手掛けてきましたが、今回はヘラルボニーとの共同プロジェクトにより、新たにデザイン性とアート要素を取り入れた高品質なダウンジャケットが誕生いたしました。
公式サイトより

【なんてったってデザイナーが最高】
「ヘラルボニー」と組んでいなければ、このダウンを買うことはなかったかもしれない。言葉は悪いかもしれないが、このアーティストたちは**「ハンデ」**がある。その「ハンデ」を「魅力」として捉え、そのチカラを個々にアートとして活かし、唯一無二のアートを作り出す。その才能を開花させた

だけではなく、商品やデザインとして広げ、「福祉」の概念や枠を取っ払って、「岩手」から「世界」に**「異彩を放つ」**ヘラルボニーのことも多くの方に知って欲しい。

(heralbony.jp より「株式会社ヘラルボニー―〝異彩を、放て。〟をミッションに掲げる福祉実験カンパニー」)
https://www.heralbony.jp/)

※ここからが本題です。

この**「IWATE DOWN」**は、**岩手の〝技〟と〝アート〟の最高品。**もちろん品質や工程も、最高な環境で作られたダウン。

※それぞれのサイトを見たら凄いのは分かりますよね。

だからこそ…**『欲しい‼』**買わないわけないでしょ。というか…めちゃくちゃ欲しい。**薄々、勘付いている人もいるでしょう…これ支援を募って買おうとしてる…？**

『はい、正解です！』『でも、半分間違いです――！』正確には**【支援】**ではなくて…

『あのダウン…俺が買ってやったんだぜ？』(インスタで見て)

『あいつ着てるダウン…俺からのクリスマスプレゼントだぜ！』『そのダウン…私が寄付したやつじゃん！』と…

「ドヤれる支援」「自己有用感支援」「おねだり」「わがまま」「クリスマスプレゼント」企画です(笑)

僕はそのダウンを着て、街中に繰り出すのを目標にして治療をします。街中で見かけたり、インスタで見かけたら、

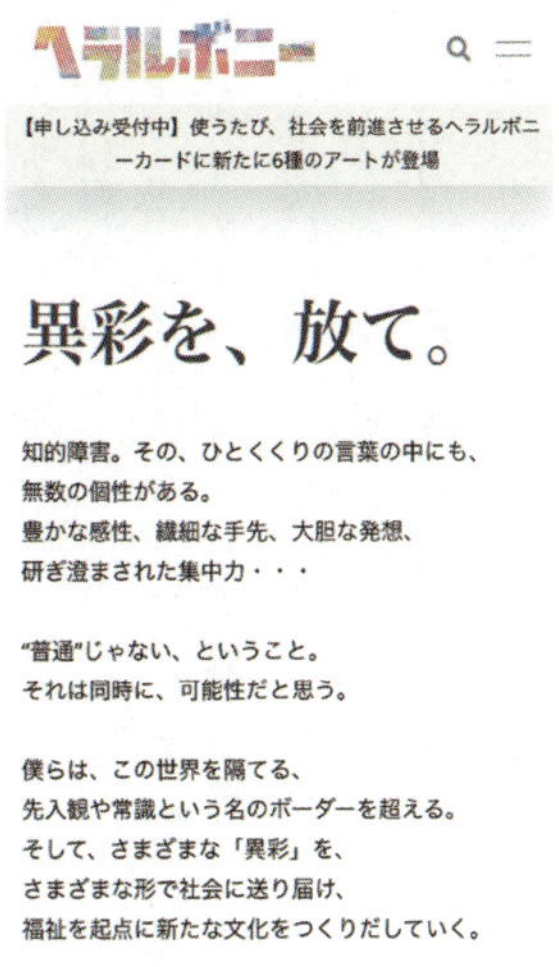
ヘラルボニー
【申し込み受付中】使うたび、社会を前進させるヘラルボニーカードに新たに6種のアートが登場
異彩を、放て。
知的障害。その、ひとくくりの言葉の中にも、
無数の個性がある。
豊かな感性、繊細な手先、大胆な発想、
研ぎ澄まされた集中力・・・
“普通”じゃない、ということ。
それは同時に、可能性だと思う。
僕らは、この世界を隔てる、
先入観や常識という名のボーダーを超える。
そして、さまざまな「異彩」を、
さまざまな形で社会に送り届け、
福祉を起点に新たな文化をつくりだしていく。

「あの時のダウンだ！」と指差してください笑

※良識ある方は治療費の支援をお願いします！

※これは単純な熊谷のワガママおねだりに過ぎません

※すでに予約はしているので普通に買います(笑)

※ここは超重要ですが、自腹です！支援していただいた治療費とは別のプライベート口座で支援管理をします。

【IWATEDOWN 支援はこちらから】振込のみ1000円からお願いします。［銀行］東北銀行［支店］浅岸支店［口座番号］**※現在使用されていません。**［氏名］クマガイタスク 12／25まで募集します。

面白がって支援してくれる方へは、深々とお辞儀をします。(直接もしくはメッセージ画面を見ながら)

どうぞよろしくお願いします。

ふざけた企画ですが…半分マジメです！これこそ**「恥もプライドも無い」**企画。治療ではなく欲しい物ですからね(笑)。

それでも支援者が現れたら…そうなれば、当事者仲間に伝えて広げます。

僕がやっていることは僕のためにやっていますが、少しは当事者への参考とエールに繋がります。（当事者だけではなくハンデがあったりシングル家庭も）

「勇気が出ない」「恥ずかしい」「みっともない」それを捨てた世界は気楽で優しい世界がある。

それを伝えていきたいですね。

ふざけた企画も、次回は夏まではやりません！（笑）
※夏まで生きるぞーー!!

2023/11/17熊谷翼

（iwatedown.jp より「What is IWATE DOWN 100年 孫の代まで引き継ぎたくなるもの。」
https://iwatedown.jp/about/）
※個人の意思で行った活動で、特定の企業とは関係ありません。

212／分子標的薬治療と副作用

（2023年11月17日 21時11分）

2023年11月17日（金） がん告知から212日目 ※1868文字

こんばんは。
今日の体調などは、このあと書くとして…
病院1階のコンビニに、必要なものを買いに行ったものの、（今回は駄菓子買っていません！大人！w）
本コーナーで詮索をしてて、（病院のコンビニは単行本などがガッツリある）気付けば水とお茶とコーヒーを買って帰り…部屋に戻ってから「あ!!」となり、また再度買い出しに行くというリハビリをしました。
※1回の往復（買い物時間抜き）で15分かかります
さて、本題に入りますが…お分かりの通り「近況報告」となります。よろしくお願いします。

▼分子標的薬治療と副作用

コンビニ帰りに動画を撮りました。しかし…声が全く出ていないので聞こえない。

（YouTub「【近況】化学療法（抗がん剤治療）→分子標的薬治療へ！スケジュール変更/大腸がん/BRAF遺伝子変異/肝臓転移」

https://www.youtube.com/watch?v=tzk4hrMc1HI）

そして、縦画面…。見えにくい聞きにくい動画なので、動画は観ずに「いいね👍」だけ押してください。よろしくお願いします。

さて、本題。昨日の昼から「分子標的薬治療」が始まりました。
※YouTubeタイトルも変えました。

従来の薬と分子標的薬の働き

がん細胞などの特定の細胞だけを攻撃する治療薬のことです。主にがん領域で使われており、標的とする細胞だけで作られる異常なタンパク質(分子)などの目印を見つけて、標的の細胞を攻撃します。正常な細胞へのダメージが少なく、副作用が抑えられると考えられています。

中外製薬 https://is.gd/wO6BxA より

なんとなく分かってもらえればOKです。**「抗がん剤治療」と「分子標的薬治療」**の違いを、ざっくり知ってもらえれば大丈夫。

抗がん剤治療は、良い細胞へも影響を与えるのですが、分子標的薬治療は、がん細胞のみに影響。とは言え、副作用もあるのは事実ですが、抗がん剤治療よりは良いかなぁと。

昨日の昼から阻害薬の点滴治療(週1回)をし、その後に肝臓治療の点滴、夜から阻害薬(飲み薬2種)を服用。昨日は新しい治療による副作用はほぼなく。

そして、今日ですね。**朝に阻害薬(1種)を飲み、その後から肝臓の点滴治療(5時間)**

※これをするための入院でもある

そして夜に阻害薬(2種)を服用。

これが今日の流れ。明日も同じです。阻害薬の副作用として現れ始めたのが、肌荒れ(ニキビ)、皮膚の炎症です。小さい水疱みたいなものが顔にでき始めました。そして…眼障害ですね。

YouTubeでも話してますが(声出てないけど)眼にも副作用が出てきました。なんとも表現がしにくいですが、スマホ画面だと真ん中が歪んで盛り上がって見えます。歩いている時には、床の模様が歪んで盛り上がっています。院内は平地と分かっているから大丈夫だけど、じゃり道とかでこぼこ道は危険そうですね。これ以上酷くならなきゃ良いけど。あとは眩しさが夜は特にキツイかな。

あとは夜中に身体の火照りはありましたが、まぁこれは平常運転で、今朝は血圧高くて下が104とかでしたが、これも薬を飲んで平常運転です。

新しく現れた副作用…蓄積された副作用…がん治療は、副作用との戦いだな~。そして、この副作用はなかなか周りには伝わりにくい。痛さとか見えにくさとか分からないよね…当事者になってから初めて分かることばっかり。

▼最後に…

福祉業界にいたって、資格持っていたって、せいぜいそれは知識と資格だけ。リアルな情報は、個々の声を聞かないと分からないね。

現場ではやってたつもり。分かったつもり。でも1ミリも分かってなかったなって思う。だからかな?メッセージを届けたい。当事者を一人でも多く応援したい。ヘルプマークを普及したい。患者(利用者)側になったからこそ、こちら側からも発信しないと!って思っています。

明日は、講演内容を3パターンくらいに、分ける作業をしようかなぁと思っています。

明日も楽しみましょうね!

2023/11/17熊谷翼

👉熊谷翼リンクまとめはこちらから
(lit.link「熊谷翼／がんサバイバー」(リットリンク)
https://lit.link/kumagaitasuku)
★当事者の方で「メンタル」や「費用」に悩んでいる方はDMくださいね。(無料)
※一人で悩んでも抜け出すのは大変です！
★講演やお話会（現在はオンラインのみ）の依頼相談もDMにてお受けいたします。
★いいね、コメント嬉しいです！
★「🔥」の絵文字コメント嬉しいです！
★シェア、寄付、支援嬉しいです！

213／今考えていること

(2023年11月18日 17時53分)

2023年11月18日(土)　がん告知から213日目　※1682文字

こんにちは。

今日は10時から、肝臓の点滴をして16時頃に終了。肝臓の点滴と言っても、肝臓に針を刺しているわけではなく、肝臓機能に良さそうな薬を、CVポートから入れています。(たぶん肝臓に刺してるイメージの人もいるかと)

分子標的薬治療の副作用は、眼障害があるので火曜日に眼科受診です。(受診と言っても、そのフロアに行くだけ)顔は少しポツポツなってきていますが、まだ荒れてはいないです。保湿しないと荒れるみたいなので、田中みな実さんを見習います！本題に入る前に2つほどご案内をします。

一つ目は、「応援facebook facebookグループあります！」

二つ目は、「IWATE DOWN欲しいです！」です。

(「188／「facebookクループ開設」P.432参照)
([「IWATE DOWN」が着たい！」P.494参照)

二つ目に関しては、「誰かカンパしてくれないかなぁ〜」という、恥もプライドも捨てた記事になります(笑)。

さて今日は、**「今考えていること」**という、テーマで書いていきたいと思います。

#頭の中の整理です

▼講演内容を3パターン考えました

(「79／お話し会の原稿(ラフ版①)」P.197参照)
(「80／お話し会の原稿(ラフ版②)」P.201参照)

以前、お話会をする話が出た時に、ざっくりとした原稿を書きました。これを書いたのが、告知から2〜3ヶ月のあたりですね。振り返って読みました。最近の講演会前にも読みました。ストーリーは伝わりますが、(講演で)聴く側になった時には、持ち帰り(気づきや学び)が少ないな。と。自分で書いておいてアレですが、これはお蔵入りです…(笑)

僕のストーリーをお伝えする自己紹介とかなら、これを3〜5分程度にまとめて使えると思いますが、講演となると別。

そして、話の内容も3パターンくらいにする。
※前回の講演でのアドバイスより
おおよそ、話の内容としては「メンタル」が主体となり、「命」に繋がるとは言え、「テーマ」や「内容」は変えた方が良い。

仮のタイトルとしては…
・命を燃やす〝生き方〟と〝在り方〟
・がんに〝感謝〟ができるようになったメンタルの保ち方
・がん当事者の〝経験〟と〝ヘルプマーク〟
この3タイトル（変更あり）。

『どの内容が興味ありますか？』
※興味の有無もインスタとかでアンケートしますね
それぞれの構成を考えていたのが今日。**着地点は「命」**

頭でゴニョゴニョ考えていても、ブラッシュアップはできないので、今後はインスタライブなどで、話しながら反応見ながら言葉を変えながら、ブラッシュアップしていきます。12月あたりから、（オンライン）講演などができたら良いな。

講演の話をしたのは…

実は先日の講演がきっかけで、（濱守さん、ありがとうございます）講演相談が何件か入りました。それ以外に最近のSNSやnoteを見て、興味を持ってくださった方もいます。

どうなるかは分かりませんが、3パターンの中から選んでいただいて、あとは当日に参加者の反応を見ながら進めるのが良いかなぁと。今日は比較的ゆっくりできて、体調も良かったので頭を使うことができました。

▼小さなことばかりを気にしすぎない

今日は妹が面会に来てくれました。化学療法も副作用も安定してからは、（3サイクル目からは）入院期間も短かったのですが、ここ最近の**「腹水」**により急遽の延長。『なんだかなぁ〜』と思う反面、腹水の症状が出なければ、現在の肝臓の状態（CTにより縮小が判明）は、分からなかったことだし、縮小が判明したからこそ、肝臓への点滴もすることができた。

そして、**分子標的薬治療（阻害薬）**も、早い段階で試すことができた。悪いことがあっても、それをキッカケに歯車が噛み合い出した感覚で、ある意味では**「腹水」**が良いキッカケになったのかもしれません。

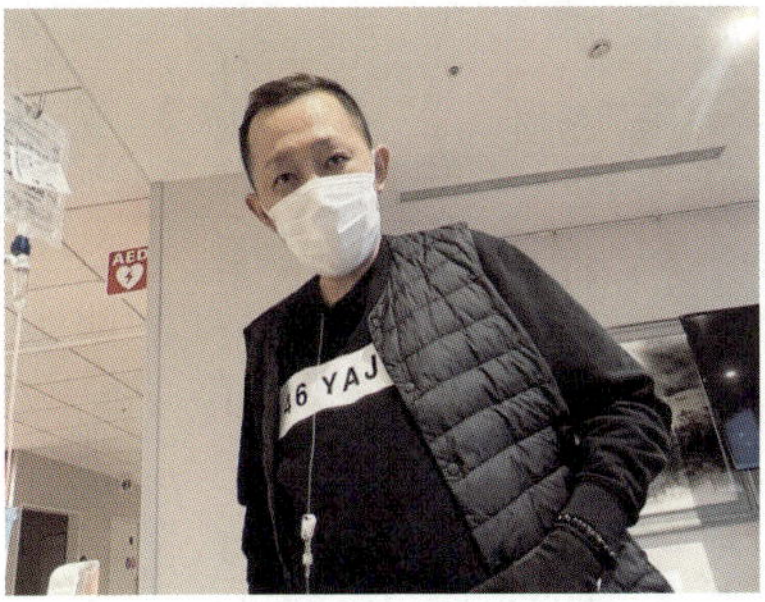

全身黒

ただし、腹水はまだ症状としてはあるし、足にも浮腫が出ているので、そこは慎重に治療やケアをする必要はあります。

ただ、4月20日の告知から、今の状況を俯瞰して見ると、**数値もがんの大きさも、明らかに良くなっている。**

細かく見ると心配ごともありますが、大きくみると改善している。

小さなことを気にすると、あれこれ心配になるので、その時には俯瞰して大きな視野が必要ですね。

2023/11/18熊谷翼

☞熊谷翼リンクまとめはこちらから
(lit.link「熊谷翼／がんサバイバー」(リットリンク))
https://lit.link/kumagaitasuku)

214／その仕事が、その日常が嫌なら代わってくれ！

(2023年11月19日 21時27分)

2023年11月19日(日) がん告知から214日目 ※1502文字

こんばんは。

今日は日曜日ですね～。どんな1日でしたか？

ちなみに、僕は10時から16時まで点滴をしていましたよ。

今日は早速に本題に入りたいと思います。
※体調不良ではないですのでご安心ください。

▼日常に早く戻りたい

先ほどもお聞きしました。今日はどんな1日だったでしょうか？


〝仕事だった〟〝ずっと寝てた〟

〝子供と出かけた〟〝勉強してた〟


先ほどもお伝えした通り、今日は10時から夕方まで点滴でした。ちなみに、昨日も一昨日もです。治療なので仕方ないですし、そのための入院です。なかには、**「仕事をせずに、ずっと寝られるなんて羨ましい」**って、思う人もいるかもしれません。

「好きなゲームがずっとできるじゃん！」「家事もしなくて良いじゃん！」って、思う人もいるかもしれません。

僕ももしかしたら、この状況になっていなければ、そう思っていたかもしれないし、その考えが悪いってことでもないです。

ただ、僕が入院生活をして(今回で13回目)思ったり気付いたこともあるので、今日はその一部を書きます。正解不正解は無いです。


人は非日常を求めるけど、日常こそ最高だと僕は思います。

▼日常は楽しい？

当たり前の話なんですが、病院は全てのスケジュールやルーティーンが、事前に、あるいは統一的に決められています。
※突発的な対応もできる余白を残しながら

僕の最近の一日です。
6：00〜起床(病室の電気がつきます)
7：00〜朝食、服薬
8：00〜治療薬服薬
8：30〜洗面、歯磨き
9：30〜担当者巡回
10：0〜点滴
12：00〜昼食、服薬
16：00〜点滴終了
18：00〜夕食、服薬
20：00〜治療薬服薬
21：00〜消灯
こんな感じです。点滴や食事の合間には、本を読んだりインスタしたりnoteを書いたり。点滴の前後に診察があったり検査はあれど、だいたいこの流れです。入院翌日から。
そして、これも当たり前なんですが…

【ほとんどトラブルが無いんです】スケジュールも治療もご飯も、トラブルは無いんですよね。
※あったら患者からは問題になりますね。
※患者には分からない裏ではあるかもしれません。仕事あるある。

【ハプニングも無いんですよね】

ハプニングもあったら問題になりますよね。何にも起こらないんですよね。起こすのは逆に自分の方で、水を溢したとか、それくらい。何が言いたいかは伝わっていると思いますが…


「何も起こらない1日は退屈」
▼トラブル、ハプニングがあるから楽しい
日常って、小さなトラブルやハプニングがゴロゴロ…

目覚ましアラームが鳴らなかったり、朝に子供が起きなかったり、目玉焼きを焦がしたり。靴下の片方が見つからなかったり、コーヒーをシャツにこぼしたり、弁当用の箸が行方不明になってたり。忘れないように玄関に置いた物を忘れて、忘れかけてた上司の不機嫌顔を思い出して、思い出した締切が明日だったり。

「思い通りにならなくて予定通りにならなくて」イライラとモヤモヤを誰かのせいにしたり、疲れを言い訳に家事をサボったり、その割にビールを取りに行くのは軽快だったり。

『いいじゃん!! それで!!!』イラついたり、焦ったり、笑ったり。ショックを受けたり、解決しようとしたり、次の予定を決めたり。やることを考えたり、サボることを考えたり、考えることをやめることを考えたり。

いろんなことを考えられるのが【日常】

いろんな感情になれるのが【日常】

その仕事が嫌なら代わってくれ！

その家事が嫌なら代わってくれ！

その日常が嫌なら代わってくれ！

2023/11/19熊谷翼

☞熊谷翼リンクまとめはこちらから
(lit.link「熊谷翼/がんサバイバー」(リットリンク)
https://lit.link/kumagaitasuku)

215/15サイクルの週

(2023年11月20日 19時16分)

2023年11月20日(月) がん告知から2155日目 ※1295文字

こんばんは。

今週も一週間始まりましたね。昨日の投稿にも書きましたが、〝日常〟ほど幸せなことはありませんからね。
(「**214/その仕事が、その日常が嫌なら代わってくれ!**」**P.500参照**)

1日を大切に過ごしていきましょうね。本題に入る前に、お知らせというか案内を。

現在、いくつか講演の相談を受けています。オンライン開催であれば、全国どこのコミュニティでも受け付けておりますので、SNSのメッセージやメールにてご相談ください。

メール☞kumagaitasuku@gmail.com
LINE☞https://lin.ee/AmNhnTq

それでは、本題に入ります。今日は近況報告をしていきますね。

今日は朝と午後に行きました～

▼今週から15サイクル

先週から、「**分子標的薬治療**」ではなく、「**抗がん剤治療**」が始まりました。薬を使った治療なので、化学療法はその通りなんですが、果たして…サイクルの数えは合っているのか? 抗がん剤は抗がん剤、分子標的薬は分子標的薬で、分けて数えるのか? まぁ分かりやすく、そのままいきます!

ということで、今週から「**15サイクル**」に入ります。まずは、15回も化学療法ができた自分の身体。ありがとうございます!体力や免疫が落ちたら、化学療法はできないので、まずはここまで良く頑張りました、そして、これからもよろしくお願いします!

「分子標的薬治療」は、**〝毎日の服薬〟**と**〝週に一度の点滴〟**です。副作用としては、眼の障害(ぼやける、膨らんで見える)があるので、明日眼科受診。肌荒れは今のところはまだ無いですね。

あとは、腹水は尿量は増えてはいるけど、まだ膨らんでいます。(注射で抜くほどは膨らんでいない)腹水の膨らみはあるものの、先週よりは動くのも楽です。肝臓の点滴も効いているのかもしれません。いずれ今は、〝どれか〟というよりも、〝あれもこれも〟という状況で。薬と身体と効果のバランスが、うまくハマっていくこと。今はその状況。ここが大事な局面な気がする。

▼最後に…

今日は文章短めです。というのも、昨夜は2時間くらいしか眠れなくて…隣の人のイビキが、ワイヤレスイヤホンを超えて、脳内プルプルでした(笑)。隣の人も発熱やら炎症やらで大変だったみたいですが、僕も結構大変でした(笑)。ってことで、今夜は先に寝てイビキ対抗戦したいと思います(笑)。

食欲はあるし、タリーズにも行ってるし、体調は元気ですよー!

2023/11/19熊谷翼

◆SNSでのコメント、メッセージ。支援、寄付、心より感謝しています。ありがとうございます!

note「熊谷翼/大腸がんステージⅣ/」

(2023年11月21日 19時33分)

寒気、下腹部痛があり熱も上がってきたので今日は休みます!

216/阻害薬中止

(2023年11月22日 16時15分)

2023年11月21日(火) がん告知から216日目 ※1323文字

こんにちは。

今回の投稿は翌日(11/22)に書いています。体調不良のためです。ご了承ください。

ちなみに、11/21は妹の誕生日です!おめでとう!

(「[IWATE DOWN] が着たい!」P.494参照)

「ダウンジャケットが欲しい」「予約したけどカンパして欲しい」半分マジメに半分フザけて、記事を書きました。現在の支援金は3000円です。

※悪ノリに付き合っていただきありがとうございます!(笑)

さて、本題に入りますが、「近況報告」が続くと思います。よろしくお願いします。

▼BRAF遺伝子阻害薬中止

このあたりの記事に、新治療薬(BRAF遺伝子阻害薬)については書いています。

(「212/分子標的薬治療と副作用」P.496参照)

(「211/14サイクル開始&退院延長」P.493参照)

(「210/腹水と肝臓と切り札と。」P.491参照)

点滴治療は週に1回。内服薬は毎日。この内服薬の副作用に、眼障害があります。その障害が出てきたので、眼科受診をしました。**中心性漿液性脈絡網膜症**疑いです。

中心性漿液性脈絡網膜症（ちゅうしんせいしょうえきせいみゃくらくもうまくしょう）とは、網膜の中心部（黄斑）に水が溜まって浮腫むことで、部分的な網膜剥離が起きて、視力が悪くなったり、ものが歪んで見えたり、視界の中心が見えにくくなったりする病気です。

公益財団法人日本眼科学会
『目の病気・病名から調べる』」）より

来週、精密検査を受けますが、おそらくこの障害です。これは、ＢＲＡＦ遺伝子阻害薬の副作用なので、精密検査が終わるまでは、治療薬は中止となりました。薬の併用や副作用への対処薬などの調整が必要なんだと思います。治療薬が中止となると、少し心配になりますが、仕方ないことだと割り切るしかないですね。

▼腹水減少

日（11／21）の夕方から、利尿剤の用量が増えました。その結果、明らかに排尿回数が増え、お腹の膨らみも小さくなってきました。

※体重は入院時より3キロ減りました

腹水に関しては改善してきています。そして、17時あたりから寒気があり、その後に発熱。原因は分からず…阻害薬なのか？利尿剤なのか？感染症なのか？脱水なのか？　夜には、脱水しないよう点滴をしました。

深夜1時くらいには熱も下がりました。

2023/11/21熊谷翼

◆ＳＮＳでのコメント、メッセージ。支援、寄付、心より感謝しています。ありがとうございます！

２１７／寒気と発熱の一日（２０２３年11月22日 21時02分）

２０２３年11月22日（水）　がん告知から２１７日目　※９３３文字

こんばんは。

今日も近況報告になります。不調なので早速書いていこうと思います。

▼発熱原因は？

昨日の夕方に、寒気と発熱（38・2℃）があり、脱水の疑いで点滴。夜中には復調しましたが、朝起きてからまた寒気と発熱（37・9℃）

今日の朝に行った採血で、炎症反応（感染症？）があったため、発熱の原因を調べるために、その後に採血を両腕からと排尿。夕方からは、抗生剤の点滴。そして、17時頃から寒気と発熱。昨日もでしたが、下腹部がキューッと痛くなるんです。（下痢、便秘もないし、風邪症状も無い）寒くなって布団被って寝て（37・9℃）そのうち暑くなって起きて、熱は下がりました。

なんなんだろうか？下腹部の締め付けられる感じ。抗生剤を使うってことは、なんらかの感染症を疑うってことですが、なんだろうなぁ…。そこは分かり次第、報告しますね。
とりあえずは、今日はそんな感じで、ほとんどの時間はベッドでしたね。明日には良くなっていればなぁ〜。
明日は祝日！お仕事の方も、お休みの方も、
一日楽しんでくださいね！！

2023/11/22熊谷翼

◆SNSでのコメント、メッセージ。支援、寄付、心より感謝しています。ありがとうございます！

218／謎の発熱の正体

（2023年11月24日 16時42分）

2023年11月23日(木)　がん告知から218日目　※774文字

こんばんは。

今日もすぐに本題に入ります。よろしくお願いします。

▼退院再延長

本来は16日に退院予定でしたが、腹水もあり、さらに腹水のCT検査で肝臓の縮小も分かり、腹水と肝臓への治療も行うために入院延長。利尿剤によって、腹水はだいぶ減りました。（入院時71キロ→現在65キロ）
腹水になる前は、63キロでした。一時は60キロを切ったので焦りました。
#がん悪液質
（がんになる前は65〜67キロ）

話は戻りまして…腹水は良くなってきたと思ったら、眼がなんだかおかしい。眩しさを感じやすくなってはいたけど、地面（廊下）の柄が浮き上がっている。風景などの立体では、分からなかったけど、平面を見るとおかしい。白い壁を見ると、焦点が合った真ん中には、黄色い輪が見える。白い背景でスマホの文字を見ると、中心の文字は浮き上がって見える。**腹水とこの症状があったため、2回目の分子標的治療は中止。**中止は嫌だけど、腹水・眼が悪化すると日常生活が難しくなる。腹水だけでもしんどくて、入院前の1週間はほぼ横になっていた。

阻害薬は中止となり（腹水と眼が良くなれば再開）21日に眼科受診をして、**中心性漿液性脈絡網膜症**の疑いということで、来週29日に精密検査。眼の治療をしながら、阻害薬を併用できれば嬉しい！

▼謎の発熱

（「216／阻害薬中止」P.503参照）

この日から発熱。なのでさらに入院期間延長！

原因が分からずでしたが、おそらく「膀胱炎」ということでした。利尿剤を追加したからか？薬の副作用で免疫低下したからか？　理由はハッキリしませんが、点滴と抗生剤で、やっと寒気も発熱も下腹部痛も治りました。

となれば…次回以降のスケジュール確認して、一日でも早く退院して風呂に浸かりたいです。

2023/11/23熊谷翼

YouTubeリンクです！

フォローとグッド👍お願いします。

（YouTube「熊谷翼―がんサバイバーたすく―大腸がんステージⅣ」

https://www.youtube.com/@KumagaiTasuku/）

219／カッコいいか。ダサいか。（2023年11月24日 21時56分）

2023年11月24日（金） がん告知から2199日目 ※1824文字

こんばんは。

ブラックフライデーって、年に何回かあるんですか？
#自分で調べろ
毎回amazonの煽りにハマってしまっている熊谷です。

今日はゆるく買いていきますね。
→
amazonの名残りで入力ミスしたけど、そのまま（笑）。

お知らせは、facebookグループ参加と、ダウンのカンパ（笑）←もうすぐ届く!! くらいなので、がん当事者の「みわさん」の投稿をシェアします。

（**note記事紹介「第2の人生🍀」**）

2回くらいシェアしていますが、先日初めて「PayPay支援」を頂いた時に、『お気持ちですが…との言葉と支援に心から勇気が湧いてきたそうです。**気持ちでこんなに勇気づけられるとは…**』と、僕のところにすぐに連絡がきました。僕もその言葉を聞いて、めちゃくちゃ嬉しかったです！

金額じゃないんです！応援されていることを実感して、初めて勇気が出るんです。僕もそれを実感しているからこそ、他の当事者にも体感して欲しかったんです。
※みわさんの投稿を読んでほしいです
また、時々みわさんの投稿をシェアをします。それは、継続的支援と思い出して欲しいからです。勝手なお願いですけど、よろしくお願いします。ってことで、このまま本題にいきますが、今の勢いそのままに**「いま思っていること」**を、書いていきますね。
→
今回はちゃんと入力確認しました！
▼さきほどの話の続き
100円で良いから、みわさんによろしくお願いします！

みわさんには、インスタでフォローしてもらって、コメントだったかな？メッセージだったかな？そこでやりとりをしていて…少し前に、僕の**「インスタのコンサル」**を希望して、メッセージを頂いたんです。

ただ、コンサルには費用がかかる旨をお伝えしました。彼女からは（noteを読むまで男性だと思っていました（笑）。ごめんなさい！）

『**恥ずかしながら、このお金を出せるぐらいならこんなに焦ってないと思います。地道に労働して病院代稼ぎます。**』(一部抜粋)と、お返事がきました。みわさんはSNS上の繋がりですし、本来ならここで終わっても良いはずですが、モヤモヤしたんですよね…

そして、その後にも何回か(無料で)アドバイスをしましたが、その時も消極的で…僕も気持ちは分かります。そしてnoteを読んで更に分かりました。

がんの受け止め方だったり、周りの目を気にしていたり、(みわさんの場合は子供の目もあるのかな?)支援を求めても反応がない時の切なさ、アンチコメントが来ないかの恐さ。

でも、やりとりをしていく中で、『僕の投稿に勇気付けられている』って言われた時あたりから、気持ちも前向きになってきて、「**僕を参考(マネ)して、やろう!**」と。

どんどん前向きになっている!! みわさんの応援をお願いしますね。

▼**カッコいい?ダサい?**

僕自身も「がん当事者」になってから、気付いたことが多いんですが…

〝**寄り添って**〟とか、〝**できることから支えよう**〟って、ただの「**啓発メッセージ**」でしかなくて、個人も講師も社会も、実際にやっている人はかなり少ない。福祉サービスは捉え方により変わる

けど、基本的には【サービスを受ける=有料】であるから、お金を頂いて寄り添っている。仕事だね。僕もがんになる前は、「**綺麗事**」を言っていた人間だったし、〝**寄り添う**〟とか〝**支援する**〟って「**形**」だけ。だから、それを否定するつもりはない。

けれど、当事者になって…「**綺麗事とか形だけだったな自分**」「**周りを見ても口だけの人がほとんどだな**」って気付いて。だから、残りの人生は、「**綺麗事を実行しよう!**」「**形やお金じゃなく寄り添おう!**」「**可能な限り支援しよう!**」そう思った。簡単に言うと「**カッコいいか。ダサいか。**」カッコいい方が良いじゃん!絶対!

見た目とかブランドとかもカッコついた方が、パッと見は良いよね!それもアリ!　寄り添うとか誰かの支えになるってのも、口だけじゃなく実践家はカッコいい!　歌とかアートとかで感動させるのもカッコいい!　僕には特別な才能もスキルもないから、カッコいい自分の〝在り方〟と〝生き方〟をするだけ!

これはたぶん誰でもできること。

でも、ほとんどの人がやらずに口だけなんだ。

2023/11/24熊谷翼

まだ何者でもない人は、この本、絶対に予約してください!6、7年前に1度だけ直接お会いしたことがあります。「人としても半生も超絶オススメです!」

(書籍紹介『持たざる者の逆襲　まだ何者でもない君へ』溝口勇児童著、1650円、幻冬舎)

#持たざる者の逆襲
#まだ何者でもない君へ

220／次に会える保証は?

(2023年11月25日 21時52分)

2023年11月25日(土)　がん告知から220日目　※877文字

こんばんは。

今朝は5時に目が覚め、その後から腰の激痛…**【0~10】**で言うと**【7、8】**かなりの激痛でした。痛み止めを飲んで落ち着きましたが、なんだったのでしょうか…

(「「IWATE DOWN」が着たい!」P.494参照)

(YouTube「**【近況】※副作用で声が出ません!化学療法(分子標的薬)→副作用により中止/眼障害(網膜)/中心性漿液性網脈絡膜症**」
https://www.youtube.com/watch?v=rrZGlnVagXs)

ダウンの「クリスマスプレゼント」のお願いと、5分ほどの動画を撮りましたので、よろしくお願いします。

さて、今日は**「次に会える保証はない」**という、何度も書いたと思いますが、現実的な内容で書いていきますね。

「いつかご飯に行こうね」「いつか集まろうね」その〝いつか〟は、いつになるのか。その〝いつか〟は、本当に来るのか。こういうことを書くと、ネガティブに捉える人もいるのですが、でもこれって現実ですよね。僕は〝がん〟になってから、たくさんのご縁をいただいています。その中で、当事者の方や、そのご家族との繋がりも増えました。その繋がりの中で、**〝始まり〟があれば〝終わり〟がある。〝出会い〟があれば〝別れ〟がある。**これも(経験はしたくはないけど)経験しました。

共に頑張ってきた当事者「死」応援してきた当事者の「死」ニュースで流れる有名人の「がん死」僕らは**「治るのかな。死ぬのかな。」**という、怖さ、不安、孤独を、ずっと背負って生きている。今も。(さすがに仲間が死んだ時は辛かった)

だからこそ、軽はずみに、「いつかご飯に行こうね」「いつか集まろうね」って言われると…無神経だなって思う。

※本人に悪気がないのも分かってるけど。

親族でも友人でもそうだけど、お葬式に行った時に毎回思うのが、**「生きてるうちに会えてたら良かったな」「生きてる時にお別れを言えたら良かったな」**これを何回も思った。何回も思ったけど、日々の忙しさを言い訳にして会いに行かなかった。また会える。いつか会える。まだ生きてるし。って、命は永遠のように思ってた。けど…違うよね。

「いつかという日の保証はない」そして、会えたとしても、「次に会える保証はない」

だから、**「会えたら感謝」**だし、**「会うなら次は無いと思って会った方が良い」**

2023/11/25熊谷翼

（Instagram「熊谷翼 @kumagaitasuku・Instagram 写真と動画」
https://instagram.com/kumagaitasuku/）
インスタよろしくお願いします！

221／明日退院できるかな〜

（2023年11月26日 22時11分）

2023年11月26日（日） がん告知から221日目 ※1016文字

こんばんは。

なんだかんだで11月最後の週ですね。そして12月。告知から8ヶ月に突入します。明日朝の採血結果次第で、退院か延長かが決まりますよ〜。

ということで、このまま本題に入っていこうと思います。

▼身体の状態報告

手の親指が痛いです…これは11回やった抗がん剤の副作用の蓄積で、「冷感刺激」「末梢神経痛」の影響です。
もちろん親指だけではなくて、手足先は凍傷のように（感じ方として）なっていて、足もフワフワして力が入りにくい感じがします。
※ジャンプしたら1センチくらいしか飛べませんでした。
足を組んだら太ももは圧迫痛になるし、ふくらはぎは痺れるし、そんな手足で毎日生活しています。スマホを打つのも、やっぱり少し痛くなってきました。
※スマホが冷たいというのもあるかも
かと言ってペンは、指先使うので痛みも変わらない。
※試したけど
この末梢神経痛は、唇や舌にも出ていて（それによる味覚障害や痺れ）舌も手先と同じように黒い斑点みたいのが出てきました。
※納豆に付いてくるカラシは食べるの不可になりました。辛さで痺れる。こういった症状を改善するための、末梢神経痛の薬は飲んでいますが、この薬はゆっくり効くようで、今のところは効いている感じは無いです。
眼の障害は、良くなってきた感じはありますが、柄を見ると歪んで見えたりはします。来週29日に精密検査です。**腹水**は、体重の変動はあるものの、入院前よりは張りも少なくなりました。利尿剤で改善できたことは大きいことでした。昨日と今日出現した**腰痛**は、痛み止めで改善するので、このまま様子見。捻ったりぶつけたわけではないので、おそらく菌などが腰周辺に飛んだのかな？と言われました。
※続くようなら検査です。
がん性疼痛は、時々チクチクっとする時はありますが、痛み止めでセーブできているし、5、6月を思い返せば良いもんですよ。
※今だから言いますが、5〜6月に友人や先輩と会ってた時は、処方薬の他に鎮痛剤を追加で飲んでいましたが、それでも痛みはありました。

あとは、免疫系の数値も大丈夫だし、肝臓数値も大丈夫でしたので、明日朝の（5時の）血液検査結果で、炎症反応（膀胱炎）が下がって、その他の数値の異常がなければ退院です。腹減ったから寿司食いたいぞ‼ってことで、また明日の報告をお楽しみに〜！

退院の場合はインスタ報告が早いです！

2023/11/26熊谷翼

（Instagram「熊谷翼 @kumagaitasuku・Instagram 写真と動画」https://instagram.com/kumagaitasuku/）

222／退院しました

（2023年11月27日 20時05分）

2023年11月27日（月） がん告知から222日目 ※497文字

こんばんは。

今日も？早速本題に入っていこうと思います。

今日も近況報告です。

▼**退院しました**

朝の血液検査結果が良好だったので、今日のお昼頃に退院できました。一応、今日の退院予定でしたが、退院ギリギリまで抗生剤をやってくれたりと、担当医と看護師には感謝です。朝夕と微熱はありますが、体調はまぁまぁなので、病院よりも自宅の方がリラックスできるので、帰って来れて良

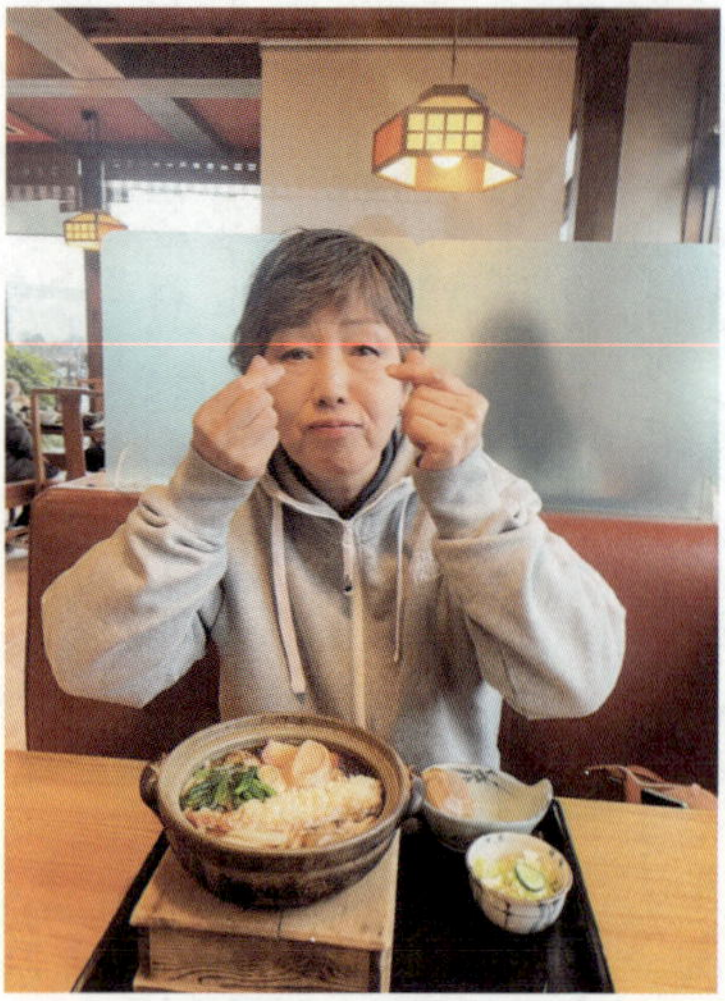

かったです！

副作用は、いつものはありますが、腹水や下腹部痛は良くなってきたので、入院前よりはかなり楽になりました。

ただ、先週からほとんど横になっていたので、下肢（太もも）の筋力低下があって、歩くにも階段を上がるにも下がるにも、足がフワフワした感じです。
※歩ける時には歩かないとな
帰ってきてからは、amazonなどで買ったものを確認し、支援物資も3名から！ありがとうございます！
※明日ストーリーあげます
17時くらいから、13、14日ぶりのお風呂に入り（浸かり）、かなりゆったりと過ごしました。今日はもうこのゆったり感で寝たいと思います。

おやすみなさい

2023/11/27熊谷翼

223／午前中は発熱でした

（2023年11月28日 20時59分）

2023年11月28日（火） がん告知から223日目 ※1355文字

こんばんは。

応援していただいて、支援物資も届いています。ありがとうございます。今日、写真を撮ってインスタのストーリーに載せるつもりが…朝から不調だったので、明日検査から帰ってきて報告させていただきます。ごめんなさい。よろしくお願いします。

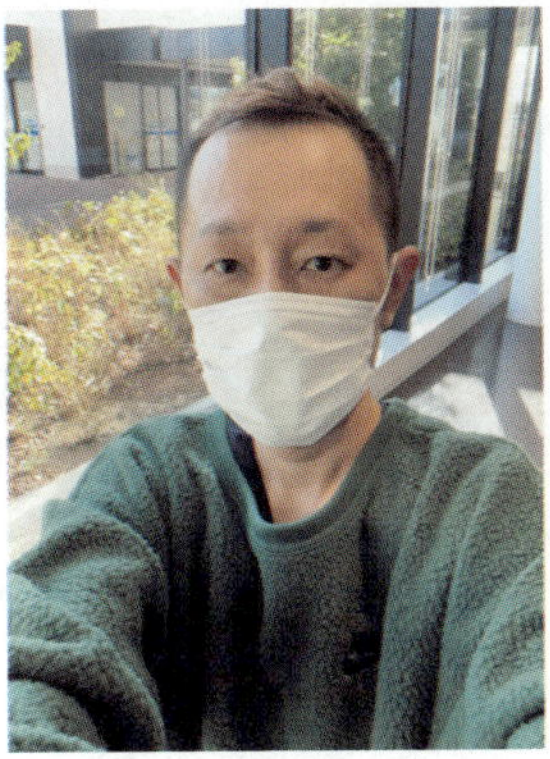

amazonリスト☞
（Amazon「ほしい物リストを一緒に編集しましょう」
https://www.amazon.co.jp/hz/wishlist/ls/ 3FUBFS89TMKS3?ref_=wl_share)
PayPayでの支援もいただき、ありがとうございます。今日も近況報告メインの投稿です。よろしくお願いします。

▼今日も体調は不安定

今朝は5時頃に目が覚めて（病院の時と一緒）トイレに行って二度寝して。起きたら38・3℃…定期薬飲んでまた寝て…起きて38・3℃…正直熱が出るのは慣れてしまって、なんなら「好転反応かな？」「免疫力上げてるのかな？」って思ってしまうくらいです。

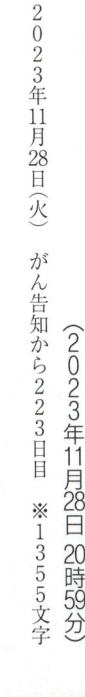

風邪症状もないですが、やはり発熱による怠さはあって、昼前まで寝て…起きて37・9℃。14時くらいまでは熱（発汗）があって、それから落ち着いてきました。それ以降は発熱なく、何の熱だったかは不明ですが、菌がまだ身体の中にあるのか？　膀胱炎が治りきっていないのか？

15時くらいから身体の不調もなかったので、家のことをして夕飯食べて風呂入って、20時にはベッドへ。↑イマココ

今日はそんな日でした。体重は65～66で入院前よりは2～3キロ多いですが、入院時は71キロだったので、セーフ。ただ、お腹は膨らんでいるので**腹水**は完全に良くなった感じではないようです。**腰痛**は無かったので、2日くらいの出来事でしたね。

あとは、皮膚の荒れが広がってきたのと、指の爪の横の肉が食い込むようになってきました。

※この2つも新薬の副作用

目は明日精密検査なのですが、ぼやけもかなり良くはなっています。気になるところは…腹水、肌荒れ、食い込みですね。明日の検査結果次第ですが、予定では来週火曜日に入院して新薬再開。副作用を見て（特に目）ひどくなったら中止。落ち着いたら再開。

そんな治療スケジュールです。新薬は飲み薬は毎日、点滴は週1なので、副作用落ち着くまでは毎週入院かもしれないですね。

まずは明日の検査次第。

それではおやすみなさい。

2023/11/28熊谷翼

寄付のご協力を始めました。

５００円から、よろしくお願いいたします。

11／15現在

寄付金１４３１１０円［PayPay・銀行振込含む］

☞寄付はこちらからお願いします。

【銀行振込】［銀行］PayPay銀行［銀行コード］００３３

［支店］はやぶさ支店［店番号］００３

［口座番号］**※現在使用されていません。**

［名前］クマガイタスク

☞寄付金の使い道（２０２３年11月15日現在）

・毎月の入院治療費、通院治療費（各4.8万円が最大）

・がん遺伝子パネル検査費（20～30万円）

・高濃度ビタミンC注射（1回５０００円。パネル検査後の予算と相談）

224／眼は治りました

(2023年11月29日 23時05分)

2023年11月29日(水) がん告知から224日目 ※1549文字

こんばんは。

「入院の時に持参して良かったモノ」を、紹介しようと思いついたんですが、興味ありますかね？

※ちなみに来週で16、17回目の入院です

支援物資を届けていただき、ありがとうございます！

今日、写真を撮って報告をするつもりが、検査し帰宅後は検査液で目がボヤけて字が読めないことと、少し疲れて寝てしまったので、明日、写真を撮って報告します！

よろしくお願いします。

本題に入りますが、今日は検査をしてきたので、その辺りの話と今後の治療の話を書きたいと思います。

▼目はほぼ完治

(「212／分子標的薬治療と副作用」P.496参照)

(YouTube「【近況】化学療法(抗がん剤治療)→分子標的薬治療へ！スケジュール変更／大腸がん／BRAF遺伝子変異／肝臓転移」https://www.youtube.com/watch?v=tzk4hrMc1HI)

過去の投稿やYouTubeでも話していた、阻害薬(新薬)による副作用の一つ「眼障害」目がぼやけて、歪んで見えて、柄物は浮き上がって見える。こういった症状があって、11月21日の眼科受診後から、阻害薬の2回目は中止していました。

(「216／阻害薬中止」P.503参照)

そして、今日(11月29日)、再度、検査をしまして「ほぼ完治」していました。「中心性漿液性脈絡網膜症」簡単にいうと網膜に水が溜まる障害です。この水が1週間で無くなっていました。(良かった〜)

ということで、この眼の障害は「阻害薬の副作用」今後の治療方針は、退院時に担当医と話した通り、

阻害薬投薬

↓

○眼障害が出なければ継続(毎日服薬&週1点滴)

×眼障害が出たら中止(その後検査2回)

↓

検査で水が抜けたら阻害薬再開

こういった流れになっていきます。今までの安定したスケジュールとは違い、その時の状況に合わせてスケジュールを組む。という形になります。でもまぁ、最初の方は1週間くらいの入院から、少しずつ日数を減らしていったから、副作

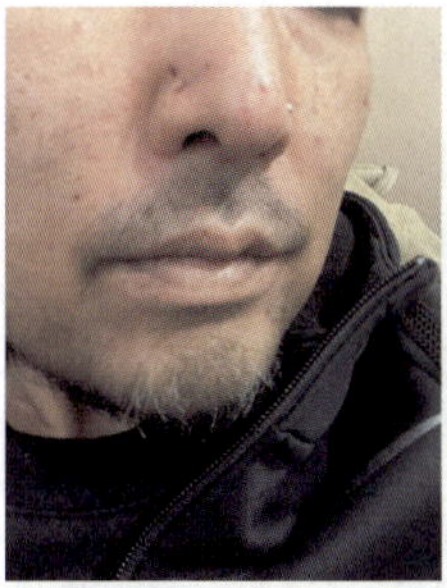

退院数日後

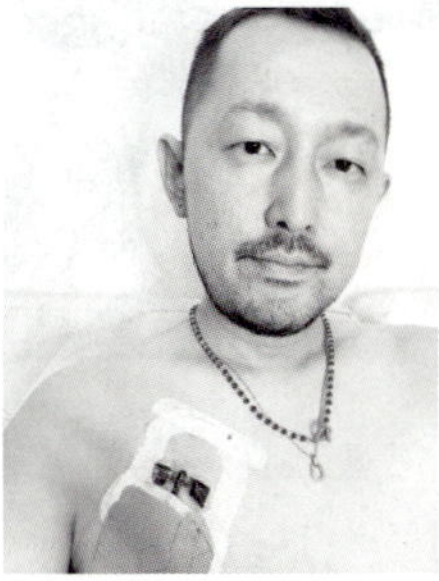

以前の退院翌日

用などが落ち着くまでは、まぁ仕方がないかなと。

▼他の症状は？

腹水は落ち着いていますね。増えてはいないです。腰痛はどこかに行きましたね。あとは、阻害薬の副作用での肌荒れは、まぁまぁ出ていて、小さい白いニキビが出来ては潰れ、出来ては潰れ…朝起きると顔のどこかからの血が固まってます。（少量だけど）

マスクつけるから特に鼻は激荒れです…（涙）

それと、足の親指の肉が爪に食い込み気味になってきました。これも副作用なんですって！変な副作用…下痢はなくてちょうど良い硬さになって、切れ痔も治ってきました。

※あ、阻害薬飲むと逆に硬くなってたな…

あ！髭が薄くなりました。新しく生えてきにくくなったのかな…2週間近く何も手入れをしていなかったのに、退院の時すごく薄くなってたんですよね。

※これ副作用の脱毛かもしれませんね…

まぁ、今書いたような副作用よりも、「眼障害」の方が重要なんでしょうね。生活にも支障が出るし。確かな肌荒れしても生活には支障ないからな。あ、そうそう！常にある手足の障害は、なんとなく（気持ちかもしれないけど）良くなってきた気がします。痺れがすこーしだけマシになった感じです。

けれども、舌や唇は広がってきた気がしてて、香辛料、炭酸は完全にNGになりました。（納豆に混ぜたカラシで痺れました）高血圧は日によりで、発熱も日によりです。

検査後に母と

▼最後に…

毎日同じ体調はなくて、毎日同じ症状はなくて、毎朝起きてみないと状態が分からない。［起きて、顔洗って、着替えて、仕事行く］

たぶん今やったら、目が覚めてから2時間はかかるかも。目が覚めて身体が動くのに（朝でも昼寝でも）30分〜1時間はかかる。

手先の感覚はないから薬を包装から出すのも時間がかかるし痛い。

そして、高血圧だと頭痛と身体の怠さで立てない。

明日の朝はどんな状態かな〜。普通にアラームで起きられて、バタバタと仕事に行く準備ができる身体の動きを、早く取り戻したいなぁ。
そして早く仕事がしたい!!
仕事に行ける人羨ましい!!!

2023/11/29熊谷翼
(lit.link「熊谷翼/がんサバイバー」(リットリンク)
https://lit.link/kumagaitasuku)

225/11月の振り返り

(2023年12月1日 21時38分)
2023年11月30日(木)がん告知から225日目 ※992文字

本日の投稿は翌日(12/1)に書いています。
ご了承ください。(風呂上がりにリラックスし過ぎて寝落ちしてしまいました)
ということで、早速本題へ。11月最後なので「11月の振り返り」を記憶の範囲内でしたいと思います。

▼振り返りの前に

少し前みたいに、「今月は~」とか「来月は必ず!」みたいな、期日とかタスク(名前じゃないよ)とかを、意識していた頃と違って、特に最近は、「今日をどう過ごすか」を意識するようになっているので、月替わりでの［達成・未達成］というのがほぼない。(こういうのが大好きだったけど)
事務長や講師の仕事から離れているのも大きく影響はしているはずで、改めて、仕事ばっかりしていたんだなぁと思っていますし、仕事が自分に役割を与えてくれていて、だからこそ仕事が好きなんだと改めて。今は、5~6時間立って話すこともできないし、パソコンを打つのもかなり時間がかかる。月1、2回の休みで仕事をしていたのに、もっと仕事をしようとしていたな~。こんなの当たり前にやってた頃がすでに懐かしい。
早く戻りたいな。

▼11月の振り返り

11月は、
・新しい治療薬を開始したこと
・腹水が出現したこと
この2つが大きいと思います。詳しくは、過去の投稿に書いていますが、期待を賭けて臨んだ「阻害薬」ところが…今までにない副作用が出現。副作用なのかは不明ですが、一番大きかったのが「腹水」正直、腹水が出現した時は、久しぶりに「死」が頭をよぎりました。
※末期状態に出現することが多いので
現在は利尿剤で改善されつつありますが、まだまだ気をつけないといけません。新しい治療薬によって、今までなかった副作用が出現して、今までの治療薬の副作用の蓄積が、未だに抜けていなくて、副作用でいうと、治療を重ねるごとにしんどい部分もありますが、まだ自分の身体は持ちます!大

丈夫！

そして、沢山の方からの応援支援。これはもう、品数や金額ではなくて…一人一人の気持ちが嬉しいし、勇気が湧きます。（これは僕（当事者）しか分からないかも）

自分だけが〝がん〟に向き合っているのではなくて、家族や友人や仲間や応援者みんなで向き合っているのが、とても心強くて嬉しいです。

これからもよろしくお願いします。

2023/11/30熊谷翼

（Amazon「ほしい物リストを一緒に編集しましょう」https://www.amazon.co.jp/hz/wishlist/ls/ 3FUBFS89TMKS3?ref_=wl_share）

226／入院生活で役立ったモノ

（2023年12月1日 22時48分）

2023年12月1日(金) がん告知から226日目 ※1741文字

こんばんは。

今日「ビーフカレー」を食べましたが、口の中が痺れてしまったので、「カレー」も禁止食品になりました。

#甘口ならいけるかな

さて、今日は今までになかった内容でお届けしようと思います。

ほぼずっと付けています

題して「入院生活で役立ったモノ」です。これまで入院をするほどの病気や怪我をすることがなかったのですが、〝がん〟になってから15、6回は入院をしてきましたので、その中で「特にあって良かったモノ」を取り上げます。日用品などは除きます。

よろしくお願いします。

①ワイヤレスイヤホン

僕は先輩から頂いたモノを使っています。日中は、音楽やYouTubeで。夜は、安眠音楽や耳栓として。病棟内は、生活音やナースコース、イビキ、独り言…自宅にいる時には感じない「音のストレス」これがなければストレスやばかったと思います。めちゃくちゃ重宝しています。

②延長コード
延長コードは教え子から届いたモノ。電源プラグは同級生から。コンセントをさすところは、ベッド脇かベッドサイドのテーブル。ここに充電器をさしても、ベッドで横になりながらは使えないので、スマホやタブレットを使う人は、1~2メートルのコードは必需品だと思います。
③ふりかけ
病院食は栄養士管理によって、塩分や量も制限されているので薄味。

そして何回か入院していると、同じようなメニューが出てくるので、どんな味なのかが分かってしまって食欲が湧かない。(好物なら湧くんだけど)そんな時に、ふりかけはご飯のお供にピッタリ。同級生からもらったものや、家族からもらったもの、自分で買ったもの、数種類は毎回持参しています。
#のり玉最強
④S字フック
これは、生徒さんに教えてもらいました。ゴミ袋(取手付きの小さいのがオススメ)をかけたり、マスクをかけたり、薬を入れている袋をかけたり、駄菓子を入れている袋を、ベッド脇などにかけたりしています。最近は、冬物のダウンやパーカーなどを、荷物入れの扉などにかけています。
⑤安眠グッズ
僕はどこでも寝られるタイプでしたが、病院は別でしたね。①にも書いた通りに、様々な音があります。あとは僕は真っ暗で寝るタイプですが、病棟内(廊下や洗面所)は電気が付いていたり、誰かがトイレに行ったりナースコールが鳴ったり。あとは、匂い。生活臭や体臭、消毒液の匂いやオムツなど…音や匂いに敏感な方は、安眠グッズは必要ですね。これは結構たくさん支援していただいて、「ホッとアイマスク」は欠かせません。香水をばらまくことはできないので、「枕用フレグランス」や「香りが優しいフレグランス」を枕や寝具に使っています。
※これだけでかなりリラックスできます
⑥サンプル化粧水
化粧水やシャンプーは、瓶?ボトル?で持っていくと荷物になるし、たまに蓋が外れてて…ってこともあるので、サンプルでもらう、化粧水やシャンプー(個包装1回分)を持参しています。入院時は基本シャワーなので(浴槽はない)汗を流すくらいと考えたら、お風呂道具一式はいらないと思います。
①~⑥までご紹介しました。
#中途半端
最初の方はアレコレ詰めていきましたが、本とかたくさん持っていきましたが、今はKindle(電子書籍)で読んでいます。(入院中は)
この記事が参考になれば嬉しいです。
それでは。
2023/12/01熊谷翼
(lit.link「熊谷翼/がんサバイバー」(リットリンク))

https://lit.link/kumagaitasuku)

◆SNSでのコメント、メッセージ。支援、寄付、心より感謝しています。ありがとうございます！

227／読解力を高めよう

（2023年12月2日 23時27分）

2023年12月2日(土) がん告知から227日目 ※2660文字

こんばんは。

今日は朝からダルくて、ほぼ横になって過ごしていました。(起き上がるのはトイレの時くらい)その間に下腹部痛があったり発熱があったり。そして、顔はボロボロで色んなところから出血。右足親指の皮膚も食い込んできて、スリッパとかも痛くて履けなくなりました。

そんな一日でした。

(「「IWATE DOWN」が着たい！」P.494参照)

(「188／facebookグループ開設」P.432参照)

→よろしくお願いします。

今日は頭が働かないので、ぼんやりと思っていることを書きたいと思います。

よろしくお願いします。

▼自分で決められるように情報収集を徹底的に

4月20日に告知を受けて、5月1日にCVポート造設、5月8日から抗がん剤治療が始まりました。告知を受ける10日前に「がんの可能性」は、伝えられていたし、「両親と一緒に」と言われていたので、がんを確信して、4月10日から20日までは、ほぼ寝ずに検索しまくりした。4月10日の診察時には、「肝臓にも飛んでいるかも知らない」とも、言われていたので「肝臓転移」についても検索。転移があるだけで「ステージⅣ」となるので、「大腸がん　転移」「大腸がん　ステージⅣ」こうやって調べると、次に出てくるのが、「大腸がん　転移　余命」「大腸がん　ステージⅣ　生存率」っ

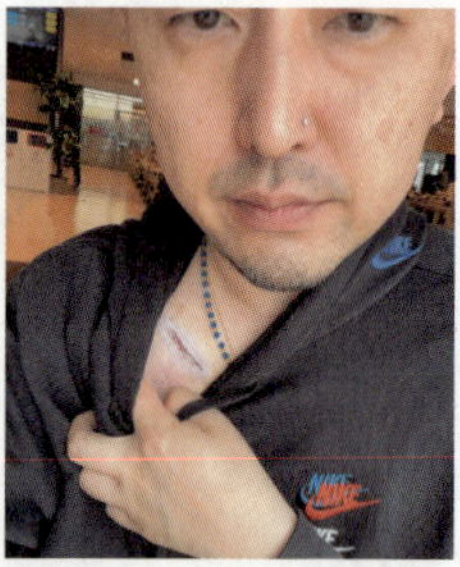

5月1日CVポート造設手術直後

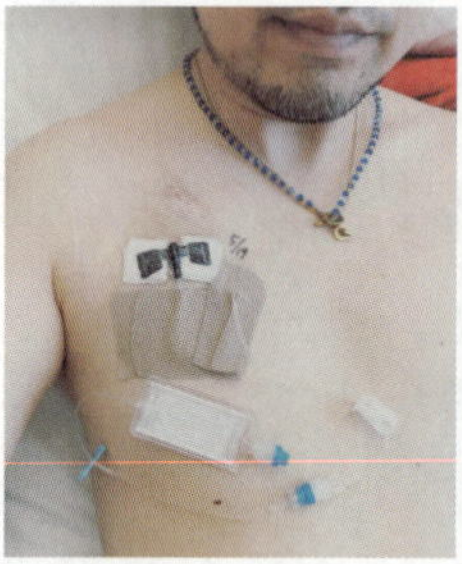

CVポートからの点滴

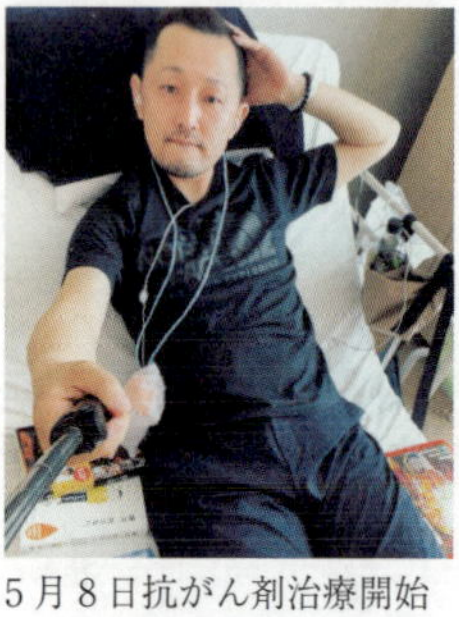

5月8日抗がん剤治療開始

て出てくるんですね、オススメで。

目にしたくはないけど受け入れなきゃいけない現実で、余命や生存率についても調べました。この時は自分事というより他人事(客観視)していましたね。(4月20日の告知日も診察室では一番冷静でした)標準治療、先進治療、重粒子線治療…水素水、クエン酸、重曹、酵素、サプリ…みなさんから届く情報と、ネットの情報、本、論文…仕事以外の時間はずっと調べていました。

「知らない」＝「不安」「恐怖」「嫌悪」これも調べていて気付いたことです。人は知らないもの(場所、情報、人など)に、出くわした瞬間に、知らないから不安になったり、知らないから怖がったり、知らないから嫌いになったりするんだなぁと。

　確かに僕も調べる前は、「大腸がん　多発肝転移」ってことに、不安になっていたり恐れていたけど、調べていくと、治療方法がいくつかあったり、(転移が1箇所だけなら更に選択肢は増えた)治療薬も2021年に認可されたものもあったり。それこそ、今やっているBRAF遺伝子阻害薬は、比較的新しい治療法。Instagram や YouTube では、「抗がん剤治療はダメ」「抗がん剤をやめて○○をしたら治った」そんな情報もあるし、知人からの、機械、サプリ、宗教などの情報も山ほど。

　みんなそれぞれが「これは良い」「なんとかしたい」と思って、情報提供をしてくれていて、それはとても有り難い。それでもその情報の中で、**決めるのは自分**。だから、**自分の信念や軸みたいなものがないと、情報に流され振り回されてしまう。**思いだけではなく治療費という現実も。

　実際にあった例で、YouTube などで、「抗がん剤はやばい」ってのを見て、(1回見るとオススメで似たような動画が出てくるから余計に)実際に抗がん剤をやめた人がいる。(以下、Aさん)その時にオススメしてあった、サプリや温浴やもろもろを試したけど、症状が悪化しているように感じ、抗がん剤治療をしていた病院へ行き、再度、抗がん剤治療を希望。ただ残念なことに、がんは広がり転移し、免疫や体力含め低下し抗がん剤治療は不可という判断。あのまま抗がん剤治療を続けていれば、治らなくてもあと数年は生きられたかもしれない。

　Bさんは、告知直後に「がんが治った」というお祓いがあると、知人の紹介で宗教に入信。がん治療はせずに、お祓いを受け続ける。熱心に集会に参加したり特別なお祓いを受けるも、体調が悪化し告知先の病院へ受診。がんが悪化しステージも上がり、がん治療をしたいと希望し治療開始するも、宗教団体に全財産を寄付したため、高額療養費制度を使っても、毎月の治療費と生活費に困窮。生活費を削るために、1日1食のカップラーメンで食い凌ぎ、治療を継続している。治るためには！と職員に言われ、全財産を寄付したこと。今となれば冷静じゃなかったと振り返っている。

　こういった事例があるんです。まだまだあります。結果、情報収集不足だったということです。焦ったりパニックになって冷静じゃない時こそ、知識や情報が自分を守ってくれます。さっきの例だと、「抗がん剤のリスク」はもちろんあるけれど、「抗がん剤の可能性」もあるわけで、「抗がん剤」or「サプリ」どちらが効果が高いか。可能性が高いか。の情報を集めて比較したら良かったし、そもそも…抗がん剤治療で何人が寛解したか?サプリで治った人が何人いるのか?これで答えは出るように思います。

宗教も然り。

▼最後に…

僕は、抗がん剤は身体に悪いことは分かっているし、サプリや宗教を否定するつもりもない。それ以外の民間療法も同じ。

※いいものはいいからね

がん治療に関しては、基準は世界で決まっていて、「がん治療は日本は遅れてる」とか、YouTubeで出ていたりするけども、がんの標準治療は世界で決められています。

例えば僕の「大腸がん」「肝臓転移」少し前は、外科的手術で「がんを切り取る」のが標準治療だったものが、『切らなくても大きな支障はないし、むしろ切った方がリスクあるよね?切ったら戻せないし』ということで、最新の標準治療は、ステージⅠ、Ⅱは、小さいから切る。ステージⅢ、Ⅳは、切らずに抗がん剤治療で全身管理。こうなっています。

日本でもアメリカでも。新しく始まった新治療薬(BRAF遺伝子変異阻害薬)も、アメリカでは、飲み薬2種と点滴1種の3薬。日本では、3薬か2薬のどちらか。(僕は3薬)

これも基準で決められています。だから僕がアメリカ行っても、基本は同じ治療方針と治療薬です。良くも悪くもたくさんの情報が溢れ、煽りや捏造や効果不明な情報も溢れています。

だから情報収集が大切になってくるし、情報を正しく判断(読解)するためには、日頃から本を読んで読解力を身につけるしかないと思います。近年は、**「字は読めるけど、文脈が読み取れない」「短文は理解できるけど、長文は読めない」**こういう人が爆増しているそうです。X(Twitter)やYouTubeのおかげで、読解力はほぼ無くなったんでしょうね。

※何も考えずボーっと見てくれる方が運営側からすると良いのでしょうね

2023/12/02熊谷翼

(lit.link「熊谷翼/がんサバイバー」(リットリンク))
https://lit.link/kumagaitasuku
(書籍紹介『未来の自分を喜ばせる45のルール』Kindle版 1200円)

228／立ちションします

（２０２３年12月４日 22時53分）

２０２３年12月３日（日） がん告知から２２８日目 ※７０６文字

こんばんは。

みんなのインスタを見ていると、「忘年会」や「冬遊び」の投稿が増えてきましたね。僕は寒いのが嫌いなので、スキーやイルミネーションには縁がありませんが、見ている分には楽しいですね。さて本日の投稿は、翌日（12／４）に書いています。

※ベッドインしたら微熱が出てきたので…

おそらく尿がちゃんと出ていなかったからかな。さて本題。

「おしっこは座ると出にくい」というテーマで。

▼病院と自宅の違い

体重は退院時から変わっていませんが、腹水はまた溜まってきています。腹水が溜まって体重は変わらずとなれば、脂肪や筋肉が減っているのだと思います。そして、病院では減ってきたのに、自宅に戻って増えてきている。『なぜだろう』と考えた時に、自分の排泄シーンを振り返ったんですね。自宅ではトイレ汚れを少なくする為に、どちらの用を足すときも、座ってしているんですが…最近、尿意があってトイレに行って、座ると必ずと言っていいほど大きい方が出るんです。（量は毎回違いますが）そして、尿はチョロチョロと少ししか出ない。

『う～ん』

（oki-uro.com より（「座って尿をすると出にくい？」おき泌尿器科クリニック｜富田林市の泌尿器科当クリニックの院長ブログ）） https://oki-uro.com/wp/blog/141/）

「立った方が良い」というのはなさそうです。それでも納得いかず…なんとなくの仮説は、立ってするとお尻が閉まるので尿だけ排出。

座るとお尻が緩んで、そちらに血液が集中。かなぁと。トイレは汚れちゃうけど、家でも立ちションをして検証をしたいと思います。

尿が出なかったりすると、微熱が出て（膀胱炎の手前？）しまうので、たぶん夜の微熱もそう。水分もちゃんと摂って（最近摂ってなかった）おしっこもたくさん出て欲しいです。

2023/12/03熊谷翼

（Amazon「ほしい物リストを一緒に編集しましょう」
https://www.amazon.co.jp/hz/wishlist/ls/3FUBFS89TMKS3?ref_=wl_share）

→支援物資はこちらから

229／化学療法15回目

（2023年12月4日 23時56分）

2023年12月4日(月) がん告知から229日目 ※1614文字

こんばんは。

早速本題に入りたいと思います。

※昨日の分も書いたため

▼2回目の阻害薬

（「215／15サイクルの週」P.502参照）

（「216／阻害薬中止」P.503参照）

前回の入院では、1回目の阻害薬治療をしましたが、副作用の眼障害が出現し中止に。阻害薬の副作用なのか、膀胱炎や腰痛など今までなかったことも出現し、1週間延長をさらに超えました。

今回は眼障害も治ったので、阻害薬は2回目、化学療法は15回目となります。血液検査などをして、免疫や肝臓の数値が安定していれば、阻害薬治療です。阻害薬治療が再開できて嬉しい。けれど副作用はなるべく小さくして欲しい。

#わがままだけど

副作用の皮膚トラブルも日に日に悪化してて、顔は数カ所に出血後の塊。（取るとまた出血するから放置してる）あとは右足親指の皮膚が爪に食い込んで膿んでる。これが酷くなったら痛くて歩けないぞ…

冷感刺激、末梢神経痛が、ピークよりは良くなってきたと思ったら、また新しい副作用。（ピークよりは…なので常時手袋を着けて、今も手袋を着けながら打っています。）がん治療では、「がん」と「副作用」との戦いと言われているけど、ほんとそう。

▼応援や支援してくれる人がいなかったら…

タイトルにあるように、SNSでの応援コメントや、Amazonリストからの支援、寄付やfacebookグループの入会。目に見える形での応援支援、心から感謝しています。

※家族ももちろん

応援がなかったら、もしかしたら悲観的になっていたかもしれないし、治療を諦めていたかもしれない。副作用で眼がぼやけたり歪んできた時…中心性漿液性脈絡網膜症と知るまでは、『目が見えなくなるかもしれない』と、不安になりました。

※不安解消の為に、調べまくって大丈夫と安心しました

（「216／阻害薬中止」P.503参照）

治療をするたびに、検査をするたびに、副作用が現れるたびに、**何とも言えない恐怖が現れます。**治療をして改善するのか？もし改善しなかったら？ 検査で悪い数値が出ないか？副作用によって生活に支障をきたすことはないか？次から次へと現れる副作用に身体は持つか？ 不安や心配は挙げるとキリが無いですが、そのキリがない不安や心配が襲ってくる時があります。そういう時は「不安なんだ」「心配なんだ」と、自分で自分を慰めますが、そこから、ポジティブ（楽観的）になる時には、応援支援で背中を押してくれる人た

ちがいる。みんなが応援してくれている。「だから大丈夫」と根拠のない自信が溢れます。
※ネガティヴになることも悪いことではないね。
勇気をもらっています。ありがとうございます。

明日から入院。延びませんように！笑

2023/12/04熊谷翼

◆SNSでのコメント、メッセージ。支援、寄付、心より感謝しています。ありがとうございます！

230／阻害薬再開

（2023年12月5日 22時08分）

2023年12月5日(火)　がん告知から230日目　※712文字

こんばんは。

本日から入院です。腹水の影響か?その他か?分かりませんが、少し歩くだけ動くだけで息が上がります。
※特に午前中は
部屋に到着し看護師が、酸素飽和度をチェックしたら、88～89の危ない数値。深呼吸をして90台いきましたが、酸素も都度チェックをした方が良いかな…と思いました。

さて、本日から入院をしたので、本日からしばらくは「近況報告」になると思いますので、よろしくお願いします。

▼明日から阻害薬再開

本日は検査をして、数値的には問題がなかったので、明日から「BRAF遺伝子変異阻害薬」の化学療再会です。

（「**44／遺伝子変異**」**P.101参照**）

大腸がん患者の5％ほどが陽性になる「BRAF遺伝子変異」『休まずにどんどん癌を増やせ～』と、指令を出す細胞に変異したんだよね。その指令を出さないようにするのが、前回から始めている阻害薬。前回は1回やって、副作用が眼に出て生活に支障が出る可能性があり、2回目は中止。今回の入院は2回目をするため。それ以外の副作用も進んではいるけど、（1回の治療でこんだけの副作用すごいな）乗り越えていこうと思います。

2023/12/05熊谷翼

この先に右足親指の写真載せるので、見たくない方はここまでで。

皮膚科に明後日かな?診てもらいます。それでは軟膏処方で。見えにくいですが、皮膚が爪に覆い被さって膿んでいます…

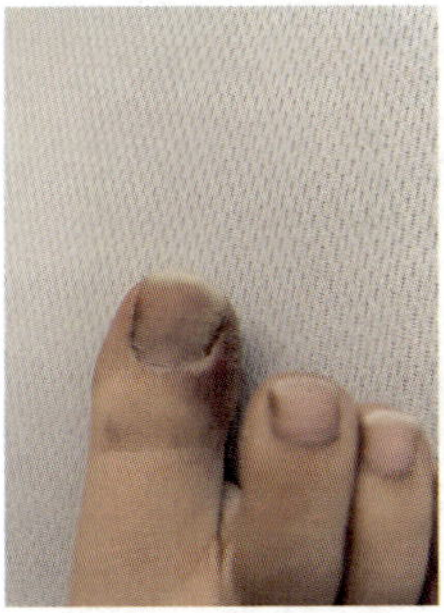

あとは他の指の爪の付け根。（白い方の逆）ふちが黒く見えますが、汚れではなくて副作用です。手もそうですが、爪切りの金属部分が手足先に当たると痛いので、爪は伸ばしてから切るようになりました。手は今日切りました。伸ばしていても振動が痛かったです。

では、おやすみなさい。

231／阻害薬2回目始まりました（2023年12月6日 22時47分）

2023年12月6日（水）　がん告知から231日目　※322文字

こんばんは。

今日から「BRAF遺伝子変異阻害薬」が再開。

今日の近況報告をしていきたいと思います。

よろしくお願いします。

▼アービタックス療法
（cancertx-negiup.com より（―ステージ４でも「あきらめない！」「迷わない！」がん治療ガイド〝アービタックス〟）
https://www.cancertx-negiup.com/）

阻害薬治療（アービタックス治療）の、２回目が今日から開始。サイトにも書いてありましたが、抗がん剤治療とは違う副作用が出やすいと。これは１回目の時にも担当医から言われていました。

（「212／分子標的薬治療と副作用」P.496参照）

（「216／阻害薬中止」P.503参照）

今回の治療や副作用はどうなるのか？とりあえず今は、身体の火照りだけ。そして、昨日載せた足の方と、顔の肌荒れは、皮膚科を受診し薬をもらいました。眼の障害は今のところはありません。

副作用なのか眠気がハンパないので、今日はこの辺で！

おやすみなさい。

2023/12/06熊谷翼

（lit.link「熊谷翼／がんサバイバー」（リットリンク））
https://lit.link/kumagaitasuku）

232／阻害薬中止になりました。（2023年12月7日 23時46分）

2023年12月7日（木）　がん告知から232日目　※1076文字

こんばんは。

２本目に撮ったYouTubeがなかなか、アップロードされず。18時から今まで約4時間…もう諦めて明日に回します…

１本目の動画はこちらから
（YouTube「【近況】BRAF遺伝子変異／大腸がん／化学療法（分子標的薬治療）／副作用／味覚障害」

https://www.youtube.com/watch?v=PqOdbA1nz00）

するりと本題（近況報告）に入りますね。動画（午前中に撮影）では、**「昨日から阻害薬（分子標的薬）の2回目がスタートしましたが、翌日に眼障害の副作用が出現した。」**とお伝えしました。動画を撮り終えて、部屋に戻って昼食後に、眼科受診。その結果としては…**「現時点で阻害薬は中止した方が良い」**でした。

（YouTube「**【近況】**分子標的薬（化学療法）→中止／眼障害副作用／BRAF遺伝子変異阻害薬」

https://www.youtube.com/watch?v=wOsd55GpB_0）

→やっとアップロード終了

眼の副作用が出ずに阻害薬が続けられれば、次は「阻害薬の効果」を期待する気持ちでいけましたが、現時点では、**眼が回復した後から「どのような治療法」で行くのか？選択肢の中から「安心材料」を見つけて再出発です。**

2本目の動画でも話していますが、これからの治療で不安な部分も正直あります。今までは比較的順調にきていたので、**『意外と大丈夫じゃん！』**って思っていました。

▼話しは少し逸れるけど

8月くらいかな…なんとなく身体の調子が変わってきた感じがして。（それはあとで数値で分かるんだけど）それと…「何か始めなきゃ」「発信ももっと広げなきゃ」「支援や収入を増やさなきゃ」

と思い当たることを、「とりあえず公開して」「動けるのは動いて」「作るのは作って」

・Instagramの運用
・サポート団体
・講座やコンサル募集
・支援サイトなど

たぶん8月後半から10月くらいまで、こういった投稿が多かったはず。公開したら誰が見るかも分からないのに、そんなことは気にせずに、思うがままに書いて動いて作った。当然、うまくいってないこともあれば、実現していないものもある。でもそれでも良くて、とにかく「今動かないと」って気持ちが、何か一つが理由ではなくて、なんか本能的に**「現状を変えろ！」**って。そこから動いた結果で、良い方向にいったこともあるし、僕自身も変わったし、SNS投稿なども変わってきた。

「今は自分の使命とかやりたいことを広げる」

今年4月…「根治は難しい」「延命治療」って言われて、7ヶ月。最初は、自分のことだけを考えていたけど、今は、数は少ないけれども、「他人の勇気」になっていることが嬉しいし、それが「俺の勇気」にもなっている。**生きているうち、生かされているうちにしか、「悩むこと」も、「許すこと」も、「動くこと」も、「助けること」も、できない。**

あなたはどう生きますか？

あなたが生きてる理由は何ですか？

会った時に教えてくださいね。

2023/12/07熊谷翼

(lit.link「熊谷翼／がんサバイバー」(リットリンク)
https://lit.link/kumagaitasuku)

233／分子標的薬（阻害薬）は効いています！

（2023年12月8日 21時55分）

2023年12月8日(金) がん告知から233日目 ※1488文字

こんばんは。

隣からも足元からも、稲妻や嵐のようなイビキに襲われ寝不足です。(手術後は更に大きくなるのかな?・)

【中止】分子標的薬は副作用により2回目で中止。(BRAF遺伝子変異阻害薬)

(YouTube「【近況】分子標的薬(化学療法)→中止／眼障害副作用／BRAF遺伝子変異阻害薬」
https://www.youtube.com/watch?v=wOsd55GpB_0)

さて、本日も近況報告をしていきたいと思います。よろしくお願いします。

▼今日はまずまずの調子でした

阻害薬(分子標的薬)を、昨日の昼から中止をしました。やはり阻害薬を止めると、目の障害も和らぎますね。寝不足はあるものの、体調はまずまず良い一日でした。(なんで病院だと血圧安定してるのだろうか)規則的なスケジュールと、他人の目や、音や光…こういったものも、身体の自制をしているんだと思います。

#帰ったらめっちゃ疲れるやつ

以前あった「膀胱炎」は現れなくなりましたが、「腹水」はある程度は仕方ないのでしょうね。
※生活に支障がなければ。
※クエン酸＋重曹＋酵素をサボらず飲もう！

今回の入院では、医療用着圧ソックスも履いています。
※血栓予防と浮腫対策に
「結構キツイ」とも言われたけど、脱ぎ履きする時はキツイけど、着けている時は何ともなかったから、引き続き美脚を目指そう。

#何のための着圧ソックス

あとは…右足の皮膚は、軟膏塗ってガーゼをつけて、良くなってきました。痛みと膿が引いて良かったです。顔はボツボツになりました…(涙)

▼従兄弟が僕のネックレスとインドへ

従兄弟が、僕がいつも着けているネックレスを着けて、インドのガンジス川へ。沐浴と祈りを捧げてくれました。ありがたいです。みんながそれぞれの形で応援してくれるのが嬉しい。

▼今後の予定

今回2回目の分子標的薬治療(阻害薬)でも、副作用が出たため途中中止となりました。翌週には眼科受診(以前と同様)をして、その結果をもとに、翌々週に分子標的薬治療を再開。

※3剤→2剤に変更するなどの調整あり。
＋皮膚科で右足診察
あ！言い忘れていましたが…【分子標的薬（阻害薬）治療は、効いてます】
※治療後の肝臓数値が改善

だから、この治療はなんとか粘りたい。

あとは…がんそのものより、副作用への対処が日常でも治療でも増えてきました。

一般的に検討がつく、吐き気やダルさ以外にも、細くて個人差が大きい副作用…「副作用だらけだから化学療法は良くない」って意見も分かるけど、自分で選んだから、まずは《年越し》を目指して頑張ろう！

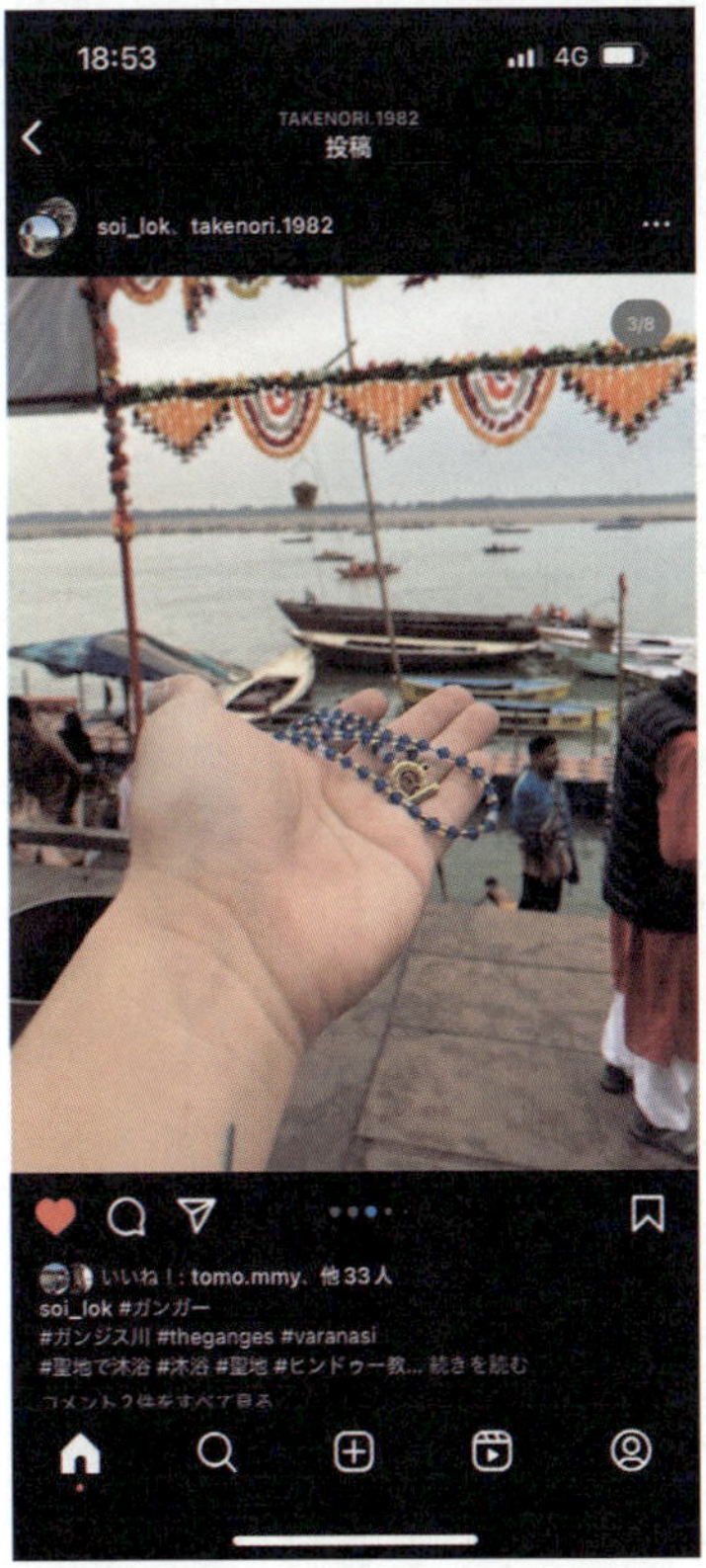

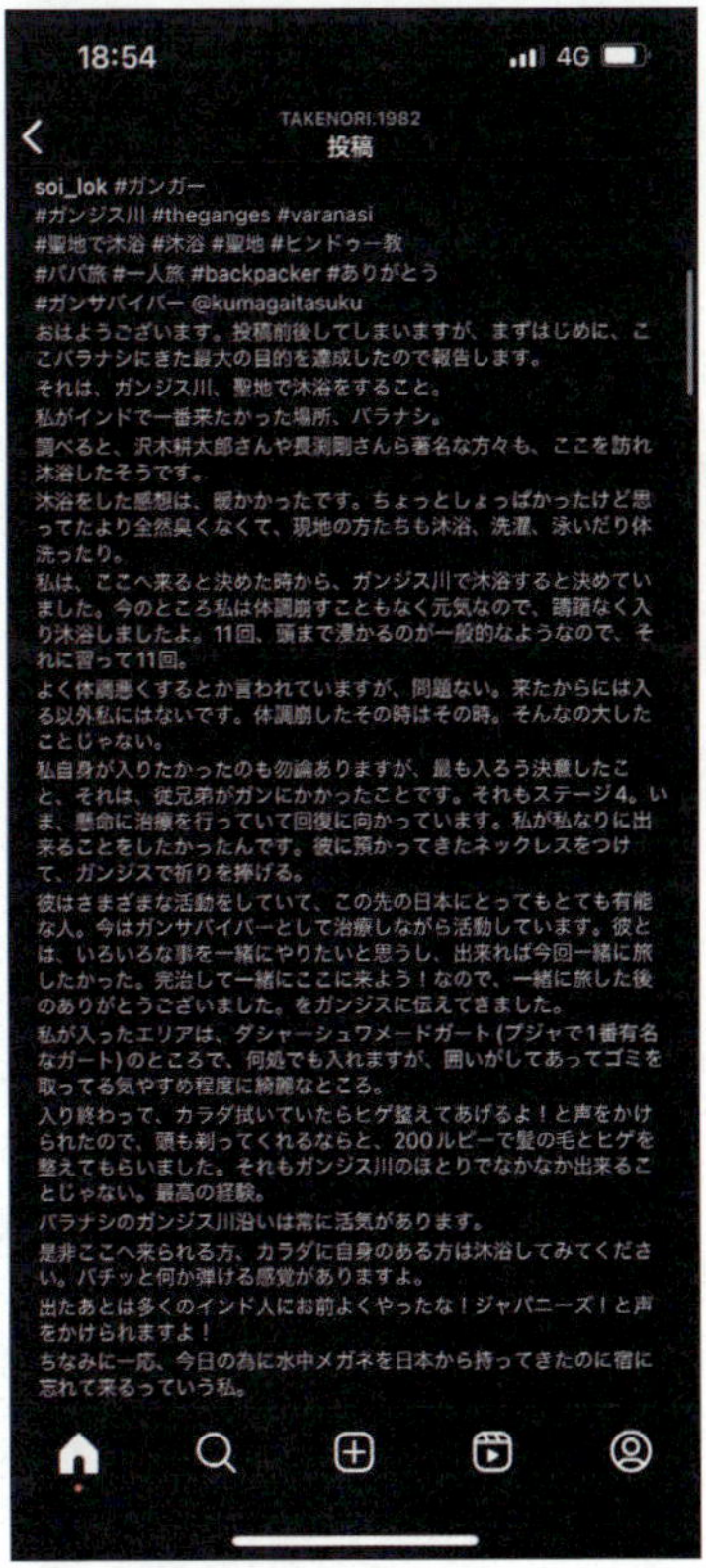

みんながそれぞれの形で応援してくれるのが嬉しい。

新しい年になったら、また強くれそう。(厄年だけど)
2023/12/08熊谷翼

がん告知から3日目の動画。
(YouTube(「あの時はごめん!」/がん告知から3日目/大腸がん/ステージ4/多発肝転移)
https://www.youtube.com/watch?v=I0RdHUZGYJI)
Amazonリスト支援
※購入していただくと僕の自宅に届きます。
(Amazon「ほしい物リストを一緒に編集しましょう」
https://www.amazon.co.jp/hz/wishlist/ls/3FUBFS89TMKS3?ref_=wl_share)
延べ60名以上の支援、ありがとうございます。
◆SNSでのコメント、メッセージ。支援、寄付、心より感謝しています。ありがとうございます!

234/退院しました

(2023年12月10日19時25分)

2023年12月9日(土)　がん告知から234日目　※385文字

こんばんは。

本日の投稿は翌日(12/10)に書いております。ご了承ください。早速本題に入ります。

▼退院しました
分子標的薬治療(阻害薬)が中止となり、大きな副作用もなかったため、退院をすることができました。いつもは退院となると、気持ちも身体も上向きになるのですが、退院日の前夜は、ほかの患者さんの影響で、(あまりに気持ち悪いので伏せます)寝不足だけではなく気持ち悪さがあって、退院当日も体調はイマイチでした…。

迎えをしてくれた母と昼食を摂り、あとは真っ直ぐ自宅へ。そこから、ずっと休んでいました。

夜もずっと気持ち悪い出来事に囚われ、数時間に一度のペースで目が覚め、やっと身体を休められたと思います。どんな出来事だったかは…あとでthreadsに書きます。

(Threads「熊谷翼/がんサバイバー/0年目/ヘルプマーク普及」https://www.threads.net/@kumagaitasuku)

2023/12/09熊谷翼

👉熊谷翼リンクまとめはこちらから
(lit.link「熊谷翼/がんサバイバー」(リットリンク))
https://lit.link/kumagaitasuku)

235／『年は越したい』って思ってた（2023年12月10日 20時48分）

2023年12月10日（日）　がん告知から235日目　※1662文字

こんばんは。
やっと?というか、ちゃんと眠れました。ただ…息切れがあって動けてもすぐにバテてしまって、ダンボール1個潰しただけで息切れ。酸素も少なくなっているのかも。ってことで、近況報告をしていきますね。

▼近況報告

（Instagram「熊谷翼 @kumagaitasuku・Instagram 写真と動画」https://instagram.com/kumagaitasuku/）

【退院】12月9日に退院しました。寝不足と体力低下で、退院してからはほぼ横になっていました。今回も「分子標的薬（阻害薬）」の副作用で、眼の瞳孔に水が溜まり、治療は中止。（今週検査）スムーズにいかない〝もどかしさ〟や、副作用による身体の〝変化〟や〝低下〟もあって、今までより、心身ともに疲れやすくなっていますが、ここを乗り越えていきます。

2023/12/09熊谷翼 Instagram より

退院時は気持ち悪い出来事で、疲れていたんですが、帰宅後も、以前と同じか?少し低下しているか?といったところです。腹水や副作用の影響もあるかもしれませんが、酸素量の低下もありそうな気がしています。入院時に酸素飽和度が低かったんですよね。看護師がその情報を共有していたかは疑問ですが、数日低かったので、その原因も確認しておきたいところですね。

※次回入院時にどうなっているか
※酸素飽和度を測る機械もAmazonリストへ入れました
呼吸が楽になれば、『身体も動かしやすくはなるのになぁ』

◆眼障害
だいぶ良いので薬をやめると、水も引くようです。

◆手足
これは相変わらず。寒くなってきて足の冷たいのが余計に痛くなってきましたね。

ずっと雪の中に足を入れている感じ…

◆腹水

これも変わらずですね。張りやすくなったので、全然食べられなくなりました。（寿司8貫で限界）

◆皮膚障害

顔は次から次とニキビができて潰れて…右足親指は軟膏つけて少しずつ改善。

◆高血圧

最近は血圧が安定してて高いことは少なくなりました。薬の影響か?何かは分からないです。

▼気分転換

治療が理想的に進まない状況と、現状ある副作用と、新しい副作用で、何とも言えない気持ちになったりして…そんな時はスマホからも離れて、最近成長してきた緑をみたり、ボーッと身体を休めたり。身体が思うように動くなら、散歩をしたり出かけたりもできるけど、それもなかなか難しい。気分転換ができないってのも、またしんどかったりしますね…仕事に行ったり遊びに行ったりが、気持ちの切り替えになっていたけど、今はベッドから起き上がる時が、仕事に行く時の「よし!行くか!」になっている。

▼最後に…

また、新しい1週間の始まり。あと20日で年末か…告知された時に、**『まずは年を越そう』**って、自分で目標を決めて。

「お節をお腹いっぱい食べる」は、（お腹が張って）難しそうだけど、あともう少し。年越しの後の目標は、**【4月20日】**1周年記念!その次は、**【7月4日】**誕生日!目的は、伝え届けること。目標は、生きること。

生きてさえいればなんとかなる。

2023/12/10熊谷翼

◆SNSでのコメント、メッセージ。支援、寄付、心より感謝しています。ありがとうございます!

236／息切れ動悸腹部圧迫

（2023年12月11日 21時20分）

2023年12月11日(月) がん告知から236日目 ※605文字

こんばんは。

早速、近況報告に入ります。

▼**急遽、受診してきました**

今日の朝方、3時、5時に目が覚めてトイレへ。息切れは普段からあり、先週の入院時は酸素飽和度［90〜92］で、息切れしやすいのは分かっていましたが、朝方はそんな感じではなくて、過換気(過呼吸)症候群になりそうで、呼吸は浅く短くなるけど、深呼吸をしたりして退避するくらいで。息切れが酷くなると、過呼吸になりそうなくらいで、それが3時と5時に。意識を変えようとYouTubeやInstagramをみて、6時くらいに寝落ち。

　そのあと8時の薬を飲む時には、両脇腹痛と胃の圧迫感。腹水の影響かな?(呼吸も)と思っていたけど、痛み止めを飲んでも治らずに、昼前に受診。血液検査、レントゲン検査、点滴をして終了。
※検査結果は異常なしで安心
　利尿剤の追加と、点滴でも使用した〝なんとか〟って薬を錠剤で。(名前ど忘れ)レントゲンで、肺もお腹も異常なかったのが安心材料。おそらく、腹水からの圧迫、大腸・肝臓の炎症かな?でした。次は眼科受診(系列病院)ですが、その時も同じ点滴をしてくれるそうです。
※担当医が眼科受診日に眼科検査の病院勤務だそうで(ラッキー)
　点滴終わって18時頃に帰宅。

呼吸も体の調子も良いです。

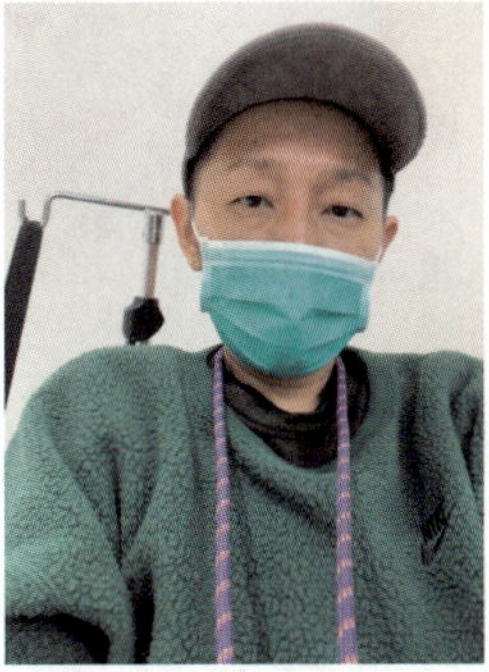
院内は車いすで

明日もこの調子でお願いします!

2023/12/11熊谷翼

☜熊谷翼リンクまとめはこちらから
(lit.link「熊谷翼/がんサバイバー」(リットリンク)
https://lit.link/kumagaitasuku)

237/僕の1日の過ごし方、症状の現れ方

(2023年12月14日 01時14分)

2023年12月12日　※今回より曜日入力は省略致します。
がん告知から237日目　※3639文字

こんばんは。

　昨日の点滴と薬の追加もあって、今日は比較的、調子良く過ごせました。調子良くとは言っても、**「いつもより動けた」**程度です。今日はそんなことと言うか、**「熊谷翼　がん」**という今の状況を、〝他人〟として、〝仕事関係者〟として、〝知人〟として、〝フォロワー〟として、客観的に見たら、**「まだまだ元気そうじゃん」「一日中休めて良いなぁ」「支援してもらってズルいなぁ」**って思うこと(思われること)はあるだろうなぁ…と思ったので、(それを批判するとか言いくるめるとかではなくて!!)

　最近の一日(主症状・副作用も含めて)を、どう過ごしているかについて書いていきます。

▼みわさんのnoteでも副作用について詳しく書かれたいますので、参考に読んでみて欲しいです。
(note 記事紹介「変化🍀」)
→投稿が参考になりましたら「スキ(いいね)」を押して欲しいです。その少しのことが当事者(発信者)の励みと勇気になりますから。

では、本題へ。

▼時系列で書き殴りますね(殴るなw)
※自分が整理しやすいように、21時スタートから始めます。箇条書きで「。」は無しです。ご理解よろしくお願いします。
※不調の時には記載していることは、ほとんどできなくなり横になるか受診するかです。

《21時~》
・ベッドへ(頭を高くして)
・持ち運び用酸素、体温計、痛み止めなど必要品のセット
・SNSやLINEの確認(家族や急ぎのみ)
・その後にnote作成
[いつもの症状(以下、いつも)]
・手の痺れと冷感刺激(スマホタッチも冷たくて痛い。手袋は1日中着用)
・腹部の圧迫感があるので、すぐには仰向けになれないので頭を高くする
・足は靴下を履いていても冷たく、冷感刺激や痺れがある
・現在はエアコン18度設定。それ以上で発汗。
・息切れ(階段上がるだけで)
[時々ある症状(以下、時々)]
・右脇腹へのチクチクとした痛み(3を超えたらオキノーム(医療麻薬)を服用しています)
※数値は後に説明あり
・発熱(37.2~38.0くらい。汗をかけば引きます)

数値評価スケール:NRS(Numeric Rating Scale)
　痛みを「0:痛みなし」から「10:これ以上ない痛み(これまで経験した一番強い痛み)」までの11段階に分け、痛みの程度を数字で選択する方法です。国際的に痛みの評価ツールとして合意されているスケールで、痛みの変化を調べるために用いられています。

《22~24時》
・noteを書いたらスマホ終了
・エアコンはその日により付けてたり消したり
・就寝(頭を低くして)
[いつも]
・手足の痺れ
・腕の痺れ(同じ形でスマホを使っているから)
・横向き、寝返りは軽く左向きのみ(右は肝臓を圧迫して痛みが出るため。最近は左も痛くなったりするので、ほぼ仰向けです)
・寝落ちできるかは不明です
・口の中がカピカピになります(利尿剤の影響です。枕元に

水を置いてます。加湿はしっかりやっています）

［時々］

・発熱（38・0くらいまで）

・右の肩や背中な痛み（肝臓の影響）

・数日前は胃の圧迫感と動悸あり

《1～3時》

・目が覚めてトイレへ行くこともある

［いつも］

・手足の痺れと冷感刺激

・トイレの行き来で息切れ

［時々］

・目が冴えて、手足が冷えて、下腹部痛がきて、寝落ちできなくなる（そのときは諦め）

・数日前は息切れ動悸が酷くなり過呼吸気味に（対処して落ち着いたから休んで、5時頃に同じ症状。そのあとやっと眠れた）

《4～5時》

・3時頃までにトイレ行かなければトイレで目覚める

・室内暖房を付ける

［いつも］

・手足の痺れ（パンツのゴムさえ触れると痛い）

・息切れ

・口はカピカピ

・このあと寝れるかは不明

［時々］

・腹部の圧迫や痛み（3でオキノーム服用）

《6～9時》

・体温、血圧測定

・ヨーグルトかバナナを食べて朝の薬内服

・ＳＮＳ、LINE の確認（家族と急用のみ）

・薬が効くまではベッドで休む

［いつも］

・手足の痺れ（薬の紙袋すら痛い）

・鼻血

・高血圧の時には起き上がるのがやっとなので、その時はベッド上で栄養ゼリーと薬服用

・腹部の圧迫感

・口カピカピ

・ニキビからの出血

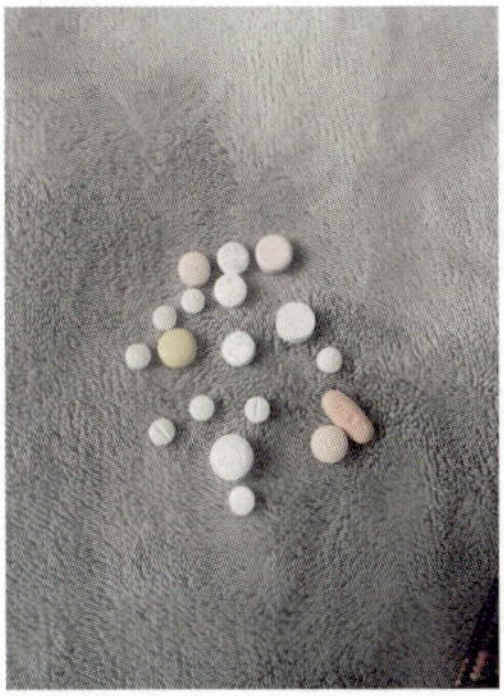

今朝の薬。これにミヤＢＭ（粉薬）

［時々］
・左右の脇腹痛（痛みが3の時はアレで）
・排泄後の下腹部痛、切れ痔からの出血
・便秘
《10時～12時》
・朝食薬が効いていたら、1階ソファへ
・朝食薬が効いていない場合は、ベッドで休む
・洗顔、薬塗布
・スマホを使えそうなら、SNSコメントやLINEの返信
・可能であれば読書、不可なら音声学習
※入退院時期や受診日、急変以外のSNS投稿は、基本的に8：30～17：30はしない。
仕事休ませてもらっていますからね。ご配慮ありがとうございます。
［いつも］
・手足の痺れ、冷感刺激（これはもうずっと）
・腕、太ももの痺れ
・筋力、体力低下
・腹部圧迫感（腹水）のため30分以上は、ちゃんと座っていられないので半座位（ファーラー位）へ
（補足）

21時からベッドに入った時に頭を上げる姿勢は、セミファーラー位です。（講師か!!）
※大きな違いは頭部の角度ですね。

・ソファではギリギリ70度くらいなので、普段は、ソファ近くの仮眠エリアで、クッションを使って、ファーラーにして過ごしています。
・身体を動かして何かをすることは、午前中はほぼ難しいです
・口腔の乾燥
・右脇腹痛
［時々］
・高血圧が続く時は、頭痛、怠さ、めまい
・排泄後の下腹部痛、切れ痔による出血
・便秘
《13～15時》
※この時間が1番身体が動きやすくなります。
・昼食、昼食後薬
・掃除・洗い物等の身の回りの家事（できて30分くらい）
・買い物（車なら2、3キロ以内、徒歩5分以内）
・PCなどの作業（30分ほど）
・ファーラーorソファで休みながら返信など
［いつも］
・手足はいつも通りです
・連続で動けるのは10分くらい（息切れ）
・昼食をしっかり摂った時はお腹の張りがあり動くのは不可（ご飯量は半分or少なめ）
・排泄後、切れ痔からの出血

[時々]
・高血圧や腹部圧迫感などにより、起き上がれない日もある
・頭痛、腰痛
・寒さや天候不良による身体のだるさ
・咽せる
《16～18時》
・前の時間帯でできなかったことで可能なこと
・寝室、浴室の使用準備
・SNS投稿や返信
・夕食(昼に摂れていない時はしっかりと。昼に摂れている時は、腹部圧迫感があるので様子を見て軽めに)
・夕食後薬
・その後はファーラー位で腹部の圧迫を避ける
[いつも]
・手足の痺れ、冷感刺激
・口腔乾燥
・息切れ
・夜間の電光や店の明るさが眩しすぎる
・脇腹、背部痛
・身体のだるさ
[時々]
《19～20時》
・入浴、歯磨き(ダルい時は入浴無し)
・足、顔の軟膏塗布
・20時薬内服
・夜間急な痛み止め薬準備
・SNSやLINE確認、返信(可能な分)
・寝る準備ができたら寝室へ(21時～に繋がる)
[いつも]
・手足の痺れ、冷感刺激
・息切れ
[時々]
・動悸
・腹部圧迫感
・腰痛
《21時～に戻る》

▼がん患者の生活を知ってもらえれば嬉しいです

あくまでも、体調が良い(比較的動ける)時に、やってることと、症状です。思いつき(思い出し)で書いているので、抜けていることもあると思います。

例えば、
・かなり声が出にくくなっていたり、
・皮膚が爪に食い込んでいたり、
・腹水が大きくなっていたり、
・足の浮腫みが酷くなっていたり、
・足の裏が痺れて黒く変色していたり、
・胸や腕、肩の筋肉がほぼ落ちていたり、
・視界が盛り上がって見えたり…

これは、現在進行形で進んだり落ち着いたりなので、全ての時間帯の［いつも・時々］に該当します。YouTube の投稿などは、その日の心身のタイミングで撮っているので、あえて書いてないこともあります。**これは、自慢するものでも誰から批判する為でもなく事実として書いたものです。**

もちろん、不調の日はこれら全ては行わずに休んでいますし、調子が良い日は、散歩など日々できない小さな範囲での行動もします。

仕事復帰をするためには、最低でも半日は仕事ができる体力が必要だと思っています。（現在は在宅ＰＣでできることを、体調を見ながら進めています）

※改めて感謝です

主症状や副作用は、個人差があります。眼の障害が出る人もいれば、脱毛する人もいます。それぞれが多種多様な症状を抱えながら、そして「先の見えない不安」も常に抱えながら。

僕は当事者になるまでは、そこまで「細かく」症状などを理解していませんでした。仕事を「するか」「しないか」だけで、その背景までも理解をしてあげられなかった。（聞きにくいってこともあったけど）ですので、今回は何かの参考になればと思い、２日かけて書き上げました。一筆書きではないため、途中途中の言葉の変化や繋がりがおかしいところもあると思いますが、そこは大目に見ていただきたいです。

最後まで読んでいただき、ありがとうございました。

2023/12/12熊谷翼

２３８／眼科受診と今後のスケジュール

（２０２３年12月14日 02時42分）

２０２３年12月13日　がん告知から２３８日目　※１８１６文字

ってことで、今日は一睡もせず（できず）今です。不思議な感じで、眠いけど寝なくても良いといったところ。けれども睡眠は大切なので、今日の近況報告をして休みたいと思います。

▼検査と点滴とこれから

今日は朝から眼科受診。眼科の検査は、入院をしている大学病院の別エリア病院へ。（移動が入院の倍かかります）

（「２３２／阻害薬中止になりました。」P.524参照）

分子標的薬治療（ＢＲＡＦ遺伝子変異阻害薬治療）は、副作用の（可能性が高い）眼障害が毎回あり、毎回中止。今回の検査も過去と同様に検査をし、「網膜に水が溜まっている（今は

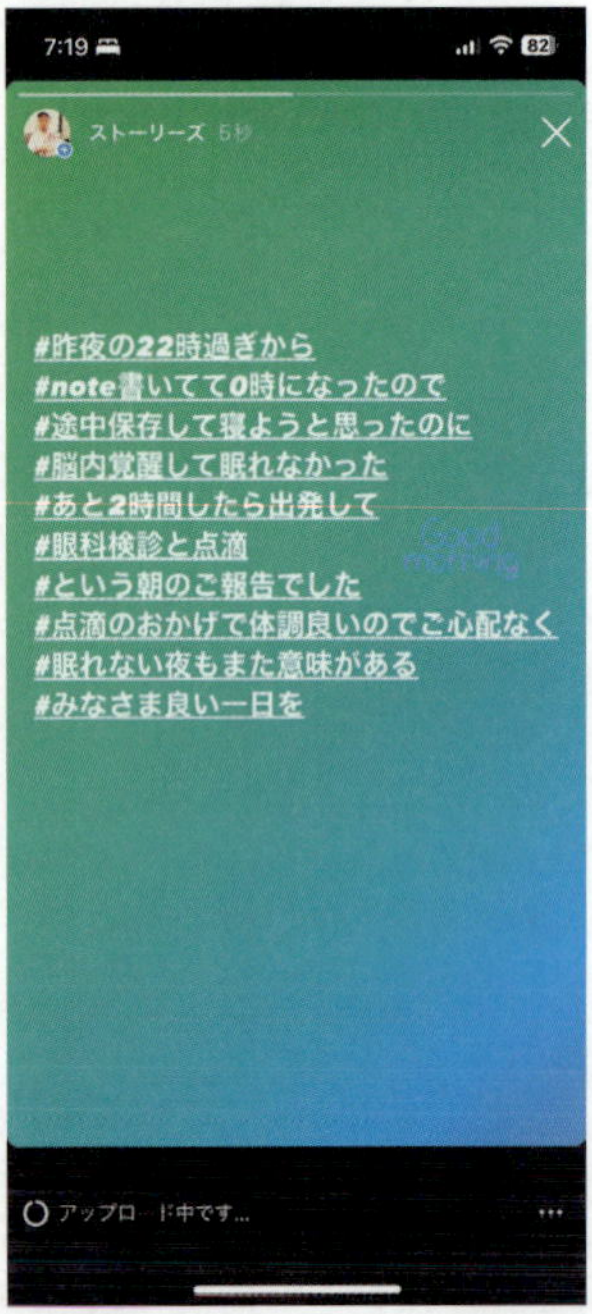

Instagram から

ほぼ抜けている)」でした。結論としては…阻害薬を使えば網膜に水が溜まる。(全員に出る障害ではない)ただし、本来の治療目的は、「阻害薬を使用した化学療法」なので、(現時点、数値的にも阻害薬は有効性が高いです)阻害薬を用量や間隔を検討しながら使用し、副作用(眼障害など)が出たら都度検査。検査を繰り返して改善が見られたら、再検討調整をした阻害薬治療。

それを繰り返していくのが「現状のベスト」とのことでした。

※視力などの他検査は全て正常値

僕の意見も「全く同意」なので、今はコレで進めるのがベストと思っています。阻害薬の投与(服用)量が減っても、効果があるなら少しでも使いたい。阻害薬治療の間隔が空いても、効果があるなら使い続けたい。それだけ。告知された時は「延命治療」と言われたし、状況を冷静に考えれば納得もした。(介護講師をしていなければ違ったかも)

けれど今は、可能性があるなら根治(寛解)したい。それは、自分の命を延ばしたいことはもちろん、〝がん〟になってからの学びを伝えきれていない。(というか、まだまだここからの話し)

〝がん〟になったことで「使命(ミッション)」が生まれた。

Ⅰ《使命・行動・自己啓発》

「命を燃やす〝生き方〟と〝在り方〟」

Ⅱ《メンタルマネジメント》

「がんに〝感謝〟ができるようになったメンタルの保ち方」

Ⅲ《福祉普及啓発》

「がん当事者の〝経験〟と〝ヘルプマーク〟」

講演内容

内容や言葉は変われど、新しい自分の役割に燃えている自分がいる。だから「生きたいし、生きる」5年後、10年後の先ではなくて、1日、1ヶ月、1年を積み重ねていく。12日の夜は、そんなことをずっと考えていたら朝になり、翌日の今日も眠気は無し。検査のことよりも、「使命」をどのように伝播させていくか?これだけをずっと何十時間も考えていた。

そのことはまた別の投稿で。話を戻して、治療のこと。

▼今後の予定

次は来週18日から、入院をしての分子標的薬治療3回目。化学療法は16回目。

(「237/僕の1日の過ごし方、症状の現れ方」P.531参照)

副作用は確かに辛い。副作用が辛くて、化学療法を辞める芸能人もいるほどだ。その気持ちは分かる。今の状態より治療前の昔の自分が良いから。化学療法の抗がん剤治療は、良い細胞も悪い細胞も全て焼き払う。やらない方が身体には絶対的に良い。(分子標的薬治療は癌細胞のみが標的)

けれども…僕は黙っていたら死ぬ。周りの人よりも早く死ぬ。しかもBRAF遺伝子変異で癌は無秩序に増え続ける。死にたくないなら「延命治療」延命なのにリスクをとって、副作用も乗り越える意地と覚悟を持って、実際にその状況で

久しぶりのリボン

目線逸らすとブレない

踏ん張って命を延ばす。60歳まで生きたのなら、身体に無理をかけて治療をしなくても、あとは流れに身をまかしても良いと思う。

けれど僕は40歳。まだまだ人生はこれから。使命も恩返しも果たさないと死ねない。60歳まで使命と恩返し。そのためにも、この分子標的薬治療を続けて、可能性を1％から2％に積み重ねて、必ず寛解する。そのための3回目。16回もの化学療法に耐えた身体に感謝しつつ、まだまだこれからと鞭を打って。来週からまた行ってきます。退院日は未定です。スケジュール的には、18日に治療だと次回は【1月1日予定】!?

病院的には無しだろうけど、僕的にも無しだ（笑）。おせちと餅！治療はその後にしてほしい。

※できたらビール1本くらいは免じてほしい（笑）

※年末年始の話が出たら直接交渉だ！

あ…。今日の検査後には点滴を行いました。肝臓系のと、リンデロン？みたいなのと、高濃度ビタミン。おかげで、息切れも緩和されて楽です。

おやすみなさい。

今日は寝る！

2023/12/13熊谷翼

（『「IWATE DOWN」が着たい！』P.494参照）

→

明日届く予定です！！

支援してくださった皆様ありがとうございました！

239／良い1日&治療費（高額療養費制度）

（2023年12月15日 03時43分）

2023年12月14日　がん告知から239日目　※4358文字

こんばんは。

昨日は、検査と点滴後に実家へ。何も変わらない場所だけど、すごくリラックスできた。良一、ヒサ、サラ、リボンもありがとう!

「岩手ダウン」#iwatedown本日届きました! ご支援いただきありがとうございました!

※ほぼ自分のお財布からですから誤解はやめてくださいね。

さてと今日は、「近況報告と思ったこと」を、まったりと書いて寝たいと思います。

※書く前にamazonで買い物をしてしまい、時間が遅くなりました。（最近は足の浮腫対策）

それでは、よろしくお願いします。

今日のお昼のリボン

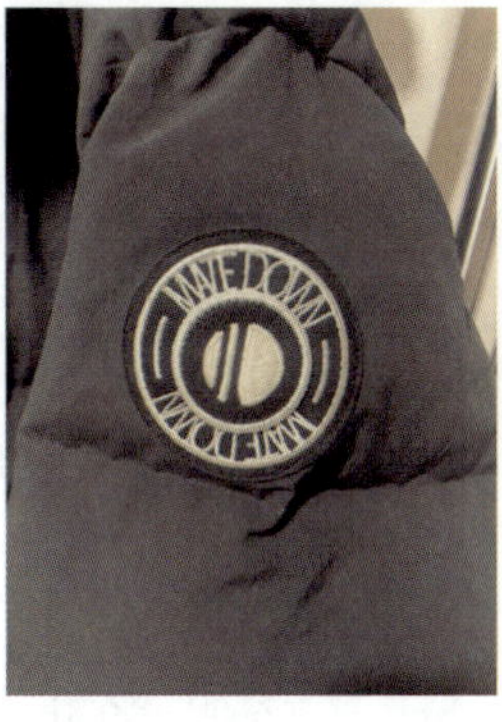

IWATE DOWN

▼会社に行ってきました

今日は、会社にも顔を出せました。会社に行くなら、『半日くらいは仕事できないと』と、思っているので、そのための体力をつけないと!って今でも思っているのですが…（仕事へのプライド?）

今日は、母親の方から「会社へのお礼（挨拶）」に行くことを聞いていたので、それなら一緒に顔を出そうと。（仕事スタンスではない）

『そんなの気にしないよ』『顔だけでも出して』と、言われましたが（感謝!!）

僕の中では、やっぱ仕事は「半端にしたくない節」があるので、行くからには最低限の仕事はしたい。手を抜きたくはないので、早く復帰できるように頑張ります!

※仕事人間なんだな。というか役割が欲しいんだな、きっと。

話を戻して…母親と会社に行きまして…社長も出勤スタッフも出てきてくれて、行って良かったです。みんな元気そうだったし、雰囲気が良くなってる感じでした。(俺がいないから?笑)ニキビ面で、血色の悪い顔を見せるのは、恥ずかしい気もしたけど、行けて良かった!ありがとうございました!

※必ず戻ります!バキバキの状態で(笑)

この短パンがピチピチになると思います

▼いま思うこととお金のこと

今は車の運転は、近距離以外はしていないので、今日は母親の運転で、母親の話しを聞く役。ふと、考えると、こうやって2人で話をゆっくりする時間も、愚痴や思いを聞くことも、40年間してこなかったなぁと思うと、〝こういう時間〟も必要だったんですね。仕事や時間やプライベートを優先し過ぎて、必要なことだけ話して、今までは無駄と思えた時間(話)も、「大切な時間」なんだなぁと。

※ただし話が止まらないのよね〜、母ちゃんは(笑)。

11月には、母と妹の誕生日だったけど、僕の不調により誕生会は延期していて、今回は誕生日とクリスマス兼ねてのプレゼントも渡せました。父はクリスマスが誕生日なので父にも。あとは妹にですね!

#熊谷家は家族の誕生会が毎年あります

#企画運営はほぼ妹

ゆっくり休めたのも、プレゼントを渡せたのも、音楽番組観て歌ったら声出ないし音痴過ぎたのも、すごい特別なことではないけど、なんか昨日今日は、すごくリラックスできて、心がリセット?洗われた?そんな感覚でした。(初めての感じで不思議)

最近は、利尿剤の用量も少し増やしましたが、腹水が溜まっているのが現実で、それが足にも広がってきました。僕の唯一の売りだった、「足首の綺麗さ」は失われました(笑)ちなみに、「腕、胸周り」の筋肉や脂肪も消失しました。お風呂上がりから、「足 浮腫」で検索をして、amazonで買い物をしていました。気候や症状に合わせて、こういった浮腫み対策や、それこそ服も(締め付けとか入院用とか)細かいグッズとかも含め、この症状の時だけかもしれない、治ったら使わなくなるものも、今必要なものを、探したり買ったり…症状対策を細やかにしていくと、正直お金はかかるってのが、当事者の本音だと思います。

※他にもサプリとか食品とかね

目には見えないというか、その時にならないと気付かないこと、たくさんあるなぁと思いました。そして、**こういった【お金】のことなどは、noteを書いている当事者でも、ほぼ書いていない。**だから、その立場に身を置かないと、気付かないことが山ほどありました。（だから書いているってこともあります）普通なら隠したいですよ（笑）僕は、友人や応援者さんに恵まれていて、たくさんの支援をいただいています。とても助かっています。ぶっちゃけ…これ自分だけだったら、**【ここまで細やかにできない】**です。こだわればキリが無いですが、**「あれば助かる」レベル**でもまぁまぁ。

※僕の場合は、
「あったら助かって嬉しいモノ」を、amazonリストへ入れています。

#応援者は神様です
#最近は浮腫対策増やしました
#たまにリラックスや面白そうなのを入れたり

（Amazon**「ほしい物リストを一緒に編集しましょう」**
https://www.amazon.co.jp/hz/wishlist/ls/3FUBFS89TMKS3?ref_=wl_share）

すぐに必要なモノは当たり前ですけど自分で。僕の場合は、生活必需品＋症状対策（治療以外）で毎月1～3万円ですかね。秋冬は寒さ対策で増えましたし、腹水や浮腫の症状対策でも10、11月より使いました。気候が変わると増えますし、僕の場合、トイレットペーパーの消費がかなり増えました。（参考になるかはさておき）ダブルの2倍巻き1ロールが2～3日で使い終わり。女性なら更に早いかも？ 拭いても出てきたり、シングルだと水っぽかったり出血で破けたり。あとは、不調時以外には毎日風呂には浸かりたいので、入浴剤やガス代もかかります。余裕がある人は関係ないですが、僕含めて平均レベルの収入であれば、生活費＋数万円はまぁまぁですよ…

これに、健康に配慮した食品や水となると、まぁ結構。そして、これらは短期間ではなくてマラソン状態。だから、**僕と同じ体験をしている当事者には言いたい。プライドを捨てて、恥を承知に、【支援を募りましょう】**そして、**その勇気を出して発信した内容を見た方は、ぜひ【支援をお願いします】**

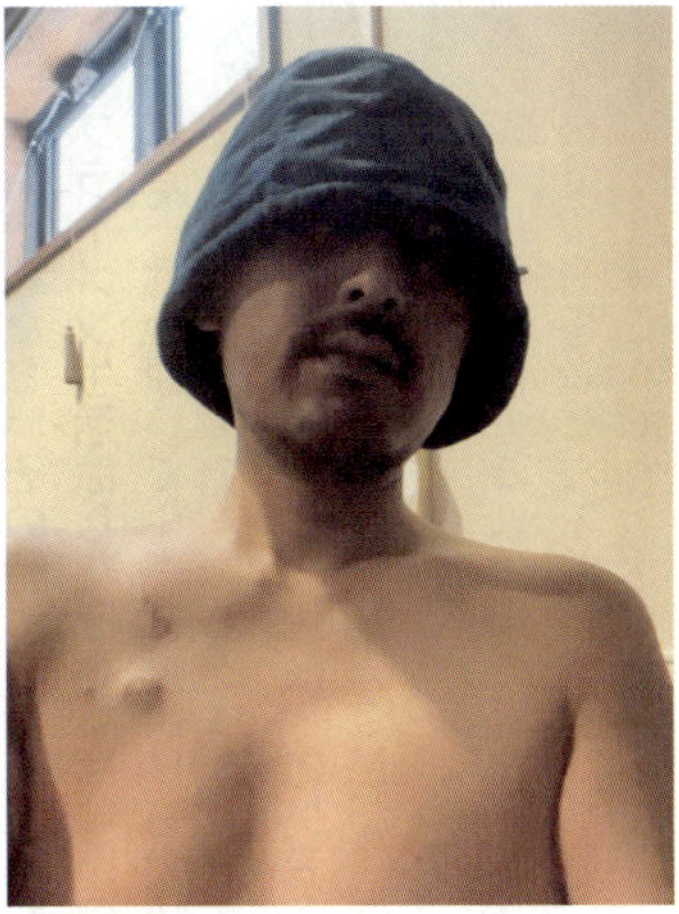

胸も腕も骨になりました

この足首はもう無いです

※応援をした人には、応援が返ってくると実体験からも絶対に思っています。
※僕もお気持ちですが応援・支援はしています。

僕自身への、支援や寄付はとても助かっています。下心丸出しで言うと、この投稿でまた「支援や寄付」が集まると良いなと思っています。

そして、**一番伝えたいのは「あなた」へ。**もっと言うと、友人、知人、仲間、この投稿を読んでくれた方、**もしも「自分」や「家族」が、僕と同じ状態になったことを想定してください。**そのことがやってくるかどうかは分かりませんが、がん罹漢率は50%です。

その時の想定や、そのための準備(保険、貯蓄など)を、簡単で良いので考えていて欲しいです。仕事は続けられるのかを確認する。ローン返済や休職手当を検討する。がん保険を調べる。高額療養費制度を調べる。貯蓄を考える。支援のお願いを考えるなど。**その時になって困って、治療をするのにカップラーメン生活はしたほしくはないので。**

それが一番の願いです。**お金よりも大切なものはあるけど、大切なものを守るためにお金(の知識や備え)は必要。**ぶっちゃけ僕の場合は、家族・保険・応援者からの支援がなければ、自力では今の状況は不可能でした。当事者になってからは、お金以外にも、「治療」「未来」などの不安も増えます。僕のように、薬による副作用の変化もあります。

なので、当事者になる前に、可能な限り心配材料は決して欲しいと思っています。

「がんは他人事の病気ではないよ」

2023/12/14熊谷翼

▼補足として

「がん保険」不要論もありますが、保険金や一時金に頼らなくても良い貯蓄があれば良いと思います。今日の後半に書いたお金のことは、治療費以外の想像しても気付かない部分です。高額療養費制度もありますが、平均値でいくと1~3ヶ月は約9万円、その後は約5万円が治療費です。※年3ヶ月は超えないと限度額の引き下げは適用されません(入院・外来・歯科はそれぞれ別)

簡単に言うと、「入院3ヶ月は毎月約9万円で以降は約5万円だけど、外来受診は入院費用とは別集計」です。これに、食費や個室代、病院着は別途でかかります。

(mhlw.go.jp より「高額療養費制度を利用される皆さまへ」

厚生労働省
https://www.mhlw.go.jp/stf/seisakunitsuite/bunya/kenkou_iryou/iryouhoken/juuyou/kougakuiryou/index.html)
僕の場合は、入院前の検査や手術があって(外来受診)4月と5月を合わせると上限9万円は超えしたが、別月だったので、4月は8万円(外来)、1万円(歯科受診＋診断書)5月は5万円(外来手術)、9万円(入院)でした。高額療養費制度の上限は、入院・外来・歯科は別々の上限になります。
平均値で生活費(食費含む)を除いた、治療費や関連した費用(症状対策や入院グッズなど)僕の状態(5月から隔週入院のがん患者)で、ざっくりの感覚で計算すると、
1ヶ月目…15万円
2ヶ月目…13万円
3ヶ月目…12万円
4ヶ月目…8万円(年3ヶ月の多数回適用として)
5ヶ月目〜7万円(毎月)
最初の6ヶ月で【62万円】あれば、治療に関するお金はクリアする。という計算です。
※年収により上限額は変わります。(平均値年収370〜770万円計算をしています)
僕はマイナンバーカードと保険証を紐付けしているので、医療事務さんが毎月ネットで上限を調べています。
※高額療養費制度で、今話している上限のことは、基本は還付となりますが(50万払って後で41万戻る)窓口負担を大きくしたくない時は、事前の申請書提出が必要です！
※マイナンバー紐付けると申請書は不要
→
このあたりは「がんの可能性」を知った、4月10日から勉強しましたが、知識として簡単にでも知っておくと良かったなぁと思ったので、書いていますが、〝その時の知識〟なので、ご自身で調べてくださいね。あとは、保険加入していたので、給付金なども確認しました。
※保険は免責期間があるので注意！
加入して6ヶ月以降の給付適用となります。(保険会社により違うかもしれないので確認を)あとは数十円〜数百円で「先進医療」の特約などもあるので、僕としてはオススメしておきたいです。
※先進医療1回100万×3回とかザラなので。
話をまとめると、
・僕の例だと最初の半年で、
「60〜70万円」くらいが治療費でかかる。
・治療関係で生活費などとは別。
・治療方針や内容により増減はする。
・その他に症状や季節により必要品が出てくる
以上です。

前にもこういった内容の投稿をしましたが、「お金」に関する質問が数件来ていたので、久しぶりに書きましたが、確実なのは自分で調べることです。

◆Amazonリスト支援◆
※購入していただくと僕の自宅に届きます。
(Amazon「ほしい物リストを一緒に編集しましょう」
https://www.amazon.co.jp/hz/wishlist/ls/3FUBFS89TMKS3?ref_=wl_share)
◆SNSでのコメント、メッセージ。支援、寄付、心より感謝しています。ありがとうございます!

240/自分で決められない人増えてませんか?(2023年12月15日 23時03分)

2023年12月15日　がん告知から240日目　※1463文字

こんばんは。

地元のソウルフード「福田パン」この前久しぶりに本店へ行ってから、すでにもう行きたいのですが…
※知らない方は調べてみてくださいね!
さて、今日は「結局、決めるのは自分」という、ごくごく当たり前のことを書きます。今日はサラッと書いて寝ます。
昨日は結構長くなったので m(_ _)m

▼「食べたら良いの?」

僕は、がんになる前から、「健康」や「美容」などには、少し気を遣っていたと思うんです。(説得力無いですが)尿検査をもとに算出された、不足栄養素のサプリを摂っていたり、ファスティングが良いと聞けばやってみたり、健康補助食品と分類されるけど、「○○に良い」とか、「効果がある」と聞けば、水でもサプリでもとりあえず試していました。美容に関することなども。

特に「健康」に関しては、『食事は3食』という意見もあれば、『必要な時に』という意見もあるし、『1~2食で』という意見もある。身体のメカニズム的に、12:00~20:00は消化時間だから、それ以外の時間に摂ると身体に負担がかかる。今の日本人は食べ過ぎて病気になっているから、デトックス(排出)も大事。(1日数時間でも)ファスティング(断食)をして、身体の残物や老廃物を出した方が良い。朝食べないとエネルギー源がないから、頭が働かなくなる。牛乳のカルシウムが良い。そのカルシウムは人間は分解できない。日本の教育や食事は、敗戦後に…結局答えは「どれ?」というほど、賛否両論、一長一短。問題(課題)や正論は書かれているけど、その逆の正論もあって、結局は「あとは自分で考えて決めてください」今はこういう世界(社会)戦になっていて、そして自分で選んだんだから、自分で責任を取ってくださいね。です。
※責任取れない人がクレーマーになったりXに投稿したりしてるけども…
「塩分を控えるのは良くないけど、良い塩を摂ろうね」「油は○○油はダメで、○○油が良いよ」知ってはいるけど高いし…ってこともあるし、ついつい美味しいから…ってことも

ある。アメリカでは、「マクドナルドに対して太り過ぎたのはマクドナルドのせい」って訴えてお金をもらった人がいたけど、

#確かマクドナルド

日本は訴訟社会でもないから、選んだ自分自己責任。友達が言ってた、ネットに書いてた、インフルエンサーが言ってた、広告に出てた、**果たしてそれで決めていいの？**って最近すごい思う。雑に聞こえるかもしれないけど、**自分で調べず、見聞きせず、知識も広げず、今持っている古い知識と、簡単に目に入った情報だけで、決めつけていいの？**そう思うことが増えてきた気がする。浅はかな情報だけで、響くキャッチコピーだけで、なんとなく周りもみんなそうだしってだけで、それが全てだと思うのは、違う。**自分が納得するまで調べて、「色んな意見があるけど、私はコレ！」って、決められる「強さ」と「しなやかさ」**が、あまりにも欠落していませんか？

最近、そんなことを結構感じています。まとまりがないですが、今夜はこんなところで…おやすみなさい。

2023/12/15熊谷翼

👉熊谷翼リンクまとめはこちらから
(lit.link「熊谷翼／がんサバイバー」(リットリンク))
https://lit.link/kumagaitasuku)
★当事者の方で「メンタル」や「費用」に悩んでいる方はDMくださいね。(無料)
※一人で悩んでも抜け出すのは大変です！
★講演やお話会(現在はオンラインのみ)の依頼相談もDMにてお受けいたします。
★いいね、コメント嬉しいです！
★「🔥」の絵文字コメント嬉しいです！
★シェア、寄付、支援嬉しいです！

241／来年はどんな年に？

(2023年12月16日22時32分)

2023年12月16日　がん告知から241日目　※975文字

こんばんは。

久しぶりに友人と会いました。今週水曜日あたりまでは、不調続きでしたが、そのあとからは少しずつ復調してます。前もっての予定でも、当日1時間前の調子で〝ごめんなさい〟をすることもある上で、それでも誘ってくれることは有難いですね。

『いつか会いましょう』『タイミング合えば』それは日時を決めないと叶わないですね。

▼今年もそろそろ終わり

いろんなところで聞かれる、「今年一年はどんな年でしたか？」そして、「来年の目標は？」どうでしょう？そろそろ考えている人も多いのでは？

僕の答えは、**「今年一年で人生の価値が変わりました」**「目

的は、生き方を伝える。目標は、認知拡大」そんなところかなぁと思います。noteやネットを見ると、「がん患者」として生きている人はたくさんいて、克服している人も、闘病している人も、情報発信をしている人も、たくさん。そんな姿を見て勇気をもらって、「よし!おれも!」となっているんですが…一年前はどうだったのか?となれば、がん患者さんの発信はほぼ見ていない。

芸能人のニュースくらいは目にしたのかな…くらいの記憶。池江璃花子選手かな…情報を見て、勇気をもらって、って記憶があるのは。結局は、(僕も)みんな自分のことが中心で、ネットとかで話題にならない限りは、スルーしてしまう。そして、訃報が届いて病気のことを知る。なんだかそれって寂しいし悲しいし、もし仮に僕が死んだとして、葬儀に来てもらっても、もうそれは何も無い。僕の考えや価値観が全てではないけど、「がんになっても諦めない」「在り方が生き方につながる」こういった生身の声を聞いて欲しい。その時に役立つかは分からないし、たぶん次の日には忘れるけど、いつか必ず思い出す日が来るわけで、「あ〜あの時に聞いてたことかぁ」って、手遅れにはしたくはないから、何度も何日も同じようなことでも、僕は発信を続ける。近い存在の人から、1人2人だけ話が広がれば、それだけで十分。

その輪を少しずつ広げるのが来年の目標。その目的は「生き方」を伝えること。

少しずつ広げていこう。

よし!来年も楽しくなりそうだ。

2023/12/16熊谷翼

Amazonリスト支援

※購入していただくと僕の自宅に届きます。

↓

クリスマスプレゼントっぽく単純に欲しい物も入れました♪

(Amazon「ほしい物リストを一緒に編集しましょう」
https://www.amazon.co.jp/hz/wishlist/ls/3FUBFS89TMKS3?ref_=wl_share)

242／明日から入院。化学療法16回目、分子標的薬治療3回目

（2023年12月18日 00時46分）

2023年12月17日がん告知から242日目　※1111文字

こんばんは。
今夜は、家族でご飯とイルミネーション。
※歩くのはしんどいので車椅子貸与
写真は後で、Instagram と threads へ投稿しますね。
(Instagram「熊谷翼 @kumagaitasuku・Instagram 写真と動画」
https://instagram.com/kumagaitasuku/)
(Threads「熊谷翼 (@kumagaitasuku)・Threads でもっと語ろう」https://www.threads.net/@kumagaitasuku/)

▼明日から入院治療

化学療法16回目分子標的薬治療3回目明日から入院をして治療始まります。今回の分子標的薬は、用量を少なくして行う予定で、あとは副作用などを確認しながらになると思います。

どうなるか?は、やってみないと分からないので、なんとも言えませんが、理想は、**副作用(眼障害)が酷くならず、毎日(点滴は毎週)分子標的薬が出来ると良い。(毎日飲み薬)**

身体の調子自体は良いけど、これ以上〝がん〟が増えないように、そして、浮腫み(腹水)が改善される。そうなると、少しずつ出来ることも活動量も増える。どうしても今は、息切れしやすく疲れやすくなって、横になる時間が長くなって、

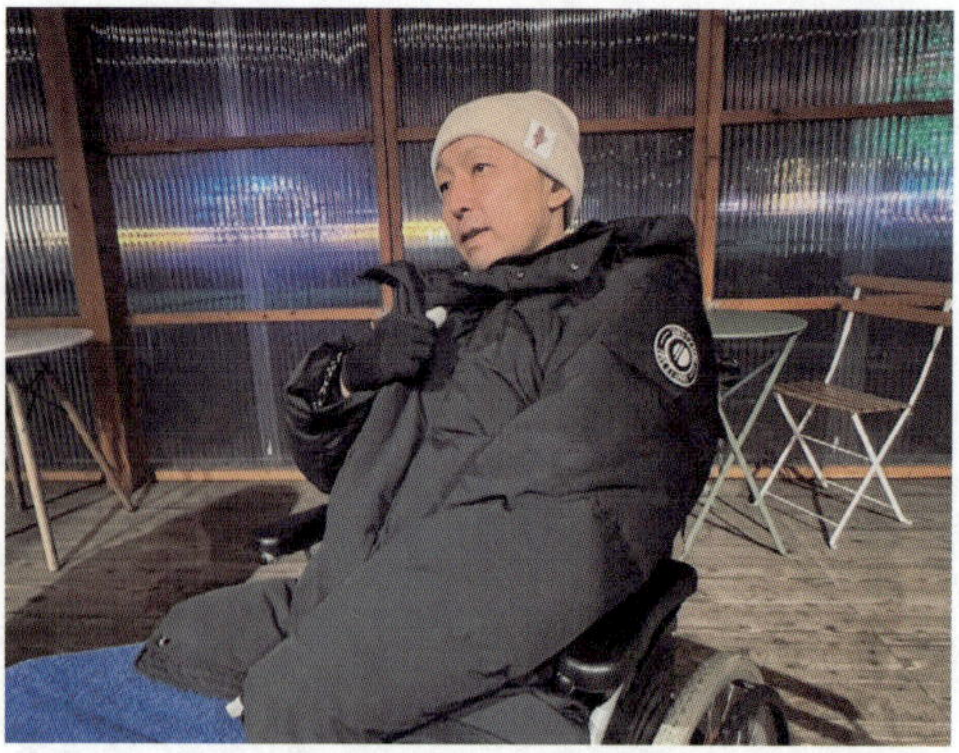

それにより、体力も筋力も減って、さらに疲れやすくなったりで。〝がん〟って、病気そのものもそうだし、治療によって、体力や筋力が減って、弱ってやつれて、【最後は身体が持たない】たぶんというか、色々調べると〝がん〟によって〝弱る身体〟〝身体〟だけじゃなく〝心と身体〟ですかね。やっぱり、できることが減って動けないと、メンタルも落ちますからね。（悔しい、情けない、辛い、悲しいなど）

　今までの生活の中に、一個大きな課題として「がん」が、突然出現して…まぁでも、これは、誰の課題でもなく自分の課題だし、このことを引き寄せたのも、選択をしたのも自分でしかない。

　誰のせい、何かのせいではなくて、しっかりと自分と向き合って、**「どう在るか」「どう生きるか」**今年の春に突然降りかかった出来事を、どうプラスに変換していけるか？

そして、それを伝播させていけるか？　来年に向けて、治療頑張ってきます！

そろそろ、クリスマスですね。そして、年越し。

どのように過ごされますか？

いつもと変わらない一日にしますか？

2023/12/17熊谷翼

◆Amazonリスト支援◆

※購入していただくと僕の自宅に届きます。

（Amazon「ほしい物リストを一緒に編集しましょう」
https://www.amazon.co.jp/hz/wishlist/ls/3FUBFS89TMKS3?ref_=wl_share）

◆SNSでのコメント、メッセージ。支援、寄付、心より感謝しています。ありがとうございます！

243／低栄養？明日から分子標的薬治療3回目

（2023年12月18日 22時55分）

2023年12月18日　がん告知から243日目　※814文字

こんばんは。入院しました。早速本題に入りますね。

▼年内ラスト？治療開始

今日から入院をしまして、血液検査をして、肝臓の点滴。タンパク質不足（低栄養）のため栄養剤追加。明日から、用量を少なめにしての、「分子標的薬治療」3回目です。調整、検討していただいた、担当医と薬剤師に感謝ですね。どうなるのか!?それはまた明日以降に報告をします。今回入院の病棟（毎回病棟かわります）は、今日だけかもしれないけど、すごく静かです。バタバタ感がない。明日以降もこれだと良いなぁ。病棟により病気なども違うだろうから、良し悪しは決められないけど、全体的に落ち着いていて安心です。

僕自身も体調は良いので、（ただしお腹の張りが苦しい）今回は良い状態で臨めます。僕の身体の状態としては、治療がストップしているために、肝機能の数値が悪化しています。あとは、タンパク質の数値が、正常値の半分。

※低栄養状態

これが腹水が改善されない一つの原因かも。ということで栄養剤追加。自分でも意識して摂取しないとですね。確かに、夏から秋にかけては、食欲なくて食事も1食くらいだったし、タンパク質よりも、口当たりの良いものを選んでいたので、仕方はないです。お腹の張りもありますが、食べることも意識してやっていきます。近は体調良く、良い兆しが向いている実感があります。今回の治療、良い方向に進むと信じています。

また明日報告します。

おやすみなさい。

2023/12/18熊谷翼

☞熊谷翼リンクまとめはこちらから

（lit.link「熊谷翼／がんサバイバー」（リットリンク））

https://lit.link/kumagaitasuku

★当事者の方で「メンタル」や「費用」に悩んでいる方はDMくださいね。（無料）

※一人で悩んでも抜け出すのは大変です！

★講演やお話会（現在はオンラインのみ）の依頼相談もDMにてお受けいたします。

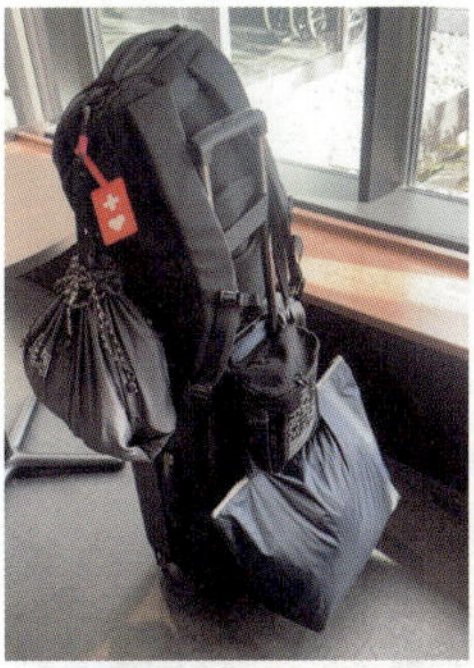

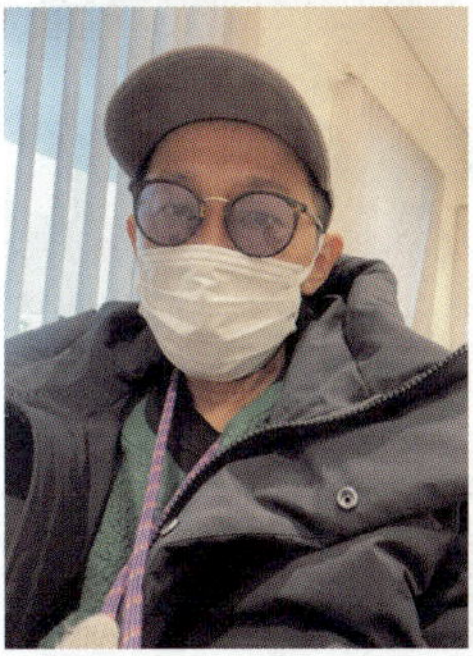

★いいね、コメント嬉しいです！
★「🔥」の絵文字コメント嬉しいです！
★シェア、寄付、支援嬉しいです！

244／分子標的薬治療3回目

（2023年12月20日 18時03分）

2023年12月19日　がん告知から244日目　※778文字

こんばんは。
※不調により翌日（12／20）に投稿
12／19化学療法16回目。分子標的薬治療3回開始しました。
本日は近況報告です。
※翌日投稿なので12／19～20の内容が混ざると思われます。
※記事の後半に、昨日来てくれたスタッフ写真を一部掲載しました。

▼分子標的薬治療再開
（「231／阻害薬2回目始まりました」P.524参照）

12／19の午後から治療再開しました。
※前日は検査と肝臓の点滴
午後からは点滴治療。（週1回の点滴治療）夕食後からは飲み薬も。点滴治療は特に何もなく、3～4時間後から、少し眼の副作用が出てきたように感じました。夕食後の治療薬内服後、しばらくして身体の火照り。（まぁこれは想定内）

こんな感じで、初日の治療は終わりました。ちなみに…ご飯を食べると胃の圧迫から、お腹全体が張って…(22〜24時くらいまで)

夜は、火照りと圧迫感で休ませていただきました。すみません！　火照りは朝方まで続きました。

翌日(12/20)からも、食後の治療薬内服。用量は減していたものの、若干、眼の副作用は出てきました。担当医、薬剤師と相談をして、**「ある程度、治療と副作用のバランスを見たい」**と話しました。

「治療は進めたい」「目が見えず生活に支障が出る」どこまでやったら、セーフでアウトなのか？　その線引きを、今回の入院で確認したいと伝えました。焦りではなく「前向き」です。

ここ最近は、身体の中から体調が良く、少し前は低下していた食欲もあり、(タンパク質不足の低栄養になってました)さらに、皆さんからの応援や、さまざまなタイミングもあり、心身ともに「前向き」です。なので、「前向き」な治療をしていこうと！

この冬が、大事だと直感があるので乗り越えます。

いつもありがとうございます！

2023/12/19熊谷翼

スタッフの皆様、ありがとうございました!!
めっちゃ嬉しかったです！

245／時間に縛られない

(2023年12月20日 21時27分)

2023年12月20日　がん告知から245日目　※1382文字

偶然久しぶりに遭遇！「アーティストTAKA」(松嶺貴幸)会えて良かった！タイミング良かった！ありがとうございました!!

(Takayuki Matsumine | Twitter, Instagram, Facebook | Linktree)

▼**時間に縛られない**

今日の投稿は、最近の僕の〝在り方〟と言うとカッコつけ過ぎで、〝日々の過ごし方〟と柔らかく書きますが、すごく

心身ともに楽になったので、全部は真似できなくても参考にして欲しいなぁ…と、思って書きます。前もって伝えます。

「仕事をしている人は無理」「家事があるから無理」「子育てしてるから無理」読む前(やる前)から、無理ブロックを働かせず、「自分(の生活)に、どう落とし込めるか?」という、前向きな視点で読んでもらえると嬉しいです。僕の生活状況と、あなたは違いますが、「接点」が見つかると良いなぁと。

【難しい話】ではありません。ちょっとだけ〝楽〟をしましょう!って話です。

最近、僕は「時間」で動くことや、「時間制限」があるものも避けています。

※当たり前ですが、期日や締切は守ります

▼自分時間を作ろう

先に書いちゃいますね。

- **スマホと距離を置く**
- **テレビは観ない**
- **LINEは必要時**
- **YouTube(ニュース番組)は観ない**
- **SNSの流し見をしない**
- **効率や素早さを求めない、考えない**
- **アレコレやらない**
- **時間に焦らない**
- **切迫感を作らない**
- **この時間だから〇〇と決めない**
- **最低限のことはやって後は体調と気分**
- **期日ギリギリはダメ(特に支払い関係)**
- **必要なもの(欲しいもの)は即決(ウダウダ悩むなら、そもそも不要)**
- **一つのことが終わったら一呼吸する**
- **無駄な時間と思うか、幸せ時間と捉えるか**
- **「フーっ」って大きく息を吐いて「俺やったぜ?」感を自分で味わう(笑)**

読みにくくてすみません!思いつきでバーっと書いちゃいました。

自宅療養や入院生活では、通勤仕事などがない分、時間の余裕があります。なので、これを読んでいる方とは少し状況は違います。

11月中旬?後半?あたりから、腹水やら息切れやらで、起き上がるのも辛い日が結構ありました。薬の切り替わりもあったと思うし、気候などもあったと思います。もちろん病態も。

さらに今月に入ってからも、しんどい日があって、スマホを見たりするのも、しんどい日が続きました。過去の性格上、「即返信」「即行動」「効率、スピード、質」これらを自分にも仕事も周りにも求めていました。当然、仕事では当たり前のことだと思って。これらが間違いとは思わないですし、仕事であれば求めます。

ただ…それを実生活で無意識のうちに、自分にプレッシャーをかけていたように思います。
※今思うと
不調により、スマホや時間ともに距離を置いたら、「ゆったりとした制限のない心地よい気持ち」になってきました。この時間を少しでも作るのが最近の目標。日常や仕事や入院生活では、時間の制限はありますが、
・時間に追われる
・時間を追う
・時間に遊ばれる
そこから少しでも解放されると、結構気持ち的に楽になりますよ、
「最後まで見なきゃ」「すぐに返事しなきゃ」「アレコレ見なきゃ」って…
ほぼ生活に支障ないですからね、、
スマホを消して、のんびり時間を過ごしましょう。
おやすみなさい。
Ps.夜の治療薬が効いているのか？　肝臓あたりがピリピリ疼いています。
※効果ありますように！
2023/12/20熊谷翼
☞熊谷翼リンクまとめはこちらから
(lit.link「熊谷翼／がんサバイバー」(リットリンク))
https://lit.link/kumagaitasuku)

246／腹部圧迫が辛いです

(2023年12月21日 19時43分)
2023年12月21日　がん告知から246日目

夕食後より腹部圧迫強くなり、明日CART治療となりました、
(cart-info.jp より「CARTとは？―難治性腹水症に対する腹水濾過濃縮再静注法」https://www.cart-info.jp/cart/)
良くなりますように、
2023/12/21熊谷翼

247／CART治療終了

(2023年12月22日 19時26分)
2023年12月22日　がん告知から247日目

こんばんは。

昨日の夕方から、胃痛と腹部圧迫が強くなり、夜間にエコー検査。今日の午後からCART治療を行いました。

(cart-info.jp より「CARTとは？―難治性腹水症に対する腹水濾過濃縮再静注法」https://www.cart-info.jp/cart/)

(「246／腹部圧迫が辛いです」P.553参照)

6リットル程の腹水を抜き、これから栄養素などを点滴で戻します。身体は楽にはなりましたが、全快でもなく、微熱

もあるので、昨日に続き、短縮型の投稿です。すみません。元々の症状もあって、文字を打つのも手が冷たくて…しんどいです。心身ともに余裕のある時と、その逆もありますが、それも含めて、応援していただけると有り難いです。

昨夜は、圧迫と呼吸苦でほぼ寝れず。今夜は少しでも寝れたら良いな…

今日は冬至ですね。

皆様も暖かくしてお休みくださいね。

2023/12/22熊谷翼

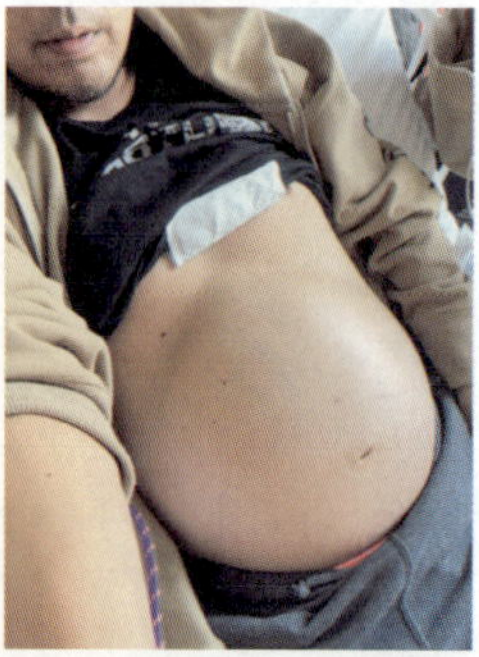

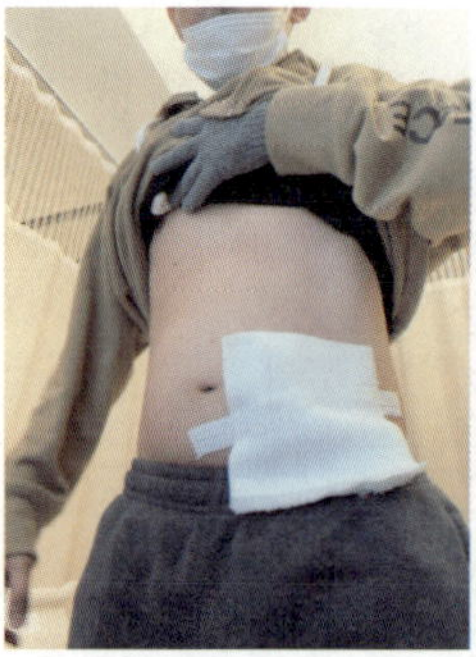

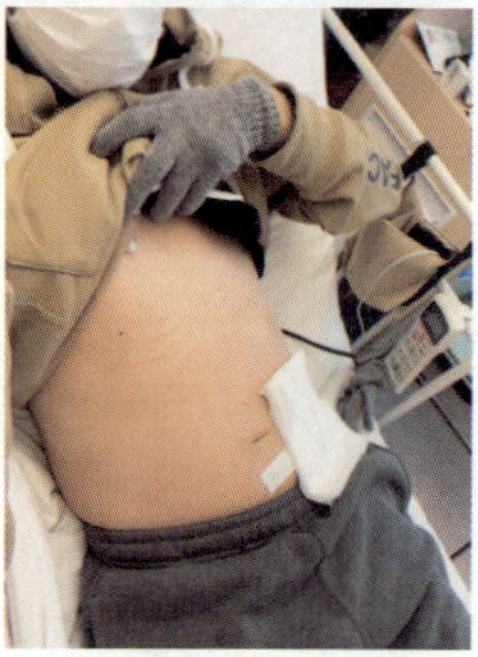

◆SNSでのコメント、メッセージ。支援、寄付、心より感謝しています。ありがとうございます！

248／CART治療翌日（2023年12月23日 16時45分）

2023年12月23日　がん告知から248日目

こんにちは。

【近況報告】

（YouTube「【近況】CART治療／分子標的薬治療／化学療法／腹水／肝硬変／肝臓がん」https://www.youtube.com/watch?v=IYGj0f3WmzU）

YouTubeで、近況報告をさせていただきました。声はガラガラですが、身体も気持ちもかなり復調しました。昨夜は、CART治療で抜いた腹水の栄養を、再度点滴にて僕の身体

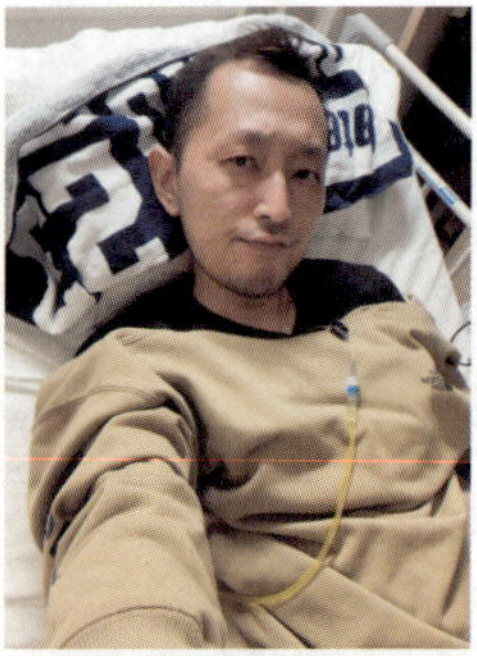

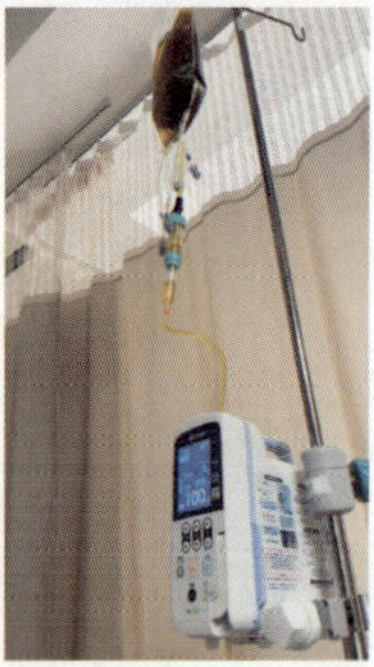

に戻しました。腹水6リットル抜いて、濾過した栄養素が750ミリリットルくらい。1/5が身体に戻った感じですね。
※点滴は6時間くらい
火照りもあったり、あとは今まで張っていたために、臓器や神経が圧迫されていて、その動きなのかな?あとは胃痛。これが朝方から…ありました。
※痛み止め内服
腹水が溜まる=末期、繰り返す
など、ネガティブな情報もありますし、事実でもありますが、腹水をぬくことにより、食事量が改善したり、利尿剤や治療薬の効果が上がったり、あとは一番は気持ちが楽になる。捉え方はそれぞれ。
　腹水と治療薬と副作用のバランスをとって、自分なりに治療をしていくだけ。
　今は、2024年からの自分の生き方や在り方や価値観と向かいあっててめちゃくちゃ楽しみだしワクワクです。
※自分軸で生きます
　来週は、耳鼻科(耳鳴りがあるので)検査、分子標的薬治療4回目(点滴)
※飲み薬は毎日飲んでます
　症状落ち着いたら、いよいよ年越しだ!

2023/12/23熊谷翼

◆Amazonリスト支援◆
※購入していただくと僕の自宅に届きます。
(Amazon「ほしい物リストを一緒に編集しましょう」
https://www.amazon.co.jp/hz/wishlist/ls/3FUBFS89TMKS3?ref_=wl_share)

249/メリークリスマス!来週から分子標的薬治療4回目

(2023年12月24日 20時19分)

2023年12月24日　がん告知から249日目

※先に写真を貼りますね。
メリークリスマス!
こんばんは。体調もだいぶ回復しました。
週明けからは、
・耳鼻科検診
・4回目の分子標的薬(点滴)です。
副作用が無ければ退院…です。**飲み薬の分子標的薬治療は、入院後から続けています。**過去の2回は、網膜に水が溜まり中止しています。今回は、用量を減らしての内服で、実際には副作用はあります。
※水は溜まっているでしょう。
それでも、過去ほどではないため続けています。
※効果は来月検査ですかね
併せて、肝臓の注射も毎日しています。

※これも来月検査かな
どうしても、肝臓は硬く小さくなりかけていて、現在は機能回復よりも機能維持です。肝臓機能低下により、血管から水が溢れ、腹水や浮腫みにつながっています。
※癌からの可能性ももちろん
数日前に腹水は抜き、そのおかげで、利尿剤も結構効いていますが、それがどうなるのかは分からない。結局は、「やってみないと分からない」これが答えです。
※何事もそうですね笑
腹水を抜いた後からは、心身とも楽ですが、また、水は溜まる可能性大ですし、その先どうなるのか？
それもまた、**「やってみないと分からない」(笑)**
世の中、分からないことだらけです(笑)。どれだけ情報があって、どれだけ根拠があって、どれだけ可能性があって、どれだけ確率があったところで、**「やってみないと分からない」**これが、答えです。分子標的薬治療をしながら、網膜の副作用をみて、それ以外の症状や副作用をみて、腹水の様子をみて、症状、副作用も個々に違うし、状態変化も個々に違うし、当たり前だけど、がん治療って言っても、画一的に、統一的に、確率的に、体系的に、そんなのは無理。
※がん治療以外も同じかな。

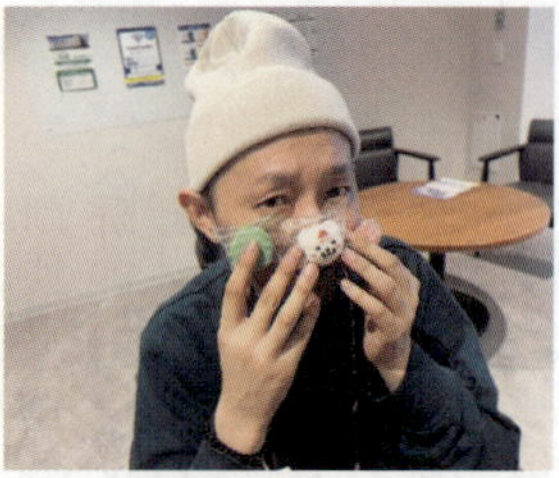

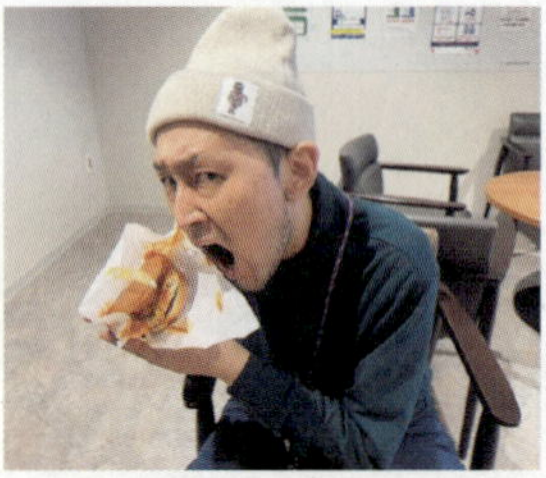

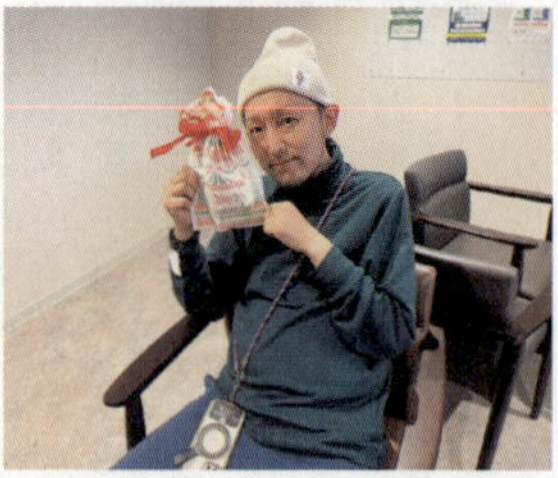

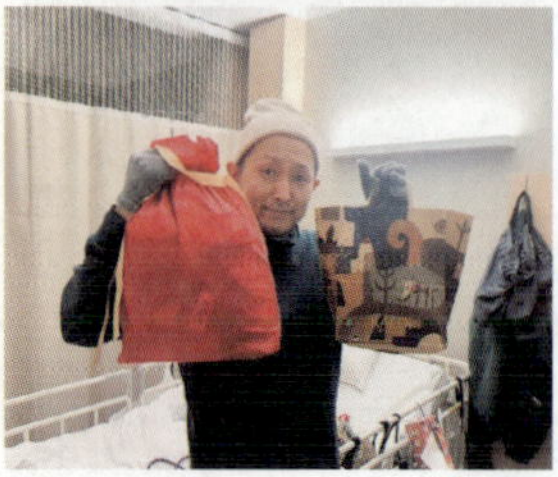

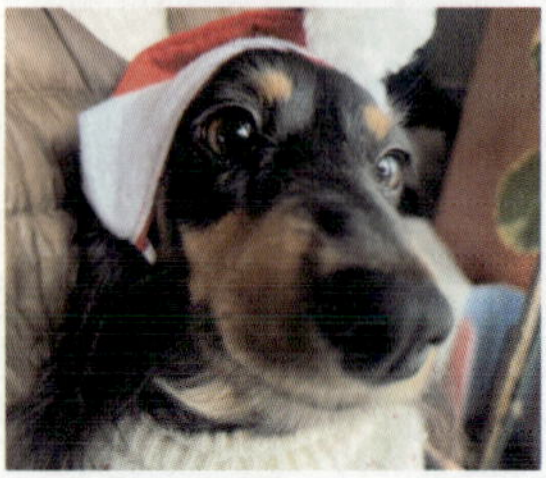

仕事も子育ても人生も、そうだと思う。**最近は、ゆっくりと時間を感じながら生きています。**入院中に良く言われる、「暇」「時間潰し」「退屈」なんてことはなくて、**自分軸で、時間の流れを感じています。**

まだ、ハッキリとは言えませんが、敏感な方であれば薄々気付いているかも？

（Threads「熊谷翼（@kumagaitasuku）・Threads でもっと語ろう」https://www.threads.net/@kumagaitasuku/）

threads の投稿内容に、少しずつ僕の考えを載せています。

今日はその話も、母と妹としました。ここ最近で、体調変化も大きいのですが、それよりも人生や時間への価値観が変わってきていて、今の自分にしか出来ない生き方を、2024年は考えています。そこはまた後で。

最近は、文章の書き方も変わりました。

体調変化もありましたが、スマホを触る指が痛く、タッチペンを使用しているためです。状況も色々かわりますが、自分を大切に生きていきます。

まずは、また来週から検査や治療が出来ることに感謝！

おやすみなさい。

※ここ数日ほぼ眠れないので、初めて眠剤を飲んでみます。

2023/12/24熊谷翼

【近況報告】

CART治療終了／分子標的薬治療3回目／化学療法16回目

（YouTube「【近況】CART治療／分子標的薬治療／化学療法／腹水／肝硬変／肝臓がん」https://www.youtube.com/watch?v=IYGj0f3WmzU）

250／明日から分子標的薬治療4回目

（2023年12月25日 20時35分）

2023年12月25日　がん告知から250日

お父さん、お誕生日おめでとう御座います!!

いつも応援ありがとう!!

こんばんは。メリークリスマス!!

まずは治療に関して。

車椅子押してもらってゴメンね。

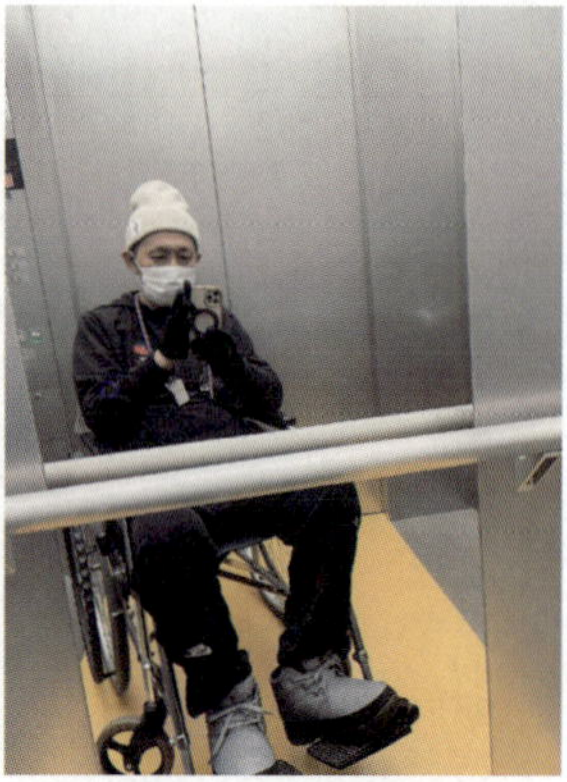

2023/12/25 耳鼻咽喉科検査前

◆分子標的薬治療（飲み薬）は継続しています。
※朝夕
◆点滴治療は週1回で、明日（2023年12月26日）予定です。
※副作用酷くなければ、2023年12月27日退院予定
　副作用としての、
◆眼障害は以前よりは少ないですが、
　副作用自体はあります。
※皮膚の荒れもありますが、足は良くなりました。
◆腹水は少し溜まってきている気がしますが、体重は抜いてから変わってないです。
※前は体重増加を気にした結果、低栄養に…
　難しいところですね
◆利尿剤は効いている感じがあります。
◆手足の痺れは寒さ？なのか改善なく、感覚はあまりないです。
※ピアスが痛くて触れずにキャッチを看護師につけてもらいました。ピンセットも痛くて毛抜きができない笑
◆味覚障害は甘さが鈍いですが、
　唇や口内感覚は戻ってきて、炭酸も飲めるし、冷たいのも飲めるし、納豆のカラシも食べられるようになりました。
※カレーもいけるかな？
　ここ最近（腹水を抜いたあたり）は、夕食後に胃痛があり、漢方薬や痛み止めを飲む時間を調整して、（今日も自分の身で確認をして）良い落とし所を見つけています。
※用量を増やさずタイミングでなんとかなるなら
　今回は、担当薬剤師さんに感謝しかないです。
※食事の提案までありがとうございます
　自分の身体と向き合って、薬や症状（副作用）の反応をみて、良いタイミングとリズムを掴むことが、入院中の過ごし方
（トライアンドエラー）
　ただ寝て過ごさない。時間潰しをしない。暇な時間はない。受身にならない。知ったかぶりをしない。要望は出す。感謝を伝える。コミュニケーションをとる。テストと提案をする。効果を可視化する。現在、こうやって入院治療をしています。
　感覚的には、養成所？開幕前キャンプ？調整？そんな感じです。医師や看護師に身を委ねるのではなく、自分の身を持って治療をしていきますよ！

2023/12/25熊谷翼

（Facebook「グループ参加チケット」熊谷翼オンラインショップ

powered by BASE」https://tasuku.official.ec/items/79575994)
※年内で募集は一旦終了します

251／奪い合い

(2023年12月27日 20時39分)
2023年12月26日　がん告知から251日目

12／26分は翌日(12／27)に書いています。ご了承ください。今日は、ボクシング観戦からの消灯のため、投稿を翌日に変更しました。
※途中途中保存しながらなので読みにくい部分もあるかもしれません。
まずは、眠剤を(強くして)使用してもなかなか眠れず…でした。「寝れるかな」「どうやって寝落ちするんだろ?」そんなことを期待していると、眠剤効果時間が過ぎてました。
※薬変更をしてもらいました
眠れないのは、身体の火照りもあって、これは治療薬の影響によるもの。あとは、色々考えてしまっていることですね。こう書くと心配されるかもしれませんが、考えていることはポジティブなことで、特に最近は、「在り方」や「生き方」を考えていて、深いテーマだからこそ(脳を使うから)眠れないんだと思います。
それもあって、noteで、その日の考えを書くと、その後は寝れるんですが、それは自宅の話で、病院は21時消灯。さすがに早いｗ　なので眠れないのは仕方ないのかもしれません。(ほんと最近の!!)日中は、良い時間の流れで、今までの制約から解放されている感覚です。(子供やパートナーがいないってことも大きく関係していると思います)
お金があるとかないとか、誰よりも稼いでいるとか、仕事が早いとか遅いとか、期日を守るとか過ぎるとか、見た目や流行を気にしたり、時間が無いとか暇だとか、そういうのが全てアホくさく思えてきて、再生数(時間)とかフォロワー数とか、LINEを送ったとか未読とか、月収(集客)○○を超えた方法とか、新しい副業教えますとか、「結局、目先の金かよ!」って。
※コンサル生さん、ごめんなさい(笑)
お金も大事。時間も大事。でもそれは道具だから。道具に振り回されて、道具を見せびらかして、道具を違う使い方をしたらダメで、そのお金や時間を、どう使うか?何に使うか?ってのが大事。流行りを買うのが良いのか?遊ばれているだけのゲームをするのか?

自分の選択が、自分を作るし、生き方も作りそうだな。

これが最近の「解」です。どこかで聞いた「自己啓発」っぽい言葉も、腑に落ちている(生き方に反映されている)人と、知った言葉を並べただけの人って、やっぱり分かりますよね。

↓

最近facebookでは、7～8年ぶりに「SNS副業」の嵐です。当時は25〜30歳くらいの人が、ＳＮＳマーケティングでブイブイ言わせてて、(僕もＳＮＳコンサルやってました)今はなんと!! 40〜60オーバーの人たちがメインで、ＳＮＳマーケティングが流行っています。
※facebookに慣れて↓副業の流れですかね
これもまた見ていると面白い構造ですし、ＳＮＳ副業の講師が投稿する内容もまた面白い。(10年くらい前のネタを平気で使う)
なんか世の中はグルグル回って、相手(目先)の時間やお金を奪う(使う)ことが、平気で行われていて…
※コンサルやってる僕が言うのも矛盾してますけど
YouTubeも、テレビも、ゲームも、ＳＮＳ副業講師も、コンサルタントも、表向きでは、良いこと(楽しいこと)を体感させて、時間を奪ってお金に換える。さっき話したＳＮＳ副業講師の構造は、生徒(副業希望者)の取り合いで、生徒はやがてＳＮＳ副業講師になって、元講師とも新規生徒の取り合いをする。
これはもう7〜8年前に終わって、そこから「転売」「せどり」「ＦＸ」「暗号通貨」の副業に広がったんですが、スマホやＳＮＳに慣れた50〜60代の方からすると、「facebookで副業ができる」のは、夢が広がる話なのかもしれませんね、
※２０１１年からやってたから分かりますよ、僕も。
だから否定はしません。でも見る人から見ると…「嘘」「見栄」「無知」「無理」が、丸っと分かってしまうし、奪い合いの構造には変わりないので、しっかりとした「信念」や「本質」がないと、ノウハウテクニックだけでは、お金はついてきても、人はついて来ない。それなのに、また新しい誰か(お金)を奪おうとする。最近の(特に)facebookは、そう感じています。
なんかもっと優しい社会になって、奪うのではなく譲り合うような社会になると、誤魔化しで自分に嘘をついて生きなくても良くなるんじゃないかな〜って。その方が自分も楽じゃない？(笑)
僕はそんな生き方をしていきますね。
それが最近の「解」です。

2023/12/26熊谷翼

☞熊谷翼リンクまとめはこちらから
(lit.link「熊谷翼／がんサバイバー」(リットリンク))
https://lit.link/kumagaitasuku)

２５２／退院しました

(２０２３年12月27日 21時11分)
２０２３年12月27日　かん告知から２５２日目

本日退院しました。応援ありがとうございました！
帰宅したらビックリ!!
たくさんの支援物資(クリスマスプレゼント)が届いており

ました。

感謝しかないです!! 本当にありがとうございました！

ここ数日は寝付けず、眠剤を変更して、ボクシング観戦のあと、寝落ちすることができました。3時くらいには目覚めましたが、それでも5時間は眠れたので、身体はかなりスッキリしました。帰宅後の今夜は、眠剤不要で爆睡だと思います。
※すでに眠気はピークです
入院中は、やはりストレスが少なくてもあるので、(ストレスがプラスにもなるけど)がんの症状＋疲れが残っていますね。今回は、初めて中止無しで治療薬ができました。この薬の効果は来年の確認になりますが、まずは継続できたのが一番ですね。

そして、無事に退院ができたので、栄養をしっかり摂りながらの生活。治療薬に関しては、点滴は毎週ですが、内服薬は毎日です。夜の薬は、火照りやすく今も火照っています。
※これはずっとのお付き合い？
あまり薬も増やしたくはないし、微熱や火照り(発汗)くらいなら…でも毎日ですからね…。
※これもまた悩むところです。
治療と副作用のバランスが、なかなか難しいところ。それでもまずは、このままいけば年越しができそう！

4月から長かったです(涙)。

5月の数値では年越しは厳しかったのが現実。やっと持ち直したと思ったら、薬が効きにくくなり、薬の変更をトライしている間に腹水、そして腹水による不調。なかなかスムーズにも、希望通りにも進まないのを、身をもって知りました。「やらなきゃ分からない」けれども、第一目標ゴールはもう少し。

そして、来年からは生き方も変える。それがどうなるのかは、やってみないと分かりませんが、1月1日、4月20日、7月4日、まずは、この日にちを目標(通過点)としながら、日々を過ごしたいと思います。早く2024年になってくれ!!

今夜はもう寝ます。

おやすみなさい。

2023/12/27熊谷翼

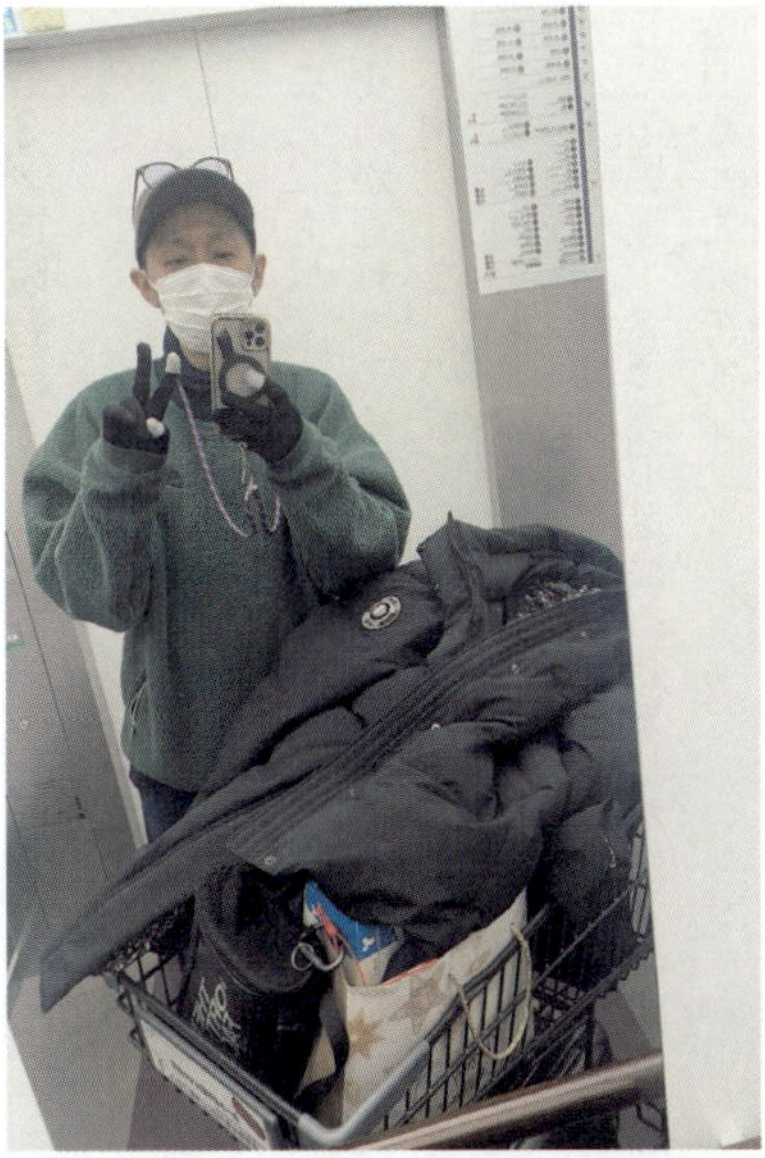

253／退院翌日

（２０２３年12月30日 14時33分）
２０２３年12月28日　がん告知から２５３日目

こんにちは。
※更新が遅れてごめんなさい！
　不調ではないのでご安心ください。退院しての翌日。入院後半に困っていたのが「入眠障害」障害とまではいかないんですが、なかなか眠れない日が続きました。退院をして帰宅して…爆睡！（笑）寝不足はありましたが、今回の入院はとても良かったんです。

Instagramに投稿した文章を貼ります。

↓

【退院したの俺な‼】２０２３年12月27日
　報告が遅れましたが、12月27日に無事退院ができました。今回も沢山のメッセージやコメントを頂き、ありがとうございました‼🔥
　毎回毎回めちゃくちゃ励みになります。
※孤独な気持ちが消えます💪
　全てに目を通していますが、返信が遅れることは「ごめんなさい」🙏
※落ち着いた時に返しますね🙂
　今回は…分子標的薬治療の内服薬量を減らし、副作用（眼

障害）の様子を見ながらの治療。中止せずに「治療薬継続」ができ安心しました😮‍💨
※ただ鼻腔や耳鳴りの症状も出てきましたが…
　毎回、入院病棟は変わるんですが、今回は「初めて」の病棟。コレがとても良かった！

　ご本人にも直接お伝えしましたが、病棟薬剤師さんが、「薬」「内服時間」「栄養」など色んな視点から、僕にも担当医にも提案をしてくれました。

※病院にはない薬も取り寄せてくれました
「まずは、やってみて考えましょう」って、そうやって一人の患者に前向きな提案をしてくれて、ほんと最高の薬剤師さんでした!!入院中には、クリスマスもあって、スタッフが来てくれたり、家族や友人が来てくれたり、思い出のクリスマスになりました🎅
今回の入院は、穏やかに前向きになれた時間でした。
ありがとうございました❗

(Instagram「熊谷翼 @kumagaitasuku・Instagram 写真と動画」
https://instagram.com/kumagaitasuku/)
Instagram 投稿にも書いたように、薬剤師さんとの出会いと、薬剤師さんの仕事ぶり(患者ファースト)今回はそれがすごく有り難かったです。ご本人にも看護師長にも、直接お伝えしました。
※薬剤師さんだけじゃなく、
病棟全体が穏やかで、看護師さんも丁寧で、コミュニケーションも和やかに。入院病棟は毎回変わるんですが、毎回この病棟が良いな。と思うくらいでした。同じ病院でも、働いている人により、随分と「差が出る」んだなぁと。
※これは病院に限らず会社もお店もですね。

2023/12/28熊谷翼

今回の入院前・入院中に届いた支援。心より感謝です。

ありがとうございます!


自宅、入院中に大切に使わせていただきます。ありがとうございました!

(Amazon「ほしい物リストを一緒に編集しましょう」

https://www.amazon.co.jp/hz/wishlist/ls/3FUBFS89TMKS3?ref_=wl_share)
◆SNSでのコメント、メッセージ。支援、寄付、心より感謝しています。ありがとうございます!

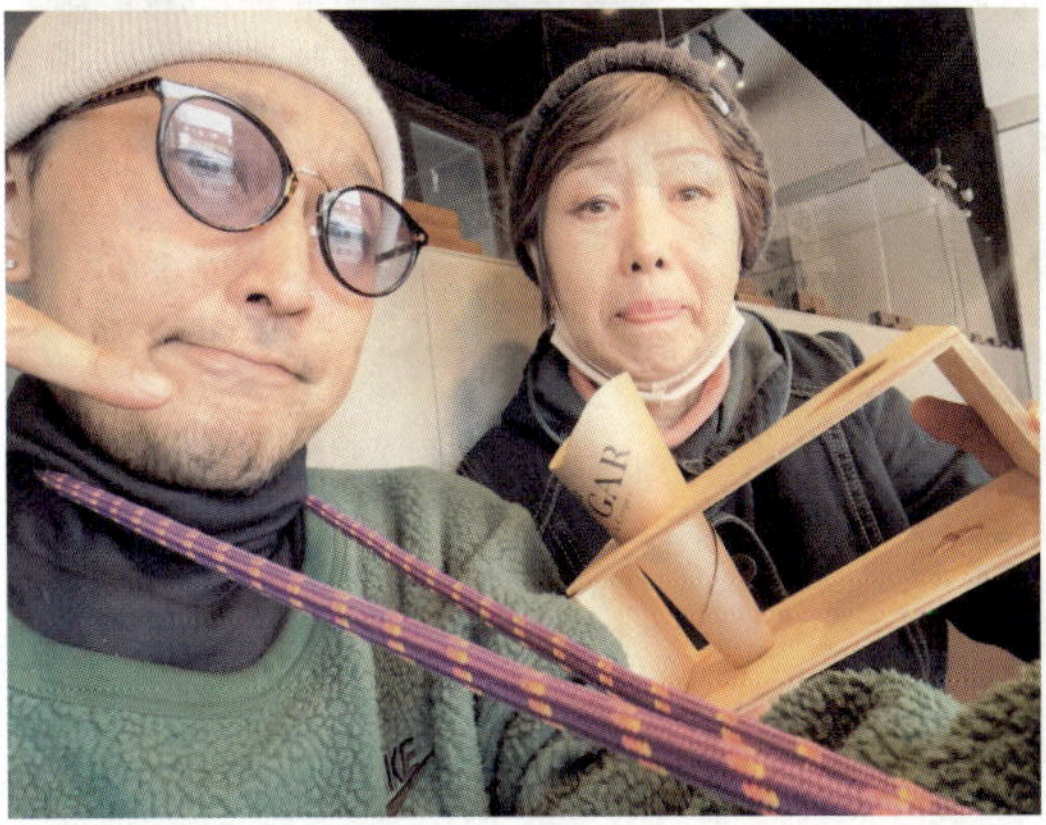

254／自分を大切にしよう

（2023年12月31日 00時22分）

2023年12月29日　がん告知から254日目

こんにちは。

昨夜は、会社スタッフが集まってくれました。退院の日が決まり、体調次第で（ドタキャンあり）それでも良いと言ってくれる元スタッフと、ご飯に行くつもりでしたが、体調も（痛みのコントロールさえすれば）安定していたので、急遽何人かに声をかけてくれたみたいで、集まってくれました！嬉しいですね。こうやって実際に来てくれて、時間を使ってくれて感謝しかないです。

本当にありがとう！またね!!

短い時間でしたが、帰宅してからも余韻が残り、寝るのが遅くなりましたが、それはそれで良し！　みんなそれぞれの役割や場所で、頑張っていてくれるのが嬉しいし、職場が変わろうが、離れようが、繋がっている人は繋がっているし、それは直接会わなくてもお互いに繋がれる。（先輩として？上司として？）

偉そうに言うけど、「目的」を決めて、「目標」を立てて、「計画」を練って、「実践」をして、「改善」をして、**やらなきゃ分からないんだから、たくさんトライアンドエラーを繰り返して、その経験を成長に繋げて、成長した姿をまた見たいなぁと感じました。**

みんな、ありがとう！

8ヶ月ぶりのビール

けれども…今の僕からも一言加えると、辛い時や、逃げたい時は、休んでも良いし、逃げて別の道を選ぶのも良いよ。って思います。

一番大切にしなきゃいけないのは「自分」仕事でもお金でも世間体でもなく「自分」周りと比べない、他人の評価に振り回されない、**【**自分は自分。他人は他人。**】**

自分を大切にしてね！！

2023/12/29熊谷翼

◆SNSでのコメント、メッセージ。支援、寄付、心より感謝しています。ありがとうございます！

255／近況報告とサプライズ

（2023年12月31日 04時38分）

2023年12月30日　がん告知から255日目

こんばんは。

おそらく12／31の投稿は、「今年の振り返りと来年への決意」となりますので、本日はさまざま報告を。

◆体調

まずは最近の状態ですが「体調は良いです」薬でのコントロールがうまくいってます。がん的な痛みは、ほぼなく。胃の痛み（前回の腹水による圧迫の後遺症？）が、朝と夕にありますが、痛み止めでコントロールができています。

◆腹水

12／22に腹水を抜くCART治療をしました。

（「247／CART治療終了」P.553参照）

この治療の3～4日くらいから、また腹水は溜まり始めています。

このCART治療は（保険適用内であれば）2週間に1度できます。（早ければ1／5～）

ただ、食欲はあるし、息切れもそこまではないので、状態を見ながらになると思いますし、今後も腹水はしばらく続くだろうなぁと思います。

◆副作用

以前にあった高血圧は今はなくなりました。（頻脈は続いています）分子標的薬の副作用の、眼障害、肌荒れは酷くはなってはいません。

※このままの用量か増えるかは来年ですね

手足の痺れ（痛み）は指先爪先まであります。過去の治療薬の影響ですが、寒さもあり？良くなっているのかどうか不明です。

※スマホが冷たくて触れると痛いのでタッチペンを使っています

現在行っている分子標的薬は、「がん細胞」のみに作用する薬なので、抗がん剤治療のように、「正常細胞」「がん細胞」のどちらにも作用しません。副作用や身体への普段が小さいので、それもあって体調が安定しているのもあるかもし

8ヶ月ぶり！

れません。

（「212／分子標的薬治療と副作用」P.496参照）

このまま安定しつつ、分子標的薬の効果が出てくると理想的です。

1／5に外来での診察があり、その翌週から入院治療の予定なので、そのあたりで腫瘍マーカーなどが、分かるのかな？といったところです。

さてと、病状報告はここまでにして、今夜のサプライズの話に移ります。12／30の夜に、妹と妹の同級生と僕の同級生が協力をして、最高のサプライズをしてくれました。
※写真投稿はInstagramが多いので、もっと見たい方はInstagramで。（12／31に投稿します）
（Instagram「熊谷翼 @kumagaitasuku・Instagram 写真と動画」https://instagram.com/kumagaitasuku/）

中学、高校の同級生と、高校の担任の先生が集まってくれました。
※次から次へと現れてビックリ(久々の再会)して泣くタイミングは失いました(笑)
みんな心配してくれていて、それでも「なんて言ったら」「何をしたら」と、戸惑っていたと…なので、「この機会があって良かった」と話してました。

年末の忙しい中、時間を使ってくれたみんな、テレビ電話

をしてくれた同級生、場所を抑えて企画準備をしてくれた妹と妹友、2日ほどで声をかけてくれた僕の高校の同級生、本当にありがとうございました。僕にとって最高の時間になりました。ありがとうございました!!

※妹と飲みに行くと思ってたから(笑)

今回は、妹たちと高校同級生が声をかけてくれたので、お声かけできていなかった方もいます。

今回会えなかった皆さん、ごめんなさい!

必ず来年会いましょう!

今回会えた皆さん、ありがとうございました!

また来年も会いましょう!

2023/12/30熊谷翼

256/おかげさまで年末を迎えることができました!

(2023年12月31日 15時55分)

2023年12月31日　がん告知から256日目

こんにちは。いつもnoteを読んでいただき、ありがとうございます。

2023年3月末、腹部の痛みがあり、2023年4月20日、がん告知を受けました。「山あり谷あり」の256日でしたが、2023年12月31日を迎えることができました。

読者の皆さん、支援物資・寄付を送って頂いた皆さん、各SNSで応援をして頂いた皆さん、陰ながら見守って頂いた皆さん、復帰を待って頂いた会社の皆さん、家族・仲間・先輩・同級生・後輩・友人…皆さんの応援や励ましのおかげで、ここまで辿り着くことができました。心から感謝しています。ありがとうございました。そして、これからもよろしくお願いします。

がんになるとも思いませんでしたし、がんになりたかったわけでもないですが、がんになったからこそ、皆さんと繋がれましたし、note も告知前日から続けられることができました。

がんになったからこそ、人の優しさや応援をいただくことができました。がんになったからこそ、自分と向き合うことができました。

そう思うと、**がんにはなりたくは無かったけど、がんになって良かった。**とも思います。(1週間前くらいから意識していますが)2024年からは**「自分軸」**で生きていきます。27歳で独立をしてから13、4年ほど…仕事が好きで仕事を優先してきました。〝収入〟〝評価〟〝時間〟などを常に追いかけて、時には追いかけられてきましたが、そこから一切離れて生きようと決めました。収入を比べたり、評価を気にしたり、時間に追われたり、そういったことからは離れて、**「今の時間」に幸せを感じられるように、そして、「自分」で自分の価値を信じようと決めました。**

僕にとっては、今このタイミングでしか、できないことだと思ったので、今まで〝正解〟だと思って、仕事中心に生きてきましたが、新しい〝解〟があるかもしれない可能性に、今からとてもワクワクしています。過去の生き方は過去として、これからは、周りと比べず、時間に追われず、評価を気にせず、**「今」という時間を無駄にせず、「自分」の価値を追求しながら生きていきます。**

僕の価値観が変化していくことで、発信内容（言葉）が変わったり、過去との矛盾も生じるかもしれません。その時には、**「生き方（在り方）」が変わったんだな。**と思っていただけると嬉しいです。

まだまだ治療は続きます。これからも応援をしていただけると、何よりの励みと勇気になります。今後も引き続きよろしくお願いします。

良いお年をお迎えください。

2023/12/31熊谷翼

ここで報告というか、お伝えさせてください。直接（間接的に）受け取りました《お見舞い》についてです。

※振込や電子マネー以外

色々と使い道を考えましたが、結論から話すと**「全て使わせていただきました」**今後のために残しておく。ことも考えましたが、先のことを考えて残すことに、意味をあまり感じませんでした。新しい年から、新しい生き方をしていこうと決めて、お見舞いを使わせていただきました。

・欲しかった岩手ダウンを買えました
・質もデザインも一目惚れしたバッグを買いました
・服や帽子を買いました
・年に一度しか買えない欲しかったネックレスを買いました
・磁気ブレスレットを買いました
・美容ケア用品を買いました
・快適生活になるような物を買いました
・健康に良さそうな物を買いました
・値段を気にせず食べたい物だけ食べました
・スラムダンクを8回は観ました
・スラムダンクフィギュアやミッチーのLPを買いました
・パチンコで負けました
・スクラッチくじは外れました

他にもあったと思いますが…安心感や満足感、幸せを感じた時間、感動や達成感、必要と感じたこと、時間の無駄、効果や意味が低いもの、必要ではなかったこと（もの）、普段使える以上のお金を、しっかりと考えて使いました。思いつくまま使いました。改めて感じました。理解しました。

「お金、時間、見栄、流行り、評価、価値…」《**大切なこと・くだらないこと**》《**必要なもの・無駄なもの**》《**長く使えるもの・すぐに壊れるもの**》物だけではなく、時間も人間関係も同様ですね。新しい生き方をしていく上で、自分で腑に落とすことができて良かったです。

改めまして、気付きと学びを与えてくれるきっかけとして、《お見舞い》を使わせていただきまして、心から感謝しています。ありがとうございました。
なお、振込や電子マネーでの寄付は、治療や入院中に使わせていただいており、とても助かっています。改めまして、ありがとうございます。

note「熊谷翼／大腸がんステージⅣ／」

（２０２４年1月4日 04時55分）

【投稿はしばらく休みます】
12／31～救急輸送、集中治療室
１／２～一般病棟
吐血による治療中です。回復までお待ちください。

1月1日／#257

（２０２４年1月6日 16時18分）
２０２４年１月１日　がん告知から２５７日目

この度の令和6年能登半島地震で被災された方々に心よりお見舞い申し上げます。皆様の安全と被災地の一日も早い復興をお祈り申し上げます。
緊急報告のみ（Instagram 共有・後日投稿）
２０２３年12月31日 22時30吐血、救急、集中治療
２０２４年01月01日 輸血８００、検査、止血
２０２４年01月02日 午後一般病棟

1月1日～2日の報告／#258

（２０２４年1月6日 19時09分）
２０２４年１月２日　がん告知から２５８日目

この度の令和6年能登半島地震で被災された方々に心よりお見舞い申し上げます。皆様の安全と被災地の一日も早い復興をお祈り申し上げます。
12月31日22：30頃に吐血（７００～８００㎖）し搬送。ＣＴ、心電図、エコーなどの検査後、ＥＨＣＵへ入院しました。輸血（８００㎖）、点滴さまざま。２時間おきに38℃になってたと思います。
ＥＨＣＵ
高度な管理の出来る病棟の一つで、ＥＲからでも外来からでも、緊急入院となった患者さん の初期治療を行う病棟です。緊急患者さんは主にＥＨＣＵにて手術等初期治療を受け、病状が落ち着い た時期に一般病棟に移ることになります。

1月1日

絶飲食（食べ物・飲み物禁止）10：30～12：30頃　上腹部内視鏡検査、止血。（検査中も吐血ありました）

※とにかく「水」が飲めないのが辛かったです。
冗談抜きで**トイレのウォシュレットの水を飲む**ことをしようとしましたが、身体が動かない。動いていたら飲んでいたと思います。**「なぜウォシュレット?」**トイレに座っている時だけ看護師が離れるからです。

1月2日
絶飲食(夕方まで)飲み物のみ可能(夕方から)↑水が美味しい
午前に(がんの)担当医と相談し、午後から一般病棟(腫瘍内科)へ転科出来ることになりました。
※前回と同じ病棟だったので、かなり気持ちは楽になりました。
(「253/退院翌日」P.562参照)

自宅での吐血、1/1止血時の吐血で、「ヤバいかな」と…一瞬思いましたが、医療スタッフ、輸血(他人の力)、家族、応援してくれる皆んな、そして、耐えた自分。

『まだ死ぬんじゃない!』『まだまだ死なせない!』『他人の力を借りてでも生きろ!』

そう言われた(言われている)感覚になりました。ありがとうございました！ この先もまた、様々なことが想定されます。
※今回は自分でも想定外でビックリでした!
年末年始ということもあり、連絡やメッセージが途中で途絶えたり、約束したことが出来なかったりしました。**『早く状況を伝えなきゃ』**と思っての投稿で、かえって心配をかけたり不安にさせたりしたかと思います。ごめんなさい。(俺も焦るんだなぁ…と。)

気持ちは、〝一喜一憂せず〟に進みます。進みましょう!

僕の発信を見てくれる方は、〝がん〟や〝治療内容〟や〝心境〟など、知りたい内容や視点はさまざまだと思います。

今後も本音で思ったことを書いていきます。

それでも気持ちは、〝一喜一憂〟せずに〝前を向いて〟進みます。

日々、目の前の時間を大切にしながら、治療は、乗り越えた先までをも想定しながら。

2024/01/02熊谷翼/がんサバイバー
(「0/明日が始まり」P.21参照)

1月3日/#259

(2024年1月7日13時18分)
2024年1月3日 がん告知から259日目
(「1月1日~2日の報告/#258」P.569参照)
※体調が回復してからの投稿です。
1月3日この日から「水分許可」あとは点滴。1月1日は、喉も身体も渇いていて、しかも水分摂取禁止だった為、**《水を渇望》**していました。人生の中で、**《水》が飲めない56時間**

を、経験したことがなかったので、ある意味良い体験でした。

1月3日から水分許可。

【制限が外れると、有り難さが減る】これもまた新鮮な学びですね。

ウォシュレットの水を飲もうとしていた、それくらい飲みたかった水を、自由に飲めるとなったら、ウォシュレットの水を飲もうとはしない。

制限があると「欲」が高くなって、制限が外れると「欲」が減る。これ「水」だけじゃない話で、転用できる話だし、「欲」とは書いたけど、**「欲」が満たされて「有り難さ」を感じる。**制限が外れると有り難さを感じにくくなる。食べたかったもの、いきたかったところ、欲しかったもの、手に入れたかったもの、彼氏や彼女やパートナー、家族や友人、お金や地位や名誉、、、
いつでも買えるようになったり、いつでも食べられるようになったり、いつでも会えるようになったり、いつも健康でいれたり、いつも一緒にいれるようになったり、いつのまにか立場が上にいるのが定位置になったり、、、
僕の人生を振り返っても、「有り難さ」が「当たり前」になってたなぁ、と。「《水》《食べ物》《動く身体》への渇望」を、この40年間で初めて体験しました。

僕の人生、初の体験、新しい気付き、前に進んでいます‼

2024/01/03熊谷翼

◆Amazonリスト支援◆
（Amazon「ほしい物リストを一緒に編集しましょう」

https://www.amazon.co.jp/hz/wishlist/ls/3FUBFS89TMKS3?ref_=wl_share)

延べ75名以上の支援、ありがとうございます。

寄付のご協力をよろしくお願いします。

応援ありがとうございます！


明けましておめでとうございます。

（２０２４年1月7日 18時28分）

令和6年1月7日
改めまして、明けましておめでとうございます。

２０２４年も、どうぞよろしくお願い申し上げます。

２０２３年はラストまで、沢山の〝学び〟を与えられ、沢山の〝有り難さ〟を感じました。そして、沢山の〝応援〟を頂戴しました。

皆様のおかげで《いま》があります。心からありがとうございます。２０２３年は「人生の分岐点」２０２４年は「生き方の追求」過去40年「正解」と思って生きてきた「生き方」を否定せず、新しい「解」を探してみる「生き方」をしていきます。

環境や価値観も変わると思います。過去との矛盾もあると思います。関係や感情も変わると思います。乗り越えた先を

見て、一喜一憂せず、今この時間を大切に生きていきます。
２０２４年もどうぞよろしくお願いします。
そして、皆様の１年が**《幸せを感じられる瞬間が多い１年》**と、なりますように。

2024/01/07熊谷翼

1月4日／#260

（2024年1月8日 13時41分）

２０２４年１月４日　がん告知から２６０日目

※体調が回復してからの投稿です。
１月４日この日は朝から、上腹部内視鏡検査でした。検査結果はまだ出ませんが、

・胃からの出血（3箇所）
・3箇所がすでに微量出血痕あり
・腹部大動脈瘤が4箇所の可能性大
↓食道静脈瘤が

という状況です。今日の昼から、食事許可（流動食・重湯）されました。久しぶりの食事（重湯と味噌汁のみ）初めての流動食（患者として）色々と思いながら頂きました。
水が飲めること、食事がとれること。
感謝しかないですね。

2024/01/04熊谷翼

（lit.link「熊谷翼／がんサバイバー」（リットリンク）
https://lit.link/kumagaitasuku）

1月5日／#261

（2024年1月8日 13時53分）

２０２４年１月５日　がん告知から２６１日目

※体調が回復してからの投稿です。
※本日の投稿はInstagramと同様内容です。
（Instagram「熊谷翼 @kumagaitasuku・Instagram 写真と動画」
https://instagram.com/kumagaitasuku/）
１月５日 吐血は、胃（３箇所）からで止血済。
昨夜から、分子標的薬開始。本日、ＣＡＲＴ療法（腹水抜いて戻す）実施。体調も良いです。
１／１〜１／２ 絶飲食
１／３ 水分のみ許可
１／４ 昼〜食事許可（流動食・重湯）
新しい〝生き方〟をすると決めた２０２４年。
（※新年の挨拶は改めて）
新年開始から、血液も消化器官も強制的にデトックスされました。
※年末の飲食物の影響ではなく、
その前から出血し固まっていたようです。

#年末に集まってくれた皆んなは責任を感じる必要は無いですからね
#ビビって集まらないとかやめてほしい
#酒は飲めないけど
#2時間くらいだけど
#やっぱり会える時間を作りたいし使いたい

「水」「食べ物」「動く身体」を、こんなに渇望したことは**【40年間】**ありませんでした。
※そういうタイミングだったのかもしれませんが、一喜一憂せず前に進みます！

年末年始期間、ご心配をおかけしました。コメントや応援、ありがとうございました。僕自身は、心身ともに順調に前進をしています。次回の投稿は「新年の挨拶」を。
※noteでは、先に新年の挨拶を投稿しています。

そして、それ以降の投稿は、**「自分に正直な生き方（在り方）」**で。いつもありがとうございます！

2024/01/05熊谷翼

◆Amazonリスト支援◆
（Amazon「ほしい物リストを一緒に編集しましょう」
https://www.amazon.co.jp/hz/wishlist/ls/3FUBFS89TMKS3?ref_=wl_share）

寄付のご協力をよろしくお願いいたします。
応援ありがとうございます！

1月6日／トイレ事情#262

（2024年1月8日 17時33分）

2024年1月6日　がん告知から262日目

※体調が回復してからの投稿です。

1月6日

検査などは全て終了し、胃の状態も落ち着いてきました。身体の状態としては、**「足の浮腫」による歩行障害**です。1人では歩けません。看護師さんを呼んで、車椅子に移って押してもらうか、短い距離なら自分の手で車輪を動かすか。
※日に日に改善しています。

そうなってくると、**「トイレ」はどうしても介助をしてもらわないといけない。**一応、僕も介護講師として、27歳からやらせてもらってて、「トイレ介助」「オムツ交換」の技術もあるし、**〝教える側〟**としては、**〝介助される側〟**の気持ちも知らないと、講師としては半人前なので、仲間と一緒に**「オムツ交換をされる」**ことも何度かやった。**仲間と実施した時に感じたのは、「恥ずかしさ」「申し訳なさ」（今回）実際に患者として介助を受けて感じたのは、「申し訳なさ」**介護を受ける利用者様が、「申し訳ないね～」と言う気持ちが良くわかった。
※1／1～1／2は、そんなことを思う余裕は無かったけど。

実際に今回の僕の例で話すと…

1／1～1／2

・紙パンツ着用。

・ベッド上での尿器・便器排泄。
※コレがなかなか慣れないと出しにくい。
・体勢が辛い時は、そのまま紙パンツへ排泄。
※コレはかなり勇気がいる。
・紙パンツ交換や清拭などは全て介助。
※申し訳ないです。

1／3〜1／5

・紙パンツ着用。
・車椅子へ介助で移り、トイレへ行き、ズボンの上げ下ろしは介助。終わったらコールを押し、介助で戻る。
・車椅子へ移れない時は、尿便器か紙パンツへ。
※なるべく1人で出来ることを増やすために、毎回少しずつ出来ることを増やして介助量を減らしていきました。コレ大事!!

徐々に(全ての動作に見守りをしてもらい)車椅子に自分で移り、自分で車椅子で移動し、自分でズボンの上げ下ろし(厳しい時には介助)コレを1回ずつ前回より出来る動作を増やす。
※「口では言うのは簡単!!」って何回も思い知りました。

1／6〜

・普通パンツ(黒色便(出血)の心配が無くなったため)
・車椅子に自分で移り、トイレ内も全部自分で。
→
やっと全部自分で出来るようになりました。**「やっぱりトイレは自分の力でなんとかしたい」**ただ、まだ車椅子での移動。歩行ではない。
※排泄後にめまいがあると怖いので、ここは慎重に。
歩行はトイレの時じゃなくても、安定させることも、距離を延ばすことも可能なので、焦らず。
そんなトイレ事情でした。

2024/01/06熊谷翼

◆Instagram◆フォローをお願いします!
◆thregds◆本音を書いています!
◆Amazon支援物資◆78名に感謝!!
Amazonほしい物リストを一緒に編集しましょう
◆寄付へのご協力お願い致します◆
◆SNSリンクまとめ◆
いつも応援ありがとうございます!

1月7日／入院も捉え方#263

(2024年1月10日 19時02分)

2024年1月7日　がん告知から263日目

※体調回復後に投稿しております。
新年は実家でゆっくりと、お節を食べて(お節を食べることが楽しみだった)、正月らしいゆっくりとした時間を楽しもう! 11月後半から、それを楽しみに、目標にしてきまし

た。まぁ、思い通りにはいかないものですね。お節もお餅も、（お餅は少し食べたけど）食べられずに7日になりました。
僕はほぼテレビを観ませんし、入院をしているので余計に外部の情報は、スマホ以外からは入ってきません。
※スマホを開かなければ情報はほぼ無し。それもまた僕にとっては心地よかったりもします。
外を見ると、寒そうな感じはありますが、ずっと暖かい室内にいると、冬ということすら忘れてしまいそうです。外部とのやり取りがないのが嫌！って、思う人もいるかもしれませんが。
※特に仕事マン
けれども、「入院」ということに意味付けするなら、そういった「やり取り」などを含む、［スマホ疲れ］［人間関係疲れ］からの解放と捉えて、スマホや人間関係から距離をとるのも、すごく良いと思います。
※そういうタイミングなんだと思います
「治療」はもちろんですが、捉え方によっては、「身体も心」もストレスから離れることができるので、「入院」って悪いことばかりではないですね。
捉え方によってですが。

2024/01/07熊谷翼

◆ＳＮＳでのコメント、メッセージ。支援、寄付、心より感謝しています。ありがとうございます！

1月8日／出来ることをやるよ！#264

（２０２４年1月10日19時04分）

２０２４年1月8日　がん告知から２６４日目

※体調回復後に投稿しております。
12／31に搬送され、実質１／１からの入院治療となりました。それから1週間が経過。食事もお粥食ですが、順調に摂れていて体調も落ち着いています。排便も調子は良いです。おそらく吐血に関連した状態は良好に進んでいます。（良かった）
あとは、足の浮腫による歩行…浮腫を取ることはなかなか難しいので、（お腹と足に溜まるので、どっちかが一杯になると、どっちかに溜まる感じ。伝わります？）（医療用）加圧ストッキングを履いて、足に圧をかけて、それから足踏み➡屈伸、歩行。ベッド上では、ストレッチ、屈伸。
バカにされそうな運動だけど、今の俺には精一杯できることを！ジャンプも、走ることも、蹴ることも、今の俺には厳しいけど、出来ることを精一杯やります!!

2024/01/08熊谷翼

◆ＳＮＳでのコメント、メッセージ。支援、寄付、心より感謝しています。ありがとうございます！

1月9日／肝臓回復？#265

（2024年1月10日 19時06分）

2024年1月9日　がん告知から265日目

今日、担当医とお話をしました。

・今までの治療経過と効果
・今回の吐血の原因と診察結果、今後の治療方針
・現在の状態と効果、想定リスク
・今後の治療方針と想定リスク

しっかりと話ができて、（数値、原因、根拠、効果、対策…）僕としては有り難いです！

ただ、正直なところ…『「吐血の原因と結果」くらいかなぁ〜』と、思っていました。

そのお話の内容ですが、まず、僕の状態としては、**「様々な要素（臓器や状態）が絡み合っている」**と、言ったところで、どこか一つのバランスが崩れた時点で、全ての状態（臓器、治療、リスク…）が変わります。（まぁ病気じゃなくても当たり前の話ですが、〝より〟ってことで）まずはまずは！

肝臓転移の影響（抗がん剤も）で肝臓が、「肝硬変」になっています。

※小さく硬くなり、腹水の原因にもなってます。

※僕の場合はこの《肝臓チャン》がポイントです！

この、小さくなり始めている《肝臓チャン》11月より一回り大きくなっていました!!　11月より転移癌が小さくなっていました!!

夏までは腫瘍マーカーがグングン下がり、良い報告ができていました。秋から体調も数値もいまいちでしたが、やっと良い報告ができました！

完治するまでの大きな視野で考えると、山あり谷ありなので、目の前のことで一喜一憂することではないのですが、やっぱり嬉しいですね😊

2024/01/09熊谷翼

◆SNSでのコメント、メッセージ。支援、寄付、心より感謝しています。ありがとうございます！

1月10日／食道胃静脈瘤#266

（2024年1月10日 19時09分）

2024年1月10日　がん告知から266日目

※本日の投稿はInstagramからの転載です

Instagramのフォローもよろしくお願いします！

（Instagram「熊谷翼 @kumagaitasuku・Instagram写真と動画」
https://instagram.com/kumagaitasuku/）

【食道胃静脈瘤】2024年01月10日

2023年12月31日の吐血は、食道胃静脈瘤からの出血（3箇所）でした。

現在は止血し貧血などもありません。食事も粥食・一口副食を摂り順調に回復。今後は定期的な検査のみになりそうです。

そして、化学療法（分子標的薬治療）も順調に進んでいます。

肝臓転移も縮小傾向です✌

この肝臓チャンが全てのポイント🤭

なんとか仲良くやっていきたいものです。

年末年始はお騒がせしましたが、今後の方向性も決まり、退院の目処もつきました。ご心配をおかけしました！

そして、たくさんの応援ありがとうございました！

これからも、先を見て前に進んで行きます！

2024/01/10熊谷翼

#がんサバイバー
#大腸がん
#ステージ4

◆SNSでのコメント、メッセージ。支援、寄付、心より感謝しています。ありがとうございます！

1月11日/明日退院予定です#267

（2024年1月11日 17時38分）

2024年1月11日 がん告知から267日目

こんにちは。

報告が遅くなっていますが、新年からタイトル変えました。タイトルで〝日にち〟が分かるようにしました。

よろしくお願いします。

◎出血なし

まずは皆様のおかげで、（そして自分のおかげで）無事に体調も回復しました。今回の年末の吐血は、【食道静脈瘤】からの出血でした。止血後からは、出血もなく、食事も順調に摂れています。

（粥→軟食→常食）

◎分子標的薬治療

1月9日の投稿でも話しましたが、この治療薬が効いてくれていました！

（「1月9日／肝臓回復?:#265」P.576参照）

肝臓（肝硬変）が、腹水、静脈瘤、足の浮腫の原因になっています。

この肝臓が小さくなってきていたのが、11月より一回り大きくなっており、がん細胞が減少。この少しの変化も、やはり当事者や家族、担当者からすると嬉しい！

◎体調も良い

1月5日あたりから、体調も回復してきて（口からご飯を食べてから）食事、排泄など順調です。

◎副作用

手の痺れ、痛みはありますが、分子標的薬治療の副作用だった眼障害はほぼ無い。（感じてないだけか?:）ニキビは出るけど薬でなんとか。

2024/01/11熊谷翼

◆SNSでのコメント、メッセージ。支援、寄付、心より感謝しています。ありがとうございます！

1月12日／退院#268

（2024年1月12日 23時18分）

2024年1月12日　がん告知から268日目

※本日の投稿はInstagram投稿と同内容です。
Instagramのフォローもよろしくお願いします。
（Instagram「熊谷翼 @kumagaitasuku・Instagram写真と動画」
https://instagram.com/kumagaitasuku/）

【退院したの俺な!!】レアキャラ出現!!?

年末年始お騒がせしました。出血やがん治療に伴う各検査も行い、本日退院しました。

・出血なし
・食道静脈瘤消失傾向
・各数値異常無し
・肝機能維持
・肝臓回復傾向
・肝臓転移がん縮小傾向
・腹水は2週に1度のCART（抜いて濾過して戻す）
・間に合わない場合は腹水穿刺（抜くだけ）

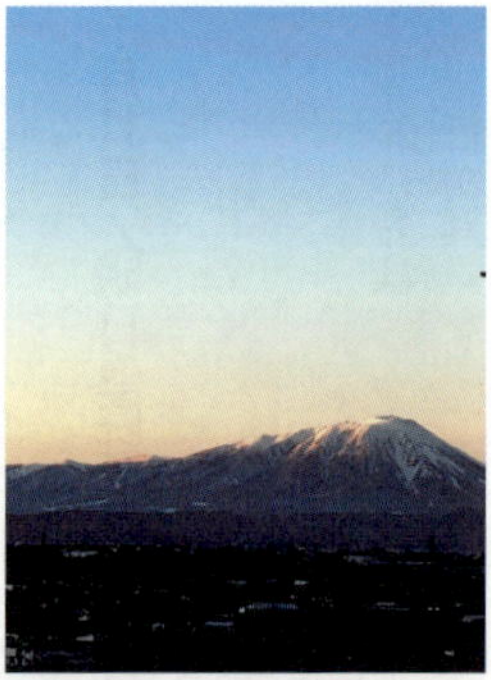

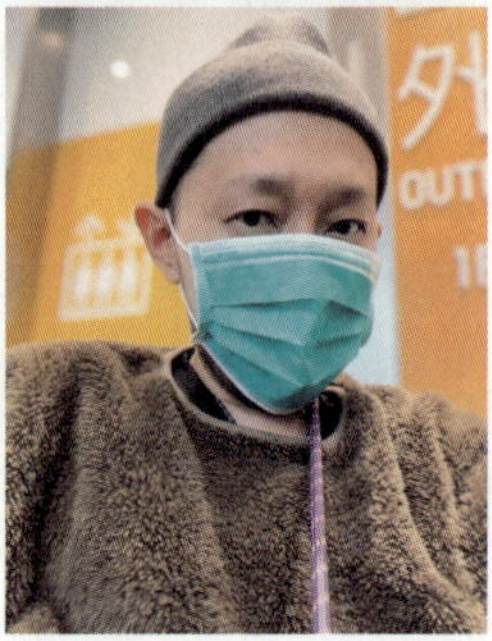

今回の入院によって薬も変更あって、毎日8時と20時に飲んでいた痛み止め（オキシコンチン）は、貼り薬に変更となりました。この貼り薬で痛みのコントロールが、うまく出来ているので、相性完璧！　あとは、胃関連の薬の変更と追加ですね。

今回の出血により、より全身観察と管理をしながらの治療となり、確信を持って前に進めています。

病棟のスタッフさん、担当医さん、薬剤師さん救急スタッフさん、前回の退院時に『またこの病棟だと良いなぁ』と、思っていたら本当に戻れました。（まさか、こんな早くとは思わなかったけど笑）

寝たきり状態（全介助）でも、気さくに明るく声をかけてくれて嬉しかった。ありがとうございます！

またこの病棟が良いです!!

何もなければ明日退院!!

皆様の応援ありがとうございました！

・分子標的薬点滴治療は1週に1回外来か短期入院
今回突然の入院となりましたが、それにより各器官の状態を確認でき、内服薬などの見直し(臓器の負担軽減)もされました。以前より体調も良くなり、がん特有の痛みはほぼありません。(痛みがコントロールされています)また来週、がん治療入院となりますが、
良い方向に進んでいます！　皆さんの応援のおかげです。ありがとうございます！
これからも、前を先を遠く広く視野を広げて進みます！
よろしくお願いします。

2024/01/12熊谷翼

夜は仲間たちと年末ぶりに再会。その写真は明日のInstagramにて。

◆SNSでのコメント、メッセージ。支援、寄付、心より感謝しています。ありがとうございます！

1月13日／やっとスタートが切れました#269

（2024年1月13日 23時13分）

2024年1月13日　がん告知から269日目

こんばんは。
病院には無い「自宅の階段と段差」で、退院直後から、ふくらはぎと太ももがバキバキ筋肉痛です。
※そんなに衰えるんです
昨夜は急遽の誘いにも関わらず、後輩家族と実習生との夕食。年末にちゃんと話しを聞いてあげられなかった後悔があって、「年始にまた会う！」と決めていました。急遽の入院がありましたが、無事に自分との約束を果たせて良かったです。
2024年は、これまでしてこなかった**〝生き方〟**をしようと決め、**新しい〝問い〟や〝解〟を求める日**が始まりました。(入院期間を除くと今日からが始まり。自分の中では)と…難しいことを考えているわけでも無く、**自分軸ペースで〝いま〟の時間を過ごしています。**特別何をしているわけでもなく、時間を大切に…それだけです(笑)。
・急がない

実習生と一緒に

・無理をしない
・量は少なめ
・時計を見ない（体内時計はかなり正確）
・すぐ休む
・動作ゆっくり
・焦らない
・通知オフ（家族以外）
・予定を詰め込まず
・体調、気分、タイミングで決める
・靴下、手袋が左右非対称でも気にしない
・時間、義務で行動を決めない

※薬だけはアラームで守って
・返信、コメントも自分のペースで
・ＳＮＳは楽しめる時にだけ
・本は気分とタイミングで
・不要なものは捨てて
・時間を奪うコンテンツは避けて
・ニュースやスキャンダルに心が左右されないように
・換気と加湿と観葉植物を大切に
こんな感じで暮らしています。

　昨日、実習生に聞かれて気付いたのが、**『俺の趣味は仕事』**だったこと。『先生の趣味は何ですか？』って聞かれて、ん〜。なんだろ？何してただろう？って、思い出して見たけど…浮かばない（笑）。

　どこかに行くのも仕事ありきで、休みはほぼ取らずに（月1〜2日）、とにかく仕事だけだったなぁ…特にこの10年は。40歳を過ぎたのを目処に、そこから更にアクセルを踏んで、新しいことを始めて（いくつか準備をしていました）、仕事も更に負荷をかけて、収入も毎年上げている以上に上げて。そんなことを心に決めていた【２０２３年】そして、２０２３年4月。

「一度立ち止まりなさい」と言われた気がしました。僕の身体は知らないうちに、弱っていて、侵されていて、それでもギリギリまで耐えていてくれていて。

※スタッフが『今だから言いますけど…2、3月は顔色とか

疲れ具合がヤバかった！』『病院行って！レベルだった！』って言ってました。早く言えよ！笑　言いにくかったか。

30～40歳までの10年で、おそらく僕の身体は疲れ切ってしまったんだね。まぁ思い返せば…人それぞれ苦労はあるし比べるものでは無いけど、それなりに良く耐えて這いつくばってきたなと。**「収入」「知名度」「差別化」「効率化」**…

自分を無理矢理ブランディングして、自分の実績が無いのに〝業界では有名〟というだけのコンサルタントと一緒に、全国セミナー行脚をし、それをまたブランディング化して、結局、そのコンサルタントに事業資金と借金を持っていかれ…

→

これが29～31歳くらいのエピソード。あと31～39歳まであるけど、それはまた！（笑）いま思い返すと、その当時の方が**〝時間〟**を雑に扱ってきたように思います。

時間だけではなく、

・仲間、家族、パートナー
・物、健康、お金
・知識、技術、経験　これら全て。

仕事のスケジュールに追われ、収入を増やすことに追われ、契約を取ることに追われ、返済日に追われ、クライアントの相談と評価に追われ、周りの期待と口コミに追われ、自分のプライドと見栄に追われ、ずっと追われて追われて、それでも何者かになった気になったまま走って、転んでも死にたくても追われて、やっと終わったと思っても、まだ追われて。

やっと2年前くらいかな。地元のデイサービス案件が終わったあたりで一息つけたのは。そして、その1、2年後に**「ステージⅣがん」**『早いって！』『休みないって！笑』って書いてて思ったけど、「いま休みなさい」ってことでしたね（笑）。

こういうこと（過去やこれからの生き方）を、10月くらいからグルグルと考えていて、（最初の治療薬の効果が止まり出したあたり）そのあとから、**「過去は過去で自分にとっては正しいことをした」**と受け入れて（良し悪し評価も批判も全て込みで）、**「じゃあ、これからどうするよ？」**ってのが、秋頃。

※この時は体調も数値も下降

ぼんやりしてた考えや思いが、ハッキリしたのがクリスマス近くかな。

※家族にも夜遅くに長文LINE送って困らせた！

過去は過去。今は今。

【自分の心に素直に、正直に、思うように】おそらく、今の状況（状態）でしか出来ない時間の使い方で、パートナーや子供はいない、両親妹リボン家族がいる、仲間や応援者がいる、最低限の収入や物はある。こういう条件も今しか無いかもしれない。というか無い。

自分と向き合う大切な時間。自分の生き方を問う大事な時間。

だからこそ、**いまの時間の過ごし方（選び方）**は、考えるようにはしています。

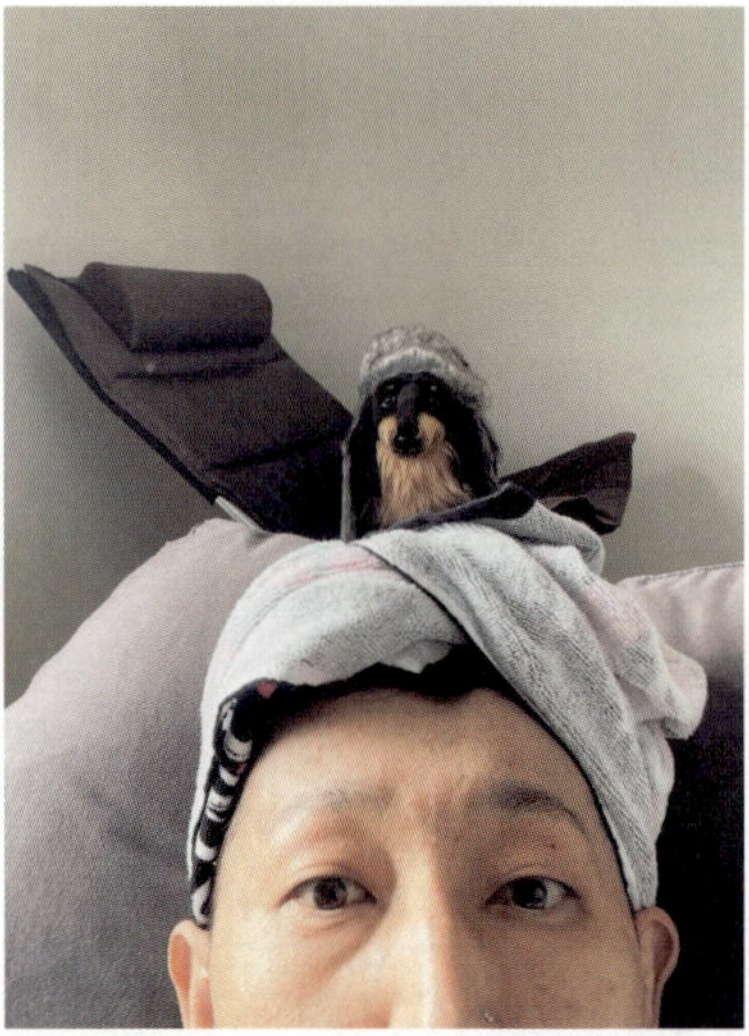

「いま」
・やりたいこと、動きたいこと
・読みたいこと、見たいこと
・会いたい人、連絡したい人
・伝えたいこと、書きたいこと
・食べたい、休みたい
・ゆっくりしたい、眺めていたい
・欲しいもの、捨てるもの
・良いと思えること、気分が上がること…

「体調」「気分」「タイミング」自己中で周りから嫌われそうなこの3つが、僕にとって大事なことで、今まではずっと我慢してきたから、嫌われても自己中で生きていきますよ！笑

急ぐことも効率を考えることもないけど、時間(暇)潰しや時間の無駄もしたくはないし、期限や時間に追われることもしたくはない。

※仕事や家事をしていたら無理ですよね。今の僕しか出来ない生き方かもしれませんから、僕の生き方を肯定するつもりも正解と言う気もないです。僕は僕の生き方(在り方)を見つけます。

今日がそのスタートでした。最良の1日でした。

2024/01/13熊谷翼

◆あとがき◆

僕と以前会ったことのある人や、仕事仲間や後輩は気付くかもしれないです。「以前の熊谷とは違うぞ？」と(笑)。SNS投稿もそうですね。以前はビジネスアカウントでしたからね。

※今は家族が出たりお腹を出したり…(笑)

それでも…会いたいと言っていただける連絡をいただいて嬉しいです！　ただ…僕の「気分」は置いておいて、僕の**「体調」「タイミング」**はあるので、そこも理解した上で(※自己中を理解していただいた上で)気長に？気楽に？急かさずに？お誘いしていただけると、こちらも心の負担なくいられます。返信も遅くなりますし、難しい時は難しいです。

※ドタキャンもあり得ます

自己中ですけど、ご理解よろしくお願いします。それを考えると、同級生と妹は年末によく人を集められなぁと感心し、

（お店も最高だった！）そして皆んなよく来てくれたなぁと感謝いっぱい。ありがとう！
◆Instagram◆フォローお願いします！
◆thregds◆本音を書いています！
熊谷翼／がんサバイバー／0年目／ヘルプマーク普及
https://www.threads.net/@kumagaitasuku
◆Amazon 支援物資◆79名に感謝!!
◆寄付へのご協力お願い致します◆
◆SNSリンクまとめ◆
いつも応援ありがとうございます！

1月14日／家族団欒#270

（2024年1月15日 01時42分）
2024年1月14日　がん告知から270日目

こんばんは。

『なんか…久しぶりに実家で、すき焼き食べる気がする。』

日曜日の家族の団欒。家族揃って夕飯を食べるのは日曜日の熊谷家。「なんか久しぶりだなぁ」って思ったけど、そりゃそうでしたね(笑)。

23：30
ちょうど2週間前の「今」は、病院に到着した時間。
それから、検査をしたり鼻から食道にチューブを入れて血を抜いたりしている間に、**「ハッピーニューイヤー」**
※検査は1：30頃までやったかな。そのあとは輸血や点滴を。
吐血した直後は、意識もハッキリとはしていたけれども、検査後から2日くらいあまりハッキリはしていなくて。(血圧80切ってたみたいね…しばらくは)家族も面会来てくれたけど、何日に誰が来たのかは曖昧で、話した内容は覚えていないけど、なんとなく2人ずつで来てた記憶はあるくらい。

今思い返すと、そんな2週間前でしたね。
#他人事のように振り返る癖
あの時は(まともに血を吐いたことが初めてなので)**『これ(命が)ヤバいかも!!』**って吐きながら思って、翌日の止血の時にも吐血して、(胃から十二指腸の検査含む)※2度としたくはない(腹水の影響で余計に)痛みと気持ち悪さと意識朦朧で、**『これヤバいかも!!』**って。男は痛みに弱くてダメですね…(笑)出産経験者に笑われると思います。結局は、**『血を吐いたくらいじゃ死なない』**ことが分かったのが教訓です

すき焼き in 熊谷家

ON THE わたあめ

ね。

※そうは言っても、量や場所やタイミングが悪かったら(血圧や貧血が戻らなかったら)それはそれで危険だったようなので、運が良かったです。

そんな話しを、親父と車の中で話しました。いまの僕の体調(症状)での不安要素は4つです。

※不安と言っても対策をしていくので大丈夫です。

・腹水

・足の浮腫

・手足先の痺れ(特に足)

・足の筋力低下

◇腹水

肝臓の影響(肝転移、肝硬変)によって、引き起こされている可能性が高いです。1/1時点で、肝機能、肝転移、肝硬変の数値や状況も上向き(良い感じ)なので、それにより腹水が治ることを期待しつつ。僕の場合は(主観的に)2週間くらいで限界になるようで、ちょうどCART治療のタイミングに合わせられそうです。

※CART治療は2週間に1回保険適用

CART(Cell-free and Concentrated Ascites Reinfusion Therapy)とは、腹水濾過濃縮再静注法の略です。腹水を腹腔からぬいて、細菌やがん細胞を取り除き、アルブミンなどが濃縮された腹水を体へ戻す方法です。

(cart-info.jpより「CARTとは?―難治性腹水症に対する腹水濾過濃縮再静注法」https://www.cart-info.jp/cart/)

前回、CART治療は1/5に実施。次回予定は1/19。(そしてまた2週後…)もしもその前に限界になったら、腹水を抜いて捨てるという治療も可能なので安心。(『いつでもすぐに連絡して来てください』って、優しく話してくれる担当医が好きです!!)

この腹水が、2週間でちょうどよく溜まるように、自分の身体をコントロール出来ないかを考えていて、実験をしているのが今。「水分量が影響しているのか?」「食べ物の量や塩分が影響しているのか?」まだ2回しかCART治療をしていませんが、逆に2週に1回のCART治療に合わせて、腹水をコントロールできるようになると、だいぶ楽になりそうです。

#自分の身体で実験やってみるぜ

◇足の浮腫

これは腹水の影響で、お腹が張ってくると(水の行き場がなくなり)足も浮腫んできます。ストッキングなどを履くと、お腹が更に張ってくる。水が行ったり来たりするんでしょうかね。なので、次回CART治療前に可能ならストッキングを履いて、足の浮腫も解消されるか実験してみます。いずれ、腹水が良くならない限りは、足の浮腫も続くと思われます。

◇手足先の痺れ

これは最初に行っていた抗がん剤の副作用です。冷感刺激が痺れに変わり、それが手足の先に残っていて、これがなかなか消えません。

　手はなんとかなるんですが、問題は足先で、歩くのが足の指に力が入らない。なので歩行が不安定。（土踏まず〜かかとでバランスをとっています）こういう歩行状態なので、摺り足歩行になってしまい、余計に筋力低下に繋がっています。

◇足の筋力低下

　筋力低下は全身で起こっていて、これは「がん悪液質」と言われるものです。

※消化器系であれば80％くらいがなるようです
がん悪液質（Cancer cachexia）は、がん患者に多くみられる合併症の1つ。とくに進行した消化器がんや肺がんで高頻度に発症する。主な症状は、体重減少、骨格筋量減少、食欲不振などで、QOL（生活の質）の低下、予後不良の要因となる。

僕の場合は、腹水症状が始まる前に、体重減少（1ヶ月で2〜3キロ減）がありました。**治療前の5月が68キロ前後。腹水が溜まる前は61キロ前後。**

2023年5月

いただいたバンド

2023年12月

※余分な脂肪だけが落ちると良いのですが、皮下脂肪や筋肉も落ちました。
※写真だと以前と比べて、顔が小さく目がくぼんで見えると思います。

今は腹水の影響もあり、体重自体は戻ってはいますが、毎回6リットルほど水が抜けることを考えると、現体重は58キロ前後になると思われます。書いたように、問題としては筋肉が落ちたことで、腕や胸は明らかに骨と皮だけになりました。足は浮腫で分からないけど、自宅の10段くらいの階段昇降を数回して筋肉痛になるほどです。先輩からいただいたバンドなどを使い筋トレもしていますが、意識的に筋力を増やす!! これが課題です。
※筋力増えたら身体にはプラス

こんな感じです。何も悲観的でもネガティブでもなく、現状を理解した上で、あとは出来ることをやっていくだけで。腹水コントロールもそうですし、内服薬の変更時にもそうでしたが、パズルを埋めるように、「これはどうかな?」「こっちは?」と、やってみながら答え合わせをしていく感覚で、僕は好きな感覚です。**しかも自分の身体ですし、元々がんも僕が作ったものなので、必ずどこかにヒントやポイントがあるはずなんですよね。**

それは、身体なのか、環境なのか。気持ち?飲食物? それを探りながら、答え合わせをしながら進んでいる感覚です。一発で合わなくて当然、何度もトライ。そして少しずつ答えに近づけていく。

今は**「近づいている感覚」**が高い。根拠は無いけど、それは結構合ってると思う。今年から〝生き方を変える〟ことを決めて、そこから治療も楽しめるようになってきて、まだ今年始まったばかりだけど、良い方向に進んでいます。

最後まで読んでいただきありがとうございます。

2024/01/14熊谷翼

◆SNSでのコメント、メッセージ。支援、寄付、心より感謝しています。ありがとうございます!

1月15日/体調は良いです#271

(2024年1月16日 00時59分)

2024年1月15日 がん告知から271日目

こんばんは。

僕の地域は北日本なので、雪自体は珍しくはないのですが、今まで(特に最近までは)、雪が積もった風景すら素通りしてきていました。むしろ雪が降ると、「雪かき」「渋滞」など労力(ストレス)がありました。雪の綺麗さなんて「いつぶり?」ってくらいに感じました。雪道で体力(筋力)のこともあり、家のまわりを少しだけ散歩しました。

せっかくダウンも着ていたので自撮りして、Instagram にアップしたところ、「IWATEDOWN」の Instagram にも載せていただきました。**IWATEDOWNさんのInstagramです。「いいね」「シェア」よろしくお願いします。**

コメントもさせていただきましたが、岩手が誇る「**最高のダウン**」そして、デザインもまた、岩手が誇る「**ヘラルボニー**」「**松嶺貴幸**」1人でも多くの方に「**IWATEDOWN**」の魅力が届くと嬉しいです。

#IWATEDOWN
#ヘラルボニー
#松嶺貴幸

最近まで写真を撮る心の余裕すら無かった

昨日の投稿では、現状と課題?について書きました。僕の投稿を読んでいただいている方の目的はさまざまで、

・がん治療(経過)を知りたい
・応援をしたい
・学びたい
・日常を知りたい
・ファンです(いるのかな?笑)など

そういった声を意識しつつ、その時に思ったことや、一日を振り返った時の考えなどを、一筆書き(修正なし)で書いています。ですので、その日その日によっては、「近況が分からない」「治療はうまくいっているの?」「この話題は興味ない」って、思われることもあるかもしれません。実際にあったかもしれませんし、今後あるかもしれませんが、あたたかく見守ってもらえると嬉しいです。

※今も見守ってもらえていてありがたいです!

現状としては、**“腹水”**と**“足の浮腫”**ですね。日に日に溜まっています。

※次回CART治療は19日予定

明日から食事量と水分量を、さらに意識していこうと思います。

※腹6分目

現状はそんなところで、体調は良いし、食欲もあるし、痛みも(腹水圧迫感以外は)ほぼ無し。足先の痺れで歩くのがゆっくりなくらいで、心も身体も良い状態です。

※胃食道の出血も無し、痛みも無し

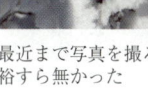

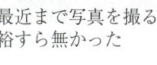

入院中はなかなか眠れずでしたが、自宅では眠剤無しで、しっかり眠れています。年末から（吐血はあったけど）、体調としては良い状態が続いています。日常が送れることを〝当たり前〟と思わず、ご飯を食べられることを〝当たり前〟と思わず、トイレに行けるのも、水が飲めるのも、チョコを食べられるのも、外の空気を吸えることも〝当たり前〟と思わず、一つ一つの事や、時間のありがたみを、忘れないようにしながら、日常を過ごしていきます。

2024/01/15熊谷翼

◆SNSでのコメント、メッセージ。支援、寄付、心より感謝しています。ありがとうございます！

1月16日／たまにはサボりましょ#272

（2024年1月17日 00時05分）

2024年1月16日　がん告知から272日目

こんばんは。

僕が住んでいる地域は、今朝かなり冷え込みました。体調はいかがですか？　事や子育て、家事をしていると、休むこともなかなか難しいとは思いますが、一番大切なのは**「自分の身体と心」**です。

休めなくてもサボりましょう!サボる勇気を持ちましょう！

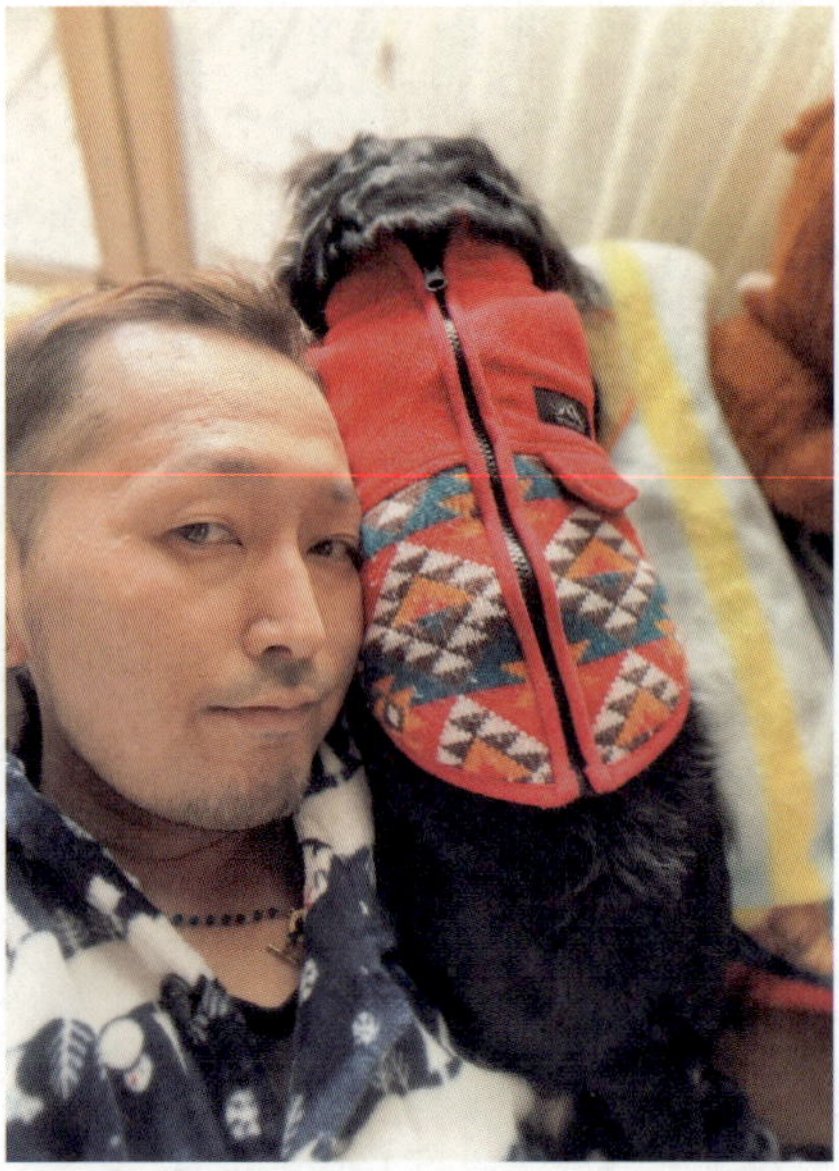

二度寝はリボンと

サボる時は…**「躊躇なく」「ケチらず」「わがままに」**

※思いつきの3拍子

・「体調悪いので早退します」

・「ご飯作るの面倒なので宅配頼みます（惣菜買ってきます）」

・「疲れたから家事は明日にして寝ます」

・「ストレス溜まったから2時間1人カラオケしながらポテトフライ食べてきます」

サボってください！（笑）

いつもサボっている人は、どうかと思うけども…（笑）

疲れを感じやすい人や、体調を崩しやすい人って、結構真面目な人が多いと思うんですよね。（ザ・主観）

「仕事だから、ちゃんと(最後まで)やらなきゃ」「親として、(子供の前では)ちゃんとしなきゃ」「みんなやってるから、(私も)ちゃんとしなきゃ」

いいっす!!「ちゃんと」しなくて!!

たまには、サボりましょ!!「仕事に責任を持て」「ちゃんとしろ」「時間を有効に使え」「人より倍働け」「成長を意識しろ」「無駄を省け」「休まず動け」「人より勉強しろ」…

僕が自分に言い続けてきた言葉の一部です。

その結果…潰れました。

潰れなければ、今日も言い続けて「心身」を攻め続けていたと思います。自分の身体が不調であっても、自分の心が疲れ果てていても、それでも攻め続けた結果、「細胞」が変異(がん細胞へ変化)をして、強制的にストップがかかりました。

もしも今…あなたの身体に不調を感じるのなら、あなたの心が疲れているのなら、**自分のことを大切にしてください。**子供も大事、パートナーも家族も大事、仕事も大事なことは十分に理解してますが、一番は**「あなたの身体と心が大事」**です。頑張りすぎは良くない。**時々サボる(リフレッシュ)のと、重い病気になったり、生活に支障が起きてしまう**のとでは、比べなくてもどっちが良いかは分かるはず。

だから、サボってください!!

やる時はやって、時々サボりながら、明るく楽しく生きた方が絶対に良い! 周りの目とか立場とかより、自分の身体と心を気にしてください。

そして、少しでも異変があれば、すぐに「受診、検査」をしてください。何もなければそれで良いし、薬で症状が和らぐならそれで良い。僕みたいに、無理して無視して、「薬は毒だ!」みたいに意地を張らずに。僕のことを知ってもらって、「がんについて考えよう」「お金(保険)について考えよう」「健康について考えよう」「身体や心と向き合おう」

そう思ってもらえると発信をしている意味があります。

いつも、ポジティブでいる必要もないし、いつも、ちゃんとしている必要もないし、いつも、頑張る必要もない。1年前の僕は、そんなことを言うこともなかったけど、今はそう思うし、そうして欲しい。(10年前の自分に言いたい気持ち)

僕は自分の現状にもう後悔はしていないけど、あなたが同じような状況になって欲しくはない。

あなたって、誰か特定の人に向けているわけではないけど、もしかしたら、「いま」この文章が必要な人がいるかもしれない!って思って、必要な人に届けば良いなと思い書きました。

自分を大切にね。

僕はここ毎日サボりまくりだから、少しくらいサボっても大丈夫だよ!(笑)

2024/01/16熊谷翼

◆SNSでのコメント、メッセージ。支援、寄付、心より感謝しています。ありがとうございます!

1月17日／明日から入院治療#273

（2024年1月17日 23時55分）

2024年1月17日　がん告知から273日目

こんばんは。

昨年の記録をまとめているページを見つけたので、時期的に終わった感はありますがシェアします。

今年も一年頑張ったあなたへ、noteでの記録をお知らせします。

（「2023年の記録｜note（ノート）」https://note.com/wrap_up/annual_2023/a69e43c9-ce0c-4f89-b6e2-76ef1bcf32c3）

さてと、明日から入院です。

入院と言っても、治療目的での入院なので、ご心配なく。

（体調は良いです）

今回の入院目的は、2週間に1度のCART治療（腹水）と、**1週間に1度の分子標的薬の点滴治療**です。

予定は2泊3日で、副作用などが無ければ週末に退院。その後は、分子標的薬の点滴治療が外来通院か？入院か？という（外来予約と入院空きベッドの状況）くらいで、基本ペースは、2週間に1度のCART治療の時には入院。

分子標的薬の点滴治療は状況で1泊か外来。その間に腹水が辛くなったら、適宜入院。スケジュールがある程度決まってきて、（症状などもコントロール出来ていて）気持ち的にも安心しています。

ただ、体調は良いものの、やはり**「腹水」**が厄介。前回、CART治療で覆水を抜いたのが1月5日。次回できるのは、1月19日。

僕の場合は、過去2回をもとに考えると「2週間で溜まる」言い方を変えると「2週間が迫るほどキツイ」今日も昨日よりお腹は膨らみ、お腹の膨らみによって…

・寝返りができない
・お腹に力が入らない
・起き上がりが大変
・前屈みになれない
・圧迫により脇腹の神経などが痛む

という状況。過去2回で分かったのは、さらに腹水が溜まると「息切れ」「胃の圧迫」が起こって、そうなると2週間待たずに、腹水を抜いて（捨てて）もらう必要がある。

※CART治療は2週間に1度しか保険適用になりません
今は(効果はわからないけど)水分量を減らして、あと2日、身体がしんどくならないようにしています。
※食事量も減らしています
辛くなれば腹水を抜くことは可能ですが、うまく2週間をコントロール出来れば、今後の治療や生活もかなり楽です。まずは、明日から入院なので、何かあった時は安心です。

そんな感じで、腹水も治療もうまくコントロールしながら、進んでいけたらと思っています。

ということで近況報告でした。

おやすみなさい。

2024/01/17熊谷翼

◆SNSでのコメント、メッセージ。支援、寄付、心より感謝しています。ありがとうございます!

1月18日/積極的入院#274

(2024年1月18日 21時56分)

2024年1月18日 がん告知から274日目

こんばんは。

本日から治療のため入院をしました。

体調不良でもなく、計画通りの治療入院を**「積極的入院」**と、勝手に命名して入院をしています。(体調を崩しての入院は違いますが)治療をするため、予定通りの入院はむしろ僕にはプラスです。

食事(カロリー、塩分)もコントロールされ、自由(プライバシー)はありつつ、(非日常的な)集団生活のストレスもありつつ。

何かあった時の安心感もありますし、薬の効果や影響を聞いたり調整したり。僕にとっては(他の方もそうかもだけど)、「黙って治療を受ける」「言われた通りに点滴をされる」ではなく、担当医、薬剤師、看護師に、相談したり確認をして、場合によっては変更や中止も話して、**「これからどう進めるか」**を明確にする良い機会と思っています。
※僕個人的感覚は**「入院は大事な大会前の合宿」**みたいな位置付けです。

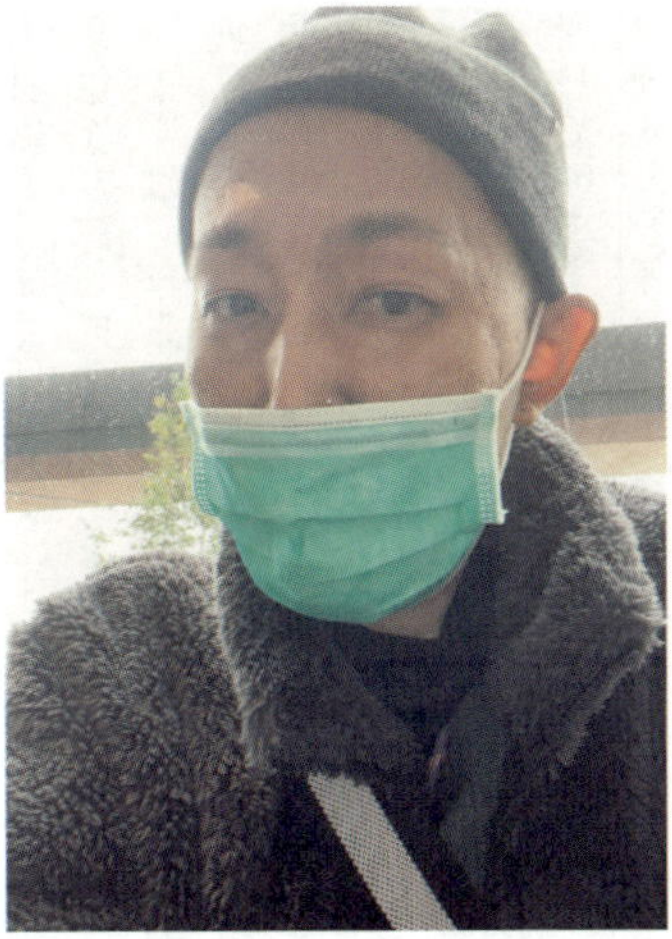

プレイヤー（選手）は僕ですが、監督も僕です。担当医や薬剤師は、コーチやトレーナー。看護師は、マネジャーです。

そして、投稿を読んでくれている方や、SNSで応援してくれる方はサポーター。勝手に位置付けしていますが、そんな感覚で「積極的入院」をしています。

今回の入院は、予定では2泊3日。

この期間で行うのは、
・血液検査（実施済み）
・尿検査（実施済み）
・耳鼻咽喉科受診
・眼科受診
・エコー検査
・CART治療
・分子標的薬点滴（実施済み）
体調や症状により、追加や変更はあるとして、今のところは、症状も体調も変わらず。点滴の副作用もありません。腹水も昨日よりは張っていますが、まぁ大丈夫です。
※ここ数日、腹水が溜まらないように、水分量を控えていました。
今日の血液検査結果として、**「腎機能」**が少し下がっていて**「脱水気味」**
→
今後も〝腹水〟と〝水分（腎機能、脱水）〟のバランスをみながら、うまく自分の身体をコントロールできると、治療も日常もうまく回りそう！
※色々と試してやってみます！
まずは、年末年始バタバタ以降は、体調も安定していて、食欲もあるし、歩くのもできているし、あとはしっかり寝て、明日の検査とCART治療に備えたいと思います。

最後まで読んでいただき、ありがとうございます！

2024/01/18熊谷翼
◆SNSでのコメント、メッセージ。支援、寄付、心より感謝しています。ありがとうございます！
#がんサバイバー
#熊谷翼

1月19日／入院治療の報告#275

（2024年1月19日 21年03日）
2024年1月19日　がん告知から275日目

こんばんは。

今日は、**入院の近況と今後について。**ゆっくりと書きたいと思います。

まず、今回の入院の目的は、**「CART治療」「分子標的薬点滴治療」**です。このタイミングに合わせて、耳鼻咽喉科、皮膚科などの検査もありましたが、メインはこの2つです。

CART治療については、何度かnoteに書いていますが、

《溜まった腹水を抜いて、栄養素だけを取り出し身体に戻す》
という治療です。

※noteでも他でも、専門用語や難しい言葉を使うのは、なるべく避けてはいるのですが、それでも出てきた場合には、ごめんなさい。

調べてもらえると助かります！

さてさて、CART治療ですが…（今回の僕の場合）腹水に抜くのは2時間くらいで、5・5リットルほど抜きました（抜けました）。それを（1、2時間くらいで）濾過して、栄養素などだけを凝縮した、800ミリリットルほどの腹水を、1時間100ミリリットルのペース（約8時間）で、身体に戻します。（これで免疫も体力も落ちない!!）

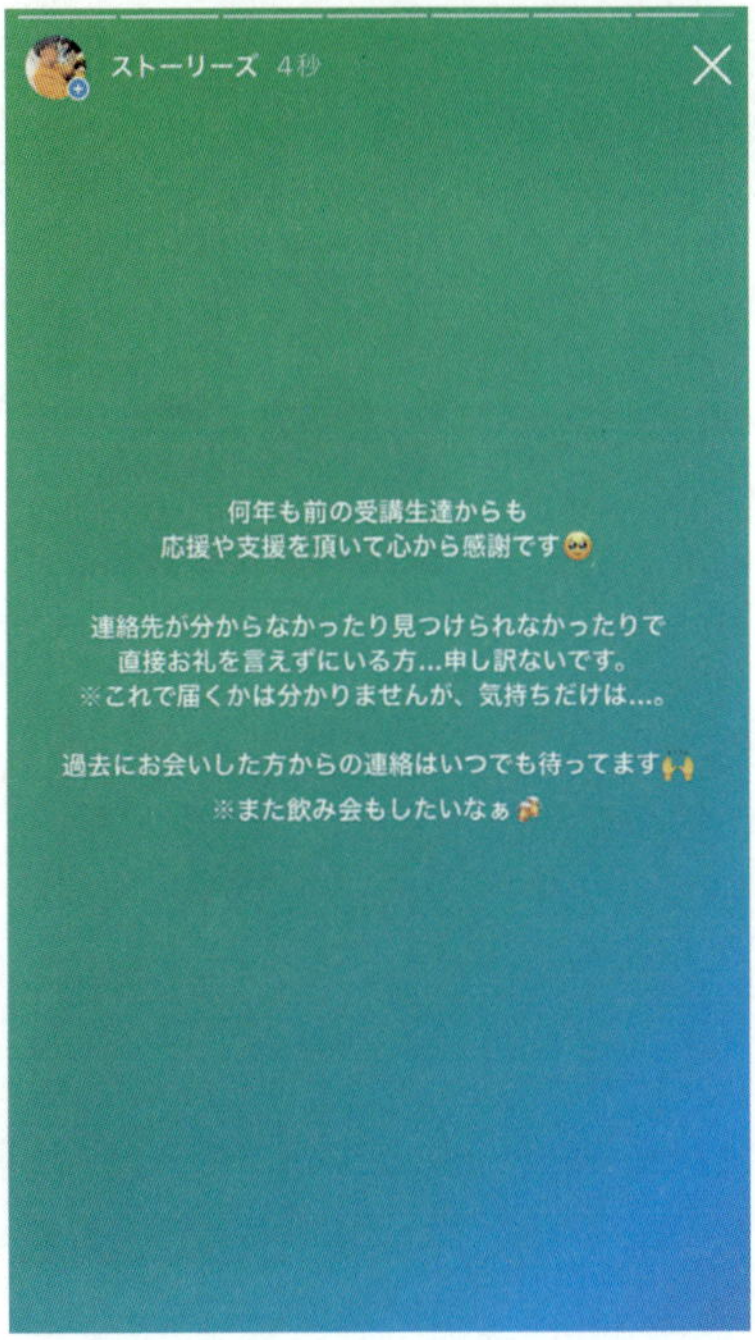

※夜中1時くらいまで

今朝は足もお腹も張っていましたが、だいぶ楽になりました。また溜まっていくんですけど、前回のCART治療に比べると、腹水量は減っていました。

※腹水が減ったのか、水分摂取量なのかは不明

分子標的薬については、毎朝夕に内服している治療薬と、週に一度の点滴薬があります。点滴薬は2時間くらいで終わるので、外来診療でも可能なのですが、今回はCART治療と並行のため、入院。

次回（来週）以降も、腹水の様子見をしながら、（外来が混んでいて予約が取りにくいという事情も若干）1、2泊の短期入院での治療になる予定です。

昨日の投稿でも書きましたが、年末年始を除いては、「計画通り」の**【積極的入院】**で、状態も数値も維持もしくは改善傾向です。

今の状況で〝一喜一憂〟するつもりはないですが、報告としては**「維持・改善傾向」**という嬉しい報告ができます。皆様の応援のおかげです。ありがとうございます！

現在の治療方針としては、**「現状の継続」**で、あとは〝副作用〟や〝薬の効果〟をみながら、調整や変更をしていく感じかなぁと。劇的に何かが変わるわけでも、特効薬があるわけでもなく、**「今の状態から少しずつ積み重ねていく」**これが現在のベストの治療です。

波はあったりすると思いますが、引き続き「先を見て」進

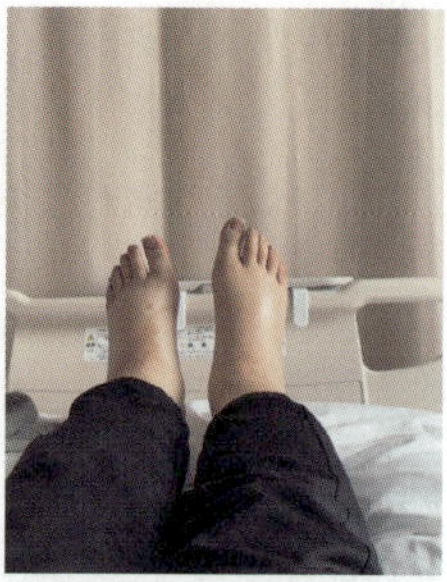
今朝の足

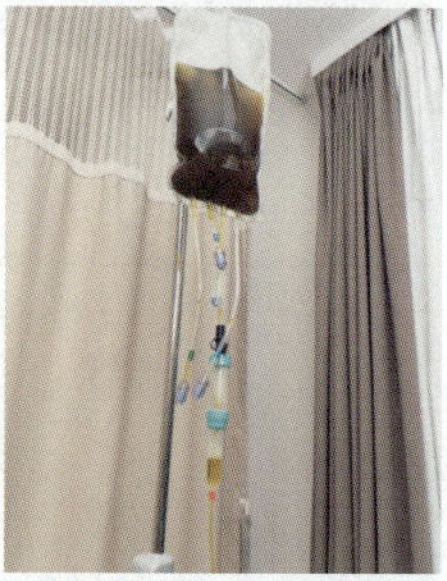
腹水戻し中

みますので、これからも引き続き応援よろしくお願いします！

　何事もなければ明日退院予定です。

2024/01/19熊谷翼

◆Instagram◆フォローお願いします！
(https://instagram.com/kumagaitasuku/)

フォロワー1300名突破!!　ありがとうございます!!

◆thregds◆本音を書いています！
(Threads「熊谷翼／がんサバイバー／0年目／ヘルプマーク普及」https://www.threads.net/@kumagaitasuku)

フォロワー123名!! 日常の呟きです!!

1月20日／退院しました#276

（2024年1月20日 23時14分）

2024年1月20日　がん告知から276日目

こんばんは。

本日退院しました。

Instagram 投稿から記事を貼り付けします。

(Instagram「熊谷翼 @kumagaitasuku・Instagram 写真と動画」

https://instagram.com/kumagaitasuku/)

【退院】2024年01月20日

　CART治療、化学療法（分子標的薬点滴治療）のための、積極的入院（治療のための入院）が予定通り終了しました。入退院と聞くと大ごとですが、計画的な治療入院なので大きな事ではありません。数値も状態も安定していますので、ご安心ください。

毎週、入退院がありますが、この「シリーズ」を楽しみにしている方が、10名ほどおりますので、飽きられるまで続けたいと思います（笑）。

#がんサバイバー熊谷 翼

ということで、今後も入退院は繰り返します。計画的な治療入院なので、先を見て一喜一憂せずに進んでいきたいと思います。

今日は、久しぶりに友人とご飯に行きました。こういう時間も少しずつ増やしていきたいですね。

2024/01/20熊谷翼

（lit.link「熊谷翼／がんサバイバー」（リットリンク）

https://lit.link/kumagaitasuku）

1月21日／無意識に（自然と）、偏った情報（知識）に流れている#277

（２０２４年１月22日 01時14分）

２０２４年１月21日　がん告知から２７７日目

（「怒っているのかも…と若い世代が感じるLINEの『。』世代間ギャップが生まれる文字のキャッチボール」「LINEのメッセージの『句点』は怒りの意思表示――？すれ違いの理由を探っていくと、思わぬ共通点にたどり着いた。」）

ＡＥＲＡ ２０２４年１月22日号記事紹介

こんばんは。

今日は、最初にネット記事を貼り付け…お時間ある方は是非！

（現在は離れていますが）講師の仕事をする立場からしても、人材育成側からしても、**「コミュニケーション」「世代間の違い」**は、情報や知識（技術）を更新しないと…と思っていました…

特に**『近頃の若者は…』**と、ブツブツ言う理解力の無い大人には、なりたくは無いので、**《今の世代の感覚や思考》を理解する姿勢は持っていたいなぁと思っています。**

※個人的には「Z世代」「ゆとり世代」の分け方とか嫌いです。
あとは、Instagram や note での発信をしている中では、なるべく分かりやすく読みやすい言葉や表現、堅くなりすぎず雑になりすぎず…と、アレやコレやと試しています。（秘密です）

「改行入れようかな」「〝を〟を抜かすかなぁ」「ひらがな表記が良いかな」「日本語の正しい使い方じゃ無いけど、こっちが伝わるかなぁ」「〝。〟は付けないでおこう」とか…まぁ色々と…。

文章の内容自体は、書きながら（話しているように）頭？口？指？に出てきて、ほぼその通りに書いていますが、言葉として残す時に、どの表現が「伝わりやすいか」「僕らしいか」ってことも大切かなぁと。

※なんとなく、そう思ってるだけですけどね（笑）

内容によってもそうですし、伝え方によっても、万人受けはしないと思いますが、**それでも出来る限りは、分かりやすく読みやすく伝えたい。**

※これはこの note に限らず。ＳＮＳでも普段のコミュニケーションでも LINE でも。

そして、**最初の記事が分かりやすかったので、シェアさせていただきました。**僕の感想は、**『やっぱりそうだよね、うんうん』**でした。偉ぶってるわけでもなく、実感として（実際にやり取りをしていて）**『そう思って（捉えて）るんだね～』**って知ってたから、**『うんうん、そうだよね』**になるんですが、これ…怖いのが、その直接のやり取りの体験もなく、この記事も読まずに、**《自分が正解》**と思って、仕事などで新卒者や若者たちとコミュニケーション（特にメッセージやLINE）を取っていたら、高い確率で摩擦やズレが起こるだろうなぁと。《近頃の若者は》が発生するだろうなぁと。

これって単純に、**「社会（環境）背景の勉強不足・更新不足」**で、厳しく言うと、**大人（年上）の【サボリ】**もしくは、**若者（年下）を【なめてる】**と僕は思っています。記事では**「お互いに歩みよろう」**的に、最後はまとめられていたけれども、**『いやいや、年上が歩みよれや！』『その前に勉強してこいや！』**です。

※「今の若者は」という括りは大嫌いですがあえて使わせて頂くと…（ごめんなさい）

今の若者は…単純に、**賢いし早いし有益的**です。分からないことも、すぐに調べて教養に出来るし、時間効率や有益性有無の判断も自然と身に付いています。足りないのは**「現場経験」**くらいですが、現場でのノウハウやテクニック、リスクマネジメントは、YouTube で予習復習もできるので、ここで言う**「現場経験」は「失敗」**。

具体的に言うと**「失敗からの立ち直り方」**や、**「失敗を次に繋げる選択肢から何を選ぶか」これらを根拠をもとに経験するのが現場であって、『俺の時代はなぁ…』**という回想話しや、**『気持ちが入ってないんだよ！』**という根性論を、持ち出された時点で幻滅します。

※僕も幻滅します
特に…人事担当だったり、役職がついていたり、それこそ中小企業の社長さんとかは、僕よりも年上の方が多いですが、『気をつけた方が良いですよ！』って、言いたくなる人の顔も浮かびます（笑）。**社会（環境）は、変わっています。それも、とんでもなく早く複雑に。学校に行って就職して…というシンプルな社会ではなく。コミュニケーションツールも変わり、受け取り（捉え）方も変わり、働き方や仕事をする価値も変わってきています。**
※仕事をして収入が増えるより、仕事をしてフォロワーが増える方が価値が高いと判断する人も増えています。
※評判の悪い近所の会社より、フォロワーが多い街の店でアルバイトをしたい人が増えているように。
目先のニュースや、芸能人のスキャンダルより、もっと仕入れないといけない情報や、アップデートしないといけない知識（技術）はある。今の時代は（※この括りも嫌いだけど）、**【待っていても来ない】【自分から取りに行かないといけない】**（知っている人は多いですが、自分の父ちゃん、母ちゃん世代にも向けてあえて書くと…）

自分のスマホ（パソコン）は、自分が調べたもの（興味あるもの）で構成されていくので、（ネット検索や、画面を見ている時間の長さ等で）「大谷翔平選手のファン」なら、「大谷翔平選手関連」の情報が次々に出てきて、「ピンクのスマホケース」を調べると、「Amazon、楽天、メルカリ」などから、スマホケース情報が次々と出てくるし、「不倫スキャンダル」なら「不倫芸能人」「エロ」なら「エロサイト」「ラーメン」なら「ラーメンランキング」など…

ちなみに…僕の直近のスマホに多く出てくるのは、**「ヒカル」「西野亮廣」「beams」「ニューエラ」「ジェラピケ」**です。
※ジェラピケは同級生にもらって検索してから出てきました（笑）。
自分のスマホ（パソコン）は、**【自分が興味のある情報】に更新され続けていきます。**
※興味があるから、また見るし買うよね？
※可処分所得、可処分時間の奪い合い
→YouTubeもAmazonもテレビもラジオも
※最近は可処分思想という言葉もあるよ
言いたいことは、**《意識しないと情報は偏る》《知識の更新は意識しないと偏る》**コミュニケーションだけの話じゃなく、世代だけの話でもなく、スマホの便利さによって、**無意識に（自然と）、偏った情報（知識）に流れている可能性が高い。**ということに意識をしてみることも必要かもしれませんね。

というお話でした。

最後まで読んでいただきありがとうございました！

2024/01/21熊谷翼
◆近況報告◆
退院してからも体調は良いです。痛みもなく。副作用（手足

の痺れ、腹水、浮腫）はいつも通りですが、利尿剤の効果が上がってきたような実感です。（理由は不明）

◆Instagram◆個人認証取得しましたぁ✅

（Instagram「熊谷翼 @kumagaitasuku・Instagram 写真と動画」
https://instagram.com/kumagaitasuku/）

◆SNSでのコメント、メッセージ。支援、寄付、心より感謝しています。ありがとうございます！

1月22日／情報の更新#278

（2024年1月23日 00時18分）

2024年1月22日　がん告知から278日目

こんばんは。

昨日は、「コミュニケーションの世代格差」と、「中年以降の勉強不足」について書きました。

（「**1月21日／無意識に（自然と）、偏った情報（知識）に流れている#277**」**P.595参照**）

Instagramなどでは、メッセージもいただきました。普段はあまり意識をしない、コミュニケーションの（相手の）受け取り方。そして、知識や情報のアップデートの重要性。昨日の投稿は、立場や内容や仕事が違っても、転用できることじゃないかなぁと思います。

話しは介護業界の話に移しますが、例えば…**「令和6年度介護報酬改定」**この投稿を読んでる多くの方にとっては、あまり関係ないかもしれませんが、介護業界関係者なら、介護事業経営者なら、すでに情報は知っていると思います。特に経営者であれば、遅くても昨年秋くらいには、対策を検討していると思われます。介護や医療は保険報酬で、会社の売り上げが決まるので、国が定める報酬改定により、経営も大きく左右されるんですね。そのために、経営者や管理職は情報を集め予測し、経営モデルを柔軟に対応しないと、淘汰されてしまうんですね。勉強不足の経営者に対しては、コンサルや講師が教授していくわけで、今回の報酬改定について、勉

髪の毛明るくなりましたよー！

強不足の元コンサル(の僕が)言えることはありませんが、**「訪問介護・定期巡回事業頼りの高齢者住宅の淘汰」「長期滞在老健の淘汰」「上位加算を取れない弱小事業所の淘汰」**厳しい言葉を使えば、こんな改正になっています。(たぶん)

少し嫌味な言い方をすると、半年以上、現場やコンサル(講師)の仕事から離れているので、現場の方や講師、経営者の方は、僕よりも情報は詳しいはずですし、すでに知っている上で対策も打っているはずです。(よね?)

「知らなかった」「対策をしていなかった」「なんとかなると思ってた」経営者や管理職が、こんなことになってたらひっくり返りますが、雇われ社員であっても、アルバイトであっても、情報はやっぱり掴みに行ったほうが良い。

※もし僕が平社員で、経営者が無知なら即転職活動します

経営者や管理職の器をはかるくらいの気持ちで働くことって、大事じゃないかなぁと思いますし、気付けば僕はそうやってきてたと思います。(先輩に対しても)年上だからとか、先に働いてたからとか関係なく、**情報を集めたり勉強をしたり、自分をアップデートしている先輩は尊敬するし、先を見据えて対策をする経営者は安心するし、**逆に、椅子にのけ反って我関せずの経営者とか引くし(笑)。

※会社は経営者の器以上には大きくはならない。

介護報酬や、経営者の話を例に挙げましたが、**これも転用の話で、**自分に置き換えてみたときに…やっぱり、自分の専門の業界や関係している分野なら、**情報はアップデートしたほうが良い。**仕事でも子育てでも趣味でも。そして、そうやって情報や知識を更新していくことで、自分も高めることができるし、それを近くで見ている人は、あなたのその姿勢を認めてくれると思う。

昨日の投稿は、「世代間」「コミュニケーション能力」今日の投稿は、「情報」「更新」ってバラバラな話に聞こえるけど、言いたいことは共通していて。

「自分から情報を得ないとね」ってことです。

2024/01/22熊谷翼

◆あとがき◆

介護報酬改定についての詳細は、各自でご確認ください。

あくまでも個人収集と主観によるものです。

そして興味のない方ごめんなさい。

お詫びにリボンとの写真を載せます(笑)。

◆SNSでのコメント、メッセージ。支援、寄付、心より感謝しています。ありがとうございます!

1月23日/時間が足りない#279

(2024年1月24日 01時49分)

2024年1月23日 がん告知から279日目

こんばんは。

最近、note の投稿時間が遅くなっています。

昼夜逆転しているわけでもなく、単純に遅くなっているんですが、（入院時は消灯時間があるので21時頃）**書く前まで何をしていたのか？そもそも最近は何をして過ごしているのか？**そんなことを書いてみたいと思います。**「誰得（誰が得するの）情報」**です。

まずは、ここ最近の体調はめちゃくちゃ良いです。多少の症状的なことはありつつも、**体調的には年始からどんどん良くなっている感覚**で、これから体力（筋力）を戻していかないとなぁ。と思っています。仕事は、1月から（正確には年末から）していないので、治療（入退院）が無ければ、1日のスケジュールも空っぽです。

「朝起きて、夜に寝て」です。

※どう思われるか（どう思うか）は〝個人の自由と価値観〟です。

「2024年は新しい生き方をしよう！」と決めて、（年始はスタートが2週間遅れましたが）もう少しで1月が終わります。本格的に変わってくるのは4月あたりですが、すでに（良し悪しではなく）、**「何も生み出していない（生産していない）生活」**を実感しています。これは、仕事を完全にしていないのが大きいですね。期限もノルマも課題も無い。今まで貰っていた給料も給料日も無い。仕事のストレスは無くなりますが、仕事で得ていた達成感も自己有用感も無い。そして、仕事も価値も収入も課題も、**「何も生み出していない」**現実を理解しています。ネガティブにはなっていませんし、『そりゃそうだよな』って思っていますし、**やっぱり何かを生み出すとか、役割があるって大切だなぁとも感じています。**

※SNS投稿が増えるのも自己有用感欲ですね

そして、皆さんが思う（僕の生活）イメージは、「少し長い休み」の感覚かもしれませんが、（体調は良いけど）基本的にはベッドで休んでいる時間が長いです。要するに、身体が疲れやすく動きにくいです。なので、自由に遊びに行ったり動いたりはできません。最近やっと、車の運転（往復30〜40分くらい）が出来るようになりましたが、歩くのは片道5〜6分の距離じゃないと厳しいです。

そんな感じなので、

起床、朝食と薬→休む

昼食と薬→休む

夕食と薬→休む

休み休みの生活パターンです。

で、この休んでいる時間は、（睡眠の時もあるけど）基本はベッドなどで過ごしていて…

気を付けなきゃいけないのは、ダラダラと目的なくテレビ（YouTube）を観たり、ゲームをしたりネットサーフィンをしたり。

今後のためにも、今は体調・体力を良くしながら、休む時間を違う時間に使える準備期間と思っていますが、この時間も大事だと思っていて、ただ油断すると、**「目的も意味もないダラダラ時間」**に、時間を奪われてしまいます。

※目的があればダラダラも必要

時間に追われる〝生き方〟からは距離を取りつつ、時間を潰すような〝生き方〟もしない。なかなか難しいです（笑）。

僕の感覚的には、

・テレビ（YouTube）
・ゲーム
・TikTok
・ネットショップ

このあたりは、**「次」**が準備されているので、自分で終わりを決めないと次々と誘惑されて、結局ダラダラ時間になってしまいます。

※意識しないと無意識的に次に行く仕組み

目的があって、自分のプラスになることで、「いま」やりたいことなのか？（毎回は意識できていないですが）この基準を特にダラダラしそうな、身体を休めている時間は意識するようにしています。

※身体を休めることが最優先ですが

最近は、本を読むことよりも調べることが圧倒的に多くて、夕食後から今日のこの投稿を書く前は…

・旧NHK党（立花氏）の近況
・自由民主党の歴史
・GHQの政策
・災害ボランティア（炊き出しなど）で批判される人と評価される人の違い

こういったことを、ずっと検索や動画で調べていました。

昼食後は、インスタのグルメアカウントの比較をしていました（笑）。今朝起きたときに、これらを調べるつもりはなかったのですが、**「気になったから調べる」**が発動。こんな感じで、ここ数日は天気が悪く外にも出られないので、ずっとなにかしら調べています。

※昨日は介護報酬改定について

何かを生み出しているわけではないですが、毎日新しい情報を知ることができていて、何かに活きるのか？はさておき…「時間が足りない」って思いながら、今日のnoteを書き始めました。今書いている内容のことを書く予定も無かったし、書きながら「まとまってないけど大丈夫？」と思っていますが、まぁ今日はそんな日です。新しい生活を始めて、10日くらい経ちますが、**時間は足りないし暇な時間はない。それが今のところの答えです。**

靴下の支援ありがとうございます

明日はどんなことに時間を使うのかなぁ。
今のところは何も決まっていません。

2024/01/23熊谷翼

◆SNSでのコメント、メッセージ。支援、寄付、心より感謝しています。ありがとうございます！

1月24日／したいこと#280

（2024年1月25日 02時05分）
2024年1月24日 がん告知から280日目

こんばんは。
まずは近況として…元気です！
明日から入院治療（分子標的薬点滴（週1回））です。（短期入院の予定です）

今回の投稿は、過去の振り返りをしながら書こうと思います。（スマホやパソコンのデータ整理をしていて、過去の写真を見ていた影響です）お付き合いください。

僕は、27歳で講師・コンサルとして独立しました。独立したと言っても、仕事の依頼や見込みがあったわけでもなく、「介護現場を良くしたい」という、勢いと熱意だけで独立をしました。（今思うとリサーチ不足でした）

独立当時（2010年）は、スマホは普及していないし、SNSもTwitterやmixi時代。（2011年の震災以降Twitterが社会に浸透）

「介護コンサルタント」という肩書きも、全国的にも少なかったですし、特に地方では、『ん？コンサル？それってITか何か？』って感じでした。なので、手作りチラシを作り県内を営業に回り、参加費500円の「介護セミナー（研修会）」を自分でやっていました。SNSない時代…チラシ作り、集客は自分で。当日の受付は、親や当時の彼女にも手伝ってもらいながら。（ありがとう!!）

辛かったのは、参加者が1人や2人だった時。（0人の時もありましたが、0人なら中止にできたから）それでも、なんとかやり続けて少しずつ参加者が増え、
・定期開催ができる
・定期研修の依頼が来た
良い感じに回りそうだったときに、2011年3月11日の震災。内陸部なので、直接的な被害はありませんでしたが、

独立当初の自主開催セミナー

研修や講師の仕事は全て失いましたし、当時の彼女は被災したため、正直、仕事どころではなかったのもありました。
※独立して1年目の収入は6万円でした。
状況が落ち着き、また再スタートを切って、少しずつ仕事や依頼も増えていきました。29歳から39歳まで(一昨年まで)は、県内外、年間100回以上、少人数から時には数百人の前に、立たせていただきました。(ありがとうございます!!)
※写真はあとがきで
昨年は、がんが発覚し、がん治療が始まってからは、**「介護」→「がん・生き方・ヘルプマーク」**と、伝える内容も、今までとは全く違うものとなりました。それにより?なのかは分かりませんし、僕の認知度の影響だと思いますが、人前でお伝えする機会は、月に一回ほどになりました。(体調や治療もありましたが…)今年から、**「仕事」や「時間」に縛られずに生きよう!**と決めて、もうすぐ1ヶ月になりますが、やっぱり**『伝えたいんだな』**と感じています。そして、**「伝えたい理由」**を深掘りすると、**『何かを教えたい!』**とか、**『分かって欲しい!』**って気持ちはゼロじゃないけど、それ以上に、**『同じような気持ち(状況)の人の背中を押したい!』『俺も頑張るから、あなたも!』**そういう気持ちが大きくなっていて。

まぁ確かに、そういう気持ちが強くないと、毎日noteも書けないよなぁ…と1人で納得したりしていました。たくさん人が集まったり、評価をしてもらって、それが収入に繋がることが、過去の自分にとっては〝やりがい〟だった。でも今はそれ以上に、**「誰かのチカラになりたい」**気持ちが高い。

たぶんこれは、「仕事」と思っていなくて、むしろ「収入」にならなくても、**〝したい〟**ことなんだと。note、Instagram、facebook、YouTube…

これらの発信も改めて考えながら、リアルでの機会(オンライン)も、改めて考えようと思った今日でした。

2024/01/24熊谷翼
◆あとがき(講師写真一部)◆
◆SNSでのコメント、メッセージ。支援、寄付、心より感謝しています。ありがとうございます!

1月25日/明日腫瘍マーカー数値公開#281

(2024年1月25日 22時01分)
2024年1月25日 がん告知から281日目

こんばんは。

本日は、化学療法(分子標的薬の点滴治療)のため入院をしています。入院せずに、外来(通院)でも可能なレベルですが、腹水の様子見(CART治療から1週間)もあって。体調もよいですし、化学療法の副作用も少しはあるんでしょうけど、何も問題はないです。(あるのは身体の火照りくらい)

◇腫瘍マーカー数値◇

さてと、この流れで…今日確認できた**【腫瘍マーカー】の数値**を、公表しようと思っていましたが、それは明日の投稿で!!

※消灯時間&書く量が増えそうなので。

今日Instagramに投稿した内容を、貼り付けますので、よろしくお願いします。

※Instagramのフォローもお願いします!

(Instagram「熊谷翼@kumagaitasuku・Instagram 写真と動画」
https://instagram.com/kumagaitasuku/)

【当事者の声】

お時間を作っていただき、こちらに集めている《当事者の声》
(「がん当事者の声」熊谷 翼/がんサバイバー/|note」
https://note.com/kumagaitasuku/m/m8d81a3551702)

それぞれの声(言葉)を聴いて(読んで)、「♡いいね」を付けていただけますと、当事者の励みになると思います。

※立派な応援(支援)です🔥

災害であっても病であっても、「その時」「公表した時」は、応援や支援も集まります。

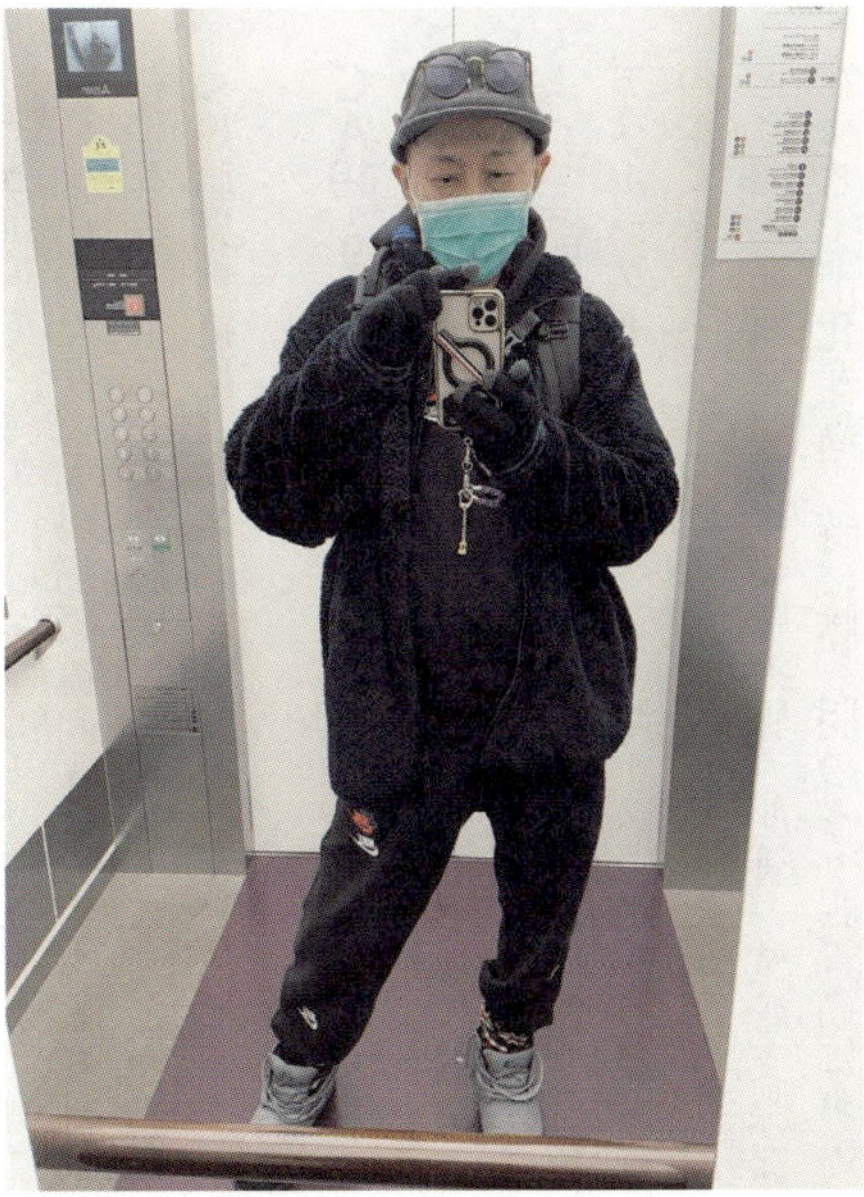

ただ、時間が経つと…

①忘れられる。

②復興(闘病)していることを当たり前に感じる。

※何度も見るとその状況(悲惨さ、大変さなどを)見慣れてしまう

③一回の支援で終わる。(1度でも十分有難いです!!)

辛いのは、「①②」で、(僕自身も感じるのは)「僕の存在(闘病)」を忘られたり、「僕が治療」をしていること自体を当たり前に思われてしまうこと。

※当然、自分で作った病なので自己責任ではありますが。

これは僕だけではなく他の当事者も一緒で、
#他の当事者はそこまで公に言わないけど
#だから僕が公に言ってるのもあるけど
話を転用すると、「東日本大震災」も「熊本地震」も、今回の「能登半島地震」であっても。僕は他の当事者の声を届けて、**《忘れられること》《当たり前に思われること》**そうならないように(風化させない)、そして自分のことも忘れられないように。これからも発信を続けていきます。

2024/01/25熊谷翼

#がん
#note
#当事者の声

◆SNSでのコメント、メッセージ。支援、寄付、心より感謝しています。ありがとうございます!

1月26日/腫瘍マーカー数値報告#282

(2024年1月27日 00時29分)
2024年1月26日　がん告知から282日目

こんばんは。
本日、退院しました。化学療法(分子標的薬点滴治療)のための入院でしたので、ご安心ください。
※腹水も悪化していないため様子見のみ

昨日から、SNSでお伝えしていました、**「腫瘍マーカー」**について報告します。
※ざっくりと、がん細胞の量と思ってもらって良いです。
過去の数値については、過去の記事をご確認ください。
※経過がわかると思います。
(「181/腫瘍マーカー数値報告」P.410参照)

CEA

癌胎児性抗原(がんたいじせいこうげん、英:Carcinoembryonic antigen, CEA)は、腫瘍マーカーの一つで、細胞接着因子に関係する分子量約20万の糖タンパク質である。1965年にカナダのフィル・ゴールドとサミュエル・O・フリードマンがヒトの大腸癌の組織から最初に抽出したが、大腸癌組織のみならず2~6月齢の胎児の消化管や肝臓および膵臓にも存在することが判明したため癌胎児性抗原と命名した。

Wikipedia より

CA19-9

1979年にKoprowskiらにより大腸癌培養株 SW1116を免疫抗原として作製したモノクローナル抗体 NS19-9によって認識される糖鎖抗原である。抗原の決定部位は，シアリルラクト-N-フコペンタオース IIで，ルイス式血液型のルイス A(Lea)の糖鎖をシアル化したシアリル Lea抗原とされる。正常組織中の唾液腺，胆管，気管支腺などに存在する。消化器癌，特に膵・胆のう・胆管癌において高い陽性率を示すことから，これらの癌の診断補助，治療経過及び再発のモニターとして有効である。しかし他の消化器癌，肺癌，乳癌などでも，陽性を示すため，ＣＥＡ，ＡＦＰを組み合わせた検査が広く用いられている。

ＳＲＬ総合検査案内より

参考までに、正常値は
CEA（正常値0～5・0）
CA19-9（正常値0～37・0）です。

正常値を超えると［異常値］となり、精密検査などが行われますが、喫煙や感染症などでも数値は左右されるので、**異常値＝癌と確定はされませんが、早めの検査を強くオススメします!!**
※マジで!!

今までの数値の流れとして…

がんが発覚した４月
↓
５月に腫瘍マーカー倍増（ＢＲＡＦ遺伝子変異の影響）
↓
夏頃まで抗がん剤が効きまくる
↓
秋頃から抗がん剤が効かなくなる
↓
11月に別の抗がん剤へ変更
↓
変更後の抗がん剤は、がんには効果はあったものの副作用により、肝障害（肝硬変）、腹水発生。抗がん剤を２回で中止し、分子標的薬へ切り替え
↓
11月中旬、分子標的薬の副作用により、眼障害、皮膚障害発生。分子標的薬を２回で中止し、眼科精密検査
↓
12月から眼障害が低度で起こる量での分子標的薬実施
↓
現在

ざっくりですが、こんな流れで治療をしてきました。腫瘍マーカー検査は、保険適用が原則月に１回となっていて、治療効果をみるための大事な指標ですし、当事者としても重要な指標です。治療は長く先を見ながら進めるので、多少の波や変動はどうしてもあります。**［腫瘍マーカー］［CT検査］**などの客観的な数値に、一喜一憂したり影響され過ぎるのも良くはないですが、今回は**「一喜」**したいと思います！（笑）

そして、先に今回の数値から報告し、そのあとに時系列にします。よろしくお願いします。

さっそく…
【CEA】 21・1 【CA19-9】 3902・0 です!!

続いて…
【CEA】
４／24［２４２・０］　５／15［４５９・０］

5／19［357・0］　6／6［141・0］
7／4［45・2］　8／1［27・4］
9／5［34・8］　10／3［36・6］
11／14［71・7］　11／20［66・9］2023年
1／25［21・1］2024年

【CA19-9】
4／24［62658・0］　5／15［147882・0］
5／19［129823・0］　6／6［90811・0］
7／4［36738・0］　8／1［19987・0］
9／5［19714・0］　10／3［23975・0］
11／14［23549・0］
11／20［23600・0］2023年
1／25［3902・0］2024年

2024年1／25
【CEA】21・1
【CA19-9】3902・0

当然、正常値と比べると、異常値ではあるので、根治には、まだまだこれからです。数値が下がった(がん細胞が減った)だけで、健康な状態にはまだ達していませんし、ここから正常値を目指しながら、がん細胞を消失させていくのが治療です。

そして、治療薬の効果や副作用が、今後どうなっていくのか？ということもありますが、とりあえず…**今日は、一喜しても良いですか？(笑)**

報告は以上となります。久しぶりに良いお知らせができて良かったです。いつも応援ありがとうございます！

2024/01/26熊谷翼

←1ヶ月ぶりにYouTube更新しました。投稿頻度も少しずつ上げたいと思いますので、お気に入り登録や「グッドボタン」お願いします。

(YouTube「【近況報告】化学療法(分子標的薬、BRAF遺伝子変異)／CART治療／胃食道静脈瘤破裂／」
https://www.youtube.com/watch?v=lGsd_gXaAEU)

◆SNSでのコメント、メッセージ。支援、寄付、心より感謝しています。ありがとうございます！

1月27日／足の筋力が全くありません#283

(2024年1月28日 01時12分)

2024年1月27日　がん告知から283日目

こんばんは。

今日は午前中から、家族で従兄弟夫婦の自宅へお出かけ。

夜は先輩&友人とご飯。楽しい週末となりました。ありがとうございました！

※写真投稿は基本的にはInstagramです。
ストーリーズは24時間で消えるのでフォローと通知オンの設定をよろしくお願いします。

(Instagram「熊谷翼 @kumagaitasuku・Instagram 写真と動画」https://instagram.com/kumagaitasuku/)

最近は、体調も良いので食事や外出の機会も増やしています。とは言いつつ…体力と筋力の低下はハッキリと気付いていて、**特に「ふくらはぎ」「太もも」の筋力低下**がヤバイです。足の浮腫は改善されてきていて、(腹水自体も減ったような…)

前回、腹水抜いた(CART治療)のが1/19。1週間が経つと、お腹も足も張ってきていたんですが、お腹の張りも以前よりは少なく、足の浮腫もほとんどない。これは良いことで嬉しいし、身体も気持ちもかなり楽なんですが、浮腫が消えた足は、(元々細かったんですが)以前の2回りくらい細くなっていました。筋肉がなくなりました。**『足が細くなるなんて羨ましい』という冗談は、当事者には言わない方が良いですからね!**

僕の場合…

■10センチ以上の段差(高さ)を、踏ん張って上がるのがやっとで、それが複数段ある時は手すりがないと上がれない。
■立ったまま靴の脱ぎ履きが出来ない
■屈伸ができない
■90度の方向転換が出来ない
■床からの立ち上がり後にふらつく
■同じ姿勢でいると足先から痺れが太ももまで現れる

こんな感じで、当然長い距離を歩くことも不可能だし、30センチ以上足を上げる時には、何かに捕まらないと難しい。

足が細くなる=筋力が落ちて足が動かない

だから、細くなって羨ましいこともないし、食べたら治るものでもないのが難しいところ。**「がん悪液質」**という状態で、がん細胞が筋力や脂肪をエネルギーにしてしまって、どれだけ食べても増やしても減ってしまう状態。おそらく、僕もこれ。

あとは、寝ている状態が長くなったことによる筋力低下。(これももちろんありえる)腹水が良くなってきて、足の浮腫が良くなってきて、

※足の浮腫が酷いと痛みが出て動かせません

そう思ったら、次は筋肉が落ちているから動かない。動かないと更に筋力が低下して動かなくなる。負のスパイラルが続くことは避けないといけないから、食べて、動かすしかな

い。今までは、食べると腹水が溜まるし、飲むと腹水が溜まるし、腹水が溜まると息切れで動けないし、腹水が溜まると足も浮腫し、こんな状態が11月から続いていたから、確かに筋力低下自体もあるんだと思う。今は、腹水も浮腫も改善傾向だから、筋力をつけるのは、これからの課題。
※自宅での筋トレ始めました
※プールにも通います
　起きているのもしんどかった時、腹水や浮腫がどうにもならなかった時、足の筋力低下が顕著になってきた今、ここをクリアしたら、またさらに先に進めそうなので、頑張っていきますー！
#歩ける皆さんの脚力が欲しい
　腫瘍マーカー数値が下がって、細胞や内臓は頑張ってくれているので、ここから少しギアを上げたいと思います！

　応援よろしくお願いします。

2024/01/27熊谷翼

◆腫瘍マーカー数値報告◆
（「1月26日／腫瘍マーカー数値報告#２８２」参照）

（YouTube「【近況】胃食道静脈瘤破裂／救急搬送について」

https://www.youtube.com/watch?v=lGsd_gXaAEU）
◆ＳＮＳでのコメント、メッセージ。支援、寄付、心より感謝しています。ありがとうございます！

1月28日／『年末はごめんなさい』＃284

（２０２４年1月29日 00時48分）

２０２４年１月28日　がん告知から２８４日目

こんばんは。

熊谷翼です。今日は夜に家族でお好み焼きへ。
※好きな食べ物ランキング４位です
※元アルバイト先
思えば…家族での外食は今年初だった…かも!?年始のバ

タバタからの退院が12日で、それから2週間経過した今日。（まだそれくらいしか経ってなかったのか…）2週間でだいぶ身体が良くなった気がしてる…まずは！ご馳走様でした!!

2週間前の退院時期を思い返してしまったので、今日の内容は「回想（思い出し話）」になりそうです。

お付き合いください。

『年末は誰も悪くはないからね！』コレ!! 妹にも友達にも話しましたが、誰も悪くないし、なんなら影響はなかったからね！

それだけは申し訳なかったです。

（「255／近況報告とサプライズ」P.565参照）

（「256／おかげさまで年末を迎えることができました！」P.567参照）

年末に、同級生や友達がサプライズで集まってくれたんです。そして、大晦日は家族で過ごして22時30分に「吐血」…参加してくれた人や、声をかけてくれた同級生や、妹や妹の友達は少なからず、何かは思ったはずで、『無理させたかな…』とかね。**そう思わせてしまってたら、ホント申し訳なかったです。**集まってくれた時間は最高だったし、集めてくれたのも嬉しかったし、お酒が飲めたのも幸せだったし、料理もめっちゃ美味しかった！

そこで完結するはずが…腹水と肝硬変の影響で、食道に血の塊ができていて（食道静脈瘤）、しかも、これは数週間前から。12月の入院中から胃痛や違和感は訴えていて、薬も追加されていたから、この時から異変はあったはずで。（まさか、静脈瘤とは！だったと思うけど）

大晦日。ご飯を食べて（ビールはチビール1本）腹水でお腹も結構張ってて、横になったほうが楽だからベッドで休もうと思って、そしたら吐きたくなって…吐いたら「血」で、そのまま救急車で病院へ。
※ちなみに肝機能も問題なくお酒の影響もありませんでした！
※IPAビールもっと飲めば良かった!!リベンジ！
（「1月1日～2日の報告／#258」P.569参照）

影響はゼロじゃないにしろ、タイミング的に「ごめんなさい」でした。絶対に嫌なのが、その責任？や、また起こるんじゃないか？と、思われて誘われないこと。
※ビビらずに気にせず誘ってください！
この最悪とも思われる年末年始のバタバタ…バタバタといいうか、本人的にはヤバいかなぁと思った数日。それでも思い返すと、もしかしたら**「最高のタイミングだった」**とも思ったりして。
- **2023年のうちに悪いものを出し切れた**
- **実家にいて吐血をした**
- **2024年1月1日は今年1番の開運日であり元日**

狙ってもなかなか出来ないと思うんです。何かが少しでもズレていたら…それは僕だけではなくて、関わった人みんなの行動一つが変わっていたら、状況は変わっていたかもしれないって思うんです。(ちょっとスピリチュアルっぽい話ですけど)**年末に集まることも出来なかったかもしれないし、なんならその場で吐血していたかもしれない。**色んな偶然やタイミングや、あるいは必然めいたものもあって、12月31日22時30に実家のトイレで吐血して搬送。管を入れたり準備をして、検査が始まったのが23時55分。(終わったのは2時くらいかな)1月1日10時30分から内視鏡検査と止血。

特に1月1日の午前から(元旦から治療)って、なかなかのタイミングじゃないかなぁと(笑)。

(honkaku-uranai.jpより「cocoloni占い館Sun【2024年一粒万倍日&天赦日一覧】最強開運日ランキング」https://honkaku-uranai.jp/)

そもそも、1月1日の午前中が元日とされていて、**「一年の計は元旦にあり」**と言われるように、日本人にとっては、とても大切にされてきた日であり時間。そして今年は**「最強開運日」**

だから去年から、**『絶対年を越してお節料理を食べるんだ!』**って、目標にしていたのに…結局お節料理は食べられず…(笑)それより、お節料理どころではなく…。命が助かって良かったです!(笑)何かの意味があるのかないのかは分からないし、タイミングや引き寄せ的なものもあるかもしれない。それは分からないし、僕は自分にとって良いことだけは信じるようにしているから、

2023年のうちに悪いものを出し切って、2024年になって(輸血により)新しい血が入ったこと、元旦に治療が行えたこと、そして、今順調に回復していること。このことを思い返すと、**『最高のタイミングで吐血して治療が出来た』**と思っています。

そう思っているから、体調も腹水も浮腫も良くなっているかもしれないし、**『いや!絶対そうだ!!』**と思い込んでいます(笑)。**《事実は一つ。解釈は無数。》『最強開運日に治療とか持ってるだろ!』**1月1日に治療をした。それだけの事実でしかないですが、僕にとっては自分を勇気付けるための**《最高の解釈》**になりました。

解釈の仕方によって、ポジティブにもネガティブにもなれるのなら、自分に都合よく、前向きにポジティブになれる解釈をする意識(癖)これすごく大事なスキルだと思いますね。

2024/01/28熊谷翼

◆SNSでのコメント、メッセージ。支援、寄付、心より感謝しています。ありがとうございます!

1月29日/自分の性格とスキルを整理する#285

(2024年1月30日 00時47分)

2024年1月29日　がん告知から285日目

こんばんは、熊谷翼です。

もうすぐ1月も終わりですね〜。っていうベタな書き出

しって、おそらく冒頭部が思いつかない時。

この最初の掴みの部分、アイスブレイクとも言われる重要部分で、特に(今はお休み中だけど)、講座やセミナー(講師)の冒頭とか。

※話下手な人は冒頭から本題に入っちゃってシラけるか、つまらない話をして滑る

3年くらいは、めちゃくちゃ勉強も練習もしたなぁ。今は腕(口)が落ちているんだろうなぁ…(笑)。

noteは、初めましての方よりも、継続して読んでもらっている方が多いので、冒頭部分はサラッとして、すぐに本題に入っていますが、たまには、今日のように冒頭部分にボリュームを持たせたり、アイスブレイク(緊張をほぐす)なども、入れて?いこうかなぁと思ったり。

ベッドに潜入

※最初に写真を入れたのも視覚効果とアイスブレイク

そんな感じで、毎回読む方が飽きないように、重たすぎて(ガチガチ過ぎる投稿が続いて)読むのが疲れないように、考えながらやっていきますね。(僕も疲れないように)

大事なのは「継続」と「質より量」

※1年続いたら説得力増すかな?
今日もお付き合いください。

僕がnoteを書く時は、
①近況報告系
②メンタル系
③自己啓発系
順番通りではなくて、冒頭を書き始めながら(話すように)、
・伝えたいこと
・頭に浮かんだこと
・思いついたこと
・なぜかその話になっちゃった
こんな感じで、着地点は決めてはいなくて、その日その日で、言ってしまえば、思いつき(流れで)書いています。

それが良いかどうかは別として、先にテーマを決めて書こうとすると、(僕の場合は)テーマを決めるのに時間がかかって、書き出す気持ちが萎えちゃうんですよね。

※「だったら今日も思いつきで良いから書こう!」と。
だから今日も思いつき。着地点は不明です。

おそらく、テーマ決めや構成から考えていたら、時間はか

かるし、そもそも200日以上も続いていなかったと思います。
これはあくまでも！ 僕の場合であって、自分の性格を知っているし、思いつきであっても、最後はある程度まとめられると、分かっているからであって、人によって当然違うし、まとめるスキルも人によりけり。

※ちなみに僕は人見知りで人前で話すことは苦手で読書感想文とか苦手なタイプ

これに関しては、独立をするにあたって、苦手とか言ってられないし、そもそも「口下手」「話下手」だったら、講師としてもコンサルやリーダーとしても失格で、そこは最低限のレベル以上にはしておかないといけない。そういう下積み？みたいなこともありつつ、今も半分トレーニングみたいな部分もあって、だから、「あえて決めていない」という部分も少しはあります。

自分の性格、スキル、トレーニング、 これらを考えた上で、僕のベストは「**思いつき**」であって、（いるかは分かりませんが）『**熊谷が思いつきで書いてるから(話してるから)、俺もそうしよう？**』『**とりあえず毎日書けば良いんでしょ？**』っていう方がいたら、（気持ちは嬉しいんですが）事故りそうなので、ちゃんと自分の性格やスキルを考えた上で、

- **テーマはどうするか？**
- **書き出しはどうするか？**
- **話し言葉にするか？丁寧語か？**
- **毎日書くか？○日おきか？不定期か？**
- **思いつき(一筆書き)か？構成を立てるか？**

このあたりを考えつつ、自分の性格やスキルや書く時間を見極めて、あとは実際に書いてみて、反応を見ながら修正をして、その繰り返しかなぁと思います。

それと、

- **単発なのか？**
- **○日は続けるなのか？**

このあたりも決めておくと良いですね。

※僕は「告知から1年は書こう！」と決めてました。

なんだか、今日は「note の書き方」みたいになりましたが、仕事でも家事でも転用できる話じゃないかなぁと思います。

自分の性格やスキルに合わせて、(他の人を真似て、うまくいかない時もあるし)

- **自分の性格なら、**
- **自分のスキルなら、**
- **自分の時間の中なら、**

どう進めていったら、**自分にとって負担が少ないのか？ストレスが少ないのか？続けられるのか？**

それを整理せずに、周りの人と同じように、良いと思った人の真似をしても、**自分とは違うんだから、疲れたり、うまくいかないことが多いです。** それで落ち込んだり、自分を責めたりする人もいるけど、それは間違いで、**自分のことを整理する。自分のことを理解して受け入れる。足りないことは**

勉強するなり習得する。相手との比較ではなくて、自分のことを理解して受け入れる。

その上で、自分の性格やスキルを踏まえたら…**どうやったら進められるか？続けられるか？**これを考えてやってみて改善していけば良いんだと思いますよ。

ちなみにですけど…僕は今日時点で、5回しか出来ません!!**屈伸運動（膝に手を当ててしゃがむやつ!!）**が、

子供でも学生でも婆さんでも出来ます。noteを毎日書くより簡単に出来ます。僕は5回しか出来ません。けど、落ち込みもしませんし自分を責めません。

いいんですよ！婆さんより出来なくても（笑）。

5回しか出来ないから、それを1、2時間経ったら、またやるんです。思いついたらやるんです。忘れてても自分を責めずに、思い出したらやるんです。やりすぎると、プルプルして歩けなくなりそうだから、5回だけやるんです。

『このやり方に文句ありますか？笑』って、自分で決めてやれば良いだけなんです。そこに婆さんは関係ありません！（笑）

※なんで婆さん？（笑）

2024/01/29熊谷翼

◆SNSでのコメント、メッセージ。支援、寄付、心より感謝しています。ありがとうございます！

note「熊谷翼／大腸がんステージⅣ／」（2024年1月30日 11時57分）

コピペの言葉では、人の心は動かない。

1月30日／チョコザップが凄すぎ#286

（２０２４年１月31日 02時34分）

２０２４年１月30日　がん告知から２８６日目

（『コピペの言葉では、人の心は動かない。』(熊谷　翼｜くまがいたすく｜note)
https://note.com/kumagaitasuku/n/n6ef8dd86b074)

こんばんは。

体調が良く〝夕ご飯を2杯〟食べて、成長期に突入した熊谷翼です。今まで、コンサルタント（講師）として、Instagramやfacebookを投稿してきました。

※ツイッターは27歳から

それが去年の春から、**「がん当事者」**としての投稿となり、次第に、**「がん当事者」**から**「がんサバイバー」**となり、ここ最近では、**「がんサバイバー」**から**「啓発者」**となってきているように感じています。啓発者という言葉は、あまり聞きませんが、造語っぽく…**《啓発者＝気付かせて高い理解に導く人》**と、僕は解釈をしています。**「啓」は「開く、教え導く」「発」は「明らかにする、開く」コーチみたいな感じですね！**　ただ欲張ると、導くだけではなく、発信者としては、**「一歩踏み出せるように背中を押す」**というところ（行動への勇気）まで、担っていきたいと思います。

（Ameba「**【一歩踏み出す勇気を】**進行大腸がん／ステージⅣ／多発肝転移／ＢＲＡＦ遺伝子変異」
https://ameblo.jp/kumagaitask/）

しばらく放置をしていたアメブロ…noteとアメブロの２記事は難しいけど、良い使い方あるかなぁ…今のところは、各ＳＮＳの紹介ページになるかなぁ。

さてさて…早速ですが、**「チョコザップ」ってご存知ですか？**

(https://lp.chocozap.jp/「chocoZAP」サイト紹介)

最近、体調が良くなってきたので、「サウナ」「プール」「トレーニング」に、通おうかなぁと思っていて。そう言えば、**「チョコザップ」**の店舗？が増えてきたなぁと、思い出して調べてみたらビックリ!!

■サービス内容が半端ない

『ネイルをするなら絶対通う！』って思いました。というのも…ライザップが作ったチョコザップなので、トレーニング店舗であるのはもちろんですが、**「ホワイトニング」「脱毛」「ネイル」**まで、できちゃうんですよね。これ…美容院やエステに単独で通うメリットより、チョコザップに通って、トレーニングをしたついでに、（セルフですが）脱毛とかネイルをしたら、時間効率的にも料金的にもメリットが大きい気がします。ホワイトニングは店舗により不可があり、僕の地域では不可店舗が多かったので、「入会」はしていませんが、ホワイトニングができなくても、普段からネイルをしていたなら「即決」していましたね。

※そもそもメンズも良いのかな？笑

※ホワイトニング店舗が増えたら通います！

ネイルの頻度とか相場は分かりませんが、週1～2回トレーニング＋脱毛＋ネイル＋可能ならホワイトニング**これを月に3000円程度で利用出来るサービスって…。**

※トレーニング施設の半額料金だし

利用者側は嬉しいと思いますが、単独サービスのエステ店や、ホワイトニングサロン経営者は、結構イライラしていましたね…。

※お客さんが相当取られます

チョコザップの凄いところは、トレーニングメインとせず、（実際マシンなどは少ないです）**「手足のケアをするついでに運動もしたら？」「運動ついでに軽くお手入れをしてみては？」**と、サクッと無理なくお誘いされている感覚と料金。

※ここから本気で痩せたい人はライザップへ。

※ライザップで痩せた人はチョコザップで軽めに維持

軽い気持ちで検索をしていましたが、「チョコザップ凄いわ」と…コロナ禍で減収していたライザップも、チョコザップでV字回復！（凄いしかない！）

エステだけではなく飲食店も、個人事業もコンサルなども…コロナで状況や販売戦略なども、大きく変わったと思いますが、コロナだけではなく、社会や価値観の変化も、物凄い速さで変わっていることに、柔軟に対応できないと、お客さまに**「選ばれない」**ことに繋がりそうですね。コロナ禍前から**「人検索時代」**という言葉を聞いて、数年前から**「VIP戦略・ラグジュアリー戦略」**という言葉を聞いて、（僕はキングコング西野亮廣さんのオンラインサロンで）特に中小零細や個人店舗は、人検索による売上への影響は大きいと思います。

◆人検索

「あなたがいるから通っている」

「あなたから買いたい」

サービスの質や機能は、どこも同じレベルになるから、「機能」ではなく「人」で選ぶようになるよね。

※特に中小零細や個人事業では

◆VIP戦略

「もっとお金を払いたい（応援したい）お客さまを取りこぼしているよね」「クオリティを上げるには一律料金は厳しいよね」

※イベントやエンタメや、クラファンなど

（YouTube「世界で一番楽しい学校〜SA-CUS〜完全版**【西野亮廣／堀江貴文／ROLAND／田中修治】**生きるために大切なこと」https://www.youtube.com/）

※西野亮廣さんのパートをご視聴ください

※僕も入っている西野亮廣さん

のオンラインサロンは次のリンクから
(salon.jp より「西野亮廣エンタメ研究所」
https://salon.jp/nishino)

話を戻して…チョコザップは、また面白くて、見事で、

「人検索」「VIP戦略」のその逆で。
僕の感想は、(フランチャイズ経営の為のサービスの簡略化などは置いておいて…)**ジム通いを躊躇していた層への「低価格層訴求」と「ついで感覚サービス詰合せ」による囲い込み**

ここが凄い!と思ったところです。ホントお見事でした!

さてさて、自分ごとに落とし込んでいくと…**僕も皆さんも、**

「使えるお金や時間が限られている」

使えるお金=可処分所得
使える時間=可処分時間

そのお金や時間を使って、

・本を読んだり
・note を読んだり
・YouTube を見たり
・amazon で買い物をしたり

空いた時間やお金は何に使っていますか? 逆に、サービス提供者(お店側)は、この**時間やお金**を、奪い合わないといけないんですよね。

相手は、YouTube や amazon や Instagram です。詳細は書きませんが…Google が何故、YouTube を買収したのか? amazon が何故、映画コンテンツなのか? facebook が何故、Instagram を買収したのか? 何故、Instagram や TikTok などは動画メインなのか?

可処分時間の取り合いです

分かりやすく amazon なんかは、時間とお買い物(お金)の両方をゲットしていますね。お店や僕で例えると、**YouTube を観る時間(観たい気持ち)**より、**《お店に行きたい気持ち》**にさせないといけないし、僕なら**《note や Instagram に興味》**を持ってもらわないといけない。amazon やメルカリで買うより、**《お店で買って》**もらわないといけない。

あるいは、amazon で販売して紹介を見てもらわないといけない。僕なら**《講師依頼やコンサル契約》**をしないと収入が増えない。そして…インフルエンサーや他の友達の投稿より、自分のSNSや発信を見てもらわないといけない。言葉は悪いですが、**「時間とお金」の《奪い合い・取り合い》です。**

※amazon や Google は10年も前から確実に奪ってたよね

僕もやっていましたし、内容は違えど同業者ですが…facebook や Instagram を見ていると、**「フォロワーの増やし方」「マネタイズ(収益化)の仕方」「スマホでできる副業」**これらを教えるコンサルや、投稿がめちゃくちゃあります。

※誰から学ぶかは超大事なので間違いのないように

発信者(コンサル)としては、学びたい人(お客さん)の奪い合いなんですよね。

※お店の宣伝も他店との競争＝奪い合い
お客さん側として、**何も考えず何も感じずにいると、無意識に「見て」「買って」**しまいますが、**サービス提供者（売る側）は、「見て」「買って」もらうための導線（動線）**を、コロナ禍によって変え、価値観や時代の変化により変え、ライバル出現のより変えています。そういうことも踏まえて、サービスや商品を見ると面白いし、奪い合いに負けない（仕事をしている側）は、サービス提供者側**「柔軟さや機転」**が必要だなぁと、改めて思いました。

話が長くなり、難しい話なってごめんなさい！

2024/01/30熊谷翼

話が長くなってしまいました！

こういうコンサル話、興味ある人いますかね？　書いてて思ったのが、もっと詳しい話をしたい気持ちと、このnoteの本筋とのズレを感じるので、興味がある人がいたら、「有料note」として販売しようと思います。
※コメントかSNSのDMで教えてください！
※いたら書きますし、いなければ書きません！（笑）
※おそらく2万字（書籍1冊分）以上から加筆修正
先ほど書いた、「可処分所得」「可処分時間」に加えて、「可処分思想」だったり、「SNS運用」「店舗の導線（動線）」や、「コンサルの見極め」とか…コンサルタントとして教えることも、春からは離れようと思っていましたので、「まとめ」として書いておこうかなぁ…くらいの気持ちなので、興味のある方は教えてください。

3000円くらいの販売スタートで、加筆と売上数により価格を上げるイメージではいます。
◆SNSでのコメント、メッセージ。支援、寄付、心より感謝しています。ありがとうございます！

1月31日／サウナと地域おこし#287

（2024年2月1日 00時32分）
2024年1月31日　がん告知から287日目

こんばんは。

「自宅用サウナ」を調べ始めて、**「地域活性」**や**「公衆浴場申請」**まで調べていた熊谷翼です。
#1日かけて何を調べてるんだ
僕は、ガチ勢ではないものの、サウナが好きです。（サウナハットは可愛くて見ちゃいます）地元や近県では、サウナの単発イベントや、音楽ライブやキャンプイベントとの抱き合わせで、サウナイベント（自宅サウナ使用）がありました。

時々、目的で**「地域（まち）おこし」**があって、そんな規模感で出来る？と疑問と興味が湧いてしまって…。
※サウナに入れるのは1ブースせいぜい2〜3人。地域活性化には人数が少なすぎないか？という疑問。
※公衆浴場の許可の関係で常設は難しくないか？という疑問。

※サウナブームが続くのか?という興味。

単純に**「好きなこと(サウナ)をやって暮らせたら楽しいだろうなぁ」**の思い付きから、色々と調べたりしました。サウナイベントだったり、宿にサウナがついていたり、民泊ハウスにサウナがあったり。あるいは、イベント内容だったり、デザインやアパレルだったり、運営的なことだったり。

※運営は昨日の投稿に書いたVIP戦略は必須かなぁ。

　まぁそんなことを考えたり感じたり、また思い出して調べたりしてたら、5時間くらい経過していました。今は仕事を休んでいるので、その分の時間はあるんですが、それでも**「よくここまで調べるなぁ」**と自分で思うほど、興味のあることは調べちゃうんですね。

・自宅サウナの相場
・イベント内容
・企画者や運営者
・集客や宣伝方法
・参加者やフォロワーの属性
・ビジネスモデルや収益性
・公衆浴場、公衆衛生などの申請

ちなみに…Instagramの新規アカウント名で、**「sauna」**から始める有効なアカウント名まで検索してました。

※作ってはいないけど。

「サウナイベント」をするつもりも、「地域おこし」をするつもりもなくて、**「自宅の外にサウナ設置したらどうなる?」**という、ただの思いつき(空想)でしたが、なかなか面白い(知らないことだらけ)調べ物になりました。

※ちなみに近県で**「地域おこし×サウナ」**を町の予算(2億?)を使って準備している企画者チームとも繋がりました!感謝!

　そう言えば、一昨日くらいは副作用の眼障害である、**「網膜に水が溜まる」**ところから始まり、最後は**「幻覚やお化け」**が見える仕組みまで辿り着きました。

※視覚って記憶や想像に頼っている部分も多い!

※霊的な能力は別物

『時間があるから出来るんでしょ』と、思われるかもしれませんが、おそらく時間は関係なくて、**《そこまで興味を広げられるか》**であって、僕は結構、**広げちゃうタイプ**です。という話。(何が良い悪いの話でも自慢でもなく)

　趣味とかタイプに没頭してしまうのは分かるけど、まさか、ここ数日で、「地域おこし」や「お化け」のことを、何時間も勉強するとは予想もしていませんでした。ということは…(noteに全ては書けませんが)明日以降も(なんならnoteを書き終えた後から)予想外のことに興味を持ったり調べたりするのかなぁ…と、思い浮かべながら、今日は書き終えたいと思います。まとまりのない中身のない文章!

　明日から入院治療です。体調も腹水の状態も良いです!(というかお腹凹んできている)数日は近況報告になると思います。

◆SNSでのコメント、メッセージ。支援、寄付、心より感謝しています。ありがとうございます！

2024/01/31熊谷翼

2月1日／最近の身体の状態と副作用#288

（2024年2月2日 15時48分）

2024年2月1日　がん告知から288日目

こんにちは。

昨日は早々に寝落ちしてしまい…翌日（2／1分を2／2）に投稿しています。ご了承ください。

さてと改めて…2／1の投稿分として、病状も含めた「近況報告」をさせていただきます。それでは、よろしくお願いします。

◇がん

これに関しては、先月の腫瘍マーカーの数値と、1／1に行ったCT結果（過去のもの）が最新なので、進捗としての報告はありませんが、それでも自分の身体としては良くやっている！と、思っています。

（「1月26日／腫瘍マーカー数値報告#282」P.606参照）
（「1月11日／明日退院予定です#267」P.577参照）

◇副作用

・腹水

2週間前は、71キロ（水を抜く前）、65キロ（水を抜いた後）今日は63キロで、単純なことは言えませんが、それでもお腹の張りは減り（明らかに筋肉も減り）水も溜まりが少ないので抜くのは無し。

・眼障害

これは今のところ、ほとんど感じていません。以前は歪んで見えたりしていましたが、今のところは感じずいます。関連しているのかは定かではありませんが、（検査はしている）耳に水が溜まる？つまる？ような現象があって、これは悪化もしませんが改善もしないまま続いています。

※酷くなったら再検査です

・排泄関連

これは問題なく。むしろ利尿剤が効くようになり回数増えました！

・食事関連

吐き気などは全くありません！（点滴中は吐き気止め使います）通常のご飯を食べています。2週間ほど前まではお粥でしたね…（懐かしい）食欲爆発して量が増えています！

・手足の痺れ

これは相変わらず。痛いし冷えるし。歩くのは痺れをごまかしながら短距離であれば大丈夫ですが、凸凹道やバランスが悪いところでは、痺れより筋力低下で転倒しそうになります。

・にきび

あまり出なくなりましたね！今のうちにケアしています。

・味覚障害や冷感刺激
以前はありましたが、今はほぼありません。
・高血圧
これも12月からは全くないです！
・声枯れ
これは点滴後からありますね。あまり声が出ないというか枯れています。

他にも過去に様々な症状(進行と薬の影響)が、ありましたが、今思いつくところでいくと、こんな感じですかね。全く何もないわけでは無いですが、お付き合いできるレベルの症状が続いていて、そして日に日に腹水などは良くなっていきます。まだまだ、行動や活動には不安や制限もありますが、身体が思い通りに動くようになって嬉しいです。

1月が終わりましたね。早かったですか？遅かったですか？　僕個人的には、「まだ1ヶ月しか経ってないの！？」と。救急搬送されたのが、もう結構前に感じています。仕事や家事など締切とか時間制約があると、時間は早く感じるかもしれませんね。何が良いとか悪いとかはありませんが、**時間は平等です。時間だけは平等です。**使い方、受け取り方、捉え方によって、時間だけは無駄にも贅沢にも、マイナスにもプラスにもなりそうですね。

2月は例年より1日多いようです。「ラッキー」って思っちゃいました…！
※仕事してたら舌打ちしてたかも(笑)
◆SNSでのコメント、メッセージ。支援、寄付、心より感謝しています。ありがとうございます！
2024/02/01熊谷翼

2月2日／生きるよ。生きよう。#289

(2024年2月3日00時07分)

2024年2月2日　がん告知から289日目

こんばんは、熊谷翼です。

本日、退院しました。

当初の計画だと「化学療法」と、「CART治療」をする予定でしたが、腹水と浮腫が改善されてきているので、「CART治療」は無しとなり退院となりました。このまま順調に進むと、入院治療から外来治療へもシフトしていきそうですが…最近の数値が良くて浮き足立つ気持ちもあります。

ただし、波もあるでしょうから、あまり一喜一憂せず、想定の幅を持たせながら、焦らずに進んでいきたいと思います。自分に言い聞かせています。

note や Instagram などで発信を続けていると、当事者の方や、そのご家族やパートナーの方も、発信を見てくれていたりします。ありがたいと思う反面、そういう方々のチカラになれているのかなぁ…と思ったりもします。見てくれる理由は様々ですし、求めていることも背景も違うので、そこに

100%合わせることは難しいです。

それでも何らかの理由が分かれば…例えば、**「治療費が大変」**となれば、**「寄付やAmazonリストをやろう！」**と言えるし、**「メンタルがしんどい」**となれば、**「割り切ろう！」**とも言えます。

特にこのnoteは、テーマなく一筆書きにしていますが、「相談があれば」やっぱり頭に残っていて、それに対する自分の考えは出てくるし、**「なんとかしたい！」**と思う。それは自己満足なのかなぁと思いつつ、**「同じ悩みを誰かも持っている」と思えば、なんとかしたい**と思ってしまう。

ただ…実際には言葉や理屈では、なんともならないこともあったりして。それが良い悪いとか(というより悪いことじゃ無い！)、僕のメンタルを落としたりとかではないけど、チカラになれなかったり、足りなかったりすることも実際にある。さっき言ったように、当事者や近しい人も発信を見ていて、コメントやメッセージをいただくこともある。当事者とメッセージをしていたと思ったら、違う日に突然パートナーさんから返信をいただくこともあった。

本人だけではなくて、奥さん、旦那さん、彼女さん、彼氏さん、家族さん。みんな色んなことを抱えて生きている。そして、大切な人を失った人もいて、その人もまた生きているし生きていかないといけない。

そう思うと、**僕は生きているつもりだったけど、「生かされている」と思うし、「生きなきゃ」と思う。**

今日は、うまくまとめられないけど、

「生きるよ」

「生きよう」

2024/02/02熊谷翼

◆SNSでのコメント、メッセージ。支援、寄付、心より感謝しています。ありがとうございます！

2月3日／サッカー日本代表敗戦#290
（2024年2月4日 03時11分）

2024年2月3日　がん告知から290日目

こんばんは、熊谷翼です。

サッカー日本代表…残念でしたね。

「批判」「文句」「愚痴」…あるかと思いますが、彼らは日本を代表するトッププレイヤーの集まり。監督やベンチも含めて、トップメンバーが負けたのだから、それに対して、「結果論」「後出しジャンケン」「たられば論」…いやいや…!!

中田英寿さんが言うならわかるよ？

三浦知良さんが言うならわかるよ？

僕らのレベルというか…代表にすら選ばれていない人(結果を出したことない人)が、自分では何もできないのに批判しちゃダメだよね。サッカーだけじゃなくて、頑張っている人に対して、評論家になる前に、「自分もっと頑張ろう！」って思える自分でいたいと思います。

僕の個人的感想を言わせてもらうと、W杯予選でもないわけだし、選手・チーム育成を考えても、テスト的なこともあるだろうし、負けて良い試合はないかもしれないけど、取り返しのつく負け(ミス)は、成長に繋げるためにリーダーはあえてさせることもあるわけだし。
※立派なリーダーはね！
ミスは起こるし、ミスから学ぶ。そのミスが、許容(想定)範囲内で収まるようにするのが、リーダー(社長、監督、上司、親)の仕事だし、僕が監督なら、『バッシングを受けても強くなる(成長する)ためなら、ワンチャン今回の大会で負けても良いわ～』って思いますけどね。

『本番は「W杯」でしょ!?』って。そこまでの長いスパンで考えているだろうし、目先の勝ち負けで一喜一憂どころか、素人がトッププレイヤーたちを批判ばかりするなよなぁ…と思います。

ところで…**《自分は何かでトップになったの?》**

芸能人のスキャンダル、事務所問題、今回の敗戦でもそうですが、何かがあると袋叩きにする…コメント欄やTwitterに書き込む…自分のことは棚に上げて、そこまで言うけど…

「小さい頃の夢を叶えたの?」「今日まで誰よりも努力をしてきたことは?」「批判を受けるくらいの挑戦をしたの?」「アンチが生まれるくらいの結果を出したの?」

他人のことを批判する前に、自分の人生を振り返って、自分の生き方を振り返って、他人ではなく自分の人生を生きましょうよ。

死んだら終わり。一回きりの人生。

批判することに人生を使うんですか?

誰の人生を生きるんですか?

2024/02/03熊谷翼
◆SNSでのコメント、メッセージ。支援、寄付、心より感謝しています。ありがとうございます!

2月4日/何もしていない生活でしていること#291

(2024年2月5日 14時12分)
2024年2月4日　がん告知から291日目

こんばんは、熊谷翼です。
近況報告として、動画を更新しましたので、お時間ある時に観てもらえたらと思います。「腫瘍マーカー」の数値(4、5月分)が、曖昧で間違っていますが…許してください!(笑)
(YouTube「**【近況】**薬物療法(分子標的薬治療)/腫瘍マーカー/肝硬変」
https://www.youtube.com/watch?v=DHHKZMVYYMw)
土日は**「整理」**の時間が長かったです。意識的ではないものの、考えていることを自然と**「整理(自問自答)」**する時間が、朝起きてから寝落ちするまで続きました。そこで、何か答えを見つけるのか?見つからなかったらダメなのか? そんなことは抜きにして、自分が考えていることや、ふとした疑問を自分なりに納得がつくまで。整理をすると言っても、**「分解」「分析」**をしながら、(簡単に言うと**【分からないことを調べる】**)自分の納得するところまで進めるんですが、進めると大概は**【別の疑問】**が浮かんでくる。

良い例かは別として、僕の場合…今はいくつかのSNSで、《思ったこと》を発信していますが、《届けること》には繋がってはいない。さらには《届けた先》に何があるのか良く分からない。

※というか、そこまで考えていなかった。(以前は、講師(コンサル)として仕事(収入)を得るために、情報発信をしていました。)

癌になり、思ったことを発信してきて、いつしか**「必要な方へ届けたい」**と思うようになり、届けた先、届け方を考えることが増えてきました。

※ここはある程度固まりましたので、

引き続きYouTubeやインスタグラムの応援をよろしくお願いします。

(Instagram「熊谷翼 @kumagaitasuku・Instagram写真と動画」
https://instagram.com/kumagaitasuku/)
(YouTube「熊谷翼―がんサバイバーたすく―大腸がんステージⅣ」
https://www.youtube.com/@KumagaiTasuku)

僕の例で言うと、「発信の届け方」「届けた先」の整理(分析)を、している(していた)のですが、別の疑問が湧いてきて…

・地域貢献
・介護問題
・子供、シングル家庭問題
・保護動物問題
・サウナイベント
・SNS発信など

こういったことも、**結局は「考えること」は増え、「整理すること」は増えていき、そこに「時間」を使う。**時間を使うことが勿体無かったり、そんな余裕もなかった13年だったけど、今はある!側から見ると、何の生産性もないような生活。確かにそうだし、何もしていないように見える。それでいい。自分もそう思うもん!(笑)だけど、自分の中では今この時間**【めちゃくちゃ大事】**おそらく一生のうちにあるかないかの時間。

この時間で得たことや作られたものも、必要な方へ届けていきたいと思います。

2024/02/04熊谷翼

◆SNSでのコメント、メッセージ。支援、寄付、心より感謝しています。ありがとうございます!

2月5日／SNS発信者は稼げません#292

（2024年2月6日 12時12分）

2024年2月5日　がん告知から292日目

おはようございます。

（2／5分を翌日に書いています）2／5分の投稿が遅れている？のは、気付いていたものの…言い訳をすると！　先にやっておきたいことや、整理しておきたいことがあって、それを夜中過ぎまでやっていて。今回のnoteは、しっかり書きたかったので、途中保存をしながら後回しになってしまいました。申し訳ないです。

■発信者としての整理

「何をやっていたか？」というところですが、簡単に言うと**「発信をきちんと届ける」**ための整理。

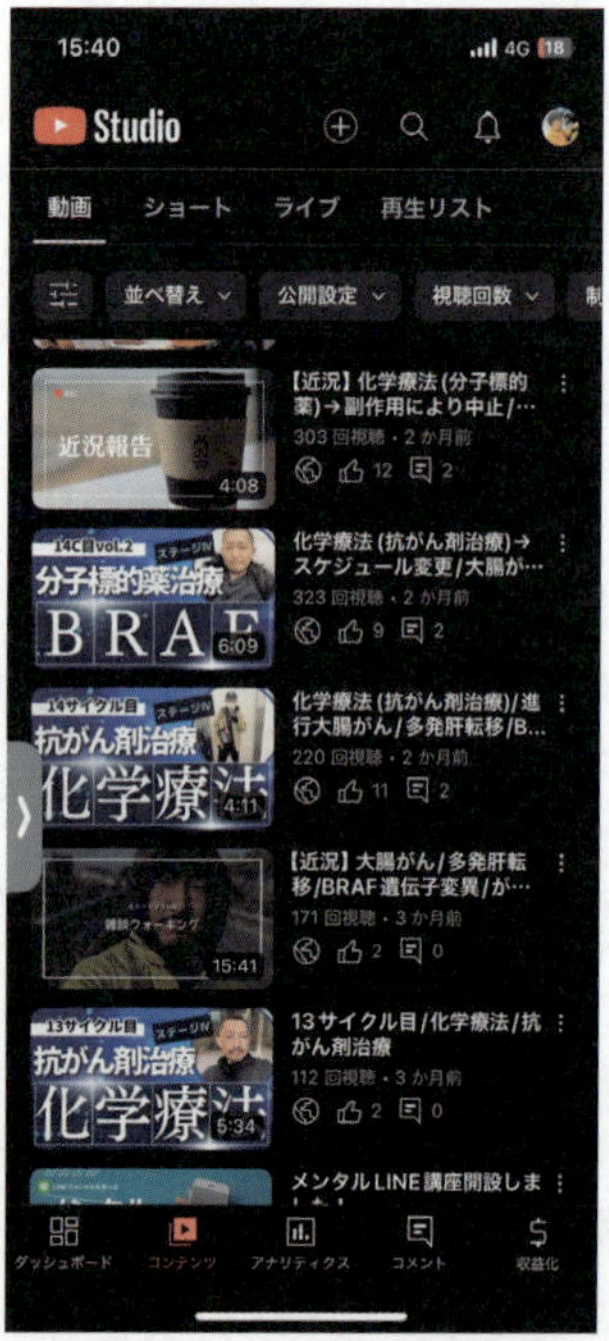

（YouTube「熊谷翼─がんサバイバーたすく─大腸がんステージⅣ」
https://www.youtube.com/@KumagaiTasuku）

発信者としては、発信しっぱなしではなくて、**「発信したそのあと」**も大切だと思っています。YouTubeの写真を貼りましたが、このタイトルに関しても修正を入れたりしています。

昨日は、過去に投稿した動画のタイトル全てを修正しました。その効果は大きいものではないですが、確実に「1再生」「2再生」と増えます。noteの記事も、こっそりとアメーバブログへもリンクを貼っていて、過去の記事や人気記事はコピペしようと考えています。それによりアクセスも「1人」「2人」と増えていきます。こういうことを書くと、**「再生数狙い？」「アクセスで稼ぐの？」**と、銭ゲバみたいに捉える人もいますが、まずやってもらうと分かりますが、手っ取り早く稼ぎたいなら、再生数やアクセス数のために使っている時間で、**アルバイトをした方が稼げます**。

Instagramに投稿をしたり、動画を作る労力を、レジ打ちに使った方が確実に収入になります。

※SNSを使って稼ぎたい！って言う人には全員に言いたいです（笑）

一部（表面）しか分からないと、

【YouTubeをやる＝広告費狙い】

【SNS宣伝をする＝楽して稼ぐ】

みたいに、捉える人も未だにいます(笑)。(そんな簡単ではないですよー笑)
正直なところ、YouTube広告やnoteからの収入で生活できるなら、それはありがたいです。それを実現させるためには、今よりも10倍は労力を使って、今よりも20倍は勉強をしないとダメで、そして、世間の流れを常に読まないと無理。

修正と継続ですね。

だから、YouTuberさんは凄いなぁと尊敬しますし、作家さんや著者さんには脱帽です。そうそう！宣伝を一つ！

YouTubeのチャンネル登録者が600名を超えました！

ありがとうございます！
意地悪を言いますが、「やってみてください！(笑)」**やってみたら分かります。やらないのに批判をするのは無しです。**
※それは、サッカー日本代表に対しても同じ

■発信者のリアルな収入源

「稼ぐためでしょ?」って、まだ一部の人から思われているのが、なんか嫌なんですが仕方ないですね。**『稼げるなら稼ぎたいから毎日動画を1万再生してくれ！しかも全て違う媒体・機材から！(笑)』**
食わせてください！(笑)
よろしくお願いします!!!(笑)
(YouTube「熊谷翼一がんサバイバーたすく一大腸がんステージⅣ」
https://www.youtube.com/@KumagaiTasuku)

話が愚痴っぽくなりました！すみません。ここはちゃんとお伝えしますが、**僕が稼ぐ(収入を得る)とするなら、再生数やアクセス数ではなく、**

- **講演(講師)**
- **コンサルティング**
- **商品紹介(アフィリエイト)**
- **有料記事(出版)**
- **有料教材(グッズ)**
- **寄付**
- **アクセス(再生)数**

僕だけではなく、情報発信者(コンサルや講師)の収入源は、大体は、上からの順になると思います。
日常投稿でSNSを使っている方は違いますが、**「SNSを使って収入を得たいなぁ」**と言う方は、ココから(これ以外もたくさんあるけど)しっかりと設計しないと全く収入に繋がりません。僕の場合も同様で、**発信者として収入を得る**ためには、「講演」や「コンサル」依頼や、「有料案件」や「寄付」を頂戴する必要があります。**「それはどこから依頼があるか?」**となれば、多くが**発信を見てくれている方**からです。
※コンサルの場合は紹介が多いです、僕は。
そして…**『よし！依頼しよう！』**となるのは、一回の投稿(発信)ではなくて、何回も見たり聞いたりして**【信頼】**をして、依頼や支払いをすると思うんです。
※応援や寄付も同様に。

iwatedown

ご支援ありがとうございます!

人となりを知ってもらい、まだ、届いていない**「1再生」「1人」**に、ちゃんと届くように整理をすること。自分の思いや考えを、何度も発信をして共感者を募り、信頼関係を構築していくこと。

「丁寧に届ける」「しっかりと伝える」「ブレない発信を続ける」ここまでやって初めて依頼が来るかどうか?です。

※レジ打ちの方が簡単に稼げます

■なんでここまで話すの?

隠さずに話しますが、今回こういった内容を書いたのは、**『SNS発信で稼ぎたいのでコンサルをして欲しい』**という依頼があったので、(その方以外にもたまに相談があります)**【そんな簡単な話じゃないよ?】**という意味で、今回書かせてきただきました。

そして、SNS発信者の多くは苦労しているし、稼げていないよ?ということも知って欲しいです。それでも、やりたい理由や目的がないと続かないし、うまくいっているように見せないといけないので、**自分に嘘をついて自分が潰れてしまいます。**

PR案件が来たとして、使っていない(オススメしない)商品を、僕が毎日ストーリーズにあげてたら、見てる人は疲れないですか?(笑)

※PR案件は本当にオススメできるものじゃないと、やっちゃダメ

■稼ぐ目的をやめた

ここからは僕の話です。

※特殊な例なので参考にはならないかもしれません。

僕は**「がん」**になってから、少しずつ考え方が変わってきて、**「収入」**を得るための**「発信」**から、**「思っていること」**を素直に発信するようになってきました。この内容も、SN

S発信者は公にして欲しくはないことかもしれませんし、今までの投稿内容も、わざわざ公開しなくても良いことも書いていると思います。そこに狙いがあるとするなら、**「誰か1人に届けば良い」**です。多くの共感も大切ですが、今回の投稿は**「SNS発信で稼ぎたい1人」**に向けて、**『そんな安易な考えでは潰れるよ?』**というメッセージで、ほとんどの方には**「何の話し?案件」**ですが、僕が伝えられることは伝えたい。もっと言うと**《残しておきたい》**気持ちが大きいかもしれないですね。今の自分に必要なパワーは、**【誰かのチカラになっている】**という実感で、それが**【もっと生きるぞ】**の原動力になっています。**収入を増やすぞ!のパワー**では、心の底から湧き上がる気持ちは生まれなかったと思います。

※SNSに届くメッセージがめちゃくちゃ嬉しいです。

ありがたいことに僕は、沢山の支援や寄付をいただいています。

これは**「がん」**という特別なことがあったからであって、僕の**「人となり」**や**「信頼関係」**とは別として、**《お見舞い》**として捉えています。僕が信頼されていくのは、まだまだこれからで**【癌から復活】**して、やっと信頼されていくものだと思っています。その過程で、嘘や偽りがあると伝わるし、自分もそんな生き方はしたくはない。なりたい自分になるために、生きたい人生を生きるために、僕が大切にしたいことなら、たった1人のためにでも、自分の時間を使いたいなぁと思っています。

※年末まで募集をしたIWATEDOWN(イワテダウン)の寄付は、合計600円でした!

ありがとうございました!

めちゃくちゃカッコ良いです!

Instagramでもアップされました!

(([iwatedown] https://www.instagram.com/iwatedown/)) https://www.instagram.com/p/C2HOt6bR3zN/?igsh=Z2t5aG95d2FzZGFv)

さぁ、今日も発信者として頑張るぞー!

2024/02/05熊谷翼

◆SNSでのコメント、メッセージ。支援、寄付、心より感謝しています。ありがとうございます!

2月6日/行動量足りていますか?#293

(2024年2月7日01時01分)

2024年2月6日　がん告知から293日目

こんばんは、熊谷翼です。

前回の投稿(今日書きましたが)、SNS発信について。

(**「2月5日/SNS発信者は稼げません#292」**P.626参照)

読んでいない方に説明すると…

僕ら発信者は、書きっぱなし伝えっぱなしじゃなく、**『しっ**

かりと届けましょうね』と。自分の発信を**「1再生」「1人」まで届けるを**、〝丁寧に〟〝しつこく〟やりましょう。

って内容の投稿をしました。

書いただけではなく、noteを書き終えてからやりましたよ。

行動あるのみです！

←同じ写真に見えますが、昨日のお昼と先ほど撮った写真です。

登録者数と全ての再生数が伸びています。

こちらはアメブロです。

夏あたりからインスタ連携が解除され、反映されておらず放置状態。気付いて1月30日から、noteやYouTubeリンクを貼る形で再開させました。

※今回から手入力で。ついでにXにも。

こちらも当然アクセスが伸びています。今日の集計は明日出るので、もう少し伸びてるかなぁと思います。

2024/02/06 23:08

2024/02/05 11:38

2024/02/06 23:07

2024/02/05 11:38

2024/02/07

2024/02/06

（Ameba「**【一歩踏み出す勇気を】**進行大腸がん／ステージⅣ／多発肝転移／ＢＲＡＦ遺伝子変異」
https://ameblo.jp/kumagaitask/）

■手抜きをしていた自分に気がつく

「今回も難しい話ですか？」「ＳＮＳの話をされても…」

今回は違います!!（笑）

『行動あるのみという話です!!（ドヤっ！）』

YouTubeに動画をあげただけでは、僕のチャンネルは誰にも気付いてもらえないんですよね。そればかりか数人が見てくれても、再生数は増えてはいかない。

→

投稿して終わり。リンクをコピペして終わり。

これをやっちゃっていました、正直。

楽して手抜きをしてました。（反省）

←

行動してない！サボってた！んですよね。

※それじゃあ登録者もアクセスも伸びない。

伸びない＝届かない

届かない＝認知されない

認知されない＝価値がない

発信者として終わるところでした…

前回の投稿にも書いたように、「再生数」「広告収入」が入ればもちろん嬉しいですが、トップYouTuberにならない限りは無理で…

僕としては、**「1人でも求めている方に」「まだ出会っていない方へ届ける」**が目的で、そのためには、**「1再生=1人」の動きが止まるまで、届け切るのが発信者の責任だと思っています。**

※前回はそんなことを書きました。

そうは思っていても…実際に、**やれることはまだまだあって、やれることをやっていくと、今まで楽をしていた、手抜きをしていたことを自覚して、結局『行動量が足りないだけ』に気付く。あるいは、『少しやって結果が出ないとやめていた』だけ。**

僕の再生数のように、大きな伸びはなくても**《0→1》**を作ることはできるし、**《1→10》**に積み重ねていくことはできる。結局は、**《行動》と《継続》だ。**

ちなみに…僕がYouTubeをやっているのは、僕のことを文章や写真以外で知ってもらうこと。再生数稼ぎではないけれども、「数」は指標であり目標にもなるから無視はできないです。

※やってみると本当YouTuberを尊敬します

※そして登録していただいている皆様ありがとうございます！

■うまくいかないのではなく行動していないだけでは？

行動に移さないと始まらないし、行動量を増やせば変化はあるし、行動を継続させないと、うまくいかない。原理原則を、頭では分かっていても、行動にしていない（足りない）

↓

それに気付いて行動に移せたのも、**《自力ではなく他力》(成功している)他の人の、思考や価値観を学んで実践する。**

どの分野だろうと仕事でも趣味でも、どのレベルになっても上には上がいて、目指す目的や目標があれば尚のこと。学ばないと！時間とお金を使って学び続けないと。そして行動あるのみ。話を転用すると、

・仕事のスキルを上げる
・コミュニケーションスキルを上げる
・人間心理を学ぶ
・専門分野のスキルを上げる
・料理の腕を上げる
・経営やお金の勉強をする
・コミュニティに入って学ぶ
・健康、美容に力を入れる
・本やセミナーで学ぶ
・講師やコンサルから学ぶ
・テレビ、ゲームをやめる
・寄付やボランティアをする
・部下や後輩の面倒見を良くする
・chatGPT、NISA、NFT…わかるまで調べる
・メンタルマネジメントスキルを上げる
・時間管理スキルを上げる

適当に思い付きで挙げましたが、やっていないこと、サボっていること、手を抜いていることありませんか？

気付いたら行動です。そして、行動量です。僕も頑張ります！

分かりやすく再生数を取り上げましたが、実は…**「がんを克服した後に目指すこと」**が、ぼんやりと幾つか浮かんでいます。

その話はまたいつか！

2024/02/06熊谷翼

◆SNSでのコメント、メッセージ。支援、寄付、心より感謝しています。ありがとうございます！

※本日支援いただきました！ありがとうございます！

プロフィールページ

（2024年2月7日 21時12分）

はじめまして、熊谷翼です。

胃の不快感から受診をし20日後に、**「大腸がんステージ4」**を告知されました。（2023年4月20日）がん告知前日から、noteを毎日書き始めて今日に至ります。

・がんや副作用のこと
・メンタルのこと
・ビジネスのことなど

その日に思ったことを書き綴っています。

「スキ（いいね）」を付けてくれると励みになります。質問や相談はコメントかLINEにてお問い合わせください。他のSNSも応援よろしくお願いします。

目次

◆Instagram◆
◆YouTube◆
◆note◆
◆SNSリンクまとめ◆
◆質問相談◆
◆Amazon 支援物資◆
◆寄付のご協力◆
◆プロフィール◆
◆Instagram◆

(https://www.instagram.com/kumagaitasuku/)

フォロー、いいねをお願いします！
◆YouTube◆
（YouTube「熊谷翼―がんサバイバーたすく―大腸がんステージⅣ」
https://www.youtube.com/@KumagaiTasuku）
◆LINE登録◆
（「LINE Add Friend　QRコードでLINEの友だちを追加」
https://line.me/R/ti/p/@301ukjex?oat_content=url）
　質問相談やお問い合わせは、LINEからお気軽にお問い合わせください。
　お気に入り登録とグッド評価をお願いします。
◆note◆
（note「ステージⅣがん告知/熊谷 翼/KUMAGAI TASUKU」
https://note.com/kumagaitasuku）
／悩んでも仕方がない／
◆２０２３年４月20日（39歳）「S状結腸癌」「多発肝転移」「ステージⅣ」告知。◇社会福祉士◇介護人材キャリアアップコンサル◇介護技術講師◇１００％合格させる国家試験対策講師◎依頼はＳＮＳのメッセージへ。告知前日から毎日!?書いています。
◆ＳＮＳリンクまとめ◆
熊谷翼／がんサバイバー　lit.link（リットリンク）
（https://lit.link/kumagaitasuku「熊谷翼／がんサバイバーlit.link（リットリンク）」）
　在り方を変えて人生を変える、２０２３年４月20日（39歳）「S状結腸癌」「多発性肝転移」ステージⅣを告知されました。
◆質問相談◆
　質問相談やお問い合わせは、LINEからお気軽にお問い合わせください。

（「LINE Add Friend　QRコードでLINEの友だちを追加」

https://line.me/R/ti/p/@301ukjex?oat_content=url）

いつも応援ありがとうございます！

　１人でも多くの当事者や一歩踏み出したい方へ、メッセージが届くよう「いいね」や「シェア」の、ご協力をいただけると嬉しいです。

◆Amazon支援物資◆
※購入していただくと「熊谷の自宅（岩手県）」に届きます。
※購入者の個人情報は名前（メッセージ）のみ届きます。
（Amazon「ほしい物リストを一緒に編集しましょう」
https://www.amazon.co.jp）
◆寄付のご協力◆
　寄付へのご協力お願い致します。

　銀行振込か、PayPayでお願いをしております。

　何卒よろしくお願い致します。
◇銀行振込◇
［銀行］PayPay銀行

［銀行コード］００３３
［支店］はやぶさ支店
［店番号］００３
［口座番号］※現在使用されていません。
［名前］クマガイタスク
※支援物資・寄付の受取報告はInstagramストーリーズで行っております。
(facebookにも反映されます)
※ストーリーズハイライトでもご確認できます。
※報告漏れがある場合にはご一報ください。

２０２３年４月20日(39歳)
「S状結腸癌」「多発肝転移」「ステージⅣ」
２０２３年５月１日：CVポート造設
２０２３年５月８日：化学療法(抗がん剤治療)開始
２０２３年６月２日：BRAF遺伝子変異陽性
現在：休職中、化学療法(分子標的薬治療)中
【支援はこちらからも】
(「熊谷翼オンラインショップ powered by BASE」
https://tasuku.official.ec/)
２０２３年４月20日(39歳)「S状結腸癌」「多発肝転移」「ステージⅣ」「根治不能」を告知されました…
【thregds】
(Threads「熊谷翼/がんサバイバー/0年目/ヘルプマーク普及」https://www.threads.net/@kumagaitasuku)
「仕事」「収入」「時間」「評価」「制限」… 40年間【正解】と》してきた《生き方》を捨て、新しい【正解】を見つける《生き方》…
【Facebook】
(Log into Facebook「ステージⅣから復活がんサバイバーたすく」熊谷翼 www.facebook.com/kumagaitasuku)
フォロー、いいね👍をお願いします！
【音声配信】
(stand.fm「39歳でステージⅣのがんになりました。」
https://stand.fm/channels/607590f6be8d4428b9abde4e」
アプリダウンロードで他のアプリを開きながら聴けます。
【TikTok】
(TikTok「熊谷 翼(Kumagai Tasuku)(@KumagaiTasuku)」
https://www.tiktok.com/@kumagaitasuku?_t= 8cJEjfdwcJF)
フォローとハート❤お願いします。
【出版】
(Amazonランキング２部門５位獲得『未来の自分を喜ばせる45のルール』Kindle版(電子書籍)１２００円((２０２３年５月３日 23時49分時点))詳しくはこちら・購入する
https://www.amazon.co.jp/dp/B01N7N4X4R/ref=cm_sw_r_cp_api_glt_7K6T81ETTJR4246R20DZ)

◆プロフィール◆
1983年7月生まれ。岩手県盛岡市出身。

22歳▼時給700円アルバイトとして介護業界へ。

27歳▼介護事業コンサルタント（介護講師）として独立。
◇介護事業を中心に店舗型運営に携わりながら、稼働率向上や人材マネジメントなどのセミナー（全国9都道府県）や、コンサルティング（30社以上）を実施。
◇個人対象の「目標達成6ヶ月コンサル」（試験合格、事業拡大など達成者10名以上）を実施。
39歳▼ステージⅣがん告知を受ける。
40歳▼現在
書籍▼「未来の自分を喜ばせる」45のルール
資格▼社会福祉士、介護福祉士

#S状結腸がん　#BRAF遺伝子変異
#多発肝転移　#ステージ4　#延命治療
#がん　#癌　#若年性がん　#大腸がん
#肝機能　#腫瘍マーカー　#抗がん剤治療
#がんサバイバー
#言葉の力　#メンタル　#ポジティブ
#ポジティブ思考　#コーチング　#メンタリング
#自己啓発　#メンタルマネジメント
#熊谷翼　#生きる　#当たり前に感謝

（チップで応援する。「いいなと思ったら応援しよう！」noteに会員登録すると記事にチップが送れます。よろしければサポートをお願いします！いただいたサポート代は全額書籍購入費に使わせていただきます。）

2月7日／勉強を習慣にする#294
（2024年2月8日 04時03分）

2024年2月7日　がん告知から294日目

こんばんは、熊谷翼です。

プロフィールページ？を作成しました。毎回文末に書いていたものをまとめたものですが、毎回書かなくてもページのリンクを貼ってみようかと思っております。よろしくお願いします。


（「プロフィールページ」（2024年2月7日 21時12分）**P.633参照）**

■勉強をしない日本人
ここ2日くらいは、「SNS発信」や「行動」について書きました。

1回で読み切る文字数としては、まぁまぁギリギリのところだと思って、詳細は抜きに基本ベースで書きましたが、結果や成果も含めて本当はまだまだ伝えたいところですが、興味のある方や「もっと！」という方は、コメントやメッセージを送ってきてくださいませ。

最近は、**本やYouTubeで勉強(インプット)を、しまくっています。しまくりです!(笑)**それが数日溢れてしまって、noteやInstagramへも漏れています(笑)。**僕は、インプットをする時は、アウトプットをする前提を意識しています。**
※インプット吸収率が変わるのでオススメです。
※インプット(勉強)、アウトプット(話す、実践)
※このnoteを読むこともインプットです。
僕のインプットの目的は、
①講師としての新しい知識や深める知識
②発信者としての知識や技術
③専門分野や未知の分野の知識
④選択肢を広げる知識
このあたりが目的ですが、最近は②~④を知りたい欲が爆発です。爆発した時は置いておいて…普段から本を読んだり動画で勉強をするのって、**結構、腰が重くないですか?**ぶっちゃけ。
「本を読もう!動画勉強しよう!」って、何かで気合が入ったり、何かのタイミングがあってからですよね。(買ったのに読んでいない本がまだあります)
ちなみに…日本人は**「月に1~2冊を読む」**人が1番多いですが、**「1冊も読まない」**という人も多いです。
※世界的には最低ランクです。
※勉強をしない日本人
意識高い系の方はこちらの記事も(toyokeizai.netより**「月7冊の読書ができる人が圧倒的に突き抜ける訳」**〈東洋経済ONLINE〉
https://toyokeizai.net/articles/-/697162?page=3)
最近は薄れてきたように思いますが、それでもまだまだ日本人の風潮として、**「本を読む=偉い、凄い」「勉強をする=意識高い系」**があるように思っていて、それはシンプルに、
・普段から勉強をしていない
・勉強をしたい(身につけたい)欲が低い
・周りも勉強をしていない
風潮や周りの空気感、自分の世界観の狭さもあり、**「勉強しない=普通」**になっている。(勉強しなくても給料もらえるしね)
勉強って、自慢をすることでもマウントを取ることでもなく、僕は勉強って、**「知らないことを知れる」**と同時に、**「自分の無知や未熟さに気付く」**と思っていて、ぶっちゃけ…勉強していない人ほど、過去の自慢話や、古い価値観でマウントを取ってくるような、**「器の小さい人」が多くない!?**って思います。
#年齢関係なく
『そういう男にはなりたくはないなぁ』『そういう親にはなりたくはないなぁ』って気持ちも、あるからかもしれません。
※親が勉強していないのに、子供に注意してるのってギャグにしか思えないですが?(笑)
普段からこのnoteを読んでくれている人の中には、読む

ことが習慣になっている人もいると思います。**「noteを読むこともインプット」**つまりは勉強なんですが、（※学びや気付きがあることが前提ですが）**「勉強をしている!!」**って意識の方は、少ないんじゃないかなぁと思っていて、それはなんでかと言うと、**《読むことが習慣化》**つまり…**《学ぶことが習慣になっている》**からなんですよね。

※読もうとした時にnoteが更新されていない時には、本を読むかビジネス系YouTubeに移行してくださいね。学ぶ習慣が消えちゃうので、、

勉強をする習慣がない！方は、最初はなかなか大変です。

・重い腰を上げないといけない

・学ぶ目的や動機（スイッチ）が無いと動けない

スタートは、なかなかハードルが高いし、継続は、もっとハードルが高い。なので更新されていない時は、別のことで学ぶようにして、**【習慣にする。習慣化させる。】**を意識してみてください。

noteを読んでくれる方は、意欲や意識が高い人前提で書いていますので、ご了承ください（笑）。ちなみに僕の場合…何か作業をする時は、（メール返信、SNS確認、コメント入力やシェアなど単純作業の時など）音声や動画コンテンツ（VoicyやYouTube）をずっと流しています。

※YouTubeは課金するとアプリを閉じても再生可能

これらは、**「流すことを習慣化させている」**が正しくて、**「スイッチが入ったから学ぶ」**ではなくて、**「インスタを確認する時は学ぶ」**が正しいです。読書は時間を決めずに、毎週読む冊数を決めて購入しています。

（「voicy.jp 音声プラットホーム」https://voicy.jp/）

あくまでもこれは僕の場合であるし、**『学べ！勉強しろ！日本人!!』**っては思うけど、思うだけで、それは求めている人以外には言わない。言うと酷いことになるからね（笑）。過去には「変えたい」と思ったけど、求めていな人には、無理だった（笑）。

だから今は、給料が上がらない愚痴を、自分を理解してくれる人がいない愚痴を、政治家や消費税のせいにしている人の不満を、芸能人スキャンダルで盛り上がる人を、勉強しない子供に説教をしている親を、**【不思議に思うだけ】**にしています（笑）。

求めていない人には言わない。変えようともしない。これやると自分が壊れるから気を付けてくださいね。特に教える立場や役割にある方は、この機微に気付けるかは重要だと思います。

※講師やコンサルの方でココ抑えていない人は気を付けて！

僕のスタンスは、特に今年からは、**『教えて！』**って言われたら教えるし、**『もっと教えて!!』**となればもっと教える。**『マンツーマンでお願いします！』**となればマンツーマンでがっつりと。

けど、聞かれないと教えないし答えないよ？そもそも興味あるか分からないし。という感じです。時間を大切にしたいし、労力を使いたいことに使いたいから、心から求める人じゃないと動きたくは無い。ただし、絶対にしないといけないのは、**【自分はこういう考えだから】**は、ちゃんと伝えておくようにはしています。

　僕はこういう考えや価値観です。こういう人間です。と伝える場がnoteです。がんのことだけを書いてはいないので、闘病日記にはなりませんが、(最初はそのつもりでしたが)少しでも学びや気付きがあれば、せっかく読んでもらった時間を、インプット時間にできるかなぁ…と思っています。

　今日も最後までありがとうございました！

　明日は入院治療なので、近況報告になると思います。

2024/02/07熊谷翼

※「プロフィールページ」(2024年2月7日　21時12分)参照

2月8日／入院しました#295

(2024年2月8日　21時22分)

2024年2月8日　がん告知から295日目

　こんばんは、熊谷翼です。

　本日、治療の為に入院をしました。

【近況報告】動画も撮りましたので、お気に入り登録と「いいね👍」よろしくお願いします！

(YouTube「【治療】分子標的薬点滴5回目／大腸がん／BRAF遺伝子変異／多発肝転移／肝硬変／」

https://www.youtube.com/watch?v=ww0nnRixtg4)

　今日の投稿は、近況をゆったりと書きます。サクッと書いて早めに寝たいと思いますー！

　今回も前回の入院同様に、化学療法である分子標的薬の点滴治療。体調は良好(普通通り)で、足の浮腫みも無くなってから5日。身体のおおまか部分では「大丈夫」ですが、細かい部分や見えない部分での「困った」はあって、それでも、そういうのは内容は違えど、みんなそれぞれに抱えている！って思うと、「がんばろー！」って思えてきますね。頑張りますー！

　さてさて、午前中に入院し、血液検査、採尿検査をして昼食。
※毎回、点滴前には血液検査はあります。
　11月にタンパク質が落ちて「低栄養状態」になったけど、異常があれば点滴や治療は中止。検査結果…異常なく、午後から点滴治療。

　昨夜?は note を書いた後にも、頭と好奇心がフル回転で…結果寝不足。点滴をしながら…終わって夕食まで…ずっと寝てました。

　昨日の分は寝たような気もしますが…(そういうのではないか…)そんな感じで、午後ほぼ寝て過ごしました…

　ただ、昨日の投稿を読んでくれたら分かりますが、音声聞

きながら、YouTube更新しながら寝てましたよ！ 【ながら勉強】(〇〇しながら)
以上
2024/02/08熊谷翼
※「プロフィールページ」(2024年2月7日 21時12分)参照

2月9日／認知度を上げる?#296

(2024年2月10日 01時19分)
2024年2月9日 がん告知から296日目

こんばんは、熊谷翼です。

本日、退院しました。治療や体調の経過も順調でした。

ありがとうございます！ 次の入院治療は来週になります。

退院します！

(YouTube「退院します！@KumagaiTasuku#がんサバイバー#がん#メンタル#コーチング」

https://www.youtube.com/shorts/mMBd7ZWtM04)
■過去か今か未来か
【初心者向け】 誰でも出来る車椅子(車いす)移乗①
(※YouTube、この動画は非公開です)
この動画は僕が独立した頃、27、28歳の時の動画です。
YouTubeには2015年と出ていますが、それよりも3～4年前のものだと記憶しています。
【介護職の転職】 転職(就職)する側も採用する側も抑えておくポイントを介護コンサルタントが解説
(※YouTube、この動画は非公開です)
この動画に関しても4～5年前のもの。病気になる前の動画で、残っている(残している)動画は数本です。正直なところ、内容も画質も音も良く無いし、再生数も評価も上がらないので、残す意味はあまり無いので、そのうち消す可能性は高いです。けれども現時点でまだ残しているのは、**「この時があったな」** と自分で確認したいからなんですね。
・独立した時
・集客できなかった時
・講師依頼がゼロだった時
・会社を作った時
・騙され裏切られた時
・結婚を諦めた時
・地元に戻る決意をした時
・業界を離れると決めた時
・業界に戻った時
まだまだありますが、こういったこと(初心)みたいなものを、思い出させてくるのが過去なんですよね。

そして、今は **「がんサバイバー」** となり。4月で1年になります。

YouTubeもInstagramも、がんサバイバーとしての発信がメインとなりました。

※2024年は仕事から離れると言いつつ…考える量と時間は倍増しています

今は発信者としての勉強をしながら、僕や「がんサバイバー」の認知を上げることをしています。

※投稿頻度を上げたりアクセス数を分析したり

認知度？と思われるかもしれませんが、僕個人だけの応援をしてもらうだけなら、note も書かなくて良いし、インスタなどもたまに近況報告をして、支援や寄付を頂けたら生活はなんとかなるんです。今は目立って仕事もしていないので、そういった素材もないし、集客をすることも少ないので、大人しくすることだってできる。

その方が、周りの人の感情を動かさないので、批判も不快もアンチも生まれない。

そして、投稿内容を考える時間も、毎日 note を書く時間も無くなるから、ストレスも無くなるし、自由時間は増えるし、その方が健康にも良さそうです(笑)。時々ある講演依頼と、直接、相談依頼があるコンサル以外の、講座やセミナーは昨年でお休みしているので、表立っての集客はしていないし、集客のための投稿もしていないから、**『何のために発信をやってるの？』**と聞かれる時もあるけど、

【認知度を上げる】ためでしかない。

過去の動画を残しているのは、「こういうこともやってきたよ」という、ある意味、僕のことを知らない方への名刺でもあって、「そんな過去のことは気にしない」という方が増えて、僕も過去の過ちや経験や成功を乗り越えたら、動画は消えていくんだと思います。

※その時には喜んでほしいです

■がんサバイバーの認知度を上げる

そう言ったところで、一般的には「知らんこっちゃ」だし、それよりも僕の認知度を上げることで、「がん」のことをきっかけに、「生き方」や「命の時間」について考えてもらえたらと思っています。けれども僕は、「がんを克服する」ことを目標にしたくはないし、「命って大事」と言って死んでいきたいわけでも無く、この先のことも決まってはいないけど考えてはいて、今はその選択肢を広げているところです。仕事から離れての答えは、早く何かやりたい!!です。

その「何か」「誰か」「何のために」を、毎日考えていますが、そのためには、もっとこの認知度(影響力)を付けておきたいなぁと思っています。『がん克服だけじゃ飽きてくるでしょ？』そう自分に発破をかけています。

2024/02/09熊谷翼

※「プロフィールページ」(2024年2月7日 21時12分)参照

2月10日／出会いがあれば別れがある#297

（2024年2月11日 00時52分）

2024年2月10日　がん告知から297日目

こんばんは、熊谷翼です。

ここ最近のnoteは、まとまりもなく書き殴っていましたので、今日はのんびりと、書いていこうと思います。よろしくお願いいします。

■もうすぐ300日

（「**【がん告知から0～100日目】**｜熊谷翼/がんサバイバー｜note」
https://note.com/kumagaitasuku/m/mad318d9d3836）

去年の4月20日に告知を受けましたが、その前日からnoteは書き続けています。過去はコンサルタントとして書いていましたが、告知からは「がんサバイバー」として。

noteだけではなく、YouTubeや音声配信も「がんサバイバー」として。

（stand.fm「**【ガンの告知を受けました。】**癌と共存しながら気付いたことや学んだこと」
https://stand.fm/episodes/6440f27261aa0b31cb48cafc）

思い返せば、あっという間だけど、**「まだ1年経っていないんだ」**という気持ちと、**《「これから先」が担保されていない人生を生きる》**という、何とも言えない感覚があって、ただ分かっているのは、**「自分を信じるしかない」**ということ。

今まで色んな勉強をして、様々な経験をしてきたからこそ、乗り越えられたり、メンタルを維持できたりできていて、これ…可もなく不可もなく生きてきていたら、乗り越えられなかっただろうなぁ。（そういう生き方なら癌になってなかったと思うけど）

結局は、**「なるようになっている」**で話は片付いてしまう（笑）。考えても分からないことだし、どんだけ遡って思い返しても、**「39歳で癌になる」**って人生イメージは、想像すらしていなかったもんなぁ。

■これからどうなるんだろう

これも考えても分からないことだから、悩みもしないし時間も使わないけど、たまにふと思う。僕の場合は、**10年後の生存率が11%くらいで、5年後が16%くらい。**この数字を見てもピンとこないし、期間が長いデータだから古いものしかなくて、（10年前からのデータ取り）10年の間で、治療薬なども研究開発されているから、生存率自体、あやふやかなぁとも期待を込めて思っていたり。

↑2月5日発表の治療法
(gantaisaku.net より「日本がん対策図鑑」**【大腸がん：三次治療(OS)】**「グアデシタビン＋イリノテカン」vs「ロンサーフ」
https://gantaisaku.net/jhmirb/)

↑治療や学会報告
(gantaisaku.net より「日本がん対策図鑑」**【Year in Review 2024】がん治療の進歩：この1年**
https://gantaisaku.net/jhmirb/)

期待や希望はあるけれども、実際に僕に適用になるのか？は置いて、こういった研究開発によって、(治験を受けてくださった人たちのおかげで)今の治療や薬を使えているので、ありがたいことだなぁと思います。(10年前なら生きていないと思う)

癌になったおかげ？せい？で、**「老後」や「結婚」**のことは頭から離れて、**「3ヶ月後」「半年後」「1年後」**くらいまでしか考えられなくなって、**「将来のために何かを残す」**って考え方は消えてしまって…(良し悪しは分からないし、残すこともないのかも)**何か形あるものを残すよりも、何か爪痕のような(生きた証のような)もの**は残したくて、たぶんだけど、死んだあとにも**「存在」**していたいんだなぁって思ってる、心の中で。(お墓はそのためにあるのかなぁ…)

いつ死ぬのかは分からないけど、**存在や生きてきたことを忘れられたくないんだなぁ、たまには思い出してほしいんだなぁって。そんなことが心の中にあります。**(あなたはどうですか？)

そう思うと、時々は、天国に行った家族や、爺ちゃん婆ちゃんのことも思い出してあげないと！とも思ったり。忘れてはいないけど、いつも思い返したりはしないから…時々はね、思い出して懐かしんで泣くのも良いと思う。

■出会いがあれば別れがある

よく聞く言葉すぎて、普段は当たり前になりすぎてしまって、いざ別れが近づいた時に、悲しくなったり思いが溢れるけれども、自分は自分の人生があって、家族も友人も仲間も、僕もあなたも人生はそれぞれある。たまたま今は交差しているだけで、何か一つでもズレていれば出会わなかった奇跡なのに、日常の忙しさで、ついつい忘れたり当たり前になったり。当たり前が傲慢になると、「なんで分かってくれないの」って、相手に求めることが増えたりするけど、そもそも…奇跡的に出会った他人に**「求める」**より、自分から**「与える」**ことが素敵じゃないかなぁって。いつかは別れがある。必ず別れがあるのだから…

少しは我慢しようよ(笑)。相手にイラつくのやめよう(笑)。もう少し優しくなろう(笑)。別れが近くなって、あるいは別れた後に、優しい気持ちになっても遅いよ(笑)。

いつもじゃなくても、**「別れがあること」「当たり前じゃないこと」**を思い出して、心の中に少しでも**「余白」**と**「余**

裕」を作っておきたいですね。

2024/02/10熊谷翼

※「プロフィールページ」（2024年2月7日 21時12分）参照

（YouTube「【治療】分子標的薬点滴5回目／大腸がん／BRAF遺伝子変異／多発肝転移／肝硬変／」
https://www.youtube.com/watch?v=ww0nnRixtg4）

◆SNSでのコメント、メッセージ。支援、寄付、心より感謝しています。ありがとうございます！

2月11日／がんサバイバーたすく#298

（2024年2月11日 23時22分）

2024年2月11日 がん告知から298日目

こんばんは、熊谷翼です。

最近、**「がんサバイバーたすく」の方が分かりやすい！**と言われているのですが…いかがなものでしょう？

僕からすると違和感しかないのですが、発信を受け取る側は僕ではないので、そうなると受け取る側の意見は必要で、違和感を感じながらも、色々と進んでいます。

■自分の中に新しい発見はない

『がんサバイバーたすくです！』って、違和感でしかなくて…『介護コンサルタント（講師、事務長…）の熊谷翼です』って、ずっと言ってきたわけだから、そりゃ当然、言いにくさ

もあれば、慣れない部分もあるし、違和感だけ。それでもその違和感の中にしか、成長（新しく始まること）はなくて、自分の頭の中で完結する中には、他者の視点や新しい視点はなくて、そうなると今までの経験や知識の中で、あるいは狭い視野の中だけで終わってしまうのも事実。他人から言われて、**『うるせぇなぁ』**って思うことの中に、図星だったり気付かなかったことがあったり、**『え、？気付かなかった』**ってこともあったり。**【がんサバイバーたすく】**は、文書やSNS

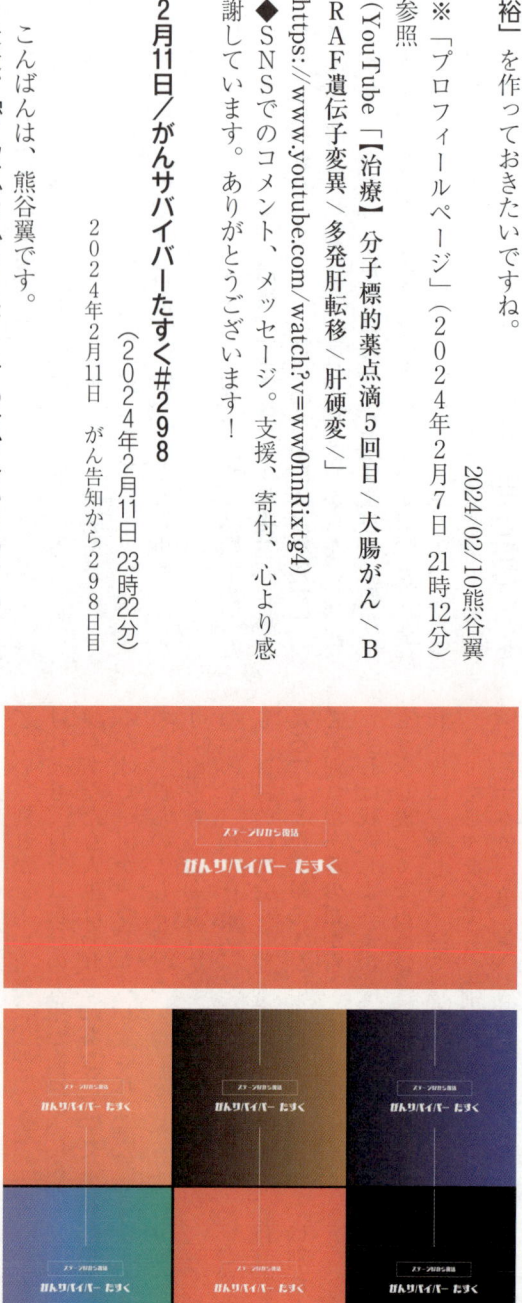

で【熊谷翼】を見ても、【読み方】が分からないと…。

『動画では「くまがいたすく」と言うから分かるけど、動画まで見る人って全員ではないですよね？』
→
全くその通り！おっしゃる通りでございます。
※本名とは別の名前を使うことも案として出ました
こうやって、僕の周りの人(色々と準備をしている仲間)から、意見をもらいながら、新しい準備や作成を進めています。

今までYouTubeでは、「近況報告」をしてきましたが、ここで書いていることだったりを話して欲しい！っていう意見をもらっていて…求められているのならやろう！ってことで、準備中でございます。

■下手は下手なりに

僕の在り方？生き方？講師としての使命？

どこからそういった気持ちが芽生えるか分かりませんが、**「行動に移せるように背中を押す」**っていう気持ちがあって、noteでもYouTubeでも、**「行動していこうぜ」**の気持ちが根本にあります。
※行動に移さないと何も状況は変わらない
今の自分のままで良いのか？　今の自分で満足か？　変わりたいのなら今日をどう過ごすか？　変わりたい理由は何なのか？

当然、現状維持で良い人もいるし、それは良し悪しはないし、僕に置き換えても、癌の状況は**「現状維持＝合格」**なので、**現状で満足＝幸せ**だから、そういう人には僕のメッセージは届かなくて良いと思っているし届かない。それで良いし羨ましくもある。

僕は、今の現状でも幸せではあるけど、違うこともやってみたいし、新しいことや感覚や価値観も味わいたいし、悲しいことや辛いのは避けたいけど、自分の人間力は高めたいし、知らないことや出来ないことを習得する時間も欲しいし、周りから必要とされたいし、そのためには更に成長する必要がある。自分もそうだし、周りの人の可能性も応援したいし、僕の力が必要な人には協力をしたいし、自分1人でももがいている人には、僕が出来ることで救いたい。僕の知識や経験が活きるなら活かしたいし、不足していることを、もっと吸収したい。

僕自身がまだまだだけど、それでも伝えられること、求められていること(話して欲しいこと)があるなら、下手なりに不足してるなりに、持っていることは出し切っておこうと思います。

今年はゆっくりと自分を見つめながら、仕事とか役割とかやることから離れて、過ごすつもりでしたが、なんだか賑やかな時間を過ごしています(笑)。

ゆっくりひっそりと、noteとInstagramを更新しながら治療に専念する。
→
予定通りに人生はいかないものですね(笑)。

2024/02/11熊谷翼

※「プロフィールページ」(2024年2月7日　21時12分)参照

2月12日/もうすぐ告知から300日#299

(2024年2月13日 00時32分)

2024年2月12日　がん告知から299日目

こんばんは、熊谷翼です。

三連休も今日で終わりですね。連休や祝日にも関わらず、お仕事の方には頭が下がります。お疲れ様でした。ありがとうございます。お仕事をしていただいている方々のお陰で、サービスを受けられたり、安心して出かけられたり、自分自身が休みを取れたり。

僕も社会人になってから、(昨年までは)連休や祝日には無縁でしたが、誰かの仕事によって、休めたり遊べたり療養ができることに気付きました。感謝です。ありがとうございます。

今日はのんびり書きますね。

本日、新しい動画をYouTubeにアップをしました。

(YouTube「がん告知から10か月」

https://www.youtube.com/watch?v=y5aS5uQRuTA)

今回の動画から、字幕が付きましたよ😊

質はまだまだこれからですが、音声無しでも動画を観ることも出来ますし、耳の不自由な方にも届けることができます。

今までYouTube動画に関しては、全く手を付けられずにいましたが、見ていただく回数や人数も増え、**「話して欲しいこと」**や**「要望」**なども届くようになりました。

※対応できるものは対応します。ありがとうございます!

その中の一つとして「字幕」がありましたので、現時点で出来る範囲(レベル)での提供にはなりますが、現時点での全力ですので、応援してもらえると嬉しいですし、僕自身の励みにもなります。改めて、**チャンネル登録と高評価**を、よろしくお願いします。

(YouTube「熊谷翼―がんサバイバーたすく―大腸がんステージⅣ」

https://www.youtube.com/@KumagaiTasuku/videos)

※動画編集や配信などのお手伝いをしてくれる方も募集しています。

Instagramのメッセージにてご連絡ください。

(「熊谷翼 @kumagaitasuku・Instagram 写真と動画」

https://www.instagram.com/kumagaitasuku/)

■**治療について**

昨年11月から、化学療法の分子標的薬治療を開始しました。

化学療法は薬による治療で、最初(昨年5月から)は**「抗がん剤治療」**から始めました。抗がん剤治療も効果がありましたが、**抗がん剤は「良い細胞」「がん細胞」**のどちらにも影響を強く与えるので、副作用が強く出て残るんですね。がん細胞は死滅するけど、良い細胞も弱るし副作用も強いという特徴です。

そして、身体自体が抗がん剤に対して抗体が出来てきて、効果が薄れてきたのが昨年10月頃から。そこから、新しい抗がん剤に切り替えたものの、副作用で「肝硬変」が起こってしまい、新しい抗がん剤は2回で中止。その後、11月から**分子標的薬治療**へ。分子標的薬は遺伝子変異した「がん細胞」のみを対象としているので、良い細胞へは影響は小さくなります。（副作用はあります）この治療（飲み薬、点滴）が現在は有効で、腫瘍マーカーも下がっているのが現状です。（飲み薬は毎日、点滴は週1回）体調が良いのも、分子標的薬治療の効果が大きいとは思いますが、実際に何が効果があるのか？は、分かりません。

皆さんからの応援や支援、御守りや飲料水、食事やメンタル…どれがどれだけの効果があるのか（あったのか）これは正直分かりませんが、それでも効果がある（あった）のも確かです。


ありがとうございます！

治療はまだまだ続きますが、**明日で告知から300日**になります。記念日でもないですが、告知をされた日は、300日先のことは考えられませんでした。先のことを考えられなくても、考えても分からないことであっても、一つ一つ、一日一日、積み重ねていけば確実に前に進むことができます。

世間も世界も、悲しいことや頭にくることが多いですが

「自分は自分」自分を大切に明日を迎えましょうね。
2024/02/12熊谷翼
（「2月11日／がんサバイバーたすく#298」P.644参照）

2月13日／コミュニティ必要ですか？#300

（2024年2月14日 02時22分）
2024年2月13日 がん告知から300日目

こんばんは、熊谷翼です。

いつもありがとうございます。

今日は、告知日（2023年4月20日）から**300日目**です。

今日も生きています！ありがとうございます！

告知前日から3日目まで（4投稿）のリンクを貼り抜けますので、懐かしみながら読んでもらえたらと思います。
※マガジン（100日毎）からも記事が読めます
（「0／明日が始まり」21参照）

（「DAY1 2023・4・20」P.22参照）

（「DAY2 2023・4・21」P.25参照）

（「DAY3 2023・4・22」P.26参照）

過去の投稿を読むと、やっぱり告知前日からの数日が、心の動きがリアルですね。迷いや不安もあり、怒りや諦めもあり、（書くために冷静さはあるけど）いろんな葛藤や辛さを思い出しますね。『**治らない**』と医師に言われて、（※今の担当

医ではないですよ)ネット検索をしたら**【余命】【生存率】**ばかりが出てきて…。幸運なことに、治療病院の担当医が優しくて、治療薬が効果があって、応援や支援が沢山集まって、告知日は考えてもみなかった300日。

※考える余裕もなかったけど

まだまだ治療は続きます。**次のメモリアルは4月20日!!**

→

そして次は7月4日の誕生日!!

4月20日(土)、7月4日(木)は、企画(飲み会)をする予定ですので、集まれる方は今のうちにスケジュール調整を。

※僕はそこを目標に体力作りをします

■コミュニティ(集まり)って欲しいですか?

年末あたりにお話をしましたが、今年は**「環境」**を変えるので、※変える!と決めたら体調が良くなった!(笑)

引っ越しの準備も少しずつ進めていますが、パソコン内の過去データなども整理をしています。実は今日…食事時間以外一日中、noteを書く直前まで(たぶん書いた後も見る)過去データ(セミナー動画)を見ていて、

※片付けを始めて手が止めるパターン

その過去データをどうしようか?と思っています。消すのは簡単だけど、見たい人用に残しておくか?修正をしてYouTubeに公開をするか?お金を頂いて話した内容なので販売をするか?

→

どう思いますか?コメントかDMで教えてください!

さてさて、そうやって過去のデータを見てた時に、コミュニティを運営していた時のことも思い出しました。懐かしく思いながらも、コロナで中止し再開しないまま、(僕が癌になり)そのままのものもあります…。

「コミュニティ(集まり)を新たにやろうかな?」こちらも意見欲しいです! 必要な方がいたら動きます。過去は基本的に**「学びながら仲間を増やせる」**がコンセプトでしたが、新しく始めると仮定して…**『今の僕から学びはあるのか?』**ここから始まるように思います。なので、意見が欲しいです。

ジャンルや内容は意見をもらってから考えますし、
・facebookグループを使うのか？
・LINEのオープチャット（匿名参加）を使うのか？
このあたりも意見をもらってから考えます。あとは参加費用ですね。
・誰でも（アンチや荒らす人の参加可能性含め）参加できるように無料にするか？
・少しのハードルを設けて有料（すでに応援コミュニティ参加者は無料とか）にするか？
・学びコンテンツをメインに、（意識や意欲が高い人向けに）しっかりと有料型にするか？
こちらも意見をください！

ちなみに参考までに、過去に僕が主催（運営）していたコミュニティや、期間限定型の塾形式は、（有料→入会金、都度→参加費、fb→facebookグループにてライブやコンテンツ提供）
・介護福祉従事者（研修（都度）オフ会あり）
・福祉系受験対策（有料、研修（無料）、オフ会、合宿（都度）、LINEグループ）
・コミュニケーションスキル（有料、研修（無料）、オフ会、fb）
・ビジネススキル（有料、研修（都度、無料）、オフ会、fb）
・行動目標達成（有料、個別コンサル（都度）、グループコンサル・研修（無料）、fb、LINEグループ）

・メンタルマネジメント（有料、個別コンサル（都度）、グループコンサル・研修（無料）、個別LINE）
他には、
・介護事業経営者、管理者向け
・店舗型事業経営者向け
をやっていましたし、コミュニティなどではなく、こういった内容を個別でマンツーマンでもやっていました。こうやってみると、結構やっていましたね。

そして、**これらの動画（データ）をどうしようか？**っていうのが、先ほど書いたものになりますし、２０２０年頃までやってきたことと、それ以降、今まで培ってきたことや、癌になってからのことも踏まえて、**どんなことが求めれて、自分はどんな価値提供ができるか？**
※正直なところ、ここがポイントかも！

　癌になってから学んだことが、どこまで学びになって価値になるのか？　癌になってから講演は何度かさせていただきましたが、例えばそこに**「人は集まるのか？」「お金を払っても学びたい人がいるのか？」**ここの意見も欲しいです。よろしくお願いします。

　インスタか、facebookかLINEでお願いします。

(Instagram「くまメンタル｜がんになって気付いたこと(@kuma.mental)・Instagram 写真と動画」
https://instagram.com/kuma.mental/)
(「LINE Add Friend　QRコードでLINEの友だちを追加」
https://line.me/R/ti/p/@301ukjex?oat_content=url)

　今日はそんなことを一日考えていました。癌のことは丸っと忘れていました！(笑)

2024/02/13熊谷翼

※「プロフィールページ」（２０２４年２月７日 21時12分）参照

第4章　301〜

2月14日／情報発信の方向性#301

（2024年2月15日 01時52分）
2024年2月14日　がん告知から301日目

こんばんは、熊谷翼です。

テレビをつけると、暗いニュース、汚いニュースばかりですが、そこに自分の気持ちが、左右されるかどうかは自分で決められますね。自分は自分。それにしても、子供に対しての悲惨なニュースには心を痛めています…

■今後の発信の方向性

ここ最近は、SNSでの発信や動画に関する勉強や、それに伴っての準備や制作をしています。ちなみに…昨日書いた**「コミュニティ」**も関連しています。（ニーズと自分の方向性の確認）

（「2月13日／コミュニティ必要ですか?#300」P.647参照）

コミュニティを作るのか?個別相談を増やしていくのか?これらはニーズがあればの話なので、どう進むか?は置いておいて、昨日の投稿の目的は**「ニーズがあるのか?」**の確認の前に、**「そもそも熊谷は(過去に)コミュニティをやっていたんだ」「コミュニティをやる可能性があるんだ」**と、知ってもらうことが目的でした。そもそも、そのエネルギーが今あることすら分からない人もいたと思うのでね。コミュニティに関しては、エネルギーも継続も必要なので、（応援コミュニティはありますので）構想の一つとして。ではありますので、要望はメッセージをいただけたらと思います。

さてさて。がんになってから、（長期戦になると思ってから）SNSでの発信は、13年やってきたコンサルや講師としての発信を消して、**「がんサバイバー」**として切り替えました。切り替えたものの、癖なのか?なんなのか、コーチングやメンタルやコンサル視点が入ったり、ビジネスや介護や患者視点が入ったりと…ごちゃごちゃな気もしますが、思いつきで書いているので、（そうしないと続かないし自分がつまらない）仕方ないなぁと思いつつ…。今後の情報発信については、**どんな意味を持たせるか?どんな目的があるか?**このあたりの方向性を明確にしておかないとなぁ。とも思っています。体調の良い今だからこそできるし、もうすぐ告知から1年になるってのもあります。

■各SNS

noteを読んでくれている方は、（初めましての方を除いて）ある程度、僕のことを知ってくれていると思うので、noteには踏み込んだことも書けます。（他のSNSでは重たい内容）逆に短文や軽い気持ちでの投稿は、別のSNSにしています。（threadsやアメブロ）

Instagramは、認知度を上げるためと相談窓口として。YouTubeでは、近況報告。

ある程度、分けて発信をしてきましたが、

・体調(治療)が安定してきたので体調変化などの発信が減ってきた

・学び需要が増えてきた
・個別での相談や講演依頼が増えてきた
・動画撮影ができるほど体力が回復してきた

ここ最近は自分自身もそうですし、読んで（見て）いただいている方の中でも変化があって、さらに、YouTubeなどの動画発信にも、力を入れられるようになったので、**「近況報告」**にプラスして、**「学びコンテンツ」**も発信できるようになりました！

※話すのが一番体力的にしんどいので、今までできなかった
※字幕テロップなどの編集も可能となった

ただし、YouTubeは「話す」という僕の体力に左右されるので、メイン媒体にはせずに、あくまでもメインは**「note」「Instagram」**そして発信をする**「その目的は何なのか？」**です。

※答えは今日は出ません

今までは良い意味で、治療や症状や思いを**「何も考えず」**に発信をしてきました。

※生きるために必死でした

今は治ってはいないものの、治療も体調も安定してきているので、心身ともに余裕のある状態です。

※食道静脈瘤破裂後の退院から、
1ヶ月が経ちましたが、回復が順調すぎる！（笑）

余裕があるので、様々なことを考えられる余白ができていて、（それこそYouTube、アメブロ、Xの発信頻度が上がりました）ただ逆に**不要なものを取り込みたくはないな。線引きをしなきゃな。**とも思ったりしています。数日前にフォロワー1万人超の方と話をして…PR案件についての捉え方とか聞きました。

※なるほどって〜って勉強になる
※PR案件も中身とタイミングによる

僕の発信を見てくれる方は、何かしらの目的があると思うんです。応援のためだったり、心配してくださったり、当事者や家族の方だったり、自分に何か活かせることだったり、寝落ち前のルーティーンだったり、

※退院シリーズ少なくなりそうです。

『たまには軽めの内容にしてくれないと、読み応えあると眠れなくなる』と、友人に言われました。知らんがな！（笑）**求められていた目的（ニーズ）**から、逸れないようにしつつ、**今あらた（新た、改）に求められ始めているニーズを、**（コミュニティ、個別相談、講演など）**どこまで取り組んで、どこまで発信をして（見せて）、どこの媒体で行うか？**できることできないこともありますが、そこはせっかくの今のタイミングなのでセーブはなるべくせずに、（ただし）逸れないように。

※ムズ！（笑）
※ムズイので整理のために書いています

《note》基本的には今まで通りに。思いついたことや近況を書いていきます。

※文章を書くのも読むのが好きなんです、僕がね

《YouTube》近況報告と学びを。あとは僕のベースとなる（なった）考え方なども。
※文章より動画の方が良いという要望に応えます
《Instagram》認知と発信宣伝。発信用とプライベート用に分けてみました。
※知人友人をフォローするためと余計な宣伝を入れないために
※しばらくやってみます
《threads》独り言とメモ。

意外と本音で書いて好きなSNSです。
※最初はインスタのプライベートとして使おうと思ったけど…
《アメブロ、X》宣伝と情報収集。癌に関する情報収集はXがメイン。
※発信は宣伝のために
こんな感じで、現時点では使っています。（整理のために）
※リンクはプロフィールページから
これらを行う目的…軸となる部分。

今までの目的…

現状報告や治療説明、気付きや学び、応援（支援）を募る
これからの目的…

整理しながら考えながら、また方向性が見えてきたらお伝えしますね。**そして要望などあれば、お気軽に教えてください。**

自分だけだと見えない部分もあるので。よろしくお願いします。

2024/02/14熊谷翼

※「プロフィールページ」（2024年2月7日 21時12分）P.633ページ参照
◆SNSでのコメント、メッセージ。支援、寄付、心より感謝しています。ありがとうございます！

2月15日／講演活動#302

（2024年2月16日 02時11分）
2024年2月15日　がん告知から302日目

こんばんは、熊谷翼です。

日本のGDPが世界4位になったそうですが、『まだ4位なんだ』ってのが、率直な意見です。

（「2月7日／勉強を習慣にする#294」P.636参照）

「勉強をしない日本人」「マネーリテラシーが低い日本人」

ぶっちゃけ…「リテラシー」「GDP」の意味も、知らない人もいるのでは??（意地悪かな?-）
■過去の経験をどう処理するか?
【経過】 がん告知から現在
大腸がんステージ4／多発肝転移／BRAF遺伝子変異／薬物療法（分子標的薬）／腹水／CART／副作用

(YouTube「がん告知から10か月」
https://www.youtube.com/watch?v=y5aS5uQRuTA)

YouTubeの登録者数と再生数が、毎日少しずつですが増えています。(ありがとうございます!!)(以前も書きましたが)YouTubeでの発信は、「熊谷はこんな人」を知ってもらうのが目的で、noteは読まなくても(知らなくても)、YouTubeやInstagramは観る!という方への、「熊谷翼です」と紹介のための発信です。観てくれた方の誰かが、「気付き」や「きっかけ」を得てくれたら、それは発信者として光栄なことです。

※その人数が1人2人と増えたら嬉しいです
※その人数が増えたら講演会で呼ばれるかなぁ

(もしかすると)『YouTuber(広告収入)を目指している?』と、思われている(思われる)方も、いるかもしれないので改めて!!

※毎日1万回再生お願いします!!

広告収入が仮に入るようになれば、それはそれでありがたいですが、YouTubeはあくまでも「名刺」であって、「こういう話をする人」と知ってもらうもの。

そこから講演や個別相談の依頼を頂ければ、僕の収入になります。(広告収入を追うより堅実)

昨日の投稿をしたあとに、『講演をして全国を旅したい』そんな気持ちが大きくなってきました。

※大きくというより再燃しました

「必要な方へメッセージを届けたい」「行ったことのない場所へ行きたい」

これから癌を克服しながら、「講演=旅行」ができたら良いなぁと。コロナ前までは、そんな生き方(働き方)も出来ていましたが、内容としては〝介護コンサルや講師〟がん告知以降、僕の発信の中心には「どう生きる?」があって、過去

のコンサルや講師としての経験や発信(知識)をどう処理するか?(残すか消すか、使うか捨てるか)

実はこのあたりは今も迷っています。迷いの中での昨日の投稿です。

(「2月14日/情報発信の方向性#301」P.653参照)

■講演依頼お待ちしております

→

とは言っても…どんな人か知らない人(熊谷翼)へ、講演(講師)依頼を有料で行うのはリスクでしか無くて、結局のところ講演会は、すでに実績や認知がある方が全国を回っています。

※介護関連にしても生き方にしても

『何を話すのか?』『どれほど響くのか?』は、主催側は知りたいところですし、講演会というものを考えると、(僕も主催をしていたので分かりますが)

講演会の主催側が考えるのは、

①主催側に利益が残るか

②主催側の宣伝になり〇〇が売れるか

この2つで、

①であれば認知度が高い講師をなるべく安く呼び、

②であれば可能な限り①に近づけながら自社の宣伝を入れる。

僕が発信している**「どう生きる?」**ってテーマだと、なかなか呼びにくい感じがしますよね?

あとはそもそも認知度(集客力)が足りない。特に「生き方」とかって難しいテーマ。いまの熊谷翼を講師として、そして有料で呼ぶのはハードルが高いし、そもそも講師リストにすら入っていない。

※ここまで「どうしたらいい?」って、オープンにする人も多くはないと思いますが、みなさんも一緒に考えてくださ い!(笑)

【どうやったら講演活動で生きていけますか?】

■相手のため?自分のため?

過去の投稿でも、「発信」や「認知度」について書いていますが、その背景というか裏側には(今書いた)

・メッセージを伝えたい。

・講演活動で全国を回り生活をしたい。

こういう気持ちがあって、(内容は変われど10年前から)さらにその理由をリアルに分析すると…(良いこと、綺麗事だけは書かない)

【誰かの力になりたい】

誰かの力になれた!と感じることにより自分の欲求(承認欲求)を満たしたい

【仲間が欲しい】

協力者や理解者が現れることによって自分の欲求(所属欲求)を満たしたい

【収入を得たい】

講演活動によって収入を得たい(生存・安全欲求)

【知らない土地へ行きたい】
行ったことのない土地へ行き、美味しい物を食べたい（自己実現）
書いていて（分析して）分かりました。欲求不満なんだね（笑）。
『誰かのために!!』とか言っても、
その背景には、ちゃんと**【自分のために!!】**ってのがある。
順番を間違うと、相手のためにも自分のためにもならないけどね。
相手から「共感」を得られた
↓
自分の存在意義を感じられる
※この流れが正しい。逆だと欲求不満男
僕が講演活動をしたいと思う心の中は、**自分のメッセージを受け取ってくれて、その結果、自分の存在意義（欲求）を満たしたい。**良いことばかりを言って、自分を犠牲にして、自分の欲求を隠して、嘘を言うのでは無くて、**「ちゃんと自分のことも満たそう」「自分のことを満たすことは自然なこと」**ってことは、ちゃんと伝えたい。

今書いたようなことって、生きていく中で大切なことだと思うし、そういった考えが出来ないと、自分を苦しくさせると思うんだけど、これを読んでいる人には届いていても、このことを知らずに辛い気持ちになっている人が、今日もいるんだろうなぁと思ったり。（その人に届いて気持ちが変われば、結果僕も満たされる）

講演活動で全国を回れるくらいの認知度になれば、届けられる人が1人でも増えるだろうし、逆を言えば、1人2人と届けられる人数が増えたら、講演活動にも繋がっていくだろうから、名刺がわりの「YouTube」と、その背景を書いている「note」を、宣伝ツールの「Instagram」を使って、1人2人と届けていくことを、これからも続けていきます。

応援をしてくれる方は、読んで終わりではなくて、インスタでもXでも、シェアをしたり紹介をして欲しいです。

よろしくお願いします。

2024/02/15熊谷翼
◆SNSでのコメント、メッセージ。支援、寄付、心より感謝しています。ありがとうございます！

2月16日／近況報告#303

（2024年2月16日 23時03分）
2024年2月16日　がん告知から303日目

こんばんは、熊谷翼です。

ここ最近はガッツリ投稿が続いたので、今日はゆるく短めに書いていきます。
※ちなみに書いた後には、新しいYouTube動画の最終確認があります。

明日、午前中には新しい動画が公開されますので、**「高評価」ボタンを押して欲しいです。**

よろしくお願いします。

（YouTube「熊谷翼─がんサバイバーたすく─大腸がんステージⅣ」

https://www.youtube.com/@KumagaiTasuku/videos）
■近況報告
毎週木曜日に入院治療をしてきましたが、入院先病院の受け入れ調整のため入院治療が中止となり、点滴治療は来週月曜日（外来）となりました。
※今週の点滴治療は中止
そして、今日は皮膚科受診と定期薬をもらいに病院へ。皮膚科は薬物療法による副作用で、ニキビと足の親指の皮がめくれる症状が、11月くらいから酷かったので、2週に1度のペースで診てもらっていました。ニキビも足も皮膚状態は良くなっているし、塗り薬も塗っていなかったので、今日は最終確認みたいなものでした。ってことで、皮膚科は今日で終わりです！

眼障害の副作用（網膜に水が溜まる）も、ほとんど違和感はないので、眼科も皮膚科も、症状が出始めたら再受診となりました。

（「**212／分子標的薬治療と副作用**」**P.496参照**）

がん治療の厄介なところは、痛みなどのがんの症状とは別に、治療薬による副作用で、今の治療薬の副作用が治ってくれたので、だいぶ心身とも楽になりました。それでも、最初にやった治療薬の副作用である、手足の痺れは未だに残っていて、（痺れを治す薬を飲んでいるけれども）こればかりは日進月歩。1日1ミリくらいの改善なのかもしれません。

それでも、腹水の症状も出なくなったし、（筋肉は消えてしまったけれども）体重は61〜62キロで減らずにいるし、食欲はあってご飯もしっかり食べているし、（夕飯はご飯をお代わりしております）足の浮腫も少しは出るけど、パンパンになることはないし、排泄も体調も問題ないし、あとは、体力と筋力を少しずつ戻していければ良いかなぁと、思っていますが、焦らずゆっくりと。

これからの治療は、入院治療から外来治療になっていくと思いますので、「退院シリーズ」は封印ですかね笑
2024/02/16熊谷翼
■あとがき
入院と外来（処方箋）の高額療養費の計算は別で、さらに外来は直近では限度額まで達していなかったので、今日の（処方箋）の会計の時にはビックリしました！笑
それでも、高額療養費制度がなければ、薬だけで何十万になるんでしょうね…恐るべし。
◆SNSでのコメント、メッセージ。支援、寄付、心より感謝しています。ありがとうございます！

2月17日／YouTubeでこれから話す内容#304

（２０２４年２月17日 23時32分）

２０２４年２月17日　がん告知から３０４日目

こんばんは、熊谷翼です。

今日もオフモードで、ゆるめに書いていきたいと思いますので、がっつり記事を読みたい方は、一昨日あたりの記事まで遡ってください。よろしくお願いします。新しいYouTube動画を公開しました。

【がんを受容できた考え方】

（YouTube「**【考え方】《悩み（がん）を受容した方法》／大腸がんステージ４／メンタル／思考／悩み**」

https://www.youtube.com/watch?v=KlxIPEIAqXw&t=5s）

今までの動画は、がんや症状の近況報告や説明でしたが、今回は初めて**【気付き】**や**【学び】**に、繋がるような内容を撮影しました。

久しぶり?に、自分の考えをメッセージとしてお伝えしました。講師やコンサルとして関わっていない方や、noteや近況報告動画でしか、僕のことを知らない方はどう思ってくれるかなぁ?

「講師の時はこんな感じなのかな」「意外と〇〇なんだ」など、今までとは違う捉え方をしてもらってるかもしれませんし、それで良いと思っています。

※今後は過去に撮影して動画も準備中です

数日前の投稿にも書きましたが、**「YouTubeは名刺」**なので、僕の考えや価値観も共有できたらと思っています。ぜひ、**チャンネル登録と高評価**をお願いします。近況報告動画は**「無編集」**で、今回のような学び系は**「テロップ付」**コツコツ制作と発信をして、１人でも1再生でも、反応がゼロになるまで頑張ります！

■**YouTube動画内容の整理**

Instagramにて、「話してほしいこと」の募集をした結果と、時々くる相談内容を踏まえて、これから撮影をする予定の内容を、箇条書きで整理してみます。

※他にも要望あれば教えて欲しいです！

※全ての要望を反映できるとは限りません

・吐血（食道静脈瘤破裂）

・抗がん剤や分子標的薬の種類

・副作用

・病院治療以外で効果があったもの

・がんになってから始めたこと

・がんになる前にやっておいた方が良かったと思うこと

・入院時の病棟や看護師の様子

・前向きでいられる方法

・新聞記事の内容

まずはこのあたりは撮影予定です。

話すのは簡単なんですが、（そうは言っても体力を使いますが）テロップを入れるだけの動画編集であっても、労力を使うので、公開は週に１～２本になるかなぁと思います。
※近況報告とは別に。
最近、勉強をしていて、そして YouTube の投稿と宣伝をしてみて思うのは広告収入狙いではなく、コツコツやっていく YouTube は、もしかしたらアリかもしれないので、そのあたりは、また改めて投稿したいと思います。

あとは中小企業や個人事業者も、YouTube はアリだと実感しました。

以上です！

2024/02/17熊谷翼
◆ＳＮＳでのコメント、メッセージ。支援、寄付、心より感謝しています。ありがとうございます！

2月18日／コツコツ継続＃305

（2024年2月18日 23時58分）
2024年2月18日　がん告知から305日目

こんばんは、熊谷翼です。

今日もゆるめ投稿です。お付き合いください。昨日公開した YouTube 動画が、500再生を超えました！ありがとうございます！

（YouTube「**【考え方】《悩み（がん）を受容した方法》／大腸がんステージ 4／メンタル／思考／悩み**」

https://www.youtube.com/watch?v=KlxIPEIAqXw&t=3s）

コツコツやって、毎日届けていきます！
※**話して欲しい内容はコメントかＳＮＳで教えてください**
YouTube 動画については、昨日もその前にも書いているので省略しますが、手応えを感じつつあります。

ただし、**「コツコツ継続」**ができなくなったら終わりだと思っていて、YouTube 動画を公開しても、利益が出るわけでも無くて、なんなら、動画を公開するまでの準備に使っている時間も無報酬です。

だからこそ、**「コツコツ継続」**をする意義が必要で、これがブレたり弱くなったら、アホくさくなって続けられなくなるんで。

じゃあ意義は何か？『伝えたいことを伝えること』これが僕が情報発信をする意義です。
※言ってることが矛盾していないか？
最近書いた投稿を見たけど大丈夫そうだ（笑）。
（「**2月15日／講演活動＃302**」**P.655参照**）
２／５の記事には、「存在意義」とか書いているけれども、YouTube やインスタはわかりやすくて、投稿すると「再生数」「いいね」が付くから、
届いていること＝自分の存在を感じられる
※それだけを追わずにあくまでもメッセージを伝えた上で
小さな YouTube チャンネルで、小さな Instagram アカウントでも、観てくれる人、応援してくれる人は確実にいて、

そういう人がいるから、また新しい投稿の準備をすることができていて、これが、「収入」だけを追ってしまうと、そもそも収入にはならないから続かないし、仕事をしながらだったり、体調が悪かったらここまで力を入れられなかったはず。今このタイミングで体調で、伝えたいこと(YouTubeは残るので残す意味も大きいです)を、届けられているのが嬉しいです。YouTubeに限らず、noteもInstagramもそうですね。

僕が思っていることを伝えて、僕のことを知ってくれて、その上でそれが講演とかコンサルにつながって、収入にも繋がれば良いけど、順番が逆になって、、

自分を満たす承認欲求や収入のために発信をすると、セールスみたいになってしまうし、そもそも伝わらない。自分の欲求はあとに。まずは聞きたい方の欲求(知りたいこと)を満たすこと。＝メッセージを伝えること。

その結果、相手も自分も満たされたら嬉しいし、そのために、コツコツ継続していこうと、最近はずっと編集作業をしています。って今日も結局、情報発信の話になってしまいました…。

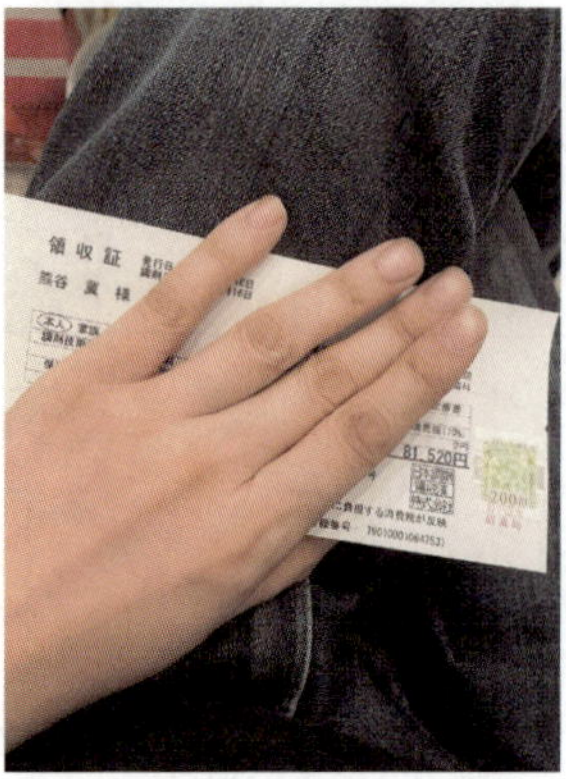

薬だけで８万越え…😨

ずっと情報発信の勉強と、編集だけをしているので、頭の中が偏っているんですね…明日は点滴治療があるので報告しますね！

それでは来週も頑張りましょ！

2024/02/18熊谷翼

◆SNSでのコメント、メッセージ。支援、寄付、心より感謝しています。ありがとうございます！

2月19日／初の外来治療#306

（2024年2月19日 22時14分）

2024年2月19日 がん告知から306日目

こんばんは、熊谷翼です。

今夜もゆったりの投稿です。ここ数日は連続してゆったりまったり投稿ですが、理由は分かっています！

◇動画撮影&編集

◇部屋の片付け

◇確定申告

今日はこれに**点滴治療！** さらには、**「近況報告動画」**を撮りましたので、今夜23時に公開されます！

※高評価ボタンを押してくださいね！
(YouTube「【近況】《化学療法(分子標的薬治療)と高額療養費制度》／大腸がん／化学療法／通院治療」
https://www.youtube.com/watch?v=9lb4aC00JPw&t=5s)

■初めての外来治療

動画ではあまり話しませんでしたが、初めて外来にて化学療法を行いました。ネットカフェみたいな感じでした。リクライニングチェアがあって、テレビがあって、飲食可能で、そこで点滴をするという。予約時間はお昼過ぎからだったので、お昼前に行き昼食を摂って、その影響なのか？ お昼過ぎからずっと眠くて…診察待ちでも点滴中も、終わった後もずっと…なんだろう…と思いつつ。(疲れとかなら良いけど不調でなければ)

ここ数日は、インプット時間が1～2時間なので、5時間以上インプットをしている時とは、明らかに投稿内容が違いますが、それはそれでムラのある投稿を楽しんでもらえたらと思います。とりあえず、しばらくは外来での治療となります。

おやすみなさい！

2024/02/19熊谷翼

◆SNSでのコメント、メッセージ。支援、寄付、心より感謝しています。ありがとうございます！

【雑学】コンビニの蛍光灯

(2024年2月20日 10時25分)

■コンビニの蛍光灯

夜コンビニの前を通ると、コンビニは他のお店に比べて明るい感じをうけます。この一つの理由として、蛍光灯の向きがあります。

コンビニの蛍光灯は、窓に対して平行に取り付けてあります。垂直に取り付けてしまうと、蛍光灯の間の暗さが外から分かり、暗い印象を与えてしまうため。

【雑学】北野武の名言

(2024年2月20日 10時29分)

■北野武の名言

もし結婚したい相手がいるなら、一緒に「ハイキング」に行ってみ。人間、疲れると本性が出る。普段優しいのに露骨に不機嫌になったり、置いてかれそうになったりする。体がきつい時に感情コントロールをできるかが、一緒に山に登ったら一発でわかる。そん時に気が合うなら、君たちはいい夫婦になれる。

【雑学】降水確率0％

（2024年2月20日 10時31分）

■降水確率0％

テレビの天気予報などでは降水確率0％の事を、ゼロ％とは言わず、レイ％という。これは、ゼロが「全く無いこと」をさすのに対して、レイには「極めて小さい」という意味があるため。

【雑学】ピカソのフルネーム

（2024年2月20日 10時34分）

■ピカソのフルネーム

天才画家として有名なピカソですが、フルネームは「パブロ・ディエゴ・ホセ・フランチスコ・ド・ポール・ジャン・ネボムチェーノ・クリスバン・クリスピアノ・ド・ラ・ンチシュ・トリニダット・ルイス・イ・ピカソ」なんだそうです。あまりにも長いため本人でさえも覚えていなかったとか。

2月20日／ある女性からのメッセージ#307

（2024年2月21日 00時51分）

2024年2月20日　がん告知から307日目

こんばんは、熊谷翼です。

今夜ものらりくらりと思っていることを書きますので、ゴリゴリの内容にはならないかと！思います。（たぶんね！笑）

（YouTube「【近況】《化学療法（分子標的薬治療）と高額療養費制度》／大腸がん／化学療法／通院治療」

https://www.youtube.com/watch?v=9lb4aC00JPw）

昨日公開したYouTube動画が、再生数600回を超えました！

ありがとうございます。

普段からYouTubeを観ている人からすると、たいした数字に感じないと思うし、なんなら少ないと思う人もいると思うけど…実際にやってみたら、**「1人の登録、1回の再生」**が増えるのが、どんだけ大変か分かります。

※そもそも動画撮影や編集もある。

やってみて大変さ（楽しさ）も分かったからこそ、僕からしたら感謝しかなくて、（1人で何回も観ている人もいるかもしれないけど）

昨日公開した動画は、少なくとも何百人に近い方が、動画を（チラッとでも）観てくれたことが嬉しいです。

ありがとうございます!!（あと5回は観てください笑）

ちなみに…こちらの動画！

（YouTube「【近況】化学療法（抗がん剤治療）／3サイクル終了→退院／CVポート／大腸がん／多発肝転移／癌治療」

https://www.youtube.com/watch?v=YOTsl4b9gO4&t=3s」

こちらの動画は130回程の再生数。昨年の6月に公開した動画です。１３０回は誰かが観てくれていて、それはそれは感謝です。

でもね、**同じように撮影して発信をしても、再生数が違うのはなんだろう…？**という疑問…**あなたには生まれますか？**（なんか偉そうな言い方だね笑）

僕はこういうの、すごく気になるんですよね。気になったら自分なりの答えが分かるまで、勉強をして実践して！

今はその途中です。

※情報発信の投稿が多いのはインプット量が増えてきているからです

でも、そもそも情報発信は、Instagramとかでやってるから、「わざわざYouTubeに力を入れなくても良いじゃん！」って話なんですが…

■たった一人のメッセージで

『落ち込んで辛い時に、熊谷さんの投稿とYouTubeをみて生きる勇気をもらいました。状態が良くなったり悪くなったりしながらでも、言葉には力強さがあって、腹水や副作用や吐血があっても、それでも復活する姿に感動しています。私も強く生きます！ 次のYouTube動画も楽しみにしています！』

ある女性がYouTubeを観てくれて、そのあとに連絡をいただきました。

※公開許可はいただいています

経緯は伏せますが、**彼女は自殺を考えていたそうです。**たまたまInstagramで僕の投稿をみて、（年末年始の同窓会！からの吐血のところ）そのあとにYouTubeを観てくれたそうです。（告知3日後からの全ての動画）

このメッセージをもらって、熊谷翼はどう思うか？何をするか？って…いつもnoteを読んでいる方は分かりますよね？（また偉そうな言い方！笑）

「情報発信」「認知度」「SNS発信」「講演活動」こういった言葉が最近のnoteでは増えてきて、YouTubeのお知らせが増えてきて、**その背景には、彼女たちの存在があるんです。**

※彼女たち

今回の彼女のメッセージで、**完全に火がついたのがYouTubeを『届けたい！』でした。**

実は何回かこういったことはあって、僕が過去に「Instagramの発信」「情報発信」「サポート団体」「支援のお願い」についての方向性や考えを、書いていた時があると思うんですが、これらを書いている時には、今回の彼女のように何かしらの動機があって、自分なりの考えを整理したり、火がついたりしていたんですね。

全ては出来ていないし、僕がすぐに出来ないことは、シングル家庭への支援（サポート団体）は、別の団体へ繋いだり。同じ病気で大切な方を亡くされた方、当事者で同じように治療をされている方、告知を受けて悩んでいる方、人間関係で悩んでいる方、自分に自信が持てない方、生きる目標が持てない方、**目の前のことで悩まれていた方が、何かのきっかけ**

で僕の発信と繋がって、『応援しています！自分も頑張ります！』って、メッセージをいただいて…。

その度に、**僕なりにもっともっと発信を届けたい！**って思って。そして、今回の（自殺を考えていた）彼女からのメッセージは、かなり自分の中でも動かされるものがありました…。

（YouTube「**【考え方】**《悩み（がん）を受容した方法》／大腸がんステージ4／メンタル／思考／悩み」https://www.youtube.com/watch?v=KlxIPEIAqXw）

この動画は「がんの受容」について話していますが、動画では、**考えても答えの出ないことは「割り切る」というメッセージを伝えています。それは連絡をくれた彼女へのメッセージでもあります。**

もっと認知度や影響力があれば…って思うけど、これは着実にコツコツと積み上げるしかないです。

けれども、僕の発信（生き方）が、誰かのチカラになっていることは、今回改めて感じています。そのためにも勉強をしながら行動をして、試行錯誤をしていきたいと思います！

最後に…このnoteは最初の頃に書きましたが、**「思考の整理」**として書いています。整理なので基本夜に、そして、一筆書きで書いています。

話が矛盾したりもしますが、InstagramやYouTubeの表向き発信とは別の裏側として、これからも読んでもらえたら嬉しいです！

2024/02/20熊谷翼

◆SNSリンクまとめ◆
（lit.link「熊谷翼／がんサバイバー」（リットリンク））
https://lit.link/kumagaitasuku

◆SNSでのコメント、メッセージ。支援、寄付、心より感謝しています。ありがとうございます！

【雑学】火事の時に使った水道料金

（2024年2月21日 08時37分）

■火事の時に使った水道料金

水道法によって、「水道事業者は、公共の消防用として使用された水の料金を 徴収することができない」と定められています。火事の消化にかかった水道料金は水道事業者が負担するということになっています。

2月21日／がん遺伝子パネル検査#308

（2024年2月22日 00時23分）

2024年2月21日 がん告知から308日目

こんばんは、くまがいたすくです。（熊谷翼）

平仮名バージョンでも良さそうな気がしますが、いかがでしょうか？　今日は、次回公開のYouTube動画の編集と、YouTube、Instagram用のショートバージョンの動画作成と投稿をしました。

（YouTube「気持ちの切り替え」@KumagaiTasuku」https://www.youtube.com/shorts/jVs_k3i4wic）


動画投稿をしながら、11月の過去動画を見ていて…こっそり泣いてしまいました。この時って1番大変で、しんどくて、肝硬変や腹水が酷くなって、治療変更をして、この治療変更がうまくいかなかったらと思うと…。

（YouTube「【近況】化学療法（抗がん剤治療）→分子標的薬治療へ！スケジュール変更／大腸がん／BRAF遺伝子変異／肝臓転移」https://www.youtube.com/watch?v=tzk4hrMc1HI）

（「２０２／大腸内視鏡検査報告」P.468参照）

（「２０９／腫瘍マーカー報告と今後の治療方針」P.488参照）

■がん遺伝子パネル検査

この時期のnoteにも書いていた、**「がん遺伝子パネル検査」**来月、検査機関にて調査を行うことになりました。11／7の内視鏡検査で検体（大腸癌の細胞）を取って、準備をしていましたが…！

肝硬変、腹水、息切れ、浮腫と発生し、抗がん剤治療から分子標的薬へと変更。その分子標的薬の副作用で、眼障害、にきび、耳鳴り、足の皮向け…やっと副作用も落ち着いたのが12月。**僕はすっかり忘れていました。パネル検査のこと…（笑）**

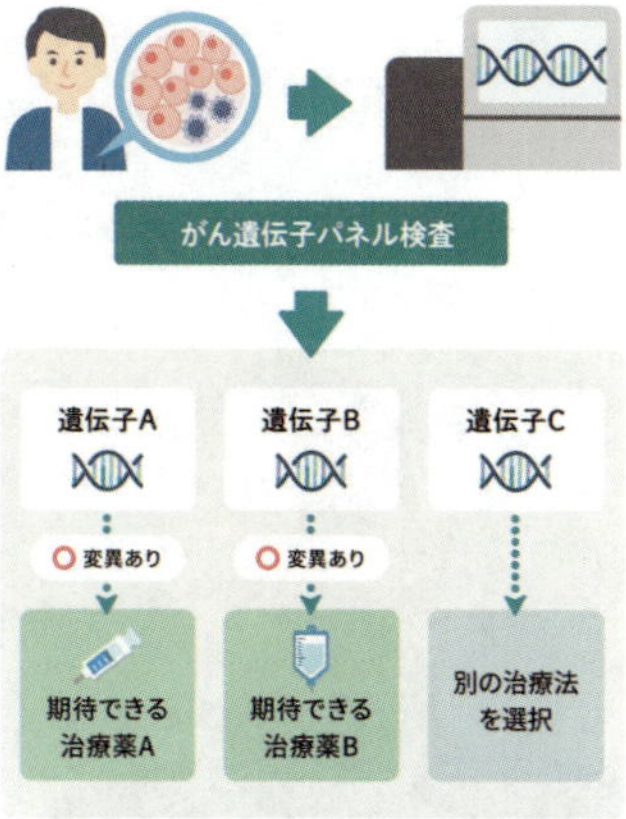

https://for-patients.c-cat.ncc.go.jp/

と言うよりも、**「すでに調査が終わったのかな」「やったけど治療法が見つからなかったのかも」（治療法が適合する可能性10～20％）「検査費用のこと言われていないな…」**そう思いながらも、11月後半からは、すっかり忘れていました…（笑）

※不調すぎてそれどころじゃなかったってのもあるけど（笑）。

よく分かるがんゲノム医療とC-CAT

がん遺伝子パネル検査とはのページです。C-CATはがんゲノム医療の拠点として、その情報を集約・管理し、適切に利用することをがん遺伝子パネル検査では、数十から数百個の遺伝子の変化を一度に調べることで、がん細胞におきている遺伝子の変化を調べます。がん細胞の遺伝子の変化、つまり特徴を知ることで、患者さんのがんに適した治療法を検討します。

数十から数百個の遺伝子の変化を一度に調べることで、そのがん細胞の特徴を知ることができ、エキスパートパネルを通じて患者さん一人ひとりに合わせた治療法の検討ができるようになり、がん治療の可能性が大きく広がりました。一方で、特徴的な遺伝子変化が見つかっても、その遺伝子変化に対応した薬剤がまだ存在しない場合や開発途中で使えない場合もあります。新しい薬剤の開発を促進したり、開発途中の薬剤をいち早く患者さんの元に届けたりする仕組みづくりが同時に求められています。そのためには、がん遺伝子パネル検査の結果である遺伝子変化の情報と診療情報を、個人を特定できないように処理してデータベース化して、大学や製薬会社などが研究開発に利用できる仕組みづくりも不可欠です。

現時点で、検査を受けて治療につながる割合は10〜20%と報告されています。また、治療の候補となる薬剤が研究段階の場合には使用に一定の条件があります。

国立がん研究センター がんゲノム情報管理センター(C-CAT)

https://for-patients.c-cat.ncc.go.jp/

まずは来週?再来週?の通院の時に、担当医と再度打ち合わせです。打ち手(治療法)が無くなってからじゃないと、検査対象にならない。ってところで、11月には検査できなかったのかもしれないですね。

←

がん遺伝子パネル検査を保険診療で受けるためには、「標

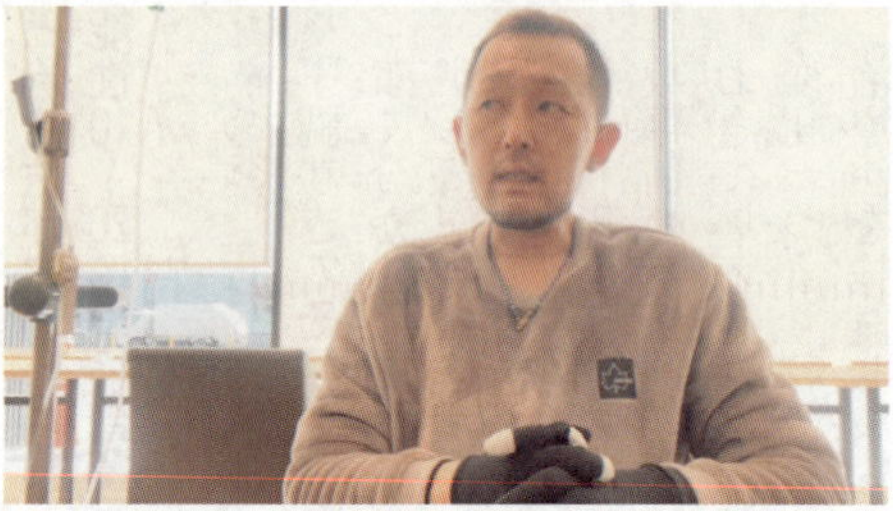

11月25日のYouTubeより

12月17日

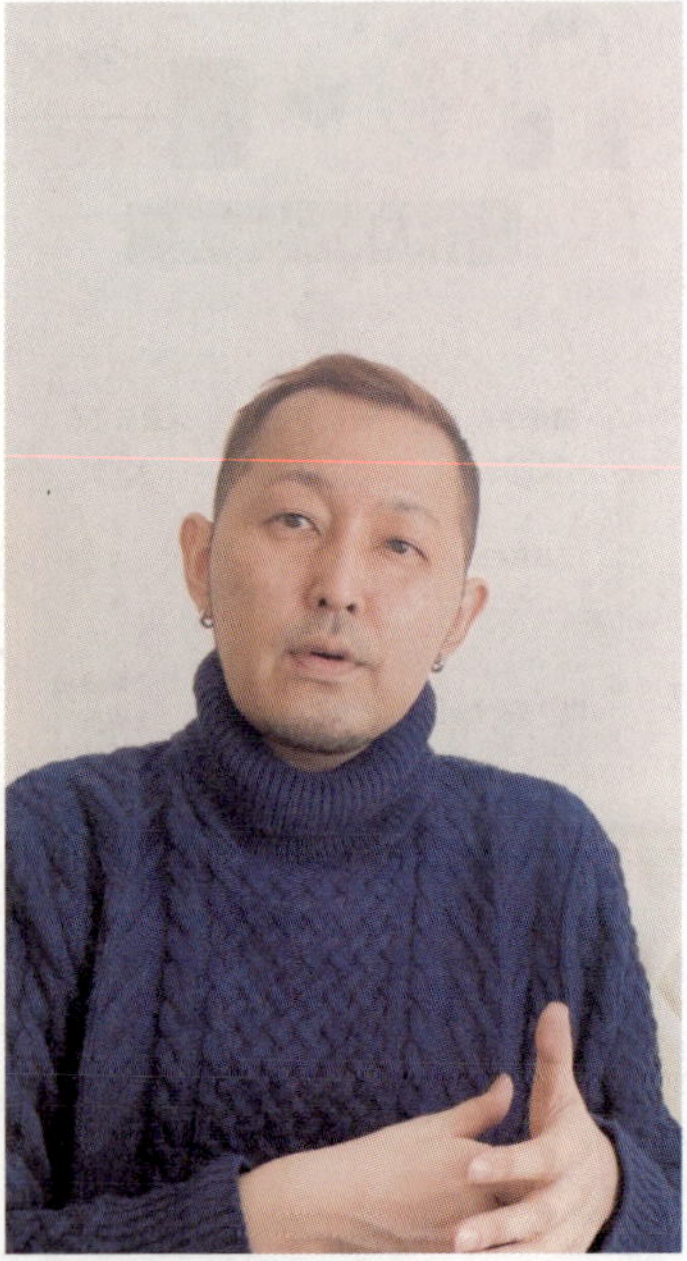

2月17日のYouTubeより

準治療がないまたは局所進行または転移が認められ標準治療が終了となった固形がんの患者さん（終了が見込まれる方を含む）」である必要があります。

国立がん研究センター　がんゲノム情報管理センター（C-CAT）

https://for-patients.c-cat.ncc.go.jp/

（nhk.or.jp より【NHK健康】ゲノム医療の幕開け！保険適用となった「がん遺伝子パネル検査」

https://www.nhk.jp/p/kyonokenko/ts/83KL2X1J32/episode/te/P8ZL6XL73L/#article）

■選択肢がまだ残されている

今は「分子標的薬」の効果で、腫瘍マーカーも大幅に下がっています。肝臓の癌も少なくなっていました。（1／1時点）次は3月にCT検査があるので、そこで肝臓の癌がどうなっているか!?　腹水はどうなっているか!?　肝硬変はどうなっているか!?

※天下分け目のCT検査

このままいって癌も消えてくれたら嬉しいです！　ただ、**先のことはどうなるかは分からない。**　1回目の化学療法（抗がん剤）は半年で抗体ができ終了。2回目の化学療法（抗がん剤）は肝硬変が起こり終了。現在は3回目の化学療法（分子標的薬）

前から言ってはいるけれども…この次の選択肢があれば安心するし、可能性があるなら10〜20％の確率であっても、検査費用が無駄になるかもしれないけれども、やってみたい!!　賭けたい!!　**「20％くらいあるならいける気がする!!」**とも前に言ったような…（笑）

まずは、先生と話したらまた報告しますね。11〜12月はかなり痩せていますね。2月はふっくらしてるように見えますが、薬の影響で「ムーンフェイス」の症状が出ています。

それでも11、12月と比べると顔色も目のくぼみも良くなっています。

2024/02/21熊谷翼

◆SNSでのコメント、メッセージ。支援、寄付、心より感謝しています。ありがとうございます！

【雑学】国民栄誉賞

（2024年2月22日 00時39分）

■国民栄誉賞

1983年、世界記録となる通算939盗塁を達成した福本豊は、国民栄誉賞受賞の打診があったがそれを辞退している。理由は、立ちションができなくなる為。国民と付いているが、日本人以外でも受賞できるような規定になっている。その理由は、創設されたきっかけが中華民国籍であった王貞治さんが通算本塁打世界新記録達成を達成した際の賞与として考えられたものであるため。

2月22日／情報発信を整理して音声配信を再開しました#309

（2024年2月23日 01時17分）

2024年2月22日 がん告知から309日目

こんばんは、クマガイタスクです。

足の指が副作用で痺れているんですが、指を動かすことはできて、でも感覚は鈍くて、足の指の間（親指と人差し指）が、皮がめくれている感覚（水虫みたいな?）になって、それが一日中気になっています。皮は何にもなっていませんが、誰にも伝わらない情報でございました！

■コンサル内容を公開しようかな

昨夜から、**TikTokライブ、インスタライブ**を、実際に見たり検索したりYouTubeを見て勉強をしていて、気付いたら朝になっていました。

※6時就寝10時起床

スイッチが入ると、時々こういうことがあって、10時に起きた後からも勉強。勉強の中身は**「分析」**で、今の自分にプラスになること、これからの自分に必要なツールか？　そんなことを色々と考えながら、**TikTokはショート動画のみを載せる場所**として使って、**インスタライブは保留**と現時点では決めました。ただし、誰かとご飯を食べている時などは、TikTokライブはアリかなぁと思いました。

※ライバーさん達が凄すぎました！尊敬！

インスタライブは、なにかを「訴求」するタイミングではアリかなぁと思っていて、（何かを宣伝したりの時だけ）現時点で、僕のインスタを見ている人の多くは、**「ビジネスや意識高い系の話は、そこまで興味ない」「身体のことは心配してるよ」**ってところかなぁと。ただ僕としては、

・**身につけたこと**

・**参考になりそうなこと**

・**学びになりそうなこと**

は必要な人に伝えていきたいし、その気持ちは今まで以上に大きくなっている。

（「2月20日／ある女性からのメッセージ#307」P.664参照）

本当に必要としている人からは、直接連絡がきて、そこからコンサルという形を取っていたけど、自分の身体のこともあって、昨年でコンサル募集は終了して。いまは相談があってもお断り（状態が改善するまで保留）している状態。

※コンサルは半年間は本気で関わらないといけないので

メンタルのこともそうだし、コンサル的なことも、必要としている人は確かにいて、それでも、インスタで繋がっている人の多くは、そこまでは求めていない。

※身体の心配をしてくれている

けれども、僕の命がどこまであるのかも分からないし、どこまで良くなるのかも分からない状況で、**『良くなったら伝えます』『いつになったら再開します』**とも言えないし、コンサル契約していないから伝えないってのも、本来はそういうものだけど、自分の命のことを考えたり、必要としている

人のことを考えると、「全部を出し切っておきたい」って気持ちが高まってきて、「お金を貰ったから教えるよ」ってていう、本来のコンサル契約の形もヤメにして、情報やノウハウを先出しして、更に詳しくマンツーマンで必要な方は、ご連絡ください。（短期間のコンサル？）

そんな形が良いかなぁと考えているのが、ここ最近で、冒頭の TikTok とかインスタの話は、その情報をどこで出すかな？の媒体として、勉強をしていました。結果、僕の感覚ではどちらも違った！

※こういう分析結果も詳しく解説するのがコンサル内容になるけど、興味ありますか？

■音声配信再開します

言いたいことが伝わっていますか？

《今まではお金を貰って教えていたことを、先出しで公開しようと思います》ってことなんですが、TikTok、インスタはその場所ではなくて、今の facebook も違う感覚。**YouTube、note あたりが良さそうですが、もう一つ良さそうなのがスタンドFM（音声配信）です。**過去に毎日投稿していたツールで、note の音声版のような位置付けです。

（stand.fm「お久しぶりです」

https://stand.fm/episodes/65d6ea6ccea411848b425fef）

がんになってからは、近況報告などをしていて、がんサバイバーとしての発信とするために、過去配信も一部は消してしまいましたが、note は今まで通りに頭の整理として書きつつ、コンサル的なことは別記事で note に書く。公開できない（事例やノウハウ）などは、有料記事にして YouTube 限定動画も貼り付けをすると購入者しか読めないので良いかもしれないですね。

※音声配信の有料版も使えそうです

近況報告とメンタル的なことは YouTube で、コンサルやマインド系は音声配信で。インスタはその入り口なのでライトに。

※この理由は音声配信します

すみません！　なんか読みにくい内容になっているかもしれませんが、僕はかなり葛藤が整理されました。ざっくり作ってみました。

↓

コンサルや講師をされている方は、今日のこの内容を理解して真似してみてください。

※かなりヒントがありますよ

ほとんどの方には、今日の内容はピンとこないかと思いますが、**僕の中ではここ最近のモヤモヤが晴れたのと、「やっちゃうよ？」って意気込みです。**

特に本音の話しや、ビジネスなどの話を聞きたい方は、音声配信の stand fm と、この note は要チェックで!!　一応どちらも有料コンテンツの購入方法も検索しておいてください！（ハードル上げてる笑）

（stand.fm「**癌と共存しながら気付いたことや学んだこと**」

https://stand.fm/channels/607590f6be8d4428b9abde4e)
よろしくお願いします。
2024/02/22熊谷翼

※「プロフィールページ」（２０２４年２月７日　21時12分）
P.633ページ参照

【雑学】身近な8：2の法則
（２０２４年２月23日　13時25分）

■身近な8：2の法則
◇離婚件数の80％を離婚経験者20％が占めている
◇全所得の80％は、人口の20％の富裕層が持つ
◇売上の80％を占めているのは、20％の製品、20％の顧客である
◇試験問題の80％が、その学科の20％の知識で十分に答えられる
◇ソフトウェア利用者の80％は、全機能の20％しか使わない
◇20％の優秀な社員の売上げが全売上げの80％を占める
◇故障の80％は、全部品のうち20％に原因がある

2月23日／読書は情報の取捨選択能力を高める#３１０
（２０２４年２月24日　00時41分）
２０２４年２月23日　がん告知から３１０日目

こんばんは、くまがいたすくです。

ここ最近は「情報発信」のことを多くお伝えしてきましたが、「〇〇を伝えたい！」「〇〇を広めたい！」という気持ちのある方で、「どうやって発信したら良いか分からない」「そもそもツールとかも分からない」「熊谷さんのように発信したい」そういう方の参考になればと思って、いろんな切り口から書きました。

facebookやInstagramでは、お金だけを取るようなコンサルタントも増えてきて、そういう人には騙されてほしく無いなぁと思って、今後は音声配信も含めてお伝えしていこうと思っています。
※音声配信はビジネス向けの配信なので興味の無い方はスルーしてくださいね！
(stand.fm「癌と共存しながら気付いたことや学んだこと」https://stand.fm/channels/607590f6be8d4428b9abde4e)

あとは、noteでもビジネスのことも書いていきますが、マガジン分けをしているので、投稿一覧よりもマガジンからの方が、今後は見やすいかもしれません。
※暇つぶしの雑学投稿とか始めちゃったし(笑)
(「【がん告知から３０１〜４００日目】」一熊谷翼／がんサバ

イバー｜note ２０２３年４月19日 note 投稿開始 ２０２３年４月20日がん告知」
https://note.com/kumagaitasuku/m/m44350cadfc8)

気持ち的に、残せるもの（出せるもの）は、全部出し切っておこう!!という気持ちが加速してます。note にしても音声配信にしても。

本来ならコンサル契約した方にだけお伝えすることも、もったいぶらずにドンドン出していきますので、質問相談もＳＮＳからご連絡ください。よく分からないコンサルなどにお金を払う前に、無料なので相談に来てくれることを願っています。

■出し惜しみしない

前置きが長くなりましたが、最近思ってるのが**「出し切る」**ということです。というのも、ここ最近になって「僕は癌である」という自覚を改めて持ちました。これはネガティブでもなく、死ぬとかそういう話ではなく。「いつ死ぬか」は分からないし、先は長くは無いかもしれないし、来年のことは予想もつかないし、意外と長生きするかもしれない。それでも、観的に考えたら、**病気をしていない人と比べたら、死ぬリスクは高いし、完治しない以上は、どうなるか分からない。**どうなるか分からないのに、知識や経験を伝えないまま、あるいは、一部の人だけに伝えるのもどうなんだろ?それダサくね?もったいなくね?そんなスイッチが入っています。

それはビジネスに関することだけではなくて、今までの経験や学びは、全て出し切っておきたいな。と思っています。

※こう書くと「死ぬんですか?」って思われるかもだけど違います！出し惜しみしたくないんです

たいしたことのない僕の知識と経験ですが、必要な方に届けば良いし、僕の経験が誰かの辛さや苦労のショートカットになればと思っています。

■勉強をしよう

そこで、今日伝えておきたいのは**「勉強」**です。悩みやすい方は、僕から言わせると**「知識不足」**です。**人間関係、メンタル、コミュニケーション、**これらは**「スキル」**であって、バレーボールや習字や料理のように、多少のセンスには左右されても、基本的には勉強をしての「知識」と、何回も繰り返し練習をしての「スキル」です。**『人見知りなんです』『悩みやすいんです』『人間関係で悩んでます』これらの悩みは99％が勉強不足。**勉強をして知った気になっていてもダメで、できるまで練習（トレーニング）が必要です。

↓

これもトレーニングです
（YouTube「**【考え方】**《悩み（がん）を受容した方法》／大腸がんステージ４／メンタル／思考／悩み」
https://www.youtube.com/watch?v=KlxIPEIAqXw）

最近、読んだ本はなんですか?今週、学んだことはなんですか?

コンサルのクライアントさんに、毎週聞く質問です。

※最低、週一冊は本を読んでもらい他のクライアントに向けて本の紹介をしてもらいます

※毎日の報告と毎週レポートもあるので行動を強制的に変えられるスパルタ的指導が得意でした(笑)

話を戻しますが、**今週は本を読みましたか? 知識は自分を守るし鍛えてくれます。知識がないと騙されるし負けるし気持ちが弱くなります。**

※実体験です

実体験があるから知識をつけて欲しいです。学ぶことを続けて欲しいです。本を読んだり学んでいることを自慢する必要もないし、**「当たり前のことだ」**くらいに、学び続けて欲しいです。

本以外にも、YouTubeや音声でも学びはたくさんあります!

けれども基本は本です。本を読むとその知識だけではなくて、情報の**「取捨選択」**ができるようになります。

今はたくさんの情報が手に入りますし、情報は溢れかえっていて、良いものも詐欺もあります。

その情報の中から選択するスキルは、読書によって鍛えられると思っています。たくさんの本を読んできた経験から言えるのは、変な人や情報は、**「扱っている言葉がおかしい」「文脈がおかしい」「辻褄があっていない」「根拠や背景がおかしい」**でも勉強不足の時には(僕もそうでしたが)、**「おいしい話に飛びつく」「騙されていることに気づかない」「誘導されていることに気づかない」「踊らされていることに気づかない」**

自分を守るためにも、自分を鍛えましょう!

※noteを毎日読むのもオススメです。

だいたい僕の投稿は、1500~2000字なので、10日分で本一冊分に相当します! 最近読んでオススメの本あれば、Instagramで教えてください!

自分で選ぶとどうしても偏っちゃうので…

2024/02/23熊谷翼

※「プロフィールページ」(2024年2月7日 21時12分)

P.633ページ参照

【雑学】ウインナーとソーセージの違い

(2024年2月24日 23時25分)

■ウインナーとソーセージの違い

ソーセージは豚肉のミンチを使って作られていますが、何の皮に詰めるかで名称が変わる。

・豚の腸に詰める　フランクフルトソーセージ
・羊の腸に詰める　ウインナーソーセージ
・牛の腸に詰める　ボロニアソーセージ

note「熊谷翼／大腸がんステージⅣ／」

（2024年2月25日 08時11分）

YouTube動画の最終確認しながら寝落ち😱
昨日の note 投稿はお待ちください😑

2月24日／どんな自分になりたいですか#311

（2024年2月25日 10時05分）

2024年2月24日　がん告知から311日目

おはようございます、くまがいたすくです。
※2／24分は翌日投稿です。
動画の最終確認をしながら寝落ちしていました…ごめんなさい！最新の動画はこちらです！

【癌から学んだ3つのこと】

（YouTube「【考え方】《癌から学んだ3つのこと》／がん／ステージ4／」

https://www.youtube.com/watch?v=_vXr9VOUYNE&t=9s)

■たいして新しさはない

この動画でも話していますが、

●人への感謝
●時間の使い方
●在り方

おそらくこれって、癌にならなくても気付くことだし、なんなら日々当たり前に気付くことかもしれないけど、なかなか意識ができなかったり忘れていたりする。自己啓発セミナー（何回も行く必要はないけど）や、ビジネス系 YouTube でも、話されていることは、すでに知っていることだったり、当たり前のことだったりするんだけど、ついつい忘れてしまってて、それに気付かされたりするんだよね…。だから僕

が話すことも、新しいことでもなければ驚くことでもなくて、
・忘れていたこと
・当たり前になっていたこと
・気付かなかったこと
だったりする。

■**あなたがメンターになる**

勉強をしている人や、noteを読んでいる方は、学び欲が高いだろうから、知識はあると思うんですよね、なんなら僕以上に。けれども、忘れていたり当たり前になっていたこともあって、それってもしかすると、**あなたの周りでもそういうことが起こっているかもしれないです。**職場の人、家族や友人たち、ついつい日々の生活で、大切なことを忘れたり、当たり前になっていたり。

そういうことってあると思うんですが、そういう時に、**あなたから気づかせてほしいんです。あなた自身は何かしらの気づきがある。**

そこで終わりにしないで、**自分の周りにも気付きを与えて欲しい。**

全員じゃなくて良いし、業界全体を！と大きなことじゃなくても良いから、近くにいる人に対して、
・**知識不足になってほしくはない！**
・**自分を大切にしてほしい！**

そう思っているなら、相手に不足していることや、相手が忘れていることがあれば、**気づかせてほしい！** 気づかせる！ってのが大事で、相手が求めてないのに教え込んだり、指摘したりはNGです。

あくまでも気づかせる。求められたら、膝を突き合わせて話し込んで良いし、「あれも良いよ！これもおすすめ！」って教えてあげてほしいけど、**求めていない人にはやっちゃダメ！（笑）気づかせるだけ！じゃないと嫌われる（笑）**

僕はコンサルとか教えることで、収入を得ているけれども、（あとは講座とか講演とか）案内（気づかせ）はするけど、求めていない人に営業とかしないでしょ？

「どうですか！？コンサル契約！もっと学びましょ！」って（笑）求められたら答えますよ。詳細とか期間とかビフォーアフターとかね。だから、求められないうちは踏み込まずに、**それでも気付きは与えてほしい。**なぜかというと…

■**環境が自分を作る**

結局、自分の周りが自分を作り出している。これはもう曲げられないですね。優しい人たちに囲まれていたら優しくなれるし、鬱の人の周りには鬱の人が多いし、愚痴ばかりの人に囲まれていたら、会社でも愚痴ばかりだし、『最悪だわ！地獄だわ！●ぬわ！』って口癖の親の子供も同じこと言ってるし、『クソだるい、クソめんどい、クソ忙しい』ってSNSに書いている人の周りには、汚い言葉を使う人が集まる。好きな芸能人にメイクを寄せたり、好きな友達の趣味に乗ったり、自分の好きなアーティスト同士で繋がったり。

※否定も非難もしていません。事実を書いています。

自分は周りの影響も受けるけれども、自分がその環境を選んだり、作り出しているのも事実。僕は、新しい人と会うためにセミナーに行ったり、集まりとかにも行くし、ＳＮＳで「初めまして」と関わることも多い。それは、自分が関わりたい人と関わって、自分の環境を良い方向に変えていきたいから。**自分の周りにいる人「５人」が、「自分の平均」と言われるけれども、**嘘か本当はさておき。**その「５人」が自分に影響を与えていると仮定するなら、誰を選びますか？って話で。**

例えば…「収入を上げたい‼」って人は、自分よりも収入が低い、あるいは同じ人と一緒に居て収入って上がるか？ってこと。「鬱を治したい！」って人が、ＳＮＳで繋がっている人が、鬱の人だったら治るのかい？　見るべき投稿は「鬱を改善した人」じゃないかな？

コンサルでカウンセリングをすると、「実は改善したくはない」「現状から変わりたくはない」って根っこがあったりもするから、他人から変えるってのは難しいことなんだけど。知っててほしいのは、**「環境（周りの５人）が自分を作っている」「環境（付き合う人）を変えたら自分も変われる」**これは実体験でも、他人をみていても分かった事実で、

●人に感謝する
●時間を大切にする
●生き方を大切にする

当たり前のことだけど、こういうことを大切にできる環境の方が、居心地は良くなるし、今がそうではないなら、周りの環境を変えるか気づかせるしかなくて、家族とか友人はなかなか変えられないだろうから、気づかせるしかないんだよね。ちなみに、自分の目標となる人や憧れの人のＳＮＳはフォローして、毎日でも見るとその人に似てくるし、**環境（５人）って、直接会える人じゃなくても大丈夫だから、YouTubeとかＳＮＳで繋がれるこの時代は、自分で全て選ぶことができる。**

僕は最近Instagramを、「発信者」「友人用」に分けました。そして、「発信者」のアカウントで、今までは「がんサバイバー」をフォローしていたけど辞めました。「悪化」「ネガティブ」「愚痴」に、自分も引っ張られちゃうから。「友人用」は、友人のプライベート投稿は見たい時に見るようにするために。（毎回じゃなくて良い）

そうやって、自分の環境は自分で作れるし、その環境が自分のことも作っていく。僕はこれから「どんな人になりたいかなぁ」って、いっつも考えています。

2024/02/24熊谷翼

※「プロフィールページ」（２０２４年２月７日　21時12分）
P.633ページ参照

2月25日／習慣化させる#312

（2024年2月26日 00時39分）
2024年2月25日　がん告知から312日目

こんばんは、くまがいたすくです。

まずは、お知らせを2つさせてください！

1つはYouTubeのお知らせと、もう1つはコッソリやってる音声配信のお知らせです。

（YouTube「【考え方】《癌から学んだ3つのこと》/がん／ステージ4／」

https://www.youtube.com/watch?v=_vXr9VOUYNE）

（stand.fm「情報発信をする前に【下心】を明確にしよう」

https://stand.fm/episodes/65daaa30b8da1e5ba442767c）

■コツコツとやっていますか?

僕と仕事を一緒にした人や、僕の発信を見たり聞いたりしてくれている方は、お気づきかもしれませんが、熊谷は「コツコツ着実」にやっていくタイプです。「0→1」を始める時は、思いつきですぐにやっちゃったりしますが、始めた後は「コツコツ」やってます。最近再開したスタンドエフエム（音声配信）は、過去に1年間、寝起き投稿を続けていました。情報発信初心者に向けての配信として再開しましたが、入院や体調不良がなければ、毎日配信をしていくつもりなので、本当に続けているかの確認をお願いします（笑）。（逆に休むと休み癖がつく）YouTubeに関しては、撮影と編集が必要なので、毎日は難しいですが、それでも「週に2本」と決めたペースは、今のところ守れています。（2週間前から始めています）

■習慣化させる

音声配信にしてもYouTubeにしても、続けるのはそんなに難しいことではなくて、生活や行動の中に組み込んでしまうことです。
※時間があるからできるわけではないです
例えば、スタンドエフエムが過去に続いたのは、「起きたら録音」を習慣にしたからで、話す内容を決める前に録音をしていました。続いた理由は、起きたら録音をする習慣にしていたからで、再開した配信も、習慣化させれば継続はできそうです。逆に継続しない場合の原因として考えられるのは、
・話す内容に悩む
・録音する時間を後回しにする
・後回しにしてめんどくさくなる
このあたりは予測がつくので、治療以外では朝（午前中）に録音をした方が良さそうです。YouTubeに関しては、日曜日に撮影をする！公開をする！　と決めているので、日曜日に何本か撮影し、平日で編集作業をして公開をする。という流れでやっているので、1日ではなく1週間の習慣で慣れたら、YouTubeも継続できそうです。講演などの長い動画をどうするか、ショート動画は検討が必要ですが、まずは基本的なところは問題なさそうです。これらは仕事などでも同じ

で、何かを継続したいなら、「●時にやる！」「●曜日にやる！」と決めてしまえばよくて、逆に、「時間ができたらやろうは馬鹿野郎」で、続かない典型パターンなので、生活に組み込むようにしてみてください。

読書も勉強時間も、生活の中に組み込むと、最初は慣れるまで違和感はありますが、2〜3週間で習慣化してくるので、ぜひやってみてください！

2024/02/25熊谷翼

明日は点滴治療です！

※「プロフィールページ」（2024年2月7日 21時12分）

P.633ページ参照

【雑学】食べ放題であまり食べられない理由

（2024年2月26日 11時06分）

■食べ放題であまり食べられない理由

意気込んで行った食べ放題で思ったほど食べられなかった経験が1度はあると思います。それには理由があります。

・料理を選んでいる間に　視覚と嗅覚が刺激され、脳が満腹と勘違いし、量を食べられないようになる

・制限時間を設けることで「早くたくさん食べなきゃ！」とプレッシャーを感じる。ちなみに飲み放題を付けても原価は数％なんだそうです。

【雑学】人生を80年とした場合

（2024年2月26日 11時18分）

■人生を80年とした場合

◇笑ってる時間 22時間3分

◇探し物をしている時間 150日以上

◇トイレに居る時間 8ヶ月

◇働く時間 9・3万時間

◇平均的なゲーマーのゲーム時間 2年

◇携帯電話に費やす時間 6年

◇女性が化粧にかける時間 3年

2月26日／点滴治療をしてきました#313

（2024年2月27日 11時44分）

2024年2月26日 がん告知から313日目

こんばんは、改め、おはようございます。くまがいたすくです。

note記事を書きながら、眠気が酷くて寝てしまいました！

（2／26分は翌日2／27投稿です）

※投稿は点滴治療と、最近の身体の状態について書きますね！

まずは最初に一つお知らせです。今日**「近況報告」**として、YouTubeの新しい動画を公開しました。

よろしければ、**「チャンネル登録」と「高評価」**をよろしくお願いします。
※1週間で1000再生するまで各SNSで案内をさせていただきます。
(YouTube「**【近況】**《外来治療(通院治療)の報告》/分子標的薬(化学療法)/がん/ステージ4/」
https://www.youtube.com/watch?v=z_4STRMIMs)

■分子標的薬点滴治療(BRAF遺伝子阻害薬)

BRAF遺伝子阻害薬である**分子標的薬治療に切り替わって3カ月。朝夕の飲み薬と週一度の点滴治療。**
※X(Twitter)を見ると同じ治療薬で効かない人もいるみたいでした。効いてくれたことは奇跡なんでしょう。

点滴治療をするためには、**血液検査(採血)と尿検査(採尿)**をして、その結果を見てからの治療になります。免疫や体力が落ちていると、治療は受けられないので(かえって身体を悪くする)、治療前に検査をして、その後に診察をします。病院に到着をして、検査をして治療開始まで約3時間かかります。(僕の場合)当然、検査時間はすぐに終わるって、長いのは診察待ちと、治療の順番待ちです。

入院よりはストレスはないものの、この時間をどう使うか?は準備をした方が良くて、周りではイラついて待っている方や、読書をしながら待っている方、様々です。僕は「ため息」とか「怒鳴り口調」の影響を受けやすくて、不快な嫌な気持ちになってしまうので、先輩からもらったイヤホンを付けて、音声配信やYouTubeを見ています。
※音楽だと口ずさんでしまうのでダメです(笑)
※昨日はYouTubeのアップロードをしました

診察後には治療エリアに行き、(混んでるので予約時間通りにはいかない)あとは順番になったら治療をします。(予定より1時間半遅れで終わりましたので、それくらいは遅れるものだと思っておいた方が気楽です)僕が行っているところは、治療中の飲食も可能で、オニギリとか食べている人もいました。

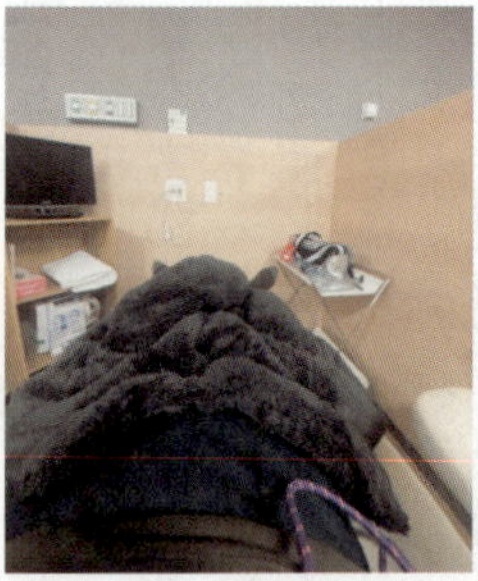
足を伸ばすとこんな感じ

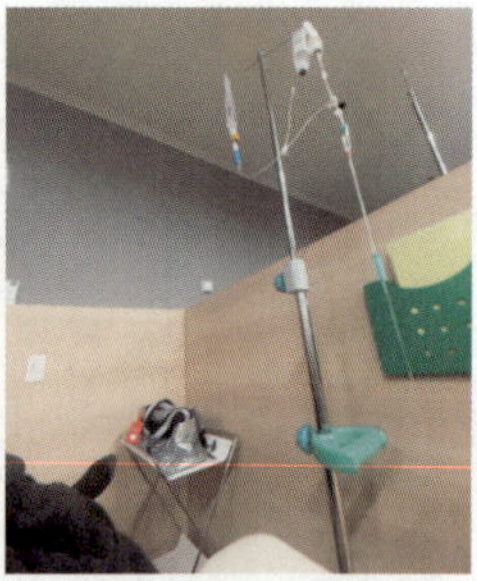
漫画喫茶みたい

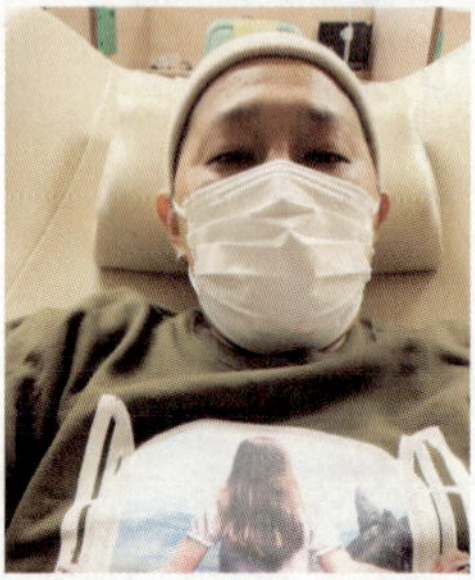
顔色悪く見える？

※僕は食べるとすぐに出るので治療前に食べました
→トイレにももちろん行けますけど！(笑)
起きるのがめんどくさくなってしまうので…(笑)
治療中は基本寝ているけれど、治療が終わった後からも、疲れなのか？副作用なのか？　眠気がハンパなくて、ご飯食べて帰宅して休んで寝落ちしてました。

■なってから冷静に情報選択はできるか？

今月の2月から、入院治療から通院治療に切り替わりました。本当は、費用のことを考えて3月からの切り替えを考えていましたが、院内でのコロナウイルス感染などもあり、2月途中からの切り替えになりました。
※月途中で入院と外来が重なると、それぞれで上限額がかかります。

命がかかった状態では、お金のことは後回しになりますが、今は状態は安定しているし、お金は大切ですからね。
※保険も一時金は入っても継続金ではないですからね。(リアルなお金の話ですが)2月は20万近くかかっています。3月からの切り替えだと半分くらいで済む予定でした。

直近12カ月のうち3カ月が上限に達すると4カ月目以降は下がりますが、外来の場合は《外来診療の上限》です。入院をせずに12カ月経つと入院の限度額もリセットされるよ！って話です

→

高額療養費制度。治療費以外にも、薬代もかかりますし、交通費とか昼食代とかもかかります。保険によっては入院保障はあっても、外来保障もなかったりすると思うし、一時金も再度もらえる条件とかもあるので、調べるなり聞くなり見直すなりは、大切だと思います。あとは、病院に書いてもらう書類などは、(僕が行っている病院は)1カ月はかかるので、申請などの提出書類は早くて1カ月半くらいは見ておかないといけないですし、提出後、提出先の審査とかもあるでしょうから、そのあたりも調べ尽くしておかないと、不安になったり焦ったりしてしまいそうです。

→

健康保険組合とかは初回審査で1カ月はかかるみたいです。ということで、**「なる前から知っておく」**ってのは大事で、そうは言っても、まさか自分が!!と思うのは誰でも同じ。僕も癌と知ってから、治療法やお金について調べました。冷静であればできますが、まぁ…どうですか？告知をされてから治療開始まで、そんなに時間はないですが、受容できそうですか？今は冷静で客観的な判断ができると思いますが、どうでしょうか？自分で調べていくこと、周りからの情報提供(情報混在)、SNSなどでの情報、同じ病気の人の経過など、プラスなこともマイナスなことも、根拠があるものもないものも、費用が安いものも高いものも、善意での情報も裏がある情報も、ウソの記事も本当のデータも、その中から、自分なりの答えと方向性を決めないと、人間関係が崩壊する人、金銭関係で破産する人、自分が破壊されてしまう人、

→実際にいます。
僕のメンタルを保つためにも、相談されてもお断りするケースもあります。（他の機関などに繋げますが）僕は僕なりに、今も治療薬や治療法について、新しいものや研究段階のものも調べています。それは希望を持つためです。選択肢が減る怖さもありますが、選択肢が増える可能性もあって、実際、新しい治療薬も毎年のように認可されています。癌に限らず、どんな情報を受け取るか？選ぶか？見ないか？ これは自分でコントロールしないと、情報に蝕まれてしまいます。

2024/02/26熊谷翼

◆SNSでのコメント、メッセージ。支援、寄付、心より感謝しています。ありがとうございます！

【雑学】ガソリンまんたん
（2024年2月27日 22時47分）

■ガソリンまんたん
ガソリンを給油するとき等に使う「マンタン」という言葉。「マン」は日本語の満のことだが、タンは「タンク」のこと。なので、タンという漢字はなく、漢字変換すると「満タン」となる。

2月27日／棲み分けをして行動をする#314
（2024年2月28日 01時35分）
2024年2月27日 がん告知から314日目

こんばんは、熊谷翼です。
朝起きてから、下腹部痛と右脇痛があり、朝とお昼は食欲も湧かないので何も食べず。（半日ファスティング）
そのあとに食欲出てきて、好きな飲食店ランキング2位のびっくりドンキーへ！ お腹いっぱい大満足でした！
最近はチーズとエッグのトッピングにハマっていますが、皆さんはトッピング何にしていますか？（少し前まではチーズにチーズをトッピングしていました笑）

■分けて正解でした
（「2月22日／情報発信を整理して音声配信を再開しました#309」P.670参照）
数日前の記事に書きましたが、発信媒体と内容を分けまし

サラダはS、バーグは300g、ご飯は大盛り

たが、これはかなり正解でした!!

何が正解かと言うと、**「この内容はこっちで!」**という棲み分けが、ハッキリしました。

なので、
・投稿する時にも、
・記事内容を思いついた時にも、
どこに投稿をするかに迷わなくなった。

「考えたり迷う時間や労力が減った」ことで、スムーズに投稿までいけるようになったし、思いついた時にも、そのままの勢いで投稿ができるようになりました。

《ここから転用の時間》

ここまでは僕の情報発信の話でしたが、僕が書く記事は基本的に《自分へ転用できる》話しかしていなくて、『なるほど〜。』だけで終わらずに、『なるほど〜。自分の○○に置き換えて考えると…』と転用して**自分にプラスになるように転嫁させて欲しいんです。**

セミナーに参加されたことがある人は分かると思いますが、セミナー参加前後で**「意識や行動」**が変わっていないと、参加した意味がないんです。
※講師は意識や行動を変えられないと講師失格です。
『良い話を聞いたなぁ』だけじゃ意味がない。というかもったいない。意識や行動が変わらないと、というか変えるために参加するんです。僕はそんな意識(セミナー講師)で、のんびりまったり記事以外は書いています。

話を戻すと、**やることの「棲み分け」はできていますか?考えた先の「行き先」はありますか?思いついた後の「行動先」はどこですか?**
■自分に転用させるためのインプットを
情報発信の話を例えに使いましたが、仕事でも家事でも育児でもコミュニティでも、自分の行動が変わってくると思います。

やることの「棲み分け」はできていますか?
・何のためにやるのか?
・その目的は何か?
・目標は何か?
・目的を達成するための目標になっているか?
・目的と目標がやることとズレはないか?
・目標とやることが種別や属性で分けられているか?
考えた先の「行き先」はありますか?
・学んだ後のアウトプットの場所はどこか?
・アウトプット先は対人なのか?メモなのか?
・考えるための材料はどこで仕入れるのか?
・偏った考えにならないように何をするか?
・行動した結果を何にアウトプットするか?
思いついた後の「行動先」はどこですか?
・いつから行動に移すのか?
・最低限どのくらい継続させるのか?
・継続するための落とし込みや計画はいつどうやって作るの

か？
・生活の中に計画は組み込まれているか？
・行動した結果をいつ分析するか？
・分析した結果はいつまでに修正させるか？
情報発信を棲み分けしたら、とても楽になりました〜。
以上

という文脈だけを捉えて欲しくはなくて、その背景や経緯や思考までも捉えていくと、結構たくさんの気付きや学びがあると思います。僕の一つの行動として「情報発信」を切り取ってみたら、ごちゃごちゃしていたので整理をした。（頭の中も行動先もほとんどがごちゃごちゃしてた）それによって、自分の思考や行動が整理されただけじゃなくて、それぞれの媒体で見る（読む，聞く）人にとっても、分かりやすくなり選びやすくなる。

この note で言えば、**「僕の考えや思いを伝える場」**

理由はここまで見に来てくれる人は、相当マニアックな人だから（笑）。癌のことも知りたいと思うけど、そもそも熊谷のことはある程度理解をしていて、**「今日の熊谷は何考えてるの？」感覚で来てもらっていると思うし、そうして欲しい（笑）。**

「入院したとか点滴したとかは知ってるから、その時の感情の揺れを知りたい」「インスタではこう言ってるけど、その背景とかは何なの？」

そんな感じで、Instagram や YouTube での「表向き発信」の背景を、standfm（音声配信）での「情報発信の基本やノウハウ」を伝える目的や理由などを、note では伝えたいし捉えて欲しいと思います。最近始めている「雑学」に関する記事は、単なる遊びですが、もう少ししたら僕の根本にある「思考」に関する記事とマガジン（有料）を出します。

そういったことの背景も含めて投稿しますので、自分に転用できることはしてもらって、**読んでくれた人の自分の人生や生き方が、プラスにアップデートしていくように、僕なりに頑張ります！**

癌でも出来ることはたくさんあるし、ネガティブにもポジティブにもなれる！　ＳＮＳで愚痴や不満を書くより、僕は知識や経験を全部出し切っておきたい！

2024/02/27熊谷翼

※「プロフィールページ」（２０２４年２月７日 21時12分）
P. 633ページ参照

【音声】Instagram集客だけに特化するのは危険
（２０２４年２月28日 10時10分）
（stand.fm より「Instagram の集客や発信について」）
https://stand.fm/episodes/65d7ff30ab5711fe7a939355)
▼Instagram での情報発信の基本的な考え方
▼Instagram だけに特化するのは危険

【音声】情報発信を始める前に

（２０２４年2月28日 10時14分）

（stand.fm より「情報発信を始めたい方へ」
https://stand.fm/episodes/65d944266048021d1fe0b221）

▶始める前にリサーチをしよう
▶コンサルなどにすぐにお金を払わない

【音声】情報発信の下心は？

（２０２４年2月28日 10時22分）

（stand.fm より「情報発信をする前に【下心】を明確にしよう」
https://stand.fm/episodes/65daaa30b8da1e5ba442767c）

▶情報発信の目的は？
▶認知？マネタイズ？明確にしよう

【音声】情報発信から収入を作る方法

（２０２４年2月28日 10時31分）

（stand.fm より「情報発信から収入に繋げる方法とマインド」
https://stand.fm/episodes/65dbd7b3602122bc6424b0e4）

▶情報発信からのマネタイズ方法
▶躊躇せずにマネタイズ化させる

【音声】早く行動に移して結果を知る

（２０２４年2月28日 10時35分）

（stand.fmより「うまくいくかいかないかは早く知った方が良い」
https://stand.fm/episodes/65dd65136a7c3fef2642194f）

▶行動に移せないと結果は出ない
▶頭でっかちになると結果は出ない

【雑学】ジャンケンの必勝法

（２０２４年2月28日 10時48分）

■ジャンケンの必勝法を教えます。

◇突然ジャンケンを仕掛ける

突然、ジャンケンを仕掛けられた場合、多くの人はパーを出すそうです。心理学的には、パーがもっとも自然な手の格好であり、突然ジャンケンを仕掛けられると反射的にパーを出しやすいらしい。

◇最初はグーで勝率が高いのはチョキ

最初にグーを出した後だと、そのままこぶしを握った状態で同じ手を出す可能性は低くなる。つまり、グーのあとには、グーは出さずに、チョキかパーを出す可能性が高くなる為、最初はグーで始めた場合、ジャンケンで勝率が高いのチョキということになる。相手もチョキならアイコになり、負ける可能性は低くなる。

◇大人数のジャンケンは、ひたすらパー
あくまで確率論の話ですので、負けてもクレームは受け付けません！（笑）

【音声】発信媒体をチェックしよう

（2024年2月28日 15時41分）

（stand.fmより「様々な媒体をチェックしよう」
https://stand.fm/episodes/65decf43ee0f8c6a4dff90c9）

▼各媒体の特徴と属性を理解しよう
▼利用者や配信者を研究しよう

2月28日／いつでも会える？＃315

（2024年2月29日 00時59分）

2024年2月28日　がん告知から315日目

こんばんは、クマガイタスクです。
今日は近況報告を！　**朝方から寒気…微熱。**微熱は時々あるので大丈夫なんだけど、下腹部痛と背部の方にも若干の痛み。風邪なのか？がん性の痛みなのか？薬が効いてくれているのか？
→
痛みや違和感は時々あるけど、心配になるのは悪化や転移。
※薬が効いている期待もあるけど、気を紛らわせないと不安にもなる時は正直あります
※肝臓や大腸自体は痛みを感じないため、その臓器などの炎症が周りの組織や臓器に影響を与えて、痛みを感じたりします。

話は戻って、下腹部痛は、風邪っぽい感じでした。午前中に発汗もあって熱もおさまりました。背部などの痛みも治まった？紛れた？けど、夜からまた違和感を感じる適度の痛み。飲み薬も変わったり減ったりもあって、治療薬自体の影響とかもあると思うので、様子見ですね。

■会える時に会っていた方が良いよ？

今日の微熱は風邪っぽかったので、インスタには投稿したけど、痛みや違和感が全くない日はなくて、足先からふくらはぎは未だに痺れていて、手先も痺れていて冷感刺激もあって、体調は食事も摂れて良い感じだけども、午前中は薬が効いてくるまでは身体の動きは鈍いし、相変わらず疲れやすいし、足の筋力も少しは戻ったかな？という感じで…。

最近のSNSでは、発信に力を入れていて、なるべく病状とか調子については投稿せずにいますが、**治ったわけではないですし、ステージも変わっていないんですよね。**確かに秋よりは体調も良いし、数値も良くはなっているけど、数値＝病状ではないところもあって。調子の良い時に、YouTube動画をまとめて撮影して、普段は横になりながら編集や投稿をしていますが、そのYouTubeを観てくれた方の中には、

『もうすっかり良くなったみたい』と思われる方もいて、そう思われることは嬉しいし、**『弱々しい感じに見えていなくて良かった』**と思うけど、YouTubeもインスタなどの投稿も、**心配させないようにしている。**ってことも、分かってくれたら良いなぁと思います。

前に先輩と会った時に話したのが、**『見世物として見る人も一定数いる』『ドラマのストーリーのように、落ちた時はソワソワするし、何もないとつまらなくなる』**僕自身の発信を客観的に分析したことを話しました。

※全員ではなくてあくまでも一部の人の話です。

僕の投稿を見てくれている、**ほとんどの方が心配をしてくれる人、完治を願っている人、支援をしてくれる人です。**でも一部の方は、面白がって見ている人もいると思うし、面白がってはいなくても、実際に、**状態が悪化するとコメントやメッセージが増えて、「会おう！」って連絡は増えて、状態が安定すると減ります（笑）。**これは事実で『俺に会え！』って話ではないです（笑）。まぁ、安心してくれていると思っているし、『そういうもんだよね』って、普通の会話として先輩には話しましたが、この話はネガティブなわけでも、愚痴投稿と捉えてほしくはなくて、、

友達とか同級生とか、爺さん婆さんとか、お世話になった人とか、最近会いましたか？　思い出の場所とか、通ってた学校とか、行きたかった場所とか、いつ行きましたか？　今しか会えないかもしれないよ！　今しか行けないかもしれないよ！

時間ができたら、暇になったら、子供が大きくなったら、収入が増えたら、もしも、僕と同じように、**あなたが「5年後の生存率16%」**だったとして、そうやって時間を先延ばしにしますか？

そして、相手がそうだったら？　僕の場合、今は体調は良いです。基本は良い時しか会えないですよね？　あとは会えるのは寝たきりになっているか葬式だけです。

※これ例えが僕ですが、みんな同じです

いつでも会える。いつかは会いに行く。あの時会っていれば。

と後悔する人生にだけはしたくはないですね。

2024/02/28熊谷翼

※「プロフィールページ」（2024年2月7日　21時12分）
P.633ページ参照
（YouTube「**【考え方】**《癌から学んだ3つのこと》／がん／ステージ4／」
https://www.youtube.com/watch?v=_vXr9VOUYNE&t=3s）

2月29日／去年の今頃#316

（2024年3月1日01時22分）

2024年2月29日　がん告知から316日目

こんばんは、熊谷翼です。

まず最初に、**大谷翔平選手、結婚おめでとうございます！**

心から祝福できない日本人女性、というか世界中の女性の半分は嫉妬しそう…（笑）。大谷選手が選ぶ相手も気になるけど、個人的には、これまでパパラッチされていなかったのが驚きです！

※パパラッチ大国アメリカ

■去年の今頃

さてと、昨日の投稿は、しっぽりした感じになりました。今日も、思いつきで書き始めていますが、似たような感じになるかもしれません。明日からは3月で、今年は4年に1度のうるう年。（さいちゃん、誕生日おめでとう！）

《4年に1回》って言葉の重みは、今まではほとんど感じたことがなかったけど、今は「4年後かぁ」と、未来の自分を想像してみるけど、外見も仕事もプライベートの想像も全くつかなくて。

去年の今頃は、「夏から○○を始動させる」と準備をしていて、そのほかにも、「2023年内に○○をやる！」「40代でもう一度起業をする！」って、意気込みながら、仲間を探して集めながら、話し合いをして、月の休みも2、3日にして、仕事が終わったら仲間や後輩とご飯に行って、仕事以外のプライベートも楽しく過ごして、とにかく春になるのを待っていたなぁ。2023年の3月末、泊まりがけの出張先で、胃の圧迫感、下腹部の違和感、両脇腹の痛みがあって、（飲みすぎか？食べすぎか？くらいに思ってた）市販薬で誤魔化しながら、出張先での仕事を終えて帰宅した翌日も同じ症状。そのまた翌日（4／3）も変わらなかったので、近くの病院受診をしたら、総合病院へ。1週間後の4月10日の診察で、**「癌の可能性がある」**と話されました。

※血液検査の結果（腫瘍マーカーCA19-9が約60000）

（「44／遺伝子変異」P.101参照）

その時にも思ったけど、医者が「可能性がある」って言えば、ましてや「癌の可能性」なら、それは「可能性ではなくて確定だよね」って、話を聞きながら他人事に思ったなぁ。その時の診察室の雰囲気や、医師のこととかは覚えているけど、そのあとのことは、もう忘れちゃっています。家族にいつ、何て連絡した？そのあと仕事行った？全然覚えていない。

そして、4月10日から20日まで（確定するまで）は、家族以外には隠して、仕事でも隠して仕事をして、（インスタのストーリーズではカウントダウンしてたな）家に帰ったら、色んなことを調べて、全然眠れなくて、涙が止まらなくて、気付いたら朝になっていて、お腹の違和感とメンタルのせいで、ご飯も全く受け付けなくて、ただただ早く、4月20日になることを待っていました。

■あの時のことは忘れないのかなぁ

4月20日を待っていたのは、「早く治療を始めたかったから」癌の告知をされると僕は思っていて、（家族はどう思っていたのかは分からないけど）CT検査後に肝臓の方にも影があると言われていたから、自分の中では、「ステージⅣ」の癌の可能性80%。「ステージⅣ以下」19%。「癌ではなかった!!」の可能性は1%かなぁと。それよりも、

・病状はどうなのか？

・いつから治療ができるのか？

これらを早く知りたくて。結果は予想通りだったから、「そうですよね〜」って冷めてたけど、同席した両親が泣いているのが分かって、必死で涙を堪えてた。泣いたら自分の気持ちが崩れそうで怖かったんだと思う。消化器内科で告知を受けて、消化器外科で治療方針や大学病院への紹介の説明があって、全部の説明が終わって、処理を待っている間…自制していた何かが解けて泣いた。「なんで今なの？」って悔しさ、「なんで俺なの？」って怒り、

そして…

「親より早く死ぬかもしれない」申し訳なさ、「死ぬかもしれない」って恐怖。

この時の感情とか感覚は、いつか消えてくれるのかなぁ…。

■センチメンタルな内容？

告知を受けて、そのことを発信し始めました。たくさんの応援にビックリしたし、嬉しかったし力になって今があります！

※まだまだ治るまで応援してください！

ただ、この時に受け入れられなかったり、ムカついたこともありました。（本人は善意や冗談のつもりだと思うけど）

『他にも癌を乗り越えた人がいるから大丈夫！』『今は治療も色々あるから大丈夫だよ！』

→ こういった他人との比較や根拠のない励ましは、善意だと思うけど受け取れませんでした。

『ハゲる前に自毛でウィッグ作れよ！笑』

→ ブロックしました！

『集まろう！』

→ いつ？

『会いにいくから！』

→ いつ？

※約束守る人なのか？って思ってしまう。

『何を言ったら良いか分からなくて…』『連絡するか迷って…』

→ 思ったこと言えば良いじゃん！

※自分が良く思われたい、嫌われたくないだけでしょ？って思っちゃう。

他人は変わらないし、変えようとも思わないけど、癌になってから、繊細になったのかな…機微に感じるようになってしまって。

素直な気持ちとか、心からの想いとかを、めちゃくちゃ感じるようになって、それに感謝できるようにもなって。逆に、何かを企んでいたり、嘘をついていたり、適当だったり、その気が無かったり、そういうのも分かるようになって。もしかしたら、今まで自分が隠したり誤魔化してきたことを、「変えたい!」「嫌なんだ!」って気持ちの変化なのかな?って思ったり。(相手のことは考えるけど)自分が思っていることは書くし言うし、良いと思っていることはやるし、発信内容に変化があったり、YouTubeを始めたりというのも、自分の中で良いと思ってやるし、今書いた内容も、愚痴とかじゃなく、自分にも言っているし、誰かの気づきになればと思って書いているし、noteやYouTubeは、例え、死んだとしても残りますからね。**「死んでも生き続ける」↑怖い?(笑)**

センチメンタルな雰囲気の記事になりましたが、気持ちは全く逆です。3月からは、年末に考えていたことが始まります。環境、人間関係、社会との関わりなど、今までと変わっていきますが、僕が求めていたことなので、どうなっていくのか?楽しみでしかないです。noteの投稿内容や雰囲気も変わるかもしれませんね。

ということで、3月からもよろしくお願いします!

2024/02/29熊谷翼

【音声】語れる領域があるなら発信しよう
(2024年3月1日 09時14分)

(stand.fmより「語れる領域で情報発信をしよう」

https://stand.fm/episodes/65e11cc99cfbf2f31844a3be)
▼語れる領域は何か?
▼語れる領域があればそれを求めている人へ

【雑学】歴史上の偉人の意外な身長
(2024年3月1日 09時42分)
■歴史上の偉人の意外な身長
130センチ:徳川綱吉
150センチ:源義経
153センチ:武田信玄
159センチ:徳川家康
168センチ:ナポレオン・ボナパルト
169センチ:坂本竜馬
170センチ:織田信長
180センチ:宮本武蔵

【雑学】日取りの常識・非常識

（2024年3月1日 09時47分）

■日取りの常識・非常識
◇先勝
午前中に物事を行なうのがよい
◇友引
大安に次いで慶事には吉日で、朝晩は吉だが正午は凶
◇先負
訴訟などの争いごとをおこさないほうがよい
◇仏滅
仏も滅するような最悪の日、何をするにも全てのことに終日、凶とされる
◇大安
何事においても吉、成功しないことはない
◇赤口
午の刻（11：00〜13：00くらい）は吉だがそれ以外は大凶赤という文字から火の元や刃物に要注意

3月1日／変わりたいけど変わらない自分#317

（2024年3月2日 01時44分）

２０２４年３月１日　がん告知から３１７日目

こんばんは、くまがいたすくです。

今日はのらりくらり投稿です。YouTubeで、ショート動画（短い動画）も公開しました。過去のセミナー動画などは、ショート動画にしようと思っていましたが、こういったメッセージ系の方が、観てくれている人は嬉しいようです。メンタルやコンサル的なことよりも、癌患者としての発信を観てくれている人は求めているってことが、何本か動画を公開して分かりました。やっぱり色々とやってみると、わかってくるものですね。

（youtube「『生きる』 #がん #ポジティブ #メンタル #医療 #看護師 #介護」
https://www.youtube.com/shorts/2EkINKHLusI）

YouTubeの登録者が、現時点で７７０名を超えました。

（YouTube「熊谷翼―がんサバイバーたすく―大腸がんステージⅣ」
https://www.youtube.com/@KumagaiTasuku/）

直近90日間で２５１人、直近28日間で１７５人、ざっくり覚えているのは、癌告知を受けてから、YouTubeへの投稿を始めた時の登録者は４００人台でした。その人数の方が、告知前から登録をしてくれていることも有難いですし、告知の後から登録をしてくれた人へも感謝です。そして、このnoteを読んでいて、まだ登録をしていない方は、登録をお願いしますね！

登録してくれるまで、しつこく宣伝しますよー！（笑）

（YouTube「熊谷翼―がんサバイバーたすく―大腸がんス

テージⅣ」
https://www.youtube.com/@KumagaiTasuku/)

■変わりたい自分との矛盾

昨年12月に、自分の生き方を変えようと決めました。お金とか仕事とか評価とか、他人からどう思われるかとか、今まで40年間それを気にして生きてきたから、**そんなの無視して生きてみよう！って思って、そのために考え方や環境を変えようと。**

制限となるような、仕事や時間や価値観と向き合って、**「自分は何のために生きるのか」「自分はどんな生き方をしたいのか」「そのためにどんな在り方でいるのか」**

こういったことを自問自答する時間や生き方を求めて、今年からそういった生き方を始めました。

ところが…**「SNS発信はいいねの数を気にせず」**とは**思っても気になるし、「YouTubeは再生数を気にせず」**と**思っても、コツコツ宣伝をしてるし！（笑）「やってるじゃん!!」**って、自分にツッコミを入れながらも、変わらない自分と、変わりたい自分との矛盾も楽しめているし、変わりたい自分って、**「過去の経験や知識の枠でしか描けないもの」**ってことにも気付いていて、そうなると、**自分の枠以外の生き方や価値観を取り入れて、自分の枠を外してくれる人と話して、とんでもない人の話を聞きに行って、**結果としては、今は、こうやって**「自分に向き合う時間ができていることが幸せ」**で、あれは？これは？と、考えている時間が気持ちを前向きにさせてくれるし、実際にお金を払って学んだりすると、新しいチャレンジの種が生まれるし、今は起きている時間のほとんどは**〝学びの時間〟**そう考えると、生き方も去年とは違っているのかなぁ。

あとは人と話すのが楽しい。というか、悩みを聞いて解決のヒントが生まれたり、自分の気付きになったり、その時間が今は楽しい!! そういう時間も今までは作れなかったから、そう考えると今までと変わっていないと思いながらも、変わっている部分もあるんだなぁ。もしも相談会みたいな形で募集したら、お話ししたい方いますか？ 今はInstagramから連絡をもらった方と、zoomかLINEで〝お悩み相談〟を受けていますが、テーマを決めて間口を広げたら、話したい人いるのかなぁ？と。

無料で良いんだけど無料だと逆に怪しむ人もいるから、500～1000円くらいで。

※興味ある方は「相談テーマ」を、facebookかInstagramのメッセージで教えてくださいー！多ければ検討します！

2024/03/01熊谷翼

※「プロフィールページ」（2024年2月7日 21時12分）
P.633ページ参照

【音声】SNSコンサルタントが消えては増えています#情報発信の基本

（2024年3月2日 21時35分）

（stand.fm「SNSコンサルタントが3ヶ月で消えています」
https://stand.fm/episodes/65e290b3caf7665a77738f52）

▼SNSコンサルタント爆増
▼SNSコンサルタントフェードアウト

【雑学】コアラの睡眠時間

（2024年3月2日 21時39分）

■コアラの睡眠時間
コアラは1日17～20時間も寝ているんだそうです。その理由ですが、主食であるユーカリの葉のカロリーが低いため、エネルギー消費をおさえようとしているからと言われています。

3月2日／相談されたことを実行するかどうか#318

（2024年3月2日 23時56分）

2024年3月2日　がん告知から318日目

こんばんは、熊谷翼です。
今日は身の上話？みたいな投稿です。
夜になって落ち着きましたが、朝起きてからの微熱と、下腹部、左腹部の違和感？膨満感？があります。ヤバくなったら救急車！だけど、全然そこまでではない違和感。（押すと痛かったのも治った）
スケジュール立てていても、不調でキャンセルしちゃったりもあって、ほんと申し訳ないです。キャンセルの可能性もあるのに誘ってくれるのは、申し訳ない気持ちとありがたい気持ちと。
※許してくれているから甘えているけど、ホントごめんなさい！

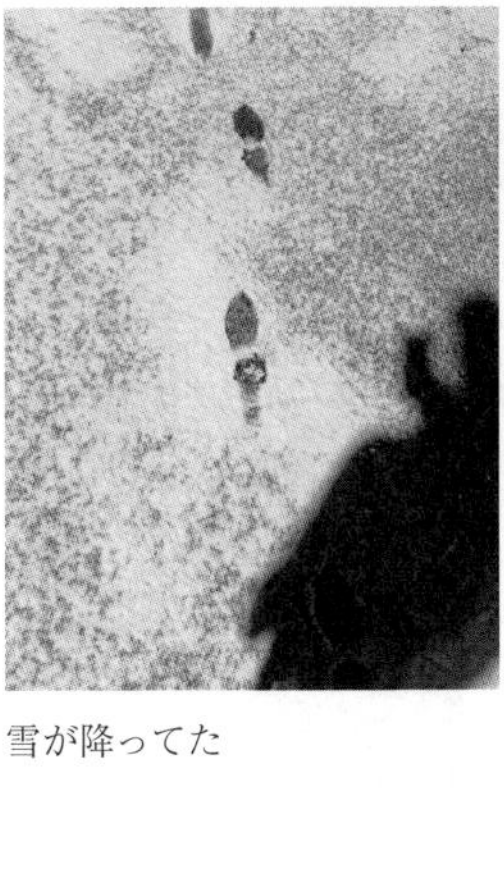

雪が降ってた

※キャンセルされた可哀想なあなたへ※

・春になったら肉か海鮮持って家に来てください！
・いつでもＢＢＱできるように準備しておきます！
・飲むなら電車かバスで来てください！（ビールは冷やしておきます！帰りは送ります！）
・僕が不調の時には外で焼いたものを持ち込んで宅飲みしましょう！
・複数人なら桃鉄やりたい！けどテレビがない！ゲームもない！笑

■相談が届いていますが形にする必要があるか？

僕のＳＮＳには、応援メッセージのほかに相談も届きます。
相談内容で多いのが、
・がんに関すること
・メンタルに関すること
ただ時々、
・福祉に関すること
・資格試験に関すること
が届きます。

福祉サービスについてや、介護の仕事のお悩み相談みたいなものもあって、僕が癌になる前から、僕のことを知っている人やその知り合いは、「介護講師」として認識をしていて、仕事の相談や転職相談なんかもあります。ということで質問です。

コミュニティや研修団体を運営していましたが、そういったのを改めて作りましょうか？　と思っていますが、いかがでしょうか？

※ＳＮＳでメッセージください

福祉サービスなどの相談所（一般向け）、サービスを利用する時や、サービスを利用していて聞きたいことや、施設には聞けないことなどを相談できる場所。（リアルなのかインスタなのか）あれば活用したいという意見ありますか？

※ＳＮＳでメッセージください

それらに伴って、運営に協力してくれる方いますか？
・ＳＮＳ関連
・オフ会や研修サポート
・相談対応など

何をするかはこれからですが、熊谷はこの通りなので熊谷がやってることのサポートみたいな感じになると思います。

※ＳＮＳでメッセージください

■コミュニティや相談所をやるか？やらないか。

必要なこと（ニーズ）があれば、とりあえずやってみよう！作ってみよう！でしたが、さすがに今は、自分一人では動くことができなくて…作るのは簡単だけれども、体調とか何かあった時に、運営が止まる。という事態は避けなくてはいけなくて、そこがあってなかなか動きがとれないのが本音。

あとは、ニーズがどれだけあるかで、**「研修をしてほしい」「仕事や転職の相談をしたい」「横のつながりを持ちたい」**という声はあるけど、**それがどのくらいの人数いるのか？　お**

金を払っても参加するのか？　このあたりも併せて確認が必要そうですし、すでにやっている法人や団体もあるはずで、そこがどんな運営をしているのか？も確認が必要。

　過去に運営をしてきた経験と、コロナ禍で休止した経験を踏まえると、運営に労力をかけず、それでもニーズに応えるなら、facebook グループや、LINE のオープンチャットを使って、質問相談に乗って、質問相談に YouTube で答えたものを配布する。が最適かなと思っています。

　ただこのあたりは、すでに福祉や介護系の YouTube チャンネルも多数あるので、わざわざ新たに始める必要もなく、そうなってくると、そもそも研修団体自体を作る必要性は無くなってくる。福祉サービスにしても解説動画は、YouTube にあるはずなので、必要な内容を検索できればＯＫで、相談所として機能させるなら、「地域包括支援センター」を知らない近所の婆さん対象くらいにしかニーズは無さそう。

　となると…残るコミュニティとしての機能は、横のつながりと、リアルで会えるくらいしか無くて、共通言語を持つ人たちで、「月に一回」「三ヶ月に一回」集まれる。（リアルとか zoom とか）その仲間たちと LINE で毎日話せる。これくらいしか残っていない。こうなると労力はほぼゼロで、やらなきゃいけないのは、参加者のチェックとオフ会の会場手配くらい。
※どうですかね？必要ですか？
　福祉以外でも、業界やジャンルで分けたら色々と作れるけど。何かを始める時、何かを始めてほしいと要望があった時、昔の僕はすぐに行動していたけれども、
※10年前とかは特に
　すでに世の中にあるという前提で考えなきゃいけないし、（特に今は10年前に比べて YouTube がすごい!!）世の中に無いものは、なぜ無いのか？
・流行らなかった
・運営（収入）がうまくいかなかった
・ニーズがなかった
　そういう視点で考えると、新しく生み出した！と思っているのは自分で、そもそも前からあった！むしろニーズが無くてやってもうまくいかない！ってことはたくさんあって、それでも、うまくいくのは「田舎」だったり、考え方によっては結果が変わったりもする。
※10年前にＳＮＳコンサルをしていた時には、お客さんは東北エリアに絞っていました
　今日は相談内容から、「実際に動くかどうか」を考えてみました。

　こんな質問があったよ！って紹介とは別で、実際に動く（対応するとなると？）回答も、何かの参考になればと思います。過去にやろうとしていたサポート団体も、ニーズはあれど、他の団体や法人がすでにたくさんあるので、そちらを利用してもらう流れで、実際にやるのは、ボランティアだと続けるのが大変なので保留にしています。

まとまりつきませんが、相談などができたら、(一応)動くとしたら?までは考えていますよー!という報告でございました。

2024/03/02熊谷翼

■あとがき

昨日ある方からメッセージが届きました。

男の嫉妬は怖いですね…(笑)。

※「プロフィールページ」(2024年2月7日 21時12分)

P.633ページ参照

【音声】視覚情報は統一#情報発信の基本

(2024年3月3日 22時31分)

(stand.fm「視覚情報は統一」

https://stand.fm/episodes/65e47acd1e9c37598bca1354)

▼視覚情報は統一

▼自分のカラーも決めておくと良いかも

3月3日/癌の先の目的や目標を考える#319

(2024年3月3日 23時53分)

2024年3月3日 がん告知から319日目

こんばんは、熊谷翼です。

今朝、近況報告動画を撮りました。顔が浮腫んでいるのを見せたいと思って、初めての寝起き撮影です。

こうやって思うと、足の浮腫が酷かった時や、絶不調の様子も撮っておけばよかったなぁ…と、思いますが、その時には思いつかなかった!というより、YouTube投稿に力を入れる気持ちではなかった。のでしょう。何事もタイミングや流れがありますから、これからは何かあれば動画に残しておきたいと思います。

※院内は基本撮影NGなので自宅で撮影します

(youtube「【近況】《寝起き撮影》/ムーンフェイス/分子標的薬/ステロイド/化学療法/大腸がん/副作用/」

https://www.youtube.com/watch?v=LflzqmoOVDs)

■明日は点滴治療です

3月4日(月)は、外来受診にて化学療法(分子標的薬)の点滴治療です。前回は、疲れなのか?副作用なのか? 眠気が半端なくて、点滴途中から爆睡して、帰宅後(夕方)も寝落ちしていました。

前回は、10時には血液検査、尿検査をして、診察をして(待ち時間が長かった)12時開始~14時終了予定が、1時間半

オーバー…笑

今回は、前回の予定より2時間遅い予約で、診察も午後からなので、待ち時間は短いかな～と期待している。そして、「終わった後に何か食べて帰ろう」を、考えて診察待ちをしようと思う。

■癌を治した先

ここ最近は、体調（メンタル）は良いものの、身体の変化（腹部の違和感やムーンフェイス）があって、**「なかなか、すんなり良くならないなぁ」**と思いながら、**「そもそも、良くなっているんだよな？」**と、思ったりすることもあります。目に見えるものでも無いし、いつまでに！ってものでも無いから、時々、**「未来の自分が存在するのか？」**が分からなくなるけど、目標や目的がハッキリしていたら、少しは**「未来の自分が描けるのかなぁ？」**と。

昨日の記事は、「何かはやりたい」というモヤモヤから生まれた話だったかなぁと今思うと。
（**「3月2日／相談されたことを実行するかどうか#318」P.693参照**）

相談されたことの中に、**「目的や目標」**を見出そうとしたけど、結局のところは、誰かがやっているし（自分じゃなくても良いし）せっかく何かをするなら、癌のことを忘れるくらい熱中できることが良い。例えば、仲間を募って会社を作るとか、全国展開できるビジネスに参入するとか、はたまた、スナックとか、地域に特化したスモールビジネスとか、

→サウナと地域活性化を調べていた理由
どうせ考えるなら（やるなら）、ワクワクすることが良くて、それを一緒に考えたり話が出来る仲間が欲しいと思っている。

→何かをやるけど何をする？プロジェクト（笑）
応援してくれる人と一緒に、癌を乗り越えて、その次は、「○○のプロジェクト（仕事、役割、団体）」を一緒にやる。**このまま癌を乗り越えて良かったね！で終わりたくは無いし、癌を乗り越えるだけの人生は嫌！**その先が欲しい！けど、その先はまだ進んでもいない。進む先となる目標や目的を、最近はずっと模索しています。

「これはどう？」というのがあったら教えてください！
※やるかどうかは別として情報は受け取ります

自分の価値観や経験の中だけで考えると、今までと同じようになってしまうから、それは嫌で。なので、知り合いと話したり、友達や後輩と話したり、SNS繋がりの人と話したりして、「別の視点」「初めての情報」に触れるのが、とても刺激になって楽しい。
※お話ししましょう！

目標や目的があると、それも、今まで経験したことのない大きさや価値だと、ワクワクしてくるだろうなぁ。まだまだ色々と考えて調べられる時間はあるし、今はそうやって、色んなことを考えたり悩んだりできる時間を大切にしていきた

いと思います。

2024/03/03熊谷翼

※「プロフィールページ」（２０２４年２月７日　21時12分）
P.633ページ参照

【音声】あなたは何者なのかを伝えよう#情報発信

（２０２４年３月４日　22時08分）

(stand.fm「あなたって何者なの？を発信しよう」
https://stand.fm/episodes/65e5c61f16f1b04cfe027ba1)

▼あなたらしさを伝えよう
▼マインドの根っこの部分は何かを伝えよう

3月4日／コツコツ積み重ねたら結果は出る#320

（２０２４年３月５日　06時48分）

２０２４年３月４日　がん告知から３２０日目

こんばんは（おはようございます）くまがいたすくです。
３／４は点滴治療でしたが、やっぱり治療中から眠気が強くなって、帰宅後から横になっていて、noteを書きながら途中で寝落ちしちゃいました。
ということで、帰宅後＋起床後のコラボ投稿です。ガッツリの投稿なので、お時間を作って読んでください！よろしくお願いします。
まずは、昨日公開したYouTube動画は、初めて寝起き撮影しました。もうすぐ６００回再生です。チャンネル登録者はもうすぐ８００名です。よろしくお願いします。

(youtube「**【近況】《寝起き撮影》／ムーンフェイス／分子標的薬／ステロイド／化学療法／大腸がん／副作用／**」
https://www.youtube.com/watch?v=LflzqmoOVDs)

ということで今日は、「**コツコツ積み重ねたら結果は出る**」というお話をします。どんなことにも誰にでも通用するお話です。

■コツコツやることで確実に結果を残すことができる

何度かこのnoteにも書いていると思いますが、**〝コツコツ〟**とか**〝繰り返す〟**とか、意外と？僕はそういう人間だったりします。分かりやすいところで、僕が実際に最近やっているところで言うと、**「情報発信」**と**「宣伝」**ですね。情報発信の中身については横に置いて、中身が伝わったか？の話は抜きにして、分かりやすく**「数値」**を例にしますが、YouTubeの登録者は現時点で**《７８１人》《28日間で１７５人》**の方が新規登録してくれました！ありがとうございます！
※再生回数も時間も、毎日毎日積み重ねています。
少しずつ見られるようになってきましたが、新規登録が増えたり、再生回数を積み上げているのは、再生数などに左右されずに、**noteは毎日、YouTubeは週２回、「投稿（情報**

発信)」をし、SNSで**「宣伝をしているから」**で、**『YouTube動画を公開しました』『もう少しで○○回です』**と、案内をしていることが、特に一番の要因だと思っています。

※もちろん情報発信を継続をする前提の話だけど

何回も同じことを伝えているので、**『知ってるよ！』『何回もしつこいな』**と思われる方もいるかもしれません。

※しつこくてごめんなさい！

それでも続けているのは、**《初めて見る方》**がいること。**《何度も見ているけど登録をしていない方》がいるということ。**この方々に向けて何度も伝えて、毎日**【1登録1再生】**を積み重ねています。人気YouTuberや、インフルエンサーと比べたらキリがなくて、僕のような個人の発信者は、自分の届けたいもの（投稿）を、届くまで宣伝をすることが、**自分の発信（投稿）の責任**だと思っています。

※作って（書いて）終わりは育児放棄と一緒

よく見かけるたびに『なんで？』って思うのが、

◇会社やお店
・オープンする時だけの宣伝
・売り上げが落ちた時だけの宣伝
・気が向いた時だけ宣伝

◇個人の発信者
・書いた文章や作った動画を宣伝しない
・いいねや再生の数が伸びないとすぐにやめる
・自分の書いた、作ったものを卑下する

なんで届けるところまで責任を持ってやらないの？って思います。

バズること、数が伸びることよりも、着実に積み重ねるほうが確実で、僕のYouTube（最近の投稿）の場合は、**1000再生されるまで**は宣伝しようと決めています。

※そのためにタイトルやタグなども修正はします

コツコツ宣伝をすることで再生数は確実に伸びる

1日1再生でも1000回続ければ**1000再生**になる簡単な計算なので、継続して宣伝をしたら必ずたどり着きます。過去の投稿は《100～200台》の再生数もあります。

※これらは古いので現在は宣伝はしていません

※ぶっちゃけ個人発信者の投稿で100再生いかないことはザラです

※そもそも、過去の投稿動画の宣伝は1、2回でした。

全てを繰り返し宣伝はしていなくて、宣伝にもやったりやらなかったりとムラがあり、その反省のもと、今は《1000再生》の目標で、宣伝をしています。その中でも伸びた投稿に関しては、《2000再生》《5000再生》とキリが良いタイミングで、再宣伝をして次の目標数値を再設定しています。

■どんな結果を残したいですか？

コツコツやることは大事だよねー！

という話で、分かりやすい例として？（僕の発信内容と媒体で）

YouTube発信が1番分かりやすいので（再生回数、チャンネル登録者数）取り上げましたが、伝わりましたかね？　コツコツ宣伝をしたら、結果（再生回数など）は確実についてきます！ってお話しでした。ここからは、もう少し踏み込んだ**詳細や〝そもそも論〟**の話ですが…まず、僕の情報発信大体はYouTubeだけではないのですが、YouTube以外の媒体の宣伝は線引きしています。**noteや音声配信**は、内容的に踏み込んでいることと、ボリュームが重いので、コアな方しか見に（覗きに）来ませんし、そういう発信媒体として線引きをして、あえて過剰な宣伝はしていません。

※コアな方は宣伝をしなくてもご自分のタイミングで見に（覗きに）来るはずですから。でしょ？（笑）

※何かの募集をする時にnoteだけに書いているのもその理由

アメブロやX（Twitter）は、リンクの貼り付けしかしていないので宣伝無し！　このように発信内容によっては、宣伝をどうするか？も当たり前ですが決めています。そして、そもそも論ですが…宣伝をする前提として、宣伝をするもの。僕の場合は**【記事や動画】**これらをコツコツと作った上での宣伝になりますよね。

毎日noteを書いて、毎日音声を撮って、毎日動画編集をして、それらも毎日の積み重ねで、「1→10」「10→50」「50→100」…と確実に積み重なります。宣伝の前に作るものがあって、作るものはコツコツと毎日作っていて、今日の話は、例えとして「情報発信」の宣伝や作ることを取り上げましたが、**伝えたいことは、「コツコツやったもの」は必ず結果が出るよね**。というか…**結果が出るまでやれば良いよね！**です。僕はこの記事を書いて、筋トレも毎日やろうと決めました‼

※継続する習慣作りは次回書きますね！

あなたがコツコツと努力していることは何ですか？　毎日

積み重ねて得たい結果（目標）はありますか？

2024/03/04熊谷翼

■**あとがき**

情報発信初心者向けに、情報発信の基礎基本を音声配信しています。興味のある方は聴いてください！　アプリをダウンロードすると「ながら再生」ができます。※倍速設定がオススメ！

(stand.fm「癌と共存しながら気付いたことや学んだこと」https://stand.fm/channels/607590f6be8d4428b9abde4e)

※「プロフィールページ」（2024年2月7日　21時12分）P.633ページ参照

【雑学】東京の地下鉄が曲がりくねっている理由

（2024年3月5日　09時30分）

■**東京の地下鉄が曲がりくねっている理由**

東京の地下鉄の路線は、大阪の地下鉄と比べて曲がりくねった作りになっている。これは、基本的に地下鉄は道路の下に作られるので、地上の道路が曲がっていると地下鉄も同様に曲がってしまうため。

3月5日／「継続する習慣作り」＃321

（2024年3月6日　00時03分）

2024年3月5日　がん告知から321日目

こんばんは、くまがいたすくです。

今日は、寝落ちしないように頑張るぞ！（笑）

昨日の投稿は途中で寝落ちしてしまい…朝の投稿になってしまいました！（朝投稿した後に1時間寝ました）note書いていると、なぜか眠くなるんですよね。なんでだろ？（笑）

さてと今日は、昨日の投稿でお伝えした**「継続する習慣作り」**について書いていきます。昨日の記事を読まれていない方は、先に読んでから進んでください。よろしくお願いします。

←昨日の投稿

（「3月4日／コツコツ積み重ねたら結果は出る＃320」P.698参照）

■**生活の中に組み込む**

「継続する習慣」を作るための方法は、たくさんあるのかもしれませんが、僕が実践しているものは一つで、**「生活の中に組み込む」**ことです。

→

これが今日の答えです。

例えば、このnoteを毎日書こうと決めた時に、次に決めたのは**「何時に書くか？」**です。毎日継続するとなると、習慣にしなくてはいけなくて、そうなると僕の場合は、日中は仕事で時間が作れないので、「朝」か「夜」のどこか。

以前、standfm という音声配信(現在は情報発信初心者向けで再開)では、「起床後」に録音をして配信をすると決めました。

※1年間続けると決めてやり抜きました！

standfm(音声配信)と note(文章配信)の違いは、note の方が(書くための)時間が取られること。

※時間的にも気持ち的にも余裕がないと、そもそも継続は難しい

最初に書いたのが２０２３年4月19日。告知日の前日ですが、その頃は仕事もしていたので、時間的に余裕があるのは「夜」で、更に気持ち的に余裕があるのは **「ベッドに来てから」** ということで、note は **「毎日寝る前」** に書くことにしました。寝る前に「今日の振り返り」的な内容なら、毎日その日思ったことを書けば良いので、書く内容にも困らない。

そして、歯磨きと同じように、**「書いてから寝る」「書かないと寝れない」** と決めて生活に組み込みました。時々寝落ちしたり、ご飯を食べに行って遅くなったり、体調が悪くなったり、そんな時もありますし、ありました。書かなかった、書けなかった、サボった。その時のルールとして決めたのが、**「次の日に書く」** です。

※これがなかなかハード

時間とルールを決めたら、習慣になるまで(21日とも言われますが)継続するのみ。21日間は意地でも続けることを決めて、そうするとだんだんと習慣になっていく。書くことが日常になっていくことを実感していきます。そうなればあとは続けるだけ。今では書くことが生活の中の普通になっていいます。

■習慣は21日で作られる

例えで「note を書く習慣」について書きましたが、ダイエットでも勉強でも、時間とルールを生活に組み込んで、いつまで続けるかを決めて、あとは21日間は意地でも続ける。21日続けると、あとは意地や努力は不要で、「やらなきゃ気持ち悪い」みたいな感覚になってきます。継続させるのは意外と簡単なことだと思ってはいますが、僕の中でまだ習慣になっていないのが、再開した stand fm の配信。(現在、12日目。キツイところ)朝投稿の予定が、受診や朝の体調により、ここ数日は夜に投稿しています。朝の場合は寝起き。夜の場合は寝室に行く前。

さて、どうなるか？続けられるか？今回の記事は例として、情報発信について書きましたがダイエットでも勉強でも、やること決めることは一緒です。応援しています！

一緒に壁を乗り越えましょう！

2024/03/05熊谷翼

※「プロフィールページ」(２０２４年2月7日 21時12分)
P. 633ページ参照

【音声】Instagramの最新の状況とアルゴリズム#情報発信

（2024年3月6日 21時23分）

（stand.fm より「Instagram の状況とアルゴリズム」https://stand.fm/episodes/65e85ee1f0c50b2267eac042）

▼Instagram での情報発信
▼Instagram のアルゴリズム
▼最新の状況

3月6日／何のために生きていますか？#322

（2024年3月7日 00時16分）

2024年3月6日　がん告知から322日目

こんばんは、熊谷翼です。

今日の投稿は今までと少し違います。少し長いので、5〜10分だけ集中して読んで欲しいです。よろしくお願いします！

突然ですが質問です。

『**あなたは何のために生きていますか？**』

使命とか、生きがいとか？　自分のため？　家族のため？　自分の時間やお金や体力を使って、今日も明日も生きているわけだけど。『それって何のために？』死んだら終わりの人生で、やり直しも替えも効かない人生で、今やっていることが本当にやりたいことだったのか？　このまま人生を進めていっていいのか？　自分のためなら、もっと自分に時間とお金を使った方が良い。家族のためなら、家族との時間をもっと作った方が良い。お金がもっと必要なら、今よりももっと稼げるような仕事、あるいは事業を始めた方が良い。時間がもっと必要なら、今やっていることや生活を見直した方が良い。

そういうことは頭では分かっていても、なかなか踏み出すことができずに時間が経過して。何かをしなきゃと思っていても明日になって、新しいことをやろうと思っても給料日がきたら忘れていて。頭の中ではうまくいくビジネスプランはあるけど、元手の資金や万が一のことを考えると、勇気もどこかに消えていて。自分よりも稼いでいる同級生を羨んで。自分よりも楽しそうな家族を羨んで。自分よりも慕われている仲間を羨んで。

本当はもっと稼ぎたかった。
本当はもっと家族と楽しみたかった。
本当はもっと旅行に行きたかった。
本当はもっと周りから認められたかった。

そんなことを考えても、明日もまたやることがあって、『心からやりたいことなの？』と聞かれても、心からやりたいことは、今すぐにはできないし、そんなすぐに今の状況は変えられないし、変えたら今の生活もできなくなるし。今の暮らしが理想通りと言えたら良いけど、理想通りになんてなかなかいかないし、

本当は理想の家や家族関係もあるし、
本当は理想の友人や人間関係もあるし、
本当は理想の生活や憧れだってある。
でも、そんなに人生は簡単じゃない。思ったことが叶うなら叶えたいけど、理想の人生に近づけていきたいけど、理想と現実があるのも分かるから、今の状態に満足しないといけないし、納得しないといけない。理想はあっても、叶えたいことはあっても、今の自分じゃ無理だし、家族もいるし仕事もしないといけないし、お金が貯まったらやるかもしれない。時間ができたらやるかもしれない。子育てが落ち着いたらやるかもしれない。

そんなことを考えても、答えは出ないし考えても無駄なのかもしれない。世の中でうまくいっている人はタイミングが良かっただろうし、たまたまうまくいったのかもしれないし、元々育った環境が恵まれていたのかもしれない。自分も同じ立場だったら同じようにできただろうし、そうしたら今の状況とは明らかに違うだろうし。自分だってその気になればやれるし、チャンスがきたら飛びつく気持ちもあるし、死ぬ前にはやりたいこともあるし、後悔したくない気持ちも当然あるし。

それでも、今生きられているだけでも奇跡なのかもしれないし、世の中にはもっと大変な人もいるだろうし。今の状況に不満があっても、明日生きられるかどうか分からない人だっているし、そう考えると、悩みや不満があっても、思い通りの人生じゃなくても、今こうやって生きていられることが、もしかしたら幸せなのかもしれない。

誰と比べるとか、うまくいかない自分に悩むとか、それよりも、今日より明日が良くなれば良いし、明日も生きられる。明日もやることがある。自分にも役割があって、少なからず誰かに必要とされていて、やらなきゃいけないこともあって、なんだかんだで毎日がヘトヘトで。誰かに褒められるわけじゃないし、そんなに凄いことはしていないけど、『自分、頑張ってるじゃん』『負けてないじゃん』自分は自分。他人は他人。『何のための生きているか？』って聞かれても、正直分からないけど、それで良い。自分は自分だし。

そのうち見つかるかもしれないし、見つからないかもしれないけど、今の自分も嫌いじゃないし、直したいところもあるけど、自分は自分だし。人生ってよく分からないけど、これまで生きてきた自分は頑張ってきたし、誰かのために自分ができることはやってきたし、家族や友人のためにやれることはやってきたし、これから先どうなるかは分からないけど、自分の人生は自分で決めていくし、誰かと競ったり打ち負かしたりするくらいならやらないし、何かを犠牲にしないといけないならやらない。今の生き方でやってきたし、これから先は変わるかもしれないけど、自分のことは嫌いになりたくはないし、周りから何と言われようと、自分の信念みたいなものは曲げたくない。どう生きるかは自分で決めてきたし、それなりに今までもやってきたし、多少のことなら乗り越えられる自信もある。やる時にはやるし、今までだってそうやってきた。周りがどうとか、同級生がどうとか関係ない。自分は自分なり頑張ってきた。誰も見ていないところで努力もしたし、悔し涙を流したこともあるけど、自分なりに今まで生きてきた。

だから、これから先も自分なりに生きていければそれで良い。人生の意味は分からないけど、生きてさえいれば、そのうち分かるかもしれないし、分からなくてもいい。考えても答えは出てこないし、よく分からなくて頭がグルグルするし、嫌なことを思い出すし、なんだかよく分からないけど泣けてくるし。人生ってよく分からないし、答えとか意味とかも分からない。

そういうのを語る人もいるし、テレビとかSNSで凄い人もいるけど、自分は自分。比べても意味がない。それよりも、早く寝ないと！　朝起きるのが辛くなる。はやく春が来て暖かくなれば良いなぁ。今年は桜を見に行こう。行ったことがない所も探してみよう。家族で行くのも良いし、友達と行くのもアリかも。

今年は、少し色々やってみようかな。少しだけ楽しみを増やしてみよう。人生って正直何なのか分からない。生きる意味すら悩むことがある。僕もそうだし、あなたもそうかもしれない。僕はその答えを持っていないし、こうやれば良いという指標すらない。

けれど、こうやって生きている。

おそらく、まだ生きることができる。意味が分からなくても、生きていて良いんだと思う。生きている意味や価値は、生きていれば、そのうち分かってくるのだと思う。

だから生きよう。

答えが分かるまで。

2024/03/06熊谷翼

■あとがき

最後まで読んでいただきありがとうございました。自分と重なる部分や、共感できることがあれば嬉しいです。

今回の記事は、一つの読み物として、僕のことを書いているような、読んでいるあなたのことを書いているように、実際に、僕が行ってきた個別コーチングの技法を用いながら書いてみました。

いかがだったでしょうか？

※メッセージなどで教えてもらえると嬉しいです！

《コーチング＝導く》という意味で、癌になってから誰かを導くことに抵抗があり、誰かにコーチングをすることは辞めていました。先月、過去に僕の個別コーチングを受けた方から連絡をいただき、何度かやりとりをさせてもらいました。

その方は、コーチングを受けてから、捉え方や考え方が変わり、**「人生がとても楽しいものになった」**と。そしてまた「個別コーチングを受けたい」と。今度は「癌になった熊谷翼のコーチングを」と。悩みましたし、悩んでいます。やるか？やらないか？ではなく、**その人だけに個別で行うか？**

他にも希望の方にも個別で行うか？あるいはグループで行うか？　悩んでいます。悩んだ結果が、今日の記事になります。

いろんなことを考えてもらって、思い出してもらって、思い描いてもらって、「自分の力で一歩踏み出す」それを僕がお手伝いをする。これがコーチングになります。
※コーチングを受けたことのない方もいらっしゃると思いまして…
　コーチングの件…ご意見もらえたら嬉しいです。

3月7日／支援と治療費とやりたいこと#323

（2024年3月8日 00時23分）

2024年3月7日　がん告知から323日目

　こんばんは、くまがいたすくです。

　最初に支援物資と寄付のお願いをさせてください。
◆Amazon 支援物資◆
※購入していただくと「熊谷の自宅（岩手県）」に届きます。
※購入者の個人情報は名前（メッセージ）のみ届きます。
（Amazon「**ほしい物リストを一緒に編集しましょう**」
https://www.amazon.co.jp/hz/wishlist/ls/3FUBFS89TMKS3?ref_=wl_share）
『こういうのはどう？』『これも身体に良いそうだよ』という情報あれば教えてください！
※指先に力が入らないので、できれば重い物や持ち運びが大変な物で。
◆寄付へのご協力お願い致します◆
　12月から仕事はお休みして、傷病手当の申請手続きをしています。（会社と病院の文書にとても時間がかかっていて、12月分の支給もまだです涙）
　銀行振込もしくは、PayPay でお願いをしております。何卒よろしくお願い致します。
◇銀行振込◇
［銀行］PayPay 銀行　［銀行コード］0033
［支店］はやぶさ支店　［店番号］003
［口座番号］**※現在使用されていません。**
［名前］クマガイタスク
◆活動支援へのご協力をお願いします◆
　購入という形で応援をしていただけますか？こちらは全て販売売上として申告をしております。クレジットカード決済や携帯決済での応援ができます。

（**「ただただ支援」**－熊谷翼オンラインショップ powered by BASE」

https://tasuku.official.ec/items/25660896）
※支援物資・寄付の受取報告は Instagram ストーリーズで行っております。
　→
　引っ越し準備中のため、確認が3月後半になります。

※ストーリーズハイライトでもご確認できます。
※報告漏れがある場合にはご一報ください。
改めまして、よろしくお願いします。

■お金や制度のこと

まだまだ治療は続いて、今は外来治療になりましたが、リアルに「外来」「院外処方」で治療費は倍になりました。
※薬代だけで(14日分で)8万

高額療養費制度を活用していますが、マイナンバーカードと保険証との連携、上限額の規定など詳しくは、厚労省のホームページで確認してください。
※マイナンバーカードと連携していれば、限度額認定証を毎回書類提出しなくて済みます。
(mhlw.go.jp より「**高額療養費制度を利用される皆さまへ**」〈**厚生労働省**〉
https://www.mhlw.go.jp/stf/seisakunitsuite/bunya/kenkou_iryou/iryouhoken/juuyou/kougakuiryou/index.html)
(kyoukaikenpo.or.jp より「**高額な医療費を支払ったとき(高額療養費)**」〈全国健康保険協会〉
https://www.kyoukaikenpo.or.jp/g3/sb3030/r150/)

先ほど書いたように、傷病手当の申請も数日前にやっと提出したところです。
※病院に依頼して返送に1ヶ月以上かかりました。

傷病手当についての詳細は、全国健康保険協会のページにて。
(kyoukaikenpo.or.jp より「**病気やケガで会社を休んだとき(傷病手当金)**」〈全国健康保険協会〉
https://www.kyoukaikenpo.or.jp/g3/sb3040/r139/)

がんや治療だけではなくて、治療費や制度についても、後で焦らないように触れておいてください。保険証とマイナンバーの連携は、スマホでできますが、連携しておかないと毎回の書類提出がありますし、書類がないと治療費を全額負担して後での申請になり負担が大きくなります。あとは医療費控除なども調べておいてくださいね。癌のことはもちろん、生活やお金のこと、家族のこと、(僕はいませんが)子供のこと、色んなことを考えて、そして、それは治るまで続きます。治療だけに専念できれば良いですし、それがベストだと思いますが、なるべくベストになるように、万が一に備えて準備をしておいてくださいね。

■コーチングをしたい

昨日の投稿は、自分自身にコーチングをしながら、(カウンセリングも入っていたけど)グルグルとした頭の中を書きました。

『**私のことですか!?**』『**言語化してもらった感じです**』など、コメントやメッセージをいただきました。13年前に独立をしてから、コンサルティングという形で、介護事業や店舗運営に関わり、講師という形で、現場スタッフに関わってきました。関わりの中で、面談や面接をしていくと、経営者個人、スタッフ個人の課題が、会社や環境や家庭に影響をしていて、そこからコーチングでの支援を開始しました。

※僕もめちゃくちゃ勉強しました

事業はコンサルティング支援

個人はコーチング支援

この形で行ってきましたが、新規受付は昨年で終了しました。ただ、心のどこかでやりたい気持ちがあるんですよね。

特に、個人対象のコーチング。

癌になって、生きられるかどうか分からない時もあって、年末は死にかけて、その後から、**「どうやったら自分の思いや経験を残せるかな？」**ってことを結構考えていて。身近な人達だけに伝えておくのも違うかな。って。

※いつ死ぬとかは分からないけど、死ぬ前に残せるものは残しておきたいその答えとして、YouTube で動画を残すことにしました。

音声配信も、その理由で再開しましたが、コンサル的な内容で始めましたが、なんかしっくりこなくて今日の分は休みました。（コーチング的な内容の方が自分的にしっくりくる）

コーチングを受けたいニーズありますか？

何名かからメッセージやコメントをいただいていますが、もう少し他の方や意見も聞いてみたいです。僕の中でテーマとしてあるのは**「継承」**です。僕の思いや考え、価値観を共有したいです。最近はそればかり考えています。Instagram の @kuma.mental も再開するかもしれません！　どんな形で手法で、受け取りたい方へお届けできるでしょうか？

2024/03/07熊谷翼

※「プロフィールページ」（２０２４年２月７日　21時12分）

P.633ページ参照

（YouTube「**【考え方】**《癌から学んだ３つのこと》／がん／ステージ４／」

https://www.youtube.com/watch?v=_vXr9VOUYNE)

3月8日／5年のカウントダウンと生きた証#324

（２０２４年３月９日　12時47分）

２０２４年３月８日　がん告知から３２４日目

こんばんは、くまがいたすくです。

最初にお知らせです。YouTube 登録者がもうすぐで８００人です。登録は少し面倒ですが、応援よろしくお願いします！

（YouTube「熊谷翼｜がんサバイバーたすく｜大腸がんステージⅣ」

https://www.youtube.com/@KumagaiTasuku)

■5年のカウントダウン

書き出したものの…集中力が全く続かず…翌日（３／８分を３／９朝）に書き始めています。リアルな話でいうと、**「未来への不安」**が時々襲ってきます。仕事（収入）のことや、老後のことやなど、あなたも不安になることはあるかもしれませんが、これにプラスして、**病気（進行、治療費）のこと、生**

きがいや証。といった、特有の不安があったりします。
（『そんなの気にするな！』と言う方もいますが…）病気に関しては、病気そのものの進行や治療に関することと、治療費やお金に関すること。（その不安を支援や寄付が和らげてくれます）

病気に関することだけでも、かなり大きなことなんですが、もう一つの**「生きがいや証」**これも特有だと思うんですが、怒られるかもしれませんが、本音で話すと、**「5年生きられたらラッキー」**と思っています。

※5年生存率16％

逆を言うと、**5年のカウントダウンをしながら、今日を生きている。**とも言えます。寛解（完治）を目指す先も発症から5年後に、再発や転移が認められなければ…となっていますが、発症から5年が一つのゴールになっていますが、そこに辿り着くのは16％の人たち。

※10年後は11％と下がります

これはネガティブなことではなく事実なんですが、僕を励まそうとしてくれる人は、『熊谷なら大丈夫！』『ポジティブに考えよう！』と言ってくれて、その時は有難い気持ちになるんですが、僕は（同じ患者達も）、告知から毎日この**「生存率」「カウントダウン」**を背負いながら生きています。

※先ほど書いたように日常の悩みにプラスをして

そして、**その5年をどう生きるのか？どんな生きた証を残すのか？**このことも、いつも考えていて、昨夜は特にグルグルしていたので、noteは書けずに今書いている状況です。

■スタンドエフエムの発信内容変更

療養をしながら、最低限の生活はできると思います。SNSなどで、最低限のコミュニケーションもできます。かと言って、いつ死ぬか分からないからと、むちゃくちゃな生活をして、「来月はどうやって暮らそう」ということもありうる。通常の生活と、カウントダウンされた生活の狭間での悩みは、分かってもらえない部分なのかもしれません。そして、生活や病気の不安が安定してくると、次に考えるのが、**「どう生きるか」「何を残すか」**

※この段階の前に日々の不安があります

癌になった芸能人が本を書いたり、取材を受けたりしていますが、それも**「生きた証」**なんだと思います。として残したり、記憶や思い出として残したり、影響力として残したり。それらを残そうとしている時に、**「生きがい」**も発生しているのだと思います。

※僕の場合がnoteやYouTube

情報発信としての媒体ですが、僕が生きてきた証として、（特にnoteは）残したいと思っています。そして、最近思うようになってきたのが、**「自分の経験や考えを伝え継ぐ」**で、イメージとしては人に受け継ぐといったところ。それを分かりやすく始めたのが、スタンドエフエム（音声配信）で、「情報発信に関する基本やノウハウなどを残そう！」と。一週間続けたところで辞めました。理由は、ノウハウテクニックを話す自分にしっくりこなかったからです。そして、昨日考えてやり直したのが**「コーチングをする」**です。ここ数日note にも書いていますが、やっぱり**「一緒に歩む」**とか**「導く」**ということが、やりたいことのようです。そして、それを求めている人へ僕の経験を伝える。それがしっくりきました。

なので、今後のスタンドエフエムは、ノウハウテクニックではなく、「生き方」や「目標達成」などを、コーチング技法を使い話していきます。

昨夜はこのモヤモヤから抜け出して、スッキリしたら集中力がゼロになってしまいました(笑)。

(stand.fm「**今後は情報発信などのノウハウ的な発信は辞めます**」
https://stand.fm/episodes/65eb027f6c1197448158005e)

2024/03/08熊谷翼

※「プロフィールページ」(2024年2月7日 21時12分)
P.633ページ参照

【音声】情報発信のノウハウテクニック発信は辞めます

(2024年3月9日 14時38分)

(stand.fm「**今後は情報発信などのノウハウ的な発信は辞めます**」
https://stand.fm/episodes/65eb027f6c1197448158005e)

▼情報発信のノウハウテクニック発信を辞めます
▼生き方や在り方にフォーカスします

3月9日/今の環境で関わってくださった皆様、ありがとうございました#325

(2024年3月10日 11時53分)

2024年3月9日 がん告知から325日目

おはようございます。(3/9分を3/10に書いています)

今日の投稿は、ゆったりと近況報告ですので、僕のことを知っていただいている方はスキップ回です!

まずはこちらの記事から。池江璃花子。2大会ぶり個人種目での五輪出場へ「楽しみにしていて下さい」豪州で心身充実(スポーツ報知)

#Yahooニュース

(池江璃花子 2大会ぶり個人種目での五輪出場へ「楽しみにしていて下さい」豪州で心身充実(スポーツ報知)- Yahoo!ニュース)(※リンク記事は既に終了)

ほんと凄すぎる!!心底から溢れるモチベーションも肉体も、人生三周しても敵わないだろうなぁ。

■10月からの振り返り

4月から環境を変えます。振り返ると11月あたりから、現在の生活の限界は感じていて、気持ち的にもやっと楽になり

ます。昨年10月後半から、抗がん剤薬が変更となりました。（前回のが効かなくなったため）

（YouTub「**【近況】**13サイクル終了／**化学療法（抗がん剤治療）／大腸がん／ＢＲＡＦ遺伝子変異／多発肝転移／入院**」
https://www.youtube.com/watch?v=5D7_fqFldac）

この抗がん剤の副作用により、高血圧と肝硬変が腹水が現れ出して、体調が次第に悪くなりました。2つめの抗がん剤薬から、3つめの治療薬への変更について話しています。

（YouTube「**【近況】抗がん剤治療から分子標的薬へ変更となります！／進行大腸がん／多発肝転移／ＢＲＡＦ遺伝子変異／ステージ4／AYA**」
https://www.youtube.com/watch?v=0te8Mm6MN5Q&t=2s）

この治療後から、（2つめの抗がん剤の副作用もあり）腹水、高血圧、呼吸困難などが酷くなり、1日のほとんどをベッドで過ごして、食事とトイレだけに起きていました。

（YouTube「**【近況】化学療法（抗がん剤治療）→分子標的薬治療へ！スケジュール変更／大腸がん／ＢＲＡＦ遺伝子変異／肝臓転移**」
https://www.youtube.com/watch?v=tzk4hrMc1HI）

（YouTube「**【近況】**※**副作用で声が出ません！化学療法（分子標的薬）→副作用により中止／眼障害（網膜）／中心性漿液性網脈絡膜症**」
https://www.youtube.com/watch?v=rrZGInVagXs）

このあたりは、薬の変更前後の動画です。この2本の動画を見てもらえると分かりますが、（点滴をしながらの）茶色の服を着ての動画。前回から1週間後なんですが、明らかに痩せこけています。（その前の動画と比べても分かりやすいかな）このあたりから、あばらや、胸の骨が浮き出るほど痩せました。腕や足も筋肉や脂肪は消え、お腹と足は腹水と浮腫でパンパンになりました。腹水を抜いてもまたすぐに溜まり、また抜いて。を繰り返し、**正直、この先は長くないかもなと腹を括りました。**医療職、介護職で僕の投稿を見てくれてい

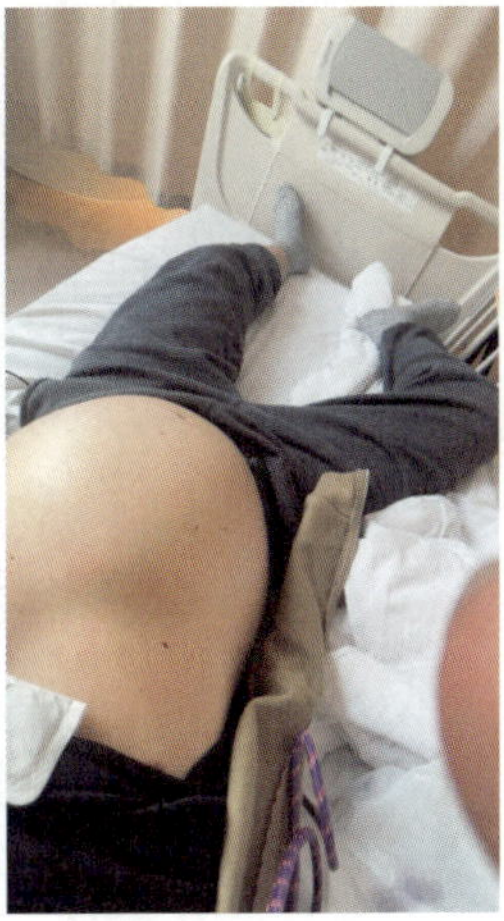

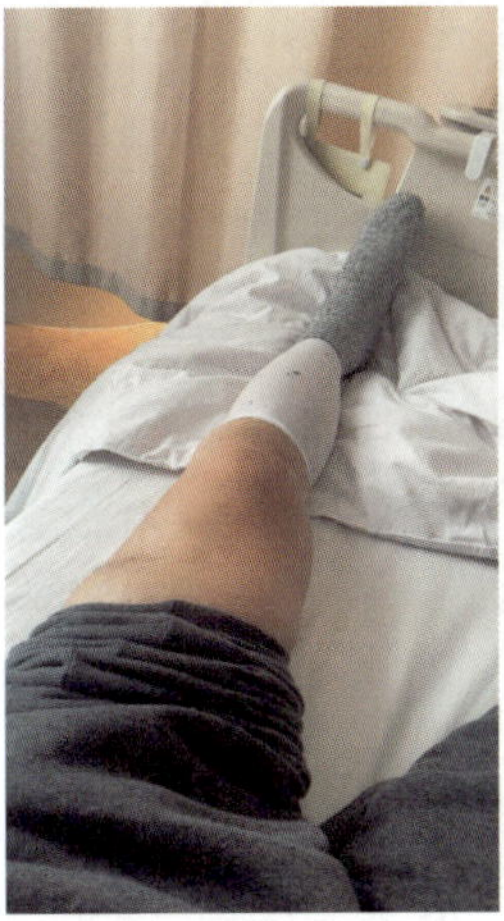

る人たちも同じ意見でした。
医療、介護職は、末期がん患者さんとも関わりますし、それ以外の死に繋がる病気の方とも関わるので、最期を迎えるまでの状態変化を知っています。末期がんであれば、痛みで動けなくなり、腹水が溜まり…腹水が溜まったら「長くはないかもな」が一般的な知識です。まさかそれが自分の身に起きるとは…。
そして、いまこうやって改善されていることは奇跡に近いのかもしれません。（腹水から回復した方と関わったことがありません）腹水が改善したのは、肝硬変が改善したからで、肝硬変が改善したのは、３つめの治療薬が効果があったためです。

（YouTube「【治療】分子標的薬点滴５回目／大腸がん／ＢＲＡＦ遺伝子変異／多発肝転移／肝硬変／」
https://www.youtube.com/watch?v=ww0nnRixtg4)
→
２月の動画です。顔色や顔の贅肉??も11月とは違いますし、動画でも話していますが、「ひげ‼」濃さが違います。３つめの治療薬（分子標的薬）のおかげで、肝硬変が改善され、腹水がなくなり、足の浮腫もなくなり、食欲も湧いて体調も回復しました。現在も体調は良いですが、体力、筋力はこれからなので、まだまだ生活もできない部分も多いですが。

■**関わってくださった皆様ありがとうございました**
こういった体調の変化もありましたし、万が一のことも考えました。（予定外での受診も増えたので）そこから環境や生活のことを考えて変えることにしました。（まさかここまで急回復するとは！笑）
年末に家族にも話して、準備を進めていきました。今は腹水や浮腫は落ち着きましたが、左右腹部の違和感はありますし、最初の薬の副作用は未だ抜けていません。スマホもペンを使わないと打てないし、パソコンも指が動かないです。足は、足先からふくらはぎまでが痺れていて、筋肉も落ちたので階段も数段くらいしか登れません。まだまだ、これからの状態です。回復する可能性もあるけど、万が一の状況も想定をしておかないといけない。どちらに転んでも良いように、春からは環境を変えます。今の環境は３、４年経ちますかね。
そこで、出会ってくれた方々に感謝ですし、直接、お礼を言えなくてすみません。またお会いできたら嬉しいですし、今まで以上の自分になって復活したいと思いますので、その時はまたよろしくお願いします。

2024/03/09熊谷翼

※「プロフィールページ」（２０２４年２月７日 21時12分）
P.633ページ参照

3月10日／浮腫、腹水再発？#326

（2024年3月11日 00時59分）

2024年3月10日　がん告知から326日目

こんばんは、くまがいたすくです。

今日は近況報告をして、明日に備えたいと思います。まったり回です！

その前に…ふと思い立って、母校(高校)に行ってきました。母校は、もう少しで統合のため廃校になります。

高校生時代の思い出はもちろん、コーチをしていた時の思い出もあります。外は寒かったので、写真を撮ってすぐに車に避難しましたが、様々な出来事や感情を思い出しました。

「成長させていただきました。ありがとうございました。」

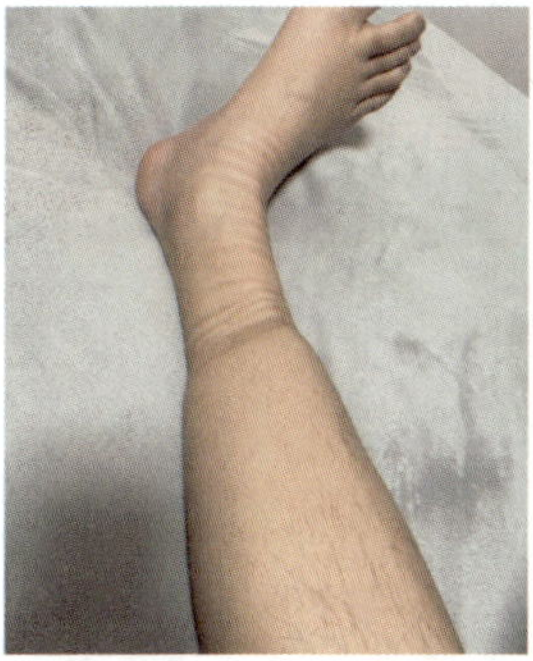

■浮腫…腹水も…？

ちょっと…足が嫌な感じです。嫌な感じの浮腫が出てきました。足の浮腫が出てきて、お腹も少し出てきたように感じます。実際に腹水は完全には抜けてはいないのですが、また腹水溜まっていなければ良いなぁ…。体重は昨日よりプラス2キロ。利尿剤を飲んでいますが、今日を振り返るとトイレ回数が少ないかも。(腹水が溜まっていた時は利尿剤を飲んでも、おしっこがあまり出なかった)気になりだすと気になってしまうんですよね。

よく「ポジティブ」と思われたりしますが、**元々、ネガティブで小さいことを気にするタイプ**です、僕は。ネガティブだったからネガティブな性格も理解できるし、ポジティブに変換するための勉強やトレーニングも受けたし、メンターや師匠からも学んで、ポジティブ思考やメンタルマネジメントも、少しずつ出来るようになりました。
けれども、元はネガティブなので、やっぱり小さいことでも細かいことも気にはなる。今回の浮腫も、たまたまなのかもしれないし、食べ物や血流の問題なのかもしれないし、腹水もまだそうなのかは分からない。けれど気になってしまう(笑)。

■浮腫と腹水?

明日は、ＣＴ検査が点滴治療の前にあるので、肝臓の状態や腹水の状態も分かります。11月からＢＲＡＦ遺伝子変異に効果のある、分子標的薬を開始しました。１/１の検査では、肝硬変になっていた肝臓が、少し大きくなっていて、それによって肝臓機能が働くようになって、腹水や浮腫も改善されました。さて、今回はどうなっているのか?

最近、右のお腹がチクチクするんですよね。これは肝臓の影響だと思いますが、肝臓はどうなっているのやら。とりあえず明日ですね。明日はＣＴ検査と点滴があります。

全て終わった後にYouTubeの動画撮影をしますので、YouTubeの登録もよろしくお願いしますね。
(YouTube「**熊谷翼 ―がんサバイバーたすく― 大腸がんステージⅣ**」
https://www.youtube.com/@KumagaiTasuku)

それではまた明日!
3.11ですね。

2024/03/10熊谷翼

※「プロフィールページ」(２０２４年2月7日 21時12分)
P.633ページ参照

【音声】情報は自分でコントロールしよう

(２０２４年3月11日 09時04分)

(stand.fm「《情報は自分でコントロール》3.11東日本大震災から13年」
https://stand.fm/episodes/65ee48b04bbfae913b61d6d0)

▼東日本大震災から13年
▼情報はコントロールしよう
▼辛い苦しくなるなら情報やスマホから距離を置く

3月11日/受診後の報告#327

(２０２４年3月12日 09時54分)

２０２４年3月11日 がん告知から３２７日目

おはようございます。(3/11分を翌日(3/12)に書いています)

今回の記事は受診の報告をします。眠気が強くて、点滴治療後に帰宅してからは、寝たり起きたりでした。

治療後に動画を撮りましたので、高評価ボタンのクリック協力をお願いします！

（YouTube「【近況】ＣＴ検査、分子標的薬点滴治療／大腸がん／ＢＲＡＦ遺伝子変異」
https://www.youtube.com/watch?v=G-tjtQsXyfQ）

■近況報告

今回の受診では、血液検査、ＣＴ検査、点滴治療でした。

◇血液検査

肝機能の数値が正常値まで下がっていました。昨年の秋ぐらいから体調が悪化して、肝硬変にもなりましたが、分子標的薬（化学療法）の効果もあり、１月時点では肝臓も回復傾向。数値も良くなりつつあったので、嬉しい報告ができて良かったです！

◇ＣＴ検査

こちらの結果は来週の受診時に分かります。１月から肝臓がどうなっているか？肝臓に転移した癌がどうなっているか？楽しみでありドキドキです。ちなみに、原発巣（最初にできた癌）である大腸ですが、ほとんど癌は消えています。

◇点滴治療

分子標的薬は、飲み薬（毎日）と点滴治療（週１回）があります。毎回、点滴をすると眠気が強くなるのですが、点滴の影響なのか？　待ち時間などの疲れなのか？　ここは分かりませんが、点滴最中から眠気が出てくるのは毎回ですね。

◇浮腫や腹水の相談

足の浮腫は、排尿量や食べた物、姿勢、薬の作用など、様々なことが要因として考えられるので様子見。受診時はそんなに浮腫んでいなかったので、腹水からの影響などでは無さそうなのでひとまず安心。腹水に関しても、全く無いわけではないだろうから（ＣＴ検査結果で分かる）、あとは浮腫と同じで原因が様々なので様子見。いずれ酷くなったら、すぐに受診することとなりました。まずは来週の受診で、肝臓がどうなっているか？ですね。

2024/03/11熊谷翼

◆ＳＮＳでのコメント、メッセージ。支援、寄付、心より感謝しています。ありがとうございます！

3月12日／メルカリとモチベーション#328

（2024年3月13日 00時02分）

２０２４年３月12日　がん告知から３２８日目

いつもありがとうございます。クマガイタスクです。

まずは毎度お馴染み…YouTubeのお知らせから。

（「【近況】ＣＴ検査、分子標的薬点滴治療／大腸がん／ＢＲＡＦ遺伝子変異」
https://www.youtube.com/watch?v=G-tjtQsXyfQ）
（「【考え方】《癌から学んだ3つのこと》がん／ステージ４／」
https://www.youtube.com/watch?v=_vXr9VOUYNE）

YouTube用の動画編集が間に合っていないので、「近況報告」動画だけになっていますが、チャンネル登録者もコメントも少しずつ増えてきています。ありがとうございます。

■最近始めたこと

最近はもっぱら確定申告と片付けで、確定申告は明日には終わるかな。（残すは医療費控除の計算のみ）それをしながら、家の片付けをしています。今まで、着ない服はまとめて売るか捨てるかでしたが、勉強がてら、試しにメルカリで販売をしてみたら、1日で売れました！　人気ブランドは売れるんですかね？ってことで、メルカリで売れない服は捨てることにしました。ってことで、最近は確定申告しながら片付けしながらメルカリをしてます。

動画編集は確定申告提出後からするので、新しいYouTube公開は少し待っててください！　YouTubeのショート動画、Instagramのリール動画、同じ動画なのに、TikTokでは3.5万回再生…なぜ？

（TikTok「熊谷 翼（Kumagai Tasuku）（@KumagaiTasuku）」
https://www.tiktok.com/@kumagaitasuku）

■モチベーション

TikTokにしろメルカリにしろ、僕はまだまだ素人なんですよね。分からないことばかり。だから楽しい！　Instagramよりも、TikTokの方がコミュニケーションは取りやすいし、包装とか配送とか面倒だけども、メルカリの方が大型店より高く売れたりするし。

やってみると難しさと楽しさがありますね。今日の音声配信でも話しましたが、モチベーションって後からついてくる。最初から起こるものではないですね。身をもって分かりましたよ。モチベーションは気持ちや感情だから、それが先に出るとしたら恋愛の時くらいで、基本は行動の後に気持ちや感情が動く。

（stand.fm「モチベーションって必要なものなの？」
https://stand.fm/episodes/65f004082bcd740f0e7b03a3）

そうなると…モチベーションの仕組みを教える研修は良いと思うけど、モチベーションを上げる研修は、気持ちを高揚させるだけの中身のない研修ってことになるかもしれないですね。実際参加したことないから分からないけど、どうなんでしょうかね？

モチベーション。どう捉えていますか？

2024/03/12熊谷翼

※「プロフィールページ」（２０２４年２月７日 21時12分）
P.633ページ参照

3月13日／1日寝てました#329

（２０２４年3月14日 02時51分）

２０２４年３月13日　がん告知から３２９日目

こんばんは、くまがいたすくです。

今日はサクッと近況報告で終わります。眠気？気候？気温差？でイマイチです…。

医療費控除の計算（9～12月分）ただの足し算なんですが、桁が増えると結構大変ですね…電卓の打ち間違いあると最初から…。あれなんとかならないですかね（笑）。

■近況報告

今日？昨日？は、朝起きてからも体調がイマイチで、昼まで寝て、それでも眠気が強くてダルくて、夕方まで休んでいました。何があったわけでも、何をしたわけでもないけど、薬の影響なのか？疲れなのか？症状なのか？たまにどっと疲れたように眠くなる時がある。（眠剤は飲んでません）こういう不調があると、自分は病気なんだって思い出すよね…。

さてさて、数日前に腹水や浮腫の話をしましたが、浮腫やすいものの、前みたいな感じではないので、ずっと足を下ろしていたりするのを気をつけたら良くなってきました。腹水は尿量とかの影響もあると思うのですが、そこまで気にしなくても良さそうな気はします。

※CT検査結果待ち

腹部の違和感があって、胃と左右の腹部ですね。なんだろう…って感じですが、胃の違和感は、気になるところです。年末に吐血する前にも、胃痛や不快感はあって、入院中も薬を変えたり色々していましたが、胃食道静脈瘤だったのでね、結果として。再発しないようにって思いますが、これも来週相談します。（けど胃カメラはやりたくない…）周りの人は安易に、「検査しろ」「治療しろ」って言うけど、検査も治療も結構しんどいからね…胃カメラとかほんと辛いわ。年末には止血の処置も経験して二度とやりたくない。
※検査も辛い簡単なものじゃないってのは理解してほしい
そんな愚痴を言いながら、今日はこの辺で休みます。

2024/03/13熊谷翼

※「プロフィールページ」（２０２４年２月７日　21時12分）
P.633ページ参照

3月14日／「頑張れ」とか励ましは言っていいの？#330

（２０２４年３月15日　00時16分）

２０２４年３月14日　がん告知から３３０日目

こんばんは、くまがいたすくです。

爪が割れやすく、指先に力が入らないので、補強のために（爪が割れたり割れそうな時に）時々、ネイルをしています。
※利き手に塗るのは難しいね！
ネイルと言ったのは訳があって…マニュキア？マニュキュア？
どっち!?って思って…（笑）
間違えないようにネイルとは言ったけど、ネイルと言うのは少し恥ずかしい40歳です。

■『頑張れ！』って言っていいの？ダメなの？

落ち込んでいる人や、鬱状態の人に対して、『頑張れ！』

と言うのは良くない。ってことは、聞いたことがあるかもしれません。心理系の授業のテキストとかにも書いてあって、**【気持ちが落ち込んでいる人に対しての励ましは逆効果】**と。**『こんなに頑張っているのに、これ以上何を頑張るの!?』**みたいになっちゃうってことですね。

つまりは、頑張れ(励まし)を言われても、相手の励まし(優しさ)を受け取る、気持ちの余裕が無い状態だから、言わないようにしてね。って話。

※やる気に満ちてる時には励ましは有効

確かに…僕もがん告知を受けた数日は、そういう状態だったかもなぁと思い出してみた。

けどね…「頑張れ」とか「励まし」より、イラっときたことがあったなぁと。

それは…**「安易な言葉」**言葉を選ばずに書くと、**「上っ面な言葉」「とりあえずの言葉」**メッセージやLINEで届いた「言葉」なんだけど、その「言葉」は**本音?本物?**って疑ってしまうメンタル状態でした。落ち込んでたり鬱の状態の時って、疑ってしまうし怖いんだよね…相手が何を考えているか?企んでいないか?本音なのか?嘘なのか?

だから、**『頑張れ!』**って本気で伝えてくれた先輩の言葉は素直に受け取れたし、**『負けないでください!』**って本気で心配してくれた教え子の言葉は今でも残ってる。

※励ましも本気の気持ちは文字でも伝わるし受け取れる

逆に、(心配はしてくれてると思うけど)《とりあえずLINEしました》みたいなのも、なんとなく伝わってくるんだよね。あとは、上っ面?嘘みたいなメッセージも伝わる。

『そのうち会おうね!』ってメッセージがきて、実際会った人、いないんじゃないかなー。

※会う人は日時を決める連絡をくれた

『何かあったら言ってね!』って、何をどこまで言ったらいいのかなぁ。入院先まで来てくれるのかな?今呼んだら駆けつけてくれるのかな?

※協力や支援をしてくれる人は具体的に動いてくれた

もちろん、連絡をくれた人だけじゃなく、そっと見守ってくれていて、会った時に協力してくれたり、陰で動いてくれたりした人もいた。

※伝えるだけが良いってことでもない

良くも悪くも、『いろんな人がいるなぁ』と思ったけど、話を戻すと、「頑張れ」や「励まし」とか表面的な括りじゃなく、**心からの言葉や態度なら、相手に伝わるし受け取ることができる。**落ち込んでいる人に励ますのが良くないのではなくて、落ち込んでいる人〝その人〟のことを真剣に考えているか?の話。

鬱状態の人に「頑張れ」を言うのが良くないのではなくて、その人の気持ちが何に敏感で、何を怖がっているのか?を、相手の気持ちになって考えているか?の話。**これはテキストじゃなくて、僕が体験して思ったこと。**

だからあくまでも個人の意見だけど、上っ面の言葉なら言わない方がマシ。思ってもないなら言わない方がマシ。

「とりあえず」で伝えた言葉は優しくはないし、「その時だけ」で伝えた言葉は相手に良くない記憶で残る。
■熱量？真剣さ？
『そのうち会おう』↓『いつでも良いよ』いつ会うんだろ？

『必要なものありますか？』↓『水』いつ届くんだろ？

『みんなで出かけましょう』↓『良いよ』いつ行くんだろ？

言った方は覚えていないんだろうな…僕も気にする方じゃないけど、自分から言ってて実行しないなら、そもそも言わなきゃいいのにって思うし、それって単純に信頼関係にも繋がるよね？って。
※嘘をつかれたと捉えちゃう
そして、『何かあったら』とか、『困ったことがあれば』って言われても、言えないよね？（笑）言っても困らせてしまうだろうし。優しくないなぁって思います、この言葉は。

言った本人は「心配した」ことを伝えられたかもしれないけど、言われた方からするとモヤモヤするんだよなぁ。
※優しくない
今はそこまで感じないけど、告知されてからの数日は、心も不安定だったから余計に敏感だったし、言ったのに忘れてるとか実行しないってのは、そういう人なんだって分かったから良しとして。

『自分もそこまで考えて伝えてたかなぁ』って思うと、上っ面だったりしたこともあったと思う。


だから、気付いたら意識しないとね。安易な言葉や上っ面は相手に伝わる。真剣にその人に向き合っているかは、文字からでも伝わるよね、って思うから。

このnoteも、誰かのコピペはしないし、書けない時には短く終わるし、熱が入ると長くなるし。内容や言葉はともかく、何かは伝わってくれているはず。
※伝わっていなかったらまだまだ熱量不足
文字からでも伝わるくらいだから、「頑張れ」って言っちゃいけないとかは、真剣さとか熱量の問題だよね？って思っちゃっています。

というのが個人的意見です。

あなたはどう思いますか？

2024/03/14熊谷翼

※「プロフィールページ」（2024年2月7日 21時12分）
P.633ページ参照

3月15日／SNSとリアルでのコミュニケーション#331
（2024年3月16日 09時27分）
2024年3月15日 がん告知から331日目

こんばんは、くまがいたすくです。

最近は作成途中から眠気が増して、寝落ちするパターンが増えてます…すみません！ 昨日の投稿は読まれましたか？

久しぶりに患者側の意見?として書きました。

テキストに書いてあることは正しいけど、それが全てではない。のかもしれません。

（「3月14日／「頑張れ」とか励ましは言っていいの?#330」P.717参照）

■SNSでの反応

（YouTube〈「試練」#生きる #がん #ポジティブ #メンタル〉
https://www.youtube.com/shorts/7fXOY-tawYY）
（TikTok「熊谷 翼(Kumagai Tasuku)(@KumagaiTasuku)」
https://www.tiktok.com/@kumagaitasuku/video/7345940881628744962?refer=embed）

YouTubeとTikTokに動画を公開しました。同じ動画なのですが（公開したタイミングもほぼ同じ）

※現時点

YouTube【541再生】、TikTok【206000再生】

TikTokはオススメされると自動で再生されるので、カウントが全てではありませんが、再生数が明らかに違いますね。

反応を見てから、Instagramにも公開しますが、おそらく【1000再生】くらいになると思います。

そして、どの媒体であっても、写真と文字の投稿よりも、このような動画には「いいね」「コメント」が付きやすく、noteなどに関しては、ほとんどコメントはつきません。これは僕だけなら、僕の改善シロなのですが、他の発信者も同じ傾向でした。理由は、それぞれの媒体のフォロワー（見る人）が違っていて、ちなみに、アンチ?コメントや茶化すようなメッセージは、TikTokが1番多くて、（僕は少ないですがXもですね）Instagramやnoteはほぼゼロです。面白いですね。見る人たちの属性があって、再生数の違いがあって、コメントや非難の違いがあって、発信者も若い人が多いけど、僕より年上もおじいちゃんもいて、noteやInstagramとはまた違う発見があって、最近はTikTok滞在時間が長くなってきました。noteやInstagramの投稿による一方向的なコミュニケーションではなくて、双方向なコミュニケーションが取れる方法を探していて、

・Instagramライブ
・TikTokライブ
・YouTubeライブ（登録者1000人達成後）

このあたりを覗きながら、考えたり勉強をしています。

■SNSでのコミュニケーション

なんでそこまでするの?って話ですが、「コミュニケーションを取りたい」からです。TikTokやYouTubeでは、応援コメントもたくさん届きますし、質問も届きます。それが僕にとっては、エネルギーになっていて、承認欲求が満たされるんです。

今までは仕事や講師をすることで、自分の役割や自尊欲求が満たされていましたが、それらから離れると、やっぱり欲するんですね。

TikTokなどのライブを見ている人も、発信はしていなく

ても、コメントの読み上げをされることで、そういう気持ちが満たされているのかもしれないですね。

例えば、TikTokで応援したい人を見つけて、その人のライブ中にコメントでコミュニケーションを取る。実際に面と向かって話すわけでもないし、表情はなくても絵文字が代弁してくれる。

それが日常になると、会社の人や上司や知らない人や面倒な人とは、コミュニケーションを取らなくなりますよね。気を遣うとか、話を聞くとか、相槌をするとか、ライブでは不要もしくはコメントで終わりますから、なんなら絵文字で。顔は笑っていなくても「😄」は送れるし、恥ずかしくて言いにくいことも、LINEとかなら簡単に言えるしスタンプで代用できます。誰とでも繋がれて、誰とでもコミュニケーションが簡単になった反面、実際の場面ではコミュニケーションの難しさを感じるだろうなぁ。

それでも、コミュニケーションの頻度を増やしたいし、僕の発信を1人でも多くの方に届けたいので、春に向けて色々と企画中です。

Instagram、TikTokのフォローをお願いします！

2024/03/15熊谷翼

※「プロフィールページ」（2024年2月7日 21時12分）P.633ページ参照

3月16日／最近のこと#332

（2024年3月18日 00時34分）
2024年3月16日 がん告知から332日目

こんばんは、くまがいたすくです。
※3／16分の投稿は3／17に書いています。体調不良でも寝落ちでもなく、夕ご飯を食べに行ってたので翌日に回しました！
今回分の投稿は、思っていることを書いて、次回（3／17）分は近況報告を書きますね。よろしくお願いします。

■YouTubeとTikTok
こちらの動画はもうすぐ9000回再生です。再生ボタンポチッとお願いします！
（YouTube〈「生きる」 **#がん #ポジティブ #メンタル #医療 #看護師 #介護**」〉
https://www.youtube.com/shorts/ 2EkINKHLusI

こちらの動画はもうすぐ６００回再生です！こちらも再生お願いします！

〈YouTube〈「試練」#生きる #がん #ポジティブ #メンタル〉
https://www.youtube.com/shorts/7fXOY-tawYY〉

同じように作った動画でも、再生数がこんなに違ってくるのが面白いですね。

#YouTuberはほんとすごい

（TikTok「熊谷 翼(Kumagai Tasuku)(@KumagaiTasuku)」
https://www.tiktok.com/@kumagaitasuku/video/7345940881628744962?refer=embed）

そして、YouTubeでは６００回再生前の動画も、TikTokでは２２３００回再生…(笑)再生数だけをカウントするなら、TikTokが良いのでしょうね。僕は、YouTubeやTikTokでの動画を見たことをきっかけに、［noteやInstagramを見てくれたら」と思って投稿をしているのですが、感覚的には、YouTubeから来てくれる人が多いと感じています。もうすぐ告知から1年になりますが、告知前日から投稿を始めたのが、このnote。そしてInstagram。そのあとからYouTubeとTikTok。今も続いているので、発信したり繋がることが好きなんだなぁと、改めて思いました。ビジネスとしてやってたら続かなかったと思います。

■引っ越し作業

確定申告も終わって、今は引っ越し作業をマイペースにやっています。初めてのメルカリ体験もしながら、ちょっとずつ進んでいるのかなぁ。入院をすることもなくなり、体調も安定しているんですが、それでも体力も筋力もないので、疲れやすいし息は切れるし。手足も痺れて、ゴミ袋を広げるのもなかなか大変です。見た目は元気そうでも、細かいところで出来ないこともあって、それも仕方ないことので、イライラしないように、自分の機嫌をとりながらやってます。

あと1週間でほぼ終わらせます！

頑張ります！

2024/03/16熊谷翼

※「プロフィールページ」（２０２４年２月７日 21時12分）
P.633ページ参照

3月17日／明日は治療とCT検査結果#333

（２０２４年3月18日 01時34分）

２０２４年3月17日 がん告知から３３３日目

こんばんは、クマガイタスクです。

今回は近況報告回です。よろしくお願いします。

【朗報】この記事の冒頭に書いた、「ネイル問題」
（「3月14日／「頑張れ」とか励ましは言っていいの？
#３３０」P.717参照）

「マニュキア」でもなく、「マニュキュア」でもなく、「マニキュア」だったことを報告いたします。教えてくれてありが

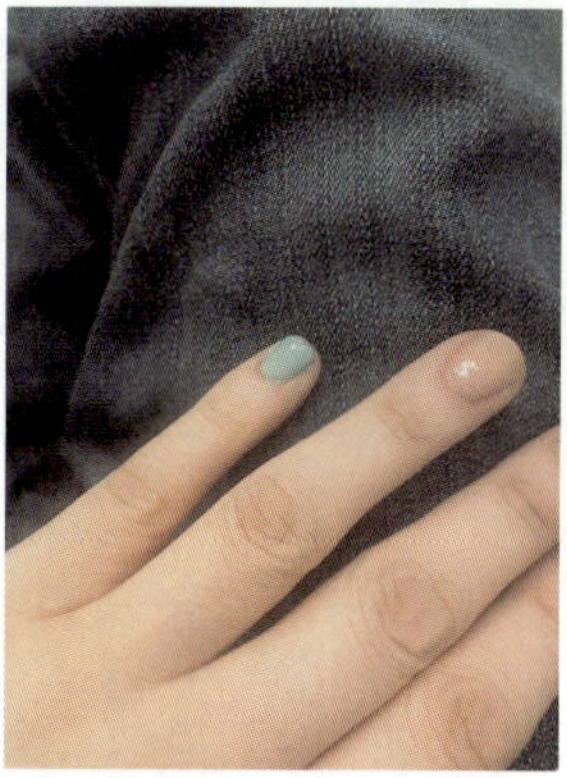

小指のは絵の具みたいだな

とうございました!!　これで胸を張って「マニキュア」と言えます！

■腹部の違和感はそのまま

明日(3／18)は、点滴治療のほかにCT検査の結果報告があります。

明日の note と YouTube では、検査結果の報告をしますね。現状としては、両脇腹の違和感(ピリピリする)は時々あって、これは昨年の夏にも同じ感じはありました。薬が効いて、大腸や肝臓が反応しているのかな?と、自分では思うようにしていますが、胃の不快感も今月入ってからあって、また年末みたいにならなきゃ良いなぁとも思っています。

#胃食道静脈瘤破裂

ご飯も食べているし、体調も良いので、気持ちも前向きになっています。ただ、手足の痺れや、頻脈があったりで、歩くのも気を付けないと転びそうになるし、指先は痛いし、少しの動作でも息が上がるし、といった感じで、数ヶ月前と比べると良くはなっていても、1年前と比べると別人の身体状態。

あとは、薬の影響かな?　ムーンフェイスも治らないし、体毛?毛は濃くなってくるし。↑なぜ?(笑)

■今がベスト

状態が落ちた時も、変化した時も、**「今の状態がベスト」**と思って(思うようにして)生活しています。今出来ていることが、出来なくなることも経験をしているし、良いと思っていても、良くない状態になることも経験をしているので、今できることや、今していることは**「今がベスト」**と思って、その時にできる限りでは頑張っています。

個別コーチング(希望者のみ)にしても、ご飯に行くとしても、「次が保障」されているわけでもないので、その時間は**「最後になるかも」**って気持ちは、心のどこかにはいつもあって、それでもその後には、「〇〇をしたら良かった」「〇〇を伝えたら良かった」って思ったり。後悔まではいかないけど、そういう気持ちがあると、「次は絶対」とも思うし「次の機会」も持ちたくなるし。「次がある」って安心するんじゃなくて、**「次を作る」**が言葉として合っている気がして、次を作るのが生活の楽しみや希望になっている。

#ぶっちゃけその逆もありますけどね

#次はもう良いかなって思うことも

会ったり話したりの「直接時間」は、もちろん大事なんだけど、会う前の時間や話す前の時間「間接時間」
※相手を思う(考える)時間
この時間の方が、もしかしたら直接時間より長いかもしれないし、その間接時間すら、この先保障されているわけでもないから。そう考えると、相手を思う間接時間も大切な時間だし、直接時間ほど貴重な時間はないよね。だから時間は大切だよね。って思います。今月の残りは引っ越しがメインですが、本を読んだり動画を見たりメルカリをしたり、あっちこっち興味のあることを優先しています(笑)。
#それでも少しずつ進んではいます
引っ越しが終わったら、心身とも落ち着くと思います。春になったら、(体調もありますが)出かけたいなぁ。がんになる前は、ゆっくり出かけたり、自然に触れたり、何かを眺めたりすることも無かった。それよりも、勉強をして、考えて、仕事を詰め込んで、実践をすることが、当たり前になっていた。それに対して、もちろん後悔も否定もないし、楽しいからまたやりそうな気もするけど、今は違う時間の使い方をして、自分や会ってくれる人を大事にしようと思います。

明日は、治療とCT検査結果報告です!

また明日!

2024/03/17熊谷翼

※「プロフィールページ」(2024年2月7日 21時12分)
P.633ページ参照

3月18日/新たな転移が見つかりました#334

(2024年3月19日 01時45分)

2024年3月18日 がん告知から334日目

こんばんは、くまがいたすくです。

今日は点滴治療と、先週のCT検査結果報告の日でした。

今日は検査結果についての投稿回です。良い報告と良くない報告があります。
※3/11の投稿はこちらから
(「3月11日/受診後の報告#327」P.714参照)

■転移が見つかりました

動画での報告はYouTubeにて公開しています。

(YouTube「【近況】CT検査にて新たな転移発覚…」

https://www.youtube.com/watch?v=EeUu4-dIEP4)

良いとか良くないって表現も、あまりしたくはないのですが、分かりやすく使って報告しますね。まずは、**良い報告**として、
肝臓の大きさが、11月、1月に比べて大きくなりました。炎症とかではなく、11月あたりに肝硬変により小さくなった肝臓が、元の大きさに戻ったというところです。肝機能の数値も良くなっていて、ほとんど正常値で告知から始まり最良値

です。腹水も少しはあるけど…増えてはいないです。ここまでが良い報告です。

そして、**逆の報告**です。転移が見つかりました。胸の辺りの背骨に転移がありました。「骨転移」と言うようです。**早期の発見なので、早く見つかって良かった。というのが本音です。**今日の診察では、（おそらく転移の事実を伝えるだけ）担当医からは転移があることと、今は様子見をする。という話でした。僕もまだ現時点では、詳しく調べていないので、これから調べて分からないことは、次回の診察の時に聞こうと思います。

#焦らず進みましょ

転移した骨の部分が、脊椎側では無いので痛みはそこまで無いですが、進行すると、痛みが出てきたりもろくなったりするようですが、直接的に生存率や寿命に影響は与えないものの、生活に影響が出てくるかもしれないようです。今回、転移が分かった結果…肝臓転移、骨転移と転移をしているので、腹水も腹膜播種（転移）の可能性があるとのことでした。薬の副作用による肝硬変や、肝硬変による腹水もあって、ハッキリしないところもあるようですが、今回の転移によって、肝臓癌による影響で腹水が現れたかな。その可能性が高いかな。というところです。

■今後の治療

今使っている分子標的薬が有効なので、治療は現状維持です。ただし、用量を増やすことになりました。そもそも現在の用量は最低限の使用量で、それは副作用があって中止をしていた経緯がありました。

（YouTube「**【近況】分子標的薬（化学療法）→中止／眼障害副作用／BRAF遺伝子変異阻害薬**」
https://www.youtube.com/watch?v=wOsd55GpB_0）

少ない用量にして副作用はほぼ無いので、「用量を上げてみよう！」となりました。

※副作用のリスクはあるけど薬の量を増やして癌に作用させる

副作用がどうなるか？分かりませんが、用量を増やすことは賛成なので、処方分の切り替わりから用量アップです。これにより、肝臓と骨の癌がどうなるか？ということが、これからの課題になっていきます。あとは、今行っている**【BRAF遺伝子変異阻害薬】**の次も、治療薬（選択肢）はあるようです。

#めちゃくちゃホッとしました

さらにその次の選択肢のために、**【がん遺伝子パネル検査】**を血液で行うことにしました。過去から読んでくれている方は、何度も聞いたことがあると思いますが、この検査は一生に一度しか行えず、基本的には「治療法がなくなった場合」に、保険適用で行えるものになります。

←簡単に説明が書いてあります。

（「２０２／大腸内視鏡検査報告」P.468参照）

11月、1月あたりにも、パネル検査をする予定で担当医と進めていましたが、状態が改善してきていたので、保留にして今に至ります。（1回しかできないから）そして、今回の転移発覚があったので、担当医から『**やりましょうか?**』と。
『**やりましょう**』と。
※原発巣（最初の癌）の大腸は綺麗になっているので癌は取れず。転移した肝臓の癌も大きくはないので（細かくバラバラ）取れず。血液からの検査になる予定です。

　癌とは言え…僕の細胞ですけども…自分で言うのも自意識過剰ですが…「賢い」ですね！（笑）骨は血液を作りますからね。その骨が癌となれば血液の中に、癌細胞を入れることができるかもしれないわけです。大腸や肝臓から遠隔で細胞を増やすより、骨の方が癌細胞が生き残る可能性が高まるでしょうから。骨に転移したということは、この骨から新たに作られる血液によって、転移する可能性もあるし、なかなか賢い細胞だなぁ…って、少し感心しました（笑）。すぐにバテないし諦めないし（笑）。ってことで、なんだか「自分」と「自分のクローン」との対峙しているようです。アニメとか映画ではあるけど…（笑）。

　というわけで、告知からもうすぐ1年。経過も順調で安心しながら過ごせると思ったら、season3に突入となります。

【season1】２０２４・４・20～
　がん告知と化学療法（抗がん剤治療）
【season2】２０２４・11・14～
化学療法（抗がん剤）の抗体と新たな薬物治療（ＢＲＡＦ遺伝子阻害薬／分子標的薬）
【season3】２０２５・３・18～
　新たな転移とパネル遺伝子検査
　ということで報告でした。

　ちなみに…（これも自意識過剰？笑）大腸癌から肝臓転移して、肝臓から骨に転移するのは10％くらいの珍しいタイプらしく。更に大腸癌患者の５％しかならないＢＲＡＦ遺伝子変異から骨の転移って人は、更に珍しいらしいです（笑）。

　おそらく、こういうのって珍しくないほうが、治療法も薬も確立されてて確率も数値も分かりやすいと思うから、やっぱり主が変わり者だと、細胞も変わり者なんだろうな。ん？逆か？細胞が変わり者だから、主も変わり者なのか…（笑）。

2024/03/18熊谷翼

※「プロフィールページ」（２０２４年２月７日 21時12分）
P.633ページ参照

3月19日／転移発覚後の心境#335

（２０２４年３月20日 01時31分）

２０２４年３月19日　がん告知から３３５日目

　こんばんは、くまがいたすくです。
明日は祝日なんですね！祝日でもお仕事をしてくれる皆さま、ありがとうございます！

今日は昨日の近況報告の続きで、転移後の自分の思いを書きたいと思います。昨日の投稿を読んでいない方は、読んでから進んでくださいませ。

←

（「３月18日／新たな転移が見つかりました＃３３４」P.724参照）

YouTubeでの近況報告です。「チャンネル登録」「高評価」をお願いします。

←

（YouTube「【近況】ＣＴ検査にて新たな転移発覚…」
https://www.youtube.com/watch?v=EeUu4-dIEP4）

■転移を伝えられて

昨日は診察受付をしてから、いつもより待ち時間が早く？短く？

すぐに診察の呼び出しでした。（いつもは血液検査の結果後だから待ち時間が30～1時間）『早かったですね』と担当医に話した時に、『ＣＴ検査の報告と相談があるので』と言われました。

『相談？ん？…もしや肝臓が良くないのか？…』って、思いながらＣＴ画像を見て報告を受けて、『ん？…肝臓は良い感じじゃん！相談？…はて？…』って思っていましたが…まさかね、転移とは！（笑）おそらく、担当医は気を遣ってくれたんですね。転移と聞いて、ショックを受けたり、泣いたり怒ったり…受け取り方は様々で、様々な反応を担当医も受けてきたでしょうから。

『背骨の一部で白くなっている所があるんですよね…』と、ハッキリと癌とは言わないんですよね。僕から『転移ですか？』って聞いたら、『おそらくその可能性が高いですね』って、ここでもハッキリとは言わない。このあたりは、患者のメンタルに配慮しているんだなぁと思いました。

そのあとから、治療方法やパネル検査の話になりました。その時に一瞬、告知10日前に「癌」の可能性を伝えてくれた、総合病院の担当医のことも思い出しました。（その時の医師と現在の医師は違う病院です）

『大腸に影があります。そして肝臓の方にも飛んで（転移して）います。』って、ハッキリと癌とは言わないから、僕から『癌ですか？』と聞いて、『その可能性が高いです』と。（血液検査の数値も言われましたが、高すぎてよく分かりませんでした）

可能性が高いと言われた後、僕は普通に治療や今後のスケジュールなどを聞いたので、担当医の方から『大丈夫ですか？』って、心配されたくらい平然としていたと思います。（ショックはショックでしたが）ハッキリ言ってしまうと、それを理解する前に感情が高まってしまう人も、中にはいるのでしょうね。

だから、少し抽象的に包むように話すのでしょうか。平然としていた僕も、診察室を出れば我に返るわけで…さすがに『なんで…』とはなりましたよ。転移の時も、告知10日前の時も。

■根治はできるのか？

いま、引っ越し作業をしていて、明日3／20にある程度の物を運び出すんです。今日はそのための作業をしていたので、骨転移については全く調べていなくて、（おそらく明日も）なので、どういう感じで進行して、症状やリスクや治療など…現時点では何も分かりません。骨転移が原因で死ぬよりも、そこからの転移だったり、生活への支障が出てくる。という情報は、昨日、待合室にいた時に得た情報ですが、それが定かなのかも分かりません。

※検索上位の記事しか見ていないので

3／21あたりから、腑に落ちるまで調べる予定なので、骨転移の詳細については、まだ不明なことが多いです。ただ…S状結腸がんステージⅣの5年生存率16％より、生存率は低くなることは想定できます。そして…完治（寛解）する可能性も低くなったことも想定できます。完治するためには消さないといけないのでね。

消えずに増えた（転移した）わけなので、大腸は綺麗になって残すは肝臓だけだったけど、新たに追加されたので、完治するにしても時間も延びました。

寛解

一時的あるいは永続的に、がん（腫瘍）が縮小または消失している状態のことです。寛解に至っても、がん細胞が再びふえ始めたり、残っていたがん細胞が別の部位に転移したりする可能性があるため、寛解の状態が続くようにさらに治療を継続することもあります。

がん情報サービスより

（**ganjoho.jp より〈「がん情報サービス」確かながんの情報をお届けします〉**https://ganjoho.jp/public/index.html）

■今がベスト

こう書いていても、やっぱり「なんで？」という感情はあって、受け入れていると思っていても、どこか不安定なところもあって。

人によっては落ち込むだろうし、受け入れられない人もいるだろうし。人によってはって言ってる自分も、やっぱりショックはありますからね。せっかく良くなってきて、治る希望が出てきての転移ですからね…ショックだし、へこみます。

けど、進むしかないんでね。そして、この先もこういうことはあり得ると思いますし、やっぱり**「今がベスト」**なんですよね。来年のことなんて分からない。なんなら今年の年末がどうなるかすら保障はない。今回また改めて思いました。

なので…もしも熊谷に、何か伝えたい人は今のうちに。会いたい人は今のうちに。躊躇してる人は今のうちに。応援したい人は今のうちに。学びたい人は今のうちに。まずは…もうすぐ来る春を味わいたいですね。

その先は考えても悩んでも仕方ない。

2024/03/19熊谷翼

※「プロフィールページ」（2024年2月7日 21時12分）P.633ページ参照

3月20日／羨ましい#336

（2024年3月21日 00時31分）

2024年3月20日　がん告知から336日目

こんばんは、くまがいたすくです。

今日は思ったことを、のんびり書いていきたいと思います。

今夜の話題は、大谷翔平vsダルビッシュ有ですね！

#ドジャース

#パドレス

どちらの選手も凄いとしか言えないし、ここに至るまでの努力やプレッシャーなども、表に出さない凄さも感じました。僕もそうだけど、少し頑張ったことや努力したことを平気で自慢するじゃん？（笑）超一流選手からは、プレー以外からもたくさんの気づきや学びがあるなと感じました。

■『分かってる！』じゃなくて…

facebookには過去の投稿を、遡る機能があるんですが…

9年前の今日は飲んでいましたね！（笑）9年前は今の状態になるとは思ってもいないわけですが、癌は10年ほどの年月をかけて細胞が「癌化」するようなので、すでにこの頃から始まっていた可能性もあります。こんなのは結果論ですし、同じようにしていてもならない人もいるわけで。たまに、**「あの時〇〇しておけば」「もっと〇〇してたら」**と、言う人（思う人）がいるんですが、それを「しない」と決めたのは自分なんだから、過ぎてから後悔しても意味がなくて、僕の場合なら、「お酒の飲み過ぎ」とか「運動不足」とか、考えても後悔しても遅いんですよね。過ぎたことを他人から指摘されるのも腹立つし（笑）。**『分かってるって！』**って他人に思うことありませんか？自分で分かってることを他人から言われること。でも相手からすると、親切心だったり心配から言ってるんですよね。そのことも自分は分かっておかないといけない。心配をかけていることに、**「ごめんね」**の気持ちは必要で**『分かってるから！』って言いそうな時に、『ありがとう！』**って言えるような、そんな人になろうと思います。

（おそらく大谷選手はできてるんだろうなぁ）

■YouTubeも観ていただきありがとうございます！

数日前に公開したYouTube動画の再生数が、3300回を超えました。（ありがとうございます！）最近はnoteやインスタを通して、皆さんが見てくれることもあり、再生数は1000回くらいが一つの目安になっています。（数ヶ月前は2～300）

ニット帽を被っていると、病人感が増しているのは気のせい？（笑）緊急性が高いものや、いつもとは違う事象だと興味が湧くのかな？（なんて冷静な解釈をしつつ）実際には、ショート動画を観た人が、動画を観てくれているようです。ちなみに80％はチャンネル登録者以外の人が観ています（笑）。

いや…登録して！（笑）

チャンネル登録者は数日で20人増えました！ありがとうございます！（7月までに1000人を超えたいなぁ）2日で20

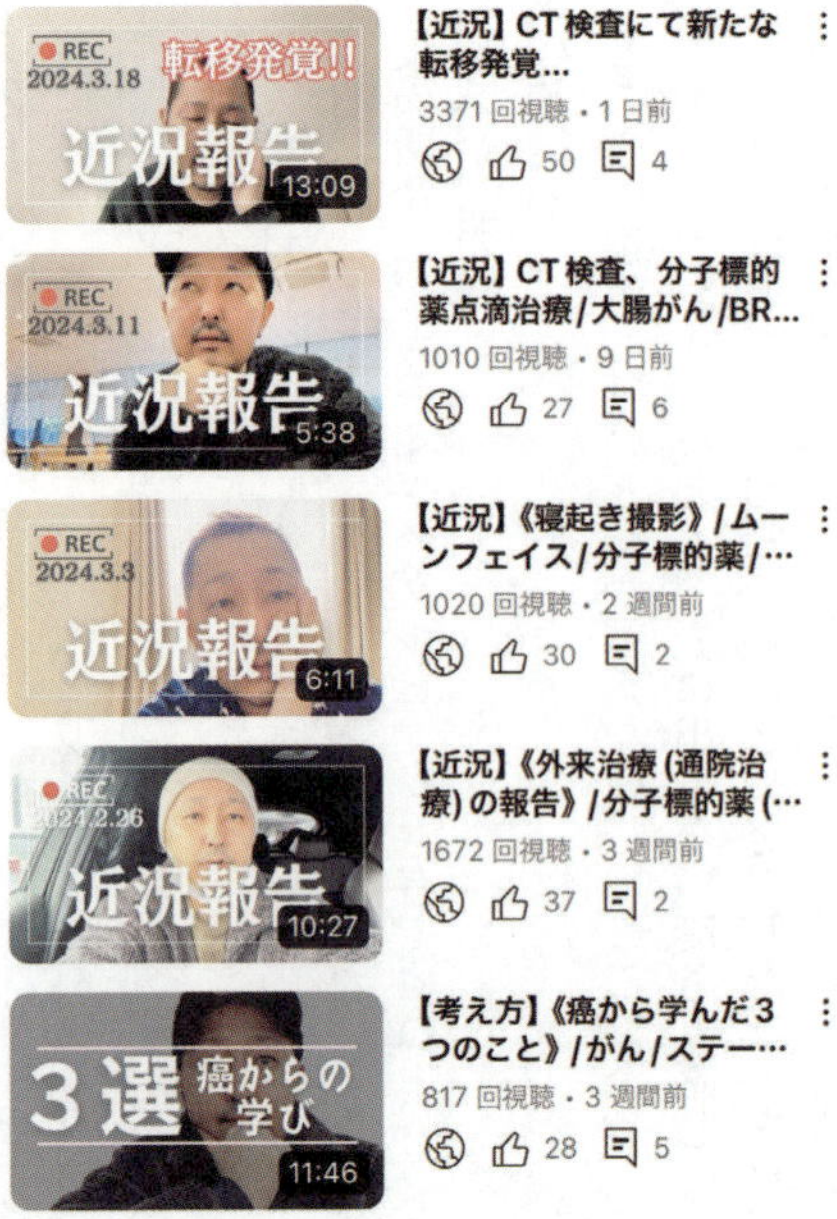

最近の投稿一覧

9 年前の facebook 投稿より

人増えました！ありがとうございます！
最新の YouTube 動画です。まだ観ていない方はどうぞ！
※倍速がオススメです！
※すでに観た方はコメントもお待ちしています！
（YouTube「【近況】CT検査にて新たな転移発覚…」
https://www.youtube.com/watch?v=EeUu4-dIEP4）

最近は仕事（何かを生み出す）から離れていて、相談を受けたりコーチングをしたりが、少し近いのかもしれませんが、ゼロからイチにしたり、イチを増やしたりという、本来の仕事から離れている分、YouTube とかインスタとか TikTok が楽しみになっている気がします。伸びなくても良いけど、伸びたら楽しいし分析をしたくなる。**やってみる→結果→次どうするか？**

これが楽しいし、仕事できる人は毎日これができるって思うと羨ましいです！（代わって！）

■羨ましい

身体（特に手足）は動かすのに支障があっても、頭は全く変わらずに動くから、仕事が支障なくできる人、身体を支障なく動かせる人を羨ましく思います。9年前の投稿を見ても、自分を羨ましく思ったりするものです。そう思っても何も変わらないのにね。そして手足の痺れは（薬を飲みながら）時間をかけて解くしかないんです。他人を羨んで自分を否定することもないですが、仕事ができたり、当たり前のように身体を動かすことができるって、羨ましがられることなんだよ。ってのは知ってほしいです。嫌々仕事行く気持ちも分かるけど、仕事をしたくても出来ない人もいるよ。って。嫌なこともあるだろうけど、明日が来ることがほぼ確定していることを、羨ましく思う人もいるわけだから、軽々しく「嫌だ」とか「疲れる」とか言わずに、明日を過ごしましょうね！

僕の方は、引っ越しの8割ほど終了しました！

2024/03/20熊谷翼

※「プロフィールページ」（2024年2月7日　21時12分）
P.633ページ参照

3月21日／いま思っていること#337

（2024年3月22日　12時43分）

2024年3月21日　がん告知から337日目

こんばんは、くまがいたすくです。

今日の投稿は、今思っていることを書きますね。（寝落ちのため、翌日更新となりました）

facebookで、8年前の3／21の写真が出てきました。講演会があって、宮城県気仙沼市の復興屋台に立ち寄った時ですね。懐かしいですね😊

■薬の量を追加

現在、BRAF遺伝子変異阻害薬（分子標的薬）として、飲み薬と点滴をしていますが、飲み薬の一つ**ビラフトビカプセル75mg**を、2カプセルから4カプセルに増やしました。理由は転移があったためです。

（**「3月18日／新たな転移が見つかりました#334」P.724参照**）

本来は、飲み薬も点滴も用量はもっと多いのですが、副作用があり用量を少なくした経緯があります。

（**「216／阻害薬中止」P.503参照**）

2回くらいかな、中止をしているのですが、気持ちとしては中止はしたくはない。かと言って、用量を少なくして転移が起こったから、今のままでは広がる可能性もある。すんなりとは進まないものですね。

そして、体調自体は良く副作用も出てはいないですが、身体の疲れが残る？取れない？感じです。引っ越しで動いたからかな？と思いながら、休みながら過ごしています。

8年前、宮城県気仙沼市の復興屋台にて

■ネガティブな世の中

今朝もそうですが、最近はスポーツでも政治でも芸能界でも、様々なニュースがありますね。テレビをつけると、スキャンダルや誰かの話が多くて、前向きになるような、勇気をもらえるような情報はほぼ出ません。そういうこともあって、あとはダラダラと見てしまう時間が勿体無いので、基本的にはテレビは観ないですが、最近はほんとネガティブになるような報道ばかりで、そういうのばかり流していたら、そりゃあ…観ている人の心も暗くなるし、誰かの揚げ足取りもしたくなるよね。って思います。

#番組も評論家もみんな揚げ足取りしてる

SNSでも、良いと思って投稿したものにも、アンチコメントがついたり、幸せなエピソードにも、アンチコメントがついたりしてて、(僕のSNSではないですが)世の中全体が荒んでいる感じがします。誰かを応援するような世の中じゃない、、

同じようにがん患者で、発信している人に対して『嘘じゃないか』って、(癌じゃないのに嘘ついて癌と言ってる)そんな嘘つくか?って。第一声で出てくるのがソレか?って。それで、支援や募金を募るとこれもまた批判される。支援するかどうかは、見た人が決めるのに、支援しない人がアンチコメントをする。ほんと、冷たいというか怖い世の中です。僕の周りでは、それを怖がって支援リストや募金をしない人もいます。まぁ…怖いよね。

何もしなければ何も起こらない。けれど、嬉しい時や辛い時に声をあげても、批判される世の中…せめて自分の周りは、そうならないようにって思います。

2024/03/21熊谷翼

※「プロフィールページ」(2024年2月7日 21時12分)

P.633ページ参照

3月22日／新しいスタート#338

(2024年3月23日 02時34分)

2024年3月22日　がん告知から338日目

こんばんは、くまがいたすくです。

最近は過去の写真を載せていましたので、今日の写真を…(笑)相変わらず顔が丸いです(笑)。薬の副作用のムーンフェイス…あとは全身の毛が濃くなって産毛も濃くなっています…。

■3年過ごした場所

来週はじめには、今の環境を離れます(住民票も)。今の環境では、仕事優先で過ごしてきました。事業所の仕事をしながら、毎日音声配信をしたり、講師の仕事をして、zoomセミナーや個人コーチングをしたり、やりたいことを、やりたいようにやらせていただいたおかげで、充実した3年でした。仕事優先ではあっても、週に1度はスタッフや後輩とご飯に

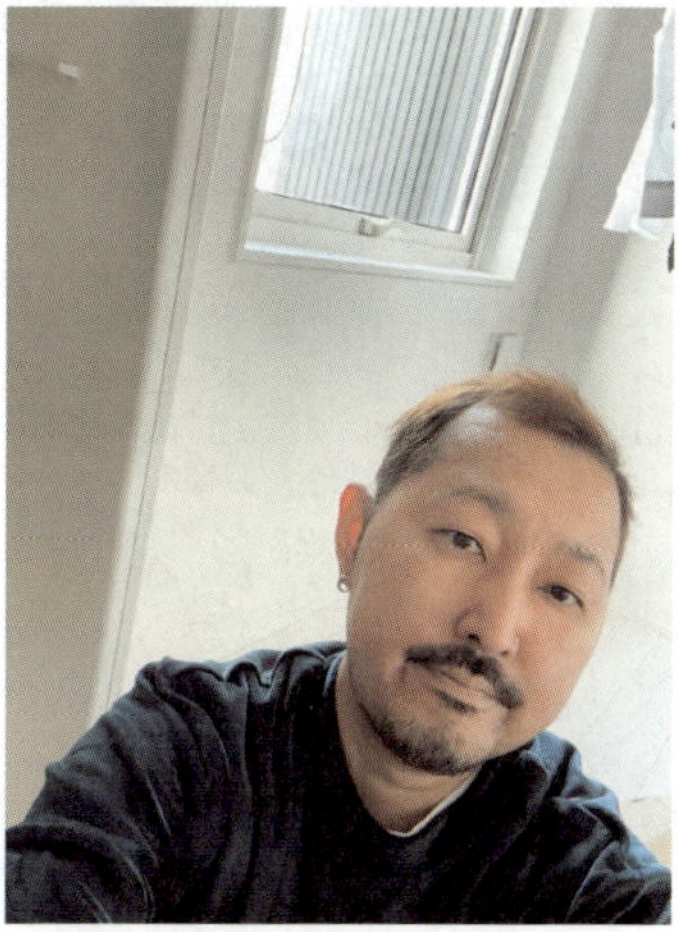

衣類片付け中です

行ったり、家で飲んだり相談を受けたり、それも今となれば良い思い出です。（飲みニケーションが大事って古いらしいけど、俺は大事だと思ってる！）**〝また〟**があるかもしれないし、**〝いま〟**が最後になるかもしれないのは、自分が良く知っているので、「また会いましょう」「また今度」を、気軽には言えませんが、縁があればまた繋がるだろうし、お互いに必要としていれば、また繋がるだろうと思っています。

人間は、一生のうち逢うべき人に必ず会える。しかも、一瞬早すぎず、一瞬遅すぎないときに。しかし、うちに求める心なくば、眼前にその人ありといえども、縁は生じず。

森信三（教育学者）

■仕事を続けたかった

思えば…昨年の今頃からはお腹の調子がイマイチだったかも…下すと言うよりも、水しか出ない時も何日かあったんですが、その時は「シリカ水」を飲みすぎたと思い込んでいました…。まさか癌とは思わないよね…？（笑）まぁね、「検診の後に検査をしていれば」「お腹を下した時に検査をしていれば」って、悔やんでも遅いし、その判断はできなかったわけだし。自分が癌になって今の状態になったのも、必要なことだったと思うし、必要なタイミングなんだと。出会いだけじゃなく、起きた出来事は、良いことも良くないことも全て必然だと。

#良くないことも実は良いことだったりもする

昨年の今頃…身体の調子が明らかに良くなくて、それでも市販薬とかを使って、〝疲れのせい〟にしてきたけど…身体がここまで大変な状態になっていたことに気付かなかった。

それから癌が分かって、仕事もなんとか続けたかったけど…副作用と体調の波がありすぎて、次第に起き上がるのも大変になってきて、生活面が特に大変だったけど、また仕事復帰することを目標にしていたから、なんとか今の環境での生活を続けていました。

#仕事が生活の一部だったからね

ただ、11月あたりからの**「腹水」「浮腫」「息切れ」**で、今の生活ってよりも**「残りの時間」**を考えるようになって。

#腹水は末期症状

良くなる可能性と、悪くなる可能性のどちらもあって、当然良くなる期待をしているけど、悪くなることも想定を（家族含め）していた方が良くて、そう考えると、今の環境は…すぐに搬送できない（入り口が狭くて）車椅子での出入りが難しい、上下階なので歩けないと生活自体が厳しい、仕事が出来なくなって、この土地（場所）に住んでいる意味があるのか？　最期を迎えるのは、この土地（場所）で良いのか？　状態が悪くなれば、こういった可能性があって、その時に今の環境で良いのか？を考えました。悩んだ結果、離れることを決めて、家族には年末あたりに話したと思います。

そのあとに、年始の吐血があり、治療があり、引っ越し準備がありで、今に至ります。今だから話せるけど、年越しは昨年の目標でした。（本当はおせちを食べたかった）年末に吐血した時に「え？死ぬかも」ってよぎりましたが、目標達成できて良かったです！

来年こそは！おせち食べたいです！（笑）

■**春は人に会うし出かける！**

ってことで、来週から気持ち新たに。そして、もうすぐで新年度！春！ですね。（告知から1年記念日でもあります）治療も体調もありますが、「会えるタイミングの人とは会いたい」「行けるタイミングなら行きたい」「出来るタイミングならしたい」自分に制限をかけすぎて、またあとでやろうと思っても、〝また〟があるかは分からないから、会えるなら会う。行けるなら行く。出来るならする。

連絡待ってます！

※歩けない時は車椅子あります！押してください！（笑）

2024/03/22熊谷翼

※「プロフィールページ」（２０２４年２月７日　21時12分）P.633ページ参照

3月23日／YouTubeの次回近況報告は月曜日#339

（２０２４年３月23日　23時25分）

２０２４年３月23日　がん告知から３３９日目

こんばんは、くまがいたすくです。

今日も思ったことを、ツラツラと書いていきます。

６年前の今日は、台湾花蓮で起きた地震災害に対して、「頑張れ（加油）台湾」の寄せ書きと、主催講演会での募金が、台湾に届けられた日でした。

■**近況報告**

（「【近況】CT検査にて新たな転移発覚…」https://www.youtube.com/watch?v=EeUu4-dIEP4）

こちらの近況報告動画。再生数が６５００回を超えました！ありがとうございます！　次回は３／25の治療後に撮る予定です。

・経過報告
・がん遺伝子パネル検査

・今後の治療

おそらくこの辺りの話になります。現時点では、薬を増やしての副作用もほぼないので、それを3／25の受診時に伝えます。その受診時に、パネル検査の詳細や、薬を増やすとかの話になるのかな?と。

ということで、月曜日に撮りますが…それにしても、今回の動画はやっぱり「転移」していたことが影響して、再生数が伸びたのでしょうね。まぁ気になりますからね。僕としては、転移を告げられた後からも、特に身体も体調も変わったことはないです。あ、、声が少し出にくいですね。薬の影響かなぁと思います。あとは、引っ越し作業のおかげで、細くなった足に筋肉が少しついたくらいで(笑)。体重は変わらず。手足の痺れはあって、筋力も体力も戻ってはいないのですが、春になったら運動も本格的にしていこうと思っています。

■早くアクティブに動きたい

最近というか今月は、確定申告や引っ越しを理由に、インプット(読書など)があまり出来ていなかったので、来週からは、インプットをしたり、体を動かしたり、出かけたり、寒くてなかなか出来ていなかったことや、時間を作れなかったことも、やっていきたいと思います。2024年がスタートして、いよいよ身も心も安定して過ごしていけそうです。

とりあえず…明日も荷物まとめだ!!

おやすみなさい!

2024/03/23熊谷翼

※「プロフィールページ」(2024年2月7日 21時12分)
P.633ページ参照

3月24日/TikTokでのコメント#340

(2024年3月25日 02時03分)

2024年3月24日 がん告知から340日目

こんばんは、熊谷翼です。早速、内容に入ります。TikTok

で頂いたコメントです。
「はじめまして。あなたは、生き残るために、自分で何か具体的な努力をしていますか?ほとんどの癌患者は、ガンだと告知されたら、ショックで冷静な判断ができません。自分は医療の素人だからと専門家である医者の言いなりになります。「先生を信頼して、すべて先生の言う通りにします!だから助けてください!」てな感じです。自分ではガンについて何も学ぼうとしない。これがヤバいですよね~。医者が言うことを100%正しいと思——」
(TikTok「熊谷 翼(Kumagai Tasuku)(@KumagaiTasuku)」
https://www.tiktok.com/@kumagaitasuku)

この動画に長文でのコメントをいただいて、コメントの文字数制限なのか、文章が途中で切れて、また新たにコメントが入っています。ということで、今日はこのコメントを踏まえて、**「SNSでの説教」**について書きます。

■いただいたコメント

『はじめまして。あなたは生き残るために、自分で何か具体的な努力をしていますか?』

コメントの書き出しです。そして、最後の方では、**『何も学ぼうとしない。ヤバいですよね~』**こんなコメントでしたね。

このコメントはどう思いますか? 最初に言いたいのは、文章をちゃんと文字制限内で書いてほしいです! このあとに、6枚の画像を添付しますが、最後の方が全て切れてしまっています。(コメントは省略しました。)

他のがん患者の投稿にも、同じようなコメントをしていたので、もしかすると同じ文章を色んな人にコピペしてるのかな?

※何がしたいんだろ?

この方は、6枚の画像の後半では、「本の紹介」と「薬の紹介」をしています。この方の言う具体的な努力は、本を読むことと薬を飲むことなのかな? さてと…思ったことを書きますね。

■教えを説く前に

この方以外にも、コメントやメッセージで、情報をくれたり教えてくれたりと、これまでもたくさんありました。情報はあったほうが良いので、その中から必要なものを自分が選べば良いだけ。このコメントを書いた方も、良心なのか?責任感なのか? 他人の僕にわざわざ長文で、6回にわたって記してくれました。

ただ…言いたいことがあります。

自分の顔も名前(本名を隠して)も出さずに、信頼関係もフォロー関係でもないのに、いきなり教えを説かれて(説教されて)も、『は?』ってなるだけです。そして、文章の所々で**「人のことを決めつけている」**良かれと思って書いたのでしょう。責任感からコピペしたのでしょう。僕以外の人からも見られることを承知で、長文で色んなことを書いてくれたのでしょう。

ありがたいんですが、シンプルに失礼で迷惑です。
※悪意はなさそうなので名前は隠していますが、悪意ある場合は全て晒します

関係性もない上に、望んでもいない情報を、わざわざ他の人が見れるコメントに残すのは、相手のことを全然考えていない。（コメントに反応がないと悪者になるのは僕だよね？）そして、全て自分が熟知していて、全て正しいかのように書いている。

製薬会社のことも、抗がん剤のことも、免疫のことも、過去のnoteにも書いたと思うけど、結構僕は勉強家です（笑）。

言いたいことも分かるけど、**お互いの関係性がないのに踏み込むのは良くないし**、踏み込んだ内容や、長文や教えを説くなら、メッセージの方が良いと思います。コメントは第三者も見ますからね。何かしらの影響はあるし、僕にも影響は出てくるので、その辺りまで考えてくれると良かったですね、、

■それは誰の課題なの？

ＳＮＳは、顔も名前も出さずに、ズカズカと相手のゾーンに入れるわけですが、これで傷つく人もいるだろうし、これで鬱になったら責任取れるのかな？　あとは、やっぱり受け取った相手を、悩ませるようなことは避けましょうね。このコメントの人じゃないんですが…

『好きになった人が、お前のＳＮＳには反応して俺に見向きもしない』って、メッセージをもらったこともあるんです。『ＳＮＳでやり取りしないでほしい』って。『それは、あなたの問題でしょ』っていう…（笑）

でもこれって、話を転用すると…**「大谷選手の通訳」**のことは、僕らには関係のないことですよね？　彼らの問題であって、第三者の人たちがとやかく言う問題ではないし、関係性がないのにズカズカと問題に入り込むのは違いますよね？　ＳＮＳなどで、距離感とかが狂ってしまって、直接言えないことも平気で言えるし、自分には関係のないこともズカズカ入れるし、しまいには、自分の身を隠して攻撃すらできる。

※自分はそのつもりがなくても

自分の課題と相手の課題は別にして、相手との関係はしっかりと確認した上で、伝えることは伝えていきたいですね。

2024/03/24熊谷翼

※「プロフィールページ」（２０２４年２月７日　21時12分）
P.633ページ参照

３月25日／がんゲノム検査（パネル検査）＃３４１

（２０２４年３月25日　23時40分）

２０２４年３月25日　がん告知から３４１日目

こんばんは、くまがいたすくです。

今日は治療の日。ということで近況報告をさせていただき

ます。動画も公開していますので、観ていただいて高評価ボタンを押してもらえると、励みになります！よろしくお願いします。

（YouTube「【近況】 がんゲノム検査（がん遺伝子パネル検査）行います！」
https://www.youtube.com/watch?v=Mn-yq1Dzuzs）

■パネル検査について

さてと、今日はいつもの治療（診察）と違うのは、

#がんゲノム検査

#がん遺伝子パネル検査

の説明と申し込み（サイン）があったこと。昨年から、パネル検査をする話はありましたが、いよいよとなります。（言いやすいのでパネル検査と言っています）ちなみに、パネル検査は基本的には、「この先の治療法が無くなった人」が対象となります。パネル検査をして治療薬などが見つかる可能性は8％程です。見つからない場合には、治験などを試すことになります。

ここまで読んでもらえると分かると思いますが、**この先の選択肢が少ない**ことは客観時に分かります。パネル検査でも治療薬などが見つかる可能性は低くて、その理由はまだまだ開発や治験段階で、保険認可された薬が少ないこと。

少ない理由は、ゲノム検査自体の数が数万件しかないので、データが少なかったり、認可が下りるまでの治験データを取るまでに数年かかること。それでも逆に言えば、今使っている薬や治療は、世界の標準治療になっていて、標準になるためには、長年の研究や治験などがあって、それに命や時間を使ってきた先人の方がいるからこそ、今の治療が出来ていることも事実です。

パネル検査に関しては、大学病院での会議の後に、各エリアの会議があって、そのエリアの代表病院と連携を取りながら、治療なども行なっていくそうです。（東北は東北大学）

ちなみに…検査はアメリカの研究機関だそうです✈

#僕の血液がアメリカへ

■やれることをやる

今は体調も落ち着いていて、腹水などの症状も落ち着いていて、あまり実感はないけど、癌はなくなったわけでもないし、根治したわけでもなく、今の薬の量を増やしてみて、前進したか？現状維持か？薬の変更か？

この確認も来月か再来月にはあるし、その間に身体の変化や体調なども落ち着いていたらいいけど、癌細胞自体は転移をしながら、自分たちが生き残ろうとしていて、ウイルスも癌も生物だから、なんとか生きようとしているから、どういう変化や状態になるのかも分からない。以前は、薬の効きが落ちてきて、変更した薬が原因で肝硬変になったりしたから、何が作用させるのかも分からない。

当然、自分のメンタルや環境も含めて。考えても仕方のないことは、考えないようにしているんですが、まぁ普通の捉え方としてはこんな感じですし、僕もそのあたりは冷静に理

解しています。

なので、『悪いことは考えない！』って言って、見ないようにしないのも違うし、『ポジティブに！』って無理矢理上げる必要もないし、良いことも良くないことも理解して想定して、あとは神様が決めることなので、自分は自分ができることをやるだけ。

住んでいたこの場所で寝るのは今日が最後です。

おやすみなさい！

2024/03/25熊谷翼

※「プロフィールページ」（２０２４年２月７日 21時12分）
P.633ページ参照

3月26日／被災地支援へのアンチコメント#３４２

（２０２４年３月27日 00時46分）

２０２４年３月26日 がん告知から３４２日目

こんばんは、くまがいたすくです。

僕のnoteやインスタを見てLINEをしてきた人が、「転移やパネル検査」のことよりも、「引越し」のことを真っ先に聞いてくるのは、何に興味があるんでしょうか？ お答えください（笑）。

ということで引越しは完了しました！（疲れのせいかめちゃくちゃ眠いです…）

さてと、今日は**「それ自分に返ってくるけど大丈夫？」**というテーマで書いていきます。よろしくお願いします。

■被災地支援や募金活動

元日に起きた能登半島の災害への、著名人による被災地支援や募金活動への、批判が相次いでいます。
※正確には賛否
ネットやテレビは切り取りして脚色されるので、当然鵜呑みにはできませんが、**『来てくれて（行ってくれて）嬉しかったー』**というコメントがあれば、**『何のために来た（行った）？』**という真逆のコメントだけの記事もある。すぐさま行動に移して被災地に行けば、一部からは叩かれ…現地の人に迷惑がかかるから募金をしたと言えば、一部から叩かれ…炊き出しをしたら偽善者扱いをされ、ショベルカーを使ったらプロに任せろと言われ…募金をしたら金持ちアピールと言われ…オークションをしたら自分の金でやれと言われ…

こんなことを言われたりされたら、普通ならもう二度とやりたくなくなると思うよ。
※そしてアンチコメントのほとんどの人は現地に行かずに遠くから石を投げてるだけ。
※僕も言っていない。だから批判はしない。
そして万が一、自分の住んでいる地域で災害が起こった時に、誰も来なくなるかもしれないよ？ だって、偽善だもんね？アピールだもんね？ そう言われるからもうリスクある行動はやりませんよ！って。来てくれるだけ有り難くないで

すか？行かなくなったら報道されなくなり忘れられますよ？（実際すでに能登半島地震のことを忘れている人もいますよ。）偽善でもオークションでも良くないですか？　勇気や元気を出して欲しい気持ちを受け取れませんか？　政治家ですぐに行動した人が叩かれていたけど、そのあと政治家は現地に行きましたか？（総理は現地視察のみは実施。撤去作業など現場のボランティアをした政治家はいないいんじゃないかな）

■被災者から言われたこと

炊き出し支援に行った人は、**『今日もカレーかよ』**って言われたと。個人でボランティアに行った人は、**『仕事していないんですか？』『履歴書かなんかに書くために来たんですか？』**と。被災して大変なのは分かる。だけど言葉は選んだ方が良い。

そして、言いにくいけど…**『あなたは被災する前に被災地支援に行ったんですか？』**と。行った経験があって、その経験を踏まえての意見なら話は通る。けど、自分は今まで何もしていないのに、してもらった時には「相手の恩」を忘れて、好き勝手に自分の都合だけを言う。

#被災者だから余計にヨイショされやすいし

でもその言葉で、1人の人を傷つけたこと、そして次の支援を消してしまったこと、そういう可能性があることは分かってた方が良い。そして、被災者でもなく、過去に支援をした経験もない人が、匿名でアンチ活動をすることによって、日本の支援文化は、世界と比べて圧倒的に劣っている。

アメリカでは節税対策のために、財団を作ったり寄付をする文化が当たり前で、そのお金で誰かが救われるんだから、お互いにとってハッピーだよね！って考えだけど、日本なら「銭ゲバ」だの「金持ちアピール」とか、今なら「納税しろ」って言われるのかな。寄付をするたびに批判されるなら、寄付なんてせずに自分に使うよね。使いきれないお金を。それって意味あるのかな？

そもそも批判する人たちは、批判相手以上に行動してきたんだよね？　だから説教してるんだよね？

■批判から入るのはやめましょうね

テレビはあまり観ないので、ニュースは「Yahoo! ニュース」などで見るんですが、コメント欄はすごいもんね。『ヤフコメは最悪』って言われているのが分かります。スポーツ選手の記事に、素人がダメ出しコメント…一流歌手の記事に、素人が音域のアドバイスコメント…芸能人の不倫記事に、第三者の人が倫理観コメント…自分の家族や友人に説教されるなら分かるよ。

「お前誰？」の他人が、しかも名前も顔も出さずに評論家ぶって批判をする。そりゃあ、みんな行動しなくなるよね。

でもさ…そうやって揚げ足取りをしている人も、家に帰れば子育てしているわけでしょ？（あるいはこれからするか、すでに終わったか）子供にはどういう教育をするのかな？

『他人のことは批判から入れ！』『全て自分が正しいから相

手の意見は聞くな!』『自分のことは晒さずに目立ってる奴は叩け!』『自分は行動せずに、行動しているアクティブな奴は否定しろ!』っていう子育てなのかな? まさかそんなことは言わないだろうし、言えないだろうけど、子供も馬鹿じゃない。ましてや感受性が高いから感覚で伝わってると思うよ。

そして子供からこう思われてるかも。**『自分の親は口だけで、他人の批判ばかり』**って。

※『俺、子供いないし〜』って屁理屈言ってくるアンチもいそう(笑)

※これは例え話ですからね(笑)

僕は癌になって、たくさんの人に応援してもらって助かりました。

(まだまだ続きますので引き続き応援よろしくお願いします。)応援や支援がフランクに出来る社会や地域やコミュニティが増えたら良いなぁと願っています。偽善でもアピールでも、それで誰かが助かるなら良いことだと思います。

そして、自分が出来ないことや、やっていないことに対しては、批判や否定から入るのはやめようとも思っています。

池江璃花子選手が、二つ目のレース?でオリンピックの派遣記録を破れなかったニュースに対して、『身体が戻ってない』『持久力に限界がある』『すでにアスリートではない』などのアンチコメントがありましたが、**『お前何様なの?』**って心からイラつきました。

世界チャンピオンになったことあるの?癌になって克服したことあるの?癌を克服して世界大会に出たことあるの?そもそもオリンピックに出たことあるの? あるならば、自分の意見を言うなら良いと思う。批判ではなくてね。ないなら、何も言えないよね。『どの口が言ってんだよ?』の世界ですから(笑)。

■最後に

この流れで半年近く前に、この動画を公開しました。「登録者500名ありがとうございます!」という動画です。

(YouTube「登録者500人!!ありがとうございます!!」
https://www.youtube.com/watch?v=T4sZz28TT8M&t=3s)

そして、それをSNSでリンクを紹介していたら、メッセージが届きました。**『500人くらいで喜んでるのウケるんですけど』**って。

ここでも僕は**『お前何様なの?』**って思いましたが、インフルエンサーかもしれないので。メッセージを送ってくれたお礼とともに、**『YouTubeされているんですね?』**って聞いたら、**やっていないと。やる意味ないですと。**

やってもいない。やる意味すら理解していない。そんな人からのウケるんですけど、メッセージ。

イラついて消さずに、スクショをして晒せばよかったです…😉

ダサい大人にはなりたくないですね。

2024/03/26熊谷翼

※「プロフィールページ」（2024年2月7日 21時12分）P.633ページ参照

3月27日／未来のイメージを考えてみる#343

（2024年3月28日 01時24分）

2024年3月27日　がん告知から343日目

こんばんは、くまがいたすくです。

今日は思っていることを、ツラツラと書いていきますね。

引っ越しも終わって、今日は、一日中一緒に過ごしました。（ほぼベッドで横になってました笑）

この子も色々とあるんだろうなぁと思いつつ、僕もお腹の張りと身体の疲れがあったので、休んでちょうどよかったのかなぁと。

■今の体調

体調は小さな変化は毎日ありますが、（微熱が出たり）大きく生活に支障が出るようなことはありません。気になるところは、1週間前くらいからお腹の違和感があって、お腹の両脇の時もあれば、胃が張ってるような時もあったり。（胃が張ると年末のことを思い出してしまう）受診の時には伝えているし、腹水が溜まっているわけでもなく、便秘でも下痢でもないので、食事の影響もあるかもしれないし、（食べて2～3日は残る）薬を増やした影響もあるかもしれないし、様子見しかできない感じですね。

今の体調はそんな感じですが、細かく気にするとキリがないし、数ヶ月前と比べると全然良いです。身体も動くし、休み休みなら歩けるし、全然良いですね。いつも今がベストだと思っているので、「体調が良くなったら」と先のことより、今の状態で出来ることをやりたいと思っています。なので何度も言ってますが、時間作れる方は誘ってください！　半年後？年末？来年？そこまでは約束できないのでね…（笑）タイミングや体調や、治療スケジュールもあるので、今のところは、4月、5月あたりまでしか約束できないですが。『誘って良いのかわからない』と言われたりするのですが、『誘ってください!!』逆に僕から誘うことは、ほぼないです。

※キャンセルの可能性があるので…

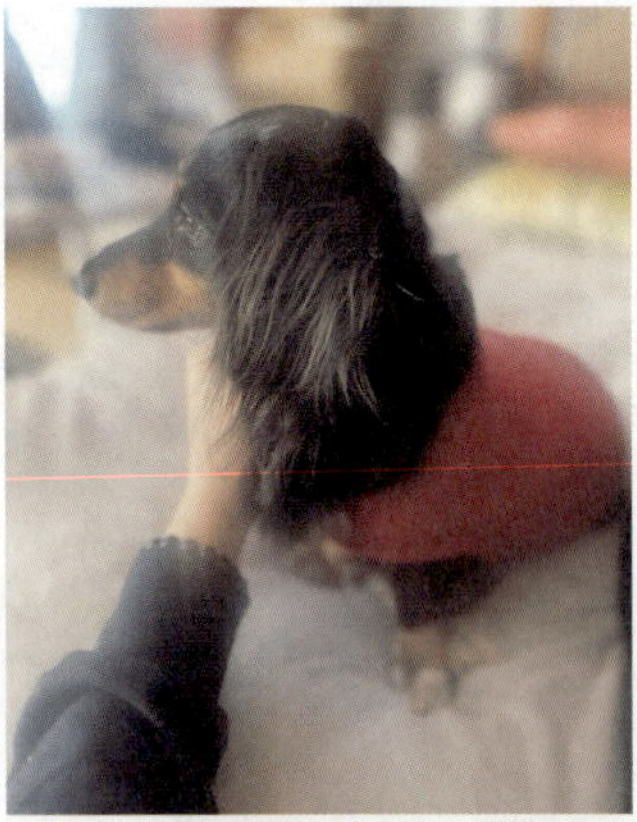

■1年前の出張
昨年の今頃…先輩とフグ料理を食べて、翌日あたりに出張へ。出張に行くあたりから、お腹の違和感がありましたが、確定申告も終え、新年度の準備も終え、「よぉーし！」と気合が入っていたと思います。出張から帰ってきても、違和感と痛みが取れなかったので、週明けに病院へ行きました。フグの毒か？酒のせいか？くらいに思ってました。そのあとのことは、この記事に書いています。（告知日前日に書いた記事です）

（「0／明日が始まり」P.21参照）

告知を受けて、治療が始まったあたりは、正直なところ、**「1年生きられるとは思っていなかった」**です。諦めていたわけでもなく、先を見ることができなかったんです。1年後のイメージがつかなかった。それは今も同じで、来年の今頃のイメージは湧かない。けれども**イメージは大切**。

「予祝」や「ゴール設定」という言葉があるように、**どんな未来が良いか？は、先にイメージをしておくと叶いやすくなる。**今まで過去にも「仕事面」では、それもやってきたし理解はしているけど、プライベートや身体のことについては一切やってこなかった。**これが今の課題かな？どんな1年後、4年後のイメージを持つか。**

4月20日の1周年までに、この先のイメージを立てることを目標にして考えてみようと思います。あ…

4月20日は土曜日だな…😏

■あとがき
こちらの近況報告動画。もうすぐで再生数が1000回になります。再生や高評価をしていただいた皆様、ありがとうございます！

（YouTube**「【近況】がんゲノム検査（がん遺伝子パネル検査行います！」**https://www.youtube.com/watch?v=Mn-yqlDzuzs）

2024/03/27熊谷翼

※「プロフィールページ」（2024年2月7日 21時12分）P.633ページ参照

note「熊谷翼／大腸がんステージⅣ／」（2024年3月28日 21時20分）

こんばんは。
腹痛と熱発のためnote投稿は明日行います。
よろしくお願いします。

（note「ステージⅣがん告知 / 熊谷 翼 /KUMAGAI TASUKU」https://note.com/kumagaitasuku）

3月28日／近況報告#344

（2024年3月29日 18時17分）

２０２４年３月28日　がん告知から３４４日目

こんにちは、くまがいたすくです。

発熱があったため、３／28分の投稿は翌日（３／29）に書いています。

ということで、今回は３／28の近況報告として書きます。よろしくお願いします。

■発熱

腹部の違和感については、何度か話していたと思いますが、その日によっても違うんですよね。今回は、胃が張っているような感じと、胃の左側にチクチクと痛みがあり。

あとは時々、左側の背中もチクチクと。肝臓は右側だし（肝臓自体は痛みません）左側はなんなのか…昨年の５、６月は、左右の背中の痛み（神経が圧迫された痛み）があったけど、なんとなくそれに近いような…それもあってか、夕食後から微熱があって、胃も張っているような感じだったので、痛み止めを飲んですぐに休みました。微熱は時々あるんだけど、腹部の違和感とか背部の痛みがあると、続きそうだなぁと思って。

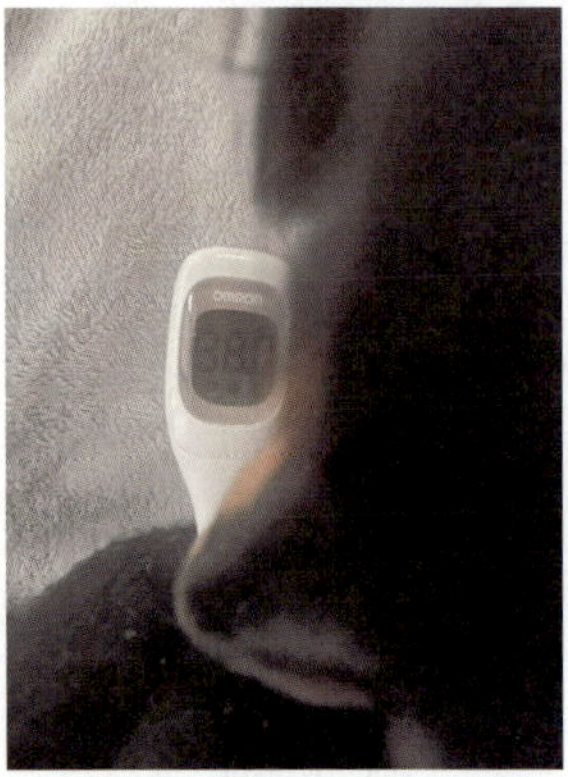

実際、翌日も熱は37・0～38・0を行き来して、時々寒気もあったら風邪なのかなぁと思ったり。（風邪の方がまだマシ）

まずは寒くしないように休みます。

2024/03/28熊谷翼

※「プロフィールページ」（２０２４年２月７日 21時12分）
P.633ページ参照

3月29日／8年前は鹿児島知覧へ#345

（2024年3月29日 23時45分）

２０２４年３月29日　がん告知から３４５日目

こんばんは、くまがいたすくです。

今回も近況報告と、プラスでさくっと思い出話をしたいと思います。よろしくお願いします。

■近況報告

ここ最近ある腹部の違和感と発熱があって、昨夜から今日の夕方あたりまで寝たり起きたり。

どこかの炎症からの発熱の感じがするので、痛み止めを飲みながら様子見です。(単純な風邪ならまだマシですけどもね)今は右の下腹部がチクチクする感じです。その前は、肝臓が炎症を起こしているか?近くにある胆嚢か? その前は、みぞおちの左側と背中にチクチクとした痛み。因がわかれば良いんですけどね…

■8年前の思い出

さてと、facebookを見ていたら、8年前の昨日今日は鹿児島にいました。その前にも何度か仕事で行ったことはあるのですが、8年前は仕事ではなく、尊敬している**永松茂久さん**主催の**〝さくらまつり〟**参加のために行きました。場所は**〝知覧〟**特攻隊が飛び立った場所です。この場所へ全国から様々な方が集まり、学び、交流し、先人に感謝をし、英霊に誓いを立て、またそれぞれの地へ帰り、自分を輝かせる。

前夜祭

シークレットだと思われる前夜祭にも参加させていただきまして。ほかの参加者は、各地域で活躍している凄い人ばかりで終始圧倒されていました…(笑)

全国から知覧へ集まった参加者。僕はこの時が初めて知覧に行ったけど、絶対にまた行きたい場所。

(chiran-tokkou.jp より「知覧特攻平和会館」https://www.chiran-tokkou.jp/)

永松茂久さん。

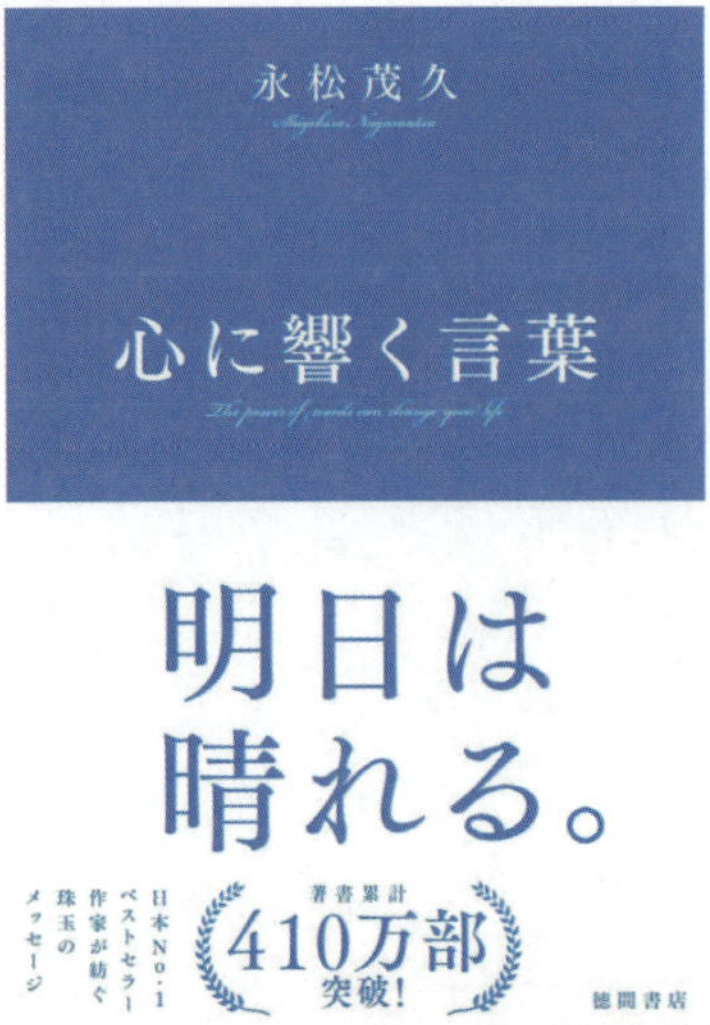
永松茂久
心に響く言葉
明日は晴れる。
日本No.1ベストセラー作家が紡ぐ珠玉のメッセージ
著書累計
410万部
突破!
徳間書店

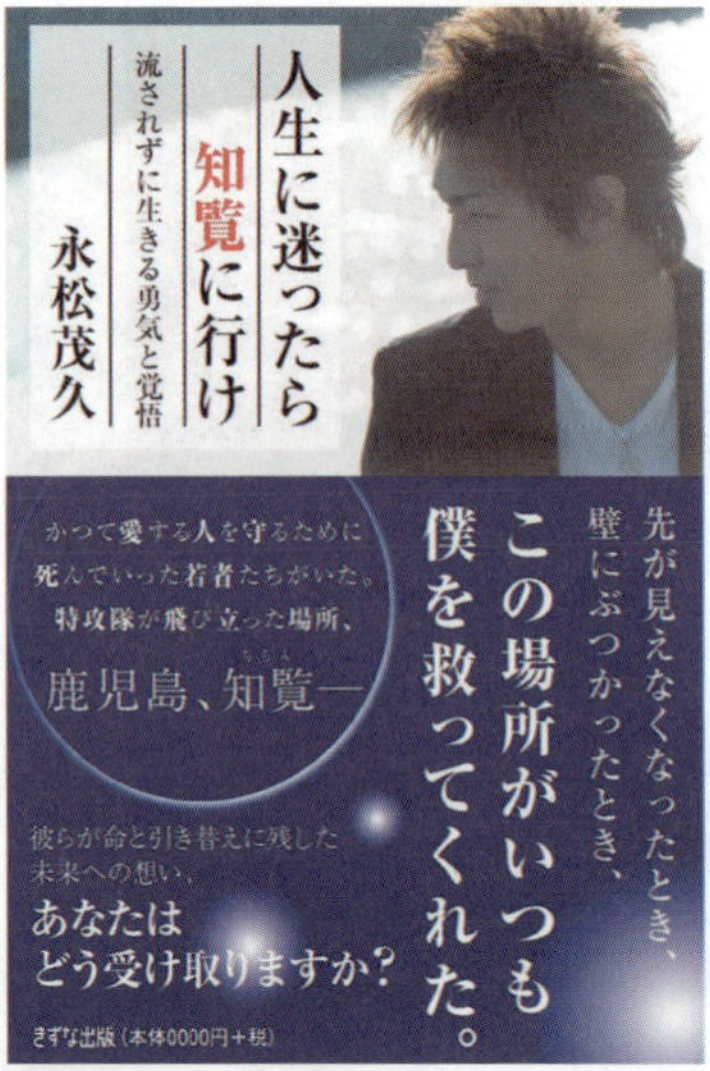
人生に迷ったら知覧に行け
流されずに生きる勇気と覚悟
永松茂久
先が見えなくなったとき、壁にぶつかったとき、
この場所がいつも僕を救ってくれた。
かつて愛する人を守るために死んでいった若者たちがいた。
特攻隊が飛び立った場所、
鹿児島、知覧《ちらん》—
彼らが命と引き替えに残した未来への想い。
あなたはどう受け取りますか？
きずな出版（本体0000円＋税）

研修終了後の打ち上げ

知覧での参加者集合写真

僕が尊敬するメンターなので、興味のある方は是非調べてくださいね。

2024/03/29熊谷翼

※「プロフィールページ」(2024年2月7日 21時12分)
P.633ページ参照

note「熊谷翼/大腸がんステージⅣ/」

(2024年3月30日 21時15分)

note おやすみします
微熱と腹痛😢
(note「ステージⅣがん告知/熊谷 翼/KUMAGAI TASUKU」
https://note.com/kumagaitasuku)

3月30日/またまた発熱#346

(2024年3月31日 18時13分)

2024年3月30日 がん告知から346日目

こんにちは、くまがいたすくです。
3月30日分の投稿は翌日(3/31)に行っています。今回も体調に関する近況報告を行います。

■近況報告

ここ数日、微熱と腹痛が行ったり来たり。3/30は、夕食は胃の不快感がありあまり食べられず、その後から左右の腹痛があり、発熱(38・1℃までは計りました)そもそも痛みがあって、薬でコントロールしていたのが、効きにくくなってきたのか?風邪か炎症が起こっているのか?骨転移が影響しているのか?食べ物や体調の影響か? 原因は分かりませんが、現在、減薬をしているステロイド薬の影響もあるかもしれません。

11月の体調悪化時に、炎症を抑えるために飲み始めたステロイド薬。それによる副作用も最近出始めてきたものの。この薬はすぐには止めることができないので、薬を減らした影響での作用もあるようで。4月1日は受診と治療なので、確認をしてみようと思います。

2024/03/30熊谷翼

※「プロフィールページ」(2024年2月7日 21時12分)
P.633ページ参照

3月31日／1年前の今日から始まりました#３４７

（２０２４年4月1日 01時47分）

２０２４年３月31日　がん告知から３４７日目

こんばんは、くまがいたすくです。

今夜は、腹部の違和感はありますが、発熱はないです。今回は今思っていることを、整理せずに書いていきたいと思います。まとまらないかもしれませんが、よろしくお願いします。

■1年前の３／31から始まりました

昨年の３／31に胃腸科病院を受診し、検査と治療が始まりました。

#ちょうど一年前にという歌詞がぴったり

３月中旬から（今思えば癌の症状）不調が続き、特に胃の張りと不快感があって、出張後にも改善されていなければ、「近くの病院を受診しよう」と、そこまで深刻ではない気持ちでいました。胃が張っていて疲れもあったから、**「胃腸炎とか？酷くて胃潰瘍？」**くらいの気持ちでいました。胃腸科病院で問診とエコー検査後に紹介状を出され

←

総合病院を紹介され「今から行きなさい」と

←

総合病院で問診と血液検査をして、胃カメラ検査、ＣＴ検査の日程調整など。

今思うと…胃腸科病院でエコー検査をした時に、やたらと**右脇腹（肝臓）のあたり**をやってて…『胃が痛い』って言ってたのに。紹介状を出してもらった時に、**『場合によっては入院するかも』**って言われて、**『薬は紹介先で診てもらって出してもらいましょう』『うちでは判断つかないから』**って。**『どんだけ投げやりで適当な医者なんだよ！』**って思ったけど、この判断は正しかったんですよね。本人の訴えとは違っても、**気になる部分はしつこく調べて、**

↓本人の訴えだけを診ていたら…

自分の現状（病院の体制など含め）では難しいことを理解されていて、

↓すぐに判断してくれていなかったら…

自分の（病院含めての）利益は後回しにして。

↓胃薬を出されて定期通院や検査を繰り返していたら…

1年前の facebook 投稿

この病院では「診察代と検査代のみ」普段、病院に行かないので、「地域　胃腸科」で検索して出てきた所に、たまま行っただけ。（朝イチの患者は僕ともう1人だけ）腕は分からないし評判も分かりませんが、お世辞にも綺麗とは言えない病院でした。

#でも僕はイチオシの病院です

何回も何回も思います。**最初にこの病院に行っていなければ…問診して胃薬出されて様子見てくださいって言われてたら…**今の状況とは変わっていたと思います。

そして…**緊急として（知人医師に）紹介状を出されていなければ…**

→

これが僕にとって幸運の一つ目でした。紹介先になる総合病院の消化器内科医は、胃腸科病院の医師と知人（元同僚？）だったこと。それによって、問診もそうですが検査の日程調整も、かなり早く進めてくれました。

※癌の可能性が高いと紹介されてたのは後で知りました

※エコー検査で肝臓癌（転移）の可能性を見抜いていた

幸運の二つ目としては、年度初めということもあって、**検査日程の空きがポツポツとあったこと。**『**大学病院なら初診から告知まで1～2ヶ月、下手したら3ヶ月かかるよ**』と、告知日にYouTuberジョーブログに似ている医師から言われました。

#僕は初診から20日目で告知

そういった幸運も後々感じるんですが、昨年の今頃はまだ「胃腸炎かな？」くらいで、数日後に人生初の胃カメラの検査と、こちらも人生初のCT検査をしました。4月10日の受診時に検査結果を聞くわけですが、まさか「癌の可能性」があるとは、4月10日までは知らず….。

今までは、1年ってめちゃくちゃ早く感じていたんですが、『まだ1年!?』って思っています。初めてのことばかりで、色んな感情があったからかな…これから過去の記事も載せたりするので、併せて読んでもらえると面白いかもしれないです。当時の気持ちとか言葉とか。今と変わっていないこととか矛盾も含めて。そう考えると…1年noteを書いてきて良かったし、noteのアプリが残っていて良かったし、生きられていて良かったです。

日付変わって新年度の始まり。あなたにとって4月は…「仕事」の始まりですか？「勉強」の始まりですか？「生活」の始まりですか？「挑戦」の始まりですか？　あるいは…「〇年目」の始まり？「〇周年」の節目の始まり？　始まりってキラキラしていて希望があって、今の僕にはめちゃくちゃ羨ましいです。

「始める」って生きていないと無理なので。当たり前に思う「始まり」とか「生きる」って、やっぱり当たり前ではないんですよね。あなたにとっても僕にとっても。昨日、知人の冒険家の訃報が届きました。

彼は昨年夏過ぎに、脳の病気を発症。その年に、挑戦予定だった冒険を中止し治療に専念するも、帰らぬ人となりました。治療や手術はとても大変だったと思います。おそらく人生の中で1番過酷だと。悲しむよりも、僕は『治療お疲れ様でした』としか言えない。突然、制限をかけられ、不自由を与えられ、夢や希望や好きなことも止められて、当たり前だと思っていたことも、始めることすら夢になってしまう。その気持ちが少しは分かるから、労う気持ちの方が大きくなってしまう。

お疲れ様でした。勇気をありがとうございました。

僕はもう少し頑張ります！

あなたも頑張って！

2024/03/31熊谷翼

◆ＳＮＳでのコメント、メッセージ。支援、寄付、心より感謝しています。ありがとうございます！

note「熊谷翼／大腸がんステージⅣ／」

（2024年4月1日 21時34分）

眠気が強いのでnote は明日更新します🙂

（note「ステージⅣがん告知／熊谷 翼／KUMAGAI TASUKU」
https://note.com/kumagaitasuku）

4月1日／新しい転移が見つかりました#348

（2024年4月2日 18時40分）

2024年4月1日 がん告知から348日目

こんにちは、くまがいたすくです。

4／1分の近況を報告しますね。（4／1は眠気が強く翌日（4／2）に投稿しています）点滴後の眠気なので、体調には大きな変わりはありません。ここ数日、腹痛や発熱があり、その原因として考えられることとして、**「新たな転移」**が見つかりました。

（YouTube「**【近況】**新たな転移（発熱、痛みの原因）が分かりました！」
https://www.youtube.com/watch?v=cCTrQFbd02k）

■時系列的に
4／1は予定通りの通院、診察日。ここ最近の体調、発熱について伝え。あとは、分子標的薬の追加についての相談。(YouTube「【近況】BRAF阻害薬中止・眼障害・腹水・副作用について」https://www.youtube.com/watch?v=8HmuW0zpxbc)
眼障害があって、中止や減薬をしながら「分子標的薬」の飲み薬を調整してきましたが、2週間前から薬の量を増やしています。2週間前は「ビラフトビカプセル75㎎」を、(夕食後)2カプセルから4カプセルへ増量。今回は、「メクトビ錠15㎎」を、(朝夕食後)1錠から2錠へ増量。点滴量は変わりません。ということで、その後に点滴治療を行い終了。点滴治療に含まれる吐き気止めの副作用で眠気が強く、点滴中も終了後も眠気が強く…休んでから帰宅をしましたが、その後も眠気が強く早めに休ませていただきました。
新しい転移があったり、薬を増量したりと、状況は変わりますが、一つずつ乗り越えていきたいと思います。
2024/04/01熊谷翼
(instagram「熊谷翼 @kumagaitasuku・Instagram 写真と動画」https://www.instagram.com/p/C5QJMS_SfHM/?img_index=1)
※「プロフィールページ」(2024年2月7日 21時12分)
P.633ページ参照

4月2日／組織もトップも差が広がってきた#349
(2024年4月3日 01時27分)
2024年4月2日 がん告知から349日目

こんばんは、くまがいたすくです。

新年度が始まりましたね。

今日は新年度の挨拶について思ったことを。

トップの方なら自分はどうだろうか？ 社員なら自分の組織のトップはどうだろうか？ 自分がトップになったとしたらどうだろうか？と、読んで欲しいのですが…(偉そうにすみません！)

■新年度挨拶
僕は3社？の会社に所属をしてきて、それ以外に20社ほどの顧問やコンサルをしてきました。新年度(など節目)の挨拶を大切にしている会社もあれば、そんなの適当で良いよ。という会社もありました。役所や会社でも、首長や社長などのトップが新年度の挨拶をしています。(やってない時点でトップの資格はないと思うけど)
社員や部下に、希望と気合が入るような挨拶をされましたか(受けましたか)？
トップの方が日々、情報発信をしていなければ、年始始めや仕事納めの挨拶って、めっちゃ重要だと思います。新年度挨拶にしても、新採用募集にしても、動画を撮ってYouTubeに公開しておけば、その会社で働きたい！(逆に働きたくない）って決められるし、働いてから分かるより良いと思うんですよね。ミスマッチが防げるし、離職も下がる。面接時点で会社のことや社長の考えを理解できているから、最初から理念共有もできている。求人募集の内容も、実際の中身とはかけ離れていることは、仕事を探している人や、元社員は知っていて、田舎とかの狭い地域だと元社員の「口コミ」をリアルに聞いてるし、広い地域なら「口コミ」を検索している。

※しかも誇張された内容であっても真実だと思っている

知らないのはトップだけ…。社員15人以上の会社は、年間1人以上は採用すると思いますが、派遣とか紹介使うより良いと思うんですよね。

『いやいや誰に見られるか分からないYouTubeに残せないよ』という、消極的で陰湿的な会社には、優秀で若い人材は入らなくなるわけだし、（そもそも批判されたくないだけ？）『とりあえず、やってみよう』という、柔軟で行動的な会社には、新しい人材が入る可能性もあるし、今働いている人にも少なからずプラスはあると思う。

※当然ある程度のスピーチスキルや知見も必要だけど

どの業界も人材不足です。ある程度の仕事ができる人は、どの分野、どの会社でもある程度活躍できます。だから会社を選びますし選べます。ダメだと思ったら辞められます。人材不足なのに、ＳＮＳを使わない、言葉を届けない。って、それでいて、今いる社員の１・５～２倍の人件費を使って派遣や紹介を使う。

#経営者としてヤバくないですかね

動画は作り込む必要も外注する必要もないから、僕みたいに**「撮って出し」**で良いから、特に中小企業の社長さんには、自分の思いや言葉をＳＮＳで発信して欲しいなぁと思います。（ある意味、逃げられなくなりますし批判を受ける覚悟も必要です）

どこかの県知事さんが、新年度挨拶で炎上していますが、（知事さんの話をするつもりはないです）あなたの会社のトップは、どうですか？　挨拶でスタッフのことを不快にさせていませんか？　あるいは、挨拶すらしない（響かない）環境にいる、あなたは他人のことを笑えますか？　他人のことを責めるより、先ずは自分はどうなんだ？　自分の会社はどうなんだってことですね。

■順応するトップと取り残されるトップ

挨拶やYouTubeの話をしましたが、本当はもっとありますす。社員さんは上司やトップに聞いてみてください。上司やトップは答えられるようにしておいてください。このあたりは、意識高い系でも勉強家でもなく、仕事（経営）で上を目指す方にとっては、ごく当たり前（より低いかな）の確認事項だと思いますが、昨年コンサルをした時に、全く答えられない方も何人かいて、会社もそうですが経営者の差も、めちゃくちゃ広がっているなぁとソワソワしました。

↓

①最近、オススメのオンラインサロンは何ですか？

②最近、オススメの本は何ですか?
③最近、オススメのYouTubeは何ですか?
④最近、参加したイベントは何ですか?
⑤最近、支援した団体やクラファンは何ですか?
⑥働き方改革の内容と、その対策を簡単に教えてください
⑦物価高騰と賃金向上への対策を簡単に教えてください

最初の①~⑤は、自己研鑽と言うほどのことではないと思いますが、最低限ここは抑えているし知ってるよね?レベルのことで…⑥⑦は、個人それぞれの考えがあるので、その考えが自分と合うか?合わないか?の擦り合わせかなぁと。ちなみに…⑥の質問をした時に「残業させない」と話されたトップの方もいました…(そもそも内容を理解されていない方)あとは、「オンラインサロン…?」知らん!!「クラファン…?」怪しい!!と言われる方も…(いつの時代の人よ!!)
オンラインサロンは、各分野の一流の方が格安で運営していますし、その方々のSNSは無料で有料級のことも発信しているけど…そもそもの価値を分かっていない人が多すぎる。
#勉強をしていないから価値に気づかない

オススメのサロンや、本など知りたい方はSNSで、こっそりとメッセージくださいね!

最近、仕事の話は書いていなかったので、久しぶりに書いてしまいましたが、皆さんの会社が素晴らしい会社であることを願っております。

2024/04/02熊谷翼

昨日公開したYouTubeです!
「高評価」を押していただけると励みになります。
(YouTube「【近況】新たな転移(発熱、痛みの原因)が分かりました!」https://www.youtube.com/watch?v=cctrQFbd02k)

4月3日/近況報告です#350

(2024年4月3日 22時35分)

2024年4月3日　がん告知から350日目

こんばんは、くまがいたすくです。

今日は近況報告をさせていただきますが、その前に。台湾での地震に対して、日本人からも支援の声が続々と上がっています。個人でできることもあります。国同士の関係や政治的な影響で、過去の台湾からの支援は大きく報道はされていません。どの国よりも早く日本を支援し、日本を愛してくれる台湾を、日本人の中には知らない人も多いです。

【感謝の気持ち】
「今こそ恩返しする時」台湾で震度6強の地震 SNSで支援の声
「今こそ台湾に恩返しする時」SNS上で支援表明の声相次ぐ(2024年4月3日 12時35分)

news.livedoor.com より
(現在は削除)

■近況報告

朝起きてから身体が重く、そのうちに微熱が出ました。左右腹部も少し痛みがありました。血圧(下の)が高いのも気になるところです。熱は37・6くらいまでは計りましたが、そのあとは寒気もあったので、もう少し上がったかもしれません。寒気と発熱と発汗があって、お昼過ぎくらいに落ちついて、そのあとからは熱も下がりました。昼食も夕食も食べましたよ。薬の影響というよりは、身体内部の炎症かなぁと思っています。

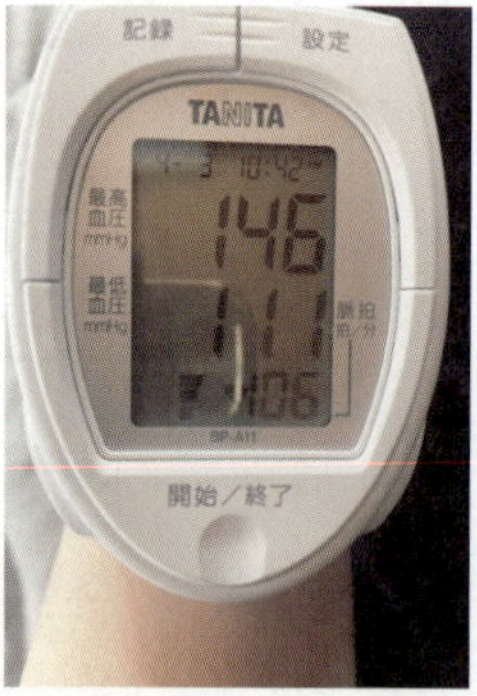

ちなみに、分子標的薬を増量しましたが、眼障害の副作用(歪んで見える)ことはないですが、眼は疲れやすく明るさに弱い感じはあります。最近は、発熱が多いですね…早く原因がわかれば良いのですが。5日に放射線科を受診することになりました。新しい転移への治療のためです。

(**YouTube「【近況】新たな転移(発熱、痛みの原因)が分かりました！」**https://www.youtube.com/watch?v=cctrQFbd02k)

(**「4月1日/新しい転移が見つかりました#348」**P.750参照)

おそらく治療まですると思いますが、そちらはまた5日の受診後に報告します。

まずは休みます。

明日は熱が出なければ良いなぁと思います。

おやすみなさい。

2024/04/03熊谷翼

※「プロフィールページ」(2024年2月7日 21時12分)

P.633ページ参照

4月4日／近況と思うこと#351

（2024年4月5日 00時01分）
2024年4月4日　がん告知から351日目

こんばんは、くまがいたすくです。

（YouTube「【近況】 新たな転移（発熱、痛みの原因）が分かりました！」

https://www.youtube.com/watch?v=cCTrQFbd02k)

こちらの「近況報告」動画、再生数2600回を超えました。応援していただき、ありがとうございます！　明日、受診（もしかすると放射線治療）なので、その後に近況報告動画を撮る予定です。

ということで、近況報告と放射線治療（転移）について、今日は書いていきたいと思います。

■ここ最近

腹部の痛みや違和感があることは、note やインスタでも報告をしていますが、これが始まったのは、2～3週間前くらいからの記憶です。（確定申告前からの気がします）胃の不快感と押されるような感覚、みぞおちの左側、右側のチクチクする痛み、へその右側のチクチクする痛み、へその下の両側のキューッとする痛み、これらの症状が時々現れたり、複数現れたり、背中の方もチクチクしたり…体調は良いはずなんだけど、この違和感や痛みが現れると、動くにもしんどくて、最近はこれに加えて発熱もあったりと。（炎症からの熱かな）痛み止め（医療麻薬）を飲んで落ち着いて、というのが多くなってきたのが、最近で。（違和感や痛みは前々から話はしていたけど）3／11のCT結果をよくよく見ると、背骨への転移だけではなくて、肋骨左の先の方にも小さく影があって、**「放射線で痛みは取れるかも」**ってことで、明日かな？やる予定です。右側の痛みも同じ感じかな。それとも肝臓か？胆嚢か？

今は元気でいるけれども、もしも進行した時には、**「がん＝痛み」**と言われるくらい、あちこち痛くなるんだろうなぁ…と、自分が看取りをした経験からも、色々と調べたことからも分かるから、痛みが増えてきたり広がってくると、不安も同時に広がってくる…。考えても仕方のないことだけど、この病気になった以上、想定はできる。そして、想定をしておかないとも思う。

※ネガティブな気持ちではないから安心してね！

■今にどんな意味があるんだろう

心の状態を保つために（防衛機制）「見ないようにする」ってことは自然な心の働きなんだけど、「現実を知る」ってこと（想定すること）も、その時になってビビらないように（焦らないように）するためには必要で…

がんって場所やステージに関係なく（年齢も）、亡くなる時には亡くなるんですよね。

フォロワーさんにもいるし、フォロワーさんの家族やパートナーでもそう、フォローしていた人でも、フォローはしていないけどXで流れてきたり、その度に、**「生かされている」ことに感謝だし、「生きなきゃ！頑張ろう！」って思う。**

それと同時に、「もっと生きたかっただろうなぁ」って思うし、「命ってなんなんだろう」って考えさせられる。

原因とか過去を悲観しても仕方ないけど、「今」にどんな意味があるんだろう…そして「これから」に、どんな意味や役割があるんだろう…。

もうすぐ1年になるけど、この1年の意味って。これからの1年の意味って。1年後どうなっているのかなぁ。って考えても、全く想像がつかない。

想像がつかないけど、仕事や立場や人間関係とも距離を置いて、これはこれで楽しい人生なのかもね。

2024/04/04熊谷翼

※「プロフィールページ」（２０２４年２月７日 21時12分）

P.633ページ参照

4月5日／調べずに他人事（他人任せ）＃３５２

（２０２４年４月６日 01時05分）

２０２４年４月５日　がん告知から３５２日目

こんばんは、くまがいたすくです。

がん保険に関する記事で、フラットで分かりやすい記事がありましたので、珍しく？ご紹介します。この記事について、思うことを書いていたら長くなってしまったので、今日の投稿はこの記事を読んで感じたことです。

「先進医療特約」の驚愕事実を知って大後悔（年収５００万円・41歳女性、〝肺がん〟罹患…治療後に

news.yahoo.co.jpより（現在は削除）

僕もがんになって、周りの方が心配をしてくれて、様々な情報や意見をいただきました。情報を伝えてくださる方は、自分の情報が正しいと思っているし、治って欲しい気持ちで伝えてくれる。

これには感謝なんだけど、何事にも「裏と表」があるように、情報にも「裏と表」「メリットとデメリット」がある。当然、がん治療にも、がん保険にも。「正しいんだけど、逆にね…」みたいなことはあって、自分がそれなりに勉強をしていないと、情報に振り回されるし混乱する。自分が知らないなら沢山調べる。調べる時には、ネットやテレビが答えとは限らない、という意識も必要です。（裏と表）調べても分からないなら、専門の人に聞く。自分で判断しない。今回のネット記事から話すと、**「先進医療の受け方や、セカンドオピニオン」**などについて知らなければ、『教えてもらっていいですか？』って、保険屋さんに納得するまで聞けば良い。（答えられないなら違う保険屋探せば良いし）先進医療に関する知識がない（勉強をしていない）のに、治療後に**「先進医療を受けてたら…」**と思ったという記事でしたが、そもそも先進医療は僕の解釈では、最先端治療なのかもしれないけど、

「保険適用前の不安要素がある治療」です。万能ではないということです。僕は治療前に自分で様々調べたり、情報をもらってそれをまた調べたりして、その中で「重粒子線治療」についても調べました。

その結果、僕の場合は、**〝肝臓転移が多発（幾つもある）なので不可〟〝肝臓にできたとしても転移＝体内（血液内）にがんがあれば再発の可能性がある〟**という答えに至りました。

これは治療前に担当医にも直接聞きましたが、同じ答えでした。（ちなみに肝臓に直接注射をする治療を教えてもらいました。進行した際の選択肢の一つとして）話を戻しますが、僕が治療前には、「先進医療」である重粒子線治療は、**現時点では不可**と納得した状態でした。

※現在も不可です

それでも（不可と知らなくて）情報を伝えてくる方もいます。（だから時々こういうことも書いています）中には不可と伝えたのに、「重粒子線治療なら3回通えば治る」と、2回も3回も伝えてくる人もいます（笑）。こうやって話せるのは、納得するまで調べたり聞いたからです。4月10日に〝がんの可能性〟を伝えられ、4月20日に〝がん告知〟を受けました。この10日間は、仕事や検査をしながら生活をしていましたが、帰宅後から朝までほぼ寝ずに調べていました。**「自分は医者（専門家）じゃないし」「保険のことなんて分からないし」**って、他人事にしたくはなかったし、自分が納得した状態で治療を受けたかったんですよね。なので、化学療法を受けない選択肢もありました。がんに効くと言われる健康食品や器具なども、紹介されたものや、検索できるものは、ある程度調べましたし、裏（根拠）も調べました。マルチ商法系は代表者の経歴なども調べました。話しをネット記事まで戻すと、この女性は、今後のリスクを考えて、がん保険に加入した。その後にがんになり、治療を行ったが、もっと良い選択があったのではないかと思った。ということで、否定をするつもりもないし、むしろ自分で選択決定をして素晴らしいとさえ、思うのですが、保険加入の時には、納得するまで調べたり聞いたりしたのに、**なぜ「治療」となると【他人事】になってしまったのかなぁと、、**

まぁでもそもそも、調べたり勉強ができないから（する時間がないなども含めて）「〇〇の窓口」「売れ筋評価サイト」があるんだろうからなぁ。結局それらも〝裏と表〟があるわけで、（売りたい（（手数料の高い））商品がある）

銀行窓口で案内される外貨預金とか証券も、リスクがヤバいのしかないし、（手数料が高くて利益が高い）

（ごく一部の人を除いて）他人が紹介するものって、少なからず〝裏と表〟があると思ってるから、納得するまで調べるようにしている。

僕は過去に、介護業界で（テレビに出たり本を出して）有名だったコンサルの人に騙されたし、友人だと思ってた人にも騙された。（それぞれ〇百万円奪われた）自分が立ち上げた一般社団法人も取られたし、友人と思ってた人が僕のコンサル先と結託してゆすられたり。

でもそれらは、自分の無知が招いたこと。勉強不足。お金について も、人に対しても勉強不足。

さすがに、**「ステージⅣの癌」になって、勉強不足でした〜！はシャレにならない。**

勉強するか（調べるか）どうかって、本気かどうかってことだと思う。**自分の仕事に本気か。自分の事業に本気か。自分の命に本気か。本気なら誰に言われなくてもやるよね。**って、それが僕の答えです。

本気じゃない人に『本気になれ！』って言っても無駄。

本気には自分でしかなれないから。

2024/04/05熊谷翼

最後に3月から今日までに届いた支援物資の写真をまとめて載せております。ありがとうございます!!

（Amazon「ほしい物リストを一緒に編集しましょう」
https://www.amazon.co.jp/hz/wishlist/ls/3FUBFS89TMKS3?ref_=wl_share）

ありがとうございます!!!

4月6日／放射線治療、試練とか安易に言うな#353

（2024年4月7日 00時47分）

2024年4月6日 がん告知から353日目

こんばんは、熊谷翼です。

昨日の投稿は、ネット記事から感じたことを書きましたが、本当は**「診察や放射線治療」**についての報告をしようと思っていたので、今日はその内容で書いていきます。

よろしくお願いします。

■YouTubeについて

報告の前に、YouTube登録者1000名まで、あと「104人」となりました！

（YouTube「熊谷翼」**がんサバイバーたすく」大腸がんス**

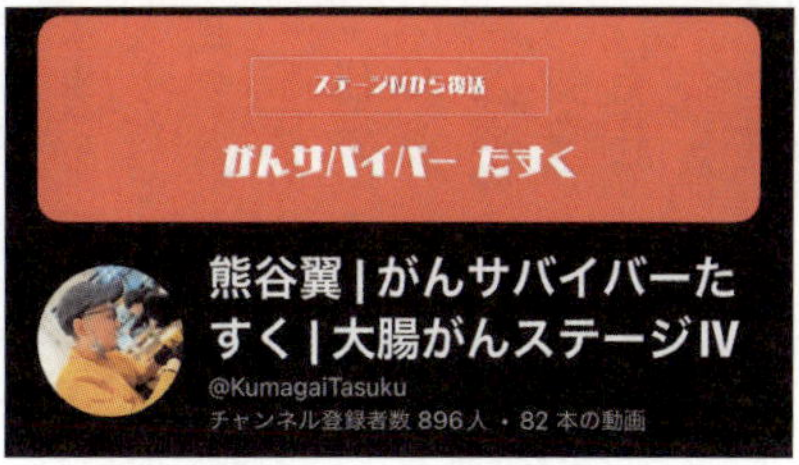

テージⅣ」
https://www.youtube.com/@KumagaiTasuku/)
(YouTube「**【近況】新たな転移(発熱、痛みの原因)が分かりました!**」
https://www.youtube.com/watch?v=cctrQFbd02k)
(YouTube「**【近況】**CT検査にて新たな転移発覚…」
https://www.youtube.com/watch?v=EeUu4-dIEP4)

素人が撮った動画で、登録者や再生の数は全然気にしていませんでしたが、少しずつ応援してきただき、コメントやメッセージなどもいただき、〝誰かの〟〝何かの〟お役に立っていることを、実感しています。それもこれも、896人の方のおかげです。感謝しています。治療の励みの一つになっていることは間違いないので、これからも自分なりの発信をしていきたいと思います。これからもよろしくお願いします。
(YouTube「熊谷翼|がんサバイバーたすく|大腸がんステージⅣ」https://www.youtube.com/@KumagaiTasuku/)

■受診報告

4月5日(金)に受診をしてきました。今回の受診は元々の予定ではなく急遽決定。理由は、noteやYouTubeでも話していますが、**肋骨に新しい転移**が見つかり、その部分への**「放射線治療」**のため。
(「4月1日/新しい転移が見つかりました#348」P.750参照)
※過去記事

結論は、放射線治療は来週の10日となりました。9日にCT撮って、照射位置を決めてマークして、10日に照射(放射線をあてる)となりました。来週8日は点滴治療なので、3日連続での通院です。

※動画は体調をみて8、10日に撮る予定です

肋骨への新しい転移が見つかって、内心はモヤモヤしたり「なんで?」って思います。数値も改善していて、肝機能も含めてほとんどが正常値ライン。肝硬変も改善して、1/2くらいに縮小した肝臓も元の大きさに戻って、腹水も浮腫も改善して、食道静脈瘤も経過良好で、**「さぁ!あとは肝臓の癌だけ!!」**って、自分も周りもそう思っていた矢先…背骨転移。そして、そのあとに肋骨へも転移。

『早く見つかって良かった』って、自分に言い聞かせるしかないけど、まぁまぁなショックですよ、熊谷以外は(笑)。

笑うしかないし、一喜一憂しないって決めたから、落ち込むことはないけれども、『なんで!?』は、やっぱりあります。

【神様は乗り越えられない試練は与えない】

今まで何回も自分に言ってきたし、周りの人からも言われてきた。正直、言われることがストレスになるくらいに言わ

れてきたから、もうこれ以上、言われたくない。（ごめんなさいね、わがままで）
　でもね、（全員じゃないけど）なんだか遠くから言われている気がするんだよね。イメージで言うと…ジャングルジムの上から言われているような、居酒屋でメニューを見ながら言われているような、そんな感覚を受ける時もあるんですよね。**寄り添ってもらってない感じ**が、すごい敏感に分かるから、口だけ。良いことを言われているだけ。そんな捻くれた受け取り方をするようにもなってしまう。※精神的に不安定だとこうなってしまう
　今はこうやって書いているし、客観的に見れているけれども、例えば、転移を伝えられたあとに、**『神様は…』**ってサラッと言われても、**『は?じゃあ転移の乗り越え方を教えろよ!』**って、思ってしまう、ぶっちゃけ（笑）。大変なことは人それぞれ違うし、悩みとか辛さは物差しで測れないから、どっちが上とか下とかはないし、
・家族のこと
・仕事のこと
・お金のこと
・友達のこと
少なからず自分も周りの人も悩みはあるわけで。

それでも、多くの場合は解決策はあって、
・話し合いをする
・コミュニケーションを多くする
・期日をずらす
・専門家に相談する
・謝る
・理解する
次の打つ手は、多くの場合はあって、それを知らないだけか、それをやらないだけか。って少し遠回しな言い方になったけど、「治せない転移」を抱えるより、「生存率16%」を抱えるより、**目の前の問題とか悩みは、解決策があるよね?**ってこと。

【神様は乗り越えられない試練は与えない】って聞くとストレスになるくらいに、自分に言い聞かせてやってるか?ってこと。

『仕事が大変で～』『周りの人とうまくいかなくて～』って言ってる人が、**死と向き合ってる人に、安易に「試練」とか言うな**ってこと。

2024/04/06熊谷翼
※「プロフィールページ」（２０２４年2月7日 21時12分）P.633ページ参照

4月7日／月曜日から3日間治療です#354

（2024年4月7日 23時31分）

2024年4月7日がん告知から354日目

こんばんは、くまがいたすくです。

今日の投稿は、明日からの治療についてお伝えして休みます。その前に…宣伝させてください！ YouTubeチャンネル登録902人！ありがとうございます！あと98人で1000人!!

よろしくお願いします！

（YouTube「熊谷翼―がんサバイバーたすく―大腸がんステージⅣ」

https://www.youtube.com/@KumagaiTasuku/）

■月曜日から3日間の外来治療

4月8日(月)は、今までの予定通りに診察と点滴治療です。血液検査結果次第で、化学療法(分子標的薬)の点滴治療はできるんですが、毎回大丈夫なので今回も大丈夫でしょう！(笑)

※結構知らない人もいたんですが、必ず点滴ができるわけではないんです。診察の1時間前には、血液検査(状態により尿検査)をします。結果が出るのに1時間くらいかかって、その結果を基に診察し治療となります。結果が良くない場合は、必要な点滴などの治療をして化学療法は中止です。僕の場合は、免疫、白血球、肝臓、炎症あたりの数値が変化しやすいようです。

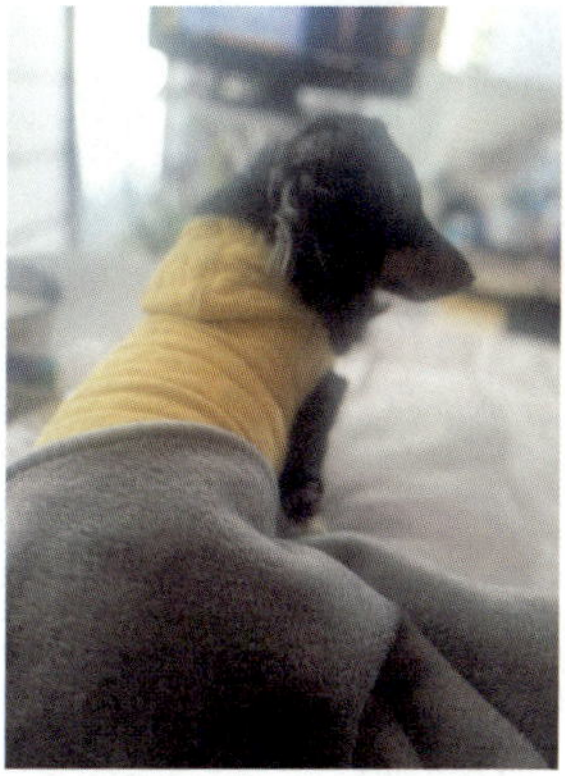

ベッドに入ってくるリボン（ダックス）

※最近の数値は良い感じです

4月9日(火)は、肋骨への放射線治療のための、CT検査です。(そう言えば1年間に何回CT検査したんだろう…)CT検査をして、照射する部分にマーキングをするそうです。何もなければ、この日はこれで終了です。

4月10日(水)は、初めての放射線治療です。予定としては、今回だけの治療予定ですが、効果は3週間後くらいのようなので、それまで痛みは続くようです。(左胸部下)初めてなので、少しの緊張と不安がありますが、治療前に色々と調べておきたいと思います。(骨転移についてももっと調べないとな)

放射線治療とは、

エックス線、電子線、ガンマ線などの放射線を用いて、がんを安全かつ効果的に治療する方法です。放射線は、がん細胞内の遺伝子(DNA)にダメージを与え、がん細胞を

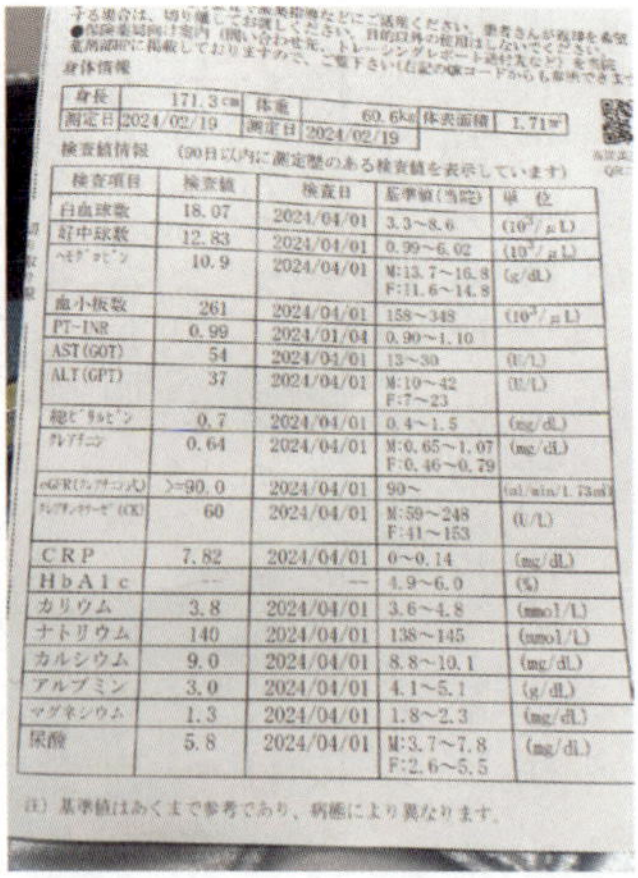

身体情報

身長	171.3cm	体重	60.6kg	体表面積	1.71㎡
測定日	2024/02/19	測定日	2024/02/19		

検査値情報　(90日以内に測定歴のある検査値を表示しています)

検査項目	検査値	検査日	基準値(当院)	単位
白血球数	18.07	2024/04/01	3.3〜8.6	(10³/μL)
好中球数	12.83	2024/04/01	0.99〜6.02	(10³/μL)
ヘモグロビン	10.9	2024/04/01	M:13.7〜16.8 F:11.6〜14.8	(g/dL)
血小板数	261	2024/04/01	158〜348	(10³/μL)
PT-INR	0.99	2024/01/04	0.90〜1.10	
AST(GOT)	54	2024/04/01	13〜30	(U/L)
ALT(GPT)	37	2024/04/01	M:10〜42 F:7〜23	(U/L)
総ビリルビン	0.7	2024/04/01	0.4〜1.5	(mg/dL)
クレアチニン	0.64	2024/04/01	M:0.65〜1.07 F:0.46〜0.79	(mg/dL)
eGFR(クレアチニン式)	>=90.0	2024/04/01	90〜	(ml/min/1.73㎡)
クレアチンキナーゼ(CK)	60	2024/04/01	M:59〜248 F:41〜153	(U/L)
CRP	7.82	2024/04/01	0〜0.14	(mg/dL)
HbA1c	--	--	4.9〜6.0	(%)
カリウム	3.8	2024/04/01	3.6〜4.8	(mmol/L)
ナトリウム	140	2024/04/01	138〜145	(mmol/L)
カルシウム	9.0	2024/04/01	8.8〜10.1	(mg/dL)
アルブミン	3.0	2024/04/01	4.1〜5.1	(g/dL)
マグネシウム	1.3	2024/04/01	1.8〜2.3	(mg/dL)
尿酸	5.8	2024/04/01	M:3.7〜7.8 F:2.6〜5.5	(mg/dL)

注)基準値はあくまで参考であり、病態により異なります。

壊します。放射線によって、正常細胞も同様にダメージを受けますが、がん細胞とは異なり自分自身で修復することができます。

がん研有明病院サイトより(https://www.jfcr.or.jp/hospital/)

ということで、月曜日からの治療頑張ります!!

あなたも頑張って!

2024/04/07熊谷翼

※「プロフィールページ」(2024年2月7日　21時12分)

P.633ページ参照

note「熊谷翼/大腸がんステージⅣ/」(2024年4月10日 04時32分)

4/8分から記事が滞っていますが、体調整い次第書きます!お待たせしてすみません!

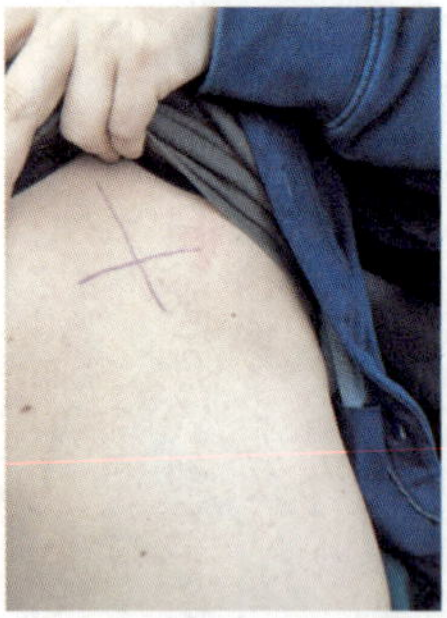

4月8日/点滴治療報告#355(2024年4月10日 18時25分)

2024年4月8日がん告知から355日目

こんにちは、熊谷翼です。

治療後の眠気により、note投稿が遅れました。化学療法(分子標的薬)の点滴治療は、予定通りに実施しました。

吐き気止めの点滴?疲れ?で、毎回眠気があるのですが、最近それが強くなってきた気がします…。体調は大きく変わりはないので、ご安心ください。
（YouTube「**【近況】点滴治療報告&放射線治療前日の報告**」
https://www.youtube.com/watch?v=TnBk0yK2DBE）
2024/04/08熊谷翼
※「プロフィールページ」（２０２４年２月７日　21時12分）
P.633ページ参照

4月9日／放射線治療前日#356

（２０２４年４月10日　23時25分）

２０２４年４月９日がん告知から３５６日目

こんばんは、くまがいたすくです。

４／９分の投稿は翌日(４／10)に書いています。

（YouTube「【近況】点滴治療報告&放射線治療前日の報告」

https://www.youtube.com/watch?v=TnBk0yK2DBE）

■放射線治療前日

４／９は翌日の放射線治療のために、ＣＴ検査とマーキングを行いました。検査というか、放射線を照射する位置の確認(癌の位置)なのかな。通常の検査のように〝息を吸ったり吐いたり〟はありませんでした。ＣＴ検査の影響か、前日からの眠気が残っていたのか、検査後に出かけた疲れなのか、帰宅後から眠気が強くて、投稿は後回しにして休みました。

最近は眠気が強くなっていて、単純な疲れや寝不足なのか、あるいは進行によるものなのか。

(kumamoto-med.jrc.or.jp より〈診療トピックス「がんの骨転移」**がんの骨転移とは　骨転移は、身体の一部にできたがんが血液の流れにのって骨に広がることで発生します。**〉
熊本赤十字病院(www.kumamoto-med.jrc.or.jp)

放射線治療自体、心配はほぼしていないんですが、この骨転移からまた広がらないかが心配。肝臓転移、骨転移をしているということは、体内、血液内に癌細胞があって、そこから広がっている。

ということは、他の場所にも転移の可能性があるし、それを抑えるために分子標的薬を現在は使っているんだけど、そもそも、使っている分子標的薬は、遺伝子変異のＢＲＡＦ遺伝子変異によって、癌を〝これ以上増加させない〟ことを目的としているから、体内に、血液内に残っている癌細胞は、そのまま生きているんだよね。そして広げようとしている。

すんなり良くなるものではないのは分かるし、ここまで癌を縮小させただけでも良しなのか。昨年４月９日、翌日は〝胃カメラ〟検査の結果を聞く日だった。

まさか、そこで「癌」と知るとは思わなかった。

2024/04/09熊谷翼
※「プロフィールページ」（２０２４年２月７日　21時12分）
P.633ページ参照

4月10日／癌と知ってから1年が経ちました#357

（2024年4月11日 00時09分）

2024年4月10日がん告知から357日目

こんばんは、くまがいたすくです。

放射線治療をしてきました。その報告と、〝昨年4月10日〟のことを書きたいと思います。

（YouTube「【近況】骨転移（肋骨）部分に放射線治療をしてきました。」https://www.youtube.com/watch?v=jnqEcc3NIlM）

■放射線治療

初めての放射線治療で、少し緊張はしましたが、やってしまえば、あっという間でした。治療自体は痛みもなく、熱もなく、何の感覚もないまま終わりました。治療後も副作用は特にはないですが、照射した皮膚部分がピリピリする感じはします。（中の痛みの影響かな）左肋骨付近の痛みが取れるのは、2～3週間後ということなので、しばらくは痛み止めを飲みながら過ごします。これ以上、『転移が広がらないと良いなぁ』が本音です。

ちなみに、左肋骨付近の他に痛みがあるのは、右肋骨付近から脇腹です。あとは、胃が張る感じがあって、朝昼夕でご飯を同じように食べられない（量）感じがしますね。それと、ムーンフェイスだけではなくて、腹部も丸くなってきました。（中心性肥満）これらはステロイドの影響のようです。

■昨年4月10日

胃の不快感があり、近くの病院を受診。その後に、総合病院を紹介され検査、2023年4月10日は検査結果を聞く日でした。担当の内科医から、『胃の方は炎症を起こしている程度でした…』と、なんか言いたいことが他にもあるような言い方でした。

そして、少し間を置いてから、『下腹部の方もしっかりと調べた方が良いです』と。『血液検査の結果が悪く、大腸付近に影のようなものがあります。あとは肝臓にも飛んでいる（転移）可能性があります』と。僕が『癌ですか？』と聞いたら、『病理検査をしないとハッキリと言えませんが、その可能性が高いです。内視鏡検査結果を伝える20日には、身内の方と一緒に来てください。』と。ここからが始まりでした。僕にとっては告知を受けたも同然の日。

やっと1年。まだ1年。数値は、1年前よりは断然良くなっている！

まだまだ生きるぞ!!

2024/04/10熊谷翼

※「プロフィールページ」（2024年2月7日 21時12分）P.633ページ参照

4月11日／がんばれ！の声が強くしてくれる#358

（2024年4月11日 22時49分）

2024年4月11日がん告知から358日目

こんばんは、くまがいたすくです。

今年はうるう年のため、4月20日に告知から1年になりますが、おそらく365日にはならない気がしています。（数えていないけど）

今日は午前中に微熱がありました。

それも含めて、今の状態や思っていることを書きたいと思います。

■午前中の発熱

今朝起きてから、左右の腹部へのチクチクした痛み、熱が出そうな寒気があり、38・1度まで発熱しました。（30分くらいで上がりました）左腹部の痛みは肋骨転移ですが、右腹部の痛みが謎です。大腸などの消化器？ということで。頓服ももらいましたが、「ん〜、どうなんだろうか」

そして今も、左右の腹部はチクチクと痛みます。痛み止めを飲みましたが、最近はチクチクの痛みが気になるところです。

※痛み止めの服用回数も増えてきましたね…

熱は、昼過ぎには落ち着いて、夜はご飯も食べて今も体調は良いです。ご心配をおかけしました。

■がんばれ！が強くしてくれる

最近は、当事者やその家族の方から、コメントやメッセージをいただくことが、以前より増えました。ありがたいことに、ほとんどがYouTubeを観てくれてから、インスタなどのメッセージをくれたり、YouTubeのコメント欄に、**『一緒に頑張ろう』**と書いてくれたり。とても嬉しい！

そして、**『同じ病気のみんなも頑張ろう！』**って、書いてくれる人もいて、『何て良い人なのー!!』って思っています。

インスタでもYouTubeでも、他のSNSでも、元々の知り合い以外の方から、メッセージやコメントをいただいて、ほんと励みになっています。ありがとうございます！　あとは、当事者の方の悩みも聞いたりしていて、少し前にも書きましたが、「支援を受け付けて」「募金を募って」と話しています。（僕はそれで助かったから）直接受け取るモノが、「コメント」だったり、「お金や物」なんだけど、その背景にある**「がんばれ」**を知った時、**【自分は1人じゃない】**って実感して強くなれる。

僕はそれで強くなれたし、そのおかげで今まで乗り越えてこれたと思っている。**小さな「がんばれ」が、どれだけ勇気になるか、力になるか。**

今までを思い返して振り返って、みんなからの「がんばれ」を思い出して泣いて、また強くなって、次の壁を乗り越えていく勇気がみなぎります。

ありがとうございます。

2024/04/11熊谷翼

※「プロフィールページ」（２０２４年２月７日 21時12分）
P.633ページ参照

4月12日／嫌なら見なければ良い#359

（２０２４年４月13日 00時40分）

２０２４年４月12日がん告知から３５９日目

こんばんは、くまがいたすくです。

ある買い物をしましたが、「発送は7月」なので、それまでは絶対に弱ってられない熊谷です。
※スラムダンクのフィギュアは半年は待った！
今日は気分転換に出掛けてきました。疲れと息切れがあったので、途中で帰ってきたけど良い時間でした。今日はのんびりと、思い浮かんでいることを書きたいと思います。

■嫌なら見なきゃ良い
「なぜ生きているんですか？」がんが完全寛解して送られてきた一通の手紙　元フジ・笠井アナが炎上覚悟で闘病経験を伝え続ける訳」

news.yahoo.co.jpより（現在は削除）

情報発信やSNSをしていると、応援や支援をいただける反面、批判やアンチ的なコメントが届いたりします。有名人なら尚更だと思います。

このネット記事では、「テレビに笠井さんが映ると不快」という手紙が届いた。ということなのですが、**「だったら見なければ良い」**テレビだとたまたまということも、あり得るとは思いますが、笠井さんは元々はフジテレビ出身なのだか

スポーツ店にて

ら、フジテレビを見なければ確率はかなり下がると思います。大谷翔平選手の元通訳の事件で、「ニュースを見るたびに辛くなる」と、SNSに投稿していた人がいましたが、「だったら見なければ良い」今はどのテレビニュースでも話題なわけだから、テレビ自体からは離れるか、ニュース時間はテレビを消すか。方法は考えれば出てくると思う。

僕にはそこまでアンチの声は届かないけど、もしも僕の投稿が嫌なら見なければ良いだけ。
※だから本心や思っていることはnoteに書いています
なぜ不快になるのに見るんだろう? なぜ批判することに時間もエネルギーも使うんだろう?

いつも不思議に思う。嫌なら距離を取れば良い。不快なら見ないようにしたら良い。イラつくなら関わらなければ良い。仕事だってたくさんあるんだから、転職する勇気さえあれば環境は変えられるし、コミュニティやイベントなんて溢れているんだから、新しい仲間を作りたいなら勇気があればすぐに作れる。

結局、**自分は変わるつもりはないから【あなた(環境)】が私に合わせて!**って、言ってるようにしか聞こえないし見えない。
※政治家批判はするけど政治家になろうとはしないよね?
(裏金とかスキャンダルは別だよ!)
■メンタルに影響を与えるモノなら尚更
見るモノ、聞くモノ、触れるモノ、感じるモノ、、、
これらは自分のメンタルに影響を与えるから、できる限りは自分にプラスになるものにしたい。自分ではなんともならないモノもあるけれど、結構、自分で調整できるモノは多かったりする。(SNSとかフォローとかアプリとか)あとは、プラスになるようなモノも取り入れたい。本とかもそうだし、SNSでもプラスになるような投稿をしている人もいるからフォローしたり。
自分のメンタルは、自分が何を選択しているか?だと思うから、もしも、自分のメンタルが落ちた時には、「今の選択」はどうか?と俯瞰してみると良いかもしれないですね。
2024/04/12熊谷翼
※「プロフィールページ」(2024年2月7日 21時12分)
P.633ページ参照

4月13日/あと1週間で1周年#360
(2024年4月13日 23時20分)

2024年4月13日がん告知から360日目

こんばんは、くまがいたすくです。

日差しも天気も、一気に春?夏?というくらいになってきましたね。お花見日和!ですね。行きたいなぁと思いつつ…近況報告を書きたいと思います。

YouTubeもよろしくお願いします!次回の更新は月曜日

かな？と思います。

（YouTube「【近況】骨転移（肋骨）部分に放射線治療をしてきました。」

https://www.youtube.com/watch?v=jnqEcc3NIlM)

■状態が変わってきた感じがします

天気が良いので、外に出ようと思っても、身体の痛みとお腹の張りがあって、なんとも気持ちが乗らない1日でした。気持ちが乗らなくても、「外に出たり出かけたりしないと！」と思っていますが、今日は家で休んでいました。昨日あたりからお腹の張りが出てきて、腹水かな？薬の影響かな？と、少し状態が変わってきました。右脇腹の痛みも背中あたりまで、チクチクしたりズキズキしたりするので、肝臓あたりに変化があるのかもしれません。痛み止め（オキノーム5mg）を

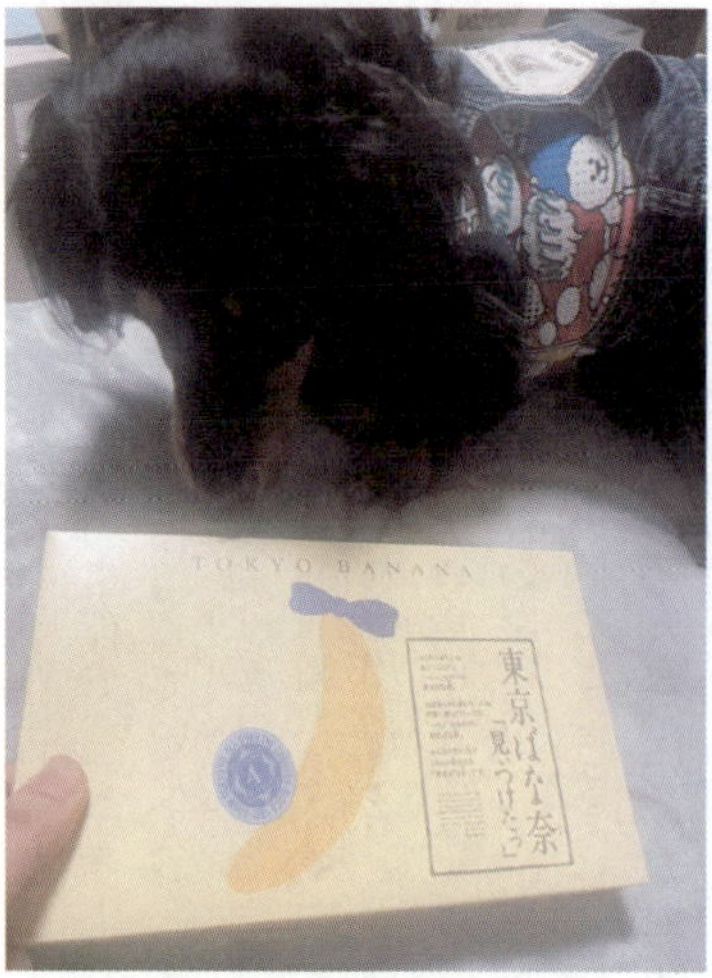

お土産ありがとうございました。

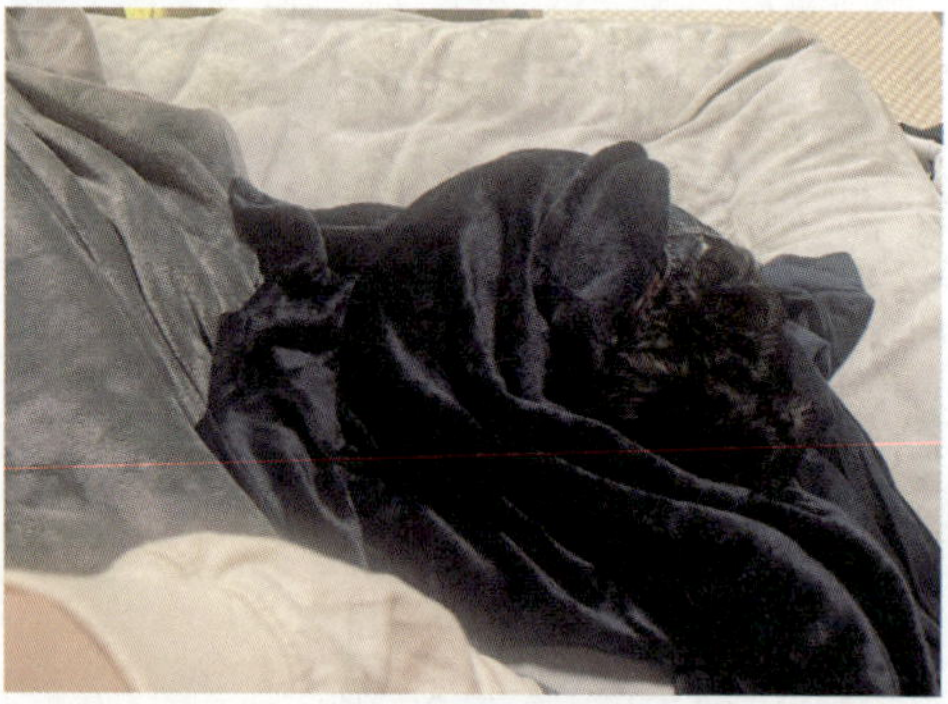
リボンはどこでしょう？（笑）

飲む回数も、1日1回くらいだったのが2〜3回になってきたので、数値ではなく身体の中が変わってきていると思います。今は4月なので2〜3月の過ごし方も、何らかの影響があるのかもしれませんね。

■それ以外の症状

手足の痺れは半年前に比べたら、良くはなっていますが、痺れて感覚は鈍いです。手の小指、薬指は、同じ手の形でしばらくいると固まるような感じもあります。
※これらは最初の抗がん剤の副作用です

今飲んでいる（点滴も）分子標的薬の副作用で、ニキビ（肌荒れ）が最近は酷くなってきて、すぐにニキビができて夜には潰れていて、またすぐに違う場所にできている。という感じです。目はそこまで影響はないですが、電気の明るさが強いと目がぼやける感じがあります。あとは毎日、鼻血が出ます。そんな感じですかね、思いつくところは。排泄は全然大丈夫！むしろ良いです。

　ということで、のんびり投稿でした。もう少しで「パネル検査」の結果も分かるでしょうし、そろそろプールに通って運動も始めます！

　まずは、目標の一つであった4月20日の1周年を無事に迎えたいと思います！

　それでは、おやすみなさい。

2024/04/13熊谷翼

※「プロフィールページ」（2024年2月7日　21時12分）
P.633ページ参照

4月14日／生きている意味って？#361

（2024年4月15日　00時37分）

2024年4月14日がん告知から361日目

こんばんは、
くまがいたすくです。

まずはじめに宣伝と、ご協力のお願いです。

〈過去の夢に、今の自分で挑戦する－難病格闘ゲーマーの海外遠征に力を貸してください。」「Jeni」こと畠山駿也さんが、クラウドファンディングに挑戦中です。筋ジストロフィー症（筋肉が衰えていく病気）という難病を抱えながら、夢に向かって走っている。夢の先はラスベガス！〉

CAMPFIREより（終了）

彼のnoteです。

（note記事紹介「格闘ゲームと生きるということ－EVO挑戦のクラファンの開始日が決まりました。Jeni／畠山駿也｜note」https://note.com/jenixo/n/n06ad4e1a3f75）

（note記事紹介「Jeni／畠山駿也｜note」https://note.com/jenixo）

note読んでみてください。

「ゲームが好き」「夢を叶えたい」が溢れています。

　そして、3000円から応援できますので、会員登録（ログイン）とか面倒なところもありますが、応援していきましょう！　彼にとっては一生を懸けたチャレンジですから。

　よろしくお願いします。

#Jeni
#畠山駿也

　他にもあるのですが、これらは7～8年前くらいに、畠山駿也さんにデザインしていただいたもの。名刺や背景素材として、たくさん作っていただきました。その時のご縁もあり、今回ご紹介させていただきました。改めて応援よろしくお願

いします。

※facebook投稿に気付くのが遅くなって申し訳ないです。

■生きている意味、生きる意味って？

駿也さんの行動を見てて、「夢を叶えるためには言い訳は無い」って、思いましたね。（病気もお金も言い訳の一部でしか無い）行動力と挑戦に尊敬するし、そこに至るまでの苦悩や苦労は相当なものがあっただろうな。とも思うし。**「お前はどうする？」って言われているような気もしました。**

最近は、身近な人の死や病気で考えさせられることも多く、そのことと自分を照らし合わせたりして。**〝生きる意味〟**や**〝死〟**について考えても、答えはなかなか思いつかないけど、それで良いのかなぁと最近は思っていて、それよりも、そういうことを考える余裕もないくらい〝忙しい〟ってことの方が、むしろ考えた方が良いのかもしれないと感じていたり。（すごく曖昧な言い方していますが、答えは一つでは無いので）「忙しい＝心を亡くす」考える暇や余裕もないくらいに、目の前のやることがあると、確かに余計なことは考えずに済むんですが、（去年の自分）

けれども、**〝生きている意味〟**や**〝やりたいこと（夢）〟**を傍に置いて、日々やらなければいけないことだけをこなす人生って、**「自分は何のために生まれて生きているのか？」**

生活（お金）のため？

それならもっと給料が高い仕事はある家族（子供）のため？

それなら仕事を辞めてずっと一緒にいたら良い夢のため？

それなら言い訳を捨てて飛び込んだら良い

答えを出すって言うよりも、こういうことを自問する時間や余裕が、人生には大切なのかもしれないなぁ。と、いうのが僕の答えです。皆さんはどう考えますか？

明日は、分子標的薬の点滴治療です。最近の腹痛や調子についても話してきます。
ではまた明日！

2024/04/15熊谷翼

※「プロフィールページ」（２０２４年２月７日 21時12分）P.633ページ参照

４月15日／現在の治療は中止です#３６２

（２０２４年４月15日 22時43分）

２０２４年４月15日がん告知から３６２日目

こんばんは、くまがいたすくです。

今日は、診察と定期化学療法のための通院でした。が、腫瘍マーカーが上昇していること、腹水が再発していること、骨転移があることを踏まえると、現在の化学療法の効果は、低くなっているということで、来週から新しい化学療法となります。

そのために、現在の化学療法は中止（なので点滴も中止）来週から新しい化学療法となります。詳細はまた明日書きたいと思います。

（今夜は頭を使わずに休みます）

（YouTube「【近況】腫瘍マーカー上昇&腹水（腹膜播種）再発&入院」
https://www.youtube.com/watch?v=HxNabsQvSXM)

また明日！
おやすみなさい。

2024/04/15熊谷翼

※「プロフィールページ」（２０２４年２月７日 21時12分）P.633ページ参照

note「熊谷翼／大腸がんステージⅣ／」

（２０２４年４月16日 22時14分）

胃痛と発熱が治らないので本日の note 投稿はお休みします。

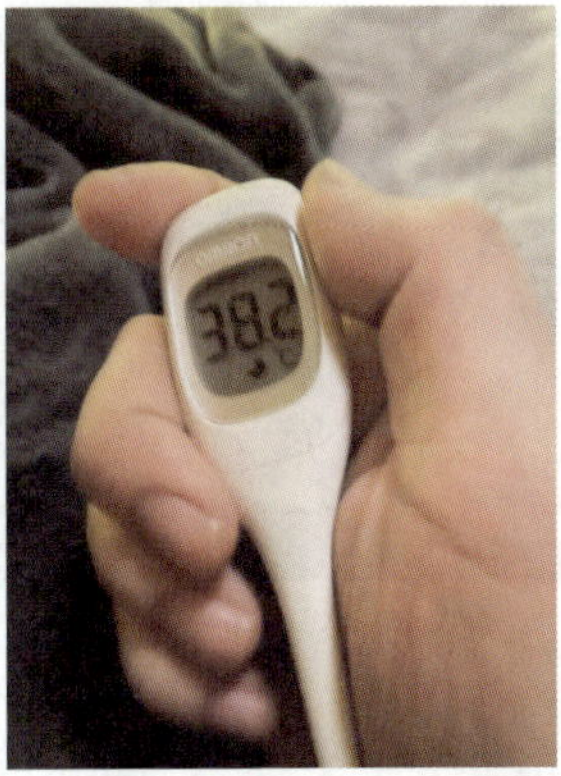

4月16日/花見↓発熱#363

（2024年4月17日 17時37分）

2024年4月16日がん告知から363日目

こんにちは、

くまがいたすくです。

4月16日分の投稿は翌日（4月17日）に行っています。

■近況報告

4月16日、家族で花見に出かけました。時間的には1時間くらい、歩いたのは10分くらい。

冷えたのかなぁ、疲れかなぁ。

帰宅後、休んでから発熱（38・3℃）くらいまで。最近は胃痛（違和感）があって、胃痛からの発熱なのか、胃からの風邪なのか、服用のステロイドの副作用で免疫は落ちているから、それが原因なのか？

腹水などからの発熱なのか？

原因はわかりませんが、発熱↓発汗して夜中には治りました。

※それでも花見に行けて良かったです！

そして、翌日の10時からまた発熱。分子標的薬も中止して体調も変わってきたのかなぁ。

2024/04/16熊谷翼

4月17日／明日から入院#364

（2024年4月18日 00時33分）

2024年4月17日がん告知から364日目

2023年4月20日からの“**がん告知からのカウント**”が、合っているのか？不安になりながらも、もう後には引き返せません。

くまがいたすくです。

明日から入院です。体調もまだイマイチなので、入院前の気持ちや近況についてサクッと書こうと思います。その前に…あと52人で登録者1000人になります！

ログインなど面倒ですが、お気に入り登録の応援をよろしくお願いします。

（YouTube「熊谷翼―がんサバイバーたすく―大腸がんステージⅣ」

https://www.youtube.com/@KumagaiTasuku)

■明日から入院

今回の入院は、「現在の痛みや腹水の確認」「新しい治療薬の実施」のためです。最近の症状としては、

・胃痛

・腹水

・右腹部から背部の痛みです。

そして、腫瘍マーカーの上昇もあり、骨転移もあり（広がり）、昨年の今との数値だけの比較だと“**同じ**”、状態としては“**進行**”しているのだと思われます。数値など全てを見ていないので断定はできませんが、感覚的にそんな感じです。

今年1月辺りには、驚異的に数値も状態も改善していましたから、ショックというか落ち込みもありますが、これが現実なので進むしかありません。腹水の再発原因も分かりませんし、右脇腹痛や、今回の発熱の原因も分かりません。

そのあたりを確認しながら、新しい治療薬を実施する準備をしていきます。

まずは明日から頑張ります！

2024/04/17熊谷翼

※「プロフィールページ」（2024年2月7日 21時12分）
P.633ページ参照

4月18日／明日CART治療#365

（2024年4月18日 21時35分）

2024年4月18日がん告知から365日目

こんばんは、くまがいたすくです。

本日入院しました！ので、今日の投稿は「今日明日の予定」について書きますね。

そして…本日告知から365日目です！（ズレがあるかもですが気にしません）あと2日後が（4月20日）告知日です。

※Amazonからの支援プレゼント待ってます♡(笑)
(Amazon「ほしい物リストを一緒に編集しましょう」
https://www.amazon.co.jp/hz/wishlist/ls/3FUBFS89TMKS3?ref_=wl_share)

■明日の予定

(理由は飛ばして)明日の予定は〝**CART治療**〟です。CART治療を知っている方や、以前からnoteを読んでくれている方は、〝耳にタコ〟だと思いますが、説明のリンクなどを貼っておきますね。

簡単に言うと、**CART治療は【お腹の水を抜いて栄養分だけ身体に戻す】**です。

←

(cart-info.jp より「CARTとは?―難治性腹水症に対する腹水濾過濃縮再静注法」https://www.cart-info.jp/cart/)

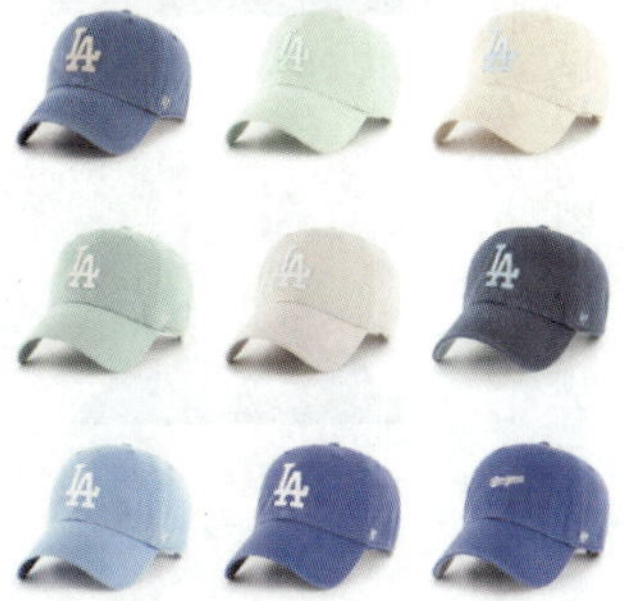

どれが似合いそうですか？

(「248/CART治療翌日」P.554参照)
(YouTube「【近況】CART治療/分子標的薬治療/化学療法/腹水/肝硬変/肝臓がん」https://www.youtube.com/watch?v=IYGj0f3WmzU)

1月19日にCART治療をして、記憶だとそれが最後だったかな。

そこからは、腹水が溜まることもなく(少しはある)食事もモグモグ食べてました。(ステロイドの影響もあり食欲爆発)
1月2月は比較的、調子が良い感じでした。2月後半から3月は、確定申告と引越しで疲れたのかなぁ…と。普通ならすぐ終わるんだけど、5~10倍時間がかかった感じでした。(まず身体が動くのに時間がかかった)

その裏では、**癌が転移をして広がってはいましたが**、理由は分かりません。

疲れやストレスもあったのかもだし、食事なども影響したのかもしれませんが、広がったのは仕方がないし、腫瘍マーカーが上がったのは仕方がないので、また新しい環境で向き合っていくだけですね。向き合うために、新しい帽子を検討中です(笑)。どれが似合いそうですか?

話を戻しまして、お腹に水が溜まってきているので、明日(4/19)に抜くことになりました。もっとパンパンの時があったので、今のお腹は「まだいける!(溜まる)」と、外見的にも感覚的にも思ってましたが、写真で見るとパンパンでした(笑)。腹水が溜まると、平行して足の浮腫もかなり酷

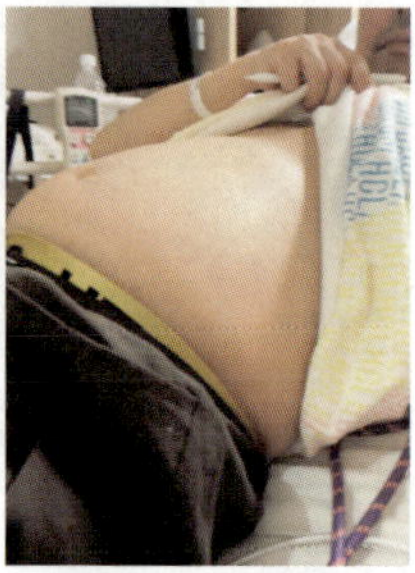

2024/04/18

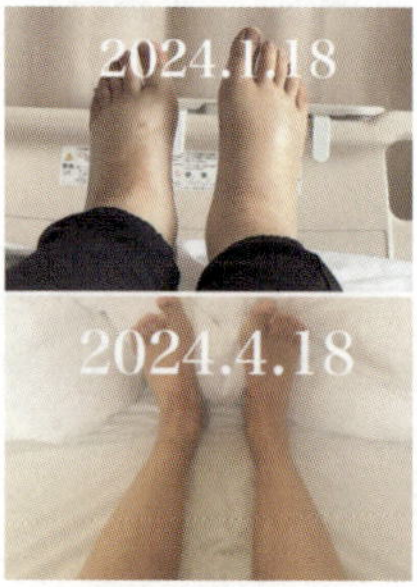

↑1/18 ↓4/18

かったのですが、足の浮腫は今のところありません。浮腫がないのは有難いんですが、足の筋肉も脂肪も無くなって、ガリガリですが、これでも太くなったんですよー！　最近ようやく、ふくらはぎの筋肉をピクピクと動かすことができています。

※動かす筋肉すらなかった
　ということで、まず明日はＣＡＲＴ治療です！

そして、右脇腹痛は転移の可能性があるので、入院中に放射線治療予定です。（その話はまた今度で）

では、おやすみなさい！
寝れるかなぁ。

2024/04/18熊谷翼

※「プロフィールページ」（２０２４年２月７日 21時12分）
P.633ページ参照

4月19日／CART治療実施、放射線治療#366

（２０２４年４月19日 19時44分）

２０２４年４月19日がん告知から３６６日目

昨年（２０２３年）４月19日から、「がん患者」としてnoteを始めました。

（「０／明日が始まり」P.21参照）

４月20日には「がん告知」を受けまして、それから今日までnoteを書き続けてきました。書いている内容は「その時の思いつき」なので、がんに関係すること以外のことも書いていますが、今日まで続けてきたことと、今日まで生きてきたことに、少しだけ自信を持って2年目も頑張ります！

いつも読んでいただき、応援いただきありがとうございます！

これからも、よろしくお願いします。

■今日の治療と今後の予定

今日は、予定通りに**ＣＡＲＴ治療**を行いました。今（19時00分）は、栄養分を身体に戻しています。腹水は３・２ℓほど抜けました。

※ＣＡＲＴ治療については昨日の投稿に書いています

抜いた腹水の中から、必要な栄養分を身体に戻しています。

マジックペンで十字が書かれていますが、これは放射線治療の目印です。月曜日に**放射線治療予定**です。放射線治療は今日ＣＴを撮りました。**胸椎7番、右臼蓋（腸骨）**に照射予定です。

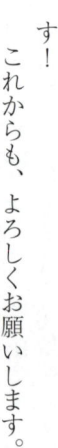

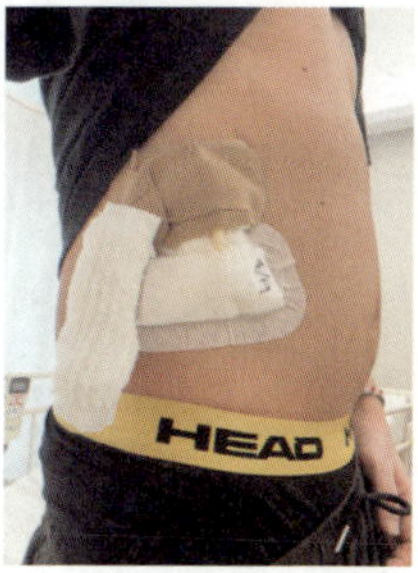

腹水抜いた後

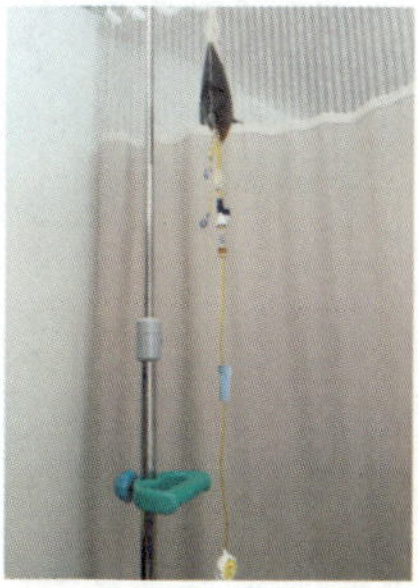
栄養分

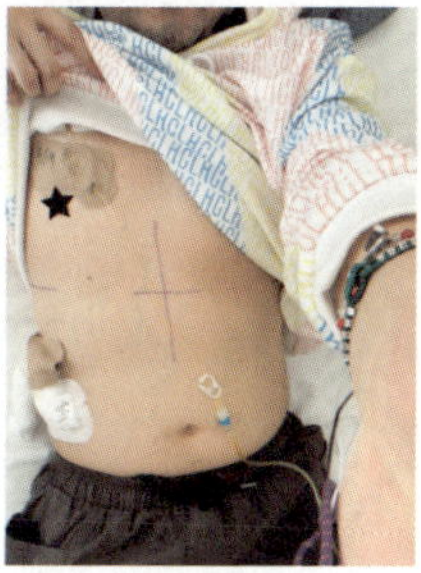
身体に戻しています

ここ最近の、右脇腹痛の原因が骨転移によるものなら、放射線治療で軽減するかなぁと。
※軽減しなければ内臓(肝臓)が原因
あとは右股関節の痛みも、右臼蓋に照射してみてとのことでしたし、腰(腸骨)にも転移が広がっているようなので、そちらにも照射するとのことでした。CART治療、放射線治療について書きました。骨転移に関しては、3箇所あるので照射できる部分には行う。

治療ができるのは良いことですが、本音としては『広がってるなぁ』と。

まぁやれることをやるしかないですね！

明日から2年目突入です!!

一喜一憂せず、前向きに進みます！

2024/04/19熊谷翼
※「プロフィールページ」(２０２４年２月７日 21時12分)
P.633ページ参照

４月20日／がん告知から１年経ちました#３６７

(２０２４年４月20日 20時31分)

２０２４年４月20日がん告知から３６７日目

こんばんは、
くまがいたすくです。
今日４月20日で、がん告知から1年が経ちました。(上の数え日数は少しズレがあります。)今日の投稿は、話のまとまりはありませんが、思ったことをそのまま書いていきます。
よろしくお願いします。
▼Instagram の投稿より▼
２０２４年04月20日【癌告知から1年】
やっと1年、ようやく1年、まだ1年。《2枚目》癌告知後帰る前。泣いて撮る気にもならなかったけど、「いつかのために」って撮った1番落ちてる時の写真。《1、３枚目》
今日の午前中アイスコーヒー飲んだ後に🥤

たくさんの応援、支援、励まし…ありがとうございました！

自分1人では、どこかで諦めていたと思います。1年前、1年後のことは全く考えられませんでしたが、今も来年のことは良く分かりません。

未来がどうなるかは分かりませんが、1日の中で楽しみを見つけながら、前向きに過ごしていきたいと思います。

これからもどうぞ、お付き合いください♫

2024/04/20熊谷翼

YouTubeも撮りました！　チャンネル登録者数ももうすぐ1000人です！　これからも応援よろしくお願いします！

(YouTube「**癌告知から1年が経ちました。そして新たな転移が…**」
https://www.youtube.com/watch?v=BHwoiYIEDBU)

YouTubeは、昨年の秋くらいかな…しっかりと投稿をし始めたのが。それまでは、ついでに撮影していた気が…。

撮影や編集自体は素人なんですが、応援してくれる方や質問してくれる方が増えてきて、それからは自分なりに頑張ってきました。10月時点では登録者は500人でしたので、これから宣伝もコツコツ地道に。コツコツやることで結果を出せることも、自分でも自信になりましたし、周りの友人や後輩にも伝わったかなぁと思います。

今はインスタよりも、コメントをもらえるようになっています！

ありがとうございます！

noteは、2023年4月19日から書いています。

遡るのは大変ですが、時々振り返って、『この時はこんなことを考えてたなぁ』とか、『こんなことで悩んでいたんだなぁ』って、1年で成長したことや、変わっていない部分も含めて、「**今までのような投稿**」＋「**過去の振り返り**」そんな書き方もしてみたいと思います。

(「DAY1　2023年4月20日」P.22参照)

まとまりのない投稿になりました、ごめんなさい。今日は僕の頭の中は、まとまっていません(笑)。1年経った嬉しさや、YouTube1000人まで後少しの楽しみや、YouTubeやインスタのコメント返しや、腹水抜くために入れている針の痛みとか…(笑)色んな気持ちや思い出がグルグルですが、改めまして、1年間noteを読んでいただきまして、ありがとうございました!!

そして、2年目もどうぞよろしくお願いします!!

2024/04/20熊谷翼

※「プロフィールページ」（2024年2月7日　21時12分）
P.633ページ参照

4月21日（日）／腹水たっぷり抜けました!#368

（2024年4月22日　17時27分）

2024年4月21日がん告知から368日目

こんにちは、
くまがいたすくです。
告知から1年が経った翌日…早速更新をサボりました。すみません!
ということで、4／21の投稿は翌日（4／22）に行っています。

腹水穿刺でさらに腹水抜けました

■今日の報告

昨日19日、CART療法を行いました。（3・2ℓ抜けました）20日、腹水穿刺を行いました。（1・0ℓ抜けました）21日、腹水穿刺を行いました。（0・5ℓ抜けました）22日も行うようです。

治療は腹水以外はなかったので、お昼前と午後にテラスに行ってきました。その疲れなのか?治療の疲れなのか?前日の寝不足なのか?　15時くらいからどっと疲れが回ってきて。それから、夕食まで爆睡。夕食後も、22時まで爆睡。その後は、2～3時間おきに寝たり起きたり。室温や音が気になって、なかなか寝られなかった金曜土曜。それでもどこかの時間で眠れたから、まだ良かった!

（YouTube「**熊谷翼―がんサバイバーたすく―大腸がんステージⅣ**」
https://www.youtube.com/@KumagaiTasuku）

おかげさまで、YouTubeチャンネル登録者1000人達

成しました!
心より感謝します!!
放射線治療を終えて早く帰りたいです〜!(笑)
支援ありがとうございます!!

2024/04/21熊谷翼

※「プロフィールページ」(2024年2月7日 21時12分)
P.633ページ参照

4月22日(月)/新しい治療薬始まりました!#369

(2024年4月22日 20時51分)
2024年4月22日がん告知から369日目

※1年前の投稿
(「DAY3 2023年4月20日」P.26参照)

18時前に夕飯食べて(治療後なので食べられず)、結局さっきまで寝てました。めちゃくちゃスッキリして起きて、ラウンジに行ったら、大声で(電話で)キレてるおじさんがいて、「大声で話している内容は筒抜け」というメモを渡したくなった熊谷です。
(大した内容じゃないw)

さてと、僕の書く内容も大したことがないのですが(笑)なんか自分の中で一区切りがついて、スッキリしたというか、気持ちの整理がついた感じで、これまで以上に気持ち的に安定したように思います。大きなことではないですが、目標としていた、**「がん告知から1年経過」「YouTube登録者1000人」**このあたりの目に見える目標を達成できて、そして皆さんとも共有ができて、気持ち的に一区切りがついた感覚です。

なので、ここ最近…以前もこんな感覚がありましたが、**「え?なんでそんな小さなことで(くだらないことで)」「そんなことで悩んでるの?」**みたいな冷めたような?一歩引いたような?そんな感覚になっています。

いつだかありましたよね?こんな感じ。

腫瘍マーカー(数値は後日)が、過去最高的に上がりましたが、「仕方ないなぁ」とも思うし、骨転移も広がりましたが(腫瘍マーカーの原因?)、これもまた仕方がないことです。

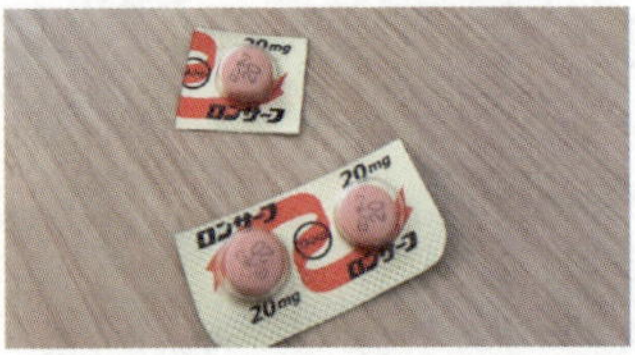

食欲が湧かないことも、疲れやすくなったことも仕方ない

し。逆に、目の前の楽しみや喜びに目を向けて、今の出来事や新しいことを楽しむだけ。言葉では簡単に言えても、意外と難しいし、無理したり嘘もバレちゃうから、心から思えるような自分に。要は素直になれるかどうか。そのために、自分も素直になろうと思って、インスタを整理したり、投稿も好き勝手に書くようにした。

　自分に素直に！

　今日は、2箇所に放射線治療。治療中は痛みも刺激もないのですが、やっぱり疲れるのかな。これで、右脇腹、腰あたりの痛みが取れてくれたら、(癌が消えてくれたら)また腫瘍マーカーも下がって、肝臓への治療に集中できるけど…さてどうなることやら？

　そして、腸骨への治療をしたからか、食欲が少し微妙だし消化も微妙な気がする。

　そしてそして、今朝から新しい抗がん剤治療始まりました。

《ロンサーフ》
(kegg.jp より〈「医療用医薬品：ロンサーフ（ロンサーフ配合錠T15他)
https://www.kegg.jp/medicus-bin/japic_med?japic_code=00062722」〉
　効いてくれたら良いな〜。
　2024/04/22熊谷翼

◆SNSでのコメント、メッセージ。支援、寄付、心より感謝しています。ありがとうございます！
※「プロフィールページ」(2024年2月7日 21時12分)
P.633ページ参照

絶筆

facebookグループ無料としました。

(2024年4月23日 08時47分)

2024年4月23日がん告知から370日目

　告知から1年が経ち、応援のために有料募集していたグループを【無料招待制】としました。
※facebookグループとなります
　参加者の方からの招待は自由です。どうぞよろしくお願いします。

(Log into Facebook | Facebook「LIVE KUMGAI TASUKU Findus on 熊谷翼【応援】コミュニティ」

https://www.facebook.com/groups/328505455119422)
外部への個人情報流出へはお気を付けてください。

翼さんへ

あきらめない
という強い意志を貫くことが
今世の役目だとしたら
その役目は充分に充分に果たしたと思います

残念でくやしくてたまらないけど
同時に　全力を出し切ったスポーツマンのような爽やかさも感じています

おつかれさまでした

あなたのことですから
あっという間に天に駆け上がって
あっという間に生まれ変わって
どこかの国の陽のあたる場所でまた元気に走り回ることでしょう

今度はもう少し長生きする人生を選んでください

あなたに出逢えたことに感謝しています

有限会社クロフネブライダル
中村　典義

あとがき

それは突然でした。

令和5年4月1日、「週末に帰る」と言っていたのに夕方になっても帰らず、聞くと、「何日か前から胃のあたりが痛くてムカつく、薬を飲んでも治まらない」と…。

週明けでもいいから受診しなさいよ、と言いつつ、そうだ今日はエイプリルフールだよ！きっと何も無かったように「お～う」とくるんだろう、そう思っていました。

その時には。

週が明け開業医を受診、検査する為に別の病院を紹介されました。そして検査の予定が次々と入り、結果を聞くたびに浮かんで来る悪い事を何度も否定し続けて4月20日を迎えました。

「親も一緒に来てだって」で、ただ事ではないと察しました。それでも私の中では、医学も進んで治療法もある、治らないはずはない、と思っていました。

先生のお話を聞くまでは…。

それまでのCTや血液などの全ての検査結果を見せられました。目の前に示された真っ赤な血液検査の数値（私の看護師人生でも見た事もない）を直視する事が出来ず、「分かりました。もういいです。」とだけしか言葉が出ませんでした。ただ一つ残っていたのは、遺伝子変異治療を専門とする先生に診てもらえる、という事だけでした。

4月24日朝、紹介された先生に会いました。前の病院と結果は同じ、先生から「何か聞きたい事はありますか」と尋ねられて、私は、「完治にはどれくらいかかりますか?」と聞きました。先生の返事は「残念ですが、この病気の完治はありません」と、ショックでした。

それでも私は「それでは、治療にどれくらいかかりますか?」と質問すると、先生は「半年から一年ですね」と穏やかな声で話しました。私は、それが余命なんだと受け取りましたが、本人にも家族にも言ってはいけないと胸の奥にその思いを押し込みました。

5月1日、CVポートを挿入するために、入院。前日に翼からバーベキューしたいな、と言われ、家族と友人とで自宅前で楽しみました。その際に翼は、翌日の入院に備えて早めに紫波のアパートに向かい、途中で交通事故に遭遇し、被害者を救助(後日だいぶ経って新聞に載りましたが)。帰宅したとの連絡が遅く、携帯も繋がらずに心配していたところ、事故の話を聞き、「らしいな」と思いました。皆は見て見ぬふりをして通り過ぎ、周りの人も手を貸してくれなかったらしいです。私は「この事故は偶然じゃないよ、貴方は神様に試されたんだ!さあどうする?」と。必ず人を助けた人は、助けられるんだと話しました。

5月8日から治療が始まり、同時にこの日から翼と私の二人三脚の闘病生活が始まりました。毎日「おはよう、良い天気だね、ガンバロー」。雨の日には「カラ元気でも良い、ガンバルベ!!」。面会、退院の迎え、担当医からの話を聞く、良い時も(あまり多くはなかったかな)悪い時も、今が大事、とにかく食べるのが一番、と励まし、食べたい物、食べられる物を届けました。

退院の時には「今日は何を食べようか?」と外食するのを楽しみに待っていて、幼い子どものようでした。

6月になり、新聞社から取材したい、との話があり、私は本人に聞いてからと答えました。翼には、「記事になれば知られたくない人にも知られることになるよ」、といいましたが、「うん、構わないよ」という事で、当日を迎えました。取材が終わり、最後に写真を一枚撮らせてほしい、ふたりで向き合って少し笑顔で、とリクエストされました。翼から「笑え、だってよ」と言われ、私は思わず「笑うってどうしたっけ?」。しばらく笑ってなかった事に気付きました。

周囲の方々はよく普通にしていれば、いつもどおりで良いんだよ、と言いますが、これが一番難しい。

一瞬でも心が休まる事がありませんでしたが、一緒に過ごせた息子との時間が昨日のように甦ります。

8月には、厨川中学校女子バレー部が、「翼さんを全国大会に連れていきます」と宣言し、見事に約束を果たしました。翼は体調の不安がありましたが、東北大会(福島県で開催)まで自分の乗用車で行って来ました。帰りに車の中で流れていた「春夏秋冬」という歌を掠れた声で唄っていました。「今年の夏はどこ行こうか、今年の冬はどこ行こうか…」があまりにも切なくて、私は寝たふりをして涙を拭いていました。

12月には小岩井農場のイルミネーションを、夫の反対を押し切り車椅子で見に行きました。年越しは自宅で、夕方に手料理を食べ、テレビの歌に合わせ唄い、「やっぱり声が出ないな~」と言いながら22時ごろにベッドに横になりました。その後様子を見に行くと「久(私・母)、吐き気がする」と訴え、トイレで大量に吐血、救急搬送され急患室で新年を迎えました。

翌日面会した時に「先生が止血してくれたってよ」と言った私に、翼は「なぐさめなんかいらない。俺、死ぬんでしょう?」と今まで見たこともない醒めた表情で言いました。まるで「おまえは全部知っているくせに…」という様に。私は今まで自分の全てをかけても守ってやる、何度も代わってあげたい、と思っていても、何にもならない、無力さを痛感しました。弱気になったのは後にも先にもこの時だけでした(一日面会せずに実家に帰って気持ちを切り替えて来ました。闘うために!)。

3月末、何とか退院出来るまでに回復し、仕事も辞め実家に帰って来ました。その頃には、血液(肝機能)も正常化し、原発巣の癌も消えていました。奇跡が起こった!と思いました。

4月16日、高松の池まで更紗(妹)とリボン(愛犬)とでお花見に出かけました。腹水や痛みもあるため、近い場所にとその日に決めたのです。翼はベンチから小走りで屋台に行く私の姿を「きっと大量に買って来るぞー」と言って眺めていたそうです。帰り際、歩きながら「右側(側腹部)も痛いんだよなぁ、何だろうね」と言い休み休み車に乗りました。まさかその一週間後に別れが訪れるなんて、夢にも思っていませんでした。

4月18日入院。朝、いつもなら前日に準備しているはずが、出発の時間になっても翼は部屋から出ようとしませんでした。声をかけてやっと出てきて、無言で背を向け右手を挙げて玄関のドアから出て行きました(いつもは「じゃーね」と言うのに…)。

4月25日を迎えました。前々日は私、前日は更紗が面会していました。「お兄ちゃん、久(私)が差し入れしたのを食べてたよ。」と更紗から聞いて、「何でも食べれていれば良い」と二人で話していました。

朝9時ごろに病院の担当の先生から、「朝、容態が急変しました。すぐ来れますか?」と電話がありました。急いで病院に行ったところ、病室で目にした翼は別人でした。目もうつろ、声を掛けると起き上がり立って、廊下に向かって歩き出しました。私が来たので、帰るつもりだったのでしょう。

少し経ってから先生から「今の状態は肝不全で…」と伝えられ、私は「今月に入って良くなってましたよね、何でですか?」と聞き返しました。さらに延命処置でも何か出来ないか聞くと、「できません」。私が「意味が無いって事なんですか?」と言うと、先生は頷きました。悔しさと私が何もしてやれない歯がゆさで、「先生私の遺伝子が悪かったんですね」というと、先生は、「お母さん、お母さんは何も悪くないです。翼さんの病気はそういう病気なんです」と静かに話しました。やがて翼は先生方の配慮で個室に移り、面会もフリーにしていただきました。友人やいとこがすぐに駆けつけてくれて、会うことが出来ました。

夕方5時、手をしきりに動かしていて冷たくなっていたので「翼、手袋?」と言って、私と更紗とで片方ずつ手を握ったとき、周囲を見渡すように目を大きく開きました。集まった皆が、「翼!翼、分かる?」と声を掛ける中でゆっくり目を閉じて、同時に息もしなくなりました。駐車場に集まってくれていた友人達が、「お母さん、雨で暗い空なのに私達の上だけぽつんと雲が開いて光が差したんですよ!きっと翼だと言って見ていました」と泣きながら話してくれました。

その日の夜、帰りたいと言っていた自宅に友人達と共に帰って来ることができ、穏やかな顔に見えました。

翌日の朝、葬儀屋さんが来るまでの少しの時間、二人っきりで、私は翼の横であの頃そうしたように抱きしめて頭をなでて子守歌を歌いました。一瞬で当時に戻りました。卒園式で「僕は大きくなったらガソリンスタンドのおじさんになりたいです」と言った翼。帰り道で理由を尋ねたところ、「だって皆に親切なんだよ。僕もそういう人になりたいんだ」と答えてくれました。「何で、もっとカッコ良い仕事があるでしょう」と思った自分が恥かしくなりました。そして、自分達でアンパンマンショーを企画した年長さんの発表会。それまでモジモジして何もしなかったあの翼が、中央でアンパンマンになり踊っていて驚かされました。通院途中、ラジオからアンパンマンのマーチの詩「何のために生まれて、何をして生きるのか…」が流れたことがあります。翼の人生そのものだと思い、自然に涙がこぼれました。やっぱりアンパンマンだったんだ！と今でも思います。

翼は、体調が良くなったら色々とやりたいと、やりたい事をたくさん私に話してくれていました。私は翼の代わりになる事は出来ません。ですが彼の意思を継ぐことは出来ます。今の深い悲しみから一歩でも踏み出し、苦しむ人の背中を支え、笑顔を共に取り戻せるようにと、この本を出す決意をしました。

闘病中励まし続けてくれた慧介君、友人、同僚の皆さん、自分も病気と闘っている親友、小学生の寛太くん、支援し続けていただいた多くの方々、私達に優しく寄り添ってくれた地域の皆様、すべての方々に心から感謝致します。

母　熊谷　久子

『がんサバイバー 365＋5日の記録』
発刊委員会委員

山崎智樹

栗澤順一

栃内正行

熊谷久子

がんサバイバー 365＋5日の記録

2025年 4 月20日　第 1 刷発行

著　者　熊谷《くまがい》　翼《たすく》

発　行　『がんサバイバー 365＋5日の記録』発刊委員会

発行人　熊谷 久子

発行所　盛岡出版コミュニティー
〒020-0574岩手郡雫石町鶯宿9-2-32
TEL&FAX 019-601-2212
https://moriokabunko.jp

印刷製本　永代印刷株式会社

ISBN978-4-904870-60-0 C0095